Naomi Mitchison
KORNKÖNIG
und
FRÜHLINGS-BRAUT

Roman

**Ins Deutsche übertragen
von Anette von Charpentier
unter Mitarbeit
von Theda Krohm-Linke
und Jürgen Seidel**

BASTEI LÜBBE TASCHENBUCH
Band 20 346

Erste Auflage: November 1998

© Copyright 1931 by Naomi Mitchison
© Copyright für die deutsche Ausgabe: 1987 by
Gustav Lübbe Verlag GmbH, Bergisch Gladbach
All rights reserved
Taschenbuchausgabe 1998 by
Bastei-Verlag Gustav H. Lübbe GmbH & Co.,
Bergisch Gladbach
Originaltitel: The Corn King and The Spring Queen
Lektorat: Stefan Bauer
Titelbild: Jody A. Lee / Agentur Thomas Schlück
Umschlaggestaltung: QuadroGrafik, Bensberg
Satz: KCS GmbH, Buchholz / Hamburg
Druck und Verarbeitung : 44092
Groupe Hérissey, Évreux, Frankreich
Printed in France
ISBN 3-404-20346-1

Der Preis dieses Bandes versteht sich einschließlich der gesetzlichen Mehrwertsteuer

Inhaltsverzeichnis

Vorwort 7

Erstes Buch
Gebannte Phantasie 11

Zweites Buch
Philylla und die Erwachsenen 144

Drittes Buch
Was nützt es mir denn? 261

Viertes Buch
Das Leben in Sparta 375

Fünftes Buch
Die Leiter hinauf und über die Mauer 511

Sechstes Buch
Träume weiter, wer kann! 549

Siebentes Buch
Könige, die für ihr Volk sterben 623

Achtes Buch
Philylla und der Tod 755

Neuntes Buch
Die Trauernden 811

Nachwort zur Neuauflage 828

TO
MR. X
WHO WENT TO OUTLAND
IN A SMALL AEROPLANE
ON WEDNESDAY WEEK

Vorwort

Die Geschehnisse, die in diesem Buch geschildert werden, ereigneten sich zwischen 228 und 187 v. Chr. Einiges geschah *wirklich*, einige der merkwürdigsten Ereignisse jedoch wurden durch Plutarch und andere selbsternannte Geschichtsschreiber überliefert. Der Ort Marob ist nicht historisch; aber die Menschen, die an den Gestaden des Schwarzen Meers lebten, stellten in der Tat wunderschöne Kunstgegenstände her, die sich durchaus mit den Werken Berris Dhers vergleichen lassen. Im übrigen habe ich bei meiner Darstellung des Ortes Ideen und Vorkommnisse mit berücksichtigt, die sich zu anderen Zeiten und an anderen Orten zugetragen haben. Was den Vergleich zwischen Marob und Sparta bzw. Alexandria betrifft, so ist es zweifelhaft, ob man aus der Distanz von mehr als zweitausend Jahren dem Denken der Menschen, über die man schreibt, oder auch nur den Einzelheiten ihres Handelns je wirklich nahekommen kann, obgleich sie einem in gewisser Weise näherstehen als die eigenen, lebenden Freunde. So ist es unwahrscheinlich, daß der historische Kleomenes von Sparta dem Kleomenes meiner Geschichte ähnlich war. Ich bezweifle allerdings auch, daß beim gegenwärtigen Forschungsstand irgend jemand in der Lage ist, ein Bild zu zeichnen, das aus sich heraus glaubhafter wäre – das Ganze ist ein Versteckspiel im Dunkeln, und wenn man eine Hand oder ein Gesicht berührt, ist es Zufall. Marob ist so wahrscheinlich oder so unwahrscheinlich wie der Rest der Welt...

Da es sich um einen langen Roman mit einer Vielzahl von Personen handelt, bringe ich am Ende der einzelnen Bücher jeweils eine knappe Zusammenfassung der geschilderten Ereignisse. Vorangestellt ist ferner ein Stammbaum der königlichen Familie in Sparta, so wie er sich zur Zeit der Romanhandlung darstellte. Für die Kinder von Kleomenes und Agiatis vermerken die Quellen keine Namen; die Namen, die ich ihnen gab, sind Stammesnamen, wie sie in der Familie bereits früher auftraten.

Ich glaube, das ist alles.

Naomi Mitchison
1925–1930

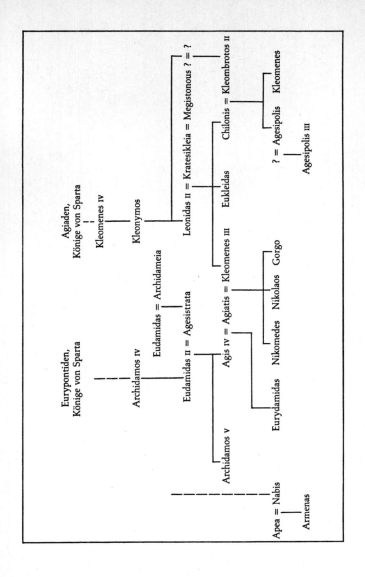

Erstes Buch

Gebannte Phantasie

Blau ist der Rock,
Rot ist der Schuh;
Ich werde Fürst sein,
Und Fürstin wirst du.

Ruft eure Leute,
jetzt wird was getan;
Den einen zum Pflug,
Den andern vor'n Karr'n.

Der dritte soll's Gras mäh'n,
Der vierte ins Korn;
Wir zwei werden lachen
Und halten uns warm.

Die Personen im Ersten Buch

Skythen in Marob

Erif Dher
Harn Dher, ihr Vater
Nerrish, ihre Mutter
Gelber Bulle, ihr ältester Bruder
Berris Dher, der zweitälteste Bruder
Goldfisch, ihr jüngerer Bruder
Goldfink, ihre jüngere Schwester
Essro, Gelber Bulles Frau
Tarrik, auch Charmantides genannt, Kornkönig und Herr von Marob
Yersha, auch Eurydike genannt, seine Tante

Griechen

Epigethes, ein Künstler
Sphaeros von Borysthenes, ein stoischer Philosoph
Apphé, Yershas Hausmädchen

Männer und Frauen aus Marob, Seeleute und Händler aus Griechenland

Erstes Kapitel

Erif Dher saß auf dem kiesigen Strand und warf Steine ins Schwarze Meer; für ein Mädchen warf sie sehr gut. Sie dachte an nichts Bestimmtes – vielleicht ein wenig an Zauberei. Sie hatte sich das Kleid über die Knie hochgezogen; ihre Beine waren lang und dünn und noch nicht sehr braun, denn es war noch früh im Jahr. Auch ihr Gesicht war blaß, die flachen, langen Zöpfe hingen schwer herab, und nur die Ohrringe zitterten ein wenig, wenn sie warf. Erif Dher trug ein Kleid aus dickem Tuch, in das ein Muster aus roten, schwarzen und grauweißen Quadraten eingewebt war und das am Ärmelsaum in zwei breiten, bunten Streifen auslief. Der Ledergürtel war mit winzigen flachen Masken aus Gold besetzt, und die Schnalle bestand aus größeren Goldmasken mit Granataugen und Granatzähnen. Darüber trug sie einen steifen, ärmellosen Filzmantel, der an den Kanten mit Pelzstreifen besetzt war. Obwohl vom Meer ein kalter Wind herüberblies, fror sie nicht.

Ein Krebs schurrte über den Kies auf sie zu. Sie streckte den Arm aus und hielt ihm die geöffnete Hand hin, so daß er darüberlaufen konnte. Erif Dher lachte; sie mochte das Gefühl der steifen, feuchten, kratzenden Klauen auf der Haut. Vorsichtig hob sie das Tier am Panzerrand hoch und ließ es auf ihrem nackten Fuß weiterkrabbeln.

Eine Wolke zog vor die Sonne. Erif Dher warf noch ein paar Steine ins Meer, setzte sich auf, zog die Schuhe an und machte sich auf den Weg zurück zum Hafen von Marob. Als sie den hohen, steinernen Wellenbrecher erreichte, folgte sie nicht dem Pfad, der um diesen herumführte, sondern kletterte mit Hilfe einer Kette und Ringen daran hoch, fand Halt in ausgewaschenen Mulden im Stein. Sie liebte es, komplizierte Dinge zu tun, die ganz und gar unnötig waren. Auf der anderen Seite sprang sie die drei Meter tief auf einen weiteren Kiesstrand hinab. Zu den Menschen, die sich leicht verletzen, gehörte sie nicht; dafür wußten Luft und Wasser zu viel über sie.

Nun schritt sie rascher aus und wandte sich der Stadt zu; ihr war, als riefe sie der Vater. Bald darauf kam sie am Haus des Herrn von Marob vorbei, das direkt am Hafen lag und trotzig mit seinen dicken Steinmauern und kleinen Fenstern nach Osten und Norden hinausblickte. Erif Dher fragte sich, ob sie selbst wohl gern dort leben wollte, und verneinte die Frage sogleich. Sie hielt das Haus für kalt, und es war ihr klar, daß sie, sollte sie tatsächlich jemals dort wohnen, erst einmal Yersha würde loswerden müssen. Und da trat Yersha auch schon aus der Haustür, das Haar hochgesteckt und den Mantel nach griechischer Art auf der Schulter zusammengerafft, gefolgt von zwei bewaffneten Wächtern. Erif Dher hatte es jedoch eilig und wollte weder gesehen noch aufgehalten werden. So blickte Yersha eine ganze Minute lang in die andere Richtung, und als sie sich wieder umwandte, war niemand zu sehen. Yersha ärgerte sich darüber, denn sie haßte es, verzaubert zu werden, und sei es auch nur in so geringem Maße. Sie vermutete, Erif Dher habe den Zauber bewirkt – Erif Dher, die eigentlich viel zu jung war, um schon über Zauberkräfte irgendwelcher Art zu verfügen –, mochte sie auch die Tochter Harn Dhers sein, mochte sie auch unbegleitet wie ein Straßenmädchen herumlaufen, mochte sie auch am Abend des Pflügefestes vom Herrn von Marob zum Tanz auserkoren worden sein und – wie Yersha vermutete – mit ihm über ganz andere Dinge geredet haben als über das Pflügen und den Werbetanz! Im vergangenen Jahr war Yersha mehr und mehr zu der Überzeugung gelangt, daß ihr Neffe, der Herr von Marob, ihr nicht mehr genau berichtete, was er tagsüber trieb und dachte. Das war schon schlimm genug; auf zusätzlichen Kummer durch Kinder wie Erif Dher, die sich im Hause nützlich machen sollten, anstatt andere Leute zu verhexen, konnte sie gerne verzichten. Yersha haßte Zauberei; sie selbst war dazu nicht imstande, weil das griechische Blut, das in ihren Adern floß, die Dinge für sie in einem so klaren und deutlichen Licht erscheinen ließ, daß sie sich nicht mehr auf skythische Art verdrehen ließen.

Erif Dher ging inzwischen weiter über die Hauptstraße

Marobs und über den Flachsmarkt, bis sie das Haus ihres Vaters erreichte. Harn Dher stand vor dem Kamin und schürte das Feuer mit dem Schaft eines alten Eberspeers, so daß der ohnehin recht dunkle Raum von Rauch erfüllt war.

Harn Dher war ein kleiner, stämmiger Mann, dessen Haar und Bart drahtig abstanden; er trug einen Lederumhang und lederne Reithosen.

Erif Dher blieb stehen, blinzelte und rieb sich die Augen.

»Vater«, sagte sie, »hier bin ich.« Ihr Vater ließ vom Feuer ab, und der Rauch verzog sich. Als ihr die Augen nicht mehr brannten, sah sie, daß sich auch ihr Bruder Berris Dher im Raum befand. Wie üblich trug er einen Falken auf der Schulter, und ebenso gehörte es zu ihm, daß seine Hände mit etwas spielten, diesmal mit einem Streifen weichen Kupfers, den er gedankenverloren bog und wieder geraderichtete. Gerade sah er noch aus wie eine Schale, dann eher wie eine Blume, dann wie eine Schlange oder ein Armband. Berris Dher war drei Jahre älter als seine Schwester, und sie fanden nicht immer Gefallen an den gleichen Dingen; aber wenn sie einander zulächelten, geschah dies immer noch eine Spur bewußter, als es unter Verwandten gemeinhin üblich ist.

Das Mädchen trat neben den Vater. »Nun«, sagte sie, blickte aber eher ins Feuer als auf ihn, »du wolltest mich sehen?«

Harn Dher blickte sie stirnrunzelnd an. »Du mußt erkennen, daß es an der Zeit ist, daß du dich in deine Aufgabe fügst.«

Erif Dher trat verlegen von einem Fuß auf den anderen, und ihre Mundwinkel zuckten ein wenig. »Aber ich weiß immer noch nicht, wie!« antwortete sie. »Vater, bist du sicher, daß ich es sein muß?«

»Kleine Närrin«, sagte Harn Dher, und seine Stimme klang sanfter als seine Worte, »noch vor der Jahreswende werde ich der Herr von Marob sein. Und denk daran, was du sein wirst!«

»Aber es ist so schwer«, gab das Mädchen zurück. »Erst

ihn heiraten – und ihn dann wieder loswerden! Ich mache sicher irgendwann etwas falsch.«

Harn Dher antwortete mit einem kleinen Lächeln: »Wovor hast du Angst?«

»Vor mir selbst. Vor meiner Zauberkraft.«

»Dann solltest du besser mit ihr umgehen lernen, anstatt am Strand herumzusitzen und zu faulenzen.«

Das Mädchen lachte hell auf: »Du weißt ja sehr gut Bescheid über die Zauberei, Vater, und wie man sie erlernt ...«

»Würde ich dich brauchen, wenn ich selbst zaubern könnte, kleine Hexe? Los, arbeite für mich! Was nützt uns das Pflügefest, wenn du die Beute nicht im Auge behältst?«

»Ach«, entgegnete Erif Dher leichthin und trat auf den anderen Fuß, »ich kann dir etwas verraten. Ich glaube, Tarrik weiß Bescheid.«

»Ich habe dir nie aufgetragen zu denken«, antwortete ihr Vater. »Außerdem stimmt das nicht. Tarrik ist ein Narr; er kann nichts wissen.«

»Wie auch immer ...«, sagte sie und zuckte darauf die Achseln. »Nun, vielleicht weiß er es wirklich nicht. Vielleicht ist er ein Narr.«

»Bestimmt nicht!« warf Berris Dher plötzlich ein. »Er ist von euch allen der einzige, der weiß, was ich suche, und wenn Vaters Plan von irgendeinem anderen geschmiedet würde, dann wollte ich nichts damit zu schaffen haben! Und merkt euch eines! Wenn ihr Tarrik etwas zuleide tut, dann könnt ihr auf mich nicht mehr zählen!«

»Ach, Berris«, gab der Vater zurück, »wenn du etwas nicht wissen willst, hör doch einfach weg! Wie oft soll ich es dir noch sagen: Wir werden Tarrik nichts zuleide tun! Ich weiß ebensogut wie du, daß nichts Gutes dabei herauskommen würde, solange er der Kornkönig ist. Ich hätte schon zwanzigmal die Gelegenheit gehabt, ihn umzubringen, und wäre längst selbst Herr! Aber das hätte weder mir noch Marob etwas genützt – im Gegenteil. Ich werde die Ernte nicht schmälern. Indes, so wie die Dinge stehen, wird der Rat dafür sorgen, daß Tarrik geht, und zwar ohne jede Aufregung, denn einen Toren haßt niemand, und sie werden mich an seine Stelle setzen, und Marob wird nicht mehr in Zwietracht leben.«

»Aber ich *bleibe* doch nicht mit ihm verheiratet, oder?« fragte Erif Dher ängstlich.

»Natürlich nicht. Du wirst die Tochter des Herrn von Marob sein und tun, was immer wir und du für richtig halten. Aber höre mir gut zu: Als ich Tarrik einen Narren nannte, meinte ich das in demselben Sinne wie du, der du ihn für klug hältst. Er weiß nichts von dem Plan, und erst recht nicht, daß du darin eingeweiht bist. Und wenn Berris ihn für klug hält – was immer er damit meint –, dann kann er ja mit Tarrik zusammenarbeiten und sich mit ihm über Kunst unterhalten.«

Erif Dher schüttelte den Kopf, sagte aber nichts und trat zu einer Truhe, die an der Wand stand. Sie nahm einen braunen Fellmantel heraus, der eine Spur dunkler war als ihre Haarfarbe, und wechselte ihn gegen den Filzmantel, den sie sorgfältig zusammenfaltete und einpackte. Dann nahm sie ein goldenes Armband heraus und schob es probehalber über den Ellenbogen hinauf. Am Oberarm verbarg es der Ärmel, aber wann immer sie die Hand hob, blitzte es auf. »Wie sieht es besser aus, Berris?« fragte sie und ließ es über das Handgelenk gleiten. Ihr Bruder antwortete nicht. Er sah sie nur stirnrunzelnd an und verließ den Raum. Erif Dher zögerte, streifte den Goldreif nun über den anderen Arm und rannte schließlich hinter Berris her. Sie holte ihn ein und ging, stets einen Schritt zurück, neben ihm her.

Harn Dher blickte seinen Kindern nach, kratzte sich am Kopf und begab sich wenig später hinaus auf den Flachsmarkt. Dort traf er einen seiner Hofarbeiter, den man nach Marob geschickt hatte, neue Milchkrüge zu kaufen, und der nun die großen, roten Krüge, an Riemen über die Schulter gehängt, nach Hause trug. Er erzählte, alles stehe zum Besten, der Weizen schösse, Flachs und Hanf stünden hoch für die Jahreszeit, und zwei Kälber seien bereits so gut im Fleische, daß sie jederzeit geschlachtet werden könnten. Wann immer Harn Dher es wünsche, könne er sie herschicken lassen. Harn Dher freute sich, als er an seine Äcker und sein Vieh dachte; niemand in Marob hatte besseres Land, und nur wenige so viel, und alle Felder lagen geschützt und wohlbewässert weit genug vom Meer entfernt, aber doch nicht so weit abgelegen, daß es den Stämmen aus dem Landesinnern, den Roten Reitern, jemals in den Sinn kommen würde, sie zu überfallen und zu plündern. In wenigen Wochen würde er mit Frau und Kindern hinausziehen, um draußen auf seinem Land den Sommer zu verbringen. Sie würden in großen, gelben Zelten wohnen, inmitten von Vögeln und dem anderen Getier der Ebene, und die Sonne würde scheinen und das Korn reifen.

Aber er besaß mehr als nur das Land, und das war besser als Gold. Jeder in Marob kannte ihn und hielt ihn für klug und stark und für einen geborenen Führer. Die Älteren hatten ihn im Kriege erlebt, als Tarrik noch ein Kind war. Sie hatten gesehen, wie er ihr Land gegen die Roten Reiter verteidigte. Damals war Harn Dher ein großartiger Bogenschütze und Reiter gewesen, und als sich das Kriegsglück zu wenden schien, da sah man die gelbe Quaste seines Helms noch über eine Meile hinweg aus dem Kampfgetümmel ragen, und dann kam er wieder zurück, und man wußte, daß alles wieder gut werden würde. Die Roten Reiter waren geschlagen und von den geliebten Feldern vertrieben.

Das war Harn Dher. Und Harn Dhers ältester Sohn, Gelber Bulle, rang den Sümpfen im Süden Marobs neues Land ab und hatte dort, nicht in der befestigten Stadt, sein Haus gebaut. Harn Dher seufzte und ging, nun wieder ein wenig betrübt, nach Hause. Er dachte an seine Söhne und alles, was er für sie tat.

Berris und seine Schwester waren längst außer Sicht. Sie gingen schnell, und Erif Dher geriet außer Atem und ärgerte sich ein wenig. Sie nahm einen sonderbar aussehenden, kleinen Holzstern aus dem Ausschnitt ihres Kleides, hielt ihn eine Weile fest, blieb dann einen Moment keuchend stehen und berührte die Hand ihres Bruders. »Es ist sehr heiß, nicht wahr, Berris?«

»Ja, ich glaube schon«, gab Berris abwesend zurück, nahm im Gehen seinen Umhang ab, zog ihn ein Stückchen hinter sich her und ließ ihn dann fallen. »Sehr heiß«, fuhr er fort und begann, an seinem Hemd zu zerren, und die Stimme seiner Schwester klang wie ein Echo »Sehr heiß«. Sie blickte ihn mit ernster Miene an. Berris zog sich das Hemd über den Kopf und spürte, wie seine Mütze dabei herabfiel. Sein sonnengebräunter Nacken war mit einer scharfen Linie von der weißen Haut des Rückens abgesetzt. Mit dem Hemd fiel der Gürtel herab, und als die Schnalle scheppernd zu Boden fiel, zuckte er leicht zusammen. Noch immer blickte er Erif Dher an. Dann ging er langsam weiter und trat aus seinen Hosenbeinen. »So heiß«, sagte er wieder, und auf seiner Haut bildete sich eine dünne, glitzernde Schweißschicht. Er strich sich das Haar aus der Stirn, und plötzlich war es ihm, als starrten hinter Erif Dhers Rücken hervor eins, zwei, drei Gesichter ihn an. Er starrte zurück. Die Gesichter öffneten die Münder, um ihm etwas zu sagen; das Bild seiner Schwester verschwamm, und die Gesichter nahmen Gestalt an, und unvermittelt merkte er, daß ihm eigentlich recht kalt war, daß er nichts am Leib trug und seine Kleider in kleinen Bündeln auf der Straße lagen, wo er sie fallen gelassen hatte.

Er blieb stehen und schimpfte auf die Umstehenden ein, bis sie fortrannten – es waren alles arme Leute, und er, trotz allem, der Sohn Harn Dhers! Dann ging er auf seine Schwester zu. Sie hielt die Lippen fest zusammengepreßt; ihre Wangen waren rosig überhaucht. Sie versuchte, seinem Blick standzuhalten, aber dazu war er jetzt zu wütend. »Hol meine Kleider!« befahl er.

»Tue ich nicht!« erwiderte Erif Dher.

»Das wirst du doch tun«, sagte ihr Bruder und griff nach ihren Zöpfen. Sie schrie auf und schlug auf ihn ein, er jedoch schwenkte sie am Haar herum. »Heb sie auf!« sagte er.

Ohne ein Wort holte sie die Kleider und warf sie ihm vor die Füße; sie war zu getroffen und zu wütend, um zu weinen.

»Du Biest, Berris!« sagte sie. »Das wird dir noch leid tun.«

Mit seiner Hose fand Berris seinen Gleichmut wieder. »Nein, bestimmt nicht«, sagte er. »Ich kann dich immer an den Haaren ziehen, aber du kannst nicht immer zaubern. Daher würde es dir auf lange Sicht nur schaden.« Sie trat gegen seinen Umhang und erwiderte nichts. »Kleine Gans«, fuhr er fort, »warum hast du das getan? Wenn das nun Tarrik gesehen hätte?«

»Ist mir gleich«, sagte Erif Dher. »Soll er doch! Dann kann niemand mehr sagen, er wüßte nicht, zu was ich imstande bin!«

»Oh«, meinte Berris, »darauf willst du also hinaus! Meinen Gürtel, bitte. Nein, heb ihn auf. Heb ihn auf! Du willst also, daß Tarrik es weiß?«

»Tarrik weiß es! Ich gehe nach Hause. Ich werde Vater erzählen, daß du mir weh getan hast.«

Berris schnappte sie am Arm. »Kindchen! Du kommst mit mir in die Werkstatt. Blas das Feuer für mich. Erif, ich schmiede heute etwas – etwas sehr Aufregendes. Ein Tier. Komm, Erif!«

»Wird Tarrik dort sein? Ja? Laß mich los, Berris!«

»Kann sein. Erif, du glänzt ja richtig, wenn du so wütend bist. Ja, so ist es besser. Kommst du?«

»Ich gebe dir keine Antwort, wenn du mich nicht losläßt.«

Er ließ ihren Arm los. Einen Moment lang rieb sie ihn an der Wange, dann nickte sie, und sie gingen gemeinsam zur Schmiede.

Umständlich schloß Berris Dher die Tür auf, denn er hatte das Schloß selbst gefertigt und war stolz darauf: Als Schlüssel diente ein kleiner Hirsch mit seltsam verzweigtem Geweih. Er ließ die Tür offenstehen und öffnete die Läden von innen. Erif Dher trat zur Feuerstelle und fegte die Erde fort, die man am Abend zuvor darum aufgehäuft hatte; es war noch Glut vorhanden, die, als sie hineinblies, rot aufflammte. Sie legte trockene Späne darauf und streckte die Hand nach dem Blasebalg aus.

»Warum machst du das *so*?« fragte Berris. »Kannst du dem Feuer nicht befehlen?«

Erif Dher schüttelte den Kopf. »Über Feuer weiß ich nicht so gut Bescheid.«

Berris wandte sich einem weiteren seiner Schlösser zu. Es hing an einer großen Eichentruhe, die mit gegabelten Streifen aus bronzegefaßtem Silber beschlagen war. Er nahm einen Gegenstand heraus und legte ihn vorsichtig auf die Glut, die rot und weiß unter dem Blasebalg pulsierte. Nach einer Weile sagte er zu seiner Schwester: »Hier, Erif, sieh dir das an!«

Erif Dher trat einen Schritt zurück und erblickte ein merkwürdiges Pferdchen aus Eisen, das verbogen und flachgeschlagen war; es biß sich selbst in den Nacken. Man sah, daß es über und über mit wütenden Hammerschlägen traktiert war; die Mähne schoß flammengleich empor, die nach unten gestemmten Füße waren hart und unnachgiebig, die Muskeln zum Bersten gespannt. Berris Dher legte die Figur auf den Amboß und begann, sie in einem bestimmten Rhythmus zu bearbeiten: *eins, zwei* auf das Pferd, *drei* klirrend auf das Eisen des Ambosses. Das Pferd wand sich; neue Hammerschläge überdeckten die alten – die Materie schien zu schwinden, alles war Bewegung. Längst war das Tier kein zahmes Weidepferd mehr, sondern ein wilder Hengst, von der Gewalt der Gedanken zur Raserei getrieben.

Das Glühen erstarb. Unvermittelt brachen die Schläge ab; das Pferd lag wieder im Feuer, wurde betrachtet, begutachtet. Dann wieder der Amboß. Berris sang tonlos im Rhythmus des Hammers: »Pferd, Pferd, Pferd.« Dann hielt er inne, den Hammer noch halb in der Höhe. »Nun?« fragte er. Erif Dher trat näher und zeichnete wie in Trance die Umrisse des Tieres mit dem Finger in die Luft. »Ich sehe«, sagte sie. »Das ist wohl dein bisher bestes Stück?« – »Ja, aber woher weißt *du* das?«

»Würde ich es dir sagen, wärst du nicht gerade begeistert. Frag Tarrik!«

Ihr Bruder schwieg, verharrte mit geschürzten Lippen und betrachtete das absonderliche kleine Pferd, das vor ihm im Schein der Glut lag. Er machte eine Bewegung, als wollte er es berühren, indes die Hitze im Eisen es ihm versagte.

An der offenen Tür der Schmiede klopfte es. Berris sah sich um, halb unwillig wegen der Störung, halb aber auch erfüllt von einer gewissen Vorfreude auf einen weiteren Bewunderer seines Werks. Erif Dher setzte sich neben einer weiteren Truhe, die zwischen dem Feuer und einem Fenster stand, auf den Boden. »Komm herein!« sagte Berris, lächelnd seinem Pferd zugewandt. »Komm und schau dir das an!«

Aus dem Sonnenlicht trat ein Mann. Neben Berris blieb er stehen und legte eine Hand auf dessen Schulter. »Ach!« sagte er. »Du hast etwas Neues?« Mit geneigtem Kopf betrachtete er die Schmiedearbeit. Der Mann war älter als Berris, hochgewachsen und anmutig, mit langen, breitkuppigen Fingern und dunklem, lockigem Haar; er war glattrasiert, und Augen und Mund verrieten, was im Kopf vor sich ging. Seine Kleider wirkten in der Schmiede sonderbar bunt: eine kurze weite Tunika aus feinem, hellrotem Leinen, die Ränder dunkelrot gesäumt, und ein schwerer Umhang, dessen eines Ende in den Gürtel gesteckt war, während das andere über der Schulter hing und schwer und schön über den Arm herabwallte. An den Füßen trug er leichte Sandalen; die Beine waren nackt. Der Mann bewegte sich vorsichtig, als fürchtete er, ständig gegen glühendes Eisen stoßen zu können.

»Wie findest du es, Epigethes?« fragte Berris schüchtern auf griechisch.

Der Angesprochene lächelte und antwortete nicht sogleich, und als er schließlich sprach, klang es ernst und fast väterlich. »Sehr nett«, sagte er.

»Du findest es nicht gut!« erwiderte Berris rasch, errötete und wandte seinen Blick wieder dem Pferd zu. »Stimmt's?«

Der Grieche legte ihm besänftigend eine Hand auf die Schulter. »Nun, Berris, es ist recht grob, nicht wahr? Rauh, gequält.«

»Ja … Ja … aber liegt das nicht teilweise an der Hämmerung?«

»Natürlich! Was habe ich dir denn immer wieder gesagt? Du mußt zuerst in Ton arbeiten, um all diese Grobheiten zu beseitigen. Und dann gießen.«

»Aber ich hasse Ton, Epigethes! Er ist so weich, so … so weit entfernt von dem, was ich eigentlich will. Und dann dauert es so lange mit dem Wachs und so weiter – und wenn es fertig ist, muß ich schaben und füllen und abschlagen und die Nagellöcher ausfüllen …«

»Ich weiß, ich weiß«, erwiderte Epigethes beruhigend, »aber für den Guß kannst du zu mir kommen, wann immer du willst. Ich werde meinem Gehilfen Bescheid sagen, und du brauchst nichts weiter zu tun, als das Modell bei ihm abzugeben.«

»Ja, aber …«, begehrte Berris auf. Dann brach es aus ihm hervor: »Darum allein geht es ja gar nicht! Alles, was ich gemacht habe, mißfiel dir. Nie bekomme ich etwas richtig hin! Ich werde es nie schaffen!« Er blickte auf die Gestalt auf dem Amboß herab; jetzt haßte er das kleine Pferd.

Epigethes setzte sich auf die Bank, er hatte Erif Dher bislang noch nicht erblickt. »Berris«, sagte er. »Ich mache dir ein Angebot. Du kannst bei mir lernen. Ich weiß, daß ich dir etwas beibringen kann. Du hast die Hände, die Augen – alles, nur nicht den richtigen Geist. In dieser Hinsicht bist du – verzeih mir – immer noch ein Barbar, und dafür kannst du ja nichts. Aber ich kann dir helfen, glaub mir. Arbeite sechs Monate mit mir, und niemand mehr wird erkennen, daß du kein gebürtiger Hellene bist.«

Berris Dher trösteten diese Worte nicht. All seine Freude über das Pferd war fort; er sah nur noch die Fehler und Schwächen. Er hatte jeglichen Stolz und alles Selbstbewußtsein verloren, sah keinen anderen Weg vor sich als beständiges Scheitern. Er schüttelte den Kopf.

»Aber, ich verspreche es dir«, sagte Epigethes. »Ich schwöre es bei Apoll! Und was ich als Gegenleistung verlange, kannst du mir leicht geben: dein reines Gold aus dem Norden, vom Gewicht eines Brotlaibs – nicht mehr. Und nicht zu Münzen geprägt, nicht, um es für irgendwelchen Tand zu verschwenden, sondern um es als der Künstler, der ich bin, in etwas Schönes zu verwandeln. Wie dieses hier, Berris ...« Seine Hand glitt in Brusthöhe zwischen die Falten seines Umhangs. »... und sobald du den richtigen Geist hast, wirst du selbst dazu in der Lage sein, dessen bin ich ganz sicher.«

Berris beugte sich herab. Epigethes wog eine goldene Medaille in der Hand. Sie zeigte in flachem Relief den von Weinranken umgebenen Kopf einer Frau, die Linien von Hals und Kinn schwer und fließend, selbst in Gold noch von vollendeter Weiblichkeit, und die Ranken exquisit gearbeitet, mit absoluter Präzision. Ganze Generationen griechischer Künstler hatten die Ranken des Weins wieder und wieder studiert, bis ihnen schließlich der Verlauf selbst des winzigsten Sprößlings aufs genaueste vertraut war. Für Berris hatte es aber noch eine ganz andere Bedeutung. Es verkörperte die verehrungswürdige Kunsttradition von Hellas: Ein Barbar konnte so etwas nur anstarren und bewundern, aber nie Kritik daran üben – niemals! Er nahm die Medaille in die Hand. Wie anders war dieses Kunstwerk als sein Pferd! Wie gut mußte Epigethes gewußt haben, was er wollte und wie er es gewann! Und wenn er, Berris Dher, sich dem Griechen anvertraute, seine Hände und seine Geschicklichkeit dem anderen als Werkzeug zur Verfügung stellte, dann würde auch er solche Dinge schaffen können. Ich werde, dachte er, weiche, luftige Gestalten schaffen, verschönerte Natur, Miniaturen des Lebens, vernünftig und präzise und nicht bizarr.

Wieder trat er zur Truhe und holte die eine Hälfte einer goldenen Gürtelschnalle heraus, die zu einem Gorgonenkopf gehämmert war, eine Frontalansicht mit starrem Blick. Unbeholfen reichte er sie Epigethes.

»Ist das besser?«

»Aber sicher!« rief der Grieche überrascht und hielt die Schnalle ins Licht. »Dieses Stückes brauchst du dich nicht zu schämen! Darin erkennt man Stil, und es erinnert mich in der Tat an die Verzierung auf einem großen Gefäß, das ich gerade in Arbeit habe. Aus dir wird doch noch ein Künstler! Wann hast du das gemacht?« Berris Dher blickte zu Boden. »Ich war vor einer Woche in deinem Haus«, antwortete er. »Als du beim Herrn von Marob warst. Ich habe deine Vase gesehen. Ich habe die Köpfe ausgemessen. Es ist eine Kopie.« Er entriß dem Griechen die Schnalle und warf sie zurück in die Truhe. Er zitterte leicht.

»Warum nicht?« meinte Epigethes. »Unter Freunden ... Im nächsten halben Jahr kannst du nichts Besseres tun, als mich zu kopieren. Ich werde deinen Blick schulen, und alles andere kommt dann von selbst. Komm wieder, wenn ich zu Hause bin, wann immer du willst. Im übrigen bezweifle ich, daß mich euer Herr noch einmal sehen möchte!«

»Tarrik? Warum nicht?«

»Oh ...« Epigethes lächelte ein wenig selbstgefällig. »Ich fürchte, er macht sich nichts aus meinen Arbeiten. Ich dachte, sie würden ihm gefallen, weil er doch selbst Hellenenblut in sich trägt. Aber nein ... Du, ein reiner Skythe, bist fast athenischer als er.«

Berris war betrübt. Er wollte Tarrik rechtfertigen, aber ... »Ich wünschte ehrlich, deine Arbeiten würden ihm gefallen. Ich athenischer ...! Ach, erzähl mir doch noch einmal von Athen!«

Epigethes lachte. »Eines Tages wirst du mich dorthin begleiten und dann die Tempel und Theater, die Bilder und alles andere mit eigenen Augen kennenlernen. Du wirst dich in sämtliche Göttinnen verlieben und versuchen, die gemalten Rosen zu pflücken! Daß du dereinst in der Schmiede das Eisen so häßlich verbogen hast, wirst du völlig vergessen!«

»Oh, so gern käme ich mit!« rief Berris. »Ich sehne mich so nach Hellas!« Und er errötete und blickte aus dem Fenster, bestürzt darüber, wie barbarisch er wirken mußte. Aber Tarrik ... »Warum gefielen dem Herrn deine Arbeiten nicht, Epigethes? Wie konnten sie ihm mißfallen! Was hat er gesagt?«

»Er hat eine ganze Menge gesagt, wenngleich überwiegend dummes Zeug. Immerhin: Ich muß jetzt mit Schwierigkeiten rechnen. Ich hatte gehofft, daß er einen Teil seines Schatzes für diese – vielleicht – dauerhaften Schätze ausgeben würde, und dann hätte ich lange hierbleiben und dir einiges beibringen können. Aber so – nun, du verstehst ... Ich bin nicht reich.«

Der Grieche warf noch einen Blick auf seine Medaille, wickelte sie daraufhin in ein Stück Tuch und steckte sie fort. Berris Dher trat zur Wand und schloß eine winzige Eisentür auf, die in schweren Angeln hing und sich nur mit einiger Anstrengung öffnen ließ. Epigethes wandte taktvoll den Kopf ab. Berris nahm einen apfelgroßen Goldklumpen heraus. »Ich wollte damit arbeiten«, sagte er, »aber du ... du verdienst es eher. Nimm es! Bitte, nimm es.«

Der Grieche schüttelte den Kopf. »Wie könnte ich! Mein lieber Junge, ich kann doch nicht einfach dein Gold nehmen ...«

Aber Berris hielt es ihm mit einer flehenden Gebärde entgegen. »Oh, ich will so sehr, daß du bleibst! Es ist meins, mein eigenes. Bitte, nimm es!«

Epigethes erweckte den Anschein, als ränge er sich eine schwere Entscheidung ab. »Nun gut«, sagte er, »aber du mußt zu mir kommen, damit ich dich unterrichten kann.«

»Oh, gern!« rief Berris. »Du wirst mich lehren, Hellene zu werden.«

»Wenn euer Herr mich läßt«, antwortete Epigethes und befühlte den Goldklumpen mit den Fingerspitzen.

»Es tut mir so leid, daß ...« Berris unterbrach sich. Ihm war eine Lösung eingefallen. »O Epigethes«, fuhr er fort, »geh doch zu meinem Vater! Ich spreche mit ihm, und er wird dann deine Arbeiten kaufen. Und mein Bruder draußen in den Sümpfen auch. Ich werde dich zu ihm bringen. Und sag – wann beginnt der Unterricht?«

»Morgen, wenn du willst. Komm, begleite mich ein paar Schritte. Und zeig mir deine Schlüssel, Berris. Du hast sie doch selbst gemacht, oder? Sie sind recht grob, weißt du ...«

Zusammen gingen sie hinaus. Als sie verschwunden waren, stand Erif Dher auf und trat zum Amboß; das Pferd war fast erkaltet. Die Lippen geschürzt, betrachtete sie es, tippte es mit dem Finger an und drehte es um. Dann zuckte sie die Achseln, ging zurück in ihre Ecke und legte eine Handvoll winziger Bronze-, Kupfer- und Eisenspäne zu einem Muster auf dem Boden aus. Oder fügten sich die Späne zu Erif Dhers Gesang selbst zusammen? Es war ein zartes, feines Lied, das ganz hinten aus der Kehle kam.

Als Berris Dher zurückkehrte, wirkte er sehr erwachsen und entschlossen. Sogleich nahm er die Zange zur Hand. »Blas das Feuer an!« befahl er seiner Schwester. Sie folgte, hielt dann aber inne, eine Hand am Blasebalg. »Du willst doch nicht das Pferd verändern?« fragte sie. Aber er schrie fast zurück: »Blas! Ich will es heiß, glühend heiß!« und warf Holz auf. Erif Dher begann mit langen, stetigen Bewegungen aus der Schulter heraus, den Blasebalg zu betätigen; zweimal sprach sie ihren Bruder an, aber er gab keine Antwort. Dann nahm er den schwersten Hammer, ein großes, breites Ding, und lehnte ihn gegen den Amboß. Die Scheite flackerten auf, brannten und zerfielen zu weißer Glut; das kleine Eisenpferdchen blieb unberührt, bis es glühend rot war und dem Mädchen der Rücken schmerzte.

»So«, sagte Berris und richtete sich mit einem Seufzer der Erleichterung auf. Er ergriff das Pferd mit der Zange und legte es auf den Amboß; dann betrachtete er es mit kalter Wut und begann, mit dem schweren Hammer darauf einzuschlagen. Rote Funken umsprühten ihn, versengten seine Lederschürze und seine Schuhe. Aber Berris Dher hieb mit blinder, schrecklicher Leidenschaft weiter, aus der der Haß auf seine eigene Arbeit sprach. Er stöhnte zuweilen unter der Anstrengung, sagte aber ansonsten kein Wort. Erst als das Eisen wieder schwarz und formlos war, hörte er auf und schleuderte es in die Ecke zu den Abfällen, wo es klirrend niederfiel. Erif Dher blickte ihm nach; sie hockte bereits wieder an ihrer alten Stelle auf dem Boden.

Berris Dher ging zu seiner Truhe und kramte ein Stück nach dem anderen heraus. Das meiste war nur halbfertig; er betastete die Arbeiten, prüfte sie stirnrunzelnd mit kritischem Blick oder murmelte etwas und legte sie wieder zurück. Endlich wickelte er die Schnalle mit dem Gorgonenkopf aus, fand ein grobes, flach getriebenes Stück Gold und verglich die beiden Teile; er wollte den Kopf auf der anderen Hälfte der Schnalle getreu kopieren. Dann legte er beide auf die Werkbank unter dem Fenster und begann, das Gold zu vermessen und winzige Markierungen anzubringen. Sie lagen direkt unter seinen Augen, während er aufrecht davorsaß und beide Ellbogen aufstützte, um eine sichere Hand zu haben. Er nahm sein Vergrößerungsglas aus dem weichen Lederumschlag, spähte hindurch, zählte winzige Filigrankügelchen ab und setzte sie an Ort und Stelle. Doch bei allem, was er tat, wirkte er jetzt unbeholfen, unfähig, mit dem Werkzeug richtig umzugehen. Seine Hände zitterten noch von dem leidenschaftlichen Hämmern, und er bearbeitete das Material ohne Liebe.

Ein ums andere Mal kamen Leute am Fenster vorbei, blickten hinein und sprachen ihn an. Berris Dher gab mürrisch Antwort und bedeckte seine Arbeit mit den Händen. Manchmal fiel ein Sonnenstrahl auf ihn, aber oft geschah dies nicht, denn inzwischen waren Wolken aufgezogen.

Zweites Kapitel

Immer stärker hatte Erif Dher das Gefühl, beobachtet zu werden. Sie blickte ärgerlich auf, weil sie sich ertappt fühlte. Unter den gesenkten Lidern hervor sah sie Tarrik; er lehnte reglos an einem der Türpfosten, einen Bogen in der linken Hand. Er hatte ein kantiges, lächelndes, träges Gesicht. Das Sonderbarste daran waren seine hellbraunen Augen, die einen offen anblickten. Sein Kinn war glattrasiert, aber vor den Ohren und über den Wangenknochen neben den Augenwinkeln wuchs zarter Flaum. Seine Haut war rötlichbraun, als läge er den ganzen Tag in der Sonne und ließe sich wärmen, während andere arbeiteten. Wie Berris trug Tarrik ein lockeres Hemd und Hosen, beides aus weißem Leinen, sowie einen weißen Filzmantel, der mit aufgehenden Sonnen und einander kreuzenden bunten Sonnenstrahlen bestickt war. Sein Gürtel bestand aus goldenen Delphinen, die Kopf an Schwanz aneinandergeschmiedet waren. Auf der einen Seite hing ein ziemlich kurzes Schwert, auf der anderen ein vergoldeter Köcher, eine Pfeife und ein winziges Jagdmesser mit einem Onyxgriff. Als Herr von Marob trug er eine Krone, eine hohe Filzkappe, auf der sich Reihe um Reihe kämpfender Greifenpaare in weichem Gold schlangen; sein Haar darunter war dunkelbraun und lockig, und auch der Oberlippenbart war dunkel, aber so kurz, daß man den Mund sah, und, wenn er lachte – was er oft tat –, auch seine ebenmäßigen oberen Schneidezähne.

Das Mädchen sah kurz den Bruder an, aber Berris hämmerte das Gold und wandte beiden den Rücken zu. Tarrik lächelte, zog die Bogensehne fester und begann, damit zu spielen, bis sie summte wie eine Wespe. Erif Dher runzelte die Stirn, nicht sicher, ob er vielleicht über sie lachte und sie wie ein Kind behandelte, obgleich sie doch in Wirklichkeit alle Macht besaß. Sie legte die Hand auf den Holzstern unter ihrem Kleid.

Dann verstummte plötzlich das Hämmern auf der Werkbank, und Berris rief ihr zu, sie möge das Feuer wieder schüren; das Gold werde brüchig, und er müsse es wieder glühen. Als er aufstand, entlockte Tarrik der Bogensehne einen scharfen, schneidenden Laut.

Berris erhob sich von seinem Schemel und grüßte den Herrn von Marob formvollendet, indem er die rechte Hand mit dem bloßen Messer an die Stirn legte. Dann ging er auf Tarrik zu, ergriff ihn bei den Schultern und schüttelte ihn, hocherfreut über den Besuch. Tarrik grinste und ließ ihn gewähren, und Erif Dher nutzte die Gelegenheit, um aufzustehen und den Holzstern herauszunehmen. »Ich wußte nichts von deinem Kommen«, sagte Berris. »Oh, Tarrik, ich hatte einen schrecklichen Tag! Ich dachte, ich hätte etwas Schönes geschaffen, aber ich habe mich geirrt.«

»Woher weißt du das?« fragte Tarrik, und seine Stimme war ebenso angenehm wie sein Lächeln. »Laß es mich sehen.«

Berris schüttelte den Kopf. »Nein, ich habe es wieder vernichtet. Warte, ich muß hier etwas erhitzen, sonst bricht es.« Er nahm das Gold und legte es vorsichtig mit der Zange ins Feuer.

Tarrik beugte sich darüber. »Ja«, sagte er. »Das ist schlecht. Schmelz es wieder ein, Berris.«

Bei diesen Worten errötete Berris, hielt aber die Schnalle unbeirrt ins Feuer. »Kann es nicht sein«, sagte er, »daß du überhaupt nichts von der Sache verstehst?«

»War unser schöner Freund Epigethes hier?« fragte Tarrik. »Das habe ich mir gedacht.« Er blickte über das Feuer hinweg zu Erif Dher, die den Blasebalg bediente, das Armband an einem Arm, den Stern in der anderen Hand. Sie begann, sehr leise im Rhythmus ihrer Bewegungen zu singen. Es war ein Kinderreim über kleine Schiffe mit allerlei schöner Ladung. Noch immer war Erif Dher sich nicht klar darüber, ob er sich über sie lustig machte oder aber in sie verliebt war. Das Feuer in der Esse zwischen ihnen ließ ihren Zauber über ihn kaum zur Geltung kommen.

Inzwischen war das Gold heiß und weich geworden; es würde nicht mehr brechen. Berris Dher nahm es heraus und trug es zur Werkbank. »Es ist schlecht, schlecht, schlecht«, sagte Tarrik, der sich darüber beugte. »Es ist, als ob ein kleiner Grieche ein Gesicht machen will.« Und plötzlich merkte Erif Dher, daß ihr Tarrik gefiel. Sie war derart überrascht, daß sie beinahe den Stern fallen ließ. Im Grunde hatte sie nie zuvor über ihre eigenen Gefühle nachgedacht. Hier stehe ich, dachte sie, Harn Dhers Tochter, eine Hexe. Natürlich werde ich für den Vater und den Bruder alles, was in meiner Macht steht, tun. Und dort stand der Herr von Marob, der Mann, den sie bezaubern sollte, um ihn für einige Monate als Ehemann zu gewinnen – dies war ein Teil des Plans –, der aber niemals einen Platz in ihrem Leben einnehmen sollte. Wenn er ihr jedoch gefiel, würde alles viel schwerer. Eine Welle der Furcht ging über sie hinweg; sie wollte alles abbrechen und fortlaufen. Heimlich und verstohlen versuchte sie, sich aus der Schmiede zu schleichen, dicht an die Wand des Raums gedrückt. Aber da wollte Berris sein Gold wieder erhitzen und befahl ihr, das Feuer zu schüren. Er war wütend, weil er schlecht arbeitete, und er haßte es, daß Tarrik es ihm so unverblümt sagte. So ging Erif Dher zurück, den Kopf hoch erhoben und sich und allen anderen vorgaukelnd, genau zu wissen, was sie wollte. Aber als sie dann am Blasebalg arbeitete, ergriff der Schrecken mehr und mehr von ihr Besitz. Irgend etwas mußte geschehen!

Tarrik unterhielt sich leise mit Berris. Dabei ließ er entweder seinen Bogen auf der Spitze herumwirbeln oder spielte mit herumliegenden Holzstückchen eine Art Knöchelspiel. Ohne Unterlaß zog er über Epigethes her und versuchte, seine Vorwürfe mit hanebüchenen Argumenten zu beweisen. Berris hörte mitunter einfach weg und vertiefte sich in seine Arbeit, aber zuweilen antwortete er auch heftig und versuchte, Tarriks Redefluß zu unterbrechen. »Er ist der erste griechische Künstler, der die Güte besitzt, hierherzukommen«, sagte er, »und das ist sein Willkommen! Du, der du in der Tat Gefühle für Hellas zeigen solltest – du empfängst ihn nicht einmal bei seinem ersten Besuch mit der gebührenden Höflichkeit. Und dabei gelingt es dir nicht einmal, ihn einzuschüchtern. Du benimmst dich wie ein Narr – und überall in der Welt wird Marob nun als eine Stadt der Narren gelten!«

»Solange das Korn, das wir in die Welt schicken, gut bleibt, bestimmt nicht«, erwiderte Tarrik.

»Korn! Du hast einmal über die Kunst, die Schönheit nachgedacht. Aber wenn die Kunst zu uns kommt, würdigst du sie nicht einmal eines Blickes.«

»Und wenn *du* eine schöne Tunika siehst oder einen griechischen Namen hörst, fragst du nicht mehr, was dahintersteckt. Ich habe auch einen griechischen Namen. Nenn mich bei diesem und sieh, ob du dann meinen Worten nicht größere Aufmerksamkeit schenkst.«

»Du Narr, Tarrik!«

»Charmantides.«

»Du ... Gott, ich überhitze das Gold!« Er schnappte die Schnalle aus dem Feuer und trat zurück zum Fenster.

Tarrik folgte ihm. »Und jetzt? Ist es nicht schon schlecht genug und wird nur immer noch schlimmer? Berris, sieh dir das doch einmal richtig an. Was soll der Unsinn? Diese Kratzer, was sollen die denn bedeuten? Das alles hat keine Kraft – nein, es ist wirklich eine schlechte Schnalle. Was hast du sonst noch gemacht?«

»Nichts, nichts – niemals. Alle Schönheit verschwindet – auf dem Weg zwischen meinen Augen und meiner Hand! Ach, es hat keinen Sinn!« Mit einemmal hatte Berris Dher erkannt, wie schlecht seine Arbeit war. Er ließ den Hammer fallen und saß mit herabhängenden Armen vor der Bank, die Stirn auf die Kante gelegt.

»Steh auf!« sagte Tarrik. »Hör mir zu. Ich bin jetzt Charmantides. Ich bin ein ebenso guter Grieche wie Epigethes, und ich will kein Geld für meine Lektion. Ich bin Grieche genug, um zu erkennen, daß daran nichts ... nichts Magisches ist«, sagte er und blickte sich ein wenig erstaunt um, als habe er das letzte eigentlich nicht sagen wollen. »Es hat keinen Sinn, wenn wir Hellas kopieren; wir haben hier weder ihre Berge noch ihre Sonne. Du weißt, Berris, daß ich dort gewesen bin. Ich habe die Städte Griechenlands gesehen und würde sie gern wiedersehen, wenn ich hier abkömmlich und nicht der Herr von Marob wäre. So wunderbar sind die Menschen dort gar nicht. Sie sind nicht so lebendig wie wir, und mir kamen sie immer vor wie Sklaven. Sie tun die ganze Zeit über, als seien sie frei, ja sie halten sich auch selbst für frei. Aber in Wirklichkeit sind sie arm und klein und schielen beständig hin und her zwischen ihren Herren – Mazedonien auf der einen Seite und Syrien und Ägypten auf der anderen. Hellas ist alt und lebt von Erinnerungen – eine höchst unbekömmliche Speise für uns! Vergiß es, Berris.«

»Hältst du denn diese Schnalle wirklich für so schlecht?« fragte Berris traurig, denn er bezog natürlich alles nur auf seine Arbeit.

»Sieh doch selbst«, erwiderte Tarrik. »Und sieh es im Zusammenhang. Du weißt nicht, was du willst. Ist es das Abbild des Lebendigen und kaum weniger real – oder ist es eine Gürtelschnalle? Woran hast du während der Arbeit gedacht?«

Und so hätten sie wohl noch stundenlang weiterreden

können, ohne daß etwas Entscheidendes dabei herausgekommen wäre. Erif Dher stand neben der Esse, die Hände um die Ellbogen gelegt; in ihren Augen spiegelten sich die Flammen. »Tarrik!« sagte sie plötzlich laut, »ist das alles, was du zu sagen hast?« Die Männer unterbrachen ihr Gespräch, drehten sich um und blickten sie an. Der Schein des Feuers tanzte auf ihren Wangen, den langen Zöpfen und ihrem Hals, stieg blaß und weich aus dem groben Tuch ihres Kleides. Sie hatte den Mund leicht geöffnet, und um ihre Füße floß ein Muster aus Licht.

Berris blieb bei der Werkbank stehen, Tarrik jedoch ließ den Bogen fallen und trat zwei Schritte auf sie zu. Dann sagte er laut: »Erif Dher, ich liebe dich. Ich will dich heiraten.« Er streckte die Arme nach ihr aus, aber sie befand sich in ihrem eigenen Kreis und regte sich nicht. Er hörte sie keuchend atmen, als sei sie sehr schnell gelaufen, und er hörte auch den Schlag seines eigenen Herzens.

Erif Dher antwortete nicht. Da fragte Berris: »Wirklich? Du willst sie heiraten?«

»Nein ... Ja«, antwortete Tarrik, legte die Hände an den Kopf und drückte sich die Krone auf das Haar, so daß sie seine Ohren halb überdeckte.

Erif Dher hob mit einem leisen Schrei die Hände und erlöste ihn. »Ich habe es geschafft!« sagte sie. »Ich habe es getan, Herr! Nun? Bin ich klug?« Dann trat sie aus ihrem Kreis.

»Warum hast du mir das befohlen?« fragte Tarrik leise. »Wann wirst du den Bann lösen?«

»Er ist doch längst gelöst!« rief sie. »Und jetzt sag, was du *wirklich* willst.«

»Das gleiche wie zuvor«, antwortete Tarrik und zog sie an sich. Sie duckte sich und schlug unbeholfen, wie ein Kind, mit Kopf und Fäusten auf ihn ein, spürte dann aber, wie sie voll Inbrunst auf Hals und Gesicht und den offenen Mund geküßt wurde, fand nichts, wogegen sie hätte stoßen können, nichts, das stillhalten und sich von ihr bekämpfen lassen wollte. So erlahmte ihr Widerstand unvermittelt, sie lag in seinen Armen, bis er sie ebenso unvermittelt losließ. Erif Dher war auf Tarriks Bogen getreten; die Sehne riß, und er hob ihn auf. »Hexe«, sagte er, »ich werde zu Harn Dher gehen, und dann werde ich dich heiraten.«

»Mein Einverständnis habt ihr«, warf Berris hastig ein. »Und Vaters ebenfalls.« Aber niemand hörte ihm zu.

»Nun gut«, sagte Erif Dher. »Und jetzt hör mir zu, Tarrik. Solange es mir gefällt, werde ich dich verzaubern, und du wirst nichts dagegen tun können.«

»Nur zu!« entgegnete Tarrik, »aber ich werde andere Dinge tun, die du nicht verhindern kannst.«

Erif Dher glättete sich die Zöpfe und strich sich mit den eigenen, vertrauten Handflächen über die heißen Wangen. »Wart's ab!« sagte sie und ging hinaus. Es war schon in Ordnung, wenn Berris sie an den Haaren zog; aber das nächstemal würde Tarrik es tun, der viel stärker war. Sie wußte, daß ihre Zauberkraft von ihr selbst abhing und ebenso gebrochen werden konnte wie sie selbst. Und wenn schon, dachte sie.

Die Sonne war wieder hinter den Wolken hervorgekommen, und der Wind, der den Geruch des Meeres herantrug, fegte frisch und kräftig durch die Straßen Marobs. Erif Dher rannte fast, als sie zum Flachsmarkt zurückeilte. Vater wird sich über mich freuen, dachte sie. Ich muß es ihm rasch erzählen. Und wie lange werde ich wohl brauchen, um Yersha aus dem Haus des Herrn von Marob zu vertreiben?

Tarrik und Berris hatten ihr Gespräch dort wieder aufgenommen, wo Erif Dher sie unterbrochen hatte. Berris war über den Ablauf der Ereignisse höchst erstaunt und dachte an seinen Vater. Mit Tarrik wollte er indes jetzt nicht darüber reden, denn es wären zwangsläufig nur Lügen dabei herausgekommen.

Tarrik seinerseits fühlte sich wunderbar leicht; seine Gedanken sprangen rasch von einem Thema zum anderen. Das war schon immer seine Art gewesen; er wußte, wie sehr diese Eigenschaft den Rat und Harn Dher aufbrachte, und spürte es jetzt mit überscharfem Bewußtsein. Er wußte, daß er frei war, daß nichts so wichtig war, wie es mitunter schien – weder Marob noch das Korn, weder die Kunst noch die Schönheit, ja nicht einmal sein Leben. Er redete weiter wie zuvor, durchaus in ernsten Worten, aber ab und zu stieg Lachen in ihm auf wie eine heimliche Brise und ließ seinen Mund erzittern. Mit der Zeit wurde es ihm zuviel. Da stand er auf und erwähnte, daß er noch im Verlauf des Tages zu Harn Dher gehen würde; zunächst aber müsse er in den Rat.

»Ja«, erwiderte Berris verblüfft, »wegen der Straße? Ich hätte es mir denken können ... Ja, geh schnell!« Er schob ihm den Bogen in die Hand und drängte ihn hinaus. Tarrik verließ die Schmiede und trat schwankend, fast tänzelnd auf die Straße. Es war, als kämpfe er dagegen an, sich bei jedem Schritt in die Luft zu erheben.

Kaum war Tarrik außer Sicht, da nahm Berris auch schon die halbgeschmolzene Schnalle heraus, erhitzte sie zusammen mit ein paar Filigrankügelchen und goß das Gold zu einem Barren. Er war drauf und dran, der anderen Schnalle dasselbe Schicksal zu bereiten, hielt dann jedoch im letzten Moment inne. Er brachte es nicht über sich, in so kurzer Zeit einen so großen Teil seiner Arbeit zu vernichten. Er löschte das Feuer, hängte seine Lederschürze auf und verschloß alle Gerätschaften sorgfältig. Ihm war klar, daß er sich eigentlich hätte freuen müssen, weil der Plan nun funktionierte und sein Vater somit schon sehr bald Herr von Marob sein würde. Aber seine Stimmung war alles andere als gehoben. Er war niedergeschlagen und traurig, teils Tarriks wegen, teils wegen seines eigenen Versagens, teils aber auch wegen der vielen Zauberei, die sich in den letzten paar Stunden um ihn herum zugetragen hatte.

Tarriks Verhalten auf der Ratsversammlung war diesmal noch schlimmer als gewöhnlich. Zunächst einmal kam er zu spät – woran sie freilich gewöhnt waren, und ohne ihn kamen sie ohnehin viel besser zurecht. Nur: Wenn Tarrik nicht anwesend war, galt keiner ihrer Beschlüsse als geweiht, waren sie doch alle nur Teil seiner Göttlichkeit.

Heute beriet man den großen Plan, der vor einem Jahr von Gelber Bulle vorgelegt worden war, dem ältesten

Sohn Harn Dhers, der draußen im Süden in den Sümpfen lebte. Er hatte allein in einem flachen Boot das Gebiet erforscht, war durch jene sonderbaren, brackigen, von Wasserpflanzen fast erstickten Kanäle gestakt, die sich meilenweit ins Landesinnere zogen. Er hatte sich auf dieser Expedition ausschließlich von gefangenen Vögeln, Eiern und nach Schlamm schmeckendem Fisch ernährt. Jetzt stand er vor dem Rat, ein in Fell gekleideter Mann mit rauher Haut und wild funkelnden Augen, der eifrig auf die Verwirklichung seines Plans bedacht war, ihn aber nur höchst unzureichend zu erklären vermochte. Gelber Bulle setzte sich dafür ein, eine geheime Straße durch die Sümpfe zu bauen. Auf Pfählen sollte sie die Inseln verbinden, und zum Meer hin sollten tiefe Abflußkanäle gegraben und hier und dort befestigte Plätze mit Mauern und Türmen errichtet werden. An vielen Stellen traf man schon in geringer Tiefe auf festen Boden, und durch die Entwässerung würden weite Flächen neuen Weidelands entstehen. Und von den Inseln waren einige groß und wild und brauchten nur gerodet zu werden, wollte man neues Land gewinnen. Dort wäre man auf alle Zeiten vor Angriffen geschützt und sicher vor den Roten Reitern ... Gelber Bulle wußte selbst nicht so recht, wo seine Straße schließlich enden würde. Sie führte weiter und weiter und wurde mit jeder Meile unwahrscheinlicher. In all seinen Tagträumen schob und wand man sich durch endlose Schilfreihen, hatte unaufhörlich den Geruch verfaulender Stengel in der Nase, und zwischen den verborgenen Wurzeln blubberte der Schlamm. Und Gelber Bulle würde dieser Straße folgen, und obgleich große Armeen hinter ihm hermarschierten, blieb er stets allein. Von seinen Träumen und seiner Sehnsucht konnte Gelber Bulle dem Rat nicht erzählen, und der Rat konnte sich nicht entscheiden, ob die Sache es wert war. Harn Dher hielt die Straße für wichtig, sah aber auch alle Schwierigkeiten und Gefahren, die mit ihrem Bau verbunden waren. Es würde Jahre dauern und den Einsatz aller verfügbaren Arbeitskräfte erfordern. Auch Tarrik hatte an dem Vorhaben Interesse gezeigt – mehr als an allem anderen, das seit dem Zurückschlagen der Roten Reiter hinter die Nordberge vier Jahre zuvor vor den Rat gebracht worden war. Es war ihm sehr daran gelegen, die Straße zum Geheimnis von Marob zu machen, den Zugang verborgen und bewacht zu halten und sie von keinem Fremden besetzen zu lassen. Er hatte auch nach dem Zielpunkt der Straße gefragt und darüber nachgedacht.

Heute hatten Gelber Bulle und diejenigen, denen außer ihm noch der Plan am Herzen lag, auf ein klares Wort von Tarrik gehofft. Denn die Entscheidung lag letztlich bei ihm; sie selbst hatten nicht die Macht, eine solche tiefgreifende Veränderung herbeizuführen. Sie hatten es dem Herrn von Marob mitgeteilt, und er hatte versprochen zu erscheinen. Und jetzt war keine Spur von ihm zu sehen. Selbst seine besten Freunde gerieten in Zorn. Als er schließlich doch kam, benutzte er nicht den separaten, nur ihm selbst zustehenden Eingang, sondern trat von der Straße aus herein, in der Hand einen Bogen mit gerissener Sehne – genug, um für jeden und über alles Unglück heraufzubeschwören. Als habe er sie nicht schon lange genug warten lassen, ging Tarrik sehr langsam. Gelber Bulle stand auf, die Hand mit dem Messer zum Gruß erhoben, ein starker und gutaussehender Mann. Harn Dher blickte von einem zum anderen; ihm gefiel sein Sohn, und mit diesem Gedanken stand er nicht allein.

Genau in der Mitte des Ratssaales hing an einer Kette eine große Silberlampe mit zehn Dochten. Als Tarrik darunter herging, sprang er plötzlich hoch, schwang sich an der Lampe vor und ließ sich wieder fallen. Beim Zurückschwingen spritzte Öl über den Boden. Die Ratsmitglieder waren entsetzt, am meisten jedoch Gelber Bulle. Tarrik hingegen nahm seinen Platz ein, als sei nichts geschehen, und lächelte die Ratsherren freundlich an. Sie bedeuteten Gelber Bulle, weiterzureden, und nervös setzte er von neuem an.

Danach wurde Tarrik gänzlich unerträglich. Er saß einfach auf seinem Ehrenplatz und lachte ohrenbetäubend. Niemand hätte dabei weiterreden oder Pläne schmieden können, am wenigsten Gelber Bulle. Der Herr von Marob riß sich nur vorübergehend zusammen, als Harn Dher vom Ende der Straße sprach. Eines Tages, so meinte er, würde sie durch die Sümpfe zu einem neuen Land führen, vielleicht zu einem Hafen. Ein anderer hielt dies für eine Gefahr; man würde Angreifern aus dem Süden geradezu den Weg ebnen – nicht den Roten Reitern, sondern Seefahrern, ja sogar den Griechen. An diesem Punkt hatte Tarrik das Wort ergriffen und mit unvermittelt bitterer, vernünftiger Stimme erklärt, daß die Griechen keine Gefahr darstellten – die Schwerter kämen aus dem Norden und Nordosten. Vor Hellas brauchte niemand Angst zu haben; zu oft seien die Hellenen schon geschlagen worden. Die Gefahr bestünde vielmehr darin, daß viele Menschen sie immer noch für großartig und wunderbar hielten und immer noch alles täten, was die Griechen ihnen vorschlugen, und dies nicht aus Angst vor einem Krieg, sondern aus der Furcht heraus, als Barbaren zu gelten.

»Bleiben wir doch, was wir sind!« rief Tarrik und schien dabei den Griechen in sich selbst zu verleugnen.

Niemand im Rat achtete auf seine Worte. Man wollte die Beziehungen mit dem Süden nicht stören und die griechischen Märkte behalten, wollte weiterhin Korn, Flachs, Felle und Bernstein ausführen und Öl und Wein sowie eine Reihe seltener, kostbarer Dinge – Stolz der Reichen und Schmuck ihrer schönen Frauen – einführen. Man wollte etwas, zu dem man aufblicken konnte, einen Traum, einen Maßstab. Harn Dher dachte an den griechischen Künstler, von dem sein Sohn gesprochen hatte, entschloß sich, den Mann zu ermutigen, und überlegte, was er kaufen konnte – vielleicht ein Geschenk für Gelber Bulle, das dieser seiner jungen Frau draußen in den Sümpfen mitbringen konnte. Weit von der Stadt und allem entfernt, was das Leben für eine Frau angenehm machte, mußte sie sich sehr einsam fühlen.

Der Herr von Marob sah wohl selbst, daß er wieder einmal niemandem einen Gefallen getan hatte, und beschränkte sich fortan aufs Lachen oder Schweigen. Entmutigt löste sich die Ratsversammlung auf. Doch dann sagte Tarrik plötzlich: »Ich muß sehen, wie man das Geheimnis schützen kann. Gelber Bulle, bring mich zu der Straße!«

»Ja, Herr«, antwortete Gelber Bulle eifrig. Aber Tarrik lachte schon wieder.

Die Ratsherren gingen hinaus. Ein Sklave kam herein und wischte das vergessene Öl auf, ein furchtsames Auge auf Tarrik gerichtet, der noch immer auf seinem Thronsessel saß und von Zeit zu Zeit kurz auflachte. Es begann zu dämmern. Wie stets, wenn der Raum leer und die Fensterläden nicht verschlossen waren, hörte man das Geräusch der Wellen von Hafen und Strand herüberklingen, leise im Sommer und rauh und polternd im Winter.

Tarrik, dessen anderer Name Charmantides lautete, stand auf und ging durch das Haus zum Hof der Frauen, um seine Tante Eurydike zu suchen, die von den Skythen Yersha genannt wurde. Ihr Zimmer lag auf der einen Seite zum Meer und auf der anderen zum Garten hinaus, in dem zwischen hohen Rosenhecken Rasenflächen angelegt waren, wo unter Apfelbäumen Marmorbänke standen. Es gab dort schmale Rabatten mit Sommerblumen und Kräuterbeete um Brunnen und Statuen, die man einst aus Hellas hergebracht hatte.

Yersha, die auch Eurydike hieß, saß an dem gegenüberliegenden Fenster und blickte aufs Meer hinaus. Sie hatte ein Manuskript abgeschrieben; neben ihr lagen Feder und Tinte und eine Seite, die zur Hälfte mit ihrer ruhigen, sorgfältigen Schrift bedeckt war. An den Wänden standen Truhen mit Buchrollen, und darüber waren die Geschichten, die sie enthielten, in Fresken ausgedrückt: schwarze Linien, ausgefüllt mit den weichen Farben von Haut und Kleidern. Achilles auf Skyros, das Opfer der Iphigenie, Phaedra und Hyppolyt, Alkestis, wie sie von den Toten zurückkehrt, Reiter von der übertriebenen, abgenutzten Schönheit eines zu oft kopierten Parthenons, Frauen mit schweren Lidern und trägen Händen in kompliziert gefalteten Kleidern, alles gerahmt von einem verschlungenen Akanthusmuster, das sich um Tür- und Fensterrahmen wiederholte. Der Boden bestand aus Marmor von Skyros, weiß mit braunen und eigentümlich grünen Streifen. Die Sofas und der Tisch waren aus Zitronen- und Ebenholz und hatten silberbeschlagene Beine. Es gab ein paar hellgrundige, mit weichen Farben bemalte Vasen mit blassen Blumenmustern und Griffen und ein paar Marmorstatuen, darunter ein Schwan mit leicht gespreiztem Gefieder und kleine, geflügelte, kindhafte Liebesgötter.

Sie wandte den Blick vom Meer ab und lächelte ihn an. »Charmantides«, sagte sie, »komm her und unterhalte dich mit mir. Sag mir, warum du das getan hast.«

»Was denn?«

»Dein Auftritt vor dem Rat. Warum hast du gelacht, mein Lieber?«

Er blieb neben ihr stehen und spielte mit dem Stift. Warum hatte er gelacht? Er wußte es nicht mehr. Es war verschwunden.

Er schüttelte den Kopf. »Ich werde Erif Dher heiraten«, sagte er und spürte, wie sie im Augenblick vor ihrer Antwort Atem und Gedanken anhielt.

»Ach so. Und deshalb hast du gelacht? Ich freue mich, dich so glücklich zu sehen.«

Er malte sich mit ihrem Stift Tintenmuster auf die Fingernägel und fragte sich, was er antworten sollte. Er glaubte nicht, daß ihn Glück zum Lachen gebracht hatte, ja, er war sich nicht im geringsten sicher, welcher Art die Gefühle waren, die er für Erif Dher empfand – außer, daß er sie besitzen wollte. Er wußte, daß er sich in Gefahr begab.

Auch seine Tante wußte dies. Sie fuhr fort: »Hast du schon mit Harn Dher gesprochen?«

»Nein«, antwortete er.

»Mit Gelber Bulle?« Er schüttelte den Kopf. »Aber sicher hast du schon jemanden gefragt, abgesehen von dem Kind selbst?«

»Sie ist kein Kind«, entgegnete der Herr von Marob.

»Das ist um so mehr ein Grund, daß sie nicht für sich selbst antworten sollte. Charmantides, du weißt, ich habe versucht, dir eine Mutter zu sein, seit deine eigene starb. Ich glaube, du hast mich geliebt. Warum hast du mir nicht früher davon erzählt?«

Er malte die Muster auf seinen Nägeln weiter aus. »Ich wußte es nicht.«

»Bist du sicher? Auch nicht beim Pflügefest?«

Er lächelte. An das Pflügefest dachte er gern. Ja, sie war die beste Frühlingsbraut, die er jemals in den vorgeschriebenen Tanz geführt hatte – und später ... Wie hatten sich die Männer amüsiert ... Aber der Gedanke, sie zu heiraten, war ihm danach noch nicht gekommen. »Nein«, sagte er wahrheitsgemäß, »erst jetzt.«

»Aber wenn du es erst jetzt weißt, ist es sicher nicht auf natürliche Weise geschehen. Du kennst doch ihre Fähigkeiten, Charmantides, du weißt doch, was sie kann! Du unterliegst einem Zauber, mit dem sie oder ihr Vater irgendwelche Zwecke verfolgen.«

»Sehr gut möglich«, erwiderte Tarrik, »vielleicht habe ich deshalb gelacht. Aber ich werde sie trotzdem heiraten.«

»Warum?« fragte Eurydike. »Warum nur?«

»Weil es mir so gefällt«, antwortete er und blickte aus dem Fenster. Wolken und Sonnenlicht jagten über das Meer, und unten am Strand stand Erif Dher, die Fäuste über der Brust zusammengeballt, und blickte zum Haus des Herrn von Marob hinauf.

Unvermittelt begann Tarrik wieder zu lachen: »Ich werde zu Harn Dher gehen«, sagte er und verließ eilig den Raum. Sein weißer Filzmantel bewegte sich steif im Rhythmus seiner Schritte.

Auf seinem Weg durch Marob grüßten ihn die Männer im Vorbeigehen mit dem gezogenen Messer vor der Stirn. Mädchen, die bewaffnet waren, vollzogen die gleiche Geste, doch meistens hoben die Frauen nur die Hand leicht über die Augen und blickten ihn sanft unter langen Wimpern hervor an, in der Hoffnung, er würde sie ansprechen. Sie und die jungen Männer in Marob mochten Tarrik viel lieber als den alten Harn Dher und den Rat, der sie zu ihrem Besten regiere, aber nicht zu ihrem Vergnügen. Aber das hing nur von Kleinigkeiten ab, es war ein immerwährendes Kommen und Gehen, und Tarrik würde nur einmal jung sein. Gewiß, er genoß das

Leben, aber er hatte nur sehr wenige Herzen auf Dauer gebrochen; die meisten seiner Liebsten waren inzwischen verheiratet und zürnten ihm nicht mehr. Er hatte möglicherweise mehrere Kinder, aber nichts war bewiesen, keines anerkannt. Und Erif Dher wußte darüber ebensogut Bescheid wie alle anderen.

Tarrik erwiderte die Begrüßungen und Blicke mehr oder minder alle, doch dachte er nicht darüber nach. Er überlegte auch nicht, wie er sich bei der bevorstehenden Begegnung verhalten sollte, sondern plante gerade, wie sich zwei Fliegen mit einer Klappe schlagen ließen – nein, eigentlich kam es darauf an, nur die eine zu töten, und die andere ... nun, Gelber Bulle war ein schätzenswerter junger Mann – trotz seines lächerlich roten, rauhen Gesichts. An der Straßenecke stand eine Gruppe kichernder Mädchen, die darüber spekulierten, aus welchem Grunde der Herr von Marob so ganz allein vor sich hin lachte. All ihre Vermutungen waren diesmal falsch. Tarrik blieb vor einem Fenster stehen und rief hinauf: »Epigethes!« Der Grieche lehnte sich heraus, und auf seiner Miene zeichneten sich Mißtrauen und Furcht ab, als er erkannte, wer ihn gerufen hatte.

»Reitest du mit mir aus?« rief Tarrik nach oben. »In den Süden, zu Berris Dhers Bruder. In drei Wochen. Wir werden über Kunst reden, Epigethes!«

In den Worten lag eine Drohung, die Epigethes entsetzte. »Ich bin sehr beschäftigt, Herr«, antwortete er. »Eure Adligen haben mir viel Arbeit gegeben. Ich bin Künstler. Ich habe keine Zeit zum Reiten.«

»So, so«, gab Tarrik zurück. »Dann befehle ich es dir. Denk daran, daß du dich in meinem Land befindest. Weißt du ...« – er sah mit Vergnügen, wie der Grieche immer ängstlicher wurde – »... ich bin ein Barbar, und wenn ich die Geduld verliere ... Ich kann mich also darauf verlassen, daß du mitkommst, wenn ich soweit bin?« Und dann ging er weiter. Nach ein paar Minuten blieb er noch einmal stehen und blies dreimal auf den Fingern. Es gab einen unangenehm schrillen Pfeifton, und unmittelbar darauf rannte ein in einen schwarzen Mantel gekleideter Mann mit struppigem Haar auf ihn zu.

»Sorg dafür, daß kein Schiff in meinem Hafen Epigethes mitnimmt«, sagte Tarrik und legte einen Finger auf den Arm des Mannes.

Als er den Flachsmarkt erreichte, war die Sonne schon fast untergegangen; die Menschen gingen heim zum Abendbrot. Am Rande des Brunnens in der Mitte des Platzes saß ein kleiner Junge, der aus vollem Hals sang und mit den nackten Fersen auf den Stein schlug. Tarrik setzte sich neben ihn. Der Junge blickte sich um, begrüßte ihn spöttisch und sang sein Lied zu Ende. Dann sagte er im gleichen Atemzug: »Kommst du mit zu uns zum Abendessen, Tarrik? Du mußt einfach!«

Tarrik zog ihn sanft und liebevoll an den Haaren. »Niemand hat mich eingeladen, Goldfisch«, sagte er. »Aber ich möchte deinen Vater besuchen. Und ich werde deine Schwester heiraten.«

Goldfisch glitt von dem Steinrand und starrte ihn an. »Hat sie dich verzaubert?« fragte er.

»Ich glaube schon«, antwortete Tarrik. »Verzaubert sie dich auch manchmal, Goldfisch?«

»Mich kann sie nicht verzaubern«, entgegnete der kleine Junge stolz, aber dann besann er sich eines Besseren und sagte die Wahrheit: »Sie versucht es ja gar nicht. Manchmal ist sie furchtbar. Ich habe sie gefragt. Aber sie meint, sie könnte es nicht. Doch Goldfink kann sie leicht verzaubern.«

»Und Goldfink, wird die auch zaubern, wenn sie groß wird?«

»Nein«, antwortete Goldfisch, »sie ist ganz normal. Sie ist meine Lieblingsschwester.«

Zusammen gingen sie zum Haus Harn Dhers; das Essen stand bereits auf dem Tisch. Erif Dher und eine Sklavin zündeten die Kerzen an, aber als das Mädchen Tarriks gewahr wurde, bat es die Frau, schnell eine große Lampe zu bringen und dem Vater Bescheid zu geben. Inzwischen fuhr sie fort, die Kerzen anzustecken. Ihr Gesicht zeigte keine Regung, aber ihre Hände zitterten.

Harn Dher trat ein, gefolgt von der eilig herangeschafften Lampe. Der Sklave ging wieder hinaus; ihm folgten Erif Dher und ihr kleiner Bruder.

»Harn Dher«, sagte Tarrik, »bester meiner Ratgeber! Ich bin gekommen, dich um die Hand deiner Tochter Erif Dher zu bitten.«

Harn Dher antwortete nicht sofort. Nach einer Weile sagte er schließlich: »Mein Sohn Berris erzählte mir von deinem Vorhaben. Es ist eine Angelegenheit, über die mit Ernst verhandelt werden muß. Ganz Marob ist von dieser Heirat betroffen, Herr. Ich allein kann nicht die Antwort geben, doch befinden sich gerade einige Ratsmitglieder hier im Hause. Mit deiner Erlaubnis werde ich sie hereinrufen.«

»Hol sie, wenn du willst«, antwortete Tarrik rasch und in sichtlicher Verärgerung. »Wenn du daraus eine Staatsangelegenheit für Marob machen willst. Aber merk dir eines: Ich bekomme Erif auf jeden Fall!«

Harn Dher gab darauf keine Antwort, sondern ging zur Tür und rief hinaus. Zehn Ratsmitglieder traten ein, ältere Männer, diejenigen, denen Marob am meisten vertraute. Wenig später folgte auch Gelber Bulle, der unsicher an seinem Schwertknauf herumfingerte. Alle trugen goldene Ketten und Broschen und lange, bestickte und pelzverbrämte Umhänge. Der Gedanke, wie sehr sie darin schwitzen mußten, erheiterte Tarrik. Er stand neben dem Tisch und kniff eine der Kerzen aus; das warme, süße Wachs gab unter dem Druck seiner Finger zögernd nach, und er dachte an Erif Dher. »Ist etwa jemand gegen meine Heirat?« fragte er sie, und seine Stimme klang wie ein Knurren.

Da ergriff einer der Älteren das Wort: »Die Eheschließung des Herrn von Marob gehört vor den gesamten Rat.«

»Der gesamte Rat kann morgen so tun, als würde er mir die Erlaubnis erteilen«, gab Tarrik zurück. »Inzwischen möchte ich alles geregelt wissen. Wann kann ich Erif Dher haben?«

Die Herren hüstelten und zögerten. Wie wagte er es, sie so zu behandeln? Gelber Bulle errötete vor Wut.

Harn Dher ergriff das Wort und sprach mit beeindruckender Bestimmtheit. »Wenn der Rat zustimmt, soll meine älteste Tochter die Frau des Herrn von Marob werden. Ich kann mir nicht vorstellen, daß jemand etwas gegen ihre Familie oder ihre Person einwenden wird.« Die anderen stimmten zu, und Harn Dher fuhr fort: »Aber es wäre unrecht, diese Angelegenheit zu rasch anzugehen. Bis zum Herbst sollten wir nicht mehr über diese Heirat reden.«

»Herbst?« erwiderte Tarrik. »Sechs Monate? Ich will eine Frau, und ihr sagt mir, ich soll warten, bis sie ein altes Weib ist!« Er schlug so fest mit der Hand auf den Tisch, daß eine der Kerzen umfiel, und blickte wütend von einem Ratsmitglied zum anderen. »Ihr habt doch alle schon längst vergessen, wie es war, ein Mann zu sein! Ich aber *bin* ein Mann, und ich verlange meine Frau!«

»Ruhig, ruhig«, antwortete einer. »Denk daran, Tarrik, daß wir nicht ganz machtlos sind. Allein kannst du nicht Herr von Marob sein. Harn Dher, sie ist deine Tochter – was hast du zu sagen?«

»Sie ist noch sehr jung«, antwortete Harn Dher. »Zuerst muß sie ihr Hochzeitskleid nähen. Die Verlobung soll sein, wenn der Rat es beschließt. Im Sommer ziehen wir alle auf unsere Ländereien, und sie kommt mit mir. Nach der Ernte – möge alles gutgehen – werden wir Hochzeit halten.«

Er blickte Tarrik fest an, und Tarrik erwiderte seinen Blick. »Was sagt *sie* denn dazu?« fragte er.

»Sie hat nichts zu sagen. Morgen wird der Rat einen glückbringenden Tag für eure Verlobung festsetzen.«

Tarrik ging mit festem Schritt auf die innere Tür zu und rief: »Erif Dher!« Nach einem Augenblick erschien sie, den Blick auf den Boden gerichtet. Sie hatte sich umgekleidet, und das neue Gewand bestand aus feinem griechischen Stoff, einem sehr zarten, silbrigen Gewebe, in Dutzenden von Gelb-, Blau- und Grüntönen gestreift, hier und da durchwirkt mit einem Faden aus Kupfer oder Gold, der das Kerzenlicht auffing. Locker fiel es an ihr herab; die Zöpfe hingen vor dem gesenkten Kopf bis in die Mulde zwischen ihren Brüsten. Ihr Umhang bestand aus weißem Fell und war sehr kurz.

Erif Dher stellte sich zwischen Harn Dher und Gelber Bulle und blickte Tarrik nur ein einziges Mal an, und dies so schnell, daß niemand es bemerkte. »Wirst du mich heiraten, wenn ich es bestimme?« fragte er. »Erif Dher, antworte mir!«

Ihre Stimme war kaum mehr als ein Murmeln. »Ich werde tun, was mein Vater bestimmt, Herr«, antwortete sie. Und die Ratsmitglieder nickten und flüsterten einander zu, sie sei ein gutes Mädchen, ganz so, wie sie die eigenen Töchter wünschten, ein Mädchen ohne Fehl und Tadel.

»Nun gut«, sagte Tarrik. »Ich lasse dich gewinnen – dieses eine Mal. Ich danke euch, daß ihr mir weiterhin gestattet, euer Herr zu sein!« Und dann drehte er sich um und trat hinaus in den meeresfeuchten Abend.

Harn Dher rätselte über den letzten Satz Tarriks nach. Er hatte irgendwie komisch geklungen ... Aber niemand anderem war etwas aufgefallen. Tarrik war immer schwierig, wenn er schlechte Laune hatte.

Einige der Gäste blieben zum Abendessen bei Harn Dher; man sprach von der Heirat, hoffte, daß der Herr von Marob ein wenig sanfter werden würde, meinte, er sei im Moment schlimmer als eine Wildkatze, und eines Tages würde Marob die Folgen tragen müssen. Und dann lobten sie Erif Dhers Schönheit und Bescheidenheit. Die Tochter des Hauses bediente sie und sprach kleine Zaubersprüche über die Speisen und Getränke und freute sich, wenn sie sah, daß einer versuchte, eine Spinne aus seinem Glas zu schütteln, die nicht dort war, und ein anderer zusammenzuckte, als seine Butter sich rosa färbte.

Als alle Gäste gegangen waren, verließen Erif und Berris ebenfalls den Raum und ließen den Vater mit ihrem ältesten Bruder allein zurück.

»Das ist gut gelaufen«, sagte Harn Dher. »Ich war nicht so vorbereitet, daß irgend jemand auf die Idee kommen könnte, die Heirat sei Teil eines Plans. Und ich war auch nicht übervorsichtig, so daß mein Verhalten im nachhinein noch Verdacht erregen könnte.«

»Aber was wird aus ihm?« fragte Gelber Bulle. »Wird der Zauber so stark sein, daß es Tarrik gleichgültig ist, ob er Herr von Marob bleibt oder nicht? Andernfalls könnte er sehr gefährlich werden.«

»Daran habe ich auch schon gedacht«, gab Harn Dher zurück. »Nun, warten wir's ab. Wir werden's ja sehen, ob lebendig oder tot ...«

Drittes Kapitel

Gelber Bulle war vorausgeritten, um seine Frau von der Ankunft der Gäste zu unterrichten und sie zu bitten, das beste Essen vorzubereiten. Jetzt ritten Tarrik und Epigethes allein durch den Nachmittag. Der Weg über die Ebene erstreckte sich vor und hinter ihnen, so weit das Auge reichte. Rechts sah man in der Ferne eine Schafherde ohne Schäfer; ab und zu umkreiste sie ein großer Falke, und manchmal raschelte es neben ihnen am Wegrand im Gras, und aufgestörte Hasen oder Ratten huschten davon.

Tarrik ritt ein junges Pferd, das noch nicht richtig eingeritten war; es scheute vor seinem eigenen Schatten und hatte bereits zweimal versucht, seinen Reiter abzuwerfen. Aber der Herr von Marob war ein so ausgezeichneter Reiter, daß ihm das nicht das geringste ausmachte, ja, er schien sogar Spaß daran zu haben, und das Pferd reagierte mittlerweile auch schon besser auf Zügel und Knie als noch am Morgen.

Epigethes dagegen war ein schlechter Reiter und zudem aus der Übung. Sie redeten nicht viel miteinander. Tarrik hatte mehrere Male eine Unterhaltung begonnen, aber jedesmal erstarb das Gespräch nach einiger Zeit. Ein unbehagliches Gefühl bemächtigte sich ihrer. Es war eine Ahnung von der absoluten Macht Tarriks – oder die Furcht, die seit jenem Tag, da der Herr von Marob von der Straße aus zu ihm heraufgerufen hatte, Epigethes' Herz umwisperte. Danach hatte der Hellene versucht, ein Schiff zu finden ... aber es fand sich keines. Er wäre überall hingegangen, nach Olbia, nach Tyros, nach Norden oder Süden, hätte bereitwillig alle Pläne aufgegeben. Er hatte phantastische Summen geboten, aber niemand schien daran interessiert. Und jetzt – jetzt schnürte diese unbekannte Furcht ihm fast die Kehle ab, und Epigethes versuchte, seine Stimme nicht beben und seine Augen nicht flackern zu lassen, denn es war ihm klar, dieser schreckliche Skythe würde auch die geringste Bewegung wahrnehmen, und er wußte genau, wie über das Gesicht des Herrn von Marob ein böses Lächeln huschen würde, wenn er sich an seinem, Epigethes' Schmerz würde weiden können.

Immer wieder kamen sie an wilden Rosenbüschen vorbei, die süß dufteten und von vielen Schmetterlingen umflattert wurden. Fast unmerklich führte der Weg nun bergab, und nach einer Weile sahen sie die Sümpfe vor sich, sahen das tiefere Grün der Binsen im stahlblauen Labyrinth stiller Tümpel und Teiche. Schon bald wurden sie von Gnitzen und Bremsen gepeinigt, die über den schlammigen Pfützen flirrten; die Pferde scheuten und zuckten und traten aus, ja sie versuchten, sich auf den Rücken zu rollen. Epigethes wurde einmal abgeworfen, stand mühselig und mit schmerzendem Kopf wieder auf und hatte das Gefühl, der Boden unter seinen Füßen würde weicher und röche nun faulig und sonderbar. Er sah Pflanzen mit grauen, geschwollenen Blättern, und manchmal kreuzten die Spuren eines Wildschweins ihren Pfad. Sie mußten jetzt große Vorsicht walten lassen und sich an den erhöhten Pfad halten; einmal überquerten sie eine Brücke aus Planken und sahen im schwarzen, schlammigen Wasser unter sich Fische schwimmen. Dann führte der Weg ein wenig bergan zu einer kleinen Insel, auf der hohe Ulmen standen, unter denen Vieh weidete. Und auf der anderen Seite des niedrigen Kamms lag das Haus von Gelber Bulle, dessen Vorderfront nach Süden sah, dem unbekannten Land entgegen. Es bestand aus geteertem Holz und hatte ein Schilfdach. Auf einer Seite standen die Ställe, auf der anderen eine Scheune.

Der Boden im Hof war noch nicht sommerhart getrocknet, aber doch immerhin schon so weit, daß sie sich einen Pfad suchen konnten, der sie trockenen Fußes zum Haus gelangen ließ. Gelber Bulle führte sie in den Vorraum und half ihnen, die Reitstiefel abzustreifen. Sie rochen das fast fertige Essen und hörten das Zischen und Brutzeln des Fleisches über dem Feuer nebenan. Inzwischen brachten ihnen Frauen Wasser für ihre Hände und Füße sowie den im Haus üblichen Wein – er war nicht gut, aber er vertrieb Epigethes ein wenig die Furcht und machte es ihm leichter mitzureden, zu lachen und sich umzuschauen.

Gelber Bulles Frau, Essro, war eine kleine, hellhäutige Person, deren Augen zu groß für das Gesicht schienen. Sie lebte überwiegend im Haus, um nicht dauernd die Sümpfe vor Augen haben zu müssen. Essro hatte immer recht gut für den Hausgebrauch gezaubert: Ihre Milch blieb auch bei heißem Wetter frisch, die eingelagerten Äpfel faulten nicht, und sie verstand es, einen Scheffel Mehl recht lange zu strecken. Aber Essro war auch leicht in Angst zu versetzen. Nie versuchte sie, Menschen zu verzaubern, schon gar nicht ihren Mann. Den Sklaven fiel es nicht schwer, sie zu betrügen. Es kostete sie bereits große Überwindung, ihr eigenes Haar zu besprechen, so daß es im Herbst nicht ausfiel, wenn die Nebel über ihre Insel wallten und die Sehnsucht nach Marob gar zu heftig in ihr wühlte.

Essro bediente sie beim Essen, und Tarriks Anwesenheit machte sie sehr aufgeregt. Als sie einen Milchkrug fallen ließ und aufschrie, geschah das nicht sehr laut, aber doch laut genug, um das Aufkeuchen des entsetzten Epigethes zu übertönen. Danach brachte sie Kerzen und Fackeln und weiteren Wein herein. Gelber Bulle trank nur wenig, aber die beiden anderen ließen sich die Becher wieder und wieder füllen.

Tarrik vertrug sehr viel, aber er betrank sich auch gern. Nur sehr selten allerdings geriet er in den Zustand, in dem er die Kontrolle über seinen Körper verlor, und das war stets auf den drei großen Festen des Jahres, bei denen er als Kornkönig und Herr von Marob den anderen darin ein Beispiel war wie in allem übrigen. Aber selbst dann war es eine Trunkenheit, die nicht ausschließlich von Wein und Kornmet herrührte. Eine Stunde herzhaften Trinkens verschaffte ihm das Gefühl von Unwirklichkeit und Abgelöstheit, jene Fähigkeit, sich abseits zu stellen und, unbeeinflußt von allen menschlichen Stimmungen, beobachten zu können, was ihm wichtig war.

Auch Epigethes fand, daß ihm der Wein überaus guttat; die Furcht zog sich in die hinterste Ecke seines Kopfes zurück, bis sie nur noch ein winziges, schwarzes Spinnweb auf dem klaren Spiegel seiner Wahrnehmung war. Er begann, sich wieder als Hellene unter Barbaren zu fühlen, und amüsierte sich über die sonderbaren Gewohnheiten, Manieren und Kleider seiner Gastgeber. Gelber Bulle fragte ihn, ob er sich steif vom Reiten fühle, und Epigethes stimmte unumwunden zu. Er wollte erklären, daß Reiten eigentlich nicht wahrhaft hellenisch sei, daß es besser sei, schön zu laufen und statt den Körper eines Tiers den eigenen zu ertüchtigen – er zeichnete ein paar Läufer in verschiedenen Haltungen, Diskuswerfer, Ringer, sogar einen Schwimmer, der einen Arm in perfektem Kraulstil erhoben hatte ... aber seine eigenen Bewegungen wurden ein wenig unsicher.

Tarrik hingegen wachte aus seiner Entrücktheit auf. »Kannst du schwimmen?« fragte er.

»Aber natürlich«, entgegnete Epigethes ein wenig von oben herab dem Barbaren.

»Und tauchen? Wunderbar! Unsere Flüsse hier im Norden sind zu kalt.«

Epigethes versuchte, taktvoll zu erklären – so taktvoll, wie es nur ein Hellene versteht –, daß es nicht an der Kälte läge, wenn niemand hier schwimme, sondern an den lächerlichen Kleidern, in denen sie erstickten und blaß und keusch blieben wie die Frauen, und dies nur, weil sie die vom Reiten krummen Beine verhüllen wollten. *Er* hingegen sei stolz auf seinen Körper; *er* würde sich ausziehen, schwimmen und es ihnen zeigen! Ja, darauf kam es an. Jetzt bewunderten ihn alle, wie es sich gehörte ... Aber dann fiel unvermittelt die kalte Nachtluft ernüchternd auf sein Gesicht. Er spürte feuchtes Gras unter seinen Füßen, und plötzlich verdeckte der Spinnweb aus Angst seinen Spiegel ...

Als er sich umdrehte, war das Haus nicht mehr zu sehen; sie mußten bereits lange gegangen sein. Der Mond war aufgegangen und beschien auf beiden Seiten Wasser, glatten Schlamm, Weiden, schwebende Wasserpflanzen. In seinem Kopf sammelten sich Worte und Satzfetzen: »Ist dies wirklich der beste Zeitpunkt?« – ruhig und mit einem kleinen Lachen ... »Ja, das ist gut.« – »Sagen wir doch morgen früh. Ich schlafe schon fast, und ich wette, euch geht es nicht anders.« Aber irgendwie gingen sie immer weiter.

»Meine Straße«, sagte Gelber Bulle plötzlich, und sie blieben stehen. Sie standen auf einem hohen Damm, der auf der einen Seite sanft zu den Sümpfen abfiel, auf der anderen zu einem Flüßchen, auf dem ein kleiner Nachen vertäut lag. Sie gingen noch ein paar Schritte weiter; unvermittelt endete der Damm, es war, als bröselte er unter ihren Füßen fort. Vor ihnen fiel eine steile, schlammige Uferböschung etwa drei Meter ab und verlor sich in schwarzem, gurgelndem Wasser, in dessen gekräuselter Oberfläche sich der Mond spiegelte. Zoll um Zoll fraß es sich hier immer tiefer ins Schlammufer hinein.

»Und jetzt wirst du wunderbar tauchen«, sagte Tarrik, der am Rand der Böschung stand und auf dessen Mantel und Gürtel sich das Mondlicht brach.

Epigethes warf nur einen Blick zurück. Fortrennen konnte er nicht; er wußte den Weg nicht, während Gelber Bulle in dieser Gegend zu Hause war. Außerdem war er zu betrunken, um seine Beinkraft voll zu nutzen; es war schwer, ein Hellene zu sein und es zu wissen. Außerdem war er nie ein so guter Läufer gewesen, wie er immer vorgab. Nur in seinem Kopf existierte – neben vielen anderen Bildern – das Bild von sich selbst als Athlet.

Langsam legte Epigethes die Kleider ab; das Spinnweb überzog nun die ganze Welt. Einen Moment hielt er inne, nackt und im Mondlicht sehr schön.

»Und jetzt spring!« sagte Tarrik.

Epigethes blickte von ihm zu Gelber Bulle, aber der andere Skythe hielt sich unbeteiligt im Schatten; er schien keine Augen zu haben, nichts, was man hätte anflehen können. Da überzog ein erster dünner Wolkenschleier den Mond; das Wasser sah noch drohender aus als zuvor. Epigethes stieß einen langen, herzzerreißenden Seufzer aus und sprang.

Die beiden Männer am Ufer sahen kaum etwas in dem schwachen Licht, aber sie konnten deutlich die hochsteigenden Blasen hören. Als nach etwa zehn Minuten die Wolke den Mond wieder freigab, erkannten sie auch das Wasser wieder unter sich; es sah genauso aus wie zuvor – nur Epigethes fehlte. Gelber Bulle nahm die Kleider und den Gürtel und blickte den Herrn von Marob an. »Du hast ihn meiner Straße geopfert?«

Tarrik nickte, drehte sich um und ging ein paar Schritte zurück. Plötzlich reckte er die Arme hoch und lachte laut durch die Nacht. »Ich dachte an deine Schwester«, sagte er, aber Gelber Bulle runzelte nur die Stirn und ging stetig weiter.

Als sie ins Haus zurückkamen, saß Essro kerzengerade am Tisch. Zwischen ihr und der Tür standen zwei Lichter. Sie sah die beiden hereinkommen, schauderte und verließ den Raum. Gelber Bulle legte die Habseligkeiten des Hellenen auf den Tisch: Am Gürtel war eine Börse befestigt, in der zwei oder drei Zeichnungen und ein paar Zettel mit Maßangaben steckten, eine Namensliste und mindestens ein Dutzend Schlüssel, einige darunter sehr leicht und aus Draht hergestellt. »Wozu sind sie alle?« fragte Gelber Bulle. »Bestimmt gehörten sie nicht alle ihm.«

»Nein«, meinte Tarrik, »aber wir werden die passenden Schlösser finden.« Er nahm die Schlüssel an sich und steckte sie in die Tasche an seinem eigenen Gürtel. Dann schürte er das Feuer und warf die Kleidungsstücke hinein, eines nach dem anderen.

»Paß auf die Schnallen auf«, sagte Gelber Bulle und versuchte, sie vom Tuch abzureißen, aber Tarrik entriß sie ihm und schleuderte sie in die Flammen. »Du kannst sie morgen aus der Asche hervorkramen«, sagte er. »Dann werden sie auch tot sein.«

Am nächsten Morgen stand Tarrik sehr früh auf und ritt

fort, während Gelber Bulle noch von seiner Straße träumte. Das verwaiste Pferd blieb auf der Insel; es war kein besonders gutes Tier.

Tarrik ritt direkt nach Norden und dann ein wenig landeinwärts, wobei er die Stadt umging. Zuweilen säumte Ackerland seinen Weg, meist waren es jedoch Viehweiden oder nutzlose Brachen mit lockerem Buschwerk. Die etwas höher liegenden Flächen trugen gelegentlich auch einzelne Bäume, doch das eigentliche Waldgebiet lag weiter landeinwärts, vier Tagesritte von Marob entfernt. Wann immer Tarrik auf einen Fluß stieß, war dieser auf beiden Ufern von Sümpfen gesäumt, so daß er nur langsam und vorsichtig vorankam und sich an Pfade und Furten halten mußte. Je weiter er darin aber nach Nordosten vorstieß, um so besser wurde das Land. Der Boden war hier süßer und trockener. Fast einen halben Tag lang ritt er durch blaue Flachsfelder und sah mit Wohlgefallen, wie hoch und kräftig hier die Pflanzen wuchsen. Es gab auch große Flächen, auf denen Hanf gedieh, und als der Tag zur Neige ging, erreichte er die Kornfelder: Roggen, Gerste und ein wenig Weizen. Kinder bewachten die Felder und sorgten dafür, daß sie nicht von streunenden Tieren zertrampelt wurden. Auch hier sah alles gesund und kräftig aus; die Sonne schien warm, die Blätter waren breit und tiefgrün, die Ähren bereits gut entwickelt. Im Vorbeireiten dachte Tarrik daran, daß er der Kornkönig war, und er war stolz darauf, was er im Zusammenspiel mit Erde und Sonne bewirkt hatte; und er dachte an die Frühlingsbraut und an den Tanz, den sie am Abend des Pflügefestes im Kreis der anderen vollzogen hatten. Wenn sich alles erfüllen würde, was wir uns da erhofften ... um so besser für das Korn. Tarrik ritt jetzt langsamer, so daß alle Äcker, an denen er vorbeikam, etwas von seiner Kraft erhielten. Mittags schlief er sicher und geborgen in einem Bohnenfeld.

Er zählte die Tage nicht, die verstrichen, während er unterwegs war nach Norden, zu Harn Dhers Ländereien. Manchmal sah er Obsthaine, die von grasbewachsenen

Wällen eingefaßt waren. Die Äpfel Marobs galten in jenen Tagen als die süßesten der Welt. Ein paarmal entdeckte er auch Feigen- und Granatapfelbäume, die man aber nur dort angelegt hatte, wo sie vor den Nordwinden geschützt waren, und das war meistens in der Nähe von Höfen oder Lagern. Da Tarrik sich weitgehend von Ansiedlungen fernhielt, bekam er sie nicht oft zu sehen.

Abends verlangte er im erstbesten Haus, das er fand, eine Mahlzeit und das bequemste Bett. Eine Nacht verbrachte er auf einem kleinen, sehr schmutzigen Hof, wo er von Läusen fast aufgefressen wurde; ein anderes Mal nächtigte er in dem großen Zelt eines Gutsbesitzers, der den Sommer über hinaus aufs Land gezogen war. Es war ein Ratsmitglied, das gut gefüllte Schläuche mit süffigem Wein bereitliegen hatte und über Öl zum Waschen und sauberes Leinen verfügte.

Einen Tag später erreichte Tarrik die Ländereien Harn Dhers, die sich auf beiden Ufern eines Flusses erstreckten, der zwei kleine Seen miteinander verband. Wo das flache Tal allmählich hügelig anstieg, bedeckten Linden- und Eichenwälder die Hänge. Dort legte sich Tarrik, der von der letzten Rast Essen und Wein mitgenommen hatte, unter einen Baum, den Sattel als Kissen benutzend. Wenn er sich zurücklehnte, konnte er zwischen den Baumstämmen die Lichter von Harn Dhers Lager auf den gegenüberliegenden Hängen erblicken: Die Feuer wirkten wie große, gelbe Sterne, und des Nachts tauchten im Innern glimmende Lichter die spitzen Zelte in einen seltsamen Schein. Tarrik schlief nicht sehr gut, zum einen wegen der schweren Süße des Lindenblütendufts, der ihn umhüllte, zum anderen auch, weil er von dem blasenwerfenden Schlamm träumte, unter dem sich Epigethes wie eine formlose weiße Made wand, vor allem aber, weil er all diesen Bildern entgehen wollte und daher an Erif Dher dachte, sich ausmalte, wie er hinter ihr hersprang und sie einfing, sie berührte und mit ihr spielte.

Am nächsten Morgen blieb ihm nach diesen Wachträumen gar nichts anderes mehr übrig, als hinüberzureiten und sie zu holen. Er bestieg sein Pferd, trabte hinab und durchquerte eine tiefe Furt, wobei er über und über naß wurde, ohne indes sein erhitztes Gemüt zu kühlen. In Harn Dhers Lager erwachte man gerade, so früh war es noch.

Erif Dher rekelte sich schläfrig im Halbdunkel des Frauenzeltes. Es war Tage her, seit sie zuletzt an Tarrik gedacht hatte, aber als sie an diesem Morgen aufwachte, spürte sie, daß er ihr im Kopf herumschwirrte. Sie wollte nicht an ihn denken, richtete sich auf und blickte sich um. Auf der anderen Seite des Zeltes regte sich jemand; wahrscheinlich war es die alte Kinderfrau, die ihr fettiges, graues Haar zu Zöpfen flocht. Goldfink neben ihr schlief noch, hatte sich niedlich zusammengerollt und die Fäuste unter dem Kinn geballt. Erif Dher blinzelte die Schwester an und rief leise ihren Namen, aber die Angesprochene regte sich nicht. Irgendwo über Erif Dhers Kopf summten in der großen, hohen Zeltkuppel ein paar Fliegen und stießen immer wieder gegen die Plane. Sehen konnte sie sie nicht.

Da huschte plötzlich jemand durch den Vorhang nach draußen, und einen Moment lang streifte Erif Dher eine kühle Morgenbrise. Sie zog sich die Decke über den Kopf und versuchte, wieder einzuschlafen.

Für die Kinder war der Sommer hier auf dem Land immer wunderschön gewesen. Man konnte ausreiten und, ein Lied auf den Lippen, in dem großen Karren fahren. Alle trugen saubere, helle Kleider, die sich harmonisch ins Bild der blühenden Ebenen fügten. Den Winter hatten sie zurückgelassen.

Das Haus in Marob war während der vergangenen acht Monate jeden Tag schmutziger und stickiger geworden; jetzt standen die Türen offen, und es wurde ausgeräuchert, geschrubbt und frisch gestrichen, um ihnen im Herbst ein angenehmes Willkommen zu bereiten. Sie aßen auf, was von den eingemachten Früchten und vom Honig noch übrig war, sagten dem Salzfleisch und dem harten Winterkäse ade. Bald würde vor ihnen die weite Ebene liegen, wo das üppig gedeihende Gras sich im Wind wiegte; neue Aufgaben kamen auf sie zu, es gab anderes zu riechen und zu essen. Alle fühlten sich mit einemmal doppelt so lebendig wie zuvor.

In den ersten beiden Wochen spielten sie dann einfach verrückt, rannten und tollten herum, ritten die jungen Pferde und planschten im Fluß. Danach begannen sie, sich an den Sommer zu gewöhnen. Die Frauen suchten einen geeigneten Teich, um dort die Wäsche eines halben Jahres zu waschen, welche sie dann zum Trocknen und Bleichen auf einem sanft geneigten Hang ausbreiteten. Die Männer gingen auf die Jagd, oder sie pferchten die Kälber und Pferde ein und brandmarkten sie. Harn Dher ritt in würdevoller Haltung über seine Felder und führte lange Gespräche mit seinen Bauern. Die beiden Kleinen, Goldfisch und Goldfink, bauten sich Hütten aus Zweigen, nahmen all ihr Essen dorthin mit, und abends wurde es immer schwieriger, sie in die Zelte zurückzuholen.

Berris Dher merkte, daß er seine Arbeit tatsächlich auf Wochen vergessen konnte; er jagte mit seinen Falken und galoppierte mit den anderen auf noch kaum eingerittenen Pferden meilenweit über die Ebene. Dann überkam es ihn plötzlich, und er begann wie ein Besessener zu zeichnen, fest davon überzeugt, daß dies das Beste sein würde, was er je geschaffen hatte. Tags darauf fand man ihn schlummernd in einem Durcheinander aus Kohlestiften und Leinenfetzen, die mit Skizzen und Zeichnungen übersät waren. Er hatte zwei Kampfläufer im Frühlingsgefieder gesehen, nun wollte er sie zu einem Bild komponieren, bei dem die hochaufgerichteten Nackenfedern mit den hochstehenden Schwanzfedern und Spornen das Gleichgewicht hielten. Am besten wäre es in Bronze, dachte er, aber das müßte gegossen werden. Er fragte sich, was Epigethes wohl davon halten würde, fegte dann aber seine Bedenken fort. Es war gut! Sobald er wieder in Marob war, wollte er mit dem Unterricht fortfahren. Er konnte auch jederzeit zurückreiten und ein paar Tage lang mit dem Griechen arbeiten. Obgleich der Unterricht ein wenig von seinem Reiz verloren hatte, sah Berris ein, daß er nicht bis zum Herbst aussetzen durfte. Schließlich war es gut möglich, daß Epigethes nicht länger würde bleiben können –

verfluchter Tarrik! Dies wenigstens würde sich ändern, wenn der Plan des Vaters verwirklicht werden sollte. Die Kunst würde einen angemessenen Platz in Marob erhalten, und er selbst, Berris Dher, würde sich darum kümmern. Er schlief wieder ein und träumte von seinen Kampfläufern und dem sonderbaren Geräusch der aufeinanderprallenden Schnäbel.

Allmählich ging die Sonne auf; nur in den Schatten lag noch schwerer Tau. Erif Dher erwachte aus einem unruhigen Halbschlaf, warf die Decke von sich und lief barfuß und nur mit ihrem Leinenhemd bekleidet hinaus. Die Diener waren schon an der Arbeit, schürten die Feuer, kochten, schleppten Milchkannen herbei. Erif Dher setzte sich vor dem Frauenzelt in die Sonne und kämmte sich das Haar; sie tat dies gern, denn sie hatte ihren Kamm so verzaubert, daß er niemals ziepte. Als das Haar glatt war, flocht sie es wieder, ließ die Strähnen durch ihre Finger tanzen und bewunderte sich selbst. Ich müßte eigentlich an meinem Hochzeitskleid arbeiten, dachte sie, beschloß aber sogleich, es heute liegenzulassen. Lieber bitte ich Berris, mich mit auf die Jagd zu nehmen, das ist viel besser, als Hochzeitskleider nähen! Manchmal wünschte sich Erif Dher insgeheim, die Roten Reiter würden wieder kommen – nur ein paar! –, damit sie auf sie schießen könnte.

Zwei oder drei Stimmen erklangen, der Tonfall war scharf. Als sie aufblickte, sah sie Tarrik auf einem sehr jungen, sehr schönen und unruhigen Pferd, das offenbar vor den Feuern und den hohen Zelten Angst hatte. Er ritt mitten durch das Lager und wirkte sehr groß. Erif Dher stand auf und merkte, daß ihr Herz heftig pochte; sie legte beide Hände auf die Brust, um es zu beruhigen. In ihrem Kopf und den Fingerspitzen summte es.

Tarrik kam auf sie zu. Sie war fasziniert von dem tänzelnden Pferdekörper, der immer wieder versuchte, seitwärts auszubrechen, und von dem Schlag der Hufe auf dem trockenen Boden. Sie selbst blieb ganz still, behielt Tarriks Hände, die die Zügel hielten, mit geschärftem Blick im Auge. Jetzt übernahm die rechte Hand allein die

Riemen. Tarrik war herangekommen, beugte sich herab und hob sie auf wie ein Kaninchen. Sie merkte, wie ihr Leinenhemd in der Naht aufriß, und schrie, aber da saß sie schon auf dem Pferd, und Tarrik gab die Zügel frei. Sie griff mit beiden Händen in die Mähne, hing halb über dem Pferdehals, konnte dennoch kaum das Gleichgewicht halten und dachte nur an den vorbeifliegenden Boden und die Gefahr. Dann zog Tarrik sie hoch, rückte sich selbst im Sattel zurecht, so daß sie mehr Platz bekam, und preßte sie eng an sich.

Sie ließen das Lager hinter sich. Vorübergehend war Erif Dher derartig benommen, daß sie gar nicht merkte, in welche Richtung es ging. Die eine Seite ihres Körpers schmerzte. Sie fühlte sich behandelt wie ein Gegenstand, nicht wie ein Mensch aus Fleisch und Blut! Tarrik sagte irgend etwas, das sie nicht verstand. Sie richtete sich auf und stieß mit dem Kopf kräftig gegen sein Kinn. Sein Griff war so fest, daß sie hätte schreien können. Aber sie hielt an sich und versuchte, ihre Hand freizubekommen. Die Fingerspitzen tasteten unter dem Hemd nach dem Stern. Sie fühlte die Kette, die Nadel, die dafür sorgte, daß er an Ort und Stelle blieb. Erif Dher war wild entschlossen, den Stern zu fassen. Die Worte, die sie sagen mußte, lagen ihr auf der Zunge; ihre Gedanken waren wieder klar.

Sie zog ihn zwischen den Fingern hoch. Aber da schnappte Tarrik nach ihrer Hand und zerrte so heftig an der Kette, daß sie scharf in ihren Hals schnitt und schließlich riß, doch den Stern hatte sie jetzt erwischt und hielt ihn fest, bis Tarriks harte, schreckliche Finger ihn aus ihrer Handfläche gruben. Sie biß ihn in den anderen Arm, bekam ihre Hand frei und griff nach seinem Gesicht, den Augen. Er entriß ihr den Stern und warf ihn fort. Erif Dhers Zähne bissen auf salziges Leinen, auf Haut und Muskeln, dann warf sie sich seitlich aus dem Sattel. Gemeinsam stürzten sie zu Boden und überkugelten sich ein dutzendmal. Als sie zur Ruhe kamen, war Erif Dher zu erschöpft, um sich weiter gegen ihn zu wehren.

Tarrik merkte erst allmählich, daß er selbst am ganzen Körper grüne und blaue Flecken hatte, und fragte sie, ob sie verletzt sei. Finster schüttelte das Mädchen den Kopf und richtete sich auf. Tarrik, der bislang eigentlich noch nicht allzuviel mit Jungfrauen zu tun gehabt hatte, wußte nicht, ob sie – von dem Sturz einmal ganz abgesehen – verletzt war. Ihm gefiel nicht, daß sie um den Mund herum so grau aussah. Erif Dher stemmte sich auf die Knie und betrachtete die Risse in ihrem Hemd. Vorne war es völlig zerschlitzt; rasch zog sie den dreieckigen Zipfel hoch und raffte ihn vor der Brust mit der Faust zusammen. Aber als sie nichts fand, womit sie den Stoff hätte befestigen können, ließ sie den Zipfel wieder los und rieb sich mit den Fäusten die Augen; es war albern, Tarrik den Anblick ihrer Brust jetzt noch zu verweigern. Sie glaubte, ihm überhaupt nichts mehr verweigern zu können – er schien ihre reinen, klar begrenzten Gefühle auf immer zerbrochen zu haben.

Tarrik krempelte unterdessen seine Ärmel auf, um die Abdrücke ihrer Zähne und das Blut, das aus der Wunde quoll, anzusehen. Noch schlimmer war eine Bißwunde an seinem Hals. Das Pferd war inzwischen zurückgekehrt und wieherte ihnen von einer kleinen Anhöhe aus zu; es schien nicht zu verstehen, was sich hier zugetragen hatte. Erif Dher versuchte aufzustehen, aber es gelang ihr nicht. Tarrik stützte sie. Zusammen betrachteten sie ihren beim Sturz verletzten Knöchel. Der Schmerz schoß empor bis unter das Knie und betäubte alle anderen Gefühle.

»Ich hole Wasser,«, sagte Tarrik. »Brauchst du sonst noch was?«

Sie blickte ihn an. »Wenn ich doch nur meinen Stern hätte ...«, sagte sie und blickte ihm nach. Er lief in die Richtung, aus der sie gekommen waren. Schon kurze Zeit später bückte er sich und hob etwas auf. Dann kam er zurück, den Stern in der Hand. »Wirst du mich nun verzaubern?« fragte er und rückte ihn nicht heraus.

Erif Dher streckte die Hand aus. »Oh, gib ihn mir wieder, Tarrik!«

»Wirst du mich verzaubern?« wiederholte er. Da begann sie heftig zu weinen, teils, um das zu bekommen, was sie wollte, teilweise aber auch wegen seiner sanften

Stimme, weil er sie berührte, weil er versuchte, ihre Wut auf ihn zu brechen und den Schmerz, den er ihr zugefügt hatte, zu lindern. »Wirst du mich verzaubern, liebe Erif?« fragte er noch einmal. »Ich will nicht in einen Bären verwandelt werden!«

»Das kann ich doch gar nicht«, schniefte sie. »Das ist zu schwer für mich.«

»Meine Frage bezog sich auf alles ... Ich will nicht verzaubert werden, in gar nichts. Versprichst du mir, es nicht zu tun, Erif?«

Es dauerte einen Augenblick, bis sie antwortete: »Nein, nicht jetzt jedenfalls.«

Da gab er ihr den Stern. Sie hielt ihn fest, beugte sich vor und berührte den Fuß damit. Der Schmerz wich so weit zurück, bis sie ihn kaum noch empfand, aber nun spürte sie plötzlich eine schmerzhafte Prellung am Oberschenkel. Tarrik verband den verletzten Knöchel nach ihren Anweisungen mit einem Fetzen seines Hemdes. »Und jetzt will ich den Stern wiederhaben«, sagte er, öffnete ihre Hand und nahm ihn ihr ab.

»Ich kann dich auch ohne ihn verzaubern!« rief Erif Dher.

»Aber das, was griechisch ist in mir, niemals!« Sie schwieg. »Selbst dann nicht, wenn wir verheiratet sind.«

»Ich habe es noch nicht versucht«, gab Erif Dher zurück. »Aber ich werde es probieren. Ich hasse dich, Tarrik.«

Er setzte seine Krone wieder auf, fing das Pferd ein, hob Erif Dher hinauf und führte sie zurück zum Lager; auf dem Rückweg fiel kein Wort mehr zwischen ihnen. Kurz vor dem Lager reichte er ihr seinen Filzmantel, mit dem sie ihren Körper bedecken konnte, aber sie spürte Tarriks Geruch in ihm.

Harn Dher und Berris kamen ihnen entgegen. Beide trugen Waffen, doch rechnete Erif Dher nicht damit, daß sie von ihnen Gebrauch machen würden. Tarrik ging ein paar Schritte voraus, um mit ihrem Vater zu reden; sie konnte nicht hören, was die beiden Männer miteinander besprachen. Berris starrte seine Schwester an und zog fragend die Brauen hoch – da streckte sie ihm die Zunge heraus. Schließlich kam Harn Dher langsam auf sie zu.

»Du bist also jetzt eine Frau, meine Tochter.«

»Und dir ist es offenbar vollkommen gleichgültig, daß ich verletzt und entehrt bin.«

»Nun«, meinte der Vater lächelnd, »ihr wart doch verlobt. Da braucht man so etwas nicht an die große Glocke zu hängen. Geh zu deiner Mutter, Erif.«

Harn Dher wandte sich wieder dem Herrn von Marob zu, und Berris sagte: »Das geschieht dir ganz recht, Erif. Warum mußt du auch immer wieder die Leute verzaubern?«

»Und wer hat es mir befohlen?« gab sie trotzig zurück.

»Ja doch, ja doch«, sagte Berris, »aber du hast doch selber Spaß daran. Du hältst dich ja für so klug ...«

Sie beugte sich vor und schlug dem Pferd auf den Hals. Das Tier fiel sofort in Galopp und raste auf die Zelte zu, wobei sie um ein Haar noch einmal heruntergefallen wäre. Erif Dher rief nach ihrer Mutter; der Fuß schmerzte wieder. Sie brauchte einen Zauber. Die Frauen halfen ihr schweigend vom Pferd und geleiteten sie ins Zelt ihrer Mutter. Sie sahen, daß die Tochter Harn Dhers wütend war, und wußten, zu was sie mit ihrer Zauberkraft alles imstande war. Die alte Kinderfrau brachte ihr frische Kleider – ihre besten – und warmes Wasser und Olivenöl und weiche, wollene Tücher zum Waschen. Dann endlich kam ihre Mutter Nerrish, klein und ruhig und schattenhaft in ihrem grauen Kleid; man bemerkte sie kaum. Sie setzte sich zu Erif, hielt ihre Hand und zerbröselte irgend etwas über ihrem Haar. Das Mädchen weinte heftig, gut zehn Minuten lang. Nerrish wußte viel über die Menschen und die Zauberei, aber ihr Wissen hatte sie erschöpft. Sie fühlte sich sehr alt, wurde mit ihren Kindern kaum noch fertig und dachte an die jüngeren nur noch selten. Aber ihrer Ältesten, die ihr am ähnlichsten war und deren Leben sie am besten verstand, wollte sie alles geben, was zu geben noch in ihren Kräften stand.

Nach einer Weile schlief Erif ein, und als der Schlaf am tiefsten war, entkleideten Mutter und Amme sie, reinigten ihren Körper und versorgten die Verletzungen und den verstauchten Knöchel. Dann zogen sie sie wieder an und flochten Bänder in ihr Haar. Flüsternd unterhielten sie sich dabei über die Tat dieses sonderbaren wilden Mannes und berieten, wie man am besten mit ihm umginge und wie man ihn bezwingen könne. Zuletzt stellten sie ein kleines Becken mit glühender Holzkohle dicht neben den Kopf des Mädchens, und Nerrish legte ein paar große, flache Blätter darauf. Der Rauch stieg empor und verbreitete sich längs der Zeltwände. Erif Dher schlief ruhig, und bald kehrte die Farbe in ihre Wangen zurück.

Das Pferd hatte inzwischen zurück zu Tarrik gefunden, blieb mit zuckenden Ohren stehen und schnaubte in seine Handfläche. Der Herr von Marob hatte gerade zu Harn Dher gesagt: »Vor drei Tagen tötete ich Epigethes.« Harn Dher schwieg daraufhin zunächst; man sah nur, daß er heftig ein- und ausatmete. Auch Berris hatte es gehört, und er beherrschte sich nicht: »Das hast du nicht getan, Tarrik!« sagte er. Und als er erkannte, daß Tarrik die Wahrheit gesprochen hatte, schlug er in nacktem Entsetzen die Hände über die Augen.

Harn Dher sagte: »Das war ... unklug.«

»Ja«, antwortete Tarrik und begann ebenso zu lachen wie damals in der Ratsversammlung.

»Warum hast du das getan, Herr?« fragte der ältere.

Aber Tarrik lachte weiter und trat dann plötzlich wie ein bösartiges Pferd nach hinten aus, und ein Erdklumpen zerplatzte unter seinen Hacken.

Berris stöhnte: »Bist du wahnsinnig?«

»Er war ein schlechter Mensch«, sagte Tarrik, hörte auf zu lachen und zerstampfte einen weiteren Erdklumpen. »Er war schlecht. Seine Arbeit war schlecht und faul, faul an den Wurzeln. Mir gefallen vernünftige Dinge. Süße Äpfel, harte Äpfel, so wie du sie fertigst, Berris.«

»Ich!« sagte Berris Dher. »O Gott, du hättest *mich* umbringen sollen – ich bin nicht so wichtig. Aber er ...« Seine Stimme verebbte. Er hatte Hellas verloren.

»Der Rat wird dich für wahnsinnig halten, und das

wird noch das geringste sein«, gab Harn Dher zu bedenken.

Tarrik bückte sich und band seine Schuhe zu. »Ich brauche saubere Kleider«, sagte er. »Verbrennt diese zusammen mit ihren und gebt sie den Feldern.« Jetzt sprach die Stimme des Kornkönigs aus ihm. Es war jetzt klar, daß sie seinem Befehl Folge leisten würden; die Ernte des nächsten Jahres mochte es beweisen.

Tarrik suchte sich saubere Kleider und ging allein hinab zum Fluß. Die ganze Zeit über hatte er den Stern um den Hals getragen. Jetzt, als er ihn hochhob, sah er, daß die Haut darunter mit sternförmig angeordneten Blasen gezeichnet war. Während er sich wusch, hielt er den Zauberstern in die Strömung, um ihn abzukühlen. Die Bißwunde, die Erif Dher ihm zugefügt hatte, blutete immer noch; weder kaltes Wasser noch Wiesenknopf, noch Sauerampfer vermochten das Blut zum Stillstand zu bringen. Nach kurzem Zögern berührte er nun die Wunde mit dem Stern, und sofort versiegte das Blut. Tarrik kannte ebensowenig wie andere Menschen die Wirkungsweise der Zauberei. Er war aber sehr darauf erpicht, sie kennenzulernen; vielleicht lag es an dem griechischen Blut in ihm, das nie bereit war, etwas zu akzeptieren, was er nicht zuvor selbst überprüft hatte.

Er zog sich an und ging langsam zurück zum Lager; der Stern hing wieder um seinen Hals, diesmal jedoch sorgsam in Blätter gehüllt, so daß er zuerst diese verbrennen würde. Inzwischen war es Nachmittag und sehr heiß, und Tarrik vermeinte, den Duft des Lindenhains zu spüren, der ihm von der anderen Seite des Tales seinen süßen Atem entgegenhauchte.

Als das Feuer im Kohlebecken ausgebrannt war, erwachte Erif Dher. Sie bewegte die Augen und Hände ein wenig und fand zu ihrem Trost, daß sie ihre besten Kleider trug. Im Hintergrund hörte sie ihre Mutter, die leise zu singen begonnen hatte. Nach einer Weile erinnerte Erif Dher sich. Sie war keine Jungfrau mehr; nun gut, damit mußte man sich abfinden. Sie empfand eine nicht unangenehme körperliche Entspannung bei dem Gedanken. Sie war verletzt worden, aber das war jetzt alles geheilt. Und Tarrik? Ach, wen kümmerte es schon, was Tarrik tat? Er würde nicht mehr lange Herr von Marob sein. Aber Tarrik hatte ihren Stern!

Unvermittelt richtete sich Erif Dher auf. »Mutter, Mutter!« rief sie. »Tarrik hat meinen Stern!«

»Nun«, gab Nerrish leise zurück. »Ist das schlimm?«

»Nein«, sagte Erif, »vielleicht nicht. Aber es gibt doch gewisse Dinge ... Wie soll ich es anfangen, ohne Stern?« Sie hielt den Mund dicht ans Ohr der Mutter und flüsterte.

»Du hast die Macht in dir«, sagte Nerrish. »Hör mir zu. Ich arbeite schon seit Jahren ohne Gegenstände. Hast du mich in der letzten Zeit einmal essen gesehen? Nein. Und was meinen Stern angeht, den habe ich im letzten Winter ins Meer geworfen. Ich werde dir etwas verraten, denn du bist mir ähnlicher als die anderen. Bald, sehr bald werde ich mich in einen Vogel verwandeln, einen klugen Vogel mit rosigen Federn, und das geht so: Nachdem man mich begraben hat, werde ich mich ganz klein durch die Erde wühlen, bis ich zu einem Ei gelange, und dort werde ich lange Zeit ausruhen. Und dann komme ich heraus und schließe mich den rosaroten Vogelscharen an. Erif, mein kleiner Vogel, es wird schon bald sein!« Nerrish breitete die Arme aus, und einen Moment lang umschwebte sie im Dämmerlicht der graue Stoff ihres Kleides.

»Aber wirst du denn sterben, Mutter?« fragte Erif Dher mit zitternden Lippen.

»Ja, vielleicht. Und ihm wird es leid tun ...« Sie wies mit einem Nicken auf ihr Bett und Harn Dhers Kleider, die daneben aufgehängt waren. »Du aber wirst es verstehen.«

»Wirst du es ihm denn nicht erzählen?«

»Nein«, sagte Nerrish. »Er ist ein Mann; er hätte Angst.«

»Einige Männer haben keine Angst«, sagte Erif nachdenklich und streckte die Hand aus, um ihre schlanken Beine zu umfassen; dabei fielen die Zöpfe mit den bunten Bändern nach vorn. »O Mutter«, sagte sie, »sieh meine schönen Haare! Und die Bänder, das sind doch deine! Die, die vom anderen Ende der Welt stammen!«

»Ja«, erwiderte Nerrish und legte einen Moment lang die Wange auf Erifs runden Kopf.

Erif strich sanft mit ihren Fingerspitzen über die glänzende Regenbogenseide vom anderen Ende der Welt. »Ich muß hinausgehen«, seufzte sie. »Ich muß sie Berris zeigen – nein, alle sollen mich sehen!« Als sie aufstand, schob ihr die Mutter einen Stock in die Hand, ein langes, glattes Ding aus Elfenbein, in der Form schmaler Blätter, mit einer geschnitzten Frucht als Knauf. Es war ihr kaum bewußt, was sie tat, als sie sich darauf stützte und somit ihren Fuß entlastete. Nerrish wußte, wie gefährlich es war, einen Schmerz zu mißachten, den man nicht mehr spürte; es bestand stets die Gefahr, daß er zurückkommen würde.

Draußen vor dem Zelt herrschte das gleißende Licht der Sonne. Erif trat mit erhobenem Kopf hinaus. In das Kleid, das sie trug, waren bunte Phantasielöwen eingewebt, der dünne Leinenmantel mit Eisvogelfedern gesäumt. Sie trug den Türkisgürtel und dazu passende Ohrringe, und ihre Zöpfe glänzten. Auf den langen Stock gestützt, ging sie langsam an einer Gruppe von Dienern vorbei und an den Feuern, die im Sonnenschein fahlgelb wirkten. Goldfink rannte auf sie zu. »Oh, wie schön, wie schön!« rief sie und umtanzte ihre große Schwester. In etwas weiterer Entfernung erblickte Erif ihren Vater mit Berris und auf der anderen Seite Tarrik. Der Herr von Marob trug frische Kleider und lehnte an seinem Pferd. Die Blicke aller waren auf sie gerichtet, aber Harn Dhers Tochter wünschte, es wären noch mehr.

Tarrik kam ein wenig unsicher auf sie zu. »Ich habe deinen Stern, schöne Erif«, sagte er. Und plötzlich küßte er ihre Hand. »Ich trage ihn jetzt«, sagte er herausfordernd.

»Dann tu das«, erwiderte Erif freundlich und brachte ihn damit ganz aus der Fassung. Sie sah an ihm herauf und herunter, betastete seinen Arm, seinen Hals, seine Wangen und Lippen mit kühlen, staunenden Fingern. Er ließ ihre Berührung still über sich ergehen. »Und ich habe deinen Mantel«, sagte sie schließlich.

»Verbrenn ihn – für die Felder«, gab er ernst zurück.

Aber sie antwortete leise: »O nein, Tarrik. Du verstehst

noch längst nicht alles«, und ging an ihm vorbei auf ihren Vater zu – die Frühlingsbraut war erwachsen geworden.

Harn Dher war stolz auf seine Tochter. Jetzt zog er sie beiseite und flüsterte ihr zu: »Er hat Epigethes getötet, der Narr! Hast du ihn dazu veranlaßt, Erif?«

Glücklicherweise war Erif in diesem Augenblick viel zu zufrieden mit sich selbst, um sich ihr Erschrecken anmerken zu lassen. »Das ist erst der Anfang«, sagte sie.

»Wenn das so weitergeht«, fuhr Harn Dher fort, »wirst du ihn nicht einmal zu heiraten brauchen.«

»Nein?« gab Erif Dher zurück, zog einen kindlichen Flunsch und entfernte sich.

Tarrik hatte inzwischen sein Pferd bestiegen. Als er an Berris vorbeiritt, zügelte er das Tier und streckte Erif Dhers Bruder etwas entgegen. »Ich habe diese Schlüssel von Epigethes«, sagte er. »Ich habe sie dem Toten abgenommen. Schau sie dir genau an, Berris.«

Berris betrachtete sie eingehend und runzelte die Stirn. Dann nahm er die Schlüssel in die Hand. »Das sind Kopien meiner Schlüssel«, sagte er nach einer Weile. »Ich habe zu lange daran gearbeitet, um sie zu verkennen.«

»Auch diese hier?«

Berris schüttelte ungläubig den Kopf; sein Blick verriet nun Entsetzen. Es waren die Schlüssel zu den Truhen, in denen er seine Juwelen, sein Gold und andere Edelmetalle aufbewahrte. Diese Schlüssel zu kopieren – dafür gab es nur *einen* Grund ...

Tarrik klimperte mit dem anderen Bund. »Sind das auch Kopien von Schlüsseln, die ihm nicht gehörten?« fragte er.

»Ja«, erwiderte Berris mit trockener Kehle, aber sehr darum bemüht, seine Stimme klar und deutlich klingen zu lassen. »Ja, Tarrik, ich verstehe.«

Viertes Kapitel

Langsam rumpelte der von Ochsen gezogene Karren über den holprigen Weg. Die Unebenheiten des Bodens erschütterten die mit dicken, schwarzen Teppichen ausgelegten Wagenplanken. Erif Dher zitterte so sehr, daß ihre Zähne aufeinanderschlugen. Sie und die anderen Frauen im Wagen unterhielten sich nur flüsternd und verbanden dabei ihre Hände, die sie aus Trauer um die eben verstorbene Nerrish mit Pfeilspitzen verletzt hatten. Goldfink saß im Wagen und Essro und vier oder fünf ältere Frauen, Kusinen oder Tanten, und die Amme. Alle waren erschöpft vom Singen der Klagelieder am Grab. Erif Dher fragte sich, ob ihre Mutter wohl schon die angekündigte Reise angetreten hatte. Sie war ein wenig zornig darüber, daß Nerrish gerade jetzt gestorben war, da sie, Erif, sie so dringend gebraucht hätte. Stirnrunzelnd blickte sie zu Goldfink hinüber, die bitterlich schluchzte, und als sie merkte, daß diese Zurechtweisung nichts nützte, zog sie die kleine Schwester auf den Schoß, wo sie die Stöße des Wagens nicht so stark spürte. Goldfink begann, am Daumen zu saugen, und beruhigte sich allmählich. Unbewußt zog Erif Dher sie enger an sich und dachte an all die ungeborenen Kinder. Ein Teil der Strecke ging durch einen Eschenwald, und die breiten, trockenen Blätter regneten golden auf sie herab. Einige fielen in den Karren. An den Bäumen hing kaum noch Laub; es war Spätherbst. Schließlich erreichte der Wagen Marob und ruckelte durch die tiefen Furchen der Straßen bis zu Harn Dhers Haus, wo die Begräbnisfeier abgehalten wurde. Die Männer waren bereits versammelt; sie hatten getrunken, und einige hatten sich Wangen und Hände aufgeritzt. Erifs Vater war in eine schwarze Decke gehüllt, die nur Schlitze für Augen und Mund freiließ. Auch Tarrik war dort, er trug seine hohe Krone, mit der er jeden anderen überragte, aber niemand sprach mit ihm, wenn es vermeidbar war, und Erif bemerkte mit sonderbarer Ruhe, daß er jede Woche dünner wurde.

Als er sich am Tisch niederließ, rückten die Männer von ihm ab. Tarrik blickte starr geradeaus, sein Gesicht wurde eher noch blasser, und er preßte die Finger um ein Stück Brot. Nach einer Weile überließ Erif Dher ihre Schwester sich selbst, ging langsam zu ihrem Mann und setzte sich neben ihn. Sie hörte, daß sein Atem schwerer ging, und spürte, wie er sich auf der Bank neben ihr unruhig hin- und herbewegte. Einige von den Männern starrten sie an, aber sie wußte, daß der Herr von Marob nicht glücklos war, er war nur verzaubert. Sollte sie sich vor etwas fürchten, das sie selbst herbeigeführt hatte?

Nach dem langen Ritt oder der Fahrt vom Begräbnis auf der Ebene waren alle hungrig; jeder aß, ohne viel zu reden. In dreibeinigen Töpfen wurde heißes, dampfendes Hammelfleisch herumgereicht, das mit Knoblauch, Bohnen und Schwarzwurzeln gekocht war; dann folgten Fisch und weiche, süßliche Seetangstreifen. Tarrik aß nur wenig und ohne rechte Lust, und Erif Dher begann sich Sorgen zu machen. Sie wußte, ihr Vater würde bald mit ihr sprechen wollen und sie drängen, seinem Willen zu folgen. Als Kind hatte ihr das nicht so viel ausgemacht, aber jetzt war sie eine Frau und seit vier Monaten verheiratet. Sie saß sehr gerade, und der steife, spitze Hut mit dem Schleier wog schwer. Die Leute starrten sie ebenso an wie Tarrik.

Plötzlich hatte sie das Gefühl, daß unerwünscht viel Unglück im Raum schwebe, nicht so sehr wegen der toten Zauberin, die vielleicht nur von ihrem Vater und der Kinderfrau betrauert wurde, sondern aus allen möglichen anderen Gründen. Tarrik war natürlich unglücklich, weil sie ihn verzaubert hatte. Er haßte es, nicht mehr der Liebling des Volkes zu sein, und er haßte es, etwas Schlechtes getan zu haben und so vollständig gescheitert zu sein wie die beiden Male, als er in ihrer Macht stand, und weil sie seine Urteilsfähigkeit untergraben hatte. Auch Berris Dher war unglücklich. Sie wußte nicht genau, weshalb, aber in ihm tobte ein Kampf, der ihn innerlich zerriß. Er saß vornübergebeugt da, den Kopf auf den Händen, und sah aus wie damals, als er sein kleines Pferd zerstört hatte. Die Leute, die Tarrik so anstarrten, waren ebenfalls unglücklich, weil sie die unheilverkündende Ausstrahlung des Kornkönigs fühlten und fürchteten, ihre Saaten würden verfaulen, aber noch wußten sie nicht, was sie tun sollten. Unsicherheit, dachte Erif, genau das war es, was die Leute unglücklich machte. Und sie selbst? Nein, sie war nicht unglücklich, nicht unsicher. Sie hatte alles in der Hand. Wütend begann sie wieder zu essen, nahm einen Knochen und zerbiß ihn mit ihren starken Backenzähnen.

Die Dunkelheit brach herein, noch ehe das Begräbnisfest vorüber war. Man schloß die Läden und schürte das Feuer; der Wind wurde stärker und mochte sich noch vor Ende der Nacht zu einem Sturm auswachsen. Einer nach dem anderen gingen die Gäste nach Hause, die Mäntel eng um sich geschlungen und die Fellkapuzen über die Ohren gezogen. Tarrik war einer der letzten; er war geblieben, als hoffe er auf irgend etwas, aber Erif Dher sagte, sie müsse diese Nacht im Haus ihres Vaters verbringen, um Totenwache zu halten, und bat ihn heimzugehen, heraus aus dem Kreis der Toten. Er nahm seinen weiten Umhang aus weißem Fuchsfell, und die goldenen Plätzchen an den Säumen klingelten eitel. Nach einer kleinen Weile folgte sie ihm zur Tür, aber er ritt bereits heimwärts und drehte sich nicht mehr nach ihr um. Jetzt war nur noch das Meer zu hören, ein leises, unaufhörliches Rauschen vom Strand, das die Luft erfüllte und über die Häuser hinweg zu ihr drang. Die Zeit des schönen Wetters war vorbei.

Die Kinder lagen inzwischen in ihren Betten und schliefen; Erif Dher küßte sie und unterhielt sich noch eine Weile mit Essro, dann kehrte sie zu ihrem Vater und den Brüdern zurück. Der persönliche Besitz ihrer Mutter war, sofern man ihn nicht zusammen mit ihr bestattet hatte, auf einem Tisch neben dem Kamin aufgehäuft. Erif mußte in dieser Nacht Wache halten, für den Fall, daß Nerrish zurückkam und sich etwas davon holte. Harn Dher hatte die schwarze Decke abgelegt und lehnte müde und mit fahlem Gesicht in seinem Stuhl. Sie saß am anderen Ende des Tisches, die Brüder an den Seiten. Gemeinsam sprachen sie bestimmte Worte und verstummten dann. Eine Weile sagte niemand etwas; Erif

Dher dachte wieder an ihre Mutter und fragte sich, ob es wirklich so furchterregend sein würde, wenn sie zurückkäme. Was immer sie empfand, ob Liebe oder Gleichgültigkeit, sie hatte der Mutter zeit ihres Lebens immer vollständig vertrauen können, aber jetzt, da sie tot war, konnte man nicht mehr so sicher sein. Sie war vielleicht verwandelt, war zu etwas Kaltem, Wächsernem, Bedrohlichem geworden. Das war furchterregend.

Erif rutschte auf ihrem Stuhl hin und her und schwitzte; endlich brach ihr Vater das Schweigen, und alle waren froh.

»Dein Werk ist bald getan«, sagte er zu ihr, »aber du mußt bis zum Ende durchhalten. Wenn wir jetzt einen Schritt zurückgehen, müssen wir wieder ganz von vorn anfangen.«

»Ja, Vater«, antwortete sie. »Ich weiß. Ich habe mein Bestes getan.«

»Nur zweimal«, meinte Gelber Bulle und biß sich auf einen Fingernagel.

»Du hast es nur zweimal gesehen!« antwortete sie beleidigt. »Aber du siehst nicht alles, Gelber Bulle! Und diese beiden Male – Mittsommernacht und bei der Ernte! Er hat die Worte rückwärts gesprochen und falsch getanzt. Er ...«

Aber Gelber Bulle unterbrach sie leicht gereizt: »Reden wir besser nicht davon! Nicht, bis im nächsten Jahr das Korn geschossen ist.«

Erif Dher beugte sich vor. »Ich habe dem Korn keinen Schaden zugefügt«, sagte sie. »Ich sage es dir noch einmal: Ich bin in jener Nacht selbst mit seiner Krone und seinen heiligen Gegenständen hinausgegangen. Ich habe das Jahreshaus ganz allein wieder aufgebaut. Ich bin die Frühlingsbraut. Wenn das Unglück über uns hereinbricht, dann liegt das an euch, nicht an mir, Gelber Bulle – vor allem an dir, weil du mir nicht glaubst!« Sie brach mit Tränen in den Augen ab; es war so schrecklich gewesen, diese Dinge allein zu tun, sich den Mächten auszuliefern, allein zwischen der nackten Erde und dem Himmel zu stehen, die Sonne in der einen Hand und den Regen in der anderen, zu wissen, daß ihre eigene Zauberkraft nichts war im Vergleich mit dieser gestohlenen Göttlichkeit. Aber keiner der anderen begriff das; sie konnten es sich nicht vorstellen. Sie hatte es zweimal gemacht, und das zweitemal war es noch schlimmer gewesen, bei der Ernte, als sie allein hinaus auf das Stoppelfeld gegangen war und sich unter Mühen allein mit Stroh gebunden hatte. Dann war sie um Mitternacht vor die Tür des Kornkönigs getreten und hatte selbst die richtigen Worte für den schlafenden Darsteller im Kornspiel gesprochen; ihr war zumute gewesen, als fielen Jahre auf sie herab, als sei sie eine alte Frau und ebenso verbraucht wie ihre Mutter. Und das war nun der Dank von Gelber Bulle! Berris beugte sich zu ihr und streichelte ihr Knie; sie wischte sich die Tränen aus den Augen und starrte ihren Vater an.

»Nun«, fragte sie mit leiser Stimme, »was soll ich tun?«

»Bring es zu Ende!« sagte Harn Dher. »Der Rat hält sich bereit. Sie kennen mich, und sie kennen meinen Sohn ...« Er blickte Gelber Bulle an, der immer noch besorgt seinen abgebrochenen Nagel betrachtete, »... und was das Volk angeht, es würde ihn noch in diesem Augenblick aufgeben, wenn sie einen anderen Kornkönig wüßten. Erif Dher, ich verlasse mich auf dich!«

Sie wußte, daß sie etwas sagen mußte, fand aber nicht die richtigen Worte. Berris sprach für sie: »Aber Vater, was wird für *sie* dabei herauskommen? Sie ist jetzt die Frühlingsbraut; ihr stehen alle Schätze Marobs zur Verfügung, wenn sie danach verlangt: Wenn sie das nun nicht alles aufgeben will?« Und er schaute von ihr zu den anderen und fragte sich, was für eine Frühlingsbraut Essro wohl abgeben würde, wenn Gelber Bulle Kornkönig war.

»Ich gebe dir alles, was du willst, Erif«, sagte Harn Dher, »und deine Ehe wird sofort aufgelöst. Du wirst immer noch alle Macht besitzen, die du willst – immerhin hast du nun mehr davon als ein jeder von uns.« Er lachte ein wenig nervös. »In einem Jahr wirst du alles vergessen haben. Es gibt doch nichts, was dich vom Vergessen abhält, Erif?«

»Nein«, erwiderte sie scharf. »Ich bekomme kein Kind – und dennoch!«

»Um so mehr Grund, es rasch zu beenden«, sagte ihr Vater. Inzwischen schlief ganz Marob, außer ihnen; sie hörten nichts, abgesehen vom Wind und dem still neben ihnen brennenden Holzfeuer und ihren eigenen Bewegungen und Stimmen. Sie flüsterten jetzt nur noch. Berris wollte über seine neue Idee reden, wie bestimmte Linien, die zu bestimmten Kurven ausliefen, seinem Herzen Sicherheit verliehen; aber er wußte, daß sein Vater und sein Bruder nicht daran interessiert waren, und Erif Dher war zu sehr in ihre eigenen Gedanken vertieft. Tarrik hätte ihm zugehört; Tarrik hätte es für ihn in Worte gefügt. Aber er konnte sich in diesen Tagen nicht mit Tarrik unterhalten, ohne sich ihm gegenüber als Verräter zu fühlen. Er kam sich so sehr wie ein Schurke vor, daß er noch Stunden später nicht imstande war zu arbeiten. Er überlegte sich, wie er seine Idee in die Praxis umsetzen könnte, nicht in Gestalt eines Tieres oder einer Blume, sondern einfach als Linien in der Luft, nicht an eine Oberfläche oder an die Kanten von Holz oder Metall gebunden, sondern einander durchziehend wie Sprünge in einem großen Kristall. Im Verlauf der Nacht versank er immer mehr in seine Träumereien, seine Idee wurde vage und undeutlicher, und wenn die anderen sprachen, folgten ihre Stimmen den Linien, durchschnitten gegenseitig ihre Pfade, hell die der Schwester, dunkler die der beiden anderen.

Als der Morgen graute, waren sie alle noch wach, und nichts war geschehen; die Sachen lagen immer noch vor ihnen auf dem Tisch, waren nicht weniger geworden; die Tote würde nicht zurückkehren. Sklaven brachten ihnen zu essen und trinken, aber diesmal stellte man keinen vollen Teller oder einen Becher auf, für den Fall, daß die Eine hinzukam. Auch Essro schlich sich leise und angstvoll herein und setzte sich neben Gelber Bulle. Erif Dher trat zu dem Tisch und nahm ein paar kleinere Gegenstände ihrer Mutter, einen bestickten Mantel, ein paar Schuhe und eine kleine Schachtel mit Kaurimuscheln, einige davon rot bemalt, und kleinen, losen Perlen. Sie schob die Läden beiseite; der Wind brachte Regen. Sie streckte die Hand aus, die Luft stach wie mit Nadeln auf der Haut, brannte in den frischen Kratzern, und zugleich hatte sie das Gefühl, als brenne und steche es in ihrem Herzen, und sie begann bitterlich zu weinen, wie sie es in der ganzen Woche seit dem Tod der Mutter nicht getan hatte. Sie rannte hinaus durch den Regen zum Haus Tarriks am Hafen, wo man immer die Stimme des Meeres hörte.

Drei Tage lang wütete der Sturm, er peitschte das Meer, bis ganz Marob salzig von der Gischt schmeckte. Dann ließ er unvermittelt nach, aber mit ihm waren die ersten Boten des Winters gekommen. Auf den Bäumen im Garten Tarriks hingen kaum noch Blätter, und die wenigen späten Blumen schienen zu zerfetzt, als daß die Sonne sie noch einmal neu beleben könnte. Erif Dher zog einen langen, mit Rentierfellen gefütterten Mantel an und ging mit der Schachtel voller Muscheln in den Garten. Sie schnitt Grimassen, zuweilen bewußt, manchmal aber auch nicht, wenn sie an einer der griechischen Statuen vorbeikam; die halbverhüllten Marmornymphen sahen verfroren und albern aus.

Sie überlegte noch, was sie mit den Muscheln tun wollte, als sie Eurydike traf, die sie bei sich immer noch Yersha nannte. Eurydike ging mit ihrer Lieblingsdienerin Apphé im Garten spazieren. Apphé war bucklig, aber von rein griechischem Geblüt. Erif Dher haßte den Anblick Apphés; solche Menschen flößten ihr Angst ein. Ihr gefielen komische, verkorkste Dinge, wie ihr Bruder sie fertigte, halb Tier, halb Mensch, aber sie durften nicht lebendig sein. Sie versuchte, ihre Unsicherheit und Angst zu verbergen, weil sie hoffte, Eurydike wüßte es noch nicht. Wenn sie es aber erfährt, dachte Erif, würde das bißchen Zauberkraft in ihr auch verschwinden. Eurydike bedeutete der Dienerin mit einer Handbewegung weiterzugehen; als sie vorbeiging, versteifte sich Erif Dher, aber sie wich nicht zurück.

»Bist du traurig, daß der Sommer vorbei ist?« fragte sie Eurydike.

»Der Sommer ist noch nicht vorbei«, antwortete die

Ältere entschlossen und hieß Erif, sich neben sie auf die Bank zu setzen.

»Alles wirkt schon wie im Winter«, sagte Erif leise, »sieh doch nur, die Wolken, so grau ...«

Aber Eurydike, die in ihrem eigenen Garten nicht Yersha war, blickte nicht über die Dinge hinaus, die ihr vertraut waren. »Kind«, sagte sie, »Ich treibe keine Spiele mit dir. Und ich glaube, auch Charmantides wird keine Spiele mehr mit dir treiben.«

Erif Dher schüttelte die Kauris auf ihrem Schoß. »Ich spiele gern«, antwortete sie. »Hilfst du mir, diese Muscheln aufzufädeln, Tante Yersha?«

Eurydike preßte fest die Lippen aufeinander, fegte die Muscheln auf den Boden, umklammerte Erif Dhers Schulter und schüttelte sie. »Du hast meinen Charmantides verhext!« rief sie. »Nimm dich in acht! Ich sehe, daß er es nicht kann. Ich sage dir, wenn du ihm etwas zuleide tust, werde ich auch dich verletzen.«

Erif Dher saß eingezwängt in der Ecke der Bank und versuchte, sich gegen Yersha zu wehren, gegen ihre harten, verhaßten Hände und ihr Gesicht, konnte sich aber nicht freikämpfen. »Ich habe nichts getan!« sagte sie. »Ich bin Königin, nicht du! Was meinst du eigentlich?«

»Ich meine«, antwortete Yersha, und es sah aus, als wolle sie ihr ins Gesicht spucken, »daß du zwar deine eigenen Barbaren verzaubern kannst, aber keinen Hellenen!«

Erif Dher befreite sich aus ihrem Griff. »Ich werde das Tarrik erzählen«, sagte sie. »Vielleicht mochte er dich einmal, Yersha – ehe du so alt wurdest.« Sie bückte sich und begann, die Muscheln aufzuheben. Eurydike stampfte mit dem Absatz ihrer Sandale auf die Hand des Mädchens und zertrat eine der Kauris; das schien passender als alle Worte. Eine der Pfeilwunden platzte auf und begann wieder zu bluten. Aber Erif Dher lachte. »Selbst wenn deine Worte wahr wären, Tante Yersha, wie hellenisch bist du? Im Winter?« Eurydike wandte sich um und ging rasch auf das Haus zu, wobei sie mit hoher Stimme die Dienerin rief.

Zusammen mit den Kauris hob Erif Dher eine Haarnadel Yershas auf und lachte wieder. Trotzdem tat ihr die Hand weh, und sie wünschte plötzlich, sie stünde nicht im Garten des Herrn von Marob, sondern allein am Meeresufer in der Kälte oder mit Berris in der Schmiede, wo sie arbeiteten – und nicht zauberten. Sie ging zum Brunnen, setzte sich mit gekreuzten Beinen daneben nieder, tauchte die Finger ins Wasser und blickte stirnrunzelnd vor sich hin. Dann begann sie, die Muscheln aufzufädeln. Auf gewisse Weise freute sie sich, daß Yersha sie ebenso haßte, wie sie die Ältere. Das machte alles einfacher. Wenn alles zu einem Ende kam, und das würde bald sein, stünde Yersha in ihrer Macht. Sie dachte sich alle möglichen lustigen Dinge aus, die sie ihr antun könnte, mit all der lebendigen Phantasie einer jungverheirateten Frau gegenüber einer alten Jungfer. Ja, Yersha würde es noch leid tun, ihr auf die Hand getreten zu haben: sehr bald schon. Und Tarrik?

Während sie noch dort saß, kam Tarrik aus dem Haus; er hatte mit seiner Tante gesprochen und fühlte unbestimmt, daß sie recht hatte. Er wußte, daß er eine Hexe geheiratet hatte und daß er sich vor ihr hüten mußte; er wußte, daß sie gegen ihn arbeitete, vermochte sie aber kaum mit irgend etwas von dem in Verbindung zu bringen, was geschehen war, am wenigsten mit den Vorfällen beim Mittsommerfest und bei der Ernte. Je mehr er darüber nachgrübelte, um so unklarer wurde das Geschehene; eine Wolke hatte sich über sein Gehirn gelegt, und sie – sie konnte sie fortscheuchen, wenn sie nur wollte. Anfangs war es seine eigene Schuld gewesen, aber er war der Herr von Marob und der Kornkönig, und was immer er tat, war richtig. Sollte *sie* sich doch ändern. Er ging zum Brunnen; sie hielt eine lange Schnur mit Muscheln in den Händen und spielte damit, zog sie über den Boden und ließ sie springen wie ein kleines Kätzchen. Er fand, sie sei noch nicht richtig erwachsen, und rieb sich die Augen. Eigentlich hätte sie sich inzwischen daran gewöhnen müssen, meine Frau zu sein, dachte er. Ich bin an sie gewöhnt und ihrer überdrüssig, und vergangene Liebschaften kamen ihm in den Sinn. Dann riß er ihr die Fellmütze ab, warf sie fort und rieb seine Hände an ihrem Haar; es war wunderbar weich und voller kleiner, hochspringender Locken, die sich um seine Finger drehten. Sie umfaßte sanft seine Handgelenke, aber er schüttelte sie ab, nahm die Muschelschnur, ließ sie von einer Hand in die andere gleiten und schnürte sie sich dann so um den Hals, daß die beiden losen Enden über dem Mantel herabhingen. »Du nimmst gern meine Sachen, Tarrik«, sagte Erif Dher, die immer noch mit untergeschlagenen Beinen dasaß und sich leicht gegen seine Knie lehnte.

»Ja«, antwortete Tarrik. Aber wie konnte man sie ändern? »Ich mache mit dir, was ich will«, sagte er, schob den Ärmel zurück und ließ seine Hand über ihren Arm gleiten. Dann nahm er einen seiner Ringe ab und steckte ihn ihr an den Mittelfinger. »Der ist für dich, Erif«, sagte er. Frauen mögen Geschenke. Der Ring war zu groß für sie – ein Sonnenring, ein Topas in Klauenfassung, noch warm von seiner Haut.

»Wer hat ihn gemacht?« fragte sie.

»Er stammt aus dem Inland, aus dem Norden«, antwortete er. »Siehst du, Erif, es ist eine Art Drache.«

»Kein Grieche könnte so etwas machen«, sagte sie.

»Nein.«

»Wir schaffen bessere Dinge als die Griechen.«

»Ja.«

»Tarrik, du haßt doch die Griechen, nicht wahr?«

»Ja. Nein. Erif Dher, nimm deine Hände von mir!« Er trat rasch zurück, und ein loses Ende der Muschelkette schwang klirrend gegen seinen Schwertgriff. Ein Ruck, und sie zerriß. Ein Muschelregen ging zwischen ihm und Erif nieder.

Sie stieß einen leisen Schrei aus. »O Tarrik, du bist noch schlimmer als Yersha!« Und sie sammelte die Muscheln rasch wieder auf.

Einen Moment lang schien die Wolkendecke aufzureißen.

»Sie hat gerade mit mir geredet«, sagte er, und dann: »Erif, ich bin in Gefahr! Harn weiß, ich bin immer noch der Kornkönig, und ich weiß auch, daß die Macht noch immer in meinem Besitz ist! Aber sie glauben es nicht, sie denken – oh, ich weiß nicht, was sie denken! Ich werde dafür sorgen, daß sie wieder an mich glauben. Du bist meine Königin, meine Frühlingsbraut. Erif, du mußt mir helfen. Wenn du es nicht tust, werde ich dich hassen, und wen immer ich hasse, den quäle ich zu Tode ... Ich will dich nicht hassen, Erif, ich liebe dich ...« Plötzlich brach er ab; er sagte Dinge, die er nicht hatte sagen wollen. Bewirkte *sie* das?

»Du bist verrückt«, gab sie zurück. »Du bist verrückt!« Sie stand auf. Die Kauris hatte sie irgendwo in ihr Kleid gesteckt, vielleicht zwischen die warmen, jungen Brüste. Er streckte die Hand nach ihnen aus, überlegte es sich dann aber und faßte nur den Wollstoff ihres Kleides und hielt ihn fest, so daß sie nicht einfach fortgehen konnte.

»Wenn der Schnee kommt«, sagte er, »werden sie die Stiere zum Kampf in die Stadt bringen. Ich werde gegen die Stiere kämpfen, Erif! Dann werden sie sehen, daß ich noch die Macht habe, werden erkennen, daß ich der Kornkönig und Herr von Marob bin!« Er ließ sie los.

»Ja«, sagte sie sanft, »tu das, Tarrik.«

»Ich werde nicht mehr unglücklich sein«, fuhr er fort, und plötzlich schloß er sie in die Arme und küßte sie, als könne er niemals unterliegen. Er spürte schwach, daß sie seinen Kuß erwiderte. Ihre Arme lagen um seinen Hals, weich und stark und fest. Er trug sie in sein Haus. Frauen mögen Geschenke.

Eurydike, die oben in ihrem Zimmer saß, befahl der Dienerin Apphé mit scharfer Stimme, die Vorhänge zuzuziehen und die Lampen anzuzünden. »Es stimmt mich traurig, wenn das gute Wetter zu Ende geht«, sagte sie, »wenn das Meer stürmisch wird. Keine Schiffe mehr, nichts! Oh, werde ich jemals von hier fortkommen, werden wir jemals nach Süden ziehen, Apphé? Zünde die große Lampe an – ja, und bring mehr Holz. Und meinen Spiegel. Oh, so alt bin ich noch nicht. Wenn ich in mein geliebtes Hellas zurück könnte, würde ich immer noch Glück finden. Wie glücklich ich dort wäre!«

»Aber ich weiß, die Zeit wird kommen, Frau«, sagte Apphé. »Laßt mich Euch aus der Hand lesen. Hier, die deutlich ausgeprägte Linie, das ist die Reiselinie, gibt Euch das nicht Gewißheit?«

»Wir haben sie schon so oft betrachtet, Apphé. Aber niemals geschieht etwas. Wie könnte es auch? Charmantides wird Marob nicht verlassen.«

»Es sei denn, Ihr-wißt-schon-wem würde etwas zustoßen«, meinte die Dienerin.

»Ja«, meinte Eurydike und befühlte den Rand des silbernen Spiegels, »es sei denn, er wäre frei.« Und nach einer Pause fuhr sie fort: »Wenn ich doch nur wüßte, was wirklich mit diesem Künstler geschehen ist – diesem Epigethes; er sollte mir doch ein Schmuckkästchen machen. Wie er reden konnte! Athen, Korinth, Rhodos ... Was meinst du, Apphé?«

»Ihr wißt, was die Leute sagen ...«

»Kein Wort davon ist wahr! Er hat es abgestritten – mir gegenüber. Wie könnte Charmantides ...? Der Sohn meiner Schwester ...? Und dennoch ... das ganze letzte Jahr ... O Apphé, es kann doch nicht schon wieder Winter sein!« Sie riß die vorgezogenen Vorhänge zurück; ja, die Wolken waren echt und auch dieses bleierne, unruhige Meer.

Bei Einbruch der Dämmerung richtete sich Erif Dher, die halb wach, halb träumend auf dem Rücken gelegen hatte, auf, und zwar so plötzlich, daß Tarrik erwachte, blinzelte und einen Arm über sie legte, um sie zurückzuhalten; schwer und warm blieb ihr Mann einen Moment auf ihr liegen, ehe er herunterglitt, weil er wieder in Schlaf gesunken war. Sie stand leise und bedächtig auf, nahm Schuhe und Kleid vom Boden, zog sich an und wusch sich Hände und Gesicht mit Wasser, in das man süße Kräuter gelegt hatte. Sie lächelte den liegenden Tarrik an; sie sah das Mal auf seiner Brust, wo ihr Stern ihn verbrannt hatte, und seine starken, nackten Arme, die sie so fest und dennoch so zärtlich hielten, das dunkle, lockige Haar in den Achselhöhlen, das nach Heu und Sommer und Sonne roch. Sie trat einen Schritt auf ihn zu, wandte sich dann aber ab und ging auf Zehenspitzen hinaus, die Steintreppe hinab und durch eine Seitentür hinaus auf die Straße und zum Strand. Im Osten, draußen auf dem Meer, sah es dunkel und wild aus, die See tobte noch immer nach dem Sturm; das einzige Licht war landeinwärts über den Hausdächern zu sehen. Bald würde es schneien.

Und dann sagte sie laut: »Ich werde es tun!« und stampfte mit dem Fuß auf. »Ich werde es tun! Er wird mich nicht daran hindern – nicht auf diese Weise! Soll er gegen die Stiere kämpfen und allem ein Ende machen!«

Sie begann zu rennen, stürzte atemlos über den Kies, bis sie den Sandstrand erreichte. Wenn man sehr schnell rennt, hat man keine Zeit für Reue, für eine Meinungsänderung, für Zärtlichkeit und Liebe.

Als sie stehenblieb, war es tiefe Nacht; sie stand zwischen der niedrigen Klippe und der hohlen Schwärze der See mit dem lichtlosen Grau der unendlichen Gischt. Als sie hinausblickte, vermeinte sie etwas zu sehen, einen Funken, ein winziges Licht weit draußen, kaum zu erkennen. Es war spät im Jahr für Schiffe, außerdem war es schon dunkel, und das Wetter war schlecht; sie war sich nicht sicher. Manchmal war es sichtbar, zuweilen verdeckt. Sie kletterte die Klippe hinauf, um besser sehen zu können, aber die Nacht war zu dunkel. Der Wind zerrte an ihren Kleidern; sie fror und fühlte sich steif, und wenn sie noch länger bliebe, würde man sie im Haus Tarriks vermissen.

Langsam ging sie zurück; sie fürchtete die Dunkelheit nicht. Jetzt schmiedete sie Pläne für ihren Zauber, um alles zwischen ihn und die Stiere zu legen, so daß weder Hand noch Auge tun konnten, was er ihnen befahl. Dieser Stierkampf würde den Barbaren in ihm herausfordern, den sie ebenso leicht würde verhexen können wie zuvor schon auf den beiden Festen. Es wäre weit schwieriger gewesen, ihn bei irgend etwas zu verzaubern, in dem sein griechisches Erbe überwog. Bisher hatte sie Glück gehabt, und sie wußte es.

Sorgfältig überlegte sie sich alles, was sie tun wollte. Er konnte von den Stieren getötet werden; sie waren immer wild, wenn sie von der Ebene hereingebracht wurden. Sie runzelte die Stirn und beschleunigte ihre Schritte; sie würde ihn nicht töten lassen; er sollte nur schlecht kämpfen, so daß alle Leute es sahen, und dann würde der Vater endlich seinen Willen bekommen und sie in Ruhe lassen. Oder wäre es besser für alle Beteiligten, wenn Tarrik getötet und vergessen würde? Er selbst würde wohl lieber sterben als die Macht verlieren – und sie selbst, sie würde ihn gewiß vergessen. Geschehnisse wie heute vergaß man am besten schnell; sie würde wieder frei sein, um ein eigenes Leben zu beginnen, nicht das seine oder das ihres Vaters. Sie nahm seinen Ring und warf ihn weit aufs Meer hinaus, und dann dachte sie, was für eine Törin sie doch war. Sie hätte ihn für einen Zauber benutzen können. Nun, sie würde andere Dinge finden. Plötzlich fiel ihr Yershas Haarnadel wieder ein, die ihr der Zufall in die Hände gespielt hatte, und sie lachte laut auf und rannte, bis sie wieder bei dem Wellenbrecher ankam.

Gewandter als je zuvor kletterte sie hinauf und blieb oben im Wind schwankend stehen. Auf der Hafenmauer erblickte sie Berris, der eine Laterne hielt und sie rief.

Erstaunt kam er auf sie zu. »Wo bist du denn gewesen, Erif?«

»Ich habe mit den Krebsen geredet«, antwortete sie. »Und du? Willst du mir nicht etwas schmieden? Bitte, Berris! Ich komme auch und schüre das Feuer.«

»Später«, antwortete er. »Ich kann jetzt nicht arbeiten. O Erif, was hast du nur mit Tarrik gemacht?«

»Genau das, was Vater will.«

»Aber nur, weil du es selbst willst«, sagte Berris leise. »Vater ist kein Gott, und Gelber Bulle auch nicht. Sie haben mit der Kunst und der Schönheit nichts im Sinn. O Erif, ich wünschte, ich hätte nichts damit zu tun!«

»Wirklich?« fragte Erif zurück. »Du bist ein Mann und kannst dich nicht entscheiden. Ich kann es. Ich bin glücklich.«

Doch Berris zog sie am Ärmel zu der Stelle, wo ein Lichtschein aus dem Viereck eines Fensters drang. »Du siehst aber nicht glücklich aus«, sagte er. »Erif, ich habe Angst vor dir, wenn du so aussiehst wie jetzt.«

Fünftes Kapitel

Berris brachte sie bis vor die Tür ihres großen Hauses. Die Wächter hoben Hand und Schwert vor die Stirn, als sie an ihnen vorbeiging, und blickten sie nicht direkt an. Es stand ihnen nicht zu, sich darüber zu wundern, wenn die Frühlingsbraut von Marob ohne Diener, ohne Mantel und ohne Kopfbedeckung des Nachts ausging. Erif Dher warf ihre Zöpfe über die Schultern und lächelte sie herausfordernd an, weil es ihr Spaß machte, daß sie offiziell keine Notiz davon nehmen durften. Dann küßte sie ihren Bruder und ging allein hinein.

Sie fand Tarrik in der Ratshalle auf seinem hohen Sessel, das Kinn in den Händen. »Ich denke über die Geheime Straße nach«, sagte er. »Das kannst du Gelber Bulle sagen. Ich frage mich, ob sie zu einer Gefahr werden kann. Was meinst du, Erif, wie wird es in tausend Jahren in Marob aussehen? Werden die Herren dann noch von unserem Stamm sein?«

Er sah sie mit seinen lächelnden, hellen Augen zärtlich an. Und sie wandte den Blick ab, weil sie zurückgelächelt hätte, wenn sie dem seinen begegnet wäre. Sie hätte dann keine Geheimnisse mehr haben können, hätte ihm alles erzählt, sich in seine Hände begeben, sich seiner Gnade und Liebe ausgeliefert; hätte alles getan, was er von ihr verlangte, wäre ihm eine gute Frau gewesen und Yersha eine gute Nichte. Oh, wenn sie ihr Leben doch noch einmal neu beginnen könnte!

»Ich kann nicht so weit im voraus denken«, antwortete sie heiser und mit starren Lippen. »Ich hasse die Zeit, in der ich tot sein werde! Ich hasse die Länder, die ich niemals sehen werde! Ich hasse die Sterne! Ich hasse die Dinge, über die Menschen keine Gewalt haben!«

Sie warf sich auf den Boden und schlug sich mit den Händen gegen den Kopf, hörte Tarrik irgendwo über ihr weiterreden.

»Aber die Zeit ruht in unseren Händen, Erif. Selbst die Zeit, die so fern liegt. Ich frage mich, ob es dann noch ein

Marob und ein Hellas geben wird. Athen gibt es schon seit Hunderten von Jahren, aber ich glaube, es ist fast tot. Und auch die anderen Städte Griechenlands. Niemand weiß, wie lange es Marob schon gibt; die Menschen denken nicht darüber nach. Und eigentlich ist es mir auch gleich, was werden wird. – Liebst du mich, Erif?«

»Ja«, antwortete Erif.

»Mir war es immer gleichgültig, ob ich geliebt wurde oder nicht«, sagte er. »Vermutlich liebte man mich. Ich habe immer bekommen, was ich wollte, und niemandem ging es deshalb schlechter. Und dem Korn bekam es nur gut. In fünf Monaten wird wieder Pflügefest sein. Wenn ich doch nur wüßte, was beim Erntefest geschah. Es scheint mir alles so unwirklich wie ein Traum, aber ich war doch nicht einmal betrunken. Beim Pflügefest wird mein Kopf klar sein, nicht wahr? Wirst du mir helfen, Erif?«

Sie antwortete: »Nein!«, das Gesicht noch immer an den Boden gepreßt, und es klang so gedämpft, daß er es weder verstand noch darauf achtete.

»Seit ich ein Mann bin, habe ich immer gewußt, daß ich der wahre Kornkönig bin«, sagte er. »Es ist seltsam, diese Macht zu haben. Aber auch du hast Macht, und auch Berris, nur ist eure Macht von anderer Art. Die Griechen besaßen auch einmal Macht, aber sie haben sie verloren. Gelber Bulle hält sich für mächtig. Der Rat auch. Ich sehe jetzt alles ohne diese Wolke. Erif, woran liegt das?«

Noch ehe sie sich eine Antwort überlegen konnte, geschah etwas, was sie alles andere vergessen ließ. Der Hauptmann der Wache rannte herein und rief: »Herr! Nördlich vom Hafen treibt ein großes Schiff herein – der Mast ist gebrochen, und es liegt fast schon auf dem Strand!« Beide sprangen sie hoch und rannten hinaus, und Tarrik erteilte im Laufen Befehle. An der Tür drehte er sich um und rief ihr zu: »Bleib du hier, Erif!«

Aber da hatte er seine Rechnung ohne Erif Dher gemacht.

Die Nacht war jetzt ganz anders. Aus dem Meer war ein gelblicher Vollmond gestiegen und hatte die Wolken im Nordosten verdrängt. Trotz der gezackten Wolkenfetzen, die darüber jagten, veränderte sich das sonderbare, verschwommene Licht nicht. Neben dem Zischen und Mahlen der Wellen hörte man laute Männerstimmen und manchmal, wenn der Wind nachließ, das schreckliche Geräusch von brechendem Holz, das Kreischen und Knacken von berstenden Balken und scharfe, unwirkliche Laute, deren Ursprung in der allgemeinen Aufregung nicht auszumachen war. Feuer loderten am Strand, das Meer tobte, flammenscheue Pferde wieherten, Frauen riefen einander kurze Sätze zu, und über allem lag das ständige Rauschen der Wellen.

Es war unmöglich, ein Boot hinauszuschicken, aber die Männer wateten mit einem Tau um die Taille hinaus und stemmten sich gegen die Brecher. Dunkle Körper wurden von einem zum anderen weitergereicht bis aufs Land in die Nähe der Feuer, und man erweckte ihre Lebensgeister wieder, so sie noch welche in sich trugen.

Erif schickte ein Dutzend Frauen zum Haus Tarriks, um Wein und warme Kleider zu holen; so viel konnte sie immerhin tun! Tarrik war nicht zu sehen, und eine Zeitlang war sie so sehr mit den Schiffbrüchigen beschäftigt, daß sie gar nicht mehr an ihn dachte.

Die Männer schienen zur Hälfte Griechen, zur Hälfte Skythen zu sein und waren halb tot vor Kälte und Nässe nach vier Tagen verzweifelten Kampfes gegen den Sturm. Schließlich war der Mast gebrochen und hatte drei von ihnen getötet. Sie kamen aus Olbia und fuhren eine Ladung Korn, die letzte dieses Jahres, und sie hatten zu lange gewartet. Jetzt schlürften sie den heißen Wein und zogen die trockenen Kleider über und riefen einander beim Namen. Ein Mann nach dem anderen kam herauf und fragte, wo sie denn seien. Sie waren dankbar, in einer Stadt bei Freunden gelandet zu sein und nach jenen vier schrecklichen Tagen endlich wieder ein Essen und Ruhe gefunden zu haben.

Tarrik war unten am Meer, hatte sich bis zur Hüfte entkleidet und mit Öl eingerieben, um seinen Körper vor der Kälte zu schützen. Er stand an der Spitze einer Reihe, wo das Wasser so tief war, daß seine Füße kaum noch Halt auf dem Kies fanden. Der Schein von den Feuern am Strand reichte etwa bis drei, vier Wellen vor ihm, so daß er alles Kommende rechtzeitig erkennen, sich bereitmachen und danach greifen konnte. Manchmal war es ein Mensch, der sich an eine Planke klammerte oder hilflos im Schwall der Brandung trieb, manchmal ein Faß oder ein Maststück, einmal zerfetztes Segeltuch, das sich um sein Bein wand und ihn ins Wasser riß. Weiter draußen, zwischen ihm und dem Mond am Horizont, sah er die schwarze, gezackte Linie des Wracks, das auf und ab wogte und langsam barst.

Mehr als eine Stunde hatte er kräftig gearbeitet und jeden Augenblick genossen; er schrie aus voller Kehle und setzte all seine Kraft und all seine Geschicklichkeit ein. Seine Flanke war von einem gesplitterten Balken gestreift worden und schmerzte heftig. Seine Augen hatten sich an die Dunkelheit gewöhnt, seine Arme und Schultern an das Bergen schwerer Gewichte.

Er hatte das Meer besiegt! Aber jetzt war seit über zehn Minuten nichts Lebendiges mehr angetrieben, und nun fühlte er auch die Kälte. Er warf noch einen Blick auf das Wrack, ehe er sich umwandte. Und da sah er die schwarze Silhouette eines Mannes vor dem nächtlichen Himmel. Tarrik brüllte hinaus, obgleich er wußte, daß er gegen das Toben des Stroms nicht ankam. Aber der Mann war verschwunden. Ein paar Minuten noch stemmte er sich gegen die herandonnernden Wellen und spähte hinaus, und dann endlich sah er einen schwarzen Fleck auf einem Wellenkamm herantreiben. Er bewegte sich nach rechts, schrie dem Mann hinter sich zu, sich bereitzuhalten, und lehnte sich gegen das Reißen und Zerren der See. Dann trieb der Schwimmer auf einer großen, tosenden Welle, den Kopf voran, auf ihn zu, und beide taumelten sie zurück gegen den nächsten in der Reihe, einen der Wächter. Dieser konnte sich halten und half Tarrik, der sich hustend und fluchend aufrichtete, einen Arm um den Schiffbrüchigen gelegt.

»Bist du der letzte?« schrie Tarrik, sobald er wieder atmen konnte. Der Mann keuchte ein »Ja« und klammerte sich an Tarriks nackte Schulter. Er war klein und leicht, völlig durchweicht wie ein Bündel Seetang. Sein Gesicht war blutverschmiert von einer offenen Wunde an der Schläfe.

Tarrik und der Wächter nahmen ihn zwischen sich und halfen ihm durch die heftigen Strudel des Flachwassers zu den Feuern hinauf.

Und so kam Sphaeros, der Stoiker, nach Marob.

Erif Dher hielt für alle heißen Wein und Essen und Kleider bereit; sie versorgte den Kratzer an Tarriks Seite sowie die Schnitte und Wunden an Armen und Händen; sie küßte seinen kalten Rücken, während sie ihm in ein Hemd half. Gelber Bulle kam hinzu, auch er arg zerzaust und von Wasser triefend. Er hatte an der Spitze einer anderen Rettungsreihe gestanden. »Das war gut, Herr!« rief er, doch plötzlich fiel sein Blick auf Erif, und er erinnerte sich. Sofort zog er sich zurück und vergrub sein Gesicht in einem Weinpokal.

Tarrik war viel zu aufgeregt und glücklich, um die Veränderung bei Gelber Bulle zu bemerken, noch erkannte er, daß zumindest im Augenblick jeder um ihn her fröhlich redete und vergessen hatte, daß er jemals unglücklich gewesen war.

Doch Gelber Bulle zog seine Schwester aus dem Feuerschein und flüsterte ihr zu: »Was hast du gemacht?« fragte er. »War das nicht der richtige Zeitpunkt?«

»Ja«, antwortete sie. »Vielleicht. Ich habe es vergessen. Es war so aufregend. Es tut mir leid.«

»Vater wird wütend sein.«

»Ich weiß. Aber du kannst ihm sagen, daß es bald eine weitere Gelegenheit geben wird. Beim Stierkampf.«

»Wird er sich dabei versuchen?«

»Ja. Du wirst schon sehen. Es wird alles gut ... und jetzt laß uns für diese Nacht zufrieden.«

Tarrik hatte in der Zwischenzeit die geretteten Seeleute auf die Häuser seiner Ratsherren verteilt, wo sie zumindest vorerst bleiben sollten. Morgen würde noch genug Zeit sein, um zu beschließen, was mit ihnen geschehen sollte. Fast alle waren gerettet, der Kapitän eingeschlossen, und nur wenige ernsthaft verletzt worden. Der erzählte jedem, der es hören wollte, von seiner Versicherung. Als alle untergebracht waren, häufte man die angespülten Gegenstände, die Fässer und Flöße und Bettzeug und alles andere, an einer Seite des Strandes auf und stellte eine Wache dabei auf. Tarrik fand den kleinen Mann, den er als letzten gerettet hatte, ruhig beim Feuer sitzen, wo er versuchte, sich selbst den Kopf zu verbinden; es gelang ihm sehr gut, aber seine Hände zitterten immer noch.

»Warum zum Teufel bist du so lange geblieben?« fragte Tarrik unvermittelt.

Der Mann blickte auf. »Ich hatte mir den Kopf aufgeschlagen; man hielt mich für tot und ließ mich zurück. Aber als ich merkte, daß ich doch noch am Leben war, wurde mein Wunsch nach Rettung übermächtig. Außerdem hoffe ich immer noch, meine Reise beenden zu können.«

»Wohin wolltest du denn?« fragte Tarrik, diesmal auf griechisch.

»Nach Sparta, zu König Kleomenes. Ich bin sein Lehrer.«

»Was bringst du ihm denn bei?«

»Philosophie.«

»Dann unterrichtest du besser mich. Ich bin auch ein König.«

»Es kommt darauf an, ob du dich als guter Schüler erweist. Wenn dem so ist, werde ich dich gern unterrichten. Indes – Kleomenes braucht mich.«

»Ich war schon in Griechenland, aber noch nie in Sparta. Es heißt, es ist ein reiches Land, wo die Macht in den Händen weniger liegt und die meisten Leute arm und unglücklich sind.«

»So ist es auch jetzt noch, aber auch Staaten können sich weiterentwickeln. Wer bist du, König, und wie heißt dein Land?«

»Ich bin Tarrik von Marob, aber ich heiße auch Charmantides.«

»Dann fließt hellenisches Blut in deinen Adern?«

Tarrik zögerte einen Moment. »Ich sehe mich bewußt *nicht* als Hellene«, sagte er dann. »Ich bin ein Barbar.«

Der kleine Mann lachte freundlich und offen, wobei er die Augen halb schloß. »Gut!« sagte er. »Da haben wir etwas Wahres. Ich glaube nicht, daß die Hellenen gut und die Barbaren schlecht sind, Tarrik von Marob. Ich meine, daß wir alle Bürger *einer* Welt sind. Ich glaube auch, daß du der schlimmsten Sorte Hellenen begegnet bist. Stimmt das?«

»Vielleicht. Es waren auch keine Bürger meiner Welt. Wie heißt du?«

»Ich heiße Sphaeros von Borysthenes. Du siehst, auch ich bin eigentlich kein echter Hellene.«

»Du kommst mit in mein Haus«, sagte Tarrik. »Durch deinen Verband sickert Blut. Tut es weh?«

»Nicht sehr. Es ist nicht schlimm.«

»Ich möchte, daß du mir Unterricht gibst. Ich will, daß du lebst!« Tarrik rief: »Erif! Kannst du dafür sorgen, daß seine Wunde nicht mehr blutet?«

Erif Dher legte einen Finger auf den roten Flecken des Verbandes. Nach einem Moment zog sie ihn heftig fort und fragte leise: »Wer ist dieser Mann?«

»Sphaeros, ein Hellene, Lehrer von Königen. Mach ihn für mich wieder gesund, Erif.«

Sie runzelte die Stirn, murmelte ein paar Worte und machte bestimmte Handzeichen. Sphaeros saß ganz reglos, fühlte sich schwindlig und hob nur zuweilen eine Hand, um das dünne Blutrinnsal an seinem Hals fortzuwischen.

»Ich kann es nicht«, sagte Erif plötzlich. »Ich kann es nicht. Es geht nicht bei ihm!« Sie sprang auf und rief einer der Frauen zu, eine Schüssel mit Wasser, eine Nadel und Faden zu bringen, schnell! Dann wickelte sie den Verband ab. »Das ist der andere Weg«, sagte sie zu Tarrik, nahm sein kleines, scharfes Jagdmesser, schnitt das Haar um die Wunde herum ab und nähte die Wundränder zusammen, wobei sie die Lippen fest aufeinanderpreßte. Sphaeros rang die Hände zwischen den Knien und schloß die Augen, aber er gab keinen Laut von sich; nur ein einziges Mal keuchte er leise auf, aber da war bereits alles vorbei. Tarrik reichte ihm einen Becher Wein; die Blutung war gestillt. Erif Dher wandte sich ab und ließ sich von einer der Frauen Wasser über die Hände gießen, bis sie wieder sauber waren.

Am nächsten Tag trat der Rat zusammen; man mußte beschließen, was mit der Schiffsmannschaft und den wenigen Passagieren, einem Händler mit seinem Schreiber und zwei Dienern sowie Sphaeros, geschehen sollte. Das natürlichste wäre, sie als Geschenk des Meeres anzunehmen und nach pflichtgemäßem Dank zu versklaven oder gegen ein Lösegeld freizugeben. Vor drei Generationen wäre das sicher beschlossen worden, aber die Zeiten waren nicht mehr so streng. Der Rat diskutierte noch andere Möglichkeiten. Tarrik war sonderbar einsichtig, hörte sich beide Seiten an und tat dann seine eigene Meinung kund, und zwar auf eine Weise, daß es Harn Dher und seinem ältesten Sohn angst und bange wurde. Sie trösteten sich jedoch mit dem Gedanken an den Stierkampf. Erif Dher war zwar eigenwillig, aber man konnte sich auf ihre Treue der Familie gegenüber verlassen.

Am Ende beschloß man, daß diejenigen Mannschaftsmitglieder, die über Geld verfügten, eine bestimmte Summe bezahlen sollten, die fällig würde, wenn im Frühling ein Schiff kam, das sie wieder fortbringen konnte; die anderen würden für ihren Lebensunterhalt arbeiten müssen. Die Summen für den Kapitän und die Passagiere waren entsprechend höher.

»Was aber den Griechen Sphaeros angeht«, sagte Tarrik, »so werde ich ihn jetzt auslösen; er ist mein Gast!« Die Ladung, ob Holz, Gepäck oder Proviant, die von dem Wrack angespült wurde, sollte verteilt werden.

Als die Ratssitzung beendet war, entdeckte Tarrik, daß seine Tante Sphaeros in ihr Zimmer gebeten hatte und sich mit ihm unterhielt. Sphaeros saß auf einer Stuhlkante und wirkte unzufrieden und unsicher. Eurydike hatte ihm bereits Geld, Kleider und Bücher sowie exklusive Freundschaft zwischen Hellenen in einem barbarischen Land angeboten, doch er hatte höflich, aber bestimmt abgelehnt.

»Ich fühle mich geehrt«, sagte er, »aber Ihr müßt verstehen, daß ich mich nicht festlegen kann.« Er hätte gern mehr über Erif Dher erfahren, war aber noch zu zurückhaltend, um Fragen zu stellen. Er hatte schon immer eine romantische Vorliebe für die Skythen gehabt, verhielt sich in anderen Dingen aber gewöhnlich vernünftig und klarsichtig. Ihm gefiel die Härte der Skythen, das rauhe, rüde Leben dieser Reiter und Kämpfer, ihre Furchtlosigkeit gegenüber Schmerzen. Diese Eigenschaften bildeten einen krassen Gegensatz zu den reichen Griechen und dem Leben, das er in Eurydikes Zimmer widergespiegelt sah – nicht allerdings zu den klugen Griechen. Der kluge Grieche ist so selten, dachte Sphaeros, man glaubt oft, man habe ihn gefunden, wird aber meist enttäuscht. Der starke, wißbegierige Tarrik mit der nackten Brust war für ihn ein romantischer Skythe. Eurydike konnte er dagegen noch nicht einordnen. Es gefiel ihm jedenfalls nicht, Kaviar und weißes Brot von goldenen Tellern an einem Elfenbeintisch zu essen und zweitrangige Gedichte vorgelesen zu bekommen. Es störte ihn nicht im geringsten, daß seine Kleider zerrissen, verfärbt und vom Salzwasser leicht eingelaufen waren; eigentlich hatte er es noch gar nicht bemerkt. Seine Sandalen hatte er sich geliehen, und sie waren ziemlich groß, aber er wußte nicht einmal, von wem.

Tarrik lehnte, die Daumen in den Gürtel gehakt, an der Wand. »Du bleibst den ganzen Winter bei mir«, verkündete er, »und unterrichtest mich.«

»Aber ich muß, sobald es geht, zu König Kleomenes«, gab Sphaeros zurück. »Es gibt kleinere Schiffe, die von Hafen zu Hafen segeln; ich kann für meine Reise nach Süden arbeiten.«

Tarrik merkte, daß dieser Grieche ihm ein ebenbürtiger Gegner war. »Du wirst erst dann gehen, wenn ich es zulasse«, sagte er. »Hier habe *ich* die Macht, Philosoph.«

»Ja, König von Marob«, antwortete Sphaeros, »aber du kannst mich nicht zwingen, dich zu unterrichten.«

»Ich kann dich jeden Augenblick töten, wenn es mir gefällt – und wenn du nicht gehorchst, werde ich es tun.«

»Und wie soll ich dich dann unterrichten?«

Aber da trat Eurydike zwischen sie, besorgt über den Wortwechsel zwischen ihrem Charmantides und einem echten griechischen Philosophen. »Das ist doch Unsinn! Charmantides, sei nicht so grob. Dieser entzückende Sphaeros ist mein Gast!« Und sie lächelte ihn in dem Gefühl an, daß es von Vorteil sei, von respektablem Alter – wenngleich beileibe nicht alt – zu sein.

Aber Sphaeros reagierte richtig; er legte eine Hand auf Tarriks Arm und blickte ihn ernsthaft an. »König!« sagte er, »ich werde dir erzählen, warum Kleomenes von Sparta mich braucht, und dann wirst du mich ziehen lassen. Ich glaube nicht, daß du zu jener Sorte von Königen gehörst, die ohne Grund Menschen töten.«

Tarrik war diese Form von Schmeichelei nicht gewöhnt. Er errötete und sagte: »Wir werden sehen. Erzähl es mir.«

»Es ist eine lange Geschichte, sie beginnt noch vor deiner Geburt, König.«

»Dann erzähl sie beim Abendessen. Ich werde auch Berris, meinen Schwager, einladen.«

Zuerst weigerte sich Berris mit allen möglichen Entschuldigungen, zu kommen, aber schließlich war er doch dabei. Sie saßen auf griechische Weise im Raum verstreut, Eurydike in einem hochlehnigen Sessel, wo sie von den eigenen Dienerinnen bedient wurde, Tarrik, sehr unruhig, auf einem hohen Thron mit roten Kissen, halb liegend, halb sitzend. Erif Dher saß neben ihm und trug ihre offizielle Krone mit fünf Silberspitzen, zierlich mit Hirschen und Löwen ziseliert, deren Augen aus Saphiren bestanden. Sie trug ein bunt gemustertes Kleid, das ihr lose bis über die Füße fiel. Sphaeros, auf der anderen Seite Tarriks, hatte den Kopf in die Hand gestützt und lag auf einem Sofa aus Zederngeflecht mit kleinen Kissen, und Berris lehnte auf einem weiteren Diwan hinter ihm.

Sie nahmen ein prächtiges Mahl zu sich mit gekochtem und gebratenem und gedünstetem Fleisch, mit Fisch und Rosinenküchlein, gutem Wein, vielen schlechten Weizenkuchen, flüssigem Honig und Sahne.

Eurydike sprach nur, wenn ihr etwas einfiel, was sie wirklich vornehm oder witzig fand, oder wenn sie enthüllen konnte, wie sich ihr Herz nach Hellas verzehrte. Daher war die Unterhaltung etwas gezwungen. Tarrik sprach nur wenig, weil er Hunger hatte, fühlte sich aber zugleich glücklicher als in den vergangenen Monaten. Sphaeros war von Natur aus recht schweigsam, und heute abend war er zudem noch müde, doch war ihm klar, daß er seine Geschichte gut erzählen mußte, wenn er den König überzeugen wollte. Während des Abendessens unterhielten sich daher Erif Dher und Berris meistens über die Köpfe der anderen hinweg und befehdeten sich wie zwei hübsche Kampfhähne. Sie sprachen der Höflichkeit halber Griechisch, was Erif nicht sehr gut beherrschte, aber an diesem Abend drückte sie sich flüssig und sehr witzig aus, ob sie es nun beabsichtigte oder nicht. Es endete damit, daß sie einander mit Brotkügelchen bewarfen, was Eurydike mißfiel. Aber dann beteiligte sich auch Tarrik, und Sphaeros machte schließlich ebenfalls mit, nicht aus einem Gefühl der Verpflichtung seinem barbarischen Gastgeber gegenüber, sondern in aller Freundlichkeit und Ernsthaftigkeit. Doch mitten im Spiel nahm Tarrik dann plötzlich einen halben Laib Brot, warf ihn seinem Mundschenk zu und schrie ihn an, das Essen fortzuräumen und mehr Wein zu bringen. Er trank ihnen allen mit dem Schädelbecher zu, der von einem der Herren der Roten Reiter stammte, den er selbst als Junge vor zehn Jahren erschossen hatte.

»Und jetzt zu deiner Geschichte«, sagte Erif Dher.

Sphaeros richtete sich auf, so daß er alle anblicken konnte, und rückte seinen Kopfverband zurecht, der ihm über ein Ohr gerutscht war. »Der Beginn der Geschichte liegt weit zurück«, sagte er, »in jenen Zeiten, als die Spartaner mit offenen Augen etwas taten, was noch nie jemand getan hatte oder je wieder tun wird. Sie wandten der Schönheit, die in Hellas wie auch in ihren eigenen Herzen heranreifte, den Rücken und sagten: ›Wir werden keine Tempel bauen noch Statuen oder Bilder oder Musik schaffen, wir werden keine Dichter hier halten. Wir werden das Leben hart und bitter gestalten, so daß nur die Stärksten es aushalten, und nur diese sollen unsere Bürger sein.‹«

Er hielt einen Moment inne, gerade lange genug, daß

Berris ein »Warum?« einwerfen konnte. Die anderen schwiegen.

»Warum?« fragte Sphaeros, halb an sich selbst gerichtet. »Weil Sparta ein heißes, grünes Tal ist, ein Garten, in dem die Blumen zu üppig blühen und früh welken; sie mußten es verlassen und auf den Gipfeln unter kalten Winden leben. Sie schufen den sonderbarsten Staat der Erde, stark und frei, und sie scherten sich nicht um den Tod, nicht einmal um den Menschen, sondern nur um den Bürger, um Sparta. Indem sie die Schönheit verbannten, haben sie, wie wir wissen, eine eigene Schönheit geschaffen.«

Tarrik wurde unruhig und runzelte die Stirn. »Sparta ist aber nicht so. Ich war in Hellas – ich weiß es selbst. Bitte keine Phantasiegeschichten, Sphaeros. Ich sage dir, wenn es irgendeinen Luxus gab, irgend etwas Seltenes und Kostbares, dann hatten sie es in Sparta.«

»Ja«, gab Sphaeros zurück, »aber das kam später. Es scheint, daß kein Mensch und kein Staat immer in der Blüte leben kann. Sparta wurde zu mächtig, und das Verhängnis aller Eroberer kam auch über sie: Gold und Silber flossen in die Lakedaemonische Senke und ließen die Wurzeln ihrer Größe verdorren. Und nun dachte man nur noch an diese Dinge, statt an die Reichtümer des Geistes. In diesem Moment schwand das Gute Leben, um nie mehr zurückzukehren. Aber Gold kommt zu Gold, und damit Land und Macht, Häuser und Vieh und Sklaven; mehr und mehr bemächtigten sich einige wenige Männer des Landes und der Reichtümer, und die Bürger, die im Rennen um das Gold unterlagen, mußten sich entweder dem Handel zuwenden oder Ackerbau betreiben, um leben zu können, und so verloren sie das Gute Leben und hatten keine Muße mehr für die Ausbildung und all jene Dinge, ohne die niemand Bürger Spartas sein konnte. Es kam ein Zeitpunkt, da alle Reichtümer des Staates kaum mehr als hundert Familien gehörten, von denen allerdings einige ihr Land beliehen hatten, tief verschuldet und nur dem Anschein nach reich waren. Die anderen Leute arbeiteten für sie und waren wegen ihrer Schulden, ihrer Angst und ihrer Armut demütig und sklavisch, und es gab kein Glück mehr.«

Tarrik hörte nun ruhig zu, ebenso die anderen. Nur Eurydike beugte sich über eine feine Stickerei und schien daran zumindest ebenso interessiert wie an der Geschichte; ihre Hände waren noch immer weiß und schön, und sie bewegten sich über dem Tuch wie große Falter. Es war ziemlich dunkel in der Halle, trotz der Fackeln in den Halterungen an den Wänden ringsum, aber eine Dienerin kniete neben Eurydike und hielt ihr eine Lampe gerade eben so hoch, daß ihr Schein weich und rund auf die Hände fiel. Berris blickte sie unverwandt an, und eine Weile bannten sie auch Sphaeros so, daß er fast den Erzählfaden verloren hätte. Dann jedoch schwand der Raum um ihn her, und er befand sich wieder in einem anderen Land, unter den Toten, die er gut gekannt und geliebt hatte.

»Nun«, fuhr er fort, »so war es bis vor fünfzehn Jahren. Sparta hatte immer zwei Könige, und in der Zeit, von der ich nun berichte, hieß der eine König Leonidas. Er war schon älter und hatte lange in Syrien bei König Seleukos und den großen Herren dort gelebt; es gab keinen Luxus oder Stolz, den er nicht kannte oder besaß. Er hatte eine Tochter mit Namen Chilonis und zwei jüngere Söhne. Sie bekamen alles, worum sie baten. Ich kenne sein Haus gut: Alles ist mit Gold ausgeschlagen. Er gehört zu jenen Menschen, die keine gerade Linie, keine kahle Wand ertragen können; alles muß verdreht oder verziert und vergoldet sein, bis einem die Augen weh tun. In jeder Ecke drängten sich Statuen und dicke Goldgefäße mit Bäuchen wie alte Männer und lebensgroße Keramikpfauen und schwarze Sklaven, die er aus Antiochia mitgebracht hatte, die nach Öl und Parfüm rochen.

Der Boden war bedeckt mit weichen Teppichen. Die Lampen strömten über von süßem Öl, und es gab genug zu essen und zu trinken für eine ganze Armee. Und mitten in dieser Pracht saß Leonidas, immer gierig, stets auf der Suche nach Neuem, nie zufrieden, nie glücklich, dabei so grob und ungehobelt wie irgendein Bauer. Seine Frau war eine hochgewachsene, stolze Spartanerin, die sich von ihm fernhielt, und die Tochter war mit ihrem Vetter Kleombrotos, einem anständigen jungen Mann, verheiratet; wie alle Frauen haßte sie die Gewalt und den Luxus ihres Vaters und erzählte den kleinen Brüdern Geschichten von Sparta in der Zeit des Guten Lebens, und sie hörten sie an. Leonidas liebte sie; vielleicht weil sie so anders war, und sie war es, die den Vater überredete, mich von Athen herzubitten und die Jungen Kleomenes und Eukleidas zu unterrichten. Ich wohnte also eine Zeitlang in diesem Haus unter all diesen eitlen Reichtümern. Aber der andere König Spartas hieß Agis: Er war nicht weise und kannte auch Begierde. Aber dennoch – wenn ich je einen Menschen hätte lieben können ...«

Sphaeros hielt seufzend inne, so lebhaft stand Agis vor seinem Auge. Doch zwei seiner Zuhörer sagten wie in einem Atemzug: »Weiter!« Er rückte sich ein wenig auf seinem Diwan zurecht und fuhr fort: »Nun, das ist alles eine lange Zeit her, und die Welt besteht immer noch. Agis war jung, nur wenig älter als Berris hier, und sanft und freundlich wie ein Mädchen. Er war mit aller Liebe und Großzügigkeit von Mutter und Großmutter aufgezogen worden und hatte früh eine Frau geheiratet, die ebenso schön wie gut war, Agiatis, die fröhliche, die einzige Tochter des reichsten Mannes von Sparta. Diese drei Frauen waren immer um ihn und gaben ihm ihr Bestes. In der Hitze des Sommers wurde Agis unruhig und ging hinauf in die Berge Spartas, und dort blieb er zwei Nächte lang allein. Als er wieder herabkam, betrachtete er alles mit anderen Augen. Er erkannte, wie schlecht die Dinge standen, und wußte klar und ohne jeden Zweifel, daß er Sparta zurück zum Guten Leben bringen mußte. Von nun an wies er jedes Vergnügen und alle Weichheit von sich, alle Anmut und Süße seines jungen Lebens, und hielt sich an die alten Regeln. Die drei Frauen liebten ihn so sehr, daß sie nicht versuchten, ihn davon abzubringen. Und allmählich folgten alle reichen jungen Männer Spartas seinem Beispiel. Nur König Leonidas hielt ihn für einen Narren und sagte es mir; ich behielt meine Gedanken für mich, denn ich wollte weiterhin Kleomenes unterrichten.

Agis hatte erkannt, daß er das Gute Leben führen konnte, und wollte es nun ganz Sparta ermöglichen. In diesem Staat liegt die Macht nicht bei den Königen, sondern bei den Räten, den Ephoren, und in jenen Tagen waren die Ephoren reiche Männer, die nur für die Reichen regierten. Agis sorgte nun dafür, daß allmählich seine Freunde Ephoren wurden, unter anderem sein Onkel, Agesilaos, dem er vertraute; war er selbst doch noch jung und hatte wenig Erfahrung mit den Menschen. Von diesen Ephoren ließ er neue Gesetze vorschlagen – die Befreiung der Armen von allen Schulden, die Aufteilung des Landes in gleiche Teile für alle Bürger und die Verleihung des Bürgerrechts an alle Nichtspartaner, die einen freien Willen und einen starken Körper hatten und bereit waren, dem Staat zu dienen. Man versammelte das Volk, um diese neuen Gesetze zu verkünden, und alle waren völlig überrascht, mißtrauisch und ängstlich, wie immer gegenüber Neuerungen. Da stand Agis, der unter den Ephoren saß, auf und hielt den Blick gesenkt. Er trug das rote spartanische Gewand. Er sagte mit kurzen, schlichten Worten, sein Leben gehöre nicht ihm, sondern ihnen, und wenn sie die neuen Gesetze haben wollten, so gälten sie auch für ihn selbst. Und damit gab er ihnen all sein Land, das groß und fruchtbar war, und sechshundert Talente aus geprägtem Gold, fast alles, was er besaß, und er sagte ihnen noch, daß seine Mutter und Großmutter und alle seine Freunde das gleiche tun würden.

Als die Leute merkten, daß es ihm ernst war, waren sie voller Bewunderung und Liebe für ihren König. Und plötzlich erkannte Leonidas, daß es sich nicht nur um eine Bubenlaune handelte und daß, wenn es so weiterginge, er all sein Land und seine Besitztümer verlieren würde. Bitter und voller Vorwürfe wandte er sich gegen Agis. Nach dieser Entzweiung war der Staat geteilt in die Jungen und Armen, die Agis folgten, und die Alten und Reichen auf Leonidas' Seite, die den Rat der Ältesten bestachen und dazu überredeten, die neuen Gesetze zurückzuweisen. Aber Leonidas blieb nicht lange Sieger; die Ephoren griffen ihn an, sein Schwiegersohn Kleombrotos, der darauf brannte, es Agis nachzutun, forderte die Königswürde, und bald darauf mußte Leonidas aus Sparta fliehen. Man hätte ihn auf seinem Weg über den Paß umbringen können, aber Agis hörte von dem Plan und verbot es. Die Jungen zogen mit ihm, ebenso Chilonis, denn sie war lieber unglücklich als glücklich. Ich ging nach Norden, nach Athen, zu meinem Lehrer Zeno, denn ich war der reichen Herren und ihrer Lebensweise überdrüssig. Ich versprach Kleomenes aber, eines Tages zurückzukommen.

Agis ließ nun alle Schuldscheine auf dem Marktplatz von Sparta verbrennen und befreite somit sein Volk von dieser Last. Er hätte sofort die Aufteilung des Landes vorgenommen, aber Agesilaos, sein Onkel, hatte andere Pläne. Er war ein Mann mit vielen Schulden und viel Land; jetzt hatte er keine Schulden mehr und wollte gern sein Land behalten. Agis verstand dies nicht – er war zu jung, um an das Böse im Menschen zu glauben. Daher zog er in den Krieg und ließ die Hälfte seiner Aufgabe ungetan. Alles wäre aber dennoch gutgegangen, wenn nicht der General des Achaeischen Bundes, dem er zu Hilfe eilte, eifersüchtig gewesen wäre und ihn keine Schlacht gewinnen ließ. Agis' Armee stand unter der alten Disziplin, und er selbst war der jüngste; sie liebten ihn alle. Er wirkte wie eine Flamme auf sie, und er hätte sie zum Sieg geführt. Aber am Ende gab es nichts für sie zu tun, und er mußte sie ruhmlos zurückführen und feststellen, daß in Sparta wegen Agesilaos alles in Unordnung geraten war. Er war immer noch Ephor und nutzte seine Macht dazu aus, das Volk zu unterdrücken und nur zu seinem eigenen Vorteil zu arbeiten. Er behandelte seinen Neffen Agis und den anderen jungen König wie dumme Jungen und verbot die geplante Aufteilung des Landes.

Da wandten sich die Leute heftig gegen jene, von denen sie sich betrogen fühlten, schickten nach Tegea und holten Leonidas im Triumph zurück. Agis wußte, daß seine ganze Armee hinter ihm stand und selbst dann für ihn kämpfen würde, wenn sich das übrige Sparta gegen ihn verband. Aber er wollte sich nicht durch die Armee retten lassen, denn das hätte bedeutet, Mitbürger zu töten.

Kleombrotos stimmte zu. Die beiden jungen Könige flohen in den heiligsten Tempel, um sich in Sicherheit zu bringen, aber ich glaube, daß Agis wußte, daß er damit den Tod wählte. Kleombrotos wurde durch Chilonis, seine Frau, gerettet; sie stellte sich zwischen ihn und ihren Vater und ging mit ihm in die Verbannung, wie sie zuvor mit Leonidas gegangen war.

Agis indessen verzieh man nicht. Seine Feinde versuchten, ihn zu überreden, aus dem Tempel zu kommen; er hörte nicht auf sie. Und wieder stellten ihm seine ehemaligen Freunde eine Falle, und sein reines Herz, das in jedem nur Gutes vermutete, bis sich zu spät das Gegenteil erwies, fiel darauf herein. Sie lockten ihn aus seiner Zuflucht und schleppten ihn ins Gefängnis. Leonidas und seine Gefolgsleute unter den Ältesten klagten den König an, angeblich, um Gerechtigkeit walten zu lassen. Er stand gebunden und lächelnd vor ihnen, glücklich über all das, was er getan hatte und noch hatte tun wollen. Sie verurteilten ihn zum Tode, aber ihn umgab ein solcher Glanz, daß die Henker ihn nicht anzurühren wagten. Es waren seine einstigen Freunde, die ihn schließlich auf die Richtstatt schleppten!

Aber inzwischen hatten seine Mutter und seine Großmutter davon gehört. Sie eilten in die Stadt, rührten das Volk auf und erinnerten es an alles, was er getan hatte und noch tun würde. Die Leute kamen lärmend vor die Tore des Gefängnisses und schrien, sie wollten das Urteil sprechen. Was es ihm einbrachte, war lediglich ein schnellerer Tod. Die Gefängniswärter weinten um ihn, wie einst in Athen um Sokrates, und er bat sie, nicht um seinen unschuldigen und furchtlosen Tod zu klagen. Dann ließ er sich erhängen.

Nachdem es geschehen war, traten jene Freunde, die ihn verraten hatten, zu den Frauen hinaus, redeten ihnen gut zu und sagten ihnen, es bestünde keine Gefahr mehr für Agis. Zuerst führten sie die ältere Frau herein, seine Großmutter, und brachten sie um. Dann folgte seine Mutter in dem Gedanken, ihn bald wieder in die Arme schließen zu können, aber da lagen die beiden tot. ›O mein

Sohn‹, sagte sie, ›es ist deine große Gnade und Güte, die uns allen den Untergang bringt.‹ Auch sie wurde erhängt.«

Sphaeros hielt unvermittelt inne und blickte die Skythen der Reihe nach an: Eurydikes Hände waren nun reglos; Tarrik beugte sich, die Hand auf das Schwert gelegt, vor; die anderen beiden weinten. Erif sagte: »Und was geschah mit der anderen, seiner Frau, Agiatis? Hat man sie auch getötet?«

»Nein«, antwortete Sphaeros und runzelte die Stirn. »Sie haben sie nicht getötet. Sie war Erbin des Anwesens ihres Vaters, und daher zwang Leonidas sie zur Heirat mit dem jungen Kleomenes. Sie wollte das nicht; sie hatte ein kleines Kind, und außerdem liebte sie Agis. Sie tat alles, was sie vermochte, sich ihm, nur ihm zu bewahren. Sie haßte Leonidas. Aber sie war ihm ausgeliefert – wie ganz Sparta.«

Erif Dher seufzte mitleidig. »Die Arme, die Arme! War sie sehr unglücklich?«

»Ich glaube, ja«, erwiderte Sphaeros. »Das Kind starb bald darauf, und Leonidas war nicht sehr freundlich zu ihr. Aber mein Kleomenes behandelte sie sehr sanft, und als er älter wurde, liebte er sie so sehr, daß sie ihn nach einiger Zeit auch zu lieben begann. Agis hat sie allerdings nie vergessen, er war immer in ihrem Herzen, doch allmählich merkte sie, daß ihr Gatte der einzige Mensch war, mit dem sie über ihn reden konnte. Ich kam drei Jahre nach dieser Heirat wieder nach Sparta (inzwischen war ich zu Hause, in Olbia, gewesen), und Kleomenes erzählte mir die Geschichte von Agis, als sei sie etwas Neues. Er geriet in Leidenschaft, erzürnte sich und weinte dann wie ein Kind darüber; er wollte wissen, was ich von dem Sparta hielt, das nun sein Vater regiere. Nun, es war schlimmer als je zuvor, verrottet in Luxus und Faulheit und verdorben vom bösen Willen der Reichen. Da schwor er mir, wenn er jemals die Königswürde erlangte, würde er mit meiner Hilfe alles ändern und Sparta zu einem Ort machen, wo die Menschen sich wieder klug verhielten. Und auch ich schwor, daß ich, wenn die Zeit reif sei und er mich noch brauchte, zur Stelle sein würde. Sein Vater starb vor neun Jahren, verzehrt von seinen Begierden und den eitlen Bildern seiner Lust. Kleomenes war damals noch kaum dem Knabenalter entwachsen. Jetzt ist er ein Mann. Er hat mir geschrieben, daß er mich jetzt braucht.«

»Ich verstehe«, antwortete Tarrik, stand auf und ging im Raum auf und ab, betastete dabei seine Krone, seinen Gürtel, die Kanten seines Mantels. Schließlich blieb er vor dem Philosophen stehen und blickte ihn ein paar Minuten fest an, als wolle er durch die Augen des Mannes in dessen Herz und Seele blicken. »Und deshalb, so meinst du, müßtest du seinem Ruf folgen.«

»Ja«, antwortete Sphaeros.

»Du wirst vermutlich Schwierigkeiten haben, ein Schiff zu finden.«

»Ich weiß. Sein Brief erreichte mich erst im Spätherbst. Aber du wirst mir helfen, König von Marob.«

»Ja«, erwiderte Tarrik, »ich werde dir helfen.«

Sechstes Kapitel

Erif Dher lehnte sich aus einem Fenster im Haus ihres Vaters und sah zu, wie man die Stiere auf den Flachsmarkt trieb. Die Straßeneinmündungen, die Haustüren und die unteren Fenster waren verbarrikadiert vor diesen halbwilden, braunweißen Tieren, die die Köpfe und Schwänze hochwarfen und durch das Sonnenlicht liefen. Halb Marob sah von Hausdächern und Fenstern aus zu. In der Vorwoche war Schnee gefallen und wieder geschmolzen; heute war es wunderbar frisch und windig.

Den Brunnen in der Mitte hatte man abgedeckt und mit Gattern umgeben, um sowohl den Männern mit den Brandeisen als auch den Kämpfern eine Zuflucht zu bieten. Dort standen sie, etwa zehn, zwanzig junge Männer, die sich vor ihren Freunden und Mädchen beweisen wollten. Alle trugen sie an Jacken und Stiefeln bunte Knoten und Lederfransen.

Tarrik stand bei ihnen, ganz oben auf dem Holzboden; seine Kleider waren über und über mit goldenen und roten Elfenbeinschuppen besetzt, ebenso die lange, geflochtene Peitsche, die von seiner Hand herab bis auf den Boden hing. Er riß den Arm hoch und ließ sie über den Rücken der Stiere sausen. Die meisten Leute schrien ihm zu, bereit, ihm eine Chance zu geben und ihn zeigen zu lassen, daß er immer noch der Kornkönig war. Erif Dher indes zuckte zusammen und klammerte sich an den Seitenpfosten des Fensters; sie winkte ihm zu, und zwischen ihren Fingern klirrte etwas. Sie war sehr blaß. Nach einem Moment blickte sie zurück in den Raum.

Gelber Bulle trat dicht zu ihr und flüsterte: »Bist du sicher ... diesmal?«

Sie blitzte den Bruder wütend an und gab keine Antwort. Harn Dher, klüger und vielleicht auch ängstlicher, zog ihn am Ärmel fort.

Sie ließen sie allein; sie hatte an alles gedacht – an alles, nur nicht daran, was die Stiere wohl tun würden. Das mußte sie dem Zufall überlassen. Sie wünschte sich, sie könnte nun still, erstarrt und ohne zu denken stehenbleiben, ohne all das mit ansehen zu müssen und allem gegenüber so schrecklich wachsam zu sein, inmitten dieses Zaubers, den sie selbst bewirkt hatte und von dem sie wußte, daß er gut war. Sie wappnete sich gegen Tarrik und versuchte, gleichgültig zu sein; sie befand sich immerhin im Haus ihres Vaters; warum hatte sie das Gefühl, daß sich zwischen dem letzten Winter und diesem etwas verändert hatte?

Jetzt wurden die Stiere wütender, schwangen die dicken Köpfe und brüllten, aber bislang hatten sie die Männer auf dem Brunnen nicht beachtet, wohl weil sie das Geräusch der Peitsche und den kurzen Schmerz, wie vom Biß einer Pferdebremse, kannten. Die Zuschauer begannen, Steine zu werfen und zu rufen. Plötzlich griff einer der Stiere an und rannte mit gesenkten Hörnern gegen eine Hausmauer, wich aber im letzten Moment aus und galoppierte zurück zur Herde. Zwei Frauen in einem darüberliegenden Fenster schrien auf, und eine rief einem Jungen unter den Brandzeichnern schrill etwas zu. Dieser antwortete, holte mit der Peitsche aus und zog sie dem wütenden Bullen über den Rücken.

Nach zehn Minuten war das Schauspiel auf dem Höhepunkt angelangt; die alten Stiere wurden getötet und die jungen mit dem Zeichen für das laufende Jahr gebrandmarkt. Helles und dunkles Blut floß in die Rinnsteine; Menschen und Tiere berauschten sich an seinem Geruch und dem von versengtem Haar und Fleisch. Jungen oben auf den Flachsständen warfen Bälle aus Hanf hinab, die sie angesteckt hatten. Einer der Brandzeichner war nicht schnell genug und wurde getroffen, ehe die anderen ihm mit ihren bleibeschwerten Peitschengriffen zu Hilfe kommen konnten; man mußte ihn mit einem gebrochenen Arm ins Haus tragen. Aber selbst dieser Unfall regte niemanden außer den Betroffenen selbst sonderlich auf; all das gehörte dazu.

Erif Dher schaute nicht richtig hin; sie genoß das Schauspiel nicht so wie in früheren Jahren. Ihr Vater trat leise hinter sie, um zu sehen, was sie tat, aber sie wandte sich nicht um, und er entfernte sich wieder mit Gelber Bulle in das andere Zimmer. Gelber Bulle wünschte, auch er nähme in diesem Jahr am Stierkampf teil; irgendwie wäre es gerechter gewesen. Aber sein Vater legte Wert darauf, ihn in Sicherheit zu wissen, und der Sohn sah ein, daß das klug war, konnte so aber kein rechtes Vergnügen an dem Spektakel finden.

Tarrik hatte abgewartet, bis ein Dutzend Stiere gleichzeitig angriff. Es trampelte und donnerte und stöhnte, als sie mit ihren wilden, heißen Körpern über den Marktplatz stampften, Gewicht und Gefahr hinter den scharfen Hörnern und den stumpfen, wilden Hirnen. Dann suchte er sich sein Tier aus, sprang herab – und warf sein Seil mit dem Stein am Ende. Es schlängelte sich durch die Luft und wickelte sich um ein Hinterbein des Stieres. Tarrik war auf der Hut und achtete sorgfältig auf die anderen Tiere. Als das Seil sich spannte, stemmte er sich gegen den Zug, spürte seine Kraft und Göttlichkeit durch die Muskeln in Arm und Rücken und Beinen bis hinab zu seinen flinken Füßen brennen, die sich in die gestampfte Erde des Marktplatzes gruben. Der Stier fiel und trat mit allen vier Hufen wie mit Messern in die Luft, und Tarrik hockte sich auf ihn und schlug ihn mit dem Bronzeknauf seiner Peitsche zwischen die Augen. Die Rufe ringsum schwollen zum Jubelsturm an; er hörte, wie man seinen Namen schrie, und bebte vor Freude. Dann stieß er das Messer tief in die Halsfalten des Stieres. Ein heftiges Zittern durchlief das Tier, und es stöhnte auf; dann brachen seine Augen, und es war tot.

Tarrik sprang auf seinen Brustkorb und stampfte auf der warmen, schaumbespritzten Haut herum, wobei er mit der Peitsche knallte und wilde Schreie ausstieß. Blut rann ihm über die Hände. Er spielte sich vor Marob auf, machte Unsinn, sprang über die Rücken der Tiere und unter ihre Nasen, fing einen jungen Stier zum Brandmarken ein und verletzte den Hals eines alten mit seiner Messerspitze, um ihn zu reizen ...

Seine Tante sah aus einem breiten Fenster zu, das nicht hoch über dem Platz lag; manchmal fühlte sie sich von der entfesselten Wildheit um sie herum geradezu überspült. Fast wäre sie aufgestanden und hätte auch geschrien. Aber sie konnte sich im Zaum halten, den Blick abwenden und Apphé fragen, ob sie an den Goldfaden für die Stickerei gedacht habe. Sie fragte sich, ob es ihr wohl immer gelingen würde, so wunderbar beherrscht zu bleiben; mit jedem Jahr, das sie älter wurde, gefiel es ihr mehr. Neben ihr saß Sphaeros, auch er sah zu, aber er erweckte nicht den Eindruck, daß ihn die allgemeine Aufregung ansteckte. Man sah die Falten auf seinem Gesicht; die Hände hatte er eng ineinander verschlungen. Er hatte den ganzen Morgen nicht viel geredet, nicht einmal ihre Fragen höflich und ausführlich beantwortet. Vielleicht war er schockiert, wenn er es auch aus Vernunftsgründen nicht zugeben wollte: Die Skythen von Olbia kannten dieses wilde Spiel nicht.

Da begann Erif Dher an ihrem Fenster, mit hoher, zittriger Stimme zu singen. Niemand konnte es bei dem Lärm auf dem Marktplatz hören, aber Tarrik schien zu lauschen. Er blieb auf der Stelle stehen, ließ sein Seil über den Boden schleifen, und einer der Stiere, die nun blindlings angriffen, verfehlte ihn nur knapp. Die anderen Kämpfer riefen ihn an, rannten auf ihn zu – und blieben dann unvermittelt stehen, und alle zitterten aus Furcht vor dem, was sich auf seinem Gesicht abzeichnete. Sie erkannten, daß sein Pech zurückgekehrt war, daß Mehltau sich auf den Kornkönig senkte: Genauso war es beim Mittsommerfest und bei der Ernte gewesen.

Erif Dher schloß die Augen, sie wollte es nicht sehen. Es war besser, so mußte sie denken, direkt ins nächste Jahr hinüberzugehen, wenn alles vorbei sein würde und dieses Haus wieder ihr Haus wäre. Dann teilten sich ihre Gedanken; die eine Hälfte arbeitete frei von allem Zauber – es war die lebendige Hälfte. Die Gedanken schossen umher, schwebten in der Erinnerung über Gesichtern, wie der Vater ihr von seinem Plan erzählte, ihr das Gefühl gab, eine erwachsene Frau zu sein, die die Männer ernst nahmen; Yersha, die blindlings in ein Zaubernetz stolperte, das an ihrer eigenen Haarnadel befestigt war; Berris, der unglücklich war und nicht mehr arbeiten wollte; Tarrik. Tarrik. Tarrik. Er tauchte übermächtig am Ende aller Wege auf, die ihre jagenden Gedanken einschlugen: Bewußt und mit großer Mühe senkte sie diese Hälfte ins Dunkel zurück und verdrängte sie, bis sie wieder auf einer Welle von Zauber dahinglitt und auf dem dünnen Lied hinausschwebte, um zu tun, was sie wollte. Sie wagte es, die Augen zu öffnen; das Brodeln in ihrem Kopf hatte nur sehr kurz gedauert. Tarrik stand immer noch da, benommen, aber ... es war noch nicht zu Ende.

Im ersten Augenblick hatte Eurydike nichts begriffen; sie dachte, er spiele sich wieder auf, und lehnte sich mit einem halb entschuldigenden Lächeln zurück. Aber als alle anderen es merkten, sah auch sie es. Sie umklammerte den Arm des neben ihr sitzenden Hellenen und flüsterte leise und heftig: »Da! Sie bringt ihn um!«

»Wer?« fragte Sphaeros rasch zurück.

»Erif Dher ... diese Frau ... Oh, was wirst du tun?«

»Ihn zum Denken bringen«, antwortete Sphaeros, zog sich seinen schweren Umhang über den Kopf, streifte ihn ab und setzte ein Knie auf die Fensterbank, woraufhin ihr die Sicht versperrt wurde, und einen Moment lang sah sie nur die hart heraustretenden Muskeln auf seinem Arm und seiner Schulter und fragte sich verwirrt, ob dies zu einem Philosophen mittleren Alters passe. Dann hörte sie einen Schrei – Bewunderung oder Entsetzen – aus der Menge und fiel in Ohnmacht.

Sphaeros sah, daß er sich nur drei Meter über dem Boden befand und sprang leichtfüßig hinab; seine Hände berührten gerade eben den Boden, ehe er wieder hochfederte. Er sah eine Lücke zwischen den Stieren und schoß hindurch. Vor zwanzig Jahren war er ein hervorragender Läufer und stolz darauf gewesen; der Stolz war vergangen, aber sein Körper gehorchte ihm noch immer. Er rief Tarrik mit seinem anderen, dem griechischen Namen: »Wach auf!« schrie er. »Denke!« Und als er bei Tarrik ankam, schauderte dieser vom Kopf bis zu den Füßen und wandte sich ihm zu. Sie berührten sich beinahe, als ein alter Stier sie aufs Korn nahm. Tarrik erwachte, hörte das lauter werdende Gebrüll und sah die gesenkten schrecklichen Hörner auf sie zurasen. Die Wolke hob sich von ihm.

Der Stier stieß seitlich gegen Sphaeros, senkte dann den Kopf und stieß ihm ein Horn aufbrüllend in die Armbeuge. Tarrik warf seine zu einer Schlaufe gekrümmte Peitsche über das andere Horn und stemmte sich mit aller Kraft dagegen. Der Bulle geriet aus dem Gleichgewicht und glitt mit einem herzzerreißenden Stöhnen auf die Knie, wobei das gefesselte Horn abbrach. Sphaeros' Körper war über den Hals des Tieres gefallen, so daß Tarrik sein Messer von hinten in die Schulter des Stiers jagen konnte und sich dann mit dem ganzen Gewicht darauf lehnte, um es bis zum Herzen zu treiben. Eine Hälfte seines Verstandes raste bereits vor Fragen, aber zugleich tat er genau das, was er tun mußte, und ganz Marob jubelte dem Kornkönig zu.

Erif Dher hatte zugesehen. Und der Zauber kehrte mit einem brennenden Stoß zurück zu ihr, bis sie sich unter seinem Anprall nur noch starr und sprachlos an den Fensterrahmen klammern konnte. Schließlich riß sie sich die Ketten von Hals und Armen; sie lagen auf dem Boden und rauchten leise im Sonnenlicht. Keuchend starrte sie auf sie hinab.

Ihr Vater und Gelber Bulle kamen herein. Ihren Bruder hatte sie zuvor schon wütend gesehen, aber Harn Dher noch niemals. Im ersten Augenblick dachte sie, die beiden würden sie schlagen. In plötzlichem Entsetzen versuchte sie, die Wolken auf sie zu lenken, aber es nützte nichts. Die beiden ergriffen sie bei den Schultern und schüttelten sie. »Was hast du getan, du kleine Närrin?« fragte Harn Dher. »Sieh dir das an!« Und er drehte sie am Haar herum, damit sie auf den Flachsmarkt blicken und Tarriks Triumph sehen konnte.

»Vertrau einer Frau!« sagte der Bruder bitter, und dann vergaß er sich und trat sie, so fest er konnte, gegen den Knöchel.

Alle Kämpfer und Brandzeichner hatten sich um Tarrik geschart, um ihn zu schützen. Der Stier war tot. Sphaeros hatte gedacht, seine Seele sei endlich auf jenem klaren Weg, der fort von dieser Welt führte, fort von der dichten Atmosphäre der Leidenschaften und Auseinandersetzungen und hin zu dem einfachen, stolzen Ort, von dem aus alle Bewegungen der Sterne erkennbar würden. Aber sein Arm hielt ihn, riß ihn zurück, weil er ungeheuer schmerzte, und Sphaeros wußte, wenn sein Geist sich höchster Mühe unterzöge, sich ungeachtet aller Verletzungen fortriß, so mochte er sich in jenem Feuer aus Wahrheit und Verstehen verlieren. Aber dann sah er unvermittelt Tarriks Gesicht zwischen sich und dem Himmel, bemerkte das fleckige Braun seiner Augen und die winzigen Schweißtropfen, die über seine Stirn und Nase perlten. »Wahrheit«, sagte er mit deutlicher Stimme auf griechisch, »Wahrheit ... ist ein Feuer ... Gott ... Charmantides, meine Wahrheit ...« Und er kehrte zurück in das Chaos übel verrenkter Gliedmaßen, das sein eigener Körper zu sein schien. Tarrik schob sanft einen Arm unter ihn und nickte einem anderen zu, ihm zu helfen. Er biß sich dabei auf die Lippen, denn er haßte es, einen Freund leiden zu sehen. Er wußte, es würde schlimm, wenn man das Horn herauszog. »Wehr dich nicht«, sagte er leise, »lockere dich, dann schaffen wir es schneller.« Und gehorsam entspannte sich Sphaeros der Stoiker und überließ sich ihren Händen. Er trieb auf Wogen aus Schmerz und Ohnmacht, während sie ihn von dem Horn lösten, seine Schulter mit weichen Tüchern verbanden und ihn vorsichtig vom Flachsmarkt fort und in ein Haus trugen. Dort merkte er, daß er weinte, leise Laute hervorstieß wie ein Tier, und er untersagte es sich und konzentrierte sich statt dessen auf das Problem, wie es sich atmen ließ, ohne seinen armen Körper allzusehr zu peinigen.

Tarrik stand neben ihm und knotete Schlaufen in eine Peitschenschnur, nur, um sie danach gleich wieder aufzulösen. »Du hast mich also gerettet«, sagte er ausdruckslos in die Luft über Sphaeros' Kopf, und dann wieder: »Du hast dein Leben aufs Spiel gesetzt, um mich zu retten.«

»Ja«, antwortete Sphaeros endlich und hoffte, nicht mehr reden zu müssen.

Aber Tarrik ließ sich auf den Boden neben ihn fallen. »Hast du das getan, weil ich König bin? Nein. Aber warum dann? Würdest du es für jeden tun?«

»Natürlich«, flüsterte Sphaeros.

»Aber auf dich selbst achtest du überhaupt nicht! Sphaeros, Sphaeros, warum bist du so mutig?« Er beugte sich über ihn und starrte in das blasse Gesicht, in dem die Augen halb geschlossen waren; er konnte die Laute gerade noch von den sich nur mehr schwach bewegenden Lippen ablesen.

»Gutes«, hauchten sie, »um Gutes zu tun.«

»Ist es, weil du ein Grieche bist?« begann Tarrik wieder neugierig. »Sind alle guten Griechen wie du? Ist es ... konnte ich das selbst entdecken? Hatte ich unrecht? Ist es doch so in Hellas?«

Obwohl Tarrik all dies wissen wollte, und obwohl er Herr von Marob war, konnte er aus Sphaeros keine Antwort mehr herausbekommen, nicht mehr für den Rest des Tages und die Nacht. Aber sein Verstand war erwacht und frei, und seine Gedanken wanderten nach Süden, suchten eine geheime Straße – nach Hellas.

Als Erif Dher schrie, war das Seltsame daran, daß sie nach ihrer Mutter schrie. Das hatten die Männer nicht erwartet, und es machte sie nur noch wütender. Gelber Bulle hätte vermutlich mit einem Stock auf sie eingeschlagen, zumal als sie zurückzuschlagen begann und an seinem Bart riß. Aber Harn Dher duldete dies nicht. Er war zu tief getroffen für eine flüchtige Gewalttat wie diese. Er teilte ihr ruhig mit, sie habe alles verdorben, Vater und Bruder und die Familie ins Verderben gestürzt, selbst Marob. Er sagte, daß sie schließlich doch nur eine gewöhnliche Frau sei, trotz all des Vertrauens, das man in sie gelegt hatte, und sie zuckte und zitterte, als habe er ihr ins Gesicht gespuckt. Sie spürte einen Kloß in der Kehle, der jede Erklärung verhinderte. Nur einmal sagte sie: »Es war der Grieche ...« Aber sie achteten nicht darauf. Sie behandelten sie wie ein unartiges Kind und eine schlechte Frau, und sie, die noch immer mit dem feindlichen Zauber kämpfte, konnte es nur hinnehmen.

Der Stierkampf war für dieses Jahr vorbei. Man hatte die jungen Tiere zusammengetrieben, gebrandmarkt und erschöpft in die Winterställe gebracht. Die alten waren geschlachtet und das Fleisch zum Einsalzen fortgebracht worden. Die Menge hatte sich fast verstreut.

Benommen und innerlich schmerzgepeinigt von all der fehlgerichteten Wut, wandte sich Erif Dher um und sprang aus dem Fenster, doch Luft und Erde waren ihr immer noch freundlich gesonnen. Sie fiel unverletzt nieder, doch Tarriks Wolke umhüllte sie noch so dicht, daß sie in Blutlachen ausglitt und sich an einer der Hürden am Brunnen stieß. Sie ging nach Hause zu Tarrik. Zum erstenmal fühlte sie sich unendlich verloren, verschreckt und unglücklich. Als sie an der Schmiede vorbeikam, blickte sie hinein, und dort beugte sich Berris über seine Werkbank und fügte eine Kette aus dreifachen Ringen. Er blickte kurz auf und sah sie erstaunt an. Dann rannte sie los.

Der ganze Haushalt war auf den Beinen: Man hatte Sphaeros hereingetragen; er lag auf dem großen Bett im Gästezimmer. Erif Dher blieb einen Moment im Türrahmen stehen und lauschte auf seinen mühsamen Atem. Es ist alles seine Schuld, dachte sie, aber sie haßte ihn nicht. Dann saß sie eine Zeitlang auf ihrem eigenen Bett, die Hände im Schoß gefaltet. Es war seltsam, daß Tarrik nach diesem Nachmittag noch am Leben sein sollte. Sie kämpfte innerlich gegen ihren eigenen Zauber; es blieb ihr nichts anderes übrig, als ruhig zu warten, bis alles vorüber war. Sie wünschte sich, Tarrik würde zu ihr kommen, sehnte sich so sehr danach, sich in seine Arme zu schmiegen und Schutz vor sich selbst zu suchen. Sie suchte eines seiner Hemden und klammerte sich daran, damit der Schmerz nachließ. Aber anstelle des Herrn von Marob trat Eurydike ein, gefolgt von ihrer Dienerin Apphé.

»Nun, Erif Dher«, sagte sie, »ich glaube, selbst unser Charmantides weiß nun Bescheid.«

Erif Dher riß sich zusammen, um ihr, wie schon seit Monaten, mit einer Lüge zu begegnen. Aber ihre Zunge bewegte sich nur langsam, und sie konnte nicht umhin, auf die bucklige Apphé zu blicken, die sie aus dem Hintergrund anstarrte. »Ich weiß nicht, was du meinst«, sagte sie schließlich erschöpft, »und wenn ich es war, dann ist es mir gleich.«

»Aber es wird dir nicht gleich bleiben«, antwortete Eurydike. »Alles zu seiner Zeit. Und wie hat das deinem lieben Vater gefallen?«

»Wenn du glaubst, etwas herausgefunden zu haben, was Tarrik nicht schon seit einem halben Jahr weiß«, sagte Erif leise und wild, »dann geh und erzähl es ihm. Er wird dir sehr dankbar dafür sein, du kluge Eurydike.«

Aber Eurydike beugte sich herab und blickte in Erif Dhers benebelte, arme Seele. »Ich habe schon erlebt, wenn er so aussah wie du jetzt«, sagte die Tante. »Nun ja ... Du kannst also auch betroffen werden. Natürlich. Diese Dinge passen zu dir. Nun, Kind, ich bin froh, es zu wissen.«

Erif Dher sprang auf und schlug nach ihr, aber da geschah ihr das gleiche, was Tarrik um ein Haar bei den

Stieren passiert wäre. Ihre rechte Hand zuckte hoch, als habe plötzlich etwas daran gerissen, und eine Sekunde lang blendete sie ein bläulicher, summender Blitz. »Oh«, sagte sie sehr leise, »so wäre es also gewesen.« Die Wolken verhüllten Eurydike, und Erif blieb mit sich allein zurück. Und sie mußte daran denken, daß Tarrik dem entgangen war. Sie spürte, daß Eurydike wie hinter einem dichten Vorhang lachte und hinausging, daß die bucklige Dienerin mit ihr ging und der Raum wieder ruhig wurde. Da gab es für sie nichts anderes zu tun, als sich hinzulegen und zu schlafen.

Tarrik trat ein, hielt eine Lampe dicht über ihr Gesicht und blickte sie an; ihre geschlossenen Lider zuckten, und sie jammerte im Schlaf. Er hatte vorgehabt, sie zu wecken, ihr ins Gesicht zu schlagen, so daß sie voller Angst aufwachen und seine Fragen beantworten würde. Aber jetzt beobachtete er sie nur ein paar Minuten lang und überlegte es sich schließlich anders. Er fühlte sich stark genug, die Unsicherheit zu ertragen und kein vorschnelles Urteil zu fällen. Also legte er sich neben sie, zog die Decke über sich und schlief ebenfalls ein.

Ein paar Tage lang geschah nichts weiter; das milde, schöne Spätherbstwetter, das dem Sturm gefolgt war, dauerte an, wiewohl es jetzt jederzeit in Winterwetter übergehen konnte. Eurydike schrieb Gedichte ab, stickte und las wieder einmal Pythagoras, ohne ihn besser zu verstehen als zuvor. Sie lächelte oft vor sich hin, weil ihr schien, alles würde nun nach ihrem Willen geschehen, und das gefiel ihr natürlich.

Erif Dher verhielt sich sehr still, wo immer sie sich befand. Die Wolken um sie hatten sich gelichtet. Sie war voller Zorn über ihren Zauber und fest entschlossen, ihn lange Zeit nicht mehr anzuwenden. Sie hatte ein paar ihrer Perlen in Harn Dhers Haus zurückgelassen, wollte sie aber nicht mehr dort abholen; es würde auch ohne sie gehen. Außerdem wollte sie die Perlen lieber verlieren, als Vater und Bruder wiedersehen.

Eines Tages ging sie am Strand spazieren bis zu jener Stelle, wo die Klippe höher wurde. Direkt oberhalb des Kiesstrandes befand sich eine Süßwasserquelle. Sie trank gern daraus, weil sie auf diese Weise das Salz des Meeres betrügen konnte. Noch immer wurden gelegentlich Holzteile von dem Wrack angetrieben; sie zog eines heraus, an dem schreckliche, nackte Rankenfußkrebse klebten. Sie nahm sie mit und schob sie durch das Fenster der Schmiede, damit Berris sie sich ansehen konnte. Aber Berris Dher gefielen sie nicht sonderlich; er suchte etwas Neues, etwas, was man nicht als Nachbildung irgendeiner natürlichen Form erklären konnte. Er war sich nicht sicher, was es war, doch er wußte, es sollte eher etwas sein, was nur der Geist als schön empfand und nicht bloß das Auge.

Tarrik hingegen fühlte sich so, als sei ein Teil von ihm plötzlich freigesetzt worden. Er ging mit strahlenden Augen umher, als sei er frisch verliebt; Sphaeros unterrichtete ihn in der Philosophie. Diesen Teil seines Verstandes hatte er nie zuvor beschäftigt, und er bewunderte sich ungeheuer wegen seiner raschen Auffassungsgabe. Sein Gehirn beschäftigte sich mit einer ganzen Reihe neuer Probleme und spielte mit ihnen herum wie ein junger Hund. Sphaeros empfand es als Beruhigung, solange er noch bettlägerig war und Schmerzen hatte, diese milden ersten Lektionen über die Unwirklichkeit des materiellen Universums zu erteilen und zu beobachten, wie sich die Erkenntnis, daß Tische und Stühle eigentlich nur einen Teil der Wirklichkeit darstellen, und zwar keinen sonderlich interessanten, auf einen intelligenten Verstand auswirkte, der sich nie zuvor mit Tischen oder der Wirklichkeit befaßt hatte. Tarriks barbarische Welt aus Farben, Gerüchen und handfester Materie brach um ihn her auf wunderbare Weise zu neuer Freiheit auf. Ein Universum von Erscheinungen wirbelte in seinem Kopf. In ihm entwickelte sich ein Zeitgefühl, das nicht nur auf dem simplen Wechsel von Nächten und Tagen beruhte. Fast eine Woche lang freute er sich daran, während Sphaeros sich allmählich erholte. Der Grieche beobachtete ihn und wartete auf eine Reaktion.

Diese blieb nicht aus. Die aufgenommenen Ideen hatten weitergearbeitet und waren zu eigenen Schlußfolgerungen gelangt, die dann in unpassenden Augenblicken Tarriks Gefühle aufwühlten. Er wachte mitten in der Nacht auf und merkte, wie ihm alles entglitt, fühlte sich hoffnungslos allein in dieser Welt der Erscheinungen schweben. Er drehte sich um und umklammerte Erif Dher. Seine Gemahlin war halbwach und auch allein, wenngleich auf eine ganz andere Weise. Ihre Welt war immer noch sehr der Wirklichkeit verhaftet, doch hatte sie sich gegen sie gewandt. Sie vermochte sich nicht weit genug von ihrem eigenen Unglück zu entfernen, um mit dem seinen Mitleid zu empfinden. Müde ließ sie sich küssen und umarmen. Aber es war vergeblich; die dummen Körper verspotteten sie nur, weil ihre Seelen sich zurückgezogen hatten, eine jede in ihre eigene Leere, zu weit fort, um sich noch aufbäumen und zu gewohnter Lebenskraft zurückfinden zu können.

Sie wandten sich voneinander ab. Erif versuchte, einen Teil ihrer Welt wiederzugewinnen; ihr schien, als würde der Schutzring, den Sphaeros ohne sein Wissen um Tarrik gezogen hatte, Yersha nicht einschließen. Nach einer Weile schlief sie wieder ein. Tarrik dagegen blieb still und erstaunt liegen, hatte fast Angst, sich zu bewegen, weil sonst alles ringsum verschwinden mochte. Wenn das so weiterging, lag keine Bedeutung mehr darin, Herr von Marob zu sein. Er klammerte sich an seine Göttlichkeit als Kornkönig, aber auch diese Stütze schien ihm genommen zu sein. Ihn interessierte nicht einmal mehr die Ernte und was aus ihr werden würde. Schließlich beruhigte er sich, indem er ein paar Fragen formulierte, die er Sphaeros am nächsten Morgen stellen wollte.

Er hatte vergessen, daß an diesem Tag eine Parade der Soldaten stattfinden sollte und daß er sich mit Krone und Schwert, mit Bronzeringen um Hals und Arme und einem runden Goldschild, als Symbol für die Sonne, zeigen mußte. Er war wütend und ungeduldig und schlug einen seiner Männer nieder, als der ihn versehentlich mit der

Kante seines Brustpanzers stieß. Erst als man ihm sein Pferd brachte, beruhigte er sich, saß auf und ritt durch das hohe, seewärts führende Tor seines Hauses. Die Männer waren in einem großen Block zwischen dem Haus und dem Hafen aufgestellt und grob in einzelne Vierecke abgeteilt, ganz nach der allenthalben bewunderten Art der mazedonischen Phalanx, doch ohne deren Disziplin. Beinahe alle Männer trugen einen Bogen, und fast die Hälfte war beritten.

Als er herauskam, jubelten sie ihm zu und schwenkten die Bögen. Die Pferde stiegen und traten mit den Vorderhufen die Luft, und alles geriet in Unordnung. Er blickte die Männer an, rief sich zu Bewußtsein, daß er zumindest *sie* als Teile der Wirklichkeit behandeln mußte, und so gab er Befehle, verfluchte oder lobte sie. Er rief die Obersten zu sich und sagte ihnen, was sie falsch machten, und er tat dies in dem scharfen und entschiedenen Ton, der einem Herrn von Marob zustand. Sie liebten ihn darob und glaubten, der Fluch habe ihn verlassen, zumindest die meisten unter ihnen dachten so. Aber Harn Dher hatte viele Freunde, und diese hatten beschlossen, an bestimmten, einmal getroffenen Schlußfolgerungen festzuhalten. Gelber Bulle hatte seine Männer auch zu dieser Parade geführt und trat nun zusammen mit den anderen Anführern zu Tarrik. Der Herr von Marob erblickte ihn in einer der hinteren Reihen und rief ihn nach vorn.

»Wie steht es mit der Straße?« fragte er ihn. »Ich habe sie nicht vergessen, Gelber Bulle. Gib mir nur Zeit!«

Gelber Bulle dankte ihm unbeholfen. Niemand anders schien an die Straße zu denken, und wenn Tarrik darüber sprach, spürte er immer eine sonderbare Liebe zu ihm, als teilten sie ein Geheimnis.

Sphaeros versuchte zu schreiben, aber im Haus war es nicht sonderlich ruhig, außer in Eurydikes Zimmer, und aus diesem hielt er sich am liebsten fern. Als Tarrik in klirrender Rüstung eintrat, seufzte er und gab auf.

»Ja«, sagte er schließlich, »die Angst vor dem Chaos ist der erste Schritt zur Erkenntnis. Ich kann dich von dieser Furcht befreien.«

»Ja?« fragte Tarrik, »ist das denn etwas Wirkliches?«

»Das muß es sein, sonst gäbe es kein Wissen. Wenn es nicht irgendeinen Maßstab gäbe, könnten wir nicht einmal wissen, daß wir nichts wissen. Es ist wahr, daß das Spiegelbild weniger echt ist als das Abgebildete; daß die Geradheit des Stabes diesem mehr entspricht als seine Krümmung, wenn wir ihn durch Wasser betrachten. Daher gibt es verschiedene Grade der Unwirklichkeit, bis wir schließlich zu bestimmten Erscheinungsformen gelangen, die so wenig verzerrt sind, daß man sie für echt halten kann. Diese ergreifen den Verstand und werden wiederum begriffen und zur Gewißheit: gebannte Phantasie. Sie bilden einen Wall gegen die Unwirklichkeit und jenen furchterregenden Ort, an dem man sich verlieren kann.«

»Ja«, sagte Tarrik und drehte einen Stift zwischen den Fingern, bis er zerbrach. »Und was dann?«

»Wenn du Zeit hast und zuhören willst«, antwortete Sphaeros, »werde ich versuchen, es zu erklären.« Dann zeigte er Tarrik, wie alles zusammenhing, die Angst vor der Unwirklichkeit, das grundlose Jagen nach Nirgendwo, die Ungewißheit und die unbefriedigte Sehnsucht nach Glück, das an sich unerreichbar ist, und er zeigte ihm, wie man den Willen des Menschen von Sehnsucht und Narretei befreien kann, damit er den Weg der Natur geht, die Dinge an sich begreift und nicht den Sinn des Lebens durchkreuzt. »Er muß sich immer nach dem Sinn richten, der die Bewegung der Sterne und das Universum lenkt, und sein Streben muß sich darauf richten, eins mit Gott zu werden.«

»Ja«, antwortete Tarrik plötzlich, »so helfe ich der Sonne, das Korn wachsen zu lassen!«

Dann sprach Sphaeros vom Willen der Könige und wie sie vor allem anderen dem Guten folgen sollten, und er sprach von der Wahl und der Pflicht und den Wegen, die vor jeder Entscheidung offenstehen. Und er erzählte Tarrik Geschichten von Königen, den klugen und den dummen, und was aus ihren Reichen wurde. Und so ging es Tag um Tag.

Tarrik merkte, daß es ihm recht gut gelang, sich in zwei

Personen zu spalten. Die eine war der Grieche, der interessiert, wenn auch nicht immer gleichmäßig stoisch, aber ungeheuer neugierig auf Moral und Philosophie war, eine Neugier, die nie zuvor befriedigt worden war; die andere war ein barbarischer Gottkönig, der an einem winzigen Ort namens Marob Korn und Flachs wachsen ließ, einem Ort, von dem niemand je gehört hatte außer Schiffskapitänen und Kaufleuten. Er war ein König von merkwürdiger Herkunft (was mit seinem verstorbenen Vater und einem zeremoniellen Fest zusammenhing), dessen Zukunft im Augenblick besser unbedacht blieb … Das war alles sehr lustig, wenngleich Tarrik sich deutlich der Bedrohung durch Harn Dher bewußt war und mit unliebsamen Überraschungen rechnete. Immerhin – vorerst zumindest schien sein Glück zurückgekehrt zu sein. Wenn nur auf dem Pflügefest alles gutging. Er hatte einem Wächter, den er für zuverlässig hielt, überdies den Befehl erteilt, ihm in nicht allzu großer Entfernung zu folgen. Im Notfall würde er sich gegen Harn Dher und den halben Rat zur Wehr setzen müssen. Was Erif anging, so war sie in diesen Tagen still und in sich gekehrt, und Tarrik hatte begonnen, sich nach etwas Besserem umzusehen. Im Augenblick allerdings beschäftigten sich seine Gedanken nicht mit Frauen.

Und dann lief ein kleines Handelsschiff im Hafen ein. Es war ein unförmiges Ding mit geflickten Segeln, das jeder kannte; es fuhr an der Küste auf und ab, sogar im Winter, wagte sich aber niemals weit hinaus und vermied jedes Risiko. Jetzt war es unterwegs nach Süden und würde vermutlich in einem Monat nach Byzanz gelangen, vorausgesetzt, das Wetter war günstig.

Sphaeros sagte: »Ich muß ziehen.« Und ging hinab zum Hafen, um mit dem Kapitän zu sprechen.

Tarrik wußte, daß nicht nur Sphaeros gehen mußte, sondern auch er selbst. Er sagte es nicht sogleich, noch folgte er seinem ersten Impuls – den Kapitän heimlich zu erwürgen oder das Schiff zu versenken. Als Sphaeros zurückkam, sagte er: »Ich glaube, ich möchte wieder einmal nach Hellas reisen.«

»Warum?« fragte Sphaeros.

»Weil es dort vielleicht noch mehr Menschen gibt, die so sind wie du«, antwortete Tarrik, und der Philosoph spürte unfreiwillig eine sonderbare, glühende Freude.

»Aber wie kannst du dein Königreich und dein Volk verlassen, Charmantides?« fragte er.

Tarrik sah offenbar kein Problem darin. »Ich werde meine Macht zwei anderen übertragen«, sagte er, »die Macht über mein Volk dem einen und die Macht über die Saat und das Gedeihen einem zweiten. Und im Sommer werde ich wieder hier sein. Ich möchte ...« Er verlor aber plötzlich seine Selbstsicherheit und wandte den Blick ab. »Ich möchte Kleomenes und Sparta sehen ...«

Sphaeros nickte. »Das wäre möglich«, sagte er. »Aber denk noch einmal darüber nach. Laß dich nicht von Erscheinungen oder Stolz leiten. Ich weiß nicht, ob die Hellenen, so wie du sie dir vorstellst, wirklich wie die echten Hellenen sind. Ich weiß nicht einmal, wie Kleomenes jetzt ist, denn er ist erwachsen geworden.«

Tarrik war zu seiner Gewohnheit zurückgekehrt, alle Dinge mit seiner Tante zu bereden. Anfangs war es gut gewesen, mit Erif darüber zu sprechen, aber in der letzten Zeit hatte er sich bei ihr immer wie ein Fremder gefühlt. Er ging jetzt zu Eurydikes Zimmer und setzte sich neben sie auf ein Kissen. Sie strich ihm übers Haar und wollte ihn küssen, nahm aber dann davon Abstand, weil sie glaubte, er würde es nicht allzusehr mögen. Er blickte zu ihr hoch.

»Du bist müde«, sagte er, »deine Augen sagen es mir. Du hast kaum geschlafen!«

Sie freute sich sehr, daß er wieder bemerkte, wie sie aussah! »Oh, es ist nichts Besonderes«, sagte sie. »Ich habe nur einfach nicht gut geschlafen, das ist alles.«

»Warum nicht?« fragte Tarrik. »Möchtest du öfter Musik hören? Sollen wir herumhören, ob jemand eine Tochter hat, die singen kann?« Bei diesem Gedanken hellte sich sein Gesicht auf, und Eurydike lächelte bei sich – oder besser: sie hätte gelächelt, wenn sie nicht dieses kitzelnde, kneifende Gefühl gehabt hätte, das aus ihrem Traum zurückgeblieben war. Dieser Traum war irgendwie sehr unangenehm gewesen – als seien zweibeinige Nadeln über sie gewandert, Haarnadeln. Was sagte Charmantides da gerade? Sie schüttelte den Gedanken ab; sie war zu alt, um so befremdliche Phantasien zu haben. »Du siehst also, liebe Tante, warum ich es für sinnvoll halte, fortzugehen.«

Sinnvoll! Wie gewählt sich der Junge neuerdings ausdrückte!

»Ja«, sagte sie, »ich hatte mich schon gefragt, ob du daran in den letzten Tagen gedacht hast.« Und das stimmte: Sie hatte sich gefragt.

»Es wäre für sechs, sieben Monate«, sagte er, »bis zum Sommer.«

»Hellas!« seufzte sie. »Mein Lieber, soll ich mit dir kommen?«

»Nein«, antwortete er, »nicht im Winter. Vielleicht kannst du im Frühjahr nachkommen.«

Ihr kam ein anderer Gedanke. »Jemand muß sich um alles kümmern, wenn du fort bist. Nun, das muß ich wohl tun; es wird genauso sein wie damals, als du noch ein kleiner Junge warst, Charmantides.«

»Ja, aber denk daran, Tante Eurydike, ich bin noch nicht sicher, ob es das Rechte ist. Es muß klar sein, daß es sich nicht nur um meine eigenen Wünsche handelt – oh, ich muß noch einmal mit Sphaeros reden!« Er sprang auf und ging wieder hinaus, spazierte im Garten auf und ab und versuchte, sich zu entscheiden. Er fand aber nur, daß ein dicker Ast von einer Ulme abgefallen war, und so hatte er einen neuen Weg hinaufzuklettern – und er stieg hinauf. Und der ernsthafte Gang seiner Gedanken war unterbrochen.

Er beschloß, die Sache heute abend mit Erif zu besprechen. Aber sie verscheuchte alle derartigen Gedanken aus seinem Kopf. Sie hatte einen der Wächter gebeten, ihr fünf Krebse vom Strand heraufzubringen, und nun hockten sie in einem Kreis auf dem Boden und blickten so hungrig und aufmerksam, wie Krebse es immer tun, und schienen sie dabei zu beobachten, wie sie einen Tanz für sie aufführte. Er sah ihr gern zu beim Tanzen, und so setzte er sich zwischen die Krebse und wartete fröhlich, bis sie mit dem ersten Teil fertig war und dann, das ursprüngliche Publikum vergessend, nur für ihn weitertanzte. Und sehr bald war sie bei ihm und für ihn da, so daß er das Gefühl bekam, es sei Zeitverschwendung, sich nach einem neuen Mädchen umzusehen. Er fragte sich nur flüchtig, warum sie so besonders glücklich und zufrieden schien, aber er wußte bessere Spiele mit ihr zu treiben, als sich zu wundern, und zog sie jeder ernsthaften Unterhaltung vor.

Eurydike litt wieder unter schlechten Träumen, darunter wieder einem von jener sehr unangenehmen, verwirrenden Art, durch den Haarnadeln wanderten. »Apphé«, sagte sie, »was kann denn nur los sein? Ich habe keine Ahnung.«

Apphé, die ihr einen Schal um die Schultern legte, blickte sich verstohlen um und fing den Blick der Herrin im Spiegel auf. »Nein, Frau?« fragte sie zurück. »Ich aber ...«

Eurydike drehte sich um und stieß einen leisen Seufzer aus. »Natürlich. Das wäre mir nie eingefallen. Nun, Apphé, diesmal ... Ich bin am Ende meiner Geduld angelangt. Diese Zauberkunststücke ...« Sie zerrte ungeduldig an ihrem Kleid, blickte sich kritisch im Spiegel an und bedeutete der Dienerin, ihr hinaus zu folgen. Und dann ging sie durch das Haus des Herrn von Marob zu Erif Dhers großem, gelb gestrichenem Zimmer auf der anderen Seite.

Erif Dher lag noch im Bett, einen Arm unter der Wange, und stieß die trägen Krebse an. »Oh«, sagte sie, »ich will, daß jemand meine Krebse nach Hause bringt. Würdest du Apphé bitte sagen, sie möchte sie vorsichtig zum Strand hinabtragen, Tante Eurydike?«

Eine halbe Minute lang hing ein unangenehmes Schweigen im Raum. Dann nahm Eurydike vorsichtig einen der Krebse vom Boden auf und warf ihn gegen die Wand; es war der kleinste, und er zerbrach. »So«, sagte sie.

Erif Dher richtete sich unvermittelt auf, das Gesicht scharlachrot vor Wut. In ihrem kurzen blauen Hemd sah sie aus wie ein kleines Kind. »Du ... du ...«, keuchte sie. »Hinaus aus meinem Zimmer.« Sie nahm Tarriks Dolch, hielt ihn, den Knauf vor der Brust, auf Eurydike gerichtet, verließ das Bett und trat auf sie zu.

»Paß auf, du kleine Wilde!« sagte Eurydike scharf.

Erif Dher blickte auf die Überreste des Krebses und dann auf die andere Frau. »Wie hast du letzte Nacht geschlafen?« fragte sie.

»Du gibst es also zu!« erwiderte Eurydike. »Das habe ich mir gedacht! Hör zu: Charmantides weiß alles. Er ist deiner überdrüssig. Er geht fort, und während er fort ist, werde *ich* seinen Platz einnehmen. Und dich werde ich auf *deinen* Platz verweisen.«

Sie standen jetzt fast vor der Tür. Erif Dher kam näher, noch immer den Dolch auf sich gerichtet. »Er geht nicht fort!« schrie sie.

Eurydike drehte sich um und sah das Mädchen sehr bitter an. »Frag ihn doch selbst«, sagte sie.

Siebentes Kapitel

Erif Dher setzte sich wieder auf ihr Bett und fragte sich, ob das die Wahrheit war. *Wenn* es stimmte, würde alles schwieriger. Sie wußte, daß sie vielleicht ein Kind bekommen würde, hatte es aber bislang niemand anderem mitgeteilt. Allenfalls Essro, die sie so beiläufig wie möglich nach den Anzeichen dafür gefragt hatte, mochte etwas ahnen. Aber das war alles nicht so wichtig, wenn diese andere Sache stimmte; sie würde es ihm nicht erzählen. Eine nach der anderen kamen ihre Dienerinnen herein, um sie anzukleiden. Sie mochte das nicht, aber sie konnte den hohen Spitzhut und den Schleier kaum selbst aufsetzen. Sie mußte ihn heute tragen wegen des Festes nach der Ratsversammlung. Ihr Vater würde ebenfalls dort sein; sie würde vielleicht mit ihm und Gelber Bulle reden müssen. Ihr Kleid bestand aus dicker, filzartiger Wolle und war so steif, daß es weit abstand. Es war über und über mit Spiralen aus aufgenähter gelber Kordel verziert. An jedem

Finger trug sie einen Ring. Da sie ziemlich blaß aussah an diesem Morgen, legte man ihr Farbe auf: einen roten, runden Fleck auf jede Wange. Dann gab es bis zum Beginn des Festes nichts mehr zu tun.

Sie ließ die Krebse zum Strand hinabtragen, nahm dann die Schlüssel der Königin, schloß die Schatzkammer auf und ging mit einer Fackel hinein, die sie in die Halterung an einer der Säulen steckte. An drei Wänden standen bronzebeschlagene Truhen; darüber hingen Kleider und Rüstungen, die mit Juwelen und flachen, goldenen Schuppen besetzt waren. Vom Deckengebälk hingen, aufgeschnürt wie Zwiebeln, goldgesichtige Schädel, die Teufel und Schutzgötter darstellen sollten; von den Hälsen tropften Korallenperlen, die aussahen wie geronnenes Blut. In der Raummitte stand ein weiterer Dämon mit dem Gesicht zur Tür. Er hatte schwarze Glasaugen und echte Zähne, und zwischen seinen Händen und den Wänden waren Schnüre gezogen, an denen aneinanderklirrende Eierschalen aufgefädelt waren. Der Dämon würde die Schlüssel der Königin erkennen; Erif brauchte daher keine Angst zu haben, ihn zu berühren oder ihm den Rücken zuzukehren, wenn sie in den Truhen wühlte. Sie kramte ein neues Zepter aus Jade und eine Halskette aus Jade und Lapislazuli hervor, die sie beim Fest tragen wollte. Als sie damit fertig war, wurde es schon Zeit, in die Halle zu gehen, mit all ihren Dienerinnen im Gefolge, die Zweige aus Silber und Korallen und Pfauenfedern in den Händen hielten.

Als sie hereinkam und ihren Platz auf der Nordseite des Tisches einnahm, standen alle auf. Tarrik saß am anderen Ende. Sie thronte auf einem hohen Sessel mit einer spitzen Lehne aus gestreiftem Marmor, zu dem Stufen hinaufführten. Auf beiden Seiten der Stufen saß jeweils ein junges Mädchen, das eine mit einer zahmen Taube auf einem grünen Zweig, das andere mit einer Doppelflöte, auf der es eine leise, monotone Melodie spielte. Diese Melodie war es, die Erif Dhers tiefere Gedanken erfüllte, während sie nach außen hin eine oberflächliche Konversation führte, Sie war umgeben von Frauen, den Gattinnen und Töchtern der wichtigsten Persönlichkeiten Marobs, die in ihren steifen, bestickten Kleidern einen unechten Eindruck erweckten. Auch sie trugen bunte Spitzhüte, geschmückt mit Gold und Edelsteinen.

Yersha saß in einem ähnlichen Sessel wie Erif; dicker als gewöhnlich lagen Puder und Farbe auf ihrem Gesicht, um die dunklen Ringe um die Augen und die feinen Runzeln über den müden Lippen zu verbergen. Auch schien es, als hätte sie Schwierigkeiten, stillzusitzen, ganz, als werde sie hin und wieder von irgend etwas gestochen oder gekitzelt.

Erif unterhielt sich mit den Frauen und sorgte dafür, daß alle genügend zu essen und trinken bekamen. Anmutig nahm sie die kleinen traditionellen Geschenke entgegen, die man ihr überreichte: bunte Blumen aus gewachstem Garn, Silberdraht und Perlen. Man ging davon aus, die gegenwärtige Jahreszeit sei für die Frühlingsbraut besonders schlimm, und man müsse ihr nun helfen, weil sie sonst Marob beim Pflügefest nicht beistehen würde.

Es wurde dunkel, noch während man aß, und selbst als alle Lampen und Fackeln angezündet waren, konnte sie kaum das andere Ende des Tisches erblicken, wo Tarrik saß. Zumindest bekam sie nicht mit, über was man dort sprach. Der Herr von Marob schien jedoch aufgeregt, beugte sich vor, schlug auf den Tisch, warf sich lachend zurück. Neben ihm saß Sphaeros, der kleine Sphaeros, den sie trotz allem irgendwie mochte. Einmal oder zweimal hatte Berris, der ihr von der Familie am nächsten saß, versucht, ihren Blick einzufangen, aber sie hatte immer rechtzeitig fortgeschaut.

Diese Reise ... Sie bemerkte, daß ihr das Herz schmerzte, sich plötzlich ausdehnte und wieder zusammenzog, als würde es von einer Hand gepreßt. Zuerst glaubte sie, jemand anderer hätte sie verzaubert, und versuchte, sich wütend zu schützen. Aber sie war es selbst.

Am Ende des Festes, als Trinken und Reden und Musik das festgelegte Ritual aufzubrechen begannen, mischten sich Männer und Frauen untereinander, unterhielten sich und scherzten. Erif blieb auf ihrem Sessel zwischen den beiden Mädchen sitzen und dachte grimmig, auf diese Weise würde wenigstens ihr Vater keine Gelegenheit finden, mit ihr zu reden. Manchmal konnte sie Tarriks Stimme hören – sie lauschte darauf. Er war aufgestanden und küßte jedes Mädchen, das ihm gefiel, leichtherzig und freundlich. Sie fragte sich, ob ihr das etwas ausmachte: im ganzen gesehen, ja, ein wenig. Anderes machte ihr mehr Sorgen. Wenn er nun wirklich fortginge, so daß sie ihn nicht mehr würde sehen können!

Berris kam an der Bankreihe unter den Fackeln entlang durch die Halle auf sie zu. Am Ende des langen Raumes saß seine Schwester in ihrem hohen Sessel und spielte die Frühlingsbraut, er sah ihr weißes, glattes Kindergesicht und beugte sich über ihren Sessel, noch ehe sie sein Kommen wahrgenommen hatte. Sie war viel überraschter, als er erwartet hätte; zuerst kniff sie die Augen zusammen, dann riß sie sie vor Furcht weit auf. »Ich bin's nur«, sagte Berris, »ich habe dich ... seit Tagen nicht mehr gesehen. Sag mal, stimmt es, daß Tarrik fortfährt?«

»Ich weiß es nicht«, antwortete sie sehr leise und blickte geradeaus.

»Er und alle anderen haben heute abend darüber gesprochen. Aber er ist sich noch nicht sicher. Wenn er es tatsächlich tun sollte, geschähe es irgendwie gegen seinen Willen. Ich vermute, Erif, das ist dein Wirken?«

»Erzähl Vater, was immer du willst«, antwortete sie. »Freut er sich darüber?«

Aber Berris schüttelte den Kopf. »Wir sprechen nicht mehr darüber. Ich selbst gehe fort. Aber, Erif, paß auf. Ich glaube, Vater macht jetzt ohne dich weiter.«

Sie wandte rasch den Kopf; Schatten glitten über ihr Gesicht. »Mit was? Berris, wer macht noch mit?«

»Tarrik kennt den Rat besser als ich«, gab Berris leise zurück. »Ich frage mich, ob er wirklich wieder nach Hellas reist.«

»Würdest du gern mit ihm gehen, Berris?«

»Ja.«

»Ich auch«, meinte Erif. »Ich möchte gern wissen, ob es wie Epigethes ist oder wie Sphaeros.«

»Ja«, wiederholte Berris, »aber es würde dir nicht gefallen, daß du dort niemanden verzaubern kannst, Erif.«

»Zauberei«, sagte sie, »meine Zauberei! Ich weiß es nicht, ich bin nicht sicherer, was geschieht, als du, wenn du dir ein goldenes Tier erträumst.«

»Wirklich nicht?« fragte Berris dicht an ihrem Ohr. »Ich dachte, du hättest mehr Macht als ich.«

Erif senkte den Blick und schaute sich dann um. Plötzlich sah sie Apphé auf der anderen Seite des Thronsessels, den Kopf auf ihren dicken, braunverhüllten Körper geneigt wie ein buckliger Vogel. »Ja«, ragte Erif lauter, »ich habe mehr Macht – so viel, wie ich will.«

Unzufrieden verließ Berris die Halle und ging wieder in seine Schmiede. Er übernachtete jetzt häufig dort und war manchmal mit einer Sklavin zusammen, die er im Herbst gekauft hatte, einer sonderbaren, kleinen Wilden, Sardu, mit einem braunen und geschmeidigen Körper. Sie stammte aus dem Nordosten, jenseits des Landes der Roten Reiter, hatte ein flaches, knochiges Gesicht und schräge, unergründlich dunkle Augen. Da Erif nicht mehr viel Zeit für ihn hatte, blies sie für ihn das Feuer an und fegte seine Werkbank. Er zeichnete sie oft und brachte ihr Lieder bei, die zu schändlich waren, als daß sie irgend jemand anders hätte hören dürfen.

Erif Dher gelang es, ihrem Vater und Gelber Bulle auszuweichen; sie verließ mit ihrem Gefolge lange vor den Männern das Fest, so daß sie kaum aufwachte, als Tarrik zu ihr kam. Am Morgen wollte sie ihre Fragen stellen, aber er schlief noch fest und sah warm und zufrieden aus. Sie stand auf, kleidete sich notdürftig an und schlug die Läden vor den Fenstern zurück. Es war still draußen, und es schneite leicht, aber die Flocken blieben noch nicht liegen.

Sie sah einen Karren um die Ecke holpern, der vor dem Haus stehenblieb. Essro stieg aus, blickte sich hastig um, zog den Schal um den Kopf und rannte auf das Haus zu. Erif ließ ihre halbgeflochtenen Zöpfe fallen und rannte ebenfalls los. Sie trafen sich im Dämmerlicht der zweiten Halle; Essro wurde von Dienerinnen begleitet; sie trugen

Körbe. Essro selbst schien noch verlegener als gewöhnlich. »Ich bringe die Sachen, Erif, um die du mich gebeten hast – die Kräuter!« Erif wußte genau, daß sie Essro nie um Kräuter gebeten hatte, und bedeutete ein paar Dienern, die Körbe zu nehmen und die Gefolgschaft ihrer Schwägerin zu versorgen. Dann faßte sie Essro beim Ellbogen und führte sie in ihr kleines Zimmer oben an der Treppe. »Und jetzt erzähl!«, sagte sie.

Essro trat dicht auf sie zu; auf ihren Haarspitzen lagen immer noch ein paar nicht geschmolzene Schneeflocken. »Wenn Tarrik gehen will«, sagte Essro leise und deutlich, »dann laß ihn ziehen!« Erif wurde plötzlich übel; sie sackte zitternd auf dem Boden zusammen. Sie gab keine Antwort. Die andere Frau kniete neben ihr nieder. »Was ist denn los?« fragte sie. »Du wußtest es doch sicher schon.« Erif nickte, eine Hand an der Kehle. Essro schürzte die Lippen, nahm ein Messer aus dem Gürtel und berührte Erif hier und dort mit dem Griff.

Da richtete sich die Frühlingsbraut mit jenem raschen Lächeln auf, das Kinder einander schenken. »Danke«, sagte sie, »und sag, Essro, tun dir deine Zauber denn nie weh?«

»Nein, jetzt nicht. Aber vielleicht später einmal. Ich bin nicht so klug wie du, Erif. Geht es dir jetzt besser?«

»Ja«, antwortete Erif, und dann brach es aus ihr heraus: »Es war ... du weißt schon ... Tarriks Kind.«

»Oh«, sagte Essro und schlug die Hände zusammen. »Oh, sie wissen das nicht!«

»Wer?« entgegnete Erif scharf. »Essro, wer hat dich hergeschickt?«

»Gelber Bulle. Und ich muß wieder heimgehen!«

»Aber warum? Essro, bleib hier! Ist es ... will Gelber Bulle Tarrik wegen der Straße warnen? Weil Tarrik ihm ein Opfer gab? Hat Vater etwas vor?«

»Ja«, antwortete Essro mit ausweichendem, furchtsamem Blick. »Sag es ihm! Und ... Erif, soll ich ihnen von dem Kind erzählen?«

»Nein!« sagte Erif und berührte einen Augenblick lang Essros Dolch, »wenn ich Hilfe brauche, komme ich zu dir und deinen Zaubereien.«

»Hilfe?« antwortete Essro zitternd und versuchte, sich zu entziehen, blieb dabei aber sanft wie immer.

»Ja«, antwortete Erif. »Hilfe. Eine geheime Straße.«

Tarrik richtete sich schläfrig auf, während seine Diener ihn ankleideten. Ab und zu reckte er sich und gähnte. Dann mußten sie aufhören und zurücktreten, bis er fertig war, der eine mit den Stiefeln in der Hand, der andere mit den Fellmänteln über dem Arm, von denen sich Tarrik einen aussuchen sollte, den makellosen weichen Fuchs oder die Rehfelle mit rotem oder schwarzem Futter. Der Herr von Marob traf eine beliebige Wahl; er wußte, daß sie ihm alle gut standen.

Er war ein wenig ungehalten über Erif, weil sie bei seinem Aufwachen nicht da war; er wollte seine Pläne mit ihr bereden – vorausgesetzt, sie war in der richtigen Stimmung. Selbst mit Sphaeros als Berater – und er merkte jetzt, wie wenig dieser ihm zuriet – hatte er sich bislang nicht entscheiden können, welchen Weg er einschlagen sollte. Irgendwie hatte er Angst, es könne nur Flucht vor der Unsicherheit sein, wenn er fortginge, vor Harn Dher, dem Pflügefest und seiner Frau. Plötzlich und ohne zu merken, wie unstoisch das war, entschied er sich, Erif zu fragen, und wenn sie wirklich wollte, daß er bliebe, würde er bleiben – denn dann war wenigstens eines sicher!

Er trat wie jeden Morgen zum Fenster und streckte die Hand der aufgehenden Sonne entgegen, die, selbst hinter Wolken wie jetzt, ihren Bruder erkennen mußte. Dann schickte er einen Diener fort, seine Frau zu suchen und zu ihm zu bitten.

Sie erschien kurz darauf in einem langen, schlichten Kleid aus grauem Wollkaro. Er fand, es mache sie alt, aber dann sah er die wunderbar glänzenden Zöpfe und wie klar ihre blasse Haut über dem engen, runden Halsausschnitt leuchtete.

»Erif«, sagte er, »Ich habe vor, mit Sphaeros nach Griechenland zu reisen.« Sie nickte, stellte sich der Tatsache, aber nicht seinem Blick. »Ich möchte den König von Sparta besuchen«, fuhr er fort, »und lernen, ob es noch andere Formen des Herrschens außer der meinen gibt.« Er nahm ihre Hände und zog sie sanft herab, bis sie auf seinen Knien saß; sie legte die Arme um seinen Hals und verbarg das Gesicht in seiner Halsgrube.

»Du meinst ... schon bald?« fragte sie und wählte die Worte so, daß sich in ihnen kein Gefühl verriet.

Er versuchte, ihr ins Gesicht zu blicken, aber sie klammerte sich fest an ihn und stieß mit der Stirn gegen ihn. »Sehr bald«, antwortete er. »*Wenn* ich gehe. Soll ich, Erif?«

Sie spürte seinen kräftigen Herzschlag an ihrer Wange; einen Moment lang konnte sie es nicht ertragen, sich davon zu lösen. Tarrik war nun fast sicher, nicht gehen zu müssen, und er freute sich darüber. Er legte die Arme um sie und senkte die Lippen auf ihr weiches Haar, den Flaum im Nacken, den kein Zopf halten konnte.

Sie bewegte sich nicht, sondern sagte nur: »Ja, du solltest gehen.« Ihre Stimme klang sehr zärtlich, aber so deutlich, daß er keine Zweifel daran hatte, sie richtig verstanden zu haben.

Er versuchte es noch einmal. »Erif, willst du, daß ich gehe?«

Jetzt war es an ihr, erstaunt zu sein; sie kannte diese Seite an ihm nicht. Fast hätte er ihr doch noch ein »Nein« entlockt. Aber schließlich sagte sie: »Ja, Tarrik.« Dann schwieg sie wieder und hatte Angst vor dem Moment, da seine Arme sie freigeben würden.

Tarrik bestimmte den nächsten Tag für seine Abreise. Er riß alle anderen mit seiner Tatkraft mit, während Erif inmitten des Trubels allein zurückblieb. Tarrik berief den Rat ein. Er schien jetzt entschlossen, alles zu rechtfertigen. »Meine Tante wird die Macht des Herrn von Marob ausüben«, sagte er, und Eurydike trat ein und stellte sich steif, groß und mit einem dünnen Lächeln neben ihn; sie vermittelte fast jedermann im Raum das Gefühl, auch dessen Tante zu sein.

Harn Dher war über die Entwicklung der Dinge nicht unzufrieden. Er konnte sich nicht vorstellen, daß es irgendeinen Menschen in Marob gäbe, der nicht lieber ihn als Herrn von Marob gesehen hätte als Eurydike. Aber wer würde Kornkönig sein? Solange Harn Dher dies nicht wußte, würde er nichts von sich preisgeben.

Tarrik redete von den Dingen, die während seiner Abwesenheit getan werden mußten, und ermahnte den Rat, seine Tante wie ihn selbst zu achten, sie gut zu beraten und ihren Befehlen zu gehorchen. Er selbst würde zum Mittsommer wieder da sein. Und dann endete er mit den Worten: »Meine Würde und Göttlichkeit als Kornkönig verleihe ich Gelber Bulle, dem Sohn von Harn Dher. Er soll morgen früh eine Stunde vor der Dämmerung zu mir kommen, und ich werde ihm geben, was er braucht. Ich gestatte ihm, ein Zehntel aller Männer und allen Geldes unserer Stadt für die Geheime Straße zu verwenden. Und ich ermahne ihn, bald zu beginnen.«

Einen Moment lang schien das zuviel, um es glauben zu können. Harn Dher, Gelber Bulle und ihre Freunde konnten sich nur verwundert anstarren; es schien unmöglich, so begünstigt zu werden. Tarrik legte seine Hand auf die Stelle, wo sich unter dem Hemd Erifs Stern befand, lächelte und setzte sich. Harn Dher fiel ein, daß die überraschende Wendung der Dinge vielleicht das Werk Erifs war, und war zum erstenmal seit Wochen mit seiner Tochter zufrieden.

Tarrik ging in dieser Nacht nicht zu Bett. Erif Dher lag allein da und wartete auf ihn; nach etwa drei Stunden schlief sie ein. Er befand sich gar nicht im Haus, sondern in seiner anderen Stätte am Rand von Marob, in der er nicht Herr von Marob, sondern Kornkönig und Gott war. Es war auf dem Weg dorthin kalt und sehr dunkel gewesen; ein paar Schneeflocken schwebten durch die Luft. Auch drinnen war es immer noch kalt, aber ohne einen Windhauch und stickig unter der niedrigen Steindecke. Er zog seine Kleider aus, wie es sich gehörte, wobei er bittere Beeren kaute, und legte die lange, rote Robe an, die steif vom Hals auf die Füße herabfiel; der Stoff war feucht und kratzig auf seiner Haut. Tarrik zitterte und setzte die Maske und den Kopfputz auf: dunkle polierte Rechtecke aus Jade und Granat und Onyx, mit blutroten Korallen, hochstehenden Kornähren und einem einsamen Auge auf der Stirn. Dann betrat er den inneren Raum; die Wächterin, eine uralte Frau, hockte in einer Ecke. Er blieb vor ihr stehen und fuhr mit der Hand dreimal vor ihrem Gesicht auf und ab: Sie schlief.

Tarrik nahm noch einen Mundvoll Beeren und zündete die Lampe über dem Stein an. Ihm gefiel nicht, was er zu tun hatte, aber es dauerte nur bis zum Mittsommer, und außerdem war er jetzt Sphaeros' Schüler. Er versuchte, in Griechisch zu denken, aber für über die Hälfte der Worte, die ihm einfielen, gab es keine entsprechenden Ausdrücke. Er nahm die Pflugschar herab, hauchte darauf und schrieb etwas in den feinen Belag, den sein Atem hinterließ. Das gleiche geschah mit Kelch und Sieb und dem Korb. Er löste bestimmte wichtige Knoten. Schließlich nahm er seinen Kopfputz ab und schlug einen winzigen Nagel hinein, so daß er gerade eben das Ohr des nächsten Trägers ritzen würde. Er achtete sorgfältig darauf, daß er die Spitze des Nagels selbst nicht berührte. Als das geschehen war, zog er die rote Robe aus und stieg wieder in seine Kleider. Die Prozedur hatte sehr lange gedauert, und so waren sie kalt wie ein verlassenes Nest.

Die beiden folgenden Stunden verbrachte er mit seinen obersten Beratern zu Hause; man packte ihm die Ballen und Truhen mit den Kostbarkeiten, die er mitnehmen wollte. Er würde in aller Pracht nach Hellas reisen! Zwanzig Männer hatte er gebeten, mit ihm zu ziehen, junge, starke, ihm ergebene Jünglinge, alle frei und vom edelsten Blut Marobs. Er gab ihnen alles, was sie begehrten, Rüstungen und Geld und feine Kleider. Sie waren betrübt, daß sie ihre Pferde zurücklassen mußten, doch es würde nicht auf lange sein. Wenn er wieder da war, würde er wissen, wie man als echter, stoischer König regiert.

Gelber Bulle kam, wie befohlen, eine Stunde vor Morgengrauen. Gemeinsam gingen sie in das geweihte Haus. Sie sprachen über die Geheimstraße und was selbst während des Winters daran gearbeitet werden konnte.

»Ich werde eine gute Straße bauen, Herr, das schwöre ich!« sagte Gelber Bulle.

»Ja«, gab Tarrik leise zurück, »da bin ich sicher.«

In wenigen Stunden würden sich die ersten Menschen regen. Man sah bereits hinter manchen Fenstern einen Lichtschein, das erste schwache Aufbegehren gegen die Nacht. Gelber Bulle merkte plötzlich, daß ihm Tränen in den Augen standen. »Niemand sonst glaubt an meine Straße«, sagte er, »... und jetzt ...«

Die halbe Stadt stand am nächsten Morgen am Hafen und klagte. Viele hatten Tarrik Geschenke mitgebracht, die er auf die Reise mitnehmen sollte. Er hatte klugerweise beschlossen, mit dem Handelsschiff zu fahren statt mit seinem eigenen, das viel schneller und schöner war, aber langen Schlechtwetterperioden nicht würde standhalten können. Er ging rasch, einen Arm um Sphaeros' Schulter gelegt. Beide trugen lange Fellmäntel und schwere Stiefel. Tarrik hatte Eurydike die Krone zurückgelassen und war barhäuptig; doch hatte er eine Fellkapuze für später mit dabei, falls es kalt werden würde. Die Frühlingsbraut trat mit ihren Dienerinnen aus einer anderen Tür. Sie fror und war beim Abschied niedergedrückt. Die Ratsmitglieder, Berris Dher und ein paar andere warteten am Wellenbrecher auf das Vorbeifahren Tarriks. Der Wind war nicht stark genug zum Segelsetzen, indes die Ruderer hielten sich bereit. Der Himmel hing grau und niedrig über dem Schiff; das Meer war bleiern und schlug nur schwach gegen die Hafenmauer.

Berris hatte erst an diesem Morgen von Tarriks Entschluß erfahren. Am Abend des Festes hatte er die Gerüchte nicht sonderlich ernst genommen. Er dachte an seine Schwester. Am Tag danach war er hinausgeritten, um Bäume zu zeichnen, und hatte auf der Ebene Ulmen und Linden und Eschen gefunden, und das Gewirr ihrer schwarzen Zweige hatte ihn so fasziniert, daß er bis zum Sonnenuntergang geblieben war. Danach war er direkt in die Schmiede zurückgekehrt, nicht ins Haus seines Vaters. Daß Tarrik fortging, konnte er einfach nicht begreifen. In den letzten Monaten hatte er ihn nur selten gesehen, aber irgendwie hatte ihm die Sicherheit genügt, daß Tarrik da war. Berris hatte stets das Gefühl, alles würde wieder in Ordnung sein, sobald ihm ein außerordentliches Kunstwerk gelänge und Tarrik es guthieß. Zur Zeit wußte er nicht, was er wollte; er hatte kaum etwas gearbeitet, nur Skizzen, ein paar Schmuckstücke und Eisendinge, um seine Hände in Übung zu halten. Seit er die Wahrheit über Epigethes und die Drahtschlüssel herausgefunden hatte, war er völlig zu seinen eigenen Vorstellungen von Formen und Mustern zurückgekehrt; dann, während der Zeit, da Sphaeros in Marob weilte, hatten die hellenischen Ideen leise wieder von ihm Besitz ergriffen. Sicherlich haßte dieser Sphaeros das Haus des Leonidas in Sparta. Berris war klar, daß es voll von solchen Dingen sein mußte, wie sie Epigethes gefielen und wie auch er sie fast ein Jahr lang bewundert hatte. Aber was gefiel Sphaeros? Er hatte es nie genau herausbekommen, und es war ihm vollkommen unmöglich, zu glauben, was der Stoiker ihm als Wahrheit versicherte: daß ihm all diese Dinge nicht genügend wirklich oder wichtig erschienen, um ein besonderes Vergnügen aus ihnen ziehen zu können. Und jetzt gingen Sphaeros und Tarrik zusammen fort!

Berris stand am Rand des Wellenbrechers und sah den Sklaven zu, die mit dem Gepäck des Herrn von Marob vorüberzogen. Mit jedem Mann schien ein Stück seiner selbst zu gehen!

Der Kornkönig sprach nun mit den Ratsmitgliedern. Berris fiel plötzlich auf, daß Tarrik vermutlich die lauteste Stimme in ganz Marob hatte. Oder lag es nur daran, daß es ihm gleichgültig war, wenn er sich gehenließ? Die Männer standen nun alle an Bord; das Schiff wartete nur noch auf den wichtigsten Passagier. Tarrik verabschiedete sich von allen, und sie grüßten ihn mit der Messerhand vor der Stirn.

Und dann kam Erif. Sie wußte nicht, was sie sagen sollte; sie wollte ihm ein Zeichen geben, weil Liebe so sehr ein Sich-selbst-Geben ist, ob durch ein Wort, einen Blick oder eine Berührung. Aber hier, inmitten einer solchen Menge? Sie hatte ihm nicht einmal von dem Kind erzählt. Wenn sie es ihm gesagt hätte – nun, er wäre sicher geblieben. Und sie wollte, daß er ging – damit er außer Gefahr war.

»Bis zum Sommer«, sagte er, »bis zum guten Wetter und der warmen Sonne, Erif!« Dabei blickte er sie fragend an. Aber sie konnte nicht antworten. Sie legte nur rasch eine Hand auf seine Brust, schob sie unbeholfen unter seinen Mantel und fühlte dort den harten, flachen Stern unter seinem Hemd.

»Sieh ihn an, wenn du an mich denkst«, sagte sie. »Er wird dir verraten, ob ich lebe oder sterbe. Ich werde dir treu bleiben, Tarrik!« Er blickte auf ihre Hand und dann direkt in ihre Augen. Sie senkte den Blick. »Gib mir etwas«, sagte sie leise, und dann zog sie, als er zögerte, nicht wußte, was sie meinte, das Jagdmesser mit dem Onyxgriff aus der Scheide. »Wenn sich die Klinge trübt«, sagte sie, »befindest du dich in Gefahr.« Sie wagte nicht, mehr zu sagen, aus Angst, zuviel zu verraten. Sie küßten sich unter den Blicken der Menge – ein schlechter, kurzer Kuß.

Tarrik wandte sich zum Meer und erblickte Berris Dher am Ufer. »Leb wohl, Berris«, sagte er und streckte dem anderen lächelnd beide Hände entgegen. Aber Berris konnte nicht nur kurz Lebewohl sagen; es gab viel zu bereden. »Viel Glück«, fuhr Tarrik fort, »Viel Glück und Lebewohl!«

Berris sagte nur: »Oh ... aber ich komme doch mit!« und sprang auf das Schiff, und Tarrik folgte mit dem Ruf: »Legt ab!« Und so fuhren sie hinaus aufs Meer.

Erif Dher fiel ohnmächtig in die Arme ihrer Dienerinnen, und jeder, der sie sah, hielt es für eine angemessene Darstellung ihrer Gefühle. Als sie wieder zu sich kam, weigerte sie sich, ins Haus des Herrn von Marob und ihr stilles Zimmer zurückzukehren. Statt dessen ging sie zum Haus auf dem Frühlingsfeld, jenem ihr persönlich als Frühlingsbraut zugeeigneten Ort, der dem Haus des Kornkönigs entsprach. Es war jetzt versperrt und lichtlos, wartete auf das kommende Frühjahr, aber sie trat ein und blieb eine Weile dort und kam ein wenig glücklicher wieder heraus. Sie hatte getan, was sie konnte, um Tarrik guten Wind und schönes Wetter für die Reise zu geben.

Harn Dher war über Berris teils entsetzt, teilweise aber auch froh. Einerseits war es dumm und gefährlich, andererseits erleichterte es ihre Pläne, wenn nicht einer der Mitverschworenen ständig drohte, ins feindliche Lager zu wechseln – und Berris war von Anfang an ein unsicherer Gefährte gewesen. Außerdem hatte er schon immer nach Griechenland gehen wollen, und jetzt war er eben dorthin unterwegs. Künstler in der Familie sind immer schwierig. Und was Erif anging ...

»Ich frage mich, warum sie in Ohnmacht gefallen ist?« meinte Gelber Bulle nachdenklich.

»Vielleicht bekommt sie ein Kind«, sagte Harn Dher.

»Aber Essro hätte es mir erzählt.«

»Frauen haben gerne ihre kleinen Geheimnisse, mein Sohn. Und wenn sie tatsächlich schwanger ist – nun, dann müssen wir damit fertig werden. Wenn Tarrik verschwinden muß, soll es auch gründlich geschehen ...«

»Und wenn sie sich wehrt?« fragte Gelber Bulle zweifelnd. »Sie hat gewußt, was sie tat, als sie ihn geheiratet hat. Sie wird einsehen, daß es so das beste ist. Und selbst wenn sie sich dagegen wehrt, wird es geschehen. Sie muß das ebensogut wissen wie wir.«

»Erwähnen wir es lieber nicht.«

»Wenn sie getan hätte, was ich wollte, und besser

gezaubert hätte, wäre es nie geschehen. Aber so sind die Frauen, selbst die klügsten.«

»Ja. Vater, es ist sonderbar, plötzlich Kornkönig zu sein. Er hat mich in sein Haus mitgenommen ... ist es nicht auch für dich merkwürdig, daß dein Sohn nun ein Gott ist?«

Harn Dher strich sich den Bart: Über solche Dinge dachte er nicht nach. »Nein«, antwortete er, »es ist nicht sehr sonderbar. Ich werde mich auch nicht seltsam fühlen, wenn ich Herr von Marob bin. Ich gebe Yersha ungefähr vier Monate.«

»Ja«, meinte Gelber Bulle, »und morgen ist eine Ratsversammlung, Vater. Ich kann sofort mit der Geheimen Straße beginnen!«

An diesem Abend betrachtete sich Eurydike im Spiegel; sie trug die Krone Marobs, und sie dachte, sie sähe aus wie ein Mann. Sie fühlte sich jedenfalls wie ein Mann, voller Macht. Das war ihre Zeit. Und dann dachte sie an Charmantides und wie schön es wäre, wenn er im Sommer mit einer neuen Frau aus Griechenland zurückkehrte, einem bezaubernden, bescheidenen Mädchen aus guter Familie, das dafür sorgen würde, daß der Stamm der Herren von Marob mehr griechisches Blut bekäme. Ein Mädchen, das ein wenig Angst vor dem Norden hätte, vor der Kälte, dem Schnee, der Wildheit, und das bei seiner Tante Schutz, Freundlichkeit und Liebe suchen würde ... Wenn man einen Boten mit der Nachricht ausschickte, Erif Dher sei tot ... Oh, wenn sie nun wirklich stürbe! Es wäre für alle die beste Lösung. Erif Dher und ihre Zauberei tot und vergessen ...

Als das Schiff auf dem offenen Meer war, aßen Tarrik und seine Freunde früh zu Abend. Sphaeros saß auf einer Seite und Berris auf der anderen. Tarrik liebte sie beide – wie auch seine anderen Gefährten, die sich unter seinem Befehl frei und fröhlich fühlten.

Er war glücklich und sehr müde. Nicht lange nach Anbruch der Dunkelheit stand er auf und wünschte allen eine gute Nacht. Zu Berris gewandt, sagte er noch: »Ich bin froh, daß du mitgekommen bist. Ich wollte dich die ganze Zeit schon bitten. Gott, bin ich müde! Ich war die ganze letzte Nacht auf den Beinen. Berris, nimm alles aus den Vorräten, was du willst – alles! Wenn ich bei Sonnenaufgang noch schlafe, weck mich. Wir werden Hellas dann schon näher sein. Gute Nacht, Sphaeros, gute Träume, ob du schläfst oder wachst!«

Erif Dher war allein im Haus Tarriks. Sie hatte alle Lampen in ihrem Zimmer angezündet und die Läden offengelassen. Sie saß angekleidet auf der Bettkante, hatte sich ein Fell umgehängt und klammerte es unter dem Kinn zusammen. Niemand sonst befand sich im Zimmer, niemand, der ihr weh tun konnte. Ihr Gesicht war sehr blaß, und sie saß dort still, ganz still, lauschte und starrte vor sich hin.

Was im Ersten Buch geschah — 228 v. Chr.

Erstes Kapitel
In Marob am Schwarzen Meer lebt Harn Dher. Seine Tochter Erif Dher ist eine Hexe. Harn Dher verfolgt den Plan, seine Tochter mit dem Stammesführer Tarrik, dem Kornkönig, zu verkuppeln. Der Zauber Erif Dhers soll Tarrik veranlassen, sich so zu verhalten, daß ihn der Rat von Marob seines Amtes enthebt und statt seiner Harn Dher zum Anführer und dessen ältesten Sohn, Gelber Bulle, zum Kornkönig ernennt. Ein anderer Sohn Harn Dhers, Berris Dher, ist Kunstschmied und ein Freund von Tarrik. Yersha, eine Tante Tarriks, bei der er aufwuchs, hat neben skythischen auch griechische Vorfahren und nennt sich deshalb auch Eurydike; sie mag weder Erif Dher noch deren Zauberei.

Zweites Kapitel
Tarrik und Erif treffen sich in der Schmiede, in der Berris das eiserne Pferd schuf. Tarrik bittet Harn Dher um die Hand seiner Tochter, und sie wird ihm versprochen.

Drittes Kapitel
Gelber Bulle plant, eine geheime Straße zu bauen. Sie soll der Verteidigung Marobs dienen und verhindern, daß dessen Feinde übermächtig werden. Um zu erkunden, wie die Straße verlaufen soll, gehen Tarrik und er nach Süden zu den Sümpfen, wo auch Gelber Bulles Haus steht, in dem er mit seiner Frau Essro lebt. Epigethes, ein wenig begabter griechischer Künstler, begleitet sie und wird von Tarrik ertränkt. Tarrik wendet sich nach Norden, durchquert die Kornfelder und nimmt Erif gegen ihren Willen zur Frau.

Viertes Kapitel
Erif hat Leid und Unglück über Tarrik heraufbeschworen. Harn Dher befiehlt ihr, den Plan zu vollenden. Yersha versucht, Tarrik aus der Gewalt Erifs zu befreien. Widerstreit im Hause des Stammesführers und in Erifs Seele.

Fünftes Kapitel

Der Stoiker Sphaeros von Borysthenes wird vor der Küste von Marob schiffbrüchig. Er erzählt dem Kornkönig und der Frühlingsbraut die Geschichte Spartas: wie König Agis, nach seinem Versuch, das Gute Leben und die Gerechtigkeit für die Armen zurückzugewinnen, getötet wurde, und daß nun König Kleomenes glaube, siegen zu können, wo Agis scheiterte, und wie er, Kleomenes, nach Sphaeros, seinem alten Lehrer, geschickt habe, damit der ihm bei der Revolution zur Seite stehe. Berris Dher, unzufrieden mit dem eigenen Schaffen in Marob, träumt von der Schönheit Hellas'.

Sechstes Kapitel

Während des Stierkampfs spricht Erif über Tarrik, ihren Mann, einen Todeszauber aus. Sphaeros hingegen kann ihr Zauber nicht treffen, weil er Grieche ist. Sphaeros rettet Tarrik vor den Stieren. Yersha glaubt, gesiegt zu haben. Erif Dher jedoch, die Frühlingsbraut, ist froh. Sphaeros lehrt Tarrik Philosophie, er zeigt ihm die Unwirklichkeit materieller Dinge und Erscheinungen und klärt ihn schließlich über Erscheinungen auf, die auf die Seele einwirken und der Wirklichkeit so nahekommen, daß man an sie glauben muß: gebannte Phantasien. Aber auch Erif lernt. Der Widerstreit zwischen ihr und Yersha verstärkt sich, zumal sich das Verhältnis zwischen Erif und Tarrik gebessert hat. In Marob ist ein Handelsschiff vor Anker gegangen. Tarrik hofft, Sphaeros bis nach Sparta begleiten zu dürfen und dort den anderen König, Kleomenes, zu treffen.

Siebentes Kapitel

Da Erif nun nichts mehr gegen Tarrik unternimmt, nehmen Harn Dher und einige Gleichgesinnte aus dem Rat die Dinge selbst in die Hand. Essro warnt Erif, und Erif erzählt Essro, daß sie ein Kind erwartet. Tarrik bittet Erif, zu entscheiden, ob er Sphaeros begleiten soll oder nicht; von Essro gewarnt und obgleich sie Tarrik nun liebt und sich nicht von ihm trennen möchte, drängt sie ihn zu gehen. Hierauf überträgt Tarrik die Macht des Herrn von Marob auf seine Tante Yersha und die Macht des Kornkönigs auf Gelber Bulle, eine Macht, der er indes ahnungsvoll auch Tod beimischt, der den anderen am Tag des

Pflügefestes ereilen soll. Tarrik verabschiedet sich von Erif und betritt mit Sphaeros das Schiff nach Griechenland. Berris Dher begleitet sie. Erif, die Frühlingsbraut, bleibt zurück in Marob, um sich dort ihrem Vater und Yersha gegenüberzusehen und was immer sich im weiteren ereignen wird.

Zweites Buch

Philylla und die Erwachsenen

Ich nannte einen Nußstrauch mein.
Doch außer silbernem Muskat
Und einer goldenen Birne
Trug er kein Früchtelein.

Die Spanische Infantin
Gab meinem Haus die Ehr'.
Doch nur um meines Strauches willen,
Nicht meinet- kam sie her.

Neue Personen im Zweiten Buch

GRIECHEN

Kleomenes III., König von Sparta
Agiatis, seine Frau, Witwe von Agis IV.
Nikomedes, Nikolaos und Gorgo, seine Kinder
Kratesikleia, seine Mutter
Megistonous, sein Stiefvater
Eukleidas, sein Bruder
Phoebis, sein Ziehbruder
Panteus, sein Freund
Philylla
Themisteas, ihr Vater
Eupolia, ihre Mutter
Ianthemis, ihre jüngere Schwester
Dontas, ihr jüngerer Bruder
Tiasa, ihre Pflegemutter
Therykion, Hippitas und andere Spartaner
Deinicha und andere spartanische Mädchen
Panitas, Leumas, Mikon und andere Heloten oder
Nicht-Bürger
sowie deren Frauen und Kinder
Aratos von Sicyon
Lydiades von Megalopolis
Spartaner, Argiven, Athener, Megalopolitaner, Rhodier
und andere

SKYTHEN IN MAROB

Kotka, Hollis und andere Männer

Erstes Kapitel

Auf einer Weide in der Nähe von Sparta zielten drei Kinder mit Pfeil und Bogen auf ein Steinmal, das, flüchtig bemalt, wie ein Mann mit einem Schild aussah. Es war Winter – nicht einmal ein Hauch von Frühling lag in der Luft –, und das Gras war vom Vieh kurz abgeweidet. Am oberen Ende der Wiese standen zwanzig alte Olivenbäume und streckten ihre grauen, schönen Wipfel der Sonne entgegen. Durch den Hain führte ein hartgestampfter Ziegenpfad von den Bergweiden hinab in die Stadt. Die Wiese war von einer Steinmauer umgeben und darüber hinaus auf drei Seiten von den zerklüfteten Bergen Spartas begrenzt.

Die beiden jüngeren Kinder, ein kleines Mädchen und ein noch kleinerer Knabe blickten die ältere Schwester wütend an. Sie wollten spielen, aber die Schwester ließ alles zur Arbeit werden! Auch froren sie, weil sie gefordert hatte, die warmen Umhänge abzulegen. Nun kroch ihnen Kälte die nackten Arme und Beine hinauf und unter die dünne Wolle der Haustuniken. »Ein richtiger Bogenschütze«, hatte sie gesagt, »läßt sich durch nichts von seinem Schuß ablenken.«

Und als sie einwendeten, sie seien keine echten Bogenschützen, da hatte sie von ihnen verlangt, Pfeil und Bogen aus der Hand zu legen. Aber so war sie immer gewesen, und seit sie Ehrenjungfer der Königin war, war sie schlimmer denn je.

Sie schossen abwechselnd. Die Distanz war recht weit, so daß sie das Ziel nie trafen. Das war ziemlich langweilig, denn sie mußten immer erst ihre Pfeile wiederfinden, und zwischendurch mußten sie ein ums andere Mal stillstehen und durften die Bogen nicht niederlegen. Es war unerträglich, und der kleine Dontas begann zu rebellieren.

»Du hast gesagt, es sei ein Spiel.«

Die große Schwester sah ihn verächtlich an. »Das habe ich nur gesagt, damit ihr mitkommt«, erwiderte sie und reckte die Nase hoch. »Außerdem ist es viel besser als ein Spiel.«

»Ist es nicht!« antworteten die beiden im Chor, und dann begann das kleine Mädchen plötzlich zu weinen. »Du hast uns reingelegt, Philylla! Du hast gesagt, es würde uns gefallen, aber das tut es nicht!«

»Es ist besser als jedes Spiel«, behauptete Philylla über die Geschwister hinweg. »Es ist echt! Wir sind jetzt alle Spartaner! Ich bringe euch was bei!«

»Wir wollen aber nichts beigebracht bekommen, nicht wahr, Dontas?« Das kleine Mädchen wandte sich dem Jungen zu, der mit finsterer Miene dazu nickte. »Du bist nicht erwachsener als ich, und außerdem sind wir sowieso schon Spartaner.«

Die Große warf den Kopf zurück und sah die Geschwister bedeutungsvoll an. »Solche Spartaner ... die andere bezahlen, damit sie für sie kämpfen!«

»Du kannst sowieso nicht kämpfen«, warf der Junge wütend ein. »Du bist bloß ein Mädchen, Philylla. Ich bin's leid, mit Mädchen zu spielen!«

Dann lief er davon, aber nicht schnell genug. Philylla verlor die Fassung, die sie bisher gewahrt hatte, sprang auf ihn zu, schnappte und schüttelte ihn und schlug mit Fäusten auf ihn ein. »Ich bin kein Mädchen«, rief sie. »Du sollst das nicht sagen! Ich bin ein Soldat! Ich bin Spartaner! Nie wieder kriegt ihr meinen Pfeil und meinen Bogen in die Finger!«

Der Junge kreischte und trat nach ihr, was ihr indes nicht viel ausmachte, denn seine Füße waren nackt. Das kleine Mädchen feuerte ihn mit schriller Stimme an, blieb aber hinter ihm und sah zu, daß ihr Haar nicht in Philyllas Reichweite kam. So ging es ein, zwei Minuten, bis Philylla merkte, daß sie zu grob war, und losließ.

Dontas lief ein paar Meter weit fort, blieb dann, puterrot im Gesicht, stehen. »Behalt doch deinen blöden Bogen«, sagte er. »Wenn ich ein Mann bin, bist du verheiratet und darfst überhaupt nichts mehr tun!«

»Du Zwerg!« rief Philylla. Er hatte sie getroffen. »Du kleines Kind! Geh nach Hause, geh spielen!«

Das kleine Mädchen zog Dontas zurück und flüsterte auf ihn ein. Sie nahmen ihre Umhänge und trotteten, bewußt ohne einen Gruß, zur Stadt hinab.

Philylla nahm ihre Bogen und redete laut vor sich hin: »Ich werde nicht heiraten«, sagte sie, »die Königin wird es nicht zulassen. Ich werde Soldat.« Und sie begann wieder zu schießen, jetzt aus noch größerem Abstand. Aufrecht stand sie da in ihrer weißen Tunika, die sie in den Gürtel gestopft hatte, um die Knie freizuhalten. Sie hatte graue Augen und dazu einen kleinen trotzigen Mund. Ihr Haar trug sie oben auf dem Kopf zu einem festen Knoten geflochten, aus dem sich lange blonde Locken kräuselten. Wenn sie das Ziel traf, was nicht immer der Fall war, brach plötzlich eine ungeheure, versteckte Erregung aus ihr hervor. Sie sprang hoch in die Luft und stieß einen Schrei aus. »Ich habe einen Feind getötet!« Aber die stumpfen Pfeile klickten nur gegen Stein; Philylla wünschte sich ein lauteres Geräusch und dachte daran, die Königin zu bitten, ihren Vater zu fragen, ob sie nicht einen Speer haben dürfe. Einen Speer und ein Pferd ... und niemals heiraten, nie die Liebe der Männer suchen wie all die anderen Ehrenjungfern, diese Gänse! Sie war eine der jüngsten von ihnen, aber sie wußte, daß die Königin sie mehr mochte als alle anderen. Und dieser Stein dort – der Stein, stellte sie sich vor, das war ein Feind der Königin! Einer von denen, die häßliche Geschichten über sie erfanden, ihren Namen in den Schmutz zogen! Da! – Sie hatte ihn voll ins Herz getroffen!

Nach einer Weile kamen der König und Panteus über den Ziegenpfad den Berg herab. Die Hügel waren ein sicherer Ort, um über geheime Dinge zu reden, und Kleomenes hatte genügend Pläne im Kopf, daß ganz Sparta die Ohren spitzen würde. Panteus rang noch mit dem Verständnis all dessen, was er vernommen hatte, und er war aufgeregt, so wild aufgeregt, daß er immer wieder über Steine und Olivenwurzeln stolperte und kaum einen richtigen Satz herausbrachte. Auch der König war aufgeregt, aber man merkte es ihm kaum an. Nur jemand, der ihn gut kannte, mochte sich auf seinen sonderbaren, blinden, flammenden Blick einen Reim machen, und die Mundwinkel zuckten ein wenig, wenn sich in seinem Kopf die Visionen drängten.

Mit einemmal bemerkten sie das Kind, das allein unten im Feld stand und schoß und laut schimpfte, und blieben am Rande des Olivenhaines stehen.

Für einen Augenblick dem Strudel ihrer Erregung entrissen, lächelten sie sich verstohlen an. Der König legte eine Hand an den Mund und stieß einen Jagdruf aus. Das Mädchen sprang herum, blieb reglos und erstaunt stehen und hielt den Bogen eng vor die Brust gepreßt. Mit der freien Hand raffte sie schnell die umherliegenden Pfeile zusammen und rannte, den Blick auf den König geheftet, auf die Olivenbäume zu. Sie war gespannt darauf, zu erfahren, was nun geschehen sein mochte. Müde sieht er aus, fand sie, wie er so dasteht, auf seinen langen Speer gestützt und den anderen Arm um den Hals des Freundes gelegt. Beide trugen eine Tunika aus feiner dunkelroter, fast weinfarbener Wolle. Sie erinnerte sich daran, wie der Stoff an ihrem ersten Tag im Haus der Königin gefärbt worden war, an den bitteren Geruch der Farbe, daran, wie die Mädchen der Königin hinter ihrem Rücken die Gesichter verzogen, und an Agiatis selbst, die das rote tropfnasse Zeug auf dem Arm trug, einen kleinen verschmierten Spritzer an ihrem Hals ...

»Na?« sagte der König lächelnd. »Warum machst du das denn?«

Sie senkte den Blick, fingerte an ihrem Bogen und wollte nicht antworten.

Panteus half ihr, indem er sie ernsthaft fragte: »Bist du ein Soldat?«

Sie nickte. »Die Königin erlaubt es mir. Und ... ich gebe mir wirklich Mühe!«

»Das habe ich gesehen«, sagte Kleomenes, »aber kommen deine Freunde nicht mit hierher?«

»Am Anfang waren mein Bruder und meine Schwester dabei, aber sie wollten nicht weitermachen. Sie sind noch klein.«

»Und die anderen Ehrenjungfern?«

»O nein! Die wollen nicht. Die sind erwachsen!«

»Und du steckst gerade so dazwischen, und darum stimmt es gerade.«

Philylla wurde plötzlich verlegen und wußte keine Antwort darauf. Sie dachte, es stimme, wollte es aber nicht sagen. Auch er war erwachsen!

Wieder kam ihr Panteus zu Hilfe. »Darf ich mir deine Pfeile ansehen?« fragte er. Schweigend reichte sie sie ihm. »Du triffst nicht immer, oder?« Sie schüttelte den Kopf, und er suchte drei, vier Pfeile heraus. »Die hier sind nicht gerade«, sagte er. »Sieh doch. Wo hast du sie her?«

Sie weinte jetzt fast, aber das durften die Männer nicht merken. Sie nahm die Pfeile und zerbrach sie über dem nackten Knie, wobei sie den Kopf noch tiefer senkte, um die Augen zu verbergen.

»Wer hat sie gemacht?« fragte Panteus noch einmal.

»Ich«, gab sie schließlich zu und fuhr mit den Fingerkuppen über die Bogensehne.

Panteus spürte ihre Verlegenheit. Sie wirkte sehr jungenhaft, wie sie da vor ihren zerbrochenen Pfeilen stand. »Am Anfang macht man immer ein paar krumme«, sagte er. »Ist mir auch passiert. Da gibt es nichts zu weinen.«

»Ich weine nicht«, gab Philylla gekränkt zurück und wandte sich zum König. »Herr«, sagte sie, »ich wollte Euch sagen ... wenn ich Euch jemals helfen kann, sagt es mir! Die Königin hat mir erlaubt, zu Euch zu sprechen ... und sie hat mir erzählt, was Ihr vorhabt, und wie großartig alles wieder sein wird! Einigen gefällt es nicht, aber mir wohl, und ... ich wünschte, ich könnte mithelfen!«

»Das kann kommen, Philylla«, erwiderte der König ernst. »Ich danke dir. Wir werden jedes aufrechte Herz brauchen. Und jetzt lauf voraus und sag der Königin, daß wir gleich da sind.«

»Ja, gewiß«, sagte sie und rannte los, den dicken Umhang in der einen Hand, so daß er hinter ihr herwehte wie eine stolze Flagge. Ihr Herz war voller Freude und Scham, Freude über ihren Mut, den König anzusprechen, und darüber, daß er auf sie eingegangen war, und Scham darüber, daß ihre Pfeile nichts taugten und der Mann gedacht hatte, sie weine. Aber er war ein guter Mann; er hatte nicht gelacht. Und der König sah müde aus! Das war ihr nicht entgangen; sie erfuhr immer mehr über die Erwachsenen. Philylla rannte den Ziegenpfad hinab, zurück zur Königin, die sie liebte.

Philyllas letzte Worte hatten die Gedanken des Königs und Panteus' rasch zurückgelenkt zu ihren aufregenden Plänen. Zunächst aber fragte Panteus, wer das Kind sei, das ihm »wie ein Teil der Neuen Sache« schien.

»Es ist Philylla, die Tochter des Themisteas«, antwortete der König. »Meine Frau hat sie ausgesucht. In drei Jahren wird sie die Herzen der ganzen Gegend brechen.«

»Aber daran denkt sie noch nicht«, meinte Panteus, und wieder blickten sie einander verstohlen an, denn in drei Jahren würde ganz Sparta sich sehr verändert haben.

Der König seufzte leise und wandte sich dem Freund zu: »Ich wünschte, Sphaeros wäre hier. Meinen Brief sollte er erhalten haben.«

Philylla fand die anderen im Hof. Einen Augenblick hielt sie inne; so friedlich und ausgewogen erschien ihr alles, daß sie nicht stören mochte, auch nicht mit noch soviel Vorsicht. Die Mutter des Königs, Kratesikleia, saß auf der Treppe und erzählte ihren Enkeln Geschichten. Als junge Frau war sie sehr groß gewesen, jetzt war sie krumm, aber nicht kantig, sondern irgendwie weich, als ob es nicht das Alter gewesen wäre, sondern das viele Bücken über die Wiegen der Kinder. Ihr Haar war zu einem glänzenden Silberknoten hochgesteckt, die Haut über den kräftigen Knochen ihres Gesichts von feinen Falten genarbt. Ihre Augen waren schwarz und glänzend wie die eines Vogels und ihre Hände sehr klein; wenn sie erzählte, sprachen die Hände mit und beeindruckten die Zuhörer. Auch jetzt schauten die Kinder mehr auf die Hände als in Kratesikleias Gesicht, ganz, als entspränge die Geschichte den Händen. Hinter ihr lag ein dickes rotes Kissen, und sie beugte sich vor, als wollte sie aus diesem Bild – so schien es Philylla – herausspringen, nach vorn in jene ungeheure, bewegende Zukunft, an die sie alle dachten.

Die beiden jüngsten Kinder hockten neben ihr und hörten aufmerksam zu. Das kleine Mädchen saß ganz still, abgesehen von Mund und Wangen, die an einem Finger saugten, und einem rhythmischen Zusammenziehen und Strecken ihrer Zehen, als streiche ein dichter Luftstrom über sie weg. Der fünfjährige Junge lächelte verloren, und seine dunklen Augen blickten in die Weite, als dächte er sich irgendeinen Streich aus – wiederum in jener Zukunft! Diese beiden ähnelten ihrem Vater und der Großmutter. Der Älteste aber, fast acht Jahre alt, dem Kindesalter schon fast entwachsen, kam auf seine Mutter heraus mit seinem dichten, seidenweichen Haar, das heller war als die sonnenverbrannte Haut, und seinen klaren, grauen Augen und den verschlossenen Lippen, denen kein Geheimnis entwich. Er sah Philylla hereinkommen und lächelte sie stumm an; die beiden waren enge Freunde.

Philylla indes wandte sich an seine Mutter. Fast zwanzig Jahre lagen zwischen ihnen, aber das Mädchen empfand sie nicht als trennend und spürte nichts von der natürlichen Distanz zwischen zwei Generationen. Das alles hatte sich in den letzten sechs Monaten entwickelt; inzwischen bedeutete die Königin ihr mehr als ihre eigene Mutter oder Schwester.

Agiatis stand abseits von den anderen und hielt eine Stickerei in den Händen: Der Saum eines roten Soldatenumhangs für ihren Gatten. Sie war immer noch eine der schönsten Frauen Spartas; vielleicht erschienen die zwanzig Jahre deshalb so unbedeutend. Ihr Haar, das Philylla so gern kämmte und flocht, wenn sie an der Reihe war, war von einem dichten Netz aus blauen und silbernen Schnüren fast vollständig bedeckt. Sie trug ein dorisches Kleid aus einfacher Wolle, sonnengebleicht. Sie hatte es selbst gewebt. Es war sehr schlicht; selbst die Schulteragraffen waren nur aus Silber und mit einem unauffälligen Muster verziert; die Ohrringe paßten dazu. Philylla gestand sich gelassen ein, daß Agiatis keinen Sinn für Kleider hatte – sie interessierten sie einfach nicht –, warum auch? Es kam auch gar nicht darauf an, denn bei ihrer Größe und Figur sah sie auch in solch einfachen Gewändern prächtig aus. Andererseits fragte sich Philylla zum hundertstenmal, warum man die Königin jemals »Agiatis die Fröhliche« genannt hatte. Wenn man sie gut kannte, sicher – aber wenn man sie nur sah und mit ihr sprach, wirkte der Name sehr unpassend. Vor fünfzehn Jahren mochte sie ganz anders erschienen sein, aber so sehr anders sicher auch wieder nicht. Jetzt stand sie da, in ihrem eigenen Haus, blickte auf ihre schönen Kinder und sah dennoch traurig aus. Traurig, ja, dachte Philylla, aber es scheint sie nicht zu stören. Sie sprang auf, schüttelte sich und rannte mit ihrer Botschaft in den Hof.

Sogleich löste sich das Bild auf, in Bewegung und in Lärm und in die Gegenwart. Agiatis lächelte nun ihr besonderes, sehr sanftes Lächeln, das sie Philylla schenkte und das sich vertiefte und mit noch mehr Ernst mischte, als das Kind von ihrem Gatten und Panteus sprach. »Ich habe es ihm gesagt«, rief Philylla. Ihre Augen glänzten, und die Wangen waren vom Laufen gerötet. »Daß ich helfen will! Ich glaube, es hat ihm gefallen.«

»Ganz bestimmt«, antwortete die Königin. »Es gibt nicht viele, die das sagen. Zumindest keine Frauen.«

»Nein«, antwortete Philylla langsam und dachte an die anderen Ehrenjungfern. »Sie sind dumm, nicht wahr? Ich weiß nicht, warum.«

Die Königin lächelte sie an. »Du wirst es noch erfahren, Philylla. Wenn es zu den einfachen Dingen kommt, müssen Frauen viel mehr aufgeben als Männer. Weil sie in den Schatten leben, durch Geheimnisse.«

»Ach so«, sagte Philylla voller Zweifel, denn sie verstand nicht, was Agiatis meinte. »Aber wenn ich erwachsen bin, nicht mehr, oder? Ich mag's nicht.« Und sie trat in die Mitte des Hofes und ins volle winterliche Sonnenlicht.

Sie konnte nicht jeden Tag hinaus auf die Wiese gehen und sich auf ihre Weise als Spartanerin fühlen. Am nächsten Morgen mußte sie im Haus bleiben und mit den anderen weben. Sie hatte nicht viel Freude daran, denn Agiatis verlangte, daß bei der Arbeit alte Weberlieder gesungen wurden. Aber niemand mochte singen, außer Philylla, und der wurde es nicht erlaubt, weil ihr Gehör unsicher war und mehr noch ihre Stimme. Statt dessen schwatzten sie, die Älteren über Liebe und Kleider und gelegentlich über Politik, die jüngeren über das Essen, den Unterricht, Spiele und übereinander. Und beide Gruppen redeten natürlich über die Königin, ein stetes Objekt ihrer Neugier oder ihrer Verärgerung. Neuerdings versuchte sie, ihnen wieder die alten Tänze beizubringen! Als ob irgend jemand an diese schrecklichen, düsteren Götter auch nur denken wollte! Zwei oder drei der älteren Mädchen tuschelten empört darüber hinter ihren Webstühlen.

»Was soll das denn Gutes bringen, wenn es sie gar nicht gibt!« Das war Deinicha, ein hübsches, verwöhntes, sechzehnjähriges Ding mit krausem Haar und polierten rosa Fingernägeln. »Es ist nicht recht! Wenn sie so weitermacht, tauchen sie am Ende wirklich noch auf! Und Artemis ...« – »Ich weiß. Die Kleinen verkleiden sich gerne als Tauben oder Bären; sie erfinden sich eine eigene Göttin, die zu den Liedern paßt und nicht so wie die alten ist. Aber ich kann mit solchen Dingen nicht spielen. Sie hatten zu viel Macht. Und außerdem – wenn man so etwas wie Gefühl hat, sucht man nicht gerade bei denen nach Hilfe.«

Die andere nickte und machte ein Handzeichen, etwas sehr Ungriechisches. Die spartanischen Frauen importierten ihre Götter mit den gleichen Schiffen, die ihnen feinen Musselin aus Ägypten brachten oder Düfte und Haarwaschmittel aus Syrien. Zu Hause, in Hellas, kannten sie nur kleine Glücksbringer und Talismane für die Liebe oder für den Haushalt.

Des weiteren sprachen sie über den beständigen Ärger wegen der Kleider, die Königin Agiatis sie tragen ließ. Kleider aus den selbstgemachten Stoffen, als gäbe es in Sparta keinen Handel und kein gutes Geld, keine wunderbaren Stoffe aus Übersee, gemustert und fein genug für die zarteste Haut und von raffinierter Färbung! Sie ließ sie nicht einmal Puder benutzen, ganz zu schweigen von den kleinen Tricks, auf die sich alle so gut verstanden, die verlängerten Linien und verschiedenen Tönungen, die ihre natürliche Erscheinung um das Geheimnis und die Anziehungskraft eines Kunstwerks bereicherten. Für Agiatis war das alles schön und gut, denn sie hatte einen Mann und Kinder. Auch würde es niemand wagen, über sie zu lachen, was immer sie auch trug. Aber über ihre armen Ehrenjungfern, die ihre besten Jahre an diesem ungewöhnlichen Hof vergeuden mußten – während ihre Schwestern und Kusinen sich vergnügten und Liebhaber hatten und ein Leben führten, das Leben genannt zu werden verdiente! Nun, der einzige Trost war, daß es nicht ewig dauern würde ... Oder ... vielleicht doch?

Da trat eine der Helotinnen ein, breit grinsend und die Arme voll beladen. Die Mädchen unterbrachen ihre Arbeit, liefen hin oder schauten hinter ihren Webstühlen hervor. »Wer ist die Glückliche?« fragten sie, und eine oder zwei wurden rot und kicherten schüchtern. Aber die Frau trat mit einem leisen Augenzwinkern, das gerade noch eben mit ihrer Würde als Dienerin der Königin vereinbar war, zu den jüngeren und ließ die Sachen auf die Bank neben Philylla fallen, die so überrascht war, daß einige der anderen es für Schauspielerei hielten. »Oh!« sagte sie. »Bist du sicher? Ich habe nicht Geburtstag! Hat Mutter mir das geschickt?«

»O ja«, antwortete die Frau kichernd und stieß sie an. »Da, mein Lämmchen!« Es war eine Tafel, rot verschnürt und versiegelt. »Und jetzt schreib etwas Nettes zurück.«

Aber Philylla interessierte sich mehr für die Geschenke als für den Brief. Da lag ein dicker Strauß aus Veilchen, weiß und blau und sehr niedlich, mit eingestreuten rosablühenden Seidelbastzweigen, daneben eine Binsenschachtel mit zimtbestreuten Honigkuchen und ein Bündel Pfeile. Sie besah sie einen Moment lang – sie waren leicht, aber wie für Erwachsene mit Knochenspitzen versehen. Und schließlich, in einem Käfig aus Weidenruten, eine glänzende, kluge Elster mit langem Schwanz und blitzenden Augen, die auf sie zuhopste! Die Pointe daran war, wie alle älteren Mädchen wußten – Philylla indes nicht –, daß eine Elster *das* Geschenk war, das in diesem Jahr ein Mann seinem Mädchen schickte. Gewöhnlich wurde dem Vogel ein Satz beigebracht, der nicht immer ganz anständig war.

Alle anderen scharten sich um sie. »Nimm sie heraus, Philylla! Was sagt sie? Komm, schöner Vogel, komm!« Die Elster war sehr zahm und freundlich und setzte sich auf Philyllas Schulter, die vor Freude errötet war und ziemlich steif, aber auch ein wenig stolz dastand. Doch der Vogel sagte nichts, sondern pfiff nur und neigte den lustigen Kopf auf die Seite. »Wo kommt das her?« riefen sie durcheinander. »Wer ist es? Warum hast du uns nichts erzählt, Heimlichtuerin?«

»Ich weiß es doch nicht«, entgegnete Philylla ganz verwirrt und griff nach der Tafel.

»Dann lies doch«, sagte Deinicha. »Lies es laut vor, sei ein Schatz!« Alle versuchten, ihr über die Schulter zu blicken, und sie wollte es nicht öffnen, wollte fortrennen und allein sein. »Lies es!« riefen sie und wurden so aufgeregt, daß sie ihr die Tafel fast aus der Hand rissen. Sie kämpfte sich frei und stellte sich vor die Wand, um das Siegel aufzubrechen. Die Worte waren leicht zu lesen – sie hatte schon Angst gehabt, es könnte zu schwierig sein. Es hieß nur: Panteus an Philylla. Sei gegrüßt. Hier sind vier Geschenke. Sag mir, welches Dir am besten gefällt. Ich glaube, es ist das, was ich erhoffe.« Rasch rieb sie es mit dem Finger aus, aber die anderen hatten es schon gelesen und wiederholten es einander. Sie waren überrascht und sogleich eifersüchtig. »Panteus! Da hast du dir aber viel vorgenommen! Glückskind! Wie hast du denn den in die Klauen bekommen? Was sagt der König dazu? Panteus also! Warum hast du nichts erzählt?«

»Aber ich kann gar nichts dafür«, sagte Philylla. »Ich habe wirklich nichts davon gewußt! Ich habe ihn gerade erst kennengelernt.«

»Du mußt ihm zurückschreiben«, sagte Deinicha bestimmt, »und zwar keinen Kinderkram. Philylla, du mußt Ehre für uns einlegen!«

Philylla betrachtete wieder die Geschenke. Bestimmt waren es nicht die Blumen oder der Kuchen – obwohl auch sie ihr gefielen. Er mußte die Pfeile meinen, weil er ihre alten gesehen hatte. Es waren wunderschöne Pfeile, ein ganzes Dutzend. Sie trugen steife Gänsefedern, damit sie besser flogen. Sie würde damit alle möglichen großen Tiere schießen können, sogar Rehe. Aber auch die Elster gefiel ihr sehr.

Sie nahm die Tafel und begann, langsam zu schreiben: »Philylla, Tochter des Themisteas, an Panteus, Sohn des Mendaios.« (Sie wollte es ordentlich machen.) »Sei gegrüßt. Ich danke Dir aus ganzem Herzen für die vier Geschenke. Ich glaube, Du möchtest, daß mir die Pfeile am besten gefallen. Sie sind wunderbar und gerade, und ich werde mit ihnen gut schießen können. Aber die Elster gefällt mir auch.« Dann dachte sie einen Moment nach und beschloß, ganz ehrlich zu sein, und änderte den letzten Satz in: »Aber die Elster gefällt mir am besten.«

Deinicha nahm ihr die Tafel aus der Hand und las. Dann kreischte sie vor Lachen und wedelte mit den Händen. »Philylla, du Baby! Das wolltest du doch nicht etwa abschicken! Denk daran, daß du dreizehn bist und eine von uns! Wisch alles aus, wir werden dir sagen, was du schreiben sollst.«

»Das werd' ich nicht!« antwortete Philylla bestimmt.

»Aber ... liebes Kind ... was soll er denn denken? So wirst du ihn nie behalten! Du mußt noch etwas hinzufügen ... etwas Nettes. So einen Brief schreibt man an seinen Bruder. Die armen Männer, man muß sie doch etwas ermutigen!«

Unsicher und mit rotem Gesicht umklammerte Philylla die Tafel mit den Armen. Einerseits mochte Deinicha wissen, was sich gehörte, aber andererseits, wenn Panteus sie wirklich gern hatte, so war das allein ihre Angelegenheit. »Er will nicht ermutigt werden.«

»Oh, ist es so schlimm ...?« Sie kicherten.

»Ich hasse es, Leute zu ermutigen!« sagte Philylla und stampfte mit dem Fuß auf. »Ihr zieht alles in den Schmutz! Nimm das und geh!« Sie wandte sich nach der Helotin um und schrie jetzt fast. Dann schob sie sie hinaus. Sie rannte zu ihrer Bank und ihren Geschenken. »Wenn ihr weiter darüber redet, bekommt ihr keinen Kuchen ab!« Die anderen lachten nun nicht mehr über sie, sondern hockten sich an ihre Webstühle und tuschelten miteinander. Philylla streichelte die Elster und sprach leise auf sie ein, kühlte ihre heißen Wangen an den kalten, schwarzweißen Flügeln und bot ihr ein Stückchen Kuchen an. Der zahme Vogel spielte mit ihr, hüpfte von ihrer Schulter auf seinen Käfig und zurück und pfiff seine sonderbar menschlich klingende Melodie, immer und immer wieder.

An diesem Abend kam sie mit einem dichten Veilchenkranz auf dem Kopf und zwei weiteren in den Händen zur Königin, einem für Nikomedes, den ältesten Sohn, der ihn kaum auf dem Kopf behielt, weil er immer daran riechen wollte. Der andere war – wenn sie ihn wollte – für die Königin selbst.

»Wo hast du sie her, mein Lämmchen?« fragte Agiatis überrascht und beugte den Kopf, um sich krönen zu lassen.

Philylla erklärte es ihr. »Ich darf doch die Elster behalten, oder? Ich mag sie so sehr! Die Kuchen haben wir leider aufgegessen; es reichte gerade für alle.«

»Ja, sicher kannst du sie behalten. Aber, mein Schatz, bist du denn alt genug für so etwas?«

»Für was?«

»Nun«, begann die Königin und streichelte Philyllas Haar mit den Fingerspitzen, wobei sie überlegte, wieviel sie sagen oder ungesagt lassen rollte. »Warum hat Panteus dir die Geschenke bringen lassen?«

Philylla runzelte die Stirn und versuchte, es herauszufinden. »Weil er mir zeigen wollte, daß er mich wirklich für erwachsen hält, obwohl er auf der Wiese mit mir sprach wie mit einem Kleinkind.«

»Du hast vorher nie mit ihm gesprochen?«

Philylla schüttelte den Kopf. »Ich habe ihn natürlich oft gesehen – mit dem König.« Dann gab sie sich einen Ruck: »Liebt Ihr ihn denn auch?«

Agiatis setzte sich auf ein Ende der Bank, umfaßte ihr Knie und beugte sich vor. Sie sah plötzlich so jung aus, so sehr, daß Philylla zu Recht das Gefühl hatte, daß sie im Grunde gleichen Alters waren. Und sie setzte sich dicht neben die Königin, so daß sie ihren Arm streicheln konnte.

Agiatis sagte unvermittelt: »Ich liebe ihn. Weißt du, Kleomenes war sehr unglücklich. Ich erzähle das nur dir. Zuerst als Junge mit seinem schrecklichen Vater, und später auch. Ich konnte ihn zuerst nicht glücklich machen, weil die Toten, mein Kind und Agis, mein Herz verschlossen hatten. Heute ist das alles vergessen, aber damals bedeutete es, daß ich ihm nicht helfen konnte, als er erwachsen wurde. Zuerst hatte er Xenares – du kennst ihn, nicht wahr? – Ich mochte ihn nie sonderlich. Er besaß nicht das Feuer, den Mut, versuchte, sich vor der Zukunft zu drücken. Es kam, wie es kommen mußte, und dann hatte er nur noch mich, und ich hatte die Kinder und konnte ihm nicht geben, was er brauchte, nicht wahr, Philylla?«

»Ja«, sagte Philylla ein wenig verlegen und schob die Füße gegeneinander. »Ich meine, nein.«

»Und dann, als sich das alles im letzten Jahr anfing zu entwickeln, wurde uns Panteus von seinem lahmen Vetter gebracht. Er hatte nie etwas anderes getrieben als Sport und Jagen, alles andere wartete in ihm. Kleomenes sprach mit ihm, und es war, als erwache er zu einem neuen Leben. Das geschah kurz vor Beginn des Krieges mit dem Bund, und als sie erst im Feld standen, erwies sich Panteus als der geborene Soldat. Da verliebten sich Kleomenes und Panteus ineinander, und er schließlich machte Kleomenes glücklich, und darum liebe ich ihn auch.«

»Und ich auch«, sagte Philylla, »und ich bin froh, wirklich froh, daß er mir die Pfeile und die Elster geschickt hat!«

Zweites Kapitel

Sie saßen um den Regimentstisch herum, König Kleomenes am Kopfende, seine Freunde und Offiziere an den Seiten. Man hatte über den Krieg gegen den Achaeischen Bund gesprochen und über die Pläne für das Frühjahr.

»Wenn ich nur wüßte, was Aratos als nächstes vorhat«,

sagte Kleomenes zum drittenmal, strich sich über den Kopf und beugte sich steif über den Tisch. »Wenn ich sicher sein könnte, keine anderen Feinde außer ihm und seinen Achaeern zu haben! Angenommen, er erhält Hilfe von anderen, etwa von Ägypten oder Mazedonien.«

»Das müssen wir vorerst ausschließen«, sagte Therykion, zwei Plätze weiter auf der Bank, ein großer, unruhiger Mann mit kurzem Bart. »Aratos kann ihnen nichts bieten. Sie kümmern sich weder um ihn – noch um uns. Denk allein an Hellas. Das allein zählt.«

»Nur das ist die Wirklichkeit. Alles andere sind bloße – Erscheinungen. Aber diese Erscheinungen werden uns vielleicht umbringen, noch ehe wir zehn Jahre älter geworden sind.«

Therykion schüttelte düster den Kopf und nahm aus alter Gewohnheit einen Schluck aus seinem Becher, obgleich dieser herbe Wein, den sie beim Regiment tranken, sehr anders schmeckte als der, den er noch vor einem Jahr gewohnt gewesen war. Eine Weile dachten alle an diese Zeit zurück und schwiegen.

Dann blickte Hippitas, der zur Rechten des Königs saß, auf. Er war älter als die anderen und lahmte aufgrund einer alten Verletzung, aber er war immer einer der Fröhlichsten und besonders sanft, hatte blaue, zwinkernde Augen und sprach einen schnarrenden ländlichen Akzent. Er war es, der seinen Vetter ersten Grades Panteus hergebracht hatte, damit er den König kennenlernte und von den neuen Plänen erfuhr. »Aber seht doch«, sagte er nun, »jetzt ist alles anders als im vorigen Jahr. Wir hätten doch nie gedacht, daß es so einfach wäre. Drei Viertel des Landes stehen hinter uns, was immer wir auch tun. Du kannst also handeln, so schnell du willst, Kleomenes.«

»Jawohl!« sagte ein blonder, grob wirkender Mann vom Ende des Tisches. »Ich spreche für mein Volk, Kleomenes. Führe die Sache weiter!« Das war Phoebis, Halb-Helote und kein Vollbürger – noch nicht. Aber er war der Sohn der alten Kinderfrau des Königs; sie waren zusammen groß geworden. Er war so mutig wie alle anderen und, soweit möglich, noch besorgter als sie um die Veränderungen in Sparta.

Allmählich löste sich der König aus seiner Verkrampfung, spielte nun hoffnungsfroher mit den trockenen Walnüssen vor ihm auf dem Tisch. »Nun«, sagte er, »soviel für heute. Aber ehe wir auseinandergehen, noch ein Lied.« Sein Blick wanderte um den Tisch, bis er auf Panteus hängenblieb und sich aufhellte. »Du«, sagte er sehr zärtlich, so daß die anderen aufblickten und einander zulächelten, weil diese Liebe des Königs ihnen wie eine Blume war, wie ein Zeichen für die Neuen Zeiten, und ein jeder hegte sie und verfolgte ihr Wachsen.

Panteus stand auf und schritt langsam auf den König zu. Dieser nahm seinen Blumenkranz vom Kopf und setzte ihn dem anderen auf. Alle freuten sich auf das Lied, außer Therykion, der Angst vor Musik und allem Schönen hatte, allem, was ihn womöglich vom rechten Pfad ablenken konnte. Panteus nahm eine kleine Lyra, strich sanft über die Saiten und überlegte, was dem König gefallen könnte. Er war drei Jahre jünger als Kleomenes und nicht so groß wie dieser. Er hatte blaue Augen und drahtiges, hellbraunes Haar, das oberhalb der Stirn kurz wuchs, an den Seiten jedoch kraus und lockig über die Ohren fiel. Er hatte einen ungewöhnlich kräftigen, stämmigen Körper, der von selbst zu wissen schien, wie man rannte, sprang und rang, ohne daß sich sein Verstand dessen bewußt wurde. Wie die anderen jungen Männer trug er eine kurze Tunika, eine Webstuhlbreite doppelter Wolle, die auf den Schultern zusammengerafft und locker gegürtet war. Sie fiel von der Agraffe offen herab, als er sich über die Lyra beugte, so daß sich die Haut an Schenkel und Seite wunderbar blaß und schön gegen das Tiefrot des Stoffs abhob. Er sang ihnen alte Lieder vor, wie sie ihnen jetzt gefielen. *Schwerter auf!* und *Der Ginsterbusch* und *Du gehst meinen Weg* und so weiter, dann ein sehr frühes Stück, zehn Zeilen von Tyrtaios, die für sie mehr als bloß ein Lied geworden waren, ein Symbol für die Vergangenheit, die in die Zukunft übergeht, und dann schließlich noch ein kürzeres über einen Soldaten, der auf einen Angriff wartet, wie sie es selbst bald erleben mochten. Seine Stimme füllte den Raum, war süß und ungekünstelt, wie die eines Schäfers in den Bergen.

Dann stand der König unvermittelt auf, hochgewachsen und dünn, mit langem Hals, vorstehenden Brauen und den Stirnfalten, die Teil seines Antlitzes geworden waren und selbst, wenn er lächelte, nicht verflogen. »Gute Nacht«, sagte er, »gute Nacht, Freunde.«

Sie gingen zu zweien und dreien hinaus. Als sie die Ledervorhänge vor der Tür aufstießen, strömte scharfe, frostige Luft hinein, ließ die Lichter flackern und kühlte den Raum. Draußen war es sternenklar – ein ruhiger, hochgewölbter Himmel mit den vertrauten Einschnitten der Berge ringsum am Horizont. Das Tal von Sparta wirkte wie ein Kelch voller Sterne.

Der Bruder des Königs, viel jünger und weniger selbstsicher, blieb einen Moment stehen. »Bist du sicher, daß die Ephoren dich ausschicken werden, Kleomenes? Was ist, wenn sie den Krieg nun nicht wollen?«

»Es wird schon alles gut, Eukleidas«, sagte der König.

»Aber ...«, begann der Bruder und fuhr fort: »Nun, vermutlich muß es so geschehen, wie du es willst, Kleomenes«, und trat nach einem besorgten und fragenden Kuß ebenfalls hinaus.

Panteus wartete in lockerer Haltung, als schliefe sein Körper und als wären seine Gedanken nur halb gegenwärtig. Plötzlich jedoch erwachte er; seine Lider hoben sich, und er streckte dem König die Hände entgegen.

»Sieh mal«, sagte er, »das wollte ich dir zeigen.« Es war der Brief Philyllas.

Lachend las ihn Kleomenes. »Also«, sagte er, »da hast du deine Antwort!«

»Aber sie hatte nichts dagegen, oder? Gegen die Pfeile, meine ich.«

»Mein Lieber, sie wird sich in dich verlieben, wenn du nicht aufpaßt. Erkennst du das nicht an ihrem Brief? Sie ist schon so weit, daß sie dir die Wahrheit sagt, und das bedeutet viel für eine Frau.«

»Sie ist keine Frau, sie ist ein Kind.«

»Sie ist ein kleiner Faun. Hat sie nicht auch spitze Ohren, Panteus? Nein, nun mal ehrlich. Agiatis liebt sie, und ich bin sicher, daß Agiatis in die Herzen der Menschen sehen kann. Warum bringst du Philylla nicht das Schießen bei? Speerwerfen und Reiten?«

»Findest du sie so jungenhaft, Kleomenes?«

»Du würdest es auch meiner Tochter beibringen, wenn sie älter wäre, Panteus. Vielleicht geschieht das auch – wenn alles seinen Weg geht. Und ich weiß, daß Agiatis glaubt, Philylla könnte das alles erlernen, sofern sie nur die Gelegenheit bekäme. Aber ihr Vater und ihre Mutter – nun, du kennst ja Themisteas. Stell sie dir vor, wenn man ihrer Tochter etwas anderes beibrächte als lauter Niedlichkeiten!«

»Aber sie haben sie zu Agiatis gelassen.«

»Ja, aber sie kennen Agiatis nicht. Du indes schon, Panteus.« Er faßte die Schultern des anderen und drückte sie zärtlich.

»Ja«, erwiderte Panteus. »Glaubst du, ich finde je das Glück, jemanden wie sie zu heiraten, Kleomenes?«

»Es gibt keine so wie sie, genauso, wie es keinen wie dich gibt. Deine Frau wird die Glückliche sein, Panteus.«

»Ich glaube nicht«, erwiderte Panteus ernst, der sich in der tiefsten Seele sicher war, weniger wert zu sein als seine Liebste – was dem Wesen der Liebe entsprechen mochte, wer weiß? »Aber das liegt ja noch in weiter Ferne.«

»Ja«, gab der König zurück und blickte ihm tief in die Augen. Nach einer Weile merkte er, daß Panteus zitterte. Er nahm seinen Umhang und legte ihn dem Freund über die Schultern und die nackten Arme.

Drei Tage später legte ein Handelsschiff vom Hellespont nach langer, unruhiger, aber nicht sonderlich abenteuerlicher Reise im Hafen von Gytheon an. Tarrik und seine Skythen hatten die schlimmsten Winterwochen in Byzanz verbracht und dort ein anderes Schiff zur Weiterfahrt bestiegen. Selbst auf dem Weg von dort nach Süden waren sie von widrigen Winden oder der Furcht davor in einem

Dutzend kleiner Häfen aufgehalten worden, hatten sich dann oft bis ins offene Meer hinausgewagt, nur um dort feststellen zu müssen, daß ihnen nichts anderes übrigblieb, als wieder umzukehren. Ihr Kapitän hatte nicht ein einziges Omen mißachtet.

Noch ehe es hell genug war, die Küste nur zu ahnen, hatte Sphaeros mit seinen Büchern und seinem Kleiderbündel an Deck gestanden. Im Morgengrauen waren sie in Küstenhöhe, und Kythera lag hinter ihnen. Die beiden Seiten der großen Bucht kamen langsam näher, links erhob sich der große Bergkamm des Tainaron, und weit vor ihnen, noch hoch gelegen, silbrig und nebelverschleiert im ersten Licht, Taygetos. Es war nicht anders als vor zehn Jahren. Die Skythen putzten sich heraus, legten Rüstung und Schwert an und die besten Bögen und Köcher, Halsbänder und Armreifen und ihre schönsten mit Gold und Silber besetzten Fellumhänge und Hosen. Nur Tarrik, der schon einmal hier gewesen war, hatte nur ein schlichtes Hemd und Hosen angezogen. Sein Mantel war aus weißem, mit Fuchspelz besetztem Leinen; das einzige Gold an ihm war eine Gürtelschnalle, ein Zweiggeflecht mit Blättern, das Berris während der Reise angefertigt hatte, und ein schmaler Goldreif auf dem Kopf. Auch trug er keine Waffe, außer einem kleinen Jagdmesser, das unauffällig im Gürtel steckte. Er hatte den anderen mitgeteilt, es sei dies die beste Weise, an Land zu gehen, aber keiner von ihnen folgte seinem Rat. Und freilich – sie waren freie Adlige und konnten anziehen, was sie wollten. Nur Berris wirkte wie gewöhnlich. Während sie die vergangenen Tage über an einer griechischen Insel nach der anderen vorübergefahren und dem Land seiner Träume immer näher gekommen waren, hatte eine freudige Erregung von ihm Besitz ergriffen, die ihn an Dinge wie Kleider einfach nicht mehr denken ließ. Als er darüber nachdachte, fand er seine rohen, ungeschlachten Sachen beschämend und unpassend – der derbe Stoff von Mantel und Hose, die dicken Stiefel und die kindischen Verzierungen. Er wollte unbemerkt an Land schlüpfen und sich unbeobachtet ins Herz von Hellas schleichen.

Sie verbrachten den größten Teil des Tages wartend im Hafen, während ihre Sachen ausgeladen wurden. Man starrte sie an, aber in jenen Tagen landeten so viele sonderbare Ausländer in Hellas, daß niemand sonderlich überrascht zu sein schien. Vermutlich waren die Fremden gekommen, um Offiziere für einen unendlich abgelegenen Krieg anzuwerben. Bis dahin bestand das einzige Problem darin, wieviel Geld man ihnen hier in Gytheon aus den Taschen ziehen konnte – ehe diese Räuber im Binnenland zuschlugen! Sphaeros gelang es einigermaßen, auf sie aufzupassen, aber ein paar der Reisenden bestanden darauf, etwas zu kaufen. Alle sprachen Griechisch ziemlich fließend und gaben damit an. Zwei der Vernünftigeren wurden losgeschickt, Reit- und Packpferde zu mieten.

An diesem Tag ritten sie fünf Meilen und belegten dann ein ganzes Landgasthaus. Alle waren aufgeregt und bestaunten die verschiedensten Dinge – die Hitze so früh am Tag, die Kleider, das Essen, die Frauen, und daß selbst die kleinen Kinder diese schwierige Sprache sprechen konnten. Berris hatte am Wegrand sonderbare, buntschillernde Blumen gesehen: Krokusse, Schwertlilien und Alpenveilchen – und die Luft zwischen ihnen und den rot leuchtenden Bergen war ihm ungeheuer klar erschienen. Es waren die ersten wirklich hochaufragenden, zerklüfteten Berge, die er sah; die Bergkette westlich von Marob war viel niedriger und dicht bewaldet.

Sphaeros schien es, als habe sich in Sparta nichts verändert. Es war genauso, wie er sich erinnerte, ein ziemlich abstoßender Landstrich, in dem Reichtum das Maß aller Dinge bildete. Es wird mehr als einen Mann brauchen, dachte er düster, und selbst den auferstandenen Agis, um dieses verdorbene Stadtvolk in Bewegung zu bringen. Als sie sich aber dann der eigentlichen Stadt Sparta näherten, änderte sich sein Eindruck. Er hatte ein paar junge Männer gesehen, die eine gewisse stolze Schlichtheit in Kleidung und Haltung auszeichnete. Sie hatten Speere getragen. Er fragte einen der Maultiertreiber, um wen es sich handelte.

»Oh, es sind Freunde des Königs!« antwortete der Mann und fügte etwas verärgert hinzu: »Wenn man reich genug ist, kann man es sich leisten, so zu tun, als habe man keinen Pfennig in der Tasche!« Wie auch immer, dachte Sphaeros, da war etwas im Verhalten des Mannes – ein Anflug von Hoffnung oder Stolz oder auch bloß Achtung, jedenfalls ein kleiner Hinweis darauf, daß die Dinge in Sparta in Bewegung geraten sein mochten.

Als sie sich dem Bronzehaus näherten, bat Sphaeros Tarrik und Berris, zu Fuß mit ihm weiterzugehen. Die anderen ließen sie mit den Pferden und dem Gepäck am Wegrand zurück. Sie waren noch keine halbe Meile gegangen, als sie eine starke Unruhe befiel. Sphaeros erlebte es vor allem körperlich. Sein Geist war gefaßt, und auch seine äußere Erscheinung blieb weitgehend gelassen, doch spürte er das dumpfe Schlagen seines Herzens und wie sich seine Därme merkwürdig krampften. Seine Atmung indes war, abgesehen von einem gelegentlichen tiefen Seufzer, völlig ruhig.

Die beiden anderen sahen sich immer wieder an. Tarrik hatte sehr gezögert, ohne Pferd und ohne bewaffnete Eskorte zu kommen: Woran sollte dieser König erkennen, daß auch er ein König war? Gleichwohl – wenn Sphaeros meinte, dies sei der beste Weg, gut, dann wollte er als Stoiker kommen und laufen. In der Hoffnung freilich, daß Sphaeros wirklich recht hatte und daß dieser Kleomenes ebenfalls ein Philosoph war! Natürlich konnte Sphaeros nicht ganz sicher sein. Wie gut, daß wenigstens sie selbst bewaffnet waren! Tarrik versuchte, sich zu überlegen, was er dem König von Sparta sagen wollte, etwas, das sogleich zeigte, wer er war, kurz, deutlich, entschieden – aber er fand es sehr schwierig. Er runzelte die Stirn und lächelte, runzelte wieder die Stirn, drehte und wälzte die Worte und starrte geradeaus, wenn auf den Straßen die Kinder hinter ihm herriefen, und selbst die Dinge, auf die Sphaeros ihn ausdrücklich hinwies, nahm er nicht wahr.

Berris hingegen sah alles, beseelt von einer ungeheuren Gier nach Einzelheiten und Farben. Das Gewimmel der Bilder strudelte ihm durch Kopf und Herz, riß ihn mit.

Immer wieder kamen seine Gedanken auf die eine Frage zurück: »Das also ist Hellas! – Ist es nun wirklich so schön?« Er war äußerst besorgt; er hatte sich verlieren wollen in erfüllten Hoffnungen, das zu finden, was ihn von so weit hergeführt hatte. Und hier war sie ja – die klare Luft, die herrliche Silhouette der Berge im Winterlicht der sinkenden Sonne! Und hier lebte also jenes Volk, das die Götter liebten, jene Hellenen mit den starken, makellosen Körpern, die nach Jahrhunderten der Kriege, Wettkämpfe und Wonnen zu vollendetem Gleichgewicht und Harmonie gefunden hatten. Nur – Berris Dher hatte bis jetzt nichts davon entdeckt. Und dieser König würde ihn womöglich ansprechen, und er würde ihm nicht richtig antworten können! Könige waren gefährlich; man mußte ihnen so antworten, wie es ihnen gefiel. Er mußte aufwachen und darüber nachdenken, sonst konnte Tarrik der Leidtragende sein. Er riß sich zusammen und sprach seinen Herrn auf griechisch an.

Vor der Tür zum Haus des Königs blieb Sphaeros einen Moment stehen und vergewisserte sich, daß er auf alles vorbereitet war. Tarrik verharrte schweigend neben ihm: Er hielt es für ein Ritual. Berris besah sich den bronzenen Türklopfer, der recht mächtig war und sehr abgenutzt, so daß das Motiv kaum noch erkennbar war. Es schien eine Eidechse zu sein, deren Umrisse für den Metallguß vereinfacht waren. Trotz des Alters und der Grobheit hielt er es für eines der besten Stücke, die er bislang in Griechenland gesehen hatte. Sphaeros beobachtete ihn, lächelte und sagte: »Der gehört zum Haus des Königs; er war schon immer dort.« Er hob den Türklopfer, um zu pochen, und rief zugleich nach jemandem. Sie traten von der Tür zurück.

»Ich komme in der Hoffnung, den König zu sehen«, sagte Sphaeros.

»Wer seid ihr? Fremde?« fragte der Mann und warf einen Blick von Sphaeros zu den Barbaren und wieder zurück.

»Ich bin Philosoph. Ich war der Freund des Königs – vor Zeiten.« Nach einem weiteren langen Blick führte der

Mann sie in einen Vorraum und ließ sie bei ein paar kräftigen, bewaffneten Heloten zurück, die dort Wache hielten.

Es war ein viereckiger, dunkler und nicht sonderlich sauberer Raum mit vier Türen. In jeder Ecke stand eine Bronzevase. Es waren große Stücke, gegossen und recht nachlässig verarbeitet, mit gezackten Löchern für die Ringe und einem langweiligen, mit angestrengter Sorgfalt gearbeiteten Muster aus Ovalen und Pfeilen um den Bauch. In einer der Vasen stand ein Bund getrockneter Binsen. Ansonsten gab es zwei, drei glasierte Keramiklampen in der Form dicklicher Sphinxe und ein paar nicht sehr interessante Waffentrophäen. Die Wände waren eher rosa als rot, mit einem schwarzen Streifen dicht über dem Boden, und gemalten Säulen zu beiden Seiten der Türen.

Berris wurde immer niedergedrückter. Er dachte an zu Hause, an seine Schmiede, an die klaren, lebendigen Formen seiner Arbeiten, dachte an Feuer und Amboß, die auf ihn warteten, und an die kleine Sardu, die das Werkzeug einsammelte und in die Ledertaschen steckte. Er dachte an Erif Dher, ihr blasses Gesicht und die grauen Augen zwischen den Zöpfen. Er dachte an die Ernte – die schweren, sanften Köpfe der blumenbekränzten Kühe, die kleinen Fichten, die mit Äpfeln und bunten Schleifen besteckt wurden, die umwundenen Strohbündel der Flachspflücker, die dicken, blauen und roten Kleider der jungen Mädchen im Schnee von Marob. Sein Blick schweifte noch einmal durch den Raum und verharrte schließlich bei Tarrik. Der Herr von Marob lachte, aber das half auch nicht weiter. Die Wächter beobachteten sie voller Mißtrauen und hielten die Hände an den Schwertgriffen.

Als nach zehn Minuten noch immer nichts geschehen war, wurde Tarrik unruhig und meinte zu Sphaeros, daß es zuweilen schwierig sei, Könige zu besuchen, aber er habe reichlich griechisches Geld bei sich.

Sphaeros schüttelte den Kopf. Enttäuschung stieg in ihm hoch. Dann, nach einer weiteren Weile, trat durch eine der Seitentüren ein Mädchen ein. Sie trug ein großes Bündel gefalteter Leinentücher und sah die Männer darüber hinweg an, zögerte und blieb stehen.

»Seid Ihr gekommen, um den König zu sprechen?« fragte sie mit einiger Würde. Die Männer waren froh, daß überhaupt etwas geschah, und sagten wie aus einem Munde »Ja.« Das Mädchen, selbst ein wenig verwirrt, lächelte sie an, vor allem Berris, der etwa in ihrem Alter war, und Berris erkannte mit einemmal, daß alles gut und der weite Weg nach Hellas doch nicht vergeblich gewesen war.

Im selben Moment hörte er Sphaeros sprechen und erklären, wer er sei. Das Mädchen preßte sich die Tücher vor die Brust, ihre Augen weiteten sich und strahlten. »Oh, du bist Sphaeros, endlich!« rief sie. »Du bist gekommen, um uns zum Guten zu führen und dem König zu seiner Macht zu verhelfen! Kommt – kommt zu Agiatis!«

Berris, dem nicht die kleinste Bewegung entging, sah, wie sie versuchte, einen Arm von dem Bündel zu lösen. Er sprang vor und fing die fallenden Tücher auf. Sie dankte ihm kurz und schaute einen Augenblick lang auf seine Kleider, die keine hohe Würde verrieten. Dann nahm sie Sphaeros bei der Hand und führte ihn weiter. Die Wächter salutierten. Sie schritten durch einen Gang und kamen in einen hellen, offenen Hof. Jetzt war es Tarrik, der sich umschaute.

Schließlich kam Kleomenes, feierlich und etwas hastig. Er faßte Sphaeros bei den Händen, beugte sich dann rasch vor und küßte ihn.

»Endlich!« rief er. »Jetzt werde ich erfahren, was zu tun ist! O Sphaeros, manchmal sehe ich alles so verschwommen!« Erst jetzt bemerkte er die beiden anderen Männer und runzelte die Stirn. »Warum sind diese Barbaren hier?«

Sphaeros, der merkte, wie sehr Tarrik sich bemühte, so zu tun, als habe er die Frage überhört, trat einen Schritt zurück. Kleomenes und Tarrik standen jetzt einander gegenüber, nur durch Sphaeros' Schatten getrennt.

»Das ist Tarrik, König von Marob, Kornkönig der Ernte Marobs, auch Charmantides genannt. Ohne ihn würde ich jetzt nicht hier stehen. Ich erlitt vor seiner Küste Schiffbruch. Er nahm mich in seinem Haus auf und wurde mein Schüler wie einst du. Er brachte mich ehrenvoll und in dem Wissen hierher, daß König Kleomenes von Sparta ihn und seine Männer nicht schlechter behandeln würde, als er mich behandelt.« Das »Wissen« hatte er betont; es war für ihn etwas Wirkliches, ein Gedanke und ein Wort, das man nicht bloß dahersagte.

Kleomenes verstand. Einen Augenblick zürnte er Sphaeros, einmal, weil der Philosoph diesen Barbaren mitgebracht hatte, der die Dinge, die ihm bislang einfach erschienen waren, schwieriger machen würde, und zum anderen, weil er ihm, Kleomenes, mißtraute, indem er an seinem Anstand zweifelte. Die Adern auf seiner Stirn schwollen an; sein Blick schien sich zu verdunkeln.

Tarrik verhielt sich still und verglich seine Größe und Kraft mit der des anderen Königs. Plötzlich aber warf der Spartaner den Kopf zurück und streckte die Hand aus. »Willkommen in meinem Haus, König von Marob!« rief er in einem Ton, der überraschend aufrichtig klang.

Tarrik antwortete rasch: »Gute Worte, König von Sparta! Ich danke für dein Willkommen – für mich und meine Männer – in einem wohlbekannten Hause! Und wenn du Hilfe, Geld oder Schwerter brauchst, werden wir deine Freunde und Verbündeten sein.«

Kleomenes sah ihn aufmerksam an. »Wie viele seid ihr?«

»Zwanzig, alles Freie, einige sind meine Verwandten. Und alle jung.«

»Mmm«, meinte der König, »Ich könnte eine Verwendung ...« Und dann plötzlich: »Wo liegt Marob?«

Tarrik konnte es nur schwer erklären, er hatte noch nie darüber nachgedacht. Marob war immer *hier* gewesen, in der Mitte; alle anderen Orte lagen südlich oder nördlich davon. Außerdem – wenn er Sparta kannte, dann sollte dieser andere König wohl auch Marob kennen! Zum Glück begann Sphaeros nun, die ganze Geschichte zu erzählen; er kannte sich aus. Die drei gingen ein Stück, Tarrik kam sich eher geduldet vor.

Berris blieb zurück. Er war nicht rasch und wohl auch

nicht kühn genug gewesen, seinem Herrn zu folgen. Er blickte sich um und freute sich über die Sonne, die Gesicht und Hände wärmte. Das Mädchen trat leise von hinten auf ihn zu. Als sie ihn ansprach, zuckte er zusammen.

»Wer bist du?«

Ihr Blick beunruhigte ihn. So schnell es ging, raffte er all seine Griechischkenntnisse zusammen. Er sah jetzt, daß sie jünger war, als er zunächst angenommen hatte. »Ich heiße Berris Dher«, antwortete er. »Ich komme mit meinem König und Sphaeros aus Marob.«

»Ist das dein König?« fragte sie und deutete auf Tarrik. »Er sieht sehr vornehm aus. Bist du sein Freund?«

»Ja«, antwortete Berris.

Philylla nickte wohlwollend. »Was für ein Mensch ist er?« fragte sie. Berris hatte keine Ahnung, was er antworten sollte. »Er kann Stiere töten und aus hundert Schritt Entfernung einem Mann ins Auge schießen. Und ... oh ...« Er merkte, daß er damit falsch lag. »... Sphaeros hat ihn den ganzen Winter lang unterrichtet, und sie haben eine Menge griechische Bücher gelesen. Manchmal heißt er auch Charmantides – sein Großvater war ein echter Hellene aus Olbia!« Philylla war zu höflich, um einfach herauszuplatzen, sie grinste nur ein wenig. Er lächelte hilflos zurück. »Worte haben eine so unterschiedliche Bedeutung«, sagte er. »Was für ein Mensch ist *dein* König?«

Philylla blickte ihn fest an, holte tief Luft und sagte feierlich: »Er wird unser Land groß und klug und frei machen. Er denkt nie an sich selbst, nur an das. Und die Königin ist ebenso, nur noch stärker.« Plötzlich fiel ihr ein, daß er gar nicht wissen konnte, wer sie selbst war. »Und ich bin Philylla, Tochter des Themisteas. Ich bin Ehrenjungfer der Königin. Bis sie kommt, bin ich deine Gastgeberin.«

Sie hielt inne; nun schien Berris wieder an der Reihe zu sein. Er wollte etwas Eindrucksvolles sagen. »Mein Vater ist Ratsherr in Marob«, begann er, »und niemand darf ihm Befehle geben, außer dem Herrn von Marob – außer dem König, meine ich.«

»Ja«, sagte Philylla, »Fremde müssen immer ihren Königen gehorchen. Wir hier in Hellas sind frei.«

»Aber euer König ...«

»Oh, das ist anders. Unser König ist ein Bürger wie wir alle unter den Ephoren. Wenn er uns etwas befehlen würde, das schlecht für den Staat wäre oder unwürdig, würden wir ihm nicht gehorchen. Aber das wird bei König Kleomenes nicht passieren.«

Berris überlegte, was er Vergleichbares über Tarrik sagen könnte, aber ihm fiel nichts ein. Er sagte: »Ich arbeite mit Metallen. Ich stelle Dinge aus Bronze und Gold her.«

Philylla trat einen Schritt zurück. »Du hast doch gesagt, du seist ein Adliger!«

»Das *bin* ich auch! Ich arbeite, weil ich es gerne tue. Ich zeichne Tiere und Bäume, und manchmal schnitze ich, und manchmal modelliere ich in Ton.«

»Dann bist du also ein Künstler«, sagte Philylla ein wenig erleichtert, aber noch immer etwas geringschätzig.

»Wenn du willst, mache ich dir ein Goldarmband«, sagte Berris, »mit jedem Muster, das du dir wünschst. Soll ich?«

Sie wurde rot – unsicher, ob er einen Auftrag von ihr erwartete oder ihr einfach ein Geschenk machen wollte. »Die Königin möchte nicht, daß wir viel Schmuck tragen«, sagte sie. »Außerdem ... gefällt es dir in Hellas?«

»Ich kam hierher, weil ich ein Künstler bin«, antwortete Berris. Er hatte den Eindruck, daß ihm das Griechische jetzt leichter fiel. »Um mir alles anzusehen. Alle behaupteten, außerhalb Hellas gebe es keine Kunst. Ich wollte es mit eigenen Augen sehen.«

Philylla hatte noch nicht viel über Kunst nachgedacht; sie warf einen raschen Blick über den Hof und sah, jetzt eigentlich zum erstenmal bewußt, die Skulpturen »Das Lachen« und »Der Krieg«. Sie waren aus farbigem Marmor und sehr ausdrucksvoll, ein Geschenk von Kleomenes' Vater, allseits bewundert. Das mußte Kunst sein. »Ja«, sagte sie stolz, »alles Schöne kommt hierher. Bestimmt willst du dir Statuen und solche Dinge ansehen. Sie *sind* schön, nicht wahr?«

»Ich werd' sicher noch was Schönes finden.«
»Hast du denn noch nichts gefunden?«
»Na ja... nicht viel. Jedenfalls nichts von Hand Gemachtes.«

Philylla führte ihn geradewegs vor die Kriegsskulptur, die ihr besonders gut gearbeitet und schwierig schien. »Da! Und wie findest du das?«

Berris besah sie sich und wünschte sich, ehrlich sein zu dürfen. Am liebsten hätte er das Ding zerhauen. Es hatte weder einen Mittelpunkt noch Ausgewogenheit; es war ein verdrehtes Durcheinander, und kein einziges Teil befand sich am richtigen Platz. Es hatte auch gar nichts Marmornes, nicht mal einen blassen Anflug der Lehmerde, des Tons, aus dem es geformt worden war. Berris spürte, wie der Ärger in ihm wuchs und die Wut darüber, ihm nicht Ausdruck verleihen zu können. Schließlich murmelte er: »Ist fast vollendet – die Häßlichkeit!« und beließ es dabei.

Philylla starrte ihn an, vermochte kaum ihren Ohren zu trauen, aber seine geballten Fäuste und der finstere Blick sagten ihr das gleiche. Sie warf den Kopf zurück und meinte entrüstet: »Ich glaube, du bist verrückt!«

Einen Moment lang fragte sich Berris schuldbewußt, ob Tarrik ihm wohl erlaubt hätte, gleich am ersten Tag so offen zu sein. Dann blickte er von der Statue auf Philylla, und es war ihm egal. »Ich werde es dir erklären«, sagte er.

»Sei ehrlich, eigentlich magst du sie auch nicht.«

»Ich finde die Statue nicht wichtig genug, sie zu mögen oder nicht zu mögen! Sie ist blöd und künstlich. Aber wenn ich gefragt würde, würde sie mir natürlich gefallen. Sie gehört dem König und kostet soviel wie ein paar hundert Barbaren.«

Berris war so bemüht, sich zu rechtfertigen, daß er die letzte Bemerkung kaum wahrnahm. »Kunst ist aber wichtig!« sagte er. »Was nützt einem alles andere, wenn es keine Schönheit gibt? Philylla, wie kann man so etwas Häßliches *schön* finden?«

»Es handelt vom Krieg, und ich denke an Soldaten und Schwerter und Siege. Darauf kommt es an. Wir machen nur Statuen, um uns daran zu erinnern. An sich stellen die Statuen gar nichts dar. Bestimmt nicht!«

»Aber ... ist das das einzige Lob, das eure Künstler zu hören bekommen?«

»Künstler!« rief Philylla voller Verachtung. Sie suchte nach etwas noch Vernichtenderem. Schließlich meinte sie: »Du hast ja nicht mal ein Schwert!«

»Ich dachte, in eurem Land hätten Fremde es nicht nötig, bewaffnet zu gehen«, entgegnete Berris bitter und wünschte sich, er könnte ihr eins auf den Kopf geben, damit sie begriff. »Hör zu, Philylla, Tochter des Themisteas, ich bin ein besserer Künstler als derjenige, der diese Statue gemacht hat. Gib mir irgendeine Aufgabe, eine Gestalt mit Schwert oder Bogen, zu Fuß oder zu Pferd, und ich werde dir zeigen, daß du unrecht hast!«

Es dauerte eine Weile, ehe Philylla antwortete. »Du wirst mit dem König in den Krieg ziehen«, sagte sie sehr ernst. »Du wirst einen der Generale des Achaeischen Bundes töten. Und du mußt mir einen Beweis dafür mitbringen.«

»Und dann?«

»Dann glaube ich dir alles, was du mir über die blöden Statuen erzählst.«

»Gut«, stimmte Berris zu und war wieder ganz zufrieden. »Abgemacht?«

»Ja«, antwortete sie, jetzt doch etwas unruhig. »O ja! Aber jetzt muß ich dich hineinbringen. Die Königin möchte dich sicher kennenlernen. Wirst du ... Wirst du deinem König etwas von dem Versprechen sagen?«

»Natürlich.«

»Und wenn er es dir verbietet?«

»Das wird er nicht.«

»Aber es kann doch sein. Und er wird mir sehr zürnen. Aber das ist mir gleichgültig. Du tust es trotzdem, oder?«

»Sicher.«

»Dann sind wir Freunde?«

»Ja«, antwortete Berris. Und dann platzte alles auf einmal heraus: »Ich habe zu Hause zwei Schwestern, eine ist älter als du, glaube ich, und eine jünger.«

»Ich werde bald vierzehn. Wie alt sind deine Schwestern?«

»Eine ist siebzehn. Sie ist die Frau des Herrn von Marob und kann zaubern.«

Philylla blieb stehen und drehte sich auf dem Absatz um. »Zaubern? Wie wunderbar! Kann sie Leute dazu zwingen, daß sie tun, was sie will? Und kann sie wahrsagen?«

»Sie kann Steine zum Tanzen bringen und Männer und Frauen unsichtbar machen. Sie kann die Wellen zwingen, ihr auf den Strand zu folgen, und den Himmel, die Farbe zu wechseln.«

»Das glaube ich dir nicht. Niemand kann das, nicht einmal die Priester in Ägypten. Kannst du auch zaubern?«

»Nein, aber mein Herr. Nur hier kann er das nicht. Er ist Kornkönig von Marob, er läßt den Flachs und das Korn wachsen. Was immer *er* tut, geschieht auch mit der Ernte. Deshalb muß er manchmal besondere Dinge tun.«

»Opfer? Unsere Könige müssen opfern. Für den Krieg oder für gute Gesetze. Für die Ernte machen das hier die Sklaven.«

»Ja, aber ...«, sagte Berris und wollte fünfzig Dinge auf einmal erklären, aber da betraten sie schon einen weiteren Hof. Und dort stand Tarrik, bequem an eine Säule gelehnt. Er hörte zu und lächelte dabei. Sphaeros erklärte und stellte Fragen und ging dabei auf und ab, fiel unbewußt zurück in die Kindheit und malte mit den Füßen Muster auf die Marmorfliesen, und der König und die Königin von Sparta standen Hand in Hand neben dem runden, erhöhten Becken, in dessen klarem Wasser sich der helle, fast frühlingshafte Himmel spiegelte.

Drittes Kapitel

Der Herr von Marob und sein Gefolge wurden in sehr großen und aufwendig dekorierten Gästezimmern untergebracht, die vor Jahren, als einmal besonders wichtiger Besuch aus Mazedonien ins Haus stand, von König Leonidas in Auftrag gegeben worden waren. Sie umringten einen alten Hof hinter dem Haus des Königs. Obgleich Agiatis dafür gesorgt hatte, daß die Zimmer gesäubert und so hergerichtet wurden, daß die alte Pracht nach wie vor wirkte, wiesen Verputz und Anstrich doch schon einige Zeichen von Abnutzung und Verfall auf. Wie auch immer: heutzutage trieb man solchen Aufwand ohnehin nicht mehr, nur Agiatis und ihrem Gatten gefiel es noch immer – wenn sie überhaupt an solche Dinge dachten –, und sie hielten die Gemächer für offizielle Besucher durchaus angemessen.

Sphaeros hatten sie sogar ein noch besseres Zimmer gegeben, das in der Nähe des ihren lag. Es war über und über mit Weinranken bemalt, an denen rote Trauben und gelbe Körbe in Relief hingen, dazu Kinder mit kleinen Flügeln, die Trauben pflückten oder schliefen. Eines darunter erinnerte sie immer an ihr eigenes, totes Kind.

Philylla, die eine bunte Decke auf dem Bett ausbreitete, drehte sich um und sah, wie Agiatis stumm und ernst auf die Wand starrte. Sie wußte warum, und fragte sich zum hundertstenmal, welchen der beiden Könige, deren Kinder sie getragen hatte, Agiatis wohl mehr liebte. Und dann merkte sie plötzlich, wie sich die alte Frage in eine neue verwandelte, in die Frage nach dem Barbaren, der so komisch über Schönheit und Kunst geredet hatte: Denn natürlich gefielen ihr die Trauben und die Kinder, sie hatten ihr schon immer gefallen und würden es auch in Zukunft. Was Berris gesagt hatte, bedeutete gar nichts, konnte nichts bedeutet haben. Bloß glauben würde sie ihm wohl müssen, es zumindest versuchen müssen – wenn er sein Versprechen hielt.

Tarrik war entschlossen, sich mit Sphaeros ebensooft zu treffen und mit ihm zu sprechen wie zuvor, auch wenn sie nun in Hellas waren. Langsam gewann er ein Bild von der Lage. Auf der einen Seite standen der König und seine Freunde, diese sonderbaren, schweigsamen Männer, die irgendein äußerst fesselnder Plan miteinander verband, an dessen Verwirklichung teilzunehmen er, Tarrik, und seine Männer aufgefordert werden mochten, obgleich sie von den Vorbereitungen vollständig ausgeschlossen waren. Er hatte das Gefühl, daß er und Kleomenes nie Freunde werden konnten. Niemals würden sie gemeinsam über Königswürde und all die anderen Dinge reden, die er von Sphaeros gelernt hatte und über die er hier in Sparta mehr hatte erfahren wollen. So gesehen war er enttäuscht und verärgert. Er war darauf vorbereitet gewesen – zumindest hatte er das geglaubt –, daß die echten Hellenen auf ihn herabblicken würden, aber bestimmt nicht nur um der Tatsache willen, daß er kein Hellene war.

Dann gab es noch das andere Sparta. Dort schien man nicht auf ihn herabzublicken, und doch verwirrte es ihn eher noch mehr. Irgendwie schien ihm das Volk hellenischer als der König und seine Freunde. All die feinsinnigen, aufwendigen Zerstreuungen, die diese Lebensweise prägten, übertrafen seine Erwartungen und teils auch Befürchtungen; er wußte, daß er sich hier sehr schnell würde hineinfinden können, wo sich alles nur um Geld drehte: Wie leicht war Schönheit zu kaufen!

Nicht, daß diese Art Schönheit Tarrik allzu lang gefangenhielt. Obgleich er kein Kunsthandwerker war, hatte er doch einen klaren Blick und einen kritischen Verstand, die es ihm ermöglichten, zwischen Schön und Häßlich zu trennen. Er hatte es bei Berris und anderen Künstlern in Marob gelernt. Er und Berris lachten viel und hielten sich nicht sonderlich dabei zurück. Das ärgerte Sphaeros, der nicht verstand, warum seine Schüler die eigene Vorstellung von Schönheit höher einschätzten als die Höflichkeit dem Gastgeber gegenüber.

Die übrigen Freunde des Herrn von Marob fanden viel Gefallen an dem anderen Sparta, das sie so herzlich empfing, sie zu Festen einlud, mit vorzüglichen Speisen und noch besseren Weinen sowie einer allgemeinen Pracht, die alles übertraf, was ihnen bislang begegnet war. Sie gingen auf den Markt und kauften Sklaven, Pferde, feine Kleider, schlicht alles, was das Leben angenehmer machte, und waren ihrem Herrn dankbar, daß er sie hergeführt hatte.

Es war auffallend, wie eindeutig sie ihn hier als Stammesherrn ansahen, als ihren Anführer im Krieg und im Rat, nicht aber als Kornkönig. Zugleich vergaßen sie all das Pech und die Schatten, die den magischen Teil seiner Seele je befallen hatten, den Gott in ihm. Hier war er ein Mensch wie sie selbst, einer unter ihnen, und er führte sie als Mann und als Mensch, der er war. In Sparta gab es keine Götter, zumindest keine, die unmittelbar ins Tagesgeschehen eingriffen. Man erinnerte sich verschwommen an sie; sie waren nur mehr blasse Schatten dessen, was sie dereinst gewesen waren. Hatten sie tatsächlich noch irgendeine Bedeutung, so wurde diese vor den Leuten aus Marob geheimgehalten.

Während der Reise hatte Tarrik von Zeit zu Zeit nach dem Stern unter seinem Hemd gesehen. Er trug ihn, seit er ihn Erif weggenommen hatte, und sie hatte ihn auch nie um Rückgabe gebeten. Immer noch schien ihm der Stern ein Teil Erifs zu sein, ein Teil, der trotz seiner Gegenwart jungfräulich geblieben war. Er fühlte sich warm an und glomm im Dämmerlicht, so daß man die Maserung des Holzes erkennen konnte. Am Tag konnte Tarrik das Leuchten nur erkennen, wenn er ihn in die hohle Hand nahm und zwischen den Fingern hindurchblickte. Er tat das gern, denn es war, als hielte er Erif selbst klein und still in seinen Händen. Allerdings war der Stern seit der Ankunft in Sparta nach und nach kälter geworden; inzwischen war er kaum wärmer als die Hände, die ihn hielten, und auch das Licht war schwächer geworden. Daß Erif etwas zugestoßen sei, konnte Tarrik nicht glauben, dazu waren Licht und Wärme zu langsam gewichen. Es schien eher, als habe der Zauber die Verbindung zu Erif verloren.

Tarrik fragte Berris, was er davon halte. Sie standen zur Mittagszeit schwitzend und aufgeregt in der Sonne. Das

Licht lag wie ein grelles, gleißendes Laken über dem Land, scharf gekantet von den schrägen Schatten der Häuser. Der rosa Hauch der Obstblüte überzog immer noch die Ebene von Sparta; die Farben der Blumen waren noch nicht von der Sonne gebleicht.

»Ich frage mich«, meinte Berris und roch an ein paar zerriebenen Blütenblättern, »was der Grund sein mag. Ich glaube nicht, daß es Erif schlechtgeht. Sie ist nie krank. Es sei denn, sie erwartet ein Kind.«

Tarrik schüttelte den Kopf.

»Vielleicht gibt es eine Art Kluft zwischen euch«, fuhr Berris fort, »die der Stern nicht überbrücken kann. Vielleicht ist sie zurück zu Vater und Gelber Bulle gegangen?«

»Warum sollte sie?« fragte Tarrik scharf und packte den Stern so jäh, daß die Kette mit leisem Klirren brach und ein loses Ende gegen seinen Hals schnellte.

»Ich weiß nicht«, erwiderte Berris bedrückt und hob die Kette auf. »Ich weiß ja nicht, was sie dir erzählt hat. Ich habe sie alle seit dem Stierkampf kaum mehr gesehen. Sie redeten, aber ich hatte zu tun. Angenommen, Erif steht an genau der Stelle, wo du sie verlassen hast, dann könntest du selbst die Ursache sein. Ich meine, wenn du sie nicht mehr liebst …?«

Aber Tarrik erwiderte: »Und ob ich sie liebe!«

»Na ja, du mußt es wissen, Tarrik, und das Mädchen, hinter dem du gerade her bist, soll dich nur an sie erinnern!«

»Ach die junge Frau! Der will ich nur zeigen, wie sehr wir den Griechen überlegen sind!« Tarrik grinste. »Aber du laß besser die Mädchen der Königin in Ruhe, Berris. Diese nacktbeinige Korona will mit Wilden wie uns nichts zu tun haben. Diese Philylla bekommst du nie!«

»Will ich auch nicht«, gab Berris verletzt zurück, weil er Philylla niemals so gesehen hatte und sich auch ein wenig dessen schämte. »Aber was den Stern angeht«, fuhr er fort, »wenn es nicht an ihr und nicht an dir liegt, dann vielleicht an diesem Ort? Sieh mal – hier fällt so viel Licht auf alles, auf jeden einzelnen Grashalm, daß man nicht mal eine Fliege verstecken könnte! Schau dir die flachen Mauern an: einfach so hingestellt, daß die Sonne ihre Muster darauf malen kann. Und all diese anderen bloßen, offenen, scharf gekanteten Dinge! Tarrik, ich meine, das hier ist einfach kein Land für die Zauberei!«

»Nein«, antwortete Tarrik, »da hast du recht. Hier funktioniert kein Zauber, ebensowenig wie bei Sphaeros. Aber meine eigene Macht werde ich nicht verlieren. Nicht die Zauberkraft, die in mir ist! Berris, ich kann immer noch das Korn wachsen lassen!«

»Du hast diese Kraft doch auf meinen Bruder übertragen«, sagte Berris.

»Ja, aber ... wenn ich sie hier verlieren würde ...« Einen Moment lang befiel ihn große Angst, und Berris, der ihn beobachtete, wußte nicht, was er sagen sollte. Sie wußten beide, was einem Kornkönig drohte, dessen göttliche Kraft nachließ. Es war Tarriks Vater geschehen, und es würde Tarrik geschehen, wenn er das Pech hatte, alt zu werden, wenn er also nicht von den Roten Reitern getötet würde oder in einem Sturm umkam. Bis jetzt hatte das immer in ferner Zukunft gelegen, jetzt plötzlich war es unmittelbare Gegenwart. Mit Mühe bezwang sich Tarrik: »Mir kann nichts passieren! Das ist bestimmt auch der Grund für die Veränderung des Sterns. Ich frage mich, Berris, ob Erif etwas von mir weiß. Ich frage mich, ob das Messer blind geworden ist. Weißt du, daß der König uns nächste Woche für seinen Krieg braucht?«

In der folgenden Woche machte man sich auf den Weg und marschierte gegen den Achaeischen Bund.

Philylla ging zu ihrem vierzehnten Geburtstag nach Hause. Ihr Vater besaß zwei Anwesen, eines in der Stadt Sparta und eins auf dem Land, ein niedriges, weißes Gebäude jenseits von Geronthrai auf einem der Vorberge. Es blickte nach Westen über das mit Feldern gemusterte Tal bis nach Taygetos. Da der Frühling sehr schön war, hatte die Familie die Stadt verlassen und war mit mehreren Ochsenkarren voll Hausrat und Proviant hinausgezogen. Meilenweit durchfuhren sie die eigenen Ländereien.

Die Pächter und Bauern, Sklaven, Halbfreie und Freie kamen aus ihren Häusern, als sie vorbeifuhren. Die Töchter brachten ihnen Blumensträuße oder etwas zu essen oder zu trinken, von dem man annahm, daß es für die vornehmen Eigentümer gut genug sei. Dontas ritt zu Pferde und war außer sich vor Freude. Er jagte Gänseherden und trieb sie zischend, gackernd und flatternd aus dem Weg.

Als sie in dem Landhaus ankamen, geriet Eupolia, Philyllas Mutter, fast außer sich; bis die mitgebrachten Wandbehänge befestigt waren, erschien ihr alles unerträglich nackt und kahl. Themistes ergriff die Flucht und inspizierte seine Ställe. Seine Rennpferde wurden überwiegend hier oben gehalten.

Philylla war umringt von den Dienerinnen. Alle sagten ihr, wie sehr sie gewachsen und wie hübsch sie geworden sei und wie glücklich sich der Mann schätzen könnte, der sie einmal bekäme. Tiasa, die große, sanftäugige Frau, die sie als Amme gesäugt hatte, gab ihr einen Kuß und führte sie zu einer Bank, die unter den ersten pelzigen Schößlingen der Weinranken stand. Philylla schloß die Augen und genoß die sonderbaren pulsierenden Gerüche des Landes. Da war das erste Grün, das sich durch die Erde schob und wuchs, waren die prallen, raschelnden Kornsäcke, das alte Holz und der dampfende Dung und die Stellen, auf die Honig getropft war. Ihre Pflegemutter streichelte sie mit großen, klugen Händen, die wußten, was sie taten, berührte all die weichen, empfindsamen Stellen ihres wachsenden Körpers. Wie Wellen umspülten sie sie – diese Gefühle, wie sie so dasaß, mit geschlossenen Augen – umspülten sie und fanden die Mitte ihres Seins ...

Dann sprang sie mit einem Satz auf die Füße, dann auf die Bank und blickte hinab auf das lächelnde Gesicht und die großen Brüste ihrer Pflegemutter. Die Düfte und Gerüche hingen ihr noch in den geblähten Nasenflügeln; das Rascheln und Gurren und Blöken war wie Glockenklang in ihren Ohren. Sie schüttelte sich und streckte die Arme der Sonne entgegen. »Was ist es?« fragte sie.

Tiasa antwortete: »Die Zeit wird es zeigen«, und sie

bückte sich und küßte ihre Füße zwischen den Sandalenriemen. Aber Philyllas Gedanken waren schon fort und weiter, in ihrer eigenen Zeit, der Zeit des Königs.

Ihre jüngere Schwester und den kleinen Bruder verstand Philylla für gewöhnlich so einzuschüchtern, daß sie ihr zumindest nicht widersprachen, aber die Erwachsenen machten sie verrückt! Manchmal mußte sie ihnen einfach etwas erzählen, und dann beachtete man sie entweder nicht oder lachte sie aus. Sie wußte, daß sie nicht immer alles genau erklärte und oft zu aufgeregt war, um das, was sie sagen wollte, auch deutlich genug auszudrücken. Zuweilen auch wußte sie selbst nicht genau, was sie so sehr herbeisehnte. Und manchmal hörten sie ihr endlich einen Moment lang zu, aber bloß, um dann wieder irgendwelche albernen Einwände gegen die Sache, gegen den König und die Königin vorzubringen. Sie sagten: »Die Erfahrung lehrt ...« und »Wenn du erst einmal soviel über die Natur des Menschen weißt wie ich ...« oder »Werde erst einmal so alt wie ich, Philylla ...« Als sei es von Vorteil, alt zu sein! Philylla wußte, daß die neuen Ideen gut waren, und wenn man es bestritt und ihr sagte, daß sie sich nicht verwirklichen ließen, bloß weil die meisten Menschen zu gierig, zu faul und zu selbstsüchtig seien, wurde sie so wütend, daß sie es kaum ertragen konnte. Dann rannte sie in den Vorratsraum, versteckte sich hinter den großen Ölkrügen und weinte. Sie wünschte sich jemanden, der mit ihr weinte und ihr in ihrer Überzeugung, alle Erwachsenen seien blöd, zustimmte und der mit ihr den feierlichen Eid schwor, niemals so zu werden, wie alt an Jahren sie auch werden mochten. Manchmal stellte sie sich vor, Agiatis stünde neben ihr, aber sie wußte, daß die Königin zu geduldig und zu sanft war, um so von ganzem Herzen zu hassen. Manchmal war es eine der Ehrenjungfern, die ähnlich dachte wie sie, und manchmal auch einer dieser beiden: Berris Dher, dem sie alles erklären konnte und der ihr immer zuhörte, oder Panteus, der *ihr* immer alles erklärte. Sie wußte nicht, wer ihr lieber war. Panteus war zuweilen recht furchteinflößend; er stand auch dem König zu nahe. Beide waren jetzt mit dem Heer fort. Sie zogen in die Schlacht! Philylla empfand es als ungerecht, daß sie kein Soldat sein konnte!

Es war eine Woche nach ihrem Geburtstag, und sie wäre gern gleich zurück in die Stadt gefahren. Alles schien falsch zu laufen; sie war Vater und Mutter gegenüber frech gewesen und hatte sich dann überschwenglich entschuldigt. Die Geburtstagsgeschenke hatten ihr nicht gefallen, die Kleider und Schmuckstücke und Kämme; sie hatte Angst, die neuen Ohrringe zu verlieren, und Themisteas hatte sie ausgelacht, weil sie ein eigenes Pferd haben wollte. Zwar hatte er vorgeschlagen, ihr eines seiner Rennpferde zu schenken, das dann unter ihrem Namen laufen würde – aber reiten? Bloß nicht!

Sie schlief gewöhnlich wie eine Haselmaus, aber an diesem Morgen konnte sie es nicht. Sie zog sich an und ging hinaus auf den Hof. Nichts regte sich, selbst die Sklaven schliefen länger. Sie blickte sich um, biß sich die Lippen und löste die Verriegelung des Tores. Sie hörte, wie der Torwächter sich regte; also öffnete sie das Tor flink einen Spalt, schlüpfte hinaus und rannte los. Es war noch früh. Auf der anderen Seite des Tales lagen die Berge in goldenem, frühmorgendlichem Sonnenlicht, aber sie selbst und die ihr vertrauten Hügel in der Nachbarschaft lagen noch im Schatten. Wenn sie ein Pferd gehabt hätte, wäre sie hinübergeritten, auf das Licht zu. So konnte sie nur warten, bis die Sonne über die hohe Bergkette im Rücken des Hauses stieg. Rasch lief sie den Hang hinab.

In einem Dickicht wartete sie auf das Morgenlicht, das über die Weiden auf sie zufloß; es tat so ungeheuer gut, hinaus ins Licht zu springen und sich in der Sonne zu baden. Aber sie ärgerte sich, weil sie nichts zu essen mitgenommen hatte. Das war ziemlich unsoldatisch. Hinter der nächsten Hügelkette lag der Hof ihrer Pflegemutter; sie suchte sich einen dicken Stock und ging weiter, wobei sie vor sich hin sang und summte, für alle eine Nervenqual, außer für sie selbst.

Gut! Auf dem Hof wurde schon gekocht. Sie konnte Essen und Kühe riechen; es würde Milch geben. Sie trat ohne anzuklopfen ein. Der Raum schien voller Leute, wirkte aber nach dem Morgenlicht dunkel. Tiasa und die anderen Frauen liefen umher und berührten sie; sie merkte plötzlich, daß sie ebenso groß war wie die anderen, größer sogar als einige der Heloten. Angst empfand sie nicht. Man brachte ihr Schweinekutteln und Brot und goß ihr schäumende Milch aus einem Eimer in eine Schale. Die Frauen streichelten ihre goldenen Locken. Auf einem niedrigen Bett in der Ecke, das sie zuerst nicht gesehen hatte, lag eine Frau mit einem Säugling, der in weiche Tücher gewickelt war. Sie nahm das Brot in die Hand und ging hin, um sie anzusehen. Auf der Bettkante saß ein junger Mann, der die nackten Beine und Füße der Frau streichelte. Philylla sah ihn aus dem Augenwinkel an, aber ihre Pflegemutter kam herüber und drohte ihm mit der Faust.

»Steh auf, du Hund!«

Der Mann sah sich um, grinste und sprach Philylla an: »Das wird es bald nicht mehr geben – nicht, wenn wir alle Herren sind.«

Philylla hielt die Luft an, als sei sie geschlagen worden, aber sie hob die Hand, um Tiasa zurückzuhalten, die an ihrer Statt antworten wollte. Der Mann war jetzt halb aufgestanden, starrte sie an und lehnte sich gegen einen der Balken. Und da waren noch andere – wie viele, konnte sie nicht sagen –; sie standen hinten im Dunkeln und lachten und warteten auf ihre Reaktion. Die Frau auf dem Bett lauerte ebenfalls, hatte die nackten, schmutzigen Zehen hochgestreckt.

»Warum redest du so mit mir?« fragte Philylla. Ihre Stimme klang angemessen ruhig.

»Du weißt schon«, entgegnete der Mann.

Da spürte sie etwas Sonderbares: Mit seinen Worten hatte der Mann eine Art Gemeinschaft zwischen ihnen hergestellt; es war, als habe er gewagt, sie zu berühren. Einen Moment lang wollte sie diese Gemeinschaft zerstören; sie hörte, wie sich ihre Pflegemutter hinter ihr aufplusterte, und hinter ihr standen alle Mächte über Leben und Tod, Gefangenschaft und Folter und Mißhandlungen, und das Opfer war still und voller Demut, hatte die Hände gefaltet und den Kopf gesenkt. Das vereinte Erbe von Vater und Mutter regte sich in ihr und lehnte sich gegen die Heloten auf. Aber ihre eigene erhobene Hand hemmte sie und gab ihr die Zeit, an Agiatis zu denken. Sie spürte, wie sich ihr Blut beruhigte. Dann sagte sie: »Du meinst die Neue Zeit?«

Die Heloten nickten, murmelten etwas und rückten näher. Es waren vier junge Männer. Plötzlich stieß sie einen leisen Seufzer aus und öffnete eine Hand. Sie hatte die Gemeinschaft für sich angenommen. Mit einemmal empfand sie einen tiefen Stolz, wie sie ihn als Spartanerin niemals zuvor erlebt hatte. Sie hob den Kopf. »Woher wißt ihr ... daß ich dem König folge?«

»Panteus hat es Phoebis erzählt, und Phoebis uns.«

Lächelnd und mit neuer Sicherheit sah sie die Männer an. Sie waren groß und breitschultrig, drei mit kurzen Bärten, einer jünger. Ihr wurde klar, daß sie noch nie zuvor einen Heloten richtig angesehen hatte. »Warum seid ihr nicht bei der Armee?« fragte sie.

»Wir sind keine Soldaten, nur Bauern.« Sie feixten.

Wieder warf Philylla verärgert den Kopf zurück. »Wenn die Zeit des Königs anbricht, wird es keinen Platz für Feiglinge geben!«

Ehe einer der Männer antworten konnte, richtete sich die Frau auf dem Bett auf. »Du nennst sie Feiglinge! Was hast du denn selbst zu bieten, meine Dame?«

»Nun, ich weiß nur, *ich* wäre kein Feigling«, erwiderte Philylla.

Der Mann, der zuerst geredet hatte, beugte sich zu der Frau. »Neck sie doch nicht«, sagte er.

»Das tut sie nicht«, sagte Philylla. »Das kann sie gar nicht.«

Die Pflegemutter neben ihr sagte beruhigend: »So ist es recht, mein Lämmchen. Was immer die Leute schwatzen, es wird immer Herren und Diener geben.«

Aber Philylla war nicht zufrieden damit. Sie stand in

der Mitte der Stube, und die Leute sahen sie wartend an. Um ihre Verlegenheit zu überspielen, biß sie von ihrem Brot ab.

Dann ergriff ein anderer Mann das Wort. »Vor hundert Jahren waren die Väter meines Vaters Bürger wie deine Vorfahren. Dann kamen Kriege und schlechte Ernten und Unglück und zu viele Kinder. Sie konnten ihren Anteil nicht bezahlen – und auf einmal waren sie keine Bürger mehr. Aber dem Blut nach bin ich ebenso ein Spartaner wie du, Philylla, Tochter des Themisteas. Jetzt befiehlt mir dein Vater, und daher kannst du dir natürlich das Recht herausnehmen, mich einen Feigling zu nennen.«

Philylla merkte, daß sie rot wurde. Die Worte des Mannes hatten einen großen, leeren Raum hinterlassen, den sie mit einer Antwort füllen mußte. Sie schluckte schwer an dem letzten Stück Brot. Ihre Stimme schrumpfte zu einem lauten Flüstern. »Das wußte ich nicht.«

Aber der Mann fuhr fort, als habe er sie nicht gehört. »Ich bin jetzt also nichts Besseres als ein Sklave; sie sind meine Brüder.«

Plötzlich fand Philylla ihre Stimme wieder. »Gut – aber werdet ihr in der Neuen Zeit dem König als Soldaten dienen?«

Es war, als ob etwas durchbrochen worden wäre. Alles wurde deutlicher. »Das hoffen wir«, antwortete der erste.

»Oh«, rief Philylla, »ich wünschte, ich könnte es auch. Es tut mir leid.«

Es war nicht klar, ob es ihr leid tat, nur ein Mädchen zu sein oder daß sie sie Feiglinge genannt hatte, aber es war, als atmeten jetzt alle etwas leichter. Sie trat vor und streckte dem Säugling unsicher einen Finger hin.

Der Mann setzte sich wieder ans Fußende und streichelte die Füße der Frau. »Das ist mein Kind«, sagte er, »und hier liegt meine Frau. Sie hat gern Kinder von mir.« Verlegen zog Philylla die Hand zurück. Die Frau starrte sie herausfordernd an. Sie war eine kräftige, gut aussehende Person; ihr Haar war lang und strähnig und mit großen Kupfer- und Korallennadeln hochgesteckt. Philylla fühlte sich ihr gegenüber schrecklich jung. Der Mann sagte: »Sie will noch ein Kind von mir. Ist nicht schwierig. Wenn sie kommen, behalten wir sie auch. Sie können auf dem Feld helfen. Das Land wird unter ihnen aufgeteilt, ohne viel Aufhebens. Für dich war ja alles schön und gut, Philylla, aber weißt du, was mit deinen jüngeren Schwestern geschah?«

Philylla verstand ihn nicht und sah ihn verwirrt an. Dann hörte sie ihre Pflegemutter: »Ach, sei still ...« Aber der Mann fuhr fort: »Wußtest du nicht, daß es noch drei andere gab, die nicht groß werden durften?«

Einen Moment lang geschah nichts; nichts drang zu ihr durch. Dann stürzten gleich mehrere Dinge auf einmal auf sie ein, Erinnerungen, Dinge, über die sie hatte tuscheln hören – schreckliche Dinge.

»Oh ...«, stöhnte sie auf. Sie spürte Tiasas Arm um ihre Schulter und ihre vertraute Stimme, mit der sie den Männern die Meinung sagte. Sie setzte sich auf die Bettkante, nahm den warmen, milchigen Geruch der Frau und ihres Kindes wahr, spürte, wie ihre Hand gestreichelt wurde und versuchte nicht einmal, sie fortzuziehen. Sie hörte nicht mehr zu.

Nach einer Weile blickte sie wieder auf und schüttelte sich. »Reden wir von etwas anderem. Habt ihr irgendwelche Neuigkeiten, die ich noch nicht weiß?«

Plötzlich war sie ein General, der mit seinen Untergebenen eine wichtige Besprechung hat.

»Sie liegen jetzt vorm dreckigen alten Megalopolis«, sagte der jüngere Mann, »aber Aratos will nicht kämpfen. Er weicht aus, taucht nicht auf und erschöpft unsere Leute, die ihn erwischen wollen. Aber er ist ein alter Mann. Unser König ist jung und wird ihn schon noch kriegen, genau wie das letztemal, da hat er auch gewonnen! Es heißt, die Generäle des Bundes können sich untereinander nicht sonderlich leiden. Ich weiß nicht, aber Aratos ist ein Sikyer, und die verstehen sich aufs Kaufen und Verkaufen, ob es Stoffe sind oder Freunde! Er ist kein Soldat. Wenn er einen Pfeil heranschwirren hört, flattert sein Herz, und sein Blick fährt zum Himmel. Und wenn er einen Speer sieht, rennt er schnell hinter den nächsten Baum und entleert sich.«

»Das habe ich auch gehört«, erwiderte Philylla höflich. Sie hatte sich von dem Schreck erholt. »Ich weiß auch nicht, wieso der Achaeische Bund mit einem solchen Mann an der Spitze so stark bleibt.«

»Dahinter steckt Geld«, sagte der Mann wissend und schüttelte vielsagend den Kopf. »Ägypten ... Schwarze ... Krokodile ...«

»Ach«, meinte Philylla, »Ägypten ist ein sehr kultiviertes Land. Eines meiner Kleider, die ich zum Geburtstag bekam, ist aus ägyptischem Musselin. Sie haben dort Pflanzen, aus denen Wolle wächst, wie winzig kleine Schafe. Habt ihr davon gehört? Es stimmt! Sie müssen viel Geld haben. Aber am Ende werden die Schwerter siegen.«

»Die Schwerter und der Wille des Königs!«

Philylla gefiel sich in ihrer Rolle als General und Erwachsene. Aber da unterbrach sie die Pflegemutter: »Ihr und euer König Kleomenes! Er umschwänzelt euch alle – wie eine Frau! Als wenn sich die Dinge jemals auf diese Weise geändert hätten! Er ist nicht besser als alle anderen, der Gute. Soll ich euch was über ihn erzählen?«

»Wenn es interessant ist«, erwiderte Philylla etwas verärgert, »aber ich glaube, das ist es nicht. Der König ist wie ein schwarzer Stier – und die dummen Geschichten über ihn sind wie Fliegen. Wir hören das Summen nicht.«

Tiasa setzte sich auf einen Schemel und legte die Arme um Philylla, die sich aus alter Gewohnheit zwischen ihre Beine gestellt hatte. Sie wechselten schwere Blicke – Liebe darin und Wut und was auf halbem Wege dazwischen Verwirrung stiftet.

Die Frau fing an zu erzählen. »Seit Anbeginn der Zeit hat es immer zwei Könige in Sparta gegeben, einen für den Frieden und einen für den Krieg, einen, der kam, und einen, der ging, einen Beständigen und einen allzeit Bereiten, und zwei für die Brüder Hellenas. Euer Kleomenes ist König der einen Linie. Agis gehörte zur anderen. Als Agis starb ...«

»Ermordet wurde!«

»Na gut, der Arme, ihm wird's jetzt wohl egal sein.

Also, nach ihm folgte sein kleiner Sohn auf den Thron. Aber das Kind starb, wie es eben so geschieht, selbst dann, wenn man das Kind noch so sehr braucht. Da wurde Archidamas König, Agis' jüngerer Bruder, der in den schlechten Zeiten geflohen war. Euer Kleomenes schickte nach ihm, und er kehrte aus Messene zurück ...«

»Ich kenne die Geschichte«, sagte einer der Männer. »Sie ist nicht wahr.«

»Um so besser«, meinte die Frau und fuhr fort: »Er war noch keinen Monat wieder da, als er in einer schönen Nacht zwischen Monduntergang und Hahnenschrei ermordet wurde. Man hörte nur wenig darüber; man hätte denken können, Sparta habe nur einen einzigen König: Kleomenes. Wer immer es tat, er wurde nie gefunden und wohl auch nicht viel gesucht. Und seitdem hat in dieser Linie keiner mehr die Königswürde beansprucht. Aber ich denke mir, daß es für Kleomenes mit seinen hochfliegenden Plänen so doch viel einfacher ist – ohne einen zweiten König neben sich, der vielleicht die Gesetze respektiert ...«

Philylla legte eine Hand auf die Brust der Frau. Das tiefe, völlige Vertrauen zwischen ihnen, das da noch vor gar nicht langer Zeit gewesen war – der Gedanke daran tat ihr jetzt weh. Sie sah sich selbst, klein und häßlich, wie sie an den braunen Warzen hing und saugte und sabberte und hilflos in diesen Händen lag. »Wenn du nicht meine Pflegemutter wärest«, sagte sie, »hättest du nicht gewagt, mir das zu sagen.«

»Aber ich bin es, mein Lämmchen, und deshalb wage ich es. Es ist gut, wenn du auch mal was anderes hörst.«

»Als ob ich es zu Hause nie hören würde! Hör zu; du darfst das nie wieder sagen. Niemals. Kleomenes hat so etwas nie getan. Ich schwöre es. Ich weiß es!« Sie drehte sich den Männern zu. »Wir werden es nicht dulden«, sagte sie. »Wir treten für den König ein und die Gerechtigkeit und das schwere Leben und die Wahrheit!«

»Ja«, antwortete der Mann, der zuerst geredet hatte, »aber jetzt mußt du zurückgehen, sonst wird man dich vermissen und Leute nach dir ausschicken. Es wäre schade, wenn du hier gefunden würdest. Viel Glück, Philylla!« Dann scharten sie sich um sie und küßten ihr die Hände, und auf einmal war sie eine Königin – wie Agiatis!

Viertes Kapitel

Nach der Schlacht von Leuktra zogen die Leute aus Marob zurück in ihr Quartier, ein halbes Dutzend Zelte in einem ummauerten Obstgarten. Grüne Mandeln hingen schon schwer an den Zweigen. Berris hatte diese Früchte noch nie zuvor gesehen. Er war noch ganz benommen und fühlte sich sehr unzufrieden. Es war alles gerade erst passiert.

Es war ein wirrer, anstrengender Kampf gewesen. Tarrik liebte so etwas, er nicht. Sie waren in Gräben gesprungen und wieder herausgeklettert und hatten die Pferde vor bröckelnden Steinmauern zurückgelassen, und dann ging es darum, wer schneller auf der anderen Seite war, sie oder der Feind. In Gärten mit lächerlich geraden Kohlkopf- und Bohnenreihen verlor er den Anschluß an seine Freunde, irrte durch Furchen und Pfade an Kornfeldern entlang, bis zur letzten Sekunde unsicher, ob der Reiter, der auf ihn zukam, Freund oder Feind war. Dann hatten er und Tarrik und etwa ein Dutzend anderer Männer aus Marob sich auf einem Stück Brachland gesammelt, zwischen Kompost und Abfall. Am anderen Ende lag ein Schuppen mit einer Weinpresse. Einer holte einen Helm voll Wasser, und sie tranken. Dann hörten sie Kampfeslärm und eilten zu ihren Pferden. Sie schossen mit Pfeilen auf die gegnerischen Pferde und brachten drei oder vier Tiere zu Fall. Dem Rest stellten sie sich mit ihren Speeren. Berris geriet zufällig vor den Anführer der feindlichen Horde, und es gelang ihm, ebenso zufällig, ihn zu treffen. Später dann erzählte ein Gefangener, ein Mann aus Megalopolis, daß es Lydiades gewesen sei, einer der wichtigsten

Generäle des Bundes. Sofort fiel Berris sein Versprechen ein.

Er war abgestiegen, um sich den Mann anzusehen. Lydiades war noch nicht tot; er bewegte sich noch, war aber bewußtlos. Der Speer hatte ihm die Brust durchbohrt, doch die Wunde blutete nicht stark. Er sah vornehm aus, mit glatter, heller Haut, Hals und Schultern wohlgeformt. Plötzlich befiel Berris tiefes Bedauern; er hatte etwas Unersetzliches zerstört. Er kniete neben Lydiades nieder und starrte auf das schreckliche Loch, das sein Speer gestoßen hatte. Er versuchte, es zu schließen, so zu tun, als sei nichts geschehen. Aber es nützte nichts. Lydiades starb. Über die Leiche hinweg starrte Berris zu einem der Gefangenen. Der Mann hatte sich ebenfalls hingekniet, und sein Gesicht war so verzerrt von Trauer und Wut, daß auch Berris sein Mitgefühl nicht mehr verbergen konnte. »Erzähl mir von ihm«, sagte er.

»Er war der Beste«, antwortete der Mann, »der Beste von uns allen. Er hielt seit einem Jahr die Macht bei uns, und wenn er gewollt hätte, hätte er als Tyrann an der Macht bleiben können, denn niemand liebte Ruhm und Pracht mehr als er. Er aber entschied sich anders. Er schaffte aus freien Stücken die Tyrannis ab, gab uns die Freiheit wieder und ließ uns selbst entscheiden, ob wir uns dem freien Achaeerbund anschließen wollten. Er war mutiger, großzügiger und hochherziger als alle anderen, und nun hat der alte Hund Aratos, der Sohn des Klinias, ihn umbringen lassen!« Der Mann brach in Schluchzen aus. Berris blickte wieder auf Lydiades hinab und bewunderte das schöne Ebenmaß seiner Arme und Beine sowie die prächtige Rüstung. Schild und Helm waren über und über mit goldenen Kometen und Gorgonen verziert, und in der Nähe dieses Toten, ihres Eigners, erlaubte sich Berris kein Urteil über ihren künstlerischen Wert.

Man berichtete es König Kleomenes. Aus zweierlei Gründen war er wütend und aufgebracht: Zunächst einmal war Lydiades, obzwar sein Feind, im Rat des Bundes eine wichtige Stimme gegen Aratos gewesen, und Aratos war der einzige im Bund, den der König wirklich fürchtete. Außerdem hatte Kleomenes sich Lydiades immer irgendwie als Verbündeten vorgestellt, und Sphaeros teilte diese Hoffnung. Schließlich herrschte Bestürzung darüber, daß ein Mann wie Lydiades, der ebenfalls von der stoischen Philosophie beeinflußt war und zumindest eine einem stoischen König angemessene Tat vollbracht hatte, einfach so in einem Scharmützel umgekommen war. Er befahl, die Leiche in sein Quartier zu bringen, und bedeckte sie mit einem seiner eigenen Purpurmäntel, um sie so in allen Ehren nach Megalopolis zurückbringen zu lassen, dessen Tyrann der Tote einst gewesen war. Er ließ die Leiche von einem halben Dutzend Gefangener begleiten, die seinen Kummer und die Geste mit dem Umhang gesehen hatten und beides für aufrichtig hielten.

Hippitas hinkte hinüber zum Zelt der Skythen und erzählte ihnen alles. Sie wurden wütend, und Tarrik entschloß sich, nicht länger zu bleiben in diesem Sparta, das ihn nur enttäuschte. Hippitas beruhigte sie; er schätzte die Barbaren seit dem Kampf erheblich höher ein. Er glaubte nicht, daß der König ihnen einen Vorwurf machte. Ein Großteil der Spartaner, darunter Therykion, war ohnehin gänzlich anderer Meinung und hocherfreut über den Tod des gegnerischen Heerführers. Tarrik war etwas besänftigt, aber nicht ganz. Hippitas machte sich auf den Weg zu Sphaeros, damit der mit seinem ehemaligen Schüler sprach.

Sphaeros war beim König, also wartete Hippitas draußen in der Sonne. Er hatte sich nach dem Kampf die Rüstung ausgezogen und sich gewaschen, und jetzt trug er nur ein loses Leinenhemd. Er fühlte, wie darunter der Schweiß an seinem Körper herabperlte. Er war froh, daß sie die Schlacht gewonnen hatten; er freute sich, nicht schon zu alt zu sein und noch Freude am eigenen Körper zu haben. Wenn die Zeit des Königs kam und Sparta wieder erblühte, würde alles noch besser werden. Es wäre gut, wenn Sphaeros die Barbaren möglichst bald aufsuchen würde, um ihnen zur Vernunft zu raten; er selbst tat sich mit solchen Reden schwer.

Er ging hinüber zum Zelt des Königs. Im Schatten

davor standen zwei große, einfache Wasserkrüge; liebevoll strich er mit den Händen über die kühlen, feuchten Bäuche. Von drinnen konnte er die Stimme des Königs hören, aber er verstand nicht, worum es im einzelnen ging. Panteus stand nach mazedonischer Art mit einem langen Speer vor dem Zelt und hielt Wache. Er runzelte die Stirn und bedeutete Hippitas mit einer Handbewegung, sich zu entfernen. Hippitas ging an den Krügen vorbei zurück, nahm einen Schluck und setzte sich unweit vom Zelt auf einen Stein, so daß er Sphaeros beim Herauskommen sehen würde. In seinem Gürtel befand sich eine frische Knoblauchzehe, und er begann, sie zu zerkauen.

Im Zeltinnern lagen eine Matratze, die tagsüber mit weichen Fuchsfellen bedeckt war, ein paar eingerollte Decken und ein paar nicht sonderlich saubere Kissen. An den Seiten standen drei geschnitzte Eichentruhen mit bronzenen Beschlägen und Scharnieren sowie Ringen an den Enden zum Tragen. Daneben standen ein paar Klappstühle aus Bronze und bemaltem Leder und ein Klapptisch mit Furniermuster für die verschiedensten Spiele. Auf dem Tisch lagen ein paar Schreibtafeln und eine Rolle ägyptisches Papier mit Feder und Tinte. Sphaeros saß an einer Seite des Tisches, König Kleomenes an der anderen. Panteus, draußen vor dem Eingang, konnte jedes Wort verstehen, das sie sprachen.

Sphaeros sah unzufrieden aus, verwirrt und alt. Kleomenes starrte ihn mit einem schmalen, grimmigen Lächeln an, das seine weißen Zähne entblößte. »Nun?« fragte er.

Sphaeros fingerte an den Schreibfedern. »Ich muß dich etwas fragen«, sagte er. »Was geschah, nachdem Archidamos nach Hause kam, um seine Stellung als Nebenkönig einzunehmen?«

»Was hat man dir denn erzählt?«

Sphaeros seufzte. »Das weißt du ebensogut wie ich, Kleomenes. Mußt du mich immer zum Narren halten?«

»Nun gut«, erwiderte Kleomenes. »Wenn du es wissen willst, sollst du es hören. Ich glaube, ich weiß, was du gehört hast. Das meiste daran stimmt. Ich wußte, daß er getötet werden sollte, und hätte es verhindern können, aber ich habe es nicht getan. Man kann also ohne Umschweife sagen, ich hätte ihn umgebracht. Also, Sphaeros, da hast du deinen Schüler!«

»Wie kannst du das vor dir selbst rechtfertigen, Kleomenes?«

»Muß ich das? Gut, wenn du es wünschst ... anderen gegenüber würde ich es nicht tun. Ich habe ihn damals, nachdem das Kind gestorben war, gebeten, aus Messenien zurückzukommen, hatte gedacht, wir könnten sogar zusammenarbeiten. Aber als er ankam und ich ihn sah, merkte ich, daß er Angst hatte. Agis hatte sich umbringen lassen, weil er zu sanft und zu gut war. Aber sein Bruder hier war bloß sanft und sonst nichts. Er hätte mich, bewußt oder unbewußt, behindert, hätte um Gnade und Kompromisse gebeten, wo es nicht geht, wo man es schon damit versucht hat und dennoch nicht weiterkam. Es ist ein Jammer, daß er getötet werden mußte, er wäre bestimmt auch von Nutzen gewesen ... nur aber als König von Sparta – ausgerechnet jetzt – ganz gewiß nicht.«

»Und so bist du also alleine König. Nach sechshundert Jahren friedlicher Zweierherrschaft.«

»Muß ich meinen Lehrer bitten, nicht über eine Sache zu jammern, die ihm im Grunde doch völlig gleichgültig ist? Als ob es von Bedeutung wäre, daß die Zweierherrschaft alt ist! Als nächstes wirst du mir noch erzählen, daß mich die Zwillinge mit einem Fluch belegt haben! Ich bin Alleinherrscher, und mein Sohn wird es vielleicht ebenso. Aber vielleicht ist es besser, zum Altgewohnten zurückzugehen. Es ist klüger, sich seiner Wünsche nicht allzu bewußt zu sein, und vor allem, sie nicht immer auch gleich auszusprechen.«

»Und wenn das Kind nicht gestorben wäre?«

»Vermutlich willst du mich danach fragen, ob ich es ebenfalls umgebracht hätte, Sphaeros? Vielleicht denkst du sogar, daß ich es getötet habe. Das Kind hätte mich nicht behindert; es hätte mit mir zusammengearbeitet. Es war ja nicht nur der Sohn von Agis, sondern auch der meiner Agiatis. Am Tag, als er starb, blieb ich mit ihr an der Wiege.«

»Ich verstehe«, antwortete Sphaeros und schwieg eine Weile beklommen.

Der König winkte Panteus herein. Der Freund trat neben den Tisch und senkte den Speer ein wenig, um nicht gegen das Leinendach zu stoßen. Der König ergriff die freie Hand. »Sphaeros hält mich für einen schlechten Schüler. Wir hätten es nicht tun sollen.«

»Sphaeros ist erst seit ein paar Monaten zurück«, gab Panteus ernst zurück. »Er glaubt noch nicht fest genug an die Neue Zeit – die eigentlich seine eigene Zeit ist.«

Sphaeros blickte von einem zum anderen und erwiderte: »Du, sein Freund, hältst das für eine gute Tat?«

Panteus schwieg einen Moment und schaute auf seinen Speer. Dann sagte er: »Ich will versuchen, dir zu beschreiben, wie mir das alles erscheint, wenn ich mir auch nicht sicher bin, was Kleomenes davon hält. Ich weiß, daß er anderer Meinung ist, weil wir oft darüber gesprochen haben. Ich glaube, daß es notwendig ist, viel über das Gute nachzudenken. Allein, wenn man durch die Berge wandert, oder wenn man lange Nächte hindurch mit Freunden spricht, wenn die Zeit zwischen Mitternacht und der Morgendämmerung wie eine Stunde scheint. Wenn einer genug gedacht und geredet hat und einen Plan im Kopf hegt, wie das Gute Leben aussehen wird, dann kann er handeln, und wenn er richtig gedacht hat, wird auch die Tat richtig. Mir scheint, daß Kleomenes ein solcher Mensch ist.«

»Ich glaube nicht«, wendete Sphaeros ein, »daß ein Mann mit einem so ausgefüllten Leben, mit einer Frau und Kindern, die er liebt und für die er sich verausgabt, jawohl, und mit Armeen und einem Königreich – daß dieser Mann die Ruhe finden kann, darüber nachzudenken, was wirklich richtig sei. Selbst Zeno, mein Lehrer, war sich dessen nicht sicher.«

Kleomenes erwiderte nichts; seine Miene schwankte zwischen Lachen und Ärger.

Panteus ergriff wieder das Wort: »Mir scheint auch, daß zwei Handlungen verschieden sein können, auch wenn beide sich in ihrem Erscheinen und den äußeren Umständen nach ähnlich sein mögen. Alles hängt vom Geist des Mannes ab, der sie ausführt. Eine schlechte Tat, die mit großer Sorgfalt und Voraussicht, aber aus einem Geist heraus begangen wird, der sich der Rechtmäßigkeit der Sache nicht sicher ist, kann gut sein, wenn sie ruhig und schlicht aus einem sicheren und ruhigen Gewissen herrührt. Genau, wie man sich bei einem geübten und sich seiner selbst bewußtem Körper darauf verlassen kann, daß er sich bewegt, wie er sollte. Ich sehe, wohin mein Speer fliegen soll, und er nimmt diese Richtung. Und Kleomenes besitzt einen sicheren Geist, weil er das Gute, das er will, kennt. Archidamos mußte getötet werden. Aber es geschah nur, weil nichts anderes möglich war.«

»Dann wäre es schrecklich für dich, der du ihn liebst, gewesen, zu denken, er habe etwas wirklich Schlechtes getan«, sagte Sphaeros.

»Wir hätten einander nicht mehr lieben können.«

»Und weil das unmöglich war, mußtest du für dich eine Erklärung finden, die darauf hinauslief, daß das, was er tut, nicht falsch sein kann.«

Panteus blickte den König an, berührte ihn aber nicht. »Ich glaube nicht, daß es das ist«, entgegnete er.

Kleomenes mischte sich ein: »Ich glaube nicht, daß Panteus ganz recht hat. Er übersieht die Zukunft. In seiner Vorstellung greift das Denken in die Vergangenheit und das Handeln in die Gegenwart ein, aber es zeigt nicht, wie mich die Zukunft bedrängt, wie sie uns alle mehr oder minder drückt. Archidamos war ein Opfer an die Zukunft, wie es noch viele geben mag, bis es soweit ist. Ich selbst kann zum Opfer werden.« Er schauderte und sank in sich zurück. Panteus legte eine Hand auf seine Schulter und starrte wieder auf den Speerschaft.

Sphaeros erhob sich. »Zumindest, wie ich es verstehe,

zu irgendeinem zukünftigen Nutzen. Du bist über meine Lehren hinausgewachsen, Kleomenes. Ich hoffe nur, nicht auch über die Wahrheit.«

»Ich bin nicht mehr so sicher«, antwortete Kleomenes, »ob die Wahrheit wirklich das Wertvollste ist, das wir suchen. Auch nicht, ob sie unteilbar ist. Dennoch meine ich, daß ich kein schlechter Schüler darin gewesen bin. Übrigens habe ich Agiatis davon nichts erzählt. Es hätte sie unnötig verletzt, wenn ich auch glaube, daß sie meine Gründe verstanden hätte. Sie hat schon genug leiden müssen.«

Er sah Sphaeros fest an. Der Philosoph nickte und ging hinaus. Er war müde und hätte sich gern ausgeruht und über alles nachgedacht, aber draußen wartete Hippitas auf ihn und bestand darauf, daß er sogleich zu Tarrik von Marob gehen müsse, der drauf und dran sei, Dummheiten zu machen.

Tarrik indessen hatte sich einigermaßen beruhigt. Seine Männer hatten ein paar edle Pferde mit vergoldeten Sätteln und ausgezacktem und bemaltem Zaumzeug erbeutet, um die sie nun würfelten. Tarrik selbst aß eingelegten Tintenfisch, der ihm sehr zu schmecken schien. Neben ihm saß ein Spartaner, der Sohn eines Ephoren. Sphaeros dachte, sie redeten über Frauen. Berris war nicht bei ihnen. Als Sphaeros eintrat, blickte Tarrik erfreut auf und rief nach einem weiteren Teller und Oliven. Sein spartanischer Freund grinste und sagte: »Und wie geht's unserem mannhaften Philosophen und seiner Schar?« Sphaeros lächelte, schlug das Essen aus, da er Tintenfisch ohnehin nicht mochte, und fragte Tarrik, ob er noch immer wütend sei.

Tarrik schüttelte den Kopf: »Ich bin wieder bei Sinnen. Sie können jetzt sagen, was sie wollen. Aber ein paar Stunden lang habe ich meinem Lehrer wirklich keine Ehre gemacht.«

Sphaeros brach in kurzes, fröhliches Lachen aus und antwortete: »Meine Schüler sind immer so freundlich, sich selbst die Schuld zu geben!« Und dann fragte er nach Berris.

»O je, Berris!« rief Tarrik. »Der ist verliebt. Das macht alles noch schlimmer. In wen? Liegt auf der Hand. Dieses Mädchen Philylla, eine von den Ehrenjungfern der Königin. Aber er wird's überwinden. Und wir auch.« Er klang trotzig.

Nach der Schlacht herrschte eine Weile Ruhe. In den Reihen des Achaeischen Bundes verstärkte sich der Eindruck, daß Aratos, als Führer des Hauptteils der Armee, Lydiades und die Kavallerie nicht genügend unterstützt und man eben deshalb verloren habe. Einige hielten es für absichtlichen Verrat, andere verwiesen auf Aratos' Scheu vor dem Kämpfen im Felde. Schließlich entschied man, ihm kein Geld mehr zu geben; wenn er den Krieg fortsetzen wolle, solle er selbst bezahlen. Und das tat er auch eine Zeitlang. Er war ein sonderbarer kleiner Mann; andere Menschen interessierten ihn nicht. Was ihn überaus interessierte und antrieb, waren seine etwas schlichten politischen Ideale, der Achaeische Bund der Freien Städte – Oligarchien natürlich. Er hatte Aristoteles gelesen. Die einzige Chance für das Griechenland seiner Zeit sah er im möglichst engen Zusammenschluß der Städte. Die Kleinstaaterei in der Vergangenheit war seiner Ansicht nach recht romantisch und aufregend gewesen, aber das war eben vor jener Zeit, da die Generäle Alexanders und ihre Nachfolger innerhalb von nur hundert Jahren aus Barbarenländern reiche und mächtige Königreiche geschaffen hatten: Ägypten, Mazedonien, Syrien, Kappadozien und so weiter. So, wie es jetzt stand, brauchte Aratos Hilfe und mußte sich hier und dort verpflichten. Er besaß nur wenige Freunde, aber er hatte einen Sohn, und er führte Tagebuch. Irgendwann, so dachte er, wird die Welt es lesen und mir recht geben – wenn er erfolgreich war. Die Meinung der Welt galt ihm viel, aber es war ihm egal, ob es seine Welt war oder eine zukünftige. Wieder und wieder geriet er in Wut, wenn er an Kleomenes dachte. Es war

Wut darüber, daß nach vielen Generationen der Mittelmäßigkeit das Schicksal einen spartanischen König hervorgebracht hatte, mit dem man rechnen mußte. Mit seinen revolutionären Ideen hatte dieser Kleomenes bei der großen Masse der Menschen in den freien Städten des Bundes, die nicht zu den jeweiligen Oligarchien gehörten, großen Erfolg. Dennoch glaubte Aratos, daß am Ende der Verstand siegen würde, und der stand gewiß auf seiner Seite.

Tarrik beschloß mit einem Male, Athen zu besuchen, und setzte den Plan auch gleich in die Tat um. Mit Berris und einem halben Dutzend anderer reiste er auf dem Seeweg in die Stadt. Athen hatte bis vor wenigen Jahren unter der Herrschaft der Mazedonier gestanden, aber nicht sonderlich darunter gelitten. Jetzt war es wieder frei, die fremden Garnisonen waren abgezogen, und es herrschte fast völlige Demokratie. Es war Aratos gewesen, der Athen von dem mazedonischen General freigekauft hatte, denn er hegte eine sonderbare Leidenschaft für die Stadt, obgleich die Athener ihn und den Bund irgendwie mißachteten, ohne dabei allerdings Kleomenes von Sparta irgendwelche Sympathien entgegenzubringen.

Athen war an fremde Reisende gewöhnt. Auf Tarrik und seine Freunde wartete ein unvermeidliches Besichtigungsprogramm. Beim letztenmal, als er als kleiner Junge mit seiner Tante Eurydike in Griechenland gewesen war, hatten sie in Korinth ein recht zurückgezogenes Leben geführt. Ein Lehrer kam ins Haus, um Charmantides eine gute griechische Aussprache beizubringen und ihm die Grundlagen der Geschichte zu vermitteln. Er war damals ein paar Tage in Athen gewesen, aber seine einzige Erinnerung daran war, daß ihn sein Lehrer entschlossen an die historischen Stätten schleppte und ihn dort stillstehen und der Lektion lauschen ließ. Oder sie trafen einen anderen Schlaukopf, und die beiden unterhielten sich endlos und sterbenslangweilig, während der kleine Tarrik herumspielte und gähnte und sich nicht außer Sichtweite entfernen durfte. Er erinnerte sich noch an den Stand mit Süßigkeiten, an dem sie immer vorbeigegangen waren – ja, wirklich leider immer *vorbei*! Er versuchte, ihn jetzt wiederzufinden, um sich mit Schleckereien einzudecken, aber der Stand war verschwunden, zurückgelassen im langsam wachsenden platonischen Königreich des Unerreichbaren.

Aufregend war die Reise nach Athen zweifellos. Immer spürten sie irgendwie das Meer: Es verdrängte die Erinnerung an die Berge, die sie in Sparta und Megalopolis Tag um Tag umschlossen hielten. Und dann gab es wirklich Schönes zu schauen. Zuerst sahen sie den Wald vor lauter Bäumen nicht; es war schwer, das Knäuel von Eindrücken zu lösen, und wenn es um Statuen und Bilder ging, erinnerten die ihnen empfohlenen Führer sie oft auf quälende Weise an Epigethes. Berris wurde unhöflich und wurde entsprechend zurechtgewiesen. Schließlich ging er auf eigene Faust los, und später schleppte er Tarrik mit sich, um ihm soviel wie möglich von dem, was er entdeckt hatte, zu zeigen.

Zuerst hatte Berris zu seinem Ärger nichts als einen recht konventionellen Naturalismus vorgefunden, zumindest der Idee nach. Ob Marmor oder Metall, alles wirkte weich und plastisch und wurde behandelt wie Fleisch oder Ton, ohne daß dem Material gestattet wurde, seine eigene Gestalt zu zeigen. Er hatte noch nicht jene kalten, logischen Linien und Formen entdeckt, die er suchte. Das einzige, das ihn lange Zeit begeisterte, waren die leuchtenden Farben – tiefes Gelb und Rot und Schwarz –, die aus dem überall gleißenden Licht hervortraten. Wenn Marmor so behandelt werden mußte, wie es den Leuten hier zu gefallen schien, konnte man ebensogut so tun, als handele es sich um ein anderes Material, und es mit Farbe überziehen – aber selbst das taten die modernen Bildhauer nicht.

Die Gemälde machten ihm große Freude. Er hatte nur wenige zuvor gesehen und fand Gefallen daran, herauszufinden, was mit Perspektive und Gruppierung erreicht werden konnte. Ein Bild des Philoxenos von Eretria gefiel ihm besonders: Es war eine riesige Schlachtszene mit Alexander und seinen Generälen. Den Hintergrund füllten lange, gerade oder schräg gehaltene Speere aus. Eine zwanzig Fuß lange Mauer wurde von diesen alten mazedonischen Sarissas geschmückt. Ein anderes Bild vom gleichen Maler zeigte als Hintergrund Palmenstämme, die eine ganz ähnliche Wirkung wie die Waffen erzielten.

Schon nach wenigen Tagen gelang es Berris, die Bekanntschaft eines jungen Malers zu machen. Er war Schüler einer der bekannten Werkstätten und gestaltete die Rückwand einer Kolonnade, die ein paar reiche Bürger der Stadt zum Geschenk gemacht hatten. Sie führte am neuen Fischmarkt entlang und wurde mit Szenen bemalt, die Fischerjungen beim Entleeren ihrer vollen Netze zeigten. Berris genoß diese Zeit, in der er viel über die technische Seite von Mustern und Materialien lernte. Bald half er, die Farben zu mischen und die Pinsel zu säubern. Alles mußte sehr schnell geschehen, ehe der Verputz trocknete. Am Ende war ein beträchtlicher Teil dieser Athener Kolonnade von Berris Dher gemalt, der auch noch einen gewaltigen Stör von der Art hinzufügte, wie man sie in den landeinwärts liegenden Sümpfen südlich von Marob fing.

Keiner der Athener Künstler, die er kennenlernte, schien seine Arbeit so ernst zu nehmen wie er; aber es schadete nichts, es einmal anders zu sehen, und die ganze Zeit über lernte er hinzu. Denn geschickte Handwerker waren sie alle. Mit Marmor und Stein hatte Berris zuvor kaum gearbeitet, und er hatte Spaß daran, mehr darüber zu erfahren, und beobachtete aufmerksam, wie diese Materialien bearbeitet wurden.

Einmal fragte er sehr vorsichtig, ob jemand einen Mann namens Epigethes gekannt habe. Dem einen oder anderen schien der Name irgendwie vertraut, und endlich erinnerte sich jemand an einen eher zweitrangigen Künstler dieses Namens. Er sei aus einer der großen Bronzegußwerkstätten hinausgeworfen worden, weil er ohne einen hinreichenden Grund die Ersparnisse eines Kollegen an sich genommen habe. Später habe er das Land verlassen müssen, um sich seinen Lebensunterhalt bei den Barbaren zu verdienen. Berris erwiderte nichts auf die Enthüllung.

Er kannte jetzt Hunderte und Aberhunderte von griechischen Bildern, Vasen, Skulpturen und Bronzen und konnte vergleichen und durchaus beurteilen, was echt war und was eine Kopie. Er gewann diese Sicherheit, weil er sich jetzt seines eigenen Könnens sicher fühlte. Tarrik erinnerte ihn daran, daß die alte Unsicherheit gewiß irgendwann einmal wiederkehren würde. Aber Berris glaubte ihm nicht. Vielleicht war er als Junge so gewesen – jetzt war er ein Mann. Drei Wochen lang fühlte er sich wirklich wohl.

Tarrik hatte weniger Glück gehabt. Er war auf der Suche nach einer Weisheit, einer Lebensweise, einer Art zu handeln und zu regieren, aber in Athen fand er nichts, wenn auch die Menschen freundlicher zu ihm waren als in Sparta. Er besuchte die verschiedensten Philosophen, zuweilen auf Empfehlung von Sphaeros, manchmal auf eigene Faust, vielleicht angerührt von etwas, was er zufällig auf der Straße oder im Theater aufgeschnappt hatte. Aber nichts von allem brachte ihn richtig weiter. So trieb er sich dann mit den jüngeren Männern seiner Begleitung herum und mit einem Schwarm athenischer Jünglinge, die sich an ihre Fersen geheftet hatten, verschwendete Unsummen auf Essen und Trinken, besuchte teure Schauspielerinnen oder heckte alberne Pläne aus, wie man über Gartenmauern steigen und die Gattinnen ehrbarer Bürger küssen konnte. Wenn Tarrik sich entschloß, über die Stränge zu schlagen, war er schlimmer als alle anderen. Und Freunde gewann er auf diese Weise natürlich auch keine. Schließlich beschloß er, nach Sparta zurückzukehren.

In der Zeit zwischen der Schlacht und ihrer Abreise war es Berris nicht gelungen, Philylla zu sehen, und einen Brief wollte er ihr nicht schreiben. Er war nicht sicher, wie sie die Tatsache aufnehmen würde, daß er Lydiades getötet hatte. Nach der Rückkehr wollte er sie dann jedoch unbedingt treffen, um ihr alles über Athen zu erzählen. Es dauerte ein paar Tage, ehe sie sich begegneten. Aufgeregt hielt er sie an.

»Du hast mir versprochen, daß ich mit dir über Kunst reden kann, wenn ich einen General des Bundes töte. Du weißt, daß ich es für dich tat, und jetzt gehst du mir aus dem Weg!«

»Ich weiß«, antwortete Philylla, »daß ich in gewisser Weise schuld daran bin, daß Lydiades von Megalopolis getötet wurde. Aber ich gehe dir nicht aus dem Weg, und ich halte meine Versprechen. Aber im Augenblick habe ich keine Zeit, weil wir gerade die Wäsche auf die Bleiche bringen müssen. Wir können uns heute abend treffen, wenn die anderen singen.«

»Aber wirst du denn nicht mitsingen?« fragte Berris, der plötzlich ganz schüchtern wurde und Angst hatte, ihr lästig zu fallen.

»Nein«, erwiderte Philylla entschieden. Sie mochte nicht eingestehen – und schon gar nicht einem Skythen, daß die anderen sie beim Singen nicht dabeihaben wollten. Es hatte ziemlichen Streit darum gegeben, und die anderen waren in der Mehrzahl gewesen.

»Oberhalb der Bleichwiese«, sagte sie, »nach dem Abendessen.«

Ehe sie zur Bleichwiese ging, erzählte sie Agiatis von der Verabredung. Die Königin zeigte sich ein wenig beunruhigt. »Über Kunst und Schönheit zu sprechen, kann gefährlich sein«, sagte sie. »Zwei gefährliche Göttinnen. Du weißt ja, daß wir sie in den alten Zeiten in Ketten hielten?«

»O ja«, antwortete Philylla, »aber du weißt, Liebste, daß ich auf mich aufpassen kann. Er ist ja schließlich kein Mann, sondern nur ein dummer Junge. Und wenn er versucht, mich zu küssen, renne ich einfach die Bleichwiese hinunter. Ich weiß, wo die Holzstäbe stecken, er aber nicht. Er wird stolpern, und auf die Nase fallen.«

Berris versuchte nicht, sie zu küssen; alles, was er tat, war, ihr Handgelenk zu fassen und es im Rhythmus seiner

Worte gegen sein Knie zu klopfen. Philylla war das sehr peinlich, aber die Verlegenheit wäre noch schlimmer geworden, hätte sie ihn gebeten, loszulassen.

Obgleich sein Griechisch sehr gut und flüssig geworden war, verstand sie nur wenig von dem, was er sagte. Am Anfang, als er sich Mühe gab, alles genau zu erklären, und mehr an sie dachte als an das, worüber er sprach, war es noch einfach, aber dann verlor er sich in Einzelheiten und redete wie mit sich selbst, und als sie ihn bat, ihr etwas genauer zu erklären, wurde er ungeduldig. Es gefiel ihr auch nicht, daß er ununterbrochen über Athen sprach. Vergeblich versuchte sie ihn auf Themen zu lenken, die sie interessant fand. Nur wenig von dem, was er sagte, blieb bei ihr hängen, und doch genügte es – wie sie später merkte –, um in ihr ein unbehagliches Gefühl hervorzurufen. Sie war sich nicht mehr sicher, ob ihr die Dinge, die sie bislang für hübsch gehalten hatte, wirklich gefielen, ob sie sie je mit dem richtigen Blick betrachtet hatte – betrachtet, wie Berris Dher es verstand.

Die Sonne versank hinter den Bergspitzen; düstere, gezahnte Schatten breiteten sich aus und zogen zu ihnen herauf. Sie saßen unter einem niedrigen Granatapfelbaum, oberhalb der weißen Quadrate aus gebleichten Leinentüchern, die mit Steinen oder Holzpflöcken festgemacht waren. Auf einem Ast hockte Philyllas Elster und pfiff zuweilen; sie rüttelte an einem Zweig, und Granatapfelblüten fielen herab und blieben einen Moment – hellscharlachrot – auf den glänzenden Flügeln hängen. Berris erzählte von seiner Schwester, und jetzt hörte Philylla aufmerksam zu. Er erzählte von den mit magischen Kräften begabten Frauen von Marob, von der Zauberkraft, die von der Mutter an die Tochter weitergegeben wurde, berichtete, wie man schlechte Hexen ertränkte und selbst ihre kleinsten Töchter im Säuglingsalter das gleiche Schicksal erlitten, denn es konnte ja sein, daß man ihnen schon etwas Schlechtes beigebracht hatte. Gute Hexen dagegen durften leben wie Männer: Sie durften allein über die Felder gehen, Messer bei sich tragen, und wenn sie sich zur Ehe entschlossen, dann waren sie die treuesten

Frauen, denn ihre Magie fesselte sie so sehr, daß sie sich kaum für Liebhaber interessierten.

»Wenn du in meinem Land wohntest, Philylla, wärest du eine Hexe«, sagte Berris bestimmt.

»Meinst du?« entgegnete Philylla und errötete. Und dann fügte sie hinzu: »Es ist bestimmt traurig für deine Schwester, allein zurückgeblieben zu sein.«

»Ja«, antwortete Berris. »Ich wüßte nur allzugern, was sie jetzt macht. Sie wird eine Menge Arbeit haben, weil sie Frühlingsbraut ist und alles in Gang setzen muß. Sie muß mit den anderen Edelfrauen Marobs und allen Hexen, die zu finden sind, über die Flachsfelder gehen. Ich weiß nicht, was sie tun, es ist Frauenmagie, aber sie lassen den Flachs hoch und kräftig wachsen.«

Philylla erwiderte: »Glaubst du das wirklich, Berris? Ich meine ... ich weiß, daß es Zauberei gibt und Leute, die einem die Zukunft voraussagen können, und ich habe selbst einmal einen Ägypter gesehen, der Feuer schlucken und lebendige Tauben aus einem leeren Sack ziehen konnte, aber diese Sache mit dem Flachs? An so etwas glauben hier nur die Sklaven, und wir anderen wissen natürlich, daß die Saat einfach aufgeht und, wenn die Zeit dafür da ist, Regen und Sonne bekommt. Ich wollte, du würdest an solche Dinge nicht glauben, Berris!«

»Ich glaube aber daran! Ich habe doch gesehen, wie es wirkt. Ich kenne meine Schwester, und ich kenne Tarrik, und sie spielen uns nichts vor. Sie sind sicher, es geschieht durch den Zauber, der in ihnen wohnt, und auch ich kann ihn spüren, wenn ich in ihrer Nähe bin.«

»Aber was war, bevor deine Schwester Tarrik heiratete? Wer war da Frühlingsbraut?«

»Immer das Mädchen«, antwortete Berris, »das der Kornkönig sich beim Pflügefest zum Tanz aussucht. Es ist der wichtigste Tag des Jahres. Und was die anderen Dinge angeht, so bekommt jedes Mädchen, mit dem er geht, durch ihn ein wenig vom Zauber einer Frühlingsbraut, etwa für einen Monat oder bis ihr Kind geboren wird, wenn sie eins empfangen hat. Es gibt also immer eine Frau, die genügend Zauberkraft hat, diese Dinge zu tun.«

»Ihr seid ein Haufen Wilder«, antwortete Philylla, stand auf und sprach mit ihrer Elster.

Berris dachte immer noch an seine Schwester, als er hörte, wie jemand wieder und wieder seinen Namen rief. Einen Moment lang erkannte er die Stimme nicht. Er schaute die Bleichwiese hinunter; es wurde schon dunkel. Unten am Hang erkannte er Tarrik, der die Arme merkwürdig von sich gestreckt hielt und ihn rief. Stolpernd kam er dann den Hang hinauf.

»Oh!« rief Philylla. »Er tritt auf die Tücher!« Sie sagte aber nichts mehr, weil auch sie merkte, daß etwas passiert war.

Berris lief Tarrik entgegen. »Was ist los?« fragte er. »Tarrik, was ist passiert?«

Und Tarrik antwortete: »Sie ist tot.«

Berris begann, am ganzen Körper zu zittern. »Ich habe gerade über sie gesprochen«, sagte er. »Das darf doch nicht sein! Es ist nicht wahr! Wer behauptet es?«

»Eurydike ist eingetroffen, meine Tante Eurydike. Sie sagt, Erif sei tot. Meine Frau ist tot!«

Berris stampfte mit den Füßen auf, schluchzte und bohrte die Fäuste in die Augen. Tarrik schwieg.

»Was wirst du tun?« fragte Berris.

»Erif ist tot«, antwortete Tarrik, »und ich habe keine Zauberkraft mehr.« Und dann wandte er sich ab und rannte einen schmalen, gewundenen Pfad zwischen den Granatapfelbäumen hinauf, der in die Berge führte. Berris sah ihm nach, wie er sich zwischen den leise rauschenden Büschen verlor.

Philylla hatte entsetzt und unbeholfen bei ihnen gestanden. Jetzt trat sie zu Berris und berührte seine Hand. Er fiel auf die Knie und begann zu schluchzen und verzweifelt den Namen seiner Schwester zu flüstern. Philylla strich ihm mit kurzen, sanften Bewegungen über die Schulter. »Armer Berris«, sagte sie. »Oh, armer, armer Berris!« Aber er nahm sie nicht wahr.

Dann kamen die Königin und Panteus. Einen Moment lang blieben sie stehen, dann winkte Agiatis Philylla zu sich. Das Mädchen reichte der Königin nun fast bis an die

Schulter und wuchs immer noch sehr rasch. Berris regte sich nicht.

»Armer Junge!« sagte die Königin und drückte Philylla die Hand. Sie fragte, wohin der andere Mann gegangen sei, und Philylla deutete auf den gewundenen Pfad. Dabei fiel ihr auf, wie Panteus der Königin einen raschen Blick zuwarf. »Ja«, sagte sie, und dann zu Philylla gewandt: »Das ist der Pfad, über den König Agis hinauf in die Berge stieg, und als er am Morgen zurückkehrte, brachte er seinen Plan von den Neuen Zeiten mit. Genau das war der Pfad.«

Fünftes Kapitel

Der Weg führte fast stetig bergan. Tarrik hörte auf zu rennen, ging aber doch hastig weiter. Dunkelheit brach herein, er stolperte und stieß sich die Füße an Steinen, zerkratzte sich an dornigem Gestrüpp die Hände. Vor ihm lag die tief verschattete Bergwand. Er schaute sich nicht nach dem Horizont um, der in die Breite wuchs, und nicht nach dem größer werdenden Himmel. Eine Zeitlang vertrieb die Anstrengung alle Gedanken aus seinem Kopf, und er war beinah glücklich. Dann aber kamen die Gedanken und Bilder hartnäckig zurück und ließen Kummer und Sehnsucht in ihm so stark werden und seine Seele so düster, daß, wenn er hier und jetzt an einen Abgrund geraten wäre, er nicht eine Sekunde gezögert hätte zu springen. Er schlug die Hände vors Gesicht, hörte immer wieder die Stimme seiner Tante, die ihm mit Nachsicht und Gefühl die Unglücksbotschaft überbracht hatte. Ganz unerträglich war es, daß er jetzt Erifs Stimme hörte, wie sie ihm Lebwohl sagte. Er entdeckte jetzt alle möglichen Untertöne der Sehnsucht und der Traurigkeit in diesem Lebwohl, und er war verzweifelt, daß er nichts und nie wieder daran etwas würde ändern können.

Allmählich verschwand der Pfad gänzlich. Tarrik überquerte einen Kamm zerklüfteter Felsen und tiefer, feuchter Senken. Er stolperte, und seine Hände griffen in Pflanzenstengel. Er tauchte in eine lichtlose Senke und gelangte wieder heraus, teils durch Buschwerk, teils über Geröll oder nackte Felsen. Es war kälter geworden. Er erreichte die Zone, wo bis vor kurzem noch Schnee gelegen hatte, und wünschte sich, daß die Nacht kein Ende nehme; der Gedanke, daß es Morgen und hell werden sollte und all das Schöne um ihn her bestrahlt würde, war ihm zutiefst abhold – ohne sie, ohne Erif! Als er jetzt die sonderbaren, kühlen Böen spürte, die durch die Senken fuhren, und den zerklüfteten Gipfel vor dem Sternenhimmel wahrnahm, merkte er, daß er sehr hoch hinaufgestiegen war und das Tal tief unter sich zurückgelassen hatte. Er war noch nie zuvor auf einem Berg gewesen; es schien ihm, als habe er ganz Hellas weit hinter sich gelassen. Beine und Rücken schmerzten ihn. Plötzlich legte er sich hin und verfiel in einen etwa halbstündigen, traumlosen Schlaf.

Er erwachte aus seinem Frieden und begriff unvermittelt und ohne Schonung, was geschehen war. Ehe er sich dagegen wappnen konnte, traf es sein Herz, und er stand auf und brüllte seine Wut und sein Elend gegen die Felsen, von denen der Schall seiner Stimme widerhallte. Die Hände rissen an seinem Haar, seinem Umhang, zerrten am Kragen seiner Tunika. Er war ein wildes Tier.

Doch plötzlich geschah etwas sehr Sonderbares. Da fühlte er etwas Warmes auf seiner Brust und sah hin, und da, unter dem zerrissenen Hemd, glomm der Stern, und es war das gleiche Licht wie vor seiner Ankunft in Hellas.

Er sprang auf die Füße und schrie immer und immer wieder ihren Namen: »Erif! Erif!« Und die Felsen warfen seine Stimme zurück, und die Sterne zitterten, und die großartige Nacht lag unverändert um die Berggipfel, und der Kornkönig von Marob fühlte, wie Zauber und Gotteskraft in ihn zurückkehrten.

Von Zeit zu Zeit rufend, kletterte er weiter durch die Nacht und in die Morgendämmerung, und als die Sonne aufging, stand er auf einem sehr hoch gelegenen Joch zwischen zwei Felsenspitzen. Berglilien wuchsen rings umher. Im Osten sah er, silbern und unwirklich, einen breiten Streifen gleißenden Meeres, der mit der steigenden Sonne blauer wurde und immer glaubhafter.

Berris Dher ging zum Haus zurück. Zunächst mied er Eurydike, doch nach kurzer Zeit überlagerte das Verlangen, alles genau zu wissen, den Schmerz. Eurydike war zu Schiff und mit einem ansehnlichen Gefolge nach Gytheon gereist, wo sie sich gänzlich in griechische Gewänder gekleidet hatte. Sie brannte nicht sonderlich darauf, Berris zu treffen. Aber es mußte sein. Das Treffen wurde ihr erleichtert, weil Berris, als sie die Einzelheiten schilderte, einfach nur weinte und keine Fragen stellte.

Um Tarrik machte sie sich große Sorgen. Sie hätte nicht gedacht, daß ihr Neffe nach der langen Trennung, während der keinerlei Zauber auf ihn wirken konnte, und nach dem zweifelhaften Betragen seiner Frau im vergangenen Herbst, noch so getroffen sein würde. Jetzt war er fortgerannt, die Götter wußten wohin, ohne auch nur nach weiteren Nachrichten oder dem Grund zu fragen, warum sie Marob verlassen hatte, obwohl sie doch seine eigene, von ihm selbst ernannte Stellvertreterin war.

Berris erfuhr es später an diesem Tag und am folgenden Morgen von den anderen. Obgleich sie ihn, als Gefolge und Diener Yershas, nicht sonderlich mochten, bekam er nach und nach heraus, daß der Rat von Marob Yershas überdrüssig geworden war. Zu Beginn des Frühlings hatte er sich geweigert, ihr weiterhin zu gehorchen, und man hatte Harn Dher zum Herrn von Marob ernannt. Gelber Bulle war bereits durch Tarriks Befehl Kornkönig. Die Rituale beim Pflügefest hatte er mit seiner Schwester Erif Dher vollzogen, denn sie, und nicht etwa Essro, war immer noch die Frühlingsbraut, und damit waren alle zufrieden. Das Wetter war nicht sonderlich gut ausgefallen, aber es konnte im Verlauf des Jahres noch besser werden.

Das war es, was Berris Dher erfuhr. Yershas Diener hatten den Befehl erhalten, bestimmte wichtige Einzelheiten über seine Schwester zurückzuhalten. Was er herausbekam, war, daß sie von einer schleichenden Krankheit befallen worden sei, Fieberanfälle hätten sich eingestellt, und daß sie schließlich kurz vor Eurydikes Abreise gestorben sei. Berris' Gedanken schweiften ab. Er konnte sich Marob ohne seine Schwester nicht vorstellen. Die Ernte war ihm egal. Es war ihm nicht einmal sonderlich wichtig, daß sein Vater nun Herr war. Harn Dher bekam gewöhnlich immer, was er wollte. Berris begann zu zeichnen, und eine Weile konnte er vergessen. Aber er war nicht zufrieden. Unvermittelt merkte er, daß die Zeichnungen nichts taugten und alle Einfälle und Ideen gar nicht seine eigenen waren; sie stammten von anderen. Es hatte keinen Zweck. Er steckte in einer Sackgasse.

Tarrik kehrte am Abend aus den Bergen zurück. Unvermutet erschien er im Zimmer seiner Tante. Er fragte sie: »Bist du sicher?« Und Eurydike antwortete ihm, sie sei sich in der Tat sehr gewiß. Dann bat er um weitere Nachrichten und hörte wortlos zu, schien aber weder sonderlich überrascht noch überhaupt aufmerksam. Er sagte: »Also hält sich Harn Dher nun für den Herrn von Marob! Das ist dumm von ihm. Wie lange vor eurer Abreise ist Erif gestorben?«

»Sie war gerade erst tot, mein Junge. Dann ... dann haben sie mich gezwungen zu fahren. Ich konnte für nichts sorgen; sie haben mir kaum Zeit gelassen, meine Sachen zusammenzupacken. Aber wir werden wiederkommen und Gewalt mit Gegengewalt vergelten ... Charmantides ...« Sie legte ihm eine Hand auf den Arm und blickte ihm in die Augen. »Trauerst du sehr um die Tochter Harn Dhers?«

»Nein«, antwortete Tarrik.

Mit einemmal schien sie erleichtert. »Weißt du«, begann sie, »daß sie nach deiner Abreise versucht hat, ihre böse Magie bei mir anzuwenden? Sie war eine größere Hexe, als du je ahnen konntest. Charmantides, mein Lieber, du mußt wieder heiraten, ein reines, griechisches

Mädchen, dem wir vertrauen können. Du bist mir nicht böse, daß ich das sage?«

»Nein«, wiederholte Tarrik. Dann suchte und fand er Berris und fragte ihn: »Berris, hast du gewußt, daß dein Vater Herr von Marob werden wollte?«

»Ja«, antwortete Berris, dem jetzt alles gleichgültig war.

»Ich wußte es auch«, meinte Tarrik, »und sie vermutlich auch. Und jetzt hör mir zu, Berris: Wir werden noch einmal in eine Schlacht für König Kleomenes ziehen und abwarten, ob er ein einziges Mal über die richtige Art des Regierens spricht. Wenn es auf die Ernte zugeht, fahre ich zurück, vielleicht auch schon zum Mittsommer, und da dein Vater nun Herr von Marob ist, vermute ich, daß du ebenfalls zurückkehren wirst.«

Aber Berris sagte nur: »Wirst du für sie Trauerkleidung tragen, Tarrik?«

Und zum drittenmal antwortete Tarrik: »Nein!«

Berris blickte ihn erstaunt an und fragte: »Was ist geschehen, als du in den Bergen warst, Tarrik?«

Aber der Kornkönig wollte oder konnte darauf keine Antwort geben. Er setzte sich allein in ein Zimmer, und Berris ging hinaus und durchwanderte die Stadt, ging im grellen Sonnenlicht umher, bis er Kopfschmerzen bekam.

Philylla sah ihn hinausgehen; sie beobachtete ihn vom letzten Fenster des langen Vorratsraumes aus, aus dem sie Flachs für die Webstühle holen gegangen war. Sie hätte gern etwas gesagt, aber ihr fiel nichts ein. Sie ahnte nichts von dem, was ihm zugestoßen war. Deinicha, die herbeigerannt kam, um nachzusehen, warum der Flachs so lange auf sich warten ließ, überraschte sie und fragte sie, ob sie sich nun endlich richtig verliebt habe und ob es nicht schön sei. Sie war recht mitfühlend. Aber Philylla erwiderte ziemlich wütend: »Kann ich nicht einmal aus dem Fenster sehen, ohne daß ihr gleich alle denkt, ich sei verliebt?«

»Nicht mit diesem Gesicht«, sagte Deinicha. »Hat er dir nett zugewinkt?«

»Natürlich nicht!«

»Oh, der schlimme, unfreundliche Panteus hat der armen, kleinen Philylla nicht zugewinkt!«

»Es war gar nicht Panteus, dem ich nachgeblickt habe!« antwortete Philylla und nahm die Bündel gefärbten Flachses, und Deinicha blieb zurück, bedauernd, daß sie am Anfang nicht rasch einen Blick aus dem Fenster geworfen hatte, um zu sehen, wer es nun war. Sie war sehr erstaunt, daß die kleine Philylla sich gleich zwei Saiten auf ihren Bogen gespannt hatte.

Auf dem Weg nach unten trafen sie auf die Mutter des Königs, Kratesikleia, und den Mann, den sie aus Staatsraison geheiratet hatte, damit seine Gedanken auf den richtigen Weg gebracht würden: Megistonous, ein ernster, dichtbärtiger Soldat. Sein einziger Sohn war bei einer früheren Schlacht gegen den Bund gefallen; er war nun ein zusätzlicher Großvater für die Kinder des Königs. Aus irgendwelchen Gründen mochte Philylla ihn nicht sonderlich; er paßte irgendwie nicht hierher, und sie fand ihn langweilig.

Er war nur auf ein paar Tage nach Sparta hinabgeritten. Anschließend ging er zurück in die Festung im Norden, Orchomenos, die er gegen einen möglichen Angriff zu verteidigen hatte.

Diesmal zogen die Leute aus Marob mit ihm, und Eurydike mietete sich ein Haus und lebte dort in einem sonderbaren Zustand von Zufriedenheit. Sie weigerte sich, an die Außenwelt und ihr bisheriges Leben zu denken, lernte allmählich eine Reihe reicher, eleganter griechischer Damen kennen und versenkte sich in deren Leben und Geschmack und Gedanken. Ihre Dienerin Apphé hatte sie natürlich mitgebracht, aber irgendwie hatte sie das Gefühl, sie nicht allzu oft sehen zu wollen. Daher stellte sie weitere Dienerinnen ein, die neue Ideen über Kleider und Manieren mitbrachten und sie nicht durch ihre Stimmen oder Gesten an etwas Unangenehmes erinnerten, das nun vorbei war und auch vergessen werden sollte. Und Apphé genoß eine lange Ruhepause.

Sphaeros gelang es fast völlig, Eurydike aus dem Weg zu gehen. Er verbrachte die meiste Zeit mit dem König und einem Dutzend Auserwählter, arbeitete Pläne aus und versuchte zu zeigen, wie sie sich in die stoische Lebensweise einfügen ließen oder nicht. Keiner verstand abstrakte Dinge besser als der König, abgesehen vielleicht von dem sonderbaren, nervösen Therykion, dessen Seele indes von keiner Philosophie Ruhe empfing. Panteus in seiner tiefen Zufriedenheit konnte eine Menge nicht begreifen; er stammte vom Land und verfügte nicht über die Erkenntniszweifel derjenigen, die zwischen Bildern und Literatur groß geworden waren. Aber falls ihm jemals etwas zustoßen würde, das ihn wirklich wach werden ließe und ihm zeigte, daß es nicht für alles einfache Lösungen gab, die jeden zufriedenstellten, würde er vielleicht zu denken beginnen. Eukleidas, der jüngere Bruder des Königs, lauschte und verstand alles bis zu einem gewissen Punkt, aber nichts darüber hinaus. Als beide noch Kinder waren, fand Sphaeros sie nicht sonderlich verschieden. Inzwischen war Eukleidas zurückgefallen.

Philylla hörte zum gleichen Zeitpunkt wie die anderen von der Niederlage vor Orchomenos. Sie spielte mit den Kindern des Königs vor dem Haus Murmeln. Sie hockten auf der Terrasse aus festgetretener Erde, an deren Rand verzierte Blumentöpfe aufgereiht standen. Nikomedes, der Älteste, war ein guter Spieler und gewann manchmal gegen Philylla, wenn sie mit den Murmeln auf dieselbe Kreidemarkierung an einem der Blumentöpfe zielten. Der Jüngere, Nikolaos – »Sieg dem Volke« –, spielte auch mit und schummelte unaufhörlich und so offen, daß selbst sein Bruder lachen mußte. Und das kleine Mädchen, das, nach einer berühmten Prinzessin in der Familie, Gorgo benannt war, tapste herum und versuchte, die Murmeln der Jungen zu erwischen. Philylla hob das pummelige, strampelnde kleine Ding auf und rannte mit ihm zum anderen Ende der Terrasse. Kratesikleia, die Großmutter, saß im Schatten und schrieb auf ihren Knien einen Brief an ihren Mann in Orchomenos.

Am Tag zuvor hatte Philylla sich ein Herz gefaßt und

ihre Mutter gefragt, was mit den anderen drei Kindern geschehen sei, denen es nicht vergönnt gewesen war, groß zu werden. Sie hatte das Gefühl gehabt, ihre Mutter nicht zu kennen, und es war ein schwieriges Gespräch gewesen, das kaum mehr als ein paar nackte Tatsachen erbracht hatte.

Nach ihr waren noch zwei Mädchen geboren worden, die beide verschwunden waren; aber die dritte Tochter hatte man behalten. Dann kam der erhoffte Sohn. Ein weiteres Mädchen, das nach Dontas geboren wurde, war freilich nicht erwünscht gewesen; einen zweiten Jungen hätte man behalten. Es war ein Unglück, so viele Mädchen zu bekommen, eigentlich schon ein Unglück, überhaupt so viele Kinder zu empfangen. Die meisten Frauen hatten, wie lange sie auch verheiratet waren, höchstens eins oder zwei; ihre Körper schienen zu wissen, was von ihnen erwartet wurde. War es in den alten Zeiten auch so gewesen? Vielleicht nicht. Vielleicht lag es daran, daß der Adel immer nur unter sich heiratete, gewöhnlich die eigenen Vettern und Kusinen. Es war die einzige Möglichkeit. Philylla fiel ein, daß verwandte Rennpferde, die man miteinander kreuzte, weniger fruchtbar wurden.

Philylla hatte ziemliche Angst gehabt. Sie haßte das Gefühl von Furcht. Es war zu schwierig, sich auch nur annähernd vorzustellen, was ihre Mutter empfunden haben mochte; jetzt konnte sie ziemlich ruhig darüber reden. Es war der normale Weg. Man ersparte sich eine Menge Probleme. Besser war es freilich bloß für die anderen – für Philylla! Diese Erkenntnis war furchtbar. Wenn sie selbst Kinder haben würde – und plötzlich fragte sie sich, ob die Neuen Zeiten, die die großen Besitztümer teilen und Arm und Reich einander näherbringen würden, hier wohl etwas ändern mochten. Und wenn, welche Richtung würde es nehmen? Wenn die Neuen Zeiten anbrachen, ehe sie heiratete, bekäme sie weniger Mitgift – oder vielleicht überhaupt keine? Sie fragte sich, ob Panteus der Vater ihrer Kinder werden würde. Sie wollte gern ein Kind, der Vater war nicht so interessant. Es wäre wohl schön, wenn es Panteus wäre. Es brächte sie Agiatis und dem König noch viel näher – für alle Zeiten!

Sie kniete sich nieder und spannte Daumen und Zeigefinger für das Spiel; die Kugel rollte los, kullerte über den Boden, wurde langsamer und traf mit einem leisen Klicken den Blumentopf. Sie freute sich. Natürlich war ihr bewußt, daß sie mit Kindern spielte, dennoch wollte sie es gut machen. Zudem gefiel es ihr, Nikomedes zu schlagen, der eines Tages König von Sparta sein würde.

Dann plötzlich lief Agiatis zu ihnen heraus. Sie hatte keinen Blick für die Kinder und blieb am Rand der Terrasse neben Kratesikleia stehen, die ihre Schreibtäfelchen gesenkt hatte. »Sie haben Orchomenos eingenommen!« rief sie. »Aratos ist in der Nacht herangezogen und hat angegriffen. Meine Liebe, Megistonous ist gefangen, aber wir werden ihn zurückholen.«

Kratesikleia nahm die Täfelchen wieder auf. Dann fragte sie: »Wie viele wurden getötet?«

»Etwa dreihundert, fürchte ich, die Söldner eingeschlossen.«

»Ah ja, die! Wie war es denn? Haben wir uns gut geschlagen?«

»Überaus tapfer, berichten die Boten. Es war ein nächtlicher Überraschungsangriff. Alle dachten, Aratos stünde noch fünfzig Meilen entfernt.«

»Megistonous hätte sich nicht derartig überraschen lassen dürfen. Vermutlich kann ich ihn gegen Geld auslösen. Er hätte sich keinen schlechteren Zeitpunkt aussuchen können, sich gefangennehmen zu lassen. Ist er verwundet?«

»Angeblich nicht. Mach dir keine Sorgen um ihn.«

Kratesikleia lächelte und strich der Jüngeren über die Hand: »Mein Lämmchen, ich werde deshalb nicht schlechter schlafen. Du bist mit zwei Männern verheiratet gewesen und liebst sie beide. Ich bin mit zwei Männern verheiratet gewesen und liebe keinen. Leonidas schenkte mir die Jungen und Chilonis, und er war nicht so schlimm, wie du immer dachtest. Megistonous und ich hegen Respekt füreinander, aber eigentlich sind wir ganz zufrieden, wenn wir nicht am gleichen Ort wohnen, und ich bin sicher, Aratos ist vernünftig genug, ihn gut zu behandeln.« Plötzlich fuhr sie herum – so schnell, daß Agiatis erschrak. »Philylla, du lauschst! Jawohl, ich habe es gesehen. Folge meinem Rat und verliebe dich nie in deinen Mann, das wird dir eine Menge Probleme ersparen!«

Agiatis protestierte: »Hör nicht auf sie, Philylla! Und sag den Kindern, was passiert ist. Sage ihnen, die Niederlage würde bald gerächt werden. Der König meint, Aratos wird nicht versuchen, nach Süden vorzustoßen – dazu hat er keine Armee. Und sobald die Dinge hier geordnet sind, werden wir ihn angreifen und uns rächen. Wenn in Orchomenos nur Spartaner gestanden hätten, wäre es nicht passiert. Aber auch das wird in den Neuen Zeiten anders!«

Dann gingen die Königin und ihre Schwiegermutter ins Haus, und Philylla erzählte die Nachricht den Kindern. Die beiden Älteren verstanden es ein wenig und wurden wütend. Ein paar Minuten lang unterbrachen sie ihr Spiel, dann machten sie weiter, noch lauter als zuvor.

Philylla überlegte, ob die Skythen auch in Orchomenos waren. Megistonous verfügte nur über wenige spartanische Truppen, er hatte eine Menge bezahlter Söldner – er selbst hatte die Kosten getragen und dies dem Staat zum Geschenk gemacht. Es waren Kreter und Italer, Männer aus den griechischen Kolonien und rauhe, dunkle Menschen aus den ursprünglichen italischen Städten, die, wie es hieß, immer reicher und mächtiger wurden, vor allem Rom! Eine große, ummauerte Stadt in den Sümpfen, die beständig in Kämpfe verwickelt war. Und nicht allein dort; dasselbe geschah in all diesen fremden Ländern, von denen vor fünfzig Jahren noch niemand etwas gehört hatte. Doch bestimmt würde das alles wieder verschwinden, mit der Zeit, wenn sie mal älter war.

Ja, sie war sicher, daß die Skythen auch in der Festung lagen. Hoffentlich waren sie nicht alle getötet worden. Sie runzelte die Stirn und versuchte, sich genau an die Dinge zu erinnern, die Berris ihr erzählt hatte. Jetzt, da er nicht mehr da war und es vielleicht nie wieder sein würde, überlegte sie sich die Antworten, die sie hätte geben sol-

len, und stellte sich eine eigene Theorie über die Kunst –
oder besser: gegen sie auf. Sie erkannte wie Agiatis die
Gefahr, die mit der Kunst verbunden war. Sie überlegte,
was wirklich für sie wichtig war, und es schien, es waren
nur zwei Dinge: Das erste waren die Menschen, jene Personen, die ihr nahestanden, die sie bewunderte und
kannte und liebte. Das zweite war ihr Land, Sparta – weniger, wie es jetzt war, als in der Zukunft, einer nahen
Zukunft. Bald, möglichst bald! So, wie es werden sollte,
wie sie und die anderen es erträumten! Kunst und Schönheit, so wie Berris es ihr erklärt hatte, fanden hier keinen
Platz, es sei denn durch Zufall, weil zum Beispiel die Königin und die Berge schön waren. Philylla wurde wütend
auf die Kunst, weil sie ihre Gedanken durcheinanderbrachte, und wütend auf Berris Dher, weil er zu ihr
gesprochen und ihr diese beunruhigenden Gedanken eingeflößt hatte, wo sie doch noch vor kurzer Zeit ruhig und
besonnen gewesen war. Es hatte keinen Sinn, darüber
nachzudenken, ob er tot sei. Sie widmete sich wieder dem
Spiel. Von Nikomedes würde sie sich nicht schlagen lassen!

Später erfuhr sie, daß mehrere Skythen gefallen waren,
ihr Anführer aber, Berris, und ein paar andere gefangengenommen seien. Sobald alles ausgehandelt war, würde
Eurydike das Lösegeld schicken. Es gab ein paar Mißverständnisse, und ein Brief ging verloren, aber man würde
alles zusammenbekommen und abschicken. Tarrik war
unverletzt und von den anderen keiner ernsthaft verwundet. Berris war von einem herabgefallenen Stein getroffen
worden und hatte ein paar böse Tage hinter sich, aber
inzwischen ging es ihm wieder gut.

Eurydike plante, Tarrik, nicht aber Berris auszulösen. Für
sie war das klar. Sie fühlte sich während der heißen Tage
gegen Ende des Sommers matt und sehr lebendig
zugleich. Kein Wind regte sich, die heiße Luft zwischen
den versengten, goldbraunen Bergen rings um die Ebene
von Sparta zu verwehen. Und dann hatte ein Mann sich in

sie verliebt, ein Kaufmann aus Rhodos, jünger als sie, mit schrägen, dunklen Augen. Sie wußte, daß es überwiegend, wenn nicht gar ausschließlich, um ihr Geld ging, aber das kümmerte sie nicht. Sie sah zu, wie man die Ernte einbrachte, und er saß zu ihren Füßen und spielte auf einer Harfe, die sie ihm geschenkt hatte. Auf dem elfenbeinernen Sockel war das Urteil des Paris eingeschnitzt. Sie bat ihn um Rat in der Sache des Lösegelds; sie sei ja nur eine Frau und habe keinen starken Mann zur Seite, der ihr half!

In Sparta überschlugen sich inzwischen die Ereignisse. Megistonous war ohne Handel rasch ausgelöst worden; er besaß Einfluß unter den Älteren, und Kleomenes brauchte seine Hilfe. Agiatis durchlitt lebhafte Erinnerungen an den jungen Agis und wie er vor fünfzehn Jahren die neuen Gesetze und Veränderungen vorbereitet hatte. Sie betete an seinem Grab, bat seinen Geist um Hilfe und legte Gelübde ab. Philylla, die wußte, was die Königin erbat, schwor ebenfalls Eide. Das Gefühl, daß etwas bevorstand, verstärkte sich; die Ehrenjungfern der Königin, die wußten, was in deren Herzen vorging, beobachteten sie und lauschten und flüsterten untereinander. Die anderen lachten entweder über sie oder hatten Angst. Philylla und eine ihrer Freundinnen erfanden ein geheimes Schlüsselwort und eine Art Zeichensprache, was alles nur noch aufregender machte. Als dann wirklich etwas geschah, erfuhren sie es erst Stunden später, denn der Plan des Königs war ebenso geheim wie wirksam.

Der König war mit seinem Heer herumgezogen, hatte mal hier, mal dort Aratos und den Bund mit einem schnellen Angriff überrascht und die vorderen Garnisonen mit Proviant versorgt. Seine Soldaten waren erschöpft und dankbar, als er sie endlich, einen Tagesmarsch von Sparta entfernt, Lager machen ließ. Mit seinen engsten Vertrauten und seinen besten Söldnern zog Kleomenes nun auf Sparta zu und ließ dort vier der fünf Ephoren hinterrücks und heimlich töten, während sie beim Essen saßen. Phoebis, ein gesetzloser Mann, führte diese Tat aus, und bei ihm war Therykion, der seine Treue zum König mit Blut besiegeln zu müssen glaubte. Am Tag darauf verhielten sich die Bürger auf den Straßen ruhig oder blieben zu Hause. Der König und Sphaeros hatten eine Liste von achtzig Männern aufgestellt, die gegen sie waren und über genügend Macht verfügten, dies auch zu zeigen. Er gab ihnen bis zum Abend Zeit, sich außerhalb der Grenzen zu begeben. Sie gingen sofort. Am Abend berief Kleomenes eine Bürgerversammlung ein und schickte zugleich Panteus und Therykion zurück ins Lager, um dem Heer auszurichten, die Dinge seien vollbracht und man habe sich mit ihnen abzufinden.

Kleomenes stand auf einem hohen Sockel unter dem bronzenen Apoll, der schon so lange auf dem Marktplatz Spartas stand, daß die Menschen ihn gar nicht mehr beachteten. Seine Haltung ähnelte der der Statue, äußerst angespannt, als bringe er Unheil und Mißgeschick, und als er auf die Menschen hinabschaute, lächelte sein geschlossener Mund. Als die Menge still wurde, sprach er gerade eben so laut, daß es bis an den Rand des Platzes drang. Zwischen den einzelnen Sätzen ermahnte er sich zur Langsamkeit, weil ihm einfiel, daß ihn Sphaeros unzählige Male darauf hingewiesen hatte, daß er zu schnell spräche. Er versuchte, den Blick auf einen einzelnen Menschen in der Menge zu richten, aber das war nicht so einfach. Es war für ihn ungeheuer wichtig, nicht nur einen zu überzeugen, sondern alle.

Kleomenes hatte wochenlang über diese Rede an die Bürger nachgedacht. Es ging um die höchste, die entscheidende Rechtfertigung seiner Tat. Es war ein furchtbarer Schritt, die Ephoren, den Rat und die Repräsentanten des Staates töten zu lassen. Er versuchte nicht, die Sache zu verharmlosen. Aber verzweifelte Zeiten fordern verzweifelte Mittel. Lykourgos hatte ohne Blutvergießen Revolution machen können – damals, vor langer Zeit. Aber heute war er, Kleomenes, Arzt eines Staates, der viel kränker war als das Sparta des Lykourgos. Eine Krankheit war dieselbe geblieben: Reichtum und Armut zusammen in einem Körper, Fieber und Eiseskälte. Aber nun waren andere Leiden hinzugekommen; sie stammten aus fremden Ländern und trugen Namen, die in Sparta gar nicht bekannt sein sollten: Luxus, Käuflichkeit und Schulden. Da wurde neben dem Arzt auch der Chirurg gebraucht. Und was die Ephoren anging, so waren er und seine Berater damit befaßt (und viele der Zuhörenden wußten, daß er damit den Stoiker Sphaeros meinte), gewisse Dinge zu verstehen, die ihnen und vielleicht auch vielen anderen sehr eigenartig erschienen waren. Man habe im Schatz der Tradition und der Gesetze gesucht, in den Erinnerungen, die vom Vater auf den Sohn überliefert worden waren, der Geschichte ihres Volkes, und man habe herausgefunden, daß die Ephoren allmählich immer mehr Macht, die eigentlich dem Staat und dem König gehörte, an sich gerissen hätten. Solange alles gutging, stellten die Ephoren ihre eigene Rechtfertigung dar. Aber Kleomenes bat die Bürger, sich an die Zeit vor fünfzehn Jahren zu erinnern. Nach diesem Satz verstummte er einen Moment und versuchte, die Menge vor sich fest anzublicken, die Bürger Spartas und die vielen anderen, die keine richtigen Bürger waren, aber es gerne sein wollten und sein würden. Der Mann, auf den er zunächst den Blick richtete, wirkte begeistert, insgesamt jedoch verhielt sich die Menge ruhig und schien wenig überzeugt.

Kleomenes drehte sich ein wenig zur Seite, und Agiatis, seine Königin, die neben der Statue gestanden hatte, trat zu ihm. Sie war in Totenweiß gekleidet, das die Dämmerung sonderbar hohl und blau wirken ließ. Sie selbst war sehr blaß und wirkte irgendwie entrückt. An der Hand hielt sie ihren Sohn, Nikomedes – sie war die Vergangenheit und er die Zukunft. Aber sah auch das Volk es so?

Kleomenes sagte: »Die Königswürde Spartas strahlt etwas so Geheimnisvolles und Heiliges aus, daß jeden, der sie trägt, Heiligkeit umgibt, und selbst die Feinde in der Schlacht fürchten, dem König den Tod zu bringen. Aber die Ephoren in ihrem Stolz dachten darüber anders. Sie verbannten einen König, meinen Vetter Kleombrotos, Gatte meiner Schwester Chilonis. Er starb im Exil – durch ihre Hände. Seine Kinder wurden im Exil groß. Dann töteten sie einen weiteren König. Sie töteten Agis, den Sanftesten und Besten, den die Götter euch jemals geschickt haben, ermordeten ihn, ohne auch nur seine Verteidigung anzuhören, weil er versuchte, euch eure älteste und heiligste Regierungsform zurückzubringen. Ich bin mir bewußt, daß zu den Verantwortlichen für diesen Mord auch mein Vater Leonidas gehörte. Er ist tot. Ich schlage den besten Weg ein, diesen Geist des Mordens auszutreiben, indem ich den Ermordeten räche. Aber ich sage auch dies: Wenn Agis noch am Leben wäre, würde er gern noch einmal für seine Gesetze in den Tod gehen, und er würde sagen, wenn die Gesetze in Sparta aufgrund seines Todes Wirklichkeit würden – und sie werden durch seinen Tod und den Tod der Ephoren Wirklichkeit –, ja daß wir uns dann glücklich nennen sollten. Und an seinem Todestag sollten wir nicht klagen, sondern uns freuen, an ihn denken und ihn preisen. Ich spreche für ihn, in seinem Sinne und so, wie er es euch allen sagen würde!«

Tief aufatmend nahm Kleomenes Agiatis, die Fröhliche, die um Agis Trauernde, bei der Hand. Sie zeigte keinerlei Regung, weder Freude noch Trauer, denn sie war eine Spartanerin, aber jetzt, als sie neben dem König stand, sah sie sehr schön aus. Ideomenes dachte, die Menge vor ihm sei noch größer geworden, noch mehr Volk als zuvor drängte sich am Rand des Platzes. Er hatte den ersten imaginären Ansprechpartner aus den Augen verloren, aber er glaubte, nun fingen alle ein wenig Feuer. Rasch warf er einen Blick nach oben, sah von unten das dünne, schreckliche Grinsen Apollos und erkannte, daß der Gott des alten Sparta für ihn seine Pfeile abschoß.

Er fuhr fort: »Ich werde alles tun, was Agis getan hätte, und weil ich älter als er bin, werde ich noch mehr tun. Ich werde ein Sparta aufbauen, das nicht allein sicher in der Kraft einer guten Staatsführung ruht, sondern hierdurch Maßstab und Leitstern für ganz Hellas wird. Der erste Schritt auf diesem Weg ist, daß von jetzt an das Land allen gehören soll und nicht länger Sklave eines einzigen Besitzers sein wird. Alle Schuldner werden ihrer Schulden entbunden. Alle, die tapferen und freien Herzens sind, was immer sie auch waren, sollen Bürger werden, und sie werden die Stadt schützen. Diejenigen unter uns, die unseren

Staat nicht nur mit Worten, sondern auch mit Taten lieben, werden ihm alles geben, was sie besitzen. Wir werden nichts Halbherziges tun; diese Zeit ist vorbei. Bürger, es ist mein Privileg und meine Ehre als euer König, bei all dem der erste zu sein und ein Beispiel zu geben.«

Dann rief er die zehn ältesten und angesehensten Bürger auf und bat sie, ihr Geld und ihre Schuldscheine der Allgemeinheit zugänglich zu machen. Sein eigenes Vermögen lieferte er teils in geprägtem Gold, teils in Form bindender Verträge ab. Die Menge schaute erstarrt zu; ein Raunen entstand. Dann folgte Megistonous, des Königs Stiefvater. Er hatte eine bestimmte Summe Geldes verliehen und besaß dafür Schuldscheine. Kleomenes ließ ein Feuer entzünden, und Megistonous warf die Scheine hinein. Einer nach dem anderen traten die Freunde vor und lieferten Geld und Anteile und Verträge und Schuldscheine ab. Vieh und Gerätschaften der Höfe gehörten zum Land und würden mit diesem aufgeteilt werden. Schließlich folgte eine kurze Pause, und dann geschah, worauf Kleomenes gehofft und gewartet hatte. Die Menge regte sich, einer nach dem anderen traten die Männer vor – unruhig, gefaßt oder begeistert – und übergaben ihren Besitz dem Staat. Einige legten vor Zeugen ein Versprechen ab, andere eilten nach Hause, um Geld und Verträge zu bringen. Und nun brach Jubel aus, der Jubel von Menschen, die plötzlich große Hoffnung erfüllt.

Es dauerte die ganze Nacht. Die Frauen gesellten sich dazu. Agiatis warf ihre goldenen Armreifen und Halsketten ab, die ihr Kleomenes geschenkt hatte, als sie jung verheiratet waren. Vor fünfzehn Jahren, als Agis das gleiche tat, hatte sie sich ebenfalls von diesen Liebesgaben getrennt, weil sie wußte, er wünschte es, doch sie hatte nächtelang darüber geweint. Diesesmal wußte sie, daß sie es nicht bereuen würde. Kratesikleia trennte sich ebenfalls von ihrem Schmuck. Sie besaß Halsketten, die so schwer waren, daß sie sie kaum jemals tragen konnte; Ketten, an denen goldene Eicheln und Blätter und Lilienblüten hingen, welche allein von ihrem Gewicht her ungeheuren Wert besaßen. Sie besaß Schlangen mit Rubinaugen und zwanzig verschiedenen Edelsteinen auf den gewundenen Rücken, doppelte und dreifache Armreifen, auf denen in hohem Relief Sonnenstrahlen gearbeitet waren, halbmondförmige Ohrringe und Ohrringe mit Gorgonenköpfen, denen aus den grinsenden Mäulern Perlen tropften. Als junge Frau hatte sie an diesem Schmuck Gefallen gefunden, aber jetzt stand er ihr nicht mehr.

Die Nachricht gelangte zum Haus des Königs; dort wartete man gespannt. Philylla rang die Hände und fragte sich, was ihr Vater Themisteas wohl tun würde. Sie wünschte sich sehr, er habe sich überzeugen lassen, wagte es aber kaum zu hoffen. Plötzlich sagte sie: »Wir müssen hinausgehen und unsere Sachen abgeben!« Und sie rannte zu der Truhe, in der sie ihre Kleider und ihren Schmuck aufbewahrte. Die Hälfte der anderen Mädchen rannte ebenfalls los – man mußte etwas tun! Aber es war schwierig; sie liebten ihre hübschen Sachen. Konnte man sicher sein, daß alle anderen Mädchen das gleiche tun würden? Für erwachsene, verheiratete Frauen war das ja gut und schön, ja, und für Philylla auch, wo doch jedermann wußte, daß die Königin ihr Panteus geben würde. Je weniger eine besaß, desto mehr hing sie an ihren Schätzen. Aber es war zu verschmerzen: jetzt wurde alles eben und gleich, und die Reicheren würden von nun an nicht mehr angeben können. Einige Mädchen begriffen, worum es ging, und opferten ihre Sachen gerne. Andere mußten die Augen schließen, wenn sie in die Truhe griffen.

Philylla und die meisten ihrer Freundinnen waren nicht alt genug, daß Scham sie daran gehindert hätte, sich als Heldinnen zu fühlen. Sie rannten aus dem Haus des Königs auf den Marktplatz und trugen ihr Gold und Silber, ihr Elfenbein und ihre Edelsteine im Rocksaum. Die Menge teilte sich vor ihnen. Sie häuften ihre Dinge unter den Augen von König und Königin zu den anderen Schätzen. Es war wie ein Tanz.

Schließlich schaute Philylla benommen auf und sah, ganz in der Nähe, ihren Vater. Sie rannte auf ihn zu und schlang die Arme um seinen Hals. »O Vater!« rief sie, und

dann noch einmal mit veränderter Stimme: »O Vater ...«
Denn sie glaubte, zu sehen, daß er ...

»Ich habe es getan, mein Kind«, sagte Themisteas. »Vermutlich bin ich ein Narr, aber ein Feigling bin ich nicht, und ich kann nicht ruhig zusehen, wie eine mutige Tat unternommen wird, und nicht teilnehmen! Ich weiß nicht, was deine Mutter dazu sagen wird, aber wir müssen dem König eine Chance geben. Wie schön, daß es dir gefällt, mein Liebstes!« Und er küßte sie.

»Hast du alles gegeben, Vater?« flüsterte sie. »Alles?«

»Wie es scheint, haben sie mein Land genommen«, antwortete er. »Also mag auch der Rest hingehen. Aber, bei Gott, wenn es bedeutet, daß wir wieder eine richtige Armee bekommen, dann ist es die Sache wert! Ich gebe ihm alle meine Pferde für die Kavallerie. Aber mach mir keinen Vorwurf, Philylla, wenn du mich eines Tages um eine Mitgift bittest und ich sie dir nicht geben kann.«

»Das werde ich nicht tun, Vater«, gab sie ernsthaft zurück.

Danach begab sie sich in die Nähe der Königin und schaute weiter zu. Alles war furchtbar aufregend, wenn auch nicht so sehr wie ihr eigenes Opfer. Überall sah sie Freunde des Königs und fragte unvermittelt die Königin, ob Panteus auch da sei. Aber Agiatis antwortete, er sei fortgeschickt worden, um die Armee zu benachrichtigen. Also hatte er nicht gesehen, wie sie mit ihren Freundinnen aus dem Haus des Königs gekommen war und alles hergegeben hatte! Mit einemmal wurde Philylla müde. Es war spät; alles spielte sich beim Schein von Fackeln ab. Die Königin begab sich mit ihren Ehrenjungfern zurück, um zu schlafen. Die Neuen Zeiten waren angebrochen.

Die Dinge entwickelten sich stetig. Kleomenes ließ keinen Moment locker und machte auch keinen Hehl daraus, daß der schwierigste Teil noch folgen würde. Er hielt nur das Rohmaterial in der Hand, das darauf wartete, in eine Form gebracht zu werden. Er und seine Freunde, vor allem Sphaeros, hatten den Plan dazu fast fertig. Jeder mußte arbeiten, die Männer bei der Verteidigung und Regierung des Staates, die Frauen für das tägliche Leben zu Hause. Mit frischer Kraft griff man auf alte Lebensweisen zurück. Die Kinder wurden wieder in die Zucht genommen. Nikomedes war acht. Er ging nun, wie alle Königskinder in vergangenen Zeiten, von seiner Mutter fort, um Härte und Disziplin zu lernen; er war schüchtern und sehr aufgeregt, und auf einem langen Spaziergang mit Philylla erzählte er ihr alles darüber. Er sehnte sich schon auf das Abenteuer, neue Freunde zu gewinnen.

Die gemeinsamen, für alle verbindlichen Mahlzeiten wurden wieder eingeführt, ohne fremde Küchenkunst und scharfe Gewürze, die die Schwarze Suppe erträglicher hätten machen können. Man wählte die neuen Bürger aus und erteilte ihnen Rechte. Es waren Menschen aller Klassen, selbst aus der ärmsten Schicht. Die Menschen zogen los, um sich das Land anzusehen, das das Los ihnen zugeteilt hatte. Selbst die Verbannten hatten Land erhalten, denn Kleomenes war entschlossen, sie so bald wie möglich wieder um sich zu scharen, wenn alles geregelt war. Er wollte kein spartanisches Blut mehr vergeuden. Sehr oft kam man mit dem alten Besitzer zu einer Übereinkunft, zumindest über die auf dem Halm stehende Ernte. Und je nachdem, wie der Ruf des alten Eigners bei seinen Hintersassen gewesen war, ging es für ihn gut ab oder nicht.

Überall herrschten geschäftiges Leben und zugleich, in auffallender Weise, Ordnung und Anstand. Für anderes war wenig Zeit bei dieser alle Kräfte beanspruchenden Aufgabe, den Staat wieder aufzubauen und zu verschönern. Viele von denen, die anfangs gezögert hatten, ließen sich mitreißen und waren schließlich begeistert. Neue Freundschaften entstanden zwischen Menschen, die bislang von völlig gegensätzlichem Standpunkt aus das Leben betrachtet hatten. Es gab weniger Bitterkeit und Klatsch und Eifersucht, weil man eine größere und großzügigere Welt betreten hatte. Vielleicht mochten sie ihrer früher oder später überdrüssig werden; im Moment jedoch standen die meisten der jüngeren auf der Seite des Königs und der Neuen Zeiten.

Kleomenes hatte seine Armee völlig neu organisiert. Er hatte bis auf die besten Männer alle angedienten Söldner entlassen und lehrte seine neuen Brigaden die Handhabung des großen mazedonischen Speers und den leichteren Umgang mit dem Schild. Man drillte und manövrierte auf den Feldern rings um Sparta, und der König forderte die Töchter und Schwestern der neuen Bürger auf, hinauszugehen und sich die Soldaten anzusehen, denn er dachte bereits an die nächste Generation. Es gab viel Gelächter und Gesang und lose Worte. Diejenigen jungen Männer, die feinsinnig und lebhaft waren und sich in den alten Zeiten die sonderbarsten Vergnügungen ausgedacht hatten, waren zunächst enttäuscht und langweilten sich, fanden dann aber doch Interesse und brachten ihre Energien mit ein. Die Philosophie war im spartanischen Heer schon immer beliebt gewesen, und die Ärmeren, für die sie immer ein Luxus war, den sich kaum einer von ihnen leisten konnte, trugen neue Lebendigkeit und Sinn fürs Wahrhaftige in die alten philosophischen Spiele und Streitgespräche.

Der König hatte beständig zu tun, und auch seine Freunde waren vielbeschäftigt. Manchmal sahen Panteus und er sich tagelang nicht. Auch Agiatis sah ihn seltener; sie war sehr mit den Frauen beschäftigt, die sich schwerer überzeugen ließen, da sie das Gute oft nicht sofort zu erkennen vermochten. Aber sie war so froh, daß sich Kleomenes' Herzenswunsch erfüllt hatte, daß sie wenig litt und versuchte, sich der Nächte zu erinnern, wenn er verzweifelt, unglücklich und niedergedrückt gewesen war und ihr die Freude geschenkt hatte, ihn zu beruhigen und ihm neue Hoffnung zu geben. Jetzt war es Frühherbst, und es hatte seit Monaten nicht geregnet. In Staub und Hitze nahmen die Neuen Zeiten ihren Lauf.

Sechstes Kapitel

Für Fremde, die sich zufällig am Ort des Geschehens befinden, sind Revolutionen immer unangenehm. Eurydike floh über die Berge nach Messenien, und ihr rhodischer Kaufmann flüchtete ebenfalls. Eines seiner Schiffe lag in Pharae, und er drängte sie, mit ihm zu gehen. Aber Tarrik befand sich immer noch in Gefangenschaft, und ihr war es noch nicht gelungen, das auszuhandeln, was sie wollte: ihn ohne Berris freizukaufen. Immerhin hatte sie verhindern können, daß sich andere Leute aus Marob einmischten; es war hier ihre Sache zu handeln. Sie hatte inzwischen den Gefangenen etwas Geld geschickt, das es erlaubte, ein paar Vergünstigungen, wie besseres Essen, zu erkaufen.

Sie ließ sich also in Messenien nieder. Hinter ihrem Haus lag ein Weinberg, und die Trauben waren reif, jene festen, unbeschnittenen Dolden, die sich wie eine einzige Frucht anfühlten und einem warmen roten Saft über Gesicht und Hals rinnen ließen, wenn man hineinbiß.

Es war ein gutes Jahr für den Wein – Wein, mit dem die neuen spartanischen Armeen auf Kleomenes anstoßen konnten. Durch die Straßen Spartas knarrten die mit Trauben vollbeladenen Karren. Therykion trat in eine Mauernische, um ihnen auszuweichen. Er war müde von einem Nachtmarsch mit einer der neuen Brigaden und hatte sich Mühe gegeben, die verschiedenen neuen Offiziere davon zu überzeugen, um was es ging. Und nun mußte er dem König berichten. Er war sich nicht sicher, ob sein Bericht in jeder Hinsicht positiv ausfallen würde, und fragte sich, was diese Männer in einer wirklichen Schlacht taugten, etwa bei der Sicherung des Rückzugs in einem Gefecht, das man im Begriff war zu verlieren ...

Da kam Panteus auf ihn zugerannt; er trug eine hellblaue Tunika mit schwarzem Saum. Mit einem letzten Satz blieb er neben Therykion stehen und schien nicht einmal außer Atem. »Wo gehst du hin?« fragte er.

»Zu Kleomenes«, antwortete Therykion, »um ihm

Bericht zu erstatten. Oder zu Eukleidas. Setz dich einen Moment, Panteus. Ich möchte dich etwas fragen.«

»Gut«, meinte Panteus. »Meine Leute schwitzen oben in den Bergen. Nächste Woche werde ich eine große Jagd für sie veranstalten. Das wird ihnen guttun und den Bauern gefallen. Kannst du mir ein paar Hunde leihen?«

»So viele ich noch habe. Hör zu, Panteus, was hat es mit Eukleidas auf sich?«

»Nun ... man hat ihn zum Nebenkönig ernannt. Ich weiß nicht, worauf du hinauswillst.«

»Du weißt, daß Kleomenes das nicht hätte tun dürfen. Es hat niemals zwei Könige aus der gleichen Familie gegeben, ganz zu schweigen zwei Brüder.«

»Ich glaube nicht, daß es eine Rolle spielt«, antwortete Panteus. »In der letzten Zeit sind eine Menge seltsamer Dinge geschehen, seltsamer als das. Ich mag Eukleidas, und nicht, weil man ihn zu mögen hat. Er und Kleomenes unterscheiden sich zu sehr. Warum willst du, daß wir uns immer sklavisch genau an die Vergangenheit klammern?«

Therykion erwiderte: »Weil wir uns bislang daran gehalten haben. Und dann plötzlich so was!«

Panteus lachte. »Was soll's? Therykion, jetzt herrschen die Neuen Zeiten. Empfangen wir sie um Gottes willen mit offenen Armen! Ich bin übrigens gerade nach den Skythen gefragt worden, die in Orchomenes gefangengenommen wurden. Sitzen sie immer noch dort? Megistonous wußte es nicht. Er heckt jetzt einen Plan gegen Argos aus und redet über nichts anderes.«

Therykion schüttelte den Kopf. Er wußte es auch nicht, und es war ihm auch gleichgültig. Diese Skythen interessierten ihn nicht.

In dem Augenblick trat Phoebis zu ihnen. Das Haar stand ihm büschelweise zu Berge, und er grinste. Zu Therykion sagte er: »Du siehst aus, als könntest du ein bißchen Aufheiterung gebrauchen. Kennst du schon die Geschichte mit der Ziege?«

»Ja«, antwortete Therykion und winkte ab.

»Kommst du auch zu meiner Herbstjagd?« fragte Panteus. »Meine ganze Brigade nimmt daran teil.«

»Sieh mich an!« erwiderte Phoebis äußerst erfreut und ging weiter.

»Vermutlich bedeutet das ein ja«, meinte Panteus, »in unserer neuen lakonischen Art. Der gute, alte Phoebis.«

»Phoebis«, sagte Therykion unvermittelt, »ist, seit er als Bürger umherläuft, ziemlich unerträglich geworden.«

»Nein«, antwortete Panteus, »nein, Therykion. Du bist nur müde.«

»Ich weiß. Gott helfe mir, aber ich habe keine Ahnung, wie das alles funktionieren soll. Ich wünschte mir, Phoebis würde sich manchmal das Haar kämmen oder wenigstens ab und zu eine saubere Tunika tragen.«

Panteus legte zärtlich einen Arm um seine Schulter. »Das stört uns beide«, sagte er, »aber so wichtig ist es auch nicht. Da kommt Sphaeros. Er wird dir sagen, daß es sich nur um eine Erscheinung handelt, wenn du es ganz genau wissen willst.«

Sphaeros trat zu ihnen, und Panteus wiederholte seine Frage nach den Skythen. Sphaeros zog die Stirn in Falten. »Ja«, antwortete er, »sie sind immer noch in Gefangenschaft, und ich komme nicht an diese Eurydike heran. Es ist ihre Sache, sie freizukaufen, aber aus irgendeinem Grund zögert sie es hinaus, und jetzt ist sie nach Messenien geflohen. Wer will es denn wissen, Panteus?«

»Ein neuer Skythe. Eine Art Diener. Er sprach nicht sehr gut Griechisch.«

»Ich werde ihn mal suchen, den Armen«, meinte Sphaeros. »Ich kenne seine Sprache. Bestimmt ist er eingeschüchtert. Wißt ihr, Tarrik war nicht nur ihr König, sondern auch ihr Gott. Vielleicht geraten die Dinge in Marob ohne ihn aus den Fugen.«

»Die Königin erzählte mir, daß seine Frau gestorben sei«, sagte Panteus und folgte seinen eigenen Gedanken. »Ich frage mich, ob er sie geliebt hat.«

»Allerdings«, antwortete Sphaeros, »obgleich sie ein merkwürdiges Ding war. Ich habe alle möglichen Geschichten über sie gehört. Das meiste davon nicht sonderlich glaubwürdig, zumindest nicht hier. Marob war ein komischer Ort. Panteus, weißt du, wo dein Skythe wohnt?«

»Du wirst früher oder später auf ihn stoßen; er sah so seltsam aus, daß er über eine Meile hin auffiel. Sphaeros, bist du eigentlich froh darüber, wie alles verläuft ... im ganzen gesehen?«

Sphaeros richtete sich auf, aber auch so reichte er Therykion gerade bis an die Schulter. Dann sah er beide nacheinander an und antwortete: »Im ganzen gesehen – ja.«

In diesem Augenblick hob Panteus die Hand und rief: »Da! Dort kommt einer der Skythen. Zu Pferd! Ich frage mich, wie es ihm gelungen ist, ein Pferd aufzutreiben. Das ist heutzutage nicht so einfach.«

Therykion sagte: »Es ist eine Frau!«

»Sie reitet aber gut«, meinte Panteus.

Sphaeros, der nicht so weit sehen konnte wie die beiden anderen, wartete mit zusammengekniffenen Augen, bis der Reiter näher kam. Dann sagte er: »Es ist Erif Dher.«

Sie trabte, Sphaeros zuwinkend, heran und stieg ab. Sie trug schwarze Leinenreithosen und einen grünen Rock, auf den Federn und aus schwarzem Leinen geschnittene Köpfe mit Geweihen genäht waren. Ihre Stiefel bestanden aus grünem Leder mit schwarzen, aufgestickten Karos. Sie trug nichts auf dem Kopf; Gesicht und Hals waren von der Sonne rot verbrannt. Zunächst glaubte Sphaeros, daß ihre Zöpfe dünner und dunkler aussahen als zuvor, dann, daß sie fülliger und ihr Gesicht magerer geworden war.

Sie streckte ihm die Hand entgegen: »Ich freue mich, dich gefunden zu haben, Sphaeros«, sagte sie in noch ziemlich stockendem Griechisch. »Jetzt wird alles leichter. Wo ist Tarrik?«

»Er ist in Gefangenschaft«, antwortete Sphaeros, »irgendwo beim Achaeischen Bund. Dein Bruder ebenfalls. Aber ich glaube, daß es beiden gutgeht. Man hat Tarrik erzählt, du seist gestorben.«

»Wer hat ihm das erzählt? Eurydike? So nennt man sie hier vermutlich. Sie hielt mich also für tot! Zum Glück war es nur eine ›Erscheinung‹, Sphaeros.«

»Gut, daß es nicht mehr war«, antwortete Sphaeros.

»Dies hier sind zwei Freunde des Königs von Sparta, Therykion und Panteus. – Die Königin von Marob.«

Sie hießen sie willkommen. Ihr Griechisch wurde mit jedem Satz besser. Panteus fragte sie, wie sie an das Pferd gekommen sei.

»So was macht mir keine Schwierigkeiten«, sagte sie, »selbst hier nicht. Ich sah ein paar Pferde auf einer Wiese und ging zu den Mädchen, die bei ihnen waren. Ich habe sie gebeten, mir ein Pferd zu leihen, und eine tat es.«

Panteus sah sich aufmerksam das Pferd und das Sattelzeug an. »Natürlich«, sagte er, »es ist ein Pferd des Königs. Aber ich verstehe trotzdem nicht, wie du daran gekommen bist, Fürstin von Marob.«

»Ich habe dem Mädchen gesagt, ich komme aus Marob und sei eine Hexe – Sphaeros glaubt mir das nicht! –, und sie antwortete, sie wäre auch eine Hexe geworden, wenn sie meine Schwester wäre. Und dann hat sie mir das Pferd für heute geliehen; ich war müde und wollte meinen Mann suchen. Sie war jünger als ich und hatte sehr helle Augen und Haare, und sie sah aus, als täte sie etwas sehr Aufregendes. Sie hatte Pfeil und Bogen dabei und einen Vogel, mit dem sie sprach.«

»Das war Philylla, die Tochter des Themisteas«, sagte Panteus. »Sie kann inzwischen sehr gut schießen.«

»Ich kann auch schießen«, meinte Erif Dher.

Sphaeros fragte: »Erzähl mir, was du das ganze Jahr über getan hast.«

Sie seufzte und verzog das Gesicht. »Irgendwann werde ich es dir erzählen, Sphaeros«, sagte sie, »wenn ich nur erst Tarrik wiederhabe.«

»Willst du ihn dir selbst holen?« fragte Sphaeros. »Hast du denn Geld?«

Da lächelte sie wieder. »Ich verschwende kein Geld«, sagte sie.

Erif Dher war mit nur einem halben Dutzend Männern und keiner einzigen Frau aus Marob gekommen. Sie hatte ihrem Bruder ein paar seiner besten Werkzeuge mitgebracht, weil sie ahnte, daß er sie brauchen würde, war sich aber fast ebenso sicher, daß er vor Freude, die Werkzeuge wiederzusehen, ein Dankeschön dafür vergessen würde. Das meiste war Goldschmiedegerät, darunter der Vergrößerungskristall, der ihm von seinem Onkel vererbt worden war. Der Onkel hatte ihn mit dem Handwerk vertraut gemacht. Bestimmt war der Kristall Hunderte von Jahren alt, und gewiß würde Berris ihn gern wieder in der Hand halten.

Sie brachte ihre Begleiter in Sparta unter und fragte sich weiter durch. Dann zog sie, immer noch mit jenem Pferd, das ihr Philylla geliehen hatte, gen Norden, den Städten zu, die zum Achaeischen Bund gehörten.

Alle Blicke waren auf Sparta gerichtet, am meisten der Aratos'. Zuerst hatte er gedacht, die Revolution in Sparta würde alles dort durcheinanderbringen und ihm die Chance auf einen billigen Sieg eröffnen, aber bald wurde klar, daß das neue spartanische Heer für Kleomenes eine viel mächtigere Waffe darstellte als das alte, und außerdem hatte er jetzt nicht mehr die Ephoren und ihre traditionelle Vorsicht am Hals, sondern konnte tun, was er wollte. Und was er wollte, das wußte Aratos nur zu genau, nämlich nichts Geringeres als die Führung des Achaeischen Bundes für sich und Sparta. Das bedeutete zwei Dinge, und eines davon war das Ende des Aratos. Das andere war, daß sich dieser Kleomenes vielleicht in den Kopf setzen würde, in den anderen Staaten ebenfalls Revolutionen anzuzetteln. Einige würden das begrüßen – der Pöbel natürlich! Es war unfair, daß Kleomenes so beliebt geworden war. Ptolemaios würde nur Geld schicken, keine Soldaten. Aratos begann, sich anderswo umzusehen; ein vertrauenswürdiger Bote brachte einen geheimen Brief nach Mazedonien, zu König Antigonos.

Inzwischen saßen Tarrik und Berris Dher und zwei andere, Hollis und Kotka, im Gefängnis und wurden von Tag zu Tag mißmutiger, weil die Wochen verstrichen und niemand sie auslöste. Der Mittsommer war vorbei, und es nahte schon die Erntezeit. Die anderen waren deshalb nicht sonderlich beunruhigt, denn sie wußten ja, daß Tarrik einen anderen zum Kornkönig gemacht hatte, ehe sie loszogen, und sie nahmen an, daß Gelber Bulle den Kornzauber sprechen und Essro seine Frühlingsbraut sein werde. Aber Tarrik wußte, was höchstwahrscheinlich mit Gelber Bulle und seinem Zauber geschah, und so sorgte er sich sehr, wenn er an die Felder Marobs und das Übel dachte, das über sie hereinbrechen würde. Der Stern auf seiner Brust war wieder erkaltet, doch Tarrik merkte, daß es ihm möglich war, sich an jene Nacht in den Bergen oberhalb Spartas zu erinnern. Zwar war er sich nicht sicher und wagte auch nicht, Berris gegenüber seine Hoffnung auszudrücken, dennoch zweifelte er nicht, seine Frau wiederzusehen. Nur das Warten wurde ihm schwerer und schwerer.

Man hatte sie recht gut behandelt. In den ersten paar Tagen waren sie alle angekettet gewesen, außer Berris, der viel zu krank war, um sich überhaupt zu bewegen. Es war in diesen Kriegen nicht ratsam, gegenüber den Söldnern und Fremden allzu unfreundlich zu sein: Sie mochten beim nächstenmal auf der eigenen Seite stehen.

Tarrik war wütend auf seine Tante Eurydike, weil der Freikauf so lange auf sich warten ließ, vermutete aber, es läge wohl an den Geschehnissen in Sparta, über die sie reden hörten. Sie saßen im Gefängnis von Argos, und niemand war sich sicher, in welchem Verhältnis diese Stadt zu Sparta stand. Man hatte sie über verschlungene Bergwege hierhergeführt. Die vier teilten sich eine Steinzelle, die einigermaßen geräumig war; sie hatten Matratzen und Decken. Es gab kein Fenster. Die Tür bestand nur aus Eisengittern und führte auf einen kleinen Hof hinaus, in dessen Mitte eine Platane wuchs. Dort durften sie sich den Tag über aufhalten. Den Hof verschloß ein Tor, das fortwährend von Soldaten bewacht wurde, denen schwere

Strafen drohten, wenn sie Bestechungsgelder von Gefangenen annahmen. Noch sieben weitere Zellen führten in diesen Hof, und in dreien saßen weitere Gefangene, darunter ein paar tarentinische Söldner, die Tarrik und seinen Freunden von Italien erzählten und die Mitte der Welt von Marob aus noch weiter nach Westen verschoben. Sie spielten Würfel und alles, was ihnen nur einfiel, und bemühten sich, von den Wachen Neuigkeiten von draußen zu erfahren.

Nachts schloß man sie in ihre Zellen ein, aber auch dann blieben zwei Wächter im Hof. Es war heiß und an Schlaf nur schwer zu denken. Bestimmte Fliegenarten zogen die Sonne vor, andere wurden erst in der Dämmerung munter. Berris lag gewöhnlich dicht vor dem Gitter; er konnte hören, wie einer der Wächter, ein Thraker, der nur schlecht Griechisch sprach, ungeschickt ein Mädchen aus der Stadt umwarb, das er mit hineingeschmuggelt hatte. Berris hatte die Wände ihrer Zelle über und über mit Holzkohle bemalt, aber es ärgerte ihn, daß ihre Nachfolger alles wegwischen würden. Und seine Trauer um die eine Sache erinnerte ihn an eine andere. Er dachte an Erif Dher, die immer das Feuer für ihn geschürt hatte, an all die Dinge, über die sie immer gelacht hatten und über die niemand sonst auf die gleiche Weise lachen konnte. Mühsam malte er sich ihr Gesicht aus: Das blasse Gesicht zwischen den Zöpfen, das ihn anstarrte, ihn aus der Dunkelheit, der Dunkelheit der Erde, anblickte, wie sich ihre Lippen bewegten: »Berris«, sagte sie, »Berris.«

Und schlagartig, zwischen zwei Atemzügen, merkte er, daß das Bild vor ihm nicht seiner Phantasie entsprang, keine Erscheinung, sondern wirklich war. Sie reichte ihm einen Draht und eine Zange herein. »Das Schloß dürfte leicht zu knacken sein«, sagte sie. Er machte sich an die Arbeit, während sie sich vor den Stangen duckte. Er war zu konzentriert, um Fragen zu stellen, aber allein die Freude machte ihn geschickt. »So«, sagte er nur, »so …«

Die Tür quietschte. »Weck die anderen«, flüsterte sie. »Ich kann Tarrik sehen! Sag ihnen, sie sollen ohne ein Wort folgen.«

Er weckte sie. Tarrik hatte schon geträumt, die Hand auf dem heißen Stern. Kotka wollte Fragen stellen und wurde zum Schweigen gebracht. Sie glitten durch die halboffene Tür.

Erif hatte für jeden einen Dolch mitgebracht. Tarrik berührte sie an der Hand und nickte, und dann glitt sein Blick fragend über die beiden Wächter – er konnte nur einen sehen, den Thraker, der dicht an der Wand neben seiner Freundin stand. Sie schüttelte den Kopf. »Den Griechen habe ich getötet. Mit dem anderen bin ich so fertig geworden. Komm!« Der Thraker und sein Mädchen starrten sie direkt an, als sie im Sternenschein an ihnen vorbeigingen, und Tarrik hörte, wie er zu ihr sagte: »Sieh doch, die Schatten an der Mauer. Man könnte meinen, es wären Menschen.« Und dann küßten sie sich und kicherten.

Sie führte sie durch eine leere Straße und bog dann ab und ging mit ihnen über einen kleinen Platz mit einem tröpfelnden Brunnen und einer Gruppe Männern, die hinter nur lose eingehängten Läden lärmten und lachten, als die Fliehenden sich vorbeischlichen. Dann bog sie wieder ab, in einen Hof, in dem es von schläfrigen Hühnern und Tauben raschelte, nahm eine Leiter und stieg auf eine Mauer. Der Mond stand über der Stadt, so daß sie recht gut sehen konnten. Auf der anderen Seite der Mauer mußten sie ziemlich tief in Gebüsche springen, aber sie schafften es alle. Dann einen Zickzackpfad hinab zu einer Hütte und fünf Pferden davor. Eines war besser als die anderen; Erif bestieg es. Sie ritten eine ganze Weile ohne ein Wort. Allmählich holte Tarrik auf, bis sich ihre Knie berührten. Nach einer Weile meinte sie, man könne nun Rast machen. Da waren sie schon hoch in den Bergen, in kalter Luft, und schienen meilenweit von allem entfernt.

Sie setzte sich im Mondlicht auf einen Rain, und Tarrik setzte sich neben sie; sie konnten einander ins Gesicht sehen. Kotka und Hollis banden die Pferde fest und setzten sich dann zu ihnen. In einer Satteltasche befanden sich Brot und Käse. Berris beobachtete, wie Erifs und Tarriks Hände sich langsam aufeinander zubewegten, sich berührten, fortzuckten und dann wieder zusammenfanden. Sie sprachen miteinander, als hätten sie sich gerade geliebt. Berris hörte zu, und er empfand eine gewisse Eifersucht Tarrik gegenüber. Die beiden anderen hätten es seltsamer gefunden, alles mit anzuhören, wenn nicht die Ereignisse dieser Nacht ohnehin schon so unwahrscheinlich und sie vom Zauber der Frau aus Marob nicht berührt gewesen wären. Es war ihnen, als ob sie an beiden Orten gleichzeitig seien, dort und hier. Kotka war selbst mit einer Hexe verheiratet.

Erif erzählte, wie sie nach Sparta und von dort hierhergekommen sei und was sie nun zu tun hätten. Sie betrachtete lange die Narbe an Tarriks Handgelenk, die vom Streifschuß eines Pfeils zurückgeblieben war. Dann fragte sie ihn nach der Schlacht von Orchomenes und den anderen Kämpfen. Sie fragte, über was er und der König von Sparta geredet hätten. Sie fragte, was er gedacht habe, als er von ihrem Tod erfuhr. Sie fragte, mit welchen Frauen er in Griechenland geschlafen habe.

Selbst schien sie nichts beantworten zu wollen. Schließlich aber schien es, als bliebe ihr nichts anderes übrig, denn Tarrik hielt ihre beiden Hände und fragte sie eindringlich, was in Marob geschehen sei.

Sie sagte: »Gelber Bulle ist tot.« Neben sich sah sie, wie Berris furchtbar erschrak, ganz wie sie es erwartet hatte. Tarrik sagte nichts, saß lediglich etwas steifer da.

»Du hast ihn getötet, Tarrik«, sagte sie, eher feststellend als fragend.

»Ja«, antwortete er nach einem Moment ernst. »Ich habe ihn getötet.« Die anderen atmeten schwer.

»Nun«, begann sie, hielt aber inne, als wolle sie ein Urteil abgeben, vielleicht sagen, wie sie darüber fühlte. Aber dann fuhr sie fort: »Er starb zu Beginn des Sommers. Es gab nur noch Regen und Wind und Mehltau auf dem Korn. Auch der Flachs lag am Boden. Ich glaube, es wird nicht viel Obst geben, und die Bienen konnten nicht ausschwärmen, um Honig zu sammeln. Es war ein schlechtes Jahr für den Fischfang. Und im Juni habe ich ein Kind bekommen.«

Beide schrien bei diesem Satz auf, ihr Gatte und ihr Bruder. Tarrik sprang auf die Beine und warf den Kopf in den Nacken, mit Blick auf dieses schöne, erstaunliche Wesen. Er hatte nie gewußt, wie großartig es sich anfühlt, Vater zu sein! »Erif!« rief er, »ein Kind? ... Einen Sohn?«

Sie wandte den Blick ab, weg von ihm und seiner unerträglichen Freude. »Ja, einen Sohn. Und sie haben ihn umgebracht.« Sie schaute wieder auf, gerade rechtzeitig, um im Mondlicht zu sehen, wie Tarrik schauderte, die Augen schloß, das Strahlen auf seiner Miene erlosch. Berris verbarg sein Gesicht in den Händen; sie hatten einen Teil ihres Schmerzes auf sich geladen. »Tarrik«, fuhr sie fort, »mein Vater tat es in der Absicht, mit dir und den Deinen auf diese Weise fertig zu werden. Er glaubte, ich hätte nichts dagegen. Er dachte, ich stünde auf seiner Seite.«

»Und? Hattest du etwas dagegen?« fragte Berris leise.

»Ja«, antwortete sie mit trockenen Augen. »Sehr. Ich stand nicht mehr auf seiner Seite. Ich stand auf deiner, Tarrik. Und dort stehe ich auch jetzt.«

Da nahm er ihre Hand, blickte auf sie hinab, kniete dann dicht neben ihr nieder und legte eine Hand an ihren Hals. »Aber warst du denn vorher nicht die meine, Liebste?«

»Nein. Ich habe dich verzaubert. Ich hatte es versprochen und tat es auch. Ich versuchte, dich zu töten, genau wie Yersha es dir gesagt hat. Aber das liegt alles in der Vergangenheit. Und geschah lange, lange, ehe er geboren wurde.«

»Wie sah er aus?« fragte Tarrik.

»Ich weiß es nicht. Ich habe ihn nur kurz gesehen. Er schien ... wunderbar. Dann haben sie ihn fortgenommen ...« Unvermittelt schlang sie die Arme um ihn, und ihre Lippen zitterten schrecklich. Er streichelte sie zärtlich. Alles war so unwirklich, und seine gerade erwachte Vaterschaft verwandelte sich in Liebe und Trost. Erif! Es war, als sei sie seine kleine Tochter, der man weh getan hatte.

»War es so schlimm?« fragte er und küßte ihr Haar.

Sie nickte. »Als ich es erfuhr ... als sie es mir erzählten ... Ich glaube, ich bin fast gestorben. Wenn Essro nicht gewesen wäre, lebte ich wohl nicht mehr. Sie hat mir mit ihrem Zauber geholfen. Sie hatte kurz vor mir auch ein Kind bekommen.«

»Konnte deine Magie nicht helfen?«

»Nein. Weißt du, sie wird mit mir schwächer. Und ich war sehr schwach. Ich habe dir noch nicht erzählt, daß Yersha vor ihrer Abreise versuchte, mich zu vergiften.«

Tarrik ließ sie abrupt los. »Yersha ... Eurydike? Nein! Erif, weißt du, was du da sagst?«

»O ja!« Erif lachte jetzt sogar ein wenig. »Sie hat es lange, monatelang versucht. Zuerst habe ich es nicht verstanden. Ich dachte, mir sei von der Schwangerschaft so übel. Aber nach ihrer Abreise hat es mir jemand erzählt. Kurz bevor sie fortziehen mußte, bin ich fast gestorben, und Yersha dachte wohl, sie hätte es geschafft. Sie hat dir keine Lügen erzählt, Tarrik!« Und wieder lachte sie. »Du siehst also, zwischen dem Vorfall und der Geburt ... oh, mein Liebster, ich wollte dir so gern ein Kind schenken!« Das Lachen brach und wurde zum heftigen, bitteren Weinen, teils aus schmerzvoller Erinnerung, teils wegen all der Einzelheiten, die niemals jemand erfahren würde, die sie niemals aussprechen würde, nicht einmal Tarrik gegenüber. All die dummen Träume und Wünsche einer jungen Mutter für ihr ungeborenes erstes Kind, die alle unerfüllt blieben! Und sie weinte aus Wut über das verschwendete Leben und all die vergeblichen Mühen und Schmerzen; teilweise aber auch aus reinem, kaltem Haß auf jene, die all dies verschuldet hatten – und für sie, für Tarrik und ihren Sohn, der tot war und nicht einmal hassen konnte.

Dann sprang sie auf und rang nach Atem und Befreiung von dem Schmerz, der wochenlang in ihr gebrannt, gewartet hatte, bis sie ihn mitteilen konnte, und jetzt war es heraus und erstickte sie. Sie richtete sich hoch auf, dem Mond zugewandt, steif, zitternd. Tarrik trat ein Stück zurück, er mochte sie nicht in seine Arme nehmen; sie wirkte so zerbrechlich. Berris streichelte ihren Fuß; vermutlich spürte sie das durch die Lederstiefel nicht, aber ihm bedeutete es einen Trost. Sie tat ihm unendlich leid, und auch er fühlte sich ihr gegenüber älter und verpflichtet, sie zu beschützen. Er verstand die Geschichte mit Gelber Bulle nicht. Er wollte weitere Fragen stellen, wollte wissen, was ihr Vater gesagt und getan hatte.

Die anderen begriffen nur, daß ein böser Zauber umgegangen war. Aber der Kornkönig und die Frühlingsbraut waren wieder zusammen. Sie schlichen sich hinab zu den Pferden und fragten sich, was für Unheil in Marob noch geschehen sein mochte. Auch sie hatten Fragen, und es gefiel ihnen nicht, so lange im weißen Licht des Mondes herumzustehen. Die Pferde schnaubten unter den Büschen, fanden aber nur wenig zu äsen, an Erif Dhers Pferd glänzte im Zaumzeug das Gold. Schließlich hörten Kotka und Hollis, die die anderen von unten beobachteten, keinen Laut mehr, und nach einer weiteren Weile sahen sie die Schemen des Kornkönigs und der Frühlingsbraut im Dunkeln verschmelzen, sahen, wie Erif niederfiel, entweder aus Schmerz oder Freude oder Erregung, und Tarriks Arme fingen sie auf.

Zwei Tage später sichtete sie ein Schäfer, als sie in ein Tal hinabritten, und er rief die Neuigkeit seinen Freunden weiter im Süden zu; so gelangte die Nachricht nach Sparta, und die Skythen rannten ihnen in ihren besten Kleidern entgegen, um den Herrn von Marob willkommen zu heißen. Sie hatten von Erifs Begleitern erfahren, was sich in Marob inzwischen zugetragen hatte, und drängten darauf, so bald wie möglich nach Hause zu ziehen und ihren Kornkönig die Dinge wieder in Ordnung bringen zu lassen. Tarrik erklärte, man werde in einer Woche aufbrechen, aber zunächst müsse sich Erif von seiner Tante verabschieden.

Berris war unsicher, ob er zurückgehen wollte. Er wußte nicht, was aus seinen nächsten Verwandten werden würde. Die Pläne seines Vaters waren wohl durch den Tod von Gelber Bulle über den Haufen geworfen worden – auf wie merkwürdige Weise auch immer Tarrik diesen Tod herbeigeführt haben mochte. Harn Dher selbst konnte nicht Kornkönig sein; er war zu alt oder würde es in wenigen Jahren sein. Und Goldfisch war zu jung. Er aber, Berris, würde dieses Amt nie annehmen, und wenn ganz Marob ihn darum bäte! Er hatte doch seine eigenen Kunstfertigkeiten, den Zauber seines Handwerks, und er wollte nichts von außen eindringen lassen. Außerdem war nichts dergleichen zu erwarten. Es schien wahrscheinlicher, daß Tarrik als Retter in sein Reich zurückkehrte, einem jeden willkommen, und von nun an seinen Willen in jeder Hinsicht durchsetzen konnte. Erif war auf seine Seite übergewechselt. Das war vermutlich sehr gut. Ohnehin war alles ein Fehler ihres Vaters, Harn Dher. Nur – was würde nach Tarriks Triumph mit ihm geschehen? Erif würde dafür sorgen, daß den Kindern nichts zustieße, ihrem jüngeren Bruder und der kleinen Schwester, aber sie würde bestimmt nicht zwischen Tarrik und ihrem Vater stehen wollen. Wie auch immer, Berris spürte in sich, daß er seinem Vater weder mit Haß noch mit Liebe entgegentreten konnte. Er beschloß, nicht eher zurückzugehen, bis alles auf die eine oder andere Weise geregelt war, entschied sich aber dafür, es seiner Schwester erst nach der Rückkehr nach Sparta mitzuteilen.

Tarrik hatte Erif Dher das Leben seiner Tante Eurydike in die Hand gegeben, jener Frau, die ihn seit frühen Kindertagen aufgezogen hatte, auf vielerlei Weise wie eine Mutter gewesen war und auch die Eifersucht einer Mutter kannte. Es war nur gerecht. Er erzählte seinen Männern, was geschehen war, und sie pflichteten ihm bei. Erif, Kotka und zwanzig andere ritten über den Paß nach Messenien. Tarrik blieb in Sparta, machte sich bereit zur Abreise und war entschlossen, nur an die Zukunft zu denken.

Am Tag, bevor seine Frau zurück sein wollte, weihte Tarrik Sphaeros ein, der sogleich entsetzt war. Eurydike mochte der Philosoph nicht sonderlich, aber auch Erif Dher gegenüber hegte er Vorurteile. Sie gehörte zu jenen Personen, die das Leben unruhig machten und seine natürliche und göttliche Ordnung störten. Auf ihrem Weg lagen Gewalt und Probleme, und das würde mit zunehmendem Alter schlimmer. Er war sich immer noch nicht sicher, ob er an die Geschichte glaubte, daß sie Tarrik bei dem Stierkampf verzaubert hatte. Immerhin – bis zu dem Zeitpunkt, da er auf den Marktplatz hinabsprang, hatte er es geglaubt und entsprechend gehandelt. Seiner Meinung nach machte Erif es unmöglich für Tarrik, sich wie ein König zu verhalten, der sein Schüler und ebenfalls Stoiker war. Er bezweifelte, ob sich die Liebe zu Frauen überhaupt mit der rechten Lebensweise vereinbaren ließ. Agiatis war vielleicht anders; ihr Einfluß zielte auf Ruhe. Sie hatte gelernt, sich zu beherrschen und Turbulenz in Freundlichkeit zu verwandeln, und sie war nicht nur zu einem freundlich, sondern zu allen. Sphaeros, der mittleren Alters war, litt sehr an Verstopfung. Natürlich tat er gleichgültig und aß zusammen mit den anderen saures Brot und die Schwarze Suppe, aber Agiatis bereitete ihm heiße, lindernde Getränke und zwang ihn, sie zu trinken, indem sie sich ein dummes Frauenzimmer nannte, dem es nun einmal solche Freude mache ... – und lächelte dann immer sehr lieb. Niemand sonst tat so etwas.

Erif Dher kehrte am nächsten Nachmittag müde und erschöpft aussehend zurück. Sie war nicht mehr so schön wie früher, aber Tarrik hatte es noch nicht bemerkt. Er ritt ihr auf der Straße entgegen; Sphaeros begleitete ihn, denn er wollte die Leidenschaften ausgleichen, wenn er konnte, die unvermeidlich bei seinem Schüler wachgerufen würden, wenn der Gedanke an das Blut, jenen Saft, der verborgen bleiben sollte, an die Oberfläche des Bewußtseins drang.

Erif stieg am Wegrand ab und ging auf sie zu. Kotka folgte ihr. Sie befanden sich auf steinigem Brachland hinter den Häusern, halb bedeckt mit den staubigen, kriechenden Ranken der Bittergurke. Mit einer Stiefelspitze trat sie auf ein paar der kleinen, grünen Früchte und sah zu, wie der gelbe Saft herausspritzte. Tarrik brachte kein Wort heraus, konnte nicht fragen, auf welche Weise Eurydike gestorben war. Als alle Gurken in Reichweite ihres Stiefels aufgeplatzt waren, sagte sie ohne aufzublicken: »Ich habe sie doch nicht umgebracht.«

In den Tagen ihrer Abwesenheit war es Tarrik gelungen, sich gegen den schrecklichen Gedanken, daß seine Tante tot sei, zu wappnen. Und nun war es nutzlos, und er fühlte sich beleidigt und fragte wütend: »Warum nicht?« Dann bemerkte er, wie ihn Kotka blöde und überrascht mit offenem Mund anstarrte. Tarrik warf die Arme hoch und rannte auf das steinige Feld hinaus.

Erif Dher sah ihm nach. »Ich wußte, daß er das tun würde«, sagte sie unglücklich und hilflos und biß sich auf die Lippen.

Sphaeros war bei ihr geblieben. »Sag mir, was dich zurückhielt«, bat er sie freundlich.

»Ich habe ihr alles erzählt, was geschehen ist«, begann Erif. »Ich sagte ihr, daß Tarrik davon ausgehe, ich würde sie töten, und daß er mich deshalb habe herkommen lassen, und das hat ihr durch und durch weh getan, genau wie Gift. Und dann brachte Kotka diesen Mann, ihren Rhodier, herein.«

»Der ist unter meinen Händen weich geworden«, meinte Kotka.

»Und da habe ich gedacht«, fuhr Erif fort, »daß sie am besten diesen Mann heiratet, fortgeht und nie wieder nach Marob zurückkehrt. Dann sind wir gegangen.«

Sphaeros nickte. »Aber kannst du mir sagen, welcher Gedanke, welches Prinzip dir befahl, es nicht zu tun?«

»Nein«, antwortete Erif. »Ich weiß es nicht. Ich habe einfach so gehandelt. Immerhin hat sie mich ja nicht umbringen können, obgleich sie es lange genug versucht hat, und auch war sie es nicht, die mein Kind tötete. Ich sage dir, Sphaeros, was ich auf dem Rückweg tat. Ich habe Apphé gefunden und sie umgebracht. Das hatte ich immer schon gewollt. Sie war bloß ein giftiger Wurm auf zwei Beinen. Kotka hat sie an den Armen festgehalten, und ich habe ihr die Kehle durchgeschnitten. Es tat gut. Sag, meinst du, Tarrik ist wütend auf mich, weil ich trotz seiner Erlaubnis die Tante doch nicht umgebracht habe?«

»Nein, nein«, gab Sphaeros zurück. »Ihr armen, unglücklichen Kinder! Aber wie konntet ihr nur hoffen, in Hellas zu finden, was ihr sucht?«

»Das habe ich nie geglaubt!« rief Erif. Sie blickte hoch in den heißen, wolkenlosen Himmel, der in den vielen regenlosen Monaten alle Farben aus dem Land gebleicht zu haben schien und es so braun gemacht hatte, wie die Erde war, bevor es Gras und Bäume und Tiere gab. Sie rieb sich die staubigen Hände am Umhang ab und wischte sich den Schweiß aus den Augenwinkeln.

Es war mein Fehler«, sagte Sphaeros. »Ich hätte nie zulassen sollen, daß Tarrik in Hellas etwas Gutes erhofft. Er hat mich überredet ... gegen meine Überzeugung ..., daß er und Kleomenes Freunde werden könnten. In Marob schien das möglich, aber ich hätte mir nicht erlauben dürfen, es auch nur zu denken.«

Kotka brachte die Pferde herbei und befahl zwei anderen Männern, abzusitzen, damit Sphaeros und Tarrik reiten konnten. Er war froh, daß sie mit Griechenland fertig waren. Tarrik kam zurück, saß auf und ritt scharf an, aber Sphaeros wollte lieber zu Fuß gehen. Er wartete, bis sich der Staub hinter den Reitern gelegt hatte, und folgte ihnen langsam.

Siebentes Kapitel

Auf dem Rückweg traf Sphaeros Phoebis, der die Skythen im Grunde mochte und bedauerte, wie wenig Gutes ihnen in Sparta widerfahren war. Er selbst war verärgert und beleidigt, weil einige Spartaner, die früher zu ihm und seinesgleichen freundlich gewesen waren, ihn nun, als Bürger, nicht ernst nahmen und offenbar nicht bereit waren, ihn als ihren Bruder zu betrachten. Sphaeros beruhigte ihn. »Das gibt sich, Phoebis«, sagte er, »nach der nächsten Schlacht. Und ich weiß, daß nicht der König daran schuld ist und auch keiner aus seiner Umgebung.«

»Nein«, erwiderte Phoebis, »aber ich bin der einzige, der zum Regimentsrat gehört, und die anderen kümmert das mehr als mich. Die bekommen eines Tages das Ihre schon zurück, sie oder ihre Söhne. Ich gehöre zu keiner Gruppe richtig, aber einige von denen sind reine Heloten, auch wenn wir alle so tun, als dächten wir nicht mehr daran – abgesehen vom König, der es wagt, geradeaus zu blicken, weil er ein Adler ist! Aber die hat man all die Jahre unter der Knute gehalten, seit undenklichen Zeiten, Sphaeros! Und jetzt haben sie Rechte. Das wirkt wie starker Wein.« Er kratzte sich am Kopf und grinste. »Nun – wir haben alle Fehler. Unser armer Therykion zum Beispiel hat sich bis über beide Ohren in einen rosaweißen Jüngling verliebt!«

»Das habe ich auch gehört«, meinte Sphaeros. »Ich hätte gehofft, daß er in seinem Alter eine klügere Wahl trifft – wenn man sich schon verlieben muß, wie ihr es wohl alle nicht lassen könnt und zu welchen Dummheiten es euch auch immer wieder führen mag.«

»Manche Leute sind Narren«, sagte Phoebis. Dann lachte er und fühlte sich besser. Eigentlich mochte er Therykion, hielt ihn aber für penibel, was seinen Bart und seine Fingernägel und den Faltenwurf seiner ansonsten schlichten Tunika anging. »Panteus ist der wirklich Glückliche«, sagte er. »Alles, was er anfaßt, gelingt. Ich höre ihn so gern singen. Er und der König haben aneinander das Herz verloren, und wenn Philylla alt genug ist, bekommt er die auch noch, weil sie der Königin ebenso nahesteht. Sie ist ein Bild von einem Mädchen, nicht wahr, Sphaeros?«

»Ich denke schon«, gab Sphaeros zurück. Phoebis hatte seinen Arm genommen und schritt recht rasch mit ihm aus. Ein paarmal stolperte er. »Ist sie eigentlich liebenswürdig? Wenn ich dabei bin, spricht sie fast kein Wort, aber ich habe sie gesehen, wenn sie allein über die Wiesen rennt.«

»Sie ist liebenswürdig und klug«, antwortete Phoebis, »und sie weiß einiges über mein Volk. Sie hat nichts gegen den Geruch von Kühen und Schweinen und altem Stroh und Knoblauch. Sie wird ihm Kinder schenken. Sphaeros, wußtest du eigentlich, daß ich verheiratet bin? Nun, ich bin es. Ich habe jung und unter meinem Stand geheiratet. Keine von euren feinen Damen! Sie hat auf dem Hof nebenan die Ziegen gehütet. Ich habe zwei Jungen.«

»Hindert dich das?« fragte Sphaeros.

»Nein, es hilft mir. Wegen der Kinder. Sie hält zu mir, was immer auch geschieht. Selbst wenn der König am Ende geschlagen würde wie Agis und mir die Bürgerrechte wieder abgenommen würden.« Aber daran wollte Phoebis nicht denken. Unvermittelt ließ er Sphaeros los und sprang an den Straßenrand, wo Büsche mit milchblauen Blüten wuchsen, diejenigen, die in den alten Zeiten der Hera heilig gewesen waren. Man konnte sie schön zu Girlanden flechten, und Phoebis pflückte einen ganzen Strauß und flocht die Zweige mit ein paar harten Gräsern zusammen. Er fertigte eine hübsche, etwas struppige Krone an und wollte sie Sphaeros aufsetzen. Er schämte sich ein bißchen, weil er so viel geredet hatte, und wollte alles ins Spielerische wenden, aber weil sich Sphaeros entschieden weigerte, den Kranz aufzusetzen, schob er ihn sich selbst auf die Stirn und eilte davon, während Sphaeros zum Haus des Königs ging.

Der Philosoph bat darum, die Königin sehen zu dürfen, und wartete. Man brachte ihm eine Bank mit Kissen in den Vorraum, aber er hatte inzwischen seine Täfelchen hervorgezogen und merkte nicht mehr, ob er saß oder stand. Eine der Ehrenjungfern ging, um die Königin zu suchen.

Auf der Rückseite des Hauses lag ein großer, kühler Raum, dessen Fenster sich auf einen bedeckten Gang um einen Hof öffneten, in dem viele Pflanzen wuchsen und ein Brunnen plätscherte, so daß Hitze und Straßenstaub nicht eindringen konnten. Die Decke war fein aus Binsen geflochten. In der Mitte befand sich ein Balken, in dem zwei Haken für eine Schaukel befestigt waren, aber die Seile waren jetzt aufgerollt. Die Wände waren blau gestrichen, und den Fußboden hatte man mit Wasser besprenkelt. Agiatis lag auf einem Sofa, zu ihren Füßen spielte das kleine Mädchen. Sie sah jetzt sehr fröhlich aus, weich und hübsch wie eine jungverheiratete Frau. Philylla hatte ihr vorgelesen; jetzt redete sie über Gorgo, die sich ihre lustigen, dicken Locken in den Mund gesteckt hatte, sich wand und mit glänzenden Augen quietschte, wenn die kräftigen Zehen der Mutter sie kitzelten. Philylla sagte: »Ich wünschte, du bekämst noch ein Baby, Agiatis. Ich möchte dich so gern mit einem kleinen, dicken Baby sehen.« Sie stellte sich neben Agiatis und berührte sanft die Brust der Königin mit dem Finger. Dann strich sie den Rand des weißen Kleides glatt, den die kleine Prinzessin von der Schulter der Mutter gezogen hatte. »Oh, Agiatis, ich möchte so gern sehen, wie du ein Kind säugst. Hast du sie alle selbst genährt?«

Agiatis lachte. »Ja, diese schon«, antwortete sie. »Es war schön. Kleomenes wollte es so. Doch bei meinem ersten habe ich es nicht getan. Niemand fand es für eine Königin passend und möglich. Aber es ist süß. Du wirst es auch erleben, Philylla.«

Dann kündigte man Sphaeros an, und Agiatis richtete sich auf und nahm das kleine Mädchen in den Arm und wiegte es, damit sich die Kleine beruhigte. Philylla ging in eine Ecke des Zimmers, holte sich Rocken und Spindel und wäre hinausgegangen, aber Agiatis rief sie zurück, denn Sphaeros hatte sie gerade gefragt, ob sie wisse, daß Phoebis verheiratet sei, und darüber wußte Philylla mehr als sie.

»Ich bin zu ihnen geritten«, berichtete Philylla, »Oh, vielleicht viermal. Im Frühling summt dort alles von Bienen, die von den Bergen herabkommen. Ich bekomme dort immer ein Honigbrot und manchmal auch Butter, denn sie besitzen auch Kühe – seit der Landaufteilung sogar zwei mehr. Es ist ein großer Hof; seine ganze Familie wohnt dort. Sie ist nett, Sphaeros. Sie heißt Neareta. Ich glaube, solchen Leuten ist der eigene Name sehr wichtig. Vielleicht weil sie sich nicht so fest aneinander gebunden fühlen wie wir. Sie spricht ziemlich tief und im Dialekt, und dick wird sie auch, aber ich glaube, sie war ein hübsches Mädchen, als er sich in sie verliebte. Und stark! Sie hat mir erzählt, sie konnte früher eine große Ziege auf dem

Rücken tragen. Sie geht wunderbar mit Tieren um; sie lassen sich alles gefallen, egal, was sie mit ihnen macht. Und zwei kleine Jungen haben sie auch.«

Sphaeros, der es gewohnt war, seine Schüler nach ihren Antworten einzuschätzen, fand, daß Phoebis in seinem Urteil über Philylla recht hatte. Er sagte: »Ich möchte, daß ihr beide freundlich zu der jungen Königin von Marob seid, die hierherkam, um ihren Mann zu suchen, und in zwei Tagen mit ihm abreist.« Und dann erzählte er ihnen alles, was er über Erif Dher wußte, und wie sehr er wünschte, daß die Skythen in ihr fernes, sonderbares Land zurückkehrten und keine schlechten Gedanken an die Griechen mit sich nahmen.

Agiatis hörte zu, nickte und hielt ihr Kind ruhig, und Philylla lauschte, hielt dabei den Rocken in der Armbeuge und zwirbelte derweil unbewußt die Spindel zwischen ihren geschickten Fingern. Sie war sonderbar betroffen, daß die Skythen so bald schon fortzogen. Warum hatte Berris Dher es ihr nicht erzählt? Er war ihr Eigentum, und er hatte gefälligst nicht davonzulaufen. Dann schämte sie sich, und der Faden riß, und einen Moment lang hörte sie nicht auf Sphaeros' Worte. Sie würde freundlich zu dieser Königin sein, natürlich! Gastfreundschaft war eine heilige Sache. Es war richtig gewesen, ihr ohne Fragen das Pferd zu leihen. Dann ging Sphaeros hinaus, und Agiatis sagte: »Er wird uns diese kleine barbarische Königin herbringen. Ich frage mich, was sie wohl gern hören mag. Du kennst sie doch schon, Philylla. Wie soll man mit ihr sprechen?«

»Oh, sie ist genauso nett wie viele Leute«, antwortete Philylla. »Übrigens ist sie eine Hexe.«

Agiatis brach in Lachen aus. »Du albernes Gänschen. Das glaubst du doch nicht etwa?«

»Sie hat es mir selbst erzählt«, sagte Philylla, »und ihr Bruder ebenfalls. Sie sollten es doch wissen. Und ich glaube, ich weiß auch, wie Frauen Hexen sein können.«

Agiatis seufzte. »Ich glaube, das habe ich in deinem Alter auch gedacht. Man fühlt sich voller Kraft, nicht wahr? Aber das dauert nicht an, meine Süße, nicht, wenn man ein erfülltes Leben als Frau führt. Man gibt die ganze Zeit über zuviel. Und jetzt hol mir meinen Kamm und den Spiegel.«

Philylla ging zur Tür des Königshauses, um Erif Dher zu empfangen und hineinzugeleiten. Erif war sehr nervös und schwitzte. Schweiß lief ihr in Strömen in ihr bestes Kleid, eines jener steifen Filzgewänder, die über und über mit gezackten konzentrischen Kreisen in allen Farben bestickt waren. Auf ihrem Kopf saß der schwere Spitzhut aus Filz, und darüber die Frühlingskrone, die sie mitgebracht hatte; sie bestand aus Gold, Korallen und kleinen Emaillearbeiten; Blumen mit den üppigsten Blüten sprossen hervor, und dazwischen sprangen kleine Tiere umher. In ihrem Haar trug sie eingeflochtene Papierstreifen mit sonderbaren Mustern und an jedem Finger einen Ring, die meisten aus durchlöchertem Bernstein.

Philylla versuchte, nicht überrascht zu wirken, und betrachtete alles genau. Erif Dher dankte ihr für das Pferd, das Kotka hinter ihr her bis an die Tür geführt hatte, denn in diesem Kleid konnte sie unmöglich reiten. Philylla sagte, sie sei traurig, daß sie so bald schon abreisen müßten, ohne irgend etwas gesehen zu haben. Erif antwortete, ihr Bruder würde die Besichtigungen für sie erledigen, da er bleiben werde. »Oh«, gab Philylla so gleichgültig wie möglich zurück, »fährt er nicht mit euch fort?«

»Ich wünschte, er käme mit. Aber er will nicht.«

»Warum nicht?« wagte sich Philylla vor.

Aber die Antwort klang ganz und gar nicht aufregend. »Er hat Angst davor, was bei unserer Rückkehr geschehen könnte. Er will es nicht erleben. Er ist nicht sehr tapfer.«

»Er hat aber für Sparta gekämpft und einen General des Achaeischen Bundes getötet!« sagte Philylla, fast zu eifrig.

Aber Erif merkte es nicht. Sie erwiderte: »Fast jeder kann in einer Schlacht Menschen töten. Man braucht nicht nachzudenken. Alles geschieht ganz plötzlich. Aber Berris sieht die Dinge, die geschehen werden, so deutlich, daß er sich keinen Ausweg vorstellen kann. Und dann läuft er fort. Das ist feige. Und inzwischen kommt ein anderer, benutzt seine Schmiede, zerbricht sein Werkzeug und will mit seiner Sklavin schlafen.«

»Ich wußte nicht, daß er eine Sklavin hält«, bemerkte Philylla.

»Oh, ja, Sardu. Ein nettes, kleines, dunkelhäutiges Ding. Nachdem er fort war, habe ich bei ihr ein paar Zaubertricks versucht. Sie hatte nichts dagegen. Gefällt dir mein Bruder?«

»Oh ... ja«, antwortete Philylla.

»Das freut mich. Er wird so schrecklich einsam, wenn ihm die Arbeit nicht so von der Hand geht, wie er es sich wünscht. Wir haben früher viel zusammen gemacht. Ich dachte, das würde immer so weitergehen. Aber alles ist anders gekommen, als wir es gedacht haben. Philylla, was muß ich tun, wenn ich eure Königin sehe?«

»Hier gibt es keine Zeremonie. Sie ist wie jede andere ... nur ... ich meine, natürlich ist sie das nicht! Sie ist Agiatis. Geh einfach hinein.«

Sie blieb neben der Tür stehen, und nach einem Moment betrat die Königin von Marob den kühlen Raum, und die Königin von Sparta, ganz in Weiß, mit einem weißen Netz über dem Haar, stand auf und ergriff ihre Hände. Erif Dher blickte Agiatis direkt an, in ihre ruhigen Augen, und vergaß, was sie hatte sagen wollen. Halb unbewußt hielt sie ihr Gesicht hoch wie ein kleines Mädchen, um sich küssen zu lassen, denn sie war kleiner als Agiatis, wenn auch größer als Philylla. Agiatis küßte sie auf die heiße, feuchte Wange; sie war belustigt und ziemlich überrascht, wenn sie auch daran gewöhnt war, daß sich jüngere Frauen auf den ersten Blick in sie verliebten. Nach wenigen Momenten gefiel ihr diese sonderbare skythische Königin mit ihren sehr fremdartigen und unbequem wirkenden Kleidern. Sie fragte sie nach ihrem Eindruck von Sparta. Die Wahrheit war, daß Erif Dher, die viel bereiter gewesen war als Berris, sich beeindrucken zu lassen, nur sehr wenig gefunden hatte, was ihr gefiel, und jetzt, nach den großen Veränderungen, die eine altertümliche Schlichtheit und lakonische Kargheit des Lebens populär gemacht hatten, noch weniger. Sie antwortete: »Ich habe noch nie so hohe Berge gesehen. Sie sehen näher aus, als sie sind. Aber es ist sehr heiß.«

»Und die Menschen?« fragte Agiatis lächelnd.

Hier hatte Erif Dher einen sehr bestimmten Eindruck gewonnen, angefangen von ihrem ersten Tag, als sie Philylla bei den Pferden getroffen hatte. »Sie sehen aus, als würde etwas Wichtiges geschehen«, antwortete sie.

»Etwas ist bereits geschehen«, gab Agiatis mit sonderbarem, recht traurigem Stolz zurück.

Irgendwie bemerkte Erif diese Traurigkeit. »Ja«, sagte sie. »Sphaeros hat es mir erzählt. Dein Kind ist gestorben. Dein ältester Sohn. Und das kannst du vermutlich niemals vergessen.«

Agiatis schwieg einen Moment; daran hatte sie gerade nicht gedacht, zumindest schien ihr das so. Dann fiel ihr ein, was ihr Sphaeros über die andere Königin erzählt hatte. »Man vergißt es doch«, sagte sie. »Es geht, wenn man von Liebe umgeben ist wie ich und, wie ich denke, auch du. Fürstin von Marob, meine Liebe, du hast deinen Mann wieder.«

Philylla hatte wieder zu Rocken und Spindel gegriffen. Dann sagte sie mit all der fröhlichen Unbekümmertheit eines plötzlichen Einfalls: »Komisch, daß Frauen untereinander so viel schneller Freundschaft schließen können als Männer! Wahrscheinlich, weil ihnen oft die gleichen Sachen zustoßen.«

Nach einem Moment, den sie benötigte, um sich Philyllas Worte zu übersetzen, begann Erif Dher zu lachen: »Solche Sachen sagt mein Bruder auch immer.«

Agiatis war verlegen, bis das Lachen ertönte. Diese Bemerkung paßte so recht zu der lieben und zuweilen recht kindlichen Philylla! Würde sie jemals erwachsen werden? Erwachsen und schweigsam und aufmerksam und kritisch wie eine richtige Frau? Nein. Die Königin sagte: »Es ist gut, daß Frauen es rasch können. Sie haben nicht so viel Zeit wie die Männer.«

Erif fragte: »Kann ich einmal mit deinem Rocken spinnen?«

Philylla reichte ihn ihr. »Es ist ein dünner Faden«, sagte sie. Sie war stolz auf ihre feine Spinnerei. »Paß auf, sonst reißt er. Er tut es gewiß, wenn man mit einem Ruck anfängt.«

Erif Dher drehte die Spindel zu fest, und natürlich riß der Faden. Philylla hob ihn auf. »Soll ich ihn wieder verbinden?« fragte sie.

Aber Erif verneinte und legte sich die beiden Enden vorsichtig auf die flache rechte Hand. »Paß auf!« Und unter den Augen der beiden anderen wanden sich die beiden Enden wie weiße Würmer aufeinander zu und verbanden sich. »So!« sagte sie und schüttelte den Faden ab. Die Spindel hing an einem heilen Faden.

Philylla starrte sie an, trat näher und ließ einen Finger daran entlanggleiten. Dann fragte sie: »Was hast du für einen roten Fleck auf der Hand?«

»Oh«, erwiderte Erif, »das ist nur ein Tropfen Blut«, und sie bückte sich und wischte ihn an der Innenseite des Kleidsaumes ab.

»Wieso?«

»Ich mußte den Faden zum Leben erwecken, damit er wieder zusammenwuchs. Und wo er verwundet war, hat er geblutet.« Und sie fing an zu spinnen. »Der Faden wird jetzt vermutlich sehr stark«, sagte sie. »Sehr stark. Ich tue mein Bestes.«

»Ja«, antwortete Philylla, »ich seh' schon. Aber wenn ich du wäre, würde ich gern das gleiche mit Menschen machen.«

Agiatis hingegen war entsetzt. Später, als Philylla den Gast wieder an die Tür des Königshauses brachte, nahm sie den Faden, den die Königin von Marob gesponnen hatte, und versuchte, ihn zu zerreißen. Aber er war sehr stark. Dann wollte sie ihn verbrennen, war sich aber nicht sicher, ob das klug sein würde. Später verschwand er, und sie zog es vor, Philylla nicht zu fragen, was sie damit angefangen hatte und ob er gar in eines ihrer Kleider eingewebt worden war.

Zwei Tage später verließen die Skythen Griechenland. Als man Kleomenes daran erinnerte, ging er hinaus, um dem Herrn von Marob Lebewohl zu sagen, der für ihn gekämpft hatte. Er gab sich alle Mühe, verständnisvoll, höflich und hilfsbereit zu sein, aber eher, weil er wußte, daß Sphaeros das von ihm verlangte, als aus einem anderen Grund. Und so fuhr Tarrik mit dem Gefühl, daß Hellas doch ein besonderes Land sei, und wenn er das Besondere diesmal auch nicht erkannt hatte, bot sich vielleicht in Zukunft eine Chance. Und wer wollte wissen, ob Kleomenes und er nicht doch noch Freunde geworden wären – vielleicht während einer einzigen Woche, in der nichts Wichtiges passierte und sie die Zeit gehabt hätten. Allerdings zweifelte er daran, ob er genug gelernt hatte, um auch nur den Versuch zu unternehmen, selbst ein philosophischer König zu sein. Es war wohl leichter, dafür zu sorgen, daß die Ernten in Marob wieder gut ausfielen und die Frauen vielen Söhnen das Leben schenkten.

Viel brachte er aus Griechenland nicht heim, abgesehen von ein paar guten Waffen, teils für sich selbst, teils als Geschenke oder Bestechungsgaben, sowie mehrere kleine Leinensäckchen mit Blumen- und Gemüsesamen. Auch brachte er ein paar Mandelbaumschößlinge in Töpfen mit; selbst wenn sie keine Früchte trugen, waren es schöne Blüten für die Frühlingsbraut.

Auch die anderen hatten einige Dinge erworben. Sparta war nach der Revolution zu einem einzigen bunten Markt geworden, auf dem man Kunstwerke, Rassehunde, Schmuck und Kleider kaufen konnte. Es wäre dumm gewesen, nicht Vorteil daraus zu ziehen. Kotka hatte einen Satz kleiner Gefäße mit geschwungenen Henkeln und bunten Wachskorken gekauft. Sie waren für seine Frau und voll mit den neuesten und modischsten Parfüms der westlichen Welt. Hollis hatte ein Paar überlebensgroße Bronzeringer. Tarrik meinte, sollte das Schiff in Gefahr geraten, gingen sie als erste über Bord. Aber Hollis ärgerte das nicht sonderlich, denn nachdem er sie erstanden hatte, gefielen sie ihm nicht mehr so gut. Freilich hofften alle, daß das Schiff des Kornkönigs eine glückliche Reise haben würde. Philylla hatte gemerkt, wie sehr Erif die Elster gefallen hatte, und sie hatte ihr eine besorgt, die sie mit nach Hause nehmen konnte. Der Vogel sprach recht gut, wenn auch nicht gerade die feinsten Dinge; doch glücklicherweise kannte sich keiner der Skythen genügend in den Sprachfeinheiten der Unterwelt aus, um alles zu verstehen. Erif brachte ihm Sätze bei, die mit dem Pflügen zu tun hatten. Sie dachte, es könne vielleicht nützlich sein.

Sphaeros ritt den ganzen Weg bis zur Küste mit ihnen, wobei er versuchte, genau das Richtige zu sagen. Er fühlte sich merkwürdig schuldig. Er sagte – und meinte es –, daß er hoffe, sie alle wiederzusehen. Auch Berris verabschiedete sich in Gytheon von ihnen und ritt halb niedergeschlagen, halb freudig zurück, denn jetzt wurde ihm klar, was für ein Mann – und damit meinte er, was für ein Künstler – er auf sich gestellt und ohne einen anderen Einfluß als den hellenischen werden würde.

Als erstes nahm er eine Einladung an, mit Panteus auf die Falkenjagd zu gehen. Berris liebte Falken, das Gefühl der starken, gespannten Klauen durch den Handschuh hindurch, die zugriffen und versuchten, das Gleichgewicht zu halten. In Marob hatte er immer welche gehalten. Er hatte große Erfahrung im Umgang mit ihnen und konnte sie auch gut zeichnen.

Sie zogen früh am Morgen, als das Licht am schönsten war, hinauf in die Berge. Später stießen Kleomenes mit seiner Frau und den meisten Ehrenjungfern zu ihnen. Einige der Vögel, die sie erlegten, wurden für den Tisch des Königs zurückgeschickt, andere gab man der Brigade. Am Nachmittag hatten sie genügend erbeutet, und obwohl noch die volle Hitze des Tages herrschte, forderte Panteus seine Männer auf, sich vor dem König zu beweisen, und sie rangen und liefen, warfen Jagdspeere und sprangen hoch über Dornbüsche. Die Mädchen pflückten Blätter und Blumen, um Kränze für die Sieger zu flechten, und rannten so schnell sie konnten zurück, um die nackten Jungen und Männer sich bewegen zu sehen. Alles fand in einem schönen, felsigen Tal mit einer flachen Wiese in der Mitte statt. Einst war es bebaut worden, aber es lag schon lange wieder brach und war von Unkraut überwuchert. Auf einer Seite dieses ebenen Geländes lag eine ziemlich tiefe Schlucht, die jetzt trocken war, doch die wunderschönen Platanen verrieten, daß dort in einem Monat wieder Wasser fließen würde. Auf der anderen Seite standen weitere Bäume, überwiegend niedrige, goldgrüne Tannen, und zwischen ihnen wuchs dunkles, dorniges Unterholz mit roten Beeren. Schmale Ziegenpfade führten hindurch, an deren Rändern Rittersporn und Unmengen duftender Kuckucksblumen wuchsen. Die Mädchen pflückten und flochten sie in die Kränze und fertigten sich Girlanden an, in die sie die hübschen Federn der erbeuteten Vögel steckten. Viele kletterten in die Tannen, die schräg am Hang wuchsen und tiefhängende Äste hatten, und bekränzten die nach Harz duftenden Zweige. Von hier oben hatten sie einen wunderbaren Ausblick, und sie konnten rufen, kichern und schadenfroh schaukeln, ohne selbst gesehen zu werden, wenn jemand in einem Dornbusch landete, beim Ringen niedergeworfen wurde oder auf einen Stein fiel.

»Das hatten wir nicht in den alten Zeiten«, sagte Deinicha und flocht geschickt eine lange, biegsame Reiherfeder in ihr krauses Haar, wo sie wie eine silbern glänzende Krone wirkte. »Ach, du meine Güte, jetzt boxen sie auch noch! Ich hoffe, keiner wird verletzt!«

»Das hoffe ich aber doch«, meinte ein anderes Mädchen, das ehrlicher war. »Ich habe es gern, wenn sie richtig wütend werden und aufeinander zugehen, bis das Blut fließt. Ich denke mir dann, es geht nur um mich.«

»Um dich geht es aber nicht«, erwiderte Deinicha. »Sieh dir doch an, wie sie schwitzen! Dort ist Philocharidas, mein Vetter. Das tut ihm aber auch gut. So etwas Dummes habt ihr noch nie gesehen, wie der in den alten Zeiten war! Hat einen nie auch nur angesehen. Immer gelesen und Flöte gespielt, alles so dumme Sachen, wo man doch ebenso leicht dafür einen Musiker beschäftigen konnte. Aber jetzt? Heilige Mutter, jetzt läßt er mich keine Minute mehr in Ruhe.«

Der König und die Königin traten unter einen Baum,

auf dem Philylla saß. Sie ließ einen Blumenkranz über den Kopf der Königin fallen, und als beide stehenblieben und hochblickten, faßte sie allen Mut zusammen und warf einen zweiten auf den Kopf des Königs. Er runzelte die Stirn, und sie bekam Angst, aber dann erkannte sie, daß er nur schauspielerte, und in der nächsten Sekunde sprang er hoch und schnappte nach ihrer herabhängenden Hand, so daß sie fast von ihrem Ast gezogen wurde, aufschrie und sich mit Mühe festklammerte. Agiatis rannte zum König, stieß ihn und verteidigte ihre Lieblingsdienerin lachend und atemlos. Er ließ Philylla los, umarmte seine Frau und rückte ihren Kranz zurecht. Sie sah in dem gefleckten Licht unter den Blättern sehr jung aus, wie auch die Blumen auf ihrem Haupt frühlingshaft wirkten. Philylla hockte sich wieder in die Astgabel und rieb sich ihr nacktes Knie, das sie sich an der Rinde aufgeschürft hatte.

»Gefallen sie dir?« fragte der König und deutete auf die Läufer.

»O ja«, antwortete Philylla. »Sie sind wunderschön. Mir gefällt ihre Farbe.«

»Dir gefallen sie also am besten nackt?« fragte Kleomenes grinsend.

»Natürlich«, erwiderte sie, errötete dann jedoch und versuchte, ihre kurze Tunika herabzuziehen.

»Mir auch«, warf Agiatis ein. »Du hast ganz recht, mein Lamm. Ich glaube aber, meine Mädchen wären fast ebenso gut wie einige von Panteus' Jungen. Ich bin sicher, daß du besser springen kannst, Philylla.«

»Das glaube ich auch«, meinte sie und schätzte die Weite ab. »Jetzt ringen sie wieder. Oh, wie schön!« Und dann beugte sie sich plötzlich von ihrem Ausguck herab und berührte Kleomenes leise am Hals. »Ach, Herr, geht und ringt mit ihnen!«

»Soll ich wirklich?« fragte der König Agiatis. Sie nickte.

Kleomenes verharrte noch einen Moment, runzelte die Stirn und entschied sich. Die Blumen wirkten auf seinem dunklen Kopf schöner und zarter, aber der kleine Kranz war bereits gerissen. Der König stieß plötzlich einen Schrei aus und rannte auf die Wiese, warf seine Kleider ab und nahm eine Handvoll Staub, um sich einzureiben.

Agiatis sagte: »Oh, das war klug, Philylla! Genau das wollte ich auch. Er hat zuviel an den Plänen gegen Megalopolis gearbeitet. Ich konnte ihn gar nicht losbekommen.« Sie setzte sich auf einen dicken Stein, schirmte die Augen mit der Hand und beobachtete ihn. »Er sieht aber gut aus, findest du nicht?« fragte sie ein wenig unruhig.

»Es hängt so viel von ihm ab!«

Er forderte den besten der Jungen heraus, der nervös auf ihn zutrat und den er leicht niederwerfen konnte. Die langen sehnigen Arme des Königs zwangen ihn mit unerwarteten und ungewöhnlichen Griffen nieder.

Dann trat Panteus vor. Nackt wirkte er völlig anders als der schlanke, schmale König, war viel kantiger und besser ausgewogen, aber nicht so schnell und vielleicht auch nicht so zupackend, wenn es ernst wurde. Sein Körper wirkte weicher, immer noch jugendlich rund über den dicken Muskeln. Philylla hielt vor Aufregung die Luft an. Die Männer umkreisten zunächst einander, gingen dann aufeinander zu und rangen. Lange Zeit verharrten sie so still, daß sie sich richtig satt sehen konnte. Aber sie wußte, daß sie die ganze Zeit über rangen, die Balance veränderten, Griffe verstärkten und sich unmerklich bewegten. Die klare Luft legte keine Distanz zwischen die Kämpfer und das Mädchen. Sie sah Berris Dher ein wenig abseits auf einem Stein sitzen und genau wie sie zuschauen. Ihre Gefühle zu ihm waren freundlich, weil sie den gleichen schönen Anblick teilten. Auch die jungen Männer sahen zu, in schönen, hellbraunen Gruppen, sich halb ihrer Körper und der jungen Mädchen in den Bäumen hinter ihnen bewußt, und sie suchten einander zu übertrumpfen mit ihren langen Beinen, den aufrechten Rücken, die Köpfe hoch im goldenen Sonnenlicht in den tiefblauen Himmel gereckt.

Dann regten sich die beiden Ringer plötzlich, griffen erneut zu, blieben stehen und kämpften, tanzten mit den Füßen im Staub. Nach einem weiteren Moment griff Panteus den König unter den Arm und warf ihn zu Boden, und alle schrien auf. Kleomenes stand auf, rieb sich die Hüfte, die bald einen großen blauen Fleck aufweisen würde, und sagte etwas zu Panteus, worüber beide lachten. Dann kleideten sie sich an und gingen Hand in Hand zu den anderen zurück. Die Sieger umringten den König, um ihm ihre Kränze zu schenken. Als sie unter den Bäumen herkamen, schüttelten sie die Äste, aber die Mädchen der Königin hielten sich fest und bewarfen sie mit Tannenzapfen. Auch Berris Dher war unter ihnen, und er sah in Hosen und Tunika ganz anders aus als die anderen. Auch unterschied ihn sein beobachtender Blick. Philylla schien es, als bemerke sie ihn als einzige. Die Falken hockten satt und aufgeplustert auf ihren Stangen und hatten die Köpfe zwischen die Schultern gezogen.

Die Jungen zogen zurück zu ihrer Brigade. Nur der König und die Königin, Panteus und vier oder fünf der Mädchen blieben zurück. Ein paar spielten Verstecken. Auch Berris Dher blieb; es gab für ihn keinen Grund, woanders hinzugehen. Er schnitzte seinen Namen dreimal in schönen griechischen Buchstaben in die Rinde einer Tanne, und dann ließ er sein Messer einfach Muster und Formen in die Stämme ritzen, die zu der Borke und dem leichten Holz zu passen schienen. Durchsichtiges Harz quoll aus den Schnittstellen wie langsamer, sehr tiefer Kummer. Das Schiff war auf dem Weg zurück nach Marob. Es war zu spät, sich anders zu entscheiden.

Philylla stand plötzlich auf und trat zur Königin, die auf dem Umhang saß, den der König für sie auf den Boden gebreitet hatte. Sie legte beide Hände auf die Schultern der Königin und drehte sie sanft herum. Kraft durchfloß ihre Gelenke und Arme, sie fühlte sich so stark, daß sie Agiatis mit zwei Händen aufheben und mit ihr hätte rennen können. Sie hätte alle anderen wie Kinder tragen und die Tannen herausreißen und biegen können. Es war jetzt fast Abend; gleichmäßiges Licht schwebte zwischen König, Königin und Panteus. Keiner sagte ein Wort, aber sie fühlten sich einander sehr nah. Philylla stand da und sagte: »Ich bin sehr glücklich. Ich habe alles, was ich will. Ich lebe in der richtigen Zeit und am richtigen Ort. Ich liebe euch.«

Einen Moment herrschte merkwürdiges Schweigen. Agiatis und Kleomenes sahen sich erschrocken an, als habe sich ihnen ein Gott genähert, vor dem es keinen Schutz gab. Panteus erhob sich und sah sie an. »Sei vorsichtig, Philylla«, sagte er. »Sei bitte vorsichtig, sonst wendet es sich gegen dich!« Dann streckte er ihr beide Hände entgegen.

Was im Zweiten Buch geschah — 227 v. Chr.

Erstes Kapitel

Hier leben Kleomenes IV., König von Sparta, seine Mutter Kratesikleia, seine Frau Agiatis, seine Kinder Nikomedes, Nikolaos und Gorgo sowie sein Freund Panteus. Hinzu treten das spartanische Mädchen Philylla, die in Liebe zu Agiatis hofft, ihr und Kleomenes und deren Idee vom Guten Leben zu dienen. Das erste Treffen zwischen Philylla und Panteus.

Zweites Kapitel

Im Kreise seiner Freunde werden dem König die Schwierigkeiten und Gefahren seiner Revolution bewußt. Währenddessen treffen Tarrik, Sphaeros und Berris Dher zusammen mit weiteren Leuten aus Marob in Sparta ein. Berris ist von Hellas enttäuscht, bis er Philylla trifft.

Drittes Kapitel

Spartaner und Skythen ziehen gemeinsam gegen den Achaeischen Bund zu Felde. Philylla hat die Stadt verlassen und ist auf dem Weg nach Hause; am Morgen ihres vierzehnten Geburtstags besucht sie das Gehöft ihrer Pflegemutter. Die nahende Revolution schürt Unruhe unter den Heloten; die Pflegemutter ist zunächst verärgert, schließlich findet sie sich ab und zeigt Verständnis.

Viertes Kapitel

Berris Dher tötet Lydiades von Megalopolis. Kleomenes vertritt Sphaeros gegenüber die Auffassung, daß einer, der die Revolution führt, streng sein muß und nicht zuviel Rücksicht auf schlichte Menschlichkeit und Tugend nehmen darf. Der Achaeische Bund unter Aratos von Sikyon beginnt sich vor Sparta zu fürchten. Tarrik, enttäuscht von der Kühle des Kleomenes, reist nach Athen, wo Berris mit viel Eifer sein Handwerk verfeinert.

Fünftes Kapitel

Yersha trifft in Sparta ein und teilt Tarrik mit, daß Erif tot sei. Tarrik geht ins Gebirge, um den Tod seiner Frau zu beklagen. Im Gebirge jedoch kommt ihm wie durch Zauberkraft die Überzeu-

gung, daß Erif noch am Leben sein muß. Yersha sagt er nichts davon. Berris Dher ist sehr unglücklich, hat sich aber mit Philylla angefreundet. Tarrik und seine Freunde kämpfen abermals an der Seite der Spartaner gegen den Achaeischen Bund, und einige, unter ihnen er selbst und Berris, werden gefangengenommen und nach Argos gebracht. In Sparta beginnt die Revolution. Die Ephoren werden getötet. Kleomenes spricht zu den Bürgern und gibt ihnen neue Gesetze, die Land und Besitz aufteilen – seinen eigenen zuvorderst –, so daß jeder Getreue im Staat seinen Teil erhält. Die meisten Bürger, vor allem die jüngeren Männer, stimmen zu, die einen aus Überzeugung, die anderen aus Furcht. Kleomenes richtet seine Armee neu aus. Er befreit Sklaven und erteilt politische Rechte an zuvor Mittellose. So schmiedet er sie und formt sie um zu einer mächtigen militärischen Speerspitze.

Sechstes Kapitel
Erif Dher kommt nach Sparta und trifft Philylla und die Königin Agiatis. Sie geht nach Argos und befreit Tarrik. Ihm berichtet sie von dem Unglück, das über sie und Marob gekommen sei, wie Yersha versucht habe, sie zu vergiften, sie indes überlebte und ihm, Tarrik, einen Sohn gebar, und wie dieser Sohn von ihrem Vater, Harn Dher, getötet worden sei. Sie erzählt ihm, wie Gelber Bulle zu Tode gekommen und die Ernte von Marob mißraten sei. Tarrik fordert sie auf, sich an Yersha zu rächen, aber Erif sucht keine Rache.

Siebentes Kapitel
Erif zeigt Philylla ein wenig von ihrer Zauberkunst. Dann kehrt sie mit Tarrik und den anderen nach Marob zurück. Nur Berris Dher bleibt in Hellas. Philylla ist glücklich, aber ihre Freunde fürchten sich.

Drittes Buch

Was nützt es mir denn?

Und anwesend waren die
Pikninnies und die Joblillies und die
Gariulies
Und groß Panjamdram selbst
Und in eig'ner Person
Mit dem zierlichsten Knopf
Auf dem Kopf;
Und sie alle begannen zu
Ringen und raufen und spielten
Das catch-as-catch-can,
Bis das Pulver aus ihren Stiefeln
Quoll.

Samuel Foote

Die neuen Personen im Dritten Buch

Leute aus Marob

Disdallis, Frau von Kotka
Yan, Sohn von Gelber Bulle und Essro
Klint-Tisamenos, Sohn von Tarrik und Erif Dher
Linit, Erifs Kusine
Murr
Sardu, eine Sklavin aus dem Landesinnern
Männer, Frauen und Kinder aus Marob, Hellas und dem Landesinnern

Erstes Kapitel

Gegen Ende des Herbstes ändert der Wind, der mal schwach und mal kräftig den ganzen Sommer lang von Norden her über das Aegaeische Meer weht, seine Richtung und kommt aus Süden. Sie segelten an einer Insel nach der anderen vorbei. Zuerst tauchten sie verschwommen und lilablau vor ihnen aus dem Dunst, dann, beim Näherkommen, enthüllten sie sich als kahle braune Felsen mit hier und dort einem Tal mit grünen Flecken am Grunde, einem Hafen, einer kleinen Stadt. Und Stunde um Stunde trieben sie an der Küste entlang, bis die Insel hinter ihnen zurückblieb.

Auf diese Weise fuhren sie an Seriphos, Paros und Naxos vorbei sowie an einer Vielzahl kleinerer Inseln, manche von ihnen nicht mehr als eine Erhebung im glatten, silbrigen Meer: Chios, Poieëssa, Lesbos. Und zu ihrer Rechten lagen die Berge Asiens, hinter denen die Sonne aufging. Manchmal zogen Wolken auf; zweimal hielt sie ein kurzer Sturm in einem Hafen fest. In Byzanz wechselten sie wieder das Schiff.

Während ihres Aufenthalts in der Stadt suchte Tarrik einen der bekanntesten Kaufleute auf, die Handel mit Marob trieben, und erfuhr von ihm die jüngsten Neuigkeiten und Gerüchte. Es schien, daß Harn Dher als Herr von Marob wohl gelitten war. Gegen Ende des Sommers hatten die Roten Reiter einen weiteren Überfall unternommen, aber Harn Dher hatte sie in einen Hinterhalt gelockt und mehr als die Hälfte von ihnen getötet – man behielt sie nie als Sklaven. Der Rest hatte sich in den Wäldern und Sümpfen hinter dem Gebirge verstreut. Aber es gab keinen Kornkönig, und daher standen die Dinge schlecht in Marob. Als der Kaufmann gemerkt hatte, daß der Handel zurückging, war er nicht mehr sehr daran interessiert gewesen, was in Marob vor sich ging. Nach einigem Bitten und Bohren fanden Tarrik und Erif Dher doch noch einiges heraus. Gelber Bulle war gestorben, ohne seine Macht auf einen Nachfolger zu übertragen, aber Essro war noch Frühlingsbraut, und da Tarrik nichts unternommen hatte, ihrem Zauber zu schaden, hatte sie ihre Pflicht gut erfüllt. Zumindest die Flachsernte war nicht so schlecht ausgefallen, wie die Leute befürchtet hatten. Ihr Sohn, Yan, war noch ein Säugling, aber der Kaufmann wollte sich erinnern, gehört zu haben, daß der Rat von Marob das Kind gesehen und nicht abgewiesen habe; es seien gewisse Zeichen an seinem Körper entdeckt worden, und es war anzunehmen, daß einige in Marob in dem Kind den neuen Kornkönig sahen. Tarrik warf die Stirn in Falten und blickte Erif an, sie aber wich seinem Blick aus. Sie betrachtete sich in einem silbernen Spiegel, der bei dem Kaufmann neben der Tür hing, und fand, daß sich ihr Aussehen gebessert hatte.

Für eine Weile war es ihr einziger Wunsch gewesen – zumindest vom Gefühl her –, wieder mit Tarrik zusammen zu sein. Sie machte keine Pläne und dachte nicht an ihre Zauberkunst. Sie vergaß Griechenland, vergaß die Zeit, in der sie nicht zu Hause gewesen war. Irgendwie war es auch gut, traurig zu sein, denn dann war er besonders lieb zu ihr, sanfter, als sie es jemals erhofft hatte. Manchmal dachte sie sogar, all der Schmerz wäre dies wert gewesen. Aber dann lief sie Gefahr, ihren Glauben an das tote Kind zu verlieren, ihren Sohn, der den ganzen Winter und Frühling über so lebendig gewesen war, beinah zu ihr gesprochen hatte, mit ganz kleinen Füßen und Fäusten und seinem Kopf gegen ihr Herz gestoßen war.

In den ersten Tagen ihrer Reise hatten sie draußen gelegen, auf dem hohen Achterdeck des Bootes. Wenn sie dort erwachten, sahen sie die Sterne über sich, die voller Mitleid auf die Welt hinabblickten, wie Sphaeros es ihnen erzählt hatte; die Sterne, die sich auf weiten Kreisbahnen bewegten, Beweise für die Existenz der Götter. Erif liebte die Sterne, auch wenn weder sie noch ihr Zauber bis zu ihnen reichte; sie konnte die Sterne nicht lenken, aber die Sterne konnten sie nicht verletzen; sie waren schön und ohne jedes Leid. Erif hatte den Kopf auf Tarriks Brust gelegt und blickte zu ihnen hoch, spürte die ruhige See und das Zittern der schlanken Masten. Tarrik lag groß und still unter ihr, hatte den Arm um sie gelegt und drückte sie an seinen Körper. Sie fühlte den Frieden, der sie, wie sie wußte, immer überkam, wenn sie sich Tarrik voll und ganz hingab. Zuerst hatte sie sich dagegen gewehrt, aber jetzt war ihr nicht mehr nach Kämpfen zumute, und so konnte sie eine lange Weile liegenbleiben und, das klopfende Herz Tarriks unter sich, die Sterne betrachten.

> Und wenn ich im Bett
> Deine Süße bin,
> Leg ich den Kopf
> An dein Herzlied hin;
> Dann tauche ich auf
> Und wieder ein,
> Und du wiegst mich
> In schläfrige Ruhe hinein.
> Ich fühle das Schlagen
> Und die Kraft darin;
> Der Augenblick dehnt sich
> Zu Stunden hin:
> Mein Leben ist dein,
> Es soll dir gehören;
> Ich bin deine Frau,
> ich will es dir schwören.

Wenn es nach ihr ging, mochte es für immer und ewig so bleiben.

In Byzanz bewohnten sie ein großes Zimmer mit einem erhöhten Bett. Kotka brachte ihnen das Essen, die merkwürdigsten Kuchen, Süßigkeiten und Würste, die er auftreiben konnte. Er tat alles, um sie glücklich zu machen.

Ein halbes Dutzend Dienerinnen half Erif dabei, ihre Kleider in Ordnung zu bringen und aus den gekauften Stoffen neue anzufertigen. Händler mit den schönsten Dingen aus aller Welt kamen zu ihr, und Erif saß in der Mitte und legte sich Stoffbahnen über den Arm, fragte sich bei jedem Tuch, das sie prüfte, ob es zur Farbe ihrer Haare und Augen paßte, und feilschte um jede Elle. Fast einen ganzen Vormittag dauerte es, bis die bemalten Truhen mit den erworbenen Schätzen an Bord des Schiffes verstaut waren, das Tarrik für die Rückreise nach Marob gemietet hatte.

Wieder unterwegs, redete Tarrik nur wenig über seine Pläne, und die anderen beließen es dabei. Als sie sich der Heimat näherten, erinnerten sich einige an die sonderbaren Dinge, die im letzten Jahr beim Mittsommerfest, bei der Ernte und beim Stierkampf passiert waren, doch kamen sie zu dem Schluß, daß das Unheil, das den Kornkönig damals heimgesucht hatte, jetzt vermutlich von ihm abgelassen hatte. Vielleicht hatte es mit dem Tod des Kindes geendet, das in einer Pechsträhne gezeugt worden war. Wenn es dennoch Zweifel gab, wollte man sie nicht noch fördern und hielt Worte und Gedanken davon frei. Einmal hatte Kotka ihn gefragt, was er vorhabe, aber nicht gewagt, auf Einzelheiten zu drängen. Erif schien zufrieden und fragte gar nichts.

Sie waren nur noch drei Tage südlich von Marob, als ein unangenehmer, trockener Nordwestwind vom Land her aufzog. Vergeblich ruderten sie dagegen an. Tarrik geduldete sich ein paar Stunden lang, aber als er es satt hatte, die gleichen Schlickbänke mit dem gleichen niedrigen, grünlichen Kap dahinter zu sehen, forderte er die anderen zum Kampf heraus. Keiner drängte sich, gegen ihn anzutreten, aber er reizte sie so lange, bis sie alle in Wut gerieten. Schließlich erklärte sich Hollis, einer der größten und stärksten der Männer, zum Kampf bereit. Er hatte den Vorteil, zu wissen, an welcher Stelle Tarrik bei Orchomenos verwundet worden war. Kotka suchte sie beide nach Waffen ab. Mittschiffs wurde Platz geschaffen. Erif hockte auf einem Haufen Felle und lachte sie aus.

Sie rannten aufeinander zu wie zwei tolle Hunde, verkrallten sich ineinander, traten sich und grunzten und rollten übereinander, schlugen auf das Deck und gegen die Ruder und alles, was im Weg stand. Hollis bohrte seine Fingernägel in die Narbe an Tarriks Handgelenk. Tarrik biß Hollis ein Stück Ohr ab. Doch dann dämmerte die

Gottesmacht. Tarrik wurde erfüllt von der Kraft der Stiere und Widder und des wachsenden Weizens. Im nächsten Augenblick lag Hollis am Boden, die Arme auf beiden Seiten zu Boden gepreßt, und Tarrik kniete auf ihm und schlug seinen Kopf auf das Deck. Die anderen zerrten ihn herab. Erif sprang auf und trat zu Hollis, der gegen die Knie eines anderen lehnte und seine Knochen betastete. Sie streichelte und beruhigte ihn. Dann legte sie ihren Dolchknauf in seine Hände. Hollis lächelte sie an, und nach wenigen Augenblicken waren alle wieder fröhlich, Tarrik eingeschlossen. Jemand begann zu singen, die anderen fielen ein. Und schließlich gelang es ihnen, auch das flache Kap hinter sich zu lassen!

Erif war wieder an ihre Zauberkraft erinnert. Sie rollte sich auf ihren Fellen zusammen, stützte das Kinn in die Hände und überlegte. Dann sah sie etwas Graues über den Wellen flattern, das sich beim Näherkommen als eine Taube entpuppte. Als Erif sie fing, breitete der Vogel die Flügel aus und zitterte. Eine der Schwungfedern trug einen gelben, aufgemalten Kreis, und Erif wußte, das Tier gehörte ihrer Schwägerin Essro. Sie brachte es unter Deck und gab ihm in Wein getauchtes Brot. Die Taube erholte sich rasch, schlief ein und war ganz zahm, als sei sie an Menschenhände gewöhnt.

Als am Abend der Wind nachließ, gelangten sie in flacheres Wasser, das von Schlickbänken umsäumt war, und warfen dort Anker. Nach Mitternacht, als Tarrik schlief und alles auf dem Schiff still war, wachte Erif auf. Sie zog den Lampendocht weiter heraus, um mehr Licht zu haben, und ging leise zu dem Käfig, in dem die Taube hockte, die ebenfalls schlief. Erif sah sie genau an, lauschte, streckte die Hand aus und spürte etwas und war fast sicher, daß die Taube mit einer bestimmten Absicht gekommen war. Dann löste sich ihr Geist von allen Menschen auf diesem Schiff, sogar von Tarrik, und öffnete sich allem, was mit dem Vogel gekommen sein mochte. Sie hörte das Herz des Tiers schlagen, winzig und fern und sehr, sehr rasch. Sie wußte, daß es im Schlaf dachte, es strecke die Flügel aus und rolle die winzigen Krallen im

Flug zusammen. Einen Moment lang glitt sie in das Traumbild des Flugs, voll von möglichen Gefahren. Aber sie konnte nicht darüber weg zu Essro oder anderen Menschen dringen.

Nach einer Stunde fror sie, und ihre Augen schmerzten vor Anstrengung. Sie schob den Docht wieder zurück und tastete sich unter die Decke zu Tarrik. Eigentlich hatte sie ihn nicht wecken wollen, aber als sie schließlich ihre kalten Hände und Füße an seinen warmen Körper hielt, wurde sie unruhig und fühlte sich allein, und sie weckte ihn, damit er sie aus ihrem Zauber riß.

Am nächsten Morgen stellte sie eine Frage, die sie bislang unterdrückt hatte: »Was hast du mit dem Sohn von Gelber Bulle vor?«

Er antwortete: »Es kann keine zwei Kornkönige in Marob geben. Ich werde mich darum kümmern, wenn wir dort sind.« Und dann redete er von anderen Dingen. Erif aber war sich fast sicher, daß er sich bereits entschieden hatte. Dann dachte sie, die Rettung des Vogels auf dem Schiff sei vielleicht doch Zufall gewesen, ein Spiel des Windes; bestimmt hatte das arme Wesen im Sturm die Sicherheit des Schiffes gesucht. Essro hatte keine Absichten. Alle Absichten waren ihre eigenen.

Den ganzen Tag über herrschte Flaute. Erif schrieb auf ein dünnes Stück Leinen: »Versteck dich mit dem Kind. Wir bringen Gefahr.« Sie band die Botschaft dem Vogel um ein Bein, fütterte ihn gut und ließ ihn frei. Als sie sich umdrehte, merkte sie, daß Tarrik sie beobachtet hatte.

»Hast du gezaubert?« fragte er. Und dann: »Diesmal zu meinen Gunsten?«

»Ich weiß nie, was am Ende dabei herauskommt«, antwortete sie, »und was ich gerade getan habe, war eigentlich keine Zauberei. Ich glaube, es war wirklich, nicht nur eine Erscheinung.«

Tarrik erwiderte: »Deine Zauberei ist keine Erscheinung, Erif. Das darfst du nicht sagen.«

Der Vogel war fast außer Sichtweite. »Warum nicht?«

»Weil ich es nicht will, du kleine Hexe! Weil ich nichts

mehr über Erscheinungen und Wirklichkeit hören will. Weil ich Griechenland verlassen habe und wieder König in meinem eigenen Land sein werde.«

»Ich hatte Sphaeros am Ende liebgewonnen«, sagte Erif.

»Ich habe nie behauptet, daß ich ihn nicht mag. Und auch die anderen. Aber das ist vorbei. Wenn du sagst, deine Zauberei sei nur eine Erscheinung, Erif, dann heißt das, mit meiner Magie, meiner Macht über die Jahreszeiten verhält es sich ebenso. Und das darfst du nicht sagen.«

Ein paar Tage später zogen sie in den Hafen von Marob ein. Es war kurz nach Sonnenaufgang, als sie anlegten. Vor der Hafeneinfahrt hatten sie eine große Menschenmenge am Strand neben den Wellenbrechern gesehen, aber als sie die Matten zwischen die Schiffsseite und die Steinmauer geworfen und angelegt hatten, war abgesehen von drei oder vier Händlern und einigen Sklavinnen niemand mehr zu sehen. Vermutlich aber wurden sie aus den Häusern heraus beobachtet. Tarrik trat in vollem Ornat in den Bug, in seinem weißen, mit Metall besetzten Filzgewand, dabei barhäuptig, denn die Kornkrone war in Marob geblieben. Er stand reglos da und blickte auf die bunte, ruhige Stadt, die wie immer zwischen dem grauen Meer und dem blaßblauen Himmel lag, den eine kraftlose Novembersonne erhellte.

Kotka winkte einen der Händler heran, einen vierschrötigen, wild aussehenden Mann mit struppigen Haaren, der mit Fellen und Harz und zuweilen auch mit Bernstein handelte.

»Wo ist Harn Dher?« fragte Kotka.

Der Mann grinste, er mochte Harn Dher nicht, der so viele seiner Vettern, der Roten Reiter, getötet hatte. Er antwortete: »Harn Dher ist verschwunden.«

Kotka holte tief Luft und blickte zu Tarrik, als erwarte er ein Zeichen. Aber Tarrik, der jetzt auf einer Taurolle saß, starrte aufs Meer hinaus, und sein Gesicht wirkte hart.

»Wohin?« fragte Kotka.

»Fort, mit seinen Winterwagen. Er hat seinen gesamten Haushalt und Proviant für sechs Monate mitgenommen.«

»Das wird ihm nicht viel nützen«, meinte Kotka. »Wir werden ihn aufspüren und fangen wie ein wildes Tier.«

»Vielleicht«, erwiderte der Mann und blickte nach Norden in den kalten Himmel, und als Kotka diesem Blick folgte, hielt er es für gut möglich, daß es innerhalb der nächsten drei Tage schneien würde. Dann würden sie niemanden mehr aufspüren.

Erif Dher gab Kotka ein Zeichen.

»Wo ist Essro, die Frühlingsbraut?« fragte er.

»Fort«, antwortete der Mann. »Auch fort. Ganz plötzlich.« Dann sagte er: »Ich habe ein Geschenk für die heimkehrende Frühlingsbraut.« Und er zog drei prächtige Hermelinfelle aus seinem Mantel. »Sag ihr, sie seien von den Stämmen im Landesinnern.«

Der Mann ging zurück zu seinen Freunden und schien ihnen zu berichten.

Jemand anders kam über den Kai. Es war Kotkas Frau, die Hexe Disdallis, und bei ihr waren zwei kleine Kinder, ein Junge und ein Mädchen. Disdallis war sehr schön; sie trug ein steifes Kleid aus scharlachrotem Filz, auf dessen Saum und Taille Zweige und Herzen aus gestoßenem Türkis genäht waren. Der Spitzhut auf ihrem Kopf war scharlachrot mit türkisen Behängen, und in das aschfarbene Haar waren gleichfarbene Bänder eingeflochten. Mit steifen Schritten eilte sie zum Schiff und winkte Kotka zu. Er wollte schon an Land springen, aber sie hieß ihn warten, bis sie ein paar Essenzen auf den Stein gestreut hatte, auf den er seinen Fuß zuerst setzen würde.

Er rief ihr zu: »Ich muß zum Rat. Wenn sie den Kornkönig wiederhaben wollen, müssen sie sehr schnell eine Entscheidung treffen.«

Disdallis sagte: »Oh, sie werden ihn schon wollen! Alles ist in diesem Jahr schlecht verlaufen. Und jetzt spring!« Sie breitete die Arme aus.

Kotka sprang in seine Heimat und küßte seine Frau und die Kinder herzlich. Danach trat die Hexe näher zum Boot.

Erif beugte sich herab, und ihre Hände berührten sich. »Wollen sie mich auch?« fragte Erif.

»Ja«, antwortete Disdallis. »Und wir wollen dich auch. Wir mögen auch Essro, aber man half ihr doch nicht so, wie man dir geholfen hätte.« Und sie reichte ihr einen Blumenzweig herauf, der aus Koralle und duftendem Wachs gefertigt war.

Erif wußte, daß Disdallis im Namen der Hexen von Marob sprach. Sie steckte sich den Zweig an ihr Kleid und fragte: »Weißt du, wo Essro ist?«

»Ja«, antwortete Disdallis und blickte ihr direkt in die Augen. Dann sagte sie: »Mittsommer und die Ernte mißrieten. Essro hat ihre Pflicht erfüllt, aber es gab niemanden, der mit ihr tanzte. Dann regnete es bis zum Ende des Sommers, und das Korn schoß auf dem Halm. Wir haben gerade genug, um uns durch den Winter zu bringen. Es gab nichts, was wir den Schiffen mitgeben konnten. In der letzten Woche brach ein Feuer in den Flachslagerhäusern aus, und ein Großteil der Ernte verbrannte. Und einer der Brunnen mitten in der Stadt ist brackig geworden. Du, Erif, bist du bereit, alles von neuem zu beginnen?

»Ich möchte sofort anfangen«, sagte Erif, richtete sich auf und reckte sich.

Kotka und seine Familie verließen den Kai.

Tarrik saß noch immer auf der Taurolle, den Rücken zum Ufer gewandt. Er gab nicht einmal Erif Antwort, als sie ihn etwas fragte, und wollte auch nicht essen. Nach einer Weile kehrte Kotka mit der Mehrzahl der Ratsmitglieder zurück. Die Männer merkten, daß Tarrik sich nicht verändert hatte, aber sie wußten auch, daß sie ihn wiederhaben wollten. Sie konnten es sich um ihres Landes willen nicht leisten, die Hochmütigen hervorzukehren. Einer nach dem anderen redete ihn an und hieß ihn in seinem Reich willkommen, er aber gab keine Antwort. Die ersten Sprecher hatten Bedingungen und Kompromisse angedeutet; sie hofften, mit einem Vernünftigeren zu sprechen als jenem, der sie früher bloß ausgelacht hatte. Die anderen hatten dazugelernt und nichts davon erwähnt.

Schließlich trat der Rat zusammen und flüsterte; einige Männer gingen in die Stadt zurück. Binnen kurzem hatten sie alle Leute zusammengebracht, die in Marob zählten. Sie bereiteten einen breiten, prächtigen Weg aus den schönsten Teppichen und Tuchen, den der Kornkönig beschreiten sollte, und flehten der Reihe nach alle Edlen an, die sich an Bord befanden. Diese sahen hinab und antworteten, der Kornkönig zürne ihnen überwiegend wegen ihres Verhaltens ihm und der Frühlingsbraut gegenüber, vielleicht auch, weil sie Harn Dher hatten entkommen lassen. Wieder beriet sich der Rat. Man brachte die Kornkrone von Marob herbei und zeigte sie ihm. Sie schickten in die Stadt nach einem weißen Bullen, der einem von ihnen gehörte, und opferten ihn unter dem Lärm von Hörnern und Trommeln auf dem Kai. Dann schmierten sie sich das Blut auf Kehle und Stirn.

Tarrik betrachtete den Himmel. Es war fast Abend geworden. Den ganzen Nachmittag war die Sonne hinter Wolken verborgen gewesen, aber direkt über dem Horizont zeigte sich ein klarer Streifen. Er wartete und sog mit tiefen Atemzügen den Geruch des Stierblutes ein. Seit dem Morgengrauen hatte er nichts gegessen, und er fühlte sich hungrig. Im nächsten Augenblick würde die Sonne knapp über dem Meer durch die Wolken brechen. Langsam stand er auf und drehte sich um. Als er vom Schiff hinab auf das Volk von Marob blickte, spürten die Menschen eine Wärme und ein Glück, das sie den ganzen Tag nicht empfunden hatten. Dort stand er im goldenen Schimmer, die Abendsonne im Rücken. Er kam! Die Männer warfen die Planken hinab, und die Ratsmitglieder eilten herbei und richteten sie gerade. Im Heck des Schiffes erschien die Frühlingsbraut. Sie hatte sich am Tag zuvor das Haar gewaschen, und es umfloß von der Krone herab ihre Schultern wie eine weiche, helle Mähne. Sie nahmen einander bei der Hand und schritten zusammen vom Schiff zum Haus des Herrn von Marob, ohne auch nur ein Wort zu den Ratsmitgliedern zu sprechen.

In den Tagen danach hatten beide viel zu tun. Erif ging zum Frühlingsfeld, der ihr geweihten Stätte, und zündete die Kerzen an, die sie zu dieser Jahreszeit anstecken durfte. Unter einem der Töpfe, in denen sie später Flachs aussäen würde, fand sie eine Taubenfeder und eine Botschaft, die von Essro stammen mußte; es hieß darin, sie sei zum Haus in den Sümpfen gegangen und würde sich den Winter über auf den Schutz des Schnees verlassen. Erif würde die Gefahr bis zum Frühjahr gebannt haben! Es hieß auch: »Ich wollte nie, daß Yan Kornkönig wird. Sag Tarrik, es war der Rat.«

Erif fand auf dem Frühlingsfeld alles in recht guter Ordnung vor, aber Tarrik hatte viele Nächte und Tage zu tun, um in seiner Stätte wieder Ordnung zu schaffen. Gelber Bulle schien in den letzten beiden Monaten sonderbare Dinge getan zu haben; es war, als habe er nicht klar denken können. Die Pflugschar hatte eine merkwürdige Beule. Tarrik dachte daran, eine neue anzufertigen oder anfertigen zu lassen, und wünschte sich, Berris könnte sie ihm schmieden.

Am dritten Tag nach ihrer Heimkehr kam der Schnee und fiel ununterbrochen zwei Wochen lang, bis er sich hoch gegen die Häuser türmte. Innerhalb der Stadt trampelte man ihn fest, und überall wurden die Schlitten hervorgeholt. Der Stierkampf hatte kurz vor ihrer Rückkehr stattgefunden; weil man nicht genügend Futter hatte, hatte man mehr Tiere als gewöhnlich geschlachtet und eingesalzen. Alle Boote wurden aufs Land gezogen, auch dasjenige, in dem Tarrik heimgekehrt war. In Marob kehrte für dieses Jahr Ruhe ein.

Harn Dher und seine Kinder blieben verschwunden. Sie mußten jeden Tag mindestens zwanzig Meilen zurückgelegt haben, ehe der Schnee einsetzte. Sie konnten überall sein. Erif Dher hätte ihrer kleinen Schwester gern alles erzählt. Goldfisch hätte still und sanft und klug neben ihr gesessen. Lange war es her, seit sie zuletzt mit Goldfisch gespielt hatte. An ihren Vater wollte Erif Dher dagegen nicht denken, nicht bis zu dem Augenblick, da sie es ein für allemal mußte – und dann nie wieder ... Sie hoffte nur, sie hatten genügend Proviant. In den Winterwagen würde es zuerst ziemlich langweilig sein, aber wenn sich der Schnee erst gesetzt hatte und fest geworden war, konnten sie Schlitten fahren und darüber lachen, wie lustig die halb begrabenen Bäume aussahen.

Auch Essro und Yan waren verschwunden. Yan war ein kleines, komisches, schläfriges Kind gewesen. Er war ein paar Wochen vor ihrem Sohn auf die Welt gekommen, und sie hatte ihn geliebt, weil sie auch ein Kind bekommen würde. Nur ein besseres, geliebteres natürlich. Er mußte jetzt schon ziemlich groß sein.

Im Haus des Herrn von Marob war es warm. Erif gefielen ihre alten Zimmer nicht mehr. Sie übernahm die ehemaligen Räume Yershas, nicht ohne sie allerdings gründlich auszuräumen. Die Vasen warf sie aus dem Fenster, was sie anschließend bedauerte. Über die blassen Fresken an den Wänden ließ sie blaue und rote Streifen malen. Ein paar Bücher und Kleider der Tante waren zurückgeblieben; Erif belegte sie mit den verschiedensten Zaubern, watete dann mit ihnen in das eiskalte Meer und warf sie, so weit sie konnte, hinaus, mit der Bitte, nie zurückzukommen. Sie fürchtete, die Wirkung des Zaubers könne während der langen Reise durch das Wasser bis nach Rhodos geschwächt werden, aber immerhin würden die Sachen Tante Eurydike an Marob gemahnen! Erif hatte noch nie zuvor aus Haß gezaubert. Selbst bei all der Hexerei gegen Tarrik hatte sie nur wenig echten Haß empfunden. Sie hatte es aus Spaß gemacht, wie es der Zauberei vielleicht am besten bekam. Wahrer Haß war eine komische, komplizierte Sache. Er gefiel ihr nicht; sie war sich nicht einmal sicher, ob er das Zaubern nicht behinderte. Zumindest hatte sie sich geschämt, Disdallis und den anderen Hexen davon zu erzählen.

In den ersten Wochen war sie fröhlich und stolz mit Disdallis und den anderen Arm in Arm über den festgestampften Schnee spaziert. Sie hatten laute Schlechtwetterlieder gesungen, getanzt, in die Hände geklatscht und gelacht. Alle waren froh, die Frühlingsbraut wieder bei sich zu haben, und Erif war froh, zu ihnen zu gehören. Der Zauber gegen Yersha jedoch war nicht lustig; er trennte sie von den anderen. Wenn sie sich trafen, spielte sie nun oft den Spaßverderber. Die Hexenmädchen von Marob wußten nicht warum und wollten sie bald nicht mehr dabei haben. Immer häufiger spielten sie allein oder ließen Erif Dher nur mitmachen, weil sie Frühlingsbraut war. Erif spürte das, war launisch und haßte plötzlich alle Zaubereien. Sie wollte allein sein. Sie wäre gern wieder in Griechenland gewesen, um mit Philylla und Agiatis zu reden, von ihnen angezogen und doch nicht in ihr Leben gezwungen. Aber dieses Fernweh überkam sie nicht allzu häufig und störte sie später nicht mehr. Solange sie mit Tarrik eins war, war sie auch mit der Welt zufrieden.

In den ersten Monaten mußte sich Tarrik um die Rationierung des Korns kümmern und dafür sorgen, daß es im kommenden Frühjahr genügend Saatgut für jeden gab. Das gefiel einigen Ratsmitgliedern nicht, denn es war ihnen gelungen, einen Überschuß zusammenzutragen, selbst in einem so schlechten Jahr, und sie rechneten sich einen Gewinn aus. Die Mehrheit freilich stimmte Tarriks Anordnungen zu. Der Kornkönig selbst besaß kein Land, abgesehen von seinem Haus und seinem Garten, bestand doch die Gefahr, daß er das Land der anderen vernachlässigen würde, wenn er selber etwas besäße. Zum Essen durfte er sich nehmen, was er brauchte, und er gab gute Geschenke dafür her. Niemand außer Erif wußte, wie sich die Schatzkammern geleert hatten. Ihr schien, als mache sich Tarrik viele Gedanken, wie er als König zu handeln hatte. Aber sie sagte nichts, weil er sich vielleicht plötzlich selbst verdächtigt hätte, von Sphaeros oder den Griechen beeinflußt zu sein. In den ersten Tagen nach seiner Rückkehr hatte er ein paar Leute töten lassen, aber es war recht unnötig erschienen. Danach verhielt er sich nicht mehr so, als hege er weiterhin Mißtrauen oder Angst und beabsichtige, weitere Leute aus dem Weg räumen zu lassen. Er brannte darauf, zu erfahren, wie weit die Geheime Straße gediehen sei, und verkündete, er selbst wolle sie im nächsten Jahr weiterbauen. Hier war das schwierigste, daß Gelber Bulle kaum genauere Anweisungen hinterlassen hatte, außer in der jüngsten Vergangenheit. Die meisten seiner Pläne befanden sich in seinem Kopf, und was aufgeschrieben war, lag wohl in seinem Haus in den Sümpfen.

Die kleinen Mandelbäume, die Tarrik aus Griechenland mitgebracht hatte, wurden gut gegossen und in Erifs Zimmer gestellt. Sie standen auf einer Truhe. In dieser Truhe lagen die Kleider, die sie für ihr Kind bereitgehalten hatte. Die Mandelbäume würden wieder blühen. Erif Dher würde einen zweiten Sohn gebären.

Zweites Kapitel

Fast überall war der Schnee geschmolzen und hatte die immergrünen Gewächse freigegeben, die ersten Sprossen und braune, weiche, süß duftende Erdhügel. Wenn man die Stadt verließ und lauschte, hörte man überall Wasser herabtröpfeln und sich den Weg zum Meer suchen. Wenn man noch schärfer hinhörte, wie Erif, vernahm man weit im Süden das Murmeln der großen Wasser, die zwischen den Schlickinseln und Prielen schäumten.

Erif Dher stand neben Tarrik und sah zu, wie er seine Hände in kalten, klebrigen Ton drückte. Ihm gefiel dieses Gefühl, und Erif war leicht verärgert, weil er sich so darein vergaß.

»Tarrik«, murmelte sie ungeduldig, »Tarrik, hör auf. Steh auf!«

Er sah sie lächelnd und besitzergreifend an und sagte leise und dumpf, wie durch schwere Erde hindurch und als ob Frühlingsnebel an seiner Zunge und Lippen hingen: »Pflügefest! Wir werden eine gute Furche ziehen, Erif!«

Es war immer das gleiche, Jahr um Jahr, wenn der Winter brach und das Pflügefest näher rückte. Die Leute kamen öfter aus ihren Häusern und sprachen wieder mehr, und Männer und Frauen sahen mit plötzlicher Entdeckerfreude einander an und spürten, wie sich ihre Sinne, Sicht, Geruch, Geschmack, Gehör und Tastsinn, schärften. Es war nicht ganz so, als ob sie sich verliebten, aber doch irgendwie vergleichbar – als verliebten sie sich in den jungen Frühling, jene unglaublich blasse, entzückte und jungfräuliche Jahreszeit, die immer noch von Schnee eingehüllt lag. Auch die Kinder fühlten es, und in dieser Zeit starben weniger Menschen. Man beobachtete das Kommen und Gehen des Kornkönigs und der Frühlingsbraut, suchte nach Zeichen ihrer Gotteskraft, die in beiden heranreifte, und versuchte selbst, ihrer teilhaftig zu werden.

Tarrik war daran gewöhnt und erwartete es, und doch war es jedes Jahr von neuem aufregend für ihn. Man brachte ihm geheimnisvolles Essen, nach alter Tradition, und versteckte seine Umhänge mit Ausnahme des roten und des gelben. Er fühlte sich ungewöhnlich stark und fröhlich und selbstsicher. Wenn er durch die Straßen ging, sprang er zuweilen unvermittelt auf Menschen zu – vor allem auf Frauen – und berührte ihre Gesichter und Hände. Und auch wenn sie zuvor krank oder unglücklich ausgesehen hatten, antworteten sie ihm mit einem glücklichen Lachen. Kinderlose Frauen suchten seine Nähe, und oftmals brachte es ihnen Erfolg. Es war gut, so etwas zu können. In dieser Selbstsicherheit und Zuversicht sagte er eines Tages vor dem Rat, es sei ihm gleichgültig, ob Harn Dher morgen zurückkäme; er würde diesem alten machtlosen Mann nicht einmal ein Stirnrunzeln schenken. Freilich nahm niemand allzu ernst, was der Kornkönig zu dieser Jahreszeit von sich gab, aber Harn Dhers Freunde blickten dennoch einander an und empfanden es als einen Anfang.

Tarrik ging an seine Weihestätte und führte verschiedene Rituale aus. Die neue Pflugschar wurde von dem besten Metallhandwerker angefertigt, einem Freund Berris Dhers. Dieser Mann war so besessen von seinem Handwerk, daß er sich kaum für die Anweisungen interessierte, die Tarrik ihm erteilte. Die meiste Zeit hielt sich Tarrik in der Schmiede auf, hantierte mit Zangen und Blasebalg und half beim Abkühlen. Er kannte sich im Schmiedehandwerk einigermaßen aus, hatte sich aber nie die Mühe gemacht, selbst etwas Größeres herzustellen – und kleinere Dinge langweilten ihn. Er merkte, daß er viel über Griechenland redete. Zwar hatte er versucht, vieles zu vergessen, aber so manches war doch geblieben von dem, was ihm Berris in Athen gezeigt hatte, auch die Erinnerung an die Berge, die trockenen, tiefen Sommerfarben überall. Als die Pflugschar fertig war und genau den Vorstellungen des Kornkönigs entsprach, wickelte Tarrik sie in ein Stück neues Leinen und brachte sie des Nachts und in aller Stille an seine Weihestätte.

Am Morgen des Pflügefestes zog das Volk von Marob in den besten Festtagsgewändern zum Brachfeld. Überall standen dicke Tonkrüge mit einem bräunlichen Getränk, das man aus fermentiertem Weizen herstellte und nur an Feiertagen trank. Früh am Morgen hatte es geregnet, doch im Laufe des Vormittags klarte es auf. Die Leute standen, saßen oder lagen am Rand des feuchten Feldes, auf dem bunte Stangen als Markierungen steckten. Das Gebräu machte sie nicht auf sanfte Weise benommen, wie der normale kräuterversetzte Met, sondern ließ sie schwer werden, erregt und berauscht.

Nach einiger Zeit – erst in einem, dann im anderen, dann im nächsten Teil des Menschenringes, der sich um das Feld gebildet hatte – wurden Stimmen laut, aufgeregt, angriffslustig, aber anstatt zu kämpfen, schrien die Männer, riefen nach dem Kornkönig, damit er komme und das Pflügen beginne und mit dem Pflügen das neue Jahr. Die Schreie und Rufe setzten sich in Wellen rund um das Feld fort. Die Hände klatschten gegen die Schenkel. Das Rufen wurde rhythmischer, wurde zum Lied und Gegenlied der Männer und Frauen, tief und hell.

Dann war es Mittag. Der Kreis teilte sich auf zwei gegenüberliegenden Seiten und zog sich wieder zusammen, während das Lied langsam leiser wurde. Vom Süden her kam die Frühlingsbraut. Sie hielt den Blick geradeaus und in die Ferne gerichtet, sah nicht, lächelte nicht, beachtete weder Männer noch Frauen, streifte ihre Freundin Disdallis im Vorübergehen und gelangte schließlich in die Mitte des Feldes. Dort setzte sie sich still nieder, ließ die Arme über die Knie und den Kopf vornüber fallen. Sie trug ein weißes Gewand, an dem Hunderte von kleinen bunten Wollblüten befestigt waren. Als sie langsam über die Brache schritt, wirkte sie fast formlos unter der Masse des Kleides, das über die Finger und bis hinab auf die Füße fiel. Das Haar war zu einem festen Zopf geflochten.

Vom Nordende des Feldes kam der Kornkönig mit seinen weißen Pflügeochsen, deren Hörner bemalt waren. Er trug ein sonderbares Gewand, lange Streifen bunten Stoffs vom Hals bis zum Knie über dem nackten Körper. Sie waren in der Taille gegürtet, klafften aber bei jeder Bewegung auseinander. Tarrik spürte, wie sein Körper im Märzwind zitterte. Alle anderen um das Feld herum trugen Pelze und Filz. Aber es war nicht die Kälte, die er spürte.

Er blickte nicht auf die Frühlingsbraut, sondern spannte seine Ochsen vor den Pflug und trieb sie den Rand des Feldes entlang. Die Leute sangen und tanzten jetzt; der Pflug bewegte sich in einem Viereck innerhalb ihres Kreises. Sie begannen, sich tanzend ebenfalls um das Feld zu bewegen, aber langsamer als der Pflug. Krähen und Möwen schwebten über ihnen, wagten aber aus Angst vor den vielen Menschen nicht, sich in der Furche niederzulassen. Tarrik drückte die Pflugschar tief in die harte, klebrige, widerstrebende Erde. Nachdem er das Feld einmal umrundet hatte, zog er Parallelen entlang der ersten Furche und bog dann plötzlich scharf nach innen ab, gerade so, wie die Gottheit in ihm und eine Pflugspur es geboten. Nach einer Weile begann er, zur Frühlingsbraut zu sprechen, über seine Schulter hinweg in die Mitte des Feldes und mit lauter, unpersönlicher Stimme.

Er sprach über das Pflügen. »Dies ist mein Feld. Meins.« Und er sagte: »Auch andere Dinge gehören mir. An was ich auch denke und was ich benenne, es gehört mir. Unter den Pflug. Alles geht unter den Pflug. Der Pflug ist ein Schiff. Er geht durch dichtes Wasser. Er bringt Gold nach Marob. Ich bin der Pflug. Er ist mein Körper. Er ist hart und stark. Er springt auf die härtesten Erdklumpen und stößt hindurch. Bald kommt die Saat.« Und jedesmal, wenn er einen dieser Sätze von sich gegeben hatte, seufzte die Menge: »Pflüge gut. Pflüge tief!«

Zuerst erwiderte die Frühlingsbraut nichts. Sie schien zu schlafen. Dann hob sie den Kopf ein wenig von den Knien und begann zu antworten: »Auch wenn du dieses Feld pflügst, gehört es dir nicht. Warum sollte das Feld dich anhören? Die harte Erde erfährt kein Vergnügen durch den Pflug, und sie wird sich hart gegen den Samen stellen. Warum sollte der Frühling nahen?!« Aber das Volk von Marob rief leise vom Rand des Feldes: »Frühlingsbraut, sei freundlich, sei freundlich!«

So ging es bis zum Nachmittag. Tarrik war der Pflug, die Wanne, die Kraft des Wachsens. Erif das harte, brache Feld, der kalte, zögernde Frühling. Was sie sprachen, lag nicht wörtlich fest, aber bei jedem Pflügefest seit den Anfängen Marobs hatte ein ähnlich schwerfälliges, lautes Gespräch zwischen dem schwitzenden Kornkönig und der zitternden Frühlingsbraut stattgefunden. Es würde sich noch lange Jahre wiederholen. Auf diese Weise sorgte man in Marob dafür, daß die Frucht und mit ihr der Reichtum des Volkes gedieh. Es war besser, die Worte nicht festzulegen und in Formeln zu binden; da hätten sie an Lebendigkeit verlieren mögen. Und als es weiterging, teilte sich die Menge immer mehr auf. Die Frauen riefen dem Kornkönig zu, tief und hart zu pflügen, und die Männer baten die Frühlingsbraut, freundlich zu sein.

Tarrik hatte, seit er ein Junge war, die gleiche Zeremonie beim Pflügefest vollzogen. Und hinterher konnte er nie begreifen, woher er die Kraft für einen ganzen Tag des Pflügens, Tanzens und Rufens genommen hatte. Wenn es vorbei war, schlief er immer tief und traumlos, aber nie länger als gewöhnlich. Er erinnerte sich, daß er in den ersten Jahren Angst vor diesem Tag gehabt hatte, gefürchtet, er könne es vielleicht nicht richtig machen. Aber es war ihm immer gelungen, und inzwischen kannte er keine

Angst mehr. Das einzig Schwierige war nur, am Morgen, nachdem alle sein Haus verlassen hatten und zum Feld gegangen waren, ruhig zu warten, ganz allein, nichts zu tun und sich mehr und mehr des Geruchs und der Beschaffenheit der braunen Erde auf dem Brachland bewußt zu werden, das auf ihn wartete. Er mochte nicht an den Tag denken, an dem er spüren würde, daß seine Kraft ihn verließ. Warum sollte er auch? Wenn er pflügte und sprach und sich abmühte und der Furche folgte, spürte er, wie sich die Erde öffnete, wie sich die Schollen umdrehten, die dunklen, aufgebrochenen Klumpen und Krümel herabfielen und liegenblieben, und er wußte, daß die Frühlingsbraut in der Mitte saß und er auf sie zukam. Er hatte vergessen, daß sie seine Frau, Erif Dher, war.

Es war ihr drittes Pflügefest. Beim erstenmal war sie ein junges Mädchen gewesen, stolz und zuversichtlich und sich ihrer Kraft und ihres Zaubers sicher. Sie war zutiefst erregt, aber unter der Oberfläche immer sie selbst und die Tochter ihres Vaters gewesen, die im Moment mit den Jahreszeiten und mit Tarrik zusammenwirkte, sich aber letztlich dabei nicht aufgab und jederzeit wieder gegen Tarrik wirken konnte. Im letzten Jahr hatte sie es mit ihrem Bruder, Gelber Bulle, vollzogen, und alles war ihr falsch und verdreht erschienen. Irgend etwas stimmte nicht, selbst die Ochsen hatten es gemerkt, und sie hatte es durch die halbgeschlossenen Lider gesehen. Außerdem war sie damals krank gewesen, voller Schmerzen, die sie plötzlich überfielen und alle anderen Gefühle fortspülten. Sie wußte, daß sie während des Wartens mitten auf dem Feld ein- oder zweimal ohnmächtig geworden war, und ein paarmal hatte sie sich mit sich selbst reden gehört, als sie wieder zu Bewußtsein gelangte. Sie war nur dankbar gewesen, daß die Gottheit sie nicht verlassen hatte und weiter ihre Sinne lenkte. Als sie es merkte, hatte sie sich in eine Art Dämmerzustand fallen lassen, und die Gottheit in ihr ließ sie die Dinge tun und sprechen, und so hatte sie weitermachen können und die Schmerzen ertragen, die, wie sie annahm, von Tarriks Kind herrührten, in Wahrheit aber von dem Gift, mit dem Yersha versuchte, sie zu töten.

Auch diesmal überließ sie sich der Gottheit in ihr, aber ohne Schmerzen. Das Kind in ihr hatte sich noch nicht geregt. Es war noch winzig, ein kleiner, komischer Wurm tief unten im Körper, der ihr kleine Botschaften sandte. Aber es bedeutete auch Sicherheit. Wenn alles ringsum zur Erscheinung wurde und ihre eigene Existenz so unsicher, daß es weder schwierig noch unwahrscheinlich schien, zwischen Leben und Tod hin und her zu wechseln, dann schwor sie dieses kleine Ding, das sie selbst war und zugleich nicht sie, auf eine gewisse Realität ein. Es war gut, sich sicher zu fühlen, gut, ein Teil der Jahreszeiten zu sein und mit ihnen zu reifen.

Sie hob den Kopf ein wenig, um eine weitere Antwort zu geben, und sah, daß die Pflügeochsen ihr recht nahe gekommen und das Brachfeld fast umgepflügt war. Ein unvernünftiges, wunderbares Glücksgefühl befiel sie plötzlich. Ihre Stimme klang lauter, als die Menge es erhofft hatte. Sie war der Frühling, und sie würde Blumen und junge Blätter und Lämmer und ein Kind bringen. Der Pflug geriet wieder in ihr Gesichtsfeld, beschrieb eine Kurve und kam ihr entgegen. Die bunten Hörner der Ochsen schwangen aufeinander zu und wieder auseinander. Sie sah über den Rücken der Tiere die Augen des Kornkönigs. Der Gesang brach ab. Im letzten Augenblick sprang sie auf die Füße, rannte zwischen den Ochsen, zwischen ihren bebenden Flanken hindurch, sprang auf die Pflugschar, um selbst die letzte Furche durch die Mitte des Brachlandes zu ziehen und das warme, flachgedrückte Gras, auf dem sie gesessen hatte.

Sogleich begann der Gesang aufs neue, diesmal von Männern und Frauen zusammen, und der Kreis drängte sich nach innen, zur Mitte des Feldes und über die ersten Furchen, so daß die Füße durch die braunen, weichen Erdklumpen, das Fleisch der Erde, stampften. »Der Frühling ist erwacht!« riefen sie. »Erwache! Oh, erwache! Das Jahr beginnt aufs neue!« Dann fielen die Dudelsäcke und Trommeln ein.

Die Männer rannten mit Pfählen und Stöcken in die Mitte und bauten eine Plattform, die etwa zehn Fuß im

Quadrat maß und etwas über der Erde stand. An die Ecken wurden lange mit Efeu und rotgelben Wollrosen besteckte Stöcke gesetzt, die man bog und zu einer Art Baldachin formte. Alles ging erstaunlich rasch und dauerte gerade lange genug, daß sich Tarrik in die letzte Furche werfen konnte, um mit geschlossenen Augen dort liegenzubleiben. Er gestattete den alten Bildern zu fliehen, damit neue ihren Platz einnehmen konnten. Die Frühlingsbraut stand auf der anderen Seite der Plattform, und man bewarf sie mit spitzen, schweren Kornähren vom letzten Jahr. Manche trafen wie winzige Pfeile ihr Gesicht und ihre Hände, andere blieben in ihrem Haar hängen und kitzelten sie.

Als die Bühne fertig und alles zusammengefügt war, brachen die Stimmen ab, aber Dudelsäcke und Trommeln spielten weiter. Kornkönig und Frühlingsbraut betraten den Holzboden und blickten einander an. Dann begannen sie den Werbetanz. Auf dem engen Raum wirkte er etwas formal und gezirkelt. Manchmal verharrten sie lange in einer Haltung, in der sie sich nur anstarrten. Der Kornkönig drückte die hoch über den Kopf gereckten Arme der Frühlingsbraut zurück und lehnte sich über sie, wobei er ihr tief in die Augen blickte. Manchmal drehten sie sich, einzeln oder zusammen. Wenn die Frühlingsbraut sich drehte, wirbelten die Wollblumen an ihrem Kleid wie ein Sprühregen um sie herum, und wenn sie verharrte, fielen sie an ihr hinab. Manchmal sprang der Kornkönig hoch wie ein balzender Vogel vor seinem Weibchen. Die Stoffstreifen um seinen Körper fielen dann auseinander und wieder zusammen. Darunter war er braun von der Erde der Furchen. Er spürte sie überall, die Erde, die kalt gewesen war und nun warm auf seinem nackten Körper lag.

Trommeln und Dudelsäcke setzten ihr Spiel fort, begleitet vom rhythmischen Klatschen der Menge. Der wirbelnde Tanz in diesem Lärm wurde zum Höhepunkt der Werbung zwischen Korn und Frühling. Er sprang auf sie zu, sie sank auf die Knie und fiel langsam auf den Boden der Bühne. Dann zerrte er vor den Augen ganz Marobs an den Stoffstreifen und riß sie beiseite. Einen Moment lang konnten die Bauern von Marob das harte, aufrechte Zeichen der Gottheit ihres Herrn und Kornkönigs erblicken. Dann warf er die Hände hoch wie ein Taucher, und sein Körper bog und streckte sich und schoß auf die Braut herab. Sie spürte sein Gewicht nicht, weil ihr Körper vom Kopf bis zu den Fersen angespannt war. Nach der Tradition des Tanzes und unter dem beständigen Lärm der Trommeln öffnete das Korn die Furche, brach in den Frühling und begann das neue Jahr.

Diese letzte Tanzszene dauerte nur so lange an, bis sie die Gedanken und Körper der Menschen von Marob erreicht hatte. Geheimnisvoll und sonderbar und trotz der Bewegungen bei dieser heiligen Nachstellung des Lebens, spürte der Kornkönig nicht den Drang, es Wirklichkeit werden zu lassen. Sein gespanntes, aber auch begrenztes Bewußtsein nahm nicht wahr, daß die Frühlingsbraut eine Frau war, Partnerin und Befriedigerin männlicher Begierde. Er selbst war nicht ein Mann, der in höchster Erregung den Körper der Frau sucht, sondern ein Gott, der seine Kraft darstellt. Da er selbst dieses Bildnis war, gab er sich mit dem Bildnis zufrieden. Später an diesem Tag würde es tatsächlich geschehen, aber jetzt kam es ihm nicht einmal in den Sinn. Es war eine andere Person, die es tun würde.

Trommeln und Pfeifen verstummten. Plötzlich rannten alle auf die Bühne und auf die Frühlingsbraut zu, die still und mit geschlossenen Augen auf dem Boden lag. Sie begannen, die Blumen von ihrem Kleid zu ziehen – eine Blume für jeden Haushalt. Als sie sie umdrängten und an ihr zerrten, zitterte ihr Körper und zuckte. Der Kornkönig drehte sie um, damit sie ihr die Blumen auch vom Rücken pflücken konnten. Sie legte das Gesicht und die geschlossenen Augen auf ihre Hände, die feucht vom Schweiß waren, der langsam abkühlte und sie frösteln ließ. Er trat zurück; sie war das Opfer. Während des Tanzes hatte sich ihr Haar gelöst und lag nun in Strähnen um ihren Kopf. Die Menschen traten darauf, und die eifrigsten von ihnen bückten sich und rissen ihr ein Haar aus, um es um die Blumen zu legen. Alle hatten ein weißes Stück Stoff zum

Einwickeln dabei. Sie falteten es zusammen, verbargen es zufrieden im Gürtel oder im Umhang und stiegen einer nach dem anderen wieder von der Bühne. Schließlich waren alle fort.

Man nahm die Plattform ebenso schnell wieder auseinander, wie man sie aufgebaut hatte. Mädchen mit hohen Hüten und bräutlich in Grün und Weiß gekleidet trugen die zerzauste Frühlingsbraut zu einem bedeckten Wagen und legten sie auf einen Berg Felle. Sie schlief fast sofort ein und wachte auch nicht auf, als der Wagen zurück nach Marob holperte. Auch als man sie heraustrug, zurück ins Haus des Herrn von Marob, regte sie sich kaum. Man entkleidete sie, und man kämmte ihr das Haar, wobei man die verfangenen Ähren herausschnitt, um sie als Glückszeichen zu behalten.

Sie legten sie zu Bett und hielten nacheinander Wache, und den ganzen Abend und die Nacht hindurch brannte ein Licht. Sie schlief tief und fest, mit friedlich gefalteten Händen und drehte sich nicht ein einziges Mal im Bett herum.

Der Kornkönig, noch im Feld, nahm seinen Gürtel ab und streifte sein sonderbar zerlumptes Gewand ab. Männer brachten warmes Wasser, das sie über ihn gossen, und rieben die Erde ab, bis er wieder sauber war. Dann zog er frische Kleider an, einen Umhang und Hosen aus rotem, mit goldenen Pailletten, wie winzige strahlende Sonnen, besetztem Stoff. Seine Stiefel waren gleichermaßen verziert. Er trug eine Krone mit Zacken, und unter jeder Zacke starrte ein runder, gefaßter Katzenaugstein hervor.

Inzwischen ging die Sonne unter; rotes Licht funkelte in jedem der winzigen flachen Goldstückchen, sobald er sich bewegte, ja bei jedem Atemzug. Er nahm die Macht und die Pracht des Tages in sich auf. Man brachte ihm Wein und eine Honigwabe auf einem goldenen Teller; er nahm ein Stück der Wabe in den Mund und zerdrückte sie zwischen Zunge und Gaumen. Goldener Honig quoll über seine Lippen und rann ihm die Kehle herab. Dämmerung senkte sich über das gepflügte Feld, doch jetzt war er, der Kornkönig, die Sonne.

Man stellte überall Fackeln auf, und weitere wurden umhergetragen oder durch die Luft gewirbelt. Funkenstreifen durchzogen die Nacht. Die Hälfte der Männer von Marob stellte sich auf und bildete die acht Speichen eines Rades, dessen Mittelpunkt und Antrieb der Kornkönig mit dem Honig im Mund war. Sie begannen zu singen und sich zu drehen. Die innen Gehenden bewegten sich langsam, die anderen, alles jüngere Männer, stolperten Hand in Hand durch die Furchen und zertraten die zarten, heiteren Zeichen des Pfluges. Der Kornkönig drehte sich langsam und bewegte sich Schritt für Schritt am Rande des Feldes entlang, damit der Kreis es umrollte und Sonnentore es überall berührten. Wenn die Speichen des Rades müde wurden und keuchend stehenblieben, sprangen andere herbei, faßten einander an den Händen und machten weiter. Inzwischen hatten alle kräftig vom Weizengebräu getrunken und viel Honig gegessen, der wiederum den Durst anregte. Die Fackeln schienen nun hinter ihren Augen zu flammen und zu zischen. Das Rad vibrierte, dehnte sich aus und zog sich zusammen. Das gepflügte Feld wiegte und sprang unter ihren Füßen, beseelt von der Lust und dem Schmerz des Pflügens.

Als das Sonnenrad fast wieder am Ausgangspunkt seiner Reise angelangt war, verließen viele Frauen die Menge und gingen nach Hause. Es waren überwiegend die jungen Frauen und Mädchen. Zwar galt es nicht als unehrenhaft, an diesem Tag des Jahres auf dem Feld zu bleiben, und kein Mann oder Vater würde sich beklagen, aber sie mochten vielleicht doch etwas dagegen haben, und man verletzt nicht gern diejenigen, die man liebt. Indessen blieben noch genügend Frauen draußen, so daß die Männer ihren eigenen und einzigen Zauber ausüben und dem Kornkönig helfen konnten, das Jahr voranzutreiben. Auch unter diesen Frauen ging das Gebräu nun herum und machte auch sie benommen, und das Rad drehte sich weiter auf die wartenden Körper zu. Sie sangen ihm ein Willkommen, fachten die Fackeln an, schwangen rote und gelbe Bänder und stampften mit den Füßen. Das Rad wirbelte seinen Weg bis zum Ende, wurde langsamer und löste sich in keuchende und schwitzende Leiber auf. Die Nabe, der Kornkönig, die Sonne, stand mit ausgestreckten Armen in einer Furche, und jeder, der ihn ansah, erkannte, daß seine Augäpfel sich noch immer drehten und er offensichtlich nicht viel sehen konnte. Aber damit hatte es seine Richtigkeit. Er hob die Arme noch ein wenig, reckte die Schultern zurück, und seine Goldschuppen glitzerten. Er wurde größer und erfüllt von Hitze und Kraft, warf den Kopf zurück und lachte. Und dann trat er unter die Frauen und traf seine Wahl. Die Nacht des Pflügefestes hatte begonnen.

Weiter und weiter ging es, und der Zauber der Männer breitete sich über dem Pflügefeld aus. Tarrik verlor nun mehr und mehr von seiner Göttlichkeit. Es machte Spaß, und er lachte so laut und kräftig, daß alle es hörten. Das Jahr begann gut, es war leicht. Nichts hatte mehr die Heiligkeit des vorgetäuschten Aktes. Zwischendurch kamen ihm andere Gedanken. Er versuchte zu zählen, wie viele Male er das Fest noch erleben mochte. Es fand nur einmal im Jahr statt: zwanzig-, dreißigmal vielleicht noch, und mit ein wenig Glück noch drei- oder viermal mehr. Aber wenn man angefangen hat, darüber nachzudenken, und begreift, daß es nicht endlos ist – wie wenig trösten da drei oder vier Male? Früher hatte ihn das nicht gekümmert, und er hatte sich immer als ein Teil von Marob verstanden, das schließlich ewig bestehen würde. Aber das griechische Blut in ihm regte sich nun in seinem Herzen – und flüsterte: Einen Kornkönig wird es immer geben, aber einen Tarrik nur noch für wenige Jahre ... Nein! Nein! Frau, laß mich vergessen, reib dich an mir, entzünde die Feuer, die diese nutzlosen Gedanken verbrennen!

Gegen Mitternacht begegnete er Sardu, dem kleinen braunen, kämpfenden, beißenden Sklavenmädchen, das zuerst Berris gehört hatte. Harn Dher hatte sie nicht mitgenommen, und jetzt lebte sie bei einem der anderen Kunsthandwerker; sie kannte sich in einer Schmiede aus und wußte, was dort zu tun war. Auch für die Pflügenacht taugte sie. Sie erwartete nicht, daß man mit ihr redete, aber Tarrik sprach sie an und fragte: »Träumst du manchmal von Berris?« Sardu kicherte und schüttelte den Kopf. Er sagte: »Berris wird eines Tages zurückkommen. Ich frage mich, wie er uns dann sieht. Ich frage mich auch, ob er dies alles hier noch will. Vielleicht hat er dann etwas gefunden, was echter ist. Was wird er über mich denken, Sardu?« Aber Sardu betete Tarrik an; sie öffnete sein schweißdurchtränktes Leinenhemd und küßte und biß ihn. Er rollte herum, legte sich auf sie und blickte in ihre schwarzen Augen; Iris und Pupille waren gleichermaßen dunkel, leer und glänzend – Augen, in die Berris geblickt, in denen er aber nichts hinterlassen hatte. Er fragte: »Wirst du immer tun, was ich dir befehle, Sardu, was immer es auch sei?« Und Sardu flüsterte heiser, ja, sie sei seine Hure.

Allmählich brannten die Fackeln herunter und verloschen. Der Vollmond der Pflügenacht kreuzte langsam über sie hinweg und versank dann hinter Schleiern und dichten Wolken. Die Männer und Frauen erhoben sich, atmeten die kalte Luft ein und verließen das gut durchgepflügte Feld. In diesem Jahr würde alles gut werden.

Das Glück war zum Kornkönig zurückgekehrt.

Drittes Kapitel

Disdallis stand im Eingang ihres Hauses und wartete auf Kotka. Über ihren Kopf hinweg zog sich eine dicke Rebe, die knotig vom vielen Zurückschneiden war. Ein Vogel mit einem langen Strohhalm im Schnabel huschte vorbei. Freundlich drang das Rauschen des Meeres an ihr Ohr. Kotka, eine Adlerfeder am Hut, kam die Straße herab. Zusammen gingen sie ins Haus. Drinnen roch es nach Eingemachtem und dem Ende des Winters. Sie fragte: »Warum will Erif Dher nicht, daß ich sie in ihrem Hause besuche?«

»Ich weiß es nicht«, antwortete Kotka. »Du willst etwas

sehr Schwieriges herausfinden. Warum wollen Frauen andere Frauen nicht sehen? Hat Tarrik mit dir geschlafen?«

»Nein!« erwiderte Disdallis. »Und wenn er es getan hätte, würde mich Erif Dher wohl um so eher sehen wollen. Wenn Tarrik zur Zeit mit einer anderen Frau schläft, dann mit Sardu, diesem kleinen Biest. Was er nur mit einem Mädchen will, das schon in halb Marob herumgereicht wurde ... Kannst du nichts aus Erif herausbekommen, Kotka?« Sie rieb ihren Kopf an ihm und versuchte, ihn ein bißchen aufzumuntern, war er doch gar zu stur und stoffelig.

»Tarrik sagte«, begann Kotka, »daß sie ... dein Spiel nicht mehr mitspielt, Disdallis.«

»Oh«, erwiderte Disdallis, die Hexe. »Vielleicht hat sich ihr eigener Zauber gegen sie gewandt? Aber ich werde sie besuchen gehen, Kotka, ob sie es will oder nicht.«

Kotka bekam es mit der Angst zu tun und zog sie an sich. »Nein! Du mußt vorsichtig sein. Seit dem Pflügefest ist Tarrik wie ein Bär.«

»Beleidigt?«

»Ja, und wütend. Er hat ... oh, er hat schlimme Dinge getan, grausame Dinge. Ich möchte nicht, daß du dich in Gefahr begibst.«

Disdallis saugte an einem Fingernagel und überlegte. Dann fragte sie: »Erwähnt irgend jemand Essro und ihr Kind?«

Kotka begann halb ernst, halb lachend, ihre Kehle mit Fingern und Daumen zuzudrücken. Dann sagte er: »Wenn du oder Erif denkt, ihr könntet mit daran drehen, wer der Herr von Marob wird, dann macht eure Rechnung nicht ohne mich, meine Liebe!«

Disdallis blinzelte und löste sich lächelnd von ihrem Mann. Sie glaubte nicht, daß er sie jemals wirklich schlagen würde, aber sie haßte allein schon den Gedanken, hart angefaßt zu werden. Sie wußte, daß er es wußte, und doch sagte sie: »Es heißt, der Rat habe Tarrik geraten, Essro und Yan zu töten.«

»Heißt es so?« spottete Kotka. »Ihr dummen Frauen! Niemand will Essro töten.«

»So. Also nur Yan! Damit sie sich nicht zu entscheiden brauchen, wer Kornkönig wird. Diese faulen, dummen, alten Männer! Oh, Kotka, ich meinte die, nicht dich! Nicht! Nein!«

Es herrschte ja Frühling. Kotka war ebenso bereit zu küssen wie zu schlagen. Disdallis fragte sich, ob er immer noch glaubte, daß sie mit Tarrik geschlafen habe. Sie hatte sich, so gut es ging, verborgen gehalten, für den Fall, daß Tarrik sich ausgerechnet sie in den frühlingswilden Kopf gesetzt haben sollte.

Wenn das geschah, konnte Kotka ohnehin nichts dagegen tun. Mit dem Kornkönig war das einfach so, da mußten die Ehemänner in die andere Richtung blicken.

Am Abend ging sie in einem alten grünen Kleid und einem Joch mit Milchkannen über der Schulter zum Haus des Herrn von Marob. Die beiden Eimer klirrten und schwankten. Alle schauten nur auf die Milch, Disdallis sahen sie nicht an. Es fiel auch nicht weiter auf, daß sie sich in einem der Räume der Frühlingsbraut niederließ und wartete. Viele Leute gingen an ihr vorbei. Irgendwann erschien auch Erif Dher, allein. Sie blickte ebenfalls auf die Milch, aber das reichte ihr nicht, und ihr Blick zuckte hoch zu dem Gesicht. Nach einer Weile fragte sie: »Warum?«

Disdallis antwortete: »Liebste, warum bist du so verändert? Warum spielst du nicht mehr? Ist Tarrik unfreundlich zu dir?«

Erifs Blick schien zu verschwimmen. »Nein«, sagte sie und setzte sich neben die Milchmagd. Jetzt erkannten auch andere im Raum, daß es sich um Disdallis, Kotkas Frau, handelte, die sie eigentlich nicht einlassen durften. Aber es war geschehen, und Erif bedeutete ihnen mit einer Handbewegung zu verschwinden. »Nein«, sagte sie wieder, »nicht zu mir.« Dann lachte sie leise. »Er ist unfreundlich zu Sardu, aber ihr gefällt das. Und den anderen auch. Ist er nicht auch hinter dir hergewesen, Disdallis? Nein? Das gehört alles zum Pflügefest, und vielleicht ist dieser Frühling schwierig. Aber er hat auch anderen etwas angetan. Den Sklaven nämlich, und auch einigen Fremden, kaum einer bleibt verschont.« Sie legte den Arm um Disdallis und flüsterte. »Ich will nicht, daß er mich danach berührt. Ein- oder zweimal hatte er blutige Hände, es war, als wolle er jemandem zeigen, daß er alles tun kann, was er will. Der Rat hat Angst vor ihm. Aber die Leute wollen einen Herrn, vor dem sie Angst haben.«

»Kotka fürchtet sich aber nicht.«

»Nein. Und Hollis auch nicht, genausowenig wie seine anderen Freunde, die mit ihm in Griechenland waren.«

»Und Essro?«

Erif Dher schwieg. Sie sah Disdallis verärgert und traurig an und rief: »Du weißt doch, daß du nicht kommen solltest!« Disdallis tauchte ihre Finger in die Milch und tupfte sie auf Erifs Hand, aber Erif zog sie heftig fort. »Du sollst an mir nichts ausprobieren!«

»Es kann nicht weh tun«, besänftigte Disdallis sie. »Das ist mein ganz eigener Zauber. Ich verstehe mich darauf. Er wird sich gegen keinen von uns beiden wenden.«

Da erwiderte Erif Dher laut und herausfordernd: »Es ist besser, keine Zauberkraft zu haben! Es ist besser für eine Frau, keine Hexe zu sein!« Die aschblonde Disdallis blickte sie an und wußte keine Antwort. Nach einer Weile sagte Erif noch einmal, jetzt jedoch ruhiger: »Es ist besser, wie eine der anderen zu sein, eine einfache Frau aus Marob, und nicht anders. Als Hexen stehen wir für uns selbst und völlig allein. Die äußeren Dinge sind aber wichtig, und wir müssen herausfinden, welche echt sind und mit welchen wir uns befassen müssen. Und ich habe herausgefunden, daß die Dinge, die wichtig und echt sind, auch schlimm und grausam sind. Was nützt mir da der Zauber!«

»Aber die anderen Dinge, die guten – die uns glücklich machen«, rief Disdallis. »Warum kann man die nicht wählen?« Ihr Blick wanderte durch den Raum, zum Feuer, den schönen Fellen, den fröhlichen, bunten Teppichen, den beiden kleinen Mandelbäumchen mit ihren zarten, hübschen Blüten neben dem geöffneten Fenster, und sie sah, wie die Märzsonne sie umfloß und einen viereckigen Teich aus zitterndem Licht auf den sauberen Steinboden zeichnete.

Erif folgte ihrem Blick. Nichts veränderte sich. Sie streckte den Dingen die Zunge heraus; sie rührten sich nicht von der Stelle. Beschämt schloß sie den Mund. »Sie wählen *mich* nicht«, sagte sie.

Im Nebenzimmer hörten sie Tarriks Stimme. Disdallis sprang auf, schob das Joch mit den Milchkannen auf ihre Schultern und wandte sich mit gesenktem Kopf seitlich zur Tür. Tarrik bemerkte sie nicht. Er trat zu den kleinen griechischen Mandelbäumchen und streckte die Hände nach ihnen aus, als wolle er die Blüten abreißen, doch dann nahm er sich zusammen und ging auf Erif Dher zu. Als der Kornkönig und die Frühlingsbraut sich anblickten, glitt Disdallis hinaus.

Erif sagte: »Ich muß es jetzt wissen, Tarrik! Was hast du mit Essro und Yan vor? Willst du sie umbringen?«

Tarrik antwortete: »Dich gehen solche Dinge nichts an. Wenn ich dich sehe, will ich nicht daran denken.«

»Warum willst du es mir nicht sagen?« fragte Erif und fügte dann halb lachend, halb bitter hinzu: »Vermutlich erzählst du es Sardu.«

Tarrik lachte, und Erif begann zu weinen. Es war unangenehm, in ihrem Zustand zu weinen, und ihr wurde übel.

Da sagte Tarrik plötzlich: »Ich möchte mal wissen, wie eine im vierten Monat schwangere Frau von innen aussieht. Ich würde gern eine aufschneiden und hineinsehen.«

Erifs Tränen versiegten. Sie atmete tief ein und hielt die Luft an, bis sie fast erstickte. Sie wußte nicht, ob sie Angst, Wut oder Entsetzen spürte; sie wußte nur, daß Tarrik, so wie er sich verhielt, es durchaus ernst meinte. So etwas gefiel ihm. Schließlich fragte sie: »Was ist denn mit dir los, Tarrik? Warum mißlingt denn alles?«

»Du siehst es also auch so?« gab er zurück. Und dann: »Solange ich Gott bin, ist alles in Ordnung. Ich spüre, wie überall in Marob die Saat sprießt. Aber es wird ein Ende nehmen, wie es mit meinem Vater geschah. Man wird mich töten und Teile meines Körpers verzehren, und vielleicht ist unter den Essern sogar das komische kleine Ding in deinem Bauch, Erif.« Er schauderte. »Das Korn sprießt jedes Jahr aufs neue. Der Samen wird aufbewahrt. Nach dem Pflügen wird er in die dunkle Erde gelegt. Die Erde hält ihn begraben, aber er erwacht wieder zum Leben. Dieses Spiel spielen wir bei der Ernte. Aber was hat Tarrik dabei zu suchen? Ich bin das Spiel satt. Ich will nicht mehr dafür sorgen, daß es weitergeht mit dem Korn, das Marob weiterleben läßt, aber mich selbst dabei vergißt. Und dich. Dich bringe ich aus dem Spiel. Frauen sterben. Sie sterben im Kindbett, Erif. Sehr oft sogar. Warum geht es immer um das Korn und nie um uns? Ich will ein anderes Spiel!«

Während er sprach, war er im Raum auf und ab gewandert. Erif hatte nicht recht hingehört, nur als es um sie selbst ging. Sie dachte, daß der Tod vielleicht schon in fünf Minuten zu ihr kommen würde, und wünschte sich, Tarrik würde sie in den Arm nehmen. Aber er nahm nur einen bemalten Krug von einem Bord; er stammte aus Olbia und war mit Zentauren bemalt, einer griechischen Geschichte, aber sehr ungriechisch anzusehen und eigentlich recht schön.

»Wir sterben«, sagte Tarrik und ließ den Krug fallen, »einfach so!« Und er setzte den Fuß auf die Scherben und zermalmte sie auf dem Boden.

Erif stieß einen leisen Schrei aus. Sie hatte die Vase gemocht. Er hatte einfach die Hand geöffnet und sie fallen gelassen, hatte zugesehen, wie sie fiel und zerbrach.

Später an diesem Abend erweckte Erif ihre vernachlässigten Zauberkräfte wieder zum Leben. Sie hexte einen Bann aus Perlen und Muscheln und einem rauchigen Feuer, das Rußspuren an den grünen Deckenbalken des Raumes hinterließ. Dann schickte sie nach Sardu, und Sardu ging in die Falle. Erif war recht freundlich zu ihr, denn eigentlich hatte sie nichts gegen das Mädchen, außer daß sie roch. Sie konnte Sardus Geruch immer an Tarrik merken, es war ihr ekelhaft. Aber was konnte sie von einem Sklavenmädchen erwarten? Im Grunde gehörte Sardu nach wie vor Berris, und Erif wollte dem Eigentum des Bruders keinen Schaden zufügen. Das Mädchen stand mit leicht tränenden Augen in der Mitte des Zimmers, starrte auf den Zauber, der auf dem Tisch zwischen ihr und Erif lag, und beantwortete die Fragen, die ihr der Bann – oder war es Tarrik? – stellte.

Erif fand schnell heraus, daß der Herr von Marob, sobald der Boden wieder fest genug sein würde, Leute nach Süden schicken oder selbst losziehen wollte, um das Kind Yan und, falls nötig, auch seine Mutter Essro zu töten.

Sardu verließ das Zimmer, die Hand gegen die Stirn gelegt. Sie wußte nicht genau, was in der letzten halben Stunde geschehen war, nur, daß es unangenehm war und jetzt ihre Augen und der Kopf vom Rauch schmerzten.

Am nächsten Morgen sah Erif Dher Kotka von einem Besuch bei Tarrik kommen. Er sah wütend und unzufrieden aus, wie häufig in letzter Zeit. Er versuchte, ihr auszuweichen, aber sie rief ihn zu sich. Doch anstatt Fragen zu stellen, wie er befürchtet hatte, meinte sie nur: »Sag Disdallis, es hat keinen Sinn, verschüttete Milch aufzuwischen.« Kotka wußte, daß die Botschaft vermutlich mit der Zauberei seiner Frau zusammenhing, und war froh, daß die beiden Frauen sich soweit wieder vertrugen.

Er ging nach Hause, Tarrik ging zum Rat und Erif Dher zu den Ställen, wo sie ihr kräftiges, ruhiges Pony holte. Sie winkte dem Wächter, der ihr folgen wollte, zu, zurückzubleiben, und er gehorchte. Sie hatte zu essen bei sich, und unter dem Sattel lag eine dicke Decke, unter der sie des Nachts schlafen konnte. Wie immer hing ein kleines Säckchen mit Korn am Sattelknauf. Da sie befürchtete, man würde ihr früher oder später folgen, lenkte sie das Pony durch eine Schafherde und anschließend durch das schlammige Bett eines Flusses. Sie ritt nach Süden über die Ebene, auf der es kaum Deckung gab. Sie kam nur langsam voran, weil der Boden weich war, und doch sah sie niemand. Das war teils Glück, teils ihr eigenes Zutun.

Am letzten Tag ihrer Reise sah sie das Haus unter den Ulmen aus der Ferne und trieb das Pony an. Sie ritt zwischen Weiden hindurch und fegte goldene Wolken süßen

Blütenstaubs herab. Aus dem Schlamm rollten sich dicke, glänzende, junge Blätter. Aber zwischen ihr und dem Hof von Gelber Bulle lag noch eine braune Schlamm-Meile. Sie ritt ein paar Meter in das aufspritzende Wasser hinein, weil sie es nicht für sehr tief hielt, aber dann wurde sie unsicher, und das Pony, das ihre Gefühle spürte, weigerte sich, weiterzugehen. Ihr war schwindelig. Schließlich tat sie, was sie eigentlich nicht gewollt hatte. Sie hockte sich an den Rand des Sumpfes zwischen die schmutzigen Binsenstengel, rührte das Wasser auf und sprach zu ihm. Die kleinen Wellen zogen auf die Inseln mit den Ulmen zu. Noch ehe es dunkel wurde, ruderten zwei Diener Essros mit einem flachen Boot auf sie zu. Erif bestieg das Boot und band das Pony hinten an. »Essro hat euch ja schnell geschickt«, sagte sie zufrieden und freute sich auf ein Feuer und ein trockenes Bett. Aber die Männer sahen sich stirnrunzelnd an. »Wir haben Euch gesehen – oder etwa nicht?« meinte der Ältere der beiden.

Essro stand in der Tür, die geballte Hand aufs Herz gepreßt. »Ach du bist es nur, Erif!« sagte sie. »Ich dachte schon – nein, eigentlich habe ich nichts gedacht. Komm herein.«

Sie aßen gesalzenen Fisch und Käse und Korn zu Abend, das man eingeweicht hatte, bis es sproß, um es dann mit Kräutern zu kochen. Erif erzählte ihrer Schwägerin, wie die Dinge standen. Yan schlief in einer Korbwiege zwischen ihnen, ein großer, rosiger, gesunder Säugling, der Gelber Bulle lächerlich ähnlich sah.

»Ich stille ihn immer noch«, sagte Essro. »Weißt du, ich glaube nicht, daß ich jemals ein anderes Kind haben werde, Erif. Aber ich gebe ihm auch feste Sachen zu essen. Er hat vier große Zähne, und ich wünschte mir so sehr, er wäre schon groß, Erif. Dann könnte er mit mir reden.«

»Ich werde im Sommer wieder ein Kind bekommen«, sagte Erif.

»Das habe ich mir gedacht. Freust du dich?«

»Es wäre viel besser«, erwiderte Erif und schaute mürrisch auf Yan, »wenn wir niemals angefangen hätten, froh oder traurig zu sein. Wir bekämen einfach Kinder oder würden getötet oder verliebten uns oder was auch immer, und alles hätte seine Ordnung, und wir würden keine Fragen stellen.«

»Aber so hättest du nicht leben können als Frühlingsbraut, oder? Und wir anderen Hexen könnten es auch nicht, weil wir uns selbst gehören. Wir können nicht nur an Marob denken. Auch der Kornkönig ist begnadet. Auch Gelber Bulle, als ... als er Gott war.« Dann fuhr sie unruhig fort: »Erif, es hat sich doch zwischen uns nichts geändert, oder?«

Erif lachte und strich ihr über die Hand, gab aber keine Antwort. Es war recht gemütlich in diesem Haus in den Sümpfen; sie wollte jetzt nicht reden.

Am nächsten Morgen überlegten sie ernsthaft, was zu tun war. Essro war den ganzen Winter von der Außenwelt abgeschnitten gewesen, zuerst durch Schnee und Eis und nach der Schmelze durch den Sumpf und Überflutungen. Aber die Fluten gingen zurück.

Sie wanderten durch schlickiges Gras um die Insel. Das Wasser war seit dem gestrigen Tag deutlich gesunken; auf einer Seite gab es fast schon wieder eine Verbindung mit dem Festland. Der Wintersee sah wunderschön aus, zog sich in langen Biegungen dahin und zeichnete anmutig die Konturen des Landes nach, außer an einer Stelle zur Rechten, wo er durch Menschenhände verändert und unterbrochen war. Das Wasser verlief sich dort in Gräben, neben einem großen, geraden Erddeich, dem Anfang der Geheimen Straße. Essro spähte nach Norden über das flache, versickernde Wasser und kniff die Augen zusammen, denn sie war sehr kurzsichtig. In ein oder zwei Tagen war sie hier nicht mehr sicher.

»Sie werden kommen«, schluchzte sie und richtete die tränenfeuchten Augen auf Erif. »Es hat keinen Sinn. Sie werden meinen Yan töten, und wir können nichts tun. Ich könnte ihn genausogut ausliefern. Auch du kannst mir nicht helfen.«

»Sei nicht albern, Essro!« erwiderte Erif scharf. Sie merkte, daß es ein leichtes war, sich an der Hoffnungslosigkeit dieser Frau anzustecken. »Ich ... ich ... ach was, sie werden dein Kind nicht töten! Wozu tauge ich, wenn ich nicht einmal *dafür* Sorge tragen kann? Das hier ist in der Tat eine *wirkliche* Gefahr!« Und sie nahm Essro beim Arm und ging mit ihr zurück zum Haus, fort vom modrigen Geruch der Sümpfe. Dann sagte sie plötzlich: »Warum nicht über die Geheime Straße?«

Am nächsten Tag zogen sie los. Essros Männer ruderten sie am Deich entlang, unterhalb der leeren Straße, die Marob zu neuen Orten tragen sollte. Sie führte von Insel zu Insel, oft über hölzerne Brücken. Das Wasser zischte bis an die Kanten und saugte unten am Holz, oder es staute an den Seiten Treibgut. Am Ende der Straße zog Essro eine Rolle mit Zeichnungen hervor, die Gelber Bulle angefertigt hatte. Auf ihnen waren die Lage der Inseln und die Richtung der Strömungen vermerkt. Er hatte alles rot markiert, wozu er sich, wie Essro erzählte, mit einem scharfen Stift den Arm geritzt hatte. Mit Hilfe der Karte gelangten sie von einer Insel zur nächsten, bis sie sich in Sicherheit wähnten. Sie hatten Pfähle und Filz für zwei Zelte, Decken, Kochtöpfe, Mehl, Käse, gesalzenen Fisch und Fleisch mitgenommen, ferner auch eine Ziege, die im nächsten Monat werfen sollte, so daß es reichlich Milch für Yan geben würde, falls die Brust seiner Mutter versiegte. In einer kleinen Grube fachten sie ein Holzkohlenfeuer an. Sie sprachen nicht viel, und Erif Dher fühlte sich sehr wohl. Endlich stießen sie auf eine hoch gelegene Insel, auf der Weiden in jungem Laub standen. Es schien weder wilde Eber noch andere gefährliche Tiere zu geben, und so rodeten sie dort ein Gebüsch und bauten ihr Lager auf.

Und jeden Tag wurde es grüner. Die schlanken Binsen wuchsen stündlich, bis sie Zentimeter um Zentimeter einen lebendigen Vorhang um die Insel gezogen hatten. Als die Fluten fielen, färbten sich die Sümpfe golden und rosa; es war unmöglich, eine einzelne Blume zu erkennen, so viele waren es. Der Himmel war voller Lerchen. Dort, wo die Geheime Straße eines Tages die Herden von Marob hinführen sollte, wuchs üppiges, fettes Gras.

Essro hatte es aufgegeben, verängstigt nach Norden zu spähen, und beschäftigte sich im Lager, bemalte die Zelte mit Farben, die sie aus saftigen Stengeln gewann, und zähmte einen Weidenzaunkönig, bis er ihr aus der Hand fraß. Die Männer schossen Enten und fällten Bäume, saßen herum und sangen und erzählten Geschichten. Yan aß jede Blume, die er fand. Erif ging es gut, und sie war glücklich.

Die Ziege warf Junge. Sie töteten und verzehrten eines, und die Milch gaben sie dem Kleinen. Die Männer fingen Fisch; ein paarmal stellten sie Netze auf und fingen einen Lachs, der vom Meer heraufgeschwommen war. Eines Tages gab es ein schweres Unwetter und Sturm. Am nächsten Morgen klärte es hellglänzend auf über den zerknickten, süß riechenden Binsen und tropfnassen Büschen. Einige ihrer Vorräte waren naß geworden, darunter das Mehl. Die Ziege hatte sich ein Bein gebrochen. Essro zerrieb das feuchte Hafermehl zwischen den Fingern.

Da sagte Erif plötzlich: »Ich muß fort, Essro, zurück zum Frühlingsfeld und dem jungen Flachs und meiner Aufgabe in Marob. Laß Murr mich im Boot begleiten, er wird dir neue Vorräte und Nachrichten bringen. Das ist das beste für alle.«

Sie brachen noch am gleichen Tag auf. Murr war der stärkere der beiden Männer. Er stakte das Boot durch die Kanäle des Sumpfes. Manchmal waren sie sehr tief, und er konnte sich auf seine Stange stützen, und wenn er sie vor Schlamm schwarzglänzend wieder heraufzog, reckte er sich grinsend und ließ sie zwischen den Händen wieder hinabgleiten. Wenn sie eintauchte, blubberte das Sumpfgas in großen Blasen auf wie Augen. Manchmal schien es, als würde der Kanal an einem Ende flacher, aber das Grasstück, das Erif zu sehen vermeinte, öffnete und teilte sich und gab unter ihren Stößen nach, und die Wasserlinsen tauchten unter und strömten vorbei, um hinter ihnen zitternd und tropfnaß wieder aufzutauchen.

Erif Dher lag im Boot und ließ die Finger durch das Wasser gleiten. Sie blickte auf die Binsen und das Schilf, die Wasserkäfer, Seerosen, Krebse und Moorhühner und Libellenlarven, die an den Stengeln hochkrochen. Als der Tag sich neigte, zog Erif sich eine Decke über. Sie spürte das Wasser dicht unter den dünnen Planken des Bootes, hörte das Rascheln der Wasserpflanzen unter dem Kiel und das leise Aufklatschen der Ruderstange. Murrs Kopf zeichnete sich jetzt vor einem zitronengrünen Himmel ab, der jeden Augenblick von Sternen heller wurde. Ihr sanken die Lider, die so schwer waren wie ihr Körper. Die Frühlingsbraut schlief ein.

Der nächste Tag verlief nicht anders. Sie legten irgendwo an und aßen miteinander Haferbrei. Erif erzählte Murr von den Dingen ringsum, den Tieren und den Blumen. Er brachte ihr ein Vogelnest. Murr fand duftende Binsen und schnitt ein paar für sie als Bettunterlage. Sie dankte ihm, und dann fuhren sie weiter.

Sie hatten die Zeichnungen von Gelber Bulle bei sich. Wenn sie nicht genau wußten, wie es weiterging, beugte sie sich darüber. Aber Murr war ohnehin sicher, den Rückweg zu Essro leicht finden zu können. Wenn es Zweifel über den Weg gab, behielt er immer recht. Bald überließ es Erif ihm völlig; es war auch bequemer.

An diesem Abend schlief sie wieder ein, als die Sterne aufblinkten, aber später ging der Mond auf und weckte sie. Sie befanden sich nun in einem weniger üppig bewachsenen Teil der Sümpfe, wo das Wasser vielleicht schon salziger war. Ringsum glänzten die Schlamminselchen weißlich; es war sehr warm und still. Sie hörte eine Ente flüchten, war aber zu tief in der Stille der Nacht versunken, um auch nur den Kopf zu wenden. Nach einer Weile zog Murr die Ruderstange ein; sie schwammen in einer Strömung, die sie langsam weiter trieb. Der Mond stand jetzt hinter ihr; er konnte nicht erkennen, ob sie schlief oder wachte. Er ließ sich auf den Boden des Kahns gleiten, so daß sein Gesicht nur wenige Zoll von ihren Beinen entfernt zu liegen kam. Sein Atem streifte ihre Füße, dann berührten sie seine Lippen. Sie streckte die kalten Zehen aus und ließ sie über seine warme Wange gleiten; der Schlamm an ihnen war zu einer dunklen, feinen Staubschicht getrocknet. Langsam, langsam begann er sie zu küssen und glitt an den Knöcheln höher. Aber er wußte immer noch nicht, ob sie wach war oder schlief. Sie wußte es ebenfalls nicht. Sie konnte sich nicht bewegen. Er kroch auf sie. Im nächsten Augenblick würde sie zusammenzucken und erwachen. Warum blieb ihr schwerer Körper so ruhig und sich so bewußt, was er wollte?

Sie zuckte zusammen, lag halb wach in seinen Armen. Er preßte sie fest an sich, blickte sie an und flehte. »Frühlingsbraut!« sagte er. »Sei freundlich! Sei sanft! Sei gnädig! Laß den Frühling kommen!« Er hatte die Worte vom Pflügefest wiederholt; sie hatten ihn beredt und auf gewisse Weise unpersönlich gemacht. Er war nicht mehr Murr, er war das Volk, die Leute von Marob, die sich nach dem Frühling sehnten. Warum also nicht? Warum sollte sie ihn nicht zu sich lassen? Frühlingsbräute sollen freundlich sein!

Aber Tarrik würde etwas dagegen haben. Tarrik fühlte sich vielleicht verletzt. Doch Tarrik tat das gleiche, weil er Kornkönig war. Er mußte lernen, zu verstehen und sich nicht verletzt zu fühlen.

Murr bedrängte sie weiter. Er öffnete ihr Kleid am Hals. Dann murmelte er zwischen ihren Brüsten: »Laß mich zu dir kommen! Laß mich zu dir kommen! Du trägst bereits ein Kind, nichts wird geschehen. Ich kann dir nicht weh tun, Frühlingsbraut. Nimm mich! Nimm mich! Niemand wird es erfahren.«

Sie versteifte sich ein wenig und hob sich aus seinem weichen, tastenden Griff. Er hatte Angst vor ihr. Konnte Tarrik doch etwas dagegen haben? Es war schließlich sein Kind. Und wegen dieses Kindes war sie die Seine, wer immer auch sonst in sie drang. Konnte das Kind etwas dagegen haben? Nein, nein, niemandem würde weh getan. Und warum sollte sie unfreundlich sein? Warum unfreundlich zu diesem Mann und sich selbst sein?

Der Mann keuchte und umklammerte ihr Gewand. Sie spürte, wie er sich heiß und lebendig gegen sie drängte. »Schnell«, sagte er. »Niemand wird es merken.« Dann verfingen sich zufällig seine Finger in ihrem Haar und zogen daran.

Plötzlich umklammerte sie seinen Hals mit beiden Händen und stieß ihn von sich. Er fiel gegen die Seite des schaukelnden Bootes, Wasser schwappte über die Bordwand. Mühsam richtete sie den Kahn wieder gerade. Murr lag mit dunklem Gesicht und halb offenem Mund da und leckte sich die Hände. Er hatte vor der Frühlingsbraut Angst gehabt, hatte die Frau verloren. Er begann zu weinen und sie leise zu beschimpfen. Sie bat ihn, sich wieder an den Staken zu begeben und zu schweigen. Er gehorchte ihr zitternd. Beide schliefen in dieser Nacht nicht mehr.

Am nächsten Tag war die Frühlingsbraut der Sümpfe überdrüssig. Sie sprach mit Murr nur während der Essenspausen. Er nahm nur einen Mundvoll Haferbrei zu sich, kaute ihn und spuckte ihn wieder aus. Ein paarmal wollte sie ihn zur Eile antreiben, aber er merkte es schon an ihrem Blick und legte sich ins Zeug. Er hatte immer noch vor ihr Angst. Schließlich gelangten sie ans Ende der Sümpfe; vor ihnen lagen niedrige, weidenbestandene Hänge. Murr suchte nach einem Anlegeplatz. Sie befanden sich mehrere Meilen vom Gehöft von Gelber Bulle entfernt, aber sie blieben hier, für den Fall, daß der Herr von Marob dort eine Wache aufgestellt hatte.

Kurz bevor sie auf das feste Ufer kamen, fiel Murr ein, wie schön Erif gewesen war, wie weich und warm, wie sie allein mit ihm auf dem Boot war und fast die Seine. Er warf sich ihr zu Füßen und flehte sie noch einmal an, gnädig zu sein, ehe es zu spät sei und er sie auf immer verlieren würde. Aber Erif Dher stieg aus dem Boot, ging fort und ließ ihn zurück. Sie war wütend auf ihn, weil ihre Schuhe schmutzig geworden waren. Er hätte ihr helfen sollen, anstatt sich wie ein Flegel im Kahn herumzuwälzen.

Noch ehe sie auf dem Hof anlangten, spürte sie, daß er sie haßte. Sie fürchtete sich nicht, machte sich aber Gedanken, welche Auswirkungen dies auf Essro haben würde. Eigentlich bestand kein Grund zur Sorge. Nur weil er sie, Erif, haßte, brauchte sich der Mann nicht illoyal gegenüber seiner Herrin zu verhalten.

Vorsichtig näherten sie sich dem Haus unter den Ulmen. Es wirkte verlassen. Sie gingen in den Hof. Ein widerlicher Geruch stieg in ihre Nasen, und Erif mußte sich übergeben, ehe sie weitergehen konnte.

Murr ging ins Haus und kam schnell wieder heraus. Der Herr von Marob sei dagewesen und wieder fort. Er habe alle getötet, die er erwischen konnte. Die Toten habe man einfach liegengelassen; einige der Leichen wiesen Folterspuren auf. Vermutlich hatte man versucht, herauszubekommen, wo Essro war. Danach ging Murr in die Ställe. Ein paar Tiere waren wohl geschlachtet worden. Die anderen hatte man einfach ohne Futter zurückgelassen. Offenbar war Tarrik schlechter Laune gewesen. Ob die Frühlingsbraut mal reinsehen wolle? Die Leichen im Haus vielleicht? Er, Murr, könne ihr sagen, um wen es sich handele; er habe mit ihnen gearbeitet ... sein Bruder sei dabei.

Nein, nein, Erif wollte nichts sehen! Sie verließ den Hof, setzte sich unter einen Baum und versuchte, nicht an Tarrik zu denken, dessen Kind sie trug und der all dies getan hatte. Bis zum späten Abend rührte sie sich nicht von der Stelle. Sie war sehr hungrig, wollte aber nicht ins Haus gehen. Schließlich kam Murr und brachte ihr zu essen. Er hatte auch ein Rentier für sie. Einige der Pferde von Gelber Bulle waren nicht eingepfercht gewesen; sie hatten Murr erkannt und sich von ihm einfangen lassen. Er hatte auch Ziegen gefunden und ein Schaf mit Lämmern; außerdem gab es noch jede Menge Mehl.

Es war inzwischen dunkel geworden. Erif starrte Murr an, wickelte sich in eine Decke und legte sich neben dem angepflockten Pferd nieder. Um nichts in der Welt hätte sie jetzt eines der Zimmer im Haus betreten. Murr entfernte sich und schlief irgendwo anders.

Am nächsten Tag füllte er mehrere Töpfe und Säcke mit Proviant und ging auch zu den Bienenstöcken, um ein paar frühe Waben herauszunehmen, wie es ihm Essro aufgetragen hatte. Erif ritt ihr neues Pferd und half ihm, das Vieh zusammenzutreiben. Sie schnitten Futter für die Ziegen und Schafe und banden sie mit den Hörnern an der

Ruderbank fest. Dann setzte sie sich auf das Pferd und wartete, bis Murr weit in den Sumpf hinausgefahren war. Sie mißtraute ihm eigentlich nicht, aber es war besser, sich so weit wie möglich zu vergewissern.

Erif ritt langsam über die Ebene zurück. Sie fragte sich, was mit ihrer Ponystute geschehen war, und hoffte, Tarrik habe sie nicht gefunden und, anstelle seiner Frau, in seiner Wut verletzt.

Später erblickte sie Lichter und erreichte einen Hof. Dort wurde sie ehrfürchtig und ohne Fragen willkommen geheißen. Am folgenden Morgen baten die Leute sie, über die sprießenden Felder zu gehen. Von Hof zu Hof ziehend, gelangte sie allmählich zurück nach Marob und zu ihrem Frühlingsfeld. Im Haus des Herrn von Marob waren ihre Zimmer bereitet, weil sich die Nachricht von ihrem Kommen schnell verbreitet hatte. Ein dampfendes, nach Kräutern duftendes Bad wartete auf sie, und obendrein hatte man ihre Leibgerichte zubereitet. Es war ein gutes Frühjahr geworden, und alle waren der Frühlingsbraut dankbar.

Viertes Kapitel

Kotka war immer noch im Süden, auf der Jagd nach Essro und Yan, aber er wußte, daß er sie niemals finden würde. Disdallis hatte ihm eine wortreiche Botschaft geschickt, aus der hervorging, daß sie ihn mit einem Bann belegt habe, der ihn unfähig mache, Essro oder irgendwelche Spuren von ihr zu erkennen. Es hatte ihn verwirrt und wütend gemacht; er traute sich nicht, zurückzukehren und dem Herrn von Marob seinen Mißerfolg einzugestehen. Er konnte Tarrik den Grund für sein Scheitern nicht nennen, denn der würde sich daraufhin sofort an Disdallis rächen. Und was nützte es, sich selbst zu versprechen, bei der Rückkehr nach Hause Disdallis zu verprügeln? Gar nichts. Schließlich, so gestand er sich ein, wollte er

Essro ja gar nicht aufspüren und schon gar nicht den furchtbaren Auftrag erfüllen, ihr Kind zu töten.

Der Kornkönig und die Frühlingsbraut kümmerten sich inzwischen wieder um ihre Aufgaben in Marob. Tarrik, nachdem er gesehen hatte, daß es ihr gutging, erwähnte mit keinem Wort, wo er gewesen war, und schwieg sich auch über Essro aus. Erif selbst wollte auch nicht darüber sprechen, sondern ruhig und zuversichtlich bleiben. Sie waren zu einer Art Frieden und Verständigung gelangt, die darauf beruhten, daß sie einander nichts erzählten und auch einen Großteil dessen, was der andere tat, nicht zur Kenntnis nahmen. Es war das Prinzip des Ausklammerns und Darüberhinwegsehens, förderte ihre Höflichkeit, ja, fast Zärtlichkeit, und ließ sich leicht mit dem Leben vereinbaren, das sie beide zu dieser arbeitsreichen Jahreszeit führten. Aber es war eine Übereinkunft auf Zeit, eine Atempause, in der sie weiterleben konnten, ohne sich einander zu stellen, bis das Kind geboren war. Als sich dieser Zeitpunkt immer mehr näherte, hörte Erif auf zu denken und sie selbst zu sein: Ihr Selbst war das der Frühlingsbraut und steuerte alles, was sie tat, und wenn etwas mit diesem Ich nichts zu tun hatte, dann sah und hörte und fühlte sie nur sehr undeutlich und schwach.

Im April ging Tarrik an seine Weihestätte, um einen wichtigen Knoten zu lösen. Er legte die Gewänder an, kaute die Beeren und tat alles Notwendige. Als alles erledigt war, er die Kleider wieder ablegte und sich vom Gott wieder in den Menschen verwandelte, erinnerte er sich unvermittelt an jene andere Nacht, in der er bestimmt hatte, daß Gelber Bulle sterben müsse. Und ehe er dieses Bild verdrängen konnte, erschien ein weiteres: Gelber Bulle dankte ihm für die Geheime Straße. Es hatte ihn nicht berührt, Gelber Bulle zu töten. Aber mit ihm hatte er das erste Leben der Geheimen Straße geopfert, hatte den Willen getötet, der sie begonnen, der sie zum Wunsch und Ziel Marobs gemacht hatte. Stimmte das wirklich? Nein, er selbst hatte ja den Wunsch aufgenommen und weitergetrieben. Was hatte er denn getan, daß es ihm noch immer weh tat und ihn quälte? Plötzlich und mit

Schrecken wurde es ihm klar: Er hatte seinen Schwager Gelber Bulle getötet, und das war schwarz, war falsch, war eine Sünde, die er nicht wiedergutmachen konnte.

Er ließ den Mantel fallen und schrie grell und wütend in die Dunkelheit der Weihestätte. Warum konnte der Kornkönig nicht tun, was ihm gefiel? Er dachte daran, einen fremdartigen Weg zu gehen, den Sphaeros ihm gezeigt hatte und den die Griechen anstelle von Zauberei benutzten. Er kam zu dem Schluß, daß Sphaeros ihm all diese Zweifel ins Herz gepflanzt haben mußte, ja, daß er von ihm erst die Worte für Gut und Böse erfahren hatte, dieses Gut und Böse, daß sich auf ihn selbst, Tarrik-Charmantides, bezog, und nicht auf den Kornkönig von Marob, dessen einzig Gutes das Wohl des Korns war. Aber warum hatte er sich teilen müssen? Er war ein Gott. Nichts konnte ihn hindern, die Dinge zu tun, die ihm in den Sinn kamen. Er stampfte mit den Füßen, schrie Sphaeros an, der weit fort war, sagte ihm, wie sehr er ihn haßte, wie er ihm die Augen ausstechen wollte, die Finger abreißen, ihn umbringen! Aber die einzige Antwort bestand in dem Stöhnen und Rascheln der alten Wächterin. Er schlug sie, trat ihr ins Gesicht und in den Bauch, als sie schon auf dem Boden lag, doch es half nichts; sie war nicht Sphaeros.

Als er fort war, kroch die Alte zurück zu ihrem Schemel, in dem Bewußtsein, daß ihr ein Gott erschienen und vorübergegangen sei.

Die Stirn in Falten und aufs höchste gereizt, kehrte Tarrik nach Hause zurück. Unterwegs stieß er eine Haustür auf, trat ein und sah einen Mann mit Frau und Kindern beim Essen sitzen. Er warf das Essen ins Feuer und hieß den Mann aufstehen. Dann schlug er ihm gezielt dorthin, wo es am meisten schmerzt. Die Frau und die Kinder duckten sich hinter den Tisch. Nach einer Weile wurde der Mann ohnmächtig, und Tarrik ging, ein wenig zufriedener, fort. Es war ihm, als habe er die dumme, hassenswerte Vernunft dieser Griechen geschlagen. Es war ihm, als habe er Yan getötet, der sich einen Moment lang zwischen ihn und seine Göttlichkeit gestellt hatte.

Es gab noch ein paar weitere Ausfälle, und einige Sklaven schlug er in seiner Raserei tot. Aber die Befriedigung wurde jedesmal geringer. Er wurde ruhiger. Schließlich merkte er, daß ihm nichts übrigblieb, als sich den Griechen und ihren Ideen zu stellen. Er würde Sphaeros gegenübertreten müssen. Und dann kam ihm flüchtig der Gedanke, Sphaeros zu erzählen, was er getan hatte, und ihn zu fragen, ob dies durch eine weitere Handlung ausgelöscht werden konnte, und Sphaeros würde dies verneinen, sagen, nichts könne ausgelöscht werden. Und dann würde Sphaeros ihn anblicken ... Da war es vielleicht leichter, sich den Vorstellungen von Gut und Böse zu unterwerfen und gut zu sein ... Nur: wenn er sich irgend etwas unterwarf, wäre er ja kein Gott mehr.

In seinem Herzen, und ohne Erif oder Kotka oder seinen anderen Freunden auch nur ein Wort davon zu erzählen, rang Tarrik mit dem alten Sphaeros, dem Stoiker.

Gegen Ende April legten auch wieder Handelsschiffe an; natürlich gab es vor der Ernte und den großen Märkten noch nicht viel zu kaufen, abgesehen von Fellen und Holz und dem geräucherten Frühlingslachs. Aber man wollte erfahren, wie die Dinge standen in diesem Jahr, und ob es wert sei, später noch einmal anzulegen. Der Herr von Marob und der Rat empfingen und bewirteten die Kaufleute, aber Tarrik war unruhig und schien Nachrichten aus Griechenland zu fürchten. Der Rat dagegen fand ihn viel vernünftiger und empfänglicher als noch vor zwei Jahren. Tarrik wich zwar nicht von seiner gewohnten Art ab, die Kaufleute zu beleidigen und sich mit derben Rüpeleien über sie lustig zu machen, doch hoffte man allgemein, daß er sich nach dem Pflügefest vielleicht beruhigen würde. Der Korngott brauchte eben seine Opfer; und wer wollte schon entscheiden, ob Stiere oder Menschen?

Aber sie wußten, daß er noch immer Yan jagte, der, wenn auch unschuldig, versucht hatte, ihm seine Göttlichkeit streitig zu machen. Einmal hatte er Disdallis auf dem Flachsmarkt getroffen. Und er hatte mit ihr geredet, das Gesicht dicht an ihrem und wutverzerrt. Er fragte, warum

Kotka Yan immer noch nicht gefunden und umgebracht habe. Er hielt ihren Arm umklammert, und die Leute blieben stehen, sahen zu und flüsterten untereinander. Als er sie losließ, schrie Disdallis auf und rannte eilig fort. Tarrik funkelte die Gaffer böse an, worauf sie sich erschrocken aus dem Staub machten. Disdallis verriet niemandem, was er zu ihr gesagt hatte, und auch er bewahrte darüber Stillschweigen.

Keiner wußte in diesem Jahr, was Tarrik wollte oder nicht wollte. Als sie aber sahen, wie gut das Getreide stand, brachten sie ihm Geschenke. Wenn es sich um Edelsteine handelte, gab er sie zuweilen an Sardu weiter. Die Frühlingsbraut erhielt ihre eigenen Geschenke und behielt sie auch.

Auch Erif wußte nicht, was Tarrik wollte. Und von Woche zu Woche war ihr weniger klar, was sie selbst wollte. Unterschwellig empfand sie sogar Angst vor der Geburt des Kindes. Sie erinnerte sich an die Schmerzen – wurde nachts wach und dachte in der Dunkelheit daran. Tarrik vermochte sie nicht zu trösten; ihre gegenwärtige Getrenntheit ließ es nicht zu. Irgendwie war ihr inzwischen klargeworden, warum er Yan töten wollte: weil sein eigener Sohn getötet worden war. Das war es, was er ganz für sich auslöschen wollte, und er glaubte, es auch für seine Frau tun zu müssen. Sie hatte ihm zu erklären versucht, wie albern dieser Gedanke war, aber ihre Worte drangen nicht zu ihm durch.

Eines Tages ging sie am Meerufer spazieren; aus den Prielen starrten die Krebse sie an, aber sie spielte nicht mit ihnen. Hier und dort hob sie ein paar Steine auf, warf sie aber nicht ins Wasser, sondern rieb sie nur in der Hand gegeneinander. Sie war wie eine der Wellen, die auf den Strand schlugen, wie durchsichtig. Sie sah und hörte und roch, aber alles ging durch sie hindurch. Sie trat in den Schatten der Klippe, stieg über große Steine und durchschritt Salzwassertümpel. Vor ihr tippelten Möwen und erhoben sich schwerfällig in die Luft. Dann kam sie um eine Felsecke, und da sah sie Sardu und Murr zusammen auf dem Strand. Sie kam zu sich, ging leise ein paar Schritte zurück und blieb stehen. Die Krebse schurrten unter Seetangbüscheln hervor und scharten sich um ihre Füße.

Ihr erster Gedanke war, daß es ihr Spaß machen würde, Tarrik von Sardu und ihrem neuen Geliebten zu erzählen. Aber vielleicht hatte er nichts dagegen, so sonderbar, wie er zur Zeit war. Dann sah sie wieder hin und überlegte. Diese beiden ... Warum gerade diese beiden? Was tat Murr überhaupt in Marob? Komisch, wie genau sie sich an Murrs Gesicht und Hände erinnerte – seine tropfnassen Hände. Die beiden saßen nur wenige Zoll voneinander entfernt und wirkten gar nicht wie zwei Liebende an einem Sommertag. Erif konnte nicht verstehen, was sie sagten, aber mit einemmal war sie überzeugt, daß Murr Essro und ihr Kind an Sardu verriet. Und diese Hure würde alles zu Tarrik weitertragen und damit das Schicksal von Mutter und Kind besiegeln.

Sorgfältig hinter Klippen und angeschwemmtem Treibholz Deckung suchend, umschlich Erif nun das Paar und richtete dabei die Krebse so aus, daß sie einen geschlossenen Kreis bildeten. Dann trat sie um einen Felsvorsprung. Die beiden sahen sie, fuhren erschrocken auf und sanken wie gebannt wieder zurück in den Sand. Die Krebse rührten sich nicht von der Stelle; nur die Stielaugen zuckten, und die Tentakel vor den Mäulern regten und bewegten sich. Erif blickte auf Sardu herab – eine jämmerliche Kreatur. Ihr Hals lag bloß. Wenn Berris nicht zurückkam, um sich um sein Eigentum zu kümmern, war das seine eigene Schuld. Einem dürftigen, ersetzbaren Ding wie Sardu war es nicht erlaubt, Essro und Yan zu töten, die zu schützen sie versprochen hatte. Erif zog ihr Messer. Sie beugte sich über den Kreis, stützte sich mit einer Hand auf den Felsen und stach Sardu in die Halsschlagader. Dabei sagte sie laut: »Yan wird nicht durch dich leiden!«

Zwei braune Hände zuckten zu der Wunde hoch, umkrampften sie, glitten im Blut ab. Der Rücken verspannte sich und bäumte sich hoch; der Kopf fiel ruckartig zurück, bis Sardus Blick Erif traf. Die schwarzen Augen umschatteten sich vor Entsetzen. Dann öffnete sich der Mund und murmelte: »Nein ... nicht leiden ... !«

Erif Dher begriff, daß sie einen Fehler begangen hatte; die Erkenntnis drang rasch und kühl durch sie hindurch. Sie stolperte vor, zerbrach ihren Kreis, und ihre Füße verfehlten gerade eben Murrs flache Hände auf dem Sand.

»Du hast Yan an meinen Mann verraten!« schleuderte sie der sterbenden Sklavin entgegen. Sardus Lider zuckten. Sie bewegte den Kopf schwach, verneinend. »Doch« rief Erif, »du Hure!« Aber ihr brach die Stimme.

Sardus Lippen öffneten sich noch einmal: »Nein«, flüsterte sie. »Tarrik läßt Yan leben. Murr sollte es ausrichten.« Dann seufzte sie, seufzte in ihr Blut und sprach noch einmal den Namen Tarrik aus. Sie starb, während Erifs Hände noch versuchten, die Ränder der Wunde wieder zu schließen und die Tat ungeschehen zu machen.

Erif Dher stand auf. Als erstes wurde ihr klar, daß Tarrik es Sardu erzählt hatte und nicht ihr, und dann, daß Sardu tot war und die Botschaft vielleicht nicht ihr Ziel erreichte. Dann sah sie, daß Murr durch den zerstörten Kreis fortgekrochen war. Wieder hatte er Angst vor ihr! Sie schrie ihm nach, sie mußte ihn aufhalten! Er begann, im Zickzack zu rennen. Wütend stampfte sie mit dem Fuß und schrie, und als er weiterlief, warf sie ihm den Dolch nach. Er duckte sich zwischen die Felsen am Fuß der Klippe und war wenige Momente später außer Sichtweite.

Sie wandte sich um und ging zurück. Das Kind in ihr regte sich heftig, strafte sie. Der Rücken tat ihr weh. Sie schleppte sich weiter. Sie wollte auf dem schnellsten Weg nach Hause gelangen, damit sie nicht wie Sardu auf dem Strand liegenblieb und dort zugrunde ging. Sie konnte nicht einmal zum Wasser hinabgehen, um sich die Hände zu waschen. Alles um sie herum drehte sich.

Als Erif endlich das Haus erreichte, mußten die Frauen sie hineintragen. Sie entkleideten und badeten sie. Erif sehnte sich nach völliger Dunkelheit und Stille. Sie keuchte. Schmerzen durchhuschten sie, aber die Frauen merkten es nicht. Sie erkannten nur, daß sich die Frühlingsbraut, wie der Kornkönig, ein Opfer hatte geben müssen. Eine von ihnen, eine Kusine Erifs, ein Mädchen, das sie mochte und mit dem sie gern im Garten Ball spielte, faßte allen Mut zusammen, um zu fragen, was geschehen sei. Aber Erif starrte nur stumm vor sich hin. Sie legten sie in ihr Bett und zogen die Vorhänge vor, denn das Licht quälte ihre Augen.

Irgendwann kam Tarrik herein. Sie richtete sich auf, die Haare von den Kissen zerwühlt, warf beide Arme hoch und rief ihm entgegen: »Tarrik, ich habe dein Mädchen getötet. Ich habe Sardu umgebracht!«

Die Nachricht breitete sich im Raum aus, wanderte von einem Verstand zum nächsten. Die Frauen wußten nun, was für eine Art Opfertier ihre Herrin getötet hatte. Entsetzt klammerten sie sich an die Wandbehänge, fielen auf Hände und Knie und hielten sich die Ohren zu. Erifs Kusine geriet außer sich, bereit, sich zwischen Tarrik und Erif zu werfen und sich an ihrer Statt töten zu lassen. Aber Tarrik trat zu Erif, setzte sich neben sie und begann, sie zu küssen. Er versuchte, ihren Blick einzufangen. Erst nach einer Weile schien sie zu begreifen, was er tat.

Murr ging zurück zu dem Haus, in dem er seit seiner Ankunft in Marob gewohnt hatte. Sardu war jetzt tot, die einzige, die ihm erkennbar hätte helfen können. Die Frühlingsbraut hatte mit dem Messer nach ihm geworfen; sie würde ihn wie ein Tier jagen. Vermutlich war sie schon auf seinen Spuren. Er wußte nicht, ob es die Wächter oder ihre Krebse sein würden, die sie auf seine Fährte gesetzt hatte; jedenfalls würden sie ihn kriegen. Er nahm ein Seil und hängte sich auf. Man fand seinen Leichnam erst am Abend, und dann hätte man ihn wohl einfach im Hof verscharrt. Aber wie es eben so kommt – einer erzählte es dem anderen, und schließlich erfuhr es Hollis, und der erinnerte sich zufällig, daß Murr einer von Gelber Bulles Dienern gewesen war. Nach einer Weile gelangte die Nachricht zu Tarrik und schließlich auch zu Erif Dher, und Erif suchte Disdallis auf. Disdallis hatte bereits vom Tod Murrs und Sardus gehört, und weil sie sich erinnerte, was Erif ihr an einem warmen Abend über das Boot in den Sümpfen erzählt hatte, zählte sie zwei und zwei zusammen. Als sie Erif auf ihr Haus zukommen sah, rechnete sie nicht lange weiter. Sie schickte die Frau, die bei ihr in der Stube webte, fort und breitete für Erif die Arme aus.

Nach einer Weile blickte Erif schluchzend zu ihr hoch und fragte: »Aber warum hat er sich umgebracht? Warum nur?«

Disdallis antwortete: »Er dachte, du wärest wütend. Er dachte, er würde eines schlimmeren Todes sterben, wenn du ihn in die Finger bekämst. Aber was soll's? Du bist die Frühlingsbraut. Er war nur ein Schäfer.« Sie strich Erif über das Haar und rieb ihre Wange an dem kalten Gesicht.

»Ich hätte ihn nicht umgebracht«, sagte Erif Dher. »Ich hätte lieber mit ihm geschlafen.« Dann fuhr sie fort. »Er hatte Angst vor mir. Ich war unfreundlich zu ihm. Jetzt wünsche ich mir, ich hätte mich anders verhalten. Die Frühlingsbraut sollte immer freundlich sein.« Sie dachte an das Boot in den Sümpfen und Murrs streichelnde Hände, die jetzt erstarrt waren.

Es hieß, daß in den alten Zeiten die Frühlingsbraut allen Männern Marobs gehört habe, damit ein jeder des Zaubers teilhaftig wurde. In den Neumondnächten des Frühlings hatte sie mit allen Männern in den grünenden Furchen des Flachsfeldes geschlafen, um die Jahreszeiten günstig zu stimmen. Aber so war es nicht mehr; der Kornkönig hatte nun so viel an Macht gewonnen, daß er für die Frühlingsbraut so viel galt wie zuvor alle Männer Marobs zusammengenommen, und weil er gleichzeitig deren Herr und Anführer im Kriege war, wagte niemand mehr, sie sich gefügig zu machen oder sie um ihre Gunst anzuflehen, außer im Namen des ganzen Volks beim Pflügefest. Dennoch war der Gedanke, daß die Frühlingsbraut von jedem Mann genommen werden konnte, nach wie vor nicht völlig abwegig. Wenn darauf Aufruhr folgte, so war es die Angelegenheit ihres Mannes, des Herrn von Marob. Ihr selbst konnte man keinen Vorwurf machen. Sicher konnte sie nur Gutes bewirken, wenn sie freundlich war. Sicher zauberte sie Regen und Wärme herbei, machte Tiere und Frauen fruchtbar und ließ das Korn besser wachsen! Und gewiß brachte sie Marob Frieden!

Sie hätte freundlich sein sollen. Marob wollte es. Ihr Körper wollte es. Sie hatte dem Leben insgesamt Unrecht zugefügt. Ach, es war falsch, falsch, falsch ... Darüber hatte Sphaeros gesprochen, der gute Sphaeros, als er ihnen von der Natur erzählte und wie man ihr folgen sollte! Jetzt schämte sie sich bitterlich, heftiger, als sie es Disdallis oder Tarrik je erklären konnte. Irgendwie waren ihr Geist und ihr Körper so verderbt wie Tarriks. Sie hatte ihre Untaten zudem bei klarem Verstand begangen und nicht aus plötzlicher Eingebung heraus. Bei ihr war alles noch viel verworrener als bei ihm.

Für weitere Überlegungen war jetzt allerdings nicht die Zeit; sie hatte nicht die Kraft dazu. Sie konnte und mußte warten, bis ihr Kind geboren war. Und weil sie eine Frau war, wurde ihr dieser Aufschub gestattet, selbst von ihrem eigenen Gewissen. Außerdem hielt sich auch die zähe, wenngleich unbegründete Idee in ihr, daß durch die Geburt des Kindes, durch diesen tiefen Einschnitt in ihr Leben, der auch eine Probe auf Leben und Tod war, vielleicht alles ausgelöscht und bereinigt werden könnte.

Ihre Kusine erzählte später, daß in der Zeit vor der Untat am Strand ein Mann tagelang um das Haus geschlichen sei und zu den Fenstern emporgestarrt habe. Er habe harmlos gewirkt, deshalb habe sie nichts gesagt – wie unter einem Bann. Erif war wütend, daß sie nichts davon gemerkt hatte, wütend auf ihre Dienerinnen und sich selbst. Er war der ihre gewesen; aber Sardu hatte ihn gefunden und mit ihm gesprochen. Zuletzt hatte er also Sardu gehört. Ob er der Sklavin von dem Boot in den Sümpfen erzählt hatte, sollte sie nie erfahren.

Und weil sie Murr im Stich gelassen hatte, ging Erif schließlich selbst, Essro zurückzuholen und ihr zu erzählen, daß der Herr von Marob nicht länger nach Yans Leben trachtete. Diesmal ritt sie in aller Offenheit mit Hollis und seinen Männern sowie der Hälfte ihrer Dienerinnen. Zur Nacht schlugen sie ihr ein gestreiftes, besticktes Zelt inmitten von Blumen auf. Nach einer Weile schickten sie einen Boten aus, und bald kam ihnen Kotka niedergeschlagen entgegen. Erif erzählte ihm die Neuigkeiten und sagte, sie brauche ein Boot.

»Essro ist dort, wo die Geheime Straße einmal hinführen soll.«

Kotka blickte sie an, bekam große Augen und strich sich mit den Fingern durch das Haar. »Ich habe mich gerade gefragt, ob sie wohl dort ist. Warum nur habe ich nicht früher dort gesucht?«

Erif hatte Mühe, den Weg zu Essros Insel wiederzufinden, und fuhr mehrere Male in die Irre. Sie wünschte, Murr herbeirufen zu können, aber dies stand nicht in ihrer Macht. Sie glaubte auch nicht, daß sonst jemand in Marob über solche Zauberkraft verfügte, obgleich es vor gar nicht so vielen Jahren noch möglich gewesen war.

Schließlich fand sie die Insel und überzeugte Essro, daß sie ihr vertrauen und Yan zurückbringen konnte. Der Junge war mächtig gewachsen und brüllte, als Erif versuchte, ihn hochzuheben. Er hatte sie vergessen. Sie ließen die Ziegen und Schafe auf der Insel zurück. Wenn die Geheime Straße einmal bis hierher führte, würde man sie und ihre Nachkommen wiedersehen.

Essro kehrte lange Zeit nicht in die Stadt Marob zurück, sondern blieb auf dem Hof und hatte manchmal Angst. Stets hielt sie ein Boot bereit für den Fall, daß Tarrik seine Meinung ändern sollte. Sie wurde ihres Lebens nicht froh. Sie hatte jung geheiratet, und ihre Ehe mit Gelber Bulle bildete in gewisser Weise den Maßstab, mit dem sie alles verglich. Es war schrecklich, nicht verheiratet zu sein. Tarrik hatte alles zerbrochen, und sie wollte ihn nie wieder sehen – zumindest jetzt noch nicht. Und Erif Dher fand, daß sie recht hatte.

Kotka kehrte, immer noch wütend, zu Disdallis zurück; er war nicht bereit, sich von ihr so behindern zu lassen, wenngleich er sich natürlich insgesamt über den guten Ausgang der Sache freute. Als er zum Haus kam, war sie gerade zu einer der Herden geholt worden, die außerhalb der Stadt weideten. Die Kühe, wie es zuweilen geschieht, weigerten sich, ihre Kälber zu säugen. Er ging hin, kam aber erst an, als sie bereits mit ihrem Ritual begonnen hatte. Zusammen mit den anderen Viehhütern schaute er zu. Disdallis trat zu einem der Kälber, das – mit eingefallenen Flanken und von sich gestreckten Beinen – auf der Wiese lag. Die Mutter graste still vor sich hin, dem Jungen den Rücken zugewandt. Disdallis hockte sich neben das Kalb, öffnete ihm das Maul, blies ihm in die Kehle und murmelte ein paar Worte. Dann stand sie auf und sprach mit der Kuh. Nach einer Weile drehte sich die Kuh um, ging zu ihrem Kalb und blieb schnaubend stehen, während das Kleine an ihrem Euter trank. Beim ersten Mal war es so schwach, daß Disdallis es festhalten mußte. Mit den anderen Kühen tat sie das gleiche, und schließlich kam sie zurück, mit dem Tier am Strick, das man ihr als Bezahlung versprochen hatte. Sie sah Kotka und lächelte ihn träge an; sie war müde von der Arbeit. Er fragte sich wieder einmal, wie sie so etwas zustande brachte, aber sie konnte es nicht erklären. Es gelang nur beim heimischen Vieh – der Herde von Marob, die Nahrung für ihren Mann und ihre Kinder bedeutete. Ihr Leben verband sich mit dem der Tiere, und darum besaß sie Macht über sie. Sie glaubte nicht, daß sie das gleiche bei fremden Kühen schaffen könnte. Dann erzählte sie Kotka, daß sie Tarrik auf dem Flachsmarkt getroffen und was er zu ihr gesagt habe. Es war beunruhigend, und einige Wochen lang verhielten sie sich beide sehr vorsichtig. Aber Tarrik tat nichts und sagte auch nichts weiter, und wenn er sie sah, lächelte er ihnen nur zu. Und Kotka, der sich in dieser Zeit mit ihr aussprach, vergaß seinen Ärger über Disdallis.

Reiter zogen nach Westen und Nordwesten aus, um Harn Dher zu suchen. Den Leuten aus dem Landesinnern, die zum Handel nach Marob kamen, wurde gesagt, sie sollten die Nachricht verbreiten, er dürfe mitsamt seiner Begleitung zurückkehren. Der Rat freue sich, daß nach einem blutigen und beunruhigenden Frühling ein guter Sommer für den Kornkönig anbrach. Es wäre großartig, wenn sich die beiden versöhnten – zum Guten von Marob und zum Schaden seiner Feinde; der eine könne gegen den Hunger, der andere gegen die Roten Reiter kämpfen.

Erif Dher sagte zu allem nichts. Sie freute sich darauf, Goldfisch und Goldfink wiederzusehen. Alles andere mußte warten. Sie wollte vor der Geburt ihres Kindes nicht an Harn Dher denken.

Kurz vor dem Mittsommerfest kehrten Harn Dher und seine Wagen zurück. Tarrik ritt ihnen entgegen. Der Alte lächelte in seinen Bart hinein; er begrüßte den Herrn von Marob mit dem vorgeschriebenen Salut und einem festen Handschlag. Er und sein Pferd schienen aus einem Guß zu sein, mit seinem Bogen und dem silberbeschlagenen Köcher, der Axt in seinem Gürtel, dem Helm aus Gold und Bronze und dem kurzen Eisenschwert.

Seine beiden leiblichen Kinder waren hochgewachsen, mit rosiger Haut, und saßen auf großen Pferden. Die Wagen bogen sich unter der Last feinster Felle aus den Wäldern, von Bär und Reh, Marder und Hermelin. Am Gestänge hingen Hirschgeweihe, die man in den Farben des Hauses Dher bemalt hatte, sowie Eberzähne und Luchskrallen. Tarrik bot er ein Stück wunderbar gewolkten Bernsteins dar, ein Schmuckstück, das in Marob Gefallen finden würde. Ja, es war eine wunderbare Zeit für Harn Dher gewesen.

Aber Tarrik hatte so etwas erwartet und sich darauf vorbereitet, ähnlich aufzutreten. Nicht erwartet hatte er, Harn Dher in manchen Augenblicken plötzlich als alten Mann zu sehen, der unglücklich und geschlagen und bis zu den Wurzeln seiner Seele verletzt wirkte. Seine Macht und Ehre waren geschmälert, seine Hoffnungen, die er so lange und geduldig verfolgt hatte, waren unerfüllt geblieben, und er erkannte ebenso deutlich wie jedermann sonst, daß sie auch weiterhin unerfüllt bleiben würden, auch wenn Goldfisch in Gelber Bulles Fußstapfen treten sollte. Seine Frau und sein ältester Sohn waren tot; ein weiterer Sohn war in die Fremde gezogen und blieb vielleicht dort. Seine älteste und liebste Tochter – nun, wer wußte, was aus ihr werden würde? Weder er noch Tarrik, noch vielleicht Erif selbst.

Harn Dher ging zurück in sein Haus und wartete darauf, daß Erif Dher zu ihm kam. Er selbst betrat die öffentlichen Räume und Hallen, in denen der Rat tagte und die Feste abgehalten wurden, nicht. Erif bat ihn nicht in ihre Nähe. Aber sie ließ nach Goldfisch und Goldfink schicken und schenkte ihnen Süßigkeiten und allerlei schöne Dinge, die sie für sie in Griechenland erworben hatte. Goldfisch war jetzt fast ebenso groß wie sie und konnte reiten, schießen und Schmerz ertragen wie ein Mann. Er stach sich eine lange Nadel in den Arm, um es ihr zu beweisen. Goldfink schien das zu gefallen, sie lief rot an und streckte ihm die Zunge heraus, aber Erif wurde bei dem Anblick übel. Goldfisch besaß einen eigenen Falken, wie Berris früher. Er konnte gut damit umgehen. Und da waren auch die Eckzähne seines ersten Wolfs, dort ein Reiherei. Geklettert war er schon so hoch, daß er fast vergessen hatte, wie es auf dem Boden aussah, und die großen Reiher hatten versucht, ihm ins Gesicht zu hacken. Auch hatte er bereits einen Menschen getötet, einen Mann aus dem Landesinnern, der sie bestehlen wollte.

Aus Goldfink war ein großes Mädchen geworden! Erif konnte sich nicht daran gewöhnen. Die kleine Schwester wurde erwachsen; ihre Gestalt veränderte sich, und sie war kein kleines Kind mehr, sondern ein lang aufgeschossenes, erblühendes Mädchen auf dem Weg, eine Frau zu werden. Erif verhielt sich zuerst zurückhaltend, bis sie merkte, daß das meiste bloß äußerlich war. Goldfink war sich ihrer selbst noch nicht bewußt; sie dachte an die gleichen Tiere, dieselben Spiele, wie sie es immer getan hatte. An ihrem Erwachsenwerden war sie nicht interessiert und auch nicht daran, was mit ihrem Körper und ihrem Geist geschah. Sie freute sich, daß Erif wieder ein Kind haben würde; das getötete schien sie vergessen zu haben – oder sie dachte, es sei gestorben, wie es so häufig mit Säuglingen geschah.

Ein paar Tage nach Harn Dhers Rückkehr erhielt Tarrik einen Brief von seiner Tante aus Rhodos. Als man ihm das Schreiben gab, wußte er nicht, ob er es lesen oder verbrennen sollte. Er steckte es in die Tasche und nahm es mit auf eine Ratssitzung. Als er den Brief wieder hervorzog, sah er, daß Erifs Stern in das dicke ägyptische Papier ein Loch gebrannt und den Faden zerrissen hatte, der es zusammenhielt. Dann las er, daß seine Tante sich den ganzen langen, kühlen Winter auf Rhodos gefragt habe, ob sie ihm schreiben solle. Sie habe gehofft, er verstünde inzwischen ihre damalige Handlungsweise, obwohl sie meine, daß es vielleicht besser für ihn sei, es nicht zu begreifen. Zwischen ihnen lagen Meere, und nun sollte Frieden herrschen. Und wenn er Verständnis für sie habe, die ihm doch fast eine Mutter gewesen sei, so solle er bitte Harn Dhers Tochter zwingen oder anflehen, sie nicht weiter zu quälen.

Dann fuhr sie fort, über Bücher zu berichten, die sie gelesen, und Dinge, die sie gekauft hatte, über einen Garten mit einer Myrte und einem Brunnen, sonniger und steiniger als der Garten in Marob. Und sie schilderte die blassen Körper der Schwimmer; es war ein anderes Meer als das Euxinische. Ihren Gatten erwähnte sie kaum.

Tarrik glättete den Brief und brachte ihn seiner Frau. Erif blickte auf das Brandloch und las ihn dann durch. »Nun?« fragte sie dann. »Verstehst du jetzt alles, was du verstehen sollst, Tarrik?«

»Was geschieht denn mit ihr?« fragte ihr Mann.

»Ich bin nicht ganz sicher«, antwortete Erif. »Vermutlich ... weißt du, sie hat einige Kleider hier zurückgelassen. Es war ein nasser Zauber, weil er über Meere ging. Für ihren Mann muß es komischer sein als für sie!« Sie lachte, aber es war kein frohes Lachen.

Tarrik wartete eine Weile und fragte dann: »Wie lange wird es andauern, Erif?«

»Es wird nach einer Weile austrocknen, denke ich. Es sei denn, ich wiederhole es. Ich habe noch ein paar Kleider von ihr. Ich war nicht sicher, wie es klappen würde und ob ich es richtig mache, aber es scheint ja erfolgreich gewesen zu sein. Ich freue mich, wenn mir was gelingt.«

»Aber wirst du es wiederholen?«

»Ich denke schon«, erwiderte Erif. »Warum eigentlich nicht?«

Fünftes Kapitel

Der Mittsommertag war immer eine Art Triumph, ein Fest, von Land und Volk gemeinsam gefeiert, und in diesem guten Jahr war es fröhlicher als je zuvor. Und obwohl die Tage danach kürzer und die Nächte länger wurden, kam darüber kein Mißmut auf; die Sonne brannte noch einen Monat lang heißer und heißer. Mochten die Erntenächte auch länger sein, so waren sie doch auch warm und sternenhell, und man konnte draußen auf den Feldern schlafen. Die Sonne hatte gut für Marob gearbeitet; in jedem Haus standen bereits volle Honigkrüge; die erste Mahd war geschnitten, und die zweite reifte tiefgrün heran. Die Vliese waren schwer und sauber gewesen. Den Fischerbooten war es gut ergangen. Die Leute aus dem Landesinnern hatten sich friedlich und respektvoll gezeigt, um den Handel nicht zu gefährden. Und überall standen die Ernte und das Vieh für den großen Markt bereit. Das Jahr schritt vom Mittsommer zur Erntezeit vor.

Es gab immer eine Menge Fremder, die am Mittsommerfest, an der Prozession und den Gesängen teilnahmen.

Alle Familien Marobs, die mit ihren Wagen draußen in der Ebene den Sommer verbrachten, schirrten die Ochsen oder Pferde an und kehrten für die Festtage in die Stadt zurück. Die Diener hatten die Häuser geschrubbt und gestrichen und standen nun in den Türen, um die Eigner willkommen zu heißen.

Bei Aufgang der Mittsommersonne standen alle auf und schmückten Häuser und Straßen mit Girlanden. Die Menschen trugen Blüten auf dem Kopf und in Kränzen um den Hals, und immer wieder kamen die Kinder von den Wiesen gerannt und brachten körbeweise frische Blumen. Die meisten trugen auch welche zum Haus des Herrn von Marob und machten ein Spiel daraus, kleine Sträuße zu den Fenstern hochzuwerfen. Alles roch süß und scharf nach Margeriten und Habichtskraut und blühendem Gras.

Die Prozession nahm am Haus des Herrn von Marob ihren Anfang und wand sich lärmend durch die girlandenbehangenen Straßen. Am fröhlichen Treiben, den Farben und dem Duft der Blumen gemessen, war es das schönste Fest von allen. Die Leute hielten Weidenkäfige mit wilden Vögeln bereit, die sie freiließen, wenn die Prozession an ihrer Tür vorbeikam; die Tiere sollten die Kunde vom Mittsommer übers ganze Land tragen. Den unscheinbar braunen Vögeln hatte man rote Punkte auf die Flügel gemalt. Es brachte Unglück, einen von ihnen zu schießen, ehe die Farbe sich wieder abgelöst hatte.

Den Anfang der Prozession bildeten Kinder, die selbstgemachte Tiermasken trugen: Ratten und Mäuse, Wiesel und Hunde, Ziegen und Vögel. Sie balgten miteinander und taten so, als fräßen sie sich gegenseitig auf; es war ein riesiges Vergnügen. Dann folgten eine gescheckte Kuh mit einem krummen Horn, der man unzählige Blumen auf Kopf und Rücken gebunden hatte, und hinter ihr der Kornkönig, zu Fuß und im Tanzschritt. Er trug einen langen, bunt gestreiften Umhang und führte ein Bärenjunges aus den Wäldern an einer Kette. Den Bären hatte man vorab mit fermentiertem Honig gefüttert, und er tanzte, zumindest am Anfang, immer sehr schön mit. Manchmal schnappte er nach jemandem, aber da es immer ein sehr junges Tier war, verletzte es niemanden, und der Kornkönig war durch seine dicken Stiefel und den schweren Mantel geschützt. Niemand wußte, welche Bedeutung der Bär hatte, außer, daß am Mittsommertag jeder tanzte, und Bären konnte man eben das Tanzen beibringen. Das Tier wurde später außerhalb der Stadt wieder freigelassen, und die Burschen und Mädchen warfen Steine nach ihm, bis es sich wieder zurück in den Wald trollte.

Dem Kornkönig folgte die Frühlingsbraut auf einem hohen Wagen. Am Gürtel ihres bunten Kleides hing der Schlüssel zum Frühlingsfeld, und auf dem Kopf saß ein hoher Hut mit Bändern und Blumen. Sie trug ein aus Schnüren gefertigtes Rad auf einem Rahmen aus Stöcken, das aussah wie ein Spinnennetz. Die Nachhut der Prozession bildete das Volk von Marob; jeder, der wollte, konnte mitlaufen. Einige trugen Hähne auf der Schulter, die ab und zu mit den Flügeln schlugen und einander ankrähten. An jeder Straßenecke kamen neue Menschen hinzu. Man zog an fast allen Häusern vorbei, an den Mauern entlang und schließlich auf den Flachsmarkt. Hier suchte man Rast im spärlichen Schatten, und die Kinder rannten zum Brunnen, holten eimerweise kaltes Wasser herauf, streiften die Masken ab und bespritzten einander.

Tarrik aber nahm seinen Umhang ab, trat ins volle Sonnenlicht und begann den Tanz der zwölf Monate.

Er hatte einen Korb mit bunten Holzgegenständen dabei, die wie Wurzeln aussahen und die er an zwölf Stellen in gleichem Abstand voneinander zu einem Kreis legte. Den Mittelpunkt bildete ein flacher grauer Stein mit einem Kreuz, an dessen Enden eine kleine, dreischwänzige Feder steckte. Die Leute nannten sie die Flachsschwänze und behaupteten, sie seien dort aufgesteckt worden, als der Flachsmarkt zum allererstenmal stattfand, aber das war nur eine Legende. Beim Aufstellen eines jeden Gegenstands mußten bestimmte Worte gesprochen werden; die Menge verstummte. Als aber der Kreis fertig war, sangen sie zusammen das Lied vom Jahreshaus, das der Kornkönig erbaut hatte. Das Lied wurde bei jeder Strophe eine Zeile länger und endete mit einem donnernden Schrei aller Männer, Frauen und Kinder. Noch auf den Knien, band der Kornkönig mit Zähnen und Fingern einen neuen Knoten in die Binsenflechten seines Korbes. Während des Winters würden diese Knoten einer nach dem anderen, je nach Notwendigkeit, wieder gelöst.

Tarrik hatte den Tanz einmal, von Erif verhext, falsch vollzogen, aber daran dachte er jetzt nicht. Im Moment beunruhigte ihn gar nichts, abgesehen von den kitzelnden Schweißtropfen, die über sein Gesicht rannen, wenn er sich im Takt mit dem Rhythmus des Hauses, das er errichtete, bückte oder aufrichtete. Sein Körper kannte den Rhythmus ebenso wie das Volk von Marob, das in die Hände klatschte und ihn in seinem Tanz weitertrieb. Als das Jahreshaus fertig war, trat Tarrik zur Frühlingsbraut, und sie reichte ihm ihr Fadenrad vom Wagen, das sie die ganze Zeit über hochgehalten hatte. Er warf es mit einem leisen Stöhnen zur Seite, genau in die Mitte seines Jahreshauses, auf den kreuzbestandenen Stein.

Dann begann er zu rennen, zuerst langsam, dann schneller und schneller, immer um sein Haus herum, und zugleich fingen die Leute an, Gegenstände hineinzuwerfen, Räder und Blumen und bunte Stöckchen und Bälle. Es bedeutete Unglück, wenn man sein Ziel verfehlte, wenn man zu weit oder nicht weit genug traf, aber das geschah den wenigsten. Der Kornkönig feuerte sie lauthals an und rief sie beim Namen, und wenn etwas nicht genau traf, schob er es im Vorbeirennen mit dem Fuß an die richtige Stelle. Wenn jemand genau in die Mitte warf, bedeutete das großes Glück, und der Marktplatz hallte wider vom Jubel. Hatte man getroffen, so brauchte man sich nicht weiter anzustrengen, aber oft waren die Leute viel zu aufgeregt, um aufzuhören. Und dann bewarfen sie auch den Kornkönig, aber das machte nichts, denn es waren leichte Dinge: Die Blumen und Federn und Flachsbällchen prallten wie die Strahlen der Sonne an seinem heißen, hellbraunen Körper ab. Er sprang höher; er ließ den Bären wieder tanzen und dann die scheckige Kuh. Er hob ein Mädchen hoch, streifte ihm die Rattenmaske mit der einen Hand und mit der anderen das dünne Hemd ab und rannte mit ihm zusammen herum, während es vor Lust und Angst an seiner Schulter keuchte, sich heiß an seinen Nacken klammerte und die harten kleinen Zöpfe wie Sonnenstrahlen vom Kopf abstanden. Das Jahreshaus war jetzt voll, und das Volk von Marob folgte seinem Kornkönig im allerfröhlichsten Tanz immer um den Flachsmarkt herum, Tiere und Kinder mit sich reißend. Die Alten, Kranken und Lahmen, die Trägen und die Unglücklichen – alle machten mit!

An seinem Platz blieb nur der schwere Wagen der Frühlingsbraut. Und nur sie nahm nicht an dem Tanz teil. Dieses Fest war nicht ihr Fest, auch wenn sie und ihre Freundlichkeit zu seinem Gelingen beigetragen hatten. Eine nach der anderen wurden ihre Dienerinnen in den Tanz gerissen, halb zögernd, dann willig, und sie warfen ihr einen Blick über die Schulter zu, küßten ihre Hände und lachten. Erif schaute herab und dachte an das Fest vor zwei Jahren, als sie alles mit bösem Zauber belegt hatte und bei Nacht zurückgekehrt war, um allein das Jahreshaus zu bauen. Die Leute hatten nicht gewußt, ob sie ihre Gegenstände in das schlechte, schiefe Haus werfen sollten, das der verzauberte Tarrik gebaut hatte. Sie hatten überlegt, ob es nicht weniger Unglück bringen würde, wenn sie überhaupt nichts taten. Schließlich hatten sie die Sachen halbherzig hineingeworfen, weil sie dachten, das Unheil habe den Kornkönig allein befallen und nicht sie. Ihr Vater war der erste gewesen, weil er ziemlich sicher war, daß seine Tochter die Zeremonie beeinflußt hatte, um ihm zu helfen. Er hatte als erster verkündet, daß man einen neuen Kornkönig brauche, der mehr Glück verhieß, und die anderen hatten sich seiner Meinung angeschlossen. Sie hatte Harn Dhers Worte gehört und dann gesehen, wie er als erster seine Gegenstände warf. Diesmal stand er auch irgendwo in der Menge, aber Erif versuchte nicht, ihn zu finden.

Und dann dachte sie daran, daß trotz aller Fehler beim Mittsommerfest die Ernte und die Tiere nicht so sehr anders geworden waren. Nur das Volk war noch Wochen später unruhig gewesen. Vielleicht hatte der Vorfall dann zusammen mit den Fehlern von Gelber Bulle die Mißernte des *letzten* Jahres hervorgerufen, vielleicht. Doch nein. Vor zwei Jahren war der Herbst kaum schlimmer gewesen. Aber warum? Hatte sie es später wieder zurechtgerückt und gutgemacht? Wenn sie jetzt allein in der Nacht mit dem Korb zu dem kreuzbestandenen Stein gehen müßte, würde sie sich – das spürte sie deutlich – nicht trauen.

Niedrig und lieblich hing die Sonne in der sternenerhellten Dämmerung über Marob. Männer, Frauen und schläfrige Kinder gingen in ihre Häuser zurück. Sie sangen immer noch, trugen Blumen und hatten freundlich die Arme um zufriedene und glückliche Schultern gelegt. Kornkönig und Frühlingsbraut und Kuh und Bär kehrten zurück. Am nächsten Morgen würden die Leute spät und noch ganz schlaftrunken aus ihren Häusern treten, die verwelkten Girlanden von Mauern und Fenstern nehmen, das schlaffe, süßlich duftende Grün von Feld und Hecke in hohen Körben zum Flachsmarkt tragen, dort alles mit den Glücksbringern, die man ins Jahreshaus geworfen hatte, zusammenfegen und es mit den Holzklötzchen, die den Kreis gebildet hatten, in einem prächtigen Freudenfeuer über dem Stein verbrennen. Diejenigen, die Hähne bei der Prozession mitgeschleppt hatten, brachten sie jetzt gerupft und ausgeweidet mit, um sie an langen Stöcken über der Glut zu braten. Das Feuer brannte nicht sehr lange, aber während die Flammen loderten, umstanden es alle, unterhielten sich, verabredeten Geschäfte und planten Hochzeiten, und die wunderbar durchsichtigen Flammen schlugen hoch in das Sonnenlicht über dem Marktplatz, waren wie das Herz des Sommers selbst.

Das Jahr nahm seinen Verlauf. Wilde Früchte und das Obst in den Gärten reiften heran. Die Frühlingsbraut schenkte ihrem Mann einen Sohn und stillte ihn selbst. Als sie ihn zum erstenmal erblickte, dachte sie, er sei genau wie ihr erstes Kind, ja sie glaubte fast, das erste Kind noch einmal geboren zu haben. Aber dann erkannte sie, daß dies nur eine Erscheinung war und daß das kleine Wesen eine eigenständige Person sein würde, dem die Vergangenheit nichts bedeutete. Sie nannten ihn Klint und gaben ihm auch einen griechischen Namen. Er lautete Tisamenos, weil sie ihren Preis hatten zahlen müssen. Griechische und skythisch-griechische Kaufleute, die sich gerade in der Stadt aufhielten, überbrachten dem Herrn von Marob ihre Glückwünsche. Sie hielten den Namen des Kindes für sonderbar, aber ein Großteil des Volkes von Marob verstand ihn.

Als das Kind eine Woche alt war, wurde es dem Rat gezeigt. Harn Dher erschien dort nicht. Er hatte den Verdacht, beim Versuch, dort hinzugehen, auf der Straße über etwas stolpern zu können und sich dabei vielleicht ein Bein zu brechen. Eine Dachschindel mochte sich lösen und ihm auf den Kopf fallen, ein Hund ihn beißen oder irgend etwas anderes geschehen. Vielleicht hatte er recht. Er kannte seine Tochter. Dem Rat hingegen gefiel das Kind, und man brachte ihm viele Gaben dar. Disdallis schenkte ihm einen Vogel auf einer Stange, den sie aus Muscheln und Wachs gefertigt hatte. Das Tier verbeugte sich und tanzte, wenn man es anpfiff.

Eine Zeitlang hatte Erif fast jede Nacht schreckliche Träume, daß ihr Sohn von gebückten, maskierten Leuten gestohlen würde, die ihn umbringen wollten. Sie wußte nicht, wie ihr erstes Kind gestorben war; nie hatte sie jemanden danach gefragt. Manchmal war sie dazu entschlossen gewesen, hatte es aber dann doch nie gewagt. Die Träume verfolgten sie auch tagsüber, obgleich Tarrik ihr Musikanten und Gaukler und von jeder Schiffsladung aus dem Süden erlesene Geschenke schickte. Erst als sie wieder aufstehen und in der Sonne sitzen konnte, verschwanden die Träume, und sie hatte reichlich Milch für ihr Kind.

Tarrik war jetzt froh, daß er Essro und Yan verschont hatte. Er wirkte ruhiger. Selbst Erif fand dies, obwohl ihr Blick für ihn getrübt war, weil sie nur noch Klints süßen Körper und seinen schnell wachsenden Verstand vor Augen hatte. Und dennoch: das Unheil war geschehen und hing über Tarrik. Er war nicht länger Teil im Leben der Gemeinschaft, stand außen vor. Nur bei Festen und bei den verschiedenen Ritualen konnte er dem entkommen und wieder zum Korngott werden, dem tanzenden Mittelpunkt eines anderen, umfassenderen Lebens, anstatt der Gefangene seines eigenen, verschwommenen, stillen Kreises. Heimlich kehrte er zu den Büchern zurück, die Sphaeros ihm geschenkt hatte, in der Hoffnung, bei dem Heilung zu finden, das ihn verwundet hatte.

Die Bücher waren schwierig zu verstehen, und die meisten schienen nichts mit dem zu tun zu haben, was mit ihm geschah. Sehr oft handelten sie vom Zyklus der Welt, aber ihm nützte der Gedanke nichts, daß das, was sich nun abspielte, auf genau die gleiche Weise in einem identischen Universum schon einmal geschehen war und sich unzählige Male wiederholen würde, genauso oft, wie er den Mondaufgang über einer bestimmten Klippe gesehen hatte. Da und dort berichteten sie von guten Beispielen, Handlungen, die große, weise Männer angesichts wichtiger Entscheidungen und großer Notlagen getan hatten, aber es handelte sich nie um die Entscheidungen und Nöte Marobs. Manchmal ging es um Gott und manchmal um die Elemente, und manchmal darum, wie die Zeit im Geist zur Wirklichkeit wird, zum Gedanken der fortgesetzten Bewegung. All diese Dinge waren in recht knappen, formelhaften Sätzen ausgedrückt, die auf Tarrik wie kleine Stöcke wirkten. Sie sahen alle gleich aus, und er mußte aufpassen, daß ihm der Stock, den er wollte und mit dem er weiterbauen konnte, nicht entglitt und verlorenging. Die Bücher der älteren Philosophen, die Eurydike zu seiner Unterhaltung immer gelesen hatte, waren angenehmer und voller Gedanken, die wie ein offener Teich in einem Garten wirkten, über dem Vögel schwirren. Andere waren wie kleine, dunkle Bäche in einer tiefen Schlucht; er mußte sich erst zu ihnen vortasten. Schließlich stieß er auf die Bücher der stoischen Philosophen Zeno und Kleanthes, die sich mit dem Guten und Schlechten, Gerechtigkeit und Ordnung und den Ursachen der Dinge befaßten. Er las weiter.

Früh am Morgen verließ er Erif und seinen Sohn Klint, der immer so schrecklich leise atmete, daß man sich oftmals dicht über die Wiege beugen mußte, um einen Hauch zu spüren. Immer fürchtete er mit einem Krampf ums

Herz, er könne nichts mehr fühlen, nicht die leise Wärme sparen und müsse Erif dann die Nachricht überbringen!

Er stieg hinauf in den langen, niedrigen Raum, der unterhalb der Dachbalken über die gesamte Länge des Hauses verlief. Unter den Dachpfannen war eine dicke Strohschicht angebracht, um das Haus warm zu halten. Sie war nicht dem Wind ausgesetzt und daher nicht richtig befestigt worden. Es gab ein paar kleine Fenster, durch die Spatzen ein und aus flogen. Hinter einem faulen Balken hatten Bienen ein Nest gebaut, weshalb es fast im ganzen Raum nach Honig roch. In der Mitte standen Truhen mit abgelegten Kleidern, Waffen und Wandbehängen, aber ein paar steckten auch voller Bücher. Hier saß Tarrik gerne, las und dachte nach.

Eine der Pergamentrollen trug Aufzeichnungen von Sphaeros selbst, vielleicht Vorstudien für ein längeres Buch. Tarrik hatte ihn oft sagen hören, daß Gedanken und Worte eins sein sollten, aber das eine sei durchsichtig und klar, das andere trüb; der Gedanke träte hervor und kristallisiere sich zum Wort, geleitet von der Dialektik. Aber Sphaeros schrieb nicht so gut wie er dachte oder sprach, wenn auch Tarrik, der ihn gut kannte, den Worten mehr Bedeutung beimaß, als es ein Fremder getan hätte. Das Buch begann mit einer Untersuchung der körperlichen Welt, der Natur der Wirklichkeit, die zunächst als die einzige erscheint, bis der suchende Geist sie in Frage stellt und sie zerfällt. Dann schrieb Sphaeros über die Verschmelzung des Menschen mit dieser körperlichen Umwelt, bei der keine Trennung zwischen Körper und Seele mehr besteht, noch zwischen dem Menschen und der von ihm eingeatmeten Luft, dem Wasser, das er trinkt und das seinen Körper umfließt, dem Feuer, das ihn wärmt, der Erde, die ihn hält und ernährt, den Freunden und Feinden, dem Rest des Universums, das seine Umwelt bildet. Nach diesem Teil fuhr Sphaeros mit sonderbarem Eifer fort, der sich auch in der Handschrift niederschlug: Es galt über die Pflicht des Menschen, die Pflicht des Klugen, die Pflicht der Könige zu schreiben, das eine, das einen mit unzweifelhafter Sicherheit erkennen läßt, daß man falsch gehandelt hat: die falsche Tat als gebannte Phantasie, vorstellbar als der Dämon eines Menschen, der in sein Ohr flüstert. Für Sphaeros schien dieser Gedanke leicht, grundsätzlich zu wissen, was richtig und was falsch war, und sich dem Richtigen zuzuwenden. Aber Tarrik haßte diesen Teil. Er konnte diese Dinge, zumindest im Leben Marobs, nicht deutlich erkennen. Und in Griechenland sicherlich auch nicht, wo alles leichter und gelöster vonstatten ging, weil die Sonne immer schien. Selbst die Spartaner – und selbst die dem König zugeneigte Seite Spartas – wußten nicht immer, ob ihre Handlungen richtig oder falsch waren. Tarrik wehrte sich dagegen, spürte aber die ganze Zeit über, daß es in seinem Geist einen rebellischen Winkel gab, der diesen Gedanken bereitwillig in sich aufnahm.

Dann wiederum schrieb Sphaeros über die Ordnung der Natur und wie man daran teilhaben sollte. Er hielt es für schwierig, denn wie solle man entscheiden, welche von zwei Handlungen die harmonischere sei? Das Buch wandte sich vorwiegend an griechische Leser, an die Bürger und Bürgerinnen der unglücklichen Stadtstaaten, die einst so gut funktioniert hatten und ein erfülltes Leben erlaubten, jetzt aber ihre Bürger mit einer Fülle von Vorschriften peinigten, die ihnen und dem Rest der Welt weh taten. Ihre Beschränkungen und Grenzen liefen den natürlichen Gesetzen der Menschlichkeit zuwider. Von den Stoikern hatte sie niemand beachtet; sie waren stadtlose Menschen. Zeno stammte aus Zypern, seine Eltern aus dem Osten. Er war ein kleiner, gebückter Mann mit einer Hakennase und einem dicken, braunen Bart. Was gingen ihn die griechischen Stadtstaaten an? Sphaeros selbst war sein Leben lang gewandert, und wo immer er sich aufhielt, hatte er von Menschen errichtete Grenzen bewußt niedergerissen. Vor Zeno hatte es bereits andere Philosophen gegeben, die die Wiedervereinigung von Hellas gepredigt hatten. Aber die Stoiker verkündeten als erste die Gemeinschaft aller Menschen.

In alledem versuchte Tarrik, sich selbst zu finden. Er hatte das nicht zu unterdrückende Gefühl, an irgendeinem ihm unbekannten Punkt einen Schritt getan zu haben, der ihn allein aufs Trockene geworfen und vom Strom des Lebens getrennt hatte. Er spürte keine Harmonie mehr. Und zurückgehen konnte er auch nicht. Erif Dher, seiner Frau, war das gleiche zugestoßen, und er liebte sie und war aufs äußerste um ihr Wohlergehen besorgt. Hatte vielleicht das alte Leben Marob Harmonie gebracht? War es Teil der Natur, zu hexen und zu zaubern, Sonne und Regen für die Ernten zu stehlen und fast den Lauf der Sterne zu ändern? Wohl nicht. Vielleicht war es einmal Teil der Natur gewesen, ehe Menschen wie er begannen, es in Frage zu stellen. Irgendwann einmal hatte es ja auch als feste Ordnung der Natur gegolten, die getöteten Feinde aufzuessen; niemand hatte daran etwas Schlimmes gefunden. Mit der Zeit und nach vielen Fragen wurde aus Gut Böse und aus Böse Gut. Die Kornkönige vor ihm waren zufrieden gewesen. Sie hatten hingenommen, daß ihr Leben so enden würde, wie das aller anderen auch – es sei denn, sie wurden getötet oder starben in der Blüte ihrer Kraft –, daß es enden würde bei jenem letzten Fest, das noch viel merkwürdiger war als alle anderen, an denen sie zuvor teilgehabt hatten. Das war natürlich gewesen; ihr Leben wurde wieder in das Leben Marobs zurückgeführt, aus dem es hervorgegangen war. Aber er, Tarrik-Charmantides, war nicht zufrieden.

Tag um Tag rang er mit sich und verhielt sich dabei jedermann gegenüber sanft und nett. Er und Erif waren freundlich zueinander wie zwei verletzte, verirrte Kinder bei Nacht in einem Wald. Niemals erwähnte er Sardu. Es gab für ihn andere Frauen, aber er schenkte ihnen nicht viel Aufmerksamkeit. Wenn es auf einem Hof nicht so gut stand oder ein Teil der Ernte plötzlich unerklärlich welkte, wurde er herbeigerufen, und wenn eine unfruchtbare, unglückliche Frau ihre Kräfte benutzte, um das Gute aus der Erde zu saugen, den Hanf zu knicken oder die Haferähren auszudünnen, mußte der Kornkönig eingreifen. Dabei dachte er jeden Tag an die Bücher. Zuweilen schien ihm am wahrscheinlichsten, daß er alles falsch verstanden hatte, daß das, was in ihnen geschrieben stand, für Marob keine Gültigkeit besaß, so wie er ja selbst auch nicht für Sparta und eine Freundschaft mit Kleomenes bestimmt war.

Eines Tages traf ein Brief von Berris ein. Darin stand: »So viel ist geschehen, daß ich nicht weiß, womit beginnen. Ich hatte nicht die Zeit, früher zu schreiben, als wir noch kämpften und Kleomenes uns zu immer neuen Triumphen führte. Wir besiegten die alte Feindin Megalopolis, und die Gegner flohen wie aufgescheuchte Hühner zurück hinter die Stadtmauern. Dann besetzten wir Achaea und schlugen die Armeen des Bundes vernichtend. Ich glaube, danach hätten sie den König als ihren Anführer akzeptiert, denn sie hatten Angst vor ihm. Aber dann trat das Schicksal, das man hier den ›Verhinderer von Siegen‹ nennt, dazwischen. Er eilte auf der Jagd nach seinem Glück in der Sonnenhitze dahin, und plötzlich platzte etwas in seiner Kehle, und er begann zu bluten. Lange konnte er nicht sprechen und lag nur fahl in seinem Zelt. Wir dachten, er würde sterben, und ließen Agiatis herbeiholen; Kleomenes ist nämlich nicht so kräftig, wie er aussieht. Vermutlich ist er ein Feuer-, kein Erdmensch. Aber dann besserte sich sein Zustand, doch sein Glück kehrte nicht zurück. Vielleicht findet er es niemals wieder. Der Bund erhob sein Haupt, und Aratos überredete die anderen. Ich glaube ebenso wie Hippitas, daß er versucht, Hilfe aus Mazedonien zu bekommen. Wenn das eintritt, weiß ich nicht, was geschehen soll. Ich weiß nicht einmal, ob dieses Sparta stark genug ist, sich gegen die äußeren Feinde zu verteidigen. Was meinst Du, Tarrik? Ich wünschte bei Gott, daß Kleomenes seine Gelegenheit nicht verpaßt hätte!«

Tarrik dachte nicht viel über Berris' Worte nach. Alles stand ihm unendlich fern. Und Erif dachte nur daran, wie Agiatis zu Kleomenes gegangen war und ihn gepflegt hatte – und er war am Ende wieder gesund geworden! Berris schrieb noch eine Menge über seine Arbeit. Ein paarmal erwähnte er auch das Mädchen Philylla und ihren Vater, den er gern mochte und der einen mit Einlegearbeiten verzierten Brustpanzer von ihm gekauft hatte. Berris Dher fragte sich, ob seine Schwester die Arbeiten wohl jetzt mögen würde. Und als sie seinen Brief las, tat sie es.

Inzwischen war der Flachs gerupft und in Erdgruben gelegt worden; man bereitete Käse und sammelte Honig. Die Pflaumen wurden reif und fielen von den Bäumen. Jene, die etwas davon verstanden, zogen täglich hinaus auf die Felder, um das hochstehende Korn zu begutachten. Beim Neumond begann die Ernte. Und jetzt spürte Tarrik im Herzen, daß ein weiteres Fest bevorsteht; die Bücher traten zurück. Er überraschte und verärgerte den Rat, als er vor einer Versammlung griechischer Kaufleute eines seiner alten Spielchen aufführte. Die jungen Männer dagegen lachten nur und erzählten es ihren Mädchen. Am nächsten Tag verbrannte Tarrik fast alle seine Bücher und wußte dabei, daß es ihm leid tun würde.
　Den Schmerz würde er jedoch erst nach der Ernte empfinden.

Sechstes Kapitel

Am ersten der beiden Erntefesttage schnitten die Bauern das letzte Feld Marobs. Überall sonst war das Gras bis zum Vorabend gemäht und zu Garben aufgestellt worden. Dutzende junger Männer standen in ihren besten Kleidern und mit geschärften Sicheln bereit, um zu zeigen, wie gut sie mähen konnten. Und hinter jedem ging ein Mädchen, die Garben zu binden. Wenn man zusammen Korn schnitt und es bündelte, galt das als Zeichen eines Versprechens, und wenn ein Paar danach miteinander schlief, kam das einer Hochzeit gleich. Manchmal wollten zwei oder drei Mädchen für den gleichen Mann binden; dann gab es bitteren Streit und Geschimpfe und häufig zerkratzte Gesichter und ausgerissene Haare – während der Schnitter entweder grinsend weiterarbeitete oder zurückging, um dem Mädchen seiner Wahl zu helfen. Gegen Ende der Ernte waren alle erschöpft, es gab oft Streitereien, und man war schon glücklich, wenn kein Mord geschah.

Über dem Feld hing der angenehme, erregende Geruch der schwitzenden Schnitter. Die Leute brachten ihnen zu trinken und nahmen als Entgelt ein paar Ähren mit, die sie unter ihr Saatgut mischten. Der Kornkönig und die Frühlingsbraut warteten, unterhielten sich derweil mit ihren Freunden und spürten noch nicht die drängende Gottheit in sich. Tarrik führte eine Meute gefleckter Hunde mit sich, die, von kleinem Körperbau, zum Aufspüren des Wilds in den Wäldern benutzt wurden. Sie sprangen herum, und in den grinsenden Mäulern tanzten die tropfenden Zungen. Erif steckte ihnen Mohnblumen hinter die Halsbänder. Ihre Dienerinnen trugen Fächer aus Blättern und Federn und Körbe voller Kuchen, der an alle verteilt wurde.

Die Mahd fand während der heißesten Tageszeit statt, und endlich war alles bis auf den mittleren Teil geschnitten. Tarrik stand auf, reckte sich und ging mit der Sichel in der Hand über die Stoppeln. Die breite Bronzeklinge trug mit Gold eingelegte Kornähren. Um ihn herum scharten sich die Schnitter, und er blickte sie lächelnd an – seine jungen Männer! Er war ihr ältester Bruder, er hatte ihnen den Weizen geschenkt. Er betrachtete die runden, festen Brüste der Mädchen, die von den Garben kommend zu ihm traten. Die schweißdurchtränkten Hemden und Röcke klebten ihnen am Körper; Brustwarzen, Bäuche und Schenkel drängten sich ihm entgegen. Er winkte sie näher zu sich, um lange und zärtlich einen feuchten Hals oder Arm zu berühren oder eine feuchte, klebrige Locke beiseite zu streichen. Er wollte sie alle in den Arm nehmen, sie feierlich und sanft küssen, und sie verstanden es und berührten auch ihn. In diesem Augenblick liebten sie den Kornkönig mehr als ihre eigenen Burschen und hätten gern ihre Brüste wie Äpfel in seine gewölbten Hände gelegt.

Da aber rührte er sich und gab den Schnittern ein Zeichen. Im gleichen Augenblick stürzten sie sich, mit ihm in der Mitte, laut schreiend auf den letzten Fleck Korn. Hier versteckten sich Hasen und Mäuse, und als die Garben herabfielen, stürzten die Tiere in wildem Zickzack daraus hervor. Die Schnitter klatschten in die Hände, warfen mit Stöcken nach ihnen und trieben die kleinen Tiere zu den Menschen auf die Böschung, welche sie unter Jubelgeschrei töteten. Währenddessen griffen sich die Mädchen jede eine Handvoll des glänzenden, schweren Getreides, banden es mit einzelnen Halmen um Tarriks Arme, Beine und seinen Leib und machten so aus ihm eine steife, kitzelnde Strohpuppe. Ihre raschen, geschickten Hände streichelten ihn dabei. Einige von ihnen waren Hexen, andere nicht. Zur Erntezeit waren sie alle Frauen. Und mit einer nach der anderen vollführte der Kornkönig nun mit ausgestreckten, strohglänzenden Armen einen kurzen, merkwürdig starren Tanz.

Danach trat der Rat, ein jedes Mitglied in feierliche Kleider gehüllt, über das Stoppelfeld auf ihn zu, und unter ihnen befand sich wie immer der Mann, den sie auserwählt hatten, ES zu sein, der Schauspieler im Spiel über das Leben des Korns. Diese Wahl war das Privileg des Rates, und obzwar sie sie dem Herrn von Marob immer im voraus bekanntgaben, beharrten sie auf diesem Recht. Diesmal hatten sie Harn Dher bestimmt, zum Zeichen der Versöhnung. Der Mann, der beim Kornfest ES spielte, genoß das ganze Jahr über besondere Ehren. Harn Dher sollte das Verlorene zurückbekommen; sie würden ihm wieder seinen alten Rang geben. Tarrik selbst hatte verlangt, Kotka zu wählen, den er seiner Meinung nach im Frühling schlecht behandelt und dessen Frau er gewiß über alle Maßen erschreckt hatte. Aber der Rat hatte sich, wie es sein Recht war, durchgesetzt.

Harn Dher trug wie gewöhnlich Kaninchenfelle, die recht schauderhaft weißlich grün gefärbt waren. Er selbst sah blaß aus, wiewohl seine Wangen sonst rosige Adern zeigten. Er sprach sich insgeheim Mut zu, daß er nichts zu befürchten habe. Tarrik sah freundlich aus. Und Harn

Dhers alte Freunde aus dem Rat, die immer mit ihm Pläne geschmiedet und gejagt hatten und ihm gegen die Roten Reiter gefolgt waren, drängten ihn vor, und ihre Gesichter verrieten Respekt, Bewunderung und Anteilnahme.

Tarrik begrüßte ihn mit den alten, festgelegten Worten und begann, seine Gedanken an das Korn auf ES zu übertragen. Zuerst nahm er seine Korngarben ab und band sie an Harn Dher fest. Dann legte er die gespreizten Hände auf Herz und Rücken des anderen und flüsterte ihm etwas ins Ohr. Auf diese Weise hatte der Kornkönig seine Göttlichkeit für eine Nacht auf einen anderen zu übertragen, denn der Spieler in diesem Stück mußte sterben und tot vor ganz Marob liegen, bis man ihn wieder zum Leben erweckte. Als Gott konnte er dies tun, aber nicht als Herr von Marob. Es würde Unglück bedeuten und war am Anfang aller Zeiten so beschlossen worden. Ein Ratsmitglied überreichte ihnen schweigend die Kornkappe, ein Gebilde aus weichem Leder und Gold, aus dessen Mitte eine goldene Weizenähre ragte. Tarrik setzte sie sich einen Moment selbst auf den Kopf, nahm sie dann aber ab, um Harn Dher zu krönen. Dann trat er einen Schritt zurück und fühlte sich sonderbar leicht und frei und betrachtete ES und wie das Gewicht der übertragenen Göttlichkeit von einem anderen getragen wurde.

Inzwischen hatten die Schnitter und die Garbenbinderinnen dicke runde Kornbündel zusammengeschnürt und Kornblumen, Mohn, Ringelblumen und Spörgel hineingesteckt. Als sie fertig waren, wurden sie von jeweils zwei Mädchen getragen, die Harken hineinsteckten, um sie aufrecht zu halten. Diese Garben brachte man zur Weihestätte des Kornkönigs und lehnte sie an die Außenmauern. Tarrik schloß die Tür auf und überreichte ES die Schlüssel. Harn Dher trat ein und fand drinnen die alte Wächterin vor, die zusammengesunken vor ihrem kleinen Feuerchen hockte, in das sie zuweilen Blätter warf, die knisterten und in Rauch aufgingen. Es gab reichlich und gut zu essen und zu trinken und eine Lampe, damit die Nacht nicht allzu unangenehm für ihn war. Tarrik verschloß die Tür und ging unbekümmert zu seinem Haus zurück, wo man das Fest vorbereitete.

Die meisten Menschen in Marob aßen und tranken in dieser Nacht gut; wenige Frauen nur blieben allein und ohne Mann. Außer dem Hauptfest beim Herrn von Marob fanden noch Dutzende kleinerer Feste statt. Am nächsten Morgen erwachten alle spät und mit schweren Augen und schlaffen Muskeln, bereit, zu weinen und aus ganzem Herzen über das Kornspiel zu trauern. Tarrik ging zu seiner Stätte, schloß die Tür auf und ließ ES heraus. Etwas überrascht sah er, daß es immer noch der gleiche alte, lächelnde und verächtlich dreinschauende Harn Dher war. Zusammen gingen sie zurück zum Erntefeld. Tarrik trug eine hölzerne Rassel, die er über dem Kopf schlug, und eine Glocke, die er mit der anderen Hand läutete, um die Leute herbeizurufen. Alle folgten dem Ruf, und viele trugen üppige Obstbaumzweige über der Schulter. Als letzte kam die Frühlingsbraut, gefolgt von ihren Dienerinnen. Jede trug den Gegenstand, den sie für das Kornspiel brauchte.

Wie beim Pflügefest wurde auch für das Kornspiel eine Bühne gebaut, und wer Obstzweige bei sich trug, steckte sie rundherum auf, so daß es überall süß und berauschend nach dem Saft der zerdrückten Früchte roch. Noch waren Harn Dher und seine Tochter nicht gerufen, noch nicht aufgefordert, einander gegenüberzutreten. Das ES des Kornspiels lag rücklings mitten auf der Bühne auf dem Boden, bedeckt von einem schwarzen Tuch. Die Zuschauer standen flüsternd drumherum; es war der feierlichste, ernsteste Augenblick des ganzen Jahres.

Tarrik saß an einer erhöhten Stelle der Böschung auf einer scharlachroten Decke. Eine der Frauen trug seinen Sohn Klint und versuchte, ihm die Geschehnisse zu erklären. Aber das Kind hatte die Welt noch kaum geschaut; es starrte umher, ohne zu sehen, und lächelte.

Dann trat die Frühlingsbraut auf die Bühne, und ihre Dienerinnen legten die Gegenstände, die sie brauchte, auf den Rand. Sie trug weißes Leinen, über und über mit Kreisen und Punkten und Federn und winzigen Metall-, Glas-

und Edelsteinsplittern bestickt. Jetzt stellte sie nicht bloß den Frühling dar, sondern das Leben eines ganzen Jahres. Sie holte tief Luft und trat vor. Vor zwei Jahren hatte sie schon einmal diese Rolle gespielt. Sie wußte nicht mal mehr, wer ES damals gewesen war; so wenig war der andere noch er selbst gewesen, irgendein Mann aus Marob, den sie kannte oder nicht kannte. Vor zwei Jahren war sie auf die Bühne getreten und im selben Augenblick nicht länger sie selbst, Erif Dher, gewesen. Die Menschenmenge hatte für sie nicht mehr existiert; da war nur mehr wartende, hoffende Angst ohne jeden Einfluß auf sie. Warum ging es diesmal nicht? Warum spürte sie die Menge noch immer als Männer und Frauen, die die Dinge auf verschiedene Weisen betrachteten? Warum machte sie ihre Nähe so verlegen? Doch Erif kannte den Grund. Sie wußte, daß sie im Augenblick von etwas besessen war, das mächtiger war als ihre Göttlichkeit, mächtiger als ganz Marob. Aber es machte die Dinge schwieriger. Sie mußte jeden Schritt, jede Geste bewußt vollziehen, mit dem Verstand statt mit dem Körper. Sie geriet kurz aus dem Tritt. Sie war sich der Leute unten bewußt: Disdallis', am meisten aber Tarriks. Sie glaubte, ihr Kind schreien zu hören. Sie runzelte die Stirn und versuchte, sich zusammenzureißen. Sie wußte, man würde ihr Stirnrunzeln bemerken. Sie blickte, als ob von dort Hilfe kommen könne, auf den Schmuck an ihrem Kleid, die Hunderte von winzigen aufgestickten Teilchen, die sie an Früchte und Blumen und Vögel und Menschen erinnern sollten. Sie mußte überlegen, welcher Schritt im Spiel als nächster folgte, anstatt es einfach zu *wissen*.

Sie hob einen polierten Kristall auf, der die Sonne einfing und ihren Schein in einem runden, tanzenden Kreis auf das schlafende ES warf. Sie konnte sich nicht erinnern, wie sie ihn handhaben mußte, belastete ihn und ließ ihn fast fallen. Was, wenn es wirklich passierte? Dieses Stück Glas war die Sonne! Sie nahm eine Schale Wasser und ließ Regen von den Fingerspitzen herabträufeln. Das waren die sanften Frühlingsschauer des April. Aber machte sie es richtig? Und selbst wenn es so schien und sie das Publikum zufriedenstellte: War es richtig, was sie tat? Und wie sie es tat? Nirgendwo in sich konnte sie die notwendige Kraft spüren, die es richtig und wirklich werden ließ. Konnte es sein, daß auch die Jahreszeiten es fühlten und diese Kraft vermißten?

ES richtete sich ruckartig auf, schlug mit den kornumwundenen Armen und streckte die korngebundenen Beine. Das Publikum seufzte erleichtert auf. ES vollzog eine Reihe steifer Bewegungen, drehte sich, reckte sich, erhob sich. Die Frühlingsbraut behängte ES mit grünen Tüchern, nahm sie wieder fort und tat das gleiche mit gelben, goldbestickten. Dann schwenkte sie die Rassel, um die Vögel zu verscheuchen. Sie hackte das Unkraut, das seine Füße umrankte. Dann richtete ES sich steif zu voller Höhe auf und hob die Hände über den Kopf. Harn Dher starrte geradeaus, und Erif begann den Augenblick zu fürchten, da sie sich ihm zeigen würde.

Und der Augenblick kam, folgte einem plötzlichen Schrei des Kornkönigs zu seinem Stellvertreter hin. Harn Dher und seine Tochter ergriffen einander bei den Händen, stampften auf den Boden und wirbelten im Kreis herum. Sein Bart berührte ihr Gesicht, und seine Hände umklammerten ihre, versuchten, ihr auf diese Weise eine Botschaft zu übermitteln, denn er ahnte, daß dies seine letzte Gelegenheit war. Aber sie stampfte wieder mit dem Fuß auf und wechselte die Richtung, so daß ihr Kleid sie plötzlich wie eine Schlange umwand, sich mit einemmal löste und aufbauschte. Nichts, was sein Körper aussandte, wurde empfangen.

Dann folgte der große Augenblick des Kornspieles, in dem die Frühlingsbraut die Sichel ergreift und das Korn schneidet, und ES muß sterben und betrauert werden, ehe ES auferstehen kann. Und jeder in Marob vertraute darauf, daß ES wieder auferstehen würde! Wie sollten sie sonst leben?

Die Frühlingsbraut nahm die bronzene und goldene Sichel, und das Volk von Marob sah, wie sie sie dem Darsteller im grünen Kaninchenfell an die Kehle setzte. Dies sollte das Symbol des Todes und des Wartens und des

Winters sein. Tarrik, der seine Frau genau beobachtete, merkte, daß sie es falsch machen würde, und mit Entsetzen wurde ihm klar, was statt dessen zu tun sie sich anschickte. Aber er konnte sich nicht regen. Und schließlich blickte Harn Dher seiner Tochter in die Augen, und auch er wußte es jetzt, aber es war zu spät, zu spät, um aus dem Spiel ins wirkliche Leben zurückzutreten, auf die Seite zu springen oder ihre Handgelenke zu umklammern. Wenn nun die Roten Reiter wieder kämen, würde er, Harn Dher, nicht mehr da sein, um die Männer von Marob hinauszuführen und die geliebten Felder zu beschützen.

Sie zog die Sichel mit beiden Händen tief durch seine Kehle, und einen Augenblick bevor er stürzte, fielen Haare seines Bartes herab, die die rasiermesserscharfe Klinge abgeschnitten hatte. Dann schoß das Blut hervor, und ein Aufschrei ertönte. Es war Tarrik. Irgendwo in der Menge erhob sich eine bittere Stimme, die wie ein Stein in die atemlose Stille fiel: »Sie hat das Kornjahr umgebracht. ES wird nicht wieder auferstehen.«

Ihr war, als ob auch sie noch sterben müsse, und wütende, murrende Stimmen drangen an ihr Ohr, als sich die Menge zu regen begann. Tarrik war als erster bei ihr. Er sprang auf die Bühne, warf sich rücklings über die Leiche Harn Dhers, schloß die Augen und rief: »Mach weiter!« Sie legte die Sichel beiseite, nahm die Kornschwinge und tanzte, schwenkte sie in der richtigen Weise – und wurde ruhiger, verlor sich mehr und mehr und war nicht länger sie selbst, sondern jetzt nur noch die Frühlingsbraut im Kornspiel beim Erntefest.

Die Sonne stand immer noch hoch und heiß über dem Stoppelfeld. Die Frühlingsbraut begann, um das geschnittene Korn zu trauern. Hoch und klagend stieg ihre Stimme auf. Sie löste ihr Haar und schüttelte es sich über das Gesicht, riß eine Strähne aus und warf sie über den Leichnam. Ihr Körper wand sich, und sie rief den Frauen Marobs zu, Männer und Kinder zu verlassen und mit ihr das Korn zu betrauern. Und sie folgten ihr in einer langen Prozession und nahmen im Vorbeigehen dicke schwarze

Decken von einem bereitgelegten Stapel. Sie folgten ihr und wiederholten alle ihre Gesten, rissen sich Haare aus, zerrten an den Kleidern, zerkratzten sich Hände und Gesichter mit Pfeilspitzen. Das Spiel wurde so ergreifend, so ernst, daß sie aus vollem Herzen weinten und fast das Blut fühlten. In der vorgeschriebenen Zeit zogen sie klagend einen Kreis um den Doppelleichnam des Korns.

Als nächstes trat der »Lachende Mann« auf, dessen Aufgabe es war, die Trauer zu beenden und unter Lachen und Jubel das tote Korn wieder auferstehen zu lassen. Da Kotka ES nicht hatte spielen dürfen, hatte ihn der Rat für diese Rolle bestimmt. Kotka trug eine grinsende Maske mit abstehendem, schwarzem Haar und einem blauroten, steifen Bart. Nackt bis zur Hüfte, war sein Körper mit lustigen bunten Punkten und Schnörkeln bemalt. Er trug einen Schwanz und an den Fingerspitzen lange Flossen. Ein paar Kinder schrien, darunter seine beiden eigenen, aber den Erwachsenen gefiel er sehr. Er sprang mit einem sonderbaren, hüpfenden Schritt und kreischendem Lachen vor die Menge und stellte sich ihr vor. Dann sprang er zu den Frauen und zupfte an deren aufgelöstem Haar und den schwarzen Decken. »Warum jammert ihr denn so?« fragte er. »Wozu diese Ziegenkotfarbe? Wer hat euch die Haare herabgerissen, meine Schönen? Woran hat er noch gezupft? Aha, so ist das also, meine kleinen Heulerinnen! Aber zum Lachen hat er euch nicht gebracht? Nein? Das hat er nicht geschafft?« – So ging es weiter, und es war weder besonders komisch noch originell, aber genau das, was man von ihm erwartete. Er hielt weder in seinem Wortschwall inne, noch zögerte er, so daß schließlich die Männer in hysterisches Gelächter ausbrachen.

Dann begann der Lachende Mann zu prahlen: »Ich kann alles kurieren! Ich kann dem Adler das Fliegen abgewöhnen und dem Lachs das Schwimmen, den jungen Frauen das Schwätzen und alten Männern und Stieren, Hörner zu bekommen. Und Schweinen kann ich abgewöhnen, über Zäune zu springen!« Und so setzte er seine Angeberei fort, prahlte mit dem Zauber von Marob, der Magie der bäuerlichen Menschen und rief so das Erntelachen hervor, das alles, am Ende sogar den Tod, besiegen kann. Ehe es jedoch dazu kam, wurden auch die Frauen mitgerissen in ein neues Spiel, in dem sie ihre komischen Liebesgeschichten, die komischen Geburtsschmerzen und ihre erstaunlich komischen Körper darstellten, als letzte, unerschöpfliche Quelle für immer neues Männergelächter. Sie scharten sich umeinander und erröteten, weil sie in ihren tiefsten Gefühlen erschüttert waren, und verharrten auf dem Rücken liegend, während der Lachende Mann über ihnen tänzelte. Oh, wie er ihnen weh tat, wie er sie kitzelte, wie die Menge ihn und sie auslachte. Inzwischen war Kotka so sehr zum Lachenden Mann geworden, daß Stimme und Gebaren vollständig verändert waren. Disdallis konnte am nächsten Tag ihren Mann kaum noch mit den Dingen in Verbindung bringen, die sie sich hatte anhören müssen. Doch hätte sie sich dem Spektakel entzogen, wenn sie es vermocht hätte? Diese aufreizende Nacktheit, diese Gewalt, dieses Wechselbad aus Gelächter und männlicher Prahlerei! Die Jüngeren verstanden das meiste nicht; für sie war Kotka nur ein lustiger, hüpfender Mann.

Für Kotka selbst, soweit er in diesem Lachenden Mann noch existierte, war es ein grimmiges Geschäft. Denn wer wußte schon, wenn er das ES erweckte, welcher von den beiden auferstehen würde? Ob sich gar der erste, Harn Dher, bluttriefend erhob? Das schlimmste war, daß das Spiel von ihm verlangte, sich im letzten Augenblick über das ES zu beugen und etwas so erschütternd Komisches zu sagen, daß das ES einfach lachen *mußte*, erwachte und sich wieder am Spaß des Lebens beteiligte. Und kurz bevor das geschah, durchfuhr ihn eine Sekunde lang tiefes Entsetzen.

Es war Tarrik, der sich erhob, nur Tarrik. Er stand auf von diesem Gebilde, das sich unter ihm allmählich abgekühlt hatte und steifer geworden war. Aufgrund der Maske konnte er Kotkas fröhliche, freundliche Augen nicht sehen. Auch Erif vermochte er unter den schwarzverhüllten Frauen nicht gleich zu entdecken. Aber dennoch erhob er sich, wie vorgeschrieben: lachend.

Immer wieder schüttelte ihn dieses Lachen. Er war nicht länger Tarrik, sondern jemand, der vor allem Volke von den Toten wieder auferstanden war. Oh, es war eine schöne Welt, und es war gut, zu leben, nur zu leben, als Mensch, Tier und Korn!

Er war tot gewesen, hatte steif in der kalten Erde gelegen und gewartet, und endlich war das Leben gekommen, nach dem er sich gesehnt hatte.

Mit kurzen raschen Schritten führten er und der Lachende Mann den Tanz an, von der Bühne herunter und dann um sie herum, und im Vorbeispringen rissen sie bündelweise die Früchte von den Zweigen, zerdrückten sie und warfen sie über das Stoppelfeld. Das Volk von Marob folgte ihnen und sah nur das Leben, nicht aber den Tod. Tarriks Rücken und Schultern waren blutverschmiert, aber für sie war es nur die rote Wintererde, in der die Saaten gelegen hatten. Sein Gesicht war blaß, wie eben Gesichter von gerade Auferstandenen aussehen. Hinter ihm tanzte die Frühlingsbraut, Brust und Hals vom gleichen Rot bespritzt.

Nach dem Tanz gingen die Leute aus Marob nicht still nach Haus. Die Männer und ein paar Frauen blieben zurück. Angst und Unruhe erfüllten sie. Hatte Erif das Jahr verdorben? Und womöglich alle folgenden? Tarrik meinte nein. Er hielt seinen Sohn Klint auf dem Arm und wiegte ihn beim Sprechen leise hin und her. Die Ratsmitglieder standen in drei Reihen vor ihm. Zum erstenmal in seinem Leben verspürte er Angst vor ihnen. Er versuchte, ihnen zu erklären, daß es sich nur um die Verschiebung eines Lebens gehandelt habe, daß sich das Gewicht von einem Mann auf einen anderen verlagerte, wie wenn man auf einer Reise Pferde wechselt. Alles hat seinen Preis. Harn Dher hatte das erste Kind getötet, das Neue Jahr. Und jetzt hatte, wenn auch durch die Kraft und den Willen einer anderen, das noch Neuere Jahr, das zweite Kind, Harn Dher, umgebracht. Aber der Herr von Marob hatte den Geist des Korns aufgefangen, als er von Harn Dher wich, hatte ihn festgehalten, indem er sich auf den Körper legte, der ihn zuerst besaß. Er spürte diesen Geist jetzt in sich! Alles war gut. Sie würden sehen. Das Leben werde weitergehen. Und wenn dem Kornjahr Schaden geschehen sei, so würde er es beim Leben seines Kindes wieder richten!

Der Rat schien es zufrieden. Langsam verließen die alten Männer das Feld.

Kotka hatte zugehört und begriffen, was der Kornkönig hatte sagen wollen. Er sprach mit den anderen Männern. Er war dem Auferstandenen am nächsten gewesen und hatte gesehen: Alles war richtig gewesen!

Disdallis redete in ähnlicher Weise auf die Frauen ein, denn Erif Dher selbst schien nicht sprechen zu wollen. Sie war weder benommen noch unglücklich, noch verängstigt, sondern fühlte sich wie immer am Ende eines Festes: zufrieden. Sie hatte ihren Vater getötet, und Tarrik hatte ihr Leben gerettet. An diese beiden Dinge konnte sie sich halten.

Tarrik ging zurück an seine Kornstätte, nahm die Kappe mit sich und legte sie an ihren Platz im innersten Raum. Alle anderen Dinge, die Harn Dher getragen oder berührt hatte, waren nun gefährlich. Er ließ sie verbrennen. Die Weihestätte atmete noch auf sonderbare Weise Harn Dhers Geist. Tarrik setzte sich eine Weile in dem Rauch nieder, kaute Beeren und dachte an den Gestorbenen. Der Leichnam befand sich nun in seinem ehemaligen Haus und wurde von Dienern bewacht. Eine Zeitlang fühlte sich Tarrik jedoch als Harn Dber. Wenn jemand hereingekommen wäre – er hätte ihn für seinen Schwiegervater gehalten. Seine Augen wären der ersten Wahrnehmung gefolgt und hätten sich einen weißlichen Bart in Tarriks Gesicht vorgestellt. Aber es kam niemand herein, und Tarrik schüttelte alles von sich. Harn Dher war das tote Korn und er selbst das auferstehende gewesen. Die Umstände hatten ihn und seinen Feind, Harn Dher, so zusammengezwungen, daß sie eine Zeitlang eins waren. Wenn er das Korn war und Harn Dher ebenfalls, war er dann Harn Dher? Er versuchte, sich daran zu erinnern, was er auf dem Feld den alten Männern erzählt hatte, als die mit ihren Zweifeln ankamen. Wie war das Kind ins Spiel gekommen? Was war wirklich?

Gegen Morgen schlief er ein und träumte, das einzig Wirkliche sei ein kleiner, runder, brüchiger Ball in seinen Händen, und seine kalten Hände belasteten ihn, und er fing den Ball immer wieder gerade noch auf, wenn er ihm zu entgleiten drohte. Er weckte die alte Wächterin und ließ sich den Traum deuten: alle Träume des Kornkönigs an dieser seiner Stätte mußten gedeutet werden. Sie antwortete, der Ball sei die kleine Welt, die er und seine Frau bildeten und die alle anderen Welten widerspiegelte. Und er stimmte dem zu und wußte, daß an diesem Tag etwas ganz anderes geschehen wäre, wenn er Erif nicht geliebt hätte. Aber dies allein hielt er nicht für die Wirklichkeit. Er wußte auch, daß Erif – wenn erst die Befriedigung über ihre Tat nachließ, die sie jetzt so erfüllte –, daß auch sie denken würde, daß all dies nur eine von vielen harten, aber flüchtigen Wirklichkeiten war.

Siebentes Kapitel

Nach dem Erntefest ereignete sich nichts Besonderes, und das Wetter hielt sich noch lange. Aber die Menschen hatten Angst vor Erif Dher. Sie merkte das. Bei Festen wichen sie vor ihr zurück, genau wie danach vor Tarrik, als er von ihr verhext worden war. Sie trugen rote Kugeln und flochten sich die Säume ihrer Gewänder oder das Haar, wenn sie mit ihr reden mußten. Zwei ihrer Dienerinnen erwischte sie dabei, schnitt ihnen eigenhändig das Haar ab und schickte sie in Schande nach Hause. Aber andere machten weiter.

Erif Dher begann, nach solchen Zeichen zu suchen, und fand es nicht immer leicht, darüber zu lachen. Irgendwann wurde es ihr zuviel, und sie ritt nach Süden, um Essro zu besuchen. Aber Essro hatte ebensoviel Angst wie alle anderen. Außerdem schob sie sich auf gewisse Weise die Schuld an den Ereignissen zu und weinte darüber. Sie folgte Yan überallhin und hatte ständig Angst, ihm könne etwas zustoßen; er tapste inzwischen auf dem Hof umher und brachte es fertig, in alles hineinzustolpern, in was man nur fallen konnte.

Erif ritt zurück nach Hause und fand die Menschen dort unverändert. An welcher Tür sie auch vorbeikam, nur selten stand jemand auf der Schwelle, um ihr zuzuwinken und sie zu grüßen. Allein, wie sie jetzt war, fühlte sie sich befangen in ihrer Rolle als Frühlingsbraut.

In den ruhigen Wochen nach der Ernte zeigte Tarrik seine Macht und befahl die Männer von Marob in den Süden, um die Geheime Straße weiterzubauen. Essro schickte ihm die Pläne; persönlich mochte sie ihn nicht treffen. Während des Sommers hatte man Bäume gefällt und geteert, um daraus Pfeiler und Brücken zu bauen. Die alten Brücken wurden instand gesetzt. Die Männer betrachteten die vor ihnen liegenden Inseln mit prüfendem Blick. Der Rat stellte sich ein; man prüfte die fette, steinlose Erde zwischen den Fingern, beroch und schmeckte sie und dachte schon an die Erträge des ersten Jahres. Alle waren nun von der Geheimen Straße überzeugt. Die Inseln würden Allmende werden; kein Mensch sollte die Möglichkeit haben, die Straße zu sperren. Sie folgten den Plänen und Zeichnungen von Gelber Bulle und zogen Gräben, die das Flutwasser abführen sollten, sowie Dämme aus Lehm zum Schutz der tiefliegenden Inseln. Man schickte Sklaven hinaus zur ersten Rodung, und diese schnitten Dornranken, Weiden und Buschwerk nieder und verbrannten es. Vielleicht würde man schon im nächsten Jahr einen Teil des neugewonnenen Landes als Weide und Heuwiese benutzen können.

Der Stierkampf verlief gut. Niemand wurde getötet oder schlimm verletzt. Die Fremden hatten Marob verlassen, bald fiel der erste Schnee. Disdallis würde gegen Ende des Winters wieder ein Kind bekommen und war bedrückt.

Sie fürchtete die Schmerzen – zu sehr, wie Kotka fand, besonders, da sie doch eine Frau war und es ihr somit bestimmt, diese Pein zu ertragen. Und sie hatte doch schon zwei in die Welt gesetzt. Warum stellte sie sich so an?

Erif sah Disdallis recht häufig. Zwar fürchtete sie sich vor Schmerzen, aber nicht vor der Frühlingsbraut. Es war nur schade, daß sie in diesem Winter nicht gemeinsam draußen herumtoben konnten, denn das war alles, was Erif wollte. Sie freute sich über den Schnee. War er erst gefallen und festgefroren, waren die Straßen hartgestampft, gab es für Kornkönig und Frühlingsbraut nichts weiter zu tun, als auf die ersten Anzeichen des Tauwetters zu warten. Daher fiel ihre Göttlichkeit von ihnen ab, wurde fortgelegt wie eine Puppe in eine Schachtel, und Tarrik und seine Frau wurden zu Menschen wie andere auch. Gewöhnlich fühlte sich der Rat um diese Zeit des Jahres sehr selbständig und frei und gestand Tarrik offen, wie man über ihn dachte. Auf der anderen Seite war dies die Jahreszeit, in der man am wenigsten tätig werden konnte. Erif Dher versuchte, sich so weit wie möglich in eine einfache Bürgerin von Marob zurückzuverwandeln. Sie hoffte, daß die Leute im Frühjahr vergessen haben würden – und sie selbst auch!

Zu Beginn des Winters veranstaltete der Herr von Marob mehrere Feste. Alle freuten sich darauf. Die Leute erzählten sich Geschichten, sangen und spielten und lachten. Vermutlich waren sie sehr glücklich, aber keiner von ihnen machte sich darüber Gedanken, was Glück wohl bedeutete. Es war einfach dumm, traurig zu sein und nicht zu lachen. Wenn man nicht genug Essen für den Winter im Haus hatte, würde einem irgend jemand gewiß etwas schenken. Wenn einem die Frau starb, umwarb und heiratete man eine andere. Wenn ein Kind starb, zeugte man eben ein neues. Es hatte keinen Sinn, sich in die Jahreszeiten, in das Leben eines Jahres einzumischen. Man lebte, und man starb. Und man war gewiß, daß der Weizen aus Körnern bestand, und nicht aus Spreu.

Goldfisch und Goldfink waren nun alt genug, um an

den Festen teilzunehmen. Sie hatten ihren Vater fast vergessen, so schnell wurden sie erwachsen. Erif Dher war entschlossen, Goldfink möglichst jung mit einem vernünftigen Mann zu verheiraten, der sich gut um sie kümmern würde, jemand, der freundlich und zuverlässig war und ihr Kinder schenkte – aber nicht zu viele. Sie hatte bereits begonnen, sich nach einem richtigen Mann umzusehen – noch ehe ihre kleine Schwester sich selbst umtat und womöglich den Falschen aussuchte. Goldfink verlor sich leicht an jemanden, der ihr einredete, daß sie verliebt sei. Das würde ihr, Erif, genauso gelingen.

Im Garten des Herrn von Marob bogen sich die zarten Stämmchen unter der Last des Schnees. Die gebeugten Äste wirkten wie ruhige, glatte, unförmige Tiere mit bizarr geformten Schnauzen und Pfoten. Berris hatte immer so viel Gefallen an ihnen gefunden und Namen für sie erfunden. Manche Leute hielten sie auch für schlimme Dämonen. Die Spazierfahrten im Winter waren so lautlos, daß jedermann Glöckchen an Schlitten und Zugpferde band und kleine Stämmchen im Schnee mit ihnen behängte, deren leises Läuten man auch hörte, wenn kein Mensch in der Nähe war. Tarrik hatte einen Schlitten aus bemalter Eiche; er war so gut gebaut, daß er fast jedes Schlittenrennen gewann. Tarrik und Erif nahmen gemeinsam an diesen Rennen teil, hockten auf dem Schlitten, feuerten brüllend die Pferde an und sausten zischend durch die Kurven.

Erif konnte sich wegen ihres Kindes nicht weit vom Haus entfernen, aber Tarrik und seine Freunde jagten weit ins Land hinaus, blieben den ganzen Tag und lange, leuchtende, frostige Nächte fort, sangen und tranken an wilden Feuern aus trockenem Reisig, die breite Gruben in den Schnee tauten. Manchmal nahmen sie Mädchen mit hinaus und liebten sich mit ihnen heiß im kalten Schnee.

Aber auch Erif hatte ihre Vergnügungen. Während der ersten Wochen, als alles so gut verlief, hatte sie davor zurückgeschreckt, ihr neues Kind nach Herzenslust zu lieben und zu bewundern. Sie erinnerte sich deutlich, wie ihre Liebe für das andere zerstört worden war, als sie ihr gerade voll ins Bewußtsein drang, und sie merkte, daß eine zerbrochene Liebe schmerzhafter ist als alles andere in der Welt. Bei diesem zweiten Sohn hatte sie kaum gewagt, mehr als freundlich zu sein, sich nicht getraut, ihn sanft anzublicken. Aber allmählich, als sie merkte, daß die Leute sie noch immer für unheilbringend hielten, und sie es langsam selbst zu glauben begann, kämpfte sie bewußt gegen ihr Pech an. Zu Disdallis sagte sie: »Als Kind dachte ich, ich könnte alles bekommen. Jetzt weiß ich, daß das nicht stimmt, und ich glaube, ich habe mir und meinen Kräften großen Schaden zugefügt, so daß ich vielleicht nie wieder die Jahreszeiten leiten kann. Aber eines habe ich ganz sicher, und das ist mein Kind!« Und sie nahm ihren Sohn aus der Wiege, um ihn zärtlich an sich zu drücken.

»Ist er nicht süß?« fragte sie.

Disdallis warf einen raschen Blick auf Klint und sah wieder fort. »Ist es das wert?« erwiderte sie. »Entschädigen sie einen für die Schmerzen? Selbst du, Erif, die du so stark und mutig bist, auch du hast geschrien – als habe etwas oder jemand keine Gnade mit dir. Und dann werden sie krank und sterben so leicht und plötzlich. Und den Schmerz hat man zu den anderen dazu!« Sie schauderte.

Aber Erif sagte: »Die Schmerzen bei der Geburt habe ich vergessen. Seitdem ist so viel geschehen. Ich kann Schmerzen ertragen. Und wenn nicht im selben Moment, dann später, in der Erinnerung.«

»Du vielleicht«, meinte Disdallis, »ich aber nicht. Alle Menschen sind verschieden. Auch Frauen. Was für die eine wirklich und wahr ist, sieht die nächste schon anders.« Ihre Stimme verebbte; sie dachte an das, was ihr bevorstand, und konnte keinen Trost in dem Gedanken finden, daß vor ihr noch mehrere Wochen lagen, in denen sie nichts spüren würde. Ihre Mutter hatte sie gewarnt, Erif nicht zu besuchen, vor allem nicht in ihrem Zustand, und Disdallis war sich schon jetzt sicher: Wenn ihre Zeit kam und sie unter dem immer wiederkehrenden und stärker werdenden Griff der Wehen jammerte, dann würden die Leute sagen, es rühre daher, daß Erifs Unglück einen Schatten über sie geworfen habe.

Manchmal war Tarrik tagelang ungestüm und ruhelos, tat Dinge um des Spaßes willen, konnte kaum gehen, weil seine Beine rennen wollten – war gleichermaßen voller Tatendrang wie im Herzen voller Ruhe. Es gab auch Tage, an denen er schläfrig aufwachte, sich halb angekleidet vor dem Feuer rekelte und dort bis zum Abendessen dösend liegenblieb und faul mit Erif und Klint spielte.

Ihm hatte dies Sprunghafte, dies Auf und Ab in seinem Leben immer gefallen, und je älter er wurde, desto stärker prägte es sich aus. Wenn er fahrig, lebendig, tätig war, dachte er viel nach, kamen ihm Ideen; wenn er träge war, kamen ihm nur Verse und Lieder, Hunde und Frauen in den Sinn. Draußen im Schnee dagegen dachte er über die Jahreszeiten und das Wohl seiner Stadt und seines Volkes nach.

Eines Tages waren sie zusammen draußen gewesen. Pfeifender Wind hatte ihnen in Wangen und Nasen gebissen; die Wellen rollten donnernd hoch auf den Strand. Gut zu wissen, daß jetzt niemand auf See war. Die stampfenden Schlittenpferde hatten vor dem Haus haltgemacht. Erif rannte zum Tor. Als ihre Dienerinnen sie kommen und in die Hände klatschen hörten, liefen sie ihr entgegen, brachten die warme Luft des Hauses mit sich, die Gerüche von Fell und Holzfeuern und Moschusduft. Sie warf ihren Mantel ab, auf dem die Schneekristalle bereits schmolzen, streifte die Stiefel ab und rieb ihre langen, weißen Beine mit warmem Öl ein. Dann reckte sie sich und lachte und dachte an Tarrik, der noch draußen war bei den Pferden, an den Kitzel des fliegenden Schnees im Gesicht.

Ihr Sohn lag vor dem Feuer auf einer Decke; er war wach und starrte auf seine Faust, dann auf die Flammen über den Scheiten. Seine dicken Beinchen beugten und streckten sich, und wenn er einmal stillhielt, kam einer von Tarriks Hunden herüber und beleckte die Zehen. Erif schaute auf Klint herab; unvermutet grinste er sie an und schüttelte sich fröhlich. Sie warf den Kopf zurück: »Mein kleiner Dummer«, sagte sie und sah ihn liebevoll an.

Nun wurde er aufgeregter und stieß kleine Schreie aus, die das Verlangen nach Nahrung, Wärme und Zärtlichkeit ausdrückten. Erifs Brüste antworteten, indem sie angenehm spannten und einen leisen Schmerz ausstrahlten, der befriedigt sein wollte. Die Warzen richteten sich auf, und ihre Spitzen wurden samtig weich und zart. Erif öffnete ihr Kleid, hob Klint auf und kuschelte sich mit ihm in einen Kissenhaufen. Blindlings und begierig bewegte er den Mund, und einen Moment neckte sie ihn, indem sie sich ihm entzog. Doch als sie spürte, wie die Milch in ihr aufschoß, legte sie sich das Kind zurecht und schob ihm die Brust tief in die Mundhöhle, und Lippen, Zunge und Wangen nahmen sie rhythmisch saugend und sicher an. Die andere Brust, die betrogene, tropfte weißblaue Milch auf ihre Beine, wurde dann weicher, schlaffer und wartete. Eine Weile war Klint ganz Mund, doch dann begann sein freier Arm zu winken, die kleine Hand griff zu, manchmal in ihr Gesicht, dann einen Finger, und gelegentlich kniffen ganz unzärtlich kleine weiche Fingernägel in ihre Brust. Erif lachte und sah ihn an, und unfreiwillig zogen sich die saugenden Mundwinkel hoch. Er ließ plötzlich los und lachte, und die freigewordene Brust spritzte Milch auf sein Gesicht.

Sie hob ihn hoch, legte ihn sich auf die Schulter und vergrub ihre Nase in seinem Nacken. Er nuckelte ein wenig an ihrer Wange und den Lippen. Sie legte ihn an der anderen Seite an; wieder begann das gegenseitige Spiel von Geben und Nehmen. Sie fuhr mit der Wange über den wachsenden Flaum; er war warm und ein wenig steif. Sie wußte, sein Haar war braun, aber im Licht des Feuers wirkte es rotgolden, und auch sein Gesicht überzogen feine goldene Härchen. Nach einer Weile begann Klint, sich satt und zufrieden umzuschauen, schnappte nur noch ab und zu nach der Brust und lachte zwischendurch immer wieder auf. Sie legte ihn flach auf ihre Knie, und er betrachtete alles mit gerunzelter Stirn und weit geöffneten Augen, die nicht blinzelten und nichts begriffen. Er reckte die kurzen, runden Beinchen zum Feuer, dehnte und streckte sich. Die Dienerinnen befanden sich am anderen Ende der Halle, und Erif war es ohnehin gleichgültig, was sie über sie dachten. Sie selbst fühlte sich nicht unheilbringend. Tarrik war noch draußen im Schnee. Da beugte sie den Kopf dicht über ihr Kind und flüsterte auf es ein; Klint wandte sich ihr zu und kniff wie geblendet die Augen zusammen, blähte die Nasenflügel, schürzte oder öffnete den lustigen Mund und gluckste leise. Erif nahm ihn in die Arme, und er quietschte, warf den Kopf zurück und stieß ein leises Lachen aus; es waren die Laute eines Liebenden, der zu verliebt war, um sich in Worten auszudrücken. Sie legte ihr Gesicht über seins, sog seinen warmen, leicht süßen Atem ein, blickte ihm tief in die Augen, und plötzlich schob sie die Zunge fest zwischen seine weichen, zarten, rosa Lippen. Sie fühlte seinen harten Gaumen und die weichen Wangen. Seine Zunge fand die ihre, und er begann, kräftig daran zu saugen. Sie zog sie heraus und lachte. Und ihr Sohn lachte auch.

Erif liebte Tarrik, weil er der Vater ihres Kindes war, weil er ihr dieses rosige, frische, erwachende, hübsche Geschöpf, diesen winzigen Menschen geschenkt hatte. Sie liebte ihn auch als den Vater weiterer Kinder in späteren Jahren, vielen, vielen Kindern. Sie sah sich selbst im Angesicht der ganzen Stadt, die Kinder des Herrn von Marob lachend auf ihren Armen. Manchmal war sich Tarrik während ihrer Umarmungen dessen zu sehr bewußt; er spürte, wie sie durch ihn hindurch auf jemand anderen blickte – auf den Vater ihrer Kinder –, gerade dann, wenn ihn ihre Kinder überhaupt nicht interessierten, wenn er nichts als ihr Liebster und Freund sein wollte. Sie wollte sofort noch ein Kind, aber er legte Wert darauf, daß sie beim Pflügefest so stark und gesund wie möglich war.

Er wußte nicht, was genau geschehen würde, aber er glaubte, sie beide würden all ihre Kraft brauchen, um die Jahreszeiten in ihren Griff zu bekommen. Stunden und Stunden hatte er an der Kornstätte verbracht, war die Nächte über dort geblieben in der Hoffnung auf einen Traum, der ihm die Zukunft zeigte, aber alles war umsonst. Wenn sie noch ein Kind wollte, würde er es ihr schenken – es war schwer genug, an sich zu halten, wenn sie sich liebten! –, wenn er indessen nicht bei ihr war und in Ruhe darüber nachdenken konnte, fühlte er sich nicht sehr bereit dazu. Doch es würde sie verletzen und ärgern, wenn er jetzt zu anderen Frauen ginge; er wollte es auch gar nicht. Es war eine Zeit, in der die Flamme in ihm nach innen und nicht nach außen brannte.

Nach der Wintersonnenwende brachte ihm jedermann Geschenke zum Dank für die Erlösung von der Unsicherheit, die sie alle überkam, wenn die Sonne gar so unwillig schien, näher zu kommen und sie zu wärmen.

Sie brachten ihm Kerzen, um seine Kraft zu stärken, und Körbe mit späten Äpfeln und apfelförmige Bälle aus Honig und Mehl, die hart gebacken und rot bemalt waren. Dann gab es ein Fest, bei dem man alle Kerzen anzündete und die Äpfel aß. Von nun an schien die Sonne Tag um Tag kräftiger.

Während des Festes blickte Tarrik an den Reihen der Freunde und Gefährten entlang und fragte sich plötzlich, wer wohl beim nächsten Erntefest ES darstellen würde. Er konnte niemanden zu Rate ziehen, und es gab auch kein Beispiel dafür in der Vergangenheit, und eine Weile schien es ihm, als würde Marob vielleicht kein anderes ES finden. Er hatte die Rolle selbst angenommen. Der Kornmann war gestorben und neu, unerwartet und jünger wieder auferstanden. Der Großvater war gestorben und der Vater seines Enkels auferstanden. Die Tochter hatte den Vater getötet, und ihr Liebster war zum Leben erweckt worden. Der alte Kriegsführer war getötet worden, und der Auferstandene war überwiegend im Frieden und bei festlichen Anlässen ihr Anführer gewesen. Die Wahl des Rates wurde umgebracht, und der Herr von Marob allein war auferstanden. Und schließlich war Harn Dher getötet worden, aber wann immer Tarrik nun an die Kornstätte ging, um die Jahreszeiten zu beschwören oder Träume zu schauen, mußte er achtgeben, weil er zu Harn Dher wie zum Kornkönig wurde. Aber um was ging es? Welche Seite der Sache mußte Tarrik für die Zukunft Marobs bedenken? Er mußte es herausfinden, sonst würde ihn auf immer der Geist Harn Dhers heimsuchen. Wenn Berris dagewesen wäre, hätte er vielleicht helfen können, zumindest, indem er mit ihm redete! Vielleicht auch Eurydike, seine Tante? Nein, sie und Sphaeros waren in weiter Ferne.

Er stützte die Ellbogen auf den Tisch und blickte grübelnd vor sich hin. Es war ein Fest der Männer. Er spürte, wie sie ihn beobachteten, versuchten, ihn zu deuten, über ihn flüsterten. Sollten sie doch denken, was sie wollten! Er wünschte ihnen Spaß dabei. Sein Freund, der Handwerker, der die Pflugschar gemacht hatte, war auch da. Zumindest *der* dachte jetzt nicht an das Kornspiel! Der Mann besah sich einen von Tarriks Kerzenleuchtern und schob mißbilligend die Unterlippe vor. Langsam zog er ihn zu sich heran, und die zwanzig spitzen Kerzen zitterten und vergossen ihr Wachs. Dann beugte sich der Mann zu seinem Nachbarn, einem anderen Handwerker, und sagte etwas.

Tarrik warf eine Nuß hinüber. Die Nuß traf eine Kerze. Die Männer hielten den Atem an und verstummten. Tarrik stand wütend auf. Dann nahm er zwei eiserne Kerzenleuchter, die in seiner Nähe standen, einen in jede Hand, und stemmte sie mit jener jähen, schrecklichen Kraft, die ihn zuweilen überkam, hoch. Dann rief er: »Ich sage euch: Das Tote wird wieder auferstehen! Es nimmt eine andere Gestalt an und lebt! Der Frühling wird kommen. Das Korn wird wachsen. Ich war tot, und jetzt bin ich lebendig!« Und er wartete, wartete auf die Regung, die in seine Arme fahren und die Leuchter zu Boden schleudern würde. Einen Augenblick war er nah daran, jemanden zu töten, damit sie endlich aufhörten, ihn anzustarren, und die Männer merkten es. Sie guckten sich, hoben die Hände und zogen die Köpfe ein. Aber die Regung kam nicht.

Statt dessen fiel Tarrik jenes Bild einer brennenden Kerze ein, das Sphaeros in seinen Schriften und im Gespräch erwähnt hatte: Wie das Wachs langsam in den Docht zieht und verbrennt, aber gerade hierbei seinen Sinn findet. Und langsam setzte Tarrik die Leuchter ab, so daß die Flammen kaum zitterten. Er stand mit ausgebreiteten Händen hinter den Lichtern und sagte: »Ich wünsche euch Frieden und daß ihr alles bekommt, was ihr erhofft.«

Gegen Ende des Winters, an einem grauen Morgen, spürte Disdallis die ersten Wehen. Spät am Abend ging Kotka zum Haus des Herrn von Marob und fand dort Erifs Kusine Linit. Er bat sie, der Frühlingsbraut zu sagen, daß Disdallis sie, und nur sie, sehen wolle. Das Mädchen blickte ihn an und antwortete: »Ich wünsche meiner Herrin das Beste, aber ich wünsche auch Disdallis alles Gute, besonders jetzt. Bittest du um etwas Glückbringendes?«

Kotka stieß mit zusammengepreßten Zähnen hervor: »Das werde ich der Frühlingsbraut erzählen!«

»Nein, nein«, sagte Linit. »Aber ... warte. Ich hole sie.« Und sie eilte zu Erif, die alles an Zauber und heilenden Kräutern zusammensuchte, was sie kannte, und zusammen mit Kotka eilte sie zurück.

Erif tat, was sie konnte, aber Disdallis war fahl im Gesicht, schrie oder schluchzte in unendlicher Erschöpfung, und sie konnten ihr nicht viel helfen. Die Schmerzen waren zu stark für jedweden Zauber. Einmal, als sie die sich windende und verkrampfende Disdallis an der Brust hielt, sah Erif, wie einige der älteren Frauen sie finster anstarrten. Eilig ging sie nach Hause, um ihr Kind zu stillen und ein wenig zu essen, und als sie zurückkam, hatte man Perlen um Disdallis' Hals gelegt und die Enden ihrer Zöpfe doppelt verflochten. Erif war so wütend, daß sie die Kette abriß und den Frauen vor die Füße warf.

Disdallis verlor von Zeit zu Zeit das Bewußtsein. Sie zwangen sie, etwas zu essen, aber sie konnte nichts bei sich halten. Gegen Mittag, mehr als einen Tag und eine Nacht nach Beginn der Wehen, gebar sie einen toten Sohn, der von seiner eigenen Nabelschnur erwürgt worden war. Disdallis ging es zu schlecht, um es zu begreifen. Sie konnte nur hilflos schluchzen und das Gesicht abwenden, als Kotka sie küssen wollte.

Erif brachte sie zum Schlafen und legte einen Zauber über sie, der sie so lange Ruhe finden ließ, wie die Wehen gedauert hatten. Dann ging sie verstört in ihr Haus zurück und übergab Klint nach dem Stillen seinen Kinderfrauen. Konnte es *das* sein, worum sie Tarrik bat und was sie das nächstemal von ihm bekommen würde? Unruhig fragte sie sich, ob sie vielleicht schon wieder schwanger war, und wenn ja, was sie dagegen unternehmen konnte. Je länger sie darüber nachdachte, um so sicherer wurde sie, daß irgend etwas schiefgehen würde, wenn Tarrik ihr jetzt ein Kind zeugte. Das Unglück würde von ihren Händen ausgehen, die die Sichel gehalten hatten, hinab zu ihrem Schoß, der das Kind hielt.

Tarrik saß beim Rat und beriet, ob man den Wellendamm, der beim letzten Sturm recht stark beschädigt worden war, jetzt reparieren sollte oder erst im Frühling. Erif zog sich um und nahm ein heißes Bad. Sie brauchte der leidenden Freundin erst am nächsten Tag wieder unter die Augen zu treten und würde zuvor noch Tarrik sehen und aus ihm Kraft gewinnen.

Doch da hörte sie Kotkas Stimme. Sie lief ihm entgegen. Linit versuchte, ihn aufzuhalten. Er riß den Arm hoch und stieß das Mädchen von sich. »Erif!« rief er. »Als ich ging, haben sie ihr deine Zauberblätter aus dem Mund genommen! Ihre Mutter war es, Erif! Da ist sie weinend aufgewacht. Oh, Erif Dher, sie läßt mich nicht in ihre Nähe!«

»Hat sie starke Schmerzen?« fragte Erif, und er nickte. Sie drehte den Kopf zur Seite und hielt sich Augen und Mund zu. Sie konnte nicht zurückgehen und es noch einmal mit ansehen.

Ihre Kusine sagte zu Kotka: »Was habe ich dir gesagt?«

Kotka bemerkte es nicht, aber Erif. Sie blickte ihre Kusine voll an. »Du also auch!« rief sie. »Du Hündin!« Und sie zog den Dolch.

Linit rief: »Töte mich, Erif! Aber ich habe dich immer gegen Hunderte von Leuten verteidigt. Sogar meiner Mutter und meinem Vater gegenüber. Was glaubst du, soll noch alles geschehen, ehe du wieder rein bist? Oh, Erif, du mußt dich läutern!«

Dann fiel sie auf die Knie. Erif steckte das Messer weg und blickte auf ihre Hände. »Sie scheinen mir schuldlos«, sagte sie, »und ich dachte, der Schnee hätte alles gereinigt. Steh auf, Linit. Ich werde dir nichts tun. – Kotka, was sollen wir nur machen?«

»Ich habe sie verspottet«, antwortete er. »Wegen der Schmerzen. Beim Erntefest. Sie wird mir nie verzeihen.«

»Doch, das wird sie«, entgegnete Erif ein wenig abwesend; sie versuchte, an Disdallis zu denken und nicht an sich selbst. »Aber jetzt noch nicht. Sieh zu, daß du sie nicht so bald wieder verletzt.«

»Nie wieder«, sagte Kotka. »Nie wieder.« Und erschauderte.

Erif dachte an die Blätter und Muscheln, die sie benötigte. Dann befahl sie Linit, Klint zum Stillen in Kotkas Haus zu bringen. Tarrik würde vielleicht auch dorthin kommen, wenn die Ratssitzung vorbei war.

Als sie eintrat, saßen die Frauen immer noch in Disdallis' Zimmer. Ihre Freundin stöhnte, wälzte sich unruhig hin und her und war glühend heiß. Erif legte ihr wieder Blätter auf die Zunge und begann, ihr leise und rasch etwas ins Ohr zu flüstern, und fuhr damit fort, bis die Freundin wieder einschlief. Sie konzentrierte sich so auf ihre Arbeit, daß sie das Gezeter nicht hörte, das sich erhob, als Kotka die anderen Frauen aus dem Zimmer drängte. Sie streichelte Disdallis und glättete ihr die Stirn. Als sie zurücktrat, kam Kotka näher und schaute auf seine Frau, die jetzt keine Schmerzen zu haben schien.

»Ich vertraue dir, Erif«, sagte er. »Wenn es irgend jemandes Schuld war, dann meine. Ich bleibe hier, bis sie aufwacht.«

Erif nickte, ging hinaus und stieß dort auf die anderen Frauen, die sich zusammengeschart hatten und sie finster anstarrten. »Ihr habt meine Muscheln fortgenommen, nicht wahr?« fragte sie. »Ihr haltet sie noch in den Händen. In ein paar Tagen fangen sie an zu brennen.«

Dann setzte sie sich auf einen Schemel und versuchte, ruhig zu sein und an gar nichts zu denken. Bis Tarrik erschien.

»Liebling!« sagte er und blickte sie an. »Was haben sie mit dir gemacht?«

»Ich bin nur müde«, erwiderte sie, »furchtbar müde. Ich hab' mich nach dir gesehnt, Tarrik.«

Dann erzählte sie ihm, was geschehen war. Anschließend sagte sie: »Ich muß aufhören, Klint zu stillen.«

»Aber ich dachte ...«, begann Tarrik.

»Ja!« rief sie. »Sicher will ich ihn stillen! Ich kann den Gedanken kaum ertragen, es nicht zu tun! Aber ich mag es nicht länger riskieren.«

Achtes Kapitel

Kotka begrub sein totes Kind heimlich, eilig und des Nachts. Danach ging es Disdallis wieder besser, aber sie erholte sich nur langsam. Auch als sie wieder auf den Beinen war, wieder richtig aß und den Haushalt führte, setzte sie sich manchmal zum Spinnen nieder und begann zu weinen, und wenn niemand hereinkam und sie ablenkte, weinte sie stundenlang. Erif brachte ihr Zweige mit blassen Knospen – Dornranken und Kastanien –, die sie zu Hause behext und beschworen hatte, bis sie glaubten, der wirkliche Frühling sei da, und eine nach der anderen brachen sie für die Frühlingsbraut auf. Aber Erif schien es, als zögerten die Blätter in diesem Jahr, aus den Hüllen hervorzukommen, und wollten nicht so wachsen und sprießen, wie sie sollten. Sie fragte Disdallis um Rat, aber Disdallis wollte nicht darüber sprechen. Ein paar Tage später tauchte Kotka mit sehr unglücklicher Miene bei Erif auf und bat sie, besser nicht in sein Haus zu kommen.

»Aber Disdallis denkt doch nicht, daß ich das Unheil bringe«, gab Erif zurück. »Kotka, sie glaubt doch nicht etwa, daß es meine Schuld war?«

»Nein, eigentlich nicht«, erwiderte Kotka unsicher, »aber sie wird es glauben, wenn du sie weiter besuchst. Die Leute reden auf sie ein – die Alten. Und sie ist noch immer nicht ganz bei Kräften.«

Er sah Erif an wie ein freundlicher Hund. Er wollte etwas sagen, um ihr zu helfen, wußte aber nicht, was.

Und Erif sagte: »Wenn sie nun auch das Vertrauen in mich verliert ... Wenn sie denkt, es sei wahr ... !«

»Aber ich glaube ja nicht, daß es wahr ist«, erwiderte Kotka ernsthaft. »Harn Dher hat nach seinem Tod verlangt. Du hattest das Recht dazu. Tarrik hat alles erklärt. Ich habe es verstanden.«

»Disdallis verstand es damals auch«, sagte Erif. »Sie hat mit den Leuten geredet. Sie hat mir geholfen. Warum hat sie sich so verändert? Es ist doch alles beim alten geblieben.«

»Ich weiß es nicht«, entgegnete Kotka und fuhr dann mit klagender Stimme fort, was er so oft schon gedacht hatte: »Ich finde es sehr schwer, mit einer Hexe verheiratet zu sein.«

»Ja«, meinte Erif, fast lachend, »wir stellen immer Fragen. Nun, ich wollte sie im letzten Frühjahr nicht sehen. Man hat so seine Launen. Und vielleicht hat sie ja doch recht.«

Der Schnee begann zu schmelzen. Überall zeigte sich wieder die Erde, bereit, zu erwachen. Einige Dinge passierten. In jedem anderen Jahr hätte Erif Dher ihnen vielleicht gar keine Aufmerksamkeit geschenkt; jetzt fielen sie ihr auf und setzten sich in ihren Träumen fest. Ihre Ponystute starb plötzlich, wie auch die Elster, Philyllas Geschenk. Sie hatte den Vogel im Haus, nahe beim Feuer gehalten und ihn immer gut gefüttert. Dann erkältete sie sich und bekam mitten auf einem Fest Nasenbluten. Die Hälfte des eingelagerten Stockfisches wurde feucht und verdarb. Klint bekam einen Ausschlag und weinte. Sie verlor verschiedene Dinge. Sie ließ einen der Töpfe zum Flachsaussäen auf ihrem Frühlingsfeld fallen, und er zerbrach, so daß sie einen neuen anfertigen lassen mußte. Der erste sprang beim Brennen, und der zweite geriet ein wenig schief, aber sie sagte nichts, denn sonst hätte der Töpfer geschworen, er sei gerade gewesen, als er ihn aus der Hand gab, und die Leute hätten noch mehr über sie geredet.

Das Pflügefest rückte näher und näher, und Tarrik wurde wieder erregt und glücklich, entfernte sich aber innerlich von ihr. Er kam mit glänzenden Augen in ihr Zimmer, angetan mit den rotgelben Kleidern, die er um diese Jahreszeit trug, und schien nicht zu begreifen, daß sie ängstlich und unglücklich war. Es war, als sei er sich nur des Teils von ihr bewußt, der zu seiner jetzigen Stimmung paßte. Er spielte mit Klint, tobte mit ihm auf dem Boden, fühlte in seinem Mund nach Zähnen und lachte, wenn der harte Gaumenrand auf seine Finger biß. Das Kind wußte, was es erwartete, riß die Ärmchen hoch und krabbelte auf Tarrik zu, wann immer dieser den Raum betrat. Vor seiner Mutter schien es dagegen jetzt ein wenig Angst zu haben. Manchmal weinte es unvermittelt und wandte den Kopf ab. Erif gab unbekümmert vor, es sei das Zahnen, glaubte aber selbst nicht daran. Sie verhielt sich dem Kleinen gegenüber recht sprunghaft, riß ihn zuweilen plötzlich an sich, um ihn daraufhin mit ausgestreckten Armen wieder der Kinderfrau zu reichen.

Dann war der Tag des Festes gekommen. Das Volk von Marob versammelte sich um das Brachfeld; man reichte die Krüge herum. Mittag kam, und der Kreis teilte sich, um den Kornkönig hindurchzulassen. Erif spürte, wie man sie beobachtete, hörte einen sonderbaren, beunruhigenden Unterton in den Rufen und zitterte und erblaßte, als sie den Kreis betrat. Sie zwang sich, trotz der Übelkeit und der Angst, weiterzugehen. Dabei stieß sie an eines der Pflügezeichen und hörte das leise Aufstöhnen der Menge, als es umzustürzen drohte. Plötzlich hatte sie das Gefühl, nicht in der Mitte des Feldes zu sitzen, doch schließlich ließ sie den Kopf auf die Hände fallen, versuchte, ruhig zu atmen und nicht mehr sie selbst zu sein.

Es gelang ihr nicht. Ihre Sinne beruhigten sich nicht und ließen sie nicht los. Sie hörte das Stöhnen und Stampfen der Ochsen vor dem Pflug. Der Wind trug ihr die Gerüche der Menge und der Getränke zu, nach einer Weile auch den der aufgebrochenen Erde. Das sonderbare Gewand zwickte sie; sie wollte sich bewegen. Ihre Hände waren bitterkalt. Unter den Lidern rollte sie die

Augäpfel. Und dann hörte sie den Kornkönig über das Pflügen reden und wußte, sie mußte antworten. Und plötzlich merkte sie, daß sie nicht bloß das Zögern eines schwierigen Frühlings in sich spürte. In ihr herrschte überhaupt kein Frühling. Sie hatte die Verbindung zu Marob und seinem Frühjahr verloren. Sie war nicht mehr die Frühlingsbraut!

Und dann, ach, die Rolle spielen! Schauspielern, bis es zur Wirklichkeit wurde. Unter großer Mühe hob sie den Kopf zur Antwort. Unmöglich war es nicht. Und auch die Antworten fielen ihr ein. Sie hörte, wie die Leute ringsum dringlich riefen: »Frühlingsbraut, sei freundlich, freundlich!« Da liebte sie alle; es war ihr Volk, und sie würde Marob keinen Schaden zufügen. Sie würde das Pflügefest durchstehen und den Frühling herbeizwingen.

Sie gab weiter die Antworten auf Tarriks Pflügeworte. Alles schien seine Richtigkeit zu haben. Ja, er würde kommen! Warum hatte sie Angst? Sie war stark und gesund. Sie war nicht schwanger. Sie hatte ein Kind zu Hause und einen prachtvollen Mann hier auf dem Feld. Alles war gut. Der Frühling würde kommen, die Erde würde wieder jung sein und allenthalben von Blumen bedeckt. Jedes Jahr verjüngte sich Marob aufs neue. Bäume, die stumpfe, zerfetzte Blätter getragen hatten, grünten wieder. Felder, die rauh und stoppelig wie das Gesicht einer alten Frau gewesen waren, wurden wieder frisch und jung. Die Inseln an der Geheimen Straße würden in ihrem Grün und ihrer Frische die Herzen der Menschen höher schlagen lassen.

Ja, alles war gut, und all das würde immer wieder geschehen, nur sie, Erif Dher, konnte sich niemals verändern und wieder jung werden. Sie war kein junges Mädchen mehr, das sich selbstbewußt unter bewundernden Blicken bewegt. Jedes Jahr wurde sie älter – bei jedem Pflügefest kam ein Jahr dazu, und bald würde sie zu alt sein, um einen Mann zu erfreuen, einen Liebsten, ja, ihren eigenen Tarrik. Oh, ungerechter, grausamer Frühling, der immer und immer wieder jung ist, während die jungen Frauen alt werden! Oh, Frühling, der die Männer fortlockt, weil sie vor dem jungen Grün mit einemmal sehen, wie alt und verbraucht ihre Frauen sind.

Sie hörte ihre Stimme Antwort auf Tarriks Fragen geben, und sie klang wütend und hart. Sie wußte, es würde dem Volk von Marob weh tun, denn man glaubte nun, der Frühling käme spät und bliebe kühl. Aber sie konnte nichts dafür. Sie hörte, wie die Bauern sie bedrängten: »Frühlingsbraut, sei gnädig!« Und plötzlich fiel ihr Murr wieder ein, der keine Freundlichkeit von ihr erfahren hatte, sondern gestorben war und nie wieder einen Frühling schauen würde.

Der Pflug kam auf sie zu. Erif versuchte, ihre Stimme freundlich und froh klingen zu lassen, hob den Kopf in dem Gedanken, daß sie ja noch nicht so alt war, und dachte, daß Berris vielleicht in diesem Jahr zurückkommen würde. Jetzt mußte sie zwischen den Hörnern der Ochsen hindurchrennen. Einen Moment verharrte sie und wartete darauf, daß Tarrik ihr Mut geben würde, doch in seinen Augen erkannte sie, daß er sie nicht wahrnahm. Sie waren nicht mehr Tarrik und Erif; er war der Kornkönig, und sie – sie sollte die Frühlingsbraut sein! Da schoß sie zwischen die Ochsen, sprang über die Pflugschar und stolperte nicht, noch schrie sie auf oder wurde blaß von dem Schmerz am Arm, wo eines der Hörner sie gestreift hatte.

Und die dichte, wogende Menge drängte auf sie zu. Oh, geliebtes Marob, wenn sie doch nur wieder dazugehören dürfte, als ihre Frühlingsbraut, die verlorene Geliebte! Sie schloß die Augen und schwankte, rang mit sich, zu ihnen zu laufen und sich mit ihnen zu vereinen. Dann hörte sie, wie man die Bretter für die Bühne zusammenschlug. Gewiß war doch alles gut verlaufen? Sie war die Frühlingsbraut! Wer sonst könnte es sein? Jeder wußte doch, daß sie es war, weil sie die Gewänder der Frühlingsbraut trug! Sie brachte ihnen den Frühling. Und sie war ganz, ganz sicher, daß er kommen und das Korn so gut wie sonst auch wachsen würde. Sie hatte nichts getan, was den Jahreszeiten schadete. Nein, sie hatte keine Angst, sie dachte nicht an die Ernte und alles, was geschehen war. Ja, jetzt lächelte sie. Sie öffnete die Augen auf den lauten Gesang und das Kitzeln der Ähren hin. Der Gesang antwortete auf ihr Lächeln und ertönte lauter und froher. Dudelsäcke und Trommeln erklangen mit den Stimmen ...

Dann betraten der Kornkönig und die Frühlingsbraut die Bühne und begannen den Tanz. Sie brauchte Tarriks Händen nur mit dem Körper zu folgen. Sie verkörperte die Sanftheit des Frühlings, er war die Kraft des Korns, das den ganzen Winter über geschlafen hatte, aber nun auferstand und wuchs. Da sprang plötzlich ein schrecklicher Gedanke in ihr auf und summte ihr in den Ohren. Wer war das auferstandene Korn? Der Kornkönig von heute war der Kornmann vom Erntefest, und der Kornmann war Harn Dher. Sie tanzte wieder mit Harn Dher. Sie hatte ihn getötet, und er war auferstanden, doch jetzt konnte sie ihn nicht aufs neue umbringen. Er hatte seinen Körper verlassen und war in einem anderen auferstanden, im Körper des Kornkönigs. Er blickte sie durch die Augen des Kornkönigs an. Sie kämpfte gegen dieses Bild an, versuchte, es fortzureißen, und blickte Tarrik, ihren Liebsten, hilfesuchend an. Aber er war nicht mehr Tarrik!

Ringsum dröhnten Pfeifen und Trommeln und drängten die beiden Tanzenden in einen wilden Rhythmus, aus dem es kein Entkommen gab. Jetzt nahte wieder der Höhepunkt. Erif Dher sah mit Schrecken und Entsetzen, wie ihr toter Vater sie ansprang. In dem Augenblick, als sie für den Kornkönig bereit zu Boden fiel, begriff sie, daß es Harn Dher war, der die Lumpen des Königs beiseite reißen und sich zeigen würde, Harn Dher, das Abbild Gottes und des Menschen, ihr Besitzer und Herr! Ihre Knie, ihr ganzer Körper versteiften sich im Moment des Nachgebens, des Fallens, der endgültigen Hingabe des Frühlings. Sie riß die Arme zum Schutz gegen Harn Dher hoch und schrie, so laut sie konnte, gegen den Rhythmus an, sprang fort, von der Bühne herab in die knöcheltiefen Furchen, wandte den Kopf, um zu sehen, ob er ihr folgte, und schrie wieder und wieder gehend auf. Dann rannte sie auf die Menge zu, die sich vor ihr teilte und zurückwich.

Sie rannte wie ein Hase, schreiend und Haken schlagend, über das Brachfeld. Die Menge sprengte auseinander und schrie ebenfalls, als bedeute eine Berührung den Tod. Sie trampelten einander nieder. Sie hätte sich an jemanden geklammert, wenn sie hätte sehen können, aber sie war vor Angst blind, und niemand wollte sie retten. Kein Arm öffnete sich. Dann, aus verschiedenen Richtungen, rannten zwei Frauen aus der Menge auf sie zu. Eine war Disdallis, die andere Linit. Und als Kotka seine Hexenfrau erblickte, vertraute er plötzlich auf sie und folgte ihr. Er hatte sie fast eingeholt, als Erif sich schon in ihre Arme stürzte und sich dort verbarg. Sie hielten sie zu dritt. Linit trug das Brautgewand als eine der Dienerinnen der Frühlingsbraut, aber der große Hut war herabgefallen. Niemand anders befand sich in ihrer Nähe, doch in einiger Entfernung scharten sich die Menschen zu Gruppen und starrten sie an.

Erif Dher hob den Kopf und blickte über die Schulter. Dann rieb sie ihr Gesicht mit den Händen und glättete die Wollblumen ihres Gewandes. Sie schien etwas fragen zu wollen, und die beiden Frauen murmelten ihr beruhigend zu. Kotka umfaßte ihr Handgelenk und deutete mit dem Finger: »Dort steht der Rat!«

»Und Tarrik«, sagte Disdallis. Erif trat zurück.

»Du mußt«, sagte Kotka. »Tu es für Marob. Und wenn sie dich töten.«

»Das werden sie nicht tun«, sagte Linit. »Du wirst geläutert, Erif ... irgendwie. Aber wenn du nicht zu ihnen gehst, werden sie kommen und dich holen.«

»Wir kommen mit dir«, fuhr Disdallis fort. »Vielleicht rettet Tarrik dich.« Dann gingen sie zu viert auf den Rat zu.

Tarrik stand mitten unter ihnen, sein buntes Lumpengewand hob ihn hervor. Eindringlich redete er auf die alten Männer ein. Die Ratsmitglieder widersprachen und bellten ihn mit ihren Altmännerstimmen an. Viele hatten den Dolch oder das Schwert gezogen. Auch Kotka griff nach der Waffe in seinem Gürtel. Als sie näher kamen, sprang Tarrik aus dem Kreis, wobei er eine Messerhand zur Seite schlug. Erif zuckte zusammen und bebte, aber die anderen gingen weiter. Ein paar der alten Männer folgten Tarrik, aber er drehte sich um, riß die Arme hoch und schrie: »Ich bin der Kornkönig, und ich sage euch, was ihr zu tun habt! Bleibt stehen, und ich rette euer Korn. Wenn ihr näher kommt, lasse ich es verfaulen!« Da zögerten sie, und Hollis löste sich aus der Gruppe und ging auf Tarrik zu, langsam, das Schwert in der Hand.

Dann warf Tarrik einen langen Blick auf die untergehende Sonne, auf Erif und die beiden Frauen. »Ich muß vor der Dämmerung mit der neuen Frühlingsbraut tanzen. Komm.« Er nickte Disdallis zu, aber sie rief »Nein!« und schob Linit vor. Das Mädchen trat vor, zögerte nach zwei Schritten, aber als sie vor dem Kornkönig stand, gewann sie plötzlich Sicherheit. »Ja!« sagte sie. »Zieh dich um!« rief Tarrik, »schnell!« Er zerrte am Halsausschnitt ihres Kleides und riß von oben bis zum Saum einen grünen Streifen heraus. Disdallis löste die Schnur am Hals von Erifs sonderbarem Gewand und zog es ihr über den Kopf, Linit schlüpfte hinein und band es zu, während sie bereits mit Tarrik auf die Bühne zurannte.

Erif blieb nackt und in sich zusammengesunken stehen, bis Disdallis sie in das zerrissene Gewand ihrer Kusine hüllte und es mit dem eigenen Gürtel zuband. Als sie Erif berührte, fühlte diese sich so kalt an, daß Disdallis fröstelte.

»Wir müssen sie fortschaffen«, sagte sie.

»Ehe der Rat seine Angst verliert«, fügte Kotka hinzu und hob Erif Dher auf. Sie schien zu schwach, um sich an seinem Hals festklammern zu können; daher warf er sie über seine Schulter und trug sie über das Brachfeld zu den Pferden. Sein eigenes stand auf der anderen Seite, und so nahm er einfach die beiden nächststehenden, und sie ritten zurück zum Haus des Herrn von Marob. Dort konnte Erif wieder gehen und sogar ein wenig lächeln. Die Dienerinnen brachten ihr Wein und warme Kleider, legten trockene Scheite aufs Feuer und stellten Dutzende von Fragen, bis sie endlich merkten, daß niemand antwortete. Kotka und Disdallis setzten sich zu Erif an das Feuer und warteten, bis wieder Farbe in ihre Wangen zurückkehrte. Disdallis hielt Kotkas Hand, und er war darüber sehr froh; hatte sie das doch schon lange nicht mehr getan.

Inzwischen nahm das Pflügefest seinen Verlauf. Kornkönig und Frühlingsbraut tanzten zum Rhythmus des Werbetanzes. Sie beendeten den Tanz und pflückten die Blumen, von Tarrik mit Rufen und Flüchen angefeuert, gerade noch vor Sonnenuntergang. Tarrik hatte keine Zeit, sich auszuruhen oder sich zu waschen. Er hatte kaum Zeit, in seine goldgesäumten Kleider zu schlüpfen und das Sonnenlicht in sich aufzunehmen. Sie mußten das Sonnenrad bilden und sich drehen. Aus dem Mund des Kornkönigs tropfte der Honig und fiel auf seinen Umhang. Diejenigen, die ihm in der Mitte des Rades am nächsten waren – hauptsächlich die älteren Männer und Ratsmitglieder –, spürten, daß er angespannt war und mit einer solchen Kraft zupackte, daß sie sich hüteten, ihm zu nahe zu kommen oder gar in den Griff seiner Hände zu geraten, die ihnen gut und gerne die Knochen hätten brechen mögen.

Am folgenden Morgen trat der Rat zusammen. Tarrik schlief bis zum letzten Augenblick. Noch nie war er nach einem Pflügefest so müde gewesen. Nur unter großer Anstrengung hatte er die Pflugschar umhüllt und ordnungsgemäß zurückgebracht; die Gewänder mußten warten. Erif hatte geschlafen, als er zurückkam, und am Morgen blieb für sie nur wenig Zeit miteinander. Sie erzählte ihm kurz von der Erscheinung, die sie gesehen hatte, und er nickte, wenig überrascht. »Ich tue, was ich kann«, sagte er, »für dich und für Marob. Ich weiß nicht, was kommen wird. Ich glaube, alles verändert sich.« Und dann setzte er seine Krone auf und ging in die Ratshalle.

Erif Dher blieb zurück und sprach mit ihrer Kusine Linit. Disdallis war nach Hause zurückgekehrt, und Kotka stand bewaffnet vor der Ratshalle, zu allem bereit. Erif fühlte sich, als sei sie gerade von einer Krankheit genesen. Alles hatte sich auf sonderbare Weise ausgeglichen. Sie hatte Tarrik beim Mittsommerfest und bei der Ernte vor zwei Jahren verhext, als sie noch unter der Macht ihres Vaters stand und seinen Wünschen folgte. Jetzt schien sie immer noch unter der Macht des Vaters zu stehen: Als sie sich beim Pflügefest gegen ihn wandte, schien sie die Verhexte gewesen zu sein. Linit erzählte, ihrer Ansicht nach habe der Kornkönig alles richtig gemacht. Er habe sie durch den Tanz geführt, und sie, die den Tanz ja oft genug gesehen hatte, habe gewußt, wie sie sich bewegen mußte. Es sei gewesen, als habe etwas von ihr Besitz ergriffen und sie den Tanz ganz ohne ihr Zutun vollziehen lassen. Vielleicht war es die Musik oder die Gewalt, die vom Blick und den Händen des Kornkönigs ausging. Sie war sicher, daß der Frühling nicht auf sich warten lassen würde.

Tarrik kam aus der Ratssitzung zurück. Er ging sofort zu Erif Dher und sagte: »Es stand der Wille Marobs gegen unseren Willen, und ich gehöre zu Marob. Sie sagen, du mußt entweder vom Blut Harn Dhers gereinigt werden oder sterben. Ich habe gesagt, du könntest dich läutern. Aber ich weiß nicht, wie du das anstellen willst, Erif.«

»Soll es denn keinen Weg geben?« fragte sie. »Ist so was früher denn nie passiert? Bestimmt haben auch schon andere Männer und Frauen gemerkt, daß sie nicht immer göttlich sein konnten.«

Tarrik antwortete: »Sie haben nie zuvor darüber nachgedacht. Also ist es nie geschehen. Wir beide sind anders als jeder Kornkönig und jede Frühlingsbraut, die Marob bislang gehabt hat.«

»Und wessen Schuld ist das?«

»Vielleicht mußte es eines Tages einfach geschehen, vielleicht war es aber auch Sphaeros. Der Gedanke kam mir gerade auf dem Rückweg. Erif ... ich dachte, er könnte dir vielleicht einen Weg zeigen, wieder rein zu werden.«

»Tarrik«, sagte sie nur, »muß ich von dir fortgehen?«

»Ich weiß nicht, wie du hier geläutert werden kannst, Erif. Du wirst in deinem eigenen Land nicht von deinem Vater freikommen. Auch ich bin nicht frei, obwohl er tot ist und ich auferstanden bin. Wenn du wieder rein bist, wirst du zurückkehren, Erif.«

»Aber wie soll ich es erkennen?«

Tarrik blickte sie verzweifelt an und wandte sich dann ab. »Ich weiß es nicht. Ich weiß es nicht! Wenn ich es wüßte, wäre alles leichter. Ich werde dir wieder mein Messer geben, und ich behalte deinen Stern. So viel werden wir voneinander haben.«

»Aber Tarrik ...« Sie warf sich auf den Boden und umklammerte seine Knie. Diese Trennung war unendlich viel schlimmer als die erste. Zwischen ihnen war so viel gewachsen, so viel Vertrauen und Ehrlichkeit, Dinge, die sie begangen und einander verziehen hatten, Reife, Verständnis und eine große Zärtlichkeit. Sie zogen und zerrten nicht mehr aneinander wie am Anfang; sie fühlten sich sicher. Und sie hatten ein Kind. Sie dachte daran, Klint nicht mehr bei sich haben, ihn nicht mehr halten, küssen und mit ihm spielen zu können. Die lächerliche, furchtbare Angst befiel sie, daß er zu einer anderen Person heranwachsen könnte, wenn sie nicht mehr über ihn wachte. Sie versuchte, es Tarrik zu erklären.

Tarrik streichelte sie. »Alles wird wieder gut«, sagte er. »Dafür werde ich Sorge tragen. Denk an nichts anderes als an deine Rettung, Liebste!«

»Was wird aus Marob?« fragte sie.

Tarrik zuckte die Achseln. »Ich werde immer Frühlingsbräute finden.«

Und sie erwiderte: »Dessen bin ich sicher.«

»Du wirst Linit erklären müssen, was sie auf dem Frühlingsfeld zu tun hat. Aber die Wächterin kann es ihr auch erzählen. Erif, verhexe dort nichts, nicht zu ihrem Schaden oder dem einer anderen. Wenn du es tust, wirst du alles zerstören. Hör mir gut zu: Es gibt vielleicht andere Frühlingsbräute, aber du bist meine Frau und die Mutter meines Sohnes. Und das kann und soll sich nicht ändern.«

Sie antwortete: »Ich werde niemandem und nichts in Marob mehr Schaden zufügen. Aber wird alles gut werden, wenn ich fort bin? Liegt das Glück bei dir? Bist du zufrieden?«

Tarrik zögerte einen Moment mit der Antwort; sie saßen nebeneinander und hielten sich in den Armen.

Schließlich sagte er: »Ich bin zufrieden mit Marob, und ich bin Kornkönig. Aber mit mir selbst bin ich nicht zufrieden. Du weißt das, Erif. Und vielleicht will bald ein jeder in Marob seine eigene Zufriedenheit. Dann reichen gute Jahreszeiten nicht mehr aus. Dann wird auch der Kornkönig nicht mehr ausreichen, und manchmal denke ich, ich muß mich darauf vorbereiten.«

»Vorbereiten?« fragte sie. Es hatte sonderbar und traurig geklungen.

»Ich muß mich selbst retten«, fuhr er fort, »erst dann werde ich mein Volk retten können. Und Sphaeros würde denken, daß dies für einen König sehr gut und richtig klingt!« Er lachte kurz auf. »Die meiste Zeit, bevor Sphaeros hierherkam, war ich glücklich – und dann hast du mich verhext. Wäre ich ohne ihn und seine Stoiker in diese Verwirrung geraten? Es ist wie bei den Sümpfen, Erif, alles ist niedrig, alles führt in die Irre, nirgends öffnet sich ein weiter, klarer Blick. Ich will eine Straße.«

»Eine geheime Straße.«

»... um mich und Marob weiterzuführen. Ich wäre froh, wenn ich das vor meinem Tod erreichen könnte. Ich möchte unseren Platz im Universum finden. Ob es ist, wie die Philosophen sagen: Erde und Feuer und Luft und Wasser, alles fern und unfreundlich, und die Kräfte und Strömungen darin bewegen uns, ob wir es wollen oder nicht! Ich will, daß es freundlicher ist!«

»Und ich will es in meiner Kraft finden«, sagte Erif und empfand es plötzlich tröstend, daß sie eine Hexe war. »Und ich werde es finden! Wir werden das Volk retten, Tarrik.« Sie blickte ihn froh an und fühlte sich in diesem Augenblick allen Herausforderungen gewachsen.

Aber Tarrik wandte den Blick ab und sagte nach einer Weile zögernd: »Ich glaube, selbst wenn die Leute mehr wollen als nur gute Jahre, kann der Kornkönig für ihre Herzen wie auch für die Felder das auferstandene Korn bedeuten. Aber vielleicht muß er zuerst sterben.«

»Das verstehe ich nicht!«

»Ich auch nicht«, gab er zurück, »noch nicht.«

Es dauerte noch vier Wochen, ehe sie segeln konnte, denn das Wetter war immer noch wechselhaft. Die ganze Zeit fühlte sie sich zerrissen von dem Gefühl, die verbliebene Zeit genießen zu wollen, und dem Wunsch, der Abschied möge endlich vorüber sein. Sie verbrachte Stunden der Anspannung mit ihrem Kind, starrte es an, versuchte, sich sein Bild einzuprägen, berührte Klint, nahm ihn in die Arme und lauschte, damit sie, wenn sie in der Ferne war, in ihrem Innern vielleicht das Echo seines Lachens hörte, seine glucksenden Schreie, das komische Jammern, mit dem er sagen wollte, daß ihm etwas sehr wichtig war. Sie starrte Tarrik an, bis er es kaum noch aushielt. Sie ging durch die Straßen und zum Hafen, aber sie war nicht mehr die gleiche, und die Menschen wichen vor ihr zurück, unterbrachen ihre Arbeit und riefen die Kinder herein.

Sie unterwies Linit ehrlich und redlich darin, was im Frühlingsfeld zu tun war, und hieß die Wächterin, sich das Mädchen gut anzusehen, damit sie es erkannte. Sie überreichte Linit die Frühlingskrone und sagte, sie würde bald zurück sein, rein und voller Kraft. Vielleicht in einem Jahr, vielleicht in zweien. Sie würde als Hexe in fremden Ländern weilen! Tarrik fragte sie, wen sie mitnehmen wolle, und bot ihr alles, was sie wünschte, aus dem Schatz. Sie nahm Schmuck und so viele Goldbarren, wie sie tragen konnte, für sich und, wie sie hoffte, für Berris. Aber mehr wollte sie nicht, und sie verlangte weder Frauen, die sie bedienten, noch Männer, die sie beschützten, zog es vor, allein zu sein. Ihre Läuterung konnte gefährlich werden, und sie wollte keine unschuldigen Menschen mit hineinziehen. Berris würde ja in Griechenland sein. Und dann gab es noch zwei weitere Menschen dort, die ihr freundlich gesonnen waren, Philylla und Königin Agiatis. Tarrik, der sich an Kleomenes erinnerte, hegte seine Zweifel daran, ob Erif auf die beiden würde rechnen können. Aber er vertraute Sphaeros.

Disdallis bat Erif, sie mitzunehmen, aber Erif lachte nur und meinte, sie sei zu Hause besser aufgehoben. »Du wirst hier sein, wenn ich zurückkomme«, sagte sie. »Du mußt mir alles erzählen, was passiert ist.« Und als Disdallis nicht lockerließ, wurde sie ein wenig wütend. »Du denkst, ich sei unrein, Disdallis«, sagte sie. »Und es würde mir wenig helfen, jedesmal, wenn ich dir in die Augen schaue, mein eigenes Unglück zu sehen. Du hast ein großes Risiko auf dich geladen, als du mich beim Pflügefest gerettet hast, und das werde ich nicht ein zweitesmal von dir verlangen. Du mußt in Marob bleiben und mir hier ein wenig Frieden für meine Rückkehr bewahren, Disdallis.« Später dankte ihr Kotka demütig und aufrichtig, weil sie seine Frau nicht von ihm fortnahm, und Erif verriet ihm nicht, daß sie dabei an ihn gar nicht gedacht hatte. Sie mochte ihn.

Als der Zeitpunkt der Abreise nahte, schlug Tarrik vor, sie auf seinem eigenen Schiff bis nach Byzanz zu bringen. Während seiner Abwesenheit könne nichts passieren, der Rat habe zur Zeit genügend Respekt vor ihm. Hollis, Kotka und andere würden sich um alles kümmern.

Erif hatte sich auf gewisse Weise darauf gefreut, sich zu lösen und in die Einsamkeit begeben zu können, aber als sie seinen Vorschlag hörte, empfand sie wilde Freude und weinte vor Glück.

Ihr Sohn lag in seiner Wiege, halbwach, blinzelnd und lächelnd. Sie nahm ihn nicht auf den Arm. Sie beugte sich nur über ihn, küßte ihn und flüsterte ein leises Lebwohl. Dann lächelte sie Linit zu und ging hinab zum Hafen. Vom Schiff aus winkte sie Kotka und Disdallis auf der Hafenmauer zu.

Sie segelten an der Küste entlang nach Süden. Erif Dher blickte nicht zurück.

In Byzanz fand Tarrik ein Handelsschiff auf dem Weg nach Gytheon, dessen Kapitän er seit langem kannte und dem er vertraute. Er war ein Mann aus Olbia, ein Halbgrieche. Es blieben ihnen noch drei Tage. Erif kaufte Spielzeug und bemalte Pferde, die er Klint mitbringen sollte. Sie zeigten einander viele Dinge, lachten und aßen Süßigkeiten.

Er begleitete sie zum Schiff. Sie ging an Bord. Sie lehnte sich über die Reling und sprach mit ihm; ihre Hände konnten gerade einander berühren. Oh, all die unausgesprochenen Worte, die vielen Dinge des Lebens, die unausgesprochen blieben! Die Dinge, die sie nicht gesagt hatten und auch nicht mehr sagen konnten – jetzt vermochten sie es. Aber nicht alles paßte in diesen kurzen Augenblick. O Augenblick, verweile, laß dich fassen, und wir reden! Aber die Ankerkette rasselte hoch und ertränkte ihre Gedanken. Die Ruderer beugten sich zum ersten Schlag vor. Alles rief, eilte. Er stand auf der Hafenmauer. Immer noch konnte er ihr Schiff berühren. Die Ruder tauchten auf. Der Bug glitt an ihm vorüber. Er konnte das Schiff nicht mehr berühren. Jetzt hißten sie die Segel. Und schon war das Schiff nur noch eines unter vielen, jenseits seiner Stimme und jedem Lebwohl.

> Du sagst Lebwohl,
> Du wirst verschluckt
> Von öden Leeren,
> Von Zeit und Raum
> Ich will dich sehen,
> Will dich berühren ...

Zurück nach Marob.

Was im Dritten Buch geschah — 227—225 v. Chr.

Erstes Kapitel
Tarrik, Erif Dher und ihre Begleiter kehren nach Marob zurück. Das Volk, das um seine Ernte bangt, heißt den Kornkönig willkommen; Erif wird von den anderen Hexen begrüßt. Harn Dher zieht sich in die Ebene zurück. Erif schickt einen Zauberbann übers Meer zu Yersha, die auf Rhodos verheiratet ist.

Zweites Kapitel
Das Pflügefest.

Drittes Kapitel
Der Einfluß Sphaeros' und der Griechen werfen Tarrik in inneren Widerstreit, er trachtet nach Gewalt und Grausamkeit. So plant er, Yan, den Sohn von Gelber Bulle und Essro, zu töten. Erif geht nach Süden zu den Sümpfen und bringt Essro und Yan über die Geheime Straße in Sicherheit. Aber auch Erifs Seele ist zerrissen.

Viertes Kapitel
Erifs innerer Zwiespalt führt zu Gewalt und Grausamkeit. Das Volk von Marob beobachtet den Kornkönig und die Frühlingsbraut und ist besorgt. Harn Dher kehrt zurück.

Fünftes Kapitel
Mittsommertag. Erif gebiert Tarrik einen Sohn; sie nennen ihn Klint-Tisamenos. In Tarriks Seele ringen griechisches und barbarisches Denken. Berris schreibt nach Hause. Das Korn ist reif.

Sechstes Kapitel
Die zwei Erntetage. Erif rächt sich an ihrem Vater, Harn Dher, für den Tod ihres ersten Kindes. Die Frühlingsbraut hat den Tod in den Kreislauf der Jahreszeiten gebracht.

Siebentes Kapitel
Das Volk fürchtet sich vor der Frühlingsbraut, und allmählich bekommt sie vor sich selbst Angst. Die Sonnenwende kommt und geht vorüber. Erif scheint es, als ob sie ihrer Freun-

din, der Hexe Disdallis, Unglück gebracht habe. Alle sind beunruhigt.

Achtes Kapitel
Wieder wird das Pflügefest gefeiert. Aber Erif, die den Tod in die Harmonie der Jahreszeiten brachte, sieht nur mehr die Gestalt des Todes und der Sünde gegen das Leben. Tief bewegt fühlt sie sich weder fähig, weiterhin Frühlingsbraut zu sein, noch Marob Glückseligkeit zu bringen. Tarrik rettet Erif vor dem Unmut des Volkes und die Ernte Marobs vor den Folgen des durchbrochenen Kreises der Jahreszeiten. Bevor Erif wieder Zauberin der Jahreszeiten und Frühlingsbraut werden kann, muß sie Marob den Rücken kehren und ihre Seele läutern.

Viertes Buch

Das Leben in Sparta

Ich geh' in den Garten, den Garten der Liebe,
Klagt da die Nachtigall,
Mahnt mich mit süßem Schall:
›Es kommt nun die Nacht,
Mein Mädchen, hab acht.
Der Wolf sucht nach dir,
Ach, bleibe nicht hier!‹
Ich geh' in den Garten, den Garten der Liebe.

Die neuen Personen im Vierten Buch

GRIECHEN

Neareta, Frau des Phoebis
Chrysa, ein Spartanermädchen
Philocharidas, Idaios, Neolaidas, Mnasippos und andere Spartaner
Agesipolis und der junge Kleomenes, Neffen des Königs
Hyperides von Athen, ein epikureischer Philosoph
Die Priesterin des Apollo in Delphi
Philopoïmen von Megalopolis
Thearidas und Lysandridas, Bürger von Megalopolis
Archiroë, eine Frau aus Megalopolis

MAZEDONIER

König Antigonos Doson von Mazedonien und seine Soldaten

Spartaner, Argiver, Delphier, Megalopolitaner, Korinther, Tegeaner und andere

Erstes Kapitel

Alles, was Themisteas nach der Aufteilung geblieben war, war sein Landhaus samt Hof und umliegendem Land. Jetzt war der Besitz so klein, daß er wenigstens seine Felder gut überschauen und seine Heloten verfluchen konnte, wenn sie nicht richtig arbeiteten. Aber seine Frau war unglücklich. Sie versuchte erst gar nicht, die Neuen Zeiten zu verstehen. Und wenn sie unzufrieden war, war auch er unglücklich. Deshalb versuchte er oft, die neuen Gesetze zu umgehen, um ihr und sich das Leben etwas angenehmer zu gestalten. Er selbst aß überwiegend beim Regiment, außer, wenn er Urlaub hatte, doch Eupolia und die Kinder wollten etwas Besseres als Schwarze Suppe. (Philylla eigentlich nicht – oder zumindest kaum jemals –, aber Dontas war hungrig, wenn er von seiner Zuchtschule zurückkam, die allerdings recht locker geführt wurde und Muttersöhnchen gegenüber sehr nachgiebig war.) Und die elfjährige Ianthemis betete die Mutter an und verlangte lauthals alles, was auch diese vermeintlich wollte. Themisteas zog wieder in den Kampf und hatte seine Freude daran. Als er zurückkam, bedrängte er seine Frau wie ein junger Mann. Sie aber, die die Sommermonate gelangweilt und ängstlich verbracht hatte, verlangte es nicht so sehr nach ihm. Einmal fand Philylla ihren Vater hinter dem Schweinestall, wo er eine willige Milchmagd unter dem Kinn kitzelte. Die Magd rannte kichernd davon, und die beiden Spartaner blickten einander an. Beide schwiegen über den Vorfall, aber Philylla dachte, vor einem Jahr noch hätte sie eine solche Begebenheit weitaus mehr beunruhigt. Und dennoch ...

Philylla war für einen Monat nach Hause gekommen. Ihre Mutter hatte sie von der Königin zurückverlangt, und Agiatis, die die alten Bürger dem König und den Neuen Zeiten gegenüber so versöhnlich stimmen wollte, hatte sie gehen lassen. An diesem Morgen hatten sie, ihre Pflegemutter, Eupolia und Ianthemis, gewebt. Philylla sagte sich immer wieder: Es ist eine gute Übung für mich, ruhig zuzuhören, wenn sie mich verspotten und sich über Dinge lustig machen, die mir teuer sind. Ich werde mit keinem Wort darauf antworten. Es ist das gleiche wie die Disziplin, der die Jungen unterworfen werden. Ich hätte lieber die gleiche Schulung wie die Jungen, aber da das nun einmal nicht geht, muß ich das Beste aus meiner Lage machen. Und sie lächelte und preßte die Hände zusammen, damit sie nicht zitterten, und dachte an Agiatis. Als sie fertig war und ihre Arbeit zu einem Viereck gefaltet hatte, bemerkte Eupolia erwartungsgemäß, wieviel besser die Tochter weben könnte, wenn sie brav zu Hause geblieben wäre, und Philylla sagte darauf nur, sie wolle vor Sonnenuntergang noch ein wenig spazierengehen.

Nach einer Weile bemerkte sie, daß ihre Pflegemutter Tiasa ihr folgte. Sie starrte ihr finster entgegen, doch es half nichts, Tiasa holte sie ein. »Meine Herrin möchte nicht, daß du allein unterwegs bist, mein Lämmchen, wo jetzt hier so viele wilde Burschen herumstreifen und du so groß und hübsch geworden bist.«

»Ist schon gut«, entgegnete Philylla und bog an einem Kornfeld ab. »Dann gehe ich eben auf den Hof und sehe nach, ob jemand zu Hause ist.« Sie schlenderte weiter, aber die Amme folgte ihr. Das Korn stand hoch zu beiden Seiten des Pfades. Hochmütig balancierte sie über den Kamm zwischen den Reihen, der allmählich in eine niedrige Böschung aus Steinen und Ranken überging und dann zu dem Weg, der auf den Hof führte, abfiel.

Noch hielt sich die Tageshitze zwischen den länger werdenden Schatten. Überall wuchsen wunderschöne Blumen; ihre kleinen, sternförmigen Blüten bedeckten den Boden wie einen Teppich. Sie hätte gern welche gepflückt und über alle möglichen süßen, beunruhigenden und begehrenswerten Dinge nachgedacht. Aber dazu mußte sie allein sein. Sie durfte niemandem gestatten, mochte er auch noch so vertraut sein, in die Tiefe ihres Herzens zu blicken. Nur einmal, als ein unendlich zarter Duft von Stechginster und Veilchen, von fernem Vieh, Holzrauch und warmer Erde über sie hinwegstrich, wilde Luft ihr Gesicht und ihre Arme liebkoste und ihr leichtes Kleid sich bauschte – da verharrte sie einen Augenblick lang und hob den Kopf. Ihre Augen waren plötzlich tränenschwer, und sie hob die Hände an ihr Herz, das ihr überging, und sie spürte erstaunt, wie so oft in der letzten Zeit, ihre jungen, festen Brüste unter den Fingern. Dann ging sie eilig weiter und fuhr mit den Händen durch steife Blätter und Zweige. Der Sommer war bald da, der Sommer der Neuen Zeiten. Und sie war ein Kind dieser Zeiten.

Im Abendlicht kam sie auf dem Hof an. Er lag da wie verzaubert; Materie und Farben wirkten durchscheinend in den letzten Strahlen der Abendsonne. Dennoch war der Hof wie immer; über den Vorplatz trottete eine Kuh. Voller Spannung wartete Philylla auf den Laut der Glocke, der den Zauber lösen würde. Aber – wie schön! – die Glocke ertönte so leise, daß sie eins wurde mit dem Bild genau wie die fernen Stimmen, das Tröpfeln von Wasser, das leise Quaken der Enten hinter der Scheune. Das Licht um den Hof schien nun stärker zu glühen: der Querbalken des Stalls, der aus alter, gemaserter Eiche bestand, schimmerte silbrig wie die Haut einer uralten Waldnymphe. Er schien geradewegs unter dem Stalldach zu schweben. Auf dem Strohdach leuchtete ein Büschel Dachwurz. Die festen, fleischigen Blätter trugen einen feinen, rötlichen Pelz. Ihr Blick wanderte über den First. Jenseits des Hofes lagen Sparta und die Berge. Sie empfand plötzlich eine heftige Freude, die ihr beinahe den Atem raubte. Und sie wußte, daß sie sich an diesen Augenblick ihr ganzes Leben lang würde erinnern können, daß er immer so klar und deutlich vor ihr stehen würde wie jetzt. Dieser Gedanke holte sie aus der Erstarrung und löste den Überschwang ihres Glücksgefühls. Mit einem letzten Blick nahm sie alles in ihr Gedächtnis auf, verwahrte es ordentlich, wie es sich für eine fast erwachsene Frau gehörte, und beließ es dort, um es hervorzuholen, wann immer es ihr gefiel – eine gebannte Phantasie.

Jetzt war sie ruhiger, entriegelte den oberen Teil des Gatters und sprang über die unteren Balken. Sie ließ das Gatter für die Pflegemutter, die ihr immer noch folgte, offen, und trat in die niedrige Stube. Lächelnd nickte sie jedem zu, allerdings eher blindlings, denn drinnen war es schon fast dunkel, da das kleine Fenster nach Osten auf den Hof ging, und setzte sich in eine Ecke.

Nach ein paar Minuten erkannte sie die Personen, wenn auch einige nur am Klang ihrer Stimmen. Es waren die beiden alten Leute, Tiasas kleiner, gebeugter Vater und ihre Tante, die am Feuer in der Mitte des Raumes saß und zuweilen in einem an einem geschwärzten Balken hängenden Topf rührte. Außerdem waren da zwei der Männer, die sie vor einer Ewigkeit schon dort kennengelernt hatte, am Tag, als sie vierzehn Jahre alt wurde. Das war mehr als zwei Jahre her, so daß sie sich nicht mehr zu schämen brauchte. Es waren die beiden Heloten Leumas und Panitas. Panitas war inzwischen Bürger, und auch Leumas hatte seinen Namen auf die Liste gesetzt. Er war am Anfang des Jahres verwundet worden und trug den Arm immer noch in einer Schlinge; seine Frau saß neben ihm auf dem Boden, ein etwa einjähriges Kind auf dem Knie. Sie schwenkte den Säugling herum und tat, als ließe sie ihn fallen, und das Kind lachte und gluckste und griff nach den Kämmen in ihrem Haar. Niemand nahm davon Notiz, am wenigsten Philylla. Die Frau war glücklich, aber sie wußte es nicht. Sie überlegte nicht, was sie da tat: Es lag in der Natur ihres Körpers, so zu spielen. Dann waren noch zwei oder drei Männer und Frauen im Raum, die Philylla kaum kannte. Sie trafen sich immer auf diesem Hof. Es war ein natürlicher Treffpunkt, weil hier drei Talwege zusammenstießen, und außerdem – Philylla hatte niemals danach gefragt, war sich aber fast sicher – war einer der Gründe wohl, daß sie eine Ehrenjungfer der Königin und eine Freundin war.

Eine weitere Frau saß auf einem Schemel hinter dem Mehlkasten. Nach einer Weile stand sie auf, eine große, stämmige Person in einem roten Kleid. Die blonden Haarsträhnen hatte sie in einem Netz zusammengebunden. Sie trug einen geflochtenen Ledergürtel. Es war Neareta, die Frau von Phoebis. Sie stemmte die Hände in die Hüften und lächelte die Männer an. Dann sagte sie: »Das wird das Ende allen Kämpfens sein. Ihr werdet schon sehen, die ganze Welt schließt sich uns an.«

Leumas, der an seiner Schlinge herumfingerte, antwortete: »Hat das Phoebis gesagt?«

»Ja«, erwiderte Neareta. »Er war letzte Woche für eine Stunde hier, auf dem Rückweg von einem Botengang. Überall ist es das gleiche. Der Bund bricht zusammen. Niemand will mehr gegen uns kämpfen.«

»Aber wenn man keine Soldaten mehr braucht, wird dann die nächste Liste durchgesetzt?«

»Genau!« warf ein anderer Mann, ein Nachbar, ein. »Wird er mich auch zum Bürger machen, Neareta? Ich stehe auch auf der nächsten Liste. Es wäre schade ...«

»Aber ja!« sagte sie. »Natürlich, meine Schäfchen. Alles wird seine Ordnung haben. Mein Mann hat es gesagt!«

Panitas fragte langsam: »Wird er dann in der ganzen Welt das Land aufteilen? Dann gibt es weder Reiche noch Arme, und wir alle sind Brüder! Es wird keine Schulden mehr geben. Aber wenn wir eine schlechte Ernte haben? Dann muß uns doch jemand helfen. Was geschieht dann?«

»Der König wird uns beistehen!« sagte der alte Mann unvermittelt und schrill.

Aber Panitas beachtete ihn nicht. »Er ist doch nicht reicher als wir.«

Die Amme neben Philylla warf spöttisch ein: »Jawohl, das wird eine feine Sache, wenn euch der Mehltau schlägt und kein Herr mehr da ist, der euch rettet! Dann werden die ›Brüder‹ alle gemeinsam verrecken.«

Philylla wartete ab, ob jemand antworten würde, und sagte dann: »Aber der Staat hat das Geld, das ihm die Reichen gegeben haben. Es liegt in den Händen dafür bestimmter Ratsherren. Das Gold ist da. Der König wird euch aus dem Schatz Spartas helfen.«

»Ach so!« meinte Panitas. »Aber wird er der ganzen Welt helfen? Wird jeder Staat seinen eigenen Schatz haben? Und bist du sicher, daß es nur für die Armen ausgegeben wird?«

»Ja«, antwortete Philylla entschieden. »Kleomenes wird schon dafür sorgen.«

»O Philylla, du uns allen so liebe, kleine Kluge«, sagte einer der anderen Männer ohne Spott in der Stimme, »verrate uns noch eines, und wir werden dir glauben. Wenn Kleomenes hier alles geordnet hat, wird er dann Ruhe finden? Wird er seinen Staat und seine Taten und uns, die er zu Männern gemacht hat, lieben? Oder wird er die Welt erobern?«

»Warum nicht?« fragte Philylla eifrig. »Er könnte es doch versuchen! Vielleicht ist er der einzige Mensch, dem das gelingt. Alexander von Mazedonien hat es vor hundert Jahren fast geschafft, und er war weder Hellene noch Spartaner. Aber unser Kleomenes ist beides!«

»Wenn er in seinem eigenen Staat bleiben könnte ...«, erwiderte der Mann und suchte nach Worten. »... unser Land ist so klein, und wir lieben es so. Wir kennen die Erde und die Saaten, wir kennen die Gestalt der Berge und die Fluten des Eurotas. Was kümmert uns die übrige Welt? Die Götter würden keinen Mann strafen, auch nicht einen König, wenn er in seinem eigenen Staat Ordnung schafft. Aber wenn er die Welt erobern will ... wenn er stolz wird ...«

In dem Schweigen, das nun folgte, beendete Panitas den Satz. »Die Götter würden ihn strafen. Ich bin eurer Meinung. Lakonien ist eine große Bürde für jeden Mann. Wenn er denkt, alles würde gut bleiben, ohne daß er sich Tag und Nacht darum kümmert ... Wäre er Bauer gewesen, wüßte er das.«

»Aber die ganze Welt!« rief Philylla. »Es ist doch richtig und großartig, alles zu verlangen, das Gefühl zu haben, alles besitzen zu können! Die Macht und die Königswürde kommen dann von allein, und dann kann man schier unmögliche Dinge verrichten!«

»Nein!« sagte Neareta, noch ehe einer der Männer antworten konnte. »Das denkst vielleicht du, Philylla, weil du in einem Haus groß geworden bist, in dem du alles bekamst, nach dem du verlangt hast. Du gehörtest zu den Herren. Aber wir, die wir unten standen, wissen es besser. Wir haben gelernt, nicht auf allzuviel zu hoffen. Ich wünschte, wir könnten es dem König beibringen.«

»Phoebis könnte das tun«, meinte Panitas. »Er sitzt an der richtigen Stelle.«

Neareta seufzte. »Sie werden alle verrückt, wenn sie beim König sind. Mein Mann kommt nach Hause, und er ist so ruhig und vernünftig wie ein alter Pflugochse. Aber wenn er zurück zum Regiment geht, denkt er, er könnte die Sterne vom Himmel holen.«

»Und wenn man zu hoch hinaus will, fällt man herab und nimmt ein böses Ende«, bemerkte Tiasa.

Aber diesmal streckte Philylla eine Hand aus und legte sie der Amme auf den Mund. »Wenn du die alten Zeiten so sehr liebst«, sagte sie, »dann sag es mir, und ich lasse dich auspeitschen.«

Das Gesicht der Frau flammte rot auf, und sie sprang auf Philylla, die gepreßt lächelte, zu und schüttelte sie. »Vor zehn Jahren«, sagte Tiasa, »hätte ich dich übers Knie gelegt und dich verprügelt, meine Dame!«

Neareta trat rasch zwischen sie, und Panitas griff lachend nach Tiasa und sagte: »Ruhig, Mutter, back uns lieber einen Kuchen!«

Neareta hielt Philyllas Hände und drehte das Mädchen herum zur Wand, damit die Männer die Tränen in seinen Augen nicht bemerkten.

»Still, still«, sagte sie. »Mein tapferes Mädchen. Du darfst mit Tiasa nicht streiten. *Ihre* Milch hat dich so stark und klug werden lassen.«

»Ich weiß«, flüsterte Philylla. »Und das hasse ich so.« Dann holte sie tief Luft und warf den Kopf zurück. Neareta öffnete die Tür, und die beiden schlüpften hinaus auf den Hof. Über dem Dach stand bereits der Abendstern.

»Du wirst deinen Kindern die eigene Milch geben«, sagte die Bauersfrau. »Deine Brüste werden nicht schön und nutzlos bleiben.«

Philylla nickte und strich ihr Haar zurück. »Seltsam«, sagte sie, »an so etwas zu denken. Wäre es nicht schrecklich, wenn ich keine Kinder bekäme, oder wenn mich niemand heiraten würde?«

Neareta lachte und küßte sie. »Darüber brauchst du dir den hübschen Kopf nicht zu zerbrechen.«

»Warum nicht?«

»Wenn man keine Fragen stellt ...«

»O Neareta, bitte, zieh mich nicht auf. Glaubst du, daß ich eines Tages heiraten werde?«

»Ja.«

»Bald schon?«

»Meine Kleine, du bist doch gerade erst erwachsen! Beeil dich nicht zu sehr! Du weißt nicht, was auf dich zukommt. Zuerst ist es süß, daher muß es ein bitteres Ende haben. Selbst in den besten Ehen gibt es ein kleines bißchen Bitterkeit.«

»Aber liebe Neareta, was denkst du? Was sagt Phoebis? Er ist doch im Regiment des Königs.«

»Ja, ja, es wird Panteus sein, der Sohn des Menedaios. Der König hat es gesagt. Ist es das, was du willst? Dann sollst du ihn haben, mein Schatz. Lämmchen, warum weinst du denn jetzt?«

»Ich weiß es nicht«, erwiderte Philylla.

Plötzlich sprang ein Mann in voller Rüstung auf den Hof. In der Hand trug er einen Speer. Philylla schrie vor Überraschung und Furcht auf. Dann erkannte sie Mikon, einen der Männer, die sie vor zwei Jahren auf dem Hof kennengelernt hatte. Seine Vorväter hatten die Bürgerwürde verloren, aber er hatte sie zurückgewonnen. Er blieb stehen, ließ den Speer sinken, zog den Helm herab und schleuderte ihn an der gelben Feder in die Luft.

»Philylla, Tochter des Themisteas!« rief er fröhlich. »Ich habe gute Nachricht! In Kynaitha hat die Revolution stattgefunden, und jetzt teilen sie das Land auf! Sie schreiben Lieder über Kleomenes, und überall steht in schwarz und rot: Lang lebe Kleomenes und Sparta! Der Bund ist auseinandergebrochen. Aratos hockt da wie ein geprügelter Hund, und ganz Arkadien ist übergelaufen! Jetzt nehmen wir uns die Kaphyer vor. Und Phoebis wird bald hier sein, Neareta. Ich muß es denen drinnen erzählen.« Dann hob er seinen Helm auf und schlug mit dem Speerschaft an die Tür.

»Ich muß gehen«, sagte Neareta eilig. »Die Jungen werden sich auf ihren Vater freuen. Komm bald wieder und iß ein Honigbrot bei uns, mein Schatz. Ich bewahre immer die besten Waben für dich auf.«

»Ja«, sagte Philylla, »das werde ich tun. Vielleicht kommt mein Vater auch zurück. Hör mal, Neareta, wie glücklich sie sind!« Überall hörte man lauten Jubel, und plötzlich flammte ein Licht im Fenster auf. »Ich liebe sie alle. Und wenn es nicht den König und die Neuen Zeiten gegeben hätte, würde ich sie vielleicht gar nicht kennen. O Neareta, der Gedanke allein ist schrecklich, wie ich sie dann vielleicht angesehen hätte!« Sie schüttelte sich und rannte quer über den Hof, froh, Tiasa entronnen zu sein, entzückt über ihre Freunde und darüber, von ihnen bewundert zu werden, und – was genau hatte Neareta über Panteus gesagt?

Die Stelle, an der der Weg zum Hof in den Karrenpfad mündete, war von hohen Felsen beschattet. Jemand saß im Dunkeln am Wegrand. Als Philylla näher kam, stand die Gestalt auf, und das Mädchen zückte sein Messer. Aber es war Berris Dher. »Ich bin von der Armee zurück«, sagte er. »Euer König tut überall das, was ihm beliebt. Ich war bei ihm. Ich habe gekämpft, Philylla, oben in den Eichenwäldern Arkadiens. Wo immer der Kampf am heftigsten war, war ich dabei. Steh doch nicht einfach so da, Philylla, sag etwas! Meinst du, ich möchte den Rest meines Lebens im Kampf verbringen?«

»Ich wünschte, ich könnte es«, erwiderte Philylla widerspenstig. »Niemand hat dich dazu gezwungen, Berris. Komm, es wird dunkel. Gehen wir nach Hause. Alle werden sich freuen, dich zu sehen.«

»Freust du dich auch?«

»Natürlich. Hast du irgend etwas gearbeitet?«

»Nein, wie denn? Nur ein paar Bronzedinge für den König, nichts Besonderes, Zaumzeug- und Sattelbeschläge und so. Aber ich weiß nicht, ob sie gut oder schlecht sind. Ihm gefielen sie zwar, aber ganz sicher bin ich nicht. Er bemerkt so etwas eigentlich nicht.«

»Nun, dazu hat er ja auch keine Zeit, oder? Ich hätte sie aber gern gesehen. Wie sahen sie aus, Berris? Waren es wieder komische Tiere?«

»Nein, eher ... Muster. Ich werde sie dir morgen aufzeichnen, ja?«

»Ja. Ich freue mich, daß du wieder da bist und ich mit dir über solche Dinge reden kann. Niemand sonst spricht davon. Wirst du an der Statue weiterarbeiten, Berris? Sie steht immer noch in der Scheune. Einmal, als du fort warst, habe ich sie ausgewickelt und angesehen, aber niemand außer mir hat sie angerührt.«

»Du Schatz!« sagte Berris. »Nein, Philylla, wir wollen uns nicht beeilen. Riech doch mal die Dämmerung! Aber so lebendig und würzig wie in meinem Land riecht die Luft nirgendwo. Und die Apfelblüte! Ich hatte Angst, ich würde nicht zu dir zurückkommen, bis sie vorbei ist.«

»Es wird ein gutes Jahr für Früchte«, antwortete Philylla. »Oh, Berris! Kannst du dich erinnern, als du das letztemal über die einander kreuzenden Linien gesprochen hast? Ich habe nämlich versucht, ein Kleid mit diesem Muster in verschiedenen Farben zu machen.«

»Darf ich es sehen?«

»Ja, ich denke schon. Aber Mutter sagt immer, ich kann nicht gut sticken. Hast du Nachrichten von zu Hause?«

»Nein«, erwiderte er, »aber ich hatte ein paar sehr seltsame Träume über meine Schwester. Ich glaube, sie denkt an mich. Kann ich sie dir irgendwann erzählen?«

»Erzähl sie mir jetzt.«

»Aber wir sind fast schon am Haus. Philylla, darf ich deine Hand küssen?«

Sie blieb stehen und antwortete dann: »Ich weiß nicht, warum du das nicht solltest. Hier ... Aber ich meine, du solltest nicht dein ganzes Leben in Griechenland verbringen, auch nicht um des Königs und der Neuen Zeiten willen.« Dann rannte sie rasch zur Tür und blickte sich nach ihm um, da er noch zögerte. Die Dunkelheit schien ihm lieber zu sein. »Komm doch!« bat sie.

Aber er zuckte die Achseln. »Ich möchte noch ein wenig spazierengehen«, sagte er, »und alles abschütteln.«

»Was abschütteln?« fragte sie. Und dann: »Bist du glücklich?« Aber er war schon hinab in den Olivenhain unterhalb des Hauses gerannt. Sie runzelte ein wenig die Stirn und stieß dann gegen den Ring an der Tür, bis sie sich öffnete. Er hätte ihr doch helfen können! Innen schien es ihr sehr warm, und als sie sich bückte, sah sie, daß der Saum ihres Kleides vom Tau dunkel und feucht war. Sie wrang ihn aus und rieb einen Fuß an der warmen Innenseite ihres Knies, doch ihre Zehen waren so kalt und feucht, daß sie aufschrie, aber dann mußte sie lachen, zog die nassen Sandalen aus und ging barfuß weiter.

Genau, wie sie gehofft hatte, war ihr Vater nach Hause gekommen, und wie alle anderen strömte auch er über mit Nachrichten vom König und all den anderen aufregenden Dingen, die gerade geschahen.

Themisteas ließ ein ausgezeichnetes Abendessen bereiten, das so ganz anders war als das Essen beim Regiment. Er lehnte sich in die Kissen zurück und stürzte sich auf dampfend heißen Kohl, der in Speckscheiben gewickelt war. Dann gab es Ziegenkäse, süß und bräunlich und in ganz dünne Scheiben geschnitten. Und dazu wurde guter Wein kredenzt. Philylla saß zu ihres Vaters Füßen und nähte ein Wollkleid zusammen. Ihre Elster saß schläfrig auf der Rückenlehne der Liege. Eupolia war gegangen, wahrscheinlich, um nachzusehen, ob in der Küche keine Holzkohle verschwendet würde, und vielleicht auch, um Ianthemis noch ein Schlaflied vorzusingen.

Philylla reichte ihrem Vater das Brot. Er hegte keinerlei Zweifel an der allgemeinen Lage. »Sparta wird wieder an der Spitze der Welt stehen«, sagte er, »und dann werden wir sagen können, daß die Sache es wert war. Und anschließend kann der König mit einigen Torheiten aufhören.«

»Was denn für Torheiten, Vater?«

»Er treibt es mit der Gleichheit zu weit. Alles ist gut und schön, wenn es sich um anständige Leute handelt, denen das Schicksal übel mitgespielt hat. Alles gut und schön für Männer wie Phoebis, der einiges getan hat, um sich die Bürgerwürde zu verdienen. Aber er befreit auch noch die letzten Heloten und schenkt ihnen unser Land!«

»Vater, er ist angetreten, den Armen und Unglücklichen zu helfen. Er macht sie zu guten Soldaten und Bürgern.«

»Mein Liebes, was für Lykourgos gut genug war, ist gut

genug für mich und sollte auch gut genug für Kleomenes sein. Und der hatte mit den Heloten nichts zu schaffen.«

Sie stach sich mit der Nadel in den Finger. »Aber die Neuen Zeiten gehen über Lykourgos hinaus.«

»Mein liebes Kind, wenn ich so dächte – Sitz gerade, Philylla! Du hockst auf dem Boden wie ein Kind! – Wenn ich das nur einen Augenblick denken würde, ich träte ihm meine Gedanken ab. Nein, er will nur – trotz allem, was einige Dummköpfe sagen – das gute alte Sparta zurückbringen, das uns zu dem gemacht hat, was wir sind. Das hat er immer gesagt, und sein Bruder sagt das gleiche. Ein guter Junge, der Eukleidas, wenn es mir auch nicht sehr gefällt, daß beide Könige aus dem gleichen Haus stammen. Und bewiesen wird das dadurch, daß uns die Götter helfen wie in den alten Zeiten. Er hat auch schon versprochen, keine weiteren Sklaven mehr zu befreien, nur hat er ebenso viele schlechte Berater wie gute. Doch auf mich hört er immer noch!«

Philylla gab sich Mühe, gerade zu sitzen, und achtete darauf, daß der kleine Blutstropfen an ihrem Finger nicht aufs Kleid fiel. Sie blickte ihren Vater an; in seinem Bart klebte ein Stück Kohl. Sie dachte an Leumas und ihre Freunde auf dem Hof und an die nächste Liste. »Aber die anderen Städte denken, er hilft den Armen und bringt die Reichen zu Fall. Kynaitha zum Beispiel. Deshalb sind sie zu ihm übergelaufen.«

»Laß sie doch!« lachte der Vater und trank einen Schluck. »Sie können tun, was sie wollen, solange sie sich nicht in unsere Angelegenheiten einmischen. Ich sage dir, mein Mädchen, mir gefällt Sparta, so wie es ist. Jedenfalls solange deine Mutter kein Theater macht.« Er beugte sich zu ihr. »Sag mal, mein Kind, wie war sie denn in der letzten Zeit? Nicht so schlecht, oder?«

»Nun, ja«, gab Philylla zurück, »als Ianthemis die Erkältung hatte, hat sie sich schreckliche Sorgen gemacht, weil sie nicht den ägyptischen Arzt holen konnte, den sie sonst immer hatte.«

»Das ist natürlich alles dummes Zeug«, meinte Themisteas. »Kinder erkälten sich eben und haben oft Fieber.

Das war schon immer so! Jetzt ist sie wieder gesund wie ein Fisch im Wasser. Frauen sollten doch wissen, was man bei solchen Dingen tut, ohne gleich einen Fremden zu holen. Und sonst?«

»Oh, sie redet auf mich ein, seit ich zurück bin. Vater, sag, kann ich nicht bald wieder zu Agiatis zurück?«

Themisteas kratzte sich am Kopf. »Du und deine Agiatis! Was willst du denn machen, wenn du verheiratet bist, Kind? Dann kannst du auch nicht alle zehn Minuten zu ihr rennen.« Philylla erwiderte nichts. Nach einer Weile lachte Themisteas. »Aber, bei Gott, wenn es Panteus ist, dann wirst du es schon können. Eine kluge, kleine Maus bist du! Ja, der König hat mit mir darüber gesprochen. Aber ich habe mich noch nicht entschieden. Wir haben noch viel Zeit.«

»Und ... hat er etwas gesagt, Vater?«

Themisteas richtete sich auf und blickte sie an. »Nun, du weißt doch vermutlich, wie die Dinge zwischen ihm und dem König stehen. Du mußt es doch wissen, weil du so eng mit ihnen zusammengelebt hast, es sei denn, du bist eine größere Närrin, als ich glaube. Er muß sich doch erst vom König lösen.«

Philylla sagte sehr leise: »Aber das will ich nicht. Ich will ihn Kleomenes nicht fortnehmen.«

»Davon ist doch gar nicht die Rede! Er muß ja schließlich erwachsen werden. Wenn er auch ein guter Soldat und Anführer ist und am schnellsten von allen den richtigen Angriffsplan bereit hat. Warum, mein liebes Kind, hat Agiatis nicht den König selbst von anderen ferngehalten, zum Beispiel von dieser armseligen Kreatur Xenares, der jetzt aussieht wie ein alter Mann?«

»Aber Agiatis war anders. Sie trug Agis noch im Herzen. Sie wollte Kleomenes nicht, als sie heirateten, und ganz hat sie ihn nie gewollt.«

»Vorsicht, da kommt deine Mutter!« Themisteas drehte sich auf seinen Kissen um und stopfte sich eine Handvoll Kuchen in den Mund, als Eupolia eintrat.

»Der junge Skythe ist gekommen«, sagte sie. »Soll er mit dir zu Abend essen, Themisteas? Ich kann ihm nicht viel geben, nur Brot und Käse und ein Lager für die Nacht. Das ist mir eine schöne Gastfreundschaft!«

»Beim König bekommt er auch nichts Besseres«, antwortete Themisteas. »Und er verlangt auch nicht mehr, das muß man ihm zugute halten. Ein guter Bursche. Schick ihn herein!«

Philylla beugte sich über ihre Näherei. Wie schön, wie aufregend das Leben war! Sie wendete das Kleid und betrachtete kritisch den Saum. Eupolia ging langsam hinaus; sie trug ihr bestes Kleid aus den alten Tagen, aber die Farben waren verblichen, und Schmuck besaß sie keinen mehr. Manchmal wollten die Mädchen die Mutter überreden, Blumen anzustecken, aber Eupolia meinte, Blumen sollten an ihrem Platz bleiben: an jungen Mädchen, an Männern bei Banketten und Festen. Bei einer Frau und Mutter, einer Spartanerin, deren Schmuck von einer Bande von Narren und Träumern und vielleicht Schlimmeren fortgenommen worden war, seien sie fehl am Platz.

Themisteas nickte Philylla zu. »Zeit zum Schlafengehen, meine Kleine. Der junge Berris will bestimmt mit mir sprechen.«

»Was willst du denn mit ihm bereden, das ich nicht hören soll, Vater? Sprecht ihr über Mädchen?«

»Still, du kleine Hexe. Er hat nicht viel für Mädchen übrig, dieser Barbar. Seltsam, nicht? Ich dachte, sie wären alle wie der Teufel hinter ihnen her. Und aus Jungen macht er sich auch nichts! Hält sich still für sich und spielt in der Schmiede herum. Guter Handwerker. Nein, Philylla, es ist nicht recht, daß du mit den Männern beim Essen sitzt. Du bist kein Kind mehr. Was wäre denn, wenn er dir schöne Augen macht? Ich gebe dir ohnehin schon viel zu viele Freiheiten.«

»Mehr als Lykourgos mir gegeben hätte, Vater?«

»Dummes Geschwätz! Geh zu Bett, und nimm deinen Vogel mit. Wenn du ihm bei Mutter in der Halle begegnest, mach einen Knicks, heiße ihn willkommen und starre ihn nicht lange an, sondern gehe artig weiter. Träum schön!«

Zweites Kapitel

Ein paar Tage später ritt Philylla wieder in die Stadt zu Agiatis. Berris begleitete sie. Der Weg führte fast ausschließlich über Land, das vor der Aufteilung ihrem Vater gehört hatte. Die meiste Zeit sprachen sie über die Kunstwerke, die Berris gerade in Arbeit hatte oder anfertigen würde. Er hatte ihre Stickerei gesehen; sie war auf gewisse Weise unbeholfen, wenngleich eher in der Ausführung als in der Idee. Seltsam, dachte er, meine Ideen haben durch ihre Finger in einem anderen Handwerk Niederschlag gefunden.

Eine Weile ritt er voraus, weil er ihren Anblick nicht ertragen konnte, so vertrauensvoll und freundlich – freundlich indes nur bis zu einem gewissen Grade. Er hatte niemals direkt zu ihr gesprochen, aber sie sollte es eigentlich wissen. Er war sich fast sicher, daß sie wußte, wie sehr er sie liebte, wenn es ihr vielleicht auch nie ganz bewußt geworden war. Niemand sonst wußte es, vor allem nicht ihr Vater und der König. Hatte es Sphaeros gemerkt? Vielleicht. Irgendwie würde es ihn freuen, wenn Sphaeros es wüßte.

Philylla gefiel es nicht, wenn er vorausritt, wo doch auf dem Pfad Platz für zwei Pferde war. »Du wirbelst mir den Staub in die Augen!« rief sie. Dann bückte sie sich und rieb die Augen mit dem Kleidsaum aus, hob das Gewand so hoch, daß man ihre Knie sah.

Sie ist doch immer noch ein Kind, dachte Berris. Und laut sagte er: »Du hast dich verändert, seit ich dich zum erstenmal sah, Philylla.«

»Wie denn?« fragte sie interessiert.

»Deine Augen sind durchsichtiger geworden, nicht mehr einfach grau und freundlich. Sie haben jetzt die Farbe von Wasser, das den Himmel spiegelt. Dein Haar ist dunkler und wirkt lebendiger. Und auch dein Verstand ist gewachsen, Philylla. Er ist jetzt offener.«

»Ja, vielleicht.« Sie zögerte. »Ja, ich denke da ähnlich. Er ist dir gegenüber offener, Berris.«

Dann lächelte sie ihn wunderschön an. Der Hang hinter ihr lag in vollem Sonnenlicht. Sie streckte ihm eine Hand entgegen; er nahm sie und schwenkte sie einen Moment lang zwischen den Pferden, eine feste, kleine Hand. Durfte er so etwas aufs Spiel setzen?

Sie waren jetzt kurz vor der Stadt, kamen an mehreren Leuten vorbei, die sie kannten, und tauschten Neuigkeiten aus. Alles stand gut. Der Achaeische Bund hatte Angst, weil er entweder von Kleomenes oder von den eigenen Verbündeten geschlagen worden war. Sicher konnte sich Aratos kaum länger an der Macht halten, trotz seiner Schlangenzunge und des Geldes, das hinter ihm stand! Stimmte es, daß er Antigonos geschrieben hatte und tatsächlich versuchte, Griechenland an Mazedonien zu verraten? Es hieß, daß einer der Obersten in Argos, Aristimachos, der einst General des Bundes war, Kleomenes benachrichtigt habe. Und Megistonous hatte vielleicht auch seine Hand im Spiel: Er hatte schon immer seine Pläne mit Argos gehegt. Aber es wäre schon sonderbar, wenn Sparta und Argos nach all den Kriegen seit undenklichen Zeiten wieder Freunde werden würden. Es wäre ein Zeichen für die Größe des Königs!

Berris drehte sich verdutzt um, als er seinen Namen hörte. Und Philylla drehte sich ebenfalls mit einem scharfen Ruck an den Zügeln herum. Es war Sphaeros, der in eine braune Tunika gekleidet, am Wegrand stand und ihnen zuwinkte. Philylla begrüßte ihn freudig, aber er sprach nicht sie an, sondern Berris.

»Deine Schwester ist hier. Sie kam zu mir in der Hoffnung, daß ich ihr helfen könne, aber ich kann es nicht, und ich bezweifle, daß du es vermagst. Aber du wirst zumindest verstehen, was ihr zugestoßen ist. Sie wohnt vor der Stadt bei Leuten, die ich kenne. Du gehst besser gleich zu ihr, Berris. Sie ist sehr unglücklich und verstört.«

Berris wurde bleich; eine Weile wirkte er wie erstarrt. Philylla blickte zuerst ihn und dann Sphaeros an. »Soll ich mit ihm reiten?« fragte sie.

Sphaeros schüttelte den Kopf. »Jetzt nicht, vielleicht

später. Ich bringe dich zum Haus des Königs.« Mit einer Handbewegung bedeutete er ihr weiterzureiten.

Berris Dher riß sich zusammen und ritt zu dem Haus, in dem Erif Dher wohnte.

Philylla stieg ab, denn sie wollte nicht, daß Sphaeros zu Fuß ging, während sie zu Pferde saß.

»Wird der König weitere Heloten befreien?« fragte sie ihn.

»Er hat nichts davon gesagt«, antwortete Sphaeros. »Wieso fragst du?«

»Es ist ihnen versprochen worden«, sagte sie. »Es wird ein Unglück geben, wenn er das Versprechen nicht hält.«

»Das Schlimmste an Versprechen ist, daß sie verschiedene Wege gehen, und dann kommt es mitunter vor, daß eines gebrochen werden muß. Die Leute sollten lernen, um solcher Dinge willen nicht verletzt zu sein.«

»Du und ich, Sphaeros, wir sind niemals Sklaven gewesen. Einem selbst zu gehören! Nach einem ganzen Leben als Besitz eines anderen!«

»Sklaven können sich auch selbst gehören.«

»Das hängt von ihren Herren ab. O Sphaeros, sie sind jetzt so anders! Besuchst du jemals Sklaven?«

»Ab und zu.« Sphaeros lächelte und hustete und klopfte ihr auf die Schultern. »Aber auch einigen der Herren, wie du sie nennst, gelingt es nicht richtig, sie selbst zu sein.«

Sie gingen eine Weile schweigend weiter. Ab und zu schüttelte sie den Staub aus den Sandalen. Dann sagte sie: »Glaubst du, daß Kleomenes die Welt erobern wird?«

»Nein. Das wäre weder recht, noch ist es möglich. Soll er sich selbst erobern. Das hat er noch nicht geschafft. Soll er, wenn er es kann, Sparta zu einer Insel machen, deren natürliche Ordnung in nicht allzu schlimmen Widerstreit mit dem übrigen Hellas gerät. Manchmal scheint es, als würde das geschehen, aber es kann und muß langsam vonstatten gehen und darf nicht durch Gewalt erreicht werden. Philylla, mein Kind, versuche, erwachsen zu werden und die Dinge zu sehen, wie sie sind, nicht bloß ihre Abbilder in deinem hübschen Spiegel.«

Darauf wußte sie keine Antwort zu geben. Sie schaute zu Boden und erwiderte nach einer langen Pause: »Ich bin erwachsen. Ich bin jetzt eine Frau.«

»Nun«, meinte Sphaeros, »dann solltest du wissen, was du tust. Begreifst du, Philylla, daß du Berris Dher so sehr in deine Fänge gezogen hast, daß er nicht mehr die Dinge tut, die er tun könnte und tun sollte?«

»Ich!« antwortete sie. »Aber ... ich mag ihn sehr. Ich könnte ihm nicht weh tun, Sphaeros!«

»Vielleicht ist es nicht deine Schuld«, gab Sphaeros zurück. »Ich finde es schwierig, einer Frau zu sagen, wie sie leben soll. Aber es ist schade um Berris Dher.«

»Meinst du ... er hat mich zu gern?«

»Genau das. Liebe ist immer eine Sache des Zuviels.«

»Was kann ich denn tun, Sphaeros?«

»Ich weiß es nicht genau. Vielleicht sprichst du mit seiner Schwester. Wir sind jetzt am Haus des Königs, Philylla. Geh hinein!«

Aber Philylla klammerte sich an ihn. »O Sphaeros, nur eines noch! Du sagst, Liebe ist immer ein Zuviel. Ich liebe Agiatis. Und sie liebt Kleomenes. Das ist doch gewiß natürlich und richtig.«

»Das kann ich nicht für dich entscheiden, Kind. Es muß aus dir selbst kommen. Aber ich glaube nicht, daß du irgend jemandem weh tust, wenn du Agiatis weiterhin liebst. Ja, ich rate dir sogar dazu.«

Die erste Person, die sie traf, nachdem sie ihr Pferd in den Stall gebracht hatte, war Deinicha. Philylla lief ihr mit den Worten entgegen: »Ich bin wieder da! Es ist schön, wieder hier zu sein! Wo ist Agiatis?« Und dann: »Was ist denn mit dir los, Deinicha?«

Deinicha antwortete: »Ich werde morgen heiraten.«

»Wie schön! Da komme ich ja gerade rechtzeitig. Heiratest du Philocharidas? Oh, liebste Deinicha, erzähl es mir!« Sie setzten sich eng umschlungen auf eine Bank. Es war das erstemal, daß Philylla sich veranlaßt sah, sich Deinicha, die Dutzende von Freundinnen hatte, so nah zu fühlen. Es gefiel ihr.

Deinicha begann zu weinen. Nach einer Weile sagte sie: »Es hat nichts mit der Heirat zu tun, Philylla, du Dummchen. Wenn es soweit ist, wird bestimmt alles ganz klar und deutlich, ganz bestimmt. Aber ich erzähle dir nichts, bevor du es nicht auch erlebt hast. Philylla, ich ... ich mag dich wirklich.«

»Ich dich auch. Aber du hast mich immer aufgezogen, als ich noch kleiner war.«

»Du warst ein so komisches, kleines, starkes Ding. Und du dachtest immer, du könntest singen. Aber das war in den alten Zeiten, und das ist lange her. Ich habe mich auch verändert, nicht wahr? In den alten Tagen hätte ich mir eine andere Hochzeit gewünscht, mit vielen neuen Kleidern und Parfüms und Schmuck und Süßigkeiten und Geschenken aus aller Welt. Es hätte Stunden gedauert, und ich hätte im Mittelpunkt gestanden. Aber jetzt kommt er nur, nimmt mich für eine Nacht und geht dann wieder zurück zu den Soldaten. Und ich werde bei seinen Leuten in einer Hütte oben in den Bergen wohnen, Philylla, und die ganze Zeit an ihn denken. Und manchmal gehe ich nach Hause zurück oder komme hierher; aber ich werde nicht mehr zu euch gehören. Eine andere wird zu Ende weben, was ich begonnen habe. Man wird mir die Haare kurz schneiden, wie sie es ganz früher gemacht haben, und ich werde einen kurzen, weißen, wollenen Umhang tragen. Früher hätte mir das nicht gefallen! Ich mochte bunte, schöne Dinge, dünnen, durchsichtigen Musselin, Kostbarkeiten aus Ägypten, Kos und Syrien. Sie gefallen mir immer noch. Aber ich habe mich verändert. Ich möchte nicht vom Leben getrennt sein, dem Leben in meinem Staat. Und bei einer Hochzeit bedeutet der Mann mehr als das Kleid. Ich kann mir gut vorstellen, wie es gewesen wäre, wenn ich Philocharidas damals geheiratet hätte, so wie er früher war. Aber ich kann mir nicht vorstellen, daß ich glücklich geworden wäre.«

»Nein«, meinte Philylla, »damals war er ziemlich dumm.«

Deinicha quietschte plötzlich vor Lachen. »Dumm! Das waren wir doch alle! Auch du warst es manchmal. Philylla, hör, die Königin wird meine Brautmutter sein und mir die Haare abschneiden.«

»O du Glückliche! Ich glaube, kurze Haare werden dir gut stehen, Deinicha. Philocharidas ist doch mit Panteus befreundet, nicht wahr? Ich habe mich gefragt, ob Panteus ihn begleitet, wenn er kommt und dich holt.«

»Und dich gleich mit holt? Philylla, wird das dem König nicht weh tun?«

»Er selbst hat mit meinem Vater darüber geredet.«

»Beweist das etwas? Philylla, ich bin viel älter als du. Ich weiß, daß die Liebe nicht immer einfach ist.«

»Das kann ich auch schon erkennen. Aber es muß sein, wegen Agiatis.«

»Ja, geh zu ihr! Ich bleibe noch eine Weile hier.«

Zuerst hörte Philylla die Stimmen der Kinder, dann sah sie Gorgo, drückte den dunklen, weichen, lockigen Kopf an sich und wurde ihrerseits ungestüm von Nikolaos umarmt. Sie fragte sich, ob die Lippen und Arme eines Mannes wohl so schön wie diese kühlen Lippen, die kräftigen, runden kleinen Arme des Knaben sein könnten. Sie fragte Nikolaos, wann seine Ausbildung begann. »Im nächsten Monat«, antwortete der Junge. »Ich freue mich auf Nikomedes. Er ist schon so lange fort!«

Philylla betrat nun leise den Raum der Königin. Agiatis schien zu schlafen. Sie lag mit übereinandergeschlagenen Knien auf der Liege, eine Hand auf der Brust. Ihr Gesicht war sehr blaß und zeigte auf der Stirn, um Mund und Augen und um das sonderbare Grübchen auf einer Wange tiefe Falten. Sie wird alt! schoß es Philylla durch den Kopf. Sie ist nicht mehr schön! Doch dann schlich sie auf Zehenspitzen näher und sah das unverändert schöne Haar der Königin und dachte: Aber das ist es nicht! Was kann geschehen sein? Und darin flüsterte sie unter sonderbarem, plötzlichem Schmerz: »O Agiatis! O meine Liebste!«

Das schien den Bann zu brechen, denn die Königin öffnete die Augen, erblickte sie und schwang sich mit einer einzigen, wundervollen Bewegung, ohne die Beine auf den Boden zu setzen, hoch und breitete die Arme aus, um ihren Schatz willkommen zu heißen. Und zugleich veränderte sich ihr Gesicht. Die scharfen Linien verloren sich im Lächeln und in einem leuchtenden Blick.

»Kleiner Liebling«, rief sie. »Mein kleines Lamm!« Philylla sprang neben sie auf die Liege und kuschelte sich an die Königin, bedeckte ihren Hals und ihr Gesicht mit Küssen und schluchzte plötzlich auf.

»Was ist los?« fragte die Königin und streichelte sie.

»Es ist deinetwegen«, antwortete Philylla. »O meine Liebste, bist du krank?«

Die Königin umfaßte ihre Schultern und hielt sie von sich. »Ich glaube, ja«, antwortete sie dann. »Und wenn es stimmt, hat es keinen Sinn zu weinen. Der König darf es nicht erfahren. Verstehst du das?«

Philylla nickte und fragte: »Was hast du?«

»Ich habe Schmerzen«, antwortete die Königin, »nicht sehr starke zwar, aber sie peinigen mich dennoch. Es fing schon vor einer ganzen Weile an, und du erkennst den Unterschied nur, weil du fort warst. Aber sei nicht unglücklich. Vermutlich wird alles bald wieder in Ordnung sein.«

»Wirklich? Bestimmt, Agiatis?«

»Ja, ja. Was würde Sphaeros sagen, wenn er dich so sähe? Er hält dich für eine gute Stoikerin. Würde er nicht meinen, daß du es mir bloß schwerer machst?«

Philylla blickte die Königin an, und Agiatis trocknete ihr die Augen mit einem Zipfel ihres Kleides. Dann küßte sie Philylla leicht auf den Mund und kitzelte sie ein wenig, bis das Mädchen wieder lächelte.

»Ich wünschte, ich würde erkennen, wenn du die Wahrheit sagst«, meinte Philylla und legte eine Hand auf das Herz der Königin, auf die linke Brust, die sich beruhigend fest und kühl anfühlte und sich sanft unter dem Atem hob und senkte. »Du bist zu klug. Hast du dem König überhaupt nichts erzählt?«

»Nein. Dies ist vielleicht sein größtes Jahr, und ich will

es ihm nicht verderben. Ich habe dafür gesorgt, daß er nichts merkt, und du darfst ihm kein Wort verraten – vielleicht bilde ich mir ja alles bloß ein! – und Panteus auch nicht, denn er kann keine Geheimnisse vor Kleomenes bewahren. Versprich es mir! Kein Wort den beiden gegenüber!«

»Ja. Nur ... ich habe Panteus lange nicht gesehen oder gesprochen.«

»Du wirst ihn sehen. Mit Sphaeros kannst du reden. Das wird dir guttun. Er weiß Bescheid.«

»Jeder erzählt Sphaeros alles! Oder er erkennt es von selbst. Vermutlich denkt er überhaupt nicht an sich selbst und liebt niemanden. So kann er seine Zeit damit verbringen, den Rest der Welt zu beobachten.«

»Und er hat keine Kinder. Sag, Philylla, hast du Gorgo und Nikolaos gesehen?«

»Ja. Ach, Agiatis ...«

Die Königin legte ihr eine Hand auf die Lippen. »Psst! Du darfst nicht daran denken und auch mich nicht daran denken lassen. Wenn es passiert, werden du und Kratesikleia für sie da sein, sie werden sich gegenseitig helfen. Sie haben dich lieber als alle anderen. O Philylla, es ist so schön, daß du rechtzeitig zu Deinichas Hochzeit zurückgekommen bist! Ich habe sie oft bei mir gehabt, als du fort warst. Sie hat sich sehr gut herausgemacht und gefällt mir von Tag zu Tag besser.«

»Aber du liebst sie nicht so sehr wie mich, oder?«

»Du ... dummes ... kleines ... Kaninchen!« Agiatis lachte, umfaßte ihre Schultern und schüttelte sie, bis Philylla außer Atem beteuerte, daß sie nicht wirklich eifersüchtig war.

In diesem Augenblick trat eines der anderen Mädchen, Chrysa, mit einem Brief für die Königin ein.

»Oh«, meinte Agiatis, »der König wird morgen auf zwei Wochen zurückkommen! Jetzt werden wir erfahren, was wirklich geschehen ist und wie lange uns der Bund noch warten läßt!«

Sie verließ mit Chrysa den Raum, um dafür zu sorgen, daß alles für den König bereit lag. Er brachte immer völlig zerrissene und verschmutzte Tuniken zurück und ließ sie zu Hause waschen und flicken.

Jetzt wußte Philylla, warum Deinicha gesagt hatte, sie wolle warten. Sie ging zu ihr zurück, und das Mädchen sagte: »Du hast es also selbst gesehen. Was meinst du, Philylla?«

»Ich wünschte, ich wäre nie fortgegangen!«

»Das hätte auch nichts genützt. Wir anderen lieben Agiatis auch sehr, Philylla. Dennoch bin ich froh, sie jetzt, da ich fortgehe, deiner Fürsorge anvertrauen zu können. Sie wird sehr glücklich darüber sein.«

Am nächsten Mittag badete Deinicha im Fluß und legte eine kurze, weiße Tunika im archaischen Schnitt an, die mit einer roten Schnur gegürtet wurde und an der offenen Seite rot umstickt war. Dann trat sie in das gleißende Sonnenlicht des Innenhofes im Haus des Königs. Philylla hielt ihr Haar dicht über den Wurzeln fest, Chrysa umfaßte die Enden, und Agiatis nahm die scharfe Klinge eines bronzenen Speers, um die alte Forderung des Lykourgos zu erfüllen: einer spartanischen Jungfrau sollten bei der Eheschließung die Haare abgeschnitten werden. Es dauerte eine Weile, weil sie nicht sehr geschickt vorgingen, und Philylla durchfuhr plötzlich der Gedanke, daß ihr die Königin vielleicht nicht mehr das Haar schneiden würde. Vor Entsetzen zitterte sie und faßte fester zu, so daß Deinicha aufschrie und sie bat, vorsichtiger zu sein.

Es wurde ein unregelmäßiger, komischer Schnitt mit seltsamen Stufen. Im Nacken standen die Haare widerborstig hoch. Deinicha betastete sie unsicher und weinte fast. Die abgeschnittenen Zöpfe und ein paar Kornähren band Agiatis mit einem bunten Stoffstreifen zusammen und legte sie mit Deinichas Spindel auf den Altar des Königshauses.

Sie blieben im Hof und verbrachten die Zeit mit ungestümen Laufspielen. Nikolaos machte mit, selbst Agiatis beteiligte sich hin und wieder. Dann erfolgte das Hämmern an der Tür, auf das sie gewartet hatten. Sie hielten inne und blickten einander über die Schulter an, aber Deinicha schrie: »Noch ein Spiel!« und sprang wild auf eine Freundin los zum Abschlagen. Wieder rannten sie los, riefen einander beim Namen, schossen umher, duckten sich und versuchten, das Klirren an der Tür zu überhören. Philylla erkannte Panteus in seiner Rüstung, verharrte einen Moment vor ihm, zögerte und wollte fortrennen. Aber er sprang auf sie zu und faßte sie. »Sieh doch«, sagte er. »Das ist schön!« Sie drehte sich um, stellte sich neben ihn und sah, wie der junge Philocharidas direkt auf seine Braut zulief und die anderen Mädchen beiseite schob. Deinicha blieb stehen und blickte ihn an. Erst, als er sie hochhob, warf sie einen Arm um seine Schultern, umklammerte seinen Hals, verbarg das Gesicht an ihm und schien sich dem, was noch folgte, zu ergeben. Er trug sie aus dem Haus des Königs, und damit war eine weitere spartanische Hochzeit geschlossen.

Die meisten seiner Freunde folgten ihm unter Gejohle. Nur ein paar der älteren blieben, darunter Panteus. Philylla spürte seinen Arm auf ihrer Schulter und blickte ihn von der Seite her an. Er sah aber nicht auf sie herab. Es war eine freundliche, arglose Berührung. Und mit einem verstohlenen, leisen Lachen wagte sie, sich ein kleines bißchen gegen ihn zu lehnen. Plötzlich roch sie beunruhigt den Schweiß in seiner Achselhöhle – einen sauberen, wilden, erstaunlichen Geruch. Sie riß sich los.

Panteus blickte sie an. »War Deinicha eine deiner besten Freundinnen?« fragte er.

»Ich glaube, ja«, antwortete sie.

»Weißt du es nicht?«

»Sie ist nicht wie Agiatis. Sie ist einfach ... nun, eine Freundin. Ich mochte sie in letzter Zeit viel mehr als früher. Philocharidas sah großartig aus. Ist er ein guter Soldat?«

»Nicht schlecht.« Er blickte stirnrunzelnd auf die Tür. Die Mädchen verließen den Hof und zogen sich in ihren Teil des Hauses zurück. Auf einer Stufe saß Agiatis mit Nikolaos auf den Knien, der mit ihren Ohrringen spielte und ihr etwas zuflüsterte.

»Ich werde auf den König warten«, sagte Panteus. »Er wird bald hier sein.«

»Ja, natürlich ... der König.« Philylla ärgerte sich, weil sie sich in seinen Arm gelehnt hatte. »Nun, ich gehe ins Haus.«

»Geh noch nicht, Philylla!« Er blickte sie an, als sei auch er ein wenig verletzt. »Komm, setz dich zu mir und erzähl mir etwas! Sag mir, wie dein Vater das alles findet! Hast du dich an meiner Rüstung gestoßen?«

»Ja, die Nase.« Sie setzte sich neben ihn.

»Ich habe es gemerkt.« Er löste den Brustpanzer und wand sich geschickt aus ihm heraus. Darunter trug er eine Tunika aus rotem Leinen, die vom häufigen Waschen unter den Schulteragraffen weich und fadenscheinig geworden war. Er wandte sich ihr zu. »Dumm, daß du dir dein Näschen gestoßen hast«, sagte er und küßte sie, indem er ihr Gesicht zwischen beide Hände nahm und sich entgegenhob.

»Panteus!« sagte sie. »Was machst du da?!« Rasch hob sie die Hände, um seine Finger von ihren heißen Wangen zu ziehen. Aber als sie seine Handgelenke umfaßte, dachte sie: Warum eigentlich nicht? Laß ihn. Sie wollte die Hände als Zeichen des Einverständnisses fallen lassen, aber ihr gefiel es, seine Gelenke zu fühlen, die Knöchel an den Seiten und die schmalen starken Sehnen, den kurzen Flaum auf der Haut, die zarten, lockigen Härchen. Sie verharrten reglos und stumm und blickten einander nur an. Dann lächelten sie beide, und ihr schien, als habe sie niemals zuvor etwas so Freundliches gesehen wie sein Gesicht. Er ließ die Hände auf ihre Knie fallen, und sie legte die ihren vertrauensvoll auf seinen Schoß. Sie wollte ihn unbedingt fragen, was er *genau* gemeint habe und was als nächstes passieren werde. Sie fand es ungerecht, daß er es wußte und sie nicht. Aber sie fand keine Worte, konnte keine Frage stellen. Sie blickte ihn unverwandt an, sein Gesicht, die Stelle über dem Ohr, wo sich sein Haar lockte, und sie stellte sich vor, ihn eines Tages dort zu küssen. Und manchmal blickte sie auf seine Hände, die nun die ihren so sanft umschlossen, als sei sie eine Blume.

Panteus sah ihre Hände und Füße, die geraden, kleinen Zehen und eine Stelle, wo sich ein Sandalenriemen verschoben hatte und einen Streifen hellere, weniger sonnenverbrannte Haut zeigte. Er merkte nicht, daß sie voller Fragen war, und hätte auch keine Antworten darauf gewußt. Er war mit der Gegenwart zufrieden und ein wenig benommen. Er wußte ebensowenig wie sie, was als nächstes geschehen würde, vielleicht noch weniger. Er war sich seiner Zuneigung zu Kleomenes bewußt, aber nicht zu Philylla oder überhaupt zu Frauen – abgesehen von seiner Mutter, die seit einigen Jahren tot war, und zu Agiatis, die ein Teil von Kleomenes war, Mutter seiner Kinder, Hilfe und Trösterin seiner Sorgen, sein bester Berater, der freudvollste Teil seines Lebens. Das war offensichtlich etwas anderes und auf eigene Weise schön. Er dachte an Philylla immer noch eher wie an einen Jungen, obwohl er seit mehr als einem Jahr wußte, daß der König und die Königin sie füreinander bestimmt hatten, damit sie Kinder für die Neuen Zeiten bekamen. So saßen sie lange Zeit Seite an Seite, und dann streckte er plötzlich die Arme aus, lachte und dachte, daß er in ein Mädchen verliebt sei, und daß Kleomenes dies von ihm erwarte. Dann hielt er inne, bückte sich und traf Anstalten, sich die Beinschienen auszuziehen.

»Laß mich das machen«, sagte Philylla und zog an den Schnallen um seine Knöchel. Die Schienen waren außen vergoldet, was seine Zugehörigkeit zum königlichen Regiment kennzeichnete. Am Rand waren sie von einem flachen Relief in Blumenmuster gesäumt. Philylla meinte: »Du solltest dir von Berris Dher Beinpanzer mit einem schöneren Muster anfertigen lassen. Ich bin sicher, er macht das gern. Soll ich ihn fragen?«

»Wenn du willst«, gab Panteus zurück. »Und wenn du meinst, daß er dazu bereit sein wird.«

»Gefallen dir seine Arbeiten?«

»O ja, schon. Er ist ein guter Metallhandwerker, aber er denkt zuviel über Einzelheiten nach. Dazu ist das Leben nicht lang genug – heutzutage. Philylla, ich glaube, der König hat gute Nachrichten.«

Eine Stunde später traf Kleomenes ein, und Panteus trat an seine Seite. Philylla brachte die Kinder hinaus und rannte zurück, um die Neuigkeiten zu erfahren. Sie erkannte sogleich, daß Kleomenes wütend war; als Panteus ihn berührte, zuckte er zusammen und fluchte. Dann zog er einen Brief aus dem Gürtel und reichte ihn Agiatis.

»Der stammt von Aratos, zumindest indirekt«, sagte er.

»Er ist nicht von ihm unterzeichnet«, erwiderte Agiatis.

Stöhnend setzte sich der König auf eine Bank und griff zu einer Buchrolle, die zufällig neben ihm lag.

Die beiden anderen lasen den Brief über Agiatis' Schulter hinweg. »Er scheint von mir zu handeln«, sagte sie, und dann, als sie weitergelesen hatte: »... und von dir, Panteus.«

Philylla stampfte mit dem Fuß auf und stieß ein paar gepreßte Laute hervor. Panteus fuhr sich mit dem Arm über den Mund, als wolle er einen unangenehmen Geschmack fortwischen. Dann ergriff er Philyllas Hand und drückte sie.

Agiatis rollte den Brief wieder zusammen. Sie war errötet, lächelte aber und blieb ruhig. »Nun, meine Lieben«, sagte sie, »wir spartanischen Frauen haben uns inzwischen an den Scherz gewöhnt, daß wir unsere Männer an der Nase herumführen. Das ist nichts Neues. Und was die anderen Dinge über dich und mich betrifft, so vergiß sie einfach. Solche Dinge werden Frauen immer nachgesagt. Und mit Panteus ist es auch die alte Geschichte. Wir leben ein anderes Leben hier. Reg dich nicht auf!«

Kleomenes blickte auf und ließ die Buchrolle so plötzlich fallen, als habe er eine Spinne gehalten. »Sphaeros scheint auch immer dümmeres Zeug zu schreiben. Er wird langsam alt, wie wir alle. Den Brief habe ich entsprechend beantwortet.«

»Oh«, sagte Agiatis und wandte den Blick ab. »Das tut mir leid.« Und Philylla, die fast in die Hände geklatscht hätte, hielt inne und versuchte, die Reaktion der Königin zu verstehen, doch da blickte diese wieder auf, lächelte, trat zu Kleomenes und küßte ihn. »Nun, ich bin kein Mann! Und nun erzähl uns, was es *wirklich* Neues gibt.«

Da lachte er und stand auf. Seine Wut war verschwunden. »Die letzte Neuigkeit ist, daß sich die Achaeer in Argos treffen. Sie haben mir geschrieben und mich gebeten, in vier Tagen zu ihnen zu stoßen. Reicht euch das?«

Die drei blickten einander an. Dann sagte Panteus sehr erfreut: »Das bedeutet, wir haben gewonnen.«

Agiatis meinte: »Das schafft den Ausgleich für das letztemal. Die Götter haben dir eine zweite Chance gegeben, mein Gatte.«

»Ja. Ich glaube, man überträgt mir das Kommando über den Bund. Oh, es wird mir ein Vergnügen sein, Aratos' Macht zu brechen.«

»Und dann«, meinte Philylla, »werdet ihr die Welt erobern!«

Kleomenes trat zu ihr, berührte sie wie einen Glücksbringer und sagte rasch: »Von dir höre ich mir das an, Philylla, jawohl!« Und dann zu den anderen: »Ich hielt es nicht aus, diese vier Tage in Tegea zu bleiben. Deshalb bin ich hergeritten. Morgen früh muß ich wieder fort, und du kommst mit mir, Panteus. Ein Teil des Regiments liegt dort unten. Sie brauchen Proviant.«

Der König schien plötzlich zu ermüden; seine Augen waren leicht gerötet. Er ließ sich von Agiatis zu der Liege führen und grub die Stirn in die Kissen. »Ich habe Kopfschmerzen«, sagte er. »Sing ein Lied, Panteus!«

Panteus erhob sich und sang, und der König lauschte mit geschlossenen Augen. Sein Freund sang Geschichten vom Leben und der Liebe der Helden, er sang sie zu alten Melodien oder zu solchen, die er sich selbst ausgedacht hatte. Manchmal ging er im Zimmer auf und ab, und manchmal stand er neben dem König und strich ihm über dem Kopf, um die Schmerzen in seine eigenen Finger zu ziehen – zumindest hatte Philylla den Eindruck. Sie blieb und beobachtete ihn und meinte, noch nie etwas so Schönes gehört zu haben. Auch beneidete sie ihn um diese Stimme, wie auch darum, daß er ein Soldat war. Als sie sich nach einer Weile umdrehte, merkte sie, daß Agiatis nicht mehr im Raum war, und schuldbewußt schlich sie sich auf Zehenspitzen hinaus.

Wenig später traten Hippitas und Therykion ein. Der König blickte auf, und seine Brauen und die Stirn zuckten. Er fühlte sich besser. »Wie lange hast du gesungen, Panteus?« fragte er.

»Nicht lange«, antwortete Panteus lächelnd, »aber es ist inzwischen dämmrig geworden.« Sein Vetter Hippitas merkte, daß er müde war und sich angestrengt hatte. Panteus trat zu Therykion, den er ein paar Tage lang nicht gesehen hatte, und ergriff seine Hand. »Wie steht es bei dir?«

Doch ehe Therykion eine Antwort geben konnte, warf der König ein: »Er ist so fröhlich wie immer! Ich sage dir, Panteus, als dieser Brief kam, meinte Therykion, es bedeute ebensosehr eine Chance für Mazedonien wie für mich.«

»Genau!« meinte Therykion heftig. »Irgend jemand mußte es sagen!«

»Auch ich habe an Mazedonien gedacht, als ich sang«, sagte Panteus.

»Ja«, gab der König zurück, »aber du hast es nicht als erstes ausgesprochen. Ihr drei habt mir ein gutes Omen gegeben. Ich weiß nicht viel über Mazedonien, und ich glaube auch nicht, daß man Aratos sehr ernst nehmen muß. Er versucht, mich mit dieser Verbindung zu Antigonos zu erschrecken. Ich bezweifle, daß Antigonos sich regen wird. Es hat keinen Zweck, mich finster anzublicken, Therykion. Ich habe meine eigene Meinung, ebenso wie du. Vielleicht habe ich unrecht. Aber er ist ein kranker Mann und hustet sich die Seele aus dem Leib – und er ist eben bloß ein Mazedonier. Ich glaube ...« Kleomenes blickte Panteus an. »... ich glaube, daß Sparta im Augenblick alles vermag!«

Drittes Kapitel

Erif und Berris Dher saßen in zwei Astgabeln eines alten Feigenbaumes, nicht sehr hoch über dem Boden. Die Feigen waren noch nicht reif, aber der Baum warf einen schönen Schatten, und die Äste federten angenehm; er war wie ein Haus. Erif und Berris unterhielten sich in ihrer Muttersprache, und niemand konnte sie verstehen. Berris trug griechische Kleider, in denen er sich mit Anmut bewegte. Seine Hände konnten die Falten des Umhangs blitzschnell zurechtlegen. Nur seine Gürtelschnalle sowie Griff und Scheide seines Dolches hatte er selbst hergestellt; seine Schulteragraffen aus griechischem Gold waren ihm nach der Schlacht von Hekatombaeon von König Kleomenes geschenkt worden.

Erif trug ein weißes, reich besticktes Sommerkleid aus Leinen mit weiten Ärmeln, die an den Handgelenken zusammengebunden waren, keinen Umhang, aber einen Gürtel. Normalerweise paßten dazu weiche Stiefel, doch sie war barfuß. Ihr Haar war zu einem dicken Zopf geflochten, der ihren Nacken vor der Sonne schützte. Ihr breiter Filzhut hing an einem Ast neben ihr.

Sie unterhielten sich, schwiegen aber zwischen den einzelnen Sätzen lange. In der Hoffnung auf Hilfe war Erif gleich nach ihrer Ankunft zu Sphaeros gegangen. Aber der Philosoph war mit seinen hiesigen Freunden und deren Problemen so beschäftigt, daß er sich ihr nicht widmen konnte.

Außerdem war das Geschehene so ungriechisch und schrecklich, und er lebte schon so lange wieder in Griechenland, daß er die barbarische Welt und die Wirklichkeit, der man sich in Marob stellen mußte, vergessen hatte. Er verstand Erif nicht, und so vermochte er nicht, ihr zu helfen. Aber wer konnte es?

Berris war erschrocken, überrascht hatte es ihn nicht. Als sie ihm berichtete, was in den letzten Monaten in Marob passiert war, zweifelte er nicht daran, daß seine Schwester den Zyklus der Rituale gebrochen hatte – eben das, was für Marob den Zyklus von Mann und Frau bedeutete, Begierde und Befruchtung, Ruhe und Geburt, ein jedes aus dem anderen hervorgehend. Erif Dher hatte den Tod hineingebracht. Mußte der Tod nun für immer bleiben und immer als Teil des Zyklus vollzogen werden, oder konnte es eine Wiedergeburt geben, die ihn auslöschte?

Sie erzählte voller Zweifel, was Tarrik gesagt hatte, als er von seiner Unzufriedenheit sprach, darüber, daß er mehr vom Leben erwarte als nur Marob. Berris begriff es sofort. »Das ist genau der Grund, warum ich meine Skulpturen schaffe«, sagte er. »Das bin *ich*, mein einziges, eigenes Leben, das nicht Teil von Marob oder sonst was ist, nicht einmal Teil von Sphaeros' Natur, sondern nur es selbst. Es lebt weiter, wenn ich gestorben bin. Tarrik hat so etwas nicht.«

»Aber Marob ist doch seine Arbeit. Marob wird auch ohne ihn weiterleben.«

»Aber das ist zu groß. Wir wollen ein kleines bißchen Unsterblichkeit, er und ich. Du nicht auch, Erif?«

Sie strich mit den Händen über die knorrigen, blattlosen Feigenzweige und sagte schließlich: »Ein kleines Stück Unsterblichkeit. Ein Kind! Etwas, das ebenso leicht verletzt werden kann. Ehe mein Sohn geboren wurde, habe ich gedacht, er würde so werden. Aber dann merkte ich, daß er sich selbst gehört und nichts mit mir zu tun hat. Berris, wenn du eine Frau aus Stein oder ein Tier aus Gold geschaffen hast, werden sie dann nicht zuweilen lebendig und laufen dir davon?«

»Ich glaube schon«, antwortete er. »Vermutlich ist das der Grund, daß sie mich nicht mehr kümmern, wenn ich fertig mit ihnen bin, und daß ich sie verkaufen kann und niemals mehr wiedersehe. Es ist mir gleich, für wen ich arbeite, oder was sie mit meinen Sachen anstellen, solange sie was taugen, solange sie gut sind. Und im Augenblick sind sie gut. Erif! Lach mich nicht aus. Ich schaffe allerdings nicht so viel, wie ich sollte – zumindest keine großen Stücke. Aber das ist der Vorteil gegenüber einem Kind. Das Kind weiß, daß es früher oder später sterben wird, braucht die Vorstellung von Unsterblichkeit und schafft sich ein weiteres Abbild, ein weiteres Kind, und so weiter. Jedesmal entfernt es sich ein weiteres Stück von dir. Meine Dinge aber bleiben.«

»Ich wünschte, Tarrik könnte etwas schaffen, wenn das so sehr hilft.«

»Tarrik ist kein guter Handwerker; er ist zu träge. Sind die Roten Reiter noch einmal zurückgekehrt, Erif?«

»Nein. Was meinst du damit, daß du nicht soviel arbeitest, wie du solltest?«

Er zuckte die Achseln. »Philylla.«

»Ach so! Du stehst also noch immer am Anfang. Keinen Schritt weitergekommen, Berris? Hast du noch nicht mit ihr gesprochen? Sie ist doch alt genug.«

»Ich könnte sie niemals heiraten, Erif. Sie ist eine Spartanerin, und ich bin ein Barbar. Ich wage nicht, mit ihr darüber zu sprechen. Ich würde nur verlieren, was ich jetzt habe.«

»Was besitzt du denn?«

»Einen Teil ihrer Gedanken.«

»Das ist nicht viel für einen Mann. Tarrik wäre damit nicht zufrieden. Aber an dir ist ohnehin etwas von einer Frau, Berris. Warum versuchst du es nicht einfach? In Marob haben einst Griechen gelebt, sagt Tarrik. Vielleicht fließt sogar in deinen und meinen Adern ein wenig griechisches Blut. Zwecklos? Dann laß das Ganze!«

»Aber wie denn?« Er blickte sie am Stamm vorbei an und lachte. »Selbst wenn du wüßtest wie, würde ich es nicht lassen.«

»Wenn du denkst, sie ist es der Mühe wert ...! Aber warum sollte sie dich eigentlich verachten, Berris? Du bist ebenso gut wie sie, und ich bin eine Königin. Ich habe Schmuck bei mir, Berris, alles in kleine Säckchen eingenäht. Niemand in Sparta besitzt solche Dinge, zumindest jetzt nicht mehr!«

»Sie verachtet mich ja nicht. Sie ist nur einfach anders. Und deinen Schmuck wirst du hier nicht verkaufen können, Erif. Weder hier, noch in den Staaten, die sich Kleomenes angeschlossen haben. Aber du wirst, solange du in

Sparta weilst, hier Gast sein, vermutlich sogar Gast der Königin.«

»Ja«, gab sie zurück und krümmte und streckte die Zehen in einem kleinen Fleck Sonnenlicht, der auf einen Ast fiel. »Ich werde nicht lange hierbleiben, wenn mir keiner helfen kann. Ich bin furchtbar allein hier, Berris, selbst mit dir. Immer, wenn ich ein kleines Kind sehe, lache ich es zuerst an, und dann denke ich an Klint und werde sehr traurig, und wenn ich einen Mann und eine Frau zusammen sehe, denke ich an Tarrik und mich. Ich hasse es, allein zu schlafen.«

»Aber du findest doch leicht einen Mann, mit dem du schlafen kannst«, meinte Berris, plötzlich ganz der große Bruder.

Ein paar Tage später drangen die Nachrichten aus Argos nach Sparta. Eukleidas überbrachte sie der Königin. Gewöhnlich blieb er in Sparta zurück, wenn Kleomenes bei der Armee war, es sei denn, man benötigte ihn für andere Aufgaben. Er liebte seinen Bruder seit der frühesten Jugend abgöttisch. Er glaubte alles, was man ihm sagte, und wenn Kleomenes sich ihm gegenüber freundlich verhielt, fühlte er sich für alles entschädigt. Er war nicht verheiratet, und obzwar Eukleidas dies seinem Bruder gegenüber nicht zugeben wollte, wußte Agiatis, daß er die Thronfolge nicht erschweren wollte. Falls Kleomenes entscheiden würde, er wolle als nächsten Zweitkönig ein Kind seines Bruders, so würde Eukleidas heiraten und Kleomenes einen Neffen schenken, der jünger wäre als Nikomedes, vielleicht sogar mit zwölf oder dreizehn Jahren Abstand. Es wäre sogar von Vorteil, wenn die Könige verschiedenen Alters waren. Aber bislang hatte Kleomenes nichts Derartiges entschieden, und Eukleidas war recht zufrieden mit seiner Jünglingsliebe, einem netten, sanften, wohlerzogenen Jungen, der ihn für vollkommen hielt.

Eilig und höchst aufgeregt betrat er den Raum. »Agiatis!« rief er. »Alles ist fehlgeschlagen. Sie wollen ihn nicht!«

Kratesikleia zuckte zusammen und rief: »Mein Sohn!«
Agiatis erhob sich und ging im Raum auf und ab, rückte hier eine Bank zurecht, dort eine Vase. Auf diese Weise fiel es ihr leichter, gelassen zu bleiben.

»Aratos hat sie mal wieder mit seiner Silberzunge beschwatzt«, berichtete Eukleidas. »Oh, ich möchte ihn eigenhändig umbringen! Er hieß die anderen zu bestellen, daß Kleomenes nur ohne seine Armee nach Argos hineindürfe, was bedeutet, daß er sie überredet hat, ihre Meinung völlig zu ändern. Es war das Zerrbild ihres ersten Briefes. Kleomenes weigerte sich! Er hat in Aegium dem Bund wieder den Krieg erklärt und die Zöglinge einberufen, Ich hoffe, er holt mich auch zu sich. Ich möchte wieder kämpfen!«

Eukleidas weinte fast. Kratesikleia klopfte ihm auf den Rücken. »Nichts ist so schlimm, wenn es noch schlimmer hätte kommen können. Wenn er mit guten Worten nicht gewinnen kann, siegt er im Kampf. Du wirst deinen Bruder schon noch als Anführer des Bundes erleben.«

»Aber das alles bedeutet Zeit für Antigonos«, meinte Eukleidas.

»Oh«, gab Kratesikleia zurück, »das war doch nur ein Gerücht, oder?«

»Kleomenes fürchtet sich nicht«, antwortete Eukleidas. »Ich glaube, irgendwie würde es ihm gefallen, wenn die ganze Welt gegen ihn stünde. Aber ich habe Angst, und einige der anderen auch. Es geht um die stärkeren Truppen und um Geld. Antigonos hat beides; ausreichend Gold, um uns zwanzigmal aufzukaufen. Wir haben weder genügend Leute noch genug Gold.«

»Was? Hinter uns steht doch ganz Sparta!«

»Ich weiß, Mutter. Und wir haben Kleomenes, der mehr wert ist als alles andere. Ich schicke in einer Stunde einen Boten an ihn ab. Wenn ihr beide noch Briefe habt, legt sie zu meinem. Soll ich sie abholen lassen?«

»Nein«, antwortete Kratesikleia. »Philylla kann sie doch hinüberbringen, nicht wahr, Agiatis? Dann kann sie sich vormachen, sie überbringe Kriegsbotschaften!« Kratesikleia lachte vor sich hin und setzte sich, um einen fröhlichen Brief an ihren ältesten Sohn zu schreiben und einen weniger fröhlichen an Megistonous, ihren Gatten.

Agiatis hatte sich natürlich gefreut, die Königin von Marob wieder als Gast empfangen zu können. Erif erschien, angetan mit ihren besten Gewändern, und spielte sofort mit Gorgo. Sie erzählte Agiatis von ihrem Sohn, sparte aber Einzelheiten darüber aus, was sich sonst noch ereignet hatte, weil sie bei Sphaeros gemerkt hatte, wie schrecklich dies alles auf einen Griechen wirkte. Agiatis sollte sie mögen. Sie berichtete nur, daß sie etwas getan hatte, was sie eine Zeitlang außerstande setzte, die Riten von Marob zu vollziehen. Agiatis meinte, sie bedürfe vielleicht einer rituellen Reinigung, die ihr eine andere Königin erteilen könnte, wie es im alten Hellas Brauch war. Aber sie merkte, daß Erif Dher nach einer gründlicheren Läuterung suchte. Agiatis verstand nicht viel von solchen Dingen, aber sie erinnerte sich daran, wie ihre Ehrenjungfern vor der Revolution immer über Götter und Gottheiten geflüstert hatten. Sie ließ also Deinicha und ein paar der Älteren herbeiholen, die inzwischen ebenfalls verheiratet waren.

Deinicha hatte inzwischen fast alles vergessen, aber die anderen fanden in den Göttern immer noch Trost und Zuspruch, und als sie davon erzählten, fiel es auch Deinicha wieder ein. Sie erzählten von den Göttern in Syrien, Ägypten und Kyrene, mütterlichen Gottheiten, vor allem von Isis, der Frauengöttin, der reinen Mutter, der Sanften, die in ihrem Herzen den Schmerz der Erde trug und auf immer zwischen der Frau und dem Chaos stand und ihre Seelen mit sanfter Hand lenkte. Ein Mädchen trug ein kleines buntes Bildnis der Isis bei sich, der Sanften und Gütigen, deren Krone sie nicht unnahbar werden ließ; sie trug ein Kind auf den Knien. Diese Isis war kein stolzes Mädchen wie Artemis oder Athene, sie war gezähmt und verletzt, eine aus der Gruppe der Flüsternden, eine Frau-Frau. Erif Dher weinte, als sie das Bildnis in den Händen hielt, weil sie an ihr eigenes Kind dachte. Sie sehnte sich so sehr danach, ihren Sohn auf dem Schoß zu halten und an die Brust zu drücken. Aber auch Isis, fürchtete sie, würde Marob wohl kaum jemals verstehen.

Dann sprach ein anderes Mädchen verstohlen über weitere Riten in Hellas, Rituale der Wiederauferstehung, wie man im Dunkeln sät und im Licht sich erhebt, wie man durch Tore hindurchgeht und neu geboren wird. Erif Dher wollte mehr darüber wissen, sie war an die Korn-Rituale in Marob erinnert. Aber die Frau wollte nicht ausführlicher darüber sprechen, weil sie nicht initiiert war. Und die Eingeweihten waren fast überall Hellenen. Wenn Erif Dher vielleicht die Bürgerwürde einer Stadt erlangen könnte, die einer kleineren, armen Stadt, deren Bürgerwürde käuflich war ...? War es überhaupt für eine Frau möglich? Sie wußten es nicht.

Erif und Philylla schlossen rasch Freundschaft. Erif Dher wollte mehr über dieses Mädchen erfahren, das ihr Bruder so liebenswert fand. Und Philylla war sehr freundlich zu Erif, einmal, weil Sphaeros sie darum gebeten hatte, und außerdem, weil sie nicht unfreundlich zu Berris sein wollte.

Die Zeiten für Aratos waren schlimm. Wieder und wieder hatte er seinen Bund gerade eben retten können. Der Gedanke quälte ihn, daß seine Verbündeten zu Kleomenes und dessen neuen Ideen überlaufen könnten. Wie leicht konnten seine anständigen, wohlgeordneten Städte dann von Sparta in Stücke zerrissen werden – oh, und schlimmer als dieser Kleomenes selbst waren seine Ideen, die sich in den tumben Köpfen des gemeinen Volkes, das nicht Gut von Übel trennen konnte, verwurzelten und ausbreiteten! Eines Tages würde es soweit sein, daß er sie nicht mehr überreden konnte. Man würde ihm, Aratos, den Laufpaß geben wie einer Frau. Genauso sprunghaft verhielten sich die Bundesgenossen auf den Versammlungen. Selbst Antigonos war besser als diese Ideen. Auch Mazedonien, aus dessen Macht er einst

Korinth befreit hatte. Es war seine erste Tat als junger Mann gewesen. Und damals war er von der Zitadelle herabgekommen, um es den Bürgern zu berichten. Wie müde, wie glücklich war er da gewesen! Aber das war lange her.

Jawohl, alles war besser als dieser Irrweg zwischen den Klassen, den Kleomenes zuließ und förderte: Aufteilung des Landes, Gleichheit – als könne es so etwas jemals geben! Und manchmal befreite er sogar die Sklaven! Und dann über allem der üble Einfluß Spartas, die Brutalität, diese bellenden dorischen Stimmen, die hochgewachsenen, rotwangigen Frauen. Es war komisch, aber wann immer Aratos sich unter Spartanern oder spartanisch orientierten Peloponnesern bewegte, wie er es zuweilen hatte tun müssen, herrschte ein Geruch, der bei ihm Übelkeit erregte. Der Geruch von Schwarzer Suppe und saurem Brot und grobem Tuch und ungewaschenen Körpern. Antigonos von Mazedonien würde ihn und seine Städte davor bewahren, dieser gerechte, sanfte, kluge König, ein Mensch, den Aratos begreifen und mit dem er verhandeln konnte, tapfer wie nur irgendeiner sein kann in den letzten Jahren einer tödlichen Krankheit.

Doch noch ehe sich Antigonos zur Hilfe entschließen konnte – und ohne Verhandlungen ging das nicht –, wurde der Achaeische Bund von Kleomenes vernichtend geschlagen. Er und seine Offiziere, die inzwischen genauso fähig wie er selbst geworden waren, nahmen Pellene ein. In seinem eigenen Regiment gab es etwa zwanzig Offiziere, und er schätzte sie alle hoch ein. Immer wieder wurde er unmutig und ängstlich, wenn sich einer von ihnen verspätete; es konnte bedeuten, daß er getötet worden und für Sparta und die Neuen Zeiten verloren war. Pünktlichkeit gehörte zur Disziplin, wie er sie verstand, und alle versuchten, seine Ansprüche zu erfüllen und sich zumindest einmal täglich unter seinem Blick zu versammeln, um ihm Ruhe zu schenken.

Am schlimmsten war es, wenn Panteus sich verspätete,

so wie an diesem Tag. Der König konnte weder essen noch seinen Wein anrühren. Vor den Mauern von Pellene hatte es ein paar Scharmützel mit einem kleinen Trupp gegeben, den Aratos ausgesandt hatte, um herauszufinden, ob sich die Spartaner bereits auf ihren Lorbeeren ausruhten. Aber sie ruhten keineswegs. Während die Achaeer von den Speerwerfern auf der Mauer in Schach gehalten wurden, hatte Panteus fünfzig Zöglinge ausgesucht, gerade eben aus der harten Zucht entlassen. Alle waren großartige Läufer und begierig auf Abenteuer und Ruhm.

Mit ihnen war er um einen Hügel gezogen und griff die Feinde nun aus dem Hinterhalt an. Es war vielleicht eine übereilte Handlung, entsprang aber völlig dem Geist der Zeiten, und wenn sie Erfolg hatten, würde diese Tat Sparta großen Ruhm bringen, den Gegner weiter entmutigen und zum Übertritt auf ihre Seite bewegen. Aber der Abmarsch war das letzte, was man von Panteus gesehen hatte. Die Achaeer verschwanden vor den Mauern und ließen einige Gefallene zurück. Und dann? Phoebis berichtete, einer seiner Männer habe Panteus seitdem gesehen. »Du lügst, Phoebis«, antwortete der König. Dies stimmte, doch Phoebis wollte es nicht zugeben. Er kannte den König länger als alle anderen und war entschlossen, ihn so lange anzulügen, wie er es für richtig hielt.

Es beunruhigte alle, daß der König nicht essen mochte. Nicht, daß das Mahl besonders verlockend gewesen wäre – alles auf dem Tisch roch kräftig nach Gerste, Kutteln und Knoblauch. Therykion ging hinaus und kam nach kurzer Zeit mit weißem Brot und dünnen Scheiben geräucherten Schinkens wieder, wie man ihn in Arkadien bereitete. Dazu brachte er ein paar frische Himbeeren und die ersten Birnen. Er hatte die Früchte morgens in der Küche des Hauses gesehen, in dem sie wohnten, sich aber beherrscht. Jetzt stellte er die Köstlichkeiten neben den König und ging an seinen Platz zurück. Kleomenes aß ein wenig von den Früchten.

Man dehnte das Mahl gehörig aus, in der Hoffnung, daß der Vermißte bald auftauchen würde. Mnasippos, ein jüngerer, recht gutaussehender Mann, den eine Schwertnarbe über dem linken Auge leider etwas entstellte, ging hinaus, um Panteus zu suchen. Idaios, ebenfalls zu den Jüngeren gehörend, begann nervös, ein Soldatenlied zu pfeifen, aber Kleomenes blickte ihn so finster an, daß er abbrach. Schließlich sprang der König auf, worauf jedermann zusammenzuckte, und ging zurück in sein Arbeitszimmer. Das Haus, in dem sie lagerten, gehörte einem Ratsmitglied von Pellene. Phoebis folgte ihm ruhig. Erleichtert begannen die anderen, sich lauter zu unterhalten und die Becher nachzufüllen. Nach wenigen Minuten kehrte Phoebis zurück. »Es hat keinen Sinn«, sagte er, »aber er bleibt zumindest im Haus. Ich habe Bescheid gegeben, daß man uns benachrichtigt, wenn er ausgeht, habe ihnen tüchtig eingeheizt! Wenn wir Glück haben, schläft er.«

Da kam Mnasippos zurück. »Ich konnte nur herausfinden, daß er es geschafft hat. Hat den kleinen Trupp aufgerieben und den Männern, die noch was erzählen können, eine schöne Geschichte für Aratos mitgegeben. Aber keine Spur von ihm. Wenn er verletzt wurde, werden wir es sicher schnell erfahren.«

Phoebis meinte: »Wenn etwas passiert ist, beneide ich denjenigen nicht, der es dem König beibringen muß.«

»Das sollten du und ich übernehmen«, sagte Therykion aufblickend. »Du stellst dich besser neben ihn, und ich spreche. Ich werde sagen ...«

»Ach, hör doch auf!« rief Mnasippos und setzte den Becher heftig auf den Tisch. »Alles wird in bester Ordnung sein.«

Alle wünschten sich, Hippitas wäre bei ihnen, aber er war von einem Speer am Arm verletzt worden und hatte Fieber bekommen. Jetzt lag er im Haus einer Witwe, die ihn so eifrig umsorgte, als wolle sie ihn gleich heiraten.

Plötzlich riß Phoebis den Kopf hoch, lauschte und stürzte dann aus dem Zimmer. Einen Moment später war er wieder zurück. »Ja«, sagte er. »Er war es. Es ist alles in Ordnung. Hat zwei Jungen dabei. Kenne sie nicht. Gute Nacht. Morgen werden wir ihn tüchtig verfluchen, weil er uns solche Angst eingejagt hat.«

Doch das hatte der König bereits übernommen. Er war, während er wartete, zu dem Schluß gelangt, daß der Plan äußerst dumm gewesen war, und daß Panteus sein Leben für einen Dummejungenstreich aufs Spiel setzte, um ein bißchen Ruhm zu erlangen! Im Moment der Erleichterung, als er sah, daß Panteus wirklich unverletzt zurückgekommen war, brach alles aus ihm heraus, und er fluchte und schimpfte mit einer Stimme, die sich immer wieder brach.

»Gut, gut«, unterbrach ihn Panteus, der versuchte, weder wütend noch verletzt zu klingen. »Willst du nicht einmal wissen, Kleomenes, ob mein Plan geklappt hat?«

Der König schwieg, während Panteus berichtete. Dann sagte er: »Du hattest mehr Glück, als du verdienst. Ein Wahnsinnsplan! Wie viele sind dabei gefallen? Vier? Du hast sie umgebracht! Noch dazu von den jüngsten Jahrgängen. – Unsere Zukunft!«

Panteus lehnte seinen Schild gegen das Fußende der Liege. Seine Hände zitterten. Dann trat er dicht zum König und sagte mit leiser Stimme: »Ich gehe jetzt in mein Quartier, Herr. Mir gefällt das nicht, hier vor den Jungen.«

Das brachte Kleomenes zur Vernunft. Er stand ruckartig auf und fragte: »Wer? Welche Jungen?« Dann starrte er sie an, die sie verlegen und dicht aneinander gedrängt hinter Panteus standen. Der Älteste trug volle Rüstung, die sehr prächtig mit goldenen Einlegearbeiten verziert war. Auf dem Schild war ein Kind abgebildet, das zwei Schlangen umklammerte. Seine Wange zeigte schon spärlichen Bartwuchs. In der rechten Hand hielt er einen Speer, und den linken Arm hatte er um einen jüngeren Burschen gelegt, der ihm sehr ähnlich war, aber noch keinen Bart hatte. Dieser trug keinen Brustpanzer, und ein Arm hing verbunden in einer Schlinge. In seine Tunika aus feinem Tuch schien, soweit das zu sehen war, das gleiche Wappen eingewebt zu sein. Beide schwiegen; sie hatten Angst. Kleomenes betrachtete das Wappen, das den jungen Herakles darstellte.

»Ihr müßt von meinem Blut sein«, sagte der König dann.

Panteus trat einen Schritt zurück. »Es sind die Söhne deiner Schwester«, sagte er dann.

»Chilonis!« rief der König. »Ihr seid die Söhne?«

»Ja, Onkel«, antwortete der ältere. »Ich bin Agesipolis, und dies ist der junge Kleomenes. Wir wollten schon seit Monaten zu Euch stoßen, aber Mutter ließ uns nicht. Sie sagte, Ihr würdet den gleichen Weg gehen wie unser Vater und König Agis. Aber endlich ließ sie uns ziehen. Außerdem bin ich alt genug, um nicht mehr auf den Rat von Frauen zu hören. Wir sind erst seit kurzem bei der Armee, aber wir wollten nicht, daß Ihr es erfahrt, ehe ... ehe wir uns nicht Lob verdient haben.«

Der Jüngere sagte kläglich: »Wir dachten, wir hätten unsere Sache gut gemacht, Onkel! Ich wurde bei der Flucht der anderen von einem Pferd getreten, und mein Arm ist gebrochen. Panteus hat mir geholfen und mich verbunden. Das hat lange gedauert. Aber er meinte, Ihr würdet sagen, es sei eine Ehre für mich.«

Kleomenes ging zu ihnen und küßte sie. »Verzeiht mir«, bat er. »Chilonis schreibt mir nicht und scheint auch nichts mit mir zu tun haben zu wollen. Aber sie kann mich nicht vollständig vergessen haben. Hat sie euch nie erzählt, daß ihr Bruder ein wütender, unfreundlicher, ungeduldiger Mensch ist, der seine liebsten Freunde verletzt? Ich bin in dieser Hinsicht ein schlechter Spartaner. Ich kann nicht ruhig bleiben und mich mit wenigen Worten zufriedengeben. Und trotz all meiner Schulung bin ich ein noch schlechterer Stoiker. Ihr beide müßt euch Panteus zum Vorbild nehmen, nicht mich. Er bildet den besten Teil von mir; vergeßt, was ich zu ihm gesagt habe. Agesipolis, junger Kleomenes, jetzt ist mein Geist von allem Schlechten befreit. Ich erteile euch das Lob, das euch zusteht. Es war eine gute Tat von euch und eurem Anführer. Ich werde eurer Mutter schreiben, und vielleicht gibt sie mir dieses Mal eine Antwort. Werdet ihr in Sparta bleiben?«

»Wir hoffen es.«

»Und die Disziplin und die Neuen Zeiten achten? Und mich?«

»Aber gewiß, Onkel«, antwortete Agesipolis.

Panteus sagte: »Die Jungen brauchen jetzt ihr Abendessen. Kommt!«

Kleomenes meinte: »Ich selbst habe nur wenig gegessen. Es wird noch etwas übrig sein.« Dann streckte er eine Hand dem jüngeren Knaben entgegen, der sie freudig entgegennahm, und die andere Panteus.

Aber Panteus ergriff wieder seinen Schild. »Ich glaube, du hattest recht«, sagte er. »Es war vielleicht übereilt, nicht die doppelte Anzahl Jungen mitgenommen zu haben. Wir taten es vermutlich zu sehr um der Ehre und des Ruhms willen. Aber solche Dinge sind gut für die Zöglinge. Doch du hattest recht, sie mir nicht anzubieten.«

Kleomenes gab keine Antwort, sondern führte seine beiden Neffen ins Nebenzimmer. Hier saß noch immer Therykion, der unter einer Lampe an einem Tisch sein Tagebuch schrieb. Kleomenes stellte ihm die Söhne von Chilonis und Kleombrotos vor. »Das sind die beiden, die Chilonis im Poseidontempel bei sich hatte, als mein Vater, Leonidas, Kleombrotos auf den Fersen war, um ihn zusammen mit Agis umzubringen. Wißt ihr das noch, Jungen?«

Sie schüttelten die Köpfe. »Er war noch ein Säugling«, sagte Agesipolis, »und ich nur wenig älter. Manchmal glaube ich mich zu erinnern, aber das ist alles. Mutter hat uns davon erzählt.«

Der König schenkte ihnen eigenhändig ein und reichte ihnen Brot und Käse. Dem Älteren bot er kalte Schwarze Suppe an, um zu sehen, ob er sie aß. Der Junge leerte die Schale und fast noch eine zweite, die Kleomenes ihm nicht ohne Schadenfreude reichte.

Zwischen zwei Löffeln sagte der Junge plötzlich, daß er verheiratet sei und einen Sohn habe. Dies kam mit einiger Verlegenheit heraus, als wolle er es nicht wieder erwähnen. Kleomenes erinnerte sich, daß Chilonis, die die alleinige Verantwortung trug, ihren Sohn in aller Stille und mit aller Entschiedenheit mit einer passenden, tugendhaften Frau verheiratet hatte. Agesipolis hatte nun seine Pflicht erfüllt und seiner Mutter einen Enkel geschenkt, der seinen Namen trug: ein weiterer Agesipolis.

Doch der kleine Kleomenes mit seinem gebrochenen Arm war nun müde und lehnte sich leise schluchzend gegen seinen Bruder. Panteus kam herein und schlang sein Mahl im Stehen hinunter. Schließlich nahm er die beiden Jungen mit und trug Schild und Speer des älteren, damit dieser seinem Bruder helfen konnte. »Komm wieder, wenn du sie in ihr Quartier gebracht hast«, sagte der König zu ihm über die Schulter.

Doch Panteus erwiderte: »Nein. Es tut mir leid, aber ich bin heute müde. Es gibt keinen Grund, daß wir uns treffen.« Und ging hinaus.

Nach etwa einer halben Stunde sagte Therykion. »Geh besser hinter ihm her, Kleomenes! Manchmal müssen das auch Könige.«

»Hast du gehört, was ich zu ihm gesagt habe?«

»Nein, aber ich kann es mir denken. Um unser aller und um Spartas willen, Kleomenes, bleib gelassen, bis wir alles hinter uns haben! Du hast anfangs die ganze Last der Neuen Zeiten getragen. Jetzt ist sie leichter, aber immer noch hängt alles von dir ab, und du hast vielleicht noch Jahre vor dir und Mazedonien als Gegner.«

»Ich weiß«, sagte Kleomenes. »Ich werde es versuchen, Therykion. Sag mal, was ist aus dem Jungen geworden, in den du dich verliebt hattest? Ich habe seinen Namen vergessen.«

»Zuerst fühlte er sich geschmeichelt«, antwortete Therykion und rollte sein Tagebuch zusammen. »Doch dann wollte er einen jüngeren und fröhlicheren Freund. Ich mache ihm keinen Vorwurf. Er hat jede Menge Auswahl.«

Der König erwiderte: »Das tut mir leid, Therykion. Kennst du die ›Gesegnete Insel‹ von Iambulos? Ich las gerade die Kapitel über die Landung und wie sie beginnen, die Gesetze dort zu verstehen. Es ist sehr schön, aber das Leben entwickelt sich immer weiter davon fort. Du solltest es einmal lesen. Nun gut, ich muß jetzt versuchen, Frieden zu finden. Gute Nacht, Therykion.«

Er klopfte an die Tür des Hauses, in dem Panteus untergebracht war, und nach einer Weile öffnete ihm ein verschlafener Sklave und zeigte ihm den Weg. Er trat ein. Es war dunkel. Panteus schlief bereits. Aber dann stolperte der König über einen langen Speer, und Panteus schreckte hoch. »Was ist los, Kleomenes?« fragte er, und seine Stimme klang angespannt und müde.

Kleomenes antwortete: »Ich war ungerecht zu dir. Du hast dich großartig für Sparta geschlagen.«

Panteus erwiderte: »Ich dachte, es sei wichtig. Warum hast du mich geweckt? Ich bin müde.«

Kleomenes tastete sich einen Weg durch das Zimmer. »Kannst *du* mit einer Ungerechtigkeit einschlafen?«

»Heute nacht kann ich mit allem einschlafen. Diese Jungen haben mich erschöpft. Ich bin zu alt, um fünf Meilen zu rennen und dann noch zu kämpfen. Geh auch schlafen, Kleomenes!«

Der König hörte, wie er sich die Decke über die Ohren zog und die heugefüllte Matratze raschelte, als sich Panteus zur Wand umdrehte. Er tat noch einen Schritt, stieß gegen die Rüstung und tat sich weh. Dann fiel er gegen das Bett, bückte sich und rüttelte Panteus an der Schulter.

Panteus drehte sich auf den Rücken, streckte schläfrig einen Arm aus und tastete nach dem des Königs. »Was ist denn los?« fragte er. »Selbst wenn du mich ungerecht behandelt hast, werde ich es morgen vergessen haben.«

Kleomenes antwortete: »Eine Frau würde dich nicht hart behandeln; sie würde dir nicht weh tun, was immer du ihr auch antust. Und wenn sie dich verletzte, würde sie dich anschließend trösten, wie ich es nicht kann. Eine Frau wie Agiatis.«

»Ich will keinen Trost«, erwiderte Panteus mürrisch. »Und es gibt keine anderen Frauen, die so sind wie Agiatis.«

»Wenn du mit Philylla verheiratet wärest«, fuhr der König fort, »würde sie es ausgleichen, wenn ich ungerecht zu dir bin.«

Panteus zog den Kopf des Königs zu sich herab und antwortete: »Ich werde Philylla heiraten, wenn der richtige Zeitpunkt gekommen ist, aber wenn du denkst, ich lasse sie zum Guten oder Schlechten zwischen uns treten …! Ich kann sicher eine Weile in sie verliebt sein und werde ihr alles geben, was sie braucht, aber du gehörst zu mir wie mein Herz und Kopf. Nichts wird sich daran ändern, Kleomenes. Und jetzt laß mich bitte schlafen!«

Kleomenes kniete noch ein paar Minuten neben dem Bett, bis er an den Atemzügen merkte, daß Panteus tief und traumlos schlief. Dann wandte er sich um und ging hinaus.

Viertes Kapitel

Erif Dher war noch immer auf der Suche nach Hilfe, und Philylla erzählte ihr von den Göttern des Olymp. Erif kannte sie bereits vom Namen her und weil Sphaeros und andere sie in ihren Büchern erwähnt hatten. Als Götter erschienen sie ihr tot. Sie hatte Angst vor der lächelnden Statue des Apollo auf dem Marktplatz, wußte aber, daß Berris ihr genau erklären könnte, wie man ihn so furchterregend gestaltet hatte. Und vielleicht war das wirklich Beunruhigende an dieser Statue bloß die finstere Geschicklichkeit des Künstlers, der sie in den Anfängen Spartas geschaffen hatte.

Zusammen mit Philylla ritt sie zu den heiligen Stätten von Amyklae und Thornax und kam unterwegs durch jene unheimlich dunklen Eichenhaine, die um das Heiligtum des Zeus der Dunklen Wälder lagen. Das Apollobildnis von Thornax war verborgen, aber in Amyklae ragte es hoch über ihnen, auf seinem Thron aus Gold und Bronze, umgeben von uralten, tänzelnden Leoparden und Reitern. Es war eine ungeheuer große Bronzesäule, auf deren Spitze ein stirnrunzelndes, starr vor sich hin blickendes, behelmtes Gesicht mit angemalten Augen und Lippen saß. Die steifen Arme trugen Speer und Bogen. Auch die Artemis von den Sümpfen war eigentlich nur eine Säule aus

Holz, von roten Gewändern umhüllt, mit einem polierten Kopf und langen Zöpfen, die einen formlosen Hals verbargen. Sie wirkte wie eine Puppe, die jeden Moment lebendig werden konnte. Es roch dort ziemlich furchterregend nach Blut. Erif hatte nach beiden Ausflügen schlechte Träume.

Die Priesterin der Artemis war Philyllas Großtante: Sie deutete die Omen bei der Opferung, schnalzte mit der Zunge und schüttelte den Kopf, sagte aber nicht viel. Erif Dher stand neben Philylla, sah zu und senkte ebenfalls den Kopf, wenn die anderen es taten. Als sie den Tempel verließen, fragte sie: »Und was geschieht jetzt? Wird Artemis dir helfen?«

»Nicht direkt«, entgegnete Philylla, »aber sie bringt mir Glück, wenn ich es brauche. Es bedeutet nur, daß ich nicht sorglos oder zu stolz bin. Das Schicksal hält alle Götter in seinem Netz. Wir glauben, daß Artemis auch die Gerechtigkeit verkörpert. Man darf sie aber nicht aus allzu großer Nähe ansehen, weil dann die Götter zwischen uns treten. Sie zeigen uns, wenn wir sie bitten, ein wenig von dem, was geschieht und über bloße Erscheinungen hinausgeht.«

»Und was haben sie diesmal gezeigt?«

»Sie haben mir geraten, vorsichtig zu sein. Wenn ich vorsichtig bin, bekomme ich einen Herzenswunsch erfüllt. Aber sie haben mir nicht verraten, welchen!« Philylla lachte. »Hier blickt man nicht tief in das Herzensinnere, aber es gibt andere heilige Stätten. Apollo in Delphi schaut am tiefsten. Er ist auch der jüngste der Götter.«

Aber Erif hatte noch etwas anderes in Amyklae gesehen. Es waren große bronzene Dreifüße, die entstanden waren, bevor die Kunst aus Sparta verbannt worden war. Es gab auch das Standbild einer Frau, die eine Lyra hielt. Ihr Name lautete Sparta, und sie war immer blumenbekränzt. Erif und Philylla fanden, daß sie Ähnlichkeit mit Agiatis hatte, jedenfalls wirkte die Frau eher wie ein Mensch, und nicht wie eine Göttin.

Erif Dher erhielt ungefähr zur Mittsommerzeit einen Brief von Tarrik. Er schrieb, daß das Korn gut stünde und die anderen Früchte so gediehen, wie sie sollten. Linit gäbe ihr Bestes als Frühlingsbraut. Er berichtete auch, daß die Roten Reiter wieder eingefallen seien. Er habe die Männer von Marob gegen sie in den Kampf geführt und die Feinde zurück in den Wald getrieben. Mittendrin, als alles umhergaloppierte und schrie und geschossen wurde, hätten ihn die Leute plötzlich Harn Dher genannt. Er erwähnte den Fortgang der Arbeiten an der Geheimen Straße. Nur weigere sich Essro immer noch, ihn zu sehen. Er sei einmal hingeritten und habe Yan aus Spaß auf dem Pferd fortgetragen. Essro habe fünf Minuten lang geschrien und sei dann in Ohnmacht gefallen, doch der Junge habe seinen Spaß gehabt. Er sei ein großer, kräftiger Kerl. Auch Klint sei groß und kräftig geworden. Er könne jetzt allein sitzen und versuche schon, allein aufzustehen.

Sie schrieb ihm einen traurigen Brief zurück, der aber nicht so verzweifelt klang, wie sie sich fühlte. Sie wußte nur wenig zu sagen, das man in Marob verstehen würde! Es gab eigentlich nur Neuigkeiten über Berris und König Kleomenes. Schlachten, immer nur Schlachten! Was kümmerte es sie oder Tarrik? Auch erzählte sie, daß Sphaeros ihr nicht helfen könne, noch irgendeiner der Götter, von denen sie bislang gehört habe. Und daß sie sein, Tarriks, Messer bei sich trage und beobachte; es sei hier stumpf und schlicht geworden. Allerdings wisse sie, daß die Luft von Hellas den Zauber hemme, daher habe sie keine Furcht. Sie hoffe, ihr Stern werde für ihn hell und warm leuchten, auch zwischen ihm und einer neuen Frühlingsbraut.

Ah die Ernte kam, die hier in Hellas früher stattfand als in Marob, spürte Erif Dher eine sonderbare Erregung in sich. Das Korn ähnelt dem zu Hause, es war nur trockener und brauner und stand auf kürzerem Halm. Nur selten waren die Ähren schwer. »Dankt ihr denn nicht, damit es im nächsten Jahr besser wird?« fragte sie.

Philylla antwortete langsam: »Wir selbst nicht, sondern nur diejenigen, die damit zu tun haben. Es ist seit jeher Sache der Heloten. Es ist *ihr* Fest, und wir mischen uns da nicht ein. Ich bin nicht sicher, was sie anstellen, aber ich glaube, sie feiern jetzt und wenn die Zeit der Aussaat kommt.«

Erif fragte: »Darf *ich* an dem Fest teilnehmen? Ich werde eurem Korn nicht schaden.«

»Ich werde es mir überlegen«, antwortete Philylla.

Am nächsten Tag erschien sie spät, ritt durch das heiße Sonnenlicht: ein braunes, schlankes, ernstes Wesen. »Ich habe Neareta gefragt«, sagte sie, »und sie meinte, du könntest zum Erntefest kommen, wenn du die richtigen Kleider trägst. Ich weiß nicht genau, was das bedeutet. Erif, die meisten von ihnen sind noch Sklaven, aber ich denke, das ist bald vorbei. Vergiß, daß du eine Königin bist; es sind meine Freunde.«

Erif Dher verstand es. Sie sah ihre Kleider durch, nicht die aus Griechenland, die sie an heißen Tagen trug, sondern diejenigen aus der Heimat. Schließlich wählte sie ein rotgelbes, denn diese Farben galten vielleicht auf der ganzen Welt als glückbringend für das Korn. Auf den dazu passenden Mantel waren rennende Pferde in Dreiergruppen gestickt, und auf den Rücken das flachgeschwänzte Kreuz vom Marktplatz von Marob. Sie hatte ähnliche Kreuze gesehen, die zuweilen Haken statt Flachsschwänze trugen und mit Kreide auf Felsen oder alte Baumstämme gemalt waren. Das Kleid war warm, sie trug nichts darunter. Dazu legte sie zwei Halsketten an, eine aus Bernstein, und eine aus Korallen. Dann ritt sie mit Philylla zu Phoebis' Hof.

Am Tor blieb Philylla zurück. »Ich komme nicht mit«, sagte sie. »Es wäre ihnen nicht recht. Wohl auch jetzt nicht, in den Neuen Zeiten. Ich hole dich morgen ab, Erif. Vertrau bis dahin auf Neareta. Sie weiß, daß du ein Gast des Königs bist. Ich hoffe ... es passiert nichts.« Dann küßte sie Erif und hielt ihr Gesicht einen Moment lang zwischen den Händen fest, als habe sie Angst vor dem, was Erif drinnen erwartete.

Erif Dher überquerte den Hof mit den in der Sonne trocknenden Dunghaufen. Neareta trat ihr in der Tür entgegen, hielt die Arme ausgestreckt und versperrte so den Eingang. Ohne ein Wort betrachtete sie die Frühlingsbraut von oben bis unten. Erif drehte sich langsam herum. Schließlich nickte Neareta, trat zu Erif, löste ihr die Zöpfe und lockerte das Haar. Dann sagte sie: »Komm herein und sei willkommen!«

Drinnen fühlte Erif zunächst nur, wie ihre Hände von anderen ergriffen und ihr Haar und Kleid betastet wurden. Für eine Weile brachte sie kein griechisches Wort hervor, und ihr blieb nichts, als ebenfalls zu lächeln und die Kleider der anderen zu befühlen. So etwas hatte sie seit ihrer Ankunft in Griechenland noch nicht gesehen. Die Frauen trugen Kleider, die in der Hüfte schmal gehalten waren und unten weit ausliefen. Alle Farben waren zu sehen, überwiegend Rot und Gelb und Schwarz mit großen viereckigen Mustern. Sie trugen das Haar lose. Männer sah sie nicht.

Neareta war die Gastgeberin bei dem Fest. Sie trug eine sehr hohe, rote Kappe, auf deren Spitze eine weißgelbe, tulpenartige Blume aus drahtversteiftem Leinen saß. Neareta zeigte Erif stolz das Anwesen: die hölzernen Betten, gestopft mit frischem Heu und gewebten Decken darüber, die Truhe mit dem Leinen, vor allem auch die Dinge, die ihr Phoebis von seinen Feldzügen mitgebracht hatte: einen bestickten syrischen Wandbehang, eine silberne Lampe, ein Paar scharlachrote Lederschuhe mit Goldkugeln, einen schönen Bronzekessel, zwei Spiegel, einer mit einer elfenbeinernen Rückseite, der andere mit einer plump geschnitzten Aphrodite verziert, mehrere Vasen und seine zweitbeste Rüstung, die er zu Beginn des Krieges getragen hatte.

Erif bewunderte alles und kam zurück in den Hauptraum. Sie fragte sich, welche von den Leuten Sklaven und welche Freie waren. Vom Aussehen her war kein Unterschied festzustellen, als hielte man sich alltags nicht ziemlich voneinander fern. In einer Ecke des Zimmers lagen auf einem bemalten Bord ein paar tönerne Bildnisse, die Erif für Götter hielt: eine Frau, die etwas in der Hand hielt, ein Mann mit einer Maske und eine bekränzte Frau. Es waren grobe Arbeiten, wie man sie zu Dutzenden aus Formen klopft, kunterbunt rot und blau angemalt. Erif Dher mochte sie nicht zu lange und direkt anblicken; sie erkannte keinen der Götter, von denen sie bislang gehört hatte.

»Zuerst gehen wir hinaus und treffen die Männer und das Korn«, erzählte ihr Neareta. »Und dann tanzen wir. Du wirst schon sehen, wie es geht. Dann kehren wir hierher zurück zum Fest. Und danach, meine Dame, kannst du tun, was dir beliebt.«

Sie wandte den Blick ab und betrachtete ihre derben, verarbeiteten Hände. Erif fragte rasch: »Darf ich an allem teilnehmen?«

»Du darfst, aber du mußt nicht«, erwiderte Neareta. »Du bist eine Fremde.«

»Ist es ein Opfer?«

»Es wird geopfert«, gab Neareta zu. »Wir haben auch heute morgen schon ein Opfer dargebracht, aber das war allein für die Männer. Mein Phoebis bekommt dafür immer ein paar Tage frei, aber er läßt mich nicht auch für meine Söhne bitten. Sie sind bei ihrer Schulung. Aber es sind genügend Männer da, denn die meisten Unfreien bleiben für die Ernte hier.«

Erif Dher fragte: »Soll ich einen Zauber für euch bereiten?« Es war Monate her, seit sie das letztemal gezaubert hatte, aber plötzlich fühlte sie, daß sie es konnte und mußte.

»Warum möchtest du das? Ist es ein Blutzauber?«

»Nein, nein«, antwortete Erif. »Nur ein kleiner Zauber, den ich selbst vollziehen kann.«

Sie hieß die Frauen, sich alle auf den Boden zu setzen, und sie selbst stellte sich in die Mitte und ließ für sie eine Blume wachsen. Es war keine besonders gute Blume, und sie verschwand mehrere Male wieder, aber den Frauen gefiel es. Dann schnitt sie einer das Haar ab und ließ es wieder wachsen. Und schließlich ließ sie den Raum einen Moment lang ganz in Rot erscheinen, als säßen alle im Licht eines großen Feuers.

Die Frauen waren entzückt und drängten sich um sie, um sie zu berühren. Erif fand ihren Geruch zunächst beunruhigend und recht unangenehm, aber sie gewöhnte sich daran und freute sich dann, daß er allgegenwärtig war und nicht verflog: der Geruch von Erde. Dann rief Neareta alle zusammen, und die meisten verließen den Hof. Einige blieben zurück, weil sie zu arbeiten hatten.

Die anderen gingen zu den Feldern. Die älteren Frauen über den schmalen, tief ausgefurchten Pfad, die übrigen zu beiden Seiten über die Felder und das Brachland.

Nach einer Weile hörten sie langgezogene Schreie, die ihnen von der anderen Seite des Hügelkamms entgegenwehten. Oben trafen sie auf die Männer, Phoebis an ihrer Spitze, der eine Korngarbe auf einem Stab trug. Die Männer trugen fast alle ihre gewöhnlichen Kleider, an die sie aber Stoffetzen und Ziegenfelle gehängt hatten, um lustiger auszusehen. Nur fünf jüngere Männer trugen andere Gewänder: Einer war auf lächerliche Weise als Soldat verkleidet, trug eine Rüstung aus gestärktem und angemaltem Leinen und einen Helm mit einer riesigen schwarzen Feder, die unsicher wedelte. Ein anderer trug eine weiße Tunika mit einem Kranz aus Rosen und Myrten darüber und einem zweiten auf dem Kopf. Ein weiterer hatte den Kopf durch ein Ziegenfell gesteckt, das an den Rändern mit roten Knoten besetzt war. Der vierte war als alte Großmutter mit einem Schal und Haar aus Schafswolle zurechtgemacht und humpelte; der fünfte, ein fast noch bartloser Jüngling mit fröhlichen, schlehenschwarzen Augen, trug eine gelbe Hanfperücke mit kurzen Locken und eine kurze Frauentunika. Alle fünf hielten lange Haselruten.

Die Frauen rannten auf die Männer zu und umsprangen sie. Immer wieder hüpften sie auf die Verkleideten zu, besonders auf den Mann im Ziegenfell, sie kniffen ihn und zupften an seinem Haar. Die Männer wehrten sich mit den Haselruten und versetzten den Frauen manchen Schlag. Erif Dher, die das Spiel sofort verstand, war allerdings zu schnell für sie.

So gelangten sie nach etwa einer halben Stunde zurück

auf den Hof. Hier führte man vor der Tür ein Spiel auf, bei dem die Darsteller unentwegt schwatzten und redeten, was ihnen gerade in den Sinn kam. Zuerst gab es einen gespielten Kampf mit Stöcken zwischen dem Soldaten und dem bekränzten Bräutigam; man stach Löcher in die »Rüstung« und machte Scherze über Kleomenes und Aratos. Erif verstand nicht alles, weil die Leute Dialekt sprachen. Schließlich wurde der Soldat getötet und gesellte sich zu den Zuschauern. Der Bräutigam setzte sich den Helm auf und begann, die Braut zu verfolgen, die lachend flüchtete und ihre ohnehin kurze Tunika noch höher zog. Einige Zuschauer versuchten, ihr ein Bein zu stellen, andere versuchten es beim Bräutigam. Wenn er seinen Helm verlor, was oft geschah, mußte er stehenbleiben und ihn wieder aufsetzen. Endlich war die Braut genügend oft zu Fall gebracht worden und ließ sich fangen. Der Mann schleppte sie zu einem Strohhaufen, der inzwischen vor dem Haus aufgetürmt worden war. Erif begriff – obgleich sie nur die Hälfte verstand –, daß das Spiel die spartanischen Bräuche und Riten verspottete. Es ging um Soldaten und Bräute, und ihr schien, daß Phoebis, der vorn stand und den Arm um Neareta gelegt hatte, recht unglücklich aussah. Die Hochzeitslagerszene war ungeheuer komisch und wurde lang ausgedehnt. Die Braut legte jungfräuliche Schüchternheit an den Tag, und alle kreischten vor Vergnügen. Gegen Ende gab es eine ebenso lustige Szene mit der alten Frau, die schließlich eine Lumpenpuppe herbrachte und in einen Korb legte, in dem bereits die Korngarbe lag, und beides heftig wiegte. Der Korb verdutzte Erif, weil er dem ähnelte, den sie in Marob beim Mittsommerfest benutzten.

Schließlich begann ein Tanz zur Flötenmusik, bei dem sich alle Darsteller an den Händen hielten und den Korb in der Mitte umsprangen. Gegen Ende rannten die vier, die bereits ihre Rollen gespielt hatten, mit Kornsträußen in den Händen zu dem Korb, und der fünfte, im Ziegenfell, kletterte hinein. Dann begann das Ganze aufs neue. Denn der Ziegenfellige sprang wieder aus dem Korb und kämpfte mit dem Bräutigam, tötete ihn, warf sein Fell ab, setzte den Helm auf und jagte die Braut. Inzwischen nahm der erste Mann, der zugeschaut hatte, das Ziegenfell und spielte als nächsten den Sohn und Nachfolger. Die Braut hatte viel zu tun, aber während der Kämpfe konnte sie auf dem Strohhaufen sitzen und über die Kämpfer Zoten reißen.

Neareta berührte Erif Dher am Arm und sagte: »Komm herein, wenn du nicht mehr zusehen willst. Die Kinder werden noch stundenlang weiterspielen.«

Nach einer Weile ging Erif ins Haus. Der Hauptraum sah jetzt ganz anders aus. Man hatte zwei Stangen in die Mitte gestellt, eine mit einer tulpenähnlichen Blume, wie sie auch Neareta trug, die andere mit zwei flachen Ähren dicht unterhalb der Spitze. Erif bemerkte, daß man die Tongötter auf dem Bord herumgedreht hatte, so daß sie dem Raum den Rücken zukehrten. Das Opfer war bereits getötet worden und lag schlaff und blutig zwischen den Stäben: eine schwarze Ziege. Offensichtlich hatte Phoebis sie geschlachtet, denn seine Hände waren blutig. Er, Neareta, und die anderen Älteren beteten. Erif verstand die Worte nicht, und es schien ihr, als ob sich auch die Betenden nicht sicher waren, was sie sprachen. Als das Gebet beendet war, fragte Erif Neareta mit einem Kopfnicken zu den Stäben hin: »Wie nennst du das?« Und die Ältere antwortete: »Wir nennen es Jix. Aber ich kann dir nicht sagen, was es bedeutet.«

Als nächstes brachte man den Schauspielern und den anderen Essen hinaus. Vieles, was sie da roch und schmeckte, kannte Erif nicht. Einiges mochte sie, anderes nicht. Die Sonne versank in einen heißen, dunstig rotgoldenen Abend, der wie aus Strohstaub und aufgewühlter Erde gewebt schien. Die Jüngeren waren fast alle angetrunken, besonders die Darsteller. Sie neckten die Mädchen und sangen. Neareta winkte Erif zu sich und sagte leise: »Bei dem, was jetzt kommt, brauchst du nicht mitzumachen, weil du eine Fremde und eine Königin bist.«

»Was geschieht denn da?«

»Nach der Arbeit folgt das Fest. Nach dem Fest das Hochzeitsbett. Dann wächst das Korn nächstes Jahr gut.«

»Ihr macht das also bei der Ernte und nicht beim Säen?«

»Es wäre schlecht, täte man es beim Säen«, sagte Neareta erstaunt. »Man muß es jetzt tun, weil das Korn geschnitten und tot ist, damit man mit dem neuen Kornjahr beginnen kann.«

Erif schwieg einen Moment und überlegte, ob sie ihr Privileg als Fremde nutzen und auf die Teilnahme verzichten sollte. Ihr erster Gedanke war, daß sie als Gast in Sparta weilte, und wenn sie sich dankbar erweisen wollte, indem sie ihnen für das neue Kornjahr half, dann sollte sie es tun. Und ihr zweiter Gedanke war, daß Tarrik gegenwärtig jede Menge Frühlingsbräute hatte! Also sagte sie: »Ich bleibe und helfe euch, Neareta. Ich weiß, daß ich Macht habe. Ich gebe euch etwas für eure nächste Ernte.«

Neareta küßte sie und sagte: »Du willst sicher nicht, daß etwas passiert. Ich zeige dir die Quelle hinter dem Haus. Das Wasser ist sehr kalt und hat noch nie den Dienst versagt.«

Der Mond schwang sich über den Horizont, eine riesige Silberscheibe, die alle Sterne ringsum auslöschte. Aber drinnen im Haus war es dunkel, und man zündete auch keine Lampen an. Neareta und Phoebis betraten das Haus und auch andere Paare, singend oder schweigend. Manche kamen nach kurzer Zeit wieder heraus, während andere länger blieben. Zuweilen tauchte auch die Frau allein wieder auf. Erif hatte sich absichtlich in den tiefen Schatten eines dichten Buschs gesetzt; das leuchtende Rotgelb ihres Kleides war mit der Nacht dunkel geworden, und sie wollte eine Weile ungesehen bleiben.

Dann begann das schweißdurchtränkte Leinen kalt auf ihrer Haut zu kleben. Vorsichtig trat sie hervor und ging auf das Haus zu. Angst befiel sie, daß ihr das Unglück folgte, daß sie selbst hier in Griechenland nicht fähig war, die Hälfte eines Paares zu sein. Doch dann zupfte sie jemand zärtlich von hinten am Haar und ließ eine Hand über ihre Schulter und ihr Kleid gleiten. Sie drehte sich erleichtert um und ließ sich in die Arme eines Mannes fallen. Er preßte sie ein paarmal an sich, als wolle er feststellen, ob sie wollte. Sie umarmte ihn mit Armen und

Beinen und spürte ihn durch das Kleid und den Umhang hindurch. Sie hatte nicht gewußt, wie sehr es sie in all den Sommermonaten nach einem Mann verlangt hatte.

Sie betrachtete sein Gesicht im Mondlicht nicht, sah nur, daß er jung war und einigermaßen sauber schien. Sie betraten das Haus, wobei sie sich auf ihn stützte und sich ziehen ließ und das Gefühl genoß, halb getragen zu werden. Mondlicht drang durch ein kleines viereckiges Fenster und beleuchtete die rituellen Stäbe zur Hälfte. Überall lagen Paare, aber er schien zu wissen, wie man sie umging. Er hob sie hoch und legte sie rasch, unsanft und unpersönlich nieder. Nicht einen Moment ließ sie seinen Körper los. Alles ist gut, dachte sie und entspannte sich für die Lust, und dann bemerkte sie ein weiteres kleines Viereck mondhellen Himmels über dem Feuerloch in der Mitte, streckte die Hand aus und berührte das ruhige, nackte Fleisch eines zweiten Paares in dem Bett. Im Verlauf der Nacht lösten sich die Paare auf. Erif Dher wurde zur Hälfte von einigen. Sie überlegte, daß es in diesem Ritual der Heloten einen beständigen Strom von Leben und Tod gab. Das tote Korn wurde nicht neu geboren; das neue nahm nur seinen Platz ein. Vielleicht war das ganz vernünftig.

Später in dieser Nacht trat sie schläfrig und zufrieden in die kalte Quelle und schlief anschließend auf einem Hang ein, eingerollt in eine der gewebten Decken, die sie sich vorsichtshalber aus dem Haus mitgebracht hatte. Am Morgen erwachte sie erst, als die Sonne ihr schon in die Augen schien. Aber noch ehe sie genügend Zeit gehabt hatte, sich das Gesicht zu waschen und das Haar zu kämmen, kam Philylla, und sie ritten zurück nach Sparta. Von Neareta verabschiedete sich Erif Dher mit den besten Wünschen für das Korn des nächsten Jahres, und Neareta segnete sie und küßte ihr die Hand. Philylla freute sich darüber, denn sie dachte, die Königin von Marob müsse ihre Untergebenen freundlich und wohltätig behandelt haben. Sobald sie eine ebene Strecke erreichten, setzte Erif ihr Pferd in leichten Galopp. Es war schön, eine Barbarin zu sein!

Es war Berris Dher, der ihnen ein paar Wochen später die Nachrichten aus Argos überbrachte. Kleomenes war es gelungen, Sikyon und Korinth so in Aufruhr zu versetzen, daß die halbe Achaeische Armee ein Auge auf ihn hielt. Die andere Hälfte hatte bei den Nemeïschen Spielen in Argos zugesehen oder daran teilgenommen, weil sie sich sicher fühlte, denn Kleomenes befand sich einen langen Marsch von ihnen entfernt und war offensichtlich mit anderen Städten beschäftigt. Aber er war während der Nacht dort eingetroffen und hatte mit Hilfe von Aristomachos und dem Rest seines Trupps den höchsten Teil der Stadt eingenommen, der alle anderen überblickte, und dort lag er am Morgen, als man die Spiele fortsetzen wollte. Dies war ruhmreicher als alles, was ein spartanischer König oder eine Armee jemals vollbracht hatte; selbst die Unzufriedensten zu Hause mußten dies zugeben. Und wieder kehrte die Hälfte der Armee nach Sparta zurück, voller Freude und Stolz über den gelungenen Streich.

Erif erzählte Berris, wie sie den Heloten bei ihrem Kornritual geholfen hatte, und berichtete auch von dem letzten Teil. »Wie viele?« fragte Berris recht betroffen.

»Ich weiß es nicht«, antwortete Erif. »Und auch nicht, ob es Sklaven oder Freie waren.«

»Aber was soll das nützen?« fragte Berris. »Hat es dir vielleicht geholfen, wieder zu dir selbst zu finden und dich zu läutern?«

»Nein«, meinte Erif. »Aber es hat Spaß gemacht! Und auch wenn ich jetzt lange Zeit von zu Hause fort bleiben sollte, werde ich nichts gegen den Gedanken an Tarrik und seine Frühlingsbräute haben. Hast du in Argos keine Mädchen kennengelernt, Berris?«

»Nein«, antwortete er kurzab. Und dann fragte er: »Wenn nun Philylla davon erfährt?«

»Das wird sie nicht. Sie wird es nicht wissen wollen, und Phoebis und Neareta werden es ihr nicht erzählen.«

Vielleicht gab sich Berris aus diesem Grund viel Mühe, mit Philylla sanft und behutsam zu sein, nur über Kunst,

Philosophie und Politik zu reden und, wenn es möglich war, selbst die Berührung der Hände zu vermeiden. Und Philylla fand ihre Begegnungen leichter; entweder hatte Sphaeros unrecht gehabt, oder ihr selbst war es gelungen, alles ins Lot zu bringen.

Sie fragte ihn, wie er Agiatis' Befinden einschätze. Es war so schwer zu beurteilen, wenn man sie jeden Tag sah. Berris war darüber entsetzt, daß die Königin überhaupt krank sein sollte. Ja, sie wirkte vielleicht ein wenig blaß, vielleicht auch schmaler als zuvor. Philylla nahm ihm das Versprechen ab, weder dem König noch Panteus etwas zu sagen. Er lächelte und sagte: »Das würde ich sowieso nicht tun. Du und meine Schwester, ihr seid die einzigen Menschen, mit denen ich richtig spreche. Und nicht bloß über meine Arbeit.«

»Übrigens«, meinte sie, »hat Panteus dich gebeten, ihm neue Beinschäfte mit einem schöneren Muster zu machen?«

Er schüttelte den Kopf. »Ich bezweifle, ob es Panteus kümmert, welche Muster er an den Beinen trägt! Noch weniger als den König.«

»Dann werden wir es ihm beibringen müssen! Er liebt die Schönheit und die Musik, also müßte er auch daran Gefallen finden.«

»Singen ist keine Kunst. Ich werde nicht versuchen, es ihm beizubringen, Philylla. Aber was ist mit dir? Du hast doch öfter Gelegenheit, ihn von etwas zu überzeugen.«

»Nein, so oft nicht. Nicht so oft jedenfalls, wie es mir lieb wäre. Aber ich denke, es wird nicht mehr lange dauern, Berris.«

»Ja? Das habe ich nicht gewußt. Und wann?«

Sie warf ihm einen raschen Blick zu. Sie saßen im Obstgarten des Königshauses. Philylla hatte verschiedene Sämereien mitgebracht, die sie sortierte und in kleine Stoffstreifen packte. Er blickte zu Boden. Neben ihr lag ein Blatt mit ein paar Mehlwürmern für die Elster. Sie streckte dem Vogel einen entgegen, und der hüpfte darauf zu.

Berris blickte noch immer nicht auf. Da sagte sie: »Es ist noch nicht genau abgemacht, aber ich glaube, mein Vater wird mich ihm geben.« Sie formulierte es absichtlich so, weil sie ihre eigenen Gefühle aus dem Spiel lassen wollte.

»Ja«, sagte Berris dann. »Ich habe schon davon gehört, aber nichts Genaues. Es scheint ... höchst vernünftig.«

Sie war verwirrt. »Ja ... vernünftig. O Berris, Berris, freue dich doch mit mir!«

»Bist du denn glücklich?«

»Natürlich. Er ist der Beste in Sparta.«

»Und das bedeutet der Beste der Welt, nicht wahr? Ach, ich weiß schon. Und wenn du erst verheiratet bist, wirst du nicht mehr an so dummes Zeug denken wie meine Kunst.«

»Ja, das wird eine Zeitlang aufhören. Weißt du, dann habe ich andere Dinge im Kopf und vielleicht schon bald Kinder. Aber für immer hört es bestimmt nicht auf. Ich werde mit Panteus darüber sprechen.«

»Mm«, sagte er. »Du wirst mit Panteus darüber sprechen.«

»O Berris, Berris«, sagte Philylla, beugte sich plötzlich vor und schüttelte ihn. »Warum magst du Panteus nicht?«

»Ich mag ihn doch«, antwortete Berris, »soweit ich ihn kenne. Aber er mag mich nicht.«

»Das ist dumm«, rief Philylla, ohne auf den letzten Satz einzugehen. »Du solltest ihn mögen. Oh, ich möchte, daß du ihn magst.«

Er wechselte das Thema. »Warum bittest du nicht meine Schwester, daß sie sich um die Königin kümmert. Vielleicht kann sie ihr helfen.«

»Wirklich?« fragte Philylla. »O Berris, ich werde sie sofort suchen.«

Aber Erif Dher konnte nicht viel helfen. Sie versuchte, Philylla zu erklären, daß die griechische Luft die Zauberei behindere und die Königin von Sparta sie, Erif, ohnehin nicht akzeptieren würde. Dennoch überredete Philylla sie zu einem Versuch. Erif Dher sagte: »Königin Agiatis, du warst freundlich zu mir, seit ich zuerst hierher kam. Und jetzt möchte ich diese Freundlichkeit erwidern.« Sie hatte Angst vor Agiatis, hoffte aber, daß die Königin sie genügend mochte, um sich ihrer Zauberkräfte zu bedienen.

Aber es nützte nichts. Agiatis weigerte sich zuzugeben, daß sie krank war, und noch weniger wollte sie der Barbarin gestatten, Macht über sie auszuüben.

Als Erif fort war, schimpfte die Königin mit Philylla. »In dir steckt etwas, das an Zauberei glaubt«, sagte sie. »Aber ich bin anders. Und ich möchte, daß man mich künftig damit in Ruhe läßt. Denk bitte daran!« Dennoch bat Philylla Erif um einen Zauber, den sie irgendwie unter Agiatis' Kissen legen oder sonst ohne deren Wissen zu ihr bringen könnte. Aber Erif konnte so nicht hexen, konnte nicht die Unwillige zum eigenen Besten verzaubern. Schließlich war es ihre Pflegemutter, von der Philylla einen Zauber erhielt, ohne indes große Hoffnungen in ihn zu setzen.

Agiatis sprach nicht gern über ihre Schmerzen und verbrachte viel Zeit mit ihrem jüngsten Kind, Gorgo. Nikolaos nahm jetzt auch an der allgemeinen Erziehung teil und war bei seinem Bruder. Die Königin hatte gehofft, daß er noch nicht fort müsse, und sogar einmal etwas getan, was sie eigentlich nicht wollte – das war nach einer Woche, in der sie schlecht geschlafen hatte: Sie hatte Kleomenes gebeten, Nikolaos noch ein Jahr zu Hause zu behalten. Denn dann … Aber Kleomenes hatte darauf bestanden. »Das sieht dir gar nicht ähnlich, Liebste«, hatte er gesagt. »Sei du selbst. Sei eine spartanische Mutter!« Also hatte sie sich gefügt. Zum Glück war die Disziplin nicht allzu streng, so daß die beiden öfter nach Hause kamen. Nikolaos benahm sich dann wie ein großer Junge, der nicht bemuttert werden oder auf ihrem Schoß sitzen wollte. Und wenn die Kinder oder Philylla nicht bei ihr waren, verschaffte sie sich immer etwas zu tun oder jemanden zum Reden. Im schlimmsten Fall griff sie zu einem Buch.

Fünftes Kapitel

Eine Stadt nach der anderen trat im Laufe des Herbstes und Winters zu Kleomenes über, einige aus Angst, andere aus Bewunderung: Alle aber wollten an der Macht und dem Ruhm teilhaben. Bald schon hatte Sparta fast den ganzen Peloponnes besetzt. Der König nahm Geiseln und errichtete Garnisonen, und wenn dies geschah, wurden die echten Spartaner bei jedem Aufmarsch angestarrt. Zuweilen verbannte der König das Stadtoberhaupt, wenn es sich gegen ihn gestellt hatte, und das war nicht immer klug. Es waren wie bisher die Armen und Verschuldeten, die sich auf seine Seite stellten, aber er änderte diesen Zustand nicht immer in ihrem Sinne. Vielleicht würde er nach Beendigung des Krieges zurückkommen und die Revolution fortführen, später, wenn er die Welt erobert hatte! So fand er nie den richtigen Zeitpunkt, um aufzuhören. Zumindest nicht, bis Aratos gestürzt war und mit ihm die mazedonische Gefahr. Dann würde er das Kommando über den gesamten freien Bund innehalten. Und dann? – Er tagträumte mit leerem Blick; er brachte die Opfer, die ein spartanischer König seiner Armee bringen mußte, und sie waren gut. Es würde Unheil bringen, wenn er seinem Glück jetzt Einhalt gebot!

Einige der anderen dachten ebenso. Sie hatten diese übermächtige Vorstellung von Sparta anfangs gebraucht, und jetzt stand sie in ihren Herzen wie ein Soldat, der sie weiterzwang. Sie hatten das Rad der Geschichte fast drei Jahrhunderte zurückgedreht. Sollte Antigonos von Mazedonien doch mit seiner gesamten Armee anrücken, sollten die Ausländer ruhig kommen! Sie würden das heilige Hellas ebensowenig erobern wie die Perser, auch wenn sie einen Verräter fanden, der sie über den Paß führte. Er würde schon mit der Zeit seine Strafe finden. Sparta stand jetzt hinter Hellas wie damals, als der erste Kleomenes es lenkte und leitete. Leonidas, sein Bruder, hatte für das Land gekämpft und war dafür gestorben, als Pausanias, auch ein König aus dieser Linie, die Barbaren endgültig und vernichtend bei Plataeae geschlagen hatte. Die Welt wiederholte sich; alles würde noch einmal geschehen. Und weil sie Spartaner waren, hatten sie daran teil; sie lebten in einer Welt mit den Männern von Plataeae und den Thermopylen.

Doch andere fürchteten sich. Sie erkannten, zumindest zeitweise, daß dies nicht die ganze Wahrheit war. Phoebis machte sich Sorgen, weil die Listen mit den Neubürgern nicht schneller verabschiedet wurden. Er sagte dem König in aller Offenheit, daß die Habenichtse immer noch hungrig seien und hin und wieder ihr Mißtrauen gegenüber den Habenden zeigten. Kleomenes erwiderte, er werde sich rechtzeitig um alles kümmern, aber jetzt sei nur der Krieg wichtig; er müsse erst sehen, wie sich diese neuen Bürger als Soldaten schlügen. »Wir schlagen uns doch gut«, gab Phoebis zurück. – »Wir? Wir?« antwortete der König. »Du gehörst zu meinem Regiment, Phoebis, das ist ein anderes Wir.« Aber Phoebis blieb besorgt, denn ihm schien, als handle der König gegen sein Schicksal, als ergriffen der Stolz und die Welt jenseits von Sparta von ihm Besitz. Bei Heimaturlauben versuchte er, seine Leute zu beruhigen, und machte Versprechen, die nur gehalten werden konnten, wenn das Schicksal ihnen gewogen war und dem König vor Augen führte, was er einst gesehen und was auch Agis erkannt hatte.

Ein weiteres Problem war, daß Kleomenes in Argos nicht auf der Aufhebung der Schulden und der Aufteilung des Landes bestand. Er wollte das Bild verwischen, das Aratos ständig von ihm zeichnete, das Bild vom Schänder der Städte. Diesen Teufel malte sein Gegenspieler an die Wand, um die besorgten Bundesversammlungen einzuschüchtern. Und Kleomenes wollte Korinth.

Er eroberte Korinth in diesem Winter. Die Bürger entschieden sich schließlich für eine friedliche Übergabe ihrer Stadt, um nicht mit Gewalt eingenommen zu werden. Aber die Achaeische Garnison wollte nicht abrücken, daher belagerte Kleomenes sie. Aratos hielt immer noch Sikyon und wußte darüber hinaus, daß Antigonos ihm nun gewiß zu Hilfe eilen würde. Die Götter rückten allmählich auf die Gegenseite. Aber Kleomenes wollte es nicht zugeben; er belagerte Sikyon und nahm das Privatanwesen des Aratos als Geschenk seines eigenen Bundes an, der inzwischen aus vielen Städten bestand.

Die spartanische Armee kämpfte unterdessen nicht pausenlos. Die Blockaden verliefen ruhig, und von Zeit zu Zeit bekamen die Soldaten Heimaturlaub. In diesem Winter wurden viele Ehen geschlossen; Männer wie Frauen heirateten jünger und plötzlicher, als es Brauch gewesen war, und machten sich weniger Gedanken darüber, wie viele Kinder sie in die Welt setzten, weil jetzt nicht mehr das Problem der Erbaufteilung bestand. Die Zukunft sah ebenso unsicher wie großartig aus, und es war überhaupt zwecklos, vorauszuschauen. Die Geburt eines Jungen war immer willkommen, er war ein künftiger Soldat für Sparta. Viele von Philyllas Freundinnen waren bereits verheiratet. Sie wußte inzwischen, daß viele Männer bereit waren, sie zur Frau zu nehmen; aber keiner von ihnen wagte, ihren Vater zu fragen, denn alle wußten, daß sie im Kreise des Königs so gut wie verlobt war.

Sie und Panteus lernten sich allmählich besser kennen. Sie sprachen zuweilen von der Zeit, in der sie verheiratet sein würden und Kinder hätten. In diesem Winter geschah es oft, daß sie alle stundenlang zusammen waren, König und Königin, Panteus und sie, und dabei unterhielten sie sich oder spielten miteinander, oder Panteus sang, und der Krieg und die Zukunft wurden vorübergehend vergessen. Nur jener Teil der Zukunft enthüllte sich vielleicht, der ihr und Panteus gehören würde. Doch oft redete man auch nur wenig. Dann beschäftigte Philylla sich mit Spinnen, Weben, Sticken oder dem Flechten von Girlanden, die die Männer beim Mahl trugen, und sie fühlte sich leicht und süß. Auch Agiatis war dann beschäftigt, und Panteus schnitzte an einem Bogen oder fertigte für Gorgo eine Puppe an, die mit dem Kopf nicken konnte. Jeder spürte die Gegenwart der anderen und fühlte sich wohl.

Kleomenes redete mehr als die anderen. Am glücklichsten war er im Wortgefecht, wenn er seinen blitzenden

Verstand wie ein Schwert spielen ließ. Wenn Sphaeros dabei war, stritten die beiden unaufhörlich, und die Argumente blitzten fast wie Wurfspeere durch die Luft.

Aber Sphaeros erschien nicht sehr oft. Er grübelte darüber nach, was er in seinem Leben geleistet und was seine Lehren bewirkt hatten. Es ist schlimm für einen alten Mann und Philosophen, so arg ins Zweifeln zu geraten. Er selbst versuchte, ein durch und durch stoisches Leben zu führen, sich nicht zu scheren, was passierte, jegliche Verantwortung abzulehnen, mehr noch alle Zuneigung, und die Gedanken vor der Welt der Erscheinungen zu verschließen. Manchmal schrieb er den ganzen Tag und bis tief in die Nacht; er brauchte nicht mehr viel Schlaf. Wenn ihn jemand um Rat fragte, wurde er meist kurz abgefertigt; er war nicht länger gewillt, als Führer durch das Labyrinth der Seelen zu dienen: ein alter Mann.

Gegen Ende des Winters legte sich ein Schatten auf die Stunden des Zusammenseins. Kleomenes wußte inzwischen, daß seine Frau krank war und es keine Hilfe gab. Aber er wollte es sich noch nicht eingestehen, ebensowenig, wie Agiatis dazu bereit war. Dabei standen sie einander voller Mut und Liebe bei, so daß es ihren Freunden, die es mit ansahen, fast das Herz brach: Philylla und die anderen Ehrenjungfern, Panteus und Phoebis, Hippitas und Kratesikleia, die alte Frau, die vielleicht eher hätte dahingerafft werden sollen. Nur die Kinder ahnten nichts und fragten sich, warum ihre Großmutter oft unverhofft weinte. Mutter war die gleiche geblieben. Die beiden Jungen kamen jedesmal, wenn der Vater aus dem Krieg zurückkehrte, aus ihrer Zuchtschule nach Hause. Manchmal mochten sie nicht; es riß sie aus dem Zusammensein mit ihren Freunden heraus. Nikolaos gab es offen zu, während der älteste, der sanfte Nikomedes, es nur eingestand, wenn er durch eine direkte Frage dazu gezwungen war. Philylla war entsetzt und besorgt, als sie davon hörte. Sie versuchte ein paarmal, ihn zu warnen, aber es war unmöglich. Er begriff nicht, was sie meinte, und sie wagte nicht, offen zu sein. Als Kind war er immer noch von den Gedanken an künftigen Schmerz verschont. Wenn sie an ihn dachte, vergaß sie sich selbst leichter, und das war gut. Sie konnte sich noch nicht annähernd vorstellen, wie das Leben ohne Agiatis sein mochte. An wen würde sie sich wenden können mit ihrem Schmerz?

Auch Panteus hegte Furcht vor der Zukunft: Angst um den König. Er bereitete sich auf den Augenblick vor, Kleomenes in seinem Schmerz beizustehen. Er war jetzt oft grüblerisch und schweigsam. Dann lächelte er nicht, wenn Philylla ihn ansah, und wollte auch nicht singen, wenn sie ihn darum bat. Sein Gesang war für sie das Schönste auf der Welt. Dann konnte sie alles vergessen, und alles verwandelte sich zum Guten. Aber in diesen Tagen konnte oder wollte er ihr nicht helfen. Er merkte nicht, wie er sie verletzte, und dachte immer weniger an sie. Irgendwann würde er sie heiraten. Mit ihrem Vater hatte er gesprochen, und so gab es kein Zurück. Nicht, daß er einen Rückzieher machen wollte. Aber die Sache konnte warten; viele Männer seines Alters waren noch unverheiratet.

Eines Tages sagte Erif Dher: »Ich habe von der Ernte geträumt. Tarrik hat mir nicht geschrieben, wie es steht. Warum nur? Ich habe ihm einen Brief geschickt und ihn darum gebeten. Bald ist in Marob wieder Pflügefest. Ich bin noch nicht geläutert. Hier bekomme ich keine Hilfe, weder von euren Göttern noch von den fremden, die ich kennengelernt habe, noch von denen der Heloten. Ich werde nach Delphi gehen. Vielleicht kann Apollo dort tiefer schauen und mir einen Rat geben.«

Philylla schwieg einen Moment. Dann nahm sie Erif bei der Hand und begann zu weinen. Heiße, unerwartete Tränen fielen auf Erifs Finger. Sie schluchzte: »Ich will dich nicht zurückhalten, aber bitte, bitte, geh noch nicht! Es wird furchtbar, Erif, und ich weiß nicht, was ich tun soll. Ich kann es nicht allein aushalten. Bitte, bleib bei mir, bis ... später. Ich mag dich so sehr, Erif!«

Was blieb Erif, als Gast, den man so gut behandelt

hatte – was blieb ihr übrig, als diesem Mädchen, das sich wie eine jüngere Schwester an sie klammerte, zu versprechen, daß sie nicht gehen würde, noch nicht, und zu sagen, daß auch sie Philylla liebte?

»Und wenn ich gehe, muß Berris mit mir kommen«, sagte sie. »Er ist zu unglücklich, Philylla. Seine Arbeit taugt immer weniger. Er hat keine neuen Ideen.«

»Aber ich finde einige seiner letzten Entwürfe sehr schön!«

»Es ist immer das gleiche; er arbeitet sie zu Tode. Mit der Liebe und mit der Kunst ist es das gleiche; sie müssen sich bewegen und wachsen, sonst sterben sie. Ich weiß, daß es nicht deine Schuld ist, Philylla. Du kannst nichts dafür. Nicht du verletzt ihn, sondern dein Bild, diese Idee von dir, die er sich in den Kopf gesetzt hat. Und ich ... bin seine Schwester.«

»Es tut mir leid«, entgegnete Philylla. »Wenn ich nur wüßte, was ich tun könnte. Ich werde ihn sehr vermissen, wenn du ihn mitnimmst.«

»Du kannst nichts tun«, meinte Erif, »wenn du Panteus heiraten wirst. Vielleicht ist es besser für Berris, wenn er dich sicher in der Welt eines anderen sieht. Wann wird die Hochzeit sein?«

»Wenn ich das nur wüßte!« rief Philylla und merkte zugleich, daß sie auch um diese andere Sache weinte, und zwar nicht weniger bitterlich. »Mutter fragt mich immer wieder und lacht mich aus. Wenn Vater und er sich doch nur einigen könnten! Ich selbst kann nichts tun, und seit kurzem ... Aber er muß zuerst an den König denken. Das weiß ich. Der König bedeutet Sparta, und ich bin nur ein Mädchen.«

»Schade, daß es sonst niemanden gibt, der dem König so viel bedeutet.«

»Ja. Doch dann würde Panteus sich wohl verletzt fühlen.«

Philylla hörte auf zu weinen. Erif hatte einen Arm um ihren Hals gelegt; sie beugte sich zu ihr und grub ihr Kinn sanft in ihre weiche Schulter. »Philylla, wird es dich nicht quälen, deinen Liebsten nur halb zu besitzen?«

Jetzt lächelte Philylla ein wenig. Sie rieb sich die letzten Tränen aus den Augen. »Nein. Je mehr er den König liebt, um so stärker wird auch seine Liebe zu mir sein, und je heller er strahlt – denn Liebe ist etwas Erhellendes –, um so mehr strahlt er in meine Welt. Durch ihn habe ich außerdem Anteil am König und am Neuen Sparta, und ich liebe ja auch andere neben ihm. Ich liebe Agiatis. Oh, wie sehr ich sie liebe!«

»Aber ...«

»Ja, ich weiß. Sprich es nicht aus! Selbst dann werde ich sie weiterlieben. Und ich werde meine Kinder lieben. Und wenn ich eine andere Frau ebenso liebgewinne ... Manchmal denke ich, du wärst es, Erif, aber dann bist du mir plötzlich wieder wie eine Fremde.«

Erif spürte Unbehagen. »Es wäre besser, Philylla, wenn du mich nicht so lieben würdest. Ich werde, sobald ich kann, nach Hause zurückkehren, wenn ich geläutert bin, und dann ... nun, dann sehe ich dich vielleicht erst wieder, wenn wir beide älter sind. Oder auch nicht. Vielleicht kehre ich nie nach Griechenland zurück. Wir müssen uns *jetzt* lieben, Philylla, aber vorsichtig, behutsam, nicht bis in alle Zukunft und nicht mit einem Band um unsere Herzen. Ich gehöre nicht in deine Welt. Und ich bin auch nicht sicher, ob ich an deine Vorstellung von Liebe glaube. Du hast sie selbst noch nicht ausprobiert.«

»Nein. Ich glaube, ich habe sie von Agiatis übernommen, zusammen mit vielen anderen guten Dingen. Ich vertraue ihr, was die Fragen der Liebe angeht, vor allem, wenn sie sich mit den Fragen Spartas decken.«

»Vielleicht ist es für dich richtig. Die Menschen müssen hier seit Hunderten von Jahren darüber nachgedacht haben, bis es sich in ihre Herzen und tief in die Orte der Vernunft und der Philosophie eingegraben hat. Ich verstehe nicht ganz, was du von deiner Ehe erwartest. Tarrik und ich lieben einander – na ja, wir hassen uns auch manchmal! Aber es geht immer nur um uns beide.«

Zu Beginn des Frühjahrs erhielt Kleomenes die Nachricht, daß es Aratos irgendwie gelungen war, bei Sikyon durch die Linien zu schlüpfen. Der spärliche Rest seines Bundes habe abgestimmt, Antigonos als Herrn und Retter anzuerkennen, und die mazedonische Armee habe sich bereits in Bewegung gesetzt. Am gleichen Tag zog Kleomenes von Sikyon ab. Eine Stunde lang gab es ein Rennen und Rufen in seinem Ringlager, man schlug die Zelte ab und sattelte die Pferde. Dann waren sie fort, und er ritt in scharfem Tempo voran, um den Isthmus von Korinth gegen die Barbaren zu befestigen. Er gewann einen kleinen Zeitvorsprung, weil Antigonos vom Süden her einen längeren Weg hatte. Aetolia, das eindeutig und hartnäckig neutral blieb, hielt den mazedonischen König bei den Thermopylen auf. Das erschien den Spartanern als ein gutes Omen, und der König schickte, um es zu bestätigen, ein Geschenk an den Apollo von Delphi. Dabei schlug er zwei Fliegen mit einer Klappe: Er besänftigte die Götter, die ihm – falls es sie überhaupt gab – vielleicht geholfen hatten, und er besänftigte die Aetolier, unter deren Schutz Delphi stand. Das Geschenk bestand aus einem Goldbecher, den Berris ohne Lohn für sie entworfen und angefertigt hatte. Es war prächtiger verziert, als es ihm selbst gefiel, aber er wußte, sie wünschten es sich so. Der Becher mußte rasch fertig werden, und die Leute kamen immer wieder zu ihm in die Werkstatt, um ihm zuzusehen; einige von ihnen bildete er ab, aber nur in groben Zügen. Apollo dankte mit einem unklaren Orakel, aus dem man eine Ermutigung herauslesen konnte.

Kleomenes wollte nach Möglichkeit eine offene Schlacht vermeiden. Er hielt alle Pässe, und das war soweit das einzig Wichtige. Antigonos gelang es nicht, seine Linien zu durchbrechen, und so zog er sich nach Megara zurück. In dieser Nacht trugen die Männer um den Regimentstisch des Königs Kränze aus wildem Lorbeer und Bergblumen. Sie beugten sich über die Karte, redeten mit lauten Stimmen und freuten sich darüber, daß die Barbaren zurückwichen. Alle hofften, Antigonos gleich am Anfang so entmutigt zu haben, daß er von seinem Pakt mit dem Bund zurücktrat.

Doch am gleichen Abend, da Aratos und Antigonos auf ihrem Rückzug nach Norden ritten, wurden sie hinter einer Wegbiegung von einem Dutzend Männer abgepaßt, die auf sie warteten. Sie kamen mit ihren dicken Stiefeln und Umhängen geradewegs vom Meer und erklärten, sie seien ihnen heimlich aus Argos gefolgt. Des weiteren berichteten sie, daß Argos die Seite wechseln wolle. Kleomenes habe weder die Schulden aufgehoben noch das Land aufgeteilt, und die Armen, die so hoffnungsvoll an ihn geglaubt hatten, verbrannten jetzt Figuren des Königs in ihren Hinterhöfen.

Aratos schlug sogleich vor, mit fünfzehnhundert Mazedonen auf dem Seeweg nach Argos zu ziehen. Er schüttelte jedem einzelnen Argiver die Hand. »Ich wußte, daß dies passieren würde«, sagte er. »Doch es wäre um ein Haar zu spät gewesen.« Und Antigonos stimmte hustend zu und meinte, sie hätten den Krieg vermutlich schon gewonnen.

Kleomenes hielt Argos für sicher. Die Verträge lagen alle bei Megistonous, seinem Stiefvater, der absolut sicher war, daß alles gut verlaufen würde. Er hatte Kleomenes angefleht, mehrere Argiver, die möglicherweise kollaborierten, nicht in die Verbannung zu schicken.

Megistonous war natürlich schon recht alt, und man konnte von ihm nicht mehr erwarten, daß er allzu große Erwartungen in die Revolution setzte. Er hielt in Sparta alles für wohlgeordnet, weil da etwas entstanden war, das ihn an die Gesellschaftsordnung des Lykourgos und die Armee des Leonidas erinnerte. Aber die anderen Städte waren nicht wie Sparta; sie besaßen keine uralte, schlichte Vergangenheit, zu der man zurückkehren konnte. Ihre Anfänge wurzelten in der Tyrannis – keineswegs ein Vorbild, zu dem zurückzukehren sich lohnte. Und selbst wenn eine Änderung im Sinne Spartas gelang – für zwei Spartas gab es in Hellas keinen Platz!

Da er ein alter Mann war, schlief Megistonous nur leicht. Er erwachte, als Panteus in sein Zelt kam und rief:

»Schlechte Nachrichten! Komm zum König!« Megistonous wußte genau, wo sein Speer und Schild lagen; rasch nahm er sie auf und folgte Panteus, der seinen Umhang um Megistonous warf, weil ihm auffiel, wie grau und dünn der andere unter dem kalten Licht der Sterne aussah.

Das Zelt des Königs lag auf der anderen Seite einer Senke voller Disteln. Es war unmöglich, schnell zu gehen. Panteus erzählte ihm, daß Argos, für dessen Loyalität sich Megistonous verbürgt hatte, die Seite gewechselt habe. Dann schwiegen beide, bis sie zu Kleomenes gelangten.

Der König empfing seinen Stiefvater mit bitteren Worten: »Du hast wahrscheinlich alles verdorben! Vermutlich war es ein Fehler, einem alten Mann zu vertrauen – zu alt und zu blind, um zu erkennen, was hinter seinem Rücken vorgeht. Ich werde den gleichen Fehler nicht noch einmal machen. Megistonous, du mußt die Sache wieder in Ordnung bringen!«

»Ich werde sie entweder in Ordnung bringen oder sterben«, erwiderte Megistonous erschüttert.

»Mit weniger als zweitausend Mann wirst du nichts erreichen«, sagte der König und blickte stirnrunzelnd auf eine zusammengerollte Liste. »Ich kann meine Kreter in den Bergen nicht entbehren. Du mußt die Reserven aus Korinth nehmen. Meine Güte, ich werde darüber auch noch Korinth verlieren! Panteus, gib ihm fünfhundert von deinen Männern ab.«

»Meine Brigade ist nicht sehr stark«, meinte Panteus. »Wie steht es mit Idaios? Seine Männer haben auf dem Paß nicht so viel abbekommen wie meine.«

»Keine Zeit«, entgegnete der König. »Er steht jetzt weit rechts. Aber er kann morgen von dir den Eselsrücken übernehmen.«

»Gut«, meinte Panteus. »Habe ich eine Stunde Zeit, um meinen Leuten vor dem Abmarsch wenigstens ein warmes Frühstück zu geben?«

Der König nickte. Panteus salutierte und eilte davon. Der König und sein Stiefvater blieben allein im Zelt zurück.

»Und ehe du marschierst«, sagte Kleomenes, »bring

mir alle Dokumente über Argos. Ich werde mich in Zukunft selbst darum kümmern.«

Er rückte seinen Stuhl unter die Hängelampe und setzte sich. Megistonous stand vor ihm und sagte: »Die Dinge stehen vielleicht nicht so schlecht, wie der Bote meinte. Kleomenes, ich werde Argos für dich zurückerobern.«

»Das hoffe ich«, antwortete Kleomenes, »aber ... bei den Göttern, Megistonous, du mußt dich schon anstrengen.« Einen Moment lang entblößte er die obere Zahnreihe wie ein Wolf. »Bring mir jetzt diese Papiere – du selbst!«

Kleomenes setzte sich mit seinen Listen über Männer und Geld und Materialien unter die Lampe. Was er da las, klang nicht gut. Er begann, die Städte zu zählen, die sich vielleicht von Argos beeinflussen ließen. Heute nacht würde er keinen Schlaf mehr finden! Neue Listen – jawohl! Er rief der Wache vor dem Zelteingang zu: »Einen Schreiber! Wer ist in der Nähe? Einen meiner Neffen – schnell!« Dann hob er neben seinem Bett eine große, gewachste Schiefertafel hoch und begann, darauf zu rechnen. Falsche Zahlen rieb er mit dem Daumen wieder aus.

Der Wächter kam rasch mit Agesipolis zurück; der junge Kleomenes rannte schläfrig hinter ihnen her.

»Ich sagte, nur einen!«

»Onkel, wir wußten nicht, welchen ...«

»Ihr Dummköpfe! Agesipolis, setz dich und schreib! Ich werde dir die Listen diktieren. Datum.«

Agesipolis rieb sich die Augen und setzte sich mit Feder und Papier auf die Bettkante. Sein jüngerer Bruder ging wieder schlafen.

Der König diktierte drei Listen, während Agesipolis, der nicht wußte, um was es sich handelte, immer müder wurde. Dann kam Megistonous in voller Rüstung und atemlos von dem Gewicht einer kleinen Kiste zurück, die er vor Kleomenes auf den Boden stellte und aufschloß. Kleomenes sagte kein Wort. Megistonous ging eines nach dem anderen die Dokumente durch: Versprechen, Briefe, Händel, Noten an verschiedene Personen. Einige Papiere waren schon recht alt. Ein paarmal stellte ihm Kleomenes mit scharfer Stimme Fragen, die er beantwortete. Am

Schluß verschloß Megistonous die Kiste wieder und überreichte dem König den Schlüssel. »Wie du siehst«, meinte er, »habe ich mein Bestes für Sparta getan.«

»Genau«, erwiderte der König. »Und bist gescheitert.«

»Ich bezweifle, ob es einem Jüngeren besser gelungen wäre«, sagte Megistonous. Agesipolis, wieder hellwach, meinte, noch nie in seinem Leben jemand so unglücklich gesehen zu haben wie diesen Alten.

»Wünsch mir zumindest Glück, Kleomenes«, bat Megistonous.

»Glück?« rief der König. »Begreifst du eigentlich, daß, wenn es dir nicht gelingt, Argos zurückzuerobern, meine Verbindung abgeschnitten ist, daß Sparta in Gefahr gerät und ich zurückweichen und die Mazedonier durchlassen muß?«

»Ich will nicht, daß jetzt alles auf mich geschoben wird, Kleomenes«, antwortete der Alte mit unvermittelt scharfer Stimme.

»Darüber werde ich nicht streiten«, erwiderte der König und schaute wieder auf seine Listen.

Megistonous blieb. Der junge Agesipolis, der die beiden beobachtete, umklammerte seine Feder so fest, daß sie abbrach.

Panteus kam zurück, in voller Rüstung und bewaffnet. »Alles bereit«, meldete er.

Kleomenes blickte auf. »Marschier los, Megistonous!« befahl er.

Panteus ließ rasselnd seinen Speer fallen und faßte Megistonous bei den Händen. »Ich wünsche dir Glück«, sagte er. »Du schaffst es schon!«

Kleomenes wiederholte die Worte, als würden, sie aus ihm herausgezogen: »Viel Glück!«

Agesipolis fragte sich, wie es wohl war, König von Sparta zu sein. Als Junge hatte es ihn verbittert, daß sein Vater, Kleombrotos, ins Exil getrieben worden war, wo er starb, und daß er selbst kein Anrecht auf die Königswürde hatte. Er war wütend auf seinen Onkel gewesen, den Sohn des Mannes, der es getan hatte, den Onkel, den er nie gesehen hatte. Jetzt war er nicht mehr so sicher, ob es erstrebenswert sei, König zu sein. Er hoffte, daß Panteus sah, wieviel er in dieser Nacht gearbeitet hatte! Kein anderer schrieb so deutlich wie er; das hatte sogar der König gesagt.

Am nächsten Morgen ritt Kleomenes nach Korinth, wo Angst und Sorge um sich gegriffen hatten. Er beruhigte die Soldaten, sah sich hier und dort persönlich um und bat, ein sehr schönes Gemälde von Apelles betrachten zu dürfen, von dem es hieß, daß es sich im Besitz eines reichen Korinthers befand. Er erklärte, die Vorgänge in Argos seien ein paar Aufständischen zuzuschreiben. Megistonous werde in einer Woche wieder zurück sein, und alles komme in Ordnung.

Wenn die Leute in seiner Nähe waren, gewannen sie ihre Zuversicht rasch wieder. Auch als sie sich anschließend über die Lage unterhielten, sahen die Dinge nicht mehr so schlecht aus.

An diesem Tag hielt Panteus das Kommando über den Isthmus. Er hatte überall Wächter stationiert und ein Zeichensystem entwickelt, durch das er sofort Warnung erhielt, wenn sich eine Armee über die Ebene zwischen ihnen und Megara nähern sollte. Er selbst hielt eine Zeitlang Wache und fragte sich, ob Megistonous wohl in Argos eine Chance hatte.

Inzwischen besuchten Kleomenes, Therykion und Berris Dher das Apelles-Gemälde. Es war für den Urgroßvater des Besitzers gemalt worden, ein frühes Werk. Die Farben wirkten noch wunderbar frisch. Aber natürlich war es für gewöhnlich von Vorhängen bedeckt. Was für eine Ehre, sie für König Kleomenes beiseite zu ziehen! Das Gemälde erzählte – wie die meisten der frühen Bilder des Apelles – eine Geschichte. Locker von Reben umrankt, an deren vollreifen Trauben kleine Vögel naschten, war es in laubenartige Vierecke aufgeteilt. Die Szenenfolge stellte die Geschichte der Ariadne dar.

»Wunderschön«, sagte der König, »ein Schatz für alle Zeiten. Glückliches Korinth, mit solchen Bürgern!« Der

Besitzer wies liebevoll und stolz auf Besonderheiten hin; hier in der Ferne der Palast des Minos, winzig und golden, man konnte fast die Ziegel zählen! Dort der Schatten des herabgleitenden Umhangs auf Ariadnes Handgelenk. Hier in der Ecke die Heuschrecke auf einem Zweig. Dort eine springende Maenade – welche Kraft! Und dort Ariadne, wie sie sich zwischen Tränen und einem Lächeln an den Gott wendet.

Berris Dher trat zurück und betrachtete das Gemälde. Im ersten Augenblick hatte es ihm überhaupt nicht gefallen, diese offenen Augen, die Haut, die einen fast erschaudern ließ. Sie schien so fest, so für die Berührung geschaffen, als habe sie genau die Vergänglichkeit von Haut und wirklichen Muskeln. Es gab keine Unsterblichkeit, keinen anderen Wert, den der Maler dem Bild mitgegeben hatte, um sich zwischen den Betrachter und die Dinge selbst zu stellen. Aber nach wenigen Minuten begann Berris, die große Kunstfertigkeit zu bewundern. Er kniff die Augen zusammen und versuchte, das Bild ohne all die Menschen und Tiere, nur als Form und als Farbe zu sehen. Er erfaßte den Rhythmus, die Ausgewogenheit der Gruppe, die Bedeutung eines jeden einzelnen dieser kleinen Steine, die einen beim ersten Anblick mit ihren Gräsern und Schatten nur beunruhigten und dem Auge nicht gestatteten, dem Schwung des Bildes zu folgen. Nachdem er alles betrachtet hatte, wandte er sich wieder den einzelnen Szenen zu und sah unvermittelt ihre Fröhlichkeit, die Stimmung des Frühlings, als würde der Wein wegen der Ankunft des Dionysos zur falschen Jahreszeit Früchte tragen. Ja, und jetzt rückten all diese Arme und Beine und Gesichter an ihren Platz. Und jetzt merkte Berris auch, daß er es selbst nicht hätte besser machen können. In aller Aufrichtigkeit lobte er das Bild und schenkte dabei dem Besitzer ein paar neue Sätze, die dieser seinerseits beim nächsten Besucher würde anbringen können – der ebenfalls ein König sein sollte: Antigonos Doson, der König von Mazedonien.

Am nächsten Tag erhielt Kleomenes die ersten Nachrichten aus Argos: Megistonous sei getötet worden, und man brauche dringend Unterstützung. Am Abend zogen er und seine Armeen sich von den Pässen zurück und verloren sogleich Korinth, das nun nichts Eiligeres zu tun hatte, als Antigonos die Tore zu öffnen.

Kleomenes marschierte auf direktem Weg nach Argos, in der Hoffnung, die Stadt bald wieder einnehmen zu können. Doch nach all diesen Monaten der Erfolge und des Ruhms bekam er plötzlich Angst um Sparta selbst. Sein Bruder war zwar dort, hatte aber praktisch keinerlei Truppen außer den ältesten Jahrgängen der Zuchtschulen, die aber noch keinen aktiven Dienst bei der Armee leisten konnten.

Kleomenes rückte so rasch an, daß Argos überrascht wurde und für kurze Zeit wieder in seinen Besitz fiel. Er schickte seine kretischen Bogenschützen in die Stadt, um die Straßen freizuräumen. Vom höchsten Teil der Stadt aus konnte er zusehen, wie das Rotgelb der Kreter durch eine Straße nach der anderen zog. Neben ihm kniete Neolaidas, dem ein Arzt eine Fleischwunde am Arm zunähte. Hinter ihnen lag der Leichnam des Megistonous in einem Scharlachumhang; seine eigenen Männer hatten ihn geborgen. Er war mutig gestorben, an ihrer Spitze stehend.

Als der Arzt fertig war, stand Neolaidas auf, hielt sich an einer Säule fest und blickte einen Moment in die andere Richtung. Und dann rief er: »Sieh doch!« Und auch Kleomenes drehte sich um und erkannte, daß nun alles verloren war, denn von den Bergen herab zog Antigonos auf die Stadt zu. Im klaren Licht des Sommernachmittags sah er, wie die winzigen, hellen Pfade, die sich zum anderen Ende der Ebene hinabschlängelten, plötzlich von den Speeren und Menschen der mazedonischen Phalanx zu glitzern begannen. Rasch schickte er Neolaidas zu den Bläsern. »Rückzug, Rückzug!« riefen sie der spartanischen Armee in und um Argos zu. Kleomenes hatte gerade eben noch Zeit, seine Männer von den Mauern zu holen. Die meisten Toten und Schwerverletzten ließen sie zurück, aber der Leichnam von Megistonous begleitete sie nach Sparta und zu Kratesikleia.

Alles um sie herum befand sich in heilloser Auflösung. Die Truppen der verbündeten Städte verließen ihre Stellungen und setzten sich an den Wegrand, während die Lakonier rasch vorbeimarschierten. Die Verbündeten verfluchten sie, forderten sie aber nicht heraus und nahmen auch nicht den ersten Weg, der sie nach Hause führte. Die Mantineer blieben bei ihm, überwiegend aus Furcht, sich dem Bund wieder anzuschließen; es hatte ein recht schlimmes Massaker unter achaeischen Siedlern gegeben, als sie zuerst auf die Seite Spartas getreten waren.

Die Spartaner selbst marschierten stumm. Manchmal ertönte ein Lied und pflanzte sich durch die Reihen fort, aber dann erstarb es wieder. Man half den Verwundeten. Agesipolis und sein Bruder hatten ihre Pferde zwei Verletzten gegeben und marschierten zu Fuß. Plötzlich verstand Agesipolis, was das für Listen waren, die er für seinen Onkel geschrieben hatte. Nie zuvor hatten sie sich auf dem Rückzug befunden. Es war schlimm. Hippitas ritt an ihnen vorbei; er war zu lahm, um lange zu marschieren. Er gab ein paar Scherze von sich, über die sie lachten. Schließlich machten sie in Tegea Rast und befanden sich für eine Weile in Sicherheit. Bis hierhin würde ihnen Antigonos nicht folgen – zumindest jetzt noch nicht.

Kleomenes begann wieder zu planen, aber es waren nicht eigentlich Pläne, sondern eher Möglichkeiten, schmale Pfade, die ihre Hoffnung vielleicht gehen konnte. Er wurde von den freundlichen, schweigsamen Bürgern Tegeas willkommen geheißen, und während er sich die Rüstung auszog und wusch, bereitete man das größte Zimmer im Haus für das Gefolge des Königs her. Dann drangen Gerüche von der Küche herauf. Einer nach dem anderen kam herein und aß Brot und Radieschen, das einzige, das bislang auf dem Tisch stand. Phoebis erzählte von einem Adler, den er unterwegs gesehen hatte – zur Rechten! War das ein gutes Zeichen? An der Eingangstür klopfte es. Ein paar Leute drehten sich erwartungsvoll um, aber der König hatte seine Karte hervorgezogen und deutete aufgeregt mit einem Zeigestock darauf. Jemand zog den Vorhang vor ihrer Tür beiseite und herein traten zwei Männer, die sie alle kannten: Sklaven aus dem Haus des Königs. Rasch traten sie zum König, und einer überreichte ihm einen Brief. Dann traten beide zurück, als fürchteten sie sich. Er öffnete den Brief. Er stammte von seiner Mutter. Sie schrieb, daß Königin Agiatis am frühen Morgen verstorben sei.

Sechstes Kapitel

Kleomenes reichte den Brief an Idaios weiter, der zufällig neben ihm stand, und ließ den Kopf auf den Tisch sinken. Seine Hände zerknüllten die Karte, die vor ihm lag, Phoebis und Therykion sprangen beide zu Idaios und lasen den Brief über dessen Schulter hinweg. Phoebis wandte sich einem der Sklaven zu und flüsterte; ein anderer war von sich aus losgegangen, um Panteus zu suchen. Agesipolis und der junge Kleomenes rannten herbei, verharrten aber auf der Türschwelle und reckten fragend die Köpfe wie junge Hunde. Bei dem Geräusch ihrer Schritte hob Kleomenes den Kopf. Er blickte die Jungen kurz an, nickte ihnen dann zu und schien ein Lächeln zu versuchen. Sein Gesicht hatte eine seltsam gelbliche Farbe angenommen, Sonnenbräune über Blässe. Er blickte auf seine Hände, sah, daß sie die Karte zerknüllten, und legte sie auf die Knie. Phoebis hockte sich neben ihn und streichelte und küßte seine Beine, wobei er dem König komische Spitznamen gab, Kindernamen aus der gemeinsam verbrachten Jugendzeit, die sie beide fast vergessen hatten. Inzwischen wußte jeder im Raum Bescheid. Aus der Küche näherte sich jemand unter dem Geklapper von Schüsseln und Löffeln. Therykion teilte den Vorhang und nahm sie stumm entgegen, ebenso wie die Suppe, die kurz darauf gebracht wurde.

Dann trat Panteus in den Raum und ging auf den König

zu. »Wir wußten, daß es früher oder später passieren würde«, sagte er. »Auch sie wußte es. Kleomenes, die schlimmen Nachrichten bleiben ihr jetzt erspart.«

Der König versuchte zu antworten. Alle warteten. Endlich brachte er heraus: »Wir brauchen hier eine Nachtwache auf den Mauern und einen Außenposten mit guter Verbindung auf den Straßen im Norden und Nordosten. Es ist wichtig, daß wir in Orchomenos jetzt eine starke Garnison haben. Mnasippos, zieh mit dreihundert deiner besten Männer dorthin! Therykion, redest du bitte morgen mit den Kretern? Versprich ihnen, wenn irgend möglich, keinen höheren Sold, aber zahl mehr, wenn es anders nicht geht! Ich hatte ihnen gesagt, daß ich mich selbst darum kümmern würde. Aber ich gehe nach Sparta zurück.«

»Ich komme mit dir«, sagte Panteus. Der König versuchte, den Freund zum Bleiben zu bewegen, aber Panteus fuhr fort: »Es besteht keinerlei Notwendigkeit dazu, du hast doch deine Befehle erteilt und damit alles geregelt.«

»Gut«, rief der König unvermutet. »Laß mich nicht allein!« Er wollte aufstehen, stieß versehentlich gegen Phoebis und setzte sich dann wieder. »Nun«, meinte er, »das ist eine schwere Lektion. Aber ich werde mich gut schlagen. Sie hat ihre Prüfungen auch immer tapfer durchgestanden.« Er begann, die Karte mit unruhiger Hand zu glätten, versuchte angestrengt, sich das Zittern seiner Finger nicht anmerken zu lassen. Panteus und Phoebis nahmen neben ihm Platz. Kleomenes aß seine Schüssel leer und trank seinen Wein wie ein geschicktes Kind, das gerade gelernt hat, den Krug nach Art der Erwachsenen zum Munde zu führen.

Plötzlich sagte er laut zu Neolaidas, der ihm zufällig gegenübersaß: »Seltsam, aber ich finde, man kann die schlimmsten Dinge am leichtesten ertragen, wenn man sich ganz ruhig verhält.« Als er keine Antwort erhielt – denn was konnte Neolaidas schon sagen? –, fuhr er nachdenklich fort: »Vermutlich, weil der Anlaß einem Beispiel und Vorbild ähnlich ist, das zeigt, wie ein guter Mensch handeln sollte. Würdest du sagen, daß so etwas dahintersteckt?«

»Ja!« antwortete Neolaidas, tief Luft holend, und blickte Phoebis und Panteus hilfesuchend an.

Sie sprangen ihm bei und begannen beide ein Gespräch darüber, wie sich die Vorsichtsmaßnahmen in Tegea noch verbessern ließen.

Nach dem Essen verlangte der König, daß jemand mit ihm Dame spiele. Therykion erklärte sich bereit, aber der König hielt es nicht lange durch. Dann betrat eine Abordnung Bürger den Raum, die aufrichtig mit ihm trauerten, weil sie nahe genug bei Sparta lebten, um zu wissen, was für ein harmonisches Paar Kleomenes und Agiatis gewesen waren. Kleomenes hielt ihnen eine kurze, stoische Rede, die sie sehr beeindruckte. Panteus stand neben ihm, für den Fall, daß er plötzlich zusammenbrach.

Endlich nahm der Abend sein Ende. Einer nach dem anderen ging hinaus. Die beiden Jungen blieben bis fast zuletzt, weil sie sich nicht zu regen wagten; Hippitas nahm sie schließlich bei der Hand und führte sie hinaus. Als sie fort waren, begann Phoebis, die Lampen auszublasen. »Bring ihn ins Bett«, flüsterte er Panteus zu. »Du bleibst doch bei ihm, oder?«

»Ja«, antwortete Panteus.

Der König schlief ein paar Stunden tief und fest. Panteus, der nach dem gestrigen Tag ziemlich müde war, blieb noch eine Weile wach. Er war zutiefst beunruhigt und traurig über den Lauf der Dinge. Seine eigenen Männer, die er selbst für die Neuen Zeiten ausgebildet hatte, waren durch die Niederlage bitter enttäuscht worden. Dann dieser furchtbare Rückzug über die Straße, auf der sie die Welt hatten erobern wollen! Und zu allem Übel am Ende auch noch der Tod Agiatis', der anderen Hälfte des Königs. Er hatte sie sehr geliebt. Bei allem war es kaum sein eigener Kummer, der ihn quälte; der Schmerz des Königs traf ihn viel tiefer.

Als Panteus endlich Schlaf fand, erwachte der König bereits langsam wieder, tauchte still aus dem verschwommenen Bewußtsein einer namenlosen Katastrophe auf und glitt über die Schwelle des Traums zu scharfer, voller Erkenntnis. Eine halbe Stunde verharrte er ohne jede körperliche Regung, ohne eine Träne. Schließlich obsiegte sein Körper, und alles wogte und schwankte vor ihm und versank erneut in Schwärze. Eine Zeitlang lag er ohnmächtig da und sammelte Kraft für das nächste Erwachen.

Beim fünftenmal sah er, wie allmählich Dämmerung den Raum erfüllte. Langsam gewann der an die Wand gelehnte Speerschaft Konturen. Kleomenes beobachtete ihn, zentrierte seine Sinne auf die Stärke und Geradheit der Waffe, um Ruhe zu finden und klare und sichere Entscheidungen treffen zu können. Als erstes mußten sie zurück nach Sparta, um die Kinder zu trösten und zu überlegen, welche Kräfte man Mazedonien entgegenwerfen konnte. Ägypten? Aber wie? Wenn man Ptolemaios davon überzeugen könnte, daß es Antigonos' Absicht sei, sich ganz Griechenlands zu bemächtigen, um dann über das Meer zu ziehen und die Inseln oder Asien anzugreifen? Ptolemaios würde ihnen vielleicht Geld leihen, um den Mazedonier aufzuhalten. In den alten Tagen hatte er Aratos gegen Mazedonien geholfen, danach, in den Anfängen des Bundes, Ägypten ... Was für ein Land war Ägypten eigentlich? Agiatis hatte einmal ein Kleid aus ägyptischem Musselin getragen; das war in dem Sommer, als Nikolaos geboren wurde. Musselin, der mit blauen Umrissen von Lotosblüten und Wildenten bestickt war. Vergoldete ägyptische Schuhe. Der Griff um sein Herz wurde langsam unerträglich.

Er wandte den Blick von dem Speer ab und betrachtete seinen Körper. Im zunehmenden Licht zeichnete sich der schlafende Panteus ab, der neben ihm lag, einen Arm um seinen König. Kantige Hände, gerade geschnittene Nägel. Die Schultern des Freundes fielen unter dem Gewicht der Müdigkeit herab. Er wird steif sein, wenn er aufwacht! Aber er soll schlafen, schlafen, solange er kann! – Behutsam entzog sich Kleomenes der Umarmung, und Panteus' Kopf sank tiefer, die geöffnete Hand griff ins Leere.

Der König kleidete sich an, kämmte sich und tauchte die Hände in den Wasserkrug. Er legte Brustpanzer,

Schwertgürtel und Beinschienen an. Dann trat er auf Zehenspitzen über Panteus hinweg, kniete neben ihm nieder, küßte ihn aufs Haar und betrachtete ihn lange: die harte Linie, zu der sein Mund jetzt gezogen war, die sich um die Augen abzeichnenden Falten. Sparta verschonte nicht einen von ihnen. Vorsichtig nahm er Helm, Schild und Speer. Plötzlich wünschte er sich, dieses Spiel nicht geplant zu haben. Er konnte nicht allein, ohne diesen Mann, losreiten, den liebsten Menschen, der ihm geblieben war. »Panteus!« flüsterte er und wartete. Aber in diesen Schlaf drang kein Geflüster. »Nein«, dachte der König, erneut zögernd, »ich muß mich allein stellen. Wenn ich das nicht schaffe, weiß ich, daß ich schwach und wertlos und ein Feigling bin.« Er wandte sich zur Tür. Aber auf ein leises, warnendes, metallisches Klirren zwischen Helm und Schild hin erwachte Panteus, gerade noch rechtzeitig, um zu sehen, wie der König leise in die Morgendämmerung hinaustrat.

Einen Moment später war er bei ihm. »Kleomenes«, sagte er, »warum wolltest du mich verlassen?«

Und der König antwortete: »Ich wollte dich nicht wecken, mein Lieber. Ich kann das allein.« Aber Panteus war bereit und bewaffnet, noch ehe die Pferde gesattelt waren. Auch hatte er Brot und Käse für unterwegs dabei.

Sie ritten von der Ebene von Tegea stetig bergauf, während über ihnen die Sonne aufging. An der steilsten Stelle des Passes war es einfacher, zu Fuß zu gehen und die Pferde zu führen. Hier sprach Kleomenes ein wenig über Ägypten und überlegte, was Ptolemaios wohl als Preis für seine Hilfe verlangen würde. Aratos hatte Antigonos für seine Hilfe den Achaeischen Bund verkauft; was mochte Ptolemaios von Sparta fordern? Panteus meinte, daß der ägyptische König wohl nur ungern offen gegen den anderen König zu Felde ziehen würde. Heimlicher Nachschub wäre besser. Wenn sie nur mehr Soldaten anwerben und die eigenen besser ausstatten könnten! Grimmig sagte Panteus: »Geld ist das wichtigste in der Welt!«

Nach dem Paß kamen sie schneller voran und trabten,

wann immer es ging. Hinab ging es durch Olivenhaine, grüne Weinberge und reifende Kornfelder. Es ging an Bauernkarren und Menschen vorbei, die sie anstarrten und erst erkannten, als sie vorbei waren. Sie ritten das Oinostal hinab, zwischen steilen Bergesflanken, die sich gut zur Verteidigung oder für einen Hinterhalt eigneten. Zur Rechten lag der braune Klotz des Berges Euas. Panteus umringte ihn vor seinem inneren Auge mit Palisaden, den Euas und den Berg links von ihm, den Kleinen Olymp. Sie kamen an der Stadt Sellasia vorbei und gelangten eine halbe Stunde später zum Eurotas, jener breiten Steinnarbe von einem Flußbett mit dem Strom in der Mitte. Jetzt, im Sommer, war er fast ausgetrocknet und zeigte die langen Felsenkämme an den Ufern. Und weiter ging es bis auf den Marktplatz von Sparta, an Apollo vorbei, der seine Pfeile auf den König angelegt hatte, aber noch immer lächelte, bis zur Tür des königlichen Hauses. Stumm hatten die Menschen auf dem Marktplatz ihre Rückkehr beobachtet. Das Volk wußte über den Tod von Agiatis Bescheid, hatte aber vielleicht noch nicht von den anderen schrecklichen Dingen gehört, die Sparta widerfahren waren.

Der König blieb vor seinem Haus stehen und sagte entsetzt: »Sie wird mir nicht entgegenkommen!« Und Panteus, dem klar war, daß Kleomenes nicht die Hand heben konnte, um an die Tür zu klopfen, stieg ab und öffnete. Sie traten ein. Kratesikleia kam ihnen entgegen, eine alte gebrochene Frau, der Stolz vom Kummer zerstört. Der König betrachtete ihre schwarzen Kleider. Dann sagte er: »Du weißt, daß Megistonous tot ist?«

»Nein«, antwortete sie, »ich wußte es nicht, Kleomenes. Aber ich habe es geahnt. Ich bekam einen Brief von ihm, kurz vor der Attacke von Argos.« Sie betupfte sich die Augen. »Du hast ihn im Zorn fortgeschickt, Kleomenes, und er war alt genug, dein Vater zu sein. Gibt es denn nur schlechte Nachrichten, mein Sohn?«

»Ja«, antwortete er. »Es ist nicht mehr viel übrig, außer Sparta selbst. Ist Eukleidas hier, Mutter? Ich muß mit ihm reden.«

»Er ist da«, antwortete sie. Aber als der König sich nicht

regte, fragte sie: »Möchtest du hereinkommen? Sie ist dort drinnen.«

Er blickte über die Schulter seiner Mutter hinweg ins Leere und sagte: »Wenn die Mädchen dort sind, schick sie bitte hinaus, ehe ich eintrete! Bitte, tu das zuerst, Mutter!«

Sie hinkte langsam die Treppe hinauf. Er vermeinte, eines der Kinder weinen zu hören, vielleicht die arme kleine Gorgo. Den Jungen konnte er vielleicht beistehen, ihr aber nicht. Im nächsten Augenblick trat Eukleidas zu ihm. Er küßte seinen Bruder und versuchte, etwas zu sagen, aber Kleomenes ließ ihn nicht zu Wort kommen, indem er seinen Mund gegen die eigene Schulter preßte. »Ich möchte wissen, wieviel Geld wir noch in Sparta haben«, sagte er. »Dann müssen wir über weitere Pläne reden. Wir sind bis nach Tegea zurückgeschlagen worden, Eukleidas. Vermutlich habe ich dein Leben ebenso wie meines zerstört. Du bist ein guter Bruder.«

»Ich liebe dich«, erwiderte Eukleidas hilflos.

»Ich werde jetzt hineingehen«, sagte Kleomenes. Er spürte, wie jemand seine Hand ergriff und küßte. Das mußte eines der Mädchen sein, vielleicht Chrysa. Aber er schaute nicht hin. Er blieb vor der Tür stehen, durch die er nun treten sollte. Rechts von ihm lag jemand zusammengerollt auf dem Boden, hielt sich mit einer Hand am Rand einer Bank fest. Philylla. Man hatte sie seinetwegen hinausgeschickt! Sanft sagte er zu ihr: »Komm herein, wenn du willst, Philylla.« Und dann hob er die Hand, um die Tür zu öffnen.

Nach einer Weile schaute Philylla auf, weil sie spürte, daß jemand sie anblickte. Es war Nikomedes, und er schien ruhiger zu sein, weil er keinen Laut von sich gab. Aber dann verzog er furchtbar das Gesicht und begann wieder zu weinen. »O Nikomedes«, sagte sie und meinte eigentlich: »Bitte nicht!« Er dagegen glaubte, sie empfände die gleiche Art von Protest gegen diese schreckliche Wendung der Dinge und antwortete: »O Philylla«, was bedeutete, sie sei die einzige Person, die es wirklich begriff. Denn

Nikolaos war jung und konnte abgelenkt werden, selbst heute, und seine Großmutter war zu alt. Sie war nur traurig, nicht wütend, nicht von schmerzlichem Haß erfüllt wie er. Warum traf ihn ein solches Schicksal, wenn die Mütter anderer Jungen ...

Er setzte sich neben sie auf den Boden. Nach einer Weile legte er Philylla die Arme um den Hals. »Wirst *du* denn immer bei mir bleiben?« fragte er.

»Ja!« antwortete Philylla, in dem Gefühl, nichts anderes sagen zu können. »Bis du alt genug bist und mich nicht mehr brauchst.«

Eine Weile küßten und streichelten sie einander, und dann begann Nikomedes wieder: »Ich wünschte, ich wäre ihr ein besserer Sohn gewesen! Ach, Philylla, ich habe sie, als ich noch kleiner war, manchmal belogen. Wenn ich es ihr doch jetzt nur erklären könnte!«

»Vermutlich hat sie es immer verstanden«, sagte Philylla.

»Ich wünschte auch, daß ich nie ein Wort gesagt hätte, das ihr weh tat, oder ihr nie auf andere Weise zur Last gefallen wäre. Wenn ich sie doch nur um mehr Rat gebeten hätte! Jetzt kann ich niemanden mehr fragen. Ich bin verloren.«

Nikomedes kuschelte sich an sie. »Du kannst mich fragen, wenn es nicht allzu schwierig ist. Nun wein doch nicht so!«

Nikolaos kam hereingerannt. Er sah sie, blieb stehen und stampfte mit dem Fuß auf. »Denkt doch an etwas anderes!« befahl er. Dann warf er sich in Philyllas Arme und brach ebenfalls in Tränen aus.

Philylla hielt beide an sich gedrückt, als Panteus kam. Er setzte sich auf die Bank gegenüber und beobachtete sie ernst. Schließlich fragte er: »Ist der König in ihrem Zimmer?«

»Ja«, antwortete sie. »Allein.«

»Sollte jemand hineingehen?«

»Er hat es mir gestattet«, erwiderte Philylla.

Er faßte sie, aber in seinem Griff lag nicht viel Zuversicht. »Was wird aus den Kindern?« fragte er. »Sollten sie nicht bei ihrem Vater sein?«

»Ich will nicht!« sagte Nikolaos. »Ich will Mutter nicht sehen!«

»Ich auch nicht«, fiel Nikomedes ein. »Aber ... wenn Vater mich bei sich wünscht?«

»Nikomedes«, begann Panteus, »hör mir zu: Du bist der Sohn eines Königs, und du mußt lernen, Dinge zu ertragen, die andere Jungen nicht aushalten können, und Dinge zu hören, die andere Jungen nicht hören. Wir haben Argos verloren. Wir haben fast alle Städte verloren, die wir noch vor einer Woche hielten. Die Mazedonier sind uns überlegen und haben uns geschlagen. Es ist niemandes Schuld, aber es ist geschehen. Und jetzt müssen wir neue Pläne fassen!«

»Aber ich dachte ...«, stammelte Nikomedes entsetzt. »Ich dachte, Sparta würde gewinnen. Vater hatte es gesagt ...«

»Das haben wir alle geglaubt«, entgegnete Panteus. »Und es tut uns allen weh. Aber am schlimmsten ist es für den König selbst.«

»Dann gehe ich besser zu ihm«, meinte Nikomedes. »Philylla, würdest du bitte einen Moment mit hineinkommen?«

»Ja«, sagte Philylla, »du bist ein mutiger Junge.«

Plötzlich schluchzte Nikolaos. »Ich bin auch tapfer, aber ich will noch nicht hineingehen, Philylla.«

Sie streichelte seinen Kopf. »Ja, du bist auch ein tapferer, großer Junge. Geh jetzt zu Gorgo. Sag ihr, daß ihr Vater zurück ist.«

Sie wandte sich an Panteus: »Das sind schlimme Nachrichten. Was geschieht jetzt?«

Panteus schüttelte den Kopf. »Ich weiß es nicht. Der König hofft auf Ägypten. Wenn dies hier vorbei ist, wird er etwas unternehmen.« Dann schwieg er, setzte sich und stützte den Kopf in die Hände.

Philylla stand auf, glättete ihr Kleid und setzte sich auf die Bank gegenüber. »Panteus«, sagte sie, »Ich bin sehr unglücklich.«

Er blickte sie mit seinen blauen Augen an, und seine geraden Brauen zuckten vor Schmerz und Sorge. »Ich weiß, Philylla«, erwiderte er, »und es tut mir leid. Aber ich kann doch jetzt nichts tun.« Seine Stimme klang wütend, hilflos und flehend.

»Ja, vermutlich«, sagte Philylla. Dann stand sie auf und trat leise in das Zimmer. Kleomenes umarmte Nikomedes, und beide weinten und flüsterten miteinander. Beide sahen Agiatis nicht an. Philylla setzte sich zu ihren Füßen nieder und lehnte den Kopf gegen den Bettrahmen.

Der König verbrachte nur eine Nacht in Sparta. Den ganzen Abend über besprach er mit Panteus und Eukleidas seine Pläne und entwarf einen Brief an Ptolemaios. Am nächsten Tag bestatteten sie Agiatis. Alle verbliebenen Spartaner trauerten mit dem König. Die Ehrenjungfern der Königin, die inzwischen verheiratet waren und zum Teil schon Kinder hatten, fanden sich ein, um die Tote zu beweinen. Auch Sphaeros erschien. Sein Schiff war weitergesegelt, hatte plötzlich die schöne, liebliche Insel verlassen, die Quellen mit frischem Wasser und Vogelgesang. Er durfte nicht trauern, durfte seinen Blick nicht vom Steuerrad des Schiffes wenden. Kratesikleia schnitt sich vor dem Grab die Haare ab und stutzte auch Gorgos weiche Locken. Philylla folgte ihrem Beispiel nicht. Was sollte es? Ihr Herz war mit Agiatis begraben. Den ganzen Tag lang und noch Wochen später fühlte sie sich sonderbar kalt, obwohl Hochsommer herrschte.

Ehe Kleomenes nach Tegea ritt, küßte er sie und sagte: »Ich weiß, daß sie dich mehr als alle anderen liebte. Wann immer ich etwas für dich tun kann, Philylla, laß es mich wissen!« Aber sie schüttelte den Kopf und antwortete: »Alles, was ich in der Welt jetzt noch wünsche, ist, Euch und Sparta dienlich zu sein. Sie hat das gewußt.« Der König antwortete: »Ich werde dich später einmal bitten, mit mir über sie zu sprechen.«

Die beiden Jungen kehrten in ihre Zuchtschulen zurück. Nikomedes fühlte sich plötzlich seinem Vater sonderbar nahe. Er spürte sehr stark, daß er der älteste Sohn des Königs war, an allen Hoffnungen und Ängsten und

Plänen Spartas teilhaben und wirklich ein Teil des Staates sein konnte. Zuerst war er nur überrascht darüber, dann aber auch sehr froh und stolz. In diesem Zustand konnte er sich wieder auf das Leben freuen. Kleomenes hatte wunderbarerweise Trost in seinem Sohn gefunden, den er bislang immer als Kind betrachtet hatte. Jetzt erkannte er unvermittelt Agiatis in ihm. Er freute sich auf die Zeit mit seinem Jungen – bald, im Winter, wenn nach dem ersten Schnee die Kämpfe aufhörten. Er würde mit Nikomedes auf die Jagd gehen, ihm alles mögliche beibringen, mit ihm darüber sprechen, was es bedeutete, König zu sein. Das war etwas Sicheres, ein fester Punkt in der Zukunft.

Gorgo verbrachte viel Zeit mit ihrer Großmutter. Sie wollte die ganze Zeit über gehätschelt werden und Geschichten hören. Sie glaubte es nicht, als man ihr erzählte, die Mutter würde nie mehr zurückkommen. Und dann ging sogar Philylla fort, zurück in das Elternhaus, und versprach nicht einmal, Gorgo jeden Tag besuchen zu kommen – jeden Tag, bis Mutter wieder da sein würde!

Erif Dher zog mit Philylla. Es war naheliegend, da das Königshaus jetzt leer war. Fast alle Ehrenjungfern der Königin gingen nach Hause zurück oder heirateten, abgesehen von zwei jüngeren, die bei Kratesikleia und Gorgo blieben. Philylla hätte es überdies schwer gefunden, ohne die Königin von Marob nach Hause zurückzureiten und mit ihrer Mutter und Ianthemis zu reden, ohne sie Fragen stellen zu lassen. Sie ging früh zu Bett, konnte aber nicht einschlafen. Sie war jetzt siebzehn und fast erwachsen, und wirklich bereit, freundlich zu jedermann zu sein, der freundlich zu ihr war. Sie konnte nicht schlafen. Im Haus waren keine Stimmen mehr zu hören, nur die Laute der Nacht, das Singen der Grillen auf dem heißen Hügel, der leise Ruf eines Ziegenmelkers, das plötzliche Meckern einer Geiß. Es mußte fast Mitternacht sein. Sie konnte nicht schlafen. Wenn doch nur Agiatis erschien oder zumindest ihr Geist! Sie würde keine Angst haben und ihn willkommen heißen. Sie starrte in den Raum. Dann rief sie: »Agiatis!« Aber es war Erif Dher, die antwortete: »Ich bin es nur.« Sie tastete sich den Weg zum Bett. »Du kannst nicht schlafen, nicht wahr? Ich habe es gespürt, Philylla. Ich kann dir helfen. Ich habe die Macht dazu. Ich werde dich verhexen, eine kleine, leichte Zauberei, damit du einschläfst.« Und sie begann, Philyllas Kopf und Hände zu streicheln und summte dazu wie eine Biene. Ihre Stimme klang immer ferner. Philylla träumte von Agiatis. Sie konnte sich nicht erinnern, wie oder wann sie erwachte, aber irgendwie fühlte sie sich anderntags weniger unglücklich und fand auch eine zufriedenstellende Antwort, als Ianthemis sie fragte, ob sie jemals heiraten werde.

Nach der letzten Niederlage fanden eine Zeitlang keine Kämpfe statt, obgleich sich beide Parteien bereithielten. Panteus hielt das Kommando in Tegea, wenn der König nicht dort weilte, und kehrte kaum einmal nach Sparta zurück. Er kümmerte sich sehr um die Lebensumstände der Soldaten; er sorgte für gutes Essen und die anständige Versorgung der Verwundeten, und wenn es gute Nachrichten gab, teilte er sie ihnen sofort mit.

Antigonos verbesserte mittlerweile seine politische Stellung und gewann in Griechenland Anerkennung, weil er dafür Sorge trug, daß seine Mazedonen die Städte, in denen sie lagerten, mit äußerstem Respekt behandelten. Aetolia, Elis und Messenia hielten sich ebenso wie Athen unter großer Höflichkeit und mit vielen Reden, Kränzen und Erklärungen neutral. Die Athener hatten sich nie sonderlich für Bündnisse interessiert, die sie nicht selbst anführten. Antigonos' bester Schachzug war es vielleicht, daß er vor dem Rat seines neuen, vergrößerten Bundes erklärte, er führe keinen Krieg gegen Sparta, sondern gegen Kleomenes; nicht gegen einen der ältesten und angesehensten Staaten Griechenlands, sondern gegen die soziale Revolution und den Krieg der Klassen, nicht gegen die Ephoren und die großen spartanischen Familien, den gesunden Körper der spartanischen Bürger, die seit Generationen vernünftig und friedlich lebten, sondern gegen diesen gesetzlosen, mörderischen König, seine Günstlinge und Heloten! Minutenlang jubelte der Rat ihm zu.

Antigonos' Taktik zeigte mehr Wirkung auf Sparta, als es dem König und Eukleidas lieb sein konnte. Während Kleomenes noch siegte, während es schien, seine Revolution sei es wegen dieser Erfolge wert gewesen, hatten sich alle ruhig verhalten. Die meisten waren sogar begeistert. Jetzt verriet die Gruppe, die gegen ihn stand, ihre Anzahl und Gefühle. Der Ruf nach einer neugewählten Ephorenversammlung, die die alte Macht innehalten sollte, wurde immer lauter. Es war zu spät, Gegner ins Exil zu schicken oder zu verurteilen. Er war das Oberhaupt des Staates, das Eigentum des Staates, kein Tyrann; die gegen ihn gestellte Partei war im Grunde ein kopfloses Wesen, ohne Führer oder Sprecher, aber dennoch nicht ohne Einfluß. Sie war eine allgemeine, langsame Gegenbewegung zu seiner Revolution. Er spürte, daß die Frauen gegen ihn standen, die Frauen, die, wie Agiatis immer gesagt hatte, am wenigsten von den Gesetzen des Lykourgos profitierten. Nun, da seine eigene Frau tot war, erfuhr Kleomenes nicht mehr, was sich unter den anderen Frauen tat, und besaß noch weniger Einfluß darauf. Seine Mutter war zu alt und von zu hoher Geburt, um andere zu überzeugen. Er sammelte die Ehrenjungfern der Königin um sich, Deinicha und Philylla und jene, die er für vertrauenswürdig hielt, und bat sie um ihre Hilfe. Sie taten, was sie konnten, aber die Unruhe herrschte überwiegend in der Generation, die etwas älter war als sie, die noch die andere Welt gekannt hatte, und vielleicht auch schon bei den etwas Jüngeren, die um ihre Zukunft fürchteten.

Es fehlte an Geld, und Kleomenes und seine Freunde besaßen keine Reichtümer mehr, die sie dem Staat geben konnten. Er hatte einige der ältesten Gold- und Silbergefäße des königlichen Haushaltes behalten, weil er sie als Staatseigentum betrachtete: Becher, aus denen er vielleicht getrunken hätte, wenn der Rat des Bundes gekommen wäre, um ihn zu bitten, das Kommando zu übernehmen! Jetzt verschickte er die Sachen überwiegend nach Athen, um sie dort verkaufen zu lassen. Viele waren sehr schön, mit eingravierten Reihen von Wappentieren und steifen, schwebenden Drachen mit gefleckten Flügeln, hergestellt in der Frühzeit Spartas, lange bevor man darauf gekommen war, in der Schönheit eine gefährliche Göttin zu sehen. Aber um diese Dinge scherten sich die Leute heutzutage nicht mehr. Die Gefäße wurden fast alle dem Gewicht nach verkauft, um eingeschmolzen und zu etwas Neuem verarbeitet zu werden. Philylla war darüber sehr erzürnt, weil sie sie geliebt hatte, und erzählte es Erif Dher, die einige erwarb. Auch Berris kaufte ein paar nach seiner Rückkehr. Kleomenes vermutete, daß es in Sparta mehr Geld gab, als ihm bekannt war; alle möglichen Geschäfte und Reisen fanden statt. Aber er konnte keiner verborgenen Reichtümer habhaft werden, es sei denn, er veranstaltete überall Hausdurchsuchungen, bei denen die Frauengemächer nicht ausgeschlossen waren. Und das konnte er seinen Bürgern nicht antun, nicht, ohne Gefahr zu laufen, ermordet zu werden – und dies vermutlich zu Recht. Es gibt Preise, die zu hoch sind.

Berris Dher schenkte den schönsten Becher, den er gekauft hatte, Philylla mit den Worten, sie möge ihn für Sparta und die Kinder des Königs aufbewahren. Sie sagte nicht viel, sah aber so glücklich aus, wie schon seit langer Zeit nicht mehr. Danach berichtete er Erif davon.

»War das klug?« fragte er.

»Klug, Berris? Hängt davon ab, wozu du es getan hast.«

»Ich habe es nur für sie getan. Sie hat sich gefreut. Sie hat mich so süß angesehen, Erif! Wie steht es denn mit ihrer Hochzeit?«

»Panteus ist oben in Tegea. Er ist seit Wochen nicht nach Sparta gekommen, außer für zwei Nächte, als der König hier war, und dann haben sie die ganze Zeit mit Eukleidas Pläne geschmiedet.«

»Das weiß ich. Erzähl mir etwas, das ich nicht weiß, Erif!«

Erif antwortete: »Ich kenne die Lebensweise Spartas nicht, aber wie ich es sehe, hat sich Panteus von Philylla abgewandt und bleibt beim König.«

»Und läßt sie unglücklich zurück! O Erif, ich würde sie so gut behandeln, wenn man mir nur die Chance gäbe! Ich würde sie niemals durch ein Wort oder eine Tat verletzen!«

»Was für ein Versprechen! Als wisse ein Mann jemals, wann er eine Frau verletzt. Wenn du je in die Verlegenheit kommst, wirst du ihr ebenso weh tun wie jeder andere auch. Und du wirst es nicht einmal merken. Sie zumindest weiß, daß sie dir weh tut, und sie würde dir helfen, wenn es irgendwie in ihr Leben paßte. Aber das tut es nicht.«

»Ich dachte ... Erif, ich habe den Eindruck, sie behandelt mich in der letzten Zeit viel freundlicher. Sie hat mit mir über meine Arbeit gesprochen, als sei sie nun viel offener dafür. Sie hat mir einen Kranz aus Myrte und wilden Blumen geflochten und mir selbst auf den Kopf gesetzt. Und dabei haben ihre Hände meine Ohren berührt! Und wenn die Hochzeit nun nicht stattfindet?«

»Sie wird stattfinden – es sei denn, Panteus stirbt. Doch dann würde sie einen anderen Spartaner heiraten. Ach, Berris, Liebling, komm fort von hier, ehe sie dir noch weiter weh tut. Merkst du es denn nicht? Ach, Berris, du bist dumm! Das arme Lämmchen hat niemanden mehr, zu dem sie freundlich sein kann. Ihr Mann hat sich von ihr abgewandt, und nun kommt sie zu dir. Sie kann nicht anders, ebensowenig, wie sich eine Blume von der Sonne abwenden kann. Ihre Mutter und Schwester stehen auf der anderen Seite; sie hassen die Dinge, die sie liebt. Sie mag dich sehr gern, Berris. Aber nicht so, wie du es dir wünschst. Entweder nimmst du diese neue Freundlichkeit als so nett und angenehm hin, wie sie gemeint ist, in dem Wissen – dem ehrlichen Wissen, Berris! –, daß sie nur so lange andauern wird, bis Panteus, der seit Jahren zu ihr gehört, wieder zurückkommt. Oder du gehst fort.«

Berris begann, mit einem abgerissenen Ast Schlaufen und Kreuze in den Staub zu malen, rieb sie mit dem Fuß aus und versuchte es noch einmal, immer ein wenig anders. Plötzlich riß ihm seine Schwester den Zweig aus der Hand und sagte: »Berris! Verstehst du das oder nicht?«

Ehe er eine Antwort gab, hatte er seinen Zweig wiedergewonnen, und Erif war in einem Dornbusch gelandet. Sie lachte, obwohl sie ziemlich wütend war. Schließlich gab er zu: »Ja, ich verstehe es recht gut, obwohl ich ein Mann bin. O ja, ich begreife! Tut mir leid, wenn du dich gestochen hast, Erif, aber es war deine eigene Schuld. Aber warum denkt Philylla nur, außer Panteus gäbe es keinen anderen Mann. Hast du eine Ahnung?«

Erif leckte sich die Hand. »Du bist ein Biest, Berris. Warum konntest du keinen weicheren Busch aussuchen?«

»Hier stehen keine andern.«

»Na gut. Panteus ist ein guter Soldat. Und das ist seine Arbeit.«

»Ja, aber ...«

»Psst! Und er ist klug und tapfer und freundlich, auch wenn es jetzt gegen sie läuft, beide lieben auf gleiche Weise die gleichen Dinge. Außerdem ist er schön. Aber er ist nicht gut genug für sie.«

»Natürlich nicht!«

Da sprang sie mit beiden Füßen in die Luft. »Da habe ich dich, Berris! Ihr beide könnt nie offen und ehrlich gegeneinander sein. Und das hätte sie so gern, mein armer Schatz. Berris, ich habe ihr in ihrer schlimmsten Zeit beigestanden – ja, gut, wir beide. Aber jetzt muß ich fort. Ich komme hier meinem Tarrik nicht näher. Seine Briefe machen mir angst, auch der letzte, den er mit dem Rubin zusammen schickte. Ich glaube, er zweifelt inzwischen, ob ich jemals wieder rein sein werde, und er hat noch immer nichts über die Ernte berichtet. Ich gehe nach Delphi, um den Gott dort um Hilfe zu bitten. Philylla hält das für eine gute Idee. Für mich allein wird die Reise allerdings ziemlich schwierig. Begleitest du mich?«

»Ich werde es mir überlegen«, antwortete Berris.

Siebentes Kapitel

Im Spätherbst, ehe das Wetter umschlug, zogen Erif Dher und Berris nach Delphi, um den Gott dort um Rat zu fragen. Antigonos und seine Armee überwinterten in Argos und Korinth. Sparta wartete ab.

Kurze Zeit nach ihrer Abreise stieß Kleomenes abermals etwas Schlimmes zu: Ptolemaios versprach zwar brieflich Hilfe, bestand aber auf Geiseln: Er wollte die Mutter des Königs und seine Kinder. Das also war der Preis der Ägypter!

Viele Tage konnte sich Kleomenes nicht entscheiden. Was für ein Schicksalsschlag der Götter, sie fortnehmen zu wollen – vor allem Nikomedes, mit dem er gerade erst Freundschaft geschlossen hatte. Und dieser Winter sollte doch eine Insel der Freude in einem Meer der Sorgen für sie beide werden! Er ertrug den Gedanken kaum, seine Söhne in Ägypten zu wissen, sie aus ihrer Zuchtschule zu nehmen, fort von den spartanischen Gefährten, um sie dem Palastleben von Ptolemaios und seinen Höflingen und Geliebten auszusetzen. Er schrieb zurück. Aber Ptolemaios bestand auf seinen Bedingungen, und er stellte die einzige Hilfe dar, die Kleomenes bekommen konnte.

Kratesikleia merkte, daß ihren Sohn etwas bedrückte, und fragte Therykion, der es ihr mit einem ironischen Lächeln erzählte. Sie ging zum König und zwang auch ihn, es ihr zu sagen. Dann lachte sie und sagte: »Du hattest also Angst, Kleomenes! Aber du *mußt* deine Kinder in die Hände der Götter befehlen und im Vertrauen auf ihre Unschuld darauf hoffen, daß sie vielleicht fliehen. Immerhin liegt Ägypten nicht so weit entfernt. Ptolemaios ist ein Grieche, wie alle anderen Menschen, denen wir vermutlich begegnen. Die Kinder werden lesen und schreiben und sich selbstverständlich nicht unter das gemeine Volk mischen, und du kannst jemanden mitschicken, der sie im Speerwerfen und Ringen unterrichtet. Ja, ja, so schwierig ist es gar nicht. Was mich betrifft, so sind meine beiden Gatten gestorben, und Agiatis ist tot. Ich liebe das Leben nicht mehr. Beeil dich und setz mich auf ein Schiff! Bedien dich meines alten Körpers, wenn es zum Guten Spartas ist! Sonst sterbe ich vielleicht nutzlos zu Hause.« Sie traf alle Vorbereitungen und wählte die Dienerinnen aus, die sie mitnehmen wollte.

Kleomenes ließ nach seinen Söhnen schicken. Er erzählte es ihnen selbst. Nikolaos war wütend und weinte, tröstete sich aber mit dem Gedanken, daß er zu Schiff in ein Land reiste, in dem es Affen und Krokodile gab. Nikomedes war tief verletzt. Viel sagte er nicht, nur: »Das ist schade. Hier wartet so viel auf mich. Weißt du noch, Vater, daß du mir versprochen hast, diesen Winter mit mir auf die Jagd zu gehen?«

»Ja, ich weiß es gut«, antwortete Kleomenes. »Wir werden noch Zeit dazu finden, mein Sohn. In ein oder zwei Jahren wirst du viel größer und stärker sein. Dann haben wir viel Zeit, gemeinsam in die Berge zu ziehen.«

»Aber ich habe mich für *dieses* Jahr darauf gefreut«, entgegnete Nikomedes. Er klang schrecklich bedrückt, hoffnungslos wie ein Kind, dessen kurzes Leben keinen Glauben an die Zukunft aufkommen ließ.

Kleomenes erinnerten seine Worte auf furchtbare Weise an Agiatis. Er schickte ihren Nikomedes ungetröstet fort.

»Es geht um Sparta«, sagte er. »Du bist jetzt ein Soldat und ziehst für Sparta in den Kampf.«

»Ich würde lieber richtig kämpfen«, antwortete Nikomedes, »aber ich sehe ein, daß ich wohl gehen muß, Vater.« Er rieb sich die Augen mit den Fäusten und sagte in einem tapferen, aber mißglückenden Versuch, fröhlich zu sein: »Vermutlich wird Gorgo ebenso gut Ägyptisch sprechen lernen wie Griechisch. Das wird komisch, nicht wahr? Kann ich Philylla vor der Abreise noch einmal sehen?«

Kleomenes ließ sie sofort holen. Sie bat darum, mit Kratesikleia nach Ägypten ziehen zu dürfen, aber ihre Eltern wollten nichts davon hören, und auch der König meinte, sie solle daheim bleiben. Sie sprach lange mit Nikomedes, teilweise über seine Mutter, teils über Sparta, und wie Nikomedes auch in einem fremden Land Spartaner bleiben könne. Sie sprachen lange über die Spiele, die sie in den alten Tagen getrieben hatten. Als sie nach Gytheon zogen, begleitete Philylla sie.

Kleomenes fühlte sich elend, weil er sie ebenso verkauft hatte wie Aratos den Bund. Er und Nikomedes konnten einander kaum ansehen, weil beide sonst angefangen hätten zu weinen. Im Poseidontempel zog ihn Kratesikleia mit sich; die Leute dachten, sie wolle einen Eid ablegen.

Der Tempel war ein altes Heiligtum der Heloten, und überall standen lange Reihen mit Namen derjenigen, die befreit worden waren. Der König starrte sie mit leerem Blick an. Jetzt war Kratesikleias Gesicht von Tränen naß, aber sie riß sich zusammen und schimpfte mit ihm wie mit einem Kind.

»Wenn wir hinaustreten«, sagte sie, »wird man bei keinem von uns ein gerötetes Auge sehen. Wir sollten uns schämen, vor den Kindern und allen anderen zu weinen. Wir können ohnehin nicht sehr viel tun. Zumindest sollten wir ein Beispiel geben, wie sich Spartaner verhalten! Was uns bevorsteht, liegt nicht in unseren Händen, und nichts kann es ändern. Denk nicht zu viel darüber nach, Kleomenes. Halt deine Seele frei davon, und ich bewahre die meine.« Dann gingen sie hinaus, und die Königsmutter und die Kinder betraten das Schiff. Der König blickte ihnen nach. Es gelang ihm, nicht zu weinen, aber Philylla vergoß bittere Tränen. Panteus kam auf ein paar Tage von Tegea in die Stadt und blieb beim König in dem sehr leeren Haus, um ihn zu trösten und mit ihm über die Söhne und deren Zukunft zu sprechen. Aber Philylla zog wieder nach Hause, und nicht einmal Berris Dher war noch dort, der sie hätte trösten können.

Die beiden Skythen landeten im Morgengrauen in Kirrha und mieteten sich nach gehöriger Feilscherei und einigem Streit zwei Maultiere. Erif hatte darauf bestanden, Gewänder aus Marob zu tragen, weißes Leinen, das mit bunten Streifen verziert war, sowie einen kurzen Umhang. Sie hatte sich in den Kopf gesetzt, sich den Göttern so nah und ehrlich und unverstellt wie möglich zu zeigen, doch schien das den Preis für das Maultier in die Höhe zu treiben.

Sie zogen langsam über die ansteigende Ebene, durch tiefe, uralte Olivenhaine. Erif Dher mochte Oliven nicht, Berris sehr wohl. Jetzt waren sie gerade reif. Die Bäume standen dicht an dicht und erlaubten keine weite Sicht. Dann bogen sie nach rechts ab und hatten für kurze Zeit einen freien Blick auf die nahen, riesigen Berge. Beim Weiterreiten verengte sich die Ebene zu einem Wiesental, das immer noch dicht mit terrassenförmig angelegten Olivenhainen bestanden war. Ihr Weg führte nun bergan und schlängelte sich steil über uralte, knotige Wurzeln, an Steinmauern und Felsbrocken entlang, die als Wegweiser dienten. Am Ende der Kurven gelangten sie zwischen zwei großen Platanen hindurch auf offenes Gelände.

Vor ihnen ragte der Parnaß in Stufen aus rotem, zerklüftetem Felsgestein auf; kleine Bäumchen wurzelten in Felsnischen, es war, als schwebten sie zwischen Himmel und Erde. Hinter ihnen fiel das Olivental steil ab, viel tiefer, als sie gedacht hatten, und zog sich auf der anderen Seite wieder bergan zu anderen Hängen. Jenseits der Baumgrenze ragte, Gipfel auf Gipfel, fern und blau und hoch, die Gebirgskette auf. Zwischen ihnen und den roten Klippen lag die flirrende Stadt Delphi. Auf einer Ebene mit ihnen breiteten sich rechts und links Häuser für Priester und Pilger aus, Läden und Ställe. Dazwischen schlängelte sich eine schöne Straße bergan, die so steil war, daß man die meisten Gebäude auf beiden Seiten deutlich erkennen konnte. Es waren die Schatzhäuser aller Städte Griechenlands, viereckig, solide und klein – das Häuschen eines Gottes oder einer Göttin. Sie hatten vorspringende Dächer und geschnitzte und bemalte Friese, die Kämpfe, Entführungen oder die Versammlung auf dem Olymp darstellten. An den Wänden aus weißen Steinblöcken standen in Reihen die Namen der Menschen, die Apollo Geschenke dargebracht hatten. Es gab Statuen in Bronze, Gold oder Marmor aus den Anfangstagen bis in die Gegenwart, Dreifüße aus eingelegter Bronze oder reinem Gold, Schilde und Bilder unter kleinen Schutzdächern. Neben der Straße floß ein hübsches Flüßchen, das sein klares Wasser von einem Becken ins nächste ergoß, und Männer und Frauen knieten nieder, um daraus zu trinken. Die Straße war mit grünen Bäumen gesäumt, zwischen denen, frisch nach der Sommerhitze, Irisblätter sprossen. Oben an der gewundenen Straße erhob sich kühl und ruhig der Apollotempel. Auf den Stufen bewegten sich weißgekleidete Menschen.

Am Fuß dieser Treppe befand sich das oberste Becken des Flusses.

Der Junge, der die Maultiere führte, blieb stehen, damit sie alles betrachten konnten. Sie fanden ein angenehmes Gasthaus und handelten den Preis aus. Delphi war zur Zeit voller Pilger; vermutlich würden sie eine Weile warten müssen.

Am nächsten Morgen standen sie schon vor dem ersten Licht auf und erlebten eine der Sehenswürdigkeiten Delphis. Es waren die jungen Priester, die zuerst den Tempel auskehrten und anschließend die Vögel fütterten. Die Sonnenstrahlen krochen die Klippen des Parnaß herab, und die Vögel begannen zu singen und zu rattern, als die Wärme ihre Nester in den Felsritzen und Büschen erfaßte. Die Priester streuten das Korn mit vollen Händen aus, und die Vögel umschwirrten die Stufen und zirpten dem Gott der Morgenröte ihren Dank.

Anschließend brachten Erif und Berris ihre erste Gabe in den Tempel. Man sagte ihnen, wann sie mit einem weiteren Geschenk und ihrer Frage zurückkommen könnten. Es gab viele Priester, die klug und zuweilen stolz aussahen und die furchtsame Menge der Pilger herablassend anstarrten. Nie erblickte man die Pythia, eine vom Gott inspirierte Frau. Die Leute meinten, sie sei ein einfaches Bauernmädchen, das weder lesen noch schreiben könne und nichts von der großen Welt wisse, einige meinten, sie könne ihre Prophezeiungen abgeben, bis sie alt und gebückt sei, über das Alter jeder anderen Priesterin eines anderen Gottes hinaus. Andere wiederum wußten, daß der Dienst an Apollo sie erschöpfte und sie alle paar Jahre ersetzt werden mußte.

In den Wochen des Wartens hatten Erif und Berris viel zu tun. Es gab ein Theater, in dem religiöse Schauspiele und Tänze aufgeführt wurden. Manchmal gab es auch weltliche Stücke, Gesänge und Rezitationen, selbst moderne Komödien; die Musen lenkten die Welt! Sie mußten Denkmäler besichtigen und die Inschriften lesen, von denen einige in schöne Verse gebunden waren. An bestimmten Tagen war das eine oder andere Schatzhaus geöffnet. Sie tranken aus der Quelle Kastilia, die sich durch einen Löwenkopf ergoß, und kauften eine Handvoll der winzigen grünen Schneckenhäuser, die man dort in den Felsen findet. Erif meinte, sie könnten ihr vielleicht eines Tages nützen. Es gab viele Tausende von Gaben an den Gott zu besichtigen. Nach einer Weile merkte Erif dann, daß ihr Bruder nur einen einzigen Gegenstand sehen wollte – und eigentlich nur seinetwegen nach Delphi gekommen war. Es handelte sich um seinen eigenen Becher, Kleomenes' letzte Opfergabe in den Tagen seiner Macht. Allerdings hatte Berris schreckliche Angst, daß die heiligen Männer seinen Becher nicht so schön finden könnten, was seinen Glauben an Apollo zweifellos erschüttert hätte. Als er ihn schließlich erblickte, fand er ihn noch viel schöner, als er ihn in Erinnerung hatte! Der Priester, der die Gaben vorführte, machte keine besondere Bemerkung.

Im Haus oberhalb des Tempels hingen zwei großartige Gemälde von Polygnotos, von denen jedes mehr als fünfzig Gestalten zeigte. Die Bilder erzählten Geschichten und wurden viel bewundert. Berris fand sie nicht sonderlich gut, aber auf Erif wirkten sie recht interessant, und als Berris sich etwas anderes ansah, ging sie extra noch einmal zurück. Ihr gefiel auch die goldene Statue von Aphrodite-Phryne, die von einem von Phrynes eigenen Liebhabern stammte.

Inzwischen hatten sie mehrere Freunde gewonnen, die ebenfalls mit bestimmten Fragen nach Delphi gekommen waren, und nahmen teil an den aufgeregten Gesprächsrunden, die sich stets ergaben, wenn einer von ihnen seine Antwort bekommen hatte. Oftmals hatte der Gott etwas gesagt, das man auf verschiedene Weise auslegen konnte. Die Priester selbst weigerten sich lächelnd, eine Erklärung abzugeben, aber es gab professionelle Deuter, die durch die Gasthäuser zogen, und natürlich versuchten sich auch die Freunde des Fragenden daran. Die meisten Leute waren Griechen, die entweder aus eigenem Antrieb oder für ihre Stadt, ihre Familie oder im Namen einer Vereinigung gekommen waren. Manchmal waren sie allein, oft aber zogen auch ganze Deputationen ein. Ein Großteil der Griechen stammte aus dem Ausland, aus Asien, Ägypten oder Mazedonien, und es gab auch ein paar echte Barbaren, Herrscher kleiner Königreiche im Norden oder Osten, die hochmütig scharf bewacht und vielfach belächelt durch die Straßen stolzierten – Kelten etwa, mit schweren und unbequem aussehenden goldenen Halsreifen, in denen sie nachts sogar schliefen, und mit großen Bronzenadeln und Bosseln an den Gürteln. Sie mußten häufig mehr bezahlen, weil sie als streitsüchtig galten.

Erif erhielt einen Brief, den man ihr aus Sparta nachgeschickt hatte. Es war Tarriks Antwort auf ihre Fragen, was denn nun bei der Ernte geschehen sei. Niemand, nicht einmal Kotka oder einer der anderen guten Freunde des Herrn von Marob hatte das Es im Kornspiel darstellen wollen; also hatte er selbst die Rolle übernehmen müssen, und als er die Kornkappe aufsetzte, glaubten alle, er sei Harn Dher und riefen ihn mit Namen. Es war ein kurzer, karger Brief nach so langer Zeit. Immerhin – Klint ging es gut.

Dann schlug das Wetter um. Plötzlich wurde es bitterkalt in Delphi. Parnaß verbarg seine Schultern im Nebel, und kalte Winde durchfuhren die Olivenhaine. Über die Klippen stürzten sich braune Wasser, die sich danach durch die Straßen ergossen und die schwarze Erde um die Olivenbäume durchtränkten. Schließlich kam jedoch der Tag, an dem Erif ihre letzte Gabe darbringen mußte und die Frage stellen durfte.

Sie war schrecklich aufgeregt. Ohne Berris hätte sie es nicht geschafft, aber die Priester waren daran gewöhnt, vor allem bei Frauen. Beide wurden in einen Raum gebracht, in dem sie warteten und in dem man wohl häufig bedauerte, daß das Geschenk nicht beeindruckender ausgefallen war. Erif hatte einfach gefragt, ob, wann und wie sie geläutert werden könne, um nach Hause zurückzukehren. Es hieß, man solle seine Fragen möglichst kurz und klar stellen; schließlich hätten sie ihren Weg durch

Mund und Kopf eines sehr schlichten Wesens zu finden. Mit den bloßen Worten des Mädchens konnte man, auf sich gestellt, gar nichts beginnen; erst die Priester gaben ihnen Sinn und ebneten den Weg zu einer Deutung.

Berris war ein wenig skeptisch, ließ sich Erif gegenüber aber nichts anmerken. Er wünschte ihr das Beste, und ob die Priester nun aufrichtig waren oder nicht – das wichtigste war, es würde ihr irgendwie helfen. Während sie warteten, hielt er ihre Hände und sprach darüber, wie schön es würde, endlich zurück nach Marob zu gehen und Klint-Tisamenos zu sehen. Vielleicht werde er mit ihr zurückgehen. »Wenn ... wenn«, sagte Erif und starrte auf die Tür, durch die der Priester wieder hereinkommen mußte.

Und endlich erschien dieser, in der Hand ein Stück zusammengefalteten Papiers, ein hochgewachsener, bärtiger Mann. Erif war auf die Füße gesprungen und nahm es entgegen, wußte aber nicht, ob sie es gleich lesen durfte.

»Lies es, lies!« sagte der Priester freundlich, aber ein wenig ungeduldig. Sie faltete das Papier auseinander, und Berris las es ebenfalls, ohne daß ihm jemand die Erlaubnis dazu gegeben hätte. Dort stand:

Die Mutter soll die Tochter sehen. Der Tod trifft auf die Schlange.
Ein Haus wird auf dem Kornfeld stehen, es dauert fünf Jahr' lange.
Töpfer bemalen die Vasen, und Dichter bilden Reime,
Und Könige sterben für das Volk, überall und alleine.

Der Priester sah die üblichen Fragen und Bemerkungen auf sich zukommen, verbeugte sich und ging.

Erif las es noch einmal. »Fünf Jahre! Berris, da steht fünf Jahre!«

Berris war äußerst wütend auf Apollo. Die Zeitangabe war immerhin der einzig deutliche Satz in dem Orakel. Und natürlich war ihr Blick zuerst darauf gefallen. »Du wolltest hierher kommen, Erif, aber wenn du mich fragst, wie kann dieser Gott überhaupt über Marob Bescheid wissen – und wie über die Zeit? Und was soll dieses andere Durcheinander?«

»›Die Mutter soll die Tochter sehen.‹ Aber ich habe keine Tochter.«

»Du kannst ja eine bekommen«, murmelte Berris vor sich hin.

Aber sie hörte nicht auf ihn, dachte daran, was ihre eigene Mutter, Nerrish, ihr im Zelt über ein Wiedersehen erzählt hatte. »›Der Tod trifft auf die Schlange.‹ Welcher Tod? Welche Schlange? Geht es um die Ernte? Vielleicht, wegen des Hauses auf dem Kornfeld. O Berris, Apollo muß Bescheid wissen!«

»Du hast vermutlich irgendwann einmal das Korn erwähnt. Nein. Sehr klug finde ich das nicht von Apollo.«

»Aber was bedeutet die dritte Zeile? Die verstehe ich überhaupt nicht!«

»Ich auch nicht. Hast du Gedichte geschrieben, Erif? Ich weiß, daß du nicht malen kannst, nicht einmal Töpfe bemalen.«

»Und dann das letzte hier! O Berris, meint er damit etwa Tarrik?«

Das war die einzige Zeile, die Berris beeindruckt hatte, aber er zeigte es nicht. »Es kann ihn oder jeden anderen meinen. Zum Beispiel Kleomenes. Oder Antigonos. Das wäre gut. Wenn es um Tarrik geht, so bedeutet es nichts Neues. Der Kornkönig stirbt immer am Ende, das weißt du ebensogut wie ich, und er stirbt für den nächsten Kornkönig und die Kraft von Marob. Vermutlich würde ein Grieche sagen, daß er für das Volk stirbt.«

Sie schüttelte den Kopf, faltete das Papier wieder zusammen und steckte es in ihr Kleid. Ein Priester winkte sie hinaus, weil schon der nächste Pilger wartete.

Sie gingen zurück in ihr Gasthaus, und alle Freunde und Bekannten eilten ihnen entgegen, um herauszufinden, was für ein Orakel sie bekommen hatten. Man schüttelte die Köpfe und gab mehr oder minder unwahrscheinliche Deutungen von sich. Ein paar stimmten zu, daß es mit den Mysterien zu tun haben müsse. Die erste und vierte Zeile paßten dazu. Der König, der für das Volk stirbt, könnte einer der neuen Götter sein – Attis oder Adonis, der kein Grieche war. In Delphi gab es viele Töpfer und Dichter; ob Erif einen besuchen wolle? Oder ob sie einen professionellen Deuter wolle?

Erif lehnte alle Vorschläge ab. Sie hatte sich in den Kopf gesetzt, daß plötzlich etwas geschehen werde, das ihr den Sinn des Orakels verdeutlichte. Außerdem, wenn es fünf Jahre dauern sollte ...! Sie hatte genügend Zeit. Sie konnte sich aber nicht entschließen, Tarrik davon zu schreiben; wer wollte sagen, was in Marob geschah, wenn er von diesem Orakel erfuhr?

Für Berris war sie jetzt eine traurige Begleiterin. Er selbst war unglücklich genug. Fast jede Nacht dachte er, daß Philylla vielleicht gerade geheiratet hatte. Wenn er doch gewartet hätte, bis alles geschehen und vorüber war! Jedenfalls wollte er nicht zurück nach Sparta, weil er den Schmerz des Abschieds gerade erst bewältigt hatte. Zuerst hatte Philylla ihn in den Kampf für Kleomenes und die Neuen Zeiten geschickt, und jetzt hielt sie ihn vom Kampf ab. Das sollte sie merken und bedauern! Einmal erwähnte er dies in vorwurfsvoller Stimmung der Schwester gegenüber. Aber Erif lachte bloß und sagte: »Habe ich dir nicht gesagt, du würdest Philylla ebenso weh tun wie alle anderen, wenn dir danach zumute ist?«

Sie blieben den ganzen Winter und das Frühjahr über in Delphi, weil sie dort ebensogut wie woanders leben konnten. – Fünf Jahre!

Während des Winters erhielt Erif zwei Briefe von Philylla. Im ersten berichtete die Freundin, daß Kratesikleia und die Kinder nach Ägypten gezogen seien; der zweite enthielt nur wenig Neues, aber viel Furcht. Später setzte sich Antigonos in Bewegung, und es wurde schwierig, von Sparta aus Briefe zu schicken. Antigonos nahm Tegea und Orchomenos ein, wobei die Spartaner große Verluste erlitten. Berris wußte, daß zumindest einige seiner Freunde gefallen sein mußten. In Orchomenos stand nun eine mazedonische Garnison. Kleomenes griff die eine oder andere Stadt an, war aber zahlenmäßig zu sehr unterlegen, um eine offene Schlacht zu riskieren.

Eines Tages, als Erif und Berris außerhalb der Stadt spazieren gingen, hörten sie Rufe. Es konnte sich um einen Mord handeln, eine Vorführung wilder Tiere oder einfach nur darum, daß jemand von einer gescheckten Ratte geträumt hatte, die von links nach rechts lief. Sie gelangten zu einer kleinen Menschenmenge und fragten. Die Rufe wurden wütend und heftig. Der Mann antwortete aufgeregt: »Da kommt so ein schmutziger Atheist und verspottet Apollo, aber nicht mehr lange!«

»Rächt sich Apollo?« fragte Berris höflich.

»Nein, aber wir!« erwiderte der Mann, hob einen Stein auf und schob sich durch die Menge. Da erblickte Erif einen großen, flachen Felsen, der geradezu danach schrie, erklettert zu werden. Als sie oben saß, blickte sie hinab und rief dem Bruder zu, ihr zu folgen.

Sie befanden sich hinter der Menge. Ganz vorn stand ein recht nett aussehender Mann und sprach. Plötzlich wurde er von Steinen getroffen und fiel zu Boden. Die Menge war jedoch nur klein und wirkte unentschlossen. Da schrie Erif schrill und kehlig: »Tarrik und Marob!«, sprang mit fliegendem Haar vom Felsen, in der Hand Tarriks Messer.

»Oh, verdammt«, sagte Berris, schrie »Tarrik und Marob!« und sprang ebenfalls herab. Er war fest überzeugt, daß man Erif sofort umbringen würde. Aber da hatte er die Menge falsch eingeschätzt und ebenso die Wirkung, die Erif mit ihrem Geschrei in einer unbekannten Sprache erzielen würde. Wenige Augenblicke später waren alle verschwunden, abgesehen von dem Mann selbst. Er mühte sich mit blutendem Arm und Gesicht auf die Beine.

Berris sagte: »Sie werden bald zurück sein! Sag, Erif, mußt du dich denn immer überall einmischen?«

Doch sie antwortete: »Ich kann einen Kreis machen. Ich weiß, daß ich es schaffe. Sieh dir das Messer an!« An der Spitze klebte Blut, darüber hinaus aber glühte Tarriks Messer wie nie zuvor seit ihrer Ankunft in Griechenland.

»Dann ist es gut«, meinte Berris. »Zieh deine Linie, während ich den Mann fortschaffe.«

Sie zeichnete die Linie mit dem Messer, den grünen Muscheln und ein paar Blutstropfen. Als die ersten Leute zurückkamen, um den Atheisten und wer sich sonst noch bei ihm herumtreiben mochte zu erledigen, war sie fertig. Sie schritt den Kreis noch einmal ab, um ihn zu verstärken, dann forderte sie die Leute auf, ihn zu überschreiten. Aber sie rannten weg, um einen Priester zu holen und ihm zu zeigen, was auf Apollos eigenem Grund und Boden geschah. Erif ging in den Olivenhain und rief Berris. Er und der Fremde hatten sich unter einem Holzstapel versteckt.

»Der Mann behauptet, Philosoph zu sein«, sagte Berris, »und aus Athen zu kommen.«

»Wie Epigethes«, meinte Erif. »Philosophen zu retten hat sich ja für uns schon mehrfach ausgezahlt.« Und sie saugte an der Unterlippe und dachte an Sphaeros! Wie sehr hatte er ihr und Tarriks Leben verändert!

»Genau das habe ich auch gedacht«, meinte Berris. »Sollen wir einfach nach Hause gehen?«

»Nein, eigentlich nicht, wo wir uns nun schon einmal eingemischt haben. Aber was sollen wir tun?«

Berris sagte: »Alle werden wissen, daß du und ich es waren. Deine Kleider sind in ganz Delphi bekannt. Ins Gasthaus können wir ihn unmöglich zurückbringen. Das gibt Ärger und kann sehr teuer werden. Wahrscheinlich werde ich gar nichts machen können, wenn er tatsächlich Atheist ist und die Priester wütend sind. Bleib du erst mal hier! Du schaffst es doch allein?«

»Sicher«, erwiderte Erif und säuberte ihr Messer.

Nach einer Weile schaute sie unter den Holzstapel und hieß den Mann herauskommen. Er kroch auch hervor und sah ziemlich zerlumpt aus, weil Berris den Saum seiner Tunika abgerissen hatte, um die schlimmsten Wunden zu verbinden. Sie hockte sich auf die Fersen und starrte ihn an. Er war noch recht jung – und ein gänzlich anderer Typ als Sphaeros.

»Nichts gebrochen?« fragte sie. Er schüttelte den Kopf

und lächelte. Dann sagte sie: »Du siehst eigentlich sehr nett aus.«

»Du auch!« erwiderte er, kroch zu ihr und küßte sie.

Das gefiel ihr sehr gut und entsprach viel eher dem, was sie wollte – nur keine Dankbarkeit! Sie sagte: »Da du Philosoph bist, wirst du vermutlich jetzt sagen, du könntest eigentlich nicht entscheiden, ob du getötet werden oder mich küssen willst.«

»Das ist ja wohl der größte Unterschied der Welt!« rief der Mann. »Ich lege nicht den geringsten Wert darauf, zu sterben, schon gar nicht auf diese Weise. Diese albernen Esel! Als ob sie wirklich an ihre Götter glaubten!«

»Apollo ist nicht wie die anderen«, entgegnete Erif fest. »Zumindest nicht der Apollo hier. Ich habe selbst ein Orakel bekommen.«

»Der arme, liebe Apollo! Wenn du eine Göttin wärst, würdest du gern deine Zeit damit zubringen, zu beantworten, ob zwei gänzlich langweilige Leute einander heiraten sollen? Die Hälfte aller Fragen dreht sich nämlich um so etwas. Der Lauf der Welt bleibt dadurch unberührt.«

»Aber für die betroffenen Menschen ist das Orakel wichtig. Ich weiß nicht, was für ein Gott Apollo ist, aber er kann in die Zukunft schauen.«

»Der einzige Weg, in die Zukunft zu blicken, führt über angestrengtes Nachdenken. Das ist schwieriger, aber auch billiger. Meine Landsleute wollen das allerdings nicht einsehen. – Bedrücken dich meine Worte? War dein Orakel gut?«

»Nein, nicht sehr«, antwortete Erif Dher.

»Dann würde ich an deiner Stelle auch nicht zu sehr daran glauben. Du bist keine Griechin, oder?«

»Nein, ich stamme aus Marob am Schwarzen Meer. Ich bin die Königin von Marob.«

»Gefällt es dir, Königin zu sein?«

»Ja«, antwortete sie, »aber im Augenblick kann ich es nicht. Ich ... ich bin selbst zu einem guten Teil eine Göttin. Aber irgendwas ist passiert. Ich wollte Apollo um Rat bitten.«

»Also auch eine von der Sorte! Dazu gäb's einiges zu sagen. Bist du denn eine freundliche Göttin?«

»So gut ich kann. Ich lasse den Frühling kommen.«

»Und was geschieht, wenn du fort bist?«

»Dann verfügt eine andere über die Kraft dazu. Aber lassen wir das! Wie heißt du?«

»Hyperides. Hyperides von Athen. Langer Name, nicht wahr?«

»Es klingt fröhlich. Der erste Philosoph, den wir retteten, hieß Sphaeros: das ist ein kurzer, dicker Name.«

»Sphaeros von Borysthenes? Meine armen Lämmchen, das ist ein wahrer Philosoph! Was hat er euch angetan?«

»Er hat uns beigebracht, wie gute Menschen leben.«

»Und dazu gehört, daß man Orakel befragt? Oder bist du nicht gut?«

»Ich habe ihn nicht danach gefragt. Ich glaube, er selbst ist gut. Ich wünschte, du würdest dich nicht über ihn lustig machen. Er hat uns sowohl geholfen als auch weh getan.«

»Das ist so eine Gewohnheit der Stoiker. Ich nehme ihn recht ernst. Vermutlich wollte er euch beibringen, den Unterschied zwischen der Erscheinung und der Wirklichkeit zu sehen. Gebannte Phantasie und all das! Die Kunst, nicht allzu lebendig zu sein! Ja, das waren Zenos Scherze. Mein Meister war sanft. Er wollte uns lebendiger machen und vom Tod kurieren. Nein, nicht, indem er ihn fortzauberte, wie die Mysterien, sondern indem wir uns dem Tod stellen. Wir haben auch unsere Wirklichkeit, aber sie ist menschlich. Hattest du jemals Angst vor dem Tod, um dich oder andere? Vor der Hölle und dem Halbleben, dem Kind, das zurückkommt, seine Mutter sucht und sie nicht findet?«

»Nein, hör auf!«

»Ich kann dich davon heilen! Auch von der Angst vor Dunkelheit und Schmerz. Meine Worte wirken lindernd auf alle, die furchtsam, müde und schwach sind.«

»Wie hieß dein Meister?«

»Epikouros von Athen. Er lebte vor hundert Jahren. Er war ein Mensch, der viele Sorgen kannte. Zu ihm kamen

Frauen, Sklaven und Kinder. Er war ihr Freund. Ich sehe, wie du die Stirn runzelst. Die Leute haben viel Schlechtes über ihn verbreitet. Vielleicht hast du davon gehört.«

»Sphaeros sagte, daß seine Lehre das Vergnügen obenan stelle.«

»Er hat die Leute daran erinnert, was Glück bedeutet. Wozu haben wir denn das Leben, wenn wir es nicht genießen? Wenn wir es nicht erfüllt leben mit Verstand und Musik, einem Garten und einer Gemeinschaft von Freunden, die einander lieben?«

»Aha«, warf Erif ein, »ihr habt die Liebe also nicht vergessen. Dann hat eure Lehre wirklich mit dem Leben zu tun. – Oh, da kommt Berris!«

Berris sprang von der Mauer. »Ich habe ihn von den Priestern losgekauft. Er war ziemlich teuer. Man mag ihn nicht, weißt du. Nach Delphi kann er nicht zurück. Und wir dürfen auch nicht bleiben. Dein Zauberkreis hat ihnen nicht gefallen, Erif, selbst als ich ihnen erzählte, es sei nur ein kleiner Trick gewesen, um die Menge aufzuhalten.«

»Dann reisen wir einfach nach Kirrha und schauen nach, ob es von dort ein Schiff nach Marob gibt. Ich muß Tarrik bald schreiben. Und Hyperides nehmen wir mit.«

»Will er denn mitkommen?« Berris wandte sich an den Philosophen.

»Und wie! Das würde mir gefallen. Natürlich bin ich euch beiden zu Dank verpflichtet und tue alles, was ihr mir vorschlagt. Es klingt sehr verlockend. Seid ihr verheiratet?«

»Nein«, antwortete Berris. »Wir sind Geschwister. Aber sie ist verheiratet.«

»Nun, ich bin alles andere als ein ausgefuchster Verführer, wenn dir das ein Trost ist. Ich nehme die Liebe viel zu ernst. Der andere Grund, warum euer Vorschlag so willkommen klingt, ist, daß ich überhaupt kein Geld besitze.«

»Und warum nicht?«

»Ich habe alles ausgegeben. Als ich kein Geld mehr hatte, beschloß ich, meine Lehre zu predigen. Aber ihr habt ja gesehen, wie meine Lektionen auf das Volk von Delphi wirken.«

»Mmmm«, machte Berris. »Erinnerst du dich noch an den komischen Alten mit dem Backenbart in unserem Gasthaus, Erif? Er hat mir gestern einen Auftrag für Stühle aus Bronze und Leder erteilt. So etwas habe ich noch nie gemacht, aber ich habe mir schon etwas überlegt. Hyperides, meinst du, du könntest Muster für das Leder entwerfen? Nein, vermutlich betrachtest du die Kunst als etwas Unwichtiges und hast keinen Sinn für die innere Harmonie eines Ornaments.«

»Nicht doch! Ich würde furchtbar gern für dich arbeiten. Die Kunst ist ein Gott, an dem eine ganze Stadt teilhaben kann. Natürlich weiß ich auch, daß alles so akkurat wie ein logisches Argument sein muß.«

»Es ist nur dauerhafter.«

»Vielleicht! Aber da unterscheiden sich die Meinungen der Philosophen und Künstler zuweilen. Dennoch: Nichts würde mir besser gefallen, als etwas Neues zu lernen.«

Drei Tage später ließen sie sich in Kirrha nieder. Erif Dher gab Hyperides ihr Orakel zu lesen und erzählte ihm ein wenig über die Zusammenhänge. Sie konnte sich mit ihm leichter unterhalten als mit vielen anderen Griechen.

Er runzelte die Stirn und meinte: »Typische Gottesworte. Sie sollen dich erschrecken! Aber eigentlich ist nicht viel daran. Mutter und Tochter – eine nette Sache, mit der man gut ein Orakel beginnen kann. Man schafft Atmosphäre. Und man kann es metaphorisch für alle möglichen Ereignisse verwenden. Wenn man seine Phantasie spielen läßt, kann man fast alles in einer Mutter-Tochter-Konstellation sehen. Die Schlange? Das ist nur so eine Sache, von der man heutzutage spricht. Wenn die Leute zu unwissend und verängstigt sind, um Leben und Tod ins Auge zu gehen, erfinden sie sich Dinge, die dazwischentreten. In diesen Zeiten wirken die Götter nicht mehr, daher schafft man sich Schlangen und Könige, die sterben. Auch die letzte Zeile paßt zu diesem Mummenschanz. Es hat überhaupt nichts zu bedeuten, außer, daß Apollo sich entschieden hat, der Zeitströmung zu folgen. Und was die zweite Zeile angeht – ich bin sicher, daß du irgendwann einmal das Korn erwähnt hast. Und einen gewissen Zeitraum haben sie sich auch gegeben. Wenn es früher geschieht, freust du dich so, daß du für sie eine Entschuldigung zurechtbiegst. Die dritte Zeile? Oh, die galt Berris. Sie haben erkannt, daß er irgendwie zu dieser Zunft gehört, und sie eingefügt, weil sie dachten, sie träfen den Nagel auf den Kopf. Meine Meinung zu dieser Sache? Reine Geldverschwendung! Reg dich nicht auf! Eigentlich bin ich nicht so hart, aber diese Orakel machen mich ziemlich wütend.«

»Glaubst du denn überhaupt nicht daran, Hyperides? Kein bißchen?«

»Nicht das kleinste bißchen, tut mir leid.« Er grinste sie an.

Berris und Erif mochten Hyperides sehr. Berris hatte gemerkt, daß seine Ideen im Gespräch mit Hyperides an Leben gewannen. Er arbeitete viel besser, fast so gut wie während der ersten beiden Jahre in Sparta, griff neue Probleme und Materialien auf und freute sich daran. Die Arbeit an den Stühlen machte ihm Spaß; er würde eine hübsche Summe daran verdienen. Und das war keineswegs zu verachten, denn sie hatten in Delphi sehr viel Geld ausgegeben. Erif besaß noch ihren Schmuck, aber es kostete immer eine Menge Ärger und Zeit, das Essen und die Unterkunft damit zu bezahlen.

Im Frühsommer erhielten sie eine schlechte Nachricht, die nicht allein sie schockierte, sondern alle, mit denen sie darüber sprachen. Antigonos hatte Mantinea besetzt und als Rache für das Gemetzel an den Siedlern vor vier Jahren den größten Teil der Stadt verbrannt und die Bürger verkauft, zuerst die Frauen und Kinder; die Männer waren gruppenweise nach Mazedonien geschickt worden. Außerdem sollte die Stadt dem Erdboden gleichgemacht und aus den Herzen und Gedanken der Menschen gelöscht werden. Die neuen Siedler dort hatten beschlossen, ihre achaeische Stadt Antigonea zu nennen. Eine schreckliche Sache! Es war lange her, daß Hellenen einander so schlimm behandelt hatten. Kleomenes schien gerade noch die lakonischen Grenzen halten zu können. Am besten dachte man nicht allzuviel über Sparta nach.

Hyperides erklärte während der Arbeit mit Berris seine epikureische Philosophie. Erif schaute ihnen zu, experimentierte mit Stoffarben oder schrieb Briefe. Manchmal wanderten die drei an den länger werdenden Abenden durch die warmen Olivenhaine. Nicht selten besserte sich Erifs Stimmung dann. Eine Weile wußte sie nicht, warum sie sich dann wohl fühlte, denn sie hatte genügend Gründe, niedergeschlagen zu sein. Schließlich schob sie es darauf, daß Hyperides sehr selten über die Tugend sprach, überhaupt nicht über Pflichten oder das Gewissen, und er benutzte das Wort »gut« in einem ganz anderen Sinne, als sie es gewöhnt war. Es umfaßte eine Menge Dinge, die sie selbst gern als gut bezeichnete und die sowohl den Körper als auch die Seele betrafen, das gesamte Leben. Es paßte eher zu Marob. Einmal dachte sie: Wenn nun er anstatt Sphaeros nach Marob gekommen wäre! Hätte Tarrik dann ebensolche Verstrickungen erfahren? Am nächsten Tag überlegte sie weiter: Wenn Hyperides mit nach Marob kommen würde, konnte er Tarrik vielleicht helfen, so wie er ihr bereits half. Schließlich sprach sie mit Hyperides und Berris darüber.

Berris gefiel der Gedanke nicht, daß Hyperides, mit dem er sich so gut unterhalten konnte, fortgehen sollte. Aber offenbar war das andere wichtiger. Außerdem arbeitete er erstaunlich gut und schnell. Berris hatte inzwischen genügend Aufträge für den ganzen Sommer. Erif schlug vor, Tarrik einen Brief zu schreiben und ihn von Hyperides überbringen zu lassen, und wenn der Philosoph erst einmal dort wäre, könne er feststellen, was es zu tun oder zu sagen gebe. Hyperides gefiel dieser Vorschlag nicht sonderlich. Das Zusammensein mit den beiden klugen Menschen, die noch halbe Barbaren waren, gefiel ihm. Er schrieb an seine Athener Freunde, und sie antworteten ihm. Eines Tages würde er dorthin zurückkehren. Er war auch nicht sicher, wie ihm die Beschreibung des Kornkönigs von Marob gefiel. Es waren wohl Wildheit und Laune, barbarische Leidenschaften und Bräuche, die den Mann dazu brachten, diese seltsamen Dinge zu tun und sich für einen Gott zu halten. Auf jeden Fall würde es interessant werden.

Im Sommer fanden sie ein Schiff, das in diese Richtung segelte, nach Tyros und Olbia. Ja, man würde in Marob anlegen und die Flachspreise erkunden. Erif und Berris gaben Hyperides Briefe und Geld und andere Dinge mit, darunter Spielzeug für ein dreijähriges Kind.
Das Schiff umsegelte den Peloponnes und wandte sich nach einem Zwischenaufenthalt in Athen nach Osten zur Meerenge und nach Byzanz. Im Hafen von Athen spürte Hyperides die schreckliche Versuchung, zu Hause zu bleiben, das Geld zu behalten und alles andere an seine Freunde zu verteilen, von denen es den meisten kaum besser als ihm selber ging. Aber Berris und Erif waren auch seine Freunde. Schließlich beschloß er, nicht einmal an Land zu gehen, sondern begann, etwas zu schreiben. Es würde eine philosophische Sittenkomödie werden.
Dann legte das Schiff wieder ab.

Achtes Kapitel

Kleomenes war in diesem Sommer viel beschäftigt. Er stattete seine Armee neu aus, vergrößerte sie und drillte die Soldaten bis an die Grenzen der Zuversicht und des Mutes. Zugleich mußte er mit seinen politischen Gegnern fertig werden und sich dabei all seines Takts, seiner List und seiner Menschenkenntnis bedienen, wobei er Agiatis tagtäglich vermißte. Er befreite und bewaffnete eine Menge Heloten und ließ diejenigen, die es sich leisten konnten, für die Freiheit zahlen, denn viele besaßen Ersparnisse. Was in seinem Haus vorging, kümmerte ihn wenig. Meistens schlief er in einem Zelt oder unter den Sternen und verbrachte nur wenig Zeit beim Essen. Alle anderen behandelte er ebenso hart wie sich selbst. Ein paarmal wirkte er kränklich, immer die alte Geschichte, aber es ging vorbei. Jedenfalls wehrte er Antigonos ab, und zu Beginn des Herbstes schickte dieser seine Mazedonier für den Winter nach Hause und ließ sich in Argos nieder, wo er sich in Sicherheit wähnte. Bestimmt hatte Kleomenes alle Hände voll zu tun. Zudem begann niemand einen Feldzug zu Anfang des Winters.

Kleomenes tat es dennoch. Er befahl seiner Armee, für fünf Tage Proviant einzupacken, und marschierte in Richtung Nordosten nach Argos. Dann bog er auf der Bergstraße plötzlich nach links ab und schlug das Nachtlager an den Grenzen von Megalopolis auf. Vor dem Morgengrauen schickte er Panteus mit zwei Brigaden los, um die Stadt zu überraschen. Er folgte mit dem Rest der Armee, und als er ankam, hatte Panteus große Teile der Stadtmauer besetzt und schlug Breschen. Noch ehe die Bürger von Megalopolis erwachten, stand die spartanische Armee überall. Die Stadt verteidigte sich bei den Kämpfen von einem Straßenzug zum nächsten so mutig, daß die meisten Bürger nach Messenien entkamen, wenn auch mit kaum mehr als den Kleidern auf dem Leib. Tausend Mann gerieten in Gefangenschaft, und die Stadt fiel in Kleomenes' Hand. So stand es gegen Mittag. Panteus und der König hatten Megalopolis besetzt, und die Armee war wild vor Freude, Begeisterung und wiedergewonnenem Stolz.

Das königliche Regiment versammelte sich am Nachmittag. Agesipolis hatte bei der ersten Attacke mit Panteus gekämpft. Er beschrieb, wie sie durch ein trockenes Flußbett gezogen seien und wie die Mauern von Megalopolis im zunehmenden Tageslicht immer höher durch den grauen, kalten Nebel vor ihnen aufragten, wie die Läufer mit den Leitern lautlos vorauseilten, sie alle schnell wie bei einer Übung folgten, einer nach dem anderen, wie sie die Wächter fingen und töteten, ehe diese die Stadt wecken konnten, wie sie die umliegenden Straßen sicherten und den anderen die Tore öffneten. Oh, wie wunderbar glatt alles verlaufen war! Irgendwie war es eine Überraschung für alle, daß Panteus ein so guter Soldat war. Er sah aus, als könne er besser gehorchen als befehlen. Doch wenn es darauf ankam, wachte er auf; sein Körper stand völlig im Dienste seines Intellekts, und wenn er etwas rief oder ein Zeichen gab, gehorchten die Seelen und Körper seiner Männer in Sekundenbruchteilen. Panteus war auch ein guter Lehrer. Agesipolis verstand den Grund für jeden Schachzug – nur würde er selbst nie inmitten einer Schlacht zu derart genauen und sachkundigen Entscheidungen gelangen.

Plünderungen waren verboten worden. Niemand durfte mehr nehmen, als er essen konnte. Die Armee fand bequeme Lager in den leeren Häusern und zündete Feuer an, weil ein kalter Wind wehte. Die Gefangenen hatte man auf den Marktplatz gebracht und teilte sie in Gruppen auf. Die Männer brachte man ins Gymnasium, das hohe Mauern hatte, und in den großen Tempel von Zeus, dem Retter, wo sie beten konnten, soviel sie wollten. Die Frauen brachte man in den Tempel des Glücks und des Nordwinds nebenan. Vergewaltigungen waren ebenso wie Plünderungen verboten. Jede Person, die einigermaßen wichtig schien, sollte sofort vor den König gebracht werden.

Der König stand auf den Stufen des Zeustempels, die Hand locker auf den Langspeer gestützt. Der scharlachrote Umhang umwallte seine Gestalt, auf dem Helm tanzte die rotlila Feder. Neben Kleomenes standen ein paar seiner Freunde, alle ebenfalls in voller Rüstung und sehr siegesbewußt aussehend. Kleomenes beobachtete, wie man die Gefangenen in den Tempel führte. Den meisten hatte man die Hände gefesselt oder sie aneinandergebunden.

Bewußt ließ man sie lächerlich erscheinen, indem man dafür sorgte, daß sie über die Schwelle stolperten oder gegen den Türknauf prallten. Einige erkannten Kleomenes und flehten um Gnade. Sie waren nicht sicher, was die Spartaner in dieser bitteren Phase des Krieges mit den Gefangenen anstellen würden.

Kleomenes gab keine Antwort. Er lächelte nur ein wenig und fühlte sich wohl. Dann sah er ein Mädchen in einem grauen Wollkleid mit rotem Umhang unter den weiblichen Gefangenen. Sie hielt den Kopf gesenkt und spielte auf einer Schäferflöte. Die Töne drangen kaum an sein Ohr, aber es klang ein wenig trotzig. Er dachte, sie spiele für die folgenden Kinder, die mit den Tränen kämpften. Einer seiner Soldaten schlug ihr die Flöte aus dem Mund; wortlos hob sie sie wieder auf, verbarg sie in den Falten ihres Kleides und starrte den Mann furchtsam an. Die Kinder hinter ihr begannen herzzerreißend zu weinen. Sie hatte braunes, an der Seite gescheiteltes Haar, um das sie ein rotes Band geschlungen hatte, gerade, dichte Brauen und eine schmale Nase. Die Unterlippe war ein wenig vorgeschoben, vielleicht aus Wut oder weil sie mit den Tränen kämpfte.

In Kleomenes ging bei ihrem Anblick etwas sehr Sonderbares vor. Sehr eindringlich erinnerte er sich plötzlich an das barsche Vergewaltigungsverbot, das er ausgesprochen hatte. Eine Sekunde lang wollte er, daß man ihm das Mädchen vor die Füße schleppte, im nächsten Augenblick hatte er es jedoch wieder vergessen und schaute irgendwo anders hin. Das Mädchen hatte die Regung bemerkt. Schluchzend ging sie weiter in den Tempel, ungewiß, was ihr und den anderen freigeborenen Männern und Frauen von Megalopolis zustoßen würde.

Idaios kam mit drei Sprüngen die Treppe hinauf und rief, daß sich unter den Gefangenen Lysandridas und Thearidas befänden. Das waren zwei der reichsten und wichtigsten Bürger der Stadt. Die beiden wurden, die Hände auf den Rücken gebunden, die Treppe hochgeschoben. Lysandridas war der ältere von beiden, ein recht munter dreinschauender Mann in Rüstung. Beide hatten sie Megalopolis verteidigt, aber jetzt trugen sie weder Waffen noch Helme. Als Lysandridas Kleomenes auf den Stufen zum Zeustempel sah, rief er: »König von Sparta!« Kleomenes reichte rasch seinen Speer an Idaios weiter und ging den Gefangenen die Stufen hinab entgegen. Den Soldaten gab er ein Zeichen, die Gefangenen nicht so zu drängen.

Lysandridas sagte: »Jetzt habt ihr eine Chance, König

von Sparta!« Als Kleomenes keine Antwort gab, fuhr er fort: »Eine Chance, etwas Besseres und Mutigeres zu tun, als Ihr je zuvor getan habt.«

Sie blickten einander fest an. Kleomenes verstand die Andeutungen; sie gefielen ihm. Und Lysandridas merkte, daß sie ihm gefielen. Sie konnten nicht vermeiden, daß in ihren Blicken eine sonderbare, aufgeregte Vertrautheit lag. Kleomenes befahl einem Soldaten, die beiden loszubinden.

»Danke«, sagte Lysandridas und rieb sich mit der Innenseite seines Arms übers schweißnasse Gesicht. »So ist es besser. Nun, König von Sparta?«

Kleomenes fragte: »Lysandridas, du willst mir doch nicht etwa vorschlagen, nach all meinen Anstrengungen die Stadt wieder zurückzugeben?«

»Doch«, entgegnete Lysandridas.

»Aber du kannst doch unmöglich glauben, daß ich diesem Rat folge?«

»Doch«, erwiderte Lysandridas. »Ohne die geringste Mühe.« Er schwieg einen Moment, um dann leidenschaftlich und ernst fortzufahren: »Herr, ruiniert uns nicht! Macht uns nicht zu Feinden auf Lebenszeit! Gebt uns unsere Stadt zurück, und wir werden Eure zuverlässigen, treuen Freunde und Verbündeten. Wir können auf Eurer Seite ebenso tapfer kämpfen, wie wir für uns gefochten haben.«

Dann warf Thearidas plötzlich ein: »Wir wissen, daß Ihr in diesem Fall großzügig sein könnt. Kauft unsere Herzen und Schwerter, König von Sparta!« Er war ein kleiner Mann und hatte am Knie eine Schwertwunde; man konnte den bloßen Knochen sehen.

Kleomenes schwieg ein paar Augenblicke lang. Panteus wollte das Wort ergreifen, aber der König winkte ihm ab. Schließlich erwiderte er ziemlich leise: »Es ist schwer, euch so weit Vertrauen entgegenzubringen. Wie könnte ich das? Ich habe keinen Freiraum, mit dem ich bei einem Scheitern bezahlen könnte.« Dann trat er dichter zu den beiden Männern, betrachtete sie eindringlich und sagte dann mit lauter Stimme: »Gut, ich werde es riskieren.

Möge ich niemals zu alt werden, ein Risiko einzugehen! Lysandridas und Thearidas, ihr könnt mit einem meiner Boten nach Messenien ziehen und euren Freunden sagen, sie können die Stadt zurückbekommen, wenn sie mit dem Bund brechen und meine Verbündeten werden.«

Er nickte Lysandridas zu und wirkte erfreut, als dieser seine Hände fest umklammerte und in heftiger Aufregung fragte: »Ist das alles, was Ihr von uns wollt, König von Sparta? Keine Bürgschaft? Kein Land?«

»Nein, das ist alles«, antwortete Kleomenes. »Ich will nur eure Freundschaft.«

»Ich glaube, daß ich sie versprechen kann«, meinte Lysandridas, und wandte sich an seinen Freund. »Meinst du nicht?«

»Ja«, antwortete Thearidas. »Ich kann es auch. Zumindest ... nein, Ihr meint es aufrichtig, und wir werden uns dessen würdig erweisen. Können wir noch heute abend fortziehen, Herr?«

Nach dem Abendessen dachte der König über den Tag nach und wünschte sich plötzlich, jemand anders hätte ihm dabei zugesehen, wie er das ungeheure Risiko einging, Megalopolis zu verschonen. Eine Frau. Agiatis. Vielleicht sogar eine andere Frau ... Zu Panteus sagte er: »Es wäre gut, wenn die Gefangenen von diesem Angebot erführen.«

»Dafür habe ich schon gesorgt«, antwortete Panteus.

»Hast du Männern *und* Frauen Bescheid gesagt?«

»Nein, aber ich werde es tun. Vermutlich werden die Frauen später günstig auf die Männer einwirken.«

»Genau«, sagte Kleomenes.

Thearidas und Lysandridas und der Bote von Kleomenes ritten bei hereinbrechender Dämmerung über den Paß nach Messenien. Sie waren voller Hoffnung. Alles schien fast wieder gut. Die wenigen Menschen, die sie in dieser Nacht noch trafen, stimmten ihnen zu.

Kurz nach dem Sonnenaufgang berief man eine Vollversammlung ein. Die beiden erhoben sich und berichteten, was vorgefallen war; der spartanische Bote bestätigte alles. Viele stimmten lauthals für die Abmachung und Kleomenes. Aber sie hatten nicht mit einem jungen Mann gerechnet, der die Verteidigung der Stadt mit angeführt hatte und als einer der letzten entkommen war, ein junger Mann, dem man auf die Füße helfen und der wegen seiner Verwundungen gestützt werden mußte, ein kleiner, dicker, beredter, wütender junger Mann mit Namen Philopoïmen. Er war dagegen, fragte sie aufreizend, ob sie vor Kleomenes auf dem Boden kriechen wollten, stachelte ihren alten Haß gegenüber Sparta von neuem an, fragte sie, ob es nicht genug sei, daß Kleomenes ihre Stadt habe, ob er denn nun unbedingt auch noch ihre Seelen und Körper haben müsse, ob sie vergessen hätten, was sie alles über Sparta und seine Lebensart gehört hatten ...

In einer Aufwallung von Heldentum lehnte die Versammlung die Bedingungen ab, überstimmte diejenigen, deren Frauen und Kinder sich unter den Gefangenen befanden. Sollte Kleomenes Megalopolis doch verbrennen! Er konnte sie nicht zur Freundschaft zwingen, noch sie dazu verlocken. Philopoïmen würde sie gegen ihn führen!

Sie trieben Thearidas, Lysandridas und den Boten aus der Stadt, und die drei ritten grimmig und stumm zurück. Man führte sie sofort zu Kleomenes, der den ganzen Nachmittag unruhig auf sie gewartet hatte. Sie mußten ihr Scheitern zugeben und von Philopoïmens Erfolg berichten. Der König lauschte ihnen schweigend. Dann sagte er zu Lysandridas und Thearidas: »Ihr könnt gehen.«

»Aber ...«, begann Lysandridas.

»Ich rate euch, schnell zu gehen«, sagte der König, »ansonsten seht ihr etwas, was euch nicht gefallen wird. Ihr könnt aus euren Häusern mitnehmen, was ihr tragen könnt oder andere danach schicken.« Dann schrieb und unterzeichnete er einen Befehl. »Holt eure Frauen und

Kinder unter den Gefangenen ab. Schade, daß Philopoïmen für euch zu stark war.«

Er kehrte ihnen den Rücken zu, und sie eilten blaß und flüsternd hinaus. Kleomenes erteilte den Befehl, alle Statuen, Bilder und andere Wertgegenstände vorsichtig auf Karren zu laden und unter Bewachung nach Sparta zu schicken. Dann konnte seine Armee mit der leeren Hülse der Stadt tun, was ihr beliebte. Er schlug vor, sie zu verbrennen. Sklaven und ausländische Gefangene sollten verteilt oder verkauft, gefangene Bürger der Stadt gegen hohes Lösegeld freigegeben werden.

Er schritt wieder die Tempelstufen hinauf. Niemand aus seinem Regiment war bei ihm, weil alle mit der Erledigung der erteilten Befehle beschäftigt waren. Man öffnete ihm die Tür. Er trat ein. Die Frauen wußten noch nicht, was geschehen würde, nur, daß er ein Angebot gemacht hatte, sie und ihre Stadt zu retten. Sie knieten nieder und küßten ihm die Hand und den Mantelsaum, grauhaarige, ehrwürdige Familienmütter. Er teilte ihnen in knappen Worten mit, was bei dem Treffen beschlossen worden war.

Man hatte einen Türflügel des Tempeltors für ihn aufgerissen. Der Speer des Wächters lag quer davor. Es herrschte genügend Licht. Die Statuen hinter dem Altar waren vergoldet: Das Glück und der Nordwind. Er wußte, um welchen Nordwind es sich handelte, trotz mancher Lügen, die ihm die Gefangenen erzählt hatten: Es war der Nordwind, der sich plötzlich zu einem Wirbelsturm entwickelte und den großen Belagerungssturm wegblies, den Agis von Sparta einst gegen sie errichtet hatte. Lydiades hatte die Statue aus Dankbarkeit für die Rettung der Stadt in Auftrag gegeben. Lydiades hatte auch vor dem Tempel seinen Schrein, auf dem er als Held dargestellt war, mit einem Adler hinter sich und einer Schlange an der Seite. Auf dem Steinsims lagen jetzt Blumen. Niemand hatte jemals in Sparta einen Schrein für Agis errichten lassen, wenn auch viele an seinem Grab beteten.

Kleomenes blickte sich eine Weile lang um und sah

schließlich das Mädchen, das mit dem Rücken gegen eine Säule lehnte. Er ging auf es zu, wobei er vorsichtig über ein schlafendes Kind trat, ergriff sein Handgelenk und zerrte es auf die Füße. Es schrie auf: »Ich bin eine freie Frau, die Tochter eines Bürgers ...« Aber da hatte er es schon zur Tür geschleppt. Mit der freien Hand schlug und kratzte es seine Eisenfaust, die seine andere Hand aber nur um so fester umschloß. »Vater!« schrie es, aber niemand konnte ihm helfen; die anderen Frauen wagten es nicht. Sie umklammerten die Kinder fester, verbargen ihre Gesichter und riefen flüsternd die Götter an. Dann ergriff er auch seine andere Hand und umfaßte sie beide mit der Linken. Er sah ihm direkt ins Gesicht; es war oval, mit hohen Wangenknochen, ein Gesicht wie ein Schwert. Seine Augen waren graugrün mit sehr dichten, braunen Wimpern. Das Haar fiel in kräftigen, hellen Wellen herab, die glänzten wie bei einem jungen Pferd. Wild warf es den Kopf zurück und schüttelte die helle Mähne.

»Weißt du, wer ich bin?« fragte Kleomenes. »Weißt du es? Gut. Kannst du dich erinnern, was Antigonos im Frühjahr mit Mantinea anstellte? Ja? Antworte!«

Schließlich gelang es dem Mädchen, ein »Ja« hervorzukeuchen, die Hände jetzt hilflos und schlaff unter seinen starken Fingern.

Er sagte: »Antigonos hat sie alle als Sklaven verkauft, die Männer in die eine Richtung, die Frauen in die andere. Ich habe versucht, der Stadt dies zu ersparen. Aber Philopoimen vertraut keinem Spartaner. Du kannst dich also bei ihm bedanken für alles, was jetzt geschieht und dir vielleicht nicht gefällt.«

»Halte mich nicht so fest!« Seine Augen waren größer, wenn sie voller Tränen standen; die Wangen brannten.

Sein Griff wurde ein wenig sanfter. Er legte der Frau seinen rechten Arm um ihre zitternden Schultern. Sie schien schlanker und zarter als ... alle anderen Frauen. Er ließ eine ihrer Hände los. »Komm«, sagte er.

Sie folgte ihm fast ohne Widerstand. Als sie die Treppe halbwegs hinabgegangen waren, hob sie den Blick zu ihm auf und fragte: »Wohin?«

»In mein Bett«, antwortete er und fügte sehr zufrieden hinzu: »Du bist so schön!«

Die Spartaner marschierten aus Megalopolis ab, nachdem sie es zerstört hatten. Auf den Achaeischen Bund, der von der Nachricht während eines Kriegsrats überrascht wurde, wirkte das Schicksal der Stadt entmutigend. Die Generäle hatten sich so zögernd und unwillig auf den Befehl von Antigonos hin zusammengefunden, daß dieser beschloß, von größeren militärischen Unternehmungen in dieser Jahreszeit Abstand zu nehmen. Den Winter verbrachte er mit nur wenigen Truppen in Argos.

Kleomenes begann sogleich, ihn dort zu belagern, unternahm beständig kleinere Überfälle, bei denen er kaum Verluste erlitt, und plünderte zum Vergnügen seiner Leute die Ländereien der Argiver. Besonders den neuen Truppen gefiel dies, und alle fühlten sich sehr ermutigt. Kleomenes hoffte, Antigonos so bald wie möglich zur Schlacht zu zwingen, ehe noch dessen Armee zurückkehrte. Aber der mazedonische König, von der sonderbaren Loyalität Aratos' unterstützt, ließ sich nicht aus seiner sicheren Position locken. Je länger er wartete, um so besser; er besaß die moralische Sicherheit eines Mannes mit Geld. Sollte Kleomenes doch warten, bis sein Herz hohl würde bei dem Gedanken an die leeren Schatzkammern zu Hause! Antigonos führte Transaktionen mit Ägypten aus. Er hatte in Kleinasien einiges Land erobert, bestimmte Städte, die in den Einflußbereich von Ptolemaios fielen. Diese konnte man zurückgeben – wenn Ptolemaios zustimmte, jene ohnehin nicht besonders hohen Zuwendungen an Sparta einzustellen. Das wäre doch ein nettes Abkommen zwischen zwei echten Königen, die wichtiger waren und mehr besaßen als nur ein steiniges Tal, ein paar alte Lieder und ein paar Berge.

Bei einem Scharmützel wurde Philocharidas verwundet und kehrte zu Deinicha zurück, um zu gesunden. Philylla besuchte sie beide. Ianthemis, die sich zu Hause langweilte, wollte sie begleiten; sie wollte einen Mann sehen, der jünger war als ihr Vater und älter als der kleine Bruder. Aber Philylla behandelte sie so grob und verärgert, daß sie weinend aus dem Stall kam. Die Räume der Mutter durfte sie auch nicht betreten, weil diese dort mit einigen anderen Damen etwas Wichtiges besprach – Damen, denen die Neuen Zeiten des Königs nicht gefielen. Ianthemis schien es nicht gerecht, sich jetzt gegen den König zu stellen. Natürlich murrte auch Vater gegen ihn, aber er gestand Kleomenes auch das Genie eines geborenen Führers zu. Nein, gerecht war es nicht. Wäre Philylla netter zu ihr gewesen, dann hätte Ianthemis keine Zweifel darüber gehabt, auf welcher Seite sie stand – aber das begriff Philylla nicht, und daher war sie nicht nett. Ianthemis setzte sich auf die Treppe und weinte, bis Tiasa sie fand und sie fragte, ob sie mitkommen wolle, ein neugeborenes Kalb anzuschauen.

Deinicha erwartete gegen Ende des Winters ein Kind; sie sah klug aus und schien voller Geheimnisse. Auch Chrysa kam zu Besuch; sie war ebenfalls verheiratet und lebte auf dem Hof ihres Mannes. Sie und Deinicha prahlten mit ihren Kenntnissen über die Ernte und das Vieh und wie man die Heloten dazu bekam, das zu tun, was man wollte. Philylla wartete verletzt ab und brauste auf, als man sie in das hauswirtschaftliche Geschwätz hineinziehen wollte. Was immer ihr nicht gefiel, sie konnte es am besten ertragen, wenn man sie in Ruhe ließ. Plötzlich erinnerte sie Deinicha an das kleine, stolze Ding, das ihre Philylla einst gewesen war – aber inzwischen gab es keine Agiatis mehr, die sie sanft und glücklich machen konnte.

Dann trat Philocharidas ein, den Arm in der Schlinge. Deinicha umsorgte ihn entzückt, rückte Kissen und einen kleinen Holzkohleofen zurecht – ja, Chrysa konnte ihn tragen, sie wußte, daß Männer es wert sind, verhätschelt zu werden! –, dazu einen Teller mit Granatäpfelsamen in

Honig und ein paar späten Äpfeln, die durch die Lagerung noch süßer geworden waren. Ja, und Philocharidas konnte genauso gut sprechen, wenn sie einen Arm um seinen Hals legte. Immer wieder blickten sie einander lächelnd an, die beiden, und schlossen Chrysa und Philylla aus. Manchmal richtete Deinicha den Blick von ihrem Mann auf Chrysa, und dann zwinkerten sie sich lächelnd zu.

Unvermittelt fragte Philylla nach den letzten Neuigkeiten aus dem Krieg.

»Es war großartig, der Aufmarsch vor Argos!« antwortete Philocharidas, der gern darüber sprach. »Wir kommen aber gar nicht mehr oft mit den Feinden in Berührung, so schnell rennen sie fort! In der letzten Woche haben wir die Bergstraße von Tegea eingenommen – eine böse Strecke, wenn man kein Maultier hat, das einem den Schild trägt –, und noch vor dem Morgengrauen haben wir die Abkürzung nach Hysiae genommen. Dahinter liegt ein breites Tal, und wir hatten ein paar fröhliche Tage bei der Plünderung der Dörfer. So bekommt man seinen Nachschub. Hin gelangten wir zu Fuß, aber auf dem Rückweg ritten wir alle zu Pferd und trieben das Vieh vor uns her. Wir kamen bis Lerna, keine sechs Meilen von Argos entfernt, und umgingen den Hain der Demeter. Dort erreichten wir nicht viel, denn sie waren vor uns gewarnt worden, und der ganze Ort starrte vor Stacheln wie ein Igel. Wir lachten sie aber aus, und jemand entdeckte ein strohgedecktes Dach. Da haben wir einfach ein paar brennende Hanfpfeile hinübergeschickt. Oh, ich bin sicher, die Lernaer werden Antigonos berichten, wir seien eine Horde ungezogener Jungen!«

»Wer führte euch?« frage Philylla.

»Meistens war es der König selbst, aber Hippitas führte die letzte Plünderung – er erkennt eine gute Kuh auf den ersten Blick! Ich denke nur, wir werden nicht mehr lange so weitermachen können. Beim letztenmal lag schon auf allen Bergen Schnee; inzwischen liegt er auch auf den Pässen. Ja, ich denke, der König wird sein Haus recht bald in Ordnung bringen.« Philocharidas brach unvermittelt ab. Seine Frau, für die seine Stimme in diesem Augenblick lediglich eine luftige Ausweitung seines Körpers bedeutete, bemerkte es nicht, sondern streichelte weiterhin seinen Hals und die Wangen.

Aber Chrysa und Philylla fiel es auf. Sie starrten ihn an, und die Situation wurde noch peinlicher, als er errötete. »Was ist denn los?« fragte Chrysa mutig.

Philocharidas versuchte: »Geht ihr jetzt beide zum Haus des Königs?«

»Ich verstehe dich nicht«, antwortete Chrysa.

Philocharidas wandte sich an Philylla. »Hat dein Vater denn nichts erzählt? Und ... und Panteus? Ich dachte ... Philylla ... ich meine: Von Archiroë, der Frau aus Megalopolis?«

»Welche Frau?« fragte Philylla mit steinernem Gesicht. Chrysa war aufgesprungen, und selbst Deinicha hörte auf, ihren Mann zu streicheln.

Philocharidas sagte: »Seid nicht unfreundlich zu ihr. Sie trifft keine Schuld. Der König holte sie aus dem Tempel des Nordwindes. Und seine Schuld ist es auch nicht. Sie ist ... wunderschön.«

Die Ehrenjungfern der Königin erstarrten. Dann ergriff Deinicha das Wort. »Rede du mir nicht von Schönheit! Nach Agiatis! Was hat er sich dabei gedacht?«

»Er hat nichts gedacht«, erwiderte Philocharidas, der sich plötzlich über sie, besonders aber über seine Frau ärgerte. »Er hatte etwas viel Besseres im Sinn!«

Deinicha stieß ihn von sich. »Aber er hat sie doch nicht geheiratet?«

»Nein, die arme. Eigentlich ist sie eine Sklavin. Sie tut jetzt alles für ihn.«

Die Mädchen waren aufs höchste empört. Langsam fragte Philylla: »Und der König ... liebt sie?«

»Das weiß ich nicht«, antworte Philocharidas nervös, »aber sie ist wirklich schön. Und so jung! Sie liebt ihn. Zumindest sitzt sie immer im Dunkeln auf der anderen Seite des Zeltes und blickt ihn an, und sobald er etwas wünscht, holt sie es ihm. Niemand sonst kann auch nur ihren kleinen Finger berühren, ohne daß sie einen anspringt.«

»Du hast es also versucht!« stieß Deinicha mit einem kurzen Lachen hervor, das ihm fremd erschien.

»Nein, du kleiner Dummkopf!«

Deinicha rückte unruhig unter seinem finsteren Blick hin und her, als habe er sie auf den Mund geschlagen.

»Nein, Archiroë gehört dem König. Sie war eine freie Frau, eine Jungfrau, Tochter eines Baumeisters aus Megalopolis.«

»Und er hat sie vergewaltigt, und deswegen liebt sie ihn. So eine Frau also!« rief Philylla heftig. Sie blickte die beiden anderen Frauen fest an. »Und wir ... von uns verlangt er womöglich, daß wir zu diesem Wesen freundlich sind. Oh, das wird ja wunderbar für uns!« Ihr Mund verzog sich heftig; ein solcher Ausdruck mochte auch die Miene ihres Vaters zeichnen, wenn er ausholte, um einen geduckten Sklaven zu schlagen.

Deinicha stand auf. »Wie konnte er ... so kurz darauf!« sagte sie. »Und in aller Offenheit! Haben wir uns denn alle geirrt, als wir dachten, Agiatis würde mehr geliebt als andere Frauen?«

»Das hat doch gar nichts mit Agiatis zu tun!« rief Philocharidas aufgebracht. »Warum müßt ihr sie denn mit hineinziehen?« Aber als er merkte, daß er in der Minderheit und seine Deinicha auch nicht mehr die liebende Ehefrau war, sondern sich auf die Seite der Ehrenjungfern der Königin geschlagen hatte, die jetzt zusammenstanden wie Kühe mit gesenkten Hörnern – da stampfte er aus dem Raum, nicht ohne den verwundeten Arm sehr auffällig zu bewegen.

Sogleich wurde Deinicha wieder sanfter. »Natürlich«, rief sie, »ist es vielleicht nicht so schlimm, wie wir jetzt denken. Männer sind doch immer so leichtfertig. Aber nach allem, was Philocharidas erzählte, glaube ich nicht, daß wir besonders freundlich zu ihr sein müssen.«

»Nein«, meinte Chrysa. »Nein, warum auch? Sie hat nichts mit Sparta zu tun. Sie wird irgendwo hinten im Haus leben und sich nicht zeigen. Wenn wir von Anfang an fest bleiben, haben wir nichts damit zu tun.«

»Außerdem wird er ihrer sicher bald überdrüssig«, sagte Deinicha. »Und dann läßt er sie freikaufen. Sie darf nur nicht vergessen, daß sie hier eine Sklavin ist.«

Da atmete es sich wieder leichter. Die Fremde war ein Nichts, keine Bedrohung der schönen Bilder ihrer Erinnerung. Philylla stand auf. Immer wieder schlug sie die Hände vor das Gesicht. Eigentlich war sie über die Angelegenheit nicht mehr beunruhigt, und dennoch war ihr aus Gründen, die sie nicht kannte, nach wie vor unbehaglich zumute. Nein, sie wollte nicht bleiben und mit den anderen essen und trinken. Sie wollte heimreiten.

Den Weg entlang reckten Winteranemonen zwischen den Felsen ihre winzigen blauen und roten Sterne hoch. Stolz blickte sie herab und hielt dann das Gesicht in den Wind, den schneebringenden Wind aus den Bergen. Er blies durch ihr Haar und ihr Kleid, fühlte sich kalt am Kopf, auf der Haut und an den Schenkeln an. Da sie bei Deinicha nichts gegessen hatte, verspürte sie jetzt Hunger.

Ianthemis rannte ihr aus dem Haus entgegen. »O Philylla«, rief sie und ergriff den Zügel. »Er ist da!«

»Wer? Vater?«

»Der auch. Aber ich meinte Panteus!« Sie keuchte vor Aufregung. Dann versuchte sie, der Schwester einen kleinen Willkommensstrauß in die Hand zu schieben.

Langsam saß Philylla ab. Sie blickte Ianthemis über den Pferderücken hinweg an und lehnte sich gegen den Sattel. Ianthemis' Lächeln erstarb.

»Was will er denn?« fragte Philylla, nahm endlich die Blumen entgegen, zerdrückte sie aber und hob sie nicht ein einziges Mal vor das Gesicht.

»Er ist zusammen mit Vater gekommen. Es geht um die Hochzeit. Ich habe gehört, daß sie ›morgen‹ sagten. Ich dachte, du würdest es gern wissen, Philylla. Ich habe den ganzen Nachmittag auf dich gewartet! Aber wenn du es nicht wissen willst ...« Ianthemis riß sich zusammen, warf den Kopf in den Nacken und zeigte der Schwester grinsend die Zähne.

Philylla nahm das Pferd und führte es hinein. Als sie aus dem Stall kam und sich die Hände an einem Strohbündel sauber rieb, kam ihr Tiasa entgegen. »Morgen«, flüsterte sie. »Morgen, meine Schöne!« Ihre Arme legten sich warm um Philyllas kalte, windgepeitschte Schultern; ihr Blick versenkte sich liebevoll in Philyllas Augen, die seitwärts auf einen am Boden liegenden Lehmklumpen blickten.

Doch Philylla stieß sie beiseite und trat ins Haus. Ihre Mutter erteilte gerade einer Dienerin Befehle und entließ sie dann.

»Nun«, sagte sie, »ich sehe, du hast es schon gehört, Philylla. Dein Vater freut sich. Ich kümmere mich gerade um das Opfer an Aphrodite-Hera. Sei gewiß, daß ich das Beste für dich im Sinn habe. Was ist mit deinem Haar? Vermutlich willst du es gekürzt haben. Antworte, Kind.«

»Ich ... denke schon«, sagte Philylla.

Eupolia schaute sie sanfter an. »Alles ist doch so plötzlich gekommen. Du weißt, Philylla, meine Wahl war er nicht, doch stammt er aus einer guten Familie. Sie teilen nicht alle seine extremen Ansichten. Wenn es vor fünf Jahren gewesen wäre, nun ja ... Meine Güte, jetzt ist es zu spät, sich anders zu entscheiden. Du kannst natürlich immer nach Hause zurückkommen.«

»Ich ändere meine Meinung nicht«, antwortete Philylla. »Es ist schon gut, Mutter. Kann ich ihn sehen?«

»Nein, Philylla. Das wäre nicht anständig und würde deinem Vater nicht gefallen. Morgen wird früh genug sein.«

»Gut, Mutter«, erwiderte Philylla leise und blieb einen Moment lang stehen, als lausche sie dem Schlag ihres eigenen Herzens.

Man brachte für Philylla Opfer dar, wie es sich geziemte, und man schnitt ihr das Haar nach altspartanischem Brauch. Nein, sie wollte nicht die ganze Zeit an Agiatis denken. Es war ein schöner Abend, und im Hof des Themisteas war es nicht sehr kalt. Sie wartete in ihrem kurzen Kleid, und nur ganz nebensächliche Dinge fielen ihr ein: Ob sie daran gedacht hatte, dem Stallburschen vom losen Hufeisen ihres Pferdes zu berichten, ob sie ein Buch in die dafür vorgesehene Truhe zurückgelegt hatte, ob links auf dem zweiten Hof des Königshauses grüne oder dunkle Trauben wuchsen, ob man dieser Archiroë von ihr erzählt hatte. Es war sonderbar, nach einem Tag und einer Nacht im Zorn so ruhig zu sein. So ruhig! Und wenn Panteus erschien, würde sie ihm in ruhiger Wut ins Auge blicken. Er würde in ihrem Blick nicht erkennen, wie sehr sie ihn dafür haßte, daß er sie nur heiratete, weil der König eine Geliebte hatte und seiner überdrüssig war. Aber er sollte es erfahren, und zwar bald!

Die Sonne ging unter, und der Abendstern, der Stern der Liebenden, erschien. Sie wollte seinen Stolz verletzen. Ihm weh tun, wie er ihr weh getan hatte. Panteus, Sohn des Menedaios. Philylla, Tochter des Themisteas. Er würde ihre Jungfräulichkeit verletzen und sie seinen Stolz. In einem Kampf blieb der Kaltherzige immer Sieger. Und wie kalt fühlte sie sich jetzt!

Das Klopfen ertönte an der Haustür, und sie erstarrte. Die Frauen ringsum schrien auf und jubelten. Sie hob den Blick, um ihm entgegenzustarren. Aber noch ehe er erschien, merkte sie, daß sie ihm unmöglich weh tun konnte. Selbst der Versuch schien vergeblich, weil er immer noch diesen Blick und jenes Lächeln für sie hatte. Sie hatte vergessen, wie sehr dieses Lächeln ihn schützte und schirmte. Sie konnte ihn ebensowenig verletzen wie ein eigenes Kind. Er trat auf sie zu, und als ihre Blicke sich trafen, herrschte keine kalte Wut mehr, sondern es geschah eine Vereinigung. Als er sie in seine Arme riß, war es genauso, als hätten sie alles vor langer Zeit so verabredet. Es bestand für Vorwürfe, Wut oder Erklärungen keine Notwendigkeit mehr. Sie legte beide Arme um seinen Hals, um sich leichter zu machen, aber er schien sie nicht schwer zu finden. Sie küßte ihn auf die Stelle, die ihrem Mund am nächsten war – direkt hinter dem Ohr am Haaransatz –, atmete den Duft seines Körpers ein.

Als sich das Tor hinter ihnen schloß und sie zusammen draußen durch den Abend gingen, rieb er seine Wange an ihrer. »Philylla«, sagte er. Alles war gut.

Mitten in der Nacht erwachte sie, drehte sich schläfrig um und fühlte, wie sich ihr gesamter Körper dem neuen Rhythmus angepaßt hatte: dem Atem eines Mannes neben ihr, der langsamer war als ihr eigener. Die Lampe brannte noch. Sie war nie zuvor in diesem Zimmer gewesen, aber jetzt waren alle Schatten und Ecken auf immer die ihren. Auch Panteus erwachte und richtete sich halb auf, so daß seine Seite neben ihrem Kopf lag. Langsam ließ sie einen Arm um ihn gleiten, spürte, wie ein Muskel nach dem anderen sanft erregt durch ihre Berührung zuckte. Sie legte das Gesicht dicht über die Senke zwischen Rippen und Hüfte und bewegte die Lippen über die glatte, männlich-jugendliche Haut. Seine Hand strich über ihren Kopf. Endlich fragte sie: »Warum wolltest du mich gerade jetzt heiraten?«

»Ich weiß es nicht«, erwiderte er, »aber wir wollten doch immer irgendwann heiraten. Ich wollte es jetzt. Es war der richtige Zeitpunkt. Ich konnte gerade von meiner Brigade fort.«

»Und der König hatte nichts dagegen, daß du fortgingst?«

»Nein«, antwortete Panteus sanft, und Philylla wollte jetzt nicht über die Frau aus Megalopolis sprechen – noch nicht, noch nicht –, nicht, solange sie so leicht und süß gemeinsam atmeten, in dieser wunderbaren, nahen Ruhe nach der ersten Heftigkeit.

Sie blickte auf: »Sing etwas!« bat sie, erwartete aber nicht, daß er es tat.

Doch er entgegnete: »Ja, gut« – zog sie dichter über sich und legte sie so, daß ihr Gesicht nach oben gerichtet war, ihre Wange weich auf seinem Bauch lag und sich ihr kurzes Haar mit seinen Locken mischte. Er sang ein Liebeslied. Sie lauschte in atemlosem Glück. Es konnte einem Mädchen oder einem Jungen gewidmet sein; aus den Worten war es nicht zu erkennen, und es war ihr auch gleichgültig. Sie war seine Frau. Philylla, Weib des Panteus. Das Lied klang leise und süß und sehr förmlich. Er sang es für sie allein, ernst und zärtlich.

> Oh, süße Erde, du hast getrunken,
> Als Regen fiel;
> Mein Herz ist süß, weil es gesunken,
> In deins, mein Lieb'.

Was im Vierten Buch geschah — 225—223 v. Chr.

Erstes Kapitel
Philylla wird erwachsen. Sie und ihr Vater glauben an die Neue Zeit des Königs Kleomenes; ihre Mutter und ihre Pflegemutter hingegen zweifeln, ob davon Gutes zu erwarten ist. Philylla fühlt sich den Heloten verbunden und ist mit Berris Dher befreundet. Liebe zu ihm empfindet sie nicht. In ihrem Herzen und aus der Sicht derer, die sie lieben, ist sie schon halb mit Panteus verlobt.

Zweites Kapitel
Königin Agiatis ist erkrankt, aber sie trägt es mit stoischem Gleichmut. Im Hause des Königs findet eine Hochzeit statt. Philylla ist unter den Begleiterinnen der Braut; Panteus ist unter den Begleitern des Bräutigams. Sie treffen sich und küssen sich zum erstenmal, und alle freuen sich. Kleomenes hofft, Kontrolle über den Achaeischen Bund zu erlangen; das Verhältnis zwischen ihm und Aratos hat sich sehr verhärtet.

Drittes Kapitel
Erif Dher ist nach Sparta gekommen. Hier sucht sie Hilfe und Läuterung, um mit befreiter Seele heimkehren zu können. Aber weder Berris noch Sphaeros noch Philylla oder Königin Agiatis können ihr helfen. Die Nachricht trifft ein, daß es Aratos gelungen sei, die Versammlung des Bundes davon abzubringen, Kleomenes zu wählen, der daraufhin wieder den Krieg erklärt. Aratos von Sikyon hat seine eigene Vorstellung vom Guten Leben für die Städte. Da er tiefes Vertrauen in seine Ideen setzt, nimmt er sich vor, sogar einen Fremden, König Antigonos von Mazedonien, um Beistand zu bitten, obgleich er weiß, daß es für Hellas schwierig werden wird. Zwischenzeitlich führt Kleomenes schwere Schläge gegen den Bund. Seine beiden jungen Neffen, die sich im Exil befanden, stoßen zu ihm.

Viertes Kapitel
Erif Dher erhält weder von den Göttern des Olymp noch von den Philosophen Hilfe. Gleichwohl geht sie guten Willens zum Ern-

tefest der Heloten und setzt dort ihre Zauberkraft ein. Ihrem Bruder rät sie, aus Sparta und von Philylla wegzugehen.

Fünftes Kapitel
Die Dinge fügen sich zugunsten Spartas. Aber Aratos verhandelt mit Antigonos von Mazedonien, und Königin Agiatis weiß, daß ihre Krankheit sie bald niederwerfen wird. Philylla wartet auf Panteus, der jedoch hat nur den König im Auge; an sie denkt er nicht. Kleomenes hat vor Argos gelegen und sich behauptet, dort aber kommt es zur Gegenrevolution. Gleichzeitig ist Antigonos auf dem Weg, dem Bund zu Hilfe zu kommen. Kleomenes wird bis Tegea zurückgeschlagen. Dort erfährt er, daß Agiatis gestorben ist.

Sechstes Kapitel
Der König kehrt in sein Haus zurück und trauert um Agiatis. Panteus hat ihn begleitet. Philylla ist allein und tröstet die Kinder des Königs. Bis der schlimmste Schmerz vergangen ist, findet sie in Erif eine Freundin. In Sparta treten erstmals die Gegner des Kleomenes und der Revolution in Erscheinung.

Siebentes Kapitel
Erif Dher läßt sich von Berris nach Delphi begleiten, um dort das Orakel des Apollo zu erbitten. Kleomenes sucht Hilfe gegen Antigonos von Mazedonien und findet sie in Ptolemaios von Ägypten. Der Preis aber, den er zu zahlen hat, sind seine Mutter und seine Kinder – als Geiseln. Erif begreift die Antwort nicht, die das Orakel ihr gibt. Sie rettet einen Philosophen vor dem Zugriff Apollos. Er vertritt eine ganz andere Art von Philosophie als Sphaeros und macht auch Erif mit einer ganz anderen Lebensauffassung bekannt. Erif denkt, daß er vielleicht Tarrik helfen könnte.

Achtes Kapitel
Kleomenes nimmt Megalopolis ein und findet für sich das Mädchen Archiroë. Philylla bekommt Panteus. Doch früher oder später wird Antigonos Sparta einnehmen.

Fünftes Buch

Die Leiter hinauf und über die Mauer

Furchtlos und treu
Hob er zum Mund empor das Horn
Und blies:
Herr Roland kam zum finstern Turm.
Browning

Die neuen Personen im Fünften Buch

Menoitas, ein griechischer Kaufmann, sowie weitere
griechische Händler und Seeleute
Tigru und Diorf, Anführer der Roten Reiter, und die
Horde der Roten Reiter
Tsomla und andere Männer und Frauen aus Marob

Erster Brief

Hyperides, Sohn des Leonteos, an Timokrates, Sohn des Metrodoros und Urgroßenkel des Metrodoros, welcher ein Freund des Meisters war: Dein Leben sei gut und angenehm!

Ich habe Dir hundert Dinge zu berichten. Gott, es ist so lange her, seit wir uns das letzte Mal sahen! Wenn Du spüren könntest, wie innig ich an Euch gedacht habe, an Dich und Menexenes, Nikoteles und die liebste Timonoë und die Kinder, es würde Dich am ganzen Leib kitzeln. Aber seid wohlgemut, ich werde Euch wiedersehen, Euch und den Garten. Zumindest hoffe ich es.

Nun, ich berichtete Euch über die beiden bezaubernden Skythen, für die ich mich auf einer Botenreise befinde. Ich kann Euch sagen, als es zur Sache ging, war ich gar nicht mehr so begeistert. Wir blieben ein paar Tage in Byzanz, und ich erkundigte mich dort, was für ein Mensch der Mann meiner Erif, dieser Tarrik-Charmantides, sei. Was ich erfuhr, war nicht gerade aufheiternd! Er genießt den Ruf, sehr sonderbar und unberechenbar zu sein, und es gab ein paar häßliche Geschichten darüber, wie er Kaufleute ohne einen besonderen Grund schlecht behandelt hat. Natürlich hege ich einige Sympathien für jeden Barbaren, der ein paar von diesen Betrügern von hinten ersticht. Aber der König von Marob ging noch ein bißchen weiter. Vermutlich ist es albern, aber ich hege nun einmal Vorurteile gegenüber der Folter, dieser Verunstaltung von guten, ordentlichen menschlichen Körpern. Und besonders würde mir mißfallen, wenn sie mir selbst zustieße. Keiner dieser Vorfälle geschah übrigens in der jüngsten Vergangenheit, sondern sie liegen drei und mehr Jahre zurück. Doch man kann natürlich nicht wissen, wann ihn diese Neigung wieder einmal überkommt. Ich segelte also mit dem Gefühl weiter, meinen Kopf vielleicht in ein Löwenmaul zu stecken. Mein einziger Trost war die Schachtel mit dem Spielzeug für das Kind.

Wir sichteten Marob an einem schönen Sommermorgen

und fuhren in den Hafen ein. Wie gingen mir die Augen über! Es ist eine grüne Küste mit kaum einer Erhebung, obgleich ich gehört habe, daß es weiter im Landesinnern bewaldete Berge gibt, wo die Wilden leben, die sie die Roten Reiter nennen. Von einer Stadt konnte ich zunächst nicht viel erkennen. Es gibt keine erhöhte Befestigungsanlage, keine Akropolis, keinen Heiligen Weg oder Olivenhain. Das einzige herausragende Gebäude war, außer ein paar großen Lagerhäusern im Norden des Hafens, ein Steinhaus mit Fenstern und einem Dach mit den dort üblichen recht hübschen Ziegeln. Eine große viereckige Tür ging aufs Meer hinaus. Man sagte mir, dies sei das Haus des Herrn von Marob. Vermutlich hat auch Erif dort gewohnt. Komisch, sich so nahe am Ende einer Reise zu wissen!

Unser Kapitän ging mit mir an Land und brachte mich zu einem Gasthaus, in dem ich eine ganze Reihe von Kaufleuten vorfand, die, wie sie erzählten, zum Mittsommermarkt angereist waren. Mit zweien muß ich sogar ein Zimmer teilen. Der eine ist eine ziemlich unangenehme Figur – hoffentlich versucht er nicht, diesen Brief zu lesen! Er stammt aus Kyrene, heißt Menoitas und ist davon überzeugt, über alles Bescheid zu wissen, eingeschlossen natürlich den König von Marob. Seiner Aussage nach hat Tarrik seine Frau vertrieben, weil er ihrer überdrüssig geworden war, und umgarnt nun alle Weiber der Stadt. Das paßt nicht zu Erifs Geschichte, und ich glaubte ihm auch nicht, doch inzwischen bin ich nicht mehr so sicher. Freund Menoitas mag zur Hölle fahren, wenn all das, was er so erzählt, stimmt – aber in diesem Fall sieht es unangenehmerweise nach der Wahrheit aus.

Die Diener des Gasthauses sind Männer und Frauen aus Marob und ein paar Halbblütige. Die meisten sprechen ein wenig Griechisch. Ich glaube, dieses Marob war einst eine griechische Kolonie; davon überzeugten mich teils ihre eigene Tradition, teils aber auch behauene Steine, die ich in ganz gewöhnlichen Hauswänden gesehen habe. Erfolgreich scheint diese Kolonie indes nicht gewesen zu sein; es finden sich nur wenige Spuren, weder in den

Gebräuchen noch im Aussehen der Menschen, wenn auch eine Menge von ihnen natürlich Griechisch spricht und man in den oberen Schichten häufig mit Familien aus Olbia und Tyras verheiratet und verschwägert ist. Aber mir scheint, daß jeder Außenstehende ziemlich schnell aufgenommen wird.

Mir wurde geraten, den Herrn von Marob so unverzüglich wie möglich aufzusuchen. Ich wusch und rasierte mich also und legte meine besten Kleider an. Mit einiger List gelang es mir, Menoitas aus dem Weg zu gehen, denn mir gefiel der Gedanke nicht, bei meiner ersten Audienz mit ihm und seinen Vorurteilen belastet zu sein. Ich nahm meine Briefe mit, und einer der Diener des Gasthauses trug die beiden Schachteln mit den Geschenken.

Ich betrat das Haus des Herrn von Marob durch die große viereckige Tür, den Rücken zum Meer gewandt, meinem einzigen Heimweg. Man führte uns über einen Hof, in dessen Mitte ein Apfelbaum stand, der voller bunter Streifen hing. Dann gelangten wir in eine recht große Halle, an deren Wänden etliche schöne Pelze hingen, von denen ich einige gar nicht kannte. Hier warteten wir eine Weile, und schließlich winkte uns ein Sklave in Schwarz, den ich für zungenlos hielt, der aber vermutlich kein Eunuch war, durch eine weitere viereckige Tür.

Der König von Marob saß hinter einem Tisch und ritzte Zeichen in eine hölzerne Rolle. Er trug eine sonderbare barbarische Krone, drei Reihen lächerlicher Tiere auf einer Filzmütze, sowie einen weißen Umhang und wild und bunt bestickte Hosen. Aber ich lachte nicht! Er ist ein großer, träge aussehender, lächelnder Wilder, der vielleicht hinter seinem Grinsen die schrecklichsten Dinge plant. Er sieht unwahrscheinlich stark aus, und ich glaube sofort alles, was mir Erif über seine Körperkraft erzählt hatte. Ich verbeugte mich und bot ihm die Briefe dar.

Er ergriff sie und begann zu lesen. Ein paarmal blickte er mich über den Rand hinweg an und runzelte häufig die Stirn, vermutlich über das Orakel. Hier entwickelte ich eine ziemliche Abneigung gegen ihn. Timokrates, Du weißt, wie es einem manchmal ergeht, wenn man in Kontakt zu einem Stück reglosen, festen Fleisches tritt, das aber auf gewisse Weise gewalttätig wirkt, einem Willen, dem man weder mit Vernunft noch mit Freundlichkeit beikommt! Aber vielleicht habe ich doch unrecht. Ich hasse allerdings den bloßen Gedanken, daß dieser Klotz Erif besessen hat, nicht so sehr körperlich, sondern weil sie zu ihm zurückkehren will, weil er sein blutrünstiges Bild in ihre sanfte Seele gepflanzt hat.

Nach einer Weile rollte er die Briefe zusammen und bedachte mich mit einem Lächeln. Vielleicht verhielt er sich mir gegenüber sogar absichtlich freundlich, denn ich wußte, daß die beiden während unserer gemeinsam verbrachten Zeit nur Gutes über mich berichtet hatten. Aber ich war nicht gewillt, diesem Lächeln nachzugeben. Wir hatten eine kurze, höfliche und natürlich völlig bedeutungslose Unterhaltung, genauso offensiv-defensiv wie unter zwei fremden Hunden! Er sprach in flüssigem Griechisch viel über seine Frau und wollte, daß ich von ihr berichtete. Ich bin sicher, er wollte genau wissen, in welchem Verhältnis wir zueinander stehen, vielleicht war er eifersüchtig. Einige Male versuchte er, mich zu einer Antwort zu zwingen. Vermutlich enttäuschten ihn meine Erzählungen, und er bekam das Gefühl, daß sie nicht gut zu den Briefen paßten. Aber man fühlt sich einfach nicht geneigt, einem Mann, der solche Sachen auf dem Gewissen hat wie der König von Marob, Tor und Tür seiner Freundschaft zu öffnen. Ich hoffe, daß Erif in Griechenland bleibt. Das ist der richtige Ort für sie!

Dann brachte ein ziemlich hübsches Mädchen, Erif nicht unähnlich, das Kind herein. Ich bemerkte, daß sie eine Goldkrone und Schmuck und ein prächtiges Kleid trug, und der König behandelte sie recht frei. Ich glaube auch, daß sie schwanger war; aber das mochte auch nur die laxe Haltung dieser barbarischen Frauen sein. Mir kam auch schon in den Sinn, daß *sie* vielleicht der Grund dafür sei, daß Erif sich nicht in Marob aufhält. Das Mädchen sprach nur wenig Griechisch. Übrigens kenne ich ihre Sprache ein wenig, hielt es aber für klüger, es nicht zu zeigen. Ich glaube, sie hieß Linit.

Das Kind ist ein fröhlicher kleiner Bursche, rosig und lockig und eher Erif ähnlich. Wir packten das Spielzeug aus. Ich muß sagen, der König und diese Linit versuchten beide, dem kleinen Tisamenos zu erklären, daß die hübschen Dinge von seiner Mutter stammten. Ich bezweifle aber, daß er es begriff. Die meiste Zeit blieb er stumm oder kreischte vor Vergnügen und Aufregung.

Schließlich sagte der König: »In vier Tagen ist Mittsommer. Bis dahin muß ich arbeiten, entweder hier oder an meiner Kornstätte. Du wirst warten und mir auf dem Flachsmarkt zuschauen. Danach werde ich Zeit haben. Du wirst mir alles erzählen, was wir bislang nicht beredet haben.« Ich fand das sehr klug von ihm. Er fügte hinzu: »Während Du hier lebst, wird es Dir an nichts fehlen«, und pfiff nach einem Sklaven, dem er etwas zuflüsterte. Und gewiß haben sich die Leute im Gasthaus seitdem die größte Mühe gegeben, es mir angenehm zu machen, und vermutlich brauche ich auch nichts zu bezahlen. Wenn ich nur wüßte, daß ich am Ende wohlbehalten wieder heimsegeln kann, wäre alles entzückend.

Diese Stadt gibt einem ein sonderbares Gefühl. Ich weiß nicht, woher, aber ich merke oft unvermittelt, daß mich schreckliche Furcht packt, eine nicht näher erklärbare Angst, von der ich glaubte, sie beim Erwachsenwerden für immer abgelegt zu haben. Ich versuche mich damit zu beruhigen, daß die Angst vor dem Unbekannten für eine vernünftige, auf Erkenntnis und Wissen gerichtete Person etwas Schändliches sei, aber viel hilft es nicht. Natürlich liegt es teilweise daran, daß ich hier unendlich allein bin, was meinen geistigen Umgang angeht, denn keiner der Händler kann Plato von Pythagoras unterscheiden, und wenn ich mich mit ihnen über Atome unterhielte, würden sie mich fragen, wieviel ein Dutzend davon in Alexandria kostet!

Am wenigsten unbehaglich fühle ich mich beim Schreiben. Das Stück, von dem ich Dir berichtete, kommt langsam voran. Aber ich fürchte, meine Heldin ist ein wenig abgedroschen. Bitte doch Timonoë, mir einen schönen Brief zu schreiben und mir genau zu sagen, welche Antwort sie geben würde, wenn sie einen **Heiratsantrag** von α) einem ziemlich gemeinen Zyniker, β) von einem älteren Tyrannen mit mehreren Frauen, und γ) von einem netten jungen Mann, wie Du oder ich – nein, eher wie Du, erhielte.

Nun, um weiter von meinen Abenteuern zu berichten: Der König schickte mir einen seiner Höflinge, der mich herumführen sollte. Es war ein netter junger Mann namens Kotka. Er bat mich in sein Haus, und ich lernte seine Frau kennen, die Erif mehrere Male erwähnt hatte. Aber sie sprach nicht viel mit mir und zauberte auch nicht, wie ich eigentlich gehofft hatte. Kotka redete viel und prahlte mit seinem Griechisch. Er scheint dem König sehr ergeben zu sein, aber es ist natürlich noch zu früh, um zu sagen, wie aufrichtig er ist. Ich werde den Verdacht nicht los, daß er anders redet, wenn man ihn erst besser kennt. Mit ihm habe ich weit mehr über Erif und Berris geredet als mit dem König! Er zeigte mir ein paar schöne Metallarbeiten aus seinem Besitz: Schnallen und Becher und Köcher und Verzierungen für Sättel und Schlittenkufen, in denen ich die gröberen und barbarischeren Anfänge jener Kunst entdecken konnte, die Berris Dher so meisterlich beherrscht. Es tauchen dort viel mehr Tiergestalten auf als bei ihm – obgleich er, wie er mir sagte, zu Beginn auch so gearbeitet habe. Aber diese Tierformen erscheinen mir doch zu phantastisch und unlogisch.

Ich frage mich, ob Berris den Tisch mit den Einlegearbeiten beendet hat, den er bei meiner Abreise begann.

Die Händler im Gasthaus haben mir über das bevorstehende Mittsommerfest erzählt. Das Ungewöhnliche ist, daß sie fast selbst daran glauben. Ich hatte darüber einen ziemlich hitzigen Streit mit Menoitas und einigen seiner Freunde. Sie selbst sind erstaunlich abergläubisch und reden beständig über Omen und Schwüre und Prophezeiungen. Ich versuchte, ihnen meinen vernunftgemäßen Standpunkt darzulegen, natürlich ganz vorsichtig, aber sie waren nur entsetzt. Ich habe versucht, herauszubekommen, was genau bei diesem Mittsommerfest geschieht. Es scheint eine Prozession mit vielen Blumen und maskierten Kindern zu geben, alles sehr hübsch und unschuldig, und dann eine Art Zeremonie auf dem großen Marktplatz, bei der der König tanzt und singt, und dann vollzieht die Menge eine Art religiöses Ritual, und die Leute werfen Steine und Stöckchen in die Mitte des Platzes. Ich fragte Freund Menoitas, ob sie in Wirklichkeit ein Opfer steinigen, aber er verneinte – zumindest glaubte er es nicht. Ich weiß nicht genau, wieviel die Griechen von dem Fest sehen dürfen. Er behauptet, das Ziel sei vor allem, die Sonne aufzumuntern, deren Kraft jetzt nachläßt. Ich finde es furchtbar unlogisch und ärgerlich, wenn ein Grieche so wenig Ahnung von den Grundzügen der Physik hat, daß er annehmen kann, die Sonne sei beeinflußbar! Doch wir alle wissen ja, daß die Sonne der Mittelpunkt mehrerer sehr respektabler und langlebiger Religionen war. Eigentlich haben da unsere alten Genossen von der Stoa schon mitgemischt – Göttliches Feuer und was weiß ich noch alles! Ich liebe den Gedanken an die Entfernung zwischen der Sonne und uns, diese wunderbare Entrücktheit, die kühle Tiefe des Raumes.

Ich kann mir vorstellen, daß, wenn diese Mittsommersache vorüber ist, alle furchtbar erregt sind, die Kinder eingeschlossen, und der Abend endet in einem wilden, erotischen Tanz. Von Menoitas erfuhr ich, daß ich die größten Schwierigkeiten haben werde, in der Mittsommernacht allein zu schlafen. Er wird sicher nicht versuchen, sich diesem Schicksal zu entziehen, aber ich habe es doch vor! Am nächsten Tag dann wird es ein Freudenfeuer auf dem gleichen Marktplatz geben, und alles wird, wie es heißt, »aufgeräumt und verbrannt«. Vielleicht sollte ich weniger mißtrauisch sein, aber dieser Tarrik, dieser Kornkönig, hat hier die Macht! Ich habe den Eindruck gewonnen, daß alles, was er berührt, irgendwie fürchterlich wird.

Ich frage mich, ob es ein Opfer geben wird.
Ich frage mich, ob ich werde reden müssen.
Lebwohl.

Zweiter Brief

Hyperides an Timokrates: Dein Leben sei gut und angenehm!

Ich schicke Dir diesen Brief mit einem Schiff, das morgen abfährt. Du siehst, daß er zu verschiedenen Zeiten auf verschiedene Papierfetzen geschrieben wurde. Immerhin: noch lebe ich!

Ich bin Gefangener im Haus des Königs. Ich glaube, er wird mich töten, vermutlich durch Folter. Aber das wird nicht ewig dauern, und am Ende steht mir alle Zeit zur Verfügung, ohne Schmerz und ohne Angst.

Ich habe eine Feder und Papier gefunden. Ich schreibe für den Fall – oh, ich möchte es gern erklären! Immerhin ist es meine einzige Unsterblichkeit, und mein Stück ist noch nicht beendet. Ich glaube, nach allem, was man mir erzählt, daß es eine ganze Zeit dauern wird, bis sie mich holen.

Am Abend vor dem Mittsommertag flochten die Leute in unserem Gasthaus Girlanden, die sie früh am nächsten Morgen aufhängten. Ich blieb im Haus und lauschte ihnen, denn sie glaubten ja, ich verstünde nichts. Es ist unglaublich, wieviel Unwissen es noch in der Welt gibt. Die Sonne ist ein toter, glühender Körper aus wirbelnden Atomen. Sie befindet sich weit entfernt von der Erde und ihrer Atmosphäre. Der Mond scheint nur durch das zurückgeworfene Licht der Sonne. Das Universum dreht sich auf ewig in einer Spirale; Erde, Sonne, Mond und Sterne kreisen harmonisch in ihm. Weder ein Mensch noch ein Gott, weder die Macht einer Idee noch eine Leidenschaft kann die Bewegung des Universums ändern. Ich wiederhole das hier und jetzt im Haus des Königs. Die Sonne ist ein toter und glühender Körper, weit entfernt von der Erde und den Handlungen der Menschen. Sie kann weder vom König von Marob beeinflußt werden, noch von irgendeinem anderen Sterblichen.

Die Prozession begann. Die Leute aus dem Gasthaus gesellten sich dazu, abgesehen von den Sklaven. Da es unwahrscheinlich schien, in der nächsten Zeit dort etwas zu essen zu bekommen, nahm auch ich daran teil, ebenso die anderen Griechen und Halbgriechen, die allerdings ebenso vom Aberglauben erfüllt waren wie die Einheimischen und sich weigerten, mir zuzuhören. Sie meinten, es würde Unglück für den Markttag bringen. Sie sangen die Lieder mit, die zwar etwas einfallslos, aber recht fröhlich klangen und von den Klappern der Kinder und dem Zusammenschlagen von Stöckchen unterbrochen wurden. Dazu machten sie allerhand Bewegungen, die nicht immer sehr höflich wirkten. Es waren auch ziemlich viele Wilde darunter – Pelzhändler aus dem Landesinnern, die mit Fellbündeln und Bernstein und Harz nach Marob gekommen waren. Sie sangen laut mit, ohne, wie mir schien, die Worte zu verstehen. Schließlich gelangten wir alle auf den Flachsmarkt, um den wir uns aufstellten, und der König begann mit seinem Tanz. Über uns hing ein wunderbarer blauer Himmel mit wenigen, winzigen Wolken. So etwas werde ich vermutlich nie wieder sehen, genausowenig wie meinen eigenen Himmel zwischen Hymettos und dem Meer. Athen. Athen. Athen ... Alles, was ich mit Athen umschreibe!

Nun, sie sagten, der König sei die Sonne. Und ich sprach über Astronomie. Ich erzählte allen, was sich wirklich abspielt. Ich wurde wütend und sprach lauter. Ich geriet außer mich, weil niemand auf mich hören wollte. Ich sprach auf Griechisch zu den Kaufleuten, die sich wirklich anstrengten, mich zum Schweigen zu bringen, und dann redete ich das Volk von Marob in seiner eigenen Sprache an. Ich war selbst überrascht, wie flüssig ich reden konnte. Wie viele besondere Ausdrücke mir einfielen. Auch mein Publikum war einen Moment verdutzt. Der König rannte um das Ding mitten auf dem Marktplatz herum. Dann lief er direkt auf mich zu und schlug mich mit seinen heißen Armen nieder. Ich glaube, er suchte sein Opfer. Ich glaube, ich bin dieses Opfer. Wenn sie wiederkommen, werde ich ihnen etwas über Astronomie und die Natur der Sonne und die Gesetze des Universums erzählen.

Erif und Berris, an was für einen Ort habt ihr mich geschickt! Ihr wißt es ja nicht. Vielleicht werdet ihr es nie erfahren. Aber das ändert nichts an unserer Freundschaft. Timokrates, habe ich alles gut gemacht? Bin ich Epikouros gefolgt, der als erster diese Wissenschaft begriff, uns die Gesetze der Natur zeigte und eine Einheit und Harmonie jenseits von Aberglauben und Schrecken und Narreteien, die die Menschen sich selbst erfunden haben? Timokrates, es hilft mir, Deinen Namen zu schreiben. Er ruft mir unsere Freundschaft so lebhaft vor Augen. Timokrates. Der Garten in Athen. Das Licht. Die Blätter an den Platanen. Timonoë. Timokrates, Menexenos, Nikoteles. Es gibt keine Möglichkeit, aus diesem Raum zu entkommen.

Ich schreibe dies auf, wann immer ich Gelegenheit habe. Der Anblick der Worte lindert das Gefühl meiner Verlorenheit. Als ich sie kommen hörte, nahm ich die Papierrolle und die Feder, verbarg sie in meiner Tunika und schnallte meinen Gürtel eng darüber. Hollis sagte: »Du Narr, du sprichst gegen die Macht des Herrn! Du mußt jetzt sagen, all das, was du verkündet hast, ist nur eine verrückte Lüge!« Ich aber schüttelte den Kopf und antwortete: »Es ist alles wahr.« Kotka sagte drängend und sanfter: »Der Herr von Marob hat nichts gegen dich, aber er kann nicht dulden, daß so etwas in Marob verbreitet wird. Es würde unser Leben zerstören. Selbst wenn es in Griechenland stimmt, hier trifft es nicht zu.« Ich erwiderte: »Die Wahrheit ist nicht an einen bestimmten Ort gebunden.« Ich sah, wie Hollis seinen Dolch zog. Aber Kotka sagte: »Du kannst uns andere Wahrheiten erzählen, nur nicht diese. Es ist schwer für einen Griechen, aber du mußt. Sphaeros hat Tarriks Königswürde nicht angegriffen, und du sollst es auch nicht.« Ich entgegnete: »Ich werde weder die Wissenschaft noch meinen Meister verleugnen.« Hollis sagte: »Gegen diesen Stolz gibt es nur ein Mittel!« Und er wollte mir die Kehle durchschneiden. Ich war dankbar, daß es ein so vernünftiger Tod sein würde, ohne weltliche oder religiöse Folter. Aber Kotka meinte: »Nein, der König muß entscheiden.« Also banden sie mir die Hände auf dem Rücken und schoben mich in einen noch kleineren Raum.

Dort blieb ich den Abend und die folgende Nacht unter ziemlichen Unbequemlichkeiten und natürlich ohne schreiben zu können. Ich hatte keinen Hunger, war aber sehr durstig. Ich schlief ein wenig, und dann nahte der Morgen. Ich wünschte mir, daß Hollis mich getötet hätte, denn der Tod durch die Hand des Königs würde schlimmer werden. Dann hörte man laute Rufe, Schreie und anderen Lärm. Ich roch Qualm. Zuerst wehte Rauch, dann flammte Feuer an dem kleinen Fenster des Raumes vorbei. Die Wände waren aus Stein, aber das Dach aus Holz, so daß es Feuer fangen und auf mich herabfallen würde. Funken bliesen herein. Ich rollte, nach Luft ringend und mit leichten Brandwunden, auf die andere Seite des Zimmers. Der Rauch wurde dichter. Ich spürte das Papier auf der Haut. Ich dachte, auch es würde verbrennen. Doch dann schnitt jemand meine Fessel durch. Es war Kotka. Er sagte: »Die Roten Reiter haben uns überfallen. Komm und hilf uns! Kämpfe!« Inzwischen hatte das Dach Feuer gefangen. Wenn Kotka nicht an mich gedacht hätte, wäre ich wenige Minuten später verbrannt.

Ich mühte mich auf und gelangte irgendwie auf die Straße hinter das Haus des Herrn von Marob. Dort hob ich eine Art Speer auf und blieb einen Moment stehen, um Luft zu schöpfen. Dann rannte ich zu der Stelle, wo der Lärm am lautesten war.

Ich muß jetzt erzählen, daß die Roten Reiter Marob während des Festes angriffen, als alle in der Stadt waren. Sie hofften, sowohl Marob als auch die Händler aus dem Süden ausplündern zu können. Es gelang ihnen, einige Häuser in Brand zu setzen und in der Verwirrung Waren und Geld zu erbeuten. Doch als ich dazustieß, wurden sie gerade wieder aus der Stadt vertrieben. Die meiste Zeit über verbrachte ich in einem Türeingang und holte gegen die Beine der Pferde und ihrer Reiter aus, wann immer ich nur konnte. Als Schild benutzte ich ein Brett. Dann wurde ich, glaube ich, getroffen und fiel in Ohnmacht. Als nächstes wurde mir allmählich bewußt, daß ich über einem Sattel hing und Kopf und Arme fürchterlich schmerzten. Mit dem Kopf nach unten erbrach ich mich mehrere Male gegen ein Pferdebein. Es war wie das Ende der Welt.

Über die nächsten Tage weiß ich nicht sehr viel. Nachts hörten das Holpern und die schlimmsten Schmerzen auf, und vermutlich wurde gegessen und getrunken. Die ganze Zeit über drangen die schrecklichsten Laute und Gerüche auf mich ein. Dann fand ich mich eines Tages in einem Zelt aus Tierhäuten wieder, und neben mir saß der Herr von Marob. Man hörte lautes Trommeln: ein Regenguß auf dem Zeltdach; das Zelt selbst war erfüllt von regenkühler Luft. Ich richtete mich auf. Das Oberhaupt sagte: »Geht es dir gut genug, daß du zuhören kannst?« Dann erklärte er, wie es um uns steht. Wir sind Gefangene der Roten Reiter, zusammen mit einer Reihe von anderen. Die Roten Reiter töten sie ihrem Gott zu Ehren, einen nach dem anderen. Die Opfer werden an einen Altar gebunden, und Priester schneiden bestimmte Teile des Körpers heraus, zuletzt das Herz. Wir haben es noch nicht selbst beobachtet, aber viel darüber gehört. Tarrik und ich werden gesondert von den anderen gehalten. Er glaubt, sie sparen uns für eine besondere Gelegenheit auf. Wir werden gut behandelt, aber haben beide eine Eisenfessel um die Knöchel, die mit einem langen Seil aus Tierhäuten am Pfahl in der Zeltmitte befestigt ist. Wir haben kein Messer, und unser Zelt scheint mitten im Lager zu stehen. Zumindest im Moment können wir nichts tun. Ich habe mein Papier geglättet, aus Fruchtsaft eine Art Tinte bereitet und den König gefragt, ob er auch ein Stück Papier zum Schreiben wolle, doch er verneinte. Ich glaube, er ist zu unruhig, um zu schreiben. Er weiß, daß sein Haus in Brand gesetzt wurde, und macht sich schreckliche Sorgen um seinen Sohn. Er hat mir noch nicht erzählt, wie er gefangengenommen wurde. Ich bin nicht sicher, ob er überhaupt mit mir reden will, aber insgesamt verhält er sich freundlich. Mein Arm ist noch verletzt, der Knochen scheint indes nicht gebrochen zu sein. Tarrik hat mehrere Pfeilwunden, die alle gut verheilen. Ich habe diejenigen verbunden, die er selbst nicht erreichen konnte. Jetzt sitzt er auf der anderen Seite des Zeltes. Wir beide haben natürlich inzwischen gräßliche Bartstoppeln. Aber es ist ja niemand da, den wir küssen könnten! Ich würde mich jetzt freuen, ihm von Erif zu erzählen, wie sie die ganze Zeit an ihn denkt und mich eigentlich zu ihm geschickt hat, damit ich ihm helfe. Aber ich weiß nicht, ob ich reden soll. Ich glaube jedoch, daß er im Unglück ein guter Gefährte ist.

Die beiden Anführer der Roten Reiter heißen Tigru und Diorf. Tigru ist noch abstoßender als die anderen Wilden. Er ist klein und ziemlich dick, hat helle Augen, und seine Vorderzähne sind spitz zugefeilt. Er trägt große Ohrringe. Die Frauen, die wir bislang gesehen haben, sind ebenfalls sehr dick. Eine Frau aus Marob würde sich eher umbringen, als sich von diesen Wilden fortschleppen lassen. Diorf ist größer und schielt.

Wir können immer noch nichts unternehmen, und wenn es etwas zu tun gibt, macht es Tarrik, nicht ich. Aber ich schreibe ein wenig von dem auf, was sich zwischen Tarrik und mir abspielt, denn welche Finsternis auch immer auf uns wartet, wir halten gute Freundschaft. Zunächst allerdings sprachen wir einige Tage lang gar nicht miteinander. Ich war immer noch mißtrauisch, weil ich ihn für gewalttätig und grausam hielt, weil er nicht denkt wie ich, weil ich glaubte, er dächte überhaupt nicht, vor allem aber, weil er Erifs Mann ist und ich nicht will, daß sie ihn liebt. Und er mißtraute mir, weil ich ein Grieche bin, ein Athener, ein Mitbürger von Epigethes (er hat mir davon erzählt, und ich bin stolz darauf, es zu verstehen, weil ich mit Berris Dher zusammengearbeitet habe). Außerdem bin ich Philosoph wie Sphaeros und – nicht zuletzt – ein Freund seiner Erif! Doch die Macht der Einsamkeit und der Angst brachte es zuwege, daß wir schließlich redeten, zuerst nur in groben Worten, wobei wir uns voreinander zu verteidigen suchten. Aber allmählich überwanden wir die Vorbehalte.

Eines Tages sagte er: »Viele werden denken, daß du an allem Schuld trägst und Unglück über den Mittsommermarkt gebracht hast. Schnelle Arbeit! Ich bin sicher, dein Freund Menoitas wird das verbreiten.« Ich erwiderte:

»Menoitas ist dumm und ungebildet genug, um selbst daran zu glauben. Er ist nicht mein Freund. Du selbst teilst wohl nicht diese Meinung?« Er antwortete: »Ich fürchte, als Philosoph bist du den Jahreszeiten nicht wichtig genug.« Und er zeigte mir ein wenig die Zähne. Ich sagte: »Natürlich bin ich völlig unwichtig, aber du gibst zu, daß ich recht hatte?« »Recht?« erwiderte Tarrik. »Das Recht, so zu reden! Wenn du recht gehabt hättest, hätte ich mich nicht auf dich gestürzt.« Ich: »Aber du zumindest glaubst doch nicht an dieses Lügenmärchen, daß du die Sonne bist?« Tarrik: »Es ist nicht meine Aufgabe, nach kleinen Fetzen von Wahrheit zu suchen. Ich weiß nur, daß das, was ich tue, seinen Zweck erfüllt.« Ich: »Aber nur durch Zufall und nur manchmal.« Tarrik: »Nein, weil ... aber warum sollte ich dir das erzählen, einem Griechen!« Ich zuckte mit den Achseln und war ein wenig wütend. Dann brachte man unser Abendessen, das aus Wurzeln, Milch und gekochtem Pferdefleisch bestand.

Am nächsten Tag begann Tarrik wieder zu reden. Ich schäme mich zuzugeben, daß er als erster das Wort ergriff und nicht ich. Plötzlich meinte er: »Ich beeinflusse in Marob die Jahreszeiten, weil ich als Kornkönig Teil des dortigen Lebens bin. Es liegt nicht nur daran, daß die Menschen an mich glauben, sondern daran, daß ich eins bin mit dem Korn und dem Vieh und dem Saft in den Adern der Pflanzen. Alles ist eins. So geht es in der Natur zu.« Den letzten Satz kannte ich aus der Stoa, und doch klang es am Ende des Vorangegangenen sonderbar. Aber da fühlte ich mich plötzlich frei genug, den Einwand zu nennen, den Erif jetzt von mir erwartet hätte: »Das betrifft nur dich als Kornkönig. Aber ich glaube, es gibt einen anderen Teil in dir, der davon losgelöst ist ... und der die Dinge nicht mystisch sieht.« Er antwortete: »Ja. Aber das ist mein Pech! Das wichtigste ist, daß ich Kornkönig bin. Als man diesmal Alarm schlug, stand ich auf dem Flachsmarkt. Die Roten Reiter kamen von Westen auf die Stadt zu, wo meine Kornstätte liegt. Ich bin direkt dorthin gegangen, um die Sachen zu schützen. Es waren nicht genügend Männer bei mir, und zwei Pfeile durchschossen meinen

Arm und nagelten mich an der Tür fest. So haben sie mich erwischt. Aber ich neige zu der Annahme, daß die heiligen Gegenstände gerettet sind, die Kornkappe, der Korb, das Rad und die Pflugschar von Marob. Ich bin dorthin gegangen, verstehst du, und nicht zu meinem Sohn.« Er warf den Kopf zurück und holte tief Luft. Ich sagte, ich sei sicher, daß seinem Kind kein Leid geschehen war. »Wenn etwas passiert ist«, gab er zurück, »möchte ich lieber tot sein, als es lebendig Erif erzählen müssen.« Ich glaube, ich hege dem kleinen Tisamenos gegenüber das gleiche Gefühl. Erif hatte so viel von ihm gesprochen. Außerdem war er ein süßer kleiner Junge.

Ich glaube, allmählich begriff ich auch die Rolle Linits, der Frühlingsbraut. Sie ist, wie ich vermutete, schwanger, was für dieses Volk bedeutet, daß das Jahr fruchtbar wird. Sie hält sich von Tarrik fern, außer in seiner Rolle als Kornkönig, und betrachtet sich als die offizielle Vertreterin Erifs. Wenn sie zurückkommt, wird Linit heiraten und hohe Ehren genießen. Aber dieser Kornkönig und diese Frühlingsbraut sind freundlich und zärtlich zueinander, wie es ihre Beziehung fordert. Mir erscheint dies alles recht kompliziert, aber ich lasse mich gern von Tarrik überzeugen. Wenn er es schafft – warum nicht?

Ich weiß nicht, ob ich Tarrik irgendwie helfe. Ich merke, wie er sich selbst Schmerz zufügt, genau wie Erif es schilderte, und wie es ihn zu Grausamkeiten verleitet. Ich versuche, ihn da herauszulocken, heraus aus der Magie und dem Gleichmut, zurück zu den Grundprinzipien der Wissenschaft. Aber ich spüre auch, wie der magische Teil in ihm meine Vernunft nicht akzeptiert. Er sagt sinngemäß, daß diese Art von Wahrheit mit seiner Welt nichts zu tun habe. Es sei eine Art von Halbleben. Habe ich bislang ein Halbleben geführt? Es ist schwer, so etwas von einem selbst zu glauben, aber vielleicht eine gute Übung, es zu versuchen. Wenn ich nur wüßte, ob wir je wieder ... ach, es hat keinen Sinn, das zu schreiben.

Ich habe seit drei Tagen nichts geschrieben. Zunächst fiel ich in eine ziemlich schlimme, niedergedrückte Stimmung, teils aus den offensichtlichen Gründen, teils, weil ich an Tarrik und Marob dachte, damit ich wenigstens mit klarem Kopf und mehr oder minder in Gedanken verbunden mit ihm sterbe, falls das sein muß. Jetzt glaube ich, daß ich das Problem gelöst habe.

Ich weiß nichts über den Ursprung der Menschheit und bezweifle, ob es viel nützt, wenn wir darüber spekulieren, aber ich weiß aus der Geschichte und aufgrund von Beobachtungen mehr oder minder gut, wie die Menschen seit mehreren Jahrhunderten gelebt haben und wie sie jetzt existieren. Ich denke mir, daß man ihre Geschichte annähernd in diese Formel fassen kann:

Es ist für den Menschen natürlich, in Gemeinschaften zu leben, und es ist schmerzlich, wenn sich diese Gemeinschaften auflösen. Je enger die Gemeinschaften miteinander leben, um so besser ist es für das allgemeine Glück, denn dann steht allen eine Einheit zur Verfügung, die leicht zu akzeptieren und schwer abzulehnen ist. Es bedarf keiner Fragen, es bedarf nur des Lebens. Und der Tod ist keine Trennung von dieser Gemeinschaft, sondern nur einer ihrer Aspekte.

Wenn sich nun der Verstand der Menschen entwickelt, müssen sie Fragen stellen. Und wenn die Menschen Fragen stellen und sich voneinander unterscheiden und immer noch anders sein wollen und ein jeder sein eigenes Leben führen will, dann bricht die Gemeinschaft auseinander. Die Menschen darin sind nicht mehr Teil einer Einheit und Harmonie, die ihre Freunde und die Toten und Ungeborenen einschließt – eine Einheit in der Zeit. Und sie sind nicht mehr eins mit der Erde, den Ernten und den Festen der Gemeinschaft – eine Einheit im Raum. Sie stellen die Götter in Frage, und die Götter zerfallen, werden schwach und können nicht mehr helfen. Wenn dieser Tag kommt, muß der Mensch für sich allein geradestehen und der Wahrheit ins Auge blicken, soweit er sie erkennt; jetzt hilft ihm nicht mehr seine Bürgerwürde und sein Gefühl, Teil eines besseren Ganzen zu sein. Und es ist gut für ihn, wenn er sich dann als starker Mensch erweist.

All dies geht insgesamt ganz allmählich vor sich, und von einer Generation zur nächsten haben die Menschen Zeit, zu wachsen, bis sie alt genug sind, um sich mit der nackten Wahrheit zu vermählen und vielleicht wunderbare Kinder mit ihr in die Welt zu setzen. Sie können sich aus Chaos und Angst retten, indem sie stadtlos und gottlos werden. Die Dümmeren erfinden sich neue Götter – jeder seinen eigenen Gott und Retter. Aber die Klugen erkennen dies als Torheit, und der einzige Trost, den sie als Ersatz annehmen, sind die Liebe und das Vertrauen auf ihre Freunde und die Erregung bei der Jagd nach Erkenntnis. Wenn sich die Menschen derart vereinzeln, kommt es sehr oft auch zu einer Änderung der Regierungsform. Ich glaube, daß hier der Grund dafür liegt, daß es in Hellas letztendlich zu Demokratien kam.

Aber in Marob gab und gibt es eine Gemeinschaft, in der alle in gewisser Weise glücklich leben, weil ein jeder mit den anderen vereint ist, wenn ich mir auch dessen nicht ganz sicher bin, denn besonders bei den Frauen ist es schwer zu bestimmen. Es gab immer zwei Ecksteine der Gemeinschaft, den Kornkönig und die Frühlingsbraut. Und dann, wie gewöhnlich aufgrund bestimmter Umstände, überwiegend aber aufgrund griechischer Denkweisen, besonders der von Sphaeros, dem Stoiker, begannen der Kornkönig und die Frühlingsbraut Fragen zu stellen, und noch ehe sie verstanden, was geschah, oder zurückgehen konnten, standen sie außerhalb ihrer Gemeinschaft, mußten sich hilflos einer Welt des offensichtlichen Chaos und des Schmerzes, der Widersprüche und moralischer Entscheidungen stellen, mit der sie, die von dem alten Sphaeros so gründlich aufgestört worden waren, nicht fertig werden konnten.

Ich frage mich, ob Sphaeros begreift, was er angerichtet hat, und wenn, ob er es bedauert.

Ich glaube, allmählich kann ich all dies Tarrik erklären. Wenn uns nicht dieses Abenteuer zugestoßen wäre, hätte ich es niemals geschafft, doch jetzt fühle ich meine Phantasie und meinen guten Willen ihm gegenüber wachsen und kann in seine Gedanken eindringen. Er sperrt sich gegen mich nicht mehr. Ich tue, um was Erif mich gebeten hat. Ich bin meinen Freunden treu.

Wir haben viel über Erif gesprochen und wie man sie retten könnte. Uns scheint, daß nur ein sehr schönes und schreckliches Ereignis sie aus ihrer Einsamkeit reißen kann, um sie zurück in Marobs Leben und in das Tarriks zu führen – wenn er es noch besitzt. Wir glauben nicht, daß sie sich durch einen reinen Verstandesakt retten kann. Frauen können dies nur selten. Ich will damit nicht sagen, daß die eine Art von Verstand besser ist als die andere, aber ich weiß, daß Männer und Frauen unterschiedlich sind. Ich scheine für Erif Dher zu wünschen, daß sie zurück zu ihrer Göttlichkeit, ihrer Magie und ihrem Aberglauben findet. Aber so einfach ist die Sache nicht. Ich möchte einfach nur, daß sie völlig sie selbst ist, aber sie kann nicht *allein* sie selbst sein, ebenso wie man die Honigbiene, vom Schwarm und den Blüten getrennt, nicht mehr als richtige Biene bezeichnen kann.

Ich glaube allmählich all diese Dinge über das Pflügen und die Ernte. Ich sehe auch allmählich ein, auf welche Weise sie mit der Wissenschaft vereinbar sind. Offensichtlich ist Harn Dher tot; es gibt keinen Harn Dher mehr. Aber solange er in den Herzen des Volkes von Marob lebt wie auch in Tarriks, wird sein Bild auf Tarrik übertragen. Ich versuche, Tarrik den Tod als vollständigen Schlaf und das Ende darzustellen, ein Aufgeben jeglicher Tätigkeit, selbst des Bewußtseins eines Schlafwandlers. Ich schwöre bei meinem Meister, daß ich dies nicht die ganze Zeit über in Verbindung mit oder im Hinblick auf uns selbst denke. Und ich empfinde keine Angst. Vielleicht nur vor dem Schmerz. Aber ehe er eintritt, werde ich Tarrik wieder auf die Beine gestellt haben.

Doch er muß sich auch selbst durch seine Vernunft retten. Er erzählt mir inzwischen, welche Dinge ihn aufstören und erschrecken. Er sagt: »Selbst, wenn wir jetzt fliehen, werden sie, wenn ich älter werde und andere Menschen Frieden und Ruhe genießen und Enkelkinder um das Feuer sitzen sehen, eines Tages kommen und mir die Kehle durchschneiden. Sie werden mir in meiner eigenen Kornstätte die Kehle durchschneiden, und Tisamenos wird mich essen, von meinem Fleisch!« Er blickte schaudernd auf seine Beine, seinen Körper. Ich gebe zu, das hat mich leicht entsetzt, doch ich fragte: »Warum nicht? Er wird es nicht aus freien Stücken tun, ebensowenig wie du es hattest tun müssen. Es ist eine Handlung, die schrecklich und abstoßend zu finden wir allmählich gelernt haben, aber nur, weil unsere Ahnen sie einst mit Vergnügen taten. Jetzt hat sich unser Geschmack so grundlegend gewandelt, daß wir gegen unser uraltes Blut revoltieren. Wenn du tot bist, wirst du weder fühlen noch wissen. Es ist doch eins, ob du von Würmern, Menschen oder Feuer verzehrt wirst. Vergiß nicht: dir bleiben so das Alter erspart, das Elend und die Scham, weil du die gewohnten Dinge nicht mehr tun kannst, die Schmerzen von Krankheiten und die lockeren Zähne, der Mangel an Liebe und die Verzweiflung, wenn du die Gefährten von früher im gleichen Zustand siehst.« Dann fügte ich hinzu: »Was geschieht mit der Frühlingsbraut?« Er antwortete: »Als ich noch ein Kind war, starb meine Mutter im Kindbett. Sie hatte versucht, einen weiteren Sohn in die Welt zu setzen, der mit ihr starb. Aber es herrscht der Brauch, daß es immer wieder neue Frühlingsbräute gibt, so daß nur selten eine Frau auch im Alter noch diese Rolle spielt. Aber ...«, setzte er fort, »ich denke, daß Erif weniger gegen diese Art zu sterben einzuwenden hätte als ich.« Und dann sagte er unvermittelt: »Aber ich frage mich, ob du nicht vielleicht doch recht hast. Vielleicht ist es doch nicht so schlimm.«

Wenn er das nur weiterdenkt! Ist es dumm von mir, mich zugleich zu freuen, daß Erif nicht das gleiche zustößt? Aber das allein ist es nicht. Er stellt sich gegen die allgemeine Idee vom Tod des Individuums. Ich frage mich, ob ich ihm erklären kann, daß es mir nun weniger schwierig erscheint, seit ich diese Gedanken über die enge Gemeinschaft entwickelt habe. Solange man noch innerhalb einer Gemeinschaft lebt! Im Garten. In Marob. Es gibt dann eigentlich kein Individuum. Wir sind nicht voneinander getrennt, ein Freund vom anderen. Aber es ist schwer, sich das zu vergegenwärtigen, wenn man durch Meere und Kriege und Armut getrennt ist. Dennoch bin ich sicher. Ich werde auch Tarrik diese Gewißheit geben. Ehe wir sterben.

Tarrik hat mit den Anführern der Roten Reiter gesprochen. Sie betraten unser Zelt, starrten uns an und zeigten auf uns wie immer. Wir sind für sie nach wie vor komische Tiere. Tarrik ist sowohl ein sonderbares als auch heiliges Tier. Sie wissen, daß er der Kornkönig und Wunderzauberer von Marob war. Einmal zogen sie ihn aus und suchten an seinem nackten Körper nach Zeichen. Er wehrte sich nicht, und sie versuchten, ihm nicht weh zu tun, aber in dieser Nacht konnte er nicht schlafen, weil sie ihn berührt hatten. Vom ersten Tag an hat er versucht, mit Tigru und Diorf ins Gespräch zu kommen, um ihre Aufmerksamkeit auf uns zu lenken. Er hat ihnen erzählt, das Volk von Marob würde ihnen einen jährlichen Tribut an Gold und Wein und Frauen geben, wenn sie ihn mit den anderen Gefangenen freiließen. Zuerst dachte ich, er meine es ernst. Aber die Roten Reiter können oder wollen dies nicht begreifen. Entweder sind sie zu dumm oder nicht dumm genug! Sie gaben ihm keine Antwort. Tigru scheint mir allerdings in letzter Zeit aufmerksamer zu sein. Er hat ein Mädchen aus Marob in seinem Zelt, das unter den Gefangenen war. Zuerst wußten wir nichts von ihr, doch jetzt schreit und schreit sie immerzu. Tigru hätte gern weitere Frauen. Sie ist die erste, die man seit langer Zeit lebendig gefangen hat. Heute kam er ohne Diorf herein und sagte, wenn Tarrik hundert Frauen und zweihundert Stück Vieh schicken ließe, die man am Rand der Wälder übergeben solle, würden wir beide freigelassen. Tarrik erwiderte, er wolle darauf auch Diorfs Wort.

Dann wurde deutlich, daß Tigru nur für sich geredet hatte und der andere Wilde immer noch entschlossen war, uns zu opfern. Tigru flüsterte schmeichlerisch auf uns ein.

Er nimmt ein Risiko auf sich, wenn er sich gegen die Gefühle seiner Horde stellt. Tarrik erwiderte, er würde einen Brief schreiben, und Tigru solle ihn nach Mitternacht abholen. Er sagte, Mitternacht sei seine heiligste Stunde und daß ein Befehl, zu dieser Zeit unterzeichnet, befolgt würde. Das war die Sorte Unsinn, die Tigru begriff. Er nickte und ging fort, und seine Mundwinkel trieften ein wenig bei dem Gedanken an Frauen und frisches Fleisch.

Tarrik sagte, er würde versuchen, Tigru umzubringen, um dann unsere Fesseln durchzuschneiden und mit mir zu fliehen. Ich werde ihm bei dem Mord helfen. Aber wir sind beide ziemlich sicher, daß wir bei der Flucht durch das Lager erwischt werden. Wir werden allerdings Tigrus Waffen haben und uns nicht wieder lebendig einfangen lassen.

Wir haben uns voneinander verabschiedet. Wir stimmen darin überein, daß es einen Versuch wert ist! Ich werde das Papier wieder unter meinen Gürtel schnallen. O Erif, wenn Du doch nur wüßtest, daß Tarrik und ich nun Freunde sind!

Dritter Brief

Hyperides, Sohn des Leonteos, an Timokrates, Sohn des Metrodoros: Dein Leben sei gut und angenehm!

Ach, meine Abenteuer! Ich werde Dir alles von dem Zeitpunkt an berichten, an dem ich beim Schreiben innehielt.

Wir legten uns nieder und ruhten uns aus, um gegen Mitternacht so frisch wie möglich zu sein. Wir sprachen kaum miteinander, dazu war nicht mehr die Zeit. Das Lager wurde ruhig, aber ab und an hörten wir noch Stimmen. Wir lauschten angestrengt, weil wir herausfinden mußten, wo sie die Pferde angebunden hatten. Schließlich waren wir uns über die Richtung einig. Tigru trat verstohlen ins Zelt und band den Eingang zu. Tarrik stand auf, hielt ihm den Brief entgegen und begann zu sprechen; dabei bewegte er sich so, daß der Wilde unmittelbar vor der Zeltstange und mir zu stehen kam. Ich blieb im Schatten und hielt ein Stück Stoff bereit, das wir von Tarriks Hemd abgerissen hatten.

Tarrik sprang hin und schlug Tigru gegen die Zeltstange. Sofort bekam er seine Handgelenke zu fassen und kämpfte mit ihm, während ich ihm von hinten das Tuch in den Mund stopfte. Später merkte ich, daß ich mir an zwei Fingern Kratzer von seinen abgefeilten Zähnen zugezogen hatte. Er war schrecklich stark. Während Tarrik ihn festhielt, arbeitete ich mich vor an seine Kehle. Er schien nur aus harten Muskeln und Sehnen zu bestehen. Ich konnte das Leben darunter nicht zu fassen bekommen. Ich preßte ihn, so fest es ging, gegen die Zeltstange, aber ich glaube, ich hätte ihn so nicht umbringen können. Er stieß schreckliche, erstickte Laute aus, und Tarrik grunzte vor Schmerz und Anstrengung wie ein Tier. Alles dauerte entsetzlich lange; zumindest erschien es uns so. Es war schrecklicher, als du es für möglich halten wirst, Timokrates, das Gefühl dieser zuckenden Kehle unter den Fingern! Ich glaube, länger hätte ich es nicht durchgestanden. Meine Kraft ließ nach. Ich zitterte am ganzen Körper. Dann hatte ich plötzlich den Eindruck, etwas sei gebrochen, was, das weiß ich immer noch nicht, und der Körper bäumte sich noch einmal auf und wurde schlaff.

Tarrik und ich nahmen ihm die Waffen ab und durchschnitten unsere Fesseln. Ich war erschöpft und langsam, Tarrik hingegen bewegte sich erstaunlich rasch. Einen Moment fürchtete ich, er würde nicht auf mich warten. Dann schlichen wir hinaus. Ich finde es immer noch schwierig zu verstehen, was geschah, ganz zu schweigen davon, es aufzuschreiben. Aber manchmal, kurz vor dem Einschlafen, habe ich jetzt oft die blitzartige Vision, wie Tarrik einem Mann über die Schulter hinweg in die Halsader sticht. Ich weiß, daß ich irgendwie verwundet wurde, aber er schleppte mich weiter. Ich weiß, daß er die Beinfesseln von zwei Pferden durchtrennte und sie zum Galopp anpeitschte, wobei er die Zügel meines Tieres hielt.

Ich weiß, daß wir uns in einem Wald verloren, vermutlich längst nicht so lange, wie es mir schien. Ich weiß, daß ich weiterjagte, verzweifelt vor Panik, mehrmals fast vom Pferd fallend. Tarrik fand mich wieder, und wir ritten die ganze Nacht hindurch und richteten uns nach den Sternen, die wir zwischen den dicken Bäumen sichteten. Zweimal schoben wir uns in ein Dickicht und verbargen uns. Ich hatte eine Wunde auf der Stirn und blutete, und er verband sie mit einem Moospolster. Wir hatten nichts zu essen, aber wir tranken aus einer Quelle. Manchmal empfand ich nur Leere im Kopf. Es war eine entsetzliche Qual, überhaupt wach zu bleiben und das Gleichgewicht zu halten. Er legte den Arm um mich und hielt mich im Sattel, wenn ich beim Reiten einschlief. Wir stiegen erst am Abend des folgenden Tages wieder ab.

Tarrik wußte die ganze Zeit über, in welche Richtung wir reiten mußten, und wenn er je zweifelte, so habe ich es nicht gemerkt. Er schien uns auf direktem Weg zu führen. Wir kauten Blätter und Wurzeln und alle Beeren und Nüsse, die wir finden konnten. Er führte Tigrus Schwert bei sich, während ich meinen Dolch irgendwo fallen gelassen hatte, vermutlich, als wir davongaloppierten. Irgendwie konnte ich nicht begreifen, daß wir vielleicht doch weiterleben würden.

Und dann! Dann, Timokrates, sah ich in weiter Ferne, gegen Ende des Tages, unter einem dunkler werdenden Himmel eine dünne fahle Linie. Da war weder Gras, noch waren es Baumwipfel. Es war das Meer, die klare Verbindung zwischen uns und der Heimat. Und ich fiel über die Mähne meines Pferdes und weinte vor Freude und Erschöpfung, und Tarrik weinte mit mir.

Wir kamen aus dem Nordwesten über die Grasebene hinab nach Marob, und Tarrik betrachtete die Felder. »Es ist fast Erntezeit«, sagte er, und dann lachte er, warf den Kopf mit dem steifen Bart zurück und sagte noch einmal. »Es ist schon merkwürdig, aber mit Harn Dher bin ich jetzt fertig. Der Tod ist von mir gewichen. Es war, wie du sagtest, eine Torheit. Ich werde es dem Volk zeigen.« Wir ritten über ein gerade abgemähtes Feld, über ordentliche, scharfe Stoppeln. »Ernte«, gurrte er, »Ernte!« Ich bezweifelte nicht, daß der Gedanke an das geschnittene Korn in seinem Kopf feste Gestalt angenommen hatte, ein kleines hell umrandetes Trugbild, statt einer bloßen Idee in meiner Vorstellung. Er selbst sah – wie soll ich es beschreiben? – sonnengereift, golden und voller Gaben aus.

In der Ferne sahen wir einen Bauernhof und gingen zu Fuß darauf zu, in der Hoffnung, daß dort jemand wohnte, der den König nicht erkannte und sich nicht für Fremde interessierte. Tarrik führte die Unterhaltung und begann: »In der Stadt geht es jetzt hoch her ...« Er dachte, so würde er sicher herausbekommen, wie es um die Ernte stünde. Die Sklavin, mit der wir sprachen, brach sofort in Klagen darüber aus, daß man sie zurückgelassen hatte, und wir fanden heraus, daß es bereits der erste Tag des Erntefestes war.

Tarrik fuhr fort und meinte, wie schrecklich es beim Mittsommerfest gewesen sei, und das Mädchen erwiderte, man habe aber jetzt einen jüngeren und besser aussehenden Kornkönig. Möge der Segen auf ihm ruhen! »Jünger ... ?« fragte Tarrik und hielt inne. Ich wußte, daß er überlegte, ob es sein Sohn sei. Aber im nächsten Augenblick kam heraus, daß es sich um Goldfisch, Erifs jüngeren Bruder, handelte. Tarrik fand nur mit Mühe Worte. Ich sagte: »Es ist gut, daß beim Mittsommerfest nicht mehr Menschen getötet wurden.« »Aber hinterher wurden um so mehr umgebracht«, erwiderte das Mädchen und nahm wieder seine Spinnerei auf.

Wir wurden unruhig, wußten nicht, was wir sagen sollten. Ich bat sie, uns den Weg zum Brunnen zu zeigen. Unterwegs erzählte sie: »Ich war damals in der Stadt. Ich habe sogar gesehen, wie man Hollis umbrachte!« Der Herr von Marob zuckte zusammen, aber ich umklammerte seinen Arm und fragte: »Aber was geschah mit den anderen?« Sie schüttelte den Kopf. »Ich erzähle euch, was ich gesehen habe«, sagte sie. »Ich sah das große Pferd vorbeigaloppieren, und das arme unschuldige Kind hielt sich an seiner Mähne fest wie ein fröhlicher Vogel, der Süße! Und die blasse Frau holte mit der Peitsche gegen diejenigen aus, die sie verfolgten!« »Klint?« fragte ich rasch, ehe Tarrik es aussprechen konnte. »Ja«, antwortete sie, »und ich bin froh, daß er entkommen ist, trotz seines Vaters!« Dann starrte sie mich plötzlich an und fragte: »Wer seid ihr überhaupt, daß ihr das nicht wißt?« Ich lachte und entgegnete, ich sei natürlich auch dort gewesen, und machte Tarrik ein Zeichen, mit mir fortzugehen. Er hielt sich am Brunnenrand fest und biß sich vor Anstrengung auf die Lippen.

Wir gingen zurück. Er schwieg eine Zeitlang. Als er wieder sprach, geschah es in ruhigen, dumpfen Worten. Er sagte: »Ich muß noch heute nacht zurück.« Dann begann er, mir zu danken, nicht für irgend etwas Besonderes, glaube ich, sondern einfach, weil ich da war, als er mich brauchte. Ich war ... sehr gerührt, Timokrates! Danach gab er mir Anweisungen, wohin ich mich am nächsten Tag wenden sollte, und ritt nach Anbruch der Nacht fort.

Ich glaube, jetzt muß ich Dir berichten, was während unserer Abwesenheit in Marob geschah. Das ist besser als die Erzählung, wie ich mich in jener Nacht vergeblich sorgte und Angst um Tarrik hatte. Es war so: Nachdem man Tarrik gefangengenommen hatte, herrschte allgemein die Ansicht vor, er sei getötet worden. Die Ratsmitglieder, überwiegend alte Freunde Harn Dhers, hatten nie vergessen, was geschehen war. Sie beschlossen, die Macht über Marob an sich zu reißen. Deshalb wählten sie als Kornkönig den achtzehnjährigen Goldfisch, den Bruder meiner Erif, und sagten, sie würden ihn zum Herrn von Marob und Führer im Kriege machen, sobald er alt und erfahren genug sei. Aber ich glaube, sie wollten diese Macht von Anbeginn an für sich behalten. Der Beschluß wurde am Tag nach dem Überfall gefaßt, als noch alles drunter und drüber ging. Und sie setzten ihn auch gleich in die Tat um und bemächtigten sich des Hauses und der Weihestätte des Kornkönigs. Es gab heftige Straßenkämpfe, während derer Hollis getötet und Kotka, den bereits die Roten Reiter verletzt hatten, fast tödlich verwundet wurde. Als wir Wochen später zurückkamen, konnte er sich noch immer kaum bewegen.

Die Ratsleute wollten das Kind entweder töten oder

irgendwie verstümmeln, so daß es niemals Oberhaupt oder Kornkönig würde werden können. Sie hielten dies, wie ich glaube, für eine gerechte Handlung gegenüber Marob, weil sowohl sein Vater als auch seine Mutter Unheil über die Stadt gebracht hatten. Sie fürchteten um sich und die Versorgung. Das Mädchen Linit verbarrikadierte die Tür des Hauses und versuchte, Zeit zu gewinnen, denn sie glaubte keine Sekunde, daß Tarrik getötet worden war. Das nächste erzähle ich Dir ohne einen Kommentar, nur so, wie es mir berichtet wurde. Ich kann nur sagen, daß dies ein sehr seltsames Land ist und man Beweise für Vorkommnisse erfährt, die gegen alle Naturgesetze verstoßen.

Essro, die Witwe von Gelber Bulle, den Tarrik getötet hatte, blickte auf ihrem Hof in den Brunnen. Das Wasser zwanzig Fuß unter ihr wirkte wie ein kleiner, runder Spiegel. Sie sah das Gesicht ihrer Schwägerin, Erif Dher, die ihr entgegenblickte. Das Bildnis streckte die Arme aus, als wolle es etwas halten. Dann verschwamm es, und statt dessen erschien das Bild des Kindes Klint, nicht, wie er jetzt ist, sondern als kleiner Säugling, wie seine Mutter ihn zurückließ. Essro ritt so schnell sie konnte nach Norden. Ich habe sie nie kennengelernt, aber es heißt, sie sei eine furchtsame und unglückliche Frau. Als sie nach Marob kam, gelang es ihr irgendwie, sich Linit bemerkbar zu machen, und Linit ließ Klint durch ein Seitenfenster zu ihr herab. Essro galoppierte mit ihm durch die Straßen von Marob zurück auf ihren Hof.

Hier gehen noch andere Geschichten um. Daß Essro gehetzt wurde und den Verfolgern einen abgerissenen Dornzweig hinwarf, der zwischen ihr und den sie jagenden zu einem Dornwald heranwuchs. Daß sie in die Luft rief, und sich hinter ihr ein Hornissenschwarm auftat, der über die Verfolger herfiel. Noch unglaublichere, phantastischere Dinge soll sie getan haben. Ich weiß nur, daß der Rat sie und das Kind in Frieden ließ, und jetzt lebt Klint zusammen mit ihrem eigenen Sohn auf dem Hof in den Sümpfen.

Aber die Zeit verging, und die Ernte nahte. Man setzte Goldfisch ins Haus des Herrn von Marob, und ihm scheint es dort gefallen zu haben. Er gab eine Menge Feste und machte jedermann Geschenke. Linit suchte Unterschlupf bei Disdallis und half ihr, Kotka gesundzupflegen. Als sich der Erntefesttag näherte, wählte der Rat einen Mann aus, der die andere Rolle beim Kornspiel übernehmen sollte, einen aus ihren Reihen namens Tsomla, einen großen, bärtigen Kämpfer. Sie hatten ihm bereits Goldfink, Erifs kleine Schwester, zur Frau gegeben, die allerdings beim Rat eher als die Tochter Harn Dhers galt. Er verbrachte die mittlere Nacht der Erntefeier, wie es der Brauch vorschreibt, in der dunklen, verschlossenen Kornstätte.

Kurz nach Mitternacht kehrte Tarrik nach Marob zurück. Er klopfte verstohlen an die Tür seiner Kornstätte, und die alte Wächterin öffnete und erkannte ihn. Sie streute ein paar Blätter auf ihr Feuer, und der andere Darsteller des Kornspiels schlief so tief ein, daß er erst nach drei Tagen wieder erwachte. Sie zogen ihm die Kleider aus, die Tarrik anlegte, und dann verglich sie die beiden Gesichter und richtete Tarrik mit dunklen und hellen Farben und geschickten Fingern so her, daß er aussah wie dieser Tsomla. Auch legte sie weißen Puder auf Tarriks neuen Bart, damit er aussah wie der des anderen, und ich glaube, sie vollzogen auch gewisse Rituale miteinander.

Am nächsten Morgen öffnete Goldfisch die Tür für den anderen Darsteller, den Kornmann. Tarrik sagte, zuerst habe niemand etwas Sonderbares bemerkt, aber als er neben Goldfisch mit der großen Prozession zum Stoppelfeld schritt, begann der Kornkönig, ihn immer wieder rasch von der Seite her anzublicken und unruhig zu werden. Aber er sagte nichts, und Tarrik trat in die Mitte des Feldes, um seinen Tanz mit der neuen Frühlingsbraut zu vollziehen, einem jungen Mädchen, das Goldfisch erwählt hatte.

Ich stand in der Menge ziemlich weit hinten und war durch meinen Bart und die barbarischen Kleider geschützt. Ich sah den Tanz des Kornmannes und der Frühlingsbraut, der mit einem recht aufstörenden Sterbe- und Trauerritual endet. Und allmählich wurde mir bewußt – aber später als allen anderen; vermutlich, weil ich nicht wirklich zu Marob gehöre –, daß sich auch in der

Zuschauermenge Unruhe breitmachte, die von dem jungen Kornkönig ausging. Ich stelle mir vor, daß Tarrik ihm unter seinem Bart und der Maske von Tsomlas Gesicht einen recht vernichtenden Blick zugeworfen hatte.

Dann sprang der Erntenarr unter die jammernden Frauen, derjenige, der die Trauer und Spannung mit einer Reihe grober Scherze aufbrechen muß. Die Worte konnte ich zum Teil nicht verstehen, aber das Wichtigste war offenkundig. Die Männer von Marob begannen, sich unter schrillem und nervösem Gelächter zu wiegen. Sie schienen auf alles vorbereitet. Der Narr tanzte zu dem schwarzen, zuckenden Tuch, unter dem der Kornmann lag, und plötzlich wurde es von Tarrik beiseitegefegt, der hervorsprang und sich mit jeder Bewegung seines Körpers verriet. Laut rief er: »Tarrik und Marob! Tarrik und Marob!«, wie ich es in Delphi schon vernommen hatte, als die Steine auf meinen Leib prasselten.

Das erste, das sich nun zutrug (und in gewisser Weise war es auch das letzte, denn danach gab es nur noch eines), war, daß Goldfisch, der Kornkönig, aufheulte, die Böschung hochkletterte und auf und davon lief. Man fand ihn zwei Tage später unter einem Busch versteckt und brachte ihn zurück, und alle waren sehr freundlich zu ihm. Die junge Frühlingsbraut wollte wohl ebenfalls fliehen, aber dann, glaube ich, behielt die Neugier die Oberhand über die Furcht; sie blieb. Der Narr mußte bleiben, ob er nun wollte oder nicht, denn Tarrik hielt ihn fest im Griff. Dann schrie ein Mann in meiner Nähe: »Er ist wieder auferstanden! Tarrik! Tarrik! Tarrik und Marob!« Und eine Stimme nach der anderen nahm dies auf und rief, daß das Korn geschossen sei, das Tote lebe, der König sei zu seinem Volk zurückgekehrt! Ich bin sicher, die meisten glaubten zu diesem Zeitpunkt und glauben es vermutlich auch jetzt noch, daß Tarrik wirklich getötet worden und nun aus dem geschnittenen Korn auferstanden war. Vor allem ja auch, weil er die heiligen Gegenstände vor den Roten Reitern schützte und somit einen Tod starb, der die Saat der Wiedergeburt in sich trägt.

Es ist schon sehr sonderbar, Timokrates, und ich frage

mich, was ich tun soll, denn manchmal muß ich einfach glauben, daß ich hier den Anfang einer neuen Religion miterlebe. Konnte ich es aufhalten? Habe ich ein Recht dazu, selbst wenn ich weiß, sie beruht auf einer Lüge? Hat es einen Sinn oder birgt es etwas Gutes, wenn ich versuche, Marob von seinen Göttern fernzuhalten? Soll ich mir erlauben oder nicht, mich durch meine philosophischen Prinzipien zwingen zu lassen, meine Freunde zu verletzen? Jedenfalls ist alles furchtbar aufregend, das Aufregendste, das mir je zugestoßen ist.

Ganz Marob folgte dann dem König in einem Tanz voll wilden, reinen Glücks über das Stoppelfeld. Ich tanzte mit. Ich wurde mitgerissen, und es wäre für mich schwierig gewesen, nicht mitzutanzen. Es waren auch ein paar Griechen unter der Menge, aber Gott sei Dank nicht Menoitas oder ein anderer aus jenem Gasthaus. Der Rat bekam gar keine Gelegenheit zum Reden oder Handeln, und ich bezweifle stark, daß er es überhaupt gewagt hätte, sich gegen Tarrik zu stellen. Zumindest nicht zu diesem Zeitpunkt. Ich meine, sie hofften lediglich, daß dieser wiedergeborene, stärkere und glücklichere Gottkönig seine Macht nicht ausüben und sie schonen würde. Ein paar merkten vermutlich, daß er gefangen gewesen und geflohen war, aber auch das bedeutete, daß er nun Glück hatte und das Vertrauen der Natur genoß. Den Roten Reitern zu entkommen gilt als ebenso schwierig wie dem Tod. Also tanzte der Rat mit.

Ich fand heraus, daß noch am Abend ein Schiff ablegte und schickte meine Brieffetzen mit. Dann ging ich zum Haus des Herrn der Stadt und schlief bis zum nächsten Morgen.

Tarrik selbst weckte mich, um mir zu berichten, was inzwischen vorgefallen war. Er war seit dem frühen Morgen auf den Beinen und hatte eine Ratssitzung einberufen. Dorthin war er nun unterwegs. Mehrere seiner Freunde waren bei den Straßenkämpfen umgekommen, darunter Hollis, dem er immer völlig vertraut hatte. Er sei sich noch nicht sicher, welcher Weg nun der klügste sei.

Wir sprachen eine Weile miteinander, dann ging er

allein in die Ratssitzung, und ich rasierte mir den Bart ab und nahm ein Dampfbad, das merkwürdig erfrischend wirkte, besonders wenn sie bündelweise Minze und Wurmkraut über den heißen Ofen hängen, ehe sie das Wasser darüber gießen. Ich wünschte, du könntest das einmal versuchen! Man schwitzt recht bald, und wenn der Sklave einen abreibt, löst sich der Schmutz leicht. Ich bekam auch saubere Kleider, und ein Diener bürstete meine verfilzten Haare.

Seit jenem Tag ist der Rat ziemlich oft zusammengetreten. Tarrik erzählte nicht, was bei der ersten Sitzung geschah, und viel berichtet er auch jetzt nicht, aber er kommt stets lächelnd zurück, als habe er einen Kampf gewonnen. Ich glaube, es bedeutet harte Arbeit, aber er wird es schaffen. Er traut es sich zu. Ich frage mich, ob Du es närrisch findest, wenn ich mich über einen Barbarenhäuptling so errege. Nach außen hin mag es komisch wirken, aber dieser Tarrik ist schließlich, so wie er jetzt ist, mein Werk – oder schmeichle ich mir, wenn ich mich für seinen Lehrer halte? Doch es ist schon fesselnd zu sehen, wie es geht. Ja, ich halte es für vernünftig, mich so sehr dafür zu interessieren.

Er hat mich gebeten zu bleiben, und ich werde in jedem Fall bis zum nächsten Jahr verweilen. Mit meinem Stück komme ich gut voran. Während ich von meinem Manuskript getrennt war, habe ich Ideen gesammelt wie ein Schwamm. Ein neuer komischer Charakter tritt nun auf, und selbst die Heldin gibt das eine oder andere kluge Epigramm von sich! Ich werde wohl eine Menge neu schreiben müssen, weil einige der frühen Teile jetzt einfach kindisch wirken. Und eine hübsche Menge neuer Metaphern habe ich aufgelesen!

Ich muß Dir noch eines berichten. Am gleichen Tag, direkt nach der Ratssitzung, wollte Tarrik zum Haus Kotkas. Als wir durch die Straßen gingen, rannten Frauen wie Männer aus ihren Häusern, um den Kornkönig zu berühren. Ein paar schnitten Stoffstückchen aus seinem Mantel, und er tat, als ob er es nicht bemerkte. Frauen warfen bunte Tücher und Mäntel aus den Fenstern und schufen eine fröhliche und komische Lumpendekoration. Disdallis selbst öffnete die Tür von Kotkas Haus.

Kotka lag auf einem Sofa unter vielen Decken; er war totenfahl, und auf seiner Wange war eine eingesunkene Narbe zu sehen, wie mit roter Farbe aufgemalt; sie war kaum verheilt. Der Raum roch nach Krankheit. Auf dem Tisch standen Krüge mit Hexengebräu, und ich bin sicher, daß die sonderbaren, im Raum verstreuten Dinge ebenfalls Zauber bedeuteten. Die schwangere Linit saß am Fußende des Bettes, und Disdallis mußte einen Moment zuvor auch noch dort gesessen haben. Kotka wandte sich dem Oberhaupt zu, aber langsam und unendlich schwach; er versuchte, die Hand zu heben, was ihm aber nicht gelang. Tarrik stellte sich neben sein Bett. Die beiden Frauen verhielten sich ruhig und sahen zu. Tarrik hatte noch nicht mit Linit gesprochen, aber sie schien es auch nicht zu erwarten. Er streckte die Arme aus, und es war, als ob er dabei wuchs und den Raum mehr ausfüllte. Dann beugte er sich über Kotka und ergriff dessen Hände. Er sagte: »Ich bin auferstanden. Steh du auch wieder auf!« Er zog Kotka an den Händen, aber ich glaube nicht, daß er viel Kraft hineinlegte, jedenfalls nicht genügend, um einen Mann hochzuheben. Aber langsam und ruckartig richtete sich Kotka auf, den Blick die ganze Zeit in Tarriks Blick versenkt. Die Decken fielen herab. Eine sonderbare Röte stieg ihm in die Wangen, verschwand und erschien erneut. Unter den herabgefallenen Decken regten sich die Beine. Tarrik trat zur Seite, so daß Kotka sich umdrehen mußte, um ihn weiter anzublicken. Dann schwangen die Beine des Mannes über den Bettrand. Er stand auf.

Tarrik sagte: »Komm mit in die Sonne! Du bist geheilt. Ich habe dich wieder gesund gemacht.« So einfach war das. Kotka trat mit einem nackten, blutleeren Fuß einen Schritt von Tarrik ging rückwärts, immer noch seine Hände umfassend. Langsam gingen sie aus dem Zimmer durch einen weiteren Raum zu dem offenen Hof auf der Rückseite des Hauses, wo die Topfpflanzen standen und das Geflügel eingehegt war. Disdallis zog schweigend Vorhänge beiseite und öffnete Türen, so daß sie nicht innezuhalten brauchten. Ich sah, daß Kotka recht heftig zitterte, besonders in den Beinen, aber er schien keine Schmerzen zu verspüren. Draußen drehte Tarrik ihn um, damit er in die Sonne blickte, und sagte: »Und jetzt setz dich und werde wieder warm! Du bist geheilt, Kotka.« Disdallis schien darauf gewartet zu haben, denn sie und einer der Männer hatten bereits einen großen Stuhl hinausgebracht. Kotka setzte sich, nicht erschöpft, sondern wie ein Mann, der vielleicht zehn Meilen gegangen ist und sich freut, eine Weile auszuruhen. Linit brachte ihm einen Umhang, den sie ihm umlegten, weil er nur ein dünnes Leinenhemd trug.

Danach unterhielten er und Tarrik sich ganz normal über eine Reihe von Dingen. Oft lachten sie laut auf. Nach einer Weile beteiligten sich auch die Frauen und ich. Alles schien sehr gelöst. Beim Verabschieden sagte Tarrik, er werde bald wiederkommen, und ein paar Tage lang brachte er so viel Zeit dort zu, wie er nur erübrigen konnte. Ich begleitete ihn gewöhnlich dabei. Am dritten Tag konnte Kotka ohne Hilfe gehen; die Wunde auf seiner Wange überzog eine dünne Haut. Man konnte jetzt kaum noch erkennen, daß er so krank gewesen war.

Ich wünsche mir natürlich, daß ich ihn vor diesem Ereignis hätte untersuchen können. Es ist schwierig, von den Frauen zu erfahren, was ihm genau gefehlt hatte, außer, daß er schwer verletzt worden war und einige tiefe Fleischwunden einfach nicht heilen wollten. Ich glaube nicht, daß er Knochenbrüche hatte, abgesehen vielleicht von ein paar angeknacksten Rippen, die aber in der Zeit zwischen dem Kampf und Tarriks Rückkehr sowieso verheilt wären. Sicher ist, daß er vollkommen kraftlos und schläfrig gewesen war, aber nicht in der Lage, tief und fest zu schlafen; er konnte nicht einmal selbst essen. Vermutlich handelte es sich um eine Schwermut, aber sicher war ein Großteil seines Leidens auch rein körperlich bedingt. Und jetzt geht es ihm wieder gut.

Ich frage mich, was Du von all dem hältst! Es ist eine Geschichte, deren Wahrheit man sich entweder öffnet, oder man tut sie einfach als reine Erfindung ab. Ich wäre nicht überrascht, wenn Du mich schlicht als Lügner bezeichnetest. Denn es ist ja nach wie vor klar, daß solche Dinge nicht einfach so geschehen. Nur – ich habe all das mit eigenen Augen gesehen!

Es gab alle möglichen anderen aufregenden Ereignisse, den Stierkampf, das Pferderennen und was weiß ich alles, dazu jede Menge Feste. Ob mir das Essen in Marob gefällt? Nun, um ganz ehrlich zu sein, nein! Man geht auf die Jagd, aber das ist langweilig, weil das Land so flach ist. Die Falkenbeiz im Sumpfgebiet macht mir allerdings Freude. O ja, und dann nahm Tarrik mich mit zu einem Besuch auf Essros Hof im Süden, wo der kleine Klint jetzt lebt. Tarrik wurde mit äußerster Höflichkeit empfangen. Essro hieß ihn in einem steifen, bestickten Kleid mit einer drei Fuß hohen Spitztüte auf dem Kopf willkommen – wie die lebendig gewordene Statue einer Göttin. Ich bemerkte, daß sie ihn nur berührte, wenn es sich nicht vermeiden ließ. Die meiste Zeit sprachen sie über den Bau einer Straße, die Tarrik in den Sümpfen anlegen läßt. Ich glaube, ihr verstorbener Gatte hatte etwas damit zu tun. Klint freute sich sehr, seinen Vater wiederzusehen, schien aber nicht sehr bestürzt, als Tarrik beschloß, ihn bis zum nächsten Frühjahr bei Essro und ihrem kleinen Jungen zu lassen. Die beiden sind natürlich dicke Freunde!

In diesem Jahr wirst Du nichts mehr von mir hören, weil jetzt die letzten Schiffe gen Süden und nach Byzanz segeln, aber dieses Schreiben ist lang genug, um Dich den Winter über zu beschäftigen. Ich werde wieder schreiben, wenn ich eine Gelegenheit bekomme, den Brief abzusenden. Vielleicht schicke ich Dir auch eine Kopie meines Stückes. Ich glaube, ich werde es hier, sobald es fertig ist, abschreiben lassen. Freilich, wenn Du mit einer der Bibliotheken über eine Veröffentlichung reden willst …? Ganz ernsthaft, ich wäre Dir natürlich sehr dankbar. Teile mir auf jeden Fall Deine Meinung darüber mit. Grüße alle von mir. Ich hoffe, es geht Euch gut. Mir jedenfalls geht es hervorragend. Und sag den Kindern, daß ich ihnen wunderbares Spielzeug mitbringen werde, bemalte Holztiere, die richtig laufen können – und eine Puppe mit Kleidern von Marob!

Lebwohl.

Was im Fünften Buch geschah — 222 v. Chr.

Hyperides der Epikureer erzählt in Briefen, wie er die Seele Tarriks von Marob heilte und wie sie Freunde wurden. Er erzählt von Schmerzen, Flucht und Gefahren und von der Ernte, die wieder befreit ist vom Tod und dem zerbrochenen Zyklus der Jahreszeiten. Er erzählt, wie Essro das Kind Erifs rettete, und schließlich vom neuen Zauber des Kornkönigs und wie er, Hyperides, glauben muß, was er mit eigenen Augen sieht.

Sechstes Buch

Träume weiter, wer kann!

O wilder Rosen Dorngeäst,
Mein Herz ist wund von dir.
Wenn du mich je in Freiheit läßt,
So bleibe fern von mir.

O Schatz, wo ist mein goldner Ball?
Wirst du die Fesseln sprengen?
Ach, oder willst du überall
Den Galgentod mir bringen?

Die neuen Personen im Sechsten Buch

Griechen

Nikagoras, ein Messenier
Kerkidas von Megalopolis
Gyridas, der jüngere Sohn von Phoebis und Neareta

Mazedonier und andere

Alexander, Oberbefehlshaber unter Antigonos Doson
Demetrios von Pharos
Spartaner, Heloten, Megalopolitaner, Mazedonier, Ägypter und andere

Erstes Kapitel

Nikagoras der Messenier stand vor dem Tisch und berührte die Platte mit vier Fingerspitzen, während er den Vertrag durchlas. Kleomenes saß ihm gegenüber und schaute zur Seite, denn wenn er hochgesehen hätte, wäre sicher der Blick des Messeniers über den Rand des Papiers geglitten und auf den seinen gestoßen, und dann hätte er mit der gleichen, ihm jedoch nicht möglichen Verbindlichkeit reagieren müssen. Aber warum brachte er diesem ausgezeichneten Nikagoras eigentlich solche Ablehnung entgegen, hatte der ihm doch sein Anwesen verkauft und war bereit, mit der Bezahlung bis nach dem Krieg zu warten? Er zwang sich, zuzusehen, wie der Vertrag zusammengerollt und von Nikagoras in die Tunika geschoben wurde, direkt über das Herz. Kleomenes hatte seinen Namen darunter gesetzt. Und jetzt lag sein Name am Herzen eines Messeniers!

»Entzückt«, sagte der Mann. »Ich bin entzückt, dem König von Sparta zu Diensten zu sein!« Und Kleomenes erwiderte herzlich: »Bis zum Wiedersehen«, und die Tür schloß sich.

Er rief, und sie glitt in seine Hände, seine Sklavin, seine Geliebte, die schöne, schöne Archiroë, in einem Kleid, das er ihr geschenkt hatte, einem sehr dünnen Gewand, das lose von den Spitzen ihrer Brüste herabhing. Die langen Beine bewegten sich unter dem durchsichtigen Stoff wie die eines Schwimmers unter Wasser. Er wollte sie bei sich haben, sie streicheln und umfassen, wollte fühlen, wie ihre Haut unter seinen Händen zitterte wie bei einer Jungfrau, die sie irgendwie stets bleiben würde. Sie war keine spartanische Frau, die nur kommandierte und alles beherrschte. Er zog die Brauen hoch, schob die Zunge zwischen die Zähne, zog sie sanft an sich und schwenkte sie leise hin und her. Bei ihr fühlte er sich von Körperwärme und Leichtigkeit umgeben, wenn bei ihren Umarmungen und Liebeskämpfen Schweiß ausbrach, der süße Geruch aus Haar und Achselgrube aufstieg, ihre Lippen sich lange und schwindelerregend begegneten. Nichts verwirrte und störte ihn dann mehr.

Er reichte ihr seinen Vertrag und sagte: »Ich habe dies für dich erworben, für den Fall, daß etwas passiert.«

Sie blickte ihn mit weit aufgerissenen Rehaugen an. Wie wunderbar, daß sie immer noch errötete und erbleichte, wenn sie mit ihm sprach!

»Was ist es?« fragte sie.

Er antwortete: »Ein Anwesen in Messenien. Das ist meine Brautgabe. Um dir Sicherheit zu schenken, du Schöne.«

»Aber willst du mich denn fortschicken?« Sie streckte ihm die Arme entgegen.

»Nein«, lachte er, »aber was meinst du, wird geschehen, wenn ich sterben sollte? Wenn dich die anderen Frauen in die Finger bekommen?«

Traurig erwiderte sie: »Ich bin ihnen heute wieder begegnet. Sie wollten einige ihrer Kleider aus den großen Truhen holen, um sie der kleinen Prinzessin nach Ägypten zu schicken. Deine Mutter hatte sie darum gebeten.«

»Wer war es?«

»Panteus' Philylla und Milons Chrysa. Ich wollte ihnen helfen, aber sie ließen es nicht zu.«

»Was haben sie gesagt?«

»Unfreundliche Dinge. Sie unterhielten sich so über mich, daß ich es hören konnte; mich selbst nahmen sie gar nicht zur Kenntnis. Ich weiß, daß ich hier nur eine Fremde und Sklavin bin.«

»Dann ist es ja gut, daß ich den Hof für dich gekauft habe. Ach, ihr Frauen!«

»Wir müssen so sein«, erwiderte sie sanft. »Es liegt tief in uns. Sie sind eifersüchtig. Ich weiß es, weil ich es an ihrer Stelle auch wäre. Soll ich jetzt Briefe schreiben, mein Herr, oder soll ich singen? Soll ich auf der Flöte spielen? Soll ich dir den Kopf streicheln? Das war Geldverschwendung mit dem Anwesen. Warum sollte ich jemals so etwas wollen? Wenn du stirbst, mein König, bleibt mir nichts mehr zum Leben.«

»Genau. Deshalb habe ich den Hof gekauft. Jetzt gibt es etwas. Massiere mir die Schulter, Archiroë. Ich fühle mich so steif.«

»Dreh dich ein wenig herum ... so, gegen mein Knie. Ach, du mußt schon stillhalten! Wie kann ich etwas für dich tun, wenn du mich so heftig küßt? Was soll ich denn mit einem Anwesen nach deinem Tod? Ich werde auch sterben!«

»Aber gibt es wichtigere Gründe, sich umzubringen, meine Liebe! Ich möchte, daß du dein Haar auflöst. Nimm die Nadeln heraus.«

»Aber war es nicht furchtbar teuer?«

»Ja, und ich habe noch nicht dafür bezahlt. Doch dazu besteht keine Eile. Wenn nur der alte Ptolemaios mir wieder Geld schicken würde!«

Die ölgetränkten, streichelnden Hände hielten inne, ließen die Schultermuskeln fahren. »Ich wußte nicht, daß er keines mehr schickt.«

»Über solche Dinge sollst du ja auch nicht nachdenken, meine Schöne. Tiefer. He, du kleine Hexe, deine Finger hüpfen über mich wie kleine Vögel. Tiefer.«

»Dann halt still! Laß mich los! Was, schon? Oh, oh ... dann komm. Ich gehöre dir. Begehrst du mich noch immer?«

Es war ziemlich schlimm, daß Ptolemaios den ganzen Frühling über kein Geld mehr geschickt hatte. Nur Briefe mit Entschuldigungen waren angekommen. Er hatte König Kleomenes eine Statue errichtet. Gütiger Gott, wenn nun die Söldner alle fortzogen, weil er sie nicht bezahlen konnte! Sie würden mit Bedauern gehen, denn sie waren gute Soldaten, die einen brillanten und fähigen Kommandeur schätzten. Aber der Mensch muß leben. Sie würden sofort zu Antigonos und Aratos übertreten, die beide ebenfalls gute Generäle waren, wenngleich weniger wagemutig, sprunghaft und aufregend.

Es war unglaublich schwer, Geld aufzutreiben. Er

konnte nichts mehr als Sicherheit bieten, nicht einmal Sparta, denn er durfte nie vergessen, daß er ja kein Tyrann war, sondern das Haupt der Revolution und durch Zustimmung der Bürger König. Und bei den Bürgern lag letztendlich die Entscheidung, ob der König blieb und welche Macht er behielt.

Es war schwierig zu entscheiden, an wen er sich noch wenden konnte. Der junge König Antiochos von Syrien hatte mit seinen eigenen Rebellen genug zu tun; außerdem lebte er viel zu weit im Osten, um Interesse an Griechenland zu hegen. Kleomenes versuchte, durch seine beiden illegitimen Brüder, die sein Vater in seinen schlimmsten Tagen mit einer persischen Konkubine gezeugt hatte, mit Antiochos Verbindung aufzunehmen. Die beiden waren inzwischen erfolgreiche Höflinge mittleren Alters und nicht bereit, sich über die Angelegenheiten des fernen Halbbruders aufzuregen. So viel zu Syrien. Dann gab es noch diesen neuen Staat Rom, der Mazedonien vermutlich als Feind betrachtete und vielleicht helfen würde. Kleomenes war es gleichgültig, daß es Barbaren waren, deren Hilfe er erbat, denn er hatte gehört, daß sie gute und disziplinierte Kämpfer waren. Er konnte gegenüber Mazedonien und vor allem dessen westlichem Verbündeten Illyrien Vorwürfe erheben, was den Fall für den römischen Ältestenrat plausibler machen würde. Aber Rom, so stellte sich heraus, war vollauf damit beschäftigt, die Kelten im Norden zu bekämpfen. Es war noch nicht die Zeit für Griechenland gekommen.

Kleomenes versuchte, so viel Geld wie möglich auf privatem Weg zu beschaffen, und lebte bescheidener als je zuvor. Manchmal war er überrascht und erstaunt, wie wenig es einem in materieller Hinsicht nützte, König zu sein. Er sprach darüber mit Sphaeros, Panteus und Therykion. Das einzige, was er besaß, war Macht. Und was wollte ein Mann auch sonst? Was sonst konnte das Ziel seines Lebens sein? Ein Mann will Macht und Liebe. Und er, Kleomenes, hatte beides. Und Weisheit ...? Die Pflicht eines weisen Mannes? Lassen wir es, Sphaeros, all diese Sätze über Gut und Böse sind gerade gut genug für Kinder, für einen Anfang, aber ein Mann muß tun, was ihm in den Sinn kommt, und er muß es gut verrichten! Und die Zukunft? Lassen wir es, Therykion. Ich werde meine Söhne wiedersehen. Antigonos hat dreizehntausend Mazedonier und acht- oder neuntausend Truppen vom Bund, die nicht alle von ihm begeistert sind. Vielleicht können wir ein paar von denen überreden? Die Illyrer? Nun, gewiß, Therykion, sie genießen einen gewissen Ruf. Und Söldner – ja, meine Güte, ich weiß, daß sie in der Überzahl sind. Wer weiß das besser? Aber wir haben den Namen und den Ruhm, und sie haben immer noch Angst vor uns. Wenn wir nur irgendwie, und sei es durch Zufall, einen Sieg erringen könnten, eine gute Beute. Nur ein paar Kisten würden schon reichen! Dann könnten wir die Söldner zurücklocken. Und ich kann doch immer noch die Welt erobern! Nicht nur die Anzahl zählt. Wir stehen jetzt in unserem eigenen Land, haben jeden Vorteil der Lage, der Verbindungen und der Versorgung. Unsere Männer schätzen ihre Führer und vertrauen ihnen; in den Jahrgangsklassen kennt ein jeder den anderen; alle sind Freunde, wissen um die Stärke des Mannes neben sich, dessen Schild sich mit dem seinen verzahnt. Die Mazedonier sind nicht so, die anderen Bundtruppen auch nicht. Und ihre Anführer? Wieder der alte Aratos. Alexander der Mazedonier? Gegen den kommt er nicht an. Nein, dort ist Antigonos die Seele. Demetrios von Pharos? Ja, aber sein Ruf beruht auf einer anderen Strategie im Kampf. Und die Megalopolitaner und Philopoïmen? Sie sind nicht so viele, als daß sie zählen würden. Aber das ist ein Mann, den ich hasse, ein Mann, auf der der Bund hört! Er will mich vernichten. Er ist jung, mein Gott, zehn Jahre jünger als wir alle! Aber es wird ihm nicht gelingen, dem Verräter, wie sehr er sich auch an Mazedonien verkauft. Nein, Panteus, sie werden uns nicht vernichten, noch nicht!

Aber zum Mittsommer begann Antigonos seinen Angriff auf Sparta. Er marschierte von Tegea, das er erobert hatte, direkt nach Süden und zog über den Paß. Kleomenes nahm eine Position auf der anderen Seite des Oinos ein, ein paar Meilen von der Stadt Sellasia entfernt, etwa zwölf Meilen nördlich von Sparta selbst. Es war eine gute Position, was immer auch geschehen mochte. Antigonos hielt an, unternahm Beutezüge, errichtete Zelte, und weitere Brigaden seiner Armee kamen vom Paß herab und präsentierten sich den Spartanern. Man konnte auf der jeweils anderen Seite die Speere blitzen sehen, ein ständiges Funkeln sich bewegender Rüstungen und Waffen. Die Frage war nur, welche Armee den ersten Schritt tat.

Kleomenes und seine Offiziere standen auf dem Vorsprung des rechten Berges, des Kleinen Olymp. Es herrschte ein beständiges Kommen und Gehen von Boten, die Bericht erstatteten und salutierten. Man sah bunten Helmschmuck und blankpolierte Rüstungen, deren Träger auf diese Weise den Eindruck erwecken wollten, sie befänden sich auf der Siegerseite. Aber die, die die Lage begriffen, waren eher schweigsam und angespannt. Fast alle aus dem Regiment des Königs befanden sich dort, die Kommandeure der Jahrgangsklassen, Eukleidas und die Anführer der wenigen verbliebenen Söldner. Neolaidas, der besonders weitsichtig war, lehnte gegen einen Felsen und blickte ohne Unterlaß auf die andere Seite des Tales zu den Mazedoniern hinüber. Wenn man den Kleinen Olymp erstieg, konnte man Sparta sehen und Zeichen dorthin geben. Den großen Lageplan hatte man auf dem Boden ausgebreitet und mit Steinen beschwert. Daneben knieten die Anführer der Söldnertruppen, deuteten mit Stöcken darauf und besprachen mit Panteus die Lage. Sie wollten ganz sichergehen, wie sie eingesetzt würden.

»Die linke Flanke und die Mitte stellen die verteidigenden Kräfte dar«, erklärte Panteus. »Ich werde die Mitte befehligen, unten im Tal. Vielleicht haben wir es mit Kavallerie zu tun. Dort ist die einzige Stelle, an der sie zum Einsatz kommen kann. Eukleidas besetzt den Euas, den Berg zur Linken, und der ist nicht schwer zu halten, selbst wenn sie versuchen sollten, ihn zu umzingeln. Der König wird hier zur Rechten stehen, hinter der Palisade. Er wird die spartanische Phalanx und euch alle befehligen.« Die Anführer nickten. »Hier und dort sind Quellen, die beide reichlich fließen. Ihr habt euch um eure Rationen gekümmert. Vermutlich wird der König euch anfangs nicht benötigen. Ruht euch aus und haltet euch frisch und leistet Gutes für euren Lohn.« Dann zögerte er und fragte: »Wie glaubt ihr, stehen unsere Chancen?«

»Kann ich nicht sagen«, antwortete einer der Söldnerkapitäne, »vielleicht schafft es euer König ja. Seine Stellung ist gut, jawohl, sehr gut. Vermutlich haben die Mazedonier alle starken Kräfte links bei König Antigonos?«

»Das besagen unsere Informationen. Ihr werdet euch auf Überstunden gefaßt machen müssen. Und ihr ...« Er wandte sich an die anderen. »Wie wettet ihr?«

»Wenn du mich fragst«, antwortete ein Mann ziemlich düster, »steht alles gegen uns. Aber ich bin kein Mann, der von seinem Handel zurückweicht.«

Panteus hob die Karte auf und brachte sie zu einer weiteren Gruppe. Die Söldner begannen, sich leise zu unterhalten. »Sieht aus wie das Ende unserer Arbeit hier«, sagte derjenige, der zuletzt gesprochen hatte. »Wenn Kleomenes hier verliert, ist das sein Ende.«

»Antigonos wird in ganz Griechenland herrschen. Dann haben wir keine Arbeit mehr.«

»Wenn die Spartaner diese Schlacht verlieren, werden die meisten hinausziehen und sich töten lassen. Seltsam, nicht wahr? Wir werden nie wieder mit ihnen einen schönen Hinterhalt planen.«

Ein anderer sagte: »Wenn Sparta verloren ist, stirbt der König. Die Perser konnten nur über die Leiche eines Königs über die Thermopylen ziehen. Die Mazedonier werden es auch nur auf diese Weise schaffen.«

»Kleomenes und seine Spartaner werden vermutlich als letztes einen Schwur ablegen. Das möchte ich sehen. Davon kann man dann auch noch seinen Enkeln erzählen.«

»Wird Kleomenes das wirklich tun? Das war doch nur in den alten Tagen Sitte, aber jetzt ... ein Mensch kann doch nur einmal leben. Warum soll man nicht das Beste aus diesem einzigen Leben machen, auch wenn man ein Königreich verliert?«

»Kleomenes ist der König des Volkes. Er wird für das Volk sterben. Wenn er hätte weiterleben wollen, hätte er es sich eher überlegen und mit dem Bund Frieden schließen müssen. Jetzt ist es zu spät.«

»Ach«, meinte der erste wieder, »gut, daß wir keine Spartaner sind. Doch vielleicht gewinnt er ja. Er hat viel Glück, dieser König. Und es ist eine wunderbare Position, was immer ihr auch sagt. Ich wäre nicht sehr überrascht, wenn wir heute abend schon den Sold für das nächste Jahr bekämen.«

Ein paar Männer aus dem königlichen Regiment waren zu Neolaidas getreten und starrten hinüber, um Antigonos' Zelt auszumachen. Phoebis folgte ihren Blicken, konnte es aber dann nicht mehr. Noch nie hatte er sich vor einer Schlacht so besorgt gefühlt; alles schien schwer, und Kopf und Herz waren vor Angst benommen. Sein ältester Sohn würde mit der jüngsten Jahrgangsklasse an dieser Schlacht teilnehmen. Der Junge war erst sechzehn, eigentlich viel zu jung, aber es war ihm gelungen, angenommen zu werden. Und nun in eine solche Schlacht!

Man hatte die Karte wieder auf den Boden gebreitet. Unvermittelt sagte Panteus: »Wie wäre es – auch jetzt noch –, wenn wir nach Sparta zurückwichen?«

Aber der König schüttelte den Kopf. »Ich glaube nicht, daß ich hier verraten werde. Dort aber sicher.«

»Ja«, meinte Eukleidas, »die Ephoren würden dich hetzen wie ein Rudel Wölfe. Alle Halbherzigen haben sich inzwischen auf die Gegenseite geschlagen und lecken den Mazedoniern die Stiefel. Panteus, hier liegt unsere einzige Chance. Und wenn wir gewinnen ... Kleomenes, ich werde den Euas für dich halten und sterben. Das ist klar.«

Weitere drei Tage lang geschah gar nichts, abgesehen von kleinen Scharmützeln, Kommandos, die Antigonos ausschickte, um Spartas Stärke zu messen. Es war die ganze Zeit über sehr heiß, auch des Nachts, und die Armeen beobachteten einander. Dabei wurde nur allzu deutlich, daß die Mazedonier Sparta um ein Drittel überlegen waren.

Auf der mazedonischen Seite trafen sich die Generäle im Zelt ihres Oberbefehlshabers. Antigonos hielt sich soviel wie möglich im Bett auf, und eine leichte Decke hielt ihn auch bei diesem Wetter warm und bei Kräften. Die Ärzte verbrannten alle möglichen Kräuter neben seinem Bett, dennoch hustete und hustete der Feldherr in einem fort. Wenn er mit jener heiser flüsternden Stimme sprach, die alle so gut kannten, verstummte ein jeder sogleich, um die leisen Worte zu verstehen. Der Befehlshaber Alexander verstand es, jedesmal für Schweigen zu sorgen. Er war ein Mazedonier alten Stils. Der junge Mann aus Megalopolis, der immer wieder auf diese abgedroschene Sache mit der Kavallerie zurückkommen wollte, regte ihn auf. Sollte er es doch draußen tun. Jetzt sprach der König, die Stimme eines Mazedoniers ...

Philopoïmen, der sich verzweifelt darum bemühte, daß seine Idee zur Kenntnis genommen wurde – war es denn wirklich so albern, die Biegung des Flusses in Betracht zu ziehen? –, ging vor das Zelt und besprach seinen Vorschlag zehn Minuten lang mit seinem Freund Kerkidas und zwei Kavallerieoffizieren Alexanders.

Philopoïmen war der Befehl über die achaeische Kavallerie von Aratos erteilt worden, der den jungen Mann bewunderte und zu diesem Zeitpunkt auch nicht eifersüchtig auf ihn zu sein brauchte. Es waren nur tausend Reiter, und sie kannten das Gelände vielleicht besser als die Reiter Alexanders. Kerkidas, Schriftsteller und Politiker, ein recht guter und großzügiger Mann, führte die Exulanten aus Megalopolis an. Auch die zählten nur tausend Mann. Er bat den jungen Philopoïmen, vor der Schlacht zu ihm hinüberzukommen und die Leute aufzumuntern.

Philopoïmen versprach, am Abend zu erscheinen. O ja,

er würde ihnen eine Rede halten! Wenn er nur direkten Zugang zu König Antigonos erhalten könnte! Oder war der König zu krank, um sich für solche Kleinigkeiten zu interessieren? Doch was hieß hier Kleinigkeiten? Seine Kavallerie war allenfalls im Vergleich zum Gesamtaufgebot klein. Dreißigtausend Mann in einer einzigen Armee! Sein Vorschlag mochte für viele Achaeer und eine Menge der Exulanten aus Megalopolis, die mit der Kavallerie in der Mitte standen, lebenswichtig sein.

Alexander, der Befehlshaber, hielt es jedoch für unpassend, daß Philopoïmen aus Megalopolis, fast ein Knabe noch, den König belästigte. Alexander hegte eine recht verständliche Verachtung für jene oft geschändeten kleinen Städte in Hellas, Städte, die so ausgeplündert und zerstört waren, daß sie den Bürgern nicht einmal anständige Helme kaufen konnten! Hatte es da überhaupt eine Bedeutung, wenn ein paar mehr oder weniger getötet würden? Er würde sich um jeden einzelnen seiner Mazedonier kümmern, am meisten um die Bronzeschildträger, den Hauptteil seiner Infanterie. Das war eine andere Sache! Aber dieser Achaeische Bund? Bloße Wichtigtuer …!

Man fügte zwei oder drei Berichte von Spionen zusammen, die in der Nacht zuvor ausgeschickt worden waren, um über Kleomenes' Pläne etwas herauszubekommen. Antigonos studierte den Plan aufmerksam, auf viele Kissen gestützt.

Aratos saß neben ihm auf dem Bettrand und fuhr sich immer wieder mit den Fingern durch den grauen, dünnen Bart. Schließlich klopfte er Antigonos auf die Schulter und sagte: »Das scheint mir eine typische spartanische Aufstellung. Die Angriffskräfte wie gewöhnlich auf der rechten Seite. Wir können sicher sein, daß sich die spartanische Phalanx auf dem Kleinen Olymp befindet. Das ist die Schlachtaufstellung, die man den Spartanern seit mehreren hundert Jahren beibringt.«

»Und welchen Schluß ziehst du daraus, Aratos?« fragte Antigonos und blickte ihn an.

»Es könnte – ich sage könnte – bedeuten, daß König

Kleomenes zu viel Angst vor uns hat, um ein Risiko einzugehen. Er und seine Armee befinden sich vielleicht – ich sage: vielleicht – in einem Zustand, der sie zwingt, bei der üblichen spartanischen Formation zu bleiben.«

»Das ist gut möglich, aber, wie du schon sagtest, Aratos, keineswegs gewiß. Angesichts des Geländes erscheint es mir als eine äußerst günstige Position, vermutlich sogar die bestmögliche.«

»Es ist eine Aufstellung, die gegen einen gewöhnlichen Angriff höchst erfolgversprechend ist. Trotz unserer Stärke wäre es meiner Meinung nach äußerst unklug, direkt anzugreifen. Und genau das hofft er. Er hofft, daß wir aus lauter Stolz blindlings drauflosstürmen.«

Alexander warf ein: »Verstehe ich dich richtig, daß du einen Flankenangriff vorschlägst? Durch mich und die mazedonische Armee? Ich warne dich: Es wird sicherlich notwendig, unsere gesamte Kraft auf allen Linien einzusetzen. Ihr Griechen könnt nicht einfach das Kämpfen uns überlassen, während ihr das Krähen besorgt!« Alexander war nicht bereit, diesen miesen kleinen Achaeer ohne weiteres von ›unseren Kräften‹ sprechen zu lassen, wo er und die Seinen doch bloß vier- oder fünftausend Soldaten ausmachten, die außerdem schlecht ausgerüstet waren und überwiegend in der Reserve standen. Angst hatten sie vor diesem Kleomenes, das war alles! Doch noch ehe ihm etwas Passendes dazu einfiel, hatte sich der König in den Kissen aufgerichtet und hielt die Hand hoch, um sich Gehör zu verschaffen.

»Natürlich«, sagte Antigonos, »kommt ein Angriff mit gesamter Kraft überhaupt nicht in Frage. Daß der König von Sparta sich in einer verzweifelten Position befindet, sollte keineswegs überschätzt werden. Aratos, du sprachst von der traditionellen spartanischen Schlachtaufstellung. Dennoch sind die Spartaner in der Vergangenheit einige Mal geschlagen worden. Wie ist das geschehen?«

Aratos schwieg einen Moment und sagte dann: »Die Gegner gewannen, wenn sie außerhalb der Regeln etwas unternahmen, irgend etwas Unerwartetes.«

»Anstatt sich zu einem direkten Angriff drängen zu lassen«, ergänzte Kerkidas, der mit Philopoïmen zurückgekommen war. Aber niemand nahm von ihnen Notiz, obzwar Aratos nickte.

Der König beugte sich über die Karte. Er erlitt einen weiteren Hustenanfall, der ihn einige Minuten lang erschöpft in die Kissen warf. Seine Ärzte betrachteten besorgt die blutbefleckte Schüssel, in die er spuckte; die anderen wandten die Augen ab. Es war taktvoller, nicht einmal zu flüstern; seine Ohren waren immer noch erstaunlich gut.

Unvermittelt richtete der König sich wieder auf, wobei eine sonderbare Röte seine mageren, säuberlich rasierten Wangen überflog. Er tippte mit einem Fingernagel auf die Karte. »Wir werden ihm in die linke Flanke fallen, um den Euas herum.«

»Das ist ein unmöglicher Marsch!« wandte Alexander ein. »Und das wissen sie. Es müßte nachts geschehen, aber man kann von Bronzeschildträgern nicht erwarten ...«

»Unmöglich ist ein Wort, das mir nicht gefällt«, erwiderte der König. »Sieh dir doch die Karte an, lieber Alexander. Hier ... Wir sind hinter dem Kamm außer Sicht ... dann so ... von hinten hinauf. Da steht König Eukleidas mit den leichten Truppen und den Verbündeten, habe ich recht, Aratos? Wir beschäftigen ihn vorn, und du schlägst ihn dann von hinten. Und *dann* kann die ganze Linie angreifen. Ich selbst werde mir König Kleomenes vornehmen. Voraussetzung für alles ist eine genaue Planung. Ihr werdet mir vom Euas ein Signal geben müssen. Die Bronzeschilde sollen es als eine Ehre betrachten. Stimmst du mir zu, Aratos?«

»Hältst du es für machbar, daß der gespielte Angriff zur gleichen Zeit erfolgt wie der echte? Es wäre äußerst unangenehm, wenn die Hilfstruppen zu spät kämen. Eukleidas ist kein Narr. Beide Bügel der Falle müssen zuschnappen, ehe er es erkennt. Sie werden vermutlich auf der anderen Seite des Euas Außenposten aufgestellt haben, ganz zu schweigen von dem Landvolk hier in der Gegend, das ihnen sofort Bescheid geben würde. Gut möglich, daß Kleomenes genau diesen Schritt voraussieht.«

Antigonos lächelte ihn mit gespielter Freundlichkeit an und sagte: »Ja, aber es ist vermutlich das letztemal, daß jemand vor Kleomenes Angst hat!« Dann fuhr er fort: »Vielleicht hat er vor ein paar Tagen diesen Zug von uns erwartet. Ich glaube, unsere letzten Kommandos haben ihn ziemlich verwirrt. Ich meine, daß die Leute für die Ablenktruppe Illyrer sein sollten. Was sagst du dazu, Demetrios?«

Jetzt sah sich Demetrios von Pharos die Karte an. Er war froh, der spartanischen Armee nicht direkt gegenüberzustehen. Ja, vor denen hatte er Angst! Er hatte das Kriegshandwerk zuerst zwischen Bächen und Häfen und steilen Kalkinseln unter Teuta gelernt, der Piratenkönigin, ehe er sich gegen sie wandte, um gerade im rechten Augenblick zu den Römern überzulaufen, die von seinem Mut und seinen Fähigkeiten sehr beeindruckt waren. Sie machten ihn zum Verbündeten, einem Herrscher von Roms Gnaden, was ihn indes wenig störte, da die Römer im Norden mit den Galliern beschäftigt waren und vermutlich auch im Süden zu tun hatten, wenn man dem Glauben schenkte, was man alles über Karthago zu hören bekam.

Demetrios vertraute auf sein Glück. Er hatte damit gerechnet, die Flankenbewegung gegen Eukleidas zu führen, der schließlich nichts Besonderes war, nur ein Zweitkönig, und das nicht einmal von Geburt an, sondern aufgrund eines zweifelhaften Geschenks seines Bruders. »Das kann ich übernehmen«, sagte er. »Meine Männer halten sich in puncto Überraschungen für nicht unerfahren. Wenn es Außenposten gibt, werden wir mit ihnen schon fertig. Ich werde eine Verbindung mit Alexander herstellen. Er führt doch den Frontalangriff auf den Euas, nicht wahr? Sobald der Tag heraufzieht, können wir mit den Schilden blitzen; zumindest der Sonne können wir uns sicher sein!«

Auch auf der spartanischen Seite berichtete man ständig die Ergebnisse der Spione. Ein paar Deserteure wurden unverzüglich ins Hauptquartier gebracht und ausgefragt.

Das Zelt des Königs war auf dem kleinen Vorsprung des Olymp aufgeschlagen worden, nach links gerichtet und mit deutlichem Blick auf die Mazedonier, die Talmitte und die gegenüberliegenden Hänge des Euas. Von Zeit zu Zeit blitzten die polierten Silberschilde das Signal, daß nach wie vor Ruhe herrsche. Bei Nacht wurden sie durch Fackeln ersetzt. Eukleidas und Panteus hatten ihre eigenen Hauptquartiere. In den Wartezeiten, wenn alle Vorbereitungen getroffen waren, verrichteten sie Routineangelegenheiten, die sie vor dem Grübeln bewahrten. Sie stellten Listen auf über Proviant und Ausrüstungen und hakten die verbrauchten Dinge ab. Eine behielten sie für sich, eine Abschrift wurde an den Magistrat geschickt, der den Staatsschatz unter sich hatte. Wo es so viel Unangenehmes gab, über das man wahrlich Alpträume hätte bekommen können, war man froh, sich im Spiel mit dürren Zahlen zu verlieren. Der König läßt grüßen, und würde Panteus bitte eine Liste über die Helmschnallen schicken, die man am dritten Tag des letzten Monats an seine Division ausgeliefert hatte? Träume weiter, wer kann!

Eine Stunde vor dem Morgengrauen wurden die Wachen abgelöst und eine neue für die kommende gefährliche Stunde aufgestellt. Panteus ging seine Runde, kniete sich dann im Halbdunkel in einen köstlich kühlen Teich und wusch und kämmte sich sein Haar, ach, wie sorgfältig ... so ein schöner Leichnam ... alle Wunden vorn ... Warum dachte er das? Die Armee der Revolution würde leben, nicht sterben! Kleomenes, mein Liebster, wenn ich dich nun nie wiedersehe ... Oh, sei still, du Teil meiner Gedanken, den ich hasse!

In der gleichen kühlen Stunde war Philopoïmen zu Kerkidas und den Exulanten aus Megalopolis hinübergeritten. Sie traten in einem Halbkreis um ihn und rückten dicht aneinander, um seine Stimme besser zu hören.

Philopoïmen sprach mit wachsender Überzeugung und schilderte, wie sie und er jetzt die Ehre ihrer geschlagenen und niedergebrannten Stadt retten könnten. Megalopolis würde auferstehen, o ja, wiederaufgebaut auf der Asche Spartas, wenn diesen stolzen, schlimmen Ort endlich das Verhängnis ereilt hatte: Sparta, das Ruin und Exil über sie gebracht hatte, wie in den alten Tagen die zerstörerische, ehebrecherische spartanische Königin Helena! Und heute würden, wenn die Götter geneigt waren, Flammen und Zerstörung auf Sparta niedergehen, und nicht nur auf die Stadt selbst, sondern auch auf die Gedanken und die Lebensweise Spartas. Das war ein Kampf um Philosophie und Lebensart, der rechtmäßig denkenden Stadtstaaten, die von nun an wieder in Harmonie und mit eigenen Gesetzen und eigener Moral im friedlichen Schatten der sie bewachenden Berge leben würden. Er selbst würde für diese Sache kämpfen und sterben, wenn es sein mußte. Die Welt würde sehen, daß die Wahl der Götter in Hellas nicht auf Sparta fiel. Vor den Augen des Königs von Mazedonien und all seiner Verbündeten wurde dies offenkundig. Philopoïmen bat alle, daran zu denken, und er rief jeden einzelnen Bürger von Megalopolis an, über die eigene Tapferkeit die besondere, gemeinsame Tapferkeit zu stellen, um ein Beispiel zu geben. Alle Blicke würden auf sie gerichtet sein, die zum Ruhm ihrer Stadt und aus Haß gegen Sparta kämpften!

Er hielt auf dem Gipfelpunkt seines eigenen Entschlusses inne, den Tod oder die Ehre zu wählen. Plötzlich erhob sich einer der Soldaten aus Megalopolis in voller Rüstung auf dem Hang und sprach. »Philopoïmen, das war gut gesprochen, und vielleicht brauchten die Jüngeren unter uns solche Worte. Aber wir – Väter und Handwerker –, wir wissen bereits, für was wir kämpfen werden. Du brauchst uns nicht zu zeigen, wie oder wen wir hassen sollen. Wir wissen es. Philopoïmen, ich werde meinen Haß und meine Schande beim Namen nennen, denn heute werde ich die Gelegenheit bekommen, sie zu beenden. Dieser König nahm meine Tochter, mein schönes Lamm, von den Stufen des Altars ... mein kleines Mädchen ...« Und in leidenschaftlicher Wut und ersticktem Haß warf Archiroës Vater Schild und Speer nieder und reckte die Arme hoch für Philopoïmen und Kerkidas und die Götter, die den unsterblichen Kampf zwischen Megalopolis und Sparta bezeugen sollten.

Zweites Kapitel

Zwei Stunden nach Mitternacht marschierte Demetrios von Pharos lautlos durch das Flußbett. Kurz nach der Morgendämmerung gab Alexander das Signal für die erste Attacke auf den Euas von vorn, der Eukleidas in Schach halten sollte, bis die Illyrer von hinten angriffen. Die Spartaner hatten einen derartigen Angriff erwartet, und Eukleidas zog sich den Berg hinauf hinter die Palisaden zurück und ließ den Feind heranrücken. Als dieser dann auf dem heißen, steilen Abhang des Euas stand, rief Panteus in der Mitte seine Söldner herbei und schickte sie gegen Flanke und Rücken des Feindes. Zugleich senkten Kleomenes und seine spartanische Phalanx die Speere und stürmten bergab über die Wiesenhänge und Geröllfelder des Kleinen Olymps direkt auf Antigonos und seine mazedonische Phalanx zu. Er trieb sie zurück zu ihren Zelten. Auch hier halfen die Söldner auf den Flanken. Kleomenes hatte in dieser Schlacht die Initiative ergriffen. Wenn er sie nur behalten könnte ...

Es war für die Spartaner schwierig und von äußerster Wichtigkeit, daß sie die Verbindung zwischen dem Euas und dem Kleinen Olymp aufrechterhielten. Sie hatten keine Reserven, um Lücken zu stopfen und einen Durchbruch aufzuhalten, falls Panteus die Verbindung mit Eukleidas oder dem König verlor. Eine halbe Stunde nach Beginn des Kampfes schwenkte Panteus seine Division herum und stürmte nach rechts vor, damit er Verbindung mit dem König hielt. Die linke Flanke befand sich in voller Aktion. Es sah aus, als würde der mazedonische Angriff auf den Euas abgewehrt. Aber dann geschahen zwei Dinge. Philopoïmen, der keine Befehle von Alexander erhalten konnte, nahm die Dinge selbst in die Hand und griff die spartanische Phalanx an der Spitze seiner Kavallerie an. Panteus machte die einzig mögliche Gegenbewegung; er rief seine Söldnertruppen herbei, ihn zu unterstützen, und als diese zurückeilten, wurde der mazedonische Angriff auf den Euas wieder aufgenommen und verstärkt. Im Flußbett wurde nun verzweifelt gekämpft. Panteus und seine Division wurden Stück für Stück durch Kavallerieangriffe zurückgedrängt. Zuerst kam Philopoïmen, dann Alexander mit den regulären schwerbewaffneten mazedonischen Reitern. Und immer, wenn ein Kavallerieangriff vorbei war, stürmte die Infanterie aus Megalopolis hinterdrein und erledigte den Rest. Ein Trupp nach dem anderen zerbrach unter den Speeren und Hufen, und bei all dem Gemetzel und Geschrei und den Verwundungen wußte Panteus die ganze Zeit über, daß er zu beiden Seiten die Verbindung verlöre, wenn seine Division noch weiter zurückgeschlagen würde. Die Mazedonier würden zwischen die Berge dringen, und der Paß ginge verloren. Er konnte nur ein paar hundert Reiter gegen Philopoïmens tausend setzen. Und wieder war seine Ausrüstung nicht gut genug. Speere zerbrachen, Schilde zersprangen, Schwerter zerbarsten, und er konnte sie nicht ersetzen. Aber die Mazedonier hatten Wagenladungen an Waffen. Dann geschah noch etwas. Die illyrische Truppe erschien hinter dem Euas und griff Eukleidas von hinten an.

Die spartanische Phalanx formierte sich zu einem erneuten Angriff auf den Hängen des Olymp – schnell, schnell, ehe die Mazedonier, die arg zerstreut waren, sich wieder sammeln konnten. Der König blickte zur Mitte und sah, daß es Panteus schwer hatte, aber wenn er und seine Phalanx Antigonos nun zurückschlagen konnten, würde die Mitte sofort Erleichterung erfahren und die Schlacht eine andere Gestalt annehmen. Dann blickte er nach rechts zum Euas. »Meine Güte, was geht denn dort vor sich?« Niemand vermochte es zu sagen. Dann erkannten sie, daß Eukleidas in der Falle saß und aufgegeben werden mußte. Es gab keine Möglichkeit, die linke Flanke zu retten. Noch beim Zuschauen sahen sie, wie ihre Männer auf dem Euas von der Kuppe gefegt wurden, von dem heraufrückenden Trupp zusammengedrängt. Aus der Ferne sah alles winzig und unwirklich aus. Der König sagte leise: »O mein liebster Bruder, ich habe dich verloren.«

Die siegreichen Mazedonier und Illyrer strömten vom Euas hinab zum Flußbett. Panteus sammelte seine Männer, die sich gruppenweise von einem Felsen oder einer Schlucht zur nächsten zurückzogen. Er versuchte, sie zusammenzuhalten. In einer dieser Schluchten fanden die Illyrer Philopoïmen, dem ein Wurfspeer beide Schenkel durchdrungen hatte. Man sagte ihm, er möge stilliegen, er würde sogleich zurück zu den Ärzten gebracht. Die Schlacht sei bereits gewonnen. Aber Philopoïmen ließ sich von ihnen auf die Beine helfen und zerrte verzweifelt und unter großem Blutverlust den zerbrochenen Speer heraus. Jemand verband die Wunden; er schnappte sich sein Schwert und zog ruhmreich und unter Schmerzen weiter dem Sieg von Megalopolis und dem Ende Spartas entgegen!

Jetzt griff Antigonos an. Phalanx, zusammenrücken! Bleibt beieinander und haltet den Gegner auf. Ja, die anderen sind in der Überzahl, zehnmal so viel wie wir, aber wir sind Spartaner, und wir werden es aushalten. Blickt nicht auf die Speere. Wir haben schon früher Speere ausgehalten. Haltet die Schildewand verbunden. Noch zwei Minuten. Wer war der Mann mit dem zerhauenen Gesicht, der mir vorhin Gott befohlen sagte? Verdammt sei er, so etwas zu sagen. Ich werde leben, leben! Ich kannte seine Stimme so gut. Wer zum Teufel war es? Oh, natürlich Xenares ... Da kommen sie.

Die meisten Söldner beschlossen, sie hätten nun für ihr Geld genug geleistet. Viele waren gefallen, und alle hatten sich tapfer geschlagen. Jetzt war es an der Zeit, aufzuhören. Die Übriggebliebenen hatten sich auf den Berg zurückgezogen. König Kleomenes würde, wenn er noch nicht tot war, sicher in wenigen Minuten fallen. Er war ein guter Feldherr und ein feiner Mann, aber von ihm würden sie keinen Sold mehr bekommen. Jemand anders wurde sie anwerben.

Phoebis fand seinen ältesten Sohn, den sechzehnjährigen, sterbend in der Sonne, eine große blutige Wunde umklammernd. Ein Speer war unter seinen Brustpanzer gedrungen. Phoebis versuchte, seinen Sohn in den Schatten eines Felsens zu schleppen, aber er schrie, und als Phoebis ihn ausgestreckt hatte, mußte er aufgeben. Er reichte ihm Wasser, was bei einer Bauchwunde ein tödlicher Fehler gewesen wäre. Aber hier kam alle Hilfe zu spät. Der Junge lag sehr still und blickte seinen Vater an; er konnte nicht lächeln, aber er war zumindest ruhig. Phoebis mußte weiter. Als er zurückkam, war sein Ältester gestorben; die Ameisen krochen schon über ihn.

Mnasippos wurde beim zweiten Angriff neben dem König getötet. Chrysas Mann, Milon, fiel. Themisteas wurde schwer durch eine Speerwunde im Schenkel und eine weitere an der Schulter verwundet, die die Lunge aber heil ließ. Panitas wurde auf recht merkwürdige Weise durch einen Pfeilschuß in die Kehle getötet, als er gerade von einem Felsen sprang. Auch Neolaidas erlitt eine Pfeilwunde; das Ding schoß sein linkes Auge heraus, und er verbrachte die nächsten Tage abwechselnd ohnmächtig vor Schmerzen oder dem Wahnsinn nahe in einem Dämmerzustand. Es war nicht genug, ihn zu töten, entstellte ihn aber für den Rest seines Lebens. Philocharidas war bei der Mitte; er wurde bei einem Kavallerieangriff niedergeworfen und von Hufen getroffen. Man ließ ihn als vermeintlich tot zurück, fand ihn aber später, und er erholte sich mehr oder minder. Nur den rechten Arm konnte er nie wieder gebrauchen. Leumas wurde getötet. Mikon brach sich in einer schmalen Schlucht ein Bein und stellte sich tot, als die Megalopolitaner kamen und ihm Helm und Brustpanzer auszogen. In der Nacht gelang es ihm, fortzukriechen und zu fliehen. Die Achaeer machten in dieser Schlacht keine Gefangenen. Die meisten Verwundeten wurden umgebracht, nur wer von den Illyrern gefunden wurde, kam, wenn er eine genügend hohe Lösegeldsumme versprechen konnte, mit dem Leben davon.

Die mazedonische Armee verfolgte den Feind aus zwei

Gründen nicht weiter. Der eine war, daß sie selbst hohe Verluste erlitten hatte, besonders bei der Phalanx. Sie mußte wieder eine neue Formation finden. Die Ärzte drängten auch darauf, daß sich König Antigonos nach all der Reiterei und den Rufen und der Gefahr ausruhte. Der andere Grund war, daß es keine Notwendigkeit für eine Verfolgung gab. Niemand, nichts stand jetzt mehr zwischen ihnen und Sparta.

Ein Mann kniete auf einem Felsen auf der anderen Seite des Kleinen Olymp und gab mit einem geschwenkten Umhang Zeichen. Dieses Signal wurde in Sellasia aufgenommen und nach Sparta weitergegeben. Es gab strikten Befehl, nur im Fall eines Sieges ein Signal an die Stadt zu geben. Therykion stach den klugen Zeichengeber in den Rücken; er war sofort tot. Therykion war vorn, die anderen folgten ihm.

Der König riß sein Pferd scharf am Zügel und blickte nach Süden auf die Ebene von Sparta. Aus einer Wunde auf seiner Wange rann noch Blut. Er zuckte jedesmal zusammen, wenn ein frischer Tropfen auf seinen Hals fiel. Er streckte die Hand aus, um Agesipolis zu beruhigen, der schrie, er müsse zurück, um seinen Bruder zu suchen. Aber der Junge war durch einen Wurfspeer so schwer verwundet worden, daß er sich nur noch an die Mähne seines Pferdes klammern konnte; manchmal machte ihm der Schmerz das Sprechen unmöglich, aber die meiste Zeit dachte er nur an den kleinen Kleomenes, der vielleicht schlimmer verwundet oder getötet sein mochte.

»Kann ihm denn keiner sagen, was seinem Bruder zugestoßen ist?« fragte der König, der die Grenze seiner Kraft erreicht hatte. »Hör um Gottes willen auf, Agesipolis. Wenn er tot ist, ist er tot, und damit hat es sich!«

Wer kam dort? »Idaios! Du bist durchgekommen! Gut. Keine Nachricht von Panteus? Nein. Oder vom jungen Kleomenes?« – »Verwundet und gefangengenommen«, erwiderte Idaios kurz. Agesipolis schrie: »Wie verwundet? Wo? Wer hat ihn gefangen? Was werden sie mit ihm anstellen?« Aber jemand ergriff seinen Zügel und hielt ihn, der zitterte und schluchzte und den Schmerz seiner eigenen Wunde immer schärfer spürte, während sie bergab trabten. Kleomenes fiel zurück, um mit Neolaidas zu sprechen. Er konnte nicht umhin, Phoebis zu bemerken, der ein wenig abseits ritt und wirkte, als sei er blind.

Sie gelangten hinab auf die Straße, wo sie nach einiger Zeit auf Panteus und ein paar andere stießen. Das war während einer kurzen Rast bei einer Quelle am Weg, aus der sie alle einen Schluck nahmen. Neolaidas wurde an einen anderen Reiter weitergereicht, der den Schluchzenden und Zitternden vor sich auf dem Sattel hielt. Panteus sagte: »Sie haben mich mit einer weißen Fahne den Euas hinaufziehen lassen. Demetrios von Pharos lag dort, und seine Männer haben mir geholfen. Ich habe den Leichnam deines Bruders mitgebracht, Kleomenes. Dort ist er.« Er deutete über die Schulter auf das auf ein Pferd geschnürte Bündel. Kleomenes warf nur einen kurzen Blick darauf. »Wie war es?« fragte er. »Ziemlich schlimm«, antwortete Panteus. »Unsere Leute fielen zuhauf, als die letzte Abteilung oben auf dem Euas aufgerieben wurde. Eukleidas ist durch ein Schwert fast der Kopf abgetrennt worden. Er muß sofort tot gewesen sein.«

»Und der Junge?« fragte Kleomenes.

Panteus zögerte, ehe er antwortete: »Er lag tot über ihm, mit mehreren sehr schlimmen Wunden. Sein Gesicht verriet einen solchen Schmerz und solche Verzweiflung, wie ich es noch nie gesehen habe. Es tut mir leid, Kleomenes ...« Er wußte nichts weiter zu sagen. Sie hatten die Schlacht verloren.

Fast hundert Mann gelangten zurück nach Sparta. Der König ritt mit ein paar anderen voraus. Es war der heißeste Teil des Tages, und die Hitze verstärkte den Gestank nach Erschöpfung und getrocknetem Blut. Die Wundränder sprangen auf und juckten. Fliegen umsurrten sie und hielten mit ihnen Schritt. Kleomenes fand es immer noch unmöglich, einen klaren Gedanken zu fassen. Er ritt ohne anzuhalten mitten auf den Marktplatz. Dort hatte sich eine Reihe von Menschen versammelt, überwiegend ältere, von denen viele, wie er wußte, zur Partei der Ephoren gehörten – den Feinden seiner Revolution. Auch ein paar Jungen standen dort und eine große Anzahl Frauen, die sich einen Weg durch die Menge bahnten.

Rasch, noch ehe sie irgendwelche Fragen stellen konnten, sagte er zu ihnen: »Ein König von Sparta ist tot.« Er hörte die leise gemurmelten Klagen, die sich wie eine Welle unter den Frauen ausbreiteten. Dann richtete er das Wort an etwa ein halbes Dutzend Männer – Männer, von denen er wußte, daß sie schon lange gegen ihn gewirkt hatten. »Ich empfehle euch, zu tun, was ihr tun wollt. Empfangt Antigonos. Heißt ihn willkommen. Zeigt ihm, daß er der Herr ist. Er wird euch und eure Freunde an die Macht bringen. Ihr werdet einen guten, kleinen unabhängigen Staat haben – Spartaner!« Dann spornte er sein Pferd unvermittelt an und jagte auf sie zu, so daß sie vor ihm zurückwichen.

»Und du, Kleomenes?« rief einer der Männer. Es war ein Ratsmitglied, ein alter Freund seiner Mutter.

Er antwortete: »Ich hoffe, für Sparta das Beste zu tun.«

»Und das wäre?«

»Das kann ich noch nicht sagen. Ich weiß nicht einmal, ob es für mich Leben oder Tod bedeutet.«

Der Mann sagte: »Einige wollen Hand an dich legen, um dich den Mazedoniern auszuliefern und die eigene Haut zu retten.«

»Ich weiß. Doch sie werden es nicht wagen. Noch nicht. Du aber, mein Freund, solltest mich jetzt verlassen. Sie merken besser nicht, daß du mir wohlgesinnt bist. Die Macht wird ihnen gehören.«

»Ich wünsche dir aus ganzem Herzen Glück, König Kleomenes, wenn du auch weißt, daß ich dein Tun für unklug hielt. Tu dein Bestes für uns, Meomenes, falls du dich entscheidest, weiterzuleben und zu hoffen. Wir werden auf dich warten.«

Und ein Junge, der Enkel des Ratsherrn, rief mit brechender Stimme: »Wir werden Jahre auf Euch warten, mein König, und für Euch wirken! Wir werden weiterkämpfen ...« Aber der Alte legte rasch eine Hand auf seinen Mund. Es war zu gefährlich.

Kleomenes blickte sich um und sah, daß die Frauen zu den anderen gelaufen waren, um ihnen von den Pferden zu helfen, ihnen die schwere Rüstung abzunehmen und ihnen zu trinken zu geben. Panteus war noch unterwegs, der Leichnam von König Eukleidas noch nicht nach Sparta heimgekehrt. Kleomenes saß ab und ging in sein Haus. Archiroë kam zärtlich auf ihn zu – weiche Arme, weiche Brüste und kühle, zarte kühle Finger. Was wollte sie? Ihm Wein geben, seinen Brustpanzer aufschnallen, seinen Helm abnehmen, ihn waschen, ihm zu Essen bringen, ihn lieben. Warum sollte er das annehmen? Warum sollte er tun, was sie wollte? Er war zu erschöpft, zu versunken in das Geschehene und die Zukunft. Er stieß sie beiseite. Sie war nur eine Sklavin. Sie duckte sich und weinte ein wenig, kam wieder näher und küßte die Hand, die sie gestoßen hatte. Aber er spürte die Küsse nicht. Sie sehnte sich bitterlich danach, etwas für ihn zu tun, das Recht zu haben, für ihn zu sorgen. Es war schrecklich, daß er nichts trinken wollte. Da begann sie zu merken, wie vollständig die Niederlage gewesen war.

Er lehnte den Arm schräg gegen eine Säule, ließ sein Gesicht darauf sinken und begann zu denken. Ehe er Spartas Probleme löste, würde er seine eigenen in Angriff nehmen müssen. Die Armee war geschlagen, die meisten Männer zwischen zwanzig und vierzig getötet worden, und er selbst lebte noch. Seine Revolution war gescheitert. In ein paar Wochen, oder schon in Tagen, würde alles in Sparta wieder rückgängig gemacht. Es würde wieder arm und reich geben, große Anwesen, Luxus, Geldverleih und Hypotheken, freie Bürger, die für weniger Geld arbeiteten, als sie zum nackten Leben brauchten; Säuglinge würden wieder ausgesetzt. Die Ephoren unter Antigonos würden seinen neuen Bürgern alles wieder fortnehmen. Sparta war geschlagen. Zum erstenmal in der Geschichte würden fremde Sieger auf dem Marktplatz Spartas stehen. In den

alten Zeiten war es nie so weit gekommen. Immer hatte sich im letzten Augenblick der spartanische Löwe erhoben und war zugesprungen. Jetzt, nach sechshundert Jahren, war es soweit. Die Barbaren hatten den Paß erobert. Leonidas war bei den Thermopylen gestorben:
»Ruhmreich das Schicksal und edel die Not
Derer, die bei den Thermopylen starben.
Ihr Grab sei ein Altar.
Anstatt sie zu beklagen, sollt ihr freudig an sie denken,
Anstatt Mitleid – Lob ...
Und ihr Zeuge sei Leonidas, König von Sparta ...«
Ach, und er, Kleomenes, war Zeuge jener, die nach dieser Niederlage weiterlebten!

Aber er selbst war kein Feigling gewesen. Er hatte den ersten Angriff der spartanischen Phalanx mit gesenktem Speer angeführt, wie es dem König zustand und gebührte. Er hatte dem Angriff der Mazedonier standgehalten. Er hatte unter der Wucht ihres Angriffs geschwankt und sich wieder aufgerichtet, als die Speere an seinem Schild zerbrachen.

Kein Speer und kein Schwert war durch seine Rüstung gedrungen und hatte den Schild seiner Kraft und Fähigkeit durchstoßen, und da konnte er nicht bewußt hingehen und sich umbringen lassen. Einige Männer sind dazu in der Lage, aber er gehörte nicht zu ihnen. Auf dem Euas waren sie von hinten und vorn ohne einen Fluchtweg angegriffen worden. Doch auf dem Kleinen Olymp hatte es einen Ausweg gegeben. Es wäre wahnsinnig gewesen, ihn nicht zu nutzen. Sollte er wahnsinnig sein, nur weil er ein König war?

Aber König von Sparta zu sein bedeutete etwas Besonderes. Er war weder ein Tyrann, noch ein Herr über Höflinge und Soldaten. Er war nur ein *eidolon*, ein Trugbild, ein Traum des Volkes. Ohne das Volk gab es keinen König. Wenn das Volk starb, mußte auch der König sterben. Ja, ja, aber abgesehen davon war er ein Mann und Vater, ein lebendiges Wesen mit Armen und Beinen und Blut und einem Verstand! Er war noch nicht fertig.

Auch die anderen waren noch nicht fertig. Selbst ein

geschlagenes Sparta existierte weiter, auch das Volk der Revolution. Bestimmte Dinge waren immer noch möglich. Er würde nach Ägypten gehen und König Ptolemaios zeigen, der ja immerhin auch ein Mazedonier war, daß die Machtverteilung ein wenig aus dem Gleichgewicht geraten war und er Sparta gegen den Achaeischen Bund und König Antigonos wieder großmachen mußte. Das würde ihm gelingen. Leonidas hatte bei den Thermopylen das zu seinen Zeiten einzig Mögliche getan. Kleomenes würde etwas Schwereres und Zeitgemäßeres tun. Er würde leben.

Dann trat Panteus ins Haus des Königs. Kleomenes sah ihn nicht. Er lehnte gegen die Säule, und Fliegen ließen sich auf der Wunde an seiner Wange und um seine Augen nieder. Zu seinen Füßen saß, das lange Haar aufgelöst, eine Schulter entblößt, die Frau aus Megalopolis. Ehe der König sich regte oder zu sprechen begann, senkte sich dieses Bild tief in Panteus' Seele.

Der König sagte: »Wir werden leben. Zu diesem Entschluß bin ich gelangt. Es wird bitter werden, Panteus, sehr bitter. Du weißt noch nicht, wie bitter es das Volk für uns machen kann, wenn wir weiterleben. Du wirst vor dem Ende noch oft denken, es wäre leichter und ehrenhafter gewesen, zu sterben. Ich reiche dir einen bitteren Kelch. Wir müssen nach Ägypten ziehen und um Spartas willen so listig wie Schlangen und Füchse sein. In Gytheon liegen Schiffe. Wir werden in zehn Minuten aufbrechen.«

»Und der Leichnam deines Bruders?«

»Ich werde ihn dem Volk von Sparta belassen. Geh auf den Marktplatz und sag es ihnen. Sie werden Ruhm dieser Art nicht schänden. Sie begreifen es. Nicht einmal jene, die ihn haßten, werden ihm etwas antun. Sie werden um ihren König trauern. Die Frauen werden dafür sorgen. Dann hol die anderen. Wo ist übrigens Sphaeros?«

»Ich habe ihn gerade noch gesehen.«

»Sag ihm, ich möchte ihn sprechen. Er soll mit uns kommen. In zehn Minuten, Panteus.«

Panteus ging hinaus. Nach einer Weile hörte der König, wie Archiroë schluchzte, und spürte, wie ihre Hände an seinem Bein hochstrichen. »Mein König, mein König!«

sagte sie. »Hör auf«, erwiderte er. Seine Arme glitten an dem kühlen Marmor herab, und er strich ihr über den Kopf. »Was soll ich nur tun?« schluchzte sie.

»Hast du den Vertrag für das Gut in Messenien? Gut. Ich hätte nicht gedacht, daß du es so bald schon brauchen würdest. Geh dorthin. Geh, ehe deine Brüder und Vettern aus Megalopolis hierherkommen und dich fortzerren. Komm nicht eher zurück, bis du mich vergessen hast. O ja, das wirst du! Ich weiß, was du jetzt denkst, aber es dauert nicht an, Archiroë. Du hast mir viel gegeben, du Schöne. Schenk es in einem oder zwei Jahren jemand anderem. Wenn Nikagoras, der Messenier, kommt und sein Geld will, sag ihm, ich werde ihn bezahlen – sobald ich kann. Dich werde ich vermutlich nie wieder sehen. Denk nicht darüber nach. Und erinnere mich nicht daran und sprich nicht zu mir. Berühre mich jetzt nicht!«

»Nimm mich mit!«

»Nein!«

Schluchzend sank sie zu Boden. Er berührte sie an der Schulter. »Steh auf. Ich muß einiges mitnehmen. Kümmere dich um die Pferde, meine Liebe!«

Er trat in den Innenhof und dachte darüber nach, was er mitnehmen wollte. Nicht viel. Er würde mit leichtem Gepäck reisen. Nikomedes würde sich freuen, ihn in Ägypten zu sehen.

Drittes Kapitel

Kurz nach Mitternacht segelten sie von Gytheon aus los. Zuerst legten sie in Kythera an, dann in Aigalia. Sie wollten nach Kyrene; von dort aus war die Reise auf dem Landweg nach Alexandria nicht beschwerlich, und sie konnten herausfinden, welchen Empfang ihnen König Ptolemaios wohl bereiten würde. Die Schlacht von Sellasia lag inzwischen zwei Tage zurück.

Aigalia war eine sehr kleine Insel, nur ein brauner Bergrücken, der sich wie zufällig aus dem blauen Meer erhob. In weiter Ferne zeichneten sich am Horizont die Berge des Mutterlandes ab, vielleicht der Tainaron. Es gab kleine Buchten mit grobem Sand, hohe Felsen und Tümpel voller scharzer, stacheliger Seeigel, die die Seeleute aufschnitten und aßen.

Kleomenes ging am Strand spazieren; den Kopf hielt er ein wenig gesenkt, sein Gesicht war verbunden. Therykion trat zu ihm, warf einen Blick ringsum und sah, daß niemand sonst in der Nähe war. Die anderen waren entweder beschäftigt oder ruhten sich aus oder blieben auf dem Schiff. Neolaidas lag auf Deck und versuchte, an sich zu halten, wenn die bunten Schmerzblitze die Stelle trafen, an der sein Auge gesessen hatte. Sphaeros komponierte einen Brief an einen Bekannten, einen Bibliothekar in Alexandria. Panteus und der Kapitän sahen sich die Route auf einer Karte an und unterhielten sich.

Therykion sagte: »Jetzt ziehen wir in fremde Länder. Nur die Götter wissen, was aus uns wird. Ich selbst meine, daß alles immer schlimmer wird.«

»Ja, das denkst du, Therykion«, erwiderte der König.

»Ich habe gelobt, daß die Barbaren nur über meine Leiche nach Sparta gelangen. Ich glaube, auch du hast das geschworen. Wir haben Eide abgelegt, aber nur im Herzen. Es wäre besser gewesen, im Kampf zu sterben. Man hätte Lieder über uns geschrieben, wie sie jetzt über deinen Bruder Eukleidas geschrieben werden. Die Jungen würden sich gern an uns erinnern. Wir hätten teil am Ruhm Spartas.«

»Sehr wahrscheinlich«, entgegnete Kleomenes. »Ich habe dir gesagt, es würde bitter, weiterzuleben.«

»Das ist vorbei. Aber Kleomenes, wenn wir uns jetzt alle umbringen, auf dieser kleinen Insel! Oder wenn nicht alle, dann wenigstens du und ich! Wir würden dafür belohnt, nicht wahr?«

Kleomenes setzte sich in den Sand; heiß brannte er unter seinen Beinen. Einen Moment rannen die winzigen Körnchen rasch in Gruben und Mulden, die sich gebildet hatten. »Warum?« fragte er.

Therykion setzte sich neben ihn. »Es hat keinen Sinn, weiterzusegeln«, sagte er. Er sah sich auf der kleinen braunen Insel um, erblickte das Tiefblau des Meeres, die roten Segel des Schiffes, das einen kühlen, eckigen Schatten warf. Kleomenes folgte seinem Blick und stimmte schweigend zu, daß alles an sich sehr schön war, aber keinen Sinn mehr besaß und Therykion recht hatte. Zwischen den Felsen erhob sich eine Möwe. Therykion fuhr fort: »Was wirst du in Ägypten tun? Es wird nicht angenehm sein für deine Mutter, dich so wiederzusehen. Kratesikleia ist inzwischen an den Tod gewöhnt, aber sie kennt noch keine Schande. Die Kinder werden sich ebenfalls nicht freuen, wenn sie alt genug sind, es zu begreifen. Wenn du dich schon einem fremden König ergeben mußtest, dann wäre Antigonos der richtige gewesen, denn er ist ein guter Kämpfer und ein Mann, der seine Versprechen hält. Oder ist der Grund, weil Ptolemaios dir eine Statue errichtet hat? Ich würde ihm keinen Zoll weit trauen. Weder ihm noch Sosibios. Aber unseren eigenen Schwertern können wir vertrauen, Kleomenes, und unseren Herzen. Nicht wahr? Ich kann von hier aus Lakonien sehen, unsere Berge. Wenn wir in ihrem Anblick sterben, wandern unsere Seelen vielleicht zurück.«

»Nur weil du so unglücklich bist wie ich«, antwortete Kleomenes, »ist es nicht nötig, sich Dinge vorzustellen, von denen du weißt, daß sie unmöglich sind. Wenn wir sterben, sterben wir, und es ist vorbei, jedenfalls was die Sonne und die Flüsse und die Berge Lakoniens angeht. Wenn wir sterben, werden wir nie mehr unsere Freunde und Kinder wiedersehen. Das ist doch klar, oder? Es ist ebenso klar, daß es der einfachste Ausweg wäre, wenn wir uns hier töteten. Nie wieder würden wir die unerträgliche Last des Planens und Hoffens und des Verhandelns mit Fremden und Feinden auf uns nehmen müssen. Zum Beispiel schmerzt die Wunde an meiner Wange gewaltig, Therykion. Ich habe deswegen fast die ganze Nacht nicht geschlafen. Ich versichere dir, ich wäre sie gern los. Aber ich werde sie nicht los. Und ich werde etwas noch viel Schwereres auf mich nehmen. Ich bin einmal fortgerannt und werde es nicht ein zweitesmal tun.«

Langsam entgegnete Therykion: »Das klingt mehr oder minder wie das, was Sphaeros gestern zu Neolaidas sagte, als dieser große Schmerzen hatte und den Diener um seinen Dolch bat. Aber wenn du doch nur etwas anderes als stoische Weisheiten denken würdest, Kleomenes. Ich weiß genau, daß Sphaeros davor warnt, jetzt aufzugeben und zu sterben, weil wir vor den Schwierigkeiten und der Schande Angst haben und was die Leute über uns sagen. Aber das stimmt nur teilweise. Das ist nur die Außenseite, die Oberfläche und die Erscheinung der Wirklichkeit.«

»Was ist denn das Tiefere, das Sphaeros nicht erkannt hat? Was siehst du als die *gebannte Phantasie*, Therykion?

Therykion beugte sich zu ihm. »Ich bin nicht sicher, ob ich es erklären kann. Ich glaube ... ich glaube, es gibt eine Schönheit, die verlorengeht, wenn man nur lebt und vernünftig ist und Pläne schmiedet und materielle Hoffnungen hegt: auch für ein Land, selbst für die Neuen Zeiten, selbst für Sparta. Du wirst diese Schönheit nicht für dich selbst erreichen, wenn du stirbst. Ich weiß, daß du recht hast, wenn du sagst, jene Berge werden im Augenblick des Todes schwinden, auch wenn wir im Sterben auf sie blicken. Aber ich glaube, daß dein Volk und deine Revolution diese Schönheit erreichen. Ich meine, daß dein Tod ihnen zur Blüte verhilft, Kleomenes.«

Der König blieb reglos. »Du glaubst, daß mein Blut etwas erkaufen kann, Therykion? Etwas, das mein Leben, meine Arbeit und mein Verstand nicht erringen können?

»Ja«, antwortete Therykion.

Lange Zeit herrschte Schweigen. Endlich sagte der König: »Ich verstehe dich, Therykion. Ich stimme in gewisser Weise mit dir überein. Aber ich werde es nicht tun. Noch nicht. Weißt du, es liegt nicht in meiner Natur, die Dinge so zu betrachten. Ich habe eine andere Vorstellung von Sparta und eine andere Vorstellung von der Welt, und ich halte sie für gut. Es ist zumindest diejenige, für die ich gelebt habe und für die ich weiterleben will. Jeder Mensch muß letztlich das tun, was er für richtig hält, nicht das, was andere Menschen für gut befinden. Stimmst du mir zu?«

»Aber gewiß.«

»Gut. Ich glaube, ich kann meine Idee am besten weiterverfolgen, wenn ich lebe, plane und wirke. Wie ein Bauer in einem schweren Jahr, nicht wie ein Priester, der ein Opfer darbringt. Wenn ich jemals deinen Gedanken zustimmen sollte, Therykion, werde ich entsprechend handeln. Ich glaube, du bist mehr wie die Männer in den alten Zeiten, eher wie Leonidas. Vergib mir in ihrem Namen, Therykion, daß ich in der Schlacht nicht gestorben bin.«

»Wenn die Toten Bescheid über die Lebenden wissen«, antwortete Therykion, »dann sehen sie sie und verstehen sie auch. Doch ich, mein König, muß so handeln, wie ich das Leben begreife. Werden du und Sphaeros das verstehen?«

»Ich werde dich nicht aufhalten, wenn es sein muß, Therykion. Wir sitzen auf einer seltsamen kleinen Insel. Heute ist ein seltsamer Tag. Ich werde mich mein ganzes Leben daran erinnern. Es ist, als werde etwas zugedeckt, verschleiert. Wenn ich es nur erkennen könnte, würde ich meinen Finger hindurchbohren und das Sonnenlicht fortreißen wie ein Stück Papier. Therykion, habe ich recht mit dem Gedanken, daß du als ganz junger Mann in die Riten der Mysterien eingeweiht wurdest?«

»Ja. Und eine Zeitlang hat es mich sehr zufrieden gemacht.«

»Und das, was du nun vorhast, wird dich auf ewig zufriedenstellen?«

Eine Weile schwiegen beide. Dann stand Therykion ruhig auf, und der König tat nichts, ihn zurückzuhalten. Therykion ging ein Stück am Strand entlang und kletterte über einen Felsvorsprung zwischen ihnen und der nächsten Bucht. Dann geriet er außer Sicht.

Nach einer halben Stunde ging der König ihm nach. Therykion hatte sein Schwert fest zwischen zwei Felsen gesteckt und sich hineingestürzt. Der König hüllte Therykion in seinen Umhang, legte ihn in eine Grube und bedeckte ihn mit warmem Sand. Schließlich schichtete er Steine darüber, daß es wie ein Grabhügel wirkte. Er wischte Therykions Schwert sauber, steckte es mit der Klinge nach oben auf den Hügel und stützte den Knauf mit den Steinen, damit es eine Weile stehenblieb.

Sie segelten weiter und gelangten nach Kyrene. Von dort aus setzten sie ihren Weg zu Pferd und Kamel fort, bis sie an die Grenzen Ägyptens gelangten. Hier kamen ihnen offizielle Beauftragte von König Ptolemaios entgegen. Jene unter ihnen, die rein ägyptischen Blutes waren, verbargen dies unter schlichten griechischen Gewändern, sehr griechischen Manieren und tadellosem Akzent. Sie sprachen eine Menge über Athen und Korinth, wo sie alle Sehenswürdigkeiten bestaunt und die hervorragendsten Lesungen gehört hatten. Jene aber, die griechischen oder mazedonischen Ursprungs waren, trugen ägyptischen Schmuck und Kopfputz und gerade gewickelte Tuniken aus gelbem ägyptischem Musselin. Sie fluchten bei den Göttern Serapis und Osiris. Sie brachten dem König bestickte Umhänge und Bettüberwürfe sowie ein Service aus Silber für seine Tafel, schöne Pferde mit vergoldetem Zaumzeug und ein Paar wunderbare, langbeinige persische Hunde, die zur Belustigung der Spartaner am Rand der Wüste Gazellen jagten. Außerdem lasen sie ihm einen langen und herablassenden Brief von König Ptolemaios vor. Kleomenes hörte schweigend zu.

Danach überreichten sie ihm zwei Privatbriefe. Einer stammte von seiner Mutter, die gerade die Nachricht von der Katastrophe erfahren hatte. Kratesikleia schrieb sehr stolz und fast glücklich über ihren jüngeren Sohn Eukleidas, der in Ehren auf dem Feld von Sellasia gefallen war. Dem Ältesten gegenüber brachte sie ihre Verletztheit und ihr Staunen zum Ausdruck. Sie sprach die Vermutung aus, sein Verhalten sei wohl zum Besten aller. Es war ihr ein schrecklicher Gedanke, die Mazedonier in Sparta zu wissen, im Haus des Königs, vielleicht sogar in ihrem eigenen Zimmer. Wenn sie dabeigewesen wäre, hätte sie die besten Frauen bewaffnet und angefeuert, sich zu wehren oder zu sterben, wie es Archidamia, die Großmutter des Agis, getan hatte, als Sparta sich seinerzeit in Gefahr befand. Damals aber hatten sie den Barbaren, den schlimmen Pyrrhus, zurückgeschlagen! War denn diese Generation von Spartanern schlechter als die vorige? Ja, jene danach hätten die Mazedonier mit Dachziegeln angegriffen! Kleomenes legte den Brief aus der Hand. Sie begriff es noch nicht.

Der andere Brief stammte von seinem Sohn Nikomedes, ein förmliches Schreiben voller Trauer und Willkommensfreude. Der Lehrer des Jungen hatte den Brief wohl zensiert. Nikomedes war jetzt dreizehn und konnte die Dinge mit Erwachsenenaugen betrachten. Ja, er war ein vernünftiger Mensch und in einem Alter, in dem er in Sparta vielleicht von einem älteren Mann zum Geliebten auserkoren worden wäre. Kleomenes war im gleichen Alter gewesen, als er und Xenares, dessen Leichnam man inzwischen wohl gefunden und vom Feld von Sellasia zurückgebracht haben mußte, sich zum erstenmal trafen und liebten. In Ägypten war das wohl anders. Keine Berge, die man ersteigen konnte, keine klaren Höhen mit frischer Luft.

Nikomedes würde begreifen, was geschehen war. Er würde seinen Vater darin bestätigen, daß er richtig gehandelt hatte. Ja, er war wohl alt genug, um selbst mitzumachen und zu helfen.

Im Herbst hatten sich alle in Alexandria niedergelassen. Die Jungen nahmen weiterhin Unterricht. Kratesikleia verbrachte viel Zeit bei den Frauen des Palastes, um eine Gelegenheit zu schaffen, bei der ihr Sohn König Ptolemaios begegnen konnte. Und Kleomenes bekam die ersten Briefe von zu Hause.

Viertes Kapitel

Themisteas lag ganz still, weil er Angst vor den Schmerzen hatte. Man fütterte ihn mit Milch und Suppe und irgend etwas anderem, das übel roch und noch schlechter schmeckte. Diesmal spürte er genügend Kraft, um zu sprechen. Er richtete sich vorsichtig auf, und es schmerzte nicht mehr so unerträglich. »Du bist es, Philylla«, sagte er, »mein kleines Mädchen.« Seine Gedanken suchten in der Vergangenheit. »Bist du jetzt zu Hause? Auf immer? Ist dein Mann auch gefallen?«

Sie schüttelte den Kopf. »Nein, er lebt. Beim König. Ich bin für eine Weile hier. Denk nicht darüber nach, Vater.« Sie drehte ihm den Rücken zu und begann die Kräuter für seine Wunden zu zerstampfen.

Er dachte über ihre Worte nach. Nach einer Weile drang wieder sein unruhiges Flüstern an ihr Ohr. »Wo ist der König?«

»König Eukleidas ist tot. König Kleomenes lebt in Alexandria.«

»Und Sparta?«

»Warte, bis du wieder bei Kräften bist, Vater. Unser Haus ist sicher. Mutter sorgt schon dafür.«

»Warum schaust du so seltsam, wenn du sie erwähnst, Philylla?«

»Ich weiß nicht, was du meinst, Vater. Bleib ruhig, weil ich den Verband an deiner Schulter abwickeln muß. Halte die Schüssel, Ianthemis. Schau nicht hin, du Dummchen, wenn dir davon schlecht wird.«

Weitere Tage vergingen. Die Sklaven trugen ihn hinaus in den Hof. Ein paar gelbe Platanenblätter wehten herein, und in der Luft hing der Geruch nach vergehenden Pflanzen – endlich der süße, traurige Geruch von feuchten Morgen und kühlerer Luft nach monatelanger staubiger Trockenheit. »Wie lange ist es her seit der Schlacht?« fragte Themisteas.

Ianthemis, die mit ihrer Stickerei neben ihm auf der Treppe saß, antwortete: »Zwölf Wochen, Vater.«

Da streckte Themisteas plötzlich die gesunde Hand aus und umklammerte sie. »Du mußt es mir sagen. Philylla und deine Mutter verraten nichts. Was ist geschehen?«

Nervös gab Ianthemis zurück: »Aber bist du wieder gesund genug, Vater? Sie möchten nicht, daß du hörst ...«

»Was? Bin ich ein Kind? Ich will jetzt die Wahrheit, wenn eine von euch Frauen es wagt! Ist es so schlimm? Sind wir jetzt alle Sklaven der Mazedonier?«

»Nein, nein, aber ... Mutter und Philylla haben nur verschiedene Meinungen darüber. Ich versuche, es zu erzählen. Nach der Schlacht gab es keine weiteren Kämpfe. Die Sieger blieben nur drei Tage. Ich habe die Mazedonier selbst nicht gesehen. König Antigonos brachte ein Opfer dar und zog wieder ab. Es hieß, er habe von einem Krieg in seinem eigenen Land erfahren. Er hat nichts niedergebrannt und auch nicht geplündert, nur genügend Gold mitgenommen, um dem Apollo von Delos ein Geschenk darzubringen. Viele Leute besuchten ihn im Haus des Königs, wo er wohnte.« Sie hielt einen Moment inne, um Atem zu schöpfen, und als sich der Griff des Vaters verstärkte, fuhr sie fort: »Ich ... ich glaube, Mutter ging auch zu ihm. Ich meine, sie hatte es zumindest vor. Sie sagt, er habe uns unsere Verfassung zurückgegeben. Ich weiß, daß wir jetzt wieder die Ephoren haben. Ist das schlimm, Vater?«

»Die Ephoren? Nein! Ich würde nur gern wissen, um wen es sich handelt. Aber erzähl weiter. Was ist mit dem Land?«

»Wir haben unser Land wie damals, als ich noch ein kleines Mädchen war, nur das Haus in der Stadt nicht mehr. Das ist fort. Aber sie haben Panteus alles fortgenommen, daher mußte Philylla hierher zurückkehren. Es ist schrecklich für sie, Vater.«

»Schweig«, sagte Themisteas. »Laß mich nachdenken. Unser Eigentum ist wie zuvor. So ist Eupolia also hinter meinem Rücken mazedonisch geworden und hat uns alle gerettet! Was soll ich tun? Schau nicht so verängstigt drein, du kleine Maus! Die Antwort lautet einfach nur: Nichts. Nichts. Der König ist fort und wäre wohl besser im Kampf getötet worden. Und Eupolia hat mein Gut gerettet! Wer ist an all diesen Veränderungen und Wechseln schuld?«

»Es gibt einen mazedonischen Statthalter. Mutter gefällt er. Er ist sehr freundlich und höflich. Er kam einmal herein, als du sehr krank warst, und ist auf Zehenspitzen wieder hinausgegangen. Philylla ist an diesem Tag fortgerannt. Sie ging auf den Hof und kam erst nach dem Essen zurück. Ach ja, und wir gehören jetzt zum Achaeischen Bund.«

Themisteas sagte grimmig: »Ich kann mir kaum vorstellen, daß Sparta eine sehr große Armee dazu beiträgt. Sag mir noch einmal, wer von unseren Freunden gestorben ist, denn ich glaube, ich habe es wieder vergessen.«

Ianthemis sah sich ängstlich um, aber niemand eilte ihr zu Hilfe. Dann begann sie, eine lange Reihe von Namen aufzuzählen, wiederholte sich zuweilen und schluchzte bald auf. Einige der genannten Männer waren so alt wie ihr Vater, aber die meisten waren jung, mögliche Liebhaber und Ehemänner. Was immer Philylla zugestoßen sein mochte, so war sie immerhin verheiratet und ihr Gatte am Leben. Aber wo sollte Ianthemis nun einen Mann finden? Sie sagte: »Alle, die ich kenne, beweinen einen Mann, und Dontas spielt einfach verrückt, weil der Leiter seiner Klasse umgekommen ist.«

Themisteas schwieg einen Moment, dachte über die Namen nach, und während dieses Schweigens betrat Tiasa den Hof, einen Korb Wäsche auf dem Kopf. Er sagte: »Es wird dreißig Jahre dauern, bis Sparta das wieder aufgeholt hat. Auch wenn ihr Frauen bereit seid. Ja, wir müssen einen Mann für dich finden, meine Kleine, und du mußt dich an die Arbeit begeben, mußt Jungen in die Welt setzen. Vierzehn bist du? Nun, man kann nicht früh genug anfangen, so, wie die Dinge stehen. Wenn alles so ist, wie du sagtest, und ich habe mein Land wieder, kann ich dir eine gute Mitgift geben. Ich frage mich, ob deine Mutter schon irgendwelche Pläne für dich hat.«

Ianthemis warf Tiasa einen Blick zu, und als diese ihr aufmunternd zunickte, wagte sie zu sagen: »Ich glaube, Mutter hat jemanden im Sinn. Er heißt Chaerondas und ist der Sohn von einem der neuen Ephoren. Er lebte auf Kreta, doch jetzt ist er wieder zu Hause. Ich habe ihn einmal gesehen. Er hat einen wunderschönen Wolfshund.«

»Was hat er im Krieg gemacht?«

Sie schwieg, und auch Tiasa fiel nichts zur Entschuldigung des jungen Mannes ein. Themisteas fuhr nach langem, unbehaglichem Schweigen fort: »Ach so. Er steht auf der anderen Seite. Nun, vermutlich sollte ich deiner Mutter dankbar sein und mich freuen, daß meine Tochter jemanden heiratet, der Verstand genug besaß, zu erkennen, wohin der Hase lief. Ich stimme unter Vorbehalt zu. Und jetzt erzähl mir von Philylla. Werde ich bald einen Enkel von ihr bekommen?«

Ianthemis schüttelte verlegen den Kopf, und Tiasa antwortete an ihrer Stelle: »Diese Dinge geschehen nicht auf Bestellung, Herr, nicht bei uns, und am wenigsten bei den hohen Damen und Herren. Sie sind nicht so fruchtbar.«

Themisteas seufzte; seine Wunden schmerzten jetzt wieder. Er fühlte sich müde und wollte an nichts denken. »Die arme Philylla«, sagte er, »sie hätte so gern ein Kind.«

Er schloß die Augen. Ianthemis und Tiasa schüttelten seine Kissen auf, um seine Hüfte und Schenkel weicher zu betten. Fast war er eingeschlafen. Tiasa sagte leise: »Ja, die arme Philylla, deren Mann dem König nachgezogen ist. Und die ganze Zeit über nicht eine Zeile!«

Endlich kam doch ein Brief. Panteus schrieb, er habe nicht gewußt, wie alles stünde, daher habe er nicht schreiben können. Aus jeder Zeile klang tiefe Verzweiflung. Er sagte ihr nicht, was sie tun solle, sondern fragte nur, was sie vorhabe. Er habe davon gehört, daß man sein Land fortgenommen und dem Anwesen eines der Ephoren zugeschlagen hatte; daher vermute er, sie lebe wieder zu Hause. Er fragte sich, ob ihr Vater noch am Leben sei. Was ihn selbst betraf, so sei noch ungewiß, wie lange sie in Alexandria würden bleiben müssen; es sei schwierig, König Ptolemaios auch nur zu sehen. Er sei alt und krank und Minister Sosibios eine schwierige, hartnäckige Person. Der

Erbe, der junge Ptolemaios, beschäftige sich nur mit Frauen, der Religion und dem Verfassen von Versen. Die Griechen in Alexandria seien ein verderbter Haufen; keiner würde begreifen, was mit Sparta geschehen sei. Die Leute lachten nur und sagten, alles sei gut, denn sie selbst seien ja gesund und munter. Es gebe andauernd Feste.

Er erzählte weiterhin, daß es den Kindern gutgehe; sie seien allerdings recht unruhig. Nikomedes beobachtete seinen Vater die ganze Zeit über wie ein Liebhaber. Kratesikleia halte die Kinder zuviel im Haus und hege eine schlechte Meinung über alle Jungen, die sie vermutlich kennenlernen würden. Sie gehorchten ihr, aber es sei schwer für sie, und niemals spielten sie mit anderen Kindern. Wenn sich der engste Freundeskreis des Königs zu einer Beratung traf – gewöhnlich nach einer weiteren Zurückweisung seitens des Ptolemaios –, sei Nikomedes fast immer dabei. Es sei eine schwere Aufgabe für einen noch nicht vierzehnjährigen Jungen. Die kleine Gorgo ähnle jetzt manchmal auf schmerzhafte Weise ihrer Mutter. Er sehe die Kinder oft, denn er besuche das Haus fast täglich – ein hohes Haus, sehr heiß und mit Balkonen. Kleomenes habe häufig Kopfschmerzen. Und dann wieder: Was Philylla wohl vorhabe?

Philylla nahm den Brief mit hinüber zum Bauernhof; sie wollte darüber nachdenken, denn zu Hause war sie jetzt immer so wütend und unglücklich, daß sie keine anderen Gedanken in sich aufnehmen konnte, am wenigsten die ihres Mannes.

Mikon saß auf der Bank neben der Tür, das Bein steif von sich gestreckt, und rupfte langsam eine Henne. Eines der kleinen Kinder, nackt und sehr schmutzig, hob die Federn auf und legte sie in einen Korb. Die anderen Heloten hatten Frau und Kinder von Leumas aufgenommen; wenn die Jungen älter waren, würde man ihnen zuflüstern, daß König Kleomenes seinem Vater Freiheit und Ehren gegeben habe und daß dieser am Ende für ihn getötet worden sei. Inzwischen waren sie wieder Sklaven, aber das begriffen sie noch nicht. Hinter der Hausecke stritten sich zwei weitere Kinder mit schrillen Stimmen.

»Steh nicht auf!« sagte Philylla rasch, denn sie wußte, daß Mikon erst gerade wieder auf den Beinen stehen konnte. Es gab jetzt viele, die ihn herumkommandierten und ihn gehorsam und pflichtbewußt auf seinem verletzten Bein aushalten ließen, bis es ihnen gefiel, ihn fortzuschicken und zu lachen, wenn er davonhinkte. Die neue Bürgerwürde hatte man ihm natürlich wieder genommen, ebenso die paar kleinen Felder, auf die er so stolz gewesen war und auf die auch seine Kinder einmal stolz sein sollten. Er gehörte nicht mehr dem Revolutionsheer an.

»Armer Schatz«, sagte Philylla. »Wie geht es dir?«

»Steif, steif«, antwortete der Mann und rieb dann in einer sonderbaren, aber nicht peinlichen Geste seinen Kopf an ihrem Arm. Wenn es ohnehin weder Herren und Diener gab, war es so schlecht nicht, *ihr* Diener zu sein ... Auch sie begriff das. Er fuhr fort: »Neareta ist da; sie hat einen Brief bekommen. Tiasa streitet wieder mit ihr. Ich bin rausgegangen.«

»Die albernen Frauen!« sagte Philylla in plötzlich aufwallendem Ärger, weil sie wußte, daß sie nun nicht mehr im Frieden der Hofgerüche über Panteus und ihre eigenen Pläne nachdenken konnte.

»Ihr Junge ist auch da«, sagte Mikon leise.

Als sie der Tür mit dem Handgelenk einen Stoß gab, öffnete sie sich knarrend. Obgleich sie nun verheiratet war, hatte Philylla noch nicht ihre volle Kraft erreicht, wurde aber jeden Monat stärker und trug gern Lasten, führte Tiere und erteilte Befehle. Eine Spartanerin. Wie konnte sie es ertragen, im Haushalt einer anderen Frau zu leben, ihrer eigenen Mutter! Sie mußte fort, fort! Ein eigenes Haus in Alexandria ... Das alles ging ihr durch den Kopf, als sie den Raum betrat, in dem sich Neareta und Tiasa wütend stritten. Der zwölfjährige Gyridas saß in einer Ecke und sah ihnen zu, warf manchmal den Kopf zurück und zitterte. Er sah seinem Vater sehr ähnlich, war aber dünner und viel trauriger als Phoebis. Er erblickte Philylla zuerst und sprang mit dem Ruf auf: »Wir haben einen Brief von Vater bekommen!«

Tiasa schwang herum, und ihre großen Brüste schwappten unter der Tunika mit wie schwere Fische. »Ja, einen dieser Briefe, für den du eine Meile rennen würdest«, sagte sie, »und dann kotzt du nach dem Lesen in den Suppentopf! Diese verrückte Neareta ist genauso schlimm wie du – ja, ich werde es aussprechen –, wie du und euer fortgelaufener König, der die Männer ehrbarer Frauen stiehlt und nach Gottweißwohin schleppt ...«

Ruhig erhob Philylla die Hand. »Aber Tiasa«, sagte sie, »sei doch nicht albern. Alexandria ist nur ein paar Tagereisen entfernt.« Und wie auf eine Eingebung hin fügte sie hinzu: »Ich gehe vielleicht selbst dorthin.«

Tiasa schnappte nach Luft und richtete sich erregt auf: »Ich möchte zu gern wissen, was deine Mutter dazu sagt! Wenn du selbst keine Vernunft annehmen willst, wird man sie dir beibringen, meine Dame!«

Philylla hatte Angst, die Beherrschung zu verlieren, und Neareta antwortete an ihrer Stelle: »Du hast kein Recht, Tiasa, so zu einer hohen Dame zu sprechen. Du bist doch nur eine Sklavin, oder?« Da ging Tiasa auf sie los, und sie machten sich eine Reihe dummer Vorwürfe.

Philylla zuckte die Achseln. Neareta verhielt sich gewöhnlich nicht so. Es hatte wohl mit dem zu tun, was ihr zugestoßen war. Man hatte den Leichnam erst nach fünf Tagen bergen können, und dann war es Neareta selbst, die sich darum kümmern mußte. Sie winkte den kleinen Gyridas zu sich. »Erzähl mir, was in dem Brief stand.«

Der Junge nahm sie bei der Hand, und zusammen verließen sie das Haus und setzten sich zu Mikon auf die Bank. »Vater möchte, daß wir zu ihm nach Alexandria kommen«, sagte er. »Und wir gehen auch. Die Ephoren haben fast all unser Land fortgenommen, aber wir haben genug Geld für die Reise. Weißt du, Philylla, daß sie versucht haben, mich aus meiner Jahrgangsklasse zu werfen – der gleichen Klasse, in der mein Bruder war? Nur weil Vater einer von den neuen Bürgern des Königs war. Aber die anderen Jungen haben es nicht zugelassen, und mein Lehrer ist selbst zu den Ephoren gegangen. Doch jetzt werde ich sie verlassen müssen. Meinst du, wir werden lange in Ägypten bleiben?«

»Wenn der König wieder in seine alten Rechte eingesetzt ist, wird alles wieder gut.«

»Aber ist es sicher, daß er zurückkommt? Philylla, ist es sicher?«

Sie sah, wie Mikon den Kopf hob. Wenn sie sich doch nur selbst gewiß sein könnte, wie sie es als Kind gewesen war, wenn Agiatis ihr erzählte, alle guten Dinge würden auch wahr! Sie sagte: »Ich glaube, daß er nach Sparta zurückkommen wird. Und wenn nicht er selbst, dann doch gewiß die Dinge, für die er sich eingesetzt hat.«

»Aber er selbst!« sagte Mikon. »Oh, er muß wieder König sein! Wenn er nicht zurückkommt, wurden wir umsonst verletzt. Ich kann nicht ...« Er brach ab und blickte sich um. Dann betrachtete er fast erstaunt seinen verstümmelten Körper. »Ich kann dies nicht für den Rest meines Lebens ertragen. Nicht nach den guten Jahren mit dem König.« Das war eine einfache Aussage; das eine war nach dem anderen nicht möglich.

Philylla wußte keine bessere Antwort, als sie bereits gegeben hatte. Sie wandte sich wieder an den Jungen. »Was stand sonst noch in dem Brief, Gyridas? Etwas über die anderen?«

»Er schreibt, es gehe leidlich. Die Leute in Alexandria seien freundlich, aber anders als unser Volk. Er habe Nikomedes das Stabspringen beigebracht. Ich kann das schon. Er sagt, ich würde Nikomedes und Nikolaos als Freunde haben, wenn wir dorthin kommen. Das denke ich auch.«

Da trat Neareta aus dem Haus und sagte: »Wir reisen sofort nach Gytheon, Philylla, meine Liebe, und werden einfach auf ein Schiff warten. Ich habe dort Verwandte. Phoebis meint, wir könnten vielleicht im Frühling wieder hier sein. Dann wird sicher alles gut. Was ist mit dir?«

»Man hat mir nicht gesagt, was ich tun soll«, antwortete Philylla, und ihre Hände umschlossen die Falte ihres Kleides, unter der sie die Ecken des Briefes fühlte. »Ich beneide dich, Neareta.«

Tiasa stand im Eingang, Bauernbosheit im Blick und im

Herzen. Sie achtete nicht auf Neareta, sondern redete ihre Ziehtochter direkt an: »Denkst du immer noch an Fortlaufen, mein Kindchen? Und woher soll das Geld kommen?«

Philylla runzelte die Stirn. Es hatte weh getan, als man Panteus seinen Besitz und die Herden fortnahm. Es war ihr eigenes kleines Haus gewesen, in dem sie glücklich gewesen waren. Die Ephoren hatten auch all seine kleineren Besitztümer in Beschlag genommen. Es schien so, als habe jemand, der Panteus gekannt hatte, ihnen davon erzählt. Aber sie sagte nichts. In dem Brief stand nicht viel von der Beschlagnahmung; Panteus konnte ohnehin kaum verstehen, was während seiner Abwesenheit hier geschehen war. Er würde weiterhin von seinem Land träumen und dem Haus, in dem sie miteinander geschlafen hatten. Sie sagte: »Ich glaube, du vergißt, Tiasa, daß mein Vater auch an der Schlacht teilgenommen hat.«

»O ja!« gab Tiasa zurück. »Aber er ist schlau genug, sich still zu verhalten und die für ihn handeln zu lassen, die ihm helfen können. Und es wird ihm gar nicht gut gefallen, wenn der Mann seiner Tochter einfach fortrennt und seine Frau mit keinem einzigen Stück Silber zurückläßt. Oder?« Philylla schwieg und hoffte, einen Grund zu finden, warum dies nicht wahr sein konnte. Neareta und der Junge waren verschwunden, und Mikon war ihnen nachgehinkt. Tiasa trat einen Schritt auf Philylla zu, und plötzlich klang ihre Stimme weicher und gedämpft: »Ach, wir wissen doch, was du durchgemacht hast. Wir kriegen dich auch da heraus. Soll er doch zu seinem König gehen und dort bleiben! Du heiratest einen anderen, und zwar einen besseren, der dich die ganze Zeit ansieht und sich nicht aus dem Staub macht. Erzähl mir nicht immer, so einen willst du nicht, du bist doch eine Frau, genau wie ich. Soll ich das nicht wissen? Es tut dir weh, nicht wahr, als drehe jemand jede Minute ein Messer in dir herum.«

Philylla riß sich zusammen, um diese Vermutung von sich zu weisen und der Ziehmutter beherrscht eine Lüge vor die Füße zu schleudern. Aber als sie den Kopf hob, schmerzte ihr der Hals von unterdrücktem Schluchzen, und unvermittelt verriet sie ihr Unglück. »Es stimmt, es stimmt!« weinte sie. »Er liebt mich nicht!« Und dann ließ sie den Tränen freien Lauf, ließ sich küssen und umhätscheln und streicheln. Zitternd hörte sie zu, wie Tiasa ihrem Mann Vorwürfe machte. Die Worte schlugen auf sie ein, und in ihnen lag gerade genug Wahrheit, daß sie den verletzten Stolz und die Liebe in ihr dämpften und sie nur noch Wut auf ihn spüren wollte. Zumindest dieser Teil von ihr wurde nun von jemandem verstanden; wie gut, wie gut, endlich alles loszuwerden!

Nach einer Weile brach diese sonderbare Lust ebenso unvermittelt ab, wie sie begonnen hatte. Die erstickenden Schluchzer ebbten ab und verwandelten sich in einen kindlichen Schluckauf. Philylla blinzelte mit den geschwollenen Lidern um sich. Den Brief hatte sie Tiasa jedenfalls nicht gezeigt, wenn auch ihre Ziehmutter vielleicht den Inhalt erraten hatte. Sie sagte: »Es stimmt vermutlich, daß ich unglücklich bin, aber er begreift das nicht. Wenn er es wüßte, hätte er mir nicht so weh getan. Aber dann – dann wäre er auch kein Mann gewesen.«

»Alles gut und schön«, sagte Tiasa, »aber ich kann nicht ruhig zusehen, wie du unter meinen Händen verfällst, nur weil er ein Mann ist! Und jetzt hör mir mal zu: Wenn du zu ihm gehst, erfährst du Schlimmeres. Denn du hast keine Chance bei Panteus, wenn er sich zwischen dir und dem König entscheiden muß. Wenn der König ihn will, nimmt er ihn ganz, und du landest in der Gosse.«

»Nein!« gab Philylla zurück. »Ich kenne meinen Platz. Und auch ich ... habe gewählt, meinem König zu dienen!«

Doch Tiasa lachte bloß und fuhr fort: »Aber dann hast du keine Familie, zu der du zurückgehen kannst. Und unter diesen schwarzen Fremden bist du nichts. Du wirst nicht einmal deine alte Kinderfrau haben, die dich herumkommandiert!« Dieses Mal mußte Philylla lachen, aber Tiasa fuhr sogleich fort: »O mein Lämmchen, ich würde mich für dich in Stücke reißen lassen! Als ob ich sie nicht kennen würde, die Herren! Aber ich weiche keinen Zoll von meinem Weg ab, wenn es nur um die Dummheit eines jungen Mädchens geht, über das ich gut Bescheid weiß, weil ich dreißig Jahre älter bin als du. In Ägypten gibt es niemanden, der für dich stirbt, und keinen, der weiß, daß du anders bist als diese hochnäsige Neareta und ihr kleiner Balg, der nur halb so groß und so klug wie unser Dontas ist, obwohl er in die gleiche Schule wie die Herren gegangen ist! Niemand wird bei dir sein, wenn du krank bist oder wenn deine Zeit kommt und dein Mann mit dem König fort ist. Wovon wirst du dort draußen leben? Willst du bei den Ägyptern betteln?«

»Du hast Königin Kratesikleia vergessen.«

»Ja, richtig. Aber das bedeutet auch nicht viel! Was zählt, ist doch das Herz, und da wird es dich immer wieder treffen, wenn die alte Königin auch in Ägypten lebt. Täusch dich da nicht! Aber wenn du hier bleibst – bleibst und deine Wunden heilst und alles vergißt ... darüber erwachsen wirst ... Ich weiß doch, daß die neue Flamme deiner Schwester zehnmal lieber dich hätte, eine solche Schönheit und reif genug zum Anbeißen? Er wird dich gut behandeln, wie es in den alten Zeiten üblich war. Hier bist du jemand und schleppst dich nicht nur mit dem herum, was du auf dem Leib trägst, zum Spott aller Fremden. Du bist eine Dame mit einem der ersten Anwesen, mit einem großen Haushalt, mit Kleidern und Schmuck. Dieser Chaerondas würde alle deine Jungen großziehen, die du bekommen möchtest, und das ist mehr, als Panteus jemals kann. Stimmt's, mein Gänschen? Laß mich nur Chaerondas erzählen, daß du ihn gern kennenlernen möchtest – nicht mehr! Ianthemis kann noch ein wenig warten. Was ist sie auch im Vergleich zu dir, mein Täubchen?« Plötzlich warf sich die Amme auf dem schmutzigen Hof auf die Knie und schlang die Arme um Philylla. »Oh, tu es!« schrie sie. »Tu es und mach deine alte Amme und dich selbst wieder glücklich!«

Aber Philylla löste sich von ihr, ergriff Tiasa fest bei den Handgelenken und sah ihr direkt in die Augen. »Ich werde dir sagen, wenn ich dich brauche«, sagte sie. »Im Moment brauche ich dich nicht!«

Fünftes Kapitel

Im Spätherbst trafen Erif und Berris Dher in Sparta ein. Nach dem Regen wirkte alles frischer; auf beiden Seiten des Gebirges hingen Wolken, aber der Himmel zwischen den Kämmen war blau.

Sie erfuhren, daß die meisten ihrer alten Freunde entweder gefallen oder ins Exil gegangen waren; in den alten Häusern wohnten neue Leute. Doch Berris Dher genoß inzwischen einen guten Ruf; es hieß sogar, er sei eigentlich kein Barbar, sondern Grieche. Er hatte nie Schwierigkeiten, Freunde zu gewinnen, und die Reichen gaben ihm überall Aufträge, in welchem Staat er sich auch immer aufhielt.

Er hatte mit der Porträtmalerei begonnen und viel Spaß daran. Einer seiner Aufträge bestand darin, ein lebensgroßes Bild des mazedonischen Statthalters anzufertigen. Das Bild gelang ihm sehr gut, und seine Schwester unterhielt sich später mit der Mutter des Statthalters, einer netten alten Dame. Überwiegend sprachen sie über die Götter Mazedoniens, die alle griechische Namen trugen, aber anders in Erscheinung traten, und über einige Rituale aus dem Gebirge, an die sich die gute Alte mit schnalzenden Lippen und zwinkernden blauen Augen erinnerte.

»Mädchen sind Mädchen«, sagte sie, »und wir alle haben mitgemacht. Selbst die aus den besten Familien. Diese Griechen hier unten haben nicht das richtige Temperament. Nein, meine Liebe, wir im Norden sind da anders. Wir wissen, wie man lebt. Sag deinem Bruder, er soll dich nach Mazedonien mitnehmen. Dort wirst du einen Mann finden.« Sie ließ die Tatsache, daß Erif verheiratet war, völlig außer acht. Ihr gefiel, was sie sah und verstand, und war daher auch böse auf Berris, weil er die Narben auf dem Bein ihres Sohnes nicht genau genug gemalt hatte. Es waren ehrenhafte Narben. Ein Speer hatte die Wade durchbohrt, und noch immer hinkte der Statthalter ein wenig, ohne daß es indes seiner Würde geschadet hätte.

Eines Tages traf Erif Eupolia und Ianthemis bei einer

Gesellschaft der Frau des Statthalters. Sie trat rasch auf sie zu. Eupolia verhielt sich recht nett, aber Ianthemis wirkte sowohl schüchtern als auch ärgerlich und abweisend. Das Mädchen war dünner und dunkler als seine Schwester, und seine Haut war fleckig, so daß es Puder benutzen mußte. Ihr Blick schien weniger beherrscht, als der ihrer Mutter, weshalb Erif beschloß, sie auszufragen. Die Mutter ging nach ein paar höflichen Fragen und Antworten weiter, um sich mit der Gattin des Statthalters zu unterhalten. Ianthemis hatte ihr folgen wollen. Sie hatte Angst, allein gelassen und von Fremden angesprochen zu werden.

Erif Dher sagte rasch: »Hörst du häufig von Philylla? Gefällt ihr Ägypten?«

»Oh«, antwortete Ianthemis, »sie ist doch gar nicht in Ägypten.«

Erif war so überrascht, daß sie fast den Faden verlor, aber Ianthemis reagierte nicht schnell genug, um sich vor der nächsten Frage zu entfernen.

»Ist sie denn hier?«

»Ne... nein«, stotterte Ianthemis und lachte. Dann blickte sie die fremde Frau an, die immerhin keine Mazedonierin war, und beschloß, ihr ... nun, etwas zu erzählen. »Sie ist zu Hause«, sagte sie. »Und Mutter sorgt dafür, daß sie auch dort bleibt! Außerdem mag sie solche Gesellschaften nicht.«

»Warum ist sie denn zu Hause, Ianthemis?« fragte Erif mit ihrem freundlichsten Lächeln und winkte gleichzeitig eines der Mädchen herbei, die Kuchentabletts trugen. »Erzähl es mir bitte! Ich weiß überhaupt nichts!«

Ianthemis war schon halb gewonnen und antwortete: »Panteus will, daß sie nach Ägypten geht. Aber das wäre natürlich dumm. Deshalb müssen wir sie hier behalten. Selbst jetzt, wo sie erwachsen ist.«

»Was wäre denn daran so dumm?« fragte Erif. »Frauen müssen doch in erster Linie ihren Männern gehorchen, nicht wahr? Und außerdem ...« Sie senkte die Stimme und blickte auf den kleinen Kuchen in ihrer Hand. »... wenn das hier nun nicht allzu lange dauert?«

»Oh, das darfst du nicht sagen!« erwiderte Ianthemis rasch. »So etwas sagen wir nie – noch denken wir es! Aber Panteus hat ihr jetzt befohlen, nachzukommen.«

»Ach so«, antwortete die Königin von Marob, und merkte plötzlich, daß sie sich in der Lebensweise Spartas nicht mehr auskannte, und gar nicht ahnte, was jetzt hier vorging. Ihr wurde auch bewußt, daß Eupolia sie absichtlich nicht zu sich nach Hause eingeladen hatte. Sie versuchte es nun auf dem direkten Wege.

»Wie hübsch du geworden bist, Ianthemis! Du hast doch nichts dagegen, wenn ich dir das sage? Vermutlich hörst du das von vielen Leuten. Wenn dich doch nur mein Bruder sehen könnte. Er ist es so überdrüssig, unansehnliche Statthalter zu malen.«

Ianthemis fühlte sich geschmeichelt und nahm noch ein Stück Kuchen. So etwas Gutes hatte sie in ihrem ganzen Leben noch nicht gegessen! Es gab Pasteten aus Datteln und Kastanien, und diese kleinen grünlichen Kugeln.. . Sie wollte Erif furchtbar gern fragen, ob sie sie wirklich für ebenso hübsch wie ihre Schwester hielt, aber irgendwie gelang es ihr nicht. Sie konnte nur erwidern: »Oh, findest du wirklich? Das ist nett von dir!« Sie begann nun ihrerseits, Erif zu schmeicheln: »Dein Bruder muß sehr talentiert sein! Alle sagen es. Hat er diese wunderbaren Armreifen gemacht?« Sie befühlte den untersten der schönen Ringe, die Erif zwischen Ellbogen und Schulter trug.

Achtlos löste ihn Erif vom Arm. »Sie sind lustig, nicht wahr? Sieh dir den Eidechsenkopf an!« Sie ließ den Reifen unvermutet auf den Arm des Mädchens gleiten. »Ach, das ist noch gar nichts. Du kannst ihn gerne behalten.«

Das Schmuckstück sah wirklich bezaubernd aus und stand Ianthemis ausgezeichnet. Ianthemis besaß so wenige hübsche Dinge, seit Vater die Mutter gebeten hatte, allen Schmuck dem König zu opfern. Damals hatte sie nichts dagegen gehabt, weil sie noch zu klein war. Inzwischen bedauerte sie es längst. Sie kannte sich nicht gut genug aus, um zu beurteilen, ob der Armreif ein kostbares Stück war. Sie errötete und dankte Erif, leckte verlegen und unfein die Kuchenkrümel von den Fingern und errötete.

»Und grüß bitte deine Schwester«, sagte Erif. »Darf ich irgendwann einmal vorbeikommen und sie besuchen? Es ist so lange her, seit wir uns gesehen haben.« Es war das Armband, das Berris ihr am Neujahrstag geschenkt hatte, eines seiner besten Stücke. Nun, egal.

Gegen Ende des Nachmittags erhielt Erif Dher eine unbestimmte Einladung von Eupolia, doch schaffte sie es prompt, sie auf Tag und Stunde festzulegen.

Nach der Gesellschaft ging sie zu Berris, der gerade seine Pinsel säuberte. Sie sagte: »Philylla ist immer noch in Sparta«, und sah, wie er sich verschloß, die Lippen aufeinander preßte und noch sorgfältiger die Farbe aus den weichen Borsten rieb.

»Und wo ist ihr Mann?« fragte er dann.

»In Ägypten, wie wir schon gehört hatten. Aber ihre Mutter hält sie zu Hause zurück. Die Arme!«

Berris gab eine Weile keine Antwort; er schien darüber nachzudenken. Schließlich sagte er recht verärgert: »Das sagst du, Erif. Aber woher willst du wissen, ob sie wirklich zu ihm gehen will?«

Erif dachte mit Vergnügen daran, welche Antwort sie ihm vor Jahren darauf erteilt hätte. Jetzt fühlte sie sich nur wie eine überlegene Schauspielerin in einem nicht allzu schwierigen Spiel. »Wir werden es bald herausfinden«, sagte sie, »weil ich dafür gesorgt habe, daß wir dort eingeladen werden.«

»Sieh an«, gab Berris zurück. »Du bist wirklich eine Hexe, da gibt es gar keine Frage!«

Ianthemis erzählte Philylla, daß Erif und Berris kommen würden, aber Philylla befand sich in so düsterer Stimmung, daß sie kaum den Kopf wenden oder antworten konnte. Sie war von Tiasa verraten worden, und nun war der gesamte Haushalt gewarnt. Sie besaß kein Geld, und niemand würde ihr welches beschaffen. Der Zugang zu den Ställen war ihr verboten worden, wenn auch der junge Helote weinte, weil er ihren Befehlen nicht gehorchen konnte. Ihr Vater bestand darauf, ihr lange Lektionen über die Nutzlosigkeit ihrer Pläne zu erteilen. Es sei besser, nachzugeben, wie er es getan hätte. Ianthemis war es gelungen, den Antwortbrief an Panteus abzuschicken, in dem sie feierlich schwor, sie würde zu ihm kommen. Oder ... war es möglich, daß selbst ihre Schwester sie betrog? Nein, nein; Ianthemis war eine Spartanerin, während Tiasa nur eine Helotin war! Philylla schaute aus dem hohen viereckigen Fenster ihres Zimmers. Wolken, die wie fette Fische aussahen, zogen vorbei: der Beginn des Winters. Jetzt fuhren nur noch wenige Schiffe; sie würde bestimmt bis zum Frühjahr warten müssen.

Als sie daran dachte, fielen ihr plötzlich die Worte der Schwester ein. Immerhin würden Erif und Berris das Leben während der Wintermonate erträglich gestalten! Berris ... Sie hatte ihn lange nicht mehr gesehen, nicht mehr seit ihrer Hochzeit. Sie glaubte jetzt zu wissen, wie hart sie ihn behandelt hatte, und fragte sich, ob auch er so gequält gewesen war, von Phantasien zu heißer, schmerzender Schlaflosigkeit gezwungen, so wie es ihr jetzt in den meisten Nächten geschah, wenn sie an ihren Mann und seinen Körper dachte. Manchmal, kurz vor dem Morgengrauen, war sie gern bereit, nur den Körper zu besitzen, ohne sein Herz oder seine Seele. Den Körper, die Haut, den ... Nein! Was nützte es, daran zu denken, Träume halfen nicht. Sie hörte auf, sich über Berris Gedanken zu machen. Sie gab sich nicht einmal die Mühe, sich umzukleiden. Aber als sie die Stimmen hörte, eilte sie über den Hof auf sie zu.

Philylla küßte Erif und hieß sie herzlich willkommen, verhielt sich aber Berris gegenüber kühl. Das Gespräch verlief recht förmlich. Sie saß zwischen ihrem Vater, der sich freute, Berris wiederzusehen, und ihrer Mutter. Da bemerkte sie plötzlich, daß einer der Stickfäden am Kleid ihrer Mutter locker war und sich an einem Bronzeblatt des Stuhlbeins verfangen hatte. Wenn Eupolia nun aufstand, würde der kleine gelbe Wollvogel auf dem weinroten Stoff schrumpfen und welken und formlos werden, Kette und

Schuß des Stoffes würden plötzlich gespannt wie nie zuvor beim Weben – Schnapp! Aber sie regte sich nicht, um Eupolia zu warnen.

An Eupolias anderer Seite saß Ianthemis. Sie hatte sich nicht getraut, ihr bestes Kleid anzulegen, trug aber Weiß und hatte sich Anemonen ins Haar gesteckt. Außerdem trug sie den Armreifen, den Erif ihr geschenkt hatte. Sie war sehr still, warf aber immer wieder, ohne den Kopf zu wenden, Seitenblicke auf Berris. Sie fragte sich, ob er sie mit den Augen eines Malers betrachtete. Würde Mutter erlauben, daß er sie malte? Konnte man das Bild vielleicht Chaerondas zum Geschenk machen?

Inzwischen unterhielt sich Eupolia freundlich mit Erif, umging schwierige Themen, wagte sich aber nahe genug heran, um herauszufinden, was diese Frau dachte und ob sie eine passende Gefährtin für Philylla sei.

Erif nahm die Herausforderung an. Sie mußte Eupolia von ihrer Harmlosigkeit überzeugen und zugleich Philylla versichern, daß sie noch ihre Freundin war. Die ganze Zeit über fühlte sie mit Philylla und versuchte, ihr zu vermitteln: Wir sind beide von den Männern getrennt, die wir lieben. Seien wir Schwestern. Ich werde dir helfen, auch wenn du mir nicht helfen kannst. Aber nach außen hin blieb sie fröhlich und lachte viel. Sie erzählte ihnen von Hyperides und dem Spielzeug, das sie an ihren kleinen Sohn geschickt hatte, und daß sie einen Brief von dem Athener bekommen habe, in dem er berichtete, wie gesund und schön ihr Sohn sei und wie freundlich man ihn in Marob behandle. Sie hoffte bald auf einen weiteren Brief, der ihr von Kirrha nachgeschickt werden würde, weil sie und ihr Bruder weitergereist seien. Ja, sie würden den ganzen Winter in Sparta bleiben. Gab es einen besseren Ort heutzutage als Sparta? Sie merkte, wie Philylla seufzte und unruhig auf ihrem Stuhl hin und her rutschte, doch Eupolia lächelte zufrieden. So weit, so gut. Mit Philylla würde Erif schon wieder ins reine kommen.

Berris hatte sich anfangs äußerst unbehaglich gefühlt. Er hatte einen Blick auf Ianthemis geworfen und sein Armband an ihr entdeckt. Erif hatte ihm davon erzählt, und er akzeptierte ihre Geste, aber es gefiel ihm trotzdem nicht, den Reif an einem anderen Arm zu sehen. Immerhin mochte er Themisteas; sie waren immer gut miteinander ausgekommen. Sie sprachen über die Schlacht bei Sellasia, aber nur im technischen Sinne, ohne politisch zu werden. Wann immer eine Meinungsäußerung angebracht gewesen wäre, warf Themisteas einen Seitenblick auf seine Frau und schwieg.

Berris' Blick traf auf Philyllas, die ihn unter gerunzelten Brauen anschaute. O Gott, was bedeutete ihm alles, wenn er sie nicht bekam! Es hatte keinen Sinn; er konnte sich noch so oft sagen, er habe sie vergessen. Er konnte sich in Sklavinnen und Modelle verlieben. Er konnte einer Hure im Bordell von Kirrha von seiner Liebe erzählen und hören, wie sie lachte und ihm Besseres anbot. All sein Unglück war an die Wurzeln seiner Leidenschaft gedrungen und hatte sie zu einer strahlenden Rose erblühen lassen. Jetzt, als erwachsener Mann, war er innig und bittersüß in Philylla verliebt!

Dennoch sprach er die ganze Zeit mit Themisteas. Er erzählte lustige Geschichten von seinen Abenteuern, von den Häusern, die er besucht hatte, den Urteilen, die die Leute über seine Bilder abgaben. Er fragte nach den Tieren. Themisteas erzählte ihm aufgeregt, daß seine Jagdhündin jüngst geworfen habe. Dabei umklammerte er seine Armlehne und wollte aufstehen, zuckte aber schließlich zusammen, lehnte sich zurück und bat die Mädchen, die Tiere zu holen. Ianthemis sprang auf, und Philylla folgte ihr. Nach wenigen Minuten kamen die beiden mit einem Armvoll junger Hunde zurück; die Hündin folgte ihnen schnüffelnd. Ianthemis stellte sich aufgeregt vor, sie brächte einem großen Maler ein Geschenk, und hoffte sehr, daß Vater ihm ein Hundejunges anbieten werde. Das schönste Tier kuschelte sich in ihre Armbeuge. Sie beugte den Kopf und rieb die Wange an dem weichen Fell.

Themisteas nahm die ganze Hundebande auf die Knie und streichelte sie, betastete die blind suchenden Schnauzen, die breiten Pfoten und lachte entzückt, wenn die nadelscharfen Krallen durch seine Tunika drangen und die Welpen über seinen Schoß tapsten. Die Hündin setzte sich auf die Hinterbeine und legte die Schnauze auf den Schenkel ihres Herrn, blieb reglos und dumpf und starrte auf ihre Jungen. Themisteas kraulte sie sanft hinter den Ohren und sprach zärtlich auf sie ein. Laut fragte er, ob er diese Hunde wohl jemals würde jagen sehen; sein Bein heile so schlecht, und er könne nur hinken.

Jetzt klatschte die Hausherrin in die Hände, und ein Diener brachte einen neuen Krug Wein, Äpfel und Walnüsse und dünne Weizenkuchen herein. Alle aßen und tranken aus hübschen geschwungenen Tonbechern. Themisteas fütterte die Hündin mit einem Keks.

Philylla setzte sich wieder, beugte sich vor, stützte die Ellbogen auf die Knie und hielt die verschränkten Hände vor sich. Sie wäre gern allein mit den Hunden gewesen, oder mit ihnen und Vater, vielleicht auch mit Ianthemis. Berris und Erif werden mir auch nicht viel helfen können, dachte sie. Sie sind auf die andere Seite übergetreten. Sie hatte gehofft, daß sich Erif irgendwie erinnern würde. Oder Berris. Erif. Berris. Sie hatte so auf ihre Freundschaft gehofft!

Man setzte die Hunde auf den Boden. Ianthemis trennte sich nur zögernd von den wunderbaren seidigen Fettpolstern in den kleinen Nacken. Sie hockte sich zu ihnen, kitzelte sie und neckte sie, schob sie zu den Zitzen der Mutter oder nahm sie ab. Oh, wie schön, Vater bot Berris tatsächlich einen Welpen an! Er durfte sich einen aussuchen. Welchen würde er wählen? Sie streckte sie ihm entgegen, versuchte stumm, ihn auf einen bestimmten aufmerksam zu machen, aber er schien sie nicht zu verstehen. Er suchte sich einen recht guten Hund aus, aber nicht ihren besonderen Liebling. Gegen Mittwinter könne er ihn abholen, sagte Themisteas.

Es war Zeit, zu gehen. Eupolia erhob sich, um sich herzlich von ihnen zu verabschieden. Philylla beobachtete sie. Da! Der Faden war gerissen! In einem einzigen Augenblick verlor der gestickte Vogel seine Gestalt. Sie hatte die Ohren gespitzt und hörte genau, wie der Wollfaden riß.

Ihre Mutter runzelte ein wenig die Stirn und warf einen Blick nach unten, ohne etwas zu bemerken. Ein Sklave wurde eilig hinausgeschickt, um die Maultiere der Gäste vor die Tür zu führen.

»Der Junge gefällt mir«, sagte Themisteas. »Es wäre nett, wenn wir sie diesen Winter noch öfter sehen könnten. Er heitert mich auf. Du mußt sie wieder einladen, meine Liebe.«

»Aber gewiß doch«, erwiderte Eupolia.

Die Geschwister ritten auf Maultieren zurück nach Sparta. Beide trugen steife Filzumhänge mit Ärmeln, die dick genug waren, auch den schwersten Regenguß abzuhalten. Auf halbem Weg brach ein Schauer hernieder, und das Land reagierte sogleich mit einer Wolke aus süßlichem Erd- und Pflanzengeruch. Berris hielt sein Gesicht dem Regen entgegen.

Erif dachte immer noch an Philylla. Mit fester Stimme sagte sie: »Wir müssen sie da herausbekommen. Sie sorgt sich sonst zu Tode.« Aber Berris gab keine Antwort, und plötzlich bedauerte Erif ihre Worte.

Der Winter nahm seinen Verlauf; die beiden besuchten oft das Haus von Themisteas. Es war für Erif schwierig, Philylla allein zu sehen – Philylla selbst schien nicht sonderlich darauf bedacht, dazu Gelegenheiten zu schaffen –, aber allmählich konnte sich Erif zusammenreimen, um was es ging. Dabei wurde sie unsicher. Ihr schien es nämlich keineswegs sicher, daß Philyllas Glück allein darin läge, Panteus zu folgen. Als sie die Freundin endlich überzeugt hatte, was einer Menge Blicke und Worte, Küsse und Umarmungen und Vertrauensversprechen bedurfte, zeigte Philylla ihr den Brief. Aber auch dessen Kenntnis half Erif nicht, eine Entscheidung zu treffen. Schließlich war es Philylla, die die entscheidende Frage stellte: Würde Erif ihr Geld leihen, ohne eine weitere Sicherheit als nur ihr Wort, damit sie nach Alexandria fahren konnte. Und würde sie ihr auch helfen, aus dem Haus zu fliehen?

Sie saßen eng nebeneinander auf Philyllas Bett; man

hatte vorgegeben, Sandalen anprobieren zu wollen. Erif antwortete: »Mein Bruder hat unser Geld. Ich muß ihn fragen.«

»Würde er es tun? Ich könnte es nicht ertragen ... wieder verraten zu werden«, sagte Philylla, und war kurz davor, aufzuschluchzen.

»Ich weiß es nicht«, antwortete Erif offen.

Philylla bückte sich und begann, die neuen Sandalen zuzuschnüren. Im Zimmer brannte ein Holzkohlenfeuer, und sie trug nichts außer einem dünnen Hemd, das ihr über die Schenkel hochgerutscht war. Erif sah, wie ihre Brüste sich strafften, als Schulter- und Brustmuskeln angespannt wurden. Die unausgesprochenen Worte über Berris standen wie ein Kristall zwischen den beiden Frauen. Philylla richtete sich auf und blickte kritisch auf den beschuhten Fuß. »Wenn er denkt, er könnte mich auf diese Weise für sich gewinnen, liegt er falsch«, sagte sie.

»Ja«, meinte Erif. »Ja. Soll ich ihm das auch sagen?«

Indes stellten Themisteas und Eupolia heimlich ganz neue Überlegungen an. Wenn man Ianthemis mit Chaerondas verheiratete und Philylla – nun, nicht so bald, sondern nach den entsprechenden Formalitäten und unter der Annahme des Todes im Exil –, und Philylla würde diesen bezaubernden und offensichtlich reichen jungen Künstler ehelichen, der sie so offenkundig anbetete und den man sicher überreden könnte, einen griechischen Namen anzunehmen und sich hier niederzulassen ... Also erlaubten sie Philylla, mit Berris in dem ummauerten Obstgarten unter den kahlen Bäumen spazierenzugehen, halb in Sicht-, aber außer Hörweite vom Haus ...

Sie wußten nicht, was Philylla ihm erzählte. Philylla wiederholte ihm die Geschichte, die ihr Agiatis erzählt hatte, als sie selbst noch ein junges Mädchen war, und tröstete sich zugleich, indem sie jemandem verriet, was in ihrem Herzen vorging, sprach oft den Namen der Frau aus, die sie geliebt hatte, und hielt die Flamme der Revolution in sich wach.

Als sie die Geschichte von König Agis beendet hatte, erinnerte sich Berris an den Abend, an dem er sie zum erstenmal aus dem Munde von Sphaeros gehört hatte, und eine Zeitlang schweiften seine Gedanken zurück nach Marob und seiner Schwester, in eine Zeit, da sie beide noch viel jünger waren, zurück zu Tarrik, der aus einem Schädelbecher trank, zu den blassen Händen von Eurydike. Dann formten sich andere Bilder vor seinem inneren Auge, die recht bewußt kindlich und ungeplant kamen: Der junge, unschuldige König, das goldene Haar von Sonnenlicht umflutet, vor der roten Tür eines im Schatten liegenden Hauses. Der Mann, der schließlich in gespielter Freundschaft zu Agis trat und ihn durch einen Kuß an die Ephoren verriet. Eine gute Szene ... Der dunkle Verräter. In scharfen Linien und Zickzackstrichen ausgeführt, mit jener violetten Farbe, die man bei blasser Haut oft sieht, wohingegen Agis in freundlichen, einfachen Formen gehalten war, Formen, die sich ein Kind ausdenkt, wenn es eine Rose betrachtet. Und eine blaue Tunika müßte er tragen – tat es vermutlich auch! –, deren Falten schlicht herabfielen. Vielleicht konnte man auch eine Menschenmenge darstellen, Dutzende von winzigen Leuten im Hintergrund, und eine recht steile Perspektive, so daß reine Masse und Wiederholung, Gewicht und Pathos des Bildes bestimmten. Keine einfache Darstellung, sondern ein Geschichtenbild. Nicht für sich, sondern für Philylla und ihre Freunde der Revolution.

In den nächsten Wochen arbeitete er ständig daran, begann zuerst mit kleinen, viereckigen Skizzen, bevor er sich an das Hauptthema wagte. Als das Bild fertig war, rollte er die Leinwand zusammen und verhüllte sie vorsichtig, so daß sie wie ein Ballen Stoff aussah. Gemeinsam mit Erif zeigte er sein Werk Philylla. Als sie es erkannte, sah sie ihn an, errötete und schlug die Hände entzückt zusammen, riß alle Barrieren ein und sagte mit ihrer alten Stimme: »O Berris!« Dann nahm sie seine Hand, und er küßte ihre, bedeckte sie zärtlich mit Küssen bis zum Handgelenk. Schließlich entzog sie ihm die Hand.

Er nahm das Bild mit zurück nach Sparta und schuf anschließend noch drei weitere Gemälde vom Leben und Tod des Agis, und unter jedem beschrieb er mit sorgfältig ausgeführten Buchstaben die Szene in Philyllas Worten. Eines stellte Agis in den Bergen dar, wie er plötzlich erfuhr, was ihm aufgetragen war: Ein Junge im Morgendämmern zwischen Lämmern auf einem Hang. Ein weiteres stellte seine Rede vor dem Volk von Sparta dar, der sanfte, ernsthafte Kopf zwischen all diesen grimmigen, mürrischen, bärtigen, listigen Gesichtern – die Körper waren nur noch flache Farbmuster. Auf dem dritten war Agis tot; der erhängte König war herabgeschnitten und nackt auf die Knie seiner Mutter gelegt worden –, es zeigte sie im Augenblick der Agonie, ehe auch ihr Hals in die Schlinge gelegt wurde.

Erif hatte eine Zeitlang gezögert, ehe sie Berris um das Geld bat. Als sie ihn fragte, lächelte er, meinte, er würde darüber nachdenken, und schwieg sich dann darüber aus, bis er die Agis-Bilder fertiggestellt hatte. Dann sagte er eines Tages zu seiner Schwester: »Meinst du immer noch, daß ich Philylla das Geld geben sollte?«

Erif hobelte gerade eine Holzplatte für ihn glatt. »Warum nicht?« erwiderte sie.

»Wenn du es wirklich wissen willst, meine Liebe, weil ich selbst eine Chance sehe, sie für mich zu gewinnen.«

»Das bezweifle ich«, antwortete Erif.

»Was ist mit Agis?« fragte Berris und deutete mit dem Daumen auf die zusammengerollten Gemälde. »Sie sind doch für sie. Sie wird sie wohl mitnehmen.«

»Du glaubst doch nicht ernsthaft, daß du wirklich eine Chance hast. Du kennst Sparta doch ebensogut wie ich.«

»Aber das ist nicht mehr das alte Sparta. Sie werden mich akzeptieren.«

»Aber sie wird dich nicht wollen, und was nützt es dir,

wenn du sie mit Gewalt nimmst? Du bist ein schlechter Vergewaltiger, Berris.«

»Sie kann doch nicht ewig einen Schatten lieben! Philylla war mir schon immer zugeneigt. Wenn er nun würdig gestorben wäre, anstatt sich nach Ägypten fortzustehlen, wäre sie längst die meine!«

Erif erkannte, daß er es wirklich ernst meinte, und hielt mit dem Hobeln inne. »Liebster Berris«, sagte sie. »ich will immer, daß du bekommst, was du dir wünschst, aber sie liebt Panteus nach wie vor. Vielleicht ist das dumm von ihr, aber ich weiß nicht, was man dagegen unternehmen kann. Ich bin sicher, daß sie dich und mich auf gewisse Weise liebt, und bestimmt kannst du bei ihr ein Strahlen vor Dankbarkeit und Freundlichkeit hervorlocken, das auf den ersten Blick wie Liebe aussieht. Und ich glaube auch, daß sie sich irgendwann einmal in einer einsamen Winternacht von dir besitzen läßt, etwa, wenn sie an die Agisbilder denkt, und es wird ihr nicht weh tun, weil es nichts mit ihrer Ehe zu tun hat. Aber mehr würdest du nicht bekommen, und das würde *dir* sehr weh tun.«

Berris nahm die gehobelte Platte und ließ sanft die Hand darüber gleiten. »Du hältst mich für verletzlicher als ich bin«, sagte er verärgert. »Ich bin einfach nur verletzt, weil ich sie nicht habe. Ich würde sie lieber kaufen, als sie gar nicht besitzen. Ich besteche sie mit den Agis-Bildern. Ich habe schon früher Frauen gekauft.«

Erif seufzte. Wenn er in solcher Stimmung war, wurde sie seiner leicht überdrüssig. »Nun, versuch es«, sagte sie, »aber probier es zuerst allein mit den Bildern. Halte das Geld zurück bis später, wenn du kannst. Nur – wenn sie dich als Liebhaber nimmt, mußt du ihr auch helfen, nach Alexandria zu gelangen. Es ist ja schön und gut, Berris, wenn du mich so ansiehst, aber es ist immerhin auch mein Geld. Wenn ich meinen Schmuck verkaufe, kann ich sie genauso von hier fortbringen wie du.«

»Warum tust du es dann nicht, du Teufelin?«

»Weil wir Freunde sind, Berris, und das waren wir unser ganzes Leben, nicht wahr? Wenn wir nicht in Griechenland wären, könnte ich dich verhexen. Natürlich würde ich dir nicht die Chance verderben, sie einmal zu besitzen. Vielleicht ist das alles, was du brauchst. Dann könnte sie nach Ägypten gehen, und wir zögen nach Athen oder irgendwo anders hin. Bis zum Ende der vier Jahre. Ich glaube auch nicht, daß Panteus dich deswegen hassen würde. Ja, ich weiß, das ist dir gleichgültig ...«

Berris hatte sich wieder beruhigt. Er hatte begonnen, eine ineinander verknäulte Gruppe aus Elfen und Drachen auf die Holzplatte zu zeichnen. »Vielleicht hast du unrecht«, sagte er. »Vielleicht liebt sie diesen Mann nicht mehr, seit er ihr diesen Brief geschrieben hat, und hat es nur noch nicht gemerkt. Und erkennt es erst, wenn es ihr jemand begreiflich macht. Wäre es nicht komisch, Erif, wenn sie ohne dieses Wissen nach Alexandria ginge und es erst herausfände, wenn sie ihn sieht? Oder wenn sie mit ihm ins Bett geht? Sie würde es niemals einem anderen gegenüber zugeben, außer sich selbst, und es würde sie ihr ganzes Leben lang quälen.«

Erif war entsetzt: »Ich frage mich, ob du vielleicht recht hast«, sagte sie und begann zu weinen.

Er sagte: »Man täuscht sich selbst so leicht, und andere Menschen ebenso. Es ist eine dünne, flüchtige Vorstellung, die man mit einem Schlag zerreißen kann: Ein kurzer Hieb würde reichen, Erif, ein Wort, nur muß es das richtige sein. Es braucht nur sehr wenig Kraft – selbst ich wäre so stark. Und wenn die Idee zerbrochen ist, stünde nichts mehr zwischen ihr und mir.«

»Hoffentlich tust du es nicht«, schluchzte Erif. »Vielleicht hast du ja recht!«

»Warum sollte ich nicht ein einziges Mal recht bekommen? Was für ein Haus würden wir dir bieten für die vier Jahre! Und ich bin sicher, das habe ich im Herzen gewußt, seit ich sie zum erstenmal sah.«

»Oh, ich hasse euch alle!« schrie Erif ihn an und warf den Hobel auf die Erde. »Ich hatte alles so klar im Kopf, und nun ist alles verwirrt. Es ist ein böser Zauber, Berris! Dieser Fluch liegt immer noch auf mir. Ich spüre es. Die Jahreszeiten haben sich gegen mich gewandt, und mit ihnen alle Dinge, die zu den Jahreszeiten gehören: Liebe und Freundschaft und die Ehe! Oh, ich bringe allem, was ich berühre, Unglück. Ich ruiniere das Leben der Menschen. Aus geraden Sachen mache ich krumme. Geh fort von mir. Ich bringe Unheil. Ich habe Tarrik und Marob und mein Kind verloren! Nimm Philylla mit dir, wenn du willst. ich würde sie nur verletzen! Alles ist meine Schuld. O Berris, laß mich ziehen. Halt mich nicht fest. Wie soll ich jemals davon freikommen?«

Aber Berris empfand keine Furcht; er wußte, wie sich solche Wirbelstürme plötzlich in der Seele erheben und wieder legen. Er nahm sie auf seine Knie und streichelte ihr Schultern und Arme, sagte, sie solle nicht so dumm sein, und sie kuschelte sich an ihn und weinte an seinem Hals. Es war gut. Es mußte heraus, und es würde vorübergehen.

Sechstes Kapitel

Der Winter war fast zu Ende, und es war sehr stürmisch. Ein paarmal hatte der Nordwind Schnee in die Stadt getrieben, doch er blieb nicht liegen, und Erif und Berris bekamen keine Gelegenheit, den Schlitten zu nehmen. Es war immer ein kalter Ritt hinaus zu Themisteas' Haus, selbst für Berris, mit all dem heißen, hoffnungsfrohen Drängen in seinem Körper. Eupolia dachte oft an das Stadthaus, aber das hatten sie gegen Ende der Revolution verloren, und sie hatte genug zu tun, um das Anwesen auf dem Lande zu retten. Die Stadthäuser waren von den Ephoren übernommen worden, um neu vergeben zu werden.

Die Zuchtschulen befanden sich in einem wirren Zustand. Dontas kam während des Winters oft nach Hause. Er war ein stiller, zuweilen verschlossener Junge mit struppigem, blondem Haar und einem leeren Blick den Erwachsenen gegenüber. Der Tod seines Freundes bei

Sellasia hatte ihn sehr verstört, aber er sprach mit niemandem darüber. Er mochte Erif und Berris nicht und verließ immer rasch das Zimmer, wenn sie es betraten.

Während dieser Zeit schien es nun so, als vermeide Erif es, sich mit Philylla im gleichen Zimmer aufzuhalten. Sie bemühte sich weiterhin um Ianthemis, doch das Mädchen merkte bald, daß Berris nicht an ihr interessiert war, und verbrachte die meiste Zeit damit, Vater und Mutter zu drängen, Chaerondas entschiedener anzugehen. Manchmal unterhielt sie sich mit Tiasa. Philylla sprach kein Wort mehr mit der Ziehmutter und ging nicht einmal in die Nähe des Hofes, wo sie sich so gern aufgehalten hatte. Es war ihr egal, daß Mikon noch dort lebte, zuweilen auch andere, die sie gern sehen wollten, um sich von ihr beruhigen zu lassen. Sie konnte ihnen nichts mehr geben. Ihr Leben verwirrte sie; sie freute sich nun immer sehr darauf, Berris zu sehen, aber wußte nicht, wohin alles führen würde. Und wenn sie ihr Weg nicht nach Ägypten führte, wollte sie gar nicht wissen, wo er sonst enden mochte.

Panteus hatte keine weiteren Briefe geschrieben; zumindest hatte sie keiner mehr erreicht. Inzwischen hatte sie neben Berris Dher gestanden und die Agisbilder betrachtet. Er hatte den Arm um sie gelegt und sie geküßt, und sie hatte einen Moment lang gedacht, wenn er ihr nur sagen würde, was zu tun sei und ihr den Grund nannte, würde sie sicher folgen. Denn Panteus war nicht mehr da, der sie hätte leiten können. Berris hatte für den König gekämpft und die Bilder gemalt, und seine Schwester Erif liebte sie und würde nie zulassen, daß er dem Haus von Philylla und Panteus Schaden zufügte.

Berris fühlte sich zerrissener, als Erif ahnen konnte. Es war ja gut und schön, sich gewalttätig und männlich zu benehmen und auf seinem Willen zu bestehen, insgeheim jedoch wollte er freundlich zu Philylla sein und tun, was *sie* wollte! Die Freundlichkeit des Pinsels, die Gewalt des Meißels. Er wollte geliebt werden. Er hatte nicht im geringsten etwas dagegen, wenn den Leuten seine Bilder nicht gefielen, weil er ihrer selbst sicher war. Was er sich wünschte, war, *selbst* den Leuten zu gefallen, Philylla zu gefallen. Warum war das Leben mit Frauen so kompliziert? Ach, sie war so schön, so stark; nicht eines von diesen kleinen drallen Mädchen, mit denen man spielt und denen man die Kleider herabzieht, um sie in die Schenkel zu kneifen, bis sie kreischen. Philyllas Schönheit ginge verloren, wenn sie nicht willig und tapfer zu ihm kam, ihm ihre Hand nicht mit allen Ehren und ihrem strahlenden Lächeln gab und selbst langsam die Gürtelschnalle unter jenen schönen Brüsten löste, wenn sie ihn nicht selbst an sich zog, herab, zu jener unglaublich zärtlichen, glückbringenden und alles befriedigenden Vereinigung des Fleisches. Eine Weile nur erfüllte ihr bloßes Bild seine Gedanken und seinen Körper mit tiefer Freude, aber die Freude enthielt auch Spannung, ebbte ab und verdunkelte, bis nur noch die Spannung blieb, schmerzend, beißend und körperlich und erst bei anderen Gedanken und anderen Bewegungen verging, stets aber eine schreckliche Bedrücktheit mit sich führte, die ihn lähmte und ihn nicht arbeiten ließ.

Er wünschte, Erif würde öfter darüber reden, ihm helfen, wieder klare Gedanken zu fassen und Philylla zu beeinflussen. Aber Erif war weniger zu Gesprächen bereit als jemals zuvor. Sie mochte nicht für ihn herausfinden, ob Philylla wieder nach Ägypten schrieb, sagte bloß, sie vermute es. Manchmal erwähnte Philylla ihren Mann selbst Berris gegenüber, und er wußte nie, was er antworten sollte. Denn vielleicht meinte sie es ernst, weil sie an ihre Ehe glaubte, ein Glaube, der früher oder später zerbrechen mußte. Wenn das passierte, mußte er zur Stelle sein. Oder ihr Glaube war, ohne daß er es wußte, bereits zerbrochen, und sie sprach den Namen Panteus, der ihn so reizte, nur aus, um ihn zu ärgern. Vielleicht, vielleicht betrachtete sie ihn, Berris Dher, nur als vertrauenswürdigen Freund? Er wußte, daß sie weder mit ihren Eltern noch mit der Schwester so frei sprach wie mit ihm. Und dann wäre es schrecklich und dumm zugleich, sich anders zu geben als ihr ergebenster und vertrautester Freund.

Gegen Ende des Winters, als die Sonne bereits wieder kräftiger schien und auf den Südhängen die ersten Blumen blühten, erreichten die Königin von Marob zwei Briefe, die ihr aus Kirrha nachgeschickt worden waren.

Einer stammte von Hyperides und der andere von Tarrik selbst. Sie waren nach dem Erntefest geschrieben. Erif brauchte eine Weile, ehe sie merkte, was geschehen war. Ohne ein Wort reichte sie die Briefe an Berris weiter. Schließlich ergriff er das Wort, wobei er versuchte, so ruhig wie möglich zu bleiben: »Offensichtlich ist in Marob alles wieder in Ordnung. Tarrik hat, wie er sagt, keine Angst mehr, und die Jahreszeiten fürchten ihn! Ja, alles ist wieder gut, meine Liebe. Ich bin froh.« Er küßte sie. Dann sagte er: »Meinst du, jetzt kannst du zurückgehen? Es ist doch ... wahrscheinlich, daß auch du jetzt wieder dort wirken kannst?«

Erif Dher errötete und antwortete: »Wenn Tarrik jetzt wieder Glück bringt, wird er mich früher oder später heimrufen und auch glücklich machen können. O Berris, trotz aller Dinge, die geschehen sind und noch geschehen werden, trotz aller Schmerzen und Gefahren und unserer Trennung lebt meine Ehe, und ich werde meinen Mann wiedersehen. Alles wird wieder gut.«

»Das ist wahr«, entgegnete Berris lächelnd. »Deine Ehe ist eine gebannte Phantasie, Erif, die Frau von Tarrik.«

»Und ehe dieser Brief kam«, fuhr Erif fort, die Augen starr und glänzend, wollte ich dich veranlassen, eine Ehe zu brechen und eine Frau dem Mann fortzunehmen, den sie liebt. Wenn ich zurückgehe, Berris, muß auch Philylla zu Panteus gehen, und wenn sie es nicht tut, sollte auch ich zurückgehalten werden! Berris, verstehst du, meine Ehe ist Wirklichkeit und für mich das Beste, und ich weiß, für Philylla gilt das gleiche. Sie soll auch wieder so leben und alles gut werden lassen, und ich werde meinen Schmuck verkaufen und ihr das Geld dazu geben!«

Berris sah seine Schwester an und schwieg eine Weile; er war blaß geworden. Schließlich sagte er: »Nein, Erif, wenn ihr irgend jemand das Geld dazu schenkt, werde ich es sein. Aber gib mir Zeit ... Zeit ...« Er setzte sich plötzlich, ließ die vom Meerwasser fleckigen Briefe aus Marob fallen und stützte den Kopf in die Hände.

»Du willst alle Zeit auf Erden«, sagte seine Schwester, küßte ihn und umschloß in Gedanken Tarrik und Hyperides, ihren Sohn, Essro und Disdallis, Kotka und die goldene Ernte von Marob, zugleich Philylla, ihren Bruder Berris und die wunderschönen Dinge, die er schaffen würde.

In den nächsten zwei Wochen besuchten beide das Haus des Themisteas weniger häufig. Dann kam Erif eines Tages zu Besuch und machte Ianthemis ein Paar Silberfiligranohrringe zum Geschenk. Das Mädchen tanzte mit ihnen fort, um sie Vater, Mutter und Tiasa zu zeigen. Berris hatte sie gearbeitet – nicht sehr gut, aber doch ordentlich –, während er über alles nachdachte, damit seine Hände beschäftigt blieben. Erif fand Philylla allein in ihrem Zimmer, wo sie nähte; sie blickte auf eine Weise auf, als habe sie fortwährend auf jemanden gewartet, und schob das Durcheinander aus Nadeln, Fäden und halbfertigen Kleidungsstücken beiseite, um Erif Platz zu schaffen. Sie freute sich, einen von den beiden wiederzusehen. Philyllas Haar war nach der Hochzeit wieder gewachsen, aber nach der Schlacht von Sellasia hatte sie es selbst wieder abgeschnitten und zum Zeichen der Trauer die ganze Zeit über kurz gehalten. Gewöhnlich trug sie ein dunkles Tuch darüber, das fest im Nacken verknotet war. Jetzt hob sie unbewußt die Hände zum Kopf. Erif setzte sich neben sie und berichtete ihr leise, wann und an welchem Ort sie sich bereithalten sollte; sie und ihr Bruder hätten das Geld.

Philylla ließ die Näharbeit fallen und blieb einen Moment reglos mit geöffneten Händen sitzen. Dann lehnte sie sich seitlich in Erifs Arm, umklammerte sie und schluchzte, unterbrochen von kleinen hellen Lachern. Schließlich brachte sie heraus: »Und dann? Habt ihr ein Pferd für mich?«

»Ja, wir alle werden Pferde haben.«

»Ihr kommt mit mir nach Gytheon? Das ist lieb von euch.«

Erif löste die Hände der Freundin von ihrem Hals, hielt sie an den ausgestreckten Armen fest und lächelte sie sonderbar an. »Nein, wir kommen mit dir nach Ägypten.«

Als der Morgen heranrückte, schlug Nordwind gegen die Läden und ließ die Olivenbäume mit ihrem Winterlaub wie graublitzende Wasserstürze erscheinen. Philylla packte ihre Sachen zusammen und nähte sie in grobes Leinen, so daß sie wie zwei Satteltaschen wirkten. Sie spazierte im Haus umher, war freundlich gegenüber Ianthemis und ihrem Vater. Sie würde sie nicht wiedersehen, bis der König zurückkam und sie und Panteus wieder ihr eigenes Zuhause besaßen. Dann würde sie herkommen und vielleicht, ja, vielleicht ein Kind an der Schulter tragen, einen kleinen Jungen. Sie würden durch alle Gänge und Räume gehen, in denen sie monatelang als Gefangene gesessen hatte. Sie würde ihrer Mutter verzeihen, die zu den Mazedoniern übergelaufen war. Vielleicht würde sie sogar Tiasa vergeben.

Im Verlauf des Tages tat sich nichts, nur der Wind wehte stärker, aber sie hatte keine Angst. Sie rieb sich am ganzen Körper mit Öl ein, nicht sicher, wann sie die nächste Gelegenheit dazu bekommen würde. Sie besuchte die Welpen. Berris hatte seinen noch nicht abgeholt. Er wolle warten, hatte er gesagt, bis zum Frühling, wenn es einfacher wäre, ihn abzurichten und mit ihm spazierenzugehen. Sie hopsten und tapsten auf sie zu, versuchten ein leises Bellen und leckten ihre Füße. Es wurde schon dunkel. Sie spielte mit ihrem Vater und Dontas Würfel, versuchte alle möglichen Wetten, und sie lachten viel. Ihre Mutter brachte die Lampen herein. Noch eine Stunde.

Sie wurde jetzt unruhiger, und das Herz schlug unangenehm laut. Sie merkte, daß sie häufig den Abtritt aufsuchen mußte, so daß sie schon befürchtete, sich den Magen verdorben zu haben. Als sie auf einem dieser Wege durch den schlechter beleuchteten Teil des Hauses zurückkam, begegnete sie plötzlich ihrer Ziehmutter, die zur Seite trat, den Kopf beugte und unvermutet flehend die Hände ausstreckte. Philylla durchfuhr ein sonderbar stechender Schmerz, vermischt mit den nervösen Krämpfen im Bauch, und sie drehte sich halb zu Tiasa um, als könne sie sich an ihrem Busen den Schmerz heilen oder fortküssen lassen. Aber da sprang Tiasa vor wie eine große, heißblütige, weiche Tigerin, und Philylla durchfuhr wie ein Blitz der Gedanke, daß sie vielleicht wieder zur Gefangenen gemacht werden sollte, und sie holte mit einer Hand gegen Tiasa aus, nicht achtend, ob sie Mund, Hals oder Brust traf, und rannte davon. Die Amme folgte ihr nicht.

Berris wartete mit den vier Pferden in jenem sonderbar benommenen Zustand, der ihn seit Ankunft der Briefe aus Marob nicht mehr verlassen hatte, seit Erif wie eine Priesterin über die Ehe gesprochen hatte wie die Frühlingsbraut. Er fügte sich selbst Schmerzen zu, aber wußte, daß er eine Erfahrung durchlebte, die ebenso heftig war wie eine Liebesgeschichte und letztendlich die Räder seiner schöpferischen Kraft in Bewegung setzen und etwas Greifbareres und Wirklicheres hervorbringen würde, als er jemals zuvor geschaffen hatte. Am Himmel stand ein Halbmond. Der Wind zerrte weiter an den Wolkenfetzen und jagte sie über die halbe Scheibe; die Sterne waren von Kälte poliert.

Das vierte Pferd trug seine und Erifs Sachen. Es hatte ihm nichts ausgemacht, eine Menge zurückzulassen; er war damit fertig. Die meisten seiner Arbeiten waren ohnehin Auftragswerke und befanden sich jetzt bei ihren Eigentümern. Er hatte die Agisbilder eingerollt und einem Mann übergeben, der auf der Seite des Königs stand, und ihn gebeten, sie, falls sich die Gelegenheit bot, an den jungen Kleomenes weiterzugeben, der jetzt bei seiner Mutter Chilonis lebte und langsam von seinen Wunden genas.

Ganz unvermittelt standen die beiden neben ihm; er hatte sie wegen des Windes nicht gehört. Philylla warf ihre Bündel über den Sattel und saß auf. Beide Frauen ritten im Herrensitz, was auf weiten Strecken sicherer war, weil sie schnell vorankommen wollten. Erif trug dicke Hosen, wie die Frauen in Marob während des Winters, und einen Filzmantel mit Schlaufen an Silberknöpfen, die ihn vom Hals bis zur Hüfte eng verschlossen und so ihren Schmuck verbargen. Sie trug weiche lederne Reitstiefel wie ihr Bruder, die bis zu den Knien reichten. Das Haar hatte sie geflochten und zusammengebunden. Am Gürtel trug sie ihr Messer, das sie gern von Zeit zu Zeit berührte. Philylla trug eine kurze Wolltunika, die mit einem Gürtel kniehoch gezogen war. Sie hatte sie schon als junges Mädchen getragen. Darüber wehte ein schwerer, dunkler Wollumhang. Die flatternden Enden stopfte sie unter sich auf den Sattel. Dann umklammerte sie die Zügel. Sie trug Lederschuhe und hatte die Füße darin mit Wollstreifen umwickelt. Am Bein hatte sie eine Schürfwunde, die sie sich beim Übersteigen der Mauer zugezogen hatte, aber sie erwähnte sie nicht, und im Dunkeln war sie nicht zu sehen.

Sie schlugen einen weiten Kreis durch Hohlwege und über Feldpfade um die Stadt Sparta und gelangten endlich auf die Straße hinab zum Meer. Dort hielten sie die Pferde an, um zu verschnaufen und sich zu strecken. Es war eine unangenehme Reise, im Dunkeln auf diesen winterlichen Straßen, und bei diesem Wind unmöglich, miteinander zu reden. Er wehte jetzt von hinten, aber ab und zu peitschte eine scharfe Bö ihnen leichten Regen ins Gesicht. Als die Pferde sich wieder in Gang setzten, knarrten die Sättel, begann wieder das Holpern und Stolpern, strömte ihnen wieder der Pferdegeruch in die Nasen, wenn sie sich ein wenig nach vorn beugten, um den Kopf vor dem Wind zu schützen. Philyllas Beine waren sehr kalt geworden; sie spürten den Regen kaum mehr. Nur die Innenseiten von Waden und Schenkeln fühlten die Wärme des Tieres, aber ihre Knie waren bereits wundgeritten, und ihre Beinmuskeln schmerzten. Alle froren an den Händen.

Der Wind riß das Tuch von Philyllas Kopf. Sie griff danach, verlor es aber; es wurde ihr aus den Fingern gerissen. Erifs Haarbänder gingen ebenfalls verloren, und bald darauf lösten sich ihre Zöpfe auf. Dann schnappte der Wind nach ihrem Haar, schlug die feuchten Strähnen gegen ihre Ohren und zerrte sie vom Kopf fort, als risse ein

Mensch daran. Mit Philyllas hellem Schopf konnte der Wind nichts anfangen, war doch das Haar dicht über dem Kopf abgeschnitten. Doch er strömte direkt auf die Haut und ließ die Haarwurzeln erschaudern, die er gegen den Strich bürstete. Berris' Filzhut war fest unter dem Kinn zusammengebunden. Er sah, wie das Haar seiner Schwester im Wind wie Flammen vom Kopf abstand. Wenn sein Pferd zuweilen auf gleicher Höhe mit ihrem ging, schlug ihm ab und zu eine kalte Locke brennend gegen Mund oder Auge. Er war nicht unglücklich, fast erfüllte ihn Freude. Das Gefühl zu handeln erregte ihn. Er zog nach Ägypten! Und plötzlich war der Gedanke daran einfach aufregend. Er würde alle möglichen neuen Dinge kennenlernen! Er hoffte, Sparta nie wieder zu sehen, das Haus, in dem er gearbeitet, die Menschen, für die er gewirkt hatte. Mit Sparta war er fertig. Es sei denn ... Aber eine heftige kalte Bö fegte diesen Gedanken hinweg.

Nach der ersten halben Stunde waren Philyllas Gedanken recht nüchtern geworden. Der wichtigste war, daß kein Schiff segeln würde, wenn dieser Sturm weitertobte. Dann fielen ihr Nearetas Kusinen ein. Berris konnte vielleicht Erkundigungen einholen. Sie würden dort Unterschlupf finden, wenn sie auch bezweifelte, daß man sie verfolgen würde – zumindest nicht sofort. Sie war ziemlich sicher, daß sich Vater und Mutter wegen ihr stritten. Themisteas würde der Gedanke gefallen, daß seine Tochter nachts durch den Sturm ritt! Sie fragte sich, ob Ianthemis sie vermißte. Ja, vermutlich. Ihre Beine rieben sich am Sattel immer wunder; wie müde sie auch am Ende ihrer Reise sein würde, sie mußte sie mit Olivenöl einreiben, ehe sie einschlief. Auch ihre Schuhe mußten eingefettet werden, da sie sonst steif werden würden.

Erif war nur mit ihrem wilden, unfolgsamen Haar beschäftigt. Wann immer sie einen ernsten Gedanken faßte, wirbelte es ihn wieder fort. Es verband sich mit dem Gedanken, daß es Tarrik wieder gutging und er zu seinem alten Selbst gefunden hatte, voller Macht. Tarrik sprang und griff an wie der Wind. Er war der Wind, der herabstürmte, die Erde aufbrach, Blumen und Blätter und Männer und Frauen zerbrach! Einmal, auf einem ebenen Stück Straße, ließ sie die Zügel fahren und versuchte, das Haar einzufangen und wieder zu flechten, aber es hatte keinen Sinn. Es tanzte und glitt ihr aus den Händen hoch in den Himmel. Ihre Kopfhaut prickelte. Die Kälte fuhr ihr ohne Umwege ins Gehirn. Es war wunderbar, komisch, köstlich, großartig! Sie war nicht mehr erwachsen, nicht zuverlässig und verantwortlich und eine Person, die verletzt worden war und der man wieder weh tun würde. Oh, im Augenblick, zumindest in diesem Augenblick, wußte sie, daß das Glück ihr gewogen war. Tarrik, der Wind und ihr Haar. Sie lachte und lachte. Der Wind verschlug ihr den Atem, und er verschluckte ihr Lachen.

Gegen Morgen legte sich der Wind plötzlich. Vor sich hörten sie jetzt das Meer tosen, und allen war klar, daß kein Kapitän heute mehr hinausfahren würde. Sie hielten an und berieten sich; Philylla erzählte ihnen von den Heloten, und Berris ritt voraus, um sie zu finden.

Die beiden Mädchen folgten langsam mit dem Packpferd. Erifs Haar hing ihr jetzt ruhig und gezähmt über die Schultern, aber es war zerzaust und an der Oberfläche wollig und gelockt wie ein Vlies. Auch ihre Gedanken waren ruhiger geworden. Sie beugte sich zu Philylla und küßte sie. Die andere war blaß und hatte Schmerzen. Sie lächelten einander zu; zwei Schwestern. Aber sie waren sehr müde, sehr naß und kalt. Endlich ging die Sonne auf, und sogleich fühlten sie sich wärmer und fröhlicher. Dann kam Berris zurück und sagte ihnen, daß er die Heloten gefunden habe.

Sie ritten in die Stadt hinein und durch ein paar Nebenstraßen. Es war zu früh für die Leute aus den besseren Schichten, um bereits auf den Beinen zu sein, aber sie ritten ohnehin in ein ärmeres Viertel nahe beim Meer. Der Mann öffnete die Tür und warf einen Blick von Berris zu den anderen, die steif von den Pferden absaßen und sich vor Schmerzen kaum auf den Beinen halten konnten. »Der Herr sagte, ihr seid Freunde von Neareta, der Nichte des Onkels meiner Frau!« sagte er recht trotzig, »aber ich weiß nicht ...« Da trat seine Frau an die Tür und rief: »Wer seid ihr, feine Leute und Fremde?«

Philylla hielt sich schwankend am Sattel fest. »Ich bin eine Freundin von Neareta und Phoebis«, sagte sie. »Wir ziehen den gleichen Weg wie sie.« Ihren Namen wollte sie nicht preisgeben.

Die beiden blieben auf der Schwelle stehen. »Wie soll ich das glauben?« murmelte der Mann, starrte erst sie an, dann Erif mit ihren Hosen und dem losen Haar. Berris trat rasch neben sie, stutzte sie und flüsterte ihr zu: »Sag es ihnen!« Sie hob den Kopf, lehnte sich gegen Berris' Schulter und sagte: »Ich bin Philylla, die Frau des Panteus. Würdet ihr uns einlassen?« Einen Moment lang flüsterten der Mann und die Frau miteinander, und dann trat der Mann unbeholfen ein paar Schritte vor, ergriff ihre Hand und küßte sie. »Ich kenn' Euch! Ich kenn' Euch!« rief er, »Neareta hat uns von Euch erzählt! Kommt herein und seid willkommen. Bei uns seid Ihr sicher. Ich bringe die Pferde in den Stall.« Dann nahm die Frau Philylla aufgeregt schwätzend bei der Hand, und Berris begleitete den Mann mit den Pferden, um sie abzureiben und zu füttern.

Während die Hausfrau das Feuer anfachte und ihnen Wein und zu essen brachte und eine besondere, hausgemachte Salbe auf Philyllas Beine strich, legten sie die Mäntel ab und erzählten ihre Geschichte. Gegen Ende kam Berris zurück, und der Raum war erfüllt von Männern und Frauen und Kindern, von denen einige nur halb angekleidet waren. Sie drängten sich um die Fremden, überwiegend, um Philylla anzusehen und zu berühren. Sie konnte vor Erschöpfung kaum ein Schluchzen unterdrücken. Es waren gute Leute, das wußte sie, aber sie konnte ihre Hände nicht mehr ertragen! Ihr Blick schweifte hilfesuchend umher und traf auf Berris'. Er schob sich durch die Menge und sagte zu der Hausfrau: »Hast du ein Bett für sie?« Die Frau nickte. »Hier entlang«, sagte sie und öffnete eine Tür zu einem weiteren Zimmer, wo ihr eigener Alkoven war. Sie schüttelte die Decken aus, die noch warm waren. Berris hob Philylla auf die Arme; sie schlang eine Hand um seinen Hals, um sich leichter zu machen, und flüsterte: »Danke!« Er trug sie vorsichtig, um die wunden Beine nicht zu berühren, und legte sie auf das Bett. Sie schloß die Augen, öffnete sie dann aber wieder und blickte ihn an wie ein kleines Kind. Er bückte sich, küßte sie und ging hinaus.

Danach kam Erif Dher herein, zog ihre Hosen aus und legte eine Reihe von Halsketten ab, die sie unter sich in eine Matratzenfalte steckte. Sie stand in ihrem langen bestickten Hemd in der Mitte des Zimmers und gähnte und reckte sich. Zuletzt flocht sie sich das Haar, ehe sie zu Philylla ins Bett kroch und sich neben sie kuschelte. Philylla war schon eingeschlafen.

Was im Sechsten Buch geschah — 222 v. Chr.

Erstes Kapitel

Kleomenes kauft von Nikagoras dem Messenier ein Landgut für Archiroë und verspricht, es später zu bezahlen. Antigonos und der Bund üben Druck auf Sparta aus; es gibt keine Hilfe. Kleomenes und seine Freunde haben sich umsonst verbraucht. Die Söldnertruppen denken daran, die Seiten zu wechseln. Aber noch steht eine Schlacht aus. Die Armee der Spartaner und der Revolution und das Heer der Mazedonier und des Bundes beziehen in der Nähe von Sellasia, zwölf Meilen nördlich von Sparta, Stellung. Sie beobachten einander.

Zweites Kapitel

Kleomenes verliert die Schlacht bei Sellasia. In allen früheren Schlachten, die Sparta verlor, sind die Könige getötet worden. Kleomenes stirbt nicht, statt dessen geht er den schwereren Weg ins Exil. Seine Gegner in Sparta, die ihn und seine Revolution haßten, bereiten sich vor, die Mazedonier willkommen zu heißen und die alte Ordnung wieder einzuführen. Kleomenes und seine Freunde fahren nach Ägypten.

Drittes Kapitel

Kleomenes und Therykion sprechen miteinander auf einer Insel. Kleomenes kommt nach Ägypten und findet seine Mutter und seine Kinder.

Viertes Kapitel

König Antigonos ist nach Mazedonien zurückgekehrt. In Sparta hat er einen Statthalter zurückgelassen, der dafür Sorge trägt, daß sich die Dinge im Interesse der promazedonischen und gegenrevolutionären Partei entwickeln. Philyllas Mutter hat sich mit diesen Kräften innerlich versöhnt, während ihr Mann, der bei Sellasia schwer verwundet wurde, noch ahnungslos ist. Außer einem Grundbesitz, der Panteus gehörte, bleiben sie im Besitz ihres Eigentums. Philylla lebt bei ihren Eltern. Sie ist sehr unglücklich und möchte zu Panteus, ihrem Mann, nach Alexandria fahren, doch ihre Mutter läßt sie nicht.

Fünftes Kapitel

Berris und Erif Dher kommen nach Sparta und sehen Philylla wieder. Berris muß feststellen, daß er sie, gegen seinen Willen, noch immer tief und schmerzvoll liebt. Aus Liebe zu ihr malt er Bilder aus dem Leben der beiden Könige Agis und Kleomenes, die sich für das Volk einsetzten. Philylla fühlt sich teils zu ihm und seiner Güte hingezogen, teils sehnt sie sich nach Ägypten, wo ihr Mann an der Seite seines Königs steht. Schließlich bittet sie Erif, ihr bei der Flucht aus Sparta und vor ihren Eltern zu helfen, um zu Panteus zu gelangen. Erif, hin- und hergerissen zwischen ihrer Liebe zu Philylla und der zu ihrem Bruder, vermag sich nicht zu entscheiden.

Sechstes Kapitel

Aus Marob erreicht Erif die Nachricht, daß Tarrik geheilt sei. Sie denkt über die Ehe nach und erklärt, Philylla helfen zu wollen. Sie, Philylla und Berris, reiten zur Küste. Abschied von Sparta.

Siebentes Buch

Könige, die für ihr Volk sterben

Ich segle nach Kalifornien,
Dem fernen, fremden Strand,
Und hoffe aus tiefstem Herzen
Auf ein helles, reiches Land.
Und bevor ich den Mann dort
Betrüg, der mich liebt,
Sei es wahr, daß im Meere
Ein Apfelbaum blüht.

Die neuen Personen im Siebenten Buch

Mazedonier und Griechen

König Ptolemaios IV. von Ägypten
Prinzessin Arsinoë, seine Schwester und zukünftige Frau
Agathoklea, seine Geliebte,
Agathokles, ihr Bruder
Oenanthe, ihre Mutter
Sosibios, der Minister des Königs
Metrotimé
Ptolemaios, Sohn von Chrysermas
Leandris, ein spartanisches Mädchen
Monimos, ein Helote

Ägypter

Ankhet
Die Priesterin der Isis

Juden

Simon und seine Freunde
Griechen, Mazedonier, Ägypter, Nubier und andere

Erstes Kapitel

König Ptolemaios bereitete sich langsam und mit Genuß auf den offiziellen morgendlichen Empfang vor, wobei er die Gesellschaft seiner Freunde genoß. Der Raum war in einem warmen Gelb gehalten und hatte einen flachen, hellen Fries mit großen Lilien und schwertförmigen Blättern. Eine Seite öffnete sich auf eine große Terrasse, ein paar Stufen und einen ummauerten Garten, in dem sich ein viereckiges Becken mit Fischen und blauen Wasserrosen befand. Überall in Ägypten war nun das Ende der Wachstumsperiode herangekommen, doch hier verlängerte man diese Zeit künstlich durch ein Bewässerungssystem aus schmalen, gemauerten Kanälen und Röhren. Der Garten floß geradezu über von Blättern und Blüten und den saftigen Armen der Schlingpflanzen, die sich von einem Baum zum nächsten rankten. Agathoklea war gerade mit einem Zweig in der Hand heraufgekommen, an dem eine sehr süß duftende lila Blüte saß. Das Mädchen knabberte an einem Blatt, das nicht kühl und fruchtig schmeckte, sondern warm war vom eigenen Saft. Es entblätterte die Blüte und ließ die Blätter durch die Finger gleiten; auf deren Spitzen blieben zartlila Flecken zurück.

An beiden Enden des Raumes befanden sich Nischen in der Wand. Eine enthielt die Marmorbüste des jungen Alexander mit wunderbar wild wucherndem Haupthaar und halbgeöffnetem Mund; in der anderen stand eine Büste des vor kurzem verstorbenen Vaters des Königs, des Göttlichen Ptolemaios III. Die Büste bestand aus drei verschiedenfarbigen Marmorarten und hatte silberne Lippen und Augen. Beide Büsten waren ehrfürchtig bekränzt, aber nicht mit dem förmlichen Lorbeer, sondern den bacchischen Blättern von Efeu, Stechwinde und Weinlaub sowie jungen, zapfentragenden Zweigen einer Kiefernart, die in Ägypten sehr selten war.

Auf der Terrasse stand ein kleiner tragbarer Bronzealtar. Drei seiner Seiten waren mit Darstellungen umhertollender Satyrn, Maenaden und Ziegen verziert, allesamt in nicht gerade hochanständigen Posen. Im Zimmer selbst standen zwei oder drei leichte Bänke, die vergoldet und poliert und deren hübsche, mit Einlegearbeiten geschmückten Beine zu verlängerten Oryxköpfen und -hörnern geformt waren. Darauf lagen große, bemalte Kissen. Hinzu kamen der Sessel des Königs mit seinen Löwenkopflehnen sowie verschiedene Utensilien, die der Vorbereitung auf die Geschäfte des Tages dienten.

Ptolemaios lehnte sich in seinem Sessel zurück und streckte Agathoklea ein Bein hin. Er trug ein loses Hemd aus durchsichtigem Musselin, und das lange braune Haar war noch nicht unter die Kopfbinde gelegt. Er war ein recht schöner Mensch, und seine Bewegungen, die einst gekünstelt wirkten und nur dazu dienten, Aufsehen zu erregen, waren ihm längst zur Natur geworden. Er schaute an sich hinunter, scheu und bescheiden wie ein braver Knabe. Dank Agathokleas kitzelnder, ja fast schmerzhaft lustvoller Pflege hatte er kein Körperhaar, abgesehen von einem goldenen, schönen Flaum. Auch sein Gesicht war bartlos, die Haut glatt und weich. Seine Muskeln waren gut entwickelt, denn er pflegte die bewegteren Sportarten und Übungen und konnte ebensogut tanzen wie jeder andere bei Hof, doch war sein Körper darüber hinaus wohlgerundet durch unschuldige, gleichmäßig verteilte Fettpölsterchen.

Er war ein Jüngling, ein *kouros*. Er lebte entsprechend dieser Vorstellung von sich selbst. Aber er sah auch intelligent aus, wenngleich es nicht jene spöttische, rasche, attische Intelligenz war, sondern ihre schwerfällige mazedonische Entsprechung: der Krieger aus den Bergen, der praktisch und solide denkt und dann plötzlich irgendwann gepackt wird von einer ungeheueren Idee in Politik, Religion, in Liebe oder Haß. Dort, in seinen Augen war es zu erkennen, und in den weichen schweren Alexanderlippen, den Nasenflügeln, die sich gelegentlich zitternd blähten, wenn Agathoklea lachte und sich vorbeugte, so daß er in die Grube zwischen ihren Brüsten sehen konnte.

Agathokles war größer als der König und schöner, mit kurzem Haar und blauen, unruhigen Augen. Wenn niemand ihn beobachtete, schnitt er beständig Gesichter. Er konnte so entsetzliche Grimassen scheiden, daß kleinere Jungen Angst bekamen und fortrannten, und wenn er sie festhielt, schrien und kämpften sie und ließen sich gefallen, was immer ihm in den Sinn kam. Wenn indes seine Züge ruhig blieben, galt er als Schönheit. Er trug eine hellblaue Tunika und einen schwarzen Umhang und stand gerade vor der Büste des Göttlichen Ptolemaios III., kniff die Augen zusammen und redete, für die anderen unhörbar, mit sich selbst.

Zwei kleine indische Jungen hielten Agathokleas Parfüm- und Salbendöschen. Sie hatten die dunklen, aufmerksamen Gesichter starr über die Tabletts gebeugt. Abgesehen von den engen, juwelenbesetzten Halsbändern und Armreifen waren sie nackt. Sie waren ihr als Königssöhne verkauft worden, und angesichts des hohen Preises zog sie es vor, daran zu glauben. Es bereitete ihr ein besonderes Vergnügen, sie gelegentlich auspeitschen oder von ihren Affen necken zu lassen. Fragte man die beiden, ob sie wirklich edler Abkunft seien, so nickten sie eifrig und erzählten lange und phantastische Geschichten von ihren verlorenen Ländern und Reichen.

Des weiteren hielt sich eine junge Freundin von Agathoklea im Raum auf, ein unglaublich unschuldig aussehendes ionisches Mädchen, die passende *koré* für den *kouros*. Ihr größter Verdienst war die Entdeckung der unanständigsten Bücher, die in Alexandria aufzutreiben waren und aus denen sie mit der allerruhigsten Stimme vorlas. Sie stand mit gefalteten Händen da und starrte hinaus in den Garten. Auf der anderen Seite des Raumes hielten sich ein paar junge Dinger auf, Sklaven und Höflinge – man konnte den Unterschied kaum feststellen –, aber samt und sonders Griechen und Mazedonen. Sie spielten, tuschelten und lachten verstohlen.

Der König hob den Kopf. »Wer wird heute bei der Audienz erscheinen?« fragte er. Agathokles drehte sich um und schlug in die Hände. Zwei seiner Sekretäre lösten sich eilig aus der Gruppe auf der gegenüberliegenden Seite; es waren schöne und kluge griechische Jünglinge, die sich ständig zwickten und knufften, bis ihnen ihr Herr einen ebenso beiläufigen wie furchterregenden Blick zuwarf. Agathokles nahm die Täfelchen von ihnen entgegen und überreichte sie dem König. Sie lasen die Namensliste gemeinsam, während Agathoklea dem König unablässig mit gewölbten Händen über den Kopf strich. Dies schien ihn vollauf zu besänftigen, und sein Gesicht wurde still und schön; wie eine Katze rekelte er sich unter ihren Berührungen.

Sie lasen Namen auf Namen laut vor. Gelegentlich gab Agathokleas Freundin, krampfhaft kichernd, irgendeine Bemerkung von sich. Die meisten Namen klangen griechisch, einige waren ägyptisch oder phoenizisch.

»Und unser armer gefesselter Löwe, wie üblich«, sagte Ptolemaios und lachte ein wenig, als ein Täfelchen den Namen des Königs von Sparta trug. »Wie sehr er dich haßt, Agathoklea!« Dann unterbrach er die Vorlesung bei einem weiteren Namen auf seiner Liste. Er sprach die Silben mit Verachtung aus, hielt aber eine Hand hoch, um Metrotimé, die Ionierin, zum Schweigen zu bringen. »Quintus Porcius. Das ist doch dieser Römer, den man ausgeschickt hat, mit Unserer Göttlichkeit Freundschaft zu schließen. Vermutlich ist er schauderhaft. Ich würde nur zu gern wissen, ob diese Römer sich einbilden, sie könnten für uns jemals bedeutsam werden. Manchmal scheint es mir schade, daß Alexander nicht die Zeit gegeben war, sich Rom und Karthago einzuverleiben. Wie auch immer, sie sind nie frech geworden; es sind dumme, schmeichlerische, friedliche Preiskühe! Na ja, wir haben etwas für ihn. Holt die Boote. Es ist ohnehin an der Zeit, wieder einmal mit den Prachtbooten zu fahren. O Agathokles ...« Er drehte sich halb um und legte Agathokles einen Arm um die Schultern. »... wir werden bei Vollmond fahren, ja? Wir rudern den Fluß hinauf, eine lange, lange Strecke, mit Musik und diesem wunderbaren, schreckerregenden Geruch nach Krokodilen ...«

»Sch!« machte Agathokles und legte seinen starken Finger fest gegen den Mund des Königs, der, halb im Scherz, zitterte. »Du sollst alle Schiffe bekommen. Und der Römer soll die Krokodile sehen.«

»Und du sorgst dafür, daß ... daß sie auch was hergeben, ja?« fragte der König.

Agathokles lachte und hob zuckend die Oberlippe. »Ja, ja, ich werde eine schöne Szene liefern. Und ich finde Musik, die dazu paßt.«

»Aber du mußt es selbst machen, du selbst«, drängte Ptolemaios. »Schlepp ihn selbst auf den Armen hinaus. Oder eine Frau. Es muß doch jemanden in den Gefängnissen geben, eine Frau, die ihren Mann vergiftet hat, deren Liebster sie dann aber an das Gesetz verriet! Wirf sie selbst zu ihnen herab, mein einziger Agathokles, auf daß du mich später in den gleichen Armen halten kannst. Sei ein Priester, bring den Krokodilen ein Opfer dar!«

»Hört doch auf, dauernd über Krokodile zu reden!« sagte Agathoklea. »Mir gefällt das nicht!« Sie sprach wie ein kleines Mädchen, ein süßes kleines Mädchen. Ptolemaios wandte sich rasch von ihrem Bruder ab und gab ihr einen schmatzenden mazedonischen Kuß. Und das Gespräch über Krokodile verstummte für eine Weile.

Da man den Leib des Königs inzwischen nach seinem Gefallen hergerichtet hatte, wandte man sich nun ein wenig seinem Gesicht zu. Die Farbe wurde ein wenig betont, die Augenwinkel geglättet. Leidenschaftlich hielt er den Spiegel mit beiden Händen fest und versuchte, durch ihn hindurchzustarren, seinem eigenen Gesicht näherzukommen, es zu sehen, wie es eine Liebste sehen mochte. Konnte er gewiß sein, kein Zeichen des Alters zu entdecken? Manchmal schien es ihm möglich, daß er einer der Begünstigten war und allzeit jung blieb durch die Gnade des getöteten und wiederauferstandenen Dionysos, der in den Bergen mit Olympias, der Mutter Alexanders, getanzt hatte. Auf immer jung und König von Ägypten! Agathokles hatte ihm in vielen intimen, lampenbeschienenen Nächten zugeflüstert, daß er nicht altern würde. Jetzt banden sie ein Leintuch um seinen Kopf, das mit goldenen Lotosblüten bestickt war, und steckten das Haar darüber auf. Dann rückten sie sehr vorsichtig die ägyptische Krone von der Form einer hohen, gewölbten Vase zurecht, ein leichter Rahmen aus getriebenem Gold, der sich nach oben zu wie eine Sonne oder ein Mond rundete. Vorn saß der vorschießende Kopf der rubinäugigen Kobra: Symbole des Oberen und des Unteren Ägypten. Das Gewand war hingegen griechisch, aber aus einem wunderbar ungriechischen Stoff, sehr dünn und durchsichtig und dicht mit allen möglichen Schlangen und Eidechsen bestickt. Es riß schon beim bloßen Hinsehen, mochte man meinen. Aber was machte das? Agathoklea sorgte dafür, daß die königliche Garderobe stets gut bestückt war.

Dann brachen die jungen Wesen auf der anderen Seite des Raumes plötzlich ihre Gespräche ab und bildeten eine Gasse, denn Sosibios, der Oberste Minister, trat in offizieller, mit Gold, Türkisen und Granatsteinen besetzter Gewandung ein, über der ein tiefroter Mantel wehte. Sein Helm war aus getriebenem Gold und trug eine rotgoldene Straußenfeder. Sosibios setzte ihn so rasch wie möglich ab und reichte ihn einem seiner Diener. Der Minister schwitzte leicht, besonders in seinem fetten Nacken. Der alte König hatte nichts gegen seine Kahlheit einzuwenden gehabt, aber der Junge zwang ihn, eine Perücke zu tragen, die ihn immer befangen machte. Er rieb sich mit einem Mantelzipfel über das Gesicht und sprach sogleich zum König, sagte ihm genau, was er zu tun und welche Befehle er in verschiedenen militärischen Angelegenheiten zu geben habe. Die Ratschläge waren vernünftig, obgleich der Ton, in dem er sie hervorbrachte, nicht überzeugte.

Sosibios war ein häßlicher Mann mit dicken Fingern und kleinen, hellblauen Augen hinter hellen Wimpern, dabei aber nicht ohne einen gewissen Charme, besonders denjenigen gegenüber, die ihn für großartig und männlich und zuverlässig hielten. Wenn er nicht gerade damit befaßt war zu erklären, was zu tun war – und zwar aus so und so vielen wunderbaren Gründen, die keinerlei Einspruch zuließen –, konnte er ebenso beredt von seinen vielen Abenteuern in allen Teilen der mediterranen Welt erzählen. Diese Abenteuer waren in der Tat zahlreich und wurden bei jeder Wiedergabe spannender, besonders wenn das Publikum aus Frauen und jungen Männern bestand. Von Zeit zu Zeit wandte er sich beim Reden um, um den jungen Ptolemaios in seinem Bann zu halten, der sich von den Erzählungen immer mitreißen ließ, zumal Sosibios sorgfältig darauf achtete, den König spüren zu lassen, daß er ihn für einen in erotischer und politischer Hinsicht gleichermaßen erfahrenen Mann hielt. Für Ptolemaios war es bequem, in allen Einzelheiten beigebracht zu bekommen, wie man mit dem langweiligeren Teil der Verwaltung umzugehen hatte. Am besten ließ man es gleich ganz erledigen. Was nützte es einem sonst, König zu sein? Aber es war nicht Sosibios' Körpergröße, aus der Ptolemaios schloß, daß der Minister ein großer, starker Mannskerl sei. Eine Zeitlang hatte er das geglaubt, als er noch viel jünger war, bis er bei einer Probe aufs Exempel herausgefunden hatte, daß dies auf beklagenswerte Weise nicht zutraf. Der dünne und vergleichsweise zart aussehende Agathokles war in jeder Hinsicht zuverlässiger und kundiger.

Die Unterhaltung drehte sich nun um Kleomenes. »Er langweilt mich«, sagte Sosibios. »Und Euch natürlich ebenfalls. Ich meine jedoch, wir sollten ihn eine Weile hierbehalten. Sein Geschmack kommt uns nicht teuer, und es macht einen guten Eindruck, dessen kann ich Euch versichern. Es wirkt wie eine Freundschaft zwischen Königen. Es ist außerdem zweifelhaft, ob unsere mazedonischen Freunde überhaupt etwas dagegen haben, und wir müssen natürlich die Meinung unseres Göttlichen verstorbenen Vaters im Auge behalten. Unglücklicherweise muß man auch die Meinung – wenn man dies überhaupt so nennen darf – unserer Söldner in Betracht ziehen, von denen eine wachsende Anzahl peloponnesischer Herkunft und ihm auf lächerliche Weise ergeben ist. Wir geben uns jedoch Mühe, auf der Hut zu sein, und Ihr könnt absolut sichergehen, Herr – ja, absolut sicher –, daß wir mit ihm fertig werden, sobald er eine Gefahr darzustellen beginnt. Ja, insgesamt ist mein Rat, daß wir für eine Weile alles auf sich beruhen lassen.«

»Ich kann mich des Eindrucks nicht erwehren«, sagte

Ptolemaios, »daß er mir eines Tages nützen wird. Wenn ich nach Osten ziehe.« Sein Blick streifte die Alexanderbüste, und er richtete sich in seinem Sessel auf.

»Ja, natürlich«, erwiderte Sosibios. »Aber die Annahme erscheint mir voreilig, daß Kleomenes Euch bei einem völlig andersartigen Krieg nützlich sein könnte, nur, weil er einst König von Sparta war. Wenn wir nach Osten ziehen, welches wir sicherlich früher oder später tun, dann wird es überwiegend eine Frage der Diplomatie und des Manövrierens werden. Vielleicht kommt es auch zu langfristigen Belagerungen, bei denen sich diese Peloponneser als notorisch unfähig erweisen. Und ich denke – ich sage nur, daß ich *denke* –, daß Ihr Kleomenes und seine Spartaner dann nicht als besonders nützlich empfinden werdet.« Er lächelte wie ein älterer Bruder; aber plötzlich, einen Sekundenbruchteil lang, zogen sich seine Mundwinkel zu einer teuflischen Grimasse der Verachtung herab. Jede Frau, auf die er eifersüchtig gewesen war, kannte diese Fratze gut, und Metrotimé konnte sie wunderbar nachahmen.

Ptolemaios schloß einen Moment lang die Augen und sah deutlich Kleomenes und seine Spartaner vor sich, jene nach außen hin ruhigen, verzweifelt ernsten, bärtigen Männer. Er vermutete, daß unter der ruhigen Höflichkeit von Kleomenes in Wirklichkeit ein brennender, tobender Vulkan lag. Er dachte, wenn dieser König von Sparta seine lakonische Miene ablegte, um ihm gut zu gefallen, wenn er ihn, Ptolemaios, den Mann, den Jungen, nicht mit dem Verstand zu überzeugen suchte, sondern mit tieferen, leidenschaftlicheren Kräften, daß er dann – vielleicht – eher bekommen könnte, was er wollte. Oder einer der jüngeren Männer. Wie hießen sie doch? Panteus, jener Kantige, Blauäugige, immer zur Rechten des Königs. Sie waren auch sehr stark. Sie hatten bestimmt Arme wie Stahl, einen Griff, den man nicht brechen konnte.

Mehrere Leute hatten inzwischen den Raum betreten, unter ihnen die oberste Erzieherin seiner zwölfjährigen Schwester, der Göttlichen Arsinoë. Sie war eine große, grauhaarige Frau, die mit starkem mazedonischen Akzent sprach. Sie schritt unter bewundernswerter Mißachtung für Agathoklea und alle anderen – Sosibios, den sie mit einem steifen Knicks begrüßte, ausgenommen – auf den König zu. »Ihre Göttliche Hoheit, Prinzessin Arsinoë, bittet um Erlaubnis, die königliche Stadt verlassen und mit ihren Hofdamen in einen der Sommerpaläste ziehen zu dürfen. Meine Meinung ist, daß die arme Kleine den ganzen Winter über genügend in ihr Zimmer eingesperrt war. Sie braucht frische Luft – und Ausritte. Sie hat sich seit der unangenehmen Erkältung vom Neujahr noch nicht wieder richtig erholt. Wenn es Eurer Göttlichen Majestät gefallen würde ...«

Ptolemaios hatte sich in seinen Sessel zurückgelehnt, eine seltsame Miene aufgesetzt und gab keine Antwort. Sosibios schaltete sich ein: »Selbstverständlich werde ich mich darum kümmern. Die einfachste Sache der Welt. Sicher soll sie ihren Wunsch erfüllt bekommen. Seht Ihr einen Grund, der dagegen spricht, Herr? Nein, genau. Sie soll den Palast bekommen, den sie sich wünscht. Das ist also beschlossen. Sie wird Gefallen am Landleben finden, das ist doch klar.« Er verneigte sich vor der Erzieherin, bis sie den Raum verließ.

Ptolemaios umklammerte die Löwenköpfe an den Armlehnen und sagte leise und mit heiserer Stimme: »In drei Jahren werde ich sie heiraten müssen! Diese arme Kleine mit der unangenehmen Erkältung. Meine kleine, freche Schwester und das nur, um diesen schmierigen Ägyptern zu gefallen!«

Sosibios hatte sich abgewandt und sprach mit einem jüngeren Soldaten, der ihm aufmerksam zuhörte.

Es war Agathokles, der dem König antwortete. »Sie wird kein Kind mehr sein, wenn die Zeit kommt, sondern eine Frau. Wie alle anderen Frauen.«

»Und genau das ist so furchtbar«, erwiderte Ptolemaios und starrte vor sich hin. »Zwei Kinder können König und Königin spielen. Ein kleines, einfaches Mädchen. Aber keine Frau mit Brüsten ... und erst die Hochzeitsnacht! Mutter wird sich über uns beugen, sich nackt und mit gespreizten Beinen über uns legen. Schamlos!«

»Aber, aber«, entgegnete Agathoklea, »sie wird doch verhüllt sein, und du wirst sie nicht erkennen. Außerdem ist sie ein vernünftiges kleines Ding, das nicht viel erwartet.«

»Wie kann ich sie je wieder loswerden«, fragte der König. »Wie kann ich jemals mein Fleisch von dem ihren trennen? Ich werde mich selbst und meine Mutter zerreißen.«

»Warum nicht?« warf Agathoklea rasch ein. »Warum nicht, mein König? Wäre es nicht ein besonderes Opfer? Der Gott in seinen beiden Hälften wird vereinigt und vergießt sein eigenes Blut. Isis und Osiris.«

»O ja«, erwiderte Ptolemaios emphatisch. »O ja! Die beiden Falken. Dionysos zerrissen und strahlend. Wenn ich dann nur rechtzeitig Arsinoë als Isis sehen kann! Aber sie ist es nicht, sie ist nur ein albernes kleines Kind.«

Jetzt mischte Sosibios sich in das Gespräch ein und unterbrach fröhlich: »Unsinn. Sie ist nicht schlechter als jede andere Frau. Vielleicht ein wenig langweilig, aber das sind sie doch alle, selbst die charmantesten.« Und er verbeugte sich vor Agathoklea, die sein Lächeln erwiderte und hinter sich das Elfenlachen ihrer Freundin Metrotimé hörte. »Außerdem«, fuhr Sosibios fort, »seid ihr Ptolemaier zweifelsohne glücklicher als die meisten anderen Könige: Ihr habt nichts mit Botschaften und Verträgen und Vätern und Brüdern zu tun, denen man schmeicheln und Geschenke bringen muß. Denk doch, mein lieber Junge, an die Macht, die Ihr über sie haben werdet. Zeugt nur einen einzigen Göttlichen Sohn – und was ist die Arbeit einer Nacht für einen jungen Mann wie Euch! –, und die Sache ist erledigt, und Ihr könnt wieder wie der König leben, der Ihr seid. In einer halben Stunde ist es Zeit für die Audienz, und morgen haben wir eine Löwenjagd – dieser Römer hat sicher Angst vor Löwen. Ich werde dafür sorgen, daß ein Tier direkt vor seinen Augen getötet wird. Vertraut mir nur, daß ich genau tue, was Euren Wünschen entspricht, Herr!«

Ptolemaios nickte ein wenig finster und trat auf Metrotimé zu. »Wirst du kleine Maenaden für mein Fest finden?« fragte er, umfaßte ihre runden Schultern und blickte ihr unvermittelt tief in die Augen.

Sie lehnte sich steif zurück, das Gewicht auf einen Fuß verlagert, der gegen den seinen glitt, so daß sich ihre Zehen in den offenen Sandalen berührten. Abrupt nickte sie.

»Und sie müssen echt sein!« fuhr er fort. »Echt! Und glaubwürdig. Keine Schauspielerinnen. Keine Farben, nur die Wangen vom Wein gerötet – und von ihm. Seinem Wahnsinn. Wahnsinnige Jungfrauen.«

Ihre Lider zuckten. Sie sagte: »Ihr werdet Jungfrauen bekommen. Und wenn wir ganz Alexandria nach ihnen absuchen müssen. Ich werde Eure Jägerin sein. Ich werde Artemis für Dionysos sein!« Ihre dunklen Augen blitzten ihn an, und sie wirkte einen Moment lang wie eine Göttin. Er hingegen fühlte sich göttlich genug, um sie nicht zu küssen. Er trat zu einem anderen Freund, einem Dichter, um ihm einen Einfall zu einem wunderbaren Schauspiel mitzuteilen. Ja, er forderte nicht nur Jugend von den Göttern, sondern auch Inspiration!

Agathokles stand in einer Ecke des Raumes, und sein schwarzer Umhang flatterte plötzlich auf wie die Flügel eines Vogels. Er drängte einen jungen Mann an die Wand, ein gutaussehendes weiches Wesen in dreifarbiger Tunika, das die Unterlippe halb trotzig, halb weinend vorgeschoben hatte. »Ich tu' es nicht!« sagte der junge Mann leidenschaftlich. »Ich werde es nicht tun!«

»Du wirst es doch tun!« gab Agathokles zurück. »Du gehst sofort zurück, noch in dieser Minute. Du gehst ins Zimmer meiner Mutter, bittest sie um Verzeihung und versprichst ihr, niemals wieder fortzugehen, es sei denn mit ihrer Erlaubnis.«

»Ich kann nicht!« erwiderte der junge Mann und hob fast wie im Gebet die Hände. »Ich bitte Euch, Herr, als Mann. Hört mir zu. Es gibt auch junge Frauen – ein Mädchen ... O Herr, Ihr wißt nicht, wie die Herrin Oenanthe ist. Sie erschöpft einen Mann, ganz gewiß! Ich bin verbraucht, kann nicht mehr schlafen. Ich kann nicht so weiterleben! Bittet sie, mich eine Woche freizugeben!«

Agathoklea schlenderte zu ihnen hinüber. »Was soll das?« fragte sie. »Schnappt einer von Mutters Jungen wieder einmal über? Kauf ihr doch einen anderen und stoße diesen hier ab.« Sie rümpfte mit unendlicher Verachtung die Nase.

»Aber sie will diesen hier«, erwiderte Agathoklea. »Gott weiß, warum!«

»Nun, mein armer Schatz, sie muß haben, was sie will. Sie ist doch unser gutes altes Mütterlein! Er dreht nur durch, nicht wahr? Und wenn schon – er wird dadurch nicht schlechter für sie, oder?«

Der Mann blickte mitleiderregend zwischen Bruder und Schwester hin und her. »Ich bin ein Grieche ...«, sagte er leise. Und dann: »Gut! Ich gehe zu ihr zurück.«

Er glitt an ihnen vorbei. Agathokles nickte und wandte sich mit zuckender Miene an seine Schwester. »Wir dürfen Mutter ihre Jungen oder ihr Geld nicht übelnehmen«, sagte diese. »Wo wären wir ohne sie! Sie hat uns zuerst hier eingeführt. Und die gute Alte ist immer noch nützlich. Sie sucht für mich kleine Mädchen, kleine Sklavinnen, die zu entdecken wir beide keine Zeit hätten. Aber Mutter spürt sie auf, die Gute.«

Agathokles stimmte ihr zu, und dann schweifte sein Blick zu dem jungen Ptolemaios herüber. »Seit er König ist, empfinde ich anders für ihn. Über unsere Freundschaft. Sie scheint grenzenlos. Was ich alles vermag! Macht!« Seine Zungenspitze schellte vor und zurück.

»Ja«, stimmte Agathoklea fröhlich zu. »Es ist wunderbar, nicht wahr?«

Der König rief sie beide; er schien aufgeregt. »Agathoklea!« sagte er. »Der gute Battaros hier erzählt mir gerade von einem jungen Künstler, der neu in die Stadt gekommen ist. Wie heißt er noch?«

»Berris ... Ich weiß nicht mehr!« antwortete der Höfling. »Er ist Skythe oder sonst irgendwas, aber es heißt, er sei sehr begabt. Ein recht junger Mann, der lange genug in Griechenland gelebt hat, um sich höflich zu benehmen und sein Handwerk zu lernen. Er war, glaube ich, in Athen. Es heißt, er male Porträts.«

»Man könnte es sich zumindest einmal ansehen«, sagte Ptolemaios. »Wenn ich nur jemanden bekäme, der mir Fresken von solcher Lebendigkeit malt, daß es mich anrührt! Kennt er Dionysos? Aber als Künstler muß er ihn kennen. In der einen oder anderen Gestalt.«

Agathokles winkte einen Schreiber herüber, damit es notiert wurde. Dann fragte er: »Ist er gerade erst aus Griechenland gekommen, Battaros?«

»Ja, erst vor ein oder zwei Wochen. Er kam aus Sparta, heißt es. Auf dem Schiff befanden sich noch ein paar weitere Flüchtlinge.«

»Kleomenes und seine Freunde scheinen sich hier recht sicher zu fühlen! Aber ich werde mich nicht beklagen. Wenn wir diesen Künstler nun wissen ließen, daß wir bereit sind, ihn bei einer Audienz zu empfangen?«

»Ich werde mir zuerst seine Arbeit ansehen«, meinte Agathokles. »Denn Skythen ... Trägt er Felle?«

»Ich glaube, nur sein eigenes«, antwortete Battaros. »Aber ich lehne jegliche Verantwortung ab. Wir könnten ein Porträt unseres Göttlichen Königs für die neuen Münzen bestellen. Oder wäre das zu voreilig?«

»Ladet ihn ein! Ladet ihn ein!« sagte Ptolemaios. »Vielleicht kann er mir von einem neuen, einem skythischen Dionysos erzählen. Vielleicht ist er schön. Vielleicht hält er – als Künstler – auch mich für schön. Ladet ihn für morgen ein!«

Jetzt traten zwei ägyptischen Sklaven ein, die unablässig einen großen Gong schlugen. Der König hob die Hände, verharrte einen Moment reglos und fiel dann in eine ruhige, herrscherliche Pose. Sechs hochgewachsene Schwarze waren den Gongschlägern gefolgt und stellten sich jetzt hinter Ptolemaios auf. Es war eine Leibwache mit riesigen Äxten und abstehenden goldenen Röckchen und Eisenringen zwischen Knie und Knöcheln. Sie blickten die Frauen mit rollenden Augen an, und es herrschte allgemeine Erregung und ein Wogen von Brüsten und Schenkeln unter dünnem Musselin. Selbst Agathoklea kicherte ein wenig, aber ihre Freundin Metrotimé fand sie, ganz entgegen der Mode, uninteressant. Dem König und seiner

Leibwache folgte Sosibios, der seinen Helm wieder aufgesetzt hatte. Er ging mit schnellen, kurzen Schritten, von denen er wußte, daß sie ihn noch vor der Audienzhalle in Schweiß bringen würden. Dann folgten die anderen, Höflinge weiblichen und männlichen Geschlechts, hinter denen Agathokles zurückfiel. Er flüsterte einem der Schreiber etwas zu, während der andere finster vor sich hinstarrte.

Sie gingen über einen kühlen, langen Korridor, an dessen Wände glückbringende Götter gemalt waren. Sie trugen griechische Namen, damit sie niemand mit den ägyptischen Gottheiten verwechselte, trotz ihrer flachen, ausdruckslosen Gesichter, der engen Gewänder und der sonderbaren Tiere in ihrem Gefolge. Nur bei einem hielt der König wie gewöhnlich inne und verbeugte sich. Die Leibwache setzte ihren Gang fort, doch der gesamte übrige Hofstaat blieb ebenfalls stehen und verbeugte sich ebenso. Unter diesem besonders ausdruckslosen Gott stand der Name Dionysos. In einer steif ausgestreckten Hand hielt er einen Becher; ihm folgten ein Paar pirschende Panther und aus irgendeinem Grund, vielleicht nur, um die Fläche zu beleben, drei Frösche.

Die Audienzhalle war bereits gefüllt. Beim Eintritt von König Ptolemaios erhoben sich alle und verbeugten sich. Die wenigen anwesenden Ägypter warfen sich flach auf den Boden wie vor einem Gott. Der König verbeugte sich nach rechts und links und ließ sich auf seinem Thron nieder, der eigentlich aussah wie der Generalsstuhl eines Mazedoniers, aber in Elfenbein und Zebrafell gearbeitet war. Dann begann die Zeremonie der Vorstellung. Die Unterhaltung fand gewöhnlich zu dritt statt und schloß Sosibios ein. Einer der ersten, die empfangen wurden, war der Römer, der eng in seine lange, dicke, unbequem aussehende, aber fröhlich lila gesäumte Robe eingehüllt war. Er sprach einigermaßen gut griechisch, reizte aber mit seiner gespielten Würde zum Lachen, als er eine Reihe von Personen und Institutionen mit seltsamen Namen nannte, die in seiner Heimatstadt offensichtlich wichtige Rollen spielten, von denen aber hier noch nie jemand gehört hatte. Die Aussicht auf eine Löwenjagd schien den Mann aus Rom zu entzücken.

Dann folgte der Hohepriester von Bes, den der König ziemlich kurz abfertigte, denn er hielt Bes für einen unangenehmen, unwichtigen Gott, welchen man besser so bald wie möglich abschaffte. Alexandrier traten vor mit Petitionen und Dankschreiben oder Forderungen nach Gerechtigkeit, Offiziere, die Beförderungen wünschten und sich beharrlich als Mazedonier ausgaben, was Ptolemaios gefiel. Ein Schiffskapitän war gerade aus dem Golf von Arabien zurückgekehrt und brachte Geschenke aus seiner Ladung: Gewürze und einen Käfig mit pfeifenden grünen Vögeln sowie etwas anderes, das er dem König nur flüsternd mitteilen wollte. Wenn er beim König gut ankam, konnte er seine Preise gegenüber gewöhnlichen Sterblichen verdoppeln. Eine Deputation aus Äthiopien unterhielt sich mittels eines Übersetzers und wurde von Sosibios vertröstet. Man bat sie, am nächsten Tag zu einer Privataudienz wieder zu erscheinen; um sie mußte man sich kümmern.

Unter den Bittstellern befanden sich auch mehrere Frauen, die Land besaßen oder ein Geschäft ausübten, aber keine war jung genug, um größeres Interesse zu erwecken. Sie wurden mit ebensoviel Höflichkeit und Gerechtigkeit behandelt wie die Männer. Ein armer Bauer hatte ein krankes Kind; er war sicher, wenn der Göttliche König Ptolemaios-Osiris ein Stück Brot berührte und ihm wiedergab, würde das Kind davon genesen. Der Mann hatte sein gesamtes Geld und all seine Überredungskunst bei den Türhütern aufgeboten, aber als er wirklich vor dem König stand, fiel er vor Schreck und Staunen und Aufregung flach zu Boden. Ptolemaios reichte ihm selbst die Hand, um ihm aufzuhelfen: Der Glaube dieses Mannes vermittelte ihm ein wunderbares Gefühl von Sicherheit. Er brach das Brot und legte mehrere Goldstücke hinein.

Dann folgten weitere Alexandrier: eine komplizierte Scheidungsgeschichte, ein Streit zwischen den Erben eines großen Anwesens. Ein Dichter, ein junger Schützling eines der Bibliothekare, flehte den Göttlichen König untertänig an, die Widmung eines seiner längeren Poeme über die Mondphasen anzunehmen. Und dann erschien wie üblich Kleomenes von Sparta, einen halben Kopf größer als die meisten Alexandrier und mit anderen Augen. Diesmal hatte er den Lahmen bei sich und den Einäugigen – Pfui! Kleomenes selbst indessen – ja, er sah sehr gut aus. Er hob den Kopf und blickte einen an wie ein prächtiges Tier, das man gefangen und eingesperrt hat. Manche Antilopen besaßen solch stolze Augen.

König Ptolemaios verhielt sich gegenüber König Kleomenes überaus höflich und erwähnte mitleidig die letzten Neuigkeiten. König Kleomenes solle doch mit ihnen auf die Löwenjagd ziehen! Und seine Freunde selbstverständlich auch! Was das andere anging, ob er ihm Geld lieh, um die revolutionäre Partei in Sparta zu unterstützen oder irgendwelche anderen Versprechungen für die Zukunft – nun, er zuckte die Achseln. Dafür war noch Zeit. König Kleomenes fand Alexandria doch sicher nicht langweilig? Es gab Schwierigkeiten, jawohl, Schwierigkeiten, die selbst ein so geehrter Fremder wohl nicht verstehen würde. König Ptolemaios stand immerhin erst am Anfang seiner Regierungszeit. Ein wenig Geduld ... Sosibios ergriff das Wort; was er sagte, wirkte noch entmutigender, trotz aller Höflichkeit.

Nach einer Weile löste sich die Versammlung auf, und König Ptolemaios winkte Agathokles zu sich. Er hatte einen weiteren Einfall für sein Stück und wollte ihn niederschreiben lassen, ehe er ihn wieder vergaß. Das Stück sollte den Titel *Adonis* tragen. ›Die kleinen scharlachroten Anemonen, Blutstropfen der Berge.‹ Jemand würde sich um die Reime kümmern müssen. Ein Dichter. Dichter fand man so leicht. Er hielt Agathokles beim Arm, fühlte ihn, streichelte ihn, griff unter den schwarzen Umhang bis in die Achselhöhle. Was nützte ihm die Königswürde, wenn er nicht sein und tun konnte, was ihm beliebte, wo und wann immer es ihm gefiel?

Kleomenes und seine Spartaner hatten sich zurückgezogen.

Zweites Kapitel

Berris Dher hatte bei Hofe einige Porträts angefertigt, ohne viel Begeisterung. Ihn langweilten solche Bilder inzwischen; damit war er fertig. Eine Zeitlang reizte es ihn noch, ihre Wirkungen mit sparsameren Mitteln zu erzielen und seine Zeichenkunst zu erproben, aber dann traten ganz andere Fragen in den Mittelpunkt, Fragen, die er früher von sich geschoben hatte, weil er nicht mit ihnen umgehen konnte. Jetzt spürte er, daß er weit genug war, es vielleicht doch zu schaffen, sofern er sich nur Mühe gab und die Anfangsträgheit überwand. Es ging einmal mehr um die Darstellung dreidimensionaler Dinge. Es machte ihn unglücklich und unruhig. Er gab zwar nicht zu, daß seine Arbeit in der letzten Zeit schlecht gewesen war, aber sie schien ihm nach gegenwärtigen Maßstäben ohne jede tiefere Bedeutung. Er besorgte sich Sandsteinblöcke und verdarb zwei von ihnen auf der Suche nach dem, was ihm vorschwebte. Das Material war nicht hart genug, oder er war immer noch zu ungeduldig, um langsam und leicht genug zu arbeiten.

Erif, die ihn beobachtete, wußte, daß seine Sorgen viel mehr mit Philylla zu tun hatten, als er zugeben wollte. Die drei hatten auf dem Schiff in einer kleinen, engen Gruppe gelebt, in der man einander liebte und vertraute. Aber in Alexandria hatte Philylla diese Gruppe einfach verlassen und war in die Arme ihres Gatten zurückgekehrt. So einfach war das für sie gewesen. Als sie in die Stadt gelangten, hatten sie nach dem Haus von König Kleomenes gefragt und es gefunden. Kratesikleia hatte sie herzlich willkommen geheißen. Die kleine Gorgo hatte sich zunächst schüchtern verhalten, war aber dann auf Philyllas Schoß geklettert. Nikolaos hatte vor Freude geschrien und gejauchzt und sie oft und innigst geküßt. Nikomedes war sprachlos gewesen; eine Weile hatte er ihr gegenüber gesessen, sie angeblickt und leise gelächelt. Dann war er fortgegangen, Panteus zu suchen. Alle drei saßen dicht nebeneinander, als Panteus hereinkam und eine kleine

Bewegung mit den Armen machte. Und Philylla war aufgestanden und auf ihn zugetreten, wie jemand, der endlich nach Hause findet, und sie hatten sich wortlos umarmt. Nicht ein einziges Mal blickte sich Philylla nach den Freunden um, die sie gerettet hatten.

Am nächsten Tag hatte das Paar Berris und Erif besucht. Panteus hatte ihnen mit schlichten, gerührten Worten für ihre Hilfe gedankt und gesagt, er werde ihnen das Geld, sobald er könne, zurückzahlen. Derweil stünden sein Schwert und seine Freundschaft zu ihrer Verfügung. Philylla war lieb und freundlich gewesen, aber schon jetzt bildete sich eine Art Nebel zwischen ihnen und ihr. Sie gehörte nicht mehr zu ihnen. Berris hatte sich damit abgefunden und versucht, Panteus und seine Freundschaft anzunehmen, konnte aber nicht viel damit anfangen. Erif blieb allein zurück und dachte wieder öfter über ihre Läuterung nach, über das Treffen zwischen Tochter und Mutter, zwischen dem Tod und der Schlange. Sie hatte Tarrik geschrieben, was geschehen war, aber bis zum Herbst würde sie keine Antwort erhalten. Vielleicht erreichte sie auch einmal ein Brief nicht, wenn sie weiterhin soviel durch die Welt zog.

Berris gefielen die Freunde von König Ptolemaios nicht sonderlich, wenn sie auch recht lustig sein mochten. Erif hielt sich eine Zeitlang von ihnen fern, aber dann langweilte sie sich und bestand darauf, Berris zu begleiten. Als sie aber zum erstenmal in den Palast kam, empfand sie Angst, besonders vor einem recht bezaubernden Mädchen, das sich auf der Stelle in sie verliebte und sogleich Befriedigung von ihr forderte. Erif protestierte und rannte schließlich hinaus; die Ohren bebten ihr von dem perlenden Gelächter in ihrem Rücken. Später ärgerte sie sich über sich selbst und dachte: Warum nicht? Warum war sie unfreundlich gewesen? Aber sie konnte sich nicht vorstellen, daß die neue Erfahrung ihr gefallen hätte. Und dann kam ihr plötzlich in den Sinn: Wenn es nun Philylla gewesen wäre, hätte ich sie lieben können? Ja, dachte sie, das wäre eine andere Geschichte gewesen ... Sie betrat den Palast nach diesem Erlebnis nur noch sehr vorsichtig und in Berris' Begleitung.

Berris hatte Metrotimé für sich entdeckt, oder besser: Sie hatte sich von ihm entdecken lassen, und beide genossen eine nette Zeit miteinander. Sie war genau das, was Berris jetzt wollte: einen ironischen und kritischen Geist, der mit seiner Sentimentalität fertig wurde, und einen geübten und wissenden Körper, der ihn aus der Trägheit weckte, in die er sich hatte drängen lassen. Aber seine künstlerischen Probleme zu lösen, half sie ihm nicht.

Erif gewann eine neue Freundin. Es war die Frau des Hauses, in dem sie untergekommen waren, eine Ägypterin aus recht guter Familie mit Namen Ankhet, die einen griechischen Kornhändler geheiratet hatte. Sie war sehr schüchtern und leise und eine gute Hausfrau. Nach einer Weile bat sie Erif in ihr eigenes Zimmer. Erif sah das kleine Bildnis einer Mutter mit ihrem Kind und erinnerte sich an die Geschichte von Isis und Horus, die sie zuerst in Sparta von einer der Ehrenjungfern der Königin gehört hatte. Nach vielen Fragen und einigen Wochen Geduld fand sie schließlich durch Ankhet heraus, daß es im ägyptischen Stadtteil Alexandrias, den sie bislang kaum betreten hatten, mehrere Tempel der beiden gab. Ankhet hielt Erif und Berris für Griechen und hatte Angst, daß sie ihre Götter mißverstehen oder sich gar über sie lustig machen könnten. Zugleich war sie ungeheuer stolz auf die Gottheiten und wollte gern deren Macht vorführen; schließlich konnte Erif sie überreden, ihr einige dieser Tempel aus der Nähe zu zeigen.

Das ägyptische Viertel war viel dichter bevölkert, schmutziger und winkliger als das griechische oder jüdische Viertel, und die Straßenhändler verkauften ganz andere, fremdartige Speisen. Erif war begeistert, ließ sich von der Freundin jede Menge davon kaufen, spazierte mit vollem Mund umher und betrachtete die Menschen. Berris hingegen hatte eine große, glatte Steinkatze als Hausgenius in einem Schusterladen gesehen und war entzückt. Sie spazierten durch niedrige Bogengänge, und braunhäutige Menschen in leichten Gewändern warfen ihnen Blicke über die Schultern zu.

Schließlich gingen sie durch eine Nebengasse und traten durch ein eckiges Tor aus Kalksteinquadern auf einen kleinen Platz, dessen Längsseiten mit Maulbeerbäumen bestanden waren. Am anderen Ende stand ein viereckiger, roter Tempel mit flachem Dach. Sie traten durch die erste Säulenreihe. Erif und Berris merkten zu ihrer Überraschung, daß die Innenseiten seltsame menschliche Gesichter trugen, deren steife Stocklocken die Kapitelle bildeten. Die Gesichter schienen einen anzustarren. Der Tempel selbst war dunkel und über und über mit kleinen Bildern ausgemalt, von denen einige vergoldet waren und wie Schmuckstücke funkelten. Eine Priesterin in langer weißer Robe ging lautlos auf nackten Füßen mit einer Schüssel in der Hand vorbei. Gegenüber huschten zwei andere von rechts nach links; beide spielten ein Instrument.

Plötzlich sagte Ankhet: »Dort ist Isis«, tat einen weiteren Schritt und blieb in stummer Verehrung stehen. Die beiden anderen sahen vor ihr einen niedrigen Altar und dahinter das granitene Standbild der Göttin, die ein göttliches Kind auf den Knien hielt. Ihr Kopf war klein, und das Kinn wirkte zart und schmal unter dem hohen, bemalten Kopfputz. Die Augen waren weit aufgerissen, die Lippen schwer. Die abgerundeten Falten ihres im traditionellen Schnitt gehaltenen Kleides, die von den Schultern herabfielen, waren nur unzureichend ausgeführt; der Bildhauer hatte darunter die Brüste und Schenkel nackt gelassen. Das Kind trug einen merkwürdigen steifen Rock; seine Arme hingen seitlich herab.

Erif war tief gerührt. Sie hob ebenfalls die Hände und dachte an ihren Sohn.

Auf beiden Seiten der Göttin standen weitere Statuen. Eine trug einen Kuhkopf und einen stilisierten menschlichen Körper, der mit Symbolen bemalt war. Die andere war menschlich, doch aus den vorgestreckten Armen wuchsen grüne und vergoldete Federn. Der Mund war ziemlich gerade, weder lächelnd noch traurig, und die Augen waren bis zu den Wangenknochen hochgezogen.

Berris, den die Reglosigkeit der beiden Frauen unruhig machte, flüsterte: »Wer sind die denn?« Nach einer Weile drehte sich Ankhet um und erwiderte: »Auch das ist Isis.«

Dann trat sie zu einer der Priesterinnen und flüsterte ein paar Minuten lang mit ihr. Berris zog eine Goldmünze hervor, die ihm als Tempelgabe ausreichend schien. Er ärgerte sich, als Erif einen ihrer Ringe abzog und ihn der Priesterin überreichte.

In den nächsten Tagen waren sie zugleich ruhig und erregt; beide wollten weitere Tempel besuchen. Nur wenige der Weihestätten Alexandrias waren alt, denn Rhakotis, die alte Stadt, über welcher Alexandria errichtet wurde, war klein und unbedeutend gewesen, eine Zuflucht für Ziegenhirten und Seeleute. Aber in einigen der neuen Tempel befanden sich alte Kultgegenstände (oder vielleicht ausgezeichnete Kopien), und Ankhet selbst besaß ein paar wunderschöne kleine Glücksbringer, die ihr Haus und ihre Kinder beschützen sollten. Sie hatte sie von ihrer Mutter geerbt: den grünen Käfer, der bedeutete, daß immer wieder neues Leben hervorspringt, die Isisschnalle in Gold und Rubinen und verschiedene bronzene und emaillierte Tiere. Selbst ihre Schminkschatulle hatte die Form eines Tiergottes.

Berris war ungeheuer interessiert. Er hatte nicht damit gerechnet, daß ihn in Ägypten so vieles ansprechen würde – vor allem Dinge, die mit genau jenen Fragen zu tun hatten, welche ihn im Moment sehr beschäftigten.

Erif hingegen fand nicht, was sie aufgrund des Orakels gesucht hatte. Zwar stieß sie auf die Mutter in verschiedener Gestalt, doch war das Kind stets ein Sohn. Auch die Toten waren da und übertrafen die Lebenden an Bedeutung. Das war neu und stand im Gegensatz zu Griechenland und seinem Beharren auf dem Lebendigen in Kunst und Dichtung, am meisten aber in den Körpern und Seelen der Jungen. In Ägypten begannen die Vorbereitungen auf den Tod recht frühzeitig, schon in der Jugend. Denn wer konnte ihm entrinnen? Griechen und Ägypter empfanden überwiegend die gleichen Ängste vor dem Tod, und beiden fehlte die Zuversicht auf eine Welt danach, die mehr als nur verschwommen und so gut wie reizlos war.

Aber die Griechen wandten entschlossen den Blick ab, während sich die Ägypter von der Starre des Todes angezogen fühlten. Erif Dher teilte diese Faszination, aber dann wieder rebellierte das Griechische in ihr.

Was nun die Schlange anging, so gab es deren viele, königliche und göttliche, Kobras und Vipern, kleine Kreaturen mit entsetzlichen Fangzähnen im heißen Sand oder den dampfenden Sümpfen. Es war nicht zu entscheiden, welche nun ihre Schlange sein konnte.

Im Verlauf des Sommers wurde es sehr heiß, aber gewöhnlich wehte eine leichte Brise aus der Wüste, die die Räume in Häusern und Bogengängen kühlte. Der Wind bleichte das Meer in ein sonderbar gläsernes Weiß, das den Horizont mit dem Himmel verschmolz. Die Nächte waren ziemlich kühl, und der gesamte Haushalt schlief auf dem Dach unter den großen Sternen oder am Nachmittag in kleinen Hüttchen aus gespanntem Leinen oder Lauben aus Weinranken. Die Ägypter verrichteten ihre Arbeit wie gewöhnlich, ernteten das überaus üppig gedeihende Korn und setzten sogleich die Ochsen an die Arbeit, die Ähren zu dreschen. Die Alexandrier wurden mehr und mehr zu Nachtschwärmern. Sie veranstalteten mit prächtigen Booten Wasserfeste, die erst vor der Morgendämmerung endeten. Der Palast blieb während des Tages verschlossen und ruhig, und alle schliefen, während König Ptolemaios' braunhäutige Untertanen mit Werkzeug und Wasserkrügen und Körben voller Essen an ihm vorbeigingen und darüber nachdachten, wie – und nach welchen köstlichen körperlichen Verausgabungen – der König wohl schlief. Der König hatte einen vielseitigen Geschmack, und eine jede seiner Regungen wurde sogleich befriedigt. Eltern von bezaubernden Kindern, gleich welchen Geschlechts, sahen hier immer eine mögliche Karriere für ihren Nachwuchs. Agathokles war stets bereit, sich überzeugen zu lassen, und wenn er nicht wollte, dann seine Schwester. Ihre alte Mutter tat es ihnen meistens gleich oder übertraf sie sogar noch. Die Ägypter lachten über die so dargestellte Göttlichkeit, ahmten sie aber im ganzen gesehen nicht nach.

Sosibios beschäftigte sich auf weniger angenehme Weise. Er trieb seine Affären bis zum Äußersten, und zwar durch gewöhnliche Grausamkeit. Er behandelte seine Frau nicht gut. Es war nicht immer angenehm, bei ihm zu Gast zu sein. Den Ägyptern, die die Frau des Hauses wenigstens formell verehrten und sie gewöhnlich zumindest als Geschäftsfrau respektierten, gefiel dieser Zug bei Sosibios nicht. Aber man stimmte darin überein, daß er den Interessen der Ptolemaier ergeben sei. Es kursierten viele Geschichten in Alexandria, und die Stadt stellte fortwährend das Gewissen des Hoflebens dar. Da hieß es, der Göttliche Ptolemaios treibt es mit drei Knaben gleichzeitig; er hat eine brillante Bemerkung über den römischen Botschafter gemacht; Agathokles und die grüne Säule; Sosibios' sonderbare Vorstellung von einem netten Abend mit seiner Frau; Agathokles' Antwort an die Philosophen; die Dichterlesungen; das Gerücht – sicher stimmte es nicht? – über die Absichten des Königs Antiochos von Syrien? König Ptolemaios' Idee für ein riesiges Schiff, das zugleich einen Tempel für Dionysos-Osiris darstellen sollte und Arbeit für alle Zeichner und Schiffsbauer in Alexandria liefern würde; König Ptolemaios und die Elefantenjäger; König Ptolemaios und sein Plan, die Tempel in Theben mit neuen Szenen aus der Unterwelt, dem Tuat, restaurieren zu lassen ...

Die alte Kratesikleia bemühte sich sehr, sich in die hohe Politik einzumischen. Sie war eine Königin; sie war eine große Königin gewesen. Welches Recht hatte irgendein Palast der Welt, vor ihr die Tore zu verschließen? Der alte Ptolemaios war höchst höflich und zuvorkommend gewesen, ebenso viele seiner Höflinge, aber die neuen Herrscher lachten sie offen aus, bis sie nach Hause lief und bittere Tränen des Alters und der Witwenschaft weinte. Sie lief gegen den jungen Ptolemaios, seine Freunde und die Lebensweise der Jugend im allgemeinen Sturm, bis sie erschöpft war.

Philylla setzte sich oft zu ihr und arbeitete mit ihr an der gleichen Stickerei, versuchte, hoffnungsvoll und fröhlich zu sein, wenn es ihr auch nicht immer gelang. Königin

Kratesikleia hatte immer einen Kreis aus drei oder vier Frauen um sich, die ihrer Generation entstammten – Witwen, die vom Leben arg herumgestoßen worden waren und, wenn auch verhalten, in ihre Klagen einstimmten. Auch gab es ein paar jüngere Mädchen, die weniger düster dreinschauten, aber doch unzufrieden waren. Sie mochten nicht so von der Außenwelt abgeschlossen leben. Doch die alte Königin bestand darauf und zwang sie dazu. Leandris, die älteste, war mit Idaios verlobt und wollte ihn heiraten, sobald sie ihre Hochzeitslaken gewebt hatte. Sie war ein goldiges, aufrechtes Mädchen, eine entfernte Kusine Philyllas, mit der sie sich gern vertraulich unterhielt. Auch nach der Hochzeit würde sie einen Großteil ihrer Zeit mit der alten Königin verbringen, und eines Tages, wenn das Exil vorüber und sie alle nach Hause zurückgekehrt waren, würde sie wieder ein glückliches Leben führen.

Natürlich war Sphaeros der Lehrer der Jungen; aber er wurde langsam alt. Die Jungen vermißten ihre Zuchtschule sehr und freuten sich über Gyridas, der nun mit ihnen zusammenlebte, jedoch zu tief erschreckt und verletzt worden war, um sich leicht davon zu erholen. Am besten gefielen ihm Spiele, bei denen er sich mit Nikolaos etwas ausdachte. Wenn Nikomedes plötzlich ernst wurde, bekam er Angst und fühlte sich in die Zeit zurückversetzt, da sein Bruder getötet worden war und man ihn aus der Schule werfen und wieder zum Sklaven machen wollte. Manchmal haßte er Nikomedes dafür, daß er nicht mehr zu den Kindern gehörte, sondern es mit den Erwachsenen hielt.

Kleomenes ließ seinen ältesten Sohn an seinen Plänen und Hoffnungen teilnehmen, noch stärker aber an seinen Enttäuschungen, und der Junge wurde zwischen hoch und tief, Mitleid und Beleidigung und wieder Liebe hin- und hergerissen. Die meisten Nächte träumte er davon, dachte viel darüber nach und unterhielt sich mit Philylla darüber, die merkte, wie die Dinge standen und sich selbst große Mühe gab, seine Liebe oder sein Mitleid nicht in Anspruch zu nehmen. Der Grund, warum es sie danach verlangte, war zu kompliziert, um erklärt zu werden, auch wenn sie sich selbst vollständig darüber im klaren war. Sie sagte Nikomedes, sie sei glücklich, und Dreiviertel der Zeit glaubte sie es selbst.

Nikomedes begleitete seinen Vater gelegentlich zu einer Audienz. Dann stand er in seiner sauberen Tunika zwischen Kleomenes und Sphaeros, betrachtete stumm diesen prächtigen, geschminkten Mann auf seinem Thron und haßte ihn beständig und bewußt, weil er ihnen nicht half. Er hörte auf diese Weise viel vom Hofklatsch, wenn er auch nicht alles begriff. Und oft ging er auch mit den anderen Spartanern zum Hafen und hielt sich dort auf, immer auf Nachrichten wartend. Schiffe legten an, und er erfand schon Geschichten über sie, wenn sie noch kleine braune Flecken am Horizont waren oder um die Ecke der vorgelagerten Insel bogen: Daß dies nun wirklich das Schiff mit der Nachricht sein würde, zu Hause sei wieder alles gut, daß es eine Menge Soldaten mit Speeren und Kronen und Kränzen trage, die riefen, sie seien mit den Ephoren und den Mazedoniern fertig geworden und gekommen, den König wieder in seine Rechte einzusetzen – und noch am gleichen Abend wollten sie aufbrechen! Aber wenn das Schiff angelegt hatte und der Kapitän an Land ging, stammte es meistens nicht aus Griechenland, erst recht nicht aus Sparta, ganz zu schweigen davon, daß es solche Neuigkeiten brachte.

Nicht lange nach ihrer Ankunft in Ägypten hatten sie eines erfahren: Nur ein paar Tage nach der Schlacht bei Sellasia wurde König Antigonos benachrichtigt, daß sich die Stämme in Mazedonien gegen ihn erhoben hatten. Er war mit seinen Armeen kurz darauf nach Hause aufgebrochen; es gab wieder Arbeit für die Söldner. Allmählich, während des Winters, merkte Kleomenes, daß er Sparta noch besäße, wenn er die Schlacht verzögert und hinausgeschoben hätte. Es gab Augenblicke, in denen diese Erkenntnis oder eine erneute Enttäuschung von seiten Ptolemaios' oder Sosibios' ihm die Welt schwarz erscheinen ließ. Dann verhielt er sich bitter gegenüber Panteus, Phoebis und allen seinen Freunden, am bittersten aber gegenüber Nikomedes, da er über ihn die meiste Macht besaß. Und er mußte sich beweisen, daß er immer noch über Macht verfügte, noch immer jemanden verletzen konnte und auf diese Weise immer noch ein König war.

Einige der Spartaner hatten sich auf sonderbare Weise mit Ägypten verbrüdert: Keiner von ihnen hatte nicht einen gefallenen Bruder oder Sohn oder guten Freund. Der Tod war ihnen nähergerückt; sie konnten den Blick nicht mehr abwenden. Zuerst entdeckten sie Serapis für sich, weil er am griechischsten von allen Göttern war, eine fast bewußte Erfindung, ein Verbindungsgott zwischen zwei Priesterschaften, der als sein Königreich das beanspruchte, zu dem alle Menschen unterwegs waren. Er war Osiris und Zeus und Hades, und für einige, denen die beständige Vermischung der Mythen durch den Kopf spukte, Dionysos-Hades. Er verfügte über die Attribute all dieser Götter. Er war der Herr des Dunklen Tores. Er hielt die Schlüssel.

Die Spartaner hatten ihre Götter verloren. Der Apollo auf dem Marktplatz, ebenfalls ein Lenker der Seelen, war mit allen anderen guten Dingen, an denen sie einst teilhatten, zurückgelassen worden. Die kleine Kolonie dorischer Fremder, zu klein, um spirituell abgeschlossen zu bleiben, besonders in dieser Stadt der vielen Tempel, wurde durch die neuen Götter erschüttert. Aber nicht alle waren betroffen, auch nicht die Mehrzahl der engsten Freunde des Königs. Sphaeros indes war beunruhigt; Kleomenes versuchte wütend die ganze Sache nicht zur Kenntnis zu nehmen, und Hippitas lachte darüber.

Panteus war nur aufrichtig besorgt – es wurde ein weiteres Paket in seiner Last aus Sorgen und Ängsten und Enttäuschungen und kleinlichen, erschöpfenden Plänen und Neuordnungen. Unerträglich war kein einziges dieser Probleme, aber ihre Summe zerbrach ihn fast. Philylla beobachtete ihn. Es war eine Last, die zu ertragen er nicht erzogen worden war. Philylla öffnete sich seinem Schmerz. Er erzählte seiner Frau fast alles, den Rest erriet sie. Sie versuchte, ihm auf praktische Weise zu helfen, schrieb Briefe für ihn und leitete sein Haus mit einer Sparsamkeit, die ihr schwerfiel. Sie selbst ging auf den Markt, denn es gab keinen Bauernhof mehr, der frische Milch, Eier und Käse schickte. Sie wollte nur ihm und dem König helfen. Wenn sie es nur besser vermocht hätte! Sie wußte, daß es auch in einem solchen Leben Pausen geben konnte, Momente unendlichen Friedens und Glücks, die man der Gefahr entriß, aber abgesehen von dem ersten Tag und ein paar seltenen und verzweifelt liebevollen Stunden in den darauffolgenden Wochen hatte sie nichts Derartiges erlebt. Es war ihr nicht gelungen, ihm zu helfen und ihm zu geben, was er brauchte. Es gab keine Anzeichen für ein Kind, aber vielleicht war das auch nur gut. Wenn es vorüber war und sie wieder zu Hause lebten – dann würde alles wieder gut, und auch das ersehnte Kind würde sich einstellen. Sie sprach mit ihm über sein Land und ihr kleines Haus; all das lag jetzt in ferner Vergangenheit und Zukunft. Beide konnten kaum über etwas anderes reden als über die ermüdende Gegenwart. Noch schlimmer schien es, wenn sie Briefe von zu Hause erreichten, die jetzt häufiger eintrafen. Deinicha hatte einen Sohn geboren, und alle genossen die Felder und Berge und die Luft der Heimat. Es war schwer, darauf eine Antwort zu finden.

Kurz vor dem Mittsommer wurden überall Erwartung und Aufgeregtheit spürbar – Erif Dher merkte es. Irgend etwas lag in der Luft. Selbst die Griechen in Alexandria spürten es. Dann, eines Morgens, traf die Botschaft ein, die auf rituelle Weise von einem Haus zum anderen durch die wartenden Straßen geflüstert wurde: »Die Träne ist gefallen!« Und sogleich kleideten sich Männer und Frauen überall in saubere weiße Leinengewänder, die bereitlagen, und häuften Früchte und Kuchen in Körbe. Isis hatte geweint und das Nilwasser stieg. Die Ernte des nächsten Jahres würde gut werden.

Ankhet kam mit ihren beiden ägyptischen Dienerinnen vom Dach. Sie trugen weiße, dünne Kleider bis zu den nackten Knöcheln. Die Dienerinnen hielten Körbe mit Früchten auf dem Kopf, und Ankhet balancierte einen leichteren auf der Hüfte. Sie hatte die ältere Tochter dabei, ein frohes, stilles Mädchen. Ihr Gatte folgte mit leicht beschämter Miene und versuchte ein wenig, so auszusehen, als sei er nur zufällig anwesend. Doch auch er trug eine saubere Tunika. Berris arbeitete schwer, und Erif langweilte sich, weil er kaum ein Wort dabei redete. Sie kniete am Fenster, beugte sich hinaus und sog die Luft in sich ein, um dieses neue Gefühl zu bestimmen. Als sie die Ägypter sah, rief sie hinab: »Darf ich mitkommen?«

Ankhet rief fröhlich zurück, sie solle zu Ehren der Isis frisches Leinen anlegen. Die Königin der Fruchtbarkeit habe Mitleid mit ihrem Volk gehabt, und Hapi, der Nil, habe geantwortet. Erif sprang auf, zog sich rasch um und traf unten auf die wartende Ankhet. Zusammen gingen sie zum Sonnentor, dem östlichen Eingang zur Stadt. Davor warteten Ochsenkarren mit Stroh und Kissen auf den Planken sowie quastenbesetzten Dächern gegen die Hitze. Ankhet deutete auf einen Stapel Decken in ihrem Karren. »Heute nacht werden wir hier schlafen.«

Erif war neugierig, fragte aber nichts. Das Gefühl des Mittsommers durchströmte ihren Körper. Die Ochsen stöhnten und lehnten sich vor. Rumpelnd rollte der Karren los und holperte auf die trockene Straße nach Kanopos. Eine Dienerin zog große, leichte Schleier hervor; sie bedeckten sich damit, ehe der Staub ihnen in Haar und Augen drang. Dann lehnten sie sich in die Kissen zurück, sprachen nicht viel, kauten Samen, Blätter und harte, süße Kuchen. Manchmal wurde eine Kalebasse mit Wasser herumgereicht. Vor und hinter ihnen und auf beiden Seiten knarrten weitere Ochsenkarren. Durch die nebelige Staubwolke sahen sie die Rücken ihrer Treiber und Ankhets Mann. Nach etwa fünf Stunden bogen sie nach Süden ab, und bald darauf hob Ankhet ihren Schleier, kniete schwankend nieder und spähte nach vorn. Sie machte Erif ein Zeichen, ebenfalls in diese Richtung zu blicken. Nicht weit vor ihnen war die langgezogene Linie aus Palmen,

Akazien und dicht nebeneinander gepflanzten Obstbäumen zu erkennen, die diesen Arm des Nils kennzeichnete. Die ägyptischen Frauen streckten leise murmelnd die Hände aus.

Nach einer weiteren halben Stunde ruckte der Karren in die Schatten der ersten Palmen und hielt an. Sie stiegen aus. Rings um sie her verließen auch die anderen Familien ihre Karren, und dann bewegte sich die Menge hinab zum Fluß. Die meisten Leute waren Ägypter, nicht wenige stammten aus Griechenland und anderen Ländern. Ankhet erzählte Erif von der Sommerflut des Nils, die alljährlich Leben für das Korn und die Menschen brachte. Angefangen habe es am Oberlauf des Nils, hier unten sei es noch kaum erkennbar, aber sie glaubten es und kamen, um zu segnen und von den Wassern gesegnet zu werden. Zwar hatte die Flut im fruchtbaren Deltagebiet weniger praktische Bedeutung, aber die Feiern und Riten wurden von alters her gepflegt.

Sie gingen über getrockneten Schlamm zum Flußufer, und dann warfen Männer, Frauen und Kinder den Inhalt ihrer Körbe leise raschelnd ins Wasser: Früchte und Getreide und Kuchen. Die bräunliche, rasche Strömung nahm alle Dinge auf und trug sie weiter. Danach wateten alle an den kühlen Busen von Hapi, dem Nil, bis zum Knöchel, zum Knie, zur Hüfte. Ankhet führte Erif bei der Hand, die erstaunt war, aber keine Angst empfand. Sie freute sich, wieder Teil einer feiernden Menge zu sein. Sie spürte den warmen Schlamm unter den Füßen und, als sie weiter hinausgingen, das sanfte Zerren der Strömung an Beinen und Körper. Alles war zuerst sehr feierlich, aber bald erhob sich hier und dort in der Menge ein schriller, freudiger Schrei. Die Hände der Menschen regten sich, dann Arme, die kreisten und auf die Wasseroberfläche schlugen, und dieser Impuls überkam jedermann, bis sie alle fröhlich und lachend herumspritzten, sich lauthals begrüßten und einander und den freundlichen Fluß segneten.

Einige der jungen Männer warfen sich in die Wasser und schwammen mit der Strömung. Froh riefen sie, sie könnten die Fluten bereits spüren. Sie kehrten zurück und wurden mit Lachen und Küssen begrüßt und mit Korn beworfen.

Sie gingen erst am späten Nachmittag zögernd wieder an Land, um noch vor Anbruch der Nacht die sauberen Leinengewänder wieder an der Sonne zu trocknen. Dann spielten sie am Ufer und schenkten einander Blumen und Tonröhrchen mit Duftstoffen. Anschließend zog man sich in die Karren zum Schlafen zurück.

Erif indes war viel zu aufgeregt und wehrte sich enttäuscht und unglücklich dagegen, daß sie – die Frühlingsbraut von Marob! – allein mit Ankhet und den Dienerinnen und dem kleinen Mädchen schlafen sollte! Sie wollte hinausspringen und sich in das Buschwerk schleichen, wo man immer noch Lichter sah und Gesang hörte, und sich einen sanften, dunkeläugigen, ägyptischen Jungen als Spiel- und Schlafgefährten suchen. Aber sie kannte die fremde Sprache nicht gut genug, und vielleicht konnte sie ihren Wunsch Ankhet nicht begreiflich machen, die ja immerhin ihre Gastgeberin war. Für Ankhet, die ihren Mann jede Nacht bei sich hatte, war ja alles gut und schön, aber ihr, Erif, war die Zeit seit dem letzten Mittsommerfest lang, sehr lang geworden. Sie blieb noch lange wach und weinte sich schließlich in den Schlaf.

Kurz vor dem Morgendämmern erwachte sie von einem Knarren und Rascheln, und als sie durch die noch halbgeschlossenen Wimpern blinzelte, sah sie, wie die beiden Dienerinnen mit rosigen, schläfrigen Wangen in den Karren schlichen. Sie zumindest waren in die Büsche am Fluß gekrochen und hatten dem Mittsommer den gebührenden Segen geschenkt!

Drittes Kapitel

Man hatte den Kindern gestattet, hinab zum Hafen zu gehen, sogar der kleinen Gorgo. Im Haus des Königs waren alle beschäftigt, denn an diesem Tag sollte Leandris mit Idaios verheiratet werden, und Königin Kratesikleia hatte beschlossen, daraus ein großartiges Fest zu machen. Sie hatte eine Reihe von Damen vom Hof des Ptolemaios gebeten und sich vorgenommen, großzügig zu sein und eine Menge zu übersehen; Agathoklea befand sich freilich nicht unter ihnen. Leandris selbst hatte das ungute Gefühl, daß niemand erscheinen werde, obwohl sie nicht genau wußte, warum, denn sie zweifelte keineswegs, daß ihre Herrin eine große Königin war. Aber von Anfang an hatte sie die Ahnung, das Fest werde mißlingen, und wußte auch, daß der Abend für Kratesikleia mit Wut und Verbitterung enden würde. Dann fiel ihr plötzlich ein, daß sie sie dann weder trösten noch davonlaufen mußte, bis alles vorbei war. Denn sie würde bei ihrem Mann sein! Sie würde das Recht haben, nicht mehr an Königin Kratesikleia denken zu müssen!

Die Kinder zogen hinab zum Osthafen, Gorgo in der Mitte, und sie kauften sich zusammen eine halbe Wassermelone. Inzwischen hatten sie sich an den Anblick des Leuchtturms am Ende der Insel gewöhnt, nur Gorgo starrte ihn noch an. Im letzten Winter waren sie jeden Abend bei anbrechender Dämmerung hergekommen, um zuzusehen, wie er angezündet wurde. Das gelbe Licht war dann größer als der Mond und brannte stetig vor sich hin. Den Jungen gefiel dieser Anblick; sie wären gern hinaufgestiegen und hätten die ganze Nacht Reisigbündel auf das Feuer geworfen und so dem Feuergott von Alexandria gedient. Gorgo dagegen mochte das große, aufrechte Ding mit dem brennenden Auge an der Spitze gar nicht. Sie erzählte es Philylla, aber Philylla begriff es nicht so recht. Gab es denn niemanden, der sie verstand?

Gyridas blickte über die Schulter zurück zum Palast mit seinen hohen Kalksteinmauern und dem Kai. Über der

Krone zeigten sich glänzend grüne Baumwipfel, und vor der oberen Fensterreihe hingen rotgelbe Vorhänge. Er sagte zu Nikolaos: »Da oben wohnt Ptolemaios. Sollen wir einen Palast aus Sand bauen, trockenen Seetang hineinlegen und ihn anzünden?«

»Das würde Spaß machen«, gab Nikolaos mit unsicherer Bewunderung zurück.

Nikomedes hingegen schaute über die Hafenstraße zu dem größeren Westhafen, wo die meisten Handelsschiffe lagen. »Kommt«, sagte er plötzlich. »Dort liegt ein neuer Segler! Hören wir, was es Neues gibt!«

Das Schiff stammte nicht aus Griechenland, sondern aus dem Norden, war in Byzanz gebaut und gehörte einem Byzantiner. Es hatte in Poieëssa, Chios, Samos und Rhodos angelegt, war dann an der kretischen Südküste entlanggesegelt und so schließlich nach Alexandria gelangt. Gerade wurden große, gebündelte Stoffballen ausgeladen. Nikomedes fragte höflich, um was es sich handelte. Man sagte ihm, es seien Pelze. Dann folgten steifbeinige, furchtsame Sklaven, die man aus den Deckluken trieb. Im grellen Sonnenlicht kniffen sie die Augen zu und duckten sich. Zuletzt kam der Kapitän in seinem besten Gewand. Er trug viele Ringe und Armreifen und führte einen Wolfshund an der Leine. Bei sich trug er drei oder vier versiegelte Päckchen. Gorgos bewundernder Blick fiel ihm auf; er konnte ein Lächeln nicht unterdrücken. Er trat zu den Kindern und fragte sie, ob sie ihm bei der Überbringung einiger Briefe behilflich sein könnten. Einer war für Erif Dher bestimmt.

Erif kehrte bekümmert und unruhig von der Hochzeit zurück, weil sie daran dachte, daß Leandris und Idaios nun zusammen waren, während sie allein schlafen mußte. Berris hatte, ungeduldig wie er war, bereits ihren Brief geöffnet.

»Was gibt es Neues?« rief sie und rannte auf ihn zu. Als sie seine Miene sah, fragte sie: »O Berris ... was ist es? Nicht Klint?«

»Nein, nein«, antwortete Berris rasch. »Niemand ist gestorben. Lies es selbst, Erif. Ich bleibe bei dir.«

Während sie den langen Brief in Tarriks schwarzer, harter Schrift las, beobachtete Berris ihr Gesicht. Ihre Wangen röteten sich, und ihre Augen wirkten größer und blauer; sie machte eine seltsame Bewegung mit den Armen. »Ein Kind!« sagte sie dann zärtlich. »Oh, ein kleines Kind! Ich würde es so gern auf den Arm nehmen!« Dann las sie bis zum Ende weiter. »Ich bin froh, daß es ein Junge ist«, fuhr sie dann fort. »Tarriks erstes Mädchen möchte ich ihm gern selbst schenken. Auch Linit hatte sich sicher einen Jungen gewünscht.« Sie rollte den Brief noch einmal auf, um am Anfang etwas zu lesen, über das sie lächeln mußte. Dann blickte sie den Bruder an. »Du hast befürchtet, daß ich wütend sein werde, stimmt's?«

»Nun«, antwortete Berris, »um die Wahrheit zu sagen, ja.«

»Ich bin aber nicht wütend«, sagte sie. »Im Gegenteil, ich freue mich. Ich liebe ihn! Und sie ist meine Kusine; wir haben als kleine Mädchen oft zusammen gespielt. Ich glaube, ich finde mich in ihnen beiden, Berris. Ich weiß, daß ich Tarrik bin, und weil sie so freundlich zu ihm war und ihm ein Kind geschenkt hat, fühle ich auch mit ihr. Sie hat mir trotz aller Gefahr beim Pflügefest geholfen. Sie hat mir nichts fortgenommen.« Zufrieden streckte sie die Arme aus, atmete tief ein und dachte an Marob, ihre Lieben dort und an das neue kleine Kind des Kornkönigs.

Berris lachte. Was er dann sagte, war natürlich ungerecht ihr gegenüber, aber er war immer noch ärgerlich über den Verlust dessen, was ihm gehört hatte. »Es wäre gut für Tarrik gewesen, wenn du bei Sardu auch so großzügig gewesen wärest!« Gott, wie dumm Sardu sein konnte, dachte er. Und was für wunderbare Beine sie hatte! Aber er sagte nur: »Die arme kleine Sardu, die dir gar nichts getan hat.«

»Ich denke an Gleichgestellte«, erwiderte Erif aufgebracht und zitternd. »Nicht an stinkende kleine Würmer ...«

Wieder lachte Berris laut und spöttisch, um seine Schwester von ihrem hohen Roß zu stürzen. Aber Erif ging nicht darauf ein. Sie dachte jetzt an ganz jemand anderen, an Murr, der sich ihretwegen kurz vor dem Mittsommer umgebracht hatte. Jetzt spürte sie all die Großzügigkeit, die sie damals hätte zeigen sollen. Sie erinnerte sich der Wut und des Ärgers, der im Grunde nur ihrem brachliegenden Körper entsprang, der von Tarrik und den süßen Augen ihres Kindes fortgerissen worden war, fort vorn Leben Marobs. Sie sagte, sie wolle Ankhet bei der Hausarbeit helfen. Vielleicht fand sich eine Gelegenheit, Ankhet von dem neuen Kind zu erzählen.

Sie stieg auf das Dach. Im Schatten einer Markise aus Palmblättern befeuchtete und glättete Ankhet die Falten ihres besten Leinenkleides. Das kleine Mädchen machte es ihr mit einem Puppenkleid nach; sein Eisen war nicht sonderlich heiß, und die ganze Zeit über unterhielt sie sich geschäftig mit sich selbst und der Puppe. Erif Dher erzählte Ankhet, was in dem Brief gestanden hatte, was es für Marob bedeutete, wie alle sich freuen würden, daß der Kornkönig im Frühling ein Kind gezeugt hatte, und wie sie sich mit ihnen freute. Sie beschrieb mit lebhaften, anschaulichen Worten Linit und das Kind, Tarriks Glück und die neue Kraft, die den Brief durchströmte und bis über das Meer nach Ägypten reichte.

Ankhet nickte und sagte schließlich: »Er ist jetzt voller Wasser. Hapi, der große Fluß, ist gestiegen und nun randvoll. Er ist wieder friedlich zu uns. Mein Mann sagt, wir werden eine gute Ernte bekommen. Ich gehe heute nacht zu den Kleinen Mysterien. Möchtest du mitkommen?«

»Zu Isis? Zu Isis mit dem Kind? Werden sie Fremde denn zulassen?«

Ankhet schüttelte den Kopf. »Sie wird sich über dich freuen. Sie schaut jetzt auf das Land. Sie reist über das durstige Land und zieht Hapi, den Fluß, hinter sich her. Sie denkt an andere. Sie denkt an ihr Wohlergehen. Du und ich werden sie besuchen; wir werden uns das Haar waschen und sauberes Leinen anlegen, und wenn die Männer zum Essen gehen, werden wir sie nicht begleiten.

Wir nehmen Opfergaben mit. Sie wird uns beide freundlich aufnehmen.«

In dem Tempel, den sie betraten, war es anfangs ziemlich dunkel. Ankhet hielt sie bei der rechten Hand, und jemand, den sie nicht sehen konnte, die aber eine Frau sein mußte, hielt ihre Linke. Vor ihnen war eine Reihe roter Lichter zu sehen, dahinter Vorhänge. Den Saum des Vorhangs mit aufgestickten Lotosstengeln konnte man schwach erkennen, aber die Lotosblüten und das obere Ende des Vorhangs hingen im Dunkeln. Ein rhythmisches Drücken und Schwingen der Hände wurde spürbar und griff über auf die Vorhänge, die sich immer stärker im gleichen Takt bewegten und schließlich teilten. Barfüßige, weißgewandete Priester mit kahlgeschorenen Köpfen gingen auf das Standbild der Isis zu und küßten der Göttin die Füße. Sie boten süße Salben, Kopfbänder und Schulterbehänge aus bemaltem Leinen an, Aromen, Butter und klares Wasser aus Vasen, die wie Tiere und Blüten geformt waren. Sie verbeugten sich und gingen vorbei, und das Standbild von Mutter und Kind wurde immer prächtiger geschmückt. Sie brachten ihr ein Schiff aus Papyros mit gesetzten Segeln; sie war ja auch Isis, die Alexandrierin, Mutter des Leuchtturms, Stern der Seeleute. Vier der Priester schoben einen Altar herein, auf dem sie eine Antilope opferten, das wilde Tier der Wüste, die Verdächtige, die vom Teufel Besessene. Auch das geschah lautlos und routiniert, die geübten Hände packten sie, umfaßten den Hals und drückten zu.

Danach ertönte zarte Musik, und es folgte ein Mysterienspiel, in dem Isis als verloren umherwandernde Witwe die böse reiche Frau, die ihr nichts zu essen und keinen Unterschlupf geben wollte, bestrafte, indem sie einen Skorpion ihr Kind beißen ließ. Doch Isis wandte sich um und heilte das sterbende Kind ihrer Feindin.

Erif war abgelenkt. Es herrschte jetzt mehr Licht in dem Raum, und die Gesichter waren erkennbar: das freundliche Gesicht Ankhets neben ihr, das rundliche der

Frau auf der anderen Seite und ein Gesicht weiter in der Reihe, das nicht ägyptisch war, sondern ganz unverkennbar das von Tarriks Tante Yersha-Eurydike. Erif lehnte sich ein wenig zurück, um sie besser sehen zu können. Das Gesicht Yershas war feucht, als leide sie an kaltem Schweiß, und das reine Leinen der Mysterien klebte feucht an ihrem Hals. Ihre Figur, auf die die Tante so stolz gewesen war, war eingefallen, die Brüste waren schlaff; man konnte es durch das feuchte, anliegende Tuch erkennen. Und erst ihre Augen! Ja, Yersha hatte ihre Strafe bekommen, sie, die versucht hatte, Erif und ihr Kind zu vergiften, die die guten Menschen in Marob stets gehaßt und immer nur gegen sie gewirkt und gehandelt hatte. Seltsam, sie hier zu sehen. Erif grübelte über die Geschehnisse nach und bewegte die Hände zu den Klängen des Mysterienspiels.

Isis erfüllte der reichen Frau ihren Herzenswunsch: das Leben ihres Kindes. Die Frau kniete nun anbetend vor ihr und hielt das Kind umklammert. Isis streckte die Arme den Tempelfrauen entgegen und bat sie, jetzt ihre Herzenswünsche zu erkennen zu geben, da das Herz der Göttin vom Geben noch warm sei und sich danach sehne, mehr zu schenken. Darauf sprachen die Frauen laut und angespannt ihre Wünsche aus, aber da die meisten ägyptisch sprachen, verstand Erif nur wenig. Sie selbst sagte nichts, bis Ankhet ihr die Hand drückte und sagte: »Jetzt!« Aber auch dann murmelte sie lediglich: »Reinige mich, Isis, Mutter des Leuchtturms, und bring mich wieder nach Hause!« Denn sie hörte, wie Yersha immer und immer wieder mit flehender Stimme sagte: »Nimm diesen Fluch von mir, Herrin Isis, gnädige Göttin, hab Mitleid und schenk mir endlich Frieden! Nimm den Fluch von mir, den diese böse Hexe auf mich geladen hat!«

Damit war offensichtlich sie, Erif, gemeint – aber niemand hier wußte es. Wenn Isis es gewußt hätte, hätte Erif es gefühlt und das Auge der Göttin auf sich gespürt. Doch das war nicht der Fall. Erif lachte in der sicheren Dunkelheit ein wenig vor sich hin. Yershas griechische Stimme ertönte noch länger als die ägyptischen Stimmen, bis eine

Priesterin neben sie glitt und ihr auf die Schulter klopfte. Was wohl aus dem Rhodier geworden war? Hatte sie ihn verloren?

Das Mysterienspiel nahm seinen Fortgang. Jene, die ihre Wünsche ausgesprochen hatten, ließen die Hände los, wiegten sich hin und her und schauten weiter zu. Was war das Verbindende, das Gemeinsame zwischen all diesen Dingen? Auch in Marob war das Leben weitergegangen. Es war nicht diese Yersha gewesen, die all das getan hatte, sondern eine jüngere, kräftigere Frau, die sich geschämt hätte, in einer Gruppe Fremder zu weinen. Eine Frau, vor langer langer Zeit am Strand eines fernen Meeres. In Marob, wo Erif beim Pflügefest getanzt hatte. In Marob, wo ihr totes Kind eine Weile süß gelebt hatte. In Marob, wo Murr in der Blüte des Sommers so lebendig gewesen war. In Marob, wo Harn Dher als großer Kämpfer gelebt hatte. Alle gingen den gleichen Weg in das dunkle Haus des Serapis, zu dem zweifelhaften Stern der Isis, zu Staub und Finsternis. Warum sollte diese fremde Frau in Ägypten wegen einer Sache verletzt werden, die vor langer Zeit geschehen war? Erif ließ ihre Hand an dem weißen Leinen entlanggleiten, um Tarriks Messer zu finden, das sicher am raschesten den Bann brechen würde. Aber sie hatte es heute zu Hause gelassen. Sie trug es hier nur selten, betrachtete es auch nicht häufig, denn was nützte es schon in der klaren Luft von Griechenland oder Ägypten? Es hatte seit jenem Tag in Delphi noch nicht wieder gestrahlt. Eilig flüsterte sie in Ankhets Ohr: »Ich habe ein Geschenk für Isis ... ich muß gehen ... ich komme zurück.« Dann wandte sie sich rasch um, erhob sich und huschte hinaus. Das Gesicht verbarg sie, so daß Yersha es nicht erkennen konnte.

Auf dem Weg zurück zum Haus geschah etwas Ärgerliches. Erif wollte nicht über die Hauptstraße zurückgehen, sondern eine Abkürzung durch das ägyptische Viertel nehmen, das sie gut zu kennen glaubte. Aber sie verirrte sich. Zum Glück respektierten die Einheimischen das weiße Leinen der Mysterien und zeigten ihr den Weg, aber sie war aufgeregt und besorgt, und in ihrer Eile rannte sie immer wieder ein paar Schritte. Die ganze Zeit über geschah weiter, was geschah, und sie hatte nicht einmal begonnen, etwas zu ändern. Berris mochte sich so fühlen, wenn ein unbehauener Steinblock auf ihn wartete, während er sich rasierte oder aß oder sonst irgendwie seine kostbare Arbeitszeit vergeudete.

Erif gelangte zum Haus, lief die Treppe zu ihrem Zimmer hinauf und dachte an das Messer und wie genau man es benützen müsse, um den Bann zu brechen. Sie wollte zu ihrem Bett gehen und das Messer von dem Bord über den Kissen nehmen. Aber Berris jagte Metrotimé umher, und sie hatten bereits mehrere Krüge und Schemel umgestoßen und einen Vorhang halb herabgerissen. Als sie eintrat, hielten sie inne, lachten und rangen um Atem, und Metrotimé steckte sich das Haar auf. »Wie fürchterlich keusch du wieder aussiehst, Erif, mein kleiner Engel«, sagte sie. »Komm doch heute abend zum Fest in den Palast ...«

Erif zupfte stirnrunzelnd an ihrem Kleid. »Was für ein Fest?«

»Das Weinfest! Hast du denn nicht davon gehört? Ich meine es ernst. Hör mir zu, Erif! Es wird alles furchtbar aufregend. Es wird ... ja ... fast wie eine echte Rückkehr des Gottes. Wir werden ihn zurück auf die Erde holen, wenn das überhaupt möglich ist.«

»Stell dir mal vor, ein Gott beträte diesen Palast!« erwiderte Erif.

Aber Metrotimé faßte ihr Handgelenk. »Nicht hier. Wir ziehen hinaus in die Weinberge, auf die Felder. Ich glaube, wir bekommen sogar Einheimische zu sehen. Es ist eine großartige Idee, die Völker unter dem jüngsten, wiedergeborenen Gott zusammenzubringen! Das hat Ptolemaios selbst gesagt.«

»Das ist eine Idee Alexanders«, nickte Berris. »Sie trifft auf diese Stadt zu.«

»Ich glaube nicht, daß die Ägypter ihre Götter für einen von euren aufgeben werden«, antwortete Erif. »Geht Berris auch?«

Beide sagten wie aus einem Mund »Ja« und lachten. »Er wird einen Faun darstellen«, erklärte Metrotimé.

Erif sah ihn mit hochgezogenen Brauen an. »Das wird ihm gefallen!«

»Warum auch nicht?« hielt ihr Berris trotzig entgegen. »Komm doch mit, Erif. Es wird dir guttun und dich wieder lebendig machen. Dieser Sommer ist zu heiß für uns. Werfen wir die Hitze irgendwie ab!«

»Nein«, antwortete Erif. »Ich habe zu tun. Ich ... muß mit Isis ins reine kommen.«

Metrotimé war betroffen. Sie selbst hatte am Abend zuvor den Isistempel besucht. In ihrem Zimmer stand in einer Nische ein Steinstandbild der Göttin mit dem Kind, und oft hatte sie die heiße Stirn an ihr gekühlt. Auch wenn die Ägypter jetzt Dionysos verehrten, den Stier aus dem Norden, zog sie es vor, weiterhin bei der sanften, leidenden, von Kühen umgebenen Frau aus dem Süden Zuflucht zu suchen.

Erif holte ihr Messer. Metrotimé sah Berris zu, der ein Stück Kupfer bog.

»Was hast du mit Tarriks Messer vor?« fragte Berris scharf. Aber seine Schwester sprang zur Tür und rannte fort; sie konnte ihm das jetzt nicht erklären. Eine Weile lang dachte sie über ihren Bruder und Metrotimé nach. Ihr gefiel das Mädchen irgendwie, aber nicht, wenn ihr das Haar locker herabhing und das Kleid von der Schulter glitt. Sollten sie einander haben, wenn sie wollten, aber nicht so unordentlich und albern! Sie wollte es ernst und ehrenhaft, wie einen guten Zauber oder hartes, messerscharfes Entzücken. Wie es mit Philylla gewesen wäre. Wie Tarrik bei ihr oder mit anderen Frauen war. All die ernsten Dinge, Tarrik, das neue Kind und Marob, die Dinge, die ihr wichtig und schön erschienen, schrumpften zu etwas Fratzenhaftem, über das Metrotimé bloß lachen würde. Was nützten Liebe, Großzügigkeit und Zauber? Warum überhaupt das Theater um Yersha-Eurydike? Sie ging langsamer.

Sie wollte diesmal den Weg über die breite Straße der Sonne und des Mondes gehen, um sich nicht wieder zu verlaufen. Es war jetzt warm, und es dämmerte, und die Straßen waren voller Männer und Frauen, die langsam von der Tagesarbeit nach Hause gingen. Auch sie ging langsam mit gesenktem Kopf, das Messer in den Falten ihres Umhangs. Bald gelangte sie an die große Kreuzung, das Zentrum von Alexandria, und mußte einen Moment warten, um eine Reihe von mit Töpfen beladenen Eseln vorbeizulassen. Mitten auf dieser Kreuzung lag das Grabmal Alexanders. Der Marmor glänzte ungewöhnlich weich und hell zwischen den harten ägyptischen Kalksteinbauten. Es war ein großer, treppenartig hochgebauter Sarkophag, auf dessen Fries die ewigen Schlachten und vielleicht die ewige Liebe zwischen den Mazedoniern und ihrem König dargestellt waren. Die Menschen brachten hier Opfer dar: Gerstenkuchen, Sahne und Blumen. Winzige Schlangen lebten unbeeinträchtigt in den Ritzen zwischen den Pflastersteinen und zuckten hin und her, als wollten sie andeuten, daß hier noch Leben herrsche, das eines Tages wieder auferstehen würde. Dieser Mann hatte Alexandria gegründet, damit es ihm nachlebte, aber was hatte er sonst geschafft? Fast alles. Doch sein einziges Kind war umgebracht worden.

Erif glaubte alle Geschichten, die sie über ihn gehört hatte. Er hatte Zauberkraft besessen. Er hatte gesiegt, wo Kleomenes von Sparta gescheitert war. Und jetzt war er eine Art Gott. Er war stolz und ernsthaft und großzügig gewesen. Er war wie Tarrik, aber nicht eine einzige Flamme an einem einzigen Ort für ein Volk, sondern ein Feuersturm, der über die ganze Welt hinrannte. Als sie an ihn dachte und zum Tempel der Isis zurückging, wurde ihr Herz wieder ruhig und zuversichtlich.

Das Mysterienspiel war inzwischen vorbei. Ankhet hatte gewartet und stellte ängstlich Fragen. Aber Erif antwortete fest, sie müsse mit der anderen Fremden reden und fand nach einer Weile heraus, daß sich Yersha mit einer der Oberpriesterinnen in einem gesonderten Raum befand und ihr von Erifs Untaten und ihrem Unglück erzählte. Erif fand eine weitere griechisch sprechende Priesterin, überreichte ihr das Messer und bat sie ernst und nachdrücklich, sofort in den Raum zu der anderen Fremden gehen zu dürfen und der Frau zu sagen, das

Messer sei ihr übergeben worden, um den Bann zu brechen. »Dann«, fuhr Erif fort, »muß man es ganz sacht über ihr Gesicht, von der Stirn bis zum Kinn und von einer Brustseite auf die andere ziehen. All dies«, endete sie, »wurde mir in einem Traum mitgeteilt, nachdem ich gefastet und die Heiligen Namen aufgeschrieben hatte.«

Die Priesterin blickte sie an und nahm das Messer entgegen. »Unsere Herrin enthüllt sich in vielerlei Finsternis.«

»Sag mir auch«, fuhr Erif plötzlich fort, »was mit Eurydike der Rhodierin geschah.«

Wieder nickte die Priesterin, und Erif wartete zitternd hinter einer Säule, versuchte, das geheimnisvolle Bild darauf zu enträtseln und dachte daran, daß sie Tarriks Messer aus der Hand gegeben hatte. Ankhet mußte sie nun allein lassen, um nach Hause zu den Kindern zurückzukehren. Es war bestimmt schon Abend.

Nach langer Zeit kehrte die Priesterin zurück und erzählte Erif, daß alles erledigt sei, und daß man Eurydikes Gesicht und Körper mit reinem Leinen getrocknet habe. Dann sei sie plötzlich eingeschlafen; sie schlafe immer noch. Ihre Haut sei so trocken und gesund wie die eines Kindes. »Sie erkannte das Messer«, sagte die Priesterin, »denn sie schrie bei seinem Anblick auf, wie ein böser Geist beim Anblick eines Totems. Und einen Moment lang spielte das Licht des Vollmondes auf der Klinge.«

»Hat das Messer geglüht?« fragte Erif.

»Ja«, antwortete die Priesterin. »Und jetzt mußt du mir alles erzählen.«

Erif erfüllte die Bitte der stumm lauschenden Priesterin – stammelnd, undeutlich, hier und dort Vergessenes nachholend. Schließlich verstummte sie. Sie konnte nicht glauben, daß sie alles gebeichtet hatte.

Ruhig sagte die Priesterin: »Dann hast du über deinen Traum gelogen.«

»Ja«, antwortete Erif, »aber das Messer hat geglüht wie in Delphi. Es glänzte, als ich Hyperides half, der Apollo ableugnete, und es glänzte hier, als ich Isis gegenüber log.«

Die Priesterin schaute sie sanft an. »So«, sagte Erif, aber sie sprach nicht Griechisch. Ein Gefühl tiefer Sicherheit durchlief sie. Als sie von Marob erzählt hatte, war sie wieder zur Frühlingsbraut geworden, und sie spürte deutlich die Verwandtschaft mit Isis, die ja auch die Jahreszeiten lenkte! Die Frau vor ihr war nur eine Priesterin! Wie Linit auf gewisse Weise ihre, Erifs, Priesterin war, eine Zeitlang ihren Platz einnahm und sich verhielt wie die Priesterinnen in dem Mysterienspiel. Einen einzigen hellen Augenblick lang fügte sich alles in der Welt ineinander, bis es in ihrem Kopf funkelte und strahlte. Alle Schwierigkeiten lösten sich, und Luft und Erde waren gleichermaßen schwerelos.

Es mußte inzwischen sehr spät sein, denn sie war müde. Die Priesterin sagte etwas, was sie nicht ganz verstand. Fragend schüttelte sie den Kopf. Aber diesmal lächelte die Priesterin nur und erteilte ihr einen langen, komplizierten Segen, den sie nur halb begriff.

Sie ging durch heiße, dunkle, fast leere Straßen zurück. Zuweilen hörte sie Rufe in der Ferne, aber achtete nicht darauf. Berris war natürlich nicht zu Hause. Sie ging in ihr Zimmer, eine Art Alkoven, der ein kleines Fenster hatte, kleidete sich aus und schlief sofort ein.

Nach einer Zeit, die sie nicht abschätzen konnte, weckten sie Lärm und ein heller Strahl gelben Lichts, das durch den Vorhangspalt fiel. Sie drehte sich um und legte eine Hand auf das Ohr; für eine Decke waren die Nächte zu heiß. Aber der Lärm ging weiter, und selbst hinter den geschlossenen Lidern schien das Licht betrunken hin- und herzutanzen. Sie hörte die Stimme ihres Bruders und Metrotimés und anderer, die sie erkannte; langsam erwachte sie, und plötzlich begannen ihre Gedanken zu rasen. Sie stand auf und schlüpfte in ihr Kleid.

Eine Weile blieb sie am Vorhangspalt stehen und blickte in den anderen Raum. Es waren etwa ein Dutzend Männer und Frauen, die meisten griechische und mazedonische Höflinge, die vom Weinfest zurückgekehrt waren. Alle waren als Faune und Maenaden verkleidet, trugen Bündel halbzerdrückter Trauben im Haar und über den Schultern, darunter Leoparden- und Antilopenfelle. Einer versuchte, auf einer Flöte eine Melodie zu spielen, brach aber immer an der gleichen Stelle ab. Metrotimé rekelte sich auf einer Liege, die eine Brust entblößt, starrte tief atmend vor sich hin und ließ manchmal eine Weinranke von einer Hand in die andere gleiten. Berris lehnte an einer seiner eigenen Statuen und grinste vor sich hin. Erif fand, daß er in seinem kurzen Faunsgewand recht ansehnlich aussah. Zwei kichernde Mädchen versuchten vergeblich, einen Bacchantenstab zu reparieren; der große, vergoldete Zapfen rollte über den Boden und landete schließlich vor Erifs Vorhang.

Sie hob ihn auf und betrat den Raum; alle begrüßten sie fröhlich, und zwei oder drei rannten auf sie zu, um sie zu küssen. Sie rochen nach Trauben und Wein und der heißen Nacht; sie schob sie beiseite, ohne ihnen ernsthaft böse zu sein. Sie steckte eine der Fackeln an einen sicheren Platz und hob dann den Bacchantenstab auf und reparierte ihn mit einem Faden. Er hielt sich gut; sie balancierte ihn auf der Handfläche. Metrotimé setzte sich mit einem einzigen Hüftschwung auf und legte ihre Girlande um Erifs Schultern. Trauben zerplatzten auf dem Boden. Berris sprang hinzu und befestigte die Girlande über einer Schulter und unter dem anderen Arm. Er legte sein eigenes Faunsgewand ab und band es ihr um die Hüfte; es fühlte sich heiß und feucht an, und sein nackter Bauch und seine Schenkel waren fleckig vom Staub und den Trauben; in seinem Körperhaar hatten sich kleine Blätter und Zweiglein verfangen. Sie streckte die Hand aus und zog daran. Er lachte, schlang plötzlich die Arme um sie und drückte sie sanft an sich; Hitze und Erregung gingen von seiner Haut auf ihre über, ihre Kehle, die Brüste und der Bauch begannen zu pulsieren. Er streckte einen Arm aus und löste ihr Kleid auf der Schulter. Dann ließ er sie los und trat schwankend und lachend zurück, und das weiße Leinen lag zerknüllt und fleckig auf dem Boden. Sie hatte die Anhänger der Isis verlassen und war zu denen von Dionysos-Sabazios übergetreten. Solange sie nur zu irgendeiner Gemeinde gehörte, war es ihr gleichgültig. Die immergrünen Pflanzen, die mit dem

Gott aus Thrakien herabgekommen waren, Tanne und Stechwinde und Ilex, stachen sie nun in Alexandria. Sie entzog sich der Umarmung des Bruders und glitt in die Arme eines anderen Fauns. Verschwommen sah sie Berris und Metrotimé auf der Liege, ein ineinander verschlungenes Paar. Aber es war nicht wirklich Metrotimé, es war eine Göttin wie sie.

Noch einmal in dieser Nacht sah sie Berris deutlich: Sie sah, wie sein Mund über einer Schulter schwebte, zubiß und dann küßte, und dann blickte er auf, Augen und Gesicht erstarrten einen Moment und zitterten, und sie merkte, daß er an Philylla gedacht hatte. Im gleichen Augenblick dachte sie an Tarrik, doch Tarrik ging es gut, und er war glücklich mit seinem neuen Kind und der kommenden Ernte.

Und Philylla? Mit ihr hatte sie schon seit einiger Zeit nicht mehr gesprochen. Sie hatten einander bei der Hochzeit zugelächelt. Vielleicht war sie glücklich. Die Spartaner wollten an dem Weinfest nicht teilnehmen.

Allmählich dämmerte es, und der Raum schien ihr plötzlich leerer. Sie dachte, sie sei wieder eingeschlafen. Schließlich waren nur noch Berris und sie im Saal. Überall lagen Blätter, zertretene Trauben und dazwischen einzelne, unberührte Beeren, die überall hingerollt waren. Er holte Wasser, und sie tranken beide und reckten sich und lächelten einander zu. Die kühle Brise des Sonnenaufgangs wehte durch das offene Fenster, und die Blätter tanzten über den Boden. Sie fühlte sich wieder schläfrig, wunderbar müde und erschöpft, aber so glücklich, daß sie die ganze Welt hätte umarmen können.

»Ich dachte gerade an Tarrik«, sagte sie glücklich und träge.

Berris gab eine Weile keine Antwort. Er betrachtete eine Kerbe, die jemand in eine Ecke seines Reliefs geschlagen hatte. Er berührte sie. Schließlich antwortete er: »Und ich dachte an Philylla.« Aber er sagte es nicht so wie sie; er wirkte plötzlich sehr unzufrieden, und ein bitterer Unterton lag in seiner Stimme. Doch Erif sah den Schmerz in seinem Gesicht nicht; sie war bereits wieder eingeschlafen.

Viertes Kapitel

Einen Tag später erhielt der König Antwort aus Sparta. Er ließ Nikomedes die Briefe mitlesen. Ab und zu spürte er dabei den Atem des Jungen an seiner Wange, die spröden Haarspitzen, und zuweilen warf er den Kopf zurück und rieb ihn an dem jungen Gesicht. Dann brach er auf zu König Ptolemaios und ließ seinen Rat der Zwölf für den nächsten Tag einberufen. Nikomedes war sehr aufgeregt; plötzlich war er sicher, alles würde wieder gut. Die Briefe, die er gesehen hatte gaben Anlaß zur Hoffnung und versprachen Hilfe. Wenn der König mit solch eindrucksvoller Unterstützung nach Hause käme, konnte man zumindest einen Anfang machen.

»Und warum sollte uns Ptolemaios nicht auch unterstützen?« rief er Sphaeros zu. Aber der Alte entgegnete: »Diese Dinge werden nicht mit dem Verstand entschieden. Bleib fest. Du schwankst noch wie ein Rohr im Wind! Wie willst du jemals etwas beurteilen können, wenn du es immer von verschiedenen Seiten aus betrachtest? Das Schlechte zusammen mit dem Guten?« Er seufzte; es war sehr schwierig, mit diesem Jungen fertig zu werden. Wenn sie es ihm auch nicht verrieten, so war Sphaeros doch davon überzeugt, daß sie nicht die Weisheit anstrebten, sondern von irgendeiner Spielzeugwelt träumten, die in Sparta oder woanders angesiedelt sein mochte. Er konnte sie dann nicht anblicken. Selbst die kleine Gorgo ahmte ihre Brüder darin nach.

Am Abend kehrte Kleomenes niedergeschlagen zurück. Auf die Fragen seiner Mutter antwortete er, er habe König Ptolemaios überhaupt nicht zu Gesicht bekommen, sondern nur Sosibios, und von ihm habe er nichts erfahren, trotz dessen endlosen Geredes, das einen ganz wirr machte.

Hatte er denn nach Ptolemaios gefragt? Ja, aber der König sei beschäftigt gewesen – mit einem seiner neuen Jünglinge! Einem der Wesen, die Agathokles für ihn kaufte oder bestach. Oder Boxer ... schwarze Boxer mit ... Aber

Kratesikleia warf einen raschen Blick auf die Kinder und stellte eilig eine andere Frage.

Nikomedes litt mit seinem Vater. Es war, als seien sie beide eine einzige Person. Dennoch fiel es ihm schwer, sich mitzuteilen. Jede Art von Mitleid für den Vater war vergeblich und nutzlos, und er wußte keinen Weg, um ihm zu helfen. Wenn Kleomenes allein war, wurde er beim Essen von einem seiner Söhne bedient. Heute abend war Nikolaos an der Reihe. Es gelang ihm eigentlich immer, mit dem Vater zu scherzen, ein Spiel zu erfinden, auch, wenn die Stimmung schlecht war. Nikomedes sah zu, doch stimmte ihn heute alles nur noch unglücklicher. Er mußte etwas tun!

Er ging zu Bett und hatte schreckliche wirre Alpträume, in denen immer wieder das Bild einer langen Prozession vorkam. Priester und Ochsen und seine Großmutter und eine Menge unbeteiligt aussehender Leute nahmen teil. In der Mitte ging sein Vater, und Nikomedes wußte, daß im entscheidenden Augenblick keine Opfertiere zur Verfügung stünden und man statt dessen seinen Vater opfern würde. Wenn er selbst an der Prozession teilnähme, würde er dies verhindern können, aber es gelang ihm nicht, sich einzureihen. Dann träumte er, daß Ptolemaios wie ein Riese kleine Jungen auffraß, was in dem Traum allerdings ganz selbstverständlich schien, und auch in diesem Alp spielte sein Vater eine Rolle. Nikomedes hätte gern jemanden nach der Bedeutung der Träume gefragt, doch Sphaeros schimpfte ihn immer aus, wenn er davon erzählen wollte, und die ägyptischen Diener zu fragen, die sie ihm sicher gern erklärt hätten, traute er sich nicht.

Die Spartaner trafen sich im Haus des Königs; einige andere hatten mit dem gleichen Boot Briefe von zu Hause bekommen. Sie besprachen die Neuigkeiten und überlegten, welches Mindestmaß an Unterstützung sie benötigten, um das Abenteuer wagen zu können. Sie sprachen über Sosibios und wie man sich am besten seine Gunst erwarb. Keiner von ihnen war guter Stimmung. Bei allem saß Nikomedes still dabei und hörte zu. Panteus sagte hinter vorgehaltener Hand zu Phoebis: »Das Kind sollte nicht hier sein. Kann man es nicht fortschicken, bis wir über weniger ernste Angelegenheiten sprechen?« Phoebis war der Junge kaum aufgefallen, er betrachtete ihn eine Weile und flüsterte dann zurück: »Er ist reif für sein Alter; er kann es ertragen.«

Sehr langsam und anfangs noch sehr ungenau nahm der Gedanke in Nikomedes' Kopf Gestalt an. Er konnte helfen. Und er konnte es allein ausführen. Er mußte es einfach tun. Mir als Stoiker, so dachte er, kann es ja gleichgültig sein, was mit meinem Körper geschieht, als guter Stoiker bin ich auch ein gutes Opfer. Gern hätte er mit Sphaeros darüber gesprochen.

Man diskutierte weitere Punkte, doch die Männer wurden nur noch niedergeschlagener. Immer wieder schwiegen sie sich minutenlang nur an. Kleomenes hatte den Kopf in die Hände gestützt, er sah müde aus. Schließlich verließ einer nach dem anderen den Raum. Nikomedes trat zu Panteus und fragte: »Gibt es denn keine Möglichkeit, König Ptolemaios zu überzeugen?«

»Ich glaube, wir haben alles versucht«, antwortete Panteus.

»Wenn es nur etwas gäbe, das er wirklich gern besitzen möchte! Was liebt er denn am meisten, Panteus?«

»So weit ich das weiß, nichts Ehrenhaftes, nichts, was ein Spartaner ihm geben könnte. Wir haben ihm unsere Schwerter angeboten.«

»Und er war nicht daran interessiert. Vater ist sehr bekümmert darüber. Hast du bemerkt, Panteus, wie weiß sein Haar an den Schläfen geworden ist?«

»Ja«, erwiderte Panteus. »Ich habe es bemerkt.«

»Kann ich Philylla besuchen kommen? Sie hat mich in der letzten Zeit nicht mehr eingeladen. Bekommt ihr nicht bald ein Kind, Panteus?«

Panteus schüttelte den Kopf. »Komm, wann immer du möchtest, Nikomedes. Wir freuen uns.«

Anschließend trat Nikomedes zu Idaios, der einzelne Blätter rollte und sie zusammenband. »Idaios«, sagte er, »hast du vor deiner Hochzeit mit Leandris einen Jungen geliebt?«

»Ja«, antwortete Idaios. »Er fiel in Sellasia. Praxitas war sein Name. Du kanntest ihn doch, nicht wahr? Er war schon fast ein Mann.«

»Ich erinnere mich an ihn«, sagte Nikomedes. »Ich wußte nicht, daß er dein Geliebter war. Idaios, war das besser als mit Leandris?«

»Warum fragst du, Königssohn?«

»Du hast doch nichts dagegen? Nun ... ich habe mich gefragt, wie es wohl ist.«

»Du hast noch keinen Geliebten, Nikomedes, oder? Das solltest du aber in deinem Alter. Dieser Ort ist nicht gut für dich. Wir sind alle zu alt und können dir nicht von Nutzen sein, und andere gibt es nicht. Pech für dich, Nikomedes.« Er legte dem Jungen einen Arm um die Schulter und küßte ihn auf die Stirn.

Nikomedes blickte auf und fragte: »Sag mir nur eines. Wenn ... alles anders wäre ... würdest du dich in einen Jungen wie mich verlieben?« Idaios blickte ihn erstaunt an, und Nikomedes errötete und sagte: »Denk bitte nicht, daß ich dich darum bitte. Ich wollte es nur wissen. Sehe ich gut aus?«

»Ich weiß es nicht«, gab Idaios zurück. »Ich habe auf diese Weise noch nicht an dich gedacht. Du gehörst zu unserem Rat, bist einer unserer Männer. Ja, ich denke, du siehst gut aus. Mach dir keine Sorgen darüber, Nikomedes. Eines Tages werden wir nach Sparta zurückkehren. Zumindest du, und wenn wir anderen alle in dieser elenden Wüste verrecken.« Er nahm seine Papiere und ging hinaus.

Schließlich war nur noch Hippitas da, der sich immer nur langsam bewegte. Nikomedes trat zu ihm. »Hippitas«, fragte er lächelnd. »Findest du, daß ich schön bin?«

»Psst«, antwortete Hippitas, »was hast du im Sinn, Söhnchen? Du kannst mich nicht verführen.«

»Ich meine das ernst«, sagte Nikomedes. »Bin ich schön?«

»Ja doch, du bist in Ordnung. Auf jeden Fall bist du aber ein guter Junge, was noch viel wichtiger ist. Mein lieber Junge, wirbt etwa jemand um dich?«

»Nein, niemand. Hippitas, ich wollte es einfach nur wissen.«

»Kannst du mir nicht verraten, warum du dich so aufregst? Nein? Nun, ich finde, du siehst nett aus, wie alle anständigen, guterzogenen Jungen deines Alters. Genügt dir das?«

Aber Nikomedes war bereits weitergegangen.

Er klopfte an die Tür zum Zimmer seines Vaters. Kleomenes schrieb Briefe nach Sparta. Zuweilen knirschte er mit den Zähnen, stand auf und ging im Zimmer auf und ab, um die Sätze vor dem Niederschreiben noch einmal zu überdenken. Unwillig runzelte er bei der Unterbrechung die Stirn. Nikomedes blieb an der Tür stehen, und sein Herz schlug heftig vor Liebe und unausgesprochenem und unaussprechbarem Mitleid. Schließlich fragte Kleomenes: »Nun, was gibt's?«

»Vater«, begann Nikomedes, »ich möchte dich etwas fragen. Es hört sich vielleicht dumm an, ist es aber nicht. Bin ich eigentlich schön?«

»Weißt du das denn nicht?« antwortete Kleomenes, immer noch mit gefurchter Stirn, weil er weiterhin an seinen Brief dachte. Nikomedes schüttelte den Kopf.

»Natürlich bist du das!« sagte Kleomenes, »das Schönste, das ich jemals geschaffen habe. Bei den Göttern, du bist das Abbild deiner Mutter. Und jetzt geh, Nikomedes.«

Er ging in das Zimmer, in dem er und sein Bruder die Kleider aufbewahrten. Gyridas und Nikolaos waren in ein Spiel vertieft; sie murmelten einen Gruß, achteten nicht darauf, was er tat. Als er sich endlich gewaschen und umgekleidet hatte, wandte sich Gyridas um. »Was hast du denn vor, Nikomedes, daß du deine beste Tunika anziehst?« – »Hat Großmutter das angeordnet?« fragte Nikolaos, weil er glaubte, er habe wieder einmal ein Gebot vergessen. Aber der Älteste ging ohne eine Antwort aus dem Raum. »Ich frage mich, was er im Schilde führt«, meinte Gyridas. »Hast du gesehen? Seine Hände zitterten, und sein Gesicht war so seltsam, als könne er kaum atmen.«

Nikomedes ging rasch durch die Straßen Alexandrias zum Palast von Ptolemaios. Die Sonne war fast untergegangen und schickte goldenes Licht zwischen die Häuser. Die Leute würden vermutlich denken, er folge einer Einladung zu einem Abendessen. Er ging mit solcher Sicherheit und Sorglosigkeit durch die Palasttore, daß zwei Wachen gar nicht auf den Gedanken kamen, ihn aufzuhalten. Als man ihn nach seinem Begehr fragte, antwortete er: »Ich bin Nikomedes von Sparta, und ich habe etwas mit dem König zu bereden.« Er fragte sich, wie er beim Hinausgehen wohl aussehen würde. Dem letzten Wächter, der nach seinen Wünschen fragte, antwortete er: »Sag König Ptolemaios, daß Nikomedes, der Sohn des Kleomenes, in seinen besten Kleidern hier steht. Sag es ihm erst, wenn er allein ist, Sosibios soll es nicht wissen. Ich glaube, damit wirst du deinem Herrn gefallen.« Er überreichte sein Bestechungsgeld, einen kleinen Betrag, dem Stand der Dinge entsprechend, und ein Wächter wurde mit der Botschaft losgeschickt.

Der andere versuchte, mit ihm zu sprechen und ihn sogar zu berühren, aber Nikomedes wich ihm geschickt aus. Schließlich kehrte der erste zurück. »Ich habe deine Botschaft überbracht«, sagte er. Nikomedes trat einen Schritt vor. »Und jetzt?« – »Einen Kuß, und ich lasse dich durch.« – »Ich habe dir doch Geld gegeben!« – »Ach das! So etwas gibt man den alten Bettlerinnen in der Gosse. Sei nett – was bedeutet einem hübschen Jungen wie dir ein Kuß mehr oder weniger?« – »Nun gut«, sagte Nikomedes und dachte an seine Vorstellung von Stoizismus, blieb stehen und ließ sich von dem Wächter küssen. Der Mann schien immer noch nicht zufrieden, ließ ihn aber durch. Er schritt über einen Gang und schob einen Vorhang aus bemaltem Leinen beiseite. Dann blieb er blinzelnd in den letzten Sonnenstrahlen stehen. Eine Stimme sagte: »Komm herein, Nikomedes. Ich hoffe schon seit langem, daß du mich einmal besuchst.«

Ptolemaios war höchst überrascht gewesen, als man ihm die Botschaft überbrachte. Der Wächter hatte auf eine Antwort gewartet, doch Ptolemaios merkte schnell, daß er keinen ernsthaften Gedanken fassen konnte. All sein Denken war erfüllt von dem Bild des stillen, anmutigen und reinen

Jungen, der manchmal während der Audienzen zwischen Sphaeros und König Kleomenes gestanden hatte. Damals hatte er nicht einmal den Blick gehoben. Nikomedes in seinen besten Kleidern! Jetzt würde er also endlich etwas von den Spartanern bekommen, trotz Sosibios' gegenteiliger Meinung. Er ließ den Jungen sofort hereinbringen und befahl einem der Sklaven: »Ein kleines Abendessen, ja? Und ich möchte dann nicht gestört werden.« Er verlangte nach Wein. »Und Girlanden. Etwas Weißes, ja, etwas Reinweißes für uns.« Er warf einen Blick in den Spiegel und beschloß, kein prachtvolleres Gewand anzulegen; das würde dem Jungen nur Angst einjagen. Das Diadem? Ja, vielleicht. Welchem Glück hatte er diesen Besuch zu verdanken? Langweilte sich der Junge, weil er den ganzen Tag mit der Großmutter eingeschlossen lebte? Tat er es aus Neugier? Oder Reiz? Oder, um jemanden zu kränken? Einen jener stolzen, mürrischen Spartaner vielleicht, der ihn zurechtgewiesen hatte; vielleicht sogar seinen Vater. Oder ... kam er wegen des neuen Gottes? Hatte er vom neuen Wein gehört? Noch während er darüber nachdachte, hörte König Ptolemaios draußen leichte Schritte, nicht sehr schnell, aber gleichmäßig. Dann teilte sich der Vorhang, und Nikomedes stand im danaeischen Gold des Sonnenunterganges. Er hob den Arm, um seine Augen zu beschatten. Wie schön er sich bewegte! Er verkörperte das alte Griechenland, nach dem sich die Mazedonier immer gesehnt hatten. Ptolemaios trat auf ihn zu und führte ihn an der Hand sanft zu einer kissenbelegten Bank an der Wand.

Als Nikomedes die Berührung spürte, fuhr ihm der Gedanke durch den Kopf. Dies ist wie das Ende in einem Traum, wenn man von etwas Fürchterlichem gejagt wird: Der Augenblick, in dem es einen berührt, da man in schreiendes, brennendes Chaos fällt: die Hexe, die Wut, die Bestie ... Und jetzt war er berührt worden und nicht zusammengezuckt. Wenn auch diese Berührung das Chaos bedeutete und er nicht aufwachen konnte. Er mußte jetzt etwas sagen, ehe sein Verstand unter der Berührung wie Glas zersprang, denn er klirrte bereits wie Glas, das gleich zerbricht.

Er sagte: »König Ptolemaios, ich möchte mit Euch sprechen.«

»Ja, ja«, antwortete der König. »Und ich mit dir, Nikomedes.« Es fiel ihm schwer, ruhig zu bleiben.

Nikomedes begann: »Wir leben jetzt seit vielen, vielen Monaten in Ägypten, in der Hoffnung, daß Ihr ...« Dann brach er ab, aus Angst, zu schnell zu reden. Ptolemaios lächelte ihn an. Der ägyptische König war eigentlich kein Wesen, vor dem man Angst zu haben brauchte; er sah doch sehr nett aus, vielleicht ein wenig zu glatt. Er setzte noch einmal an: »Ich weiß, was Ihr von mir wollt, König Ptolemaios.« Und dann brach er wieder ab, weil er sich fragte, ob er das wirklich wußte? Konnte er dieses Mannes und auch seiner selbst wirklich sicher sein, wenn das, was er gehört hatte, zutraf?

Ptolemaios hatte wieder seine Hand ergriffen. »Weißt du es?« fragte er. »Weißt du es wirklich, Nikomedes? Ich will alles, jawohl, alles! Ich will dein Herz, deinen Körper und deine Seele. Ich will deine Jugend. Ich will dich ganz verzehren, wie frisches Brot, Nikomedes, wie neuen Wein! Und ich werde dir alles geben, alles, meine Krone und mein Königreich, Jugend und Leben. Du sollst alles bekommen, es wird anders, verändert, bunter sein durch mich ...« Er hob Nikomedes' Hand hoch und küßte sie, biß in die harte, braune, ungepflegte Jungenhand mit den kantigen Nägeln! Nikomedes versuchte, ihn mit der anderen Hand abzuwehren, die beißenden, saugenden Küsse fortzuwischen, aber Ptolemaios ergriff auch sie. Nein, nein, nicht so schnell ... Er ließ sie wieder fahren.

»Nun, Nikomedes?«

Nikomedes betrachtete seltsam berührt seine Hände. Sie schienen nicht mehr zu ihm zu gehören, waren losgelöst, brannten ein wenig. Er senkte sie und sagte: »Wenn ich mich Euch schenke, wie ich es vorhabe, werdet Ihr meinem Vater alle Hilfe geben, um die er bittet?«

Ptolemaios starrte ihn stirnrunzelnd an und sagte: »Du bist also hergekommen, um zu feilschen!« Unvermittelt sprang er auf, baute sich vor Nikomedes auf und brüllte: »Wer hat dich hergeschickt?«

Einen Augenblick lang wurde es Nikomedes übel vor Entsetzen. Dann antwortete er fest: »Niemand. Ich kam aus eigenem Antrieb. Ich bin ein Königssohn und lasse mich nicht beleidigen oder bedrohen, Ptolemaios!«

Allmählich entspannte sich der ägyptische König. Er blieb jedoch aufrecht stehen und fragte: »Wer bedroht dich denn, Königssohn? Wirke etwa ich so bedrohlich auf dich?«

»Ja«, antwortete Nikomedes.

Ptolemaios nickte. »Siehst du, ich habe Macht«, sagte er. »Große Macht über alle möglichen Schmerzen. Auch über einen Königssohn! Peitschen, Nikomedes, und flammende Feuer und Fische, die kleine Jungen verschlingen, und kleine, zuckende Messer. Reden wir aber nicht davon. Du willst einen Handel. Du, nicht ich. Ich befinde mich in einer besseren Position als du. Ich habe offensichtlich alles, was du brauchst, bin mir aber keineswegs sicher, ob dein Angebot so gut ist. Wir werden es sehen. Außerdem bist du hierher in meinen Palast gekommen, mein ureigenstes Reich. Ich bin stärker als du, Nikomedes, obwohl du ein Spartaner bist! Wenn ich mir jetzt einfach nähme, was ich will? Nein, zuck nicht zusammen. ich werde dich nicht berühren. Vielleicht will ich es nicht einmal!«

Sie setzten sich wieder auf die Bank, Nikomedes an einem Ende, die Hände zwischen den Knien zusammengefaltet. Mit einemmal fühlte er sich sehr klein und allein, und er sehnte sich verzweifelt danach, wieder zu Hause bei Gyridas und Nikolaos zu sein. Ptolemaios saß am anderen Ende und blickte ihn lauernd und doch gleichgültig an. Nikomedes wußte nicht, was er tun sollte. Die Sonne sank und sank ins Ende der Welt. Das goldene Licht im Zimmer wurde schwächer und verschwand. Leise wurde der Vorhang beiseite gezogen, und drei wunderschöne Mädchen in Blau brachten brennende Silberlampen, die sie hier und dort an die Wände hängten. Alles wurde freundlicher, verschwommener und leichter. Während sich die drei im Zimmer aufhielten, sprachen die beiden auf der Bank kein Wort. Als sie wieder gegangen waren, bemerkte Nikomedes, daß Ptolemaios ihn immer noch so seltsam anblickte wie zuvor. Zu seinem Entsetzen brach er in Tränen aus. Er stand auf. Mühsam versuchte er zu sprechen.

Ptolemaios wählte gerade diesen Augenblick, um zu sagen: »Du willst mit mir handeln. Sag mir genau, was du willst.« Er sprach nun mit veränderter, harter Stimme. Nikomedes streckte benommen die Hände aus, betete verzweifelt um Zeit, um einen Augenblick, in dem er sich wieder sammeln konnte. Ptolemaios schien zu verstehen und sein Gebet anzunehmen. Er stand jetzt dicht vor Nikomedes, so daß dessen taube, zitternde Hände seine Tunika berührten. »Du brauchst es mir nicht zu sagen«, sprach er dann. »Weißt du, Nikomedes, du bist kein besonders guter Unterhändler. Wäre es nicht besser, wenn du mir vertrautest? Ich bin recht großzügig, wenn ich liebe. Du solltest mir wirklich vertrauen, Nikomedes!«

Etwas in Nikomedes rief: ›Nein! Nein!‹ Wenn er das Opfer brächte, könnte und würde er die Forderung stellen! Konnte er wirklich seinen Vater und Sparta retten?

»Ptolemaios«, begann er, »ich weiß es noch nicht.« Ihm schien, daß der Augenblick noch nicht gekommen war, um Geld und Soldaten zu erbitten. Er ließ sich von dem König ein paar Schritte weit führen; dies ertrug seine angsterfüllte Seele.

Ptolemaios saß nun auf dem erhöhten Ende der Bank, und der Junge stand neben ihm. Weiches Licht fiel von der Lampe auf ihn; er hielt den Kopf gesenkt, und seine Augen waren zwar offen, aber sein Blick hatte sich verschleiert. Ptolemaios hob die Arme und löste eine Agraffe auf der rechten Schulter des Jungen, eine kleine Spielzeugbrosche aus gehämmertem Gold mit einer ziselierten Schnepfe. Die Tunika fiel herab, und auch das junge Kinn senkte sich ein wenig. Das Licht fiel nun direkt auf seine Schulter und seine Brust; die weiße Tunika glitt in Falten und Schatten über den zitternden Bauch. Ein unschuldiger Engel! Dieses selbsternannte Opfer. Eine Märzknospenschönheit, ein Frühlingsgott, der zur Herbstwende kommt, um am Mysterium des Weines teilzuhaben. Ptolemaios zog ihn dichter an die Bank heran und begann, ihn mit festen Händen an den Hüften herumzudrehen, er betastete seinen Körper durch den Stoff der Tunika, die herabfallen würde wie süße Mandelschalen. Wie die Knospe einer weißen Mohnblüte, die langsam aufbricht, um sich zu ihrer vollen Schönheit zu entfalten.

Auf der anderen Seite des Raumes deckte man den Tisch für das Abendessen: Ein Zitronenholztisch, der fast unter einem Meer von Blüten verschwand, Blütenschaum um die Silberschüsseln, das leise Klirren und Klingeln von Silberkelchen. Zwei der Mädchen und Agathoklea bereiteten es vor. Zwischen ihnen und der Bank lagen große Teiche stiller Schatten; sie störten König Ptolemaios nicht. Noch immer verharrten er und der Junge; immer noch schwebten seine Hände über dem Fleisch und Blut von Hellas. Der König widmete sich ihm mit einer Ekstase, die sicher auf den völligen Besitz dieser Schönheit und der ganzen Welt drängen würde, einer Welt, die zu besitzen Alexander sein Leben hingegeben hatte, die aber er, Ptolemaios, nun geistig durch diesen kleinen Tod, diese Agonie der Lust, besitzen würde.

Agathoklea blickte feinfühlig und mitleidig über die Schattenfläche hinweg zu dem beleuchteten Paar. Sie erkannte Nikomedes erst nach einigen Augenblicken und stieß unwillkürlich einen leisen, mißbilligenden Schrei aus. Nur einen leisen Schrei, aber er reichte aus, um alles zu verändern. Denn plötzlich hob Nikomedes den Kopf und sagte mit sehr deutlicher Stimme: »Dann versprecht Ihr mir also regelmäßige Unterstützung, Soldaten und Transportschiffe?«

Agathoklea dachte nicht so politisch wie ihr Bruder, aber das begriff auch sie. Sie biß sich auf die Lippen und ging quer durchs Zimmer. Ptolemaios erhob sich von der Bank. Der junge Gott hatte sich plötzlich in einen spöttischen Bengel verwandelt; das Opfer war kein Opfer, die Ekstase war entweiht, wurde gewöhnlich, der Traum war zerbrochen! Als er sich schweigend aufrichtete, bekam sein Griff etwas Mörderisches: Er legte seine Hände um Nikomedes' Kehle. Es gab nur noch diesen Weg, das Opfer anzunehmen und die Ekstase zu genießen!

Es traf Nikomedes völlig überraschend, und er taumelte würgend zurück. Nicht einmal schreien konnte er. Vergeblich umklammerte er jene Finger, aber seine Leidenschaft, sich zu retten, kam in keinem Augenblick der Leidenschaft jener Hände gleich, die ihn zerstören wollten. Als nächstes merkte er, daß er stolperte, keuchte, nach Luft rang und Schmerz empfand, aber seine Beine schienen sich von selbst zu bewegen. Taumelnd rannte er fort. Er folgte einer Frau, die ihn fortschleppte, ihn hinter die Vorhänge schob, einen Gang entlang jagte, eine Treppe hinauf, ins Freie, durch ein Lorbeerdickicht, dessen scharfkantige Blätter ihn peitschten, eine weitere Treppe hinauf – und in ein kleines Zimmer, in dem ein Mädchen auf der anderen Seite von einem Buch aufblickte und den Mund zu einer Frage öffnete. Agathoklea ließ ihn los. Nikomedes fiel hart und unvermittelt zu Boden.

»Gut, daß du da bist, Metrotimé!« sagte Agathoklea. »Steck ihn in den Schrank, in die Büchertruhe, verbirg ihn unter deinem Bett!«

»Wer ist das?« fragte Metrotimé, stand auf und stieß Nikomedes sanft mit einer Zehe, an, so daß seine Tunika noch mehr in Unordnung geriet. »Er sieht doch sehr nett aus. Bett, hast du gesagt?«

»Das ist Nikomedes von Sparta, möge der Teufel ihn holen!«

»Oh!« meinte Metrotimé, zuckte mit den Brauen und richtete seine Tunika wieder anständig her. Nikomedes errötete, erhob sich und befühlte vorsichtig seine Kehle. »Ein heißes Tuch?« schlug Metrotimé vor und schlug in die Hände.

Agathoklea nickte. »Kannst du deiner Dienerin vertrauen?«

»Vollkommen«, gab Metrotimé zurück, und als eine dicke, freundlich aussehende Sklavenfrau eintrat, befahl sie dieser, dampfend heiße Tücher und ein Glas Wein zu bringen. »Und jetzt«, sagte sie, »erzähl mir, Liebste.«

»Ich kam herein«, berichtete Agathoklea, »und fand den König – er sei gesegnet! – mit diesem jungen Mann beschäftigt.«

»Wie weit waren sie gekommen?«

»Oh, im nächsten Augenblick wäre es das Ende gewesen, nicht wahr, du Hundesohn?« Sie schüttelte Nikomedes, der immer noch zu benommen war, um sprechen zu können. »Nun, ich dachte, das ist mir eine feine Sache! Denn ich finde wirklich, wenn man die Politik mit dem Vergnügen vermischt ... Meinst du nicht auch? Außerdem möchte ich einen Eid darauf ablegen, daß dieser Balg mehr davon versteht als ein Narrenkind!«

»Wie amüsant!« sagte Metrotimé. »Stimmt das, Nikomedes? Hattest du schon einmal Spaß mit einem netten Freund?«

»Nein«, antwortete Nikomedes, der sich auf seltsame Weise schämte.

»Ja, das würde nicht zu dir passen. Was geschah dann?«

»Als nächstes zählte dieser kleine Bursche so kalt wie ein Eisblock seine Forderungen auf: Geld und Schiffe und Gottweißwas! Da wäre es um ihn geschehen gewesen, wenn ich mich nicht zwischen sie geworfen hätte. Und jetzt müssen wir ihn herausbringen, und du wirst mit unserem armen, süßen kleinen König reden müssen. Ich hoffe nur, daß es nicht schon zu spät ist, alles wieder in Ordnung zu bringen!«

»Hmmm. Vermutlich sind seine Gefühle umgeschlagen. Aber was für ein Narr muß dieser Junge auch sein, daß er gerade in diesem Augenblick spricht. Wer hat dich hergeschickt, Junge?«

»Ich kam aus freien Stücken«, antwortete Nikomedes.

In diesem Augenblick kam die Sklavin mit den heißen Tüchern zurück, die Metrotimé und Agathoklea auf die roten Male an Nikomedes' Hals legten. »Ich meine, Liebste«, sagte Metrotimé zu ihrer Freundin, »daß du zurückgehen solltest. Vermutlich brauchen wir uns keine Sorgen zu machen. Du solltest ihn zum Schlafen bringen; das wird ihm guttun. Ich habe hier ein Mittel, genau das richtige. Sag ihm, es stamme von mir. Es führt ... schöne Träume herbei. Es ist wirklich sehr angenehm.« Sie öffnete eine Truhe, nahm eine kleine Schachtel heraus und schüttelte zwei schwärzliche Kügelchen heraus. »Ich selbst nehme sie von Zeit zu Zeit. Um den Jungen kümmere ich mich schon. Und jetzt, lauf, Liebste.« Agathoklea ging mit einem letzten, vielleicht nicht mehr ganz so ernsthaften Stirnrunzeln zu Nikomedes und einem Blick auf die Pillen hinaus. Metrotimé setzte sich mit ihrem Buch nieder und begann, sich die Fingernägel zu polieren; nur ab und zu blickte sie auf die Geschichte.

Schließlich fragte Nikomedes sehr schüchtern: »Bitte, was soll ich jetzt tun?«

»Ich würde aufstehen, wenn ich du wäre«, gab Metrotimé zurück. »Genau. Komm her, ich nehme dir die Tücher vom Hals. So! Jetzt sieht man die Male nicht mehr. Wie alt bist du, Nikomedes?«

»Ich werde bald fünfzehn.«

»Ach, wie alt! Alt genug, um ein Geheimnis zu bewahren. Meinst du, es gelingt dir, niemandem von diesem Vorfall zu erzählen?«

Nikomedes überlegte. Schließlich antwortete er: »Ja.«

»Gut. Wie fühlst du dich jetzt? Etwas besser?«

Wieder dachte er nach. Überraschenderweise hatte sich sein verletztes Selbstgefühl wieder erholt. Der Traum war zu Ende; er war aufgewacht. »Ja«, sagte er. »Ich bin bereit zu gehen.« Erst da erkannte er, daß er versagt hatte. Doch irgendwie war es kein bitteres Versagen; alles war noch sehr verschwommen. Er dachte, sein Vater müsse nach alldem froh sein, daß er gescheitert war. Aber der Vater durfte es nie erfahren. Metrotimé gefiel ihm. Es mußte schön sein, eine ältere Schwester zu haben.

Sie sagte: »Versuch so etwas nie wieder, zumindest nicht in den nächsten paar Jahren. Du hattest Glück, weißt du das? Hast du übrigens von dem Weinfest gehört?«

»Ja, wir alle haben davon gehört.«

»Was hältst du davon?«

»Nicht viel. Ich hörte von den Mädchen, die tanzten und in Ekstase gerieten und sich von Faunen auf offenem Feld nehmen ließen. Wenn ich das doch gesehen hätte!«

»Gott Dionysos hatte von ihnen Besitz ergriffen. Ich gehörte auch dazu!«

»Du! Aber ich dachte, es wären nur gewöhnliche Mädchen gewesen. Warum hast du das getan?«

»Es war, als wäre der Gott selbst in all jenen verkleideten Männern gewesen. Sie hatten etwas Göttliches, weil sie an dem Fest teilnahmen. Wir wollten alle an dieser Göttlichkeit teilhaben. Verstehst du das?«

»Aber du wußtest doch sicher die ganze Zeit, daß es ganz gewöhnliche Männer waren. Man weiß doch um die wirklichen Dinge.«

»Sicher, aber es gibt viele Wirklichkeiten. Vermutlich hast du Sphaeros als Lehrer, Nikomedes? Du bist auch ein kleiner Stoiker, nicht wahr?«

»Ich versuche es. Aber ich bin noch nicht weise.«

»Nein, das dauert! Aber du hast mir noch nicht erzählt, was du über das Weinfest denkst, außer, daß du es schockierend und seltsam fandest.«

»Ich sage dir, was ich denke. Ich finde, es ist viel zu heiß, um herumzurennen und sich zu vergnügen! Außerdem wachsen die Trauben nicht so gut wie zu Hause; sie sind nur halb so groß, es sei denn, man bewässert und bewacht sie die ganze Zeit. Sie sind es einfach nicht wert, ein Fest dafür zu veranstalten.«

Metrotimé lachte und forderte ihn auf, etwas Wein zu trinken und von den kleinen knusprigen Kuchen zu essen, die sie aus dem Nebenzimmer geholt hatte. Dabei suchte sie ein einfaches Mädchenkleid und ein Kopftuch heraus. »Ich werde dich aus dem Palast bringen«, sagte sie, »aber wir müssen dich verkleiden, damit dich niemand erkennt. Hier, das kannst du über deine Tunika ziehen.«

»Aber muß ich mich denn unbedingt als Mädchen verkleiden?« protestierte Nikomedes.

»Ja, das muß sein. Wir müssen an zwei Wachen vorbei. Komm, ich binde es dir zu. Du dummer Junge, so setzt man doch kein Kopftuch auf! Warum läßt du dir nicht das Haar wachsen? Es ist eine Schande, es so kurz zu tragen, wo es doch so weich und fein ist.«

»Die Spartaner in den alten Zeiten trugen es lang, aber heute sähe das dumm aus. Männer tun das nicht, und ich will es auch nicht. Kann ich diesen komischen Rock nicht höher ziehen?«

»Nicht zu hoch! Du wärest ein bildhübsches Mädchen, Nikomedes. Möchtest du nicht bei mir bleiben und meine Schwester sein? Oh, sieh mich nicht so an! Ich sage immer so geschmacklose Dinge. Wir ziehen das Tuch noch ein wenig nach vorn. So. Und die Enden um dein Kinn. Und jetzt halt den Kopf gesenkt wie ein anständiges, gesittetes Mädchen. Warte noch, bis ich mein Kopftuch gefunden habe. So. Komm, Nikomedes!«

Sie gelangten ohne Schwierigkeiten an den Wachen vorbei. Alle kannten Metrotimé; das Mädchen war immer freundlich und großzügig zu ihnen. Es waren nicht mehr viele Menschen unterwegs, und sie gingen durch die schmaleren Straßen und beeilten sich wie respektable Frauen, die schnell zu Hause sein wollten. »Wohin gehen wir?« flüsterte Nikomedes schließlich.

»Zu Erif Dher. Sie ist die einzig Vernünftige von euch. Ihr kannst du es erzählen, wenn es sein muß, aber ich rate dir, tu es nicht. Berris wird mich nach Hause bringen. Du kannst die Nacht dort bleiben, und wenn du geschlafen hast, ist alles vergessen.«

Sie gelangten zu dem Haus und klopften an. Berris selbst öffnete ihnen die Tür, einen Hammer in der Hand, von Steinstaub bedeckt. Er starrte sie an und erkannte Nikomedes nicht. Metrotimé ging an ihm vorbei ins Haus und flüsterte Nikomedes zu, er möge in die Werkstatt huschen und die Verkleidung ablegen, was er nur allzu gern befolgte. Dann berichtete sie Berris von den Geschehnissen. Er lauschte, legte sein Kinn auf ihre Schulter und küßte sie zuweilen auf Ohr oder Hals. »Ich wußte nicht, daß der Junge nach all der großmütterlichen Hätschelei noch so viel Mut hat«, sagte er schließlich. »Und ich bin froh, daß euer Göttlicher Irrer ihn nicht umbringen konnte.«

»Agathoklea ist so vernünftig«, murmelte Metrotimé. »Nein, Berris, ich will deinen schrecklichen Steinstaub nicht im Haar haben! Geh weg! Nun ... wasch dich!«

Als sie oben ankamen, packte Erif gerade aus dem

Kleid und dem Kopftuch ein Bündel, und Nikomedes starrte beunruhigt auf Berris' halbfertiges Relief, das Falken darstellte, die kleine Männer und Frauen fortschleppten und auffraßen. Es war ziemlich furchterregend und wirkte sonderbar steif und fatalistisch wie der Traum, dem er nicht entkommen konnte. »Brrr«, sagte Metrotimé, »was für ein fürchterliches Ding! Wie in diesen schrecklichen ägyptischen Tempeln, nur noch viel schlimmer, weil es heute geschaffen wurde und nicht vor tausend Jahren. Weißt du, Berris, Agathokles würde es bewundern! Wie hoch ist dein Preis?«

»Hängt davon ab, wie viele Arbeitstage ich noch damit zubringe. Ich bin auch nicht sicher, ob ich es gleich verkaufen möchte. Ich freue mich, daß es dir nicht gefällt, Metrotimé.«

»Ich muß jetzt zurück«, sagte sie. »Sind das die Sachen? Lieb von dir, Erif. Lebwohl, Nikomedes ...« Sie küßte ihn. »Bringst du mich heim, Berris?«

Berris blickte sie lächelnd an. »Den ganzen Weg«, sagte er.

Fünftes Kapitel

Der Nil stieg immer höher und überflutete das Land, aber im Deltagebiet war der Unterschied nicht so deutlich zu spüren wie im Tal selbst. Doch überall herrschte ein Gefühl von Sicherheit und Behagen, selbst in der glühenden Hitze, die jetzt herrschte. Man brachte die Dattelernte ein, und jeder in Alexandria saugte die süßen, heißen Früchte und spuckte die Kerne auf die Straßen. Kratesikleia war jedoch der Ansicht, sie seien nicht gut für Kinder. Sie verbot Gorgo, davon zu essen und versuchte auch, die Jungen davon abzuhalten. Neareta verfiel ihnen jedoch geradezu; ihr Haushalt war übrigens in einem besseren Zustand als der der meisten spartanischen Frauen, und Phoebis schien sich sehr wohl zu fühlen.

Nicht lange danach kamen die letzten Briefe des Sommers aus Griechenland an. Die Hauptnachricht war, daß Antigonos von Mazedonien nach einer Schlacht infolge eines Blutsturzes gestorben war. Doch es war sonderbar – König Antigonos war tot, aber es schien kaum etwas zu bedeuten! Jetzt wirkte Schlimmeres auf sie ein als Antigonos, Dinge, gegen die der spartanische Mut nichts ausrichten konnte. Kleomenes hatte nur Macht über die griechischen Söldner von Ptolemaios. Die meisten von ihnen bewunderten den spartanischen König und wollten lieber unter ihm kämpfen als unter Sosibios. Aber daraus ließ sich kaum ein Nutzen ziehen, denn man mußte alles vermeiden, was sich als Drohgebärde auslegen ließ.

Anderthalb Monate später, als die Fluten des Nils bereits wieder sanken und auf dem freigegebenen Land weicher, frischer Schlamm lag, der unter den Füßen nachgab und an junges, sprießendes Grün denken ließ, fand das Fest des Osiris statt, des ägyptischen Kornkönigs, der jedes Jahr getötet und zerbrochen wird, um wie Korn in dem langen Tal der Fruchtbarkeit ausgesät zu werden. Im letzten Jahr hatte Kleomenes noch nicht gewußt, was an diesem Tag geschah, und er war am Morgen zitternd von den Klagelauten erwacht, denn ihm schien, als hätten sich seine schlimmsten Befürchtungen bewahrheitet. Doch dann kamen die Kinder, die das Fest im vergangenen Jahr schon einmal mitgemacht hatten, fröhlich herein und erzählten ihm alles. Es handele sich nur um die Eingeborenen, die um ihren Gott trauerten, wie die Leute daheim in Amyklae immer noch um Hyazinth weinten. Bald würden sie Prozessionen veranstalten, singen und auf strahlend beleuchteten Schiffen fahren. In den kleinen Trögen mit Gerste, den Auferstehungsgärten, die jedermann gesät hatte, würde das junge Grün sprießen, und die Eingeborenen würden behaupten, der Gott sei wieder auferstanden.

In diesem Jahr war Kleomenes darauf vorbereitet und wartete voller Spannung. Es war zu spät für irgendwelche Nachrichten aus Griechenland. In Ägypten herrschte zwar immer noch gutes Wetter, aber zwischen ihm und seinem Sparta tobten jetzt Stürme. Wie wunderbar kühl es jetzt auf den Gipfeln sein würde!

Kleomenes ließ nach Panteus schicken und ging mit ihm am Rand der Wüste auf die Jagd, bis die Klagegesänge vorüber waren. Warum nicht einmal auf die Jagd gehen? Sonst gab es ohnehin nichts zu tun. Der Palast machte sich immer noch über sie lustig. Es tat ihm wohl, in der frischen Luft zu sein und seinen Hunden zuzusehen. Wie wunderbar war es, hinter fliehendem Wild herzujagen, es mit dem Pfeil zu erlegen, und zu sehen, wie es in vollem Lauf niederstürzte. Manchmal lag ein verwundetes Tier still vor ihm, sah ihn mit seinen blanken Augen an und nahm ohne zu flehen hin, daß ein Gott ihm das Messer ins Herz stieß. Kleomenes und Panteus waren sehr glücklich auf der Jagd, nachts schliefen sie erschöpft unter freiem Himmel, träge und satt von saftigem, gebratenem Wildbret. Sie lagerten an einem von hohen Bäumen beschatteten Teich, aus dem sie getrunken hatten und am Morgen wieder trinken würden. Drei Tage lang waren sie frei und sorglos, während das Volk in Alexandria und allen anderen Städten Ägyptens um den toten Korngott trauerte.

Philylla saß in ihrem Haus in Alexandria und lauschte den Gesängen. Ihr Diener war schon früh in den Tempel des Osiris gegangen, jenes uralte Gebäude aus den Tagen Rhakotis, der vergessenen Stadt, die dereinst hier gestanden hatte. Der Tempel war viereckig und klein und bis auf den letzten Platz gefüllt mit knienden, stöhnenden Betenden, die den Gott anflehten, zurückzukehren.

Philylla ging in ihr Zimmer und faltete sorgfältig Panteus' Tuniken zusammen, hob Schuhe und Sandalen auf, die er achtlos im ganzen Raum verstreut hatte, als er begeistert seine Jagdsachen zusammenpackte. Sie hatte ihm fröhlich dabei geholfen, weil sie ihm die Freude aufrichtig gönnte. Er war sehr unordentlich; als junger Mann, in den ersten Jahren der Neuen Zeiten, hatte er allen Besitz aufgegeben, abgesehen von seiner Rüstung, den Waffen und den Kleidern, die er auf dem Leib trug, doch in letzter Zeit hatte sich wieder einiges angesammelt, überwiegend neue

Kleider für die Palastzeremonien. Philylla gestattete ihm nicht, abgetragene Sachen fortzuwerfen; man konnte sie immer noch verwenden. Zumindest ließen sich aus dem Stoff kleine Hemden nähen. Wenn es nötig werden sollte. Wenn ... Seufzend umklammerte sie die Sachen vor der Brust. Drei Tage lang brauchte sie jetzt nicht für ihn zu kämpfen, einzukaufen oder zu flicken, nicht darüber nachzudenken, wie sie ihn glücklicher machen konnte. Philylla – Panteus. Panteus – Philylla.

Was fehlte nur? Wer konnte es wissen? In dieser Zeit der Klagen ging ihr nichts anderes durch den Kopf. Es lag nicht an der Ehe selbst, denn die hatte sie gewollt und bekommen, und Agiatis war glücklich darüber gewesen. Leandris war auch glücklich. Im nächsten Jahr würde sie ein Kind haben. Lag es daran? Panteus schien keine Kinder zu wollen; er sagte, er sei froh, daß sie noch keine in diese schreckliche Welt gesetzt hätten. Sie wünschte sich, er würde so etwas nicht sagen, wenn immer noch Hoffnung für Sparta bestand. Woran lag es denn sonst? Sicher nicht am König! Wie konnte es der König sein? Sie hatte von ihrer Beziehung immer gewußt, hatte sie seit dem ersten Tag, als er ihr die Pfeile, die Veilchen und ihre schöne Elster geschickt hatte, wunderbar gefunden. Und sie hatte recht gehabt mit dieser Meinung. Es war die Lebensweise Spartas, und wenn Agiatis sie als schön empfand, dann mußte sie auch für Philylla richtig sein, für sie, die andere Frau!

Sie dachte an Sphaeros. Er würde sagen, alles sei nur eine Täuschung, ein bloßes Problem der Unordnung, die ihre weiblichen Gedanken selbst schufen. Sphaeros neigte mit dem Alter immer mehr dazu, Schwierigkeiten mit Phrasen zu begegnen. Seit dem Tod der Agiatis hatte sie nur noch selten mit ihm gesprochen, und nur über die Jungen. Sie fragte sich, ob die Kinder das Leben führten, das die Mutter sich für sie gewünscht hatte, schließlich war sie, Philylla, dafür verantwortlich. Doch war es für sie sehr schwer, Einfluß auf die Erziehung zu nehmen, denn Sphaeros und Kratesikleia bestanden darauf, ihr Bestes für die Kinder zu geben. Immerhin hielt sie die Freundschaft mit Nikomedes aufrecht und sprach ihm oft gut zu. In jenem Haus brauchte er Hoffnung. Sie fand den Jungen sehr schön, und es tat ihr leid, daß niemand es ihm sagte. Ein wenig Lob würde ihm guttun.

Das Klagen dauerte an bis über die Mittagszeit; Philylla konnte nichts essen, nicht zuletzt, weil sie wußte, daß auch die Ägypter fasteten. Sie bekam Angst, sagte sich aber, dies sei töricht. Erst versuchte sie zu lesen, dann zu sticken. Sie übte die Figuren von einem der Artemistänze, die sie vor langer Zeit in Sparta gelernt hatte, aber all das machte sie nur noch unruhiger in ihrer Einsamkeit. Sie stellte sich vor, Panteus würde unverhofft zurückkommen, weil er etwas vergessen hatte ... oder weil sie kein Wild fanden ... oder weil ihm plötzlich eingefallen war, wie sehr sich seine Frau in der von Klagen widerhallenden Stadt fürchten mußte – weil ihre Gedanken ihn erreicht und ihm verraten hatten, wie sie sich nach seinen Armen sehnte, nach einem jener Augenblicke, in denen nur sie allein für ihn zu zählen schien. Konnte man Gedanken übertragen? Die Ägypter hielten es für möglich. Sie glaubten, ein Doppelgänger, das Kha, könne mit Botschaften ausgeschickt werden. Nun, selbst wenn es möglich wäre – sie wollte dem König nicht die Jagd verderben.

Am nächsten Tag besuchte sie Leandris, die sehr glücklich und beschäftigt schien. Anscheinend machten die Klagegesänge ihr nicht sonderlich viel aus. Und am dritten Tag kam Erif Dher sie besuchen. »Ich habe gerade erfahren, daß du allein bist«, sagte sie. »Sind die beiden wieder unterwegs?«

Philylla antwortete auf den ärgerlichen Tonfall der Freundin mit einem Lachen. »Ja, unsere Speisekammer wird sich füllen! Ich werde einiges von dem Fleisch einsalzen, denn bei diesem Wetter hält es sich nicht lange.«

Erif starrte sie an und sagte: »Ja, aber wenn sie wieder einmal fort sind, komm uns besuchen.«

Danach unterhielten sie sich angeregt über dieses und jenes; die Trauerlaute schienen jetzt nicht mehr so durchdringend. Am dritten Tag klang es ohnehin leiser, wenn auch vielleicht drängender und heftiger nach all dem

Fasten und den Gebeten und dem Aufsagen vieler beunruhigender Namen mit dem Ziel, den toten Korngott wieder zum Leben zu erwecken. Erif hatte eine seltsame kleine Zeichnung von Berris mitgebracht, die Tänzer darstellte, einige mit Flügeln, andere mit Tierköpfen. Philylla sagte: »Wenn er doch ein paar neue Gemälde von König Agis malen würde. Sie waren wunderbar. Ich hoffe, der junge Kleomenes hat sie inzwischen bekommen; er schreibt recht regelmäßig, hat sie aber nie erwähnt.«

»Vielleicht macht Berris das eines Tages«, antwortete Erif, »aber im Moment ist ihm nicht danach zumute. Er will nicht an Sparta denken.«

»Ich habe gehört, er verbringt viel Zeit bei König Ptolemaios im Palast. Er führt sicher ein lustiges Leben.«

»Ja, in gewisser Weise.«

»Ist das nicht schlecht für seine Arbeit?«

»Anderer Zeitvertreib wäre besser. Philylla, bist du eigentlich glücklich?«

Mit fester Stimme entgegnete Philylla: »Ja.«

»Wir wollen, daß du glücklich bist«, sagte Erif. »Wie damals, als wir dich herbrachten. Ist dein Leben so, wie du es dir vorgestellt hattest?«

»Nicht ganz. Was ist schon vollkommen?«

»Für mich wird wieder alles gut, wenn ich Tarrik sehe. Vielleicht ändern sich manche äußeren Dinge, aber im Kern bleibt es immer gleich.«

»Aber immerhin bist du eine Barbarin, Erif …« Philylla legte einen Arm um den Hals der Freundin, um die Worte abzuschwächen, doch Erif lächelte; sie fand nichts Beleidigendes daran. »… und für dich ist das einfacher. Ich muß mit einer sehr viel schwierigeren Lage fertig werden.«

»Was ist schwieriger, als Korngott zu sein? Tarrik verrichtet die Dinge, um um die hier ein ganzes Volk klagt. Vielleicht war Osiris einst ein König wie Tarrik.« Sie rieb den Kopf an dem Arm, der sie umfaßte. »Du mußt immer zu uns kommen, wenn dir danach zumute ist, ja? Versprich es, Philylla!«

Nach dem Fest des Osiris wurde das Korn ausgesät, und es wurde kälter; alles war frischer und lebendiger. Der junge Agesipolis, der von seinen Wunden genesen war, verliebte sich in seinen Vetter Nikomedes, und die beiden ritten zusammen aus, gingen auf die Jagd und schauten sich die Krokodile an. Agesipolis fragte sich manchmal insgeheim, wie sein kleiner Sohn wohl jetzt aussah. Er und seine Frau schrieben sich regelmäßig zweimal jährlich sehr kurze Briefe, über die sich keiner der beiden sehr freute. Dem Kind schien es gutzugehen. Seine Mutter und zwei Großmütter kümmerten sich um ihn. Agesipolis hatte keine Frau gewollt; er wollte seinen Bruder, den kleinen Kleomenes, den er geliebt und in Sellasia zurückgelassen hatte. Und weil ihm der Bruder fehlte, wandte er sich Nikomedes zu.

Nikomedes reagierte indessen sonderbar unsicher und verlegen, als brächte ihn die Liebe auf gänzlich andere, beunruhigende Gedanken, und nach einer Weile unterließ Agesipolis, der ein vernünftiger, sanfter junger Mann war, seine Annäherungsversuche, hielt aber Freundschaft mit dem Jungen, der dafür dankbar war und sich über seine Gesellschaft freute. Agesipolis war eine wichtige Person, denn sein Bruder war der Anführer der Kleomenischen Partei in Sparta, jener Partei, die nach einem erneuten Sturz der Ephoren wahrscheinlich die Macht ergreifen würde. Vielleicht hielten der Gedanke an Agesipolis' Stellung sowie seine unangenehmen Erinnerungen Nikomedes zurück; auf niemanden wollte er jetzt auch nur annähernd so wirken, als wolle er ihn bestechen. Er erklärte dies in groben Zügen seinem Vater, der merkwürdig mitfühlend reagierte. In diesem Winter unternahmen sie vieles gemeinsam, aber sie schwammen nicht im Eurotas und jagten auch keine Wildkatzen auf den Gipfeln des Taigetos.

Kurz nach Neujahr feierte man ein weiteres Osirisfest, die Errichtung der Zed-Säule, die nach Meinung einiger den Baum darstellte, in dem der Körper des Gottes eingeschlossen war, während andere einfach behaupteten: »Nein, das ist sein Rückgrat.« Die Saat sproß nun; man errichtete die Säule, um dem Korn zu zeigen, wie hoch es wachsen sollte. Im Palast wurde ein rauschendes Fest veranstaltet, und die Zed-Säule wurde mit den Pflanzen eines anderen Gottes umkränzt – oder war es der gleiche, nur mit einem anderen Namen! Der Göttliche Ptolemaios und der entflammte Agathokles behaupteten das jedenfalls. Sie errichteten die Säule – und außer einem Rückgrat oder einem Sarg konnte eine aufrechte Säule noch etwas anderes darstellen! – für Dionysos-Osiris, und ein Lied, komponiert von einem Dichter der Bibliothek, wurde angestimmt, in welchem eine Reihe von Episoden aus dem Leben beider Götter – mit großem Erfindungsreichtum, aber zuweilen auch mit großer Unaufrichtigkeit – gleichgesetzt wurden.

Ein paar Wochen später besuchte Philylla eines Nachmittags Erif Dher. Erif war an diesem Tag am Hafen gewesen und hatte nach Schiffen gefragt, die im Frühjahr nach Byzanz segeln würden. Sie hatte nun das Gefühl, fast wieder frei zu sein, als habe sie durch alle Feste etwas von den Fruchtbarkeitsgöttern Isis und Osiris übernommen. Wenn diese jedes Frühjahr den Fluß anschwellen lassen konnten wie eine Schlange, so konnte sie in Marob Besseres bewirken. Sie war nicht sicher, ob sie Mutter und Tochter oder dem Tod und der Schlange schon begegnet war, und fünf Jahre war sie auch noch nicht fort, aber wenn Hyperides mit dem Orakel recht hatte und sie ihm gar nicht zu glauben brauchte? Eifrig erzählte sie dies Philylla, weil sie ihre Hoffnungen bestätigt bekommen wollte, doch die Freundin erwiderte nur: »Ach, Erif, geh noch nicht! Ich brauche dich!«

Nach einem kurzen Schweigen erwiderte Erif: »Du hast mich aber dieses ganze letzte Jahr nicht oft gebraucht.«

»Nein«, meinte Philylla, »weil ich dachte, ich könnte allein mit dem Leben fertig werden. Ich hoffte, alles würde gut werden, aber das ist nicht so, Erif! Was soll ich nur tun?«

»Wo ist er denn jetzt?«

»Bei einer Versammlung. Der König hat den Rat der Zwölf einberufen, doch wird nicht viel Neues dabei herauskommen. Wenn Panteus zurückkehrt, wird er unglücklicher und entrückter sein als zuvor.«

»Ist das immer das gleiche Problem?«

»Daß er mit seinen Gedanken so weit fort ist? Ja. Es hätte wie eine Flamme sein sollen, und so war es eigentlich auch am Anfang, etwas, das uns beiden im Herzen bleiben sollte. Aber so ist es nie mehr. Ich versuche mein Bestes!«

»Die Ehe ist das komischste Ding der Welt«, sagte Erif, die Zeit brauchte und überlegte, was sie antworten sollte. »Ich habe Tarrik fast umgebracht, als wir jung verheiratet waren. Ich frage mich, was dann aus mir geworden wäre. Aber ich habe immer gedacht, alles würde besser, wenn die Menschen mehr aufeinander eingingen, doch jetzt sehe ich das nicht mehr so. Vermutlich weißt du, daß Berris dich immer noch liebt?«

»Wirklich?« fragte Philylla unruhig. »Das sollte er nicht. Macht es ihn unglücklich?«

»Ja«, antwortete Erif Dher.

Philylla schluchzte auf und begann zu weinen. »Ich will das nicht«, sagte sie. »Dann macht er immer diese steifen, unfreundlichen Dinge.« Sie schlug mit der Hand gegen eine Statue und tat sich weh, aber es ermunterte sie so, daß die Tränen versiegten.

Erif stimmte zu. »Mir wäre das auch lieber«, sagte sie. »Aber was will man machen? Ich glaube, er würde bei dir wieder zu sich selbst finden, Philylla.« Als Philylla gegangen war, beschäftigte sich Erif so ausschließlich mit diesen Gedanken, daß sie Marob fast vergaß. Sie fragte sich, ob ihr Bruder Philylla ein Kind schenken könnte, bezweifelte es jedoch; sie hatte die Theorie, daß Norden und Süden sich nicht gut vermischten.

Philylla ging durch das Judenviertel nach Hause zurück. Einige der jungen Männer wirkten wie wunderschöne Nachahmungen der Griechen, besuchten regelmäßig die Sportstätten und Bäder und bewunderten ihre Musiker. Aber sie schienen früh fett zu werden. Sie hielt einige der verschleierten Frauen ebenfalls für schön, aber sie hatte noch nie ein jüdisches Haus betreten. Die Juden verehrten einen Gott mit vielen Namen, hatte sie gehört. Er mußte die Namen anderer Götter bei deren Ende angenommen haben; einige Götter schienen vom Tod anderer zu leben. Man hatte ihr einmal die verschiedenen Namen genannt – Adonai – das war Adonis; Sabaoth – das war Sabazios. Auch Dionysos war ihr Gott, und Serapis war Dionysos. Nach dem Tod von Agiatis hatte niemand mehr das Herz, für Artemis zu tanzen. Alle Götter standen den Menschen gleichermaßen fern, blieben gleichermaßen von Gebeten und Opfergaben ungerührt. Sie hätte jetzt nicht einmal einen Welpen an Orthia geopfert! Sphaeros lehrte die Jungen, daß es Götter gab, aber sie verbrächten die Zeit in ihrer göttlichen Ewigkeit damit, das Universum zu begreifen. Sie verstanden, wie ein Grashalm wuchs oder das menschliche Herz schlug. Und da sie alles verstanden, besaßen sie kein Mitleid; sie würden nicht den winzigsten Teil des Universums gegen den Willen der Natur, die sie auf höchste Weise begriffen, ändern. Was nützte einem Kind ein solcher Gott? Kein Wunder, daß die kleine Gorgo ihre Gebete an den Leuchtturm richtete! Nun, sollte sie es noch ein paar Jahre lang tun, wenn es ihr half. Die alte Königin wußte nichts davon.

Panteus kam ein wenig später als Philylla nach Hause. Er war freundlich, aber unglücklich, und antwortete zu Anfang nur zögernd auf ihre Fragen. Dann, nach einer Weile, erzählte er, daß er mit Idaios und Kleomenes verschiedene Bürger Alexandrias besucht hätte, um sie darauf hinzuweisen, wie sehr der Ruhm ihrer Stadt verging, seit dieser ... nun, vielleicht nicht Ptolemaios, aber eben Sosibios und Agathokles herrschten. Wenn man eine Armee aufstellte, die, heimlich auf spartanische Weise gedrillt, unter spartanischen Offizieren losschlagen könnte, so würde das den Sieg bedeuten, und dann würde die Stadt zu neuer Blüte gelangen! Die Söldner konnte man so gut aus Privatmitteln wie vom Hof aus bezahlen.

Doch die Bürger interessierten sich nicht für die Armeen. In ihren Adern floß Tinte statt Blut. Oder Schlimmeres. Es war schrecklich, durch die Stadt zu laufen und in den Häusern der Reichen warten zu müssen, bis man vorgelassen wurde. Und das mußte Kleomenes von Sparta tun – ein Nachkomme des Herakles! Panteus schlug mit einer Faust auf den Tisch und verstummte dann. In diesen Tagen sang er ihr nie etwas vor; es war, als sei der Schäfer in ihm bei Sellasia gefallen.

Sie erzählte ihm von ihrem Besuch bei Erif Dher. Er freute sich darüber, sagte aber, sie solle aufpassen, wenn sie durch die Straßen gehe. Dann erzählte er, daß sich Berris Dher mit den Bürgern Alexandrias verbrüdere; er habe sich an das Hofleben gewöhnt wie ein Fisch ans Wasser, und sie fänden Gefallen an ihm. Er könnte schon reich sein, wenn er nicht alles Geld für Frauen ausgäbe. Aber Barbaren verhielten sich immer so.

Danach besuchte Philylla Erif Dher häufig, und ein paarmal war auch Berris dabei. Er sagte nicht viel, sondern arbeitete weiter und nahm die Arbeit zum Vorwand, um die beiden Frauen beobachten zu können. Ende März wurde das Land in einer feierlichen Zeremonie gesegnet. Der Göttliche Ptolemaios selbst nahm mit der Krone Ägyptens teil; der Großteil seines Hofes erschien in halbägyptischen Gewändern, außer Sosibios, der sich gerade eine neue und prächtigere Uniform hatte schneidern lassen. Das Land war schön in dieser Zeit; allenthalben blühte es, und das Korn stand hoch und reifte bereits. Ankhet und Erif gingen hinaus auf die Felder und pflückten große Sträuße wilder Blumen, die sie überall im Haus verteilten.

Eines Tages kam Philylla zu Besuch, aber noch ehe Erif und sie sich auch nur begrüßen konnten, ließ Berris seine Werkzeuge mit lautem Klappern fallen, so daß sie beide verstummten, trat zu Philylla und warf sich vor ihr auf die Knie. Er umfing ihre Handgelenke, aber sie versuchte, ihn fortzustoßen. Er jedoch hielt sie fest. Da begann sie zu zittern; sie spürte, wie sein Kopf gegen sie stieß, spürte seine heißen Tränen auf ihrer Haut. Es war, als preßte er die offenen Augen gegen ihre Schenkel. Sie beugte sich über ihn, löste sanft eine Hand aus seinen Fingern und legte sie auf seinen Kopf, in dem Versuch, ihn zu beruhigen. »Nicht!« sagte sie. »Weine nicht, Berris. Berris, mein Lieber, weine nicht. Ich kann es nicht ertragen!« Es zerriß ihr das Herz; er war wie ihr Kind, das Kind, das sie weder empfangen noch geboren hatte. Beide Hände lagen nun auf seinem Scheitel, und seine Finger umklammerten sie, gruben sich in ihr Fleisch. Auch sie schluchzte. Erif trat zu ihnen, aber sie bemerkten sie nicht. Sie wußte nicht, was sie sagen sollte. Sie sah, wie Philylla sich tiefer über ihn beugte, weicher wurde, doch dann richtete sie sich plötzlich auf und riß sich aus seinen Armen. Berris glitt aus und fiel nach vorn, er schlug mit den Fäusten auf den Boden.

Erif legte einen Arm um die Freundin. »Ich habe es nicht gewußt«, sagte Philylla. »Oh, ich wußte es nicht, daß es ihm immer noch weh tut. O mein armer Berris!« Dann drehte sie sich um, nahm ihren Umhang und verschwand.

Erif blickte ihren Bruder an. Er hockte immer noch auf dem Boden und murmelte vor sich hin; plötzlich war er wie Murr in dem Kahn. »Du wirst sie bekommen, Berris«, sagte sie, »aber sei freundlich zu ihr.« Er gab keine Antwort, und sie redete weiter über seinen Kopf hinweg, als spräche sie zu dem Hund. Und zugleich entschied sie sich, noch nicht nach Marob zurückzukehren.

Philylla hatte in den nächsten Wochen zunächst fürchterliche Angst, am meisten um sich selbst. Sie hatte dem, was Berris wollte, fast zugestimmt. Er hatte eine Saite in ihr zum Klingen gebracht, die beinahe schon verstummt war. Jetzt war sie wieder die Philylla, die die Muster gestickt hatte, welche Berris vielleicht gefallen würden. Sie begann, die andere Seite des Lebens zu sehen, etwas, das außerhalb des harten, schmalen Netzes lag, in dem sich die meisten Spartaner steif und ohne Hoffnung bewegten. Es verstörte sie, machte alles nur noch schlimmer. Und Berris tat ihr leid, ach, so leid! Fast so leid wie Panteus und Kleomenes. Für diese und ihre Trauer konnte sie offensichtlich nichts tun, aber sie wußte, daß sie Berris glücklich machen konnte. Ihr vernünftiger Frauenverstand wurde von diesem Gedanken gequält. Aber zumindest schien sie nicht zu überlegen, was möglicherweise gut für ihn sein konnte. Mit niemandem konnte sie darüber reden; Leandris war zu jung und Kratesikleia viel zu alt. Sie wußte auch, daß beide über den bloßen Gedanken entsetzt wären, wenn auch aus unterschiedlichen Gründen. Und Panteus hatte Berris nie gemocht, auch nicht, als er ihr bei der Reise nach Ägypten geholfen hatte, als er aufrichtig dankbar war und ihnen sein Schwert und seine Freundschaft anbot. Nie hatte er versucht, Berris Dher zu verstehen. Daher sprach sie schließlich mit Erif darüber.

Die Gerste wurde geschnitten, dann der Weizen und ein wenig später der Mais. Das Land lag wie tot unter dem Staub und der Hitze und wartete darauf, daß Isis wieder weinte und der Nil anstieg. Aus Hellas kamen Neuigkeiten, aber hauptsächlich über die Kriege zwischen anderen Staaten, während Sparta wartete und wartete, sich die Wunden leckte und der junge Kleomenes sich allmählich und vorsichtig eine angemessene Gefolgschaft sicherte und wieder anfragte, wann denn die in Aussicht gestellte Hilfe aus Ägypten käme. Der Achaeische Bund half Messenien gegen Aetolien, und der alte Aratos war geschlagen worden, hatte aber den Kopf aus der Schlinge gezogen. Der siebzehnjährige Philipp, Antigonos' Nachfolger auf dem mazedonischen Thron, verhielt sich noch ruhig, aber niemand wußte, wie er sich entwickeln würde; am besten wartete man darauf gar nicht erst. Das alles wurde im Rat von Kleomenes und seinen zwölf besten Männern besprochen und überdacht. Gab es doch noch Möglichkeiten: Antiochos von Syrien? Dieser oder jener in Alexandria? Mögliche Freunde in Kyrene? Nein, es nützte alles nichts. Aber was sonst konnten sie tun?

Philylla hatte einen Brief von Deinicha bekommen, die sich beklagte, daß Philylla nicht öfter schriebe, und einen von Ianthemis, die in diesem Winter geheiratet hatte. Es war ein vergnügter, sprunghafter Brief, unterbrochen von förmlichen Phrasen und einer Menge Klatsch. Ihrem Vater gehe es besser, hieß es, er könne wieder ausreiten, halte sich aber aus der Politik heraus. Dontas sei mürrisch wie eh und je und spiele jetzt die Flöte. Mutter gehe es gut. Sie selbst meinte, ihr Aussehen habe sich seit der Hochzeit verbessert; ihre Haut sei klarer – ob das zuweilen eintrete? Und wie es Philylla gehe, warum sie nicht schreibe, und ob sie einen Sohn bekommen habe?

Philylla beantwortete den Brief nicht sofort. Sie ging eines Morgens zu Erif Dher, traf aber nur Berris an. Er nahm sie in die Arme, und wieder überwältigte sie das Mitleid, und sie stimmte zu und wollte alles tun, nur, damit er wieder glücklich wäre. Sie war fast so groß wie er; seine Nacktheit stieß sie nicht ab. Ein heller Sonnenstreifen fiel durch ein schmales Fenster über ihre Körper. Als es vorbei war, legte er den Kopf zwischen ihre Brüste wie ein Kind; sie sah, wie sich die Brustwarzen bei seiner Berührung verhärteten. Er erkannte sie tief in ihrem Inneren, wie ein Meister Holz oder Stein erkennt und die ursprüngliche Maserung herausarbeitet. Aber sie war nicht eins mit sich selbst. Ihre Gedanken schwebten über ihrem Körper, so wie sie das Kha auf Bildern dargestellt gesehen hatte. War es wirklich ihr eigener Körper? Er brachte ihr Wasser, das in einem Tonkrug kühl geblieben war, und einige Früchte. Entzückt murmelte er über ihr vor sich hin. Ja, sagte sie, sie würde wiederkommen, wenn er sie zu seinem Glück brauchte. Warum nicht? Er fragte, ob sie glücklich gewesen sei, ob sie die gleiche Lust empfunden habe wie er. Aber ja, gewiß habe er erkannt, daß ihr Körper dem seinen geantwortet habe! Aber glücklich, glücklich, glücklich? Philylla, bist du glücklich? Wirst du ebenso von brennender Zärtlichkeit verzehrt wie ich? Ist die Welt plötzlich heller geworden, nur für dich? Hast du endlich Frieden gefunden? Philylla, meine einzige, mein Liebste, sag es mir. – Ach, Berris, frag mich nicht solche Sachen. Sei zufrieden mit dem, was ich dir gebe. Sei zufrieden.

Als sie wiederkam, wollte sie nicht über sich reden. Aber sie sog sein Glück in sich auf, ließ ihn immer wieder darüber sprechen. Er konnte nicht herausfinden, was er ihr angetan hatte. Sie wich ihm immer wieder aus, aber sie gab ihm nie das Gefühl, er habe sie verletzt. Er war ihr Kind; er sollte nicht wissen, was in ihr vorging.

Sie wollte es Panteus erzählen, mehr als jedem anderen wollte sie es Panteus mitteilen, aber sie konnte es nicht, weil es ihn verletzen würde. Sie durfte ihren Mann nicht verletzen. Es war besser zu schweigen, und sie wußte, daß auch Berris nichts sagen würde. Wenn er den Gedanken an eine Statue oder ein Bild monatelang mit sich herumtragen konnte, bis er reifte, konnte und würde er auch dieses Geheimnis bewahren. Und Erif vertraute sie ebenfalls. Nun, da die Schranke zwischen den beiden Frauen gefallen war, vertiefte und festigte sich die Freundschaft zwischen ihnen. Wenn die eine die andere anblickte, lächelte diese und löste damit zuweilen ein Glücksgefühl aus, das sich kaum in Worten ausdrücken ließ. Die Berührung der einen war der anderen angenehm, und in der größten Hitze des Tages lösten sie einander die Haare und kämmten sie. Sie mußten sich jetzt jeden Tag sehen, und Philylla merkte, daß ihre Erinnerungen an Agiatis nicht mehr so schmerzvoll waren wie früher.

Berris begriff, daß Philylla es Panteus erzählen wollte. Er spürte dem Spartaner gegenüber das gleiche mitfühlende Wohlwollen wie seine Schwester gegenüber ihrer Kusine Linit. Er arbeitete schwer, und was er schuf, war gut. Plötzlich überkam ihn der Wunsch, weitere Bilder für Philylla zu schaffen, und er führte sie so schlicht und klar in Farbe und Form aus, daß sie sich von dem ägyptischen Geschmack entschieden abhoben. Es waren deutliche Geschichtenbilder, und wenn er sie malte, während Philylla neben ihm saß, spürte er eine himmlische, kindliche Ruhe. Er brauchte nicht zu denken, weil es keine Probleme gab; er hatte sie vor langer Zeit gelöst. Er achtete nicht einmal mehr auf die Form; es war fast, als arbeitete er im Schlaf.

Er malte, was sie ihm auftrug, zuerst weitere Szenen aus dem Leben Agis', darunter die Todesszene, den erhängten König. Danach schuf er Bilder aus dem Leben von Kleomenes. Zuerst versuchte er sich nur daran und wählte jene Ereignisse aus, die sich vor seinem ersten Eintreffen in Sparta zugetragen hatten: zuerst die Hochzeit von Kleomenes und Agiatis, der sehr junge Bräutigam und die blasse, unfrohe Braut, dann die Szene, in der der König sich von Xenares verabschiedete, seiner ersten Liebe, da sich bereits damals der Gedanke in ihm zu formen begann, derjenige, der nicht für ihn einstand, sei gegen ihn. Unter allen Bildern stand etwas geschrieben, oft nur ein Satz von Kleomenes selbst, Worte, die sich zu einem Muster um seinen Kopf formten. Dann der Mord an den Ephoren: Die Zeiten des Königs, die Kraft und Schönheit bringen sollten und nicht allmählich und friedlich begannen, sondern unvermittelt und mit Hilfe des Schwertes. Dann die Szene, in der die Reichen alles Geld und Gut opferten, um dem König zu folgen, und sogar die Frauen den Schmuck aus den Ohrläppchen und vom Hals nahmen. Um Philyllas willen stellte er Agiatis dar, hinter deren Rücken Philylla selbst hervorspähte. Danach malte er noch ein anderes Bild, das seiner Phantasie entsprang. Es zeigte Kleomenes mit gerunzelter Stirn und zusammengepreßten Lippen, in der Hand eine Peitsche mit geknoteten Schnüren; da waren Luxus, Wucher und Gier in der Gestalt wutschnaubender, fetter, alter Kaufleute, die Kleomenes aus dem Tempel Spartas vertrieb. Apollo und Artemis lächelten streng zu beiden Seiten. Schließlich Kleomenes' Abschied von seiner Mutter, ehe diese nach Ägypten fuhr.

Inzwischen hatte er sich in eine solche schöpferische Erregung hineingesteigert, daß er nicht mehr mit Philylla zu reden brauchte. Er suchte nach weiteren Themen. Er ging zu Panteus und fragte ihn nach der Schlacht von Sellasia und der Zeit danach. Als Philylla eines Tages vom Einkaufen nach Hause kam, fand sie die beiden zusammen. Als sie hörte, worüber sie redeten, freute sie sich. Panteus war zuerst verlegen und wollte nichts erzählen, aber Berris breitete seine Vorstellungen von Sparta so beredt vor ihm aus, daß er ihn schließlich doch dazu brachte, von jenen Tagen zu sprechen, die immer noch klar und deutlich vor seinem inneren Auge standen, die er aber noch niemals, auch nicht seiner Frau gegenüber, in Worte gefaßt hatte: Kleomenes an der Säule, seine völlige Reglosigkeit und Geduld beim Ringen mit dem körperlichen Schmerz und den noch schmerzhafteren Entscheidungen, die vor ihm standen, zu seinen Füßen die schöne Frau mit dem gelösten Haar und dem tränennassen Gesicht. Berris ging nach Hause und malte diese Szene auf eine große Leinwand. Den Hintergrund bildeten kleine Häuser, Felsen und Olivenbäume. Er stellte die Freunde und Gefolgsleute des Königs dar, wie sie ihren Geschäften nachgingen oder schliefen. Es wurde sein bislang bestes Bild.

Wieder trafen Briefe aus Marob ein, darunter eine Zeichnung von Klint, die Erif verblüffte. Sie hatte ihn sich immer als Säugling vorgestellt, aber das Bild verriet ihr, daß er nun ein Junge war. Sie eilte in die Stadt, kaufte alle möglichen Spielsachen, mit denen die kleinen Jungen in Alexandria spielten, und schickte es mit dem nächsten Schiff nach Norden. Tarrik schrieb sehr munter, desgleichen Hyperides, der sich immer noch in Marob aufhielt. Er sagte, er müsse im nächsten Jahr nach Hause fahren und würde dann versuchen, Tarrik eine Weile von Marob zu lösen, um ihn mitzunehmen. Alle hegten jetzt so viel Ehrfurcht vor dem Kornkönig, daß bei seiner Abwesenheit nichts geschehen würde. Es war aufregend! Vielleicht konnte er im nächsten Jahr nach Griechenland kommen, und sie kehrten dann gemeinsam nach Marob zurück?

Im Sommer ereignete sich wieder das »Fallen der Träne«, und fast zur gleichen Zeit fand ein Fest statt, um das sich die einheimischen Ägypter aber nicht sonderlich kümmerten: Das Fest des Adonis, eines weiteren Fruchtbarkeitsgottes, der getötet und betrauert wurde, um wieder aufzuerstehen. Es war unmöglich, die Ähnlichkeit zwischen den Göttern zu übersehen, und viele Leute glaubten auch, daß sie nur verschiedene Formen eines einzigen Gottes waren. Dieses Jahr wurde das Adonisfest mit großem Prunk im Palast gefeiert, denn man führte das Schauspiel des Göttlichen Ptolemaios mit großer

Begeisterung und echten Ebern auf. Gleich zwei Götter wurden geehrt, denn war nicht Dionysos der Herr des Theaters? Ja, und vielleicht waren die beiden auch ein und derselbe.

Im Herbst ließ Sosibios im tiefen Süden eine Reihe von Elefantenjagden veranstalten. Man brauchte die Tiere für die Armee und hielt es für ratsam, auch Antiochos von Syrien davon in Kenntnis zu setzen. Man mußte ihn in seine Schranken weisen, und daher ermöglichte man es seinen Spionen, alles über die Größe der Elefantenbrigaden herauszufinden. Daß Berris Dher an allem Neuen größtes Interesse bekundete, war bekannt, und so wurde er gefragt, ob er die Elefantenjagd vielleicht beobachten wolle.

Ein Vorhaben wie dieses reizte Berris natürlich. Echte, ungezähmte Elefanten zwischen wundervoll bunten Blumen, Schmetterlingen und Wasserfällen! Er träumte davon. Aber seine Liebste? Er war zwischen Philylla und den Elefanten hin- und hergerissen. Schließlich bat er sie um die Entscheidung. Sie senkte einen Moment den Blick, um sich zu fassen. Ein Teil ihrer Seele war erleichtert darüber, sie konnte dieses Scheinleben beenden und Panteus gegenüber wieder treu und aufrichtig sein. Sie würde umkehren und gewiß das Beste aus ihrer Ehe machen. Aber der andere Teil war wie gelähmt und litt bei dem Gedanken, daß Berris, ihr Liebster, sie so leicht und so bald verlassen konnte und sich so wenig aus ihr zu machen schien. Ihr graute vor der Enge, dem Leben ohne Freude oder Farben, das die Spartaner führten, so ganz gegen den Geist von Alexandria und das Leben selbst gerichtet. Sie blickte auf, lächelte und sagte: »Geh, mein Lieber! Wenn ich ein Mann wäre, würde ich keine Sekunde zögern. Wilde Elefanten!«

»Aber wirst du mich denn nicht vermissen?« fragte Berris, der Widerspruch erwartet hatte.

Sie lachte so fröhlich sie konnte und antwortete: »Ich habe immer noch Erif!«

»Ich weiß nicht, ob ich gehen soll!« sagte Berris. »Ich weiß, daß ich dies alles einmal erleben möchte, aber ich weiß auch, wenn ich dort bin, werde ich dich viel, viel mehr vermissen, als ich es mir jetzt vorstellen kann! O Philylla, du darfst dich nicht verändern. Liebste, was immer in der ganzen Welt an Unbill geschieht und sich wandelt, du mußt die gleiche bleiben, versprich es mir!«

In der nächsten Woche zog er auf seine Expedition, und Philylla versuchte, nicht an ihn zu denken. An den Abenden, wenn Panteus mit dem König arbeitete und Pläne studierte, Listen mit Namen aufstellte und mit ihm bis zum Überdruß über ihre Machtlosigkeit gegenüber Sosibios und dem Hof redete, nähte oder webte sie und fragte sich bewußt nicht, ob Berris sich in diesem Augenblick unter den wilden, schrecklichen Tieren in Gefahr befand. Aber wenn sie mit Erif zusammen war, schien alles in Ordnung. Sie konnte sicher sein, daß alles, was sie außerhalb ihrer Ehe zu ihrem Glück brauchte, Erifs Liebe war. Solange Erif bei ihr blieb und nicht fortging, wie Agiatis gegangen war.

Sechstes Kapitel

Der Palast des ägyptischen Königs war wie eine kleine, prächtige Stadt, die sich nach Alexandria hineinschob. Die einzelnen Flügel waren durch Gärten, Treppen, Marmorbecken und Kanäle voneinander getrennt; es gab Galerien und unterirdische Passagen, Löwen, Katzen und große Käfer aus Stein. Jetzt lag er im hellen Winterlicht; Wolken zogen darüber, und man hörte das Rauschen des Meeres.

Arsinoë in ihrem Palastflügel wollte heute weder Ball spielen noch mit ihren Gefährtinnen sticken. Sie kniete vor dem Fenster und blickte aufs Meer hinaus, auf dem weiße Schaumkronen tanzten. Sie wünschte sich, ein Mann zu sein. Sie wollte in einem Boot sitzen, wollte kämpfen. Sie wollte jetzt sofort auf einem weißen Pferd an der Spitze einer Armee reiten und den syrischen Generälen die Köpfe abhauen. Es war ihr gelungen, zu erfahren, daß

König Antiochos von Syrien nach Nordpalästina eingedrungen war und einige der ptolemaischen Städte geplündert hatte. Sie hob den Blick und stampfte mit dem Fuß auf. Wenn man sie doch bloß hinausließe! Sie könnte handeln wie die alten mazedonischen Prinzessinnen. Sie würde alles verändern. Ja, Agathokles würde sie über der Palastmauer aufhängen und seinen Körper mit Pfeilen spicken; Agathoklea würde sie die Nase abschneiden. Wenn sie doch nur eine Chance bekäme! Vielleicht würde alles besser, wenn sie mit dem Bruder verheiratet war. Dann konnte sie niemand mehr aufhalten. Oder vielleicht doch?

Sie ging in ihrem Raum auf und ab, runzelte die Stirn und wickelte ihre blonden, langen Haare um die Finger. Selbst ihre Oberste Erzieherin wußte, daß man sich ihr in dieser Stimmung am besten nicht näherte. Plötzlich entschloß sich Arsinoë, etwas zu unternehmen. Sie würde nach ihrem Bruder schicken lassen und um einen Lehrer bitten. Sicher war sie alt genug dazu. Und sie würde schon dafür sorgen, daß es nicht Agathokles wäre!

Es war Zeit für die Audienz. Sosibios empfing die Bittsteller und wählte aus, welche weitergehen und wahrhaftig den königlichen Göttlichen Herrn sehen durften. Der Minister traf seine Auswahl äußert bedachtsam; das Regierungsgeschäft sollte Ptolemaios dermaßen langweilen, daß er alles Wichtige seinem Obersten Minister überließ. Diese Abordnung von Dattelanbauern zum Beispiel; es war vollkommen gleichgültig, was sie zu hören bekamen. Vom römischen Botschafter mit dem unmöglichen Namen war ein anmaßender Brief eingetroffen, in dem der römische Ältestenrat Ägypten seinen Schutz anbot – unglaublich, wie überheblich diese Barbaren waren! Sosibios entwarf im Geiste bereits einen ähnlich irrwitzigen Brief – vielleicht sogar gereimt? –, der sie nachdenklich stimmen würde und gar nichts besagte. Die Vorfreude ließ ihn dabei grinsen. Als sein Blick auf einen der Priester vom Serapeum fiel, wurde das Grinsen breiter, und sein Gesicht verzog sich vor Verachtung: Der Göttliche Ptolemaios war zu beschäftigt, um jemanden zu empfangen.

Der Priester verbeugte sich und ging, ohne dem Türsteher ein Silberstück zu geben. Soribios wußte nicht, warum er diesen Mann mit seinen Pantoffeln und seinem kahlrasierten Kopf so haßte, aber so war es nun einmal. Es war sein gutes Recht, Menschen zu verachten. Man sollte jemanden finden, überlegte er, der diesen Priester mit einem Fluch belegte. Das wäre eine hübsche Abendbeschäftigung.

Aus Palästina traf ein weiterer Brief mit schlechten Nachrichten ein. Ja, angenehm waren diese Neuigkeiten nicht, aber es war ja fast Winter, und bis zum Frühjahr konnte man ohnehin nicht viel unternehmen. Es war wohl besser, wenn Seine Göttlichkeit nichts davon erfuhr, zumindest nicht, bis die Elefanten zurückgebracht wurden. Vor allem Agathokles und Agathoklea durften nichts davon wissen. Wirklich interessante Nachrichten waren nichts für Frauen, und schon gar nichts für ... Eine Abordnung der Juden Alexandrias, die seine Göttliche Majestät hergebeten hatte, um religiöse Dinge zu besprechen? Aber gewiß doch! Genau der richtige Quatsch für den Herrn. Die Juden waren schon mehrmals hier gewesen, um ihr törichtes Geschwätz von Gott vorzutragen. Worte, hohle, nichtssagende Worte – puff!

Die drei Juden verbeugten sich vor Ptolemaios; zwei ältere, bärtige Männer in langen Gewändern mit großen Rollen unter dem Arm, der dritte, jung, bartlos und in einer kurzen Tunika. Die beiden Älteren sahen sich mißtrauisch um. Ptolemaios eröffnete das Gespräch, unterstützt von Agathokles. Das war eine großartige Idee, wert des geistigen Nachfolgers von Alexander. Eine Idee, die der Welt den Frieden bringen würde! Man beschloß einfach, alle Götter seien in Wirklichkeit nur ein einziger Gott! Dazu brauchte man nicht mehr als einen kultivierten Verstand, der bereit war, historische und philosophische Wahrheiten anzuerkennen, sorgfältige Studien und – ja, Agathokles, einen Hauch der gleichen Flamme, die in meinem eigenen Herzen brennt. Alle Götter in einem Gott. Die Ägypter wissen das; ihre Götter vermischen sich untereinander wie die Wolken. Dennoch gibt es eine Gottheit, die größer und mächtiger ist als alle anderen. Ich nenne ihn beim Namen: Dionysos der Eroberer! König Ptolemaios warf den Kopf zurück und legte eine Hand an die Kehle, um sich zu beruhigen. Agathokles machte ein sonderbares Zeichen mit den Fingern, und sein Gesicht zuckte. Die Juden schwiegen.

»Die Einheit der Welt unter Dionysos-Sabazios und mir, seinem Auserwählten!« flüsterte Ptolemaios und starrte den jungen Mann an, der mit aufeinandergepreßten Lippen zurückstarrte. Er war schon einmal hier gewesen. »Du mußt mir auch deinen Gott geben«, sagte der König, »denn er ist der gleiche wie meiner. Erkenne in ihm Dionysos, den ewig Jugendlichen, den sich ewig Erneuernden. Sein Name sagt schon alles. Denn was bedeutet Sabaoth anderes als Sabazios? Ihr, meine Juden, die ihr immer loyale Bürger gewesen seid, fleißiger als die Griechen, kultivierter als die Ägypter, die ihr in Alexandrien Privilegien genießt. Jawohl, Privilegien, die man erweitern kann – aber auch zurücknehmen!« Der letzte Satz fiel langsam, wobei er sich auf seinem Elfenbeinthron vorneigte. Ptolemaios strahlte Macht aus, Macht, die ausging von den Befehlen, die sofort niedergeschrieben und von Agathokles versiegelt wurden.

Doch die beiden alten Juden achteten nicht darauf. Der eine öffnete seine Schriftrolle und las mit schallender Stimme daraus vor; Worte, die eine schreckliche Bedeutung zu haben schienen. Der jüngere sprach sonderbar sanft und zurückhaltend, als sei er sich seiner eigenen Macht bewußt. »Was müssen die Nachfolger des Dionysos erleiden, König Ptolemaios?«

»Ich will es dir zeigen, Simon«, antwortete der König und öffnete zugleich seinen Gürtel, während sich Agathokles vorbeugte, um ihm die Tunika aufzubinden. Der König entblößte das Mal des Efeublattes, das mit Nadeln in seinen Leib geritzt und ausgemalt worden war. Agathokles beobachtete die Juden und sah, daß alle drei vor Entsetzen schauderten. »Es war schmerzhaft«, sagte der König leise. »Ja, Simon, ein brennender Schmerz, aber jetzt bin ich Ptolemaios-Dionysos, und aus dem Schmerz wuchs ein Feuer in mir. Auch er wurde gebrandmarkt ...« Der König nickte zu Agathokles. »... wie alle anderen, die ich liebe. Komm, Simon, komm und laß auch dich mit dem Efeublatt zeichnen, und laß mich dich lieben.« Er legte eine Hand auf Simons Arm und umschloß ihn fest. »Du bist bereits gezeichnet, Simon«, sagte er. »Für deinen eigenen Gott. Ich weiß es. Trage nun auch das Zeichen von meinem.« Er legte Simons Hand auf das Mal des Efeublatts.

Die beiden älteren Männer flüsterten heftig miteinander. Unvermittelt ließ Ptolemaios Simons Hand los, und dieser trat mit ausdruckslosem Gesicht einen Schritt zurück. Nach einer Weile rieb er seine Handteller auf dem Rücken an der Tunika ab.

»Du bist hart, Simon«, sagte der König. »Hart wie ein Stein. Warum verhärtest du dich vor Dionysos? Auch er kann hart sein. Dionysos-Ptolemaios kann sogar sehr hart sein.« Er ordnete seine Tunika, und seine Miene veränderte sich erschreckend.

Der junge Mann antwortete, als spräche er in die Luft: »Wir haben Teil an der Größe Alexandrias, den großen Schiffen und den Lagerhäusern. Ihr würdet doch nicht Eurer eigenen Größe schaden wollen, König Ptolemaios?«

»Noch nicht«, antwortete der König. »Aber einmal vielleicht doch. Vielleicht wird es mir von Dionysos auferlegt zu schaden – meiner eigenen Größe ebenso wie meinem eigenen Fleisch?«

Agathokles gab den Juden lautlos zu verstehen, daß sie sich verabschieden sollten. Sie verneigten sich in der vorgeschriebenen Weise und gingen. Die Vorhänge teilten sich und fielen hinter ihnen wieder zu. Plötzlich griff der König nach einem vollen Goldkelch und schleuderte ihn den Männern hinterher. Er fiel zu Boden, rollte ein Stück weit und blieb liegen, roter Wein tropfte an den Vorhängen herab. König Ptolemaios schrie gellend auf vor Zorn und fing an zu toben wie ein enttäuschtes Kind. Agathokles tröstete ihn. »Du wirst sie eines Tages alle in einem einzigen Netz fangen, mein Herr, mein Schönster. Sabaoth wird in Sabazios aufgehen. Ihre Tempel werden unsere Tempel sein. Doch zuvor werden wir sie das Fürchten lehren.«

Danach gab es etwas Angenehmeres zu sehen: Die Pläne für das große Dionysosschiff, das im Frühjahr fertig sein sollte, ein Wunder an Licht und Flötenmusik. Tief in seinem Innersten stand der Schrein aus Gold und Edelsteinen, aus dem das Feuer des Gottes seine Anhänger erleuchten sollte. Aber die Pläne waren langweilig; der König ärgerte sich und warf sie zu Boden. Agathokles hatte den guten Einfall, den jungen Skythen um einen neuen Entwurf zu bitten, wenn er von der Elefantenjagd zurückkäme – vielleicht Elefanten unter Weinranken!

»Agathokles«, sagte der König abrupt, »geh hinab und sieh nach, wer noch wartet! Sosibios schickt mir nur dumme und häßliche Leute. Das kann ich nicht mehr ertragen. Nicht nach den Juden. Schick mir ein neues und junges Gesicht!« Plötzlich dachte er: Wenn doch nur Nikomedes noch einmal erschiene! Ah, er mußte einfach wiederkommen. Dann wäre er, Ptolemaios, nicht wütend und grausam gegen ihn, nein, er würde versuchen, ihm nicht weh zu tun. Er wäre so freundlich, ach, so freundlich und sanft! Wie konnte er Nikomedes zurückholen? Er rief Agathokles nach: »Wenn die Spartaner da sind, so will ich sie sehen – was immer uns der liebe Sosibios rät!«

Agathokles kehrte nach einer Weile zurück und brachte, wie Ptolemaios erwartet hatte, König Kleomenes und zwei seiner Freunde. Rasch erhob sich Ptolemaios, voller Vorfreude auf den Augenblick, da Kleomenes seine Hand mit seinem harten Griff umfaßte. Kleomenes war ungeheuer froh, an Sosibios vorbeigekommen zu sein. Er hatte den Vipernblick des Fetten gesehen, als Agathokles verkündete, der König wünsche sie zu empfangen. König Ptolemaios fragte voller Anteilnahme nach ihrem Befinden – wie ging es der Familie, seiner Mutter und den Kindern? Wollte er nicht eines Tages seinen Sohn wieder einmal mitbringen? Der älteste, Nikomedes, sei ein so feiner Bursche, ein echter Spartaner. Sein Vater sei gewiß sehr stolz auf ihn. O ja, er würde ihn bald wieder einmal mitbringen, entgegnete Kleomenes achtlos, so, als spiele es überhaupt keine Rolle! Er lachte. »Aber der Junge ist nicht gerade ein Höfling.«

Dann fuhr der Spartaner mit seinem Anliegen fort, einer Sache, die sicher auch Ptolemaios bewegen mußte! Diese schlechten Nachrichten aus Syrien. Glücklicherweise hatte Panteus am gleichen Morgen davon erfahren und es ihm sofort erzählt. Jetzt drängte Kleomenes den König zum Handeln, seine Armeen gegen Antiochos und die Eindringlinge zu führen, ehe sie weiter plündern konnten. Und er, Kleomenes, wollte sein Leben, sein Können und all seine Spartaner in Alexandrien zur Verfügung und in Ptolemaios' Dienste stellen. Sie konnten auch Ägypter ausbilden. Kleomenes vertrat ernsthaft die Ansicht, daß man mit griechischen Offizieren die Einheimischen zum Dienst heranziehen konnte. Das hatte seit drei Generationen niemand mehr gewagt. Agesipolis mischte sich ein. Sicher war das Angebot es wert, angenommen zu werden. Bestimmt wußte König Ptolemaios noch, daß Kleomenes von Sparta einst der Schrecken und das Wunder ganz Griechenlands gewesen war, der einzige General, dem die Söldner mit Freuden dienten – ja, sie waren sogar noch bei ihm geblieben, als er ihnen keinen Sold mehr geben konnte! Bedeutete das den Ägyptern denn nichts? Schon die vielen Peloponneser, die bereits unter Sold standen, wären ihr Geld doppelt wert, wenn sie nur von Kleomenes geführt würden! Er kenne die meisten ihrer Anführer bereits; sie seien seine Freunde. Ja, mit den Söldnern könne er fast alles machen!

Aber Kleomenes, ängstlich darauf bedacht, Ptolemaios auch nicht den geringsten Anlaß zu geben, sich bedroht zu fühlen, brachte seinen Neffen mit einem Stirnrunzeln zum Schweigen. »Ich möchte Euch gegen die Syrer helfen, König Ptolemaios!« sagte er. »Um nichts als die Hoffnung, daß Ihr mir anschließend ein wenig mehr vertraut. Ich kann nicht weiter hier in der Sonne schlafen wie ein alter Hund!«

Ptolemaios zeigte Interesse, jedoch hauptsächlich an den schlechten Nachrichten, so daß er dem Rest kaum folgte. Warum hatte man ihm das nicht berichtet? Aber weder er noch Agathokles verrieten sich. Er antwortete, er wolle gründlich darüber nachdenken. Er wisse dieses

Angebot zu schätzen. König Kleomenes müsse wiederkommen – und seinen Sohn mitbringen. Er nahm ein hübsches, kompliziertes Spielzeug auf und überreichte es Kleomenes: »Für Nikomedes von seinem Freund Ptolemaios.« Kleomenes nahm es vorsichtig entgegen, denn es sah sehr zerbrechlich aus. Er fragte sich, ob er versuchen solle, jetzt eine endgültige Antwort zu bekommen. Aber Ptolemaios wirkte nun ausweichend und besorgt. Ja, diesmal schien er ernsthaft darüber nachzudenken!

Nachdem die Spartaner gegangen waren, blickten sich Ptolemaios und Agathokles an. Einer der Sekretäre eilte sofort mit einer höflichen Botschaft zu Sosibios, der sich fragte, ob sich Ptolemaios wohl ein wildes Spiel mit den Juden ausgedacht hatte – wenn das der Fall war, so würde er es gern und vernünftig in die Tat umsetzen. Bei den gegenwärtigen Kämpfen in Palästina würde er die Juden doch nicht vor den Kopf stoßen! Aber Ptolemaios saß mit übereinandergeschlagenen Beinen auf seinem Thron und sprach von den Neuigkeiten: »Was hat es damit auf sich?«

»Ach ja«, sagte Sosibios. »Die Neuigkeiten. Genau. Ja, wir ergreifen bereits Maßnahmen. Es wäre sinnlos, übereilt zu handeln. Wir werden in etwa einem Monat die neuen Elefanten aus dem Süden hergebracht haben. Nichts, um das man sich Sorgen zu machen braucht, ich versichere es Euch. Ich behalte die Sache im Auge.«

»Warum wurde mir nicht sofort davon berichtet?« fragte Ptolemaios. »Bin ich der König von Ägypten oder nicht?«

Sosibios lächelte flüchtig, als ob Ptolemaios immer solche Scherze machte. Dann antwortete er: »Natürlich wollte ich lediglich bis zum Ende der Audienz Eurer Göttlichen Majestät warten. Insbesondere wollte ich nicht Euren Strom der Inspiration unterbrechen, solange Eure Freunde, die Juden, hier waren. – Ich weiß, wo ich hingehöre.«

»Hmmm«, sagte der König und stampfte mit dem Fuß auf. »Soso, Sosibios. Aber es gibt da etwas, das ist so einfach und offensichtlich, daß sogar ich es begreife. Nämlich, daß wir die Spartaner einsetzen werden. Sie müssen uns unterweisen, drillen und die eigentliche Arbeit verrichten! Wir brauchen eine Armee, nicht nur eine Palastwache.«

»Ach so«, erwiderte Sosibios. »Das ist natürlich eine von König Kleomenes' Phrasen. Sehr nett, ja ja, sehr nett und lakonisch. Wie klug von ihm, die Neuigkeiten so bald schon in Erfahrung zu bringen! Man könnte meinen, er suche geradezu nach schlechten Nachrichten für Ägypten.« Gnädig blickte er auf Ptolemaios herab, wie ein Lehrer auf seinen Schüler.

Ptolemaios errötete und erwiderte heftig: »Ich bekomme Kleomenes, wenn ich es will!«

»Selbstverständlich«, antwortete Sosibios. »Wann immer Ihr es wünscht. Aber es gibt verschiedene Arten des Besitzens. Inzwischen ist Palästina absolut sicher, und wir können nichts unternehmen, bis die Elefanten ankommen und ich einen Plan für die Rekrutierung aufgestellt habe. Wir werden auf die Schatzkammer zurückgreifen müssen. Armeen kosten unglücklicherweise viel Geld, das man bei anderen Plänen einsparen muß.« Er warf einen Blick durch den Raum und entdeckte den zerknüllten Plan für den neuen Schrein. »Eure Majestät haben derzeit recht aufwendige Pläne. Es wäre doch traurig, wenn diese aufgegeben werden müßten. Zum Beispiel das große Schiff. Nein, ich fürchte, Ihr werdet Euch mit meinem Rat abfinden und ein oder zwei Monate warten müssen, bis wir die Steuern geschätzt haben.« Er senkte ehrerbietig den Kopf, aber sein kahler Schädel schien triumphierend zu leuchten. Ptolemaios schmollte, nahm ein Gedicht zur Hand und tat, als läse er es. Indessen beschloß Sosibios unwiderruflich, es sei an der Zeit – peloponnesische Söldner hin oder her –, diesen König von Sparta aus dem Weg zu schaffen, ehe er mit dem König und seinem Hauptberater etwas unternahm. Konnte er für Antiochos spionieren? Oder führte er eine Revolte der Söldner an? Vielleicht lief er Amok, wie es Elefanten zuweilen tun, die man dann umbringen muß!

Kleomenes gab das Spielzeug an Nikomedes weiter,

doch der meinte, es sei wohl eher etwas für Nikolaos oder Gorgo. Heimlich freute sich Kleomenes darüber. Agesipolis war am Abend zu ihm gekommen und hatte ihm eindringlich geraten, Nikomedes nicht an den Hof zu bringen. »Warum?« hatte Kleomenes gefragt. »Ich glaube, mein Onkel«, hatte Agesipolis langsam erwidert, »daß dies kein geeigneter Aufenthaltsort für einen Knaben ist. Und wenn ihm etwas zustoße, dann würde ich, glaube ich, sterben.« »Ach«, hatte Kleomenes erwidert und ihn mit hochgezogenen Brauen angesehen, die Augen mit der gefleckten braunen Iris und den engen Pupillen seltsam aufgerissen. Dennoch hatte er ihn gar nicht wahrgenommen.

Mehrere Tage lang warteten Kleomenes, Panteus und die anderen Spartaner gespannt auf eine Einladung von Ptolemaios. Es war das alte Spiel, doch diesmal traf es sie härter und grausamer. Sie verfielen in tiefe Niedergeschlagenheit und gingen nicht mehr in den Palast. Manche spürten immer deutlicher eine Vorahnung drohender Gefahr, die sich aus unbedeutenden Zwischenfällen nährte, wenngleich Kleomenes selbst nichts auffiel. Philylla nahm es an Panteus wahr, der sich noch unglücklicher als sonst fühlte und den Verdacht nicht loswurde, bespitzelt zu werden. Sie erzählte es Erif Dher, in der Hoffnung, die Freundin würde ihr den Unsinn ausreden. Aber Erif hatte von Metrotimé gehört, daß Sosibios nun schwarze Galle gegen die Spartaner spuckte, und der König hatte ihr fast den Kopf abgerissen, als sie zufällig einen von ihnen erwähnte.

Erif hatte einen ihrer Freunde vom Weinfest besucht. Er war ihr ausgewichen, und sie war wütend auf ihn, zeigte es aber nicht, für den Fall, daß sie ihn später noch einmal brauchte. Sie tröstete Philylla, so gut sie es vermochte, konnte aber auch nicht erklären, warum ihr die Gefahr plötzlich zum Greifen nahe schien. Vermutlich hatte einer von ihnen unbewußt eine Beleidigung ausgestoßen; vermutlich wurde alles bald wieder vergessen sein. Den Spartanern blieb nichts anderes übrig, als sich ruhig zu verhalten.

Ungefähr einen Monat später kehrte Berris von der Elefantenjagd zurück; er war braungebrannt und schlank und hatte an einem Arm eine tiefe Narbe vom Angriff einer Wildkatze. Am ersten Abend lagen er und Erif bäuchlings auf dem Boden und betrachteten seine Zeichnungen, und sie hatten viel zu lachen, als er ihr von seinem Abenteuer erzählte. Am nächsten Tag wollte er Philylla besuchen.

Er wollte sie sehen, nicht unbedingt, um mit ihr zu schlafen, sondern um sich ihrer beständigen und ungebrochenen Freundlichkeit und Treue zu versichern. Er wollte ihr von sich selbst erzählen, und den Gedanken, die er sich über seine Arbeit gemacht hatte, und vor allem wollte er sie betrachten, um zu erkennen, ob ihr Bild wirklich so deutlich vor seinem inneren Auge stand, wie er glaubte. Er plante eine große Statue von ihr. Er besuchte Panteus und erzählte ihm von der Jagd, was diesen sehr interessierte. Philylla trat hinzu und lauschte ebenfalls, sah Berris jedoch nur an, wenn sie sicher sein konnte, daß er ihren Blick nicht erwiderte. Nach einer Weile wurde sie verzweifelt ungeduldig; er redete immer noch mit Panteus – natürlich auch mit ihr, aber etwas fehlte, etwas Wichtiges, Ungefragtes und Unbeantwortetes. Sie wußte nicht, was. Doch während sie still dasaß und ihre Hände mit einer Näherei beschäftigte, brodelte die Ungeduld in ihr wie kochendes Wasser. Unvermittelt stand sie auf und verließ mit einer Entschuldigung den Raum.

Sie wartete vier Tage, versuchte angestrengt zu unterdrücken, was sie nicht in sich spüren wollte. Berris hatte seine Schwester gebeten, ebenfalls zu warten, und Erif tat, wie ihr geheißen, wenn auch nur mit halbem Herzen. Dann besuchte Philylla sie, fragte Berris, ob er immer noch an sie dächte – kam nur, um zu fragen und wieder zu gehen. Aber es war so schön dort, wie in einer anderen Welt aus warmen Goldtönen, die die harten Formen des Lebens überdeckten, es war so vollkommen, mit Berris und Erif zusammen zu sein, daß sie blieb. Nachdem sie gegangen war, arbeitete Berris bis zum Einbruch der Dunkelheit an einem maßstabgetreuen Entwurf für die Statue

›Philylla und die Liebe‹; ein Wesen, das Philylla von hinten und oben umfing, seine Hände über ihre Schultern auf die Brüste legte, während sie die Arme nach ihm reckte, es ausdruckslos hinnahm; nur ihr Körper war ganz und gar liebendes Entgegenkommen.

Berris hatte einen Kalksteinblock aus Karthago gekauft, wunderbaren, dichtporigen Stein, der poliert fast wie Alabaster aussehen würde. Es lagen noch Wochen harter Arbeit vor ihm, doch ständig hatte er die endgültige Fassung vor Augen. Es fiel ihm schwer zu entscheiden, welche Gestalt er der Liebe geben sollte; bislang sah er nur geschwungene, ineinander verschachtelte Kalksteinflächen, so glatt und sanft geschliffen, daß sie zwar wie Fleisch aussahen, den Stein aber nicht verleugneten. Er würde die ›Liebe‹ nicht durch einen Männerkopf darstellen, denn welcher Mann konnte schon Modell dafür stehen? Er selbst nicht, und Panteus gewiß auch nicht. Nicht einmal Erif, auch wenn man sie dünner und härter wie einen Jungen darstellte. Er zeichnete viele seltsame Köpfe, beeinflußt von den Skulpturen, die er in der jüngsten Zeit gesehen hatte, besonders in den alten Tempeln, die er auf seiner Rückkehr vom Oberlauf des Nils besucht hatte. Er versuchte es mit großartigen Köpfen von Dschungeltieren, Katzen und Stieren. Derjenige, der ihm am besten gefiel, stellte eine Mischung dar, einen Vogel mit der seltsamen, unmenschlichen Ruhe eines Falken, der sein Opfer beobachtet und auf den richtigen Augenblick wartet – vielleicht der Falke der Seele? Sagten das die Priester? Doch auf seinem Kopf trug er das Geweih des nordischen Elches, knotig, steif und hart und auf seltsame Weise wie der Doppelast eines Baums in den kalten Wintermonaten im Norden, ehe die Knospen aufbrechen.

Wochenlang war Berris in seine Arbeit vertieft; er fühlte sich eingehüllt von Philyllas Freundlichkeit. Er hatte einen wunderbaren Stoßzahn mitgebracht und faßte ihn gern an, aber noch wußte er nicht, was er damit anfangen würde. Eines Tages bat ihn Agathokles um einen Entwurf für den Dionysosschrein auf dem Schiff, und obwohl Berris zunächst ablehnte, verbrachte er dann doch drei Tage damit. Erif versuchte behutsam, Agathokles auszuhorchen, um zu erfahren, wie die Stimmung den Spartanern gegenüber war, aber sein starres Gesicht verriet nichts, wenngleich sein Blick zwischen der neuen, verhüllten Statue und ihr hin- und herirrte.

Das Gefühl einer drohenden Gefahr wurde stärker, aber niemand wußte, ob es begründet war oder doch nur auf Einbildung beruhte. In schlaflosen Nächten dachte Erif häufig darüber nach, auch über das Verwirrspiel der Beziehung zwischen ihrem Bruder und ihrer besten Freundin, das vermutlich bald enden mußte. Wenn man es nur zu einem guten Schluß bringen könnte! Oder auch nur eine Möglichkeit sähe, es überhaupt zu beenden! Erif konnte nicht einmal mit Sicherheit sagen, ob Philylla nun glücklicher war oder nicht. Sie selbst war nicht glücklich.

In Marob war nun die Zeit zwischen der Wintersonnenwende und dem Pflügefest angebrochen. Der Schnee mußte dick, fest und glitzernd auf den Schlittenwegen liegen, ein wunderbares Echoland für die Schlittenglöckchen, die Schellen an den Bäumchen, die klingenden Rufe von Jägern und Tänzern. Berris hatte eine ägyptische Flöte gekauft, weil sie so wunderbar geschnitzt war. Er spielte darauf die Anfänge von Tanzliedern und die Melodien, die man in Marob gegen Ende eines Festes spielte, wenn man im Überschwang die Äpfel über den Tisch kullern ließ.

Siebentes Kapitel

Etwa um die Zeit der königlichen Segnung der Saaten kamen auch wieder Schiffe nach Alexandria, und Kleomenes und seine Freunde warteten an der Hafenmauer auf sie. Um die Landzunge der Insel bewegte sich ein schwerfälliges Handelsschiff, zog die Ruder ein, legte an und ließ die Brücke herab. Im Bug stand ein Dutzend wunderschöner Pferde. Phoebis winkte Kleomenes herüber, damit auch er sich an diesem Anblick freue. Offensichtlich handelte es sich um Pferde aus Messenien, jene kleinen, zähen Tiere mit den flachen Rücken, die man auf den dortigen Ebenen züchtete. Der König und seine Freunde beobachteten sie und empfanden fast ein wenig Neid. Dann trat der Eigentümer dazu und gab den Pferdeknechten Befehle. Kleomenes achtete zuerst nicht auf den Mann, doch dann erkannte er in ihm Nikagoras den Messenier, dem er noch immer den Preis für ein schönes Anwesen samt Viehbestand schuldete.

Sie begegneten sich mit ausgesuchter Freundlichkeit und ohne ein Wort über die alte Schuld zu verlieren. Der König lobte die Pferde. Nikagoras deutete auf die sechs schönsten. »Sie sind für König Ptolemaios bestimmt«, sagte er. »Dann wird sich der Rest auch gut verkaufen! Ich habe noch eine andere Ladung, für die ich ebenfalls auf einen guten Preis hoffe.« Er schlug einem Pferd auf die Flanke. »Ihr wollt vielleicht nicht selbst ein Tier, König Kleomenes? Ich mache Euch um der alten Zeiten willen einen Sonderpreis. Hier, dieser Bursche, galoppiert zehn Meilen ohne ein feuchtes Haar am Leib, hat ein Herz wie ein Löwe – oder wie ein Spartaner ...?«

Kleomenes legte eine Hand sehnsüchtig auf den zähen, seidigen Rücken des Pferdes, strich durch die warme Mähne und sog den Tiergeruch ein. Aber dann schüttelte er den Kopf. »Vielleicht in ein, zwei Jahren, Nikagoras – vielleicht. Aber jetzt nicht.«

»Nun, es wäre ein gutes Geschäft – für Euch. Aber ich bezweifle nicht, daß ich in Alexandria gute Abnehmer finden werde.« Er betrachtete stolz seinen Besitz. »Kein schlechtes Geschenk, auch nicht für einen König wie Ptolemaios.«

Kleomenes antwortete rasch und bitter: »Mit einem Haufen Huren von beiderlei Geschlecht kämst du besser ins Geschäft. Das ist die Art des Reitens, die König Ptolemaios schätzt!«

Nikagoras zog die Brauen hoch. »Wirklich? Ich bin seit den Zeiten des alten Königs nicht mehr hier gewesen. Nun, ich muß es versuchen. Bis bald, König Kleomenes.«

Hippitas hatte die Unterhaltung mitgehört und war beunruhigt. »Das war nicht klug, so etwas über Ptolemaios zu sagen«, sagte er leise zu Phoebis.

Phoebis nickte. »Es ist aber schwer, seine Zunge im Zaum zu halten.«

»Oder seine Hände. Aber wir müssen einfach. Wie geht's dem Jungen, Phoebis?«

»Hat wieder sein Fieber, der Arme«, antwortete Phoebis. »Er muß es einfach durchstehen. Wir machen uns keine größeren Sorgen, aber sie sagen, er brauche noch zwei oder drei Wochen. Dann bringe ich ihn aus der Stadt, wenn ich kann. Neareta hat sich mit einer Frau angefreundet, die an der Straße nach Kanopos einen Hof hat. Sie nimmt ihn zu sich und päppelt ihn wieder hoch. Wenn doch die alte Königin ihre Jungen mitziehen ließe! Diese Stadt tut weder Menschen noch Tieren gut.« Er warf einen Blick in die Runde, betrachtete die Lagerhäuser, den Palast und den Leuchtturm mit Verachtung. »Hier hat man nirgendwo Platz«, sagte er.

Drei Tage später besuchte Nikagoras den König in seinem Haus und kam bald auf die Schulden zu sprechen. Er holte den Vertrag aus der Tasche, und Kleomenes sah mit gewissem Entsetzen seinen eigenen Namen darunter. Er erinnerte sich noch sehr genau an den Tag. Er tippte mit dem Finger auf das Pergament. »Wer lebt jetzt auf dem Hof?«

»Nun, Eure schöne Dame, Kleomenes, oder besser: ihr Mann. Er ist schon älter«, sagte Nikagoras mit dem Anflug eines Grinsens, ließ aber seinen Vertrag keinen Augenblick los. »Doch sie haben einen hübschen Jungen. Ich wäre sehr dankbar für das Geld, weil meine Geschäfte nicht wie erhofft verlaufen sind. Es käme mir sehr gelegen. Und der Preis ist keineswegs zu hoch für ein solches Anwesen.«

»Vielleicht«, erwiderte Kleomenes, »aber ich habe kein Geld, um dich zu bezahlen, Nikagoras, mehr kann ich dazu nicht sagen.«

Er und Nikagoras starrten einander über den Tisch hinweg, auf dem die Verträge lagen, an. »Schade«, sagte der Messenier dann langsam. »Manchmal ... ist es sehr unangenehm, wenn man seine Schulden nicht bezahlt.«

»Du weißt ebensogut wie ich«, erwiderte Kleomenes, »daß ich das Geld jetzt nicht habe. Wenn du noch ein Jahr wartest, besitze ich es vielleicht.«

»Oder auch nicht.«

»Genau. Inzwischen hilft alles nichts. Es tut mir leid.«

Nikagoras rollte langsam die Pergamentrolle zusammen, auf der bis zuletzt der Name des Königs zu sehen war. »Könige ...!« sagte er. »Sie werden dieser Tage immer zahlreicher und immer ärmer.«

Dann drehte er sich rasch um und ging.

Kleomenes ging ebenfalls, aber durch eine andere Tür. Er wollte nicht mehr an diese Unterhaltung denken, weder an seine unbezahlten Schulden noch an die Neuigkeit, daß Archiroë geheiratet hatte.

Nikagoras ging auf direktem Wege zum Palast. Dort fragte er nach Sosibios und wurde eingelassen. Er gab kein Wort von sich, bis der Minister alle übrigen aus dem Raum geschickt hatte. Dennoch blieb der Messenier zu Recht mißtrauisch: dort hinter dem Vorhang saß ein Geheimsekretär und machte sich Notizen. Indes störte Nikagoras, dessen Anwesenheit jetzt nicht mehr. Er gab Sosibios in genauen Worten wieder, was König Kleomenes bei der Hafenmauer über Ptolemaios gesagt hatte.

»Ausgezeichnet, so frech es auch war«, antwortete Sosibios, »aber ich brauche noch mehr. Denken wir einmal nach.« Er heftete den Blick auf einen Ring an seinem Zeigefinger und blickte dann rot vor Vergnügen wieder auf. »Wenn du nun zufällig herausfändest, daß Kleomenes einen ordentlichen kleinen spartanischen Plan entwickelt hätte, sich unserer peloponnesischen Söldner zu bemächtigen und ... er braucht auch Transportschiffe! Wenn er nun dich, lieber Nikagoras, um dein Schiff gebeten hätte ... Natürlich möchtest du nichts damit zu tun haben und sagst mir, loyal, wie du einmal bist, sogleich Bescheid ... Und all dies – und das müssen wir ganz, ganz klarstellen! – hat ein einziges Ziel: Anstatt ruhig nach Hause zu ziehen, um mit seinen Freunden zu reden, plant er, unser Kyrene zu überfallen. Das würde ausreichen. Aber ich brauche es schriftlich, damit Seine Göttliche Majestät, die zuweilen etwas widerspenstig ist, sich auch davon überzeugen läßt.«

»Briefe sind unangenehm«, antwortete Nikagoras. »Man unterzeichnet schließlich mit dem eigenen Namen – und dann wird es einem hinterher vorgehalten.«

»Es wird erst am Tag nach deiner Abreise aus Alexandria etwas geschehen. Ich bin übrigens betrübt, daß deine Geschäfte hier nicht besser verlaufen sind. Aber ich bin sicher, du wirst mir gestatten, mein Bestes zu tun, um dich wieder zu einem Besuch bei uns zu verlocken. Natürlich hat alles, was du mir zu berichten weißt, seinen bestimmten Wert.«

Zögernd holte sich Nikagoras einen Stuhl und setzte sich. Er nahm seinen Federkasten und Tinte und ein Blatt Papier heraus. »Wieviel?« fragte er.

Drei Tage später verließ Nikagoras Ägypten, und zugleich gab Sosibios den Befehl, alle peloponnesischen Söldner, die sich noch in Alexandria aufhielten, in eines der großen Lager zu schicken, die man im Rahmen der Vorbereitungen für den Feldzug nach Palästina im Deltagebiet aufschlug. Am nächsten Tag brachte Sosibios den Brief zu Ptolemaios und berichtete ihm von Kleomenes' Bemerkung.

Ptolemaios wurde rot vor Wut und schob die Unterlippe vor. »Kleomenes muß gehen! Keinen Tag länger soll er bleiben, weder er noch seine Bälger!«

»Gehen?« fragte Sosibios. »Nein, ganz ernsthaft, gehen kann er eigentlich nicht. Es wäre kaum angenehm für uns, wenn er ginge – zum Beispiel zu König Antiochos.«

»Nicht zu König Antiochos«, erwiderte Ptolemaios, »sondern zu König Serapis.« Er starrte an Sosibios vorbei auf eine im Sonnenlicht des Balkons wachsende Lilie. »Eine dunkle Reise für diese Jahreszeit.« Und er lachte. »Eine dunkle Reise für einen Jungen!«

Sosibios meinte: »Ich meine, wir sollten nicht überstürzt handeln. Das schafft vielleicht Unruhe unter bestimmten griechischen Gruppen in der Stadt, die nicht ohne Einfluß sind. Nein, wenn wir ihn gefangennähmen – oh, jegliche Bequemlichkeit, nichts, über das man sich beklagen müßte, ein bloßes Mißverständnis –, dann hätte ich Zeit, den Griechen alles zu erklären. So würde es am Ende, vielleicht nach einem Monat, ohne jegliche Unannehmlichkeiten ablaufen.«

In diesen Tagen arbeitete Berris immer noch an seiner Statue von Philylla und der Liebe. Wenn er morgens erwachte oder des Abends zu Bett ging, ohne bis zur Erschöpfung gearbeitet zu haben, auch wenn er ausging – stets verfolgte ihn der Gedanke daran, bis ihn seine halbentwickelten Gestalten fast erdrückten. Doch wenn er arbeitete, fühlte er sich zufrieden, wenn er seine eigenen Hände beobachtete, seinen Gedanken nachhing; und mit dieser gleichen Zufriedenheit konnte er dann die Außenwelt betrachten, ihre Freuden oder Kümmernisse. Er erinnerte sich daran, wie er einmal in einem Athener Haus ein altes Gefäß mit roten Figuren gesehen hatte. Damals war es ihm nicht sonderlich aufgefallen, aber jetzt erinnerte er sich an eine Festszene, die darauf abgebildet gewesen war, fröhliche junge Männer und Frauen mit Fackeln und Zweigen und Flöten, halb oder gänzlich nackt, die einander folgten, tanzten und sich liebten. Unter jedem Henkel saß mit über den Knien gefalteten Händen ein kleiner Mann, der alles ganz ruhig beobachtete und der genauso zugesehen hätte, wenn auf dem Becher eine Schlacht, ein Mord oder eine Hexerei dargestellt gewesen wäre: ungerührt, nicht überrascht oder aufgeregt, nur auf angenehme Weise einbezogen. Dabei fielen Berris zwei Dinge auf. Das eine war, daß der kleine Mann unter dem Henkel ein echter Grieche war und das grundsätzlich Griechische tat, und das zweite war, daß er während der Arbeit seinen Körper zwar bis zur Verausgabung anstrengte, aber dennoch dieser kleine Mann blieb. Er, Berris Dher, der Bildhauer und Maler, war trotz Epigethes und all den anderen eigentlich ein Grieche!

Er mußte lachen, und er trat von seiner Statue zurück und bemerkte, daß er während der Erinnerung und dem Vergleich nicht darauf geachtet hatte, die Senke zwischen Philyllas Arm und dem Wesen hinter ihr scharf genug auszuheben. Das ›Wesen‹ war noch recht unzusammenhängend ausgeformt, nur undeutlich zu einem Vogelkopf gehauen; auf der einen Seite war das Elchgeweih mit Kohle auf die Oberfläche gemalt. Er wußte nicht genau, wie er die ›Liebe‹ zärtlich und fröhlich darstellen konnte, ohne die ernsten, ungebrochenen Linien beizubehalten. Philylla selbst – die aus Fleisch und Blut, nicht die steinerne – hatte ein wenig Furcht vor dieser Liebe; sie wollte, daß sie einen Menschenkopf trüge, dazu menschliche Attribute, Girlanden, Tauben und so weiter. Es war dumm von ihr. Berris fragte sich, was aus dieser Statue werden würde. Er hatte nur selten zuvor etwas Größeres gearbeitet, das nicht für einen festen Standort in einem Haus oder Tempel oder auf einer Marktkolonnade in Auftrag gegeben worden war.

Seit er in Ägypten war, hatte er seine Arbeiten immer rasch verkaufen können. Manchmal überlegte er, ob es nicht besser war, ein paar Gehilfen anzustellen, um schneller arbeiten zu können, aber ihn langweilte die Vorstellung, sie unterrichten zu müssen.

Da klopfte es an der Außentür, und man hörte eilige Schritte auf der Treppe. Seine Schwester stürmte herein; ihr Gesicht war blaß. »Es ist passiert!« schrie sie. »Oh, ich wußte, daß sie es tun würden!«

»Was denn?« fragte Berris, der sich rasch von seiner Arbeit abgewandt hatte, nicht mehr der kleine Mann war. Sein Herz krampfte sich im Gedanken an Philylla zusammen.

Erif schluchzte atemlos und herzzerreißend. »Ptolemaios hat Kleomenes gefangengenommen, und wir wissen nicht, was wir tun sollen!«

»Wo ist er jetzt?«

»In einem Haus.«

»Bist du sicher, er lebt noch?«

»O ja. Aber das ist der Anfang!«

»Sehr wahrscheinlich. Wo ist Philylla?«

»Bei der alten Königin und den Kindern. Sphaeros ist auch bei ihnen.«

»Laß mich nachdenken! Weißt du, wessen sie Kleomenes anklagen?« Er säuberte seine Werkzeuge und legte sie fort. An seine Arbeit konnte er jetzt nicht mehr denken.

»Alles ist ungewiß. Wir versuchen, es herauszufinden. Sollen wir Metrotimé fragen? O Berris, ich habe Angst, Philylla wird etwas zustoßen. Berris, ich liebe sie so!«

Berris lachte rauh auf. »Ich auch! Hat man Kleomenes allein gefangengenommen?«

»Nur mit ein paar Dienern. Natürlich können sie die anderen jeden Augenblick holen. Einige versuchen, zu Ptolemaios durchzudringen, und andere sind zu Sosibios gegangen. Die arme, alte Königin ist schrecklich aufgeregt; die meisten der Frauen sind bei ihr. Philylla hatte Angst, sie könnte etwas Unüberlegtes, Gewalttätiges tun, was alles nur noch verschlimmern würde. Berris, wer soll ihnen helfen?«

Berris sagte: »Wir sollten Metrotimé suchen.«

»Vermutlich …« Erif zögerte. »Berris, vertraust du ihr noch?«

»Das muß ich wohl«, entgegnete Berris.

»Dann laßt uns zum Palast gehen. Es werden noch ein paar andere dort sein. Was ist mit diesem Mann … wie heißt er doch? … Ja, Ptolemaios, der Sohn von Chrysermas? Er und Kleomenes waren gut befreundet.«

»Du gehst«, sagte Berris. »Ich warte hier, für den Fall, daß Philylla kommt.«

Langsam erwiderte Erif: »Ich sah sie bei der Königin. Sie hat nicht gesagt, daß sie kommen würde.«

»Was hat sie denn gesagt?«

»Ach, Berris, sie hat dich gar nicht erwähnt. Sie hat mir nur aufgetragen herauszufinden, was mit dem König geschehen ist. Ich glaube, sie ist wieder ganz in Sparta. Sie dachte nur an Panteus und ihre besten Freunde. Wir sind nicht mehr wichtig.«

Berris schwieg. Er trommelte mit den Fingern gegen seine Statue und nahm dann seinen Umhang. »Komm, Erif. Wir gehen beide.«

Im Palast gab es nur wenig Neues. Metrotimé ließ sie eine Weile warten, kam dann eilig herein und erzählte ihnen, Sosibios habe eine Verschwörung gegen den Göttlichen König aufgedeckt. Sie wußte nichts Genaues, aber Kleomenes sollte dazugehören. »Haltet euch da raus«, riet sie den beiden. »Mischt euch nicht in die Angelegenheiten dieser Spartaner, die über ihre eigenen Sorgen hinaus von nichts eine Ahnung haben. Schaff uns wieder etwas Großartiges, Berris! Wir alle glauben an dich. Ich hörte von dem guten Agathokles, daß du an einer neuen Statue arbeitest, und wir alle sind gespannt, einen Blick darauf zu werfen. Ich frage mich, ob ich errate, warum es so geheim bleibt?«

Berris ging nicht auf ihre Worte ein. Nachdem sie Metrotimé verlassen hatten, stießen sie auf den alten Sphaeros, der ebenfalls versuchte, im Palast Neuigkeiten zu erfahren und sich schämte, weil er sich solche Sorgen machte. Immerzu wiederholte er: »Er war mein Schüler«, als sei dadurch alles gerechtfertigt.

»Wen hast du gesprochen?« fragte Berris.

»Ich sprach mit der Obererzieherin von Arsinoë, einer vernünftigen Frau, wenngleich sie nur wenig zu sagen hatte. Ihr wißt vielleicht, daß mich die Prinzessin gebeten hat, sie zu unterrichten? Aber das ist natürlich unmöglich, solange ich Nikomedes und die anderen unter meiner Obhut habe.«

»Ist Nikomedes sehr unglücklich?« fragte Erif.

»Ja. Er scheint nicht einmal zu versuchen, sich der Sache mit dem Verstand zu stellen.«

»Er steht einer Gefahr gegenüber, die für seinen Vater die Wirklichkeit bedeutet.«

»Das sagen alle«, erwiderte Sphaeros, sonderbar verdrießlich. »Als habe er nicht sein ganzes Leben in Gefahr gestanden.«

Zuerst schien ein Mißverständnis möglich, aber als ein Tag nach dem anderen verstrich, ohne daß sich etwas änderte, schwand diese Möglichkeit. Es war sehr schwer für die anderen, eine Entscheidung zu treffen. Jede Handlung konnte den König in Gefahr bringen. Der Rat der Zwölf war ständig zusammen und überlegte, was man tun könne. Es war ihnen gestattet, Kleomenes zu besuchen, und sie konnten auch allein mit ihm reden. Vermutlich waren die ägyptischen Diener alle Spione, aber allzu stark wurde er nicht bewacht. Das Haus war bequem, und die täglichen Bedürfnisse des Königs wurden alle erfüllt. Der oberste Sklave gab sich größte Mühe mit Essen und Trinken, sorgte für frische Leintücher und stellte ihm sogar eine kleine Gespielin in Aussicht. Auch die beiden helotischen Leibdiener von Kleomenes wurden gut behandelt; man gestattete ihnen, das Haus nach Belieben zu verlassen und ihrem Herrn Bücher und Kleider zu bringen, nur mußten sie sich immer beim Türsteher melden. Einer der beiden Heloten, ein intelligenter junger Mann mit Namen Monimos, sagte, er glaube, man folge ihnen. Er hatte eine Geliebte unten am Hafen, eine braune Tänzerin, und auf dem Weg dorthin wurde er oft mißtrauisch. Der König warnte ihn eindringlich, der Frau nichts von den Vorgängen zu erzählen, wenn ihm auch Monimos versicherte, sie sei absolut vertrauenswürdig.

Sie beschlossen, die peloponnesischen Söldner wissen zu lassen, was mit Kleomenes von Sparta geschehen sei, und sich mit ihren Anführern zu beraten. Aber als Panteus und Phoebis zum Sonnentor von Alexandria kamen, traten die Wächter, die normalerweise in der Sonne saßen und Würfel spielten, mit den Marktweibern scherzten oder Süßigkeiten aßen, plötzlich auf sie zu und teilten ihnen höflich, aber bestimmt mit, dieses Tor sei für sie verschlossen; man verbot den Spartanern, die Straße nach Osten zu nehmen. Es war das Haupttor Alexandrias. Und auch die anderen Tore waren ihnen verwehrt. Sie versuchten, ein Boot zu mieten, aber selbst zu den unwahrscheinlichsten Tageszeiten war dort ein Wachhabender zur Stelle, der dem Schiffer untersagte, es an sie auszuleihen.

Das gleiche schien auch dann zu passieren, wenn sie einen Boten fanden, dem sie einen Brief anvertrauen wollten. Alles war äußerst beunruhigend.

Kleomenes rechnete inzwischen damit, umgebracht zu werden. Er schlief nicht sehr gut und fand in den Nächten viel Zeit, über alles nachzudenken. Manchmal überfiel ihn Lust nach einer Frau, aber er wollte keine Spionin von Ptolemaios neben sich. Es war, im ganzen gesehen, doch nur eine Sache des Fleisches, und der konnte man mit stoischen Prinzipien beikommen. Eigenartig, sich das Ende des Körpers vorzustellen, seine sonderbaren Gewohnheiten und Bedürfnisse. Der Gedanke an den Tod war möglich, aber es war unmöglich, sich vorzustellen, nie wieder ein Stück Brot zu kauen, sich zu entleeren, jene automatischen Dinge zu tun, die wichtiger waren als die Gedanken oder die Liebe, obgleich man nie darüber nachdachte.

Er dachte an Sparta. Dort verrichteten Spartaner weiterhin diese Dinge, wenn auch ihr Leben – was er sich immer als ihr Leben vorgestellt hatte – durch die mazedonische Herrschaft völlig verändert worden war. Aber was hatte sich *wirklich* verändert? Was im Menschen konnte durch die Freiheit, eine Hoffnung, eine Freundschaft oder eine großartige Vorstellung verändert werden? An welcher Stelle des Körpers saß es? Sphaeros hatte es ihm nie zeigen können. Er hatte immer vorausgesetzt, daß er es wußte. Vielleicht besaß nur ein einziger Mensch diesen Körperteil? Vermutlich nicht, denn diese Dinge waren nur in der Gemeinschaft möglich. Aber konnte es in der Gemeinschaft, losgelöst vom Individuum, weiterbestehen? Wenn es das konnte, was würde es bedeuten? Götter vielleicht? Apollo von Sparta. Apollo, der endlich wahr wurde. Nun, er hatte die Eide abgelegt und Opfer dargebracht, die einem König geziemten. Er hatte die Götter nicht vernachlässigt.

Noch nie hatte er über etwas so lange nachgedacht. Immer hatte sein Interesse einem unmittelbar vor ihm liegenden Objekt gegolten, einer Zukunft, die er schaffen und selbst erleben würde. Das alles fiel jetzt fort. Zuweilen wurde er aus diesen ruhigen Gedanken aufgestört, und er machte sich bittere Vorwürfe, weil er so heftig und mit solchem Ehrgeiz gehandelt und gedacht hatte. Wenn er vernünftiger und langsamer gewesen wäre, wenn er mehr Menschen befriedet und Kompromisse geschlossen hätte, wo immer sie möglich waren, hätte er vielleicht noch zwanzig, dreißig gute Jahre vor sich – um in Sparta zu leben, mit seinen Kindern und Enkelkindern, mit Archiroë oder einer anderen weichen, schönen Frau für die Liebe, mit Panteus und dessen Kindern, all seinen Freunden und der Luft und der Erde, die er liebte!

Die Augen des Königs füllten sich mit Tränen, und er wälzte sich herum und biß in die Kissen. Hoffnungslosigkeit überkam ihn, und er dachte daran, daß Agiatis tot war und daß er sie nie wieder sehen oder von ihr getröstet werden würde. Auch wenn er selbst jetzt starb, würde er sie nicht wiedersehen, nicht einmal in einem Schattenland. Und die Erinnerung an sie, die immer noch lebendig und wahr in seinen Gedanken herrschte, würde ebenfalls verschwinden.

Er sprach über all dies mit Sphaeros, der ihm zustimmte, aber sagte, man müsse sich dem stellen und es annehmen, denn wer wollte blindlings und närrisch kämpfen, wenn man dem Schicksal aufrecht in die Augen blicken mußte? Aber Sphaeros war alt; er konnte diese Dinge ruhig vorbringen. Er hatte jene zwanzig guten Jahre noch gelebt, nach denen sich der König so sehnte.

Im übrigen hielt Sphaeros die Gefahr nicht für so ernst. Er hatte sich mit Freunden unterhalten, mit Freunden aus der Bibliothek, die bei Hofe verkehrten, und diese waren sicher, alles würde sich aufklären und lösen. Dennoch sei es gut für Kleomenes, sich einer der letzten Wirklichkeiten gestellt zu haben, einer, die er über alle anderen stellte, der einzig gewissen.

Kleomenes redete weniger mit Panteus und den anderen, weil sie die Hoffnung und das verbliebene Leben mit ihm teilten. Sie mußten Pläne schmieden, Unterhaltungen wiedergeben, sich mit dem Problem beschäftigen, von wem man in ganz Alexandria noch Hilfe erwarten konnte, falls sich König Ptolemaios plötzlich entschloß, gegen sie vorzugehen. Niemals sprach er darüber mit seiner Mutter, und beim ersten Besuch auch nicht mit Nikomedes, weil der Junge so verzweifelt aufgeregt war, wie Sphaeros erzählt hatte. Der Junge wollte nicht sprechen, sah aber fortwährend so aus, als sei er aus einem schrecklichen Traum nicht ganz erwacht.

Eines Tages schickte Kleomenes einen Brief an seinen Freund Ptolemaios, den Sohn von Chrysermas, und bat ihn um einen Besuch. Am nächsten Morgen erschien der junge Mann und brachte ein weißes Kätzchen als Geschenk mit. Es gelang dem Tierchen, die Unterhaltung genügend zu unterbrechen und zu stören. Kleomenes wußte, daß sein Besucher bei Hof als Favorit galt, weil er gut bei allen möglichen Spielen war und als bewundernswert diskret galt, wenn er von seiner Göttlichen Majestät geschlagen wurde. Wenn man der Wahrheit überhaupt auf die Spur kommen konnte, so wußte dieser Mann sicher Bescheid. Ptolemaios beschwichtigte Kleomenes und brachte alle möglichen Entschuldigungen und Versprechen vor. Alles würde bald ausgestanden sein. Jetzt empfand Kleomenes wirkliche Freude beim Anblick des umhertollenden Kätzchens. Als der Besuch ging, verabschiedeten sie sich sehr herzlich, Kleomenes mit dem Kätzchen auf dem Arm. Er würde es ›Glück‹ nennen.

Der Besucher ging zur Tür – jener Tür, durch die der König nicht treten durfte – und da sprang das Kätzchen herab und schoß darauf zu. Kleomenes griff nach ihm, aber es schlug mit einer Pfote nach ihm, entkam ihm und rannte, den Schwanz steil in die Luft gereckt, auf die Tür zu. Kleomenes folgte ihm. Im nächsten Augenblick saß es in einer Ecke und putzte sich, hatte nichts dagegen, auf den Arm genommen zu werden. Doch als der König es wieder streichelte, merkte er, daß sein Besucher das Haus noch nicht verlassen hatte, und mit einem sonderbaren, unwirklichen Gefühl hörte er, wie Ptolemaios mit äußerst wütender Stimme zu dem Wächter an der Tür sagte, daß er ihn Sosibios melden werde, weil er diese wilde Bestie, diese Gefahr für den Staat, so achtlos bewache!

Kleomenes verhielt sich ganz still, bis er hörte, wie man hinter Ptolemaios, dem Sohn von Chrysermas, die Riegel vorschob, und ging, geistesabwesend das Kätzchen streichelnd, wieder in sein Zimmer. Vor diesem Vorfall hätte er den Besuch für freundlich und erfolgversprechend gehalten, hätte geglaubt, was Sosibios ihm vorspielte und ihn glauben machen wollte. Er hätte seinen Freunden hoffnungsvoll darüber berichtet. Jetzt war alles vorbei. Ja, jetzt gab es vermutlich nur noch einen einzigen Weg für sie. Der Göttliche Ptolemaios und sein Hof zogen nächste Woche nach Kallopos; dort war es kühler und angenehmer. Ja, das wäre der richtige Zeitpunkt.

Achtes Kapitel

Wenn König Ptolemaios einen Gefangenen entließ, besonders einen politischen Gefangenen, der sich als unschuldig erwiesen hatte, schickte er ihm nach altem Brauch Geschenke und Kränze, und der Mann veranstaltete dann ein Fest zu Ehren des Königs, seines Freundes. Das war wohlbekannt. Als daher eine Reihe von schönen Gegenständen an Kleomenes geschickt wurde, darunter fein gewebte bunte Gewänder, Krüge mit Duftstoffen und Honig und Elfenbeinkästchen mit Gewürzen, gab es keinen Grund für die Wächter, der Botschaft zu mißtrauen, daß diese Dinge vom König stammten. Sie wußten nicht, daß die alte Königin ihr letztes Geld ausgegeben und Philylla Panteus alle Ersparnisse gegeben hatte, die für einen Notfall bestimmt waren, daß Leandris ihre Silberkämme und Neareta das Halsband verkauft hatten. Und so veranstalteten Kleomenes und seine zwölf Freunde ein feierliches Fest zu Ehren von König Ptolemaios, der ihn freigelassen hatte, und teilten großzügig Geschenke an seine Wächter aus – überwiegend Wein, schweren Wein aus Zypern, der großzügig gewürzt war, dazu Fleisch von dem Opfertier, das man vor dem Fest geschlachtet hatte.

Das einzig Überraschende an der Sache war nur, daß sich König Ptolemaios mit dem Hof in Kanopos befand. Aber vielleicht hatte er dort etwas Neues über die Verschwörung erfahren und die Nachricht hergeschickt, daß man die wilde Bestie, Kleomenes von Sparta, freilassen solle.

Im Hof war es heiß; es roch nach verbranntem Staub und staubtrockenem Dung, wie immer in der Stadt. Die beiden Helotendiener des Königs brachten Schüsseln mit Kutteln und Ochsenschwanz heraus, die scharf mit Pfeffer und Knoblauch gewürzt waren. Die Wächter lockerten die Rüstung, denn es war jetzt nicht mehr nötig, aufzupassen. Sie trugen Girlanden aus Jasmin, die kühl auf der schweißbedeckten Haut lagen. Sie streckten sich im Schatten eines Spaliers aus, rülpsten und tranken langsamer weiter; einer nach dem anderen schlief ein. Die Heloten gingen ins Haus zurück und erstatteten Bericht. Ihre Arbeit war getan. Jetzt konnten sie fort. Monimos ging zu seiner Geliebten am Hafen, weil er die heißesten Stunden des Tages dort auf kühlen Kissen verbringen und ihr beim Tanz zusehen wollte, bei dem ihre glänzenden Brüste wippten.

Die Zwölf um Kleomenes hatten nur wenig gegessen und getrunken. Sie hatten ihren Plan genau abgesprochen. Sie würden einen weiteren Versuch unternehmen, die Griechen in Alexandria gegen den Palast aufzurühren – da Ptolemaios fort war, hatten sie vielleicht eine Chance. Die Alexandrier empfanden vielleicht weniger Ehrfurcht und erinnerten sich vielleicht jetzt daran, daß sie Männer waren! O ja, jetzt war es möglich. Sie würden die Gefangenen befreien. Sie würden durch die Straßen stürmen und mit ihrem Geschrei die Leute aus den Häusern locken. Vielleicht ließen sich die Alexandrier entflammen, und wenn sie erst einen Brückenkopf in Alexandria besetzt hielten und dann die Söldner holten ... Ja, es war möglich! Dies war vielleicht die dunkelste Stunde kurz vor der Morgendämmerung Spartas. Später mochten sie sich vielleicht an ihren Streich erinnern und darüber lachen. Sie hatten auf ihr Glück vertraut und alles eingesetzt, um alles zu gewinnen. Das würden sie daheim berichten – in Sparta.

Zuerst hatten sie nur eine feste, kleine Gruppe gebildet, die plante und hoffte und sich auf solide, vertraute Dinge freute, auf die Neuen Zeiten, das Königreich in Sparta. Hippitas war am zuversichtlichsten, weil er der Älteste war und gesehen hatte, wie viele unwahrscheinliche Dinge möglich waren, und er nahm als guter Soldat die Zukunft ohnehin immer leicht. Idaios hoffte, weil er eine sehr starke, deutliche Vorstellung von der Zeit brauchte, in der er und Leandris und ihr kleiner Sohn endlich daheim sein würden. Agesipolis war überzeugt, weil er der Jüngste war, jung genug, um an das fast Unmögliche zu glauben. Auch Phoebis äußerte sich ähnlich, aber fast unmerklich klang durch seine Worte die bittere Ironie des Bauern, der Spott des Erntevolkes gegenüber den Spartanern, die Verspottung des Todes. Die anderen waren nicht besonders hoffnungsfroh.

Der König hatte Nikomedes noch am Tag zuvor gesehen, aber weder ihm noch Sphaeros verraten, was sie planten. Er wußte, daß Sphaeros sich dagegen aussprechen und ihr Vorhaben als Narrheit, als Auflehnung und als tierischen Kampf gegen das Schicksal bezeichnen würde, zum Scheitern verurteilt! Und Nikomedes verriet er nichts, weil es besser war, daß der Junge so wenig wie möglich darüber wußte, falls alles vergeblich sein würde und der Vater ein paar Wochen früher starb, als es Ptolemaios' Absicht war. Und wenn er an der Verschwörung nicht teilnahm, so gab es keinen Grund, ihn auch in den Tod seines Vaters hineinzuziehen. Ein so junger Mensch, fast noch ein Kind. Er hatte an jenem Tag wie ein Kind ausgesehen, so verwirrt und ausgeschlossen, schrecklich aufmerksam auf jedes Wort seines Vaters lauschend. Nein, nein, denk an die Zeit, in der Nikomedes ein erwachsener Mann sein wird, ein *kouros*, wenn er mit einem Speer über die Berge läuft, der kommende König von Sparta.

Während sie aßen und tranken und sich von den kleinen Tischchen neben den Liegen selbst bedienten, herrschte zuweilen seltsames Schweigen, in das dann wieder die Unterhaltung einsetzte. Man hatte die Vorhänge zugezogen; es herrschte Dämmerlicht. Ihre Blumenkränze dufteten schwer, ebenso die im Zimmer verstreuten Blüten. Sie trugen noch ihre bunten Gewänder, die sie angelegt hatten, um die Wache zu täuschen. Es war sonderbar, aber im Verlauf des Mahls hatten zuweilen zwei oder drei von ihnen den gleichen Gedanken und drückten ihn im gleichen Augenblick mit fast den gleichen Worten aus. Sie waren wenig genug, zwölf und der König. Alle Mannesalter waren unter ihnen vertreten; sie hatten alle möglichen verschiedenen Erfahrungen. Die Hälfte von ihnen war verheiratet oder war es gewesen. Was immer auch geschehen würde, dieses Festmahl würde das letzte einer Reihe sein – entweder das letzte in Schande und Gefangenschaft – oder das letzte ihres Lebens.

Vermutlich letzteres, dachte Hippitas bei sich und reichte seinem Nachbarn, einem narbigen, grauhaarigen Mann, der fast so alt war wie er, eine Handvoll Oliven. Aber solange ihre Chancen nur eins zu hundert standen, war es immer noch besser, als den König im Gefängnis zu lassen, wo er nach Belieben von Ptolemaios und Sosibios jederzeit hingemetzelt werden konnte. Und plötzlich sprach sein Nachbar, den Mund voller Oliven, genau das aus. Wenn man Oliven mochte, so konnte man sie jetzt ebensogut in sich hineinstopfen, ihren vollen Geschmack auskosten, solange die Zunge noch schmecken konnte. »Ich habe das Leben gesehen«, sagte Hippitas, »und zwar eine Menge mehr von ihm als manch ein anderer. Irgendwann muß es ein Ende haben. Was immer auch geschieht, Ptolemaios bekommt den König nicht.«

Sein Nachbar nickte, biß auf einen Olivenkern und spuckte ihn aus. »Das ist die einzige Möglichkeit.«

Und zur gleichen Zeit sagte auf der anderen Seite des Zimmers Neolaidas' Nachbar: »Das ist die einzige Möglichkeit.« Er blickte auf seine Hände, spreizte sie und ballte sie zur Faust. »Es ist eine Schande«, fuhr er dann fort, »jetzt sterben zu müssen. Doch es sieht so aus, als ließe es sich nicht vermeiden.«

Neolaidas nickte. »Es wird vermutlich weniger schmerzhaft als bei Sellasia, wo ich mein Auge verlor.«

»Ja, aber … heute sind wir hier. Es ist schlimm, sterben zu müssen.«

»Vielleicht. Aber noch vor heute abend wird alles vorbei sein.«

»Ja. Und dann …?«

»Brauchen wir keine weiteren Entscheidungen zu treffen. Nicht mehr zu warten. Keine Verantwortung. Keine Schmerzen. Keine Angst mehr Tag und Nacht, wie alles werden wird. Es geht immer um Leben und Tod. Aber es wird schon sehr still, wenn alles endgültig entschieden wird.«

»Aber vielleicht wird es nicht entschieden. Vielleicht siegen wir ja auch.«

»Und treten dann erst in dreißig Jahren dem Tod gegenüber. Vielleicht. Sicher, wenn wir natürlich eines der Tore besetzen können, oder sogar den Hafen, und die Söldner herbeiholen …«

»Jawohl«, warf Phoebis, sein anderer Nachbar, ein. »Ich habe auch gerade an die Söldner gedacht. Wenn wir sie nur vorher hätten benachrichtigen können. Das Schlimme ist nur, daß Ptolemaios in Kanopos die Nachrichten eher bekommt als das Lager. Und dann sind wir verloren, auch wenn wir heute abend noch überleben. Es sei denn, durch einen unwahrscheinlichen Glückszufall fällt uns Sosibios in die Hände.«

»Ich möchte lieber bald sterben als erst in einer Woche«, sagte Neolaidas.

»Stirb wie ein Spartaner!« sagte Phoebis mit einem seltsamen leisen Auflachen. »Meinem Jungen geht es auf dem Land viel besser. Er wird es ein paar Tage lang nicht erfahren, daß sein Vater … wie ein Spartaner gestorben ist.«

»Hast du es Neareta erzählt?«

»O ja, sie weiß Bescheid. Wir sind seit zwanzig Jahren Mann und Frau. Mein Ältester, der in Sellasia gefallen ist – er wäre jetzt schon fast neunzehn.«

»Mnasippos war ein guter Bursche«, sagte einer der anderen.

»Und Hierax auch.«

»Komisch, daß Xenares beim Angriff umgekommen ist.«

»Wenn wir fort sind, gibt es nicht mehr viele Spartaner.«

Phoebis runzelte die Stirn. Langsam sagte er: »Das ist eine spartanische Angelegenheit, die *Phiditia*, das letztemal, das letzte Mahl. Und ich bin nur ein halber Spartaner.«

Das hörte der König, und er sprach quer durch den Raum, der nicht sonderlich groß war und durch den schweren Duft der Blüten und des Weines noch kleiner wirkte. »Du, mein Ziehbruder, Phoebis!«

Phoebis blickte den König an, der sich mit beiden Ellbogen auf den Rand seiner Liege gestützt hatte. Panteus hinter ihm lächelte Phoebis ebenfalls an. Kleomenes war der Kleine gewesen, als Phoebis ein Kind war. An Phoebis glitten die letzten fünfunddreißig Jahre vorbei. Das Bild seiner Kindheit war vor seinem inneren Auge ungetrübt geblieben, und inzwischen war all das andere geschehen! Dann drang der Raum wieder auf ihn ein und die Gegenwart kehrte zurück. Panteus war auf ihn zugegangen und umklammerte jetzt seine Hände. Sein Blick bohrte sich in den seinen, stellte so die Gemeinschaft wieder her. Phoebis ließ es mit einem seltsam erleichterten Stöhnen zu. Was immer er gewesen war, jetzt war er ein Spartaner. Panteus trat wieder zurück zum König. Er ging immer noch sonderbar federnd, als sei Wiese unter seinen Füßen, und sein Haar war immer noch dicht und lockig, aber irgendwie war die Farbe daraus gewichen, als würde man ihn eines Tages ansehen und plötzlich merken, daß er ergraut war. Er lehnte sich wieder neben Kleomenes und legte einen Arm um dessen Hals, und der König lehnte den Kopf unmerklich in die Armbeuge des Liebsten.

Drei Plätze weiter neben Phoebis lehnte Idaios. Er sagte: »Ich weiß, was du meinst mit dem gemeinsamen Mahl. Es ist das Fest der Liebe, wie in einem Tempel.«

Und der Mann neben ihm meinte: »Ja, wie bei den Mysterien. Daran habe ich auch gedacht.«

»Es ist ein Mysterium.«

»Wird es uns dann weitertragen? Über jede Schwelle?«

Das stammte von Agesipolis, drei Plätze neben Idaios. »Denn ich habe mich gefragt, wann ich mich schon einmal so gefühlt habe, und jetzt weiß ich es.« Er gehörte zu den Spartanern, die am stärksten von den ägyptischen Göttern beeindruckt worden waren. »Es gibt da ein Fest vor der Auferstehung von Osiris. Ich bin nicht sicher, ob ich darüber reden soll. Der Gott wird zu Korn, zu Brot. Er wird von den Eingeweihten genommen und verzehrt. Durch ihn werden sie eins. Genauso war es.«

Und ein anderer sagte: »Einige Götter werden zu dem Tier, das ihnen geopfert wird, einem Stier. Das ist das gleiche.«

Idaios sagte: »Aber wie ist es denn jetzt? Wo ist der Gott?« Einen Moment lang herrschte Schweigen, aber dann merkten sie auf jener Seite des Raumes, daß alle Kleomenes eindringlich anstarrten. Er war der König. Er war der Mittelpunkt des Festes. Idaios sagte scharf: »Aber das ist albern. Wie kann man so etwas denken. Die Dinge stehen doch ganz anders.« Und rasch fielen ihm zuerst Sphaeros und die guten, soliden Stoizismen ein, die er gelernt hatte, dann Leandris und seine Ehe und die Tatsache, die ihm immer wieder vor Augen stand, daß dies eben nicht ihr letztes Fest sein würde, weil er und seine Frau heimziehen würden.

Aber Agesipolis sagte nur: »Ich wünschte, Nikomedes wäre hier.«

Der König antwortete rasch: »Du hast doch Nikomedes nichts erzählt?«

»Nein«, erwiderte Agesipolis, »wenn ich es auch gern getan hätte. Ich wollte ... etwas Besonderes sagen.«

»Ich auch«, meinte der König langsam. »Aber das konnten wir nicht riskieren. Wenn wir scheitern, wollen wir weder ihn mit hineinziehen noch die anderen.«

Idaios stand auf, trat neben ihn und kniete sich auf den Boden. »Bist du dessen sicher, Kleomenes? Den Frauen wird doch nichts geschehen, was immer auch passiert?«

»Soweit man das beurteilen kann, nein«, antwortete der König. »Es sei denn vielleicht meiner Mutter, denn sie ist die Königin und sagt sicher Dinge, die die Ägypter in Wut bringen. Ich glaube, sie wußte Bescheid, als sie mich das letztemal sah. Sie ist alt, wißt ihr, und es besteht kein großer Unterschied zwischen einer alten Frau und einem alten Mann. Sie würde für sich das gleiche wünschen, das einem Mann geschieht.«

»Aber die anderen ... Leandris ...!«

Der König sagte: »Wenn wir scheitern, werden die Frauen und Kinder wie gewöhnliche Menschen weiterleben können. Sie haben nichts mit unserem Wunsch nach Größe zu tun. Unser Tod wird zumindest die unerträgliche Bürde des Königtums von ihnen nehmen.«

»Aber du wirst nicht sterben!« sagte Panteus plötzlich und umklammerte und schüttelte den Freund.

»Nein!« sagte auch Idaios. »Nein, wir werden es schaffen, und keiner wird sterben.« Und dann warf er einen seltsamen Blick durch den Raum. »Wie könnten wir auch ... nach diesem hier?« Und er lehnte sich ein paar Atemzüge lang gegen die Liege des Königs.

Kleomenes umfaßte eine Falte seines schönen ägyptischen Mantels an der Schulter, befühlte sie und ließ sie fallen, so daß sie die nackte Schulter und seine Brust zeigte. Er fragte: »Was hat Leandris zu dir gesagt, Idaios?«

»Sie hat für mich gebetet«, antwortete Idaios leise. »Für mich und dich, Kleomenes. Zu Isis und Serapis und Ana, die mächtig sind. Dem Kind geht es jetzt sehr gut. Es will immer, daß ich es hochnehme und mit ihm spiele. Es wird groß werden, und dann wird es eine spartanische Ausbildung bekommen können. Leandris ... oh, wir haben uns nicht Lebwohl gesagt!« Rasch stand er auf, ging an seinen Platz zurück und trank seinen Becher aus.

Phoebis sagte: »Neareta und ich haben uns Lebwohl gesagt. Das war nicht das erstemal. Wir haben uns auch vor der Schlacht von Sellasia verabschiedet. Sie meinte ... es brächte Glück. Und wir brauchen alles Glück, das wir bekommen können.«

Jemand fragte Panteus: »Und du?«

Aber Panteus schüttelte den Kopf. Seine Abschiede von Philylla waren immer sehr seltsam und vage gewesen. Sie hatte alles gewußt, die Pläne, die Chancen. Sie hatte gesagt, sie würde bei der alten Königin bleiben und sich um die Kinder kümmern, besonders um Nikomedes, bis alles – auf welche Weise auch immer – vorbei sein würde. Sie brauchten sie vielleicht. Und er hatte mit ihr über den König gesprochen, wie es ihn quälte, nicht helfen zu können, aber zumindest würde er Kleomenes endlich wieder unterstützen können. Sie hatte es verstanden und ihn ruhig und beherrscht geküßt, hatte als kluge, starke Frau vor ihm gestanden und nicht mehr wie ein Mädchen. Sie konnte ihm helfen und ihn trösten. Aber beide hatten nicht von ihrer Ehe gesprochen, ihrem eigenen Glück oder Unglück, ihren Hoffnungen und Ängsten. Es war, als hätten sie das auf einen späteren Zeitpunkt verschoben, wenn sie nach all diesen ernsten Angelegenheiten unendlich viel Muße hätten. Aber wenn nun diese Zeit niemals käme? Sie waren an einer grundsätzlichen Wirklichkeit vorbeigegangen, ohne sie wahrzunehmen. Weil er jetzt all seine Ziele im König sehen mußte. Und sie? Aber er konnte Philylla vertrauen. Auch wenn er mit diesen unausgesprochenen Worten starb, sie würde es begreifen.

In diesem Augenblick kamen die beiden Heloten herein und meldeten, die Wächter seien eingeschlafen und sähen so aus, als würden sie bis zum Abend weiterschlummern. Die Männer reckten sich und blickten einander an. In einer Stunde würden sie aufbrechen. Noch einmal besprachen sie die Einzelheiten ihres Plans, verabredeten mögliche Treffpunkte, falls sie einander verlieren sollten, wiederholten Ziele und Losungsworte. Dann wollten sie plötzlich alle über Sparta reden. Sie beschrieben es in allen Einzelheiten, die Orte, die Form der kleineren Berge, die Quellen zwischen den Felsen, die Kornarten, die Beschaffenheit der Erde. Sie sprachen davon, wie es war, jung und verliebt zu sein, wie sie gerannt waren, gerungen und gejagt hatten, von Freunden, tot oder lebendig. Sie beugten sich vor und gestikulierten lebhaft; die bunten Festroben glitten herab, entblößten starke, kühle Körper. Unter ihnen gab es mehrere, die in tiefer Freundschaft miteinander verbunden waren. Sie waren jetzt zu alt für die Liebesspiele der Jugend, aber wie immer ihre Beziehung auch begonnen hatte, sie hatte eine süße, tröstende Kameradschaft hinterlassen. Diese Liebenden wandten sich einander zu, um Kraft und Trost zu suchen, und vielleicht erinnerten sie sich an Tage, an die sie lange nicht mehr gedacht hatten. Sie blickten einander in die Augen und berührten einander zärtlich. Solange der Körper noch lebte, diente er dazu, Liebe auszudrücken. Ein Mann, der seinen Freund schön findet, bewahrt eine Schönheit in sich selbst, die er sonst nicht besäße.

Kleomenes und Panteus wandten sich einander zu, und es war ihnen, als säßen sie allein auf einer Insel, aber dennoch unter freundlichen und vertrauten Freunden, so daß es keine Rolle spielte, was sie redeten oder wer zuhörte. Der König fragte: »Erinnerst du dich noch an das erstemal?«

»Ja«, antwortete Panteus. »Sicher erinnere ich mich. Es war bei den ersten Kämpfen gegen Megalopolis. Du hast mich gelobt und mir den kleinen Dolch geschenkt, den ich später bei Argos verloren habe. Und am Tisch hast du mich gebeten, mich neben dich zu setzen.«

»Weiter, weiter«, sagte der König. Er wollte wie alle anderen Kraft und Zuversicht; sein Blick wirkte hungrig. Er wußte, daß sein Geliebter sie ihm geben konnte.

Panteus fuhr fort. »Dann hast du mir zum erstenmal die Geschichte von Agis erzählt. Einfach das, was geschehen war, denn es herrschten noch die Zeiten, in denen du nicht einmal darauf vertrauen konntest, daß deine Freunde es verstehen würden. Bei deinen Worten konnte ich mir jenes Sparta vorstellen ... ach, das Sparta, das wir hatten! ... und ich sagte plötzlich: ›Ich wünschte, es würde Wirklichkeit!‹ Und als du von seinem Tod erzähltest, wurde ich zornig, weil ich ihn nicht hatte verhindern können.«

»Wird jemand über unseren Tod zornig werden, Panteus?«

»Ich rede von damals, Kleomenes. Hör zu. Du sprachst auch ein wenig über Agiatis. Sie tat mir sehr leid, eigentlich ihr beide. Ich sah dich als Jungen, den man zu einer Ehe gezwungen hatte. Ich weiß, daß ich meine Hände einen Moment lang auf deine legte, dann aber schämte ich mich und dachte, es würde dir nicht gefallen. Später spielte Musik. In jenen Tagen gab es bei dir immer einen Künstler, der uns nach dem Essen unterhielt.«

»Das war der Brauch. Da waren einmal zwei syrische Gaukler. Und Akrobaten. Das gefiel mir gut. Die Flötenmädchen! Wie viele Jahre ist es her, seit ich zuletzt an sie gedacht habe? Gute, ehrbare Mädchen. Aber an jenem Abend rezitierte ein alter Mann. Was war es? Kannst du dich erinnern, Panteus?«

»Ja. Es war die ›Fahrt nach Troja‹. Langweilig und wunderschön! Die meisten unterhielten sich flüsternd, aber ich wagte nicht, mit dir zu sprechen. Ich saß ganz still und habe dich nur manchmal angesehen, und manchmal blicktest du im gleichen Augenblick zu mir. Als es vorbei war, schienst du das Trinkgelage nicht aufheben zu wollen. Du fragtest: ›Singt jemand etwas?‹ Hierax gab zuerst ein Lied zum Besten, etwas Komisches. Wir lachten. Dann sagte Hippitas: ›Mein Vetter kann singen.‹ Du nicktest mir zu, und ich stand auf und war sehr schüchtern und wütend auf Hippitas. Ich versuchte, auch etwas Komisches vorzutragen, aber mir fiel nichts ein. Er schlug ›Geh meinen Weg‹ vor, und ich war froh, denn mir war nach einem Liebeslied zumute. Aber irgendwie kann ich mich nicht erinnern, dich beim Singen angesehen zu haben.«

»Du legtest die Hände über die Augen und sangst mit zurückgelehntem Kopf. Weißt du das nicht mehr?«

»Als es vorbei war, ging ich auf meinen Platz zurück, und ich war sehr froh und hätte am liebsten gelacht, wenn nur jemand über mein Lied gelacht hätte. Und dann bist du aufgestanden. Du hast die Hände auf meine Schultern gelegt, und ich hoffte, du würdest mich loben. Aber du sagtest nichts, hast mich nur angesehen, und nach einem Moment hast du den Kopf auf meine Schulter gelegt. Ich sah, daß zu zittertest, aber ich wagte nicht, dich mit meinen Händen zu berühren. Ich flüsterte nur deinen Namen: ›Kleomenes‹.«

»Weiter, weiter. Erinnern wir uns. Ach, was hast du?«

»Es ist sehr bitter, jetzt an all das Süße zu denken!« Plötzlich verlor Panteus die Beherrschung; er hatte alle Kraft seinem König gegeben und fühlte sich einen Moment lang schwach.

Aber der König fuhr fort, lächelte ihm zu und sah ihn, wie er ihn damals gesehen hatte. »Nicht für uns beide, nicht bitter. Gib mir deine Hände, Panteus, und ich erzähle zu Ende. Alle gingen hinaus, und auch ich zog mich in mein Zelt zurück. Ich versuchte zu lesen. Es war ein Buch von Zeno, aber an diesem Abend ergab es für mich keinen Sinn. Ich wollte Gedichte lesen, aber ich hatte keinen Band dabei. Ich ging zu Hippitas und bat ihn um einen Gedichtband. Er lag bereits im Bett. ›Ich habe nichts‹, antwortete er. Ich hätte ihn fast gefragt, wo dein Zelt läge, denn ich wußte es nicht. Aber mir fehlte der Mut. Dann ging ich zu Therykion und fragte ihn, ob er einen Gedichtband habe. Er besaß einen Band mit alten Dichtern. Er bot mir Tyrtaios an. ›Kriegslieder aus alten Zeiten, König‹, sagte er, und ich nahm das Buch und entrollte es, weil ich dachte, es sei genau das, was ich wollte. Ich blieb noch eine Weile und unterhielt mich mit ihm. Ein seltsamer Mann, wir hätten uns gut verstehen können, wenn er es gewollt hätte. Ich schaute mir seine anderen Dichter an und fand schließlich die Ionier, die ich brauchte. Ich nahm den Alkaios mit, lachte und sagte, ich würde es am Morgen zurückbringen. Darauf ging ich in mein Zelt und las, aber dann legte ich das Buch fort, nahm mein Täfelchen und begann, selbst zu schreiben. Wieder und wieder versuchte ich es: ›Liebster, ich möchte dir etwas sagen, sei sanft und hör mir zu …‹ Oh, es waren nur Imitationen des Alkaios, sie drückten nicht meine eigene Liebe aus! Und da kamst du plötzlich herein, in voller Rüstung, und grüßtest; du hattest eine Botschaft von dem Außenposten, der auf eine Antwort wartete. Ich nahm sie aus deinen Händen und versuchte, sie zu lesen. Erst nach fünf Minuten erkannte ich, daß es sich um die einfache Frage nach den Verbindungen am nächsten Tag handelte. Ich blickte auf und sah, daß du mich anstarrtest. Ich glättete das Wachs, um meine Antwort zu schreiben, und dabei entschloß ich mich zum Reden. Ich sagte: ›Ich habe den ganzen Abend versucht, ein Gedicht zu schreiben.‹ Du gabst keine Antwort. Ich sagte: ›Es wäre dir gewidmet gewesen.‹ Dann klappte ich die Täfelchen zusammen, wickelte die Schnur darum, wobei ich mir Zeit nahm, denn ich hoffte, du würdest etwas sagen. Ich selbst fand nicht den Mut zu weiteren Worten. Dann reichte ich dir die Täfelchen, berührte aber deine Finger nicht. Du sagtest: ›Ich werde die Botschaft überbringen und zurückkommen, und dann werden wir weiter darüber reden, Kleomenes.‹ Und du drehtest dich um und liefst hinaus.«

»Ich bin den ganzen Weg gerannt, und auch zurück. ich wollte an nichts denken, aber mein Körper freute sich.«

»Mir erschien es sehr lang. Die Lampe brannte schon niedrig, und ich goß frisches Öl hinein. Ich fragte mich, ob jemand dich aufgehalten hätte. Vielleicht hatte ein Überfall auf Megalopolis stattgefunden. Ich begann zu lauschen. Und dann hörte ich, wie du zurückgerannt kamst. Keuchend tratest du ein. Ich glaube, ich habe deine Augen niemals wieder so blau gesehen, wie damals im Zelt beim Lampenschein. Ich sagte: ›Reden wir darüber.‹ Du ließest dich rasch neben mir auf ein Knie fallen, und deine rechte Hand berührte meinen Fuß. Ich spürte deinen Griff um meinen Knöchel. Aber dein Gesicht konnte ich nicht sehen, du hattest es an meinem Schenkel verborgen. Ich nahm dir den Helm ab und legte ihn neben mich auf die Bank. Dann berührte ich deinen Kopf, ließ meine Finger durch dein Haar gleiten, ich glaube, ich zog an deinen Haaren. Ich spürte die Knochen unter meinen Händen, den Vorsprung im Nacken. In deinem Nacken wuchsen helle Härchen wie Flaum, heller als deine Haut. Ich drehte deinen Kopf herum, um dir ins Gesicht zu sehen, und ich sah, daß du lachtest. Warum hast du gelacht, Panteus?«

»Vor Entzücken, mein König.«

»Das wußte ich nicht. Ich dachte, du lachtest mich vielleicht aus. Aber das fand ich besser als Wut oder Scham.

Du ducktest dich ein wenig, als ich dir das Schwert über den Kopf abstreifte. Ich löste die Schnallen deines Brustpanzers. Du hieltest ganz still. Ich legte ihn ab. Ich öffnete deine Schulteragraffen und stach mich. Du trugst ein Hemd aus sehr feinem, weichem, blauem Tuch – ein besseres, als wir seither auf dem Leib getragen haben! Ich schob dich auf Armeslänge von mir, damit ich dich betrachten konnte. Da dachte ich zum erstenmal, daß dein Körper kantig und ausgewogen wäre, wie eine Statue von Polyklet. Du sagtest immer noch nichts, aber deine Hände hoben sich, und ich wußte, was du wolltest. Ich nahm die Broschen aus meiner Tunika. Wir müssen einander schon oft nackt gesehen haben, aber wir hatten uns noch niemals aus der Nähe betrachtet. Du zogst deine Tunika ganz aus und legtest sie neben dein Schwert. Ich fand keinen Makel an dir, Panteus.«

»Ich an dir auch nicht. Und ich war froh, daß mein Körper stark und hart und sauber war. Du warst am ganzen Körper gebräunt, tiefer, als ich gedacht hatte. Ich legte meine Hände auf deine Brust, strich dir über Flanken und Schenkel. Dann stand ich auf, und wir küßten einander. Du sagtest: ›Morgen werden wir wieder kämpfen. Bleib jetzt bei mir.‹ Und ich sagte, ich würde bleiben.«

»Ich glaube«, sagte Kleomenes, »daß wir danach einfach eine Weile stehen blieben und uns freuten. Ich setzte mich auf mein Bett, und du ließest dich neben mir nieder. Dann sagte ich: ›Und nun? Denn wir sind ja beide keine Jungen mehr, sondern erwachsene Männer.‹ Und du lachtest. Ich hatte noch niemals jemanden so lachen gehört, so leise und entzückend, ein Lachen, das mein Zelt erfüllte. Nach einer Weile sagtest du, immer noch lachend, aber sehr zärtlich: ›Jetzt werden wir schlafen gehen, Kleomenes, und morgen früh reden wir weiter.‹ Wir legten uns also nieder, und ich breitete meinen Umhang über uns. Wir lagen so dicht nebeneinander, daß der Kopf auf dem Arm des anderen ruhen konnte. Und es war der süßeste Schlummer, den wir da genossen.«

»Ja«, stimmte Panteus zu. »Ich erinnere mich gut. Es

war ein süßer, tiefer Schlaf.« Dann richtete er sich auf der Liege neben dem König halb auf, stützte sich auf beide Hände, ließ den Kopf zwischen die Schultern sinken und schloß die Augen halb unter dem Ansturm der Erinnerung. Die blauen Fransen seines ägyptischen Gewands fielen über seine Fingerspitzen. Die anderen, die mehr oder minder zugehört hatten, begriffen, wie er sich in eine Lage zurückversetzte, die auch zu ihrem Erfahrungsschatz gehörte. Der König blickte seine Zwölf nun ruhiger und glücklicher an, als er es über lange Zeit vermocht hatte.

Neolaidas flüsterte mit dem Helotendiener. Dann blickte er auf und sagte ängstlich: »Monimos ist zu seiner Geliebten gegangen. Seid ihr sicher, daß das gut war?« Der andere Helote versicherte ihnen, es sei recht so, aber Phoebis zweifelte daran, ebenso wie der König.

»Ich meine, wir sollten uns bereit machen, meine Freunde«, sagte Kleomenes. »Wenn die Bürger Alexandrias noch nicht erwacht sind, werden wir sie sehr bald wecken.« Dann stand er auf, und alle anderen folgten seinem Beispiel. Irgendwie waren sie froh, daß die Zeit des Wartens und der Erinnerung vorbei war und nun die Zeit des Handelns folgte.

Beim Aufstehen warfen sie die bunten ägyptischen Gewänder ab. Sie traten sie zu einem Haufen auf dem Boden zusammen, und während sie sich nackt reckten, goß jemand wütend und spöttisch einen Becher Wein darauf aus, so daß ihre Festkleider durchweicht und fleckig wurden. Sie hatten zu dem Freudenmahl nicht in Rüstung kommen können, und nur die Schwerter mitgebracht. Panteus hatte die Waffe für den König unter seinem Umhang verborgen gehalten. Kleomenes' eigenes Schwert war ihm fortgenommen worden, und niemand wußte von seinem Verbleib.

Dann legten sie ihre normalen Tuniken an, nach der alexandrischen Mode mit kurzen Ärmeln, aber der König ergriff sein neues Schwert und schlitzte den einen Saum so auf, daß eine Schulter nackt war; die anderen folgten stumm seinem Beispiel. Das hatte zwei Gründe. Einmal bedeutete es ein Erkennungszeichen, falls sie voneinander getrennt würden, aber auch ein Zeichen für andere, zu ihnen zu stoßen. Außerdem ließ es den Schwertarm, für den die Tunika ohnehin keinen Schutz bedeutete, so frei wie möglich. Dann zogen sie hinaus auf den Hof. Die Wächter schliefen noch tief. Sie hörten nicht, wie die Riegel beiseite glitten. Kleomenes und seine Zwölf stürmten auf die Straßen von Alexandria.

Neuntes Kapitel

Manche bewegten sich noch. Idaios öffnete und schloß ganz langsam die Augen. Niemand befand sich in der Nähe. Die Alexandrier hatten nicht gewagt, zu bleiben und sie zu beobachten. Panteus bewegte sich ein wenig im Staub, wartete mit gezogenem Schwert auf den Knien, seinem Schwert, wartete, wartete ... Er schloß die Augen und zählte noch einmal bis zweihundert. Seine Wunden und Schnitte schmerzten so sehr, daß er beim Zählen kaum an etwas anderes denken konnte. Er sah wieder auf. Idaios schien tot zu sein; seine Augen waren weit aufgerissen und wurden trüb. Ein paar Hunde strichen um sie herum, aber noch wagte es keiner, näher zu kommen. Panteus war zu heiser, um schreien zu können, aber er warf mit Steinen nach ihnen und vertrieb sie. Dann starrte er in den Himmel. Hoch droben kreiste fast ohne Flügelschlag ein Milan schwärzlich vor dem blendenden Blau; ein weiterer stieß zu ihm. Fliegen summten.

Dann kamen die Gedanken wieder. Die Stunden, die er gerade durchlebt hatte, wiederholten sich. Drei Stunden – und vor zwei Stunden hatte es noch Hoffnung gegeben. Jetzt konnte er sich nicht einmal mehr erinnern, was Hoffnung war. Sie waren auf die Straße gestürmt, aus dem Haus, in dem der König als Gefangener gelebt hatte, waren brüllend die Sonne-und-Mond-Straße entlanggezogen und hatten die Alexandrier aufgerufen, sich zu erinnern, daß sie Griechen seien. Sie sollten mit ihnen die Freiheit erringen! Hippitas konnte nicht Schritt halten; er hatte sie gebeten, ihn zu töten und ohne ihn weiterzueilen. Aber sie waren auf einen Reiter gestoßen, hatten ihn vom Pferd gerissen und Hippitas auf das Tier gesetzt, und dann stürmten sie weiter durch Alexandria zum Palast, wobei sie riefen: »Freiheit!« Und: »Nieder mit den Tyrannen, nieder mit Ptolemaios, Sosibios, Agathokles und Agathoklea. Nieder mit Oenanthe!« Es hatte den Anschein gehabt, als ob es gelingen würde. Sie hatten sich nach der wachsenden Menschenmenge hinter ihnen umgesehen, die mit ihnen rief. »Nieder mit Agathokles! Nieder mit dem Palast.« Ptolemaios, den Sohn von Chrysermas, den Verräter, ergriffen sie, als er gerade aus dem Palast kam, und töteten ihn. Sie stürmten die Stadtwache und brachten den reichen Offizier dort in seinen eleganten Kleidern um. Und alle jubelten ihnen zu und wünschten ihnen Glück.

Die erste Niederlage erlitten sie am Gefängnis. Die Wächter waren zu schnell für sie gewesen, und alles war hoffnungslos verbarrikadiert. Und als sie sich danach wieder zur Stadt wandten, um es bei einem der Tore zu versuchen, erkannten sie allmählich, daß alles verloren war. Sie hatten versucht, den ihnen folgenden Mob mitzureißen und ihm durch ihren Jubel eine Art Triumphgefühl zu vermitteln, aber die Menge schmolz ihnen fast unter den Händen dahin. Keiner der Alexandrier wollte wirklich helfen. Sphaeros war nicht zu Hause; sie konnten ihn nirgends finden. Sie versuchten, die Männer zu erreichen, die sie für freundlich gesinnt hielten. Ja, gewiß, sie standen immer noch auf ihrer Seite, aber teilnehmen wollten sie nicht. Nichts, gar nichts erreichten sie. Es hatte keinen Sinn, Männern »Freiheit« zuzurufen, wenn sie sie gar nicht wollten. Die Alexandrier zogen Ptolemaios, Sosibios und Agathoklea vor. Die jubelnde Menge wurde immer kleiner, und schließlich standen sie fast allein auf diesem kleinen Platz, einem verlassenen Wintermarkt mit nichts als abgebauten Marktständen, zerrissenen Körben und Scherben.

Sie hatten alles gewagt und nichts gewonnen. Nur eine Stunde blieb ihnen noch in Freiheit. Sie hatten keine andere Wahl, sie mußten sich töten. Hippitas lächelte leise und sagte, ihm als Ältestem stünde ein altes spartanisches Privileg zu. Er bat einen der jüngeren Männer um den Dienst. Agesipolis erfüllte ihm seinen Wunsch. Hippitas war immer freundlich zu ihm gewesen. Und noch ehe sie begriffen, daß Hippitas wirklich tot war, hatte sich auch schon Agesipolis in sein Schwert gestürzt. Da hatte der König Panteus beiseite genommen und ihm aufgetragen, Wächter ihrer Ehre zu sein und zu warten, bis alle tot wären, ehe er sich als letzter das Leben nähme. Panteus hatte zugestimmt. Aber er hatte nicht gewußt, wie schwer es ihm fallen würde. Er hatte nicht gewußt, daß ihn die Einsamkeit wie mit Eiszapfen durchbohren würde.

Ihm fiel ein, wie übel ihm vor Angst allein bei dem Gedanken geworden war, Kleomenes könnte ihn bitten, ihn zu töten. Er hätte seinem Wunsch Folge leisten müssen. Aber keiner verlangte das von seinem Freund. Dazu liebten sie einander zu sehr. Auch Kleomenes liebte ihn zu sehr, um es zu verlangen. Die meisten hatten sich in ihr eigenes Schwert gestürzt und lagen gekrümmt darüber, so daß er ihnen nicht mehr ins Gesicht sehen mußte. Sie hätten ebensogut schlafen können. Aber der eine oder andere hatte schlecht gezielt, hatte mit dem Tod gerungen.

Panteus erhob sich. Ihm schwindelte. Er legte die Hände an die Stirn. Einen Augenblick lang wähnte er, jedes einzelne der Ereignisse hätte einen Teil seines Schädels fortgerissen, und all seine Gedanken, seine ganze Seele lägen entblößt vor den Geiern in der Sonne. Dann machte er erneut seine Runde, wiederholte, was er schon einmal getan hatte. Er stach jeden mit seinem Dolch, um zu sehen, ob er noch lebte. Diesesmal regte sich keiner mehr. Dann ging er zum König. Kleomenes lag still auf dem Gesicht, Knie und Ellbogen unter sich gezogen. Wenn er doch nur schliefe! Denn sonst ... sonst war alles unmöglich.

Ich hatte gedacht, ich sei auf alles vorbereitet. Schon bei dem Festmahl. Oder vor Sellasia. Aber dort wurden wir beide nicht getötet. Ich hatte geglaubt, auf alles vorbereitet zu sein. Oder nicht? Vielleicht auf dem Fest. Jetzt kommt kein Blut mehr unter seinem Körper hervor. Zuerst lief es wie Wasser. Zuerst auf dem Fest. Nein, da floß doch kein Blut. Wir haben miteinander geredet. Jetzt wird er nie wieder mit mir sprechen. Er schläft nicht.

Anfangs vermochte es Panteus nicht, wenngleich er den Dolch bereit hielt. Dann bückte er sich und ritzte Kleomenes in die Ferse. Er war sich noch immer nicht sicher, ob Kleomenes nicht doch noch aufwachen würde. Statt dessen geschah etwas Entsetzliches. Der Körper zuckte zusammen, bäumte sich auf und wälzte sich herum. Kleomenes lag jetzt auf dem Rücken. Er krümmte sich immer noch über seinem blutverschmierten Schwertknauf, die Hände geballt. Panteus brachte es nicht über sich, dem Freund ins Gesicht zu sehen. Seine Augen waren halb geschlossen, eine weiße Linie zwischen den Lidern. Der Mund stand halb offen, und an den Zähnen klebte Blut. Er hatte sich auf die Unterlippe gebissen, um das Stöhnen zu unterdrücken. Panteus beugte sich tiefer über ihn, starrte ihn an, betastete ihn. Er atmete immer noch leise, an der Kehle war schwach der Puls zu spüren. Er beugte sich noch tiefer, bis sich ihre Wangen berührten, und murmelte: »Kleomenes, Kleomenes!« Er bekam keine Antwort. Er versuchte, eine Hand zu ergreifen, aber die Finger waren fest zusammengeballt und schlüpfrig vom Blut. Also setzte sich Panteus auf den Boden und wartete weiter.

Er wartete und zählte und weinte und rief die Namen der Männer mit lauter Stimme, weil er allein war und die Fliegen summten. Die Milane und Hunde kamen näher. Als er das nächstemal aufblickte, war Kleomenes tot. Danach war alles leichter. Er zog die Tunika des Königs gerade, um ihn zumindest teilweise vor den Fliegen zu schützen. Er begann, bei den anderen das gleiche zu tun, aber da hatte sich schon eine Art Dunkelheit auf ihn gesenkt, eine dunkle Wolke der Erschöpfung. Es hatte keinen Sinn. Er ging zu Kleomenes zurück, kniete sich über ihn und setzte die Spitze seines Schwertes vor den Magen, direkt unter den Brustknochen und nach links oben gerichtet. Fest hielt er es mit beiden Händen. Dann fiel er nach vorn über den Körper des Königs.

Und einer nach dem anderen schlichen sich die Alexandrier auf Zehenspitzen aus den Nebenstraßen, um sie anzuglotzen.

Was im Siebenten Buch geschah — 221—219 v. Chr.

Erstes Kapitel

König Ptolemaios IV. von Ägypten bereitet eine Audienz vor. Agathokles, Agathoklea, Metrotimé und andere sind ihm behilflich. Sosibios, sein Minister, berät ihn in verschiedenen Fragen. König Kleomenes und seine Freunde kommen zur Audienz, hegen aber keine großen Hoffnungen.

Zweites Kapitel

In Alexandria beschäftigt sich Berris Dher mit den jüngsten Problemen der Bildhauerei. Philylla ist wieder bei Panteus. Erif sucht noch immer Hilfe. In Ägypten lernt sie eine neue Göttin kennen, Isis, die Göttliche Mutter und Jahr-Königin.

Drittes Kapitel

Erif erhält Nachricht aus Marob. Sie freut sich über Tarriks Glück. Berris hingegen kann sich nicht mit Panteus freuen; auch ist Panteus nicht gleichermaßen glücklich wie Tarrik. Erif sucht Isis auf und bittet um Hilfe. Sie trifft dort Tarriks Tante Yersha, die ebenfalls Beistand sucht; sie will von dem Zauberbann erlöst werden, in den Erif sie einst geschlagen hat. Erif haßt Yersha nicht mehr. Sie löst den Bann. Die Priesterin der Isis versteht. Erif und Berris helfen bei der Weinlese in Alexandria und der Verehrung von Ptolemaios' Gott, Dionysos-Sabazios. Erif ist glücklich, Berris aber kann sich nicht vom Bilde Philyllas lösen.

Viertes Kapitel

In Alexandria vergeht die Zeit, und die Kinder des Königs werden langsam erwachsen; Sphaeros ist ihr Lehrer. Kleomenes ältester Sohn Nikomedes begreift sich als notwendiges Opfer an Ptolemaios; er möchte seinem Vater und Sparta damit helfen. Er versucht sich zu opfern; Agathoklea ist entsetzt, und Metrotimé hilft ihm, so daß die Pläne des Ptolemaios und seines Gottes fürs erste vereitelt sind.

Fünftes Kapitel

Kleomenes und seine Freunde warten. Das Fest des Osiris wird gefeiert, Gott und Kornkönig in Ägypten. Was trennt Panteus und Philylla? Welche nicht wahrgenommene Mauer? Erif Dher kommt und spricht mit Philylla. Die Zeit vergeht. Kleomenes erhält von Ptolemaios keine Hilfe. Sparta wartet auf die Rückkehr seines Königs, aber solange er nicht Männer und Geld nach Ägypten bringen läßt, ist es zwecklos. Was sonst ist zu tun? Philylla kann Panteus nicht glücklich machen, und er sie nicht. Immerhin bringt sie Berris Glück. Berris malt weiter Bilder von den Königen. Freundschaft zwischen Erif und Philylla.

Sechstes Kapitel

Arsinoë, Ptolemaios' Schwester und zukünftige Frau, die ihn allerdings haßt, bittet um Sphaeros als ihren Lehrer. Ptolemaios versucht, seine Untertanen zur Verehrung des Dionysos-Sabazios zu überreden, ist aber nicht immer erfolgreich. Sosibios fürchtet sich allmählich vor Kleomenes und dessen Einfluß auf die griechischen Söldner des Ptolemaios. Berris nimmt die Arbeit an einer Skulptur »Philylla und die Liebe« auf. Erif glaubt sich geläutert und würde nach Hause fahren, mag aber nicht ihren Bruder Berris und noch weniger ihre Freundin Philylla zurücklassen.

Siebentes Kapitel

Nikagoras der Messenier verlangt von Kleomenes die Bezahlung für das Landgut Archiroës. Kleomenes kann nicht zahlen. Nikagoras verrät Kleomenes an Sosibios, und dieser sorgt dafür, daß Kleomenes das Verhängnis ereilt. Berris und Erif erfahren, daß Kleomenes gefangen ist, und müssen einsehen, daß sie wehrlos sind. Kleomenes erwartet der Tod, und er fügt sich. Seine Freunde werden gehindert, ihm zu helfen. Ptolemaios hat die Macht.

Achtes Kapitel

In bezug auf Kleomenes' Flucht und Alexandrias Aufbegehren gegen Ptolemaios gibt es noch eine Hoffnung: Kleomenes' Räte und seine Götter. Den Freunden des Königs gelingt es, die Wachen zu täuschen. Zwar wissen sie, daß sie sich in allerhöch-

ste Lebensgefahr begeben, aber sie sehen noch eine winzige Chance, es doch zu schaffen. Das letzte gemeinsame Essen und Gespräch des Königs mit seinen zwölf Freunden.

Neuntes Kapitel
Die letzte Hoffnung hat sich nicht erfüllt. Der König der Spartaner und seine Freunde, die bei Sellasia nicht gefallen sind, sterben.

Achtes Buch

Philylla und der Tod

»Seine Leiche liegt überall in der Stadt,
In allen Höfen, in allen Straßen.
Alle Zimmer
Sind von seinem Blute matt.«

Der tote Leibknecht

Die neuen Personen im Achten Buch

Kottalos, der Kapitän von König Ptolemaios' Garde
Griechen, Mazedonier, Ägypter und andere

Erstes Kapitel

Berris kam gut mit seiner Statue voran. Zumindest war er dieser Meinung, wenngleich Erif von Tag zu Tag kaum einen Unterschied feststellen konnte, sah man einmal von dem Steinstaub auf dem Boden ab. Er hatte den ganzen Morgen und Nachmittag, nackt bis zur Hüfte wie ein Ägypter, daran gearbeitet. Erif hatte nähend und singend neben ihm gesessen. Sie schneiderte ein Kleid für Philylla und stickte alle möglichen Glücksbringer darauf. Ihre eigenen Kleider fand sie nicht hübsch genug, um sie zu verzieren, aber sie hatte Gefallen daran, etwas für Philylla zu arbeiten. Sie wollte in diesem Sommer heimkehren. Die fünf Jahre waren um, und vielleicht hatten die prophezeiten Begegnungen ohne ihr Wissen stattgefunden. Vielleicht in Marob. Aber ob das nun der Fall war oder nicht, sie wollte nach Hause. Sie hatte nach langem Nachdenken beschlossen, es sei besser, zu Tarrik, Klint-Tisamenos und nach Marob zurückzugehen und dort eher noch zu sterben, als weiterhin ohne sie zu leben. Zu diesem Entschluß war sie frohen Mutes gelangt.

Im Verlauf des Nachmittags hatte es auf den Straßen ziemlich viel Lärm und Unruhe gegeben, aber das kam in Alexandria oft vor. Vermutlich eine Schlägerei, ein Mord, eine Prozession oder so etwas. Einmal hatte Erif aus dem Fenster geblickt, um die Ursache zu entdecken, aber alles schien sich ein paar Straßen weiter abzuspielen. Danach hatte sie sich nicht mehr darum gekümmert.

Später am Nachmittag klopfte es an ihrer Tür und Ankhet trat ein. Sie wirkte beunruhigt und sprach in fehlerhaftem Griechisch, was ihr sonst eigentlich nie passierte. Sie stand neben der Statue, ohne sie eines Blickes zu würdigen, und berichtete, was sich heute in Alexandria ereignet hatte. Sie fügte hinzu, daß die Leichen inzwischen abgeholt worden seien und nun verbrannt würden. Erif und Berris lauschten ihren Worten, ohne sie zu unterbrechen, aber Erif stach sich dabei mit der Nadel in den Finger. Sie spürte es gar nicht. Als Ankhet lautlos und voller Mitgefühl wieder gegangen war, schwiegen sie noch immer. Berris dachte an jene Männer, die er so gut gekannt, die er gemocht, mit denen er gelebt und für die er gearbeitet hatte. Er dachte an die Kämpfe in Arkadien. Alle waren nun aus seinem Leben verschwunden, als hätte es sie nie gegeben. Sie waren tot, gestorben in einer Agonie des Geistes, die er sich nicht vorzustellen wagte. Und dann durchfuhr ihn unvermittelt und schwindelerregend der Gedanke: Wird Philylla jetzt die Meine? Und im gleichen Augenblick schoß ihm durch den Kopf, daß der Tod dieser Männer nun Vergangenheit war, Teil der Geschichte von Kleomenes, und die Bilder vor seinem inneren Auge formten sich zu einem neuen Bild.

Auch Erif dachte fast ausschließlich an Philylla und was wohl aus ihr werden würde. Sie versuchte, es in Worte zu fassen. »Ich frage mich, ob Philylla es schon weiß«, sagte sie. »Ja, bestimmt. Ich hoffe ... Berris, ich hoffe, sie versucht nicht, ihnen zu folgen.«

Berris zuckte zusammen. »Ich gehe sofort zu ihr«, sagte er und nahm seinen Umhang.

»Nein, das wird sie nicht tun«, fuhr Erif nachdenklich fort. »Wegen der Kinder des Königs. Aber was wird geschehen? Ptolemaios und Sosibios werden außer sich sein. Und ... du weißt, Berris, dann sind sie zu allem fähig. Ich glaube, daß alle Spartaner in Gefahr schweben.«

»Ich werde sie überreden zu fliehen«, sagte Berris. »Die alte Königin muß ohne sie zurechtkommen.«

»Aber die Kinder?«

Berris zuckte mit den Achseln. »Königskinder haben immer viele Freunde, die sich um sie kümmern. Sie haben ja auch noch ihre Großmutter – wozu ist sie denn sonst da? Sie brauchen meine Philylla nicht.«

Plötzlich wurde Erif wütend. »Sie ist nicht *deine* Philylla! Sie ist ... nein, mir gehört sie auch nicht. Aber sei nicht töricht. Sie wird bleiben, wenn sie das für richtig hält. Wir haben kein Recht auf sie, und damit müssen wir uns abfinden. Aber geh zu ihr, Berris, und tu, was du kannst! Ich werde in den Palast gehen.«

Berris zögerte. »Aber willst du sie denn nicht auch sehen?«

»Sicher will ich das!« antwortete Erif scharf. »Aber vermutlich ist es ihr egal, wer von uns erscheint. Außerdem ist Metrotimé in Kanopos, daher wirst du nicht soviel herausfinden wie ich.« Sie kämmte sich rasch das Haar und sah in den Spiegel.

»Wen willst du denn besuchen, Erif?«

»Das weißt du doch.«

»Ach so, den Faun. Vermutlich ist das richtig.« Es handelte sich um Erifs Faun vom Weinfest, mit dem sie eine etwas verkrampfte Vertrautheit aufrechthielt. Vielleicht konnte er ihr nützen. Berris war damit einverstanden, denn er war ein angenehmer junger Mann, der gern spielte und jagte; außerdem hegte er recht intelligente Ansichten über die Bildhauerei.

Erif ging zum Palast. Sie verschwendete fast eine halbe Stunde mit dem Faun, ehe sie ihn dazu bringen konnte, Nachforschungen anzustellen. Daß Männer nie direkt zur Sache kommen konnten! Und wie dumm sie waren! Sie zu küssen und ihr Komplimente zu machen, in einem solchen Augenblick! Tarrik hätte ihn aufgefressen und kein Knöchelchen übriggelassen, dachte sie wütend. Aber irgendwann fragte er nach, und als er zurückkam, hieß es, daß Sosibios ziemlich verärgert sei und vermutlich Rachegedanken hege. »Weißt du«, sagte der Faun und strich sich das glatte Haar aus der runden, braunen Stirn, »wenn er nichts unternimmt, laufen sie vielleicht zu Antiochos über.«

»Und wenn schon?« entgegnete Erif. »Sie können doch nichts verraten.«

Aber der Faun meinte, da könne man nicht so sicher sein. Kleomenes hatte mehr gewußt, als ihm zustand; er hatte Informationen über die neuen Lager im östlichen Deltagebiet, über die verschiedenen Pläne und Strategien, über die die Frauen ebensogut Bescheid wissen konnten. »Sosibios sieht die Dinge eben realistisch«, sagte er.

»Wird man sie einsperren?« fragte Erif, und nach einer

kleinen Pause, in der sie keine Antwort erhielt: »Oder wird man sie …?«

Langsam erwiderte der Faun: »Ich fürchte eher letzteres. Und wenn ich dir einen Rat geben kann, meine skythische Apfelblüte, so sollten du und dein Bruder sich am besten von ihnen fernhalten. Sosibios ist in einer Stimmung, in der ihm alles zuzutrauen ist. Ich werde morgen zum Königlichen Hof nach Kanopos fahren, und zwar mit dem Schiff. Es ist ein zauberhaftes neues Boot, und ich glaube, es wird dir gefallen. Möchtest du, daß dein Faun dich damit fortbringt, fort von all diesen Unannehmlichkeiten, auf die wir doch keinen Einfluß haben? Es fährt ganz, ganz langsam, Erif, über die blauen Wellen, so daß man es kaum spürt. Jetzt ist genau das richtige Wetter für Kanopos. Dort weht immer eine leichte Brise. Alexandria ist unmöglich. Findest du nicht auch?«

»Was?« fragte Erif, als er geendet hatte, eine Hand auf seiner Schulter, die andere vor der Stirn. »Oh … Es tut mir leid, aber ich habe Kopfschmerzen. Es ist wohl die Sonne. Nein, morgen nicht, aber vielleicht fährt dein Boot ja noch einmal? Ja, Alexandria ist wirklich unerträglich. Ich glaube, ich gehe besser nach Hause und lege mich hin. Nein, Faun, nicht schon wieder! Laß mich gehen!«

Zurück durch die Stadt rannte sie fast, lief so schnell, wie eine Frau nur gehen konnte, ohne Aufsehen zu erregen. Sie dachte an den Faun, den sie eigentlich recht gern mochte; im Moment jedoch spürte sie nur eine große Wut auf ihn. Vor dem Museum scharten sich Grüppchen von Menschen, die aufgeregt die Geschehnisse des Tages diskutierten. Es hieß, daß einer der Professoren den Vorfall zum Thema einer Vorlesung machen wollte, was sicher lustig würde. Dieser spartanische König war doch ein Schüler von Sphaeros gewesen, nicht wahr? Sphaeros galt hier als altmodisch; er hatte in den Jahren, die er im Norden zubrachte, den Kontakt mit der Wirklichkeit verloren, mit den modernen philosophischen Strömungen, mit den neuen Erklärungen der Mysterien und so weiter. Die meisten dieser Griechen aus dem Mutterland waren in dieser Hinsicht hinter der Zeit zurück, es sei denn, sie waren so vernünftig und zogen fort. Athen, Sparta – das waren doch tote Städte, abgestorbene Zweige! Die Welt war ein Baum, der sich nach der Sonne reckte, und seine Blüten hießen Alexandria, Jerusalem, Karthago, auch Rhodos und vielleicht noch Mazedonien, bestimmt aber Syrien – die Feinde waren durchaus kultiviert, das konnte man ruhig zugeben! Alexandria aber war die Krone, und kluge Bienen wußten das. Es stand zu hoffen, daß diese Unruhen nicht zu neuen polizeilichen Vorschriften führten. Es war einfach zu langweilig, wenn man nach Mitternacht nicht mehr ausgehen durfte!

Erif Dher war mittlerweile vor Kratesikleias Haus angekommen. Sie hörte, daß sowohl Sphaeros als auch Berris dort seien. Die Diener kannten sie gut und führten sie hinein, doch Erif sah, daß sie alle entsetzt und ängstlich waren, sogar der alte helotische Türsteher, der stets die Gelassenheit eines erfahrenen alten Wachhundes ausgestrahlt hatte. Berris kam ihr im Hof entgegen; schnell erzählte sie ihm, was sie erfahren hatte. Er nickte. »Hier glauben sie das auch, aber sie wissen nicht, was sie tun sollen. Erif, ich habe sie gesehen. Sie weiß es. Die alte Königin schluchzt und heult wie ein Kind – hör nur!« Sie lauschten und erschauerten. »Sie aber ... Erif, sie war so ruhig und hart wie Elfenbein. Erif, meinst du, ihr ist alles gleichgültig?«

»Nein«, antwortete Erif. »So ein Glück hast du nicht, mein Lieber. Sie ist eine Spartanerin. Und die alte Frau wird sich ebenfalls so verhalten, wenn sie den ersten Schock überwunden hat. Ist Sphaeros bei ihr? Berris, wir müssen Philylla und die Kinder des Königs fortbringen.«

»Mit den Kindern wird es aber schwieriger. Wenn dieser Sosibios seine Drohungen ernst meint.«

»Aber ohne die Kinder geht sie nicht. Das weiß ich. Außerdem ... Berris, vielleicht ist es dumm, aber ich will nicht, daß die drei hier zurückbleiben und ermordet werden. Agiatis war immer sehr freundlich zu mir.«

»Ja«, antwortete Berris, »du hast recht. Wir müssen Kleomenes' Kinder wegbringen. Vor allem den Ältesten. Mir scheint, es ist Eile geboten. Ich hoffe nur bei allen Göttern, daß niemand meine Statue anrührt. Wieviel Geld haben wir, Erif?«

»Genug für Überfahrt und Bestechungen. Wohin fahren wir denn? O Berris, gehen wir doch nach Norden!«

»Vielleicht. Erif, da kommt sie. Ich glaube nicht, daß ich sie jemals zuvor so schön gesehen habe!«

Er starrte Philylla an, staunte über die Kraft und Schönheit ihres Antlitzes und ihrer Haltung. Erif trat rasch auf sie zu und küßte sie innig. Sie wußte, daß sie nichts Hilfreiches sagen konnte, weder mit Worten der Liebe noch des Zaubers. Die Berührung ihrer Hände und Lippen mußte genügen. »Wir holen dich hier heraus«, sagte sie schließlich. »Ja, ich weiß, was du sagen willst! Dich und die Kinder.«

»Meint ihr«, erwiderte Philylla langsam, »die Gefahr ist so groß?«

»Ich war gerade im Palast. Ich weiß es genau.«

Philylla schauderte ein wenig. Dann sagte sie: »Wir haben es ihnen nicht gleich gesagt. Es war ... schwer. Aber Sphaeros meinte, wir müßten es den Kindern erzählen. Er und die Großmutter teilen es ihnen gerade mit.« Sie runzelte die Stirn. »Ich wollte es ihnen selbst sagen, aber die Königin ließ es nicht zu. Es wäre besser gewesen, wenn sie es mir überlassen hätte, denn ich stehe Nikomedes näher und bin vielleicht gleichermaßen betroffen.«

Erst jetzt hatte Erif Gelegenheit, etwas einzuflechten. »Ist es so schlimm?« fragte sie. »Liebste, Liebste, kannst du überhaupt darüber sprechen?«

Philylla antwortete: »Ich kann es noch gar nicht richtig fassen. Ich glaube, es ist mir gleichgültig, ob ich weiterlebe oder sterbe. Mein wahres Leben ist vorbei.«

»Nein, es ist nicht vorbei!« rief Erif. »Du bist jünger als ich. Du bist erst einundzwanzig. Du wirst wieder frei sein ... wie ich es geworden bin. Ich helfe dir zu leben, meine Süßeste.«

»Du und Berris«, erwiderte Philylla, »ihr seid liebe ... Barbaren. Ihr ahnt nicht einmal, was geschehen ist. Es geht nicht um mein Leben allein, auch nicht um Panteus' Leben.« Sie hatte gezögert, sprach dann jedoch seinen

Namen aus, ohne daß ihre Lippen zitterten. »Es geht um das Leben, von dem ich ein Teil war – das ist nun verschwunden. Ich fühle mich ... wie ausgehöhlt. Mein Gott hat mich verlassen. Es wird kein Sparta mehr geben! Ich habe schon lange versucht, mich damit abzufinden, aber es wollte mir nie recht gelingen. Und jetzt ist die Stunde da, die ich nicht voraussahen konnte.«

Berris und Erif hatten ihre Hände ergriffen. Sie versuchten, ihr das Gefühl zu geben, Teil *ihres* Lebens zu sein und *ihrer* Götter. Sie berichteten von ihren Plänen. Berris hatte alles ganz klar vor Augen. Das beste würde sein, sie und die Kinder noch am Abend zum Hafen zu bringen – in einer Stunde war es schon dunkel. Und dann würden sie einfach irgendein Schiff besteigen, das am Morgen Segel setzte. Gewiß ließen sich Kapitän und Mannschaft von Berris bestechen.

»Ich habe kein Geld«, antwortete Philylla brüsk. »Und sie haben auch keins. Ihr versteht, ich müßte sie heimlich fortschaffen, ohne daß Kratesikleia davon erfährt. Sie würde sie nie fortlassen. Ihr wäre es lieber, sie stürben wie Spartaner vor ihren Augen! Als hätten wir nicht gelernt, einen Rückzug zu planen! Aber ich kann es schaffen. Sie werden mit mir kommen.«

»Ihr werdet alle Gäste von Marob sein«, sagte Erif ein wenig stolz. »Pack deine Sachen, Philylla.«

»Nur ein kleines Bündel«, sagte Philylla, »für die Kinder. Ich selbst brauche nichts.« Sie wandte sich ab.

In diesem Augenblick kam eine der Dienerinnen der Königin auf den Hof gerannt und umklammerte sie mit einem halb unterdrückten, kehligen Schrei. Philylla schüttelte die Frau. »Was ist los? Was noch? Die Königin?«

»Nein«, stammelte die Frau. »O ... o Philylla ... Nikomedes!«

»Was ist geschehen?« fragte Philylla mit seltsam tonloser Stimme.

»Als er hörte, was seinem armen Vater zugestoßen war, schwieg er zuerst, aber dann ging er aufs Dach und stürzte sich hinab!«

Mit steinernem Gesicht fragte Philylla: »Ist er tot?«

»Nein, aber schwer verletzt ... am ganzen Körper ... und sein Kopf, sein Gesicht ... o Gott, hilf uns, all das Blut!« Die Frau zuckte und wand sich und schrie und schrie.

»Das ist wohl das Ende unserer Pläne«, sagte Philylla. »Ich gehe zu ihm.«

Rasch trat sie ins Haus und ließ Erif und Berris stehen. Die beiden zogen die Frau hoch und schlugen sie, bis sie aufhörte zu schreien. Sie wollten mehr erfahren. Doch die Dienerin wußte nur, daß alle herbeigerannt waren, um den Jungen aufzuheben, aber kaum gewagt hatten, ihn anzufassen, weil er so schwer verletzt schien. Und er hatte geschrien und getobt, sie wären jetzt seine Untertanen und müßten ihm gestatten, sich umzubringen!

Erif hielt entsetzt den Atem an; sie haßte es, wenn Kindern etwas zustieß. Es schien so unnötig grausam. Die Frau ging schluchzend zurück ins Haus. Nach einer Weile sagte Berris: »Wenn er stirbt, wird sie vermutlich mit den Kleinen mitkommen.«

Erif gab keine Antwort. Ein wenig war sie auf die Kinder des Königs eifersüchtig – auf die spartanische Denkweise, die Philylla davon abhielt, mit ihnen zu fliehen. Dennoch liebte Erif die Kinder, weil Philylla sie liebte. Auf seine Weise liebte auch Berris die Kinder. Manchmal sah er sie mit den Augen des Künstlers, und dann fand er sie schön – und der Gefahr wegen, in der sie schwebten, schienen sie noch schöner. Dann aber gewannen Eifersucht, Besitzanspruch und Sehnsucht nach Philylla wieder die Oberhand, und er sah in ihnen nur ein Hindernis. Für diese Gefühle haßte er sich jedesmal, denn sie führten zu nichts und hielten ihn nur von der Arbeit ab. Dennoch gelang es ihm nicht, sie stets mit Wohlwollen zu betrachten. Das ging über seine Kräfte, dazu wäre nur ein Gott fähig gewesen. In den rasch länger werdenden Schatten ging er rastlos auf und ab und dachte darüber nach. Er verspürte Mitleid für Nikomedes, litt mit ihm, war ängstlich und verletzt wie Philylla; doch dann wiederum fühlte er nichts als Zorn. Erif hingegen stand ganz still und suchte nach einem Zauber, der in diesem griechischen Haus wirken mochte, aber sie wußte keinen. Und als sie erkannte, wie innig sie Philylla liebte, wurde sie von Furcht übermannt. Wenn ihr etwas zustieße ... und ihr würde etwas zustoßen, es sei denn ... es sei denn ... Und dann trat Sphaeros aus dem Haus, grau und ungepflegt und verwirrter denn je.

Er sagte: »Was habe ich getan? Warum hat er das getan? Konnte das Kind nicht warten und nachdenken?« Und nach einer Pause: »Es ist ... alles so entsetzlich, Berris. Ich habe geholfen, ihn auf ein Bett zu legen. Und die ganze Zeit war er wütend und haßte uns, weil wir ihm helfen wollten.«

Berris antwortete mit den recht harten Worten: »Du hast ihn gelehrt, ein Stoiker zu sein, Sphaeros, du hast ihm beigebracht, seinen Körper zu mißachten. Und jetzt scheint er sich von seinem Körper völlig gelöst zu haben. Diese wunderschönen Augen und die gerade Stirn!« Er war plötzlich unendlich zornig über diese Vergeudung, und die Wut darüber vermischte sich mit seiner Wut über die Verzögerung und die zunehmende Gefahr für seine Liebste. Er sagte: »Vermutlich weißt du, daß Sosibios nun hinter den Frauen und Kindern her sein wird?«

Sphaeros wurde blaß. »Ich hatte es befürchtet«, sagte er. »Kleomenes hätte es wissen müssen.«

»Wissen! Er hätte sich um sie kümmern müssen«, antwortete Berris. »Aber ich werde Philylla, die Witwe des Panteus, und die beiden kleinen Kinder fortschaffen.«

»Warum Philylla?« fragte Sphaeros mit der ganzen Zimperlichkeit eines alten Mannes, der zufällig mitbekommt, wie andere gefährliche Ideen ausbrüten. »Warum nicht ...«

»Weil ich es so will!« antwortete Berris.

»Wegen Agiatis«, warf Erif rasch ein.

Das schien Sphaeros zu begreifen. »Wenn ich euch vor irgendeiner Gefahr schützen kann ... Natürlich bin ich bereit, für sie zu sterben.«

»Aber dazu bekommst du keine Gelegenheit. Dein Pech!« antwortete Berris grimmig.

Dann trat Philylla wieder aus dem Haus; sie hatte sich die Hände gewaschen, doch auf ihrem Kleid war ein Blutfleck.

Berris fragte: »Sind die Kleinen bereit?«

Sie antwortete: »Ich bringe sie her. Aber ihr müßt sie mitnehmen, Erif ... du und Sphaeros. Ich muß jetzt bei Nikomedes bleiben.«

»Das wirst du nicht!« sagte Berris, ergriff sie und küßte sie, ohne auf Sphaeros zu achten, fest auf den Mund. Der Alte starrte sie erschöpft an, als habe er an diesem Tag schon zu viel gesehen.

Sie erwiderte seinen Kuß mit beinahe brennender Heftigkeit, doch dann stieß sie ihn mit beiden Händen von sich. »Nein!« sagte sie. »Bring die beiden Kinder weg! Bring sie nach Sparta zurück! Erzähl ihnen von den Neuen Zeiten! Erzähl ihnen von ihrem Vater und ... seinen Freunden! Aber ... mach es nicht zu schrecklich, Erif! Die kleine Gorgo hat so schlimme Träume. Sie sollte jung heiraten ... einen freundlichen Mann. O Erif, Erif, mein Liebling, ich will dich noch nicht verlassen!« Und einen kurzen Augenblick lang warf sie sich in Erifs Arme und schluchzte an ihrer Brust. Ihr Haar lag weich an Erifs Hals, und ihr Körper fühlte sich so zart an, so verletzlich. Erif fühlte sich plötzlich eher wie eine Schwester denn eine Freundin, eher wie eine Mutter. Sphaeros und Berris blickten sie an; beide waren in diesem Augenblick ausgeschlossen. Das betraf nur die Frauen, die weibliche Seite der Geschichte, die sich den Männern plötzlich offenbarte. Unvermittelt schmerzten Berris die Augen vor Tränen. Er wußte, daß Philylla, seine Liebste, tun mußte, was sie für richtig hielt. Und Philylla richtete sich wieder auf, glättete ihr Kleid, holte tief Luft, lächelte und sagte: »Ich hole sie jetzt. Lebt wohl!«

Im gleichen Augenblick ertönten vor der Tür lautes Klopfen und Männerstimmen, und gleich darauf war der Hof voller Uniformen. Es waren vierzig Soldaten von König Ptolemaios' Wache, die zwei Frauen zwischen sich führten: Leandris, die ihr Kind auf dem Arm hielt, und Neareta, der man die Hände gebunden hatte. Ihr Gesicht war rot vor Wut, und ihr Kleid war zerrissen, als habe sie sich heftig gewehrt. Philylla fragte den Offizier: »Was wünscht Ihr?« Der Offizier antwortete, er habe den Befehl von Sosibios, die Mutter und Kinder des verstorbenen Kleomenes, sowie alle mit ihnen in Verbindung stehenden Frauen zu exekutieren.

»So«, entgegnete Philylla und musterte den Offizier aufmerksam. Dann erteilte der Mann mit lauter Stimme einen Befehl, und die eine Hälfte der Soldaten marschierte an Philylla vorbei ins Haus. Sphaeros und Berris stürmten auf den Offizier los und brachen einen Streit vom Zaun. Ein weiterer Befehl ertönte. Beide wurden unter heftiger Gegenwehr festgenommen; man zerrte ihnen die Arme auf den Rücken und knebelte sie. Erif hatte geschwiegen. Sie stand ruhig neben Philylla und sah, wie die Freundin vor Wut zitternd die Fäuste ballte, und als man Berris ergriff, der sich blindlings gegen vier Männer wehrte, die ihn traten und zerrten, wurde ihr Blick wild wie der einer angeketteten knurrenden Hündin, der man die Jungen fortnimmt.

Währenddessen schluchzte Leandris unentwegt: »Bringt mein Kind nicht um! Warum wollt ihr mein Kind töten?« Erif trat rasch auf sie zu, um es ihr abzunehmen, aber man verwehrte es ihr mit Speeren.

»Weil es uns Scherereien erspart«, sagte der Offizier. »Ihr da, raus mit euch! Allesamt raus! Ihr da, ihr Skythen, und du auch, Sphaeros, du alter Sabberer! Macht, daß ihr rauskommt, sonst soll es euch schlecht ergehen!«

Die drei wurden ergriffen und unter heftiger Gegenwehr aus dem Hof gedrängt. Hinter ihnen fiel das Tor zu. Berris riß sich den Knebel aus dem Mund, rannte zur Tür, hämmerte mit den Fäusten dagegen, tobte und raste. Schließlich griff er sich einen Mann aus der Menge, die sich versammelt hatte, und schrie ihn an, er solle ihm helfen, das Tor zu stürmen. Doch niemand war auch nur im geringsten dazu bereit. Die Leute lachten bloß und machten sich lustig über Erif und Sphaeros, der sie ebenfalls um Hilfe anflehte. Und als die beiden Barbaren ihr Griechisch vergaßen und in einer lächerlichen, absonderlichen Sprache herumbrüllten, nahm die Heiterkeit kein Ende. Zwei rotgesichtige Skythen und ein alter Mann, von den Wachen des Königs vor die Tür gesetzt! Ein herrliches Schauspiel. Und da drinnen, ha, da wurde gerade dieses Frauenpack umgebracht!

Zweites Kapitel

Ein heißer Nachmittag am Tag danach in Kanopos.

Der Raum ging nach Norden aufs Meer und hatte viereckige Fensteröffnungen. Nackte Fächerschwingerinnen, abwechselnd dunkel- und hellhäutig, erzeugten eine künstliche Brise, die durch das über die Marmorstufen fließende Wasser gekühlt wurde. Mitten im Raum stand ein Brunnen mit Schwanenhälsen, aus denen Wasser strömte, und eine silberne Dionysos-Statue lehnte an einem Felsen, zu seinen Füßen Vögel mit Opfergaben von Blüten und Beeren. Ptolemaios und Agathokles waren beide nackt bis zur Hüfte. Das war beinahe zu bedauern, denn Ptolemaios wurde allmählich fett. An seinem ganzen Körper bildeten sich Speckfalten, über die Agathoklea gern spaßeshalber die Finger gleiten ließ. Sie und Metrotimé trugen geradegeschnittene Kleider aus ägyptischem Musselin, butterfarben und vollkommen durchsichtig. Sie tranken schneegekühlten Wein, tauchten die Finger in den Brunnen und nahmen zuweilen eine Olive oder ein paar Nüsse zu sich.

»Wann erwartest du ihn?« fragte Agathoklea endlich.

Ptolemaios lächelte und schwieg, aber ihr Bruder antwortete: »Kottalos? Jederzeit. Sosibios wird ihn früh am Morgen losgeschickt haben.« Dann verstummte auch er und lächelte ein wenig. Sein Atem ging rasch.

Metrotimé sagte: »Und dann wissen wir genau, daß es geschehen ist.« Sie starrte ins Leere.

»Wir wissen es jetzt schon«, meinte Agathokles. »Wenn Sosibios behauptet, es sei geschehen ...!«

»Der liebe Sosibios«, meinte Agathoklea automatisch. »Wie gut er alles im Griff hat!«

»Ich bin nicht sicher, ob er alles so ausgezeichnet im Griff hatte«, entgegnete ihr Bruder. »Wenn Kleomenes Amok laufen konnte wie ein wildgewordener Elefant! Das spricht für einen Mangel an Klugheit und politischer Voraussicht. Ich selbst habe ein paarmal versucht, ihn zu warnen, aber ... Ich bin nun einmal kein General!« Er warf einen Blick auf Ptolemaios. Aber der Göttliche König rollte ein Stück frisches Brot in der Hand und ließ die Tür nicht aus den Augen. Agathokles fuhr fort: »Und es ist nicht sehr fein, Rache zu nehmen, indem er einfach die Frauen umbringt.«

»Und die Kinder«, warf Ptolemaios im Flüsterton ein und verriet damit, daß er zugehört hatte. »Und den ältesten Sohn!«

Agathoklea warf Metrotimé einen raschen Blick zu; sie erinnerten sich an die Episode mit Nikomedes. »Versuch einmal diesen Wein aus Thera, Liebste!« sagte Agathoklea. »Er ist stärker. Du siehst blaß aus.«

Rasche Schritte erklangen, und ein bewaffneter Offizier trat ein und salutierte. Es war der gleiche Mann, den Erif und Berris im Hof der alten Königin gesehen hatten. »Ah«, sagte Ptolemaios und streckte ihm eine Hand entgegen. »Ah, mein lieber Kottalos. Du kommst geradewegs aus Alexandria?«

»Auf Befehl Seiner Göttlichen Majestät«, erwiderte der Mann. »Um Bericht zu erstatten über ...«

»Aber setz dich, setz dich«, unterbrach ihn Ptolemaios. »Und leg deine Rüstung ab! Ja, und einen Becher Wein, ehe du beginnst. Trink doch erst! Wirklich, mir wird heiß bei deinem bloßen Anblick.«

Der Mann salutierte wieder und setzte sich hastig auf den Brunnenrand. Agathoklea half ihm, den Brustpanzer abzuschnallen. »Seine Göttliche Majestät wünschen zu wissen ...« begann er.

Wieder unterbrach ihn Ptolemaios. »Hast du es auch bequem dort, Kottalos? Wie bist du gereist, zu Pferd oder auf einem Kamel?«

»Zu Pferd, Eure Majestät. Mein Bericht ...«

»Und keine Zwischenfälle auf der Straße? Nichts Interessantes?« Die anderen sahen sich an und fragten sich, ob ihr Göttlicher Herrscher sich absichtlich so verhielt. Agathokles schnitt dem Offizier Grimassen.

Doch Kottalos wußte, was seine Pflicht war; er hatte seine Befehle von Sosibios. Er wandte den Blick von Agathoklea und Metrotimé, deren Gewänder ihn verlegen machten, und fuhr mit steinernem Gesicht fort: »Ich marschierte mit meinen Männern zu dem Haus, Eure Göttliche Majestät. Es gab keinen Widerstand dort, und auch auf den Straßen waren keine Zeichen von Unzufriedenheit oder Feindseligkeit zu entdecken. Ich hatte bereits zwei der Frauen festgenommen, Witwen der Rebellen, und führte sie mit mir. Im Hof trat mir eine dritte Frau entgegen.«

»Wer war es?« fragte Metrotimé rasch.

»Man sagte mir, es sei die Witwe des Panteus gewesen.«

»Ach, Philylla, Erifs Freundin.«

»Außerdem waren der Philosoph Sphaeros, der skythische Bildhauer und die skythische Frau anwesend.«

»Und was hast du mit ihnen gemacht?« fragte Metrotimé und beugte sich mit einem sonderbaren Lächeln vor, wobei sie den Wein im Becher schwenkte.

»Mit ihnen? Oh, ich ...« Kottalos zögerte und blickte von Metrotimé zu den anderen. »Sie ... hm ... sie gingen fort. Fremde hatten dort nichts verloren. Ich ließ das Haus durchsuchen und die Frauen und Kinder herausbringen. Sie folgten ruhig. Ich beschloß, die Exekution im Hof hinter den Lagergebäuden und dem Gemüsegarten durchzuführen, weil er fernab der Straße lag; falls Lärm entstehen sollte. Diese Frau, die ich bereits erwähnte, diese Witwe des Panteus, stützte die alte Königin und sprach auf sie ein Eine sehr schöne junge Frau, soweit man das von den Dorern behaupten kann.«

Plötzlich fragte der König: »Und die Kinder? Mein lieber Kottalos, wir warten auf die Einzelheiten. Lebhafte Schilderungen.«

Kottalos runzelte die Stirn. Er war kein besonders feinfühliger Mensch, aber daran erinnerte er sich nicht gern. Nun ja, der Wunsch eines Königs war ein Befehl. »Das jüngste Kind hat wahrscheinlich gar nichts begriffen, es klammerte sich an seine Großmutter und die andere Frau. Der zweite Sohn versuchte, sich zu wehren und mußte gebunden werden. Danach schrie er nur noch. Es war eine unangenehme Aufgabe. Der Älteste mußte beinahe getragen werden. Er war zu schwer verwundet, um allein zu gehen.«

»Verwundet?« fragte Ptolemaios mit einem merkwürdigen Aufstöhnen. Er und die beiden Frauen wurden unruhig.

»Ja, Eure Göttliche Majestät«, antwortete Kottalos, »er hatte versucht, Selbstmord zu begehen, indem er sich vom Dach stürzte.«

»Das habe ich nicht gewußt«, sagte Ptolemaios. »Sosibios hat es keiner Erwähnung wert befunden. Nein. Vom Dach, sagtest du. Sprang einfach hinunter. Und wo war er verwundet?«

»Überwiegend am Kopf, Eure Göttliche Majestät. Man hatte ihn verbunden. Er sagte nichts, ich glaube, er konnte nur noch flüstern. Diese Frau, die ich bereits erwähnte, trat ein paarmal zu ihm. Ich erlaubte es ihr. Ich bin nicht sicher, ob er viel von den Vorgängen erfaßte. Sein Blick war schon so trüb.«

»Seine Augen, seine Augen«, sagte König Ptolemaios, und mehrmals schien sich sein Körper rhythmisch zu verkrampfen und zu entspannen.

Kottalos fuhr fort: »Wir erreichten den Hinterhof, und ich traf meine Vorkehrungen. Die Männer mit den Schwertern traten vor. Dann bat die alte Königin würdevoll darum, zuerst getötet zu werden.«

»Und wurde ihrer Bitte entsprochen?« fragte Metrotimé.

»Nein. Ich hatte meine Befehle. Die Kinder wurden zuerst getötet.«

»Die Kinder zuerst«, sagte Ptolemaios. »Erzähl mir mehr darüber. Haben sie sich gewehrt, Kottalos?«

»Keineswegs, Eure Göttliche Majestät. Meine Scharfrichter verstehen ihr Handwerk. Bei jedem war nur ein einziger Hieb notwendig. Dann exekutierten wir die Königin.«

»Und niemand sprach ein Wort?«

»Doch, Eure Göttliche Majestät. Die Königin sagte: ›Oh, meine Kinder, wohin seid ihr gegangen?‹ Keine der Frauen sträubte sich. Es war alles ... wenn ich das so ausdrücken darf ... alle waren sehr gefaßt. Ein paar weinten, besonders eine jüngere Frau mit einem Säugling. Sie war eine der Witwen. Als sie aber an die Reihe kam, machte auch sie keine Scherereien. Der Säugling wurde ebenfalls getötet. Diese andere Frau, die Witwe des Panteus, war äußerst hilfreich. Sie sagte kein Wort und schien auch nicht verstört, und sie kümmerte sich um die Leichen und legte sie sorgfältig zurecht, so daß wir selbst nichts mehr zu tun brauchten. Das ist schon eine große Erleichterung, wenn es sich um Frauen handelt. Nachdem die anderen alle enthauptet waren, bat sie um Erlaubnis, sich für ihre eigene Exekution ein wenig abseits stellen zu dürfen. Ich sah keinen Grund, ihr diesen Wunsch abzuschlagen, daher trat sie von den anderen Soldaten weit fort. Dann glättete sie ihr Kleid und zog es eng um sich, damit sie mit Anstand fallen und uns nach ihrem Tod keine Unannehmlichkeiten mehr bereiten würde. Eine überaus hilfreiche Person.«

An dieser Stelle brach Kottalos unvermittelt ab, in der unbehaglichen Gewißheit, daß seinem Bericht über die Ereignisse des vergangenen Abends etwas Wichtiges fehlte. Aber er wußte um das liebe Leben nicht, was. Er war auch sicher, daß es ihm nicht mehr einfallen würde, schon gar nicht im Angesicht des Göttlichen Königs. Vielleicht irgendwann einmal, in ein paar Jahren, wenn er mit einem Freund oder einer mitfühlenden Geliebten darüber sprach ... Denn ein paar Episoden hatten ihn tief verstört und gerührt. Doch diese vier hier warteten nur auf verfängliche Stellen. Er warf einen Blick in die Runde. Nein! Die Ionierin war auch bewegt. Sie betupfte sich die Augen.

»Aber gewiß gibt es noch mehr zu erzählen, Kottalos? Nimm einen Schluck und fahre fort! Ich habe den ganzen Morgen darauf gewartet!«

»Nun ...«, begann Kottalos und wand sich verlegen.

»Nun, Eure Göttliche Majestät, ich werde es versuchen. Es war fast dunkel, ehe wir zum Ende gelangten. Ich folgte den Anweisungen, ließ die Leichen entfernen und unauffällig verbrennen. Nur eine kleine Menschenmenge sah zu, und sie schien nicht feindselig gestimmt. Die Leichen der anderen Rebellen harren immer noch auf den Befehl Eurer Göttlichen Majestät.«

»Ja, wirklich?« fragte Ptolemaios langsam. »Wirklich? Aber Nikomedes ist jetzt zu Staub geworden, zu Asche, im Winde verweht. Unbetrauert. Unbekränzt ...«

»Wenn mir bekannt gewesen wäre, daß Euer Wunsch ...«, begann Kottalos nervös, aber Agathokles brachte ihn mit einer Handbewegung zum Schweigen.

Der König sank grübelnd in sich zusammen; draußen bewegten sich die Fächermädchen lautlos hin und her. Endlich hob Ptolemaios den Kopf und sagte: »Es war also am Ende Sosibios, der das Opfer darbrachte. Nicht ich. Und ich weiß nicht, was Sosibios im Herzen fühlte. Ich werde es nie erfahren. Vielleicht dachte er gar nicht an einen Gott. Oder hat sich der Junge selbst geopfert? Sprang er von der Klippe des Hauses, wie Götter schon in die Luft gesprungen sind, um dann auf immer zu verschwinden?« Plötzlich rollten Tränen über seine Wangen, fielen auf die Brust und den zitternden, krampfhaft zuckenden Bauch.

Agathokles verzog das Gesicht, streckte dem König eine Hand entgegen und sagte leise: »Da sind noch die anderen Leichen. Man wartet auf deinen Befehl. Und sie warten sehr geduldig und gehorsam.«

Ptolemaios antwortete: »Ja«, und seine Finger zerrupften eine Scheibe frischen Brotes. Heftig und blitzartig tauchte Kleomenes vor seinen Augen auf, mit seinen starken, spartanischen Armen, die ihn doch niemals zu zermalmen drohten, dem geraden, verletzten Blick, seiner Stimme, die nicht um Gnade gebettelt hatte – der andere König. Er bückte zu Kottalos und sagte mit scharfer Stimme: »Mein Befehl lautet, den Leichnam von Kleomenes, dem Rebellen, auf der Kreuzung hinter dem Sonnentor zu häuten und mit einem Stab aus Tannenholz zu pfählen. Geh!«

Kottalos salutierte hastig, nahm seinen Helm und den Brustpanzer und verschwand. Das beste wäre, noch heute zurück nach Alexandria reiten zu können und sich am Abend zu betrinken. Man brauchte etwas Starkes, um sich den Geschmack des Göttlichen Königs aus dem Mund zu spülen.

Ptolemaios lächelte und blickte seine Freunde reihum an. »Das ist doch ein netter Schlußpunkt«, sagte er. »Liebste Metrotimé, was schreibst du da?« Denn Metrotimé kritzelte auf die Täfelchen auf ihren Knien.

»Laß sehen, Liebling!« rief Agathoklea. »Oder ist es etwas Unanständiges?« Und sie kicherte vor Erleichterung.

»Es ist nichts Unanständiges«, antwortete Metrotimé, »aber ich bin noch nicht ganz fertig. Und vermutlich werde ich das niemals.«

»Warum nicht?«

»Oh, weil es weder interessant noch lustig ist. Ein altmodisches Gedicht. Zumindest wäre es das geworden. Aber das ist bislang alles:

Aber du, du, mein Kind,

Gezeugt unter großer Freude

Auf den Hügeln Spartas,

Dein Name, dein Name soll vergessen sein,

Deine Schönheit, deine wilden Augen.

Und keine Tränen sollen jemals ...

Aber ich sollte wirklich keine Gedichte über Rebellen schreiben, nicht einmal schlechte, nicht wahr?« lachte sie und rieb die Worte mit dem Daumen weg.

Ptolemaios beugte sich vor, und ihre Blicke trafen sich, wie es zuweilen geschah, über den Köpfen der anderen beiden. »Wann hast du ihn gesehen?« fragte Ptolemaios.

Aber Metrotimé lachte nur und begann eine neue Geschichte über einen Eheskandal, die ihr ihre ägyptische Dienerin tags zuvor erzählt hatte. Und dann fingen alle an zu essen und zu trinken und versuchten, sich zu unterhalten.

Später baten sie einen Flötenspieler und ein tanzendes Zwergenpärchen mit festen Kindergesichtern herbei. Sie lachten und neckten die Zwerge, besonders Agathokles, der den Zwergenmann kniff und ihm Gesichter schnitt, bis er schrie. Und dann kündigte man die Göttliche Prinzessin Arsinoë an, die, von vier Ehrendamen gefolgt, den Raum betrat. Arsinoë war ein hochgewachsenes, stolz aussehendes Mädchen mit blondem Haar unter einem Netz aus Silberblättern – eine echte mazedonische Prinzessin. Man erhob sich zu ihrer Begrüßung, aber sie übersah alle außer ihrem Bruder und sagte: »Ich habe die Neuigkeiten aus Alexandria gehört. Da die Schüler des Sphaeros von Borysthenes nunmehr tot sind, gibt es keinen Grund mehr, warum ich ihn nicht zum Lehrer haben kann. Wann kann er anfangen?«

Ptolemaios betrachtete sie mit der gewohnten Abneigung. Sie strahlte nichts Geheimnisvolles aus, besaß keine Göttlichkeit; sie war zäh und sterblich, und ihre Arme waren voller Sommersprossen. Doch ihm fiel kein vernünftiger Grund ein, ihre Bitte abzuschlagen. »Er kann in ein paar Tagen kommen«, antwortete der König. »Schick ihm eine Nachricht, Agathokles!«

Metrotimé sagte: »Vermutlich ist er in den nächsten paar Tagen nicht in der rechten Stimmung zu lehren, Göttliche Arsinoë. Er ist nicht mehr der Jüngste, und diese Geschichte ... nun, sie hat ihn vielleicht aufgeregt.«

»Was nützt es ihm denn, Stoiker zu sein, wenn er nicht einmal so etwas aushalten kann?« erwiderte die Prinzessin. »Aufgeregt! Wenn er da ist, werde ich ihm schon erzählen, was ich von ihm und seiner Philosophie halte.« Dann sagte sie, an den Bruder gewandt, bitter und verächtlich: »Er muß mich unterrichten, damit ich dich zu ertragen lerne!« Sie drehte sich um und verließ den Raum.

Ptolemaios errötete, dann wurde er blaß. Agathokles leckte sich die Lippen. »Es wird unerhört interessant werden, wenn du dich daranmachst, diese göttliche kleine Kratzbürste zu zähmen. Im allgemeinen sollte ein Gatte – mit seinen Freunden – in der Lage sein, sein Weib zu demütigen, wenn sie anfängt, die Nase zu hoch zu tragen. Ja, Arsinoë, einmal gezähmt, wird ein rechter Leckerbissen sein.« Er lachte und Agathoklea stimmte ein, wobei ihre Brüste fröhlich wippten.

Die Unterhaltung wandte sich nun diesem und jenem zu; man sprach über andere Neuigkeiten aus Alexandria. Vor kurzem sei ein indischer Priester dort angekommen; er konnte sich Messer in den Leib stechen. Den mußten sie einladen. Der Hanf stand in voller Blüte; der große Hafen quoll über von prächtigen Schiffen. Aus dem Norden sei ein großes Boot gekommen, das seltsam bemalte Segel trug und mit seltenen Fellen beladen war – oh, wie sehr Agathoklea schöne Pelze liebte! Dazu Hanftabletten, die man auf Holzkohle verbrannte, um eine traumhafte Atmosphäre zu schaffen, geräucherter Lachs und Kaviar sowie heller nordischer Bernstein. Das Schiff käme aus einem Ort mit seltsamem Namen. Nein, nicht aus Olbia oder Pantikapaion oder Tyras. Wie lautete er noch? Ach ja, Marob.

Drittes Kapitel

Berris hatte den ganzen Tag an seiner Statue weitergearbeitet. Er wollte nichts essen, trank aber viel, und am Spätnachmittag würde Erif das Bildnis betrachten können. Das Wesen im Hintergrund seiner Statue hatte endlich Gestalt angenommen. Es hatte den flachen, hirnlosen Kopf eines Vogels mit zur Seite starrenden Augen. Der Schnabel war geöffnet, um Philylla zu zerreißen; die Flügel umschlossen sie gierig. Es trug kein Elchgeweih mehr; nichts Nordisches war ihm geblieben. Die Figur stellte die Verlassenheit des Südens dar, den Geier der Wüste, Liebe in Tod verwandelt. Das entsprach der ägyptischen Tradition, blieb aber davon losgelöst und zu Kraftvollerem kristallisiert, als es Ägypten seit langer Zeit hervorgebracht hatte. Als Erif die Statue betrachtete, begann sie wieder zu weinen, bis Berris sich umdrehte und sie zornig anstarrte, mit rotgeränderten Augen. In der Nacht zuvor hatte er kaum geschlafen, erst im Morgengrauen, als er erfuhr, daß er die Leichen auf keinen Fall sehen durfte, daß er nicht einmal das leblose Bild seiner Philylla je wieder erblicken würde. Da schlief er eine Stunde lang und wachte schreiend wieder auf. Davon erwachte auch Erif, und auch sie begann zu schreien. Dann hatte Berris angefangen, an dem Wesen zu arbeiten, von dem er geträumt hatte, und Erif hatte ihm dabei zugesehen. Das Kleid, das sie für Philylla genäht hatte, lag auf einer Truhe, wo Ankhet es zusammengefaltet hingelegt hatte. Ab und zu fiel ihr Blick darauf, aber sie vermochte es nicht zu berühren und wegzulegen. In ihrem Kopf herrschte ein dumpfer, ziehender Schmerz, wie damals in ihrem Knöchel, als Tarrik sie vergewaltigt hatte. Sie rief leise seinen Namen: »Tarrik, Tarrik, Tarrik.« Aber nichts geschah. Vielleicht war auch er tot. Er und Klint. Vielleicht hatte alles aufgehört. Sie hielt den Atem an und lauschte, um festzustellen, ob sie noch Leben spürte. Sie hörte den Meißel auf den Stein hämmern. Sie überlegte, ob sie etwas kochen sollte, ein Ei vielleicht. Berris wollte vielleicht essen. Aber sie bewegte sich nicht. Der Schmerz in ihrem Kopf nahm ständig zu. Nein, nichts würde daraus hervorgehen, nicht einmal eine Statue vom Tod und Philylla.

Genau einen Tag und eine Nacht später, im letzten Tageslicht, trat Sphaeros in den Raum. Als Erif ihn sah, schrie sie auf. Es gab eigentlich keinen Grund dazu; sie konnte ihn nicht für jemand anderen gehalten haben, er hatte sie auch nicht erschreckt. Aber es war, als sei eine schützende Schicht von ihr abgefallen, und darunter zitterte sie wie eine angespannte Sehne, schrie bei der leisesten Berührung. Sie entschuldigte sich. Berris fluchte und setzte seine Arbeit fort. Sphaeros begrüßte Erif freundlich und küßte sie, was bei ihm sehr sonderbar wirkte. Sie setzten sich nebeneinander und beobachteten Berris. Sphaeros versuchte nicht, sie mit Worten zu trösten. Dann fiel Erif etwas ein. »Sphaeros«, sagte sie, »es gibt nur eines, was wir tun können!«

»Was wäre das?« fragte er.

»Phoebis' Sohn. Erinnerst du dich? Gyridas ist noch auf dem Bauernhof und erholt sich nach seinem Fieber. Sie haben ihn vergessen. Wir können ihn retten.«

»Das werden wir tun«, sagte Sphaeros.

Erif flüsterte, um Berris nicht zu stören: »Wenn ich nur daran gedacht hätte, als ich Neareta bei den Soldaten sah! Ich hätte es ihr sagen können, und es hätte sie beruhigt. Aber sie haben sie umgebracht, ohne daß sie es wußte.«

»Du hättest nicht mehr mit ihr reden können«, entgegnete Sphaeros. »Das hätte das Kind nur in Gefahr gebracht. Ich werde ihn hierher holen. Sein Vater, seine Mutter, sein älterer Bruder, seine Spielkameraden – alle sind tot. Ja, man hat ihm alles genommen. Ich frage mich, wie er es ertragen wird.«

»Ach«, sagte Erif nur, »ich hätte ihr ein Zeichen geben können, und ich habe es versäumt!« Und anstatt sich über ein gerettetes Leben zu freuen, bereitete ihr der Gedanke an Gyridas neuen Schmerz. Sie weinte leise und leckte die Tränen auf, die ihr in den Mund rannen, so wie sie es als kleines Mädchen getan hatte. Dann zündete sie alle Lampen an, und das Licht flackerte und warf sonderbare Schatten auf die Statue.

Berris brach seufzend seine Arbeit ab. Dann sackte er plötzlich in sich zusammen und fiel auf den Boden in den Steinstaub, zwischen die verstreut herumliegenden Werkzeuge. Alles verschwamm um ihn her, und eine gnädige Ohnmacht legte sich auf seine Sinne. Lange Zeit lag er so.

Spät am Abend betrat Ankhet das Zimmer und brachte ihnen Essen, das sie extra für sie zubereitet hatte. Berris regte sich nicht, und er sagte auch nichts. Die anderen beiden blieben ebenfalls stumm, aber Ankhet stellte die Speisen auf einen kleinen Tisch. Dann sagte sie: »Aus Kanopos ist ein Befehl ergangen – er betrifft eine der Leichen.«

»Kleomenes!« Sphaeros klang sicher.

Sie errötete und nickte. »Er soll gehäutet und bei der östlichen Kreuzung gepfählt werden. Das ist seit vielen Jahren nicht mehr vorgekommen.«

»Ach«, erwiderte Sphaeros lediglich und schauderte kaum merklich.

Ankhet sagte unvermittelt: »Das gleiche tat König Set in der Mysteriengeschichte mit König Osiris.« Dann verließ sie den Raum.

Sie aßen nur wenig. Dann sagte Sphaeros: »Du mußt versuchen zu schlafen, meine Liebe. Das Schlimmste ist vorbei. Jetzt werden wir uns nur noch daran gewöhnen müssen, es auch zu akzeptieren. Das ist vergleichsweise leicht. Ich glaube, ich kann euch morgen ein paar Übungen dazu zeigen. Inzwischen werde ich mich um Gyridas kümmern. Ihr braucht nichts weiter zu tun. Versucht, euch zu beruhigen. Versucht, euch von eurem Schmerz zu lösen. Laßt ihn ruhen, berührt ihn nicht. Denkt nicht an sie, bis ihr es ohne große Trauer könnt.« Und wieder küßte er Erif und ging allein die Treppe hinab.

In dieser Nacht schlief Erif nicht, obzwar sie in dem großen Zimmer blieb und alle Lampen brennen ließ, damit sie nicht im Dunkeln aufwachte und Phiylla mit jenem Gesichtsausdruck vor sich sah, als die Soldaten das Haus der Königin betraten. Jede Sekunde, die sie wach lag, zehrte die Ruhe und Stille auf, die sie in den wenigen Minuten des Schlafs gesammelt hatte. Kopf und Körper schmerzten sie, und sie wurde ihrer rasenden Gedanken nicht Herr. Gegen Mitternacht begann Berris im Schlaf zu sprechen, und das war sehr schmerzlich. Er hatte die Statue nicht abgedeckt, daher mußte sie sie ansehen, als das erste Morgenlicht den Raum erhellte. Vor ihren Augen schien sie zu schwanken und zu verschwimmen, weil Berris nicht da war, sie zu beherrschen. Der Vogel schien sich mit seinem scharfen Schnabel immer dichter an Philylla zu drängen. Erif konnte den Anblick nicht ertragen, wagte aber nicht, Berris zu wecken, wenn sie auch fast sicher wußte, daß er Alpträume hatte. Sie stand auf, kleidete sich an, stellte sich an eines der Fenster, wo schon genügend Licht herrschte, und versuchte zu lesen, aber ihre Augen brannten vor Müdigkeit, und die Bücher schienen ihr sinnlos. Wenn so etwas passieren konnte, was nützte da die Welt, was nützte die Zauberei, warum überhaupt weiterleben, warum daran denken, zurück nach Marob und zu Tarrik und ihrem Sohn zu gehen, der sie vermutlich vergessen hatte, den sie nicht mehr kannte und daher nicht lieben konnte? Warum sich einbilden, es sei irgendwie wirklich und wichtig, einmal Frühlingsbraut gewesen zu sein?

Sie ließ den Blick zwischen Berris und der Statue hin- und hergleiten, diesem Gott oder Teufel, den er geschaffen hatte. Berris lag gerade ganz still. Leise ging sie hinaus auf die Straße. Erst sehr wenige Menschen waren auf den Beinen, und während der Nacht schienen sich die Gassen des Geruchs und der Eile des Tages entledigt zu haben. Es war kühl, doch zuweilen stieg man auf sonderbare Ansammlungen stehender, warmer Luft, die vom gestrigen Tag übriggeblieben waren. Sie gelangte auf die Hauptquerstraße und wandte sich nach links zum Tor, das zum Maerotis-See führte. Das Gehen erschöpfte sie, weil sie so müde war, aber irgend etwas mußte sie tun. Also ging sie weiter. Die Torwächter ließen sie passieren, und sie ging hinab ans Seeufer und spazierte am Wasser entlang, zuerst unter den Mauern Alexandrias her, dann an großen Gärtnereien vorbei, an Brachland mit spärlichem Bewuchs, wo Ziegen grasten, schritt nach Osten, fort von der Stadt. Die Sonne stieg direkt vor ihr auf; das grelle Licht blendete sie. Ungeduldig warf sie den Kopf von einer Seite auf die andere. Der See war im Verlauf des Sommers ringsum eingetrocknet und flacher geworden und hatte mehrere geschwungene Stufen getrockneten Schlamms freigegeben. Überall lag geduldig und still das Wasser und wartete auf den Regen. Es gab Schwärme von Vögeln, viele Enten, Sumpfvögel und Kraniche, doch hauptsächlich jene großen, rosafarbenen Flamingos der afrikanischen Sumpfgebiete. Die rosafarbenen Vögel standen auf einem Bein, stießen die langen Hälse mit den geschwungenen Schnäbeln vor und fischten in den schlammigen Untiefen. Erif Dher beachteten sie nicht.

Sie zog die Sandalen aus und watete durch das Wasser auf sie zu. Sie wußte, daß es in diesem See Blutegel gab, aber es kümmerte sie nicht. Eine lange Strecke war das Wasser nur knöcheltief und voller glitschigem Tang. Die Vögel rückten von ihr ab; die Kraniche entfalteten die weißen Flügel und flogen schwerfällig auf die andere Seite. Die Flamingos stolzierten langsam nach rechts; die Enten flatterten zur Seemitte und ließen sich wieder nieder. Unter Erifs Fußsohlen fühlte es sich kühl an. Da fielen ihr plötzlich die Salzsümpfe an der Geheimen Straße ein und Murr, der schon lange tot und vergessen war, so wie Philylla vergessen werden würde. Laut schluchzte sie auf. Wieder rannen Tränen über ihr Gesicht. Sie hatte das Gefühl, das Unglück schon seit Jahren gewohnt zu sein. War sie nicht einst glücklich gewesen? Wie war das nur? Wie fühlte man sich da? Und dann machte sie sich Vorwürfe und spottete über sich, weil sie in jenen nun so fernen Zeiten nicht vollkommen glücklich gewesen war. Immer hatte sie Angst vor dem Glück gehabt. Statt es anzunehmen, hatte sie immer furchtsam auf ein unvermeidlich schlimmes Ende gestarrt, hatte ihre Kraft und ihren Verstand darauf vergeudet, das Unheil abzuwehren, noch ehe es eintrat. Sie hatte sich durch zahllose Dinge, die nicht einmal deutlich erkennbar waren, vom Glück ablenken und vertreiben lassen. Noch vor zwei Tagen hätte sie glücklich sein können! Sie hatte Angst vor der Eifersucht irgendwelcher unbekannter Kräfte gehabt und versucht, sie zu beschwichtigen, indem sie ihr Glück verdarb, indem sie einen Teil davon fortnahm und ihnen opferte. Heute hatte sie vor keiner Macht Angst, nicht einmal vor dem Tod, weil sie nun wußte, wie er beschaffen war. Sie hatte an ihrem Glück gezweifelt, es gefürchtet, Kompromisse geschlossen und Mißtrauen empfunden. Daher wurde es ihr fortgenommen, um nie mehr zurückzukehren.

Sie merkte, daß sie sich ein gutes Stück vom Ufer entfernt hatte und inzwischen durch kniehohes Wasser ging, wobei ihr nasser Kleidersaum hinter ihr herschwappte. Die rosafarbenen Vögel waren auf ihren langen Beinen fortgestelzt. Ein einziger aus der ganzen Schar stand noch in ihrer Nähe. Doch das überraschte sie nicht, weil sie plötzlich wußte, um was für einen Vogel es sich handelte. Sie trat zu ihm und sagte: »Ich weiß nicht, was ich tun soll, Mutter. Bitte sag es mir!«

Der Vogel antwortete: »Ich habe auf dich gewartet, Erif. Ich wußte, daß du irgendwann kommen würdest. Weine nicht mehr, Erif. So, das ist schon besser.«

»Weißt du, Mutter, was mir zugestoßen ist in all diesen Jahren, seit du dich in einen Vogel verwandelt hast, seit wir uns die rituellen Schnitte beibrachten und um dich trauerten?«

»Ich weiß genug, Erif. Du bist die Frühlingsbraut, wie es dein Vater bestimmt hat.«

»Du weißt, was ich Vater antat?«

»Ja, Liebling, du mußtest es tun. Männer sind manchmal so dumm, nicht wahr? Und manchmal sind sie das einzige, was man auf immer besitzen will. Ich bin froh, daß dein Kornkönig zu jenen gehört. Ich hatte es immer gehofft, auch als dein Vater noch so unklug an ihm handelte.«

»Ja, aber er ist nicht hier, und ich habe ihn seit sechs Jahren nicht gesehen. Und Frühlingsbraut bin ich auch seit sechs Jahren nicht mehr gewesen.«

»O doch. Du erfährst jetzt die Agonie der Frühlingsbraut. Das mußt du, weißt du, ehe die wichtigen Dinge geschehen.«

»Nichts kann mir jetzt noch zustoßen, Mutter. Ich weiß einfach nicht, was. Das Wichtigste ist geschehen, und es hat für Berris und mich alles zerbrochen und zerstört, so daß wir uns nicht mehr regen können. Ich weiß nicht mehr weiter, Mutter. Mein Leben ist zu einem Stillstand gekommen. Es ist zerbrochen.«

»Das gehört für euch beide dazu. Du mußt zerbrechen, ehe du dich wieder findest. Das geschah auch mit König Osiris vor langer Zeit. Das geschah mit deinem Vater, als er in das Korn verwandelt wurde. Es ist schon sonderbar, nicht wahr? Gefallen dir meine neuen Federn, Erif? Du liebtest hübsche Dinge doch immer so sehr!« Der Vogel breitete die rosafarbenen Flügel aus und glitt bewundernd mit dem Hals darüber.

»Ja, Mutter, sie sind wunderschön. Aber selbst, wenn irgend etwas wieder neu beginnt – und ich weiß nicht, ob das überhaupt möglich ist, denn Philylla ist tot, und ich habe sie geliebt, und sie war jünger als ich und so schön. Und mein erstes Kind ist tot. Beides ist Wirklichkeit, keine Phantasie. Und beides ist ... eine *gebannte Phantasie*. Und eine unendliche Vergeudung.«

Der Vogel legte zärtlich seinen Hals um Erifs; die rosa Federn wirkten kühl und weich, aber seltsam geschmeidig und angenehm fest auf der Menschenhaut. Er sagte: »Ich weiß nur über Menschen Bescheid, die ich selbst liebe, und am besten über dich, Erif, weil ich dich am meisten liebe. Und eine gute Antwort kann man nicht geben, wenn man nichts weiß. Vermutlich kennt sie irgend jemand. Ich wünschte, du wärest nicht so unglücklich, mein Liebes, aber ich glaube, es muß sein, und ich weiß, daß es nicht so bleibt.«

»Ich bin nicht mehr so unglücklich wie eben noch. Sonderbar.«

»Wenn jemand Geliebtes stirbt, ist es am schlimmsten kurz nach dem Tod, wenn man den letzten Dienst an ihm verrichtet, ihn verbrennt oder begräbt.«

»Philylla wurde verbrannt, Mutter.«

»Bis zu dem Zeitpunkt besitzen sie noch zuviel Wirklichkeit. Sie sind immer noch auf gewisse Weise sie selbst. Du bringst mich dazu, über die Wirklichkeit zu sprechen, Erif, obzwar mich dieses Thema immer verwirrt hat. Aber wenn so etwas geschieht, ist es wie ein Aufprall, nicht wahr? Als würde etwas Schweres auf einen herabfallen. Und es hallt noch lange Zeit nach, bevor es schwächer wird.«

»Ja, Mutter. Das ist das schlimmste. Vermutlich aber wird es immer schwächer. Vermutlich bleibt man seinen Freunden nicht treu, wenn sie schon eine Zeitlang tot sind.«

»Ich glaube nicht, daß es das ist«, antwortete der Vogel. »Treue ist ein gegenseitiges Gefühl, aber Trauer herrscht nur in einem einzigen Herzen. Weine nicht, Liebling, es ist nicht so schlimm, wie es klingt. Dein Kopf wird schmerzen. Dir steht noch Schweres bevor.«

»Ja? Was denn?«

»Nun, das Orakel behält seine Gültigkeit weiter. Weißt du nicht mehr?«

»War es denn wahr, trotz allem, was Hyperides sagte?«

»Oh, Hyperides hatte auch recht. Du kannst ihm sagen, ich hätte es bestätigt, wenn er dir auch nicht glauben wird. Orakel sind eine unbeholfene Art, etwas auszudrücken, und oft klingen sie nicht richtig. Es wäre viel vernünftiger, wenn sich König Apollo selbst ein wenig mehr darum kümmern würde. Einst hat er das; vielleicht beginnt er wieder damit.«

»Was muß ich denn noch tun, Mutter?«

»Mach dir keine Sorgen, Erif, du wirst es tun. Du mußt einfach, weil du die Frühlingsbraut bist. Aber du wirst dich erkälten, Liebling, wenn du noch länger hierbleibst. Dein Kleid ist völlig naß. Mir gefallen diese griechischen Kleider nicht, die du jetzt fast ebenso häufig trägst wie die alten, aber deine Haartracht sieht sehr hübsch aus. Gib Berris einen Kuß von mir! Ich bin stolz auf ihn. Auf dich auch, Erif. Es ist eigentlich viel schöner, eine Frau zu sein. Leb wohl bis zum nächstenmal, mein Liebling!« Der Vogel hob seine langen Beine und stakste zu den anderen, wobei er nach Fischen oder Molchen Ausschau hielt. Erif wandte sich wieder dem Ufer zu und watete langsam aus dem Wasser. Am Rand setzte sie sich und pflückte die Blutegel von den Beinen, ehe sie ihre Sandalen wieder anzog. Dann ging sie zurück nach Alexandria. Sie war nicht ganz sicher, was geschehen war.

Sie ging durch das gleiche Tor wieder in die Stadt. Jetzt waren viele Leute auf den Straßen, und es herrschte geschäftiger Lärm. Sie gelangte zu ihrem Haus. Ankhet kam ihr auf der Treppe entgegen und sagte: »Sie haben heute morgen die Leiche von König Kleomenes dem Befehl entsprechend ausgestellt.« Erif gab keine Antwort. Berris war in dem großen Zimmer schon wieder bei der Arbeit. Sie hörte das Klopfen des Hammers und das Kratzen des Meißels auf dem Stein, noch ehe sie vor der Tür ankam. Als sie eintrat, warf er ihr einen Blick über die Schulter zu, arbeitete aber weiter. »Ich war am Maerotis-See«, sagte sie. »Ich habe dort Mutter getroffen.«

»Leg dich nieder!« sagte Berris. »Du warst ohne Schleier in der Sonne. Du weißt nicht, was du sprichst.«

»Doch«, entgegnete sie, legte sich aber hin. »Sie hat sich in einen Flamingo verwandelt. Das hatte sie mir vor langer Zeit im Zelt schon verraten. Diesesmal hat sie lange mit mir gesprochen.«

»Hör auf!« sagte Berris. »Du bist verwirrt von dem, was

geschehen ist. Ich mache dir keinen Vorwurf, Erif, aber es stört mich bei der Arbeit, also sei still.«

»Sie sagte, ich solle dir einen Kuß von ihr geben, Berris«, sagte Erif. »Komm her! Ich habe irgendwie das Gefühl, ich kann nicht aufstehen und ihn dir geben.«

Zögernd trat Berris zu ihr und blieb neben ihr stehen. Sie blickte zu ihm auf und schürzte die Lippen. Er beugte sich nieder und küßte sie rasch. Er fragte sich, ob er einen Arzt holen lassen sollte, vielleicht mußte sie zur Ader gelassen werden. Er legte den Meißel nieder. Erif zitterte leise. Der Saum ihres Kleides war schmutzig. Er hörte Ankhet auf der Treppe, die ihnen vermutlich wieder etwas zu essen brachte. Rasch und ängstlich rief er sie herein. Sie trat ein und blieb neben ihm stehen, aber Erif schien sie nicht zu bemerken. »Berris«, sagte sie nur mit seltsam zischender Flüsterstimme. Sie ballte die Hände an den Seiten, und ihre Lider begannen zu flattern. Berris kniete sich in plötzlicher Angst neben sie. »Erif«, rief er. »Liebe Erif, was ist geschehen?«

Das Flüstern wurde leiser, als könnte sie nur noch unter Schmerzen sprechen und als schwänden die letzten Reste ihres Bewußtseins. »Die Schlange zum Toten«, sagte sie dumpf, so daß er ihre Stimme kaum noch erkannte. Dann schlossen sich die Augen fest, und ihr ganzer Körper zitterte so heftig, als hielte etwas sie eng umfangen.

»Erif!« schrie Berris. »Erif, nicht!«

Aber Ankhet ergriff unvermutet seinen Arm und zog ihn zurück. »Laß sie!« sagte sie. »Laß sie, sonst verletzt du ihr *khu*. Es wird in Kürze vorbeigehen.«

Sie hielt ihn noch eine Weile fest und griff jedesmal zu, wenn er eine Bewegung auf die Schwester zu versuchte. Allmählich wurde das Zittern weniger krampfhaft, ließ für kurze Augenblicke ganz nach, um wieder aufzuflackern. Dann brach es ab. Der Körper von Erif Dher lag still, aber sie atmete, wenn auch mit langen Zwischenräumen. Die Spannung in Armen und Gesicht schien nachzulassen. »So«, sagte Ankhet. »Das *khu* ist fort. Es wird zurückkommen. Aber wir müssen warten und dürfen sie nicht stören.« Sie zog die Vorhänge über Erifs Kopf zu, um sie vor dem Sonnenlicht zu schützen.

»Weißt du denn, was ihr zugestoßen ist?« fragte Berris, und plötzlich schluchzte er: »O Ankhet, wenn sie nun auch geht!«

»Alles wird gut«, antwortete Ankhet leise. »Ihr wird nichts zustoßen. Ich werde versuchen, es dir in griechischen Worten zu beschreiben, Berris Dher, aber das ist sehr schwierig, und ich weiß selbst nicht genau, wie es vor sich geht. Das Wissen darüber ist verlorengegangen. Aber ich glaube, es ist so.« Sie hielt inne und zählte an den Fingern ab. »Es gibt sieben, acht, neun Teile in einem Mann oder einer Frau. Es wäre leicht, sie beim Namen zu nennen, aber nicht leicht, sie sich getrennt vorzustellen. Ich werde es aber versuchen. Es gibt den Körper und den Schatten. Dann das Herz, die Seele und den geistigen Körper, der zwar anders ist, aber während des Lebens eine Einheit mit dem Körper bildet. Es gibt den Namen und die Kraft. Ich weiß nicht, ob Namen unter euch Barbaren eine wichtige Rolle spielen, und ich weiß auch nicht, ob ihr die Kraft habt, aber Erif verfügt über sie.« Ankhet neigte ihren Kopf über das Bett. »Dann gibt es das *kha*, das ist der Doppelgänger, das Abbild von einem selbst, das immer eine getrennte Einheit ist, aber man kann es nicht fortnehmen, ebensowenig, wie man das Abbild aus einem Spiegel fortnehmen kann. Und dann gibt es das *khu*, das ist der Geist. Und *kha* und *khu* können auf Reisen gehen und eigenständig handeln, und das *khu* kann in andere Körper wandern, oder sich, je nach Willen, in einen anderen Körper verwandeln. Verstehst du das, Berris Dher?«

»Ich verstehe die Worte«, erwiderte Berris, »aber nicht ihre Bedeutung. Und ich begreife nicht, was es mit meiner Schwester zu tun hat.«

»Sie hat sich gespalten«, antwortete Ankhet geduldig. »Das geschieht zuweilen, weißt du, wenn jemand stark von etwas betroffen ist, und manche Menschen lernen auch, es nach Belieben zu tun. Ich bin nicht sicher, wie sehr sie gespalten ist, aber ich habe etwas Ähnliches schon einmal gesehen, und ich glaube, sie hat ihr *khu*, ihren Geist, ausgesandt, einen anderen Körper zu besitzen oder zu schaffen, um etwas zu tun, was sie will. Weißt du, was das sein könnte?«

Langsam und selbst heftig zitternd antwortete Berris: »Ihre letzten Worte waren: ›Die Schlange zum Toten‹.«

»Nun, das wird es sein«, meinte Ankhet und klang plötzlich zufrieden. »Weißt du, welchen Toten sie meint?« Er schüttelte den Kopf. »Aber das ist eigentlich auch nicht wichtig. Es betrifft nur sie. Aber wenn wir in den nächsten Tagen von einer Schlange hören, können wir sicher sein, daß es Erif ist. Wir brauchen nur dafür zu sorgen, daß ihre Ruhe nicht gestört oder sie vor dem Ende geweckt wird, damit das *khu* nicht daran gehindert wird, zu ihr zurückzukehren.«

»Was kann ich tun?« frage Berris, der sich, für den Augenblick zumindest, auf die Ägypterin verließ.

»Tun? Am besten frühstückst du jetzt etwas. Ich habe Essen hochgebracht. Schade, daß sie vor ihrer Reise nichts zu sich genommen hat. Es wird ihr nicht schaden, doch sie wird hungrig sein, wenn sie zurückkommt. Und nach dem Frühstück machst du mit deiner Arbeit weiter. Wenn jemand hereinkommt, laß sie nicht wecken, wie sehr man es auch wünschen mag und dir zu erzählen versucht, daß ich nicht die Wahrheit sagte.«

»Ach so«, sagte Berris. »ich glaube, ich begreife es. Bist du sicher, es stört sie nicht, wenn ich weiterarbeite?«

»Oh, bestimmt nicht«, antwortete Ankhet lächelnd und brachte ihm sein Frühstück.

Später an diesem Morgen kam Sphaeros. Er war sehr besorgt, als er Erif sah, und wollte einen Arzt rufen, der sie aufwecken sollte, aber Berris ließ es nicht zu. Sphaeros erzählte, er habe die Frau gefunden, bei der Phoebis und Neareta gewohnt hatten; sie wisse, wo Gyridas sei, und er wolle ihn sogleich holen. Dann sagte er: »Weißt du, was sie mit meinem Schüler Kleomenes gemacht haben? Aber da scheint eine sehr merkwürdige Sache geschehen zu sein. Um seinen Leichnam und den Pfahl hat sich eine große Schlange gewunden. Sie bewacht den Kopf, damit die Vögel nicht auf ihn einhacken. Ich habe sie selbst noch nicht gesehen, aber aus verläßlicher Quelle die Geschichte gehört. Es ist sehr sonderbar. Es ist zwar bekannt, daß Leichen Würmer und Käfer anziehen, aber das erklärt die Sache nicht. Berris, du siehst so blaß aus! Was ist denn los?«

»Nichts«, antwortete Berris, »aber ich glaube, ich habe einmal gehört, daß Körper von Helden in den alten Zeiten von Schlangen bewacht wurden, oder sie sich selbst in Schlangen verwandelten. Ich habe gehört, ein Mann kann sich am leichtesten in eine Schlange verwandeln. Doch auch Frauen.«

»Aberglaube!« erwiderte Sphaeros stirnrunzelnd. »Ich hätte nicht gedacht, daß du solche Ammenmärchen glaubst, Berris.«

»Dennoch«, meinte Berris, »hoffe ich, daß sie die Schlange nicht vertreiben oder verletzen.«

»Sie werden sie eher anbeten«, antwortete Sphaeros und seufzte. »Für den toten Kleomenes tun sie es um der Schlange willen, aber sie wollten keinen Finger zu seiner Hilfe rühren, als er noch lebte.«

»Ich werde mehr Bilder von ihm malen«, sagte Berris.

»Ja?« fragte Sphaeros erschöpft und wandte sich zum Gehen. An Bildern war er nicht interessiert, nicht einmal an diesen.

Drei Tage lang bewachte die Schlange den Leichnam von Kleomenes, und jeden Tag erschienen mehr Männer und Frauen mit Weihgaben und Sühneopfern. Sosibios war sehr wütend und versuchte, die Menge auseinanderzutreiben, aber die Menschen blieben, und daher hielt er es für besser, sich damit abzufinden und nicht dagegen einzuschreiten. Man sandte dem Göttlichen Ptolemaios die Nachricht nach Kanopos, und er schickte eine sehr sonderbare Opfergabe zurück, die in einer feierlichen Prozession dargebracht wurde. Inzwischen trocknete der geschändete Leichnam aus, wurde schwarz und schrumpfte, aber er war so mit Blumen und süßen Kräutern überhäuft, daß niemand ihn sehen konnte. Man sah nur die Schlange, die sich mit glitzernden Augen um den Pfahl wand und den Kopf hin- und herbewegte. Drei Tage lang kamen die Menschen von überall her, um das Wunder anzuschauen, zu flüstern und zu beten. Und drei Tage lang lag Erif Dher auf dem Bett, reglos, abgesehen von seltenen tiefen Atemzügen, die ihre Brust hoben und senkten. Am ersten Tag arbeitete Berris, machte aber lange Pausen, in denen er sich neben ihr Bett kniete und sie beobachtete. Aber am zweiten und dritten Tag arbeitete er beständig und ohne Pause, weil andere gekommen waren, die neben ihr standen oder knieten, warteten und hofften, daß das *khu* zurückkäme und Erif wieder die Augen öffnete.

Viertes Kapitel

Früh am Morgen waren Ankhet und ihr Mann hinausgegangen, um Kleomenes und der Schlange ihre Opfer darzubringen. Als sie zurückkamen, riefen sie Berris zu sich. Ankhet ergriff ihn bei den Schultern und sagte aufgeregt: »Die Schlange ist verschwunden! Als wir ankamen, war sie noch da, hing an dem Querbalken des Pfahles und bewegte den Kopf, und im nächsten Augenblick war sie in die Menge hinabgeglitten. Sie bewegte sich auf ein Ziel zu und mußte die Richtung ganz genau kennen, denn ihre Augen glänzten hell und starr wie polierter Karneol. Wir alle wichen vor ihr zurück und segneten sie, und niemand wagte es, auf ihre Spur zu treten. Ich glaube, Berris Dher, daß deine Schwester sehr bald wieder die Augen öffnen wird.«

Berris rannte die Treppe hinauf. Er blickte auf Erif; sie hatte sich noch nicht verändert. »Ich glaube, ich werde mich rasieren«, sagte er. Er hatte es seit vier Tagen unterlassen.

»Das finde ich auch!« erwiderte Hyperides. Er betrachtete die große Kohlezeichnung für eines der neuen Gemälde. Es war erstaunlich, wieviel kraftvoller sie in diesem Stadium oft wirkten. Wie meine Bücher vor der Veröffentlichung, dachte er.

Berris fand den Rasierpinsel zwischen seinen Malutensilien. »Sag mir Bescheid, wenn sie sich verändert«, sagte er.

»Sicher«, erwiderte Hyperides, aber weder er noch Sphaeros hielten eine Veränderung in Erifs Zustand für wahrscheinlich. Er war entschlossen, noch am gleichen Abend einen Arzt hinzuzuziehen, gleich, was die anderen sagten. Er hatte Nachforschungen angestellt und von einem erstklassigen griechischen Mediziner gehört, der nichts von ägyptischem Aberglauben hielt. Die Starre hielt nun seit drei Tagen ungebrochen an; man durfte nicht zulassen, daß Erif noch länger in diesem Zustand blieb. Wenn dies in Marob geschehen wäre, hätte er die phantastische Erklärung vielleicht noch akzeptiert, aber hier in Alexandria, der Stadt der Gelehrsamkeit, nach der er sich immer gesehnt hatte? Nein! Selbst Tarrik hielt die Geschichte für unwahrscheinlich. Was hatte seine Erif, seine Frühlingsbraut, mit diesem Kleomenes zu tun?

Gyridas flocht einen Zopf aus Binsen. Man konnte es kaum mitansehen. Das war das einzige, was er seit seiner Rückkehr noch gern tat. Er sah gesund aus und gab auch Antwort, wenn man mit ihm sprach – denn es hatte Zeiten gegeben, in denen man ihn zwei- oder dreimal anreden mußte, ehe er überhaupt zu hören schien. Aber seine einzige Tätigkeit bestand darin, komplizierte Zöpfe und Knoten aus Binsen zu flechten. Das hatte ihm die Frau auf dem Bauernhof beigebracht. Wenn sie fertig waren, schenkte er sie Klint, der sie überall herumliegen ließ, auflöste oder eine Pferdeleine für Ankhets kleine Tochter daraus machte. Wenn die beiden kleineren Kinder spielten, beobachtete sie Gyridas oft oder folgte ihnen. Ein paarmal versuchten sie, ihn einzubeziehen, aber er konnte nicht richtig spielen, und so ließen sie ihn in Ruhe.

Klint-Tisamenos hatte bereits nach zwei Tagen in Alexandria eine Menge ägyptischer Worte aufgeschnappt. Es gefiel ihm, wenn man ihn hier bei seinem griechischen Namen rief, und er war schon dreimal aus dem Haus entwischt. Man hatte ihn immer wieder gefunden, wie er sich mit belustigten Menschen auf der Straße unterhielt. Er drängte Hyperides und seinen Vater ständig, mit ihm zum Leuchtturm zu gehen, von dem ihm das kleine Mädchen erzählt hatte. In dem großen Zimmer mußte er sich still verhalten, und das tat er auch, denn inzwischen hatte er sich an die schlafende Frau gewöhnt, von der die anderen behaupteten, sie sei seine Mutter. Angst empfand er keine vor ihr.

Tarrik kniete neben Erif und betrachtete ihr Gesicht. Immer noch war es furchterregend, wie selten sie Luft schöpfte, er hatte versucht, seinen Atem dem ihren anzugleichen, aber es war ihm nicht gelungen. Er litt unter der erstickenden Hitze im Zimmer, die trotz der zugezogenen Vorhänge herrschte und obwohl man alle halbe Stunde den Boden mit Wasser besprenkelte. Auch machte ihm der Geruch der Farben zu schaffen, aber es gab keine Möglichkeit, Berris von seiner Arbeit abzuhalten. Berris wollte auch die Statue nicht verhüllen, und sie war furchterregend, wenn auch auf gewisse Weise schön. Doch sie wirkte zu groß für den Raum, neben ihr schien nichts mehr Platz zu finden. Tarrik trug eine griechische Tunika aus dem feinsten Leinen, das Ankhet hatte finden können; sie war mit der Goldkette aus ineinandergeschlungenen Fischen gegürtet, die Berris einst gefertigt hatte. Um den Hals trug er einen sonderbaren Schmuck aus Gold und roter Emaille, den ein Kunstschmied aus Marob für ihn gefertigt hatte. Das Halsband stellte Kornähren und ein springendes oder tanzendes Tier dar, eine Art Tiger oder Wildkatze. Berris spürte plötzlich das Verlangen, sich wieder an Metall zu versuchen, weil er nicht irgendeinem Unbekannten in Marob zugestehen wollte, so gut zu arbeiten.

Tarrik stieß einen lauten Ruf aus, und alle anderen blickten auf und ließen fallen, was sie in den Händen hielten, außer Gyridas, der weiterhin in seiner Ecke Binsen flocht und rasch und leise vor sich hinmurmelte, wie es jetzt seine Gewohnheit war. »Was ist?« fragte Sphaeros.

»Sie hat zweimal rasch hintereinander geatmet«, sagte Tarrik. Disdallis trat neben ihn, blickte eindringlich auf Erif hinab und ließ ein paarmal die Hand vor den geschlossenen Augen auf- und abgleiten. Wieder holte Erif Luft, und in die blassen Wangen schien leichte Röte zu steigen. Als Disdallis dies sah, trat sie rasch auf die Treppe hinaus, rief Ankhet und bat sie in ihrem holprigen Griechisch, Tisamenos heraufzubringen.

Disdallis trug ein grünweißes Leinenkleid ohne Umhang; ihr Messer war am Griff mit ebenfalls grünem Haileder überzogen. Als sie erfahren hatte, daß Tarrik sich Marobs so sicher fühlte, daß er selbst fahren wollte, um Erif zurückzuholen und auch ihr wieder Sicherheit zu geben, war Disdallis zu ihm gegangen und hatte gebeten, mit ihm kommen zu können. Es war möglich, daß sie Erif gegen ihren Willen zurückbringen oder aus einem Zauber lösen mußten, und dann würde er sie brauchen. Tarrik hatte zugestimmt und sie mitgenommen; Kotka und Linit vertraten ihn indes zu Hause. Sie waren nach dem Pflügefest aufgebrochen und wollten vor dem Mittsommer zurück sein. Dann würde Linits nächstes Kind zur Welt kommen, und während Tarriks Abwesenheit konnte sie sich aus den Besten Marobs einen Mann auswählen, der wissen würde, daß sie ein gut gepflügtes und sonnengesegnetes Feld war. Dafür würde er sie ehren.

Disdallis war auf der Reise seekrank geworden. Alexandria fand sie höchst beunruhigend, aber sie mochte Ankhet. Sie hatten nicht gleich herausfinden können, wo Berris und Erif lebten. Es gab Formalitäten zu erledigen, und die Stadt schien sich in Aufruhr zu befinden. Tarrik hatte nach König Kleomenes und den Spartanern gefragt, was unter den gegenwärtigen Umständen das Schlimmste war, was man tun konnte. Er und Hyperides waren deshalb lange verhört worden. Die Polizei hatte ihr Bestes getan, sie einzuschüchtern, um eine hohe Bestechungssumme herauszuschlagen, aber da war der Herr von Marob schon recht wütend gewesen und hatte beschlossen, selbst Gewalt anzuwenden. So wurde alles sehr verzögert, und dann fanden sie die Frühlingsbraut in diesem Zustand! Disdallis war froh, mit den Männern gezogen zu sein. Sie beriet sich mit Ankhet und ging mit ihr zu der Schlange. Es schien ihr, als habe das Reptil den Kopf in ihre Richtung gedreht und gezüngelt. Ihre Zweifel waren nun behoben. Der hölzerne Stern auf Tarriks Brust glühte und zitterte.

Ankhet brachte Klint-Tisamenos herauf, der wütend war, weil man ihn mitten in einem Spiel gestört hatte. Er sah Tarrik lächerlich ähnlich. Berris schnitt sich und fluchte; er war fast mit dem Rasieren fertig. Hyperides und Sphaeros traten näher. Hyperides verhielt sich freundlich gegenüber dem alten Mann und lauschte aufmerksam den endlosen stoischen Doktrinen, ohne etwas anderes als respektvolle und freundliche Bemerkungen von sich zu geben. Sphaeros war wieder fast der Alte, beherrschter, fähiger, er konnte wieder lächeln und kleine Geschichten mit schwer verständlichen philosophischen Pointen erzählen. Hyperides hatte gelacht und Tarrik erzählt, er wolle sich nun als Gelehrter niederlassen. Jetzt standen die beiden zu Erifs Füßen und beobachteten sie.

»Vielleicht«, sagte Hyperides plötzlich, »gibt es in uns allen eine verborgene Kraft des Glaubens, die sie wieder erweckt. Es ist vielleicht einen Versuch wert.« – »Ja«, stimmte Sphaeros zu, »das wäre möglich. Eine sehr gute Frau, Hyperides.« – Und Hyperides dachte, wie wenig Erifs Gesicht sich in den vier Jahren verändert hatte. Das einzige, was sich verändert hatte, war seine Meinung über sie und Tarrik. Damals wollte er auf jeden Fall verhindern, daß sie zu ihrem Mann zurückkehrte. Doch jetzt wünschte er sich mehr als alles andere, die beiden wieder zusammen zu sehen.

Durch Erifs Hände fuhr ein deutliches Zittern; es breitete sich über den ganzen Körper aus. Der Atem wurde unregelmäßig und rascher. Berris fragte: »Wen sollte sie zuerst sehen?« und wischte sich mit einem Lappen über den Schnitt am Kinn. Disdallis und Ankhet warfen sich einen Blick zu, und dann antwortete Disdallis mit fester Stimme: »Klint!«

Tarrik stimmte zu. »Klint«, sagte er, »stelle dich neben den Kopf deiner Mutter. So, auf diese Seite. Verstehst du?« Klint runzelte die Stirn und fand den Vorschlag nicht gut. Er stellte sich jedoch an den angewiesenen Platz, die Beine leicht gespreizt, die Hände auf den Rücken gelegt. Die anderen, abgesehen von Gyridas, umringten das Bett.

»Still«, sagte Ankhet. »Es kommt zurück.«

Jetzt überfluteten Wellen der Röte Erifs Gesicht und Hals; das Zittern wurde heftiger und brach dann ab. Sie atmete keuchend. Die Lider zuckten, ebenso der Mund. Es gab Augenblicke, in denen sie beinahe lächelte, Augenblicke, in denen sie mit ihnen zu spielen schien, ihnen Angst einjagen wollte und versuchte, dabei nicht zu lachen. Sie schien aufzublühen und wirkte jünger, doch zugleich zeigten sich, als leiste sie eine große körperliche Anstrengung, kleine Schweißperlen am Hals und an den Schläfen. Sie keuchte und öffnete den Mund, als wollte sie sprechen, und alle beugten sich vor, in dem Versuch, die Worte zu verstehen, nur Klint nicht, der sich versteifte und wappnete, als müsse er sich gegen eine hohe Welle stemmen. Es gelang ihm, still zu bleiben, aber er wandte dem Vater den Kopf zu. Tarrik legte ihm eine Hand auf die Schulter, weil ihm plötzlich aufging, wie klein sein Sohn noch war.

Dann lachte Erif Dher vor sich hin, wie eine Braut im Schlaf über einen zärtlichen Traum lacht, der von einer noch zärtlicheren Berührung hervorgerufen wird. Sie lachte lauter, fast unwiderstehlich: Wie der Darsteller im Kornspiel lachen muß, wenn er den Tod und den Winter aufwecken soll. Dann verstummte sie wieder, aber ihre Lider flatterten, öffneten sich halb und dann ganz. Sie gähnte und reckte sich wie einen Katze; jeder einzelne Muskel wurde bewegt, alle Gelenke an Fingern und Zehen, Füßen, Händen, Beinen und Armen. Der Körper bäumte sich auf und entspannte sich wieder. Tief holte sie Luft. Dann betrachtete sie den ernst aussehenden Klint und sagte: »Vermutlich ist es töricht von mir, aber ich kann mir nichts anderes vorstellen, als daß du mein kleiner Junge bist.« Und Klint antwortete mit wunderbar fester Stimme: »Du bist meine Mutter. Ich bin Klint-Tisamenos. Ich bin kein kleiner Junge mehr. Guten Morgen, Mutter.« Und dann bückte er sich und gab ihr einen scheuen, komischen Kuß auf die Nasenspitze. Sie schloß die Augen, um sie gleich wieder zu öffnen, als wolle sie sich vergewissern, daß er noch da war. Sie sagte, wie zu sich selbst: »Das scheint mir eine *gebannte Phantasie* zu sein ...« Dann drehte sie den Kopf ein wenig und erblickte Tarrik. Der Blick zwischen den beiden drückte tiefste Zufriedenheit aus. Als er sich regte, richtete sie sich halb auf und bot ihm Brüste und Mund dar. Hyperides sagte zu Berris: »Auch die Frühlingsbraut scheint gerettet zu sein, aber ich würde meine Ohren dafür hergeben, jetzt zu erfahren, wie es geschehen ist.«

»Sie verändert sich«, antwortete Berris. »Hyperides, sie verändert sich mit jedem Augenblick. Es fällt alles von ihr ab.«

»Was denn?« flüsterte Hyperides.

Und Berris deutete mit dem Daumen über die Schulter, auf die Statue von Philylla und dem Tod.

Da trat Gyridas aus seiner Ecke, und der Binsenzopf entfiel seiner Hand. Schüchtern zupfte er Sphaeros am Ärmel und fragte: »Hast du es gesehen?«

»Was denn?« erwiderte Sphaeros, der leicht benommen wirkte.

»Die Schlange!« antwortete Gyridas. »Die große, bunte Schlange. Sie kam in den Raum und hat mich berührt. Ich glaube, sie trug eine Krone auf dem Kopf. Aber es war eine echte Schlange. Sphaeros, sie fühlte sich echt an. Dann glitt sie zu ihr. Ich fände es schön, wenn sie mich ebenso berührt hätte wie Erif.« Er sprach jetzt lauter, trat vor und betrachtete Erif.

Erif löste sich aus Tarriks Armen. Dann ergriff sie die linke Hand des Jungen und legte ihm ihre Rechte auf den Kopf. »Du bist ein Spartaner, Gyridas«, sagte sie. »Einer der letzten. Faß dir ein Herz, Gyridas, und blick auf, denn du wirst zu einem der Menschen heranwachsen, die der Welt ins Auge sehen können.«

Bei diesen Worten richtete sich Gyridas auf, streckte sich und lächelte, schien das, was sie sagte, tief in sich aufzunehmen. Jetzt sah er aus wie sein Vater, was niemand zuvor bemerkt hatte. »Ja«, hauchte er. »Ja. Genau das hat die Schlange zu mir gesagt. Ich werde auf immer zu ihnen gehören. Ich gehe zurück nach Sparta, Sphaeros!« Unvermittelt wandte er sich an den alten Mann. »Mein Vater hat zu Beginn der Neuen Zeiten einen Ephoren getötet. Wenn die nächsten Neuen Zeiten beginnen, werde ich mir ein Herz fassen und ebenfalls das Gesetz brechen.«

Disdallis flüsterte Hyperides zu: »Erinnerst du dich, so etwas schon einmal gesehen zu haben?« »Meinst du, bei deinem Mann, nachdem Tarrik zurückgekehrt war?« »Ja«, antwortete die Hexe und lachte leise und kehlig. »Armer Hyperides, du wirst es noch einmal glauben müssen!«

Klint-Tisamenos sagte zu Gyridas: »Ich habe die Schlange auch gesehen. Was war das für eine Schlange? Ich mag Schlangen nicht – zu Hause gibt es fast gar keine.«

Gyridas antwortete: »Ich glaube, es war die Schlange, die meinen König Kleomenes bewacht hat. Was für eine andere Schlange hätte es sonst sein können?«

»Hyperides hat aber gesagt, das zu glauben, sei dumm, und ich solle mich nicht darum kümmern«, bemerkte der kleinere, »das hier aber war eine richtige Schlange. Sie glitt an mir vorbei. Ich frage mich, wo sie jetzt ist?«

Niemand gab darauf sogleich eine Antwort, aber dann fragte Hyperides: »Hat sonst noch jemand die Schlange gesehen?«

Disdallis antwortete: »Ich dachte, ich hätte ein Geräusch am Boden gehört.« Aber sie war die einzige, die etwas bemerkt hatte.

Erif sagte: »Ich kann mich kaum an die Schlange erinnern. Ich glaube, ich habe lange geschlafen, und jetzt ist alles anders. Doch, ich kann mich irgendwie an eine Schlange erinnern. Sie hing in der Sonne, nicht wahr? Irgendwo?«

»An dem Pfahl, über König Kleomenes.« Gyridas gab ihr die Antwort.

»Ja, und ringsum standen lärmende Menschen, aber die Schlange verstand nicht, was sie sagten. Sie hatte Angst vor ihnen; sie war froh, wenn es Nacht wurde und sie fortgingen. Die arme Schlange, sie war müde, weil sie immer so fest zusammengerollt war. Sie hatte Angst vor dem Geruch der Menschen und vor den großen Vögeln, die über ihr schwebten, aber vor dem Ding unter sich hatte sie noch mehr Angst. Doch sie mußte bleiben. Warum nur? Wer hat mir von der Schlange erzählt?« Sie blickte alle der Reihe nach an, stirnrunzelnd und verwirrt. Dann sagte sie: »Tarrik, weißt du, daß König Kleomenes tot ist? Ich weiß nicht, wie viel du schon erfahren hast.«

»Ja«, antwortete Tarrik. »Ich weiß es. Er tötete sich um der Ehre und um Spartas willen.«

Gyridas sagte: »Er starb für Sparta. Er starb für sein Volk.«

»Aber er hat sein Volk nicht gerettet«, warf Sphaeros mit einem tiefen Seufzer ein.

»Ich weiß nicht«, meinte Gyridas. »Er ist gestorben und muß irgend etwas gerettet haben, nicht wahr?«

Niemand gab ihm eine Antwort, nur Berris sagte: »Könige retten nicht immer nur ihr Volk. Zumindest nicht sogleich. Hast du übrigens bemerkt, Hyperides, daß sich das Orakel erfüllt hat?«

»Auf gewisse Weise«, erwiderte Hyperides, »aber ich habe nie abgestritten, daß es Zufälle gibt. Wenn es sich erfüllt hat, weiß vermutlich Apollo, für welches Volk Kleomenes gestorben ist.«

Er, Berris und Tarrik, standen nun dicht nebeneinander. Erif saß, noch immer benommen, lächelnd auf dem Bett, und ihr Sohn, der inzwischen Zuneigung zu ihr gefaßt hatte, saß mit baumelnden Beinen neben ihr. Tarrik sagte: »Mir wurde meine Frühlingsbraut zurückgegeben. Und ich brauche nicht selbst zu sterben, wenn ich auch bei ihrem Fortgehen an den Tod dachte, weil der Tod in unser Ernteritual eingetreten war. Vielleicht ist Kleomenes von Sparta für Marob gestorben.«

»Es ist, wie der Junge gesagt hat«, entgegnete Hyperides. »Man weiß es nicht. Vielleicht wird mit der Zeit alles deutlicher. Vorerst müssen wir versuchen, die Dinge mit der nötigen Skepsis zu sehen.«

Eine Weile schwiegen sie. Erif nahm Klint auf den Schoß. Sie stellte ihm Fragen und strich ihm zärtlich mit dem Kinn über die Spitzen seiner goldbraunen Locken. Berris murmelte: »Ich frage mich, ob sie Philylla schon vergessen hat.« Und sein Gesicht wirkte eine Weile alt und bitter neben dem Glück der anderen, denn selbst Sphaeros war froh über das, was mit Gyridas geschehen war. Berris hatte sich gefreut, seine Freunde wiederzusehen, besonders Tarrik, und eine Zeitlang hatte ihn Erleichterung über die Rückkehr der Schwester erfüllt. Aber jetzt überkam ihn wieder ein Gefühl großer Sinnlosigkeit.

Vier Tage lang hatte er fast ununterbrochen gearbeitet und sich verausgabt, um alle anderen Gefühle zu überdecken. Vielleicht hatte er nicht einmal einen so menschlichen Prozeß durchgemacht, weil Gefühle nicht zu seiner Arbeit gehörten. Er war wieder zu dem kleinen Mann auf der Vase geworden, weder glücklich noch hoffend oder liebend, aber auf seltsame Weise zufrieden, abgelöst und aufmerksam. Jetzt versuchte die andere Seite in ihm zu ihrem Recht zu gelangen. Er sah nichts außer der schrecklichen Tatsache, daß Philylla, die er sieben Jahre lang geliebt hatte, tot war. Sieben Jahre seines Lebens waren mehr oder minder mit dem Bewußtsein ihrer nahen oder fernen Gegenwart durchtränkt gewesen. Jetzt betrachtete er sie als ausgelöscht, vergeudet, und er wollte nicht mehr daran denken. Wirklichkeit und Schönheit waren aus Vergangenheit und Gegenwart geschwunden, und an ihre Stelle war ein stumpfer, hoffnungsloser Schmerz getreten. Die Zukunft barg für ihn nur Leere. Berris Dher betrachtete die Welt und fand sie schrecklich, und in diesem Augenblick gelobte er, sein Unglück mit gleicher Münze zu vergelten. Sein Blick fiel auf die Statue, und einen Moment lang spürte er Zufriedenheit; sie konnte diese harmlosen, hoffnungsvollen Menschen, die glaubten, am Ende würde alles gut, wenn man nur geduldig wartete, aufrütteln! Er hatte das Ende dargestellt, wie es wirklich sein würde. Aber hegte irgend jemand wirklich Hoffnung? Ja, die Jungen vermutlich! Und die Geretteten. Er würde noch Schlimmeres schaffen müssen, ehe er auch sie erreichte. Eines Tages würde es ihm gelingen. Einst, noch vor ganz kurzer Zeit, war Berris Dher unschuldig gewesen – weder verletzend, noch mit dem Willen, zu verletzen. Jetzt erkannte er, daß seine Unschuld von ihm abgefallen war. Er wollte weh tun.

Er trat zu seinen Gemälden und drehte sie um, damit man sie sehen konnte. Zwei waren fast beendet. Tarrik stellte sich neben ihn, um sie zu betrachten; vorher hatte er dazu nicht ausreichend Gelegenheit gehabt, weil er sich solche Sorgen um Erif gemacht hatte. Jetzt konnte er sie eine Weile mit ihrem Sohn allein lassen.

Das erste Bild stellte das Festmahl im Gefängnis dar, das letzte gemeinsame Mahl. Berris hatte sich die Begebenheit von den beiden Helotendienern erzählen lassen und sich mehr oder minder an die geschilderte Gruppierung gehalten. Den Raum hatte er jedoch verändert und auf die Rückwand drei Fenster gemalt. Der König saß in der Mitte, neben ihm Panteus, der sich an seine Brust lehnte. Berris hatte Panteus recht jung dargestellt, eher so, wie er ihn in Sparta zum Ende seines ersten Jahres gesehen hatte, als er mit dem König auf der offenen Wiese rang und die Jungen aus der Zuchtschule zusahen. Das Bild war feierlich und ausgewogen; die fransengesäumten ägyptischen Umhänge fielen in schweren Falten um die blassen Körper des Königs und seiner zwölf Spartaner. Die tiefen, feierlichen Farben leuchteten nur an den Stellen auf, wo das Licht aus den verhangenen Fenstern ihnen Glanz verlieh. Auf den Tischen stand Essen, das die gleichen Farben wieder aufnahm. Die Spartaner tranken Wein und brachen das Brot mit seltsam starren Gesten, die Berris beim erneuten Betrachten gefielen.

Das zweite Bild war viel kleiner, weniger ernst und statisch und in anderen Farben gehalten. Hippitas saß auf dem Hengst; die anderen ringsum reckten die Schwerter und schrien, und die Menschenmenge hinter ihnen schwenkte Zweige und bunte Tücher und jubelte ebenfalls: Der eine kurze Augenblick des Triumphes vor dem Ende, aber zu heftig gespannt, um dauern zu können. Die Spannung drückte sich im Spiel von Muskeln und Bewegungen aus, selbst in einem Streifen Himmel, der zwischen den weißen Häusern bedrohlich blau wirkte.

Das dritte war das Bild vom Tod der Männer, der

Augenblick, in dem Panteus über Kleomenes fiel. Berris hatte bei der Arbeit daran plötzlich Unsicherheit gespürt, daher waren nur jene beiden Gestalten ausgeführt. Alle anderen hatte er nur skizzenhaft angedeutet, mit verdrehten Armen und Beinen. Ein Fuß und ein Ellbogen schoben sich fein säuberlich gezeichnet in den Vordergrund. Dahinter sah man, grob umrissen, die hölzernen Skelette der Marktstände.

Das nächste Bild, das er umdrehte, war eine Kohlezeichnung und stellte den Tod der Kinder dar. Das war das schwerste gewesen, und er hatte damit bereits gekämpft, als er noch mit den anderen Bildern beschäftigt war. Zwei Frauen betrauerten den Tod des Ältesten, Nikomedes, eine ältere und eine jüngere, Kratesikleia und Philylla. Es stellte eine sonderbare Parallele zu einem früheren Bild von ihm dar: Mutter und Großmutter des erhängten Königs Agis, der nur wenige Jahre älter als Nikomedes gewesen war. Die Figuren der Frauen waren wunderbar ausgeführt, und den Schmerz im runzligen Gesicht der alten Königin hatte er ausgezeichnet getroffen, während er sich an die letzten Feinheiten im Porträt Philyllas noch nicht herangewagt hatte. Er hatte es versucht; Hand und Geist waren willig gewesen, aber etwas in ihm hatte plötzlich geschaudert und seine Schaffenskraft gelähmt. Bislang hatte er Philylla noch nie als Modell betrachtet, und jetzt gelang es ihm noch weniger, weil sie nicht mehr am Leben war. Rasch drehte er dieses Bild wieder zur Wand.

Es gab noch eine kleinere Skizze von dem Pfahl mit dem Querbalken, um den sich die Schlange ringelte. Der Leichnam war nicht zu sehen. Um den Rand hatte er die Weinranke gemalt, die Ptolemaios geschickt hatte, den Kelch und den Hammer, der den Pfahl durch das gepeinigte Fleisch des Königs getrieben hatte. Tarrik nahm die Skizze in die Hand, um sie genauer zu betrachten. Er hatte zu allen Bildern etwas gesagt, aber Berris schenkte seinen Worten keine Aufmerksamkeit, weil sie überwiegend Lob ausdrückten, kluges Lob zwar, aber Lob von einem Freund. »Was macht du mit diesen Bildern?« fragte Tarrik endlich.

Berris antwortete: »Sie sind Teil einer Geschichte. Ich habe sie ... für sie geschaffen. Jetzt kann sie jeder haben. Die ersten Bilder befinden sich in Sparta, zumindest hoffe ich das. Und diese sollten dazukommen.« Dann rief er quer durch das Zimmer: »Oder willst du sie haben, Gyridas?«

Sehr schnell antwortete Gyridas: »Ja!« und fügte dann hinzu: »Ich werde sie nach Hause bringen. Ich zeige sie ... allen, die noch da sind. Berris Dher, meinst du wirklich, daß ich sie haben kann?«

Berris nickte. »In etwa einer Woche. Ich muß sie noch beenden, Gyridas. Und dann mußt du mir sagen, ob ich deinen Vater und Nikomedes gut getroffen habe.« Er sah den Jungen fest an, um zu erkennen, ob er zusammenzuckte, aber Gyridas ertrug den Anblick fast ohne Regung.

Erif hatte sich ebenfalls die Bilder angesehen und sagte: »Auf der Kohlezeichnung ist Philylla wunderbar getroffen, Berris. Man denkt fast, sie lebt. Warum hast du sie nicht weiter ausgeführt? Und warum hast du das Bild jetzt zur Wand gedreht? Ich wollte es noch länger betrachten.« Ihre Stimme klang sonderbar silbrig, als sei sie immer noch nicht richtig erwacht. Tarrik fragte sich, wie lange dieser Zustand noch andauern würde. Er überlegte, wie er sie richtig wecken könnte, ohne ihr weh zu tun; er dachte, er könne ihre verzauberte Einstellung zur Gegenwart durch eine vernunftgemäßere Haltung ersetzen, wie es ihm Hyperides beigebracht hatte. Er wollte ihr seine eigene Sicherheit mitteilen.

Jetzt antwortete er: »Laßt uns nach Hause ziehen, sobald du die Bilder beendet hast, Berris. Die Frühlingsbraut und ich müssen zum Mittsommer zurück sein.«

»Ich komme mit euch«, antwortete Berris. »Ich will wieder mit Metall arbeiten. Ich glaube, ich werde Essro heiraten. Sicher macht es sie unglücklich, nicht verheiratet zu sein, und sie kann sich dann vorstellen, ich sei wie mein Bruder. Sie wird an meine Bilder denken wie an die Geheime Straße. Und eigentlich möchte ich auch ein paar Kinder.«

»Das ist eine gute Idee«, erwiderte Tarrik. »Dann wird Essro auch keine Angst mehr vor mir haben.«

»Und die Statue?« fragte Sphaeros. »Ich wüßte, was ich an deiner Stelle damit anfinge, Berris.«

»Was denn?«

»Ich würde sie zerbrechen. Sie verdient, vernichtet zu werden. Solche Dinge verbreiten nur Angst, und die Menschen ängstigen sich schon genug. Sie ist nicht wirklich, nur ein vom Schmerz verzerrtes Bild. Zerbrich sie, Berris.«

Berris lächelte mit aufeinandergepreßten Lippen. »Das hätte ich vielleicht vor fünf Jahren getan, Sphaeros. Und ich hätte gedacht, wie gut Sphaeros ist, und wie recht er hat! Aber er hat nicht recht! Meine Statue soll nämlich aufrütteln; sie soll all die kleinen Wirklichkeiten aufbrechen, die gewöhnliche Männer und Frauen sich zurechtlegen, die kleinen Ruheplätze, die die Philosophen ihnen bereiten. Sie scheint erfolgreich zu sein. Ich freue mich, daß du sie haßt, Sphaeros! Ich werde aber darüber nachdenken, was ich mit ihr anstelle und welcher Platz für sie richtig ist. Kommst du mit zurück nach Marob, Sphaeros?«

Sphaeros schüttelte den Kopf. »Nein«, antwortete er. »Geht ihr zurück nach Marob und in die Zukunft, Tarrik, Erif und du, Berris. Ich muß hier in der Vergangenheit bleiben. Ich werde Prinzessin Arsinoë unterrichten, wie ich auch Kleomenes und Eukleidas, Nikomedes und Nikolaos unterrichtet habe. Alles wiederholt sich. Aber Gyridas ...« Er blickte sich unsicher um. Ihm war eingefallen, daß Alexandria kein sicherer Ort für den Jungen sein würde, selbst wenn er erreichen konnte, daß das Urteil gegen ihn aufgehoben wurde.

Aber Hyperides sagte: »Ich ziehe nach Athen, das ist meine Gegenwart, denn dort wird in diesem Sommer mein Stück aufgeführt. Und Gyridas nehme ich mit. Dann können er und die Bilder zurück nach Sparta ziehen, wenn es für ihn sicher ist.«

»Du wirst aber merken, daß du nicht lange von Marob fernbleiben kannst«, sagte Tarrik. »Weißt du, Hyperides, daß du dort bessere Arbeit verrichtet hast als bislang in deinem ganzen Leben? Ich habe dich zu dem gemacht, der du bist.«

»Ja, Tarrik«, antwortete Hyperides, »und deshalb muß

ich fort von dir, um herauszufinden, wie ich allein arbeiten kann. Ich werde aber oft auf einen Sommer zurückkommen, um mit dir und Erif durch die Zukunft zu reiten. Halte immer ein gutes Pferd für mich bereit, Tarrik!«

»Wenn ich zurückgehe, werden wir einen guten Sommer haben«, sagte Erif plötzlich, trat neben Disdallis und legte ihr einen Arm um den Hals. »Und wir werden tanzen und heiraten und neue Lieder singen und neue Dinge schaffen. Alles wird wieder möglich sein.«

»Kann ich jetzt endlich hinausgehen?« fragte Klint-Tisamenos. »Komm du mit, Mutter, wenn sonst niemand will! Ich möchte den Leuchtturm sehen.«

Fünftes Kapitel

In der Nacht des Vollmondes gab König Ptolemaios in Kanopos ein Festmahl. Man hatte Tische und Liegen auf eine Marmorfläche im Garten gestellt, zwischen Brunnen und Statuen, unter Palmen und Steineichen. Tänzer und Flötenspieler spazierten von einer Gruppe zur anderen, traten aus den tiefen Schatten und verschwanden wieder. Sie fingen Glühwürmchen und ließen sie bei den Tänzen auffunkeln. Sie trugen schwer duftende Girlanden aus Jasmin und Seerosen. Agathoklea hatte ihre Mutter eingeladen, und Oenanthe hatte eine ungewöhnliche kleine Tänzerin mitgebracht, eine Jüdin, die sie kürzlich am Hafen entdeckt und gekauft hatte. Diese konnte Seeleute eines jeden Landes bei jeder Art von Liebesspiel nachahmen. Oenanthe hatte ihr Herz für Kottalos entdeckt, und Kottalos schwankte zwischen dem sicheren Gefühl, sein Glück gemacht zu haben. Aber andererseits ... Der Göttliche Ptolemaios und seine Freunde gestalteten das Leben eines einfachen Offiziers der Wache oft recht schwierig.

Sphaeros war ebenfalls anwesend. Er hatte sich von seinen Freunden verabschiedet. Er durfte sie nicht vermissen und noch weniger sich wünschen, sein Leben wäre anders verlaufen. Jetzt beobachtete er seine neue Schülerin, die blonde Prinzessin Arsinoë. Sie hatte ihn mit hochfahrendem Stolz und einem gewissen Mißtrauen gegenüber der Welt begrüßt. Es war schwierig, Zugang zu ihr zu finden. Woran dachte sie gerade? Sie sah von ihren beiden Ehrenjungfern, die nicht viel älter als sie selbst waren, zu ihm, ein Blick, in dem Bitterkeit lag. Er hoffte, sie würde sich vor Ende des Festes entfernen – wenn es zuging, wie bei den meisten Gesellschaften von Ptolemaios.

Sosibios schien etwas sehr zu belustigen. Er grinste vor sich hin und aß ziemlich schnell und nicht sehr appetitlich. Metrotimé schickte eine ihrer Freundinnen aus, den Grund für seine Heiterkeit herauszufinden. Diese entdeckte die Ursache, nachdem sie auf seinem Knie gesessen hatte und recht vertraulich gekniffen und gekitzelt worden war. Kurz darauf kehrte sie zu Metrotimé zurück. »Meine Liebe«, sagte sie, und schüttelte sich, »er zwickt einen wie ein Kamel, dieser alte Fettwanst! Der Grund für seine Heiterkeit ist ein alberner Brief aus Griechenland. Die Partei des Königs von Sparta hat alle Räte umgebracht, und er lacht, weil sie es zu spät gewagt haben. Das ist alles! Liebste, leih mir eine Nadel! Er hat mir die Kräusel an der Schulter zerrissen. Und sein Atem. Er sollte einmal ein Bad nehmen, und zwar mit Seife!« Sie lachte und dachte, wenn die Nachrichten aus Griechenland nicht zu spät gekommen und Kleomenes nach Sparta zurückgegangen wäre – nun, dann hätte man weder die Schlange noch die Prozession gesehen, noch einen neuen Helden bekommen, über den man an heißen Nachmittagen flüstern und sich gruseln konnte. Aber Metrotimé glaubte nicht daran. Zumindest behauptete sie das.

Efeubekränzte Tänzer und Fackelträger brachten einen neuen Gang herbei und setzten ihn unter der Musik von Streichinstrumenten, einem leisen Dröhnen, das einen seltsam in der Magengrube traf, auf den Tisch vor den König. Man stellte vor jeden Gast einen Tisch, und die Arme der Tänzer griffen den Frauen dabei von hinten über die Schultern, wobei sie einen Moment lang Blumen und Brüste leicht an sich drückten. Ptolemaios tastete hinter sich nach den Schenkeln der im Dunkeln nicht sichtbaren Tänzerin und grub seine Finger mit den polierten Nägeln in ihre Haut. Er hatte diesen Gang selbst angeordnet, daher wußte er Bescheid. Jeder Gast bekam ein etwa ein Fuß langes Krokodil aus bemaltem Marzipan, das einen nackten Mann oder eine Frau aus weißer Nußmasse biß, die an den entsprechenden Stellen rot gefärbt war. Die Nußgesichter waren alle einzeln von einem persischen Elfenbeinschnitzer gefertigt worden, ein jedes eine besondere, individuelle Maske des nackten Entsetzens. Wenn einem so etwas gefiel ... Nun, zum Beispiel gefiel es Agathokles. Die pulsierende Musik setzte sich fort, als wolle sie die winzigen schrillen Schreie der gepeinigten Püppchen übertönen. Agathoklea erschauerte ein wenig und brach ihr Krokodil in Stücke. Sie wünschte sich einen netten, starken Mann, an den sie sich anlehnen konnte. Dann wäre alles gut, und sie könnte auch über die Krokodile kichern. Sie blickte sich nach einem netten, starken – und behaarten Mann um.

König Ptolemaios hatte plötzlich einen brillanten Einfall. Er ließ die gezwickte Tänzerin frei und beugte sich zu Agathokles. »Beim nächstenmal«, sagte er, »werden wir ein noch ausgefalleneres Dessert bekommen. Wir werden einen gepfählten Leichnam und eine Schlange essen – jawohl, Kleomenes. Dieser Perser ist ausgezeichnet. Er wird die Ähnlichkeit schon hinbekommen. Sorg dafür, daß er bei uns bleibt! Gefällt dir meine Idee?«

Agathokles fühlte sich ein wenig unbehaglich. »Eine wunderbare Vorstellung«, erwiderte er. »Aber ... die Wirkung? Einige Gäste könnten das zu ernst nehmen.«

»Aber ich nehme es selbst ernst!« entgegnete der König. »Kleomenes gehört jetzt mir, ist mein Gott, den ich gehäutet und gepfählt habe, mit dem ich getan habe, was ich wollte. Und ich will sein Abbild.«

Agathokles zitterte und zuckte. »Dann aber für eine kleine Gesellschaft. Nur unter uns. Und, wie du sagtest, zum Aufessen. Das wird wunderbar, noch besser als dies hier. Wir werden ein Gedicht darüber schreiben lassen.«

»Das soll Metrotimé machen.«

»Metrotimé«, erwiderte Agathokles recht verächtlich, »ist inzwischen recht unfähig in diesen Dingen, seit Berris Dher ihr diese Statue geschenkt hat.«

»Aber nicht unfähig zu allem«, entgegnete Ptolemaios und lächelte vor sich hin. Er empfand sie als besonders anregende Gefährtin.

»Sie versteht schon«, sagte er und fuhr zärtlich mit einem Fingernagel über den Rücken seines Krokodils.

»Was?« gab Agathokles mit scharfer Eifersucht zurück.

Ptolemaios hob den Kopf. »Sie weiß Bescheid über sterbende Könige. Über das Opfern von Königen. Daß man einen lebendigen Menschen nimmt und mit Schmerz und Tod vermischt – jawohl, vermischt wie ein Koch – und daraus einen Gott schafft. Ich habe auf diese Weise einen Gott geschaffen. Dionysos-Sabazios hat sich auf diese Weise einem Menschen gezeigt, einem zerrissenen Menschen. Wie Pentheus in dem Stück. Wir sollten das übrigens, Agathokles, bald wieder aufführen, ehe die Menschen es vergessen. Sein Baum war auch ein Tannenpfahl. Und die Weinranke. Es war eine Erscheinung. Ich zauberte sie herbei.«

Agathokles wandte das zuckende Gesicht ab. Er wollte nicht an diese Sache glauben; er wollte sie mit einem Lachen vom Tisch wischen wie Sosibios. Aber er hatte die Schlange mit eigenen Augen gesehen.

Da traten Prinzessin Arsinoë und ihre beiden Ehrenjungfern an den Tisch, an dem Sphaeros saß, und sich ruhig mit seinem Nachbarn unterhielt. Die Mädchen trugen einen Korb mit Früchten, die im Fackelschein wie poliert glänzten. Arsinoë bot Sphaeros den Korb mit wohlgesetzten Worten an. Er war gerührt. Die Granatäpfel sahen besonders groß und rosig aus, und er wählte sich einen aus. Man konnte zum Aufbau des Granatapfels interessante Vergleiche ziehen: die zähe, aber rosige Haut, die Vielzahl der Samen. Er setzte sein Messer an. Der Granatapfel war aus bemaltem Wachs. Arsinoë stemmte die Hände in die Hüften und lachte schallend. Auch die beiden Mädchen lachten lauthals, schütteten die Früchte auf den Boden und klammerten sich vor Belustigung aneinander. »Du kannst nicht einmal feststellen, ob ein Granatapfel echt ist oder nicht«, sagte Arsinoë. »Du und deine *gebannte Phantasie*.«

Sphaeros legte den Granatapfel sanft beiseite und wappnete sich gegen das spöttische Gelächter der Mädchen. »Aber Granatäpfel sind gar nicht so wichtig«, sagte er. »Vielleicht wollte ich einen wächsernen – woher willst du das wissen?«

Arsinoës Lachen brach ab; sie blickte ihn an und sagte: »Ja, tatsächlich ... vielleicht.«

Was im Achten Buch geschah — 219 v. Chr.

Erstes Kapitel
Erif und Berris fassen den Plan, wenigstens Philylla und die Kinder des Königs zu retten. Aber Nikomedes enttäuscht sie. Als die Schergen des Ptolemaios sich daranmachen, die Befehle des Sosibios an den Frauen und Kindern des Rebellen Kleomenes und dessen Freunden zu vollstrecken, befinden sich Philylla und die Kinder unter den spartanischen Frauen. Es gibt keinen Ausweg.

Zweites Kapitel
Ptolemaios und seinen Freunden wird die Hinrichtung der spartanischen Königin, ihrer Frauen und der Kinder mitgeteilt. Er hat ein Opfer gebracht. Er ist glücklich. Seine Schwester Arsinoë verlangt nach Sphaeros als Lehrer. Nachricht aus Marob.

Drittes Kapitel
Berris arbeitet an einer Skulptur ›Philylla und der Tod‹. Die Qual der Frühlingsbraut. Sphaeros hat eines der spartanischen Kinder gerettet, Phoebis' Sohn. Erif trifft ihre Mutter, und die Prophetie Apollos hat sich erfüllt. Ankhet erzählt Berris vom ›Khu‹. Sphaeros erzählt Berris von der Schlange. Berris malt weitere Bilder von Agis und Kleomenes, den Königen, die für das Volk starben.

Viertes Kapitel
Tarrik wartet auf das Erwachen seiner Frau. Die Schlange kehrt von dem Toten zurück. Erif sieht ihren Sohn wieder. Hyperides betrachtet die Gemälde. Berris erklärt, daß er sie dem Spartanerjungen geben werde; der werde sie eines Tages nach Hause bringen. Der Kornkönig und die Frühlingsbraut bereiten sich auf die Rückkehr nach Marob vor.

Fünftes Kapitel
König Ptolemaios gibt ein Fest. Prinzessin Arsinoë spielt ihrem Lehrer einen Streich.

Neuntes Buch

Die Trauernden

»Dem Begriffe nach, einmal ist allemal.«
Hegel

Δαιμόνιοι τίνα τόνδε θεόν δεσμεύεθ ἑλόντες
καρτερόν; οὐδέ φέρειν δύναταί μιν τηῦς εὐεργής.

Homerische Hymne an Dionysos

Die neuen Personen im Neunten Buch
Der Epilog

LEUTE AUS MAROB

Klint-Tisamenos als Kornkönig
Erif Gold, die jüngste Tochter von Berris Dher und Essro

GRIECHEN

Tisamenos, ein Helote, und andere

Epilog

Zwei Menschen standen auf dem Wellenbrecher am Hafen von Marob. Der eine war der Kornkönig, Klint-Tisamenos, mit der Krone des Kornkönigs und ihren springenden Tieren; die andere war seine Kusine, das Mädchen Erif Gold, die jüngste Tochter von Berris Dher und Essro. Sie hatten von der Spitze des Wellenbrechers aus geangelt, denn sie kannte sich mit den Fischen aus, und jetzt zappelte ein Dutzend davon in dem schweren Netz über ihrer Schulter. Das Haar wehte ihr in die Augen, und so hielt sie inne, legte das Netz neben dem Vetter ab und begann, ihre Zöpfe neu zu flechten. Sie lachte vor sich hin, weil der Wind ihr an Haaren und Rock riß, weil sie neben dem Kornkönig stand und weil sie gerade entdeckt hatte, daß sie nicht nur zaubern und Fische schneller fangen konnte als alle anderen, sondern auch eine besonders schöne, seltsam grüne Emaille herstellen, die alle Metallwerker bereits bewundert hatten, darunter auch der junge Mann, in den sie fast verliebt war. Außerdem war es Frühling, und es war der aufregendste und schönste Frühling, den sie je erlebt hatte.

In den letzten Wochen waren wieder die ersten Schiffe aus dem Süden gekommen. Eines lag ganz in ihrer Nähe vor Anker, und die schwarze, kalfaterte Seitenwand schwamm auf einer Höhe mit ihnen, doch Bug und Heck hoben sich höher, so daß die rotummalten Bullaugen über die Hafenmauer blickten. Während des Krieges zwischen Flaminius, dem Römer, und Antiochos von Syrien war Marob vom Süden fast gänzlich abgeschnitten gewesen. Das Kriegsgeschehen hatte auch Byzanz und die Meerenge erfaßt, und die Kaufleute brachten ihre Frachten an andere Orte. Inzwischen herrschte wieder Frieden; alles lief wieder seinen gewohnten Gang, und die Schwarzmeerhäfen füllten sich mit Schiffen aus Rhodos, Kreta, Korinth und Athen. Antiochos war geschlagen und grollte, und die Römer waren zurück in den Westen gezogen. In Marob bereitete man sich auf einen Mittsommermarkt in alter Pracht vor; man würde Waren und Geld austauschen und Gewinn machen.

Das Schiff hier stammte aus Kreta und war beladen mit Wein in Fässern und Krügen, Öl und Tuch. Den ganzen Morgen hatte man ausgeladen, und jetzt säuberten drei oder vier Sklaven das Deck. Zuweilen stimmte einer von ihnen ein Lied an, oder etwas, was einst ein Lied gewesen war, nun aber nicht mehr menschlich klang, sondern eher wie das Surren von Insekten. Wenn niemand einfiel, ebbte es wieder ab. Ansonsten sprachen sie kaum und arbeiteten stumm vor sich hin. Marob war ein Hafen wie viele andere auch, in denen sie geschuftet und beim Laden und Entladen, unterbrochen nur von den endlosen Tagen an den Riemen, geschwitzt hatten.

Erif Gold und Klint-Tisamenos bemerkten sie nicht. Sie hob ihr Netz wieder auf und steckte die Finger zwischen die festen, klebrigen Körper; der kalte Salzgeruch verstärkte das Frühlingsgefühl ringsum. Das Haar auf ihrer Stirn, an den Schläfen und im Nacken kräuselte sich zu glänzenden, kleinen Löckchen. Sie genoß das Glück des Augenblicks, und der Kornkönig erkannte dies und wertete es als Erfolg seiner Tätigkeit in Marob. Er dachte an die bevorstehende Hochzeit seiner Kusine, an die Festigkeit, die Zartheit und Süße ihres Körpers, als sei das Gewicht des Netzes, das sie trug, bereits ein Kind. Sie wußte, daß er daran dachte, und ihre Haut erwärmte sich wie unter Küssen oder den Strahlen der Sonne am wolkenlosen Himmel. Ihre Gedanken wanderten zurück zur Schmiede, zu der schönen Farbe, die herzustellen ihr gelungen war, und sie malte sich einen Kelch mit Löwengriffen aus, der innen grün war, so daß die Löwen beständig in einen grünen, winzigen See starren konnten. Und dann erkannte sie, daß der Kornkönig ihr plötzlich nicht mehr zuhörte. Er lauschte, weil er glaubte, seinen eigenen Namen gehört zu haben, seinen recht seltenen griechischen Namen: Tisamenos.

Früher an diesem Morgen war einem Sklaven ein Weinfaß auf den Fuß gefallen. Der Mann hatte aufgeschrien und ein Seil fahren gelassen, das die hölzerne Brücke zum

Kai hielt. Anschließend war er wie üblich vom Kapitän verprügelt worden, zunächst mit dem Ende des Taus, dann gründlicher mit einem mit Nägeln gespickten Stock. Er konnte sich, trotz dieser Aufforderung weiterzuarbeiten, nicht auf den Beinen halten, und nach einer Weile half ihm ein anderer unter Deck, verband seinen Fuß mit Lumpen und ließ ihn dort zurück. Als sich seine Augen an die Dunkelheit gewöhnt hatten, wandte er den Kopf zu den Zeichnungen an der Schiffswand, die sein Freund und er in Rötel und Kohle nach den Gemälden angefertigt hatten, die sie beide kannten: Das Bild des verratenen und toten Agis, das Bild von Kleomenes in seiner Agonie am Pfahl, das Bild von Nabis mit der blutigen Axt. Der Mann redete die Bilder an. Er bat König Agis und König Kleomenes, zurückzukommen und ihm zu helfen, zurückzukommen zu ihrem elenden, trauernden Volk, aber er sagte dies nicht zu König Nabis, denn er selbst hatte Nabis tot und steif gesehen, ermordet von einem falschen Freund, dem Aetolier Alexamenos.

Er lag auf der Seite, den Kopf auf einen Bohnensack gebettet, murmelte vor sich hin und erinnerte sich, dachte an Nabis und die Revolution, die aus ihm einen Bürger und Soldaten gemacht hatte. Vor allem aber erzählte er den anderen beiden – den Königen, die vor seiner Zeit gestorben waren –, was ihm, seinen Freunden und dem Neuen Sparta zugestoßen war. Ihm schien, daß Agis antwortete, auch er habe gelitten, und zwar mehr, auch er habe das Schlimmste erduldet, als er noch sehr jung war, und er verstünde alles, und König Kleomenes antwortete, auch er habe all dies gelitten, er sei für Sparta gestorben und würde eines Tages zurückkommen und sich an Philopoïmen und Megalopolis rächen. Er sei die Schlange, die Weinranke, der Kelch, die Hoffnung, der König, der sich an sein Volk erinnerte. Allmählich schlief der Mann ein, und während er schlief, heilte sein Fuß, und sein zerschundener Rücken brannte nicht mehr. Als man ihm zurief, schnell an Deck zu kommen und beim Schrubben zu helfen, folgte er ohne größere Schmerzen und mit einer sonderbaren Hoffnung, einer Ahnung, daß er nicht allein war. Und dann rief ihn einer der anderen, der in den alten Zeiten mit ihm Soldat gewesen war, beim Namen, den er damals erhalten hatte: Tisamenos.

Der Kornkönig von Marob ging zu dem Schiff und blickte hinab. Erif Gold folgte ihm, weil sie an diesem Frühlingstag alles sehen wollte. Die Sklaven schauten aus ihrer gebeugten Haltung auf und starrten das prächtige Paar an, das glänzendes Gold an Gürtel, Messer und Krone trug, bewunderten das wehende, strahlende Haar des jungen Mädchens. Sie senkten die Köpfe und wagten nicht zu denken, diese beiden seien Barbaren. Der Kornkönig fragte: »Wer unter euch heißt Tisamenos?«

Nach einer Weile hob einer der Sklaven den Kopf ein wenig und antwortete: »Ich.«

»Komm her«, befahl der Kornkönig. Der Mann blickte auf. Er wußte, daß er dieser Stimme gehorchen mußte, aber er dachte auch an die schmerzhaften Strafen, die seiner harrten, wenn er sich seinem Herrn widersetzte und das Schiff verließ. »Komm her!« wiederholte der Kornkönig ungeduldig von der Hafenmauer her. Der Mann stand auf, hinkte über die Brücke und kniete sich auf den Stein vor den Kornkönig und Erif Gold. Er betrachtete die roten Lederstiefel des Kornkönigs mit den aufgestickten schwarz-weißen Löwen. Er hörte die Stimme über sich fragen: »Warum heißt du Tisamenos?«

Der Mann antwortete: »Man gab mir diesen Namen, als ich noch ein Junge war, als König Nabis kam und uns, das arme Volk von Sparta, an den Reichen rächte. Er bedeutet, daß wir unseren Preis bezahlt haben, Herr ...«

»Ich weiß«, antwortete der Kornkönig. »Es ist auch mein Name.«

Da blickte der Mann ein wenig verständnislos auf, sah jemanden, der älter und stärker als er war, eine Krone trug und lächelte. Furchtsam fragte er: »Herr, gefällt er euch?«

Klint-Tisamenos antwortete: »Mein Vater und meine Mutter waren einst in Sparta. Ich habe viel darüber gehört. Aber es war König Kleomenes, der den Armen auf Kosten der Reichen gab.«

»Ja«, antwortete der Mann, »aber er starb.«

»Ich weiß«, sagte Klint-Tisamenos und schwieg eine Weile. Der Mann wagte nicht, das Wort zu ergreifen.

Da schaltete sich das Mädchen ein und sagte: »Auch mein Vater war in Sparta. Du aber bist kein Spartaner, oder?«

Da hob der Sklave den Kopf und starrte sie an. Es war schrecklich, dieser strahlenden, freien Frau, die ihn verächtlich musterte, zu antworten, er sei ein Spartaner, aber es war schrecklicher, es abzuleugnen. Er antwortete: »Doch, ich war es.«

»Und jetzt?« fragte Erif Gold. Aber der Mann wußte keine Antwort.

Der Kornkönig setzte sich auf einen Pfosten, und das Mädchen hockte sich auf einen Stein neben ihn und befühlte die schillernden Fischleiber. Der König sagte: »Erzähl mir, was geschehen ist.« Er wollte in der Sonne sitzen und einer wahren Geschichte zuhören. Er wollte plötzlich alles über die seltsamen Angelegenheiten der Griechen erfahren. Er selbst war dreimal dort gewesen. Einmal als Kind auf dem Rückweg von Ägypten. Damals hatte sie noch ein größerer Junge begleitet, mit dem er manchmal gespielt hatte. Ihn und Hyperides hatten sie jedoch in Athen, einer sehr heißen Stadt, zurückgelassen. Er war dort von Flöhen zerstochen worden.

Beim nächstenmal war er siebzehn gewesen. Er war fast die ganze Zeit bei Hyperides in Athen geblieben und erinnerte sich, wie ängstlich bemüht alle gewesen waren, mit Philipp von Mazedonien und dem Aetolischen Bund Frieden zu schließen, den Griechen aus dem Norden, damit die römischen Barbaren abzogen in ihre wilde Heimat. Alle waren wütend auf die Aetolier, weil sie die Römer mit ihrer brutalen, wenn auch sehr wirksamen Art, Krieg zu führen und zu plündern, zu Hilfe gerufen hatten. Doch Philipp war auf seine Weise auch brutal und tyrannisch, und der alte Aratos, der ihm als Berater zur Seite gestanden hatte, war nun tot – ob an gebrochenem Herzen gestorben oder an Gift, darauf kam es letztlich nicht mehr an. Es war eine schwierige Zeit für Griechenland gewesen – zwischen den Römern und den Mazedonen, und im

Hintergrund standen noch Ägypten und Syrien. Seiner Erinnerung nach war Sparta in jenen Tagen nicht sehr bedeutsam gewesen. Dort regierte Machanidas als Vormund eines Kind-Königs. Hyperides hatte ein paarmal diesen älteren Jungen erwähnt, Gyridas mit Namen; das war der einzige Grund, warum Klint jemals an Sparta dachte, denn es hatte in jenem Sommer sehr viel zu sehen und zu tun gegeben. Ja, es war ein wunderbarer Sommer gewesen! Doch als Klint-Tisamenos später zurückkehrte nach Marob, war er froh bei dem Gedanken, kein Grieche zu sein, froh, daß sie in Marob keine solchen Probleme bewältigen mußten, und froh vor allem darüber, daß Marob nichts mit Rom zu tun hatte.

Danach war er sechzehn Jahre nicht mehr in Griechenland gewesen, aber Hyperides war ein paarmal nach Marob zu Besuch gekommen, und jedesmal war er älter gewesen, wollte weniger unternehmen und mehr reden. Klint hatte es geschienen, als sprächen seine Mutter und sein Vater sehr gern mit ihm, während er selbst lieber mit seinen Brüdern und Schwestern und Vettern und Kusinen hinaus auf die Ebene gezogen war. Sie hatten getanzt und gejagt, gegen die Roten Reiter gekämpft und sich im langen Gras oder beim Lagerfeuer geliebt, und die Jahre waren vergangen, und er war wegen der Kämpfe nicht mehr nach Griechenland gefahren: Gegen Philipp von Mazedonien und Antiochos von Syrien und immer und immer wieder diese Römer aus dem Westen, die kämpften und plünderten und wieder fortzogen, aber doch immer wieder zurückkamen – dunkle, stämmige, kleine Männer, die nie merkten, wenn man über sie lachte, die bestimmten Gedanken gegenüber erstaunlich verschlossen waren und nicht in der Lage, etwas selbständig zu unternehmen, ohne den berühmten Rat, den Senat von Rom, vorher zu befragen.

Gesehen hatte er die vielen Römer erst viel später, als er im letzten Jahr vor dem großen Krieg gegen Antiochos noch einmal nach Griechenland gefahren war. Tarrik, sein Vater, hatte ihm gesagt, er müsse nun gehen, denn später, wenn er erst Kornkönig sein würde, sei es zu schwierig. Tarrik wußte, daß seine Stunde näherrückte. Daher war Klint noch einmal gefahren, und er erinnerte sich nun, was er über Sparta gehört hatte. Er runzelte die Stirn und wurde unruhig, weil er immer noch mit Unbehagen an die damalige Heimkehr dachte, an das Fest und die Übernahme der Macht und seine Frühlingsbraut. Er runzelte die Stirn, atmete tief und entspannte sich, und dann wurde er sich wieder des Mannes zu seinen Füßen bewußt. So wiederholte er: »Erzähl mir, was mit Sparta geschehen ist!«

Der Sklave Tisamenos begann: »Herr, ich habe den Befehl, das Schiff nicht zu verlassen. Mein Herr wird zurückkommen ...«

»Aber das hier ist der Herr«, sagte Erif Gold. »Er ist der Kornkönig von Marob. Wenn er deinen Herrn von seinem eigenen Schiff ins Meer würfe, würde ihm nichts geschehen. Hab keine Angst!« Dann stand sie auf, trat neben ihn und sagte: »Ich möchte mir deinen Fuß ansehen.«

Rasch und ängstlich band der Mann die Lumpen ab; sein Fuß war verletzt, geschwollen und häßlich mit all den Narben und Verhärtungen. Sie berührte ihn, lachte und sagte: »Du siehst nicht sehr wie ein Grieche aus, Tisamenos.« Dann warf sie das alte, fleckige Tuch ins Meer und berührte den Fuß; sie schien alles an seinen Platz zu rücken, Muskeln und Knochen wieder an die richtigen Stellen zu schieben. Einen Moment dachte er, sie sei wie die Frauen auf den Bildern – Agiatis oder Agesistrata oder die Frau aus Megalopolis.

Er schloß die Augen, öffnete sie wieder und sagte: »Wo soll ich anfangen, Herr?«

»Bei den Zeiten, als Machanidas euer König war«, antwortete der König. »Er hat doch allein regiert?«

»Ja. Weil sie den jungen König Agesipolis als Kind schon verbannt hatten. Ich weiß aber nicht, warum. Und sein Onkel Kleomenes war tot. Es war nicht der richtige Kleomenes, Herr, sondern sein Neffe. Dann gab es einen weiteren König, der auch nur ein Kind war. Aber eigentlich herrschte König Machanidas. Und der hatte sich mit dem Aetolischen Bund gegen den Tyrannen Philipp von Mazedonien verbündet.«

»Mit dem Aetolischen Bund und mit Rom.«

»Ja, und mit Rom. Ja, Herr. Aber wir haßten die Mazedonier. Ich war da noch ein Junge. Doch der Bund bewirkte nichts, und die Römer schienen wieder abzuziehen. König Machanidas belagerte Mantinea und die Achaeer. Aber dann kam Philopoïmen aus Kreta zurück, wo er die List gelernt hatte, wurde zum General der Achaeer ernannt und tötete unseren König Machanidas. Wir kannten Philopoïmen ja damals noch nicht.«

»Was heißt das – ihr kanntet ihn nicht?«

»Ich wußte noch nicht, daß ich ihn hassen würde, Herr, wie ich ihn jetzt hasse.«

»Was warst du damals? Ein freier Bürger?«

»Nein, Herr, ich war ein Helote und Sohn eines Heloten. Ich hütete Schweine in den Bergen. Aber mein Großvater war einer von König Kleomenes' Bürgern gewesen – bis Sellasia. Dort ist er gefallen. Danach wurden wir wieder Sklaven. Mein Vater war auch tot, aber Mutter hat uns alles erzählt. Und die anderen. Wir hatten ja auch die Bilder.«

»Welche Bilder?«

»Die Bilder von den Königen. Von König Agis und Kleomenes, seinen Zwölfen und den Königinnen in den blauen Gewändern. Und vom Pfahl mit der Schlange und der Weinrebe. Wir haben uns die Bilder an die Wände gemalt. Als Kind hat man mir einmal die echten Gemälde gezeigt. Sie werden an ständig wechselnden Orten versteckt gehalten. Bis die Könige zurückkommen.«

Plötzlich lachte Erif Gold auf und sagte: »Weißt du, wer die Bilder gemalt hat?«

»Nein«, antwortete der Mann und schaute sie haßerfüllt an, weil sie gelacht hatte.

»Ich aber«, erwiderte das Mädchen.

»Ich auch«, fügte der Kornkönig hinzu. »Erzähl weiter, du mit meinem Namen. Haben alle die Bilder so geliebt?«

»Ja, alle. Alle Armen. Die Reichen wußten nichts über sie oder taten zumindest so. Und dann kam König Nabis, und man gab mir meinen neuen Namen, Tisamenos. Es war, als würde etwas geschehen, wonach wir uns alle gesehnt hatten.«

»Was denn?«

»Ein König kam zu seinem Volk. Aber damals wußten wir noch nicht, daß auch er sterben mußte.«

»Ich habe«, sagte Klint-Tisamenos langsam, »eine Menge Schlechtes über König Nabis gehört.«

»Ja, Herr«, antwortete der Sklave, »weil Ihr es von den Reichen gehört habt. Sie erzählen es immer anders.«

»Vielleicht«, entgegnete Klint-Tisamenos und dachte an den vernünftigen Hyperides und dessen Abneigung gegen die Folter und alle künstlichen und gewalttätigen Todesarten.

»Er war unser König«, fuhr der Mann fort. »Er ließ die Revolution wieder aufleben. Sie haßten ihn und versuchten, ihn loszuwerden. Daher hat er sie umgebracht oder verbannt. Er beschlagnahmte ihr Land und ihr Geld für uns. Er teilte das Land auf und machte aus uns Bürger und Soldaten. Er baute eine Seestreitmacht auf und eine Armee, und Sparta war wieder stark. Wir waren stark. Wir alle zusammen, ob arm oder reich. Die Kinder der ersten Revolution wurden erwachsen. Alle hatten Angst vor uns, wenn sie uns alle zusammen sahen, weil unsere Gedanken nur ein Ziel kannten. König Nabis war ein entfernter Vetter von König Agis; seine Frau Apea stammte aus Argos. Sie dachte wie er. Wir führten die alten Dinge wieder ein, die Disziplin und die gemeinsamen Mähler. Man holte mich von meinen Schweinen fort, steckte mich in die Zuchtschule und lehrte uns dort alles über die Revolution.« Dann verstummte der Mann für eine Weile. Er wirkte jetzt nicht mehr verängstigt, und es schien, als bereite ihm sein Fuß weniger Schmerzen.

Leise sagte das Mädchen zu Klint: »Wir müssen es Vater erzählen. Er meinte immer, die Bilder seien ziemlich schlecht. Aber ich würde sie gern sehen.«

Der Mann fuhr fort: »König Kleomenes begann die Neuen Zeiten und starb für sie. Vielleicht war er nicht weit genug gegangen. Er ließ den Reichen zuviel Macht. König Nabis beging diesen Fehler nicht. Seine Neuen Zeiten gehörten nur uns, uns allein, in jenen Tagen waren wir auch auf dem Meer mächtig. Er baute Docks in Gytheon und Lagerhäuser für Waffen und Ausrüstung. Er schaffte uns Fluchtpunkte auf Kreta. Er hatte eine Wache aus Kreta, die war sehr nützlich. Sie hätten alles für ihn getan. Mit jedem weiteren Jahr in der Zuchtschule wurde ich stolzer darauf, Bürger zu sein. Man behandelte uns rauh, aber den meisten gefiel es. Die Anführer unserer Klassen zogen zu Überfällen nach Messenien und Megalopolis aus; die Achaeer rannten davon, und unsere Männer spießten sie auf wie Schweine. Philopoïmen war wieder fort. Wir haßten ihn, und wir haßten Philipp. Wir bekamen immer alle Nachrichten über das, was sich in der Welt zutrug, wie Antiochos von Syrien nach Indien und den Drachenorten zog, in die Länder mit Feuer und Schnee, und wie er dort sechs Jahre im Krieg und mit Magie verbrachte. Wie der König und die Königin von Ägypten auf sonderbare Weise starben, und wie sich das Volk von Alexandria am Ende an ihnen rächte.«

Wieder blickten sich Klint-Tisamenos und Erif Gold an und nickten, weil sie sich erinnerten, was sie über Sosibios und Agathokles gehört hatten, wie belustigt Erif und Berris über ihren schrecklichen Tod gewesen waren.

Der Mann redete weiter: »Wir hörten von Philipps Gewaltherrschaft und über den Krieg zwischen Rom und Karthago, über die großen Schlachtschiffe und die Elefanten. Und danach hörten wir, daß die Rhodier Rom um Hilfe gegen Philipp gebeten hatten, wie die Aetolier zuvor. So war es, als ich ein Junge war.«

»Warst du ein Stoiker?«

Der Mann schüttelte den Kopf. »Dazu hatten wir keine Zeit. Wir wollten es auch nicht. Wir hatten alles, was wir wollten.« Er fuhr fort: »Dann kamen die Römer; sie griffen Philipp an. Der Achaeische Bund hielt zu den Mazedoniern, wie schon immer. Aber diesmal konnten sie nicht helfen, weil wir stärker waren. Damals nahm ich an meinem ersten Überfall teil und tötete zum erstenmal einen Menschen. Philipp konnte ihnen gegen uns auch nicht helfen; daher mußten sie die Seiten wechseln. Der Römer Flaminius zwang sie dazu. Da versuchte Philipp, Frieden zu schließen, aber Flaminius ging nicht auf seine Bedingungen ein.«

»Und das war«, unterbrach der Kornkönig, dem nach und nach alles einfiel, »als auch ihr die Seiten gewechselt habt.«

Der Mann zuckte die Achseln. »Philipp gab uns Argos. Das war die Stadt von Königin Apea – und, Gott, sie hat damit herumgespielt und die Revolution in Gang gesetzt! Sie war eine richtige kleine Tigerin. Aber sonst hat uns Philipp nichts genutzt; daher brachen wir mit ihm und schlossen Frieden mit Rom und für eine Weile sogar mit dem Achaeischen Bund. Nun, dann wurde Philipp erschlagen, und Rom hatte sich durchgesetzt. Flaminius hielt immer wieder Reden, wie er den Krieg gewonnen und Griechenland befreit habe. Wir aber machten mit unserer Revolution weiter. Und die armen Leute in den anderen Staaten blickten nach Sparta und wollten auch eine Revolution. Die Reichen in allen Staaten waren eifersüchtig und hatten Angst, der Achaeische Bund, Rhodos, Pergamon, Rom und der kleine schmutzige Haufen unserer eigenen Reichen, die wir hinausgeworfen hatten, anstatt sie umzubringen, wie sie es verdient hätten. Sie bedrängten uns alle auf einmal zu Land und über das Meer. Wir haben ihnen standgehalten. Nabis war ja nicht umsonst König von Sparta! Für ihn vermochten wir alles. Aber sie besetzten die Küstenstädte, verbrannten die Schiffe, brandschatzten die Güter, zündeten das Korn auf dem Halm an und stürmten Gytheon. Sie versuchten, Sparta selbst einzunehmen, jawohl, Flaminius und seine Römer – aber wir brannten unsere eigenen Häuser nieder und schlugen sie zurück. Doch am Ende mußten wir einlenken. Die anderen Staaten haßten unsere Art zu leben. Wir mußten Argos und die Küstenstädte aufgeben, die Flotte abschaffen und eine Geisel stellen. Jawohl, unser König gab seinen einzigen Sohn als Geisel her. Aber die Revolution blieb, unsere gemeinsamen Mähler und unsere Lebensweise. Im folgenden Jahr verließen die Römer Griechenland wieder. Flaminius hatte viele

Freunde unter den Reichen, jenen, die alles wie früher haben wollten. Aber die Armen haßten ihn, weil er uns das angetan hatte. Ich weiß das, weil Männer aus anderen Staaten zu uns kamen, um bei uns Hoffnung zu schöpfen; manchmal zeigten wir ihnen die Bilder. Sie beteten auch für uns. Viele von uns wurden damals getötet, aber für jene, die es überlebten, war es nicht so schlecht.«

»Aber dann?«

»Nun, dann verbündeten wir uns mit den Aetoliern gegen Rom. Wir hofften, auch Antiochos und Philipp würden mitmachen, aber sie hatten Angst. König Nabis blies in die Asche, und die Flamme loderte auf. Wir bekamen unsere Seestädte zurück. Aber Philopoïmen war wieder beim Achaeischen Bund. Wir schlugen ihn auf See ...« Der Mann verstummte einen Moment und kniff schmerzlich die Augen zusammen. Schließlich fuhr er fort: »Er schlug uns oben in den Bergen, oberhalb von Sellasia. Wir wurden über den Paß von Sellasia bis nach Sparta zurückgetrieben. Ich sah das alte Schlachtfeld, das immer noch furchtbar und totenstill dalag. Zwischen den beiden Bergen legten wir für König Kleomenes Gelübde ab, baten ihn, zurückzukommen und uns zu helfen. Wir opferten. Am Ende schlossen die Römer wieder Frieden, aber wir waren schwach und hilflos, und Philopoïmen stand kurz hinter unseren Grenzen und wartete nur auf den richtigen Zeitpunkt. Das wußten wir. Aber das war noch nicht das Schlimmste.«

»Das war, als ich zum letztenmal in Griechenland war«, sagte der Kornkönig. »ich erinnere mich, daß ich über Sparta hörte. Tisamenos! Kanntest du einen Mann namens Gyridas? Sein Vater war der Ziehbruder von Kleomenes, ein halber Helote ...«

»Gyridas!« rief der Mann aufgeregt. »Sicher, ja! Er war an allem beteiligt. Er hatte zuerst auch die Bilder. Und er hielt das Kommando in Gytheon während der Belagerung. Er konnte fliehen, am Ende haben sie ihn dann aber doch getötet. Das war aber besser, als weiterzuleben – wie ich. Als die Aetolier erkannten, daß wir ihnen als Verbündete nicht mehr viel nützten, wollten sie unseren Staatsschatz stehlen. Sie schickten den Verräter Alexamenos mit Truppen, vergeblich, um Hilfe zu leisten. Wir ließen ihn nach Sparta hinein. Und er ermordete König Nabis in seinem eigenen Haus. Aber wir haben ihn daraufhin umgebracht, haben ihn in blutige Fetzen gerissen, doch unseren König konnten wir damit auch nicht wieder zum Leben erwecken. Und dann drang Philopoïmen nach Sparta ein und zwang uns in den Achaeischen Bund. Wir hatten keine Kraft mehr, um ihm Einhalt zu gebieten. Das war vor mehr als vier Jahren.«

»Und seitdem? Ich dachte, außer dem Krieg mit Antiochos sei nichts in Griechenland passiert? Hier hört man nicht allzuviel von den Geschehnissen in Griechenland.«

»Wir sind nicht wichtig genug dafür, Herr«, antwortete der Mann. Eine Weile hatte er auf den Steinen der Hafenmauer halb gesessen, aber jetzt kniete er wieder und begann, den letzten Teil der Geschichte zu erzählen: »Wir haben es zwei Jahre lang ausgehalten. Irgendwie haben wir um der Zukunft willen weitergemacht; wir dachten, das wenigstens würden sie uns lassen. Es gab ja Kinder. Wir haben ihnen alles erzählt. Meine Wunden verheilten, aber die meisten meiner Freunde waren tot. Und es gab keine Frau, die ich sonderlich begehrte. Dann begannen die Reichen, aus dem Exil zurückzukehren; sie lebten in den Küstenstädten und lachten über uns, weil wir versuchten, auf unsere Weise zu leben, sie holten sich ihr Land zurück, denn jetzt waren sie wieder reich, reicher als wir. Eine Menge von ihnen lebte in Las, in der Nähe von Gytheon. Schließlich reizten sie uns so sehr, daß wir einen Ausfall gegen sie unternahmen, aber viele entkamen. Genau das hatten die Achaeer gewollt. Sie schickten – jawohl, sie schickten Leute nach Sparta und verkündeten, daß man die Anführer dieses Angriffs ausliefern solle. Es gab in Sparta sogar einige Leute, die sich dadurch einschüchtern ließen und bereit waren, ihnen zu folgen. Aber wir töteten sie, dreißig an der Zahl. Wir sagten, wir wollten nichts mehr mit dem Bund zu tun haben. Es war besser, zu Rom und den Barbaren zu gehören! Aber es nützte nichts. Rom waren wir gleichgültig. Sie ließen Philopoïmen gegen uns ziehen. Er marschierte von Megalopolis herüber, und alle Exulanten folgten ihm. Wir konnten nicht einmal an eine Verteidigung denken. Er ergriff alle unsere Anführer, machte ihnen zum Schein einen Prozeß und brachte sie um. Er riß all unsere Wälle und Festungen nieder, Herr, schaffte die Armeen ab und ... sagte, wir dürften nicht mehr so weiterleben wie zuvor, müßten all das aufgeben, für das die Könige gestorben waren, was Lykourgos zuerst für Sparta geschaffen hatte. Wir sollten leben wie alle anderen Staaten auch. Er saugte uns das Leben aus. Ich glaube, er haßte besonders diejenigen, die wie ich einst Heloten gewesen waren. Das wollte er alles auslöschen. Einige zogen fort nach Kreta oder an andere Orte. Ich wußte nicht wohin und hatte auch kein Geld. Ich besaß nur eine kleine Ziegenweide, drei Olivenbäume und meine kleinen knorrigen Rebstöcke oben zwischen den Felsen. Aber ich dachte, sie würden mich in meinen spartanischen Bergen lassen, auf meiner eigenen Erde. Alles andere hatten sie mir ja schon fortgenommen. Ja, noch immer hoffte ich, ich könnte dort bleiben, in dem Land, das ich liebte!«

»Aber sie ließen es nicht zu?« fragte Erif Gold sanft.

»Nein, Herrin«, antwortete er. »Der Bund erließ ein Gesetz, worauf sie uns in ganz Lakonien hetzten. Alle, die Soldaten und für die Neuen Zeiten gewesen waren, die Bilder vom König besaßen. Sie nahmen mir mein Land fort, und dann haben sie mich verkauft. Sie verkauften dreitausend. Und jetzt gibt es niemanden mehr von uns in Sparta, nur noch die Exulanten und Achaeer, die Männer aus Megalopolis, die Freunde von Philopoïmen. Herr, ich muß zurück aufs Schiff, sonst prügelt mich mein Herr wieder.«

»Du gehst nicht zurück«, sagte der Kornkönig. »Ich werde dich kaufen, Tisamenos.«

Der Mann zog den Kopf ein und murmelte: »Herr!«

Erif Gold fragte: »Sind noch mehr aus Sparta auf diesem Schiff?«

»Noch einer, Herrin«, antwortete der Mann. »Wir sind billige Arbeitstiere.«

»Mein Vater wird ihn kaufen«, sagte Erif Gold. »Dann seid ihr zusammen. Es ist besser, beieinander zu sein, wenn man den gleichen König hat, nicht wahr?«

»Ja, Herrin«, antwortete der Mann staunend, denn er konnte sich nicht erklären, wie sie das erkannt hatte.

Erif Gold fragte: »Geht es deinem Fuß besser?«

Erstaunt betastete er ihn, erhob sich langsam und trat fest auf. »Ja, Herrin!« sagte er noch einmal.

Zufrieden nickte sie.

Klint-Tisamenos sagte: »Ich glaube, es ist eine Geschichte, die mir, teilweise zumindest, bekannt ist. Die Geschichte von den Königen, die sterben. Mein Vater hat sie mir erzählt. Ich bin hier der König, und wenn meine Zeit kommt, werde ich für das Volk sterben. Für jeden König kommt einmal diese Stunde. Euer König Kleomenes starb in Ägypten, weil er nicht in Sellasia fiel. Auch das hat mir mein Vater erzählt. Und jetzt ist er zu einem Gott geworden, zum festen Bestandteil eures Lebens. Aber du wirst nun hierbleiben. Und in Marob herrscht Frieden.«

Dann erhob auch er sich, nahm die Hand des anderen Tisamenos und führte den staunenden, verschmutzten Mann von Meer und Hafen fort nach Marob hinein.

Nachwort zur Neuauflage

Ich habe dieses Buch vor mehr als einem halben Jahrhundert geschrieben. Schriebe ich es heute, würde ein anderes Buch daraus, besser in einigen Teilen, schlechter vielleicht in anderen. Es ist in modernem, aber ziemlich unverfälschtem Englisch verfaßt. Diese Sprache hat sich in den Jahren ein wenig verändert, in den Zeiten der Belastung und der Schuld in den späten Dreißigern und der Kriegszeit. Doch der eigentliche Unterschied zwischen damals und heute besteht für mich darin, daß ich mir heute der großen Mythen bewußt bin, die diese Geschichte durchziehen; damals konnte ich sie in den Tiefen meiner Erzählung nur erspüren. Was die geschichtliche Authentizität angeht, so handelt es sich, wie ich bereits in meinem Vorwort sagte, um ein Versteckspiel im Dunkeln. Aber wenn man eine Hand oder ein Gesicht anrührt, dann ist es vielleicht das, was man sich vorgestellt hat; vielleicht entspricht die Historizität dieser Vorstellung. Vielleicht hat es einst einen Ort wie Marob gegeben; Spartaner und Alexandrier mögen vielleicht so gewesen sein. Die Dunkelheit öffnet und schließt sich mit der Geschichte.

Es ist natürlich die Geschichte von einer Suche. Die Menschen befinden sich immer auf der Suche nach irgend etwas, aber sie wissen nicht genau, nach was. Einige suchen ihr Heil in der Politik, andere in der Religion. Wieder andere sind beschäftigt mit der Jagd nach dem, was H. G. Wells die Hurengöttin ›Erfolg‹ nannte, und bilden sich nur ein, tatsächlich etwas zu suchen. Der Kornkönig und die Frühlingsbraut sind Menschen in einer solchen Situation, aber es sind nicht die einzigen in diesem Buch. Ich belasse es bei diesem Hinweis.

Als das Buch zum erstenmal veröffentlicht wurde, folgte am Ende ein Abschnitt über die Quellen. Ich dankte einer Reihe von Personen, überwiegend Historikern und Künstlern, die mir geholfen und mich ermutigt hatten. Alle sind inzwischen verstorben, und ich brauche ihnen nicht mehr zu danken. Es gibt inzwischen neuere und bessere Bücher als diejenigen, die ich zu Rate gezogen hatte. Aber die Vasen, Münzen und Bronzen, die ich kannte und in Händen hielt, befinden sich immer noch überwiegend in London und Leningrad.

Meine Hoffnung besteht darin, daß das mythische Element in diesem Buch etwas in den Gedanken oder der Phantasie der Leser anrührt, die vielleicht in einem anderen Wald die gleiche Beute jagen.

Naomi Mitchison, Carradale, Scotland, 1982

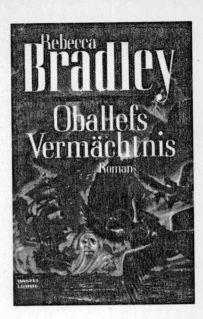

Band 20 334
Rebecca Bradley
Oballefs Vermächtnis
Deutsche Erstveröffentlichung

Das Königreich von Gil blüht wieder auf. Nachdem Tigrallef, ein direkter Nachfahre des ersten Priesterkönigs Oballef, die verschollene Heilige gefunden und die Unterdrücker seines Volkes vernichtet hat, sehnt er sich nur noch nach Ruhe und seiner alten Bibliothek, zumal seine große Liebe zusammen mit den Feinden in den Wogen des Meeres versank. Doch sein Bruder Arkolef hat andere Pläne: Er will Tig aus politischen Gründen verheiraten. Nicht nur Tig scheint gegen diese Vermählung zu sein, denn fortan wird er Zielscheibe mehrerer Mordanschläge. Dabei entdeckt er, daß er eine unerwartete und mächtige Verbündete hat – die Heilige der Insel Gil, deren Macht nicht, wie jedermann glaubt, gebrochen ist und die ganz eigne Pläne verfolgt ...

Band 20 323
Barbara Hambly
Mutter des Winters
Deutsche
Erstveröffentlichung

Lange haben die Freunde der GEFÄHRTIN DES LICHTS warten müssen; nun hat BARBARA HAMBLY endlich einen neuen Roman in ihrer faszinierenden Welt von Darwath geschrieben. Kritiker zählen die Sage inzwischen zu den Meisterwerken moderner Fantasy.

Fünf Jahre nach dem Sieg über die Dunklen befindet sich Renweth wieder am Rande einer Katastrophe. Kälte und Eis drohen das Land unter einem ewigen Winter zu begraben. Der Erzmagier Ingold wähnt den Urheber allen Übels im Süden, und so bricht er zusammen mit Gil Patterson, der Frau aus unserer Welt, auf, um die Dinge wieder ins rechte Lot zu rücken.

Band 20 281
Diana L. Paxson
Die Kelten Königin

Britannien im 5. Jahrhundert vor Christus. Die vom Kontinent eingewanderten Kelten haben die Ureinwohner, die Erbauer von Stonehenge, unterworfen und verdrängt. Cridilla, die jüngste Tochter von Leir, wurde in der Tradition beider Völker erzogen. Sie ist Schamanin und zugleich Kriegerin. Verzweifelt versucht sie, zwischen den beiden Welten zu vermitteln – und steht plötzlich vor einer schweren Entscheidung: Muß sie ihren Vater, den fremden Eroberer von jenseits der Meere, verraten, um ihr Land und die Menschen, die sie liebt, zu schützen?